ÉMILE ZOLA

ŒUVRES COMPLÈTES

Tome 17

ÉMILE ZOLA
ŒUVRES COMPLÈTES

Publiées sous la direction de
Henri Mitterand

TOME 17: *Paris fin de siècle*
(1897)

Présentation, notices, chronologie et bibliographie
par **Jacques Noiray** et **Jean-Louis Cabanès**

NOUVEAU MONDE ÉDITIONS

Les lettres d'Émile Zola reproduites dans ce volume sont extraites de :
Correspondance d'Émile Zola, s.d. B.H. Bakker, Paris, CNRS Éditions et Montréal, Presses universitaires de Montréal.

Secrétariat éditorial: Marie-Paule Rochelois
Édition préparée sous la direction de Françoise Juhel

ÉMILE ZOLA

ŒUVRES COMPLÈTES, Tome 17

Roman

LES TROIS VILLES
Paris

Théâtre

Messidor

Chroniques

Nouvelle campagne

Préfaces, articles, discours et entretiens (1894-1897)

Correspondance

Chronologie
Bibliographie

INTRODUCTION

1897, année capitale, année tournante, représente à la fois pour Zola un aboutissement et un recommencement. Le 31 août, l'écrivain met le point final à *Paris*, terminant ainsi la série des *Trois Villes*, inaugurée avec *Lourdes* trois ans auparavant. Non sans soulagement : « j'ai fini mon terrible *Paris*, écrit-il à Alfred Bruneau le 5 septembre, et je respire un peu ». Mais ce répit sera de courte durée. Fidèle à ses habitudes de grand travailleur, Zola songe déjà au cycle suivant, celui des *Quatre Évangiles*, dont il va écrire, à la fin de l'année, la première ébauche. Avec *Les Trois Villes*, c'est une nouvelle étape de son œuvre qui s'achève, une étape de transition qui conduit l'écrivain du naturalisme strict des *Rougon-Macquart*, centrés sur une peinture réaliste de la société et de l'histoire, au naturalisme élargi des *Évangiles*, ouverts sur le rêve utopique. Cette évolution est particulièrement sensible dans les deux grands textes littéraires que Zola achève en 1897, *Paris* et *Messidor*. Dans le roman, le tableau du Paris réel, misérable et corrompu, fait place progressivement à l'évocation d'un Paris lumineux, ville phare, ville motrice de l'avenir et du progrès, tandis que la visée romanesque se concentre peu à peu sur l'espace utopique du phalanstère laborieux de Montmartre où vit et travaille la famille Froment (la bien nommée). Dans le livret de *Messidor*, drame lyrique mis en musique par Alfred Bruneau et représenté à seize reprises à partir du 19 février, le symbole l'emporte sur la description réaliste, la représentation du travail fait place au « poème du travail », et le drame culmine sur l'éloge de « l'effort », « la foi en la vie, en la fécondité de la terre », et l'attente des « justes moissons de demain » (« *Messidor* expliqué par les auteurs », *Le Figaro*, 17 février). L'image finale de la moisson, commune aux deux textes, indique bien, dans sa dimension lyrique et presque mystique, vers quels horizons glorieux se dirige désormais le romancier : « tous les rêves, toutes les effusions permises » (première ébauche des *Quatre Évangiles*). À partir de 1897, au risque de s'affadir et de se dénaturer, l'œuvre semble sortir du réel pour divaguer librement dans les champs indéfinis de l'utopie, d'un « demain » aussi vague que radieux dans lequel l'écrivain est en grand danger de se perdre. « Contenter mon lyrisme, me jeter dans la fantaisie, me permettre tous les sauts d'imagination dans le rêve et l'espoir » (*ibid.*) : tel est l'étonnant (l'inquiétant) mot d'ordre que Zola semble désormais se donner à lui-même, et que les *Évangiles*, à partir de 1899, se chargeront d'illustrer.

Et pourtant, 1897 est aussi pour le romancier l'année de l'engagement. C'est à partir de novembre que, cédant aux instances de Bernard-Lazare et de Scheurer-Kestner, il va se lancer dans la défense du capitaine Dreyfus (les textes de 1897 relatifs à l'Affaire trouveront place, avec « J'accuse », dans le tome 18 de cette édition). Déjà, depuis quelques mois, on pouvait noter le regain d'attention de Zola pour l'actualité, pour les grands débats contemporains, idéologiques et politiques. *Paris* n'est pas seulement l'histoire édifiante de la famille Froment, c'est aussi le roman de Panama, des scandales parlementaires, des attentats anarchistes, du positivisme militant, de la lutte de l'esprit de science contre l'esprit de foi. Le retour au journalisme, effectif depuis 1895, manifeste chez Zola un intérêt pour les drames de la société et de l'histoire qui ne se démentira jamais. Le volume de *Nouvelle Campagne*, publié le 29 mars 1897, recueille les articles parus dans *Le Figaro* entre décembre 1895 et juin 1896. On y retrouve, dans des textes comme « La vertu de la République », « À la jeunesse », « Dépopulation » ou « Pour les juifs », cette attention passionnée pour son temps, cette vigueur d'engagement, ce refus des conformismes et des injustices, ce courage personnel qui ont toujours caractérisé les interventions de Zola journaliste et qui marqueront encore, en 1898, les grands articles de *La Vérité en marche*. Paradoxe de l'œuvre et de l'écrivain : c'est en 1897, au moment où il semblait se détourner des « agitations vaines » de la politique (c'est ce que proclamait Bertheroy dans *Paris*), où il paraissait enfin s'abandonner à son « lyrisme » et à sa « fantaisie », qu'il revient dans le champ du réel pour y livrer sa plus dure bataille. Mais ce paradoxe n'est qu'apparent : le recours à l'utopie, l'engagement dans les combats de l'Histoire ne sont pas pour Zola contradictoires, mais complémentaires. Qu'il rêve ou qu'il lutte, il restera jusqu'au bout le même homme de passion et de convictions, voué tout entier au service de la vérité.

Jacques Noiray

LES TROIS VILLES

Paris

INTRODUCTION

Genèse de Paris

Avec la publication de *Paris* se termine, six ans après le début de l'entreprise, la série des *Trois Villes*. Ainsi s'achève sur une fin heureuse, après bien des souffrances, l'histoire de Pierre Froment, prêtre incroyant, homme infécond, sauvé du désespoir et ramené peu à peu à l'humanité, à la vie, à une foi nouvelle, par l'amour d'une femme et le sacrifice d'un frère. Ce long drame du doute, de la solitude, de la misère intellectuelle et morale, devait aboutir à cette victoire, au geste triomphal de la mère présentant à la ville immense l'enfant nouveau-né, symbole d'avenir et d'espérance. Le romancier l'a voulu ainsi dès le départ. Les plus anciennes mentions de *Paris* remontent aux mois de septembre et d'octobre 1892, au moment où Zola, esquissant le roman de *Lourdes*, concevait en même temps le projet de sa « trilogie ». Dans les nombreuses interviews qu'il accorde alors aux journaux, il annonce, sans beaucoup de détails (car ses idées sont encore bien vagues), que la série romanesque dont *Lourdes* est le premier volume devra se terminer par un roman sur Paris, où l'on verra « l'apothéose, le socialisme, avec une porte ouverte sur le XXe siècle » (*Le Matin*, 5 octobre 1892). Quelques mois plus tard, en juillet 1893, avant de se mettre à la composition de *Lourdes*, il écrit le texte programmatique des *Trois Villes*, conservé, comme les dossiers préparatoires de *Paris*, à la Bibliothèque Méjanes d'Aix-en-Provence (manuscrit 1455, folios 1-28). Il précise alors ses intentions, et définit le projet de chaque roman du cycle à venir. Dans *Lourdes*, il peindra « la foi du premier âge », le désir du miracle, le besoin de religion, « l'appel de la souffrance humaine inguérissable vers une toute-puissance divine ». Dans *Rome*, il étudiera « tout le néo-catholicisme qu'on tente », l'effort de l'Église pour se réconcilier avec l'esprit moderne. Dans *Paris* enfin, il apportera les réponses aux questions posées dans les deux premiers volumes, il montrera « la cité future de félicité », il chantera « l'hymne à l'aurore » d'un nouveau siècle de justice et de vérité. En juillet 1893, Zola semble donc concevoir le dernier roman de sa « trilogie » comme un poème lyrique et comme une utopie. Cette fonction sera finalement réservée aux *Évangiles* ultérieurs, mais *Paris* conservera, surtout dans ses deux derniers livres, quelque chose de ce projet initial. La part d'imagination et de « rêve », développée en contrepoint de la peinture réaliste des drames sociaux et politiques, fera de la dernière des *Trois Villes* un roman charnière, ouvert déjà sur l'œuvre future, et sur les espaces indéfinis de l'avenir.

La composition des deux premières *Villes* avait occupé Zola pendant trois ans, de juillet 1893 à mai 1896. Ce n'est qu'après la publication de *Rome*, le 8 mai 1896, qu'il put se mettre sérieusement à la préparation du roman suivant. On sait, par la correspondance de l'écrivain, que l'*Ébauche* de *Paris* date de juin et juillet 1896. Dans ce long texte de 192 feuillets, le romancier établit l'idée générale de son roman et en bâtit le scénario. Au centre, il place « le problème social et religieux », dont *Paris* apportera la solution, en exaltant « *la loi* du travail », par laquelle « tout devra se régler à la fin ». Il lui faudra donc convoquer, autour de cette question centrale, toutes les idéologies nouvelles, « les socialismes », l'anarchisme, le néocatholicisme, le scientisme. Il faudra aussi évoquer toutes les crises de « la vieille société croulant », les misères, la faillite de la charité, le Paris corrompu de l'argent et du plaisir, les scandales politiques et financiers, « la basse presse empoisonnée », avant d'annoncer à la fin, sous la bannière de la science, la fin des injustices du vieux monde. La visée est, dès l'abord, très large, et le roman s'annonce plus vaste encore que *Lourdes* ou

Rome, plus riche en personnages, en décors, en situations. Le risque était alors de se perdre dans un dédale de discours, une confusion d'idées abstraites mal rattachés à une intrigue, transformant le roman en un exposé fastidieux, et le personnage central en un témoin sans consistance. C'était le défaut parfois reproché à *Rome*, et Zola, pour s'en défendre, annonce à son correspondant anglais Vizetelly, le 11 décembre 1896, que *Paris* sera « un *roman* – c'est lui qui souligne – empli d'action », qu'on n'y trouvera « ni digression, ni dissertation, mais le plus de vie et d'action possible », et que ce sera « le livre le plus vivant et le plus intéressant » qu'il ait jamais écrit. Ce souci de donner de l'action, et donc de l'intérêt, à son roman, se reconnaît dès l'*Ébauche*. Le projet idéologique de *Paris* y est en effet complété et pour ainsi dire corrigé par l'évocation du « grand attentat » que Zola prévoit de faire commettre à Guillaume, « un attentat énorme, quelque chose qui terrifie le monde ». La menace de cette catastrophe, différée jusqu'au Livre cinquième, pèse sur tout le roman, et lui donne l'essentiel de sa tension dramatique. Car le projet de cet attentat, bientôt centré sur le Sacré-Cœur, symbole d'obscurantisme et de régression intellectuelle et sociale, implique aussi un affrontement entre les deux frères, le prêtre rendu à la vie et le savant anarchiste désespéré, dont Zola espère tirer de puissants effets de pathétique. Si *Paris* n'échappe pas toujours au rocambolesque, s'il s'apparente souvent, dans sa structure et ses thèmes, au roman-feuilleton, il le doit au souci constant qui anime le romancier d'échapper à l'abstraction et de soutenir l'intérêt. En tout cas, dès le folio 22 de l'*Ébauche*, le scénario du roman est définitivement fixé : le drame opposera deux frères, Pierre, le prêtre qui ne croit plus et devra rompre avec l'Église, et Guillaume, le savant anarchiste inventeur d'un explosif terrifiant, qui projette son grand attentat mais en sera finalement empêché par son propre frère dans une scène pathétique à grand effet. Entre les deux, une jeune fille promise à Guillaume, mais que Guillaume « donnera » à son frère, par un sacrifice sublime, et qui ramènera le jeune prêtre sur les chemins de la nature et de la fécondité. Enfin, un dénouement optimiste, où triompheront le travail et la vie (l'enfant) devant le grand Paris créateur. Le schéma du roman est très vite trouvé, et ne variera plus désormais.

Une fois l'*Ébauche* terminée, Zola réunit sa documentation, selon ses deux directions habituelles : l'information livresque et l'enquête sur le terrain. Sur l'anarchisme, il lit une brochure récente du prince Kropotkine, *L'Anarchie, sa philosophie, son idéal*, et se renseigne sur les grandes figures d'anarchistes et sur leurs procès dans les notes d'audience du journaliste Henri Varennes, *De Ravachol à Caserio*. Sur les différentes formes de socialisme, il se borne à consulter son instrument de travail habituel, le *Grand Dictionnaire* de Pierre Larousse, où il lit et résume les articles relatifs aux principaux théoriciens, Saint-Simon, Comte, Proudhon, Cabet, Fourier. Ce recours à un dictionnaire vieux de trente ans explique la curieuse absence dans le roman des courants les plus récents de la pensée socialiste et révolutionnaire. En fait, c'est l'état du socialisme vers 1860 que Zola entend faire passer pour « le mouvement social actuel » dans un roman paru en 1898, ce qui explique que les personnages chargés d'incarner les différentes tendances du socialisme dans *Paris* paraissent si peu vraisemblables, et ressemblent plutôt à des quarante-huitards attardés qu'à des révolutionnaires de la fin du siècle.

Les notes d'enquête prises sur le terrain sont plus dignes d'attention. Si les dossiers préparatoires de *Paris* ne comportent pas, comme ceux de *Lourdes* et de *Rome*, le journal de voyage qui en fait pour une grande partie l'intérêt, ils conservent des notes prises sur le vif dans des tournées de « repérages » qui nous donnent du Paris fin de siècle une image fidèle et vivante : notes sur la salle des assises du Palais de Justice où se déroulera le procès de Salvat, sur le quartier de la Roquette où aura lieu son exécution, sur le Sacré-Cœur en construction, sur la place du Tertre à Montmartre où se situera la maison de Guillaume, sur les rues sordides du versant nord de la Butte, rue des Saules, rue Marcadet, où le romancier placera sa « maison de misère » et l'usine Grandidier. On retrouve dans ces notes hâtives le regard aigu de l'excellent reporter que Zola n'a jamais cessé d'être, le sens du détail juste et précis qui donnent à cet ensemble de « choses vues » une valeur de témoignage irremplaçable.

Après les fiches personnages et les plans, Zola s'est mis à la rédaction de son roman. Commencée le 31 décembre 1896, celle-ci s'est terminée le 31 août suivant. Il n'a donc fallu à Zola pour écrire *Paris* que huit mois, les deux tiers seulement du temps qu'il avait mis à écrire *Rome* : signe d'une plus grande facilité, due à la proximité de l'écrivain avec son sujet, dans le temps comme dans l'espace, et à une documentation moins copieuse et plus maniable. La publication en feuilleton commença dans *Le Journal*, où *Rome* avait déjà paru, le 23 octobre 1897. Elle se poursuivit jusqu'au 9 février suivant, dans des conditions imprévues et de plus en plus difficiles. En effet, depuis novembre 1897, Zola s'était trouvé plongé dans la tourmente de l'affaire Dreyfus, que la publication de « J'accuse », le 13 janvier 1898, avait portée à son paroxysme. Le procès de Zola, jugé par la cour d'assises de la Seine pour diffamation à l'égard du Gouvernement militaire de Paris, eut lieu à partir du 7 février, et se termina le 23 par une condamnation, cassée le 2 avril suivant, avant qu'un second procès, jugé en juillet à Versailles, ne contraigne l'écrivain à onze mois d'exil en Angleterre (voir sur ce point le tome 18 des *Œuvres complètes*). C'est donc au milieu de cette tempête, dans un journal devenu antidreyfusard, que s'est terminée tant bien que mal la publication en feuilleton de *Paris*. Le volume, prévu chez Charpentier pour février 1898, dut être retardé et ne parut qu'à la fin du mois de mars. Le roman, pris dans le tourbillon des polémiques, passa au second plan. Ce que les critiques jugèrent, c'était moins l'auteur de *Paris* que celui de « J'accuse », en fonction de leur propre position dans l'Affaire. Les antidreyfusards, au premier rang desquels on retrouve Brunetière, l'ennemi de toujours, se montrèrent très critiques (*Revue des Deux Mondes* du 15 avril). Les partisans de Dreyfus, Gustave Kahn (*Revue blanche* du 15 février), Léon Blum (*Revue blanche* du 1er avril), Jaurès (*La Lanterne* du 20 mars) louèrent le livre, moins par conviction littéraire que par sympathie dreyfusiste. L'enjeu idéologique, pour un temps, avait éclipsé toute considération d'un autre ordre.

Un drame individuel

L'accent mis par Zola sur le caractère « romanesque » de Paris conduit le romancier à rendre à son personnage principal la vitalité que le séjour à Rome lui avait fait perdre. Alors que, dans la deuxième *Ville*, l'abbé Pierre Froment se réduisait souvent à n'être qu'une abstraction promenée dans un décor, et que l'essentiel du drame passionnel et « philosophique » (pour parler comme Zola) se passait sans lui, dans *Paris* le romancier lui accorde plus de consistance, en faisant de lui l'acteur principal d'un drame individuel et collectif à multiples facettes. Drame psychologique et moral tout d'abord : c'est à Paris que le jeune prêtre va connaître la fin de ses épreuves, et parvenir au terme du long chemin qui doit le conduire des ténèbres du désespoir à l'éblouissement d'une foi nouvelle. Alors que *Lourdes* et *Rome* étaient pour lui des étapes de doute, d'hésitation, de rechutes et de piétinements, *Paris* verra le moment des choix et des mutations nécessaires. Ces décisions essentielles, qui intéressent la personne même de Pierre et réclament l'engagement total de sa raison et de sa volonté, concernent d'abord son état de prêtre. Il faudra que s'accomplisse enfin l'ajustement tant différé entre la perte de la foi et sa conséquence nécessaire : l'abandon de la prêtrise. Longtemps, Pierre s'y était refusé. Dans *Lourdes*, tout en reconnaissant la perte irrémédiable de ses croyances religieuses, il pensait encore pouvoir la compenser par le sacrifice de sa vie d'homme et l'exercice ponctuel de son « métier » de prêtre. Dans

Rome, après l'échec de sa tentative de catholicisme social et la répudiation de son livre, il s'était réfugié dans la charité, tout en la sachant impuissante. À la fin des deux romans, ce qui prévalait, c'était l'attente, dans le « doute immense » et la « négation totale » de toute espérance. C'est ainsi que nous retrouvons Pierre au début de *Paris*, « prêtre sans croyance nourrissant du pain de l'illusion la croyance des autres » : un fantôme sans substance, un « sépulcre vide où ne restait pas même la cendre de l'espoir ». Mais il est désormais prêt, sans qu'il le sache encore, pour une renaissance.

Le drame de Pierre, au début du roman, ce sera donc non seulement de ne pas croire, mais surtout de ne pas pouvoir échapper à la prêtrise. Car l'état de prêtre est l'obstacle initial contre lequel bute toute tentative de restauration de soi-même. Et cet état est représenté par le vêtement symbolique, la soutane, véritable tunique de Nessus qui s'attache à la peau et marque le prêtre de sa trace indélébile : « Non, non ! il ne pouvait l'ôter, cette robe qui s'était collée à sa chair ! La peau viendrait avec le drap, tout son être en serait arraché. » Il faudra que l'impulsion vienne d'une autre, de la question innocente de Marie, « pourquoi ne l'ôtez-vous pas ? », pour que le jeune prêtre, après de longues angoisses, prenne enfin la décision libératrice. Dès lors, tout sera simple. L'abandon de la soutane enclenche un processus d'une logique invincible. Tous les gestes professionnels, toutes les *manières* de la prêtrise sont peu à peu délaissés. Pierre cesse de dire la messe, comme il cesse de pratiquer une charité dont il a compris l'inutilité. L'aboutissement nécessaire, c'est la répudiation de l'Évangile chrétien, que Pierre proclame en des termes d'une violence radicale : « Voici près de deux mille ans que l'Évangile avorte. Jésus n'a rien racheté, la souffrance de l'humanité est restée aussi grande, aussi injuste. Et l'Évangile n'est plus qu'un code aboli dont les sociétés ne sauraient rien tirer que de trouble et de nuisible… Il faut s'en affranchir. » Jamais Zola n'était allé aussi loin dans la condamnation de la religion chrétienne. Ni *Lourdes* ni *Rome* ne contenaient de formules si dures. Avec *Paris*, nous parvenons au terme d'une évolution intellectuelle, qui est celle de l'écrivain autant que de son personnage : « Voici dix-huit cents ans […] que le christianisme entrave la marche de l'humanité vers la vérité et la justice. Elle ne reprendra son évolution que le jour où elle l'abolira […]. » Telle est la leçon que Zola retire de l'expérience des *Trois Villes*. À partir de cette table rase, une voie s'ouvrira pour la reconstruction d'une « religion nouvelle », dont Zola écrira bientôt les nouveaux Évangiles.

Si Pierre parvient ainsi à rompre les entraves d'une religion aliénante, c'est qu'une aide lui est venue, qui lui a donné les forces nécessaires. « Qui donc vous a changé ? » lui demande l'abbé Rose, plus perspicace dans sa naïveté que Pierre lui-même. Ce changement est venu d'une femme, Marie, qui a joué pour lui le rôle d'auxiliaire inconscient des forces de la vie. Pierre avait déjà connu, à Lourdes, l'amour « divin » mais stérile d'une autre Marie, Marie de Guersaint, la jeune « miraculée », guérie de sa paralysie au passage de la procession du Saint-Sacrement. Mais cette Marie-là n'était qu'une hystérique sans le savoir, maintenue par son vœu de chasteté hors des limites de la nature. Dans *Paris*, il n'en sera plus question. La nouvelle Marie, celle qui mérite pour Pierre le nom de « compagne », est une vraie femme, « de corps vigoureux, admirablement fait, les hanches larges, la poitrine large, avec une gorge petite et ferme de guerrière ». C'est elle, la femme solide et féconde, qui sera la nouvelle Ève chargée d'enfanter les hommes nouveaux de la société régénérée. Mais pour que la situation soit plus poignante et l'intérêt plus soutenu, Zola a prévu un autre « drame », un drame passionnel qui va faire de l'amour entre Pierre et la jeune fille l'objet d'une rivalité opposant un moment Pierre et son frère Guillaume. D'abord promise à Guillaume, Marie sera « donnée » par celui-ci à son jeune frère, lorsque l'aîné comprendra que Pierre, plus jeune, mieux aimé, est plus digne de posséder la femme qu'ils aiment tous deux. C'est l'occasion pour Zola de bâtir une scène comme il les aime, une scène de sacrifice où il fait souffler « le vent du sublime », et qui constitue, avec la lutte des deux frères dans les souterrains du Sacré-Cœur, l'un des sommets dramatiques du roman. Il faudra ce déchirement, cet oubli de soi de l'aîné réfugié dans son œuvre (« J'ai tant de travail ! Je travaillerai ») pour que l'amour vrai puisse triompher, et que puisse naître l'enfant rédempteur. Ainsi le drame personnel de Pierre, au travers des souffrances et des crises, conduira le jeune homme des ténèbres du doute à la découverte d'une foi nouvelle fondée sur le travail et l'amour, et du cauchemar de la castration à l'apothéose de la paternité. Au terme de la série romanesque des *Villes*, *Paris* apporte donc, pour le héros enfin pacifié, les réponses que les deux premiers romans n'avaient pu proposer encore.

Un drame collectif

À l'arrière-plan du drame de Pierre, et le prolongeant, se déroule un autre drame plus vaste et plus complexe, qui intéresse l'ensemble de la société. Telle est la nouveauté de *Paris*, non seulement dans *Les Trois Villes*, mais dans l'œuvre de Zola tout entière : le romancier y parle enfin du monde qui l'entoure, de l'actualité, des problèmes et des crises de l'heure. Dans *Les Rougon-Macquart*, les limites historiques (la période du Second Empire) fixées une fois pour toutes au début imposaient au romancier une distance entre le temps de la fiction et celui de l'écriture qui, de livre en livre, allait grandissant. Jamais *Les Rougon-Macquart* ne parlent vraiment de la société contemporaine. *Lourdes* et *Rome* non plus, ces deux romans régressifs centrés, le premier sur un retour à la foi médiévale, le second sur les efforts de la Papauté pour conserver le sceptre du pouvoir hérité des Césars. Avec *Paris*, pour la première fois, Zola aborde l'histoire immédiate. Ce roman composé à partir de 1896, publié en 1898, évoque des événements dont la plupart se sont déroulés entre 1892 et 1894. D'abord, l'affaire de Panama, révélée à l'automne de 1892 lorsque *La Libre Parole* de Drumont a publié la liste des parlementaires « chéquards », compromis dans le scandale des pots-de-vin énormes versés en 1888 par la Compagnie du canal de Panama, déjà aux abois, pour obtenir un vote de la Chambre l'autorisant à émettre un emprunt à lots. C'est, transposé dans le roman, le scandale des Chemins de fer africains, dénoncé par *La Voix du peuple* de Sanier. Les débats parlementaires houleux qui suivent dans le roman cette révélation sont calqués exactement sur les événements réels : la conduite de Barroux et de Monferrand, au chapitre V du Livre troisième, imite celle de Floquet et de Rouvier devant la Chambre, en décembre 1892. Zola s'intéresse aussi aux attentats anarchistes, dont la première vague avait frappé la France en 1892-1894. Vaillant jette sa bombe à la Chambre le 9 décembre 1893. Il est exécuté le 5 février suivant. Le 12, Émile Henry le venge en jetant à son tour une bombe au café de l'hôtel Terminus. Il est exécuté le 21 mai 1894. Ils fourniront, pour le roman, les modèles précis de Salvat et de Victor Mathis. *Paris* doit donc être lu pour une bonne part comme la chronique d'une actualité très récente où, sous une fiction transparente, apparaissent des faits et des personnages bien connus du lecteur de l'époque. Barrès, dans *Leurs figures*, Anatole France, dans son *Histoire contemporaine*, procéderont de façon voisine ou analogue.

Les scandales parlementaires, les attentats anarchistes attirent l'attention de Zola parce qu'ils révèlent une crise de société profonde, que le roman doit à la fois décrire et expliquer. Décrire d'abord : le projet de peinture sociale n'a jamais été si large, ni si ambitieux que dans *Paris*. Dans *Les Rougon-Macquart*, chaque roman était en général centré sur un lieu, et sur un milieu. Ici, il s'agira de montrer *tous* les lieux, et *tous* les milieux : la misère du prolétariat comme dans *L'Assommoir*, le luxe corrompu des riches comme dans *La Curée*, les dessous de la finance comme dans *L'Argent*, la haute prostitution comme dans *Nana*, le pouvoir et ses intrigues comme dans *Son Excellence Eugène Rougon*, etc. Le roman apparaît souvent comme une sorte de récapitulation de situations déjà exploitées dans les œuvres antérieures. Mais on y trouve aussi des types venus du roman balzacien, que Zola n'avait jamais utilisés, et qu'il adapte à la réalité moderne : le policier, le journaliste, l'étudiant. Dans *Paris*, Zola ne ressasse pas, il construit un tableau social immense et complexe à partir d'un stock d'éléments réalistes constitué de longue date, mais varié par le croisement des personnages et des situations, et enrichi par l'apport de figures nouvelles. Il en va de même pour les lieux : alors que les romans parisiens des *Rougon-Macquart* étaient centrés sur un lieu unique (les Halles, la rue de la Goutte-d'or, Passy, l'immeuble de la rue de Choiseul, la Bourse, etc.), Zola réunit dans *Paris* tous les quartiers de la capitale (Montmartre, le quartier des écoles, la chaussée d'Antin, le faubourg Saint-Germain, Neuilly, la Roquette, etc.), pour créer d'un seul coup le panorama complet qu'il n'avait encore construit que pièce à pièce, d'un roman à l'autre, dans son cycle précédent.

Cette peinture des lieux et des milieux du Paris contemporain aboutit à une vision d'un pessimisme total, que les découvertes de Pierre, dans chacune de ses démarches de charité ou de ses rencontres, ne vont cesser de confirmer. Le constat est accablant. Dans la société, l'injustice règne partout. La misère du prolétariat est pire que jamais. La « maison de misère » de la rue des Saules, ce « cloaque » abominable, redouble en l'aggravant jusqu'à l'épouvante le tableau de la maison de la rue de la Goutte-d'or dans *L'Assommoir*. Par contraste, le luxe de l'hôtel Duvillard apparaît comme un scandale et une provocation, dans l'ostentation de sa richesse comme dans la corruption morale que Zola se plaît à accumuler sur la maison. Personne n'échappe à sa condamnation : le père, l'homme d'argent « pourrisseur » et « dévorateur », est « un triomphateur gras », « corrompant, engloutissant tout ce qu'il touchait ». La mère et la fille, amoureuses du même homme, se déchirent dans une rivalité attisée par une haine mortelle. Le fils dégénéré, « fanfaron de vices et de crimes », est un « androgyne avorté » livré à toutes les dépravations à la mode. Autour de ce foyer de corruption gravite ce que Maupassant, dans *Bel Ami* (roman avec lequel *Paris* n'est pas sans affinités), appelait une « salade de société » : oisifs et parasites de toutes sortes, demi-mondaines comme Sylviane d'Aulnay, « rastaquouères » comme la princesse de Harth, politiciens véreux comme le député Dutheil, débris du noble Faubourg comme Gérard de Quinsac, amant d'Ève Duvillard et qui finira par épouser sa fille.

C'est dans le monde de la politique que le regard pessimiste de Zola s'exerce avec le plus d'acuité. Paris, comme *Son Excellence Eugène Rougon*, mais sous une forme modernisée, mérite d'être considéré comme le grand roman politique de Zola. Le souci de la vraisemblance historique conduisait logiquement le romancier à s'intéresser aux mécanismes et aux mœurs de la vie parlementaire, aux temps des gouvernements modérés très instables (Casimir-Perier, Dupuy, Ribot, Léon Bourgeois) qui se succédèrent de novembre 1893 à avril 1896, après les élections de 1893. Cette attention portée au fonctionnement et au personnel de la vie politique contemporaine donne à *Paris* son caractère, inédit dans l'œuvre zolienne, de roman à clefs. Les lecteurs de l'époque identifiaient sans peine, sous les figures de la fiction, les hommes politiques réels que Zola (comme le confirment les dossiers préparatoires du roman où apparaissent les noms véritables) entendait faire reconnaître. Barroux, le républicain honnête et médiocre, c'est Charles Floquet, que Zola avait déjà attaqué, quinze ans auparavant, dans un article d'*Une campagne*. Monferrand, l'homme à poigne, c'est « un Rouvier mâtiné de Constans ». Vignon, incarnation de la nouvelle génération radicale avide de pouvoir, c'est Léon Bourgeois, éphémère président du Conseil de novembre 1895 à avril 1896. Mège, l'obstiné (et naïf) tombeur de ministères, c'est Jules Guesde, le député collectiviste que le romancier avait rencontré en 1886 au moment où il préparait *La Terre*.

Zola cherche ainsi à établir un réseau d'équivalences entre les personnages réels et fictifs, de façon à renforcer la vraisemblance de sa peinture du monde politique. Mais ce réalisme apparent est contrarié par une idée préconçue venue de loin (du temps où Zola, en 1871-1872, était chroniqueur parlementaire), et relayée en 1880-1881 par plusieurs articles repris dans *Une campagne*. Cette idée, c'est celle de la médiocrité essentielle de la politique, de sa bassesse intellectuelle et morale, de son infériorité par rapport à la littérature. Une image l'illustre dans le roman, celle de l'ignoble « cuisine » parlementaire, de la marmite empoisonnée où bouillonnent les passions et les ambitions : « Jamais cuve de sorcière, débordante de plus de drogues et de plus abominables choses sans nom, n'avait bouilli sur un pareil feu d'enfer. » L'antiparlementarisme de Zola, plus que par des idées abstraites, s'exprime dans cette vision fantastique. Jamais son refus des « agitations vaines de la politique, aussi bien la révolutionnaire que la conservatrice », jamais son mépris pour la « cohue » parlementaire, « la lâcheté frissonnante des uns », « l'audace insolente des autres », les « tares salissantes du plus grand nombre », ne se sont exprimés avec plus de violence que dans *Paris*. La condamnation s'étend à la presse, dont les représentants, souvent inspirés de la réalité (Sanier est un Drumont aggravé, Fonsègue un Hébrard plus cynique), participent à cette démoralisation générale en faisant de leurs journaux des amplificateurs de scandales (comme *La Voix du peuple* de Sanier, double de *La Libre Parole* de Drumont), ou des soutiens hypocrites de la société corrompue (comme *Le Globe* de Fonsègue, double du *Temps* d'Hébrard). Jamais la recherche de la vérité, le souci de l'élévation intellectuelle et morale du lecteur, qui devraient être le but du journaliste en des temps démocratiques, ne rachètent cette presse à scandales et à sensations, « sans conviction ni croyance aucune », dont le symbole est dans *Paris* le « petit Massot », ce reporter ironique et désabusé que Zola, dans l'*Ébauche* de son roman, définit en une formule brutale comme « le type complet du Jemenfoutiste ».

Ce constat désespérant d'une société corrompue, individuellement et collectivement, appelle des remèdes nécessaires. Mais la faillite du politique oblige à les chercher en dehors de l'institution parlementaire, d'où ils auraient dû normalement venir. Trois solutions sont tour à tour envisagées par Zola et par son personnage porte-parole. La première, c'est l'action charitable. C'est celle que Pierre a pratiquée dans *Lourdes* et dans *Rome*, et surtout dans l'entre-deux qui sépare *Rome* de *Paris*, puisque nous savons qu'il a compensé la perte de ses croyances religieuses par une sorte d'activisme désespéré dans les bas-fonds de la misère. Dans le Livre premier de *Paris*, nous le voyons, repris par la « flamme » de la charité, courir tout Paris pour secourir Laveuve, ce vieil ouvrier agonisant dans un galetas : en vain, puisqu'il n'empêchera pas la mort de ce malheureux. Ce qu'il découvrira peu à peu au fil du roman, c'est la vanité de la charité et la nécessité de lui substituer la justice, seule capable d'imposer pour tous et partout le régime d'égalité et de protection sociale que la République devrait établir. Le symbole de cet échec, c'est le bon abbé Rose, l'« amant de la pauvreté », pitoyable et dérisoire figure de la charité impuissante, qui mourra désespéré de n'avoir pu endiguer le flot toujours montant de la misère.

La seconde solution viendrait-elle de l'action révolutionnaire ? Le socialisme serait-il le remède attendu pour résoudre la crise sociale ? Zola ne paraît pas le penser. Les figures qu'il nous propose pour illustrer cette doctrine sont des caricatures plutôt que des personnages vraisemblables. Bache l'utopiste, Théophile Morin le positiviste, Barthès le rêveur idéaliste, Mège le doctrinaire à courte vue, ne sont que des fantoches sans consistance. Mais Zola, qui ignore tout des courants les plus récents du socialisme, et qui s'en tient aux informations périmées qu'il a recueillies dans le *Grand Dictionnaire* de Pierre Larousse, ne s'en inquiète guère. S'il se satisfait de cette documentation hâtive et partielle, c'est parce qu'il la juge suffisante, et qu'elle le confirme dans une autre idée préconçue qui domine le roman, celle de la faillite des idéologies. Tous ces personnages stéréotypés, toujours présentés ensemble, ces discoureurs engagés dans de vaines discussions sans issue, où chacun parle seul et personne n'écoute les autres, ces rêveurs égarés dans une société qu'ils ignorent et qui les ignore, ne sont là que pour démontrer la vanité des socialismes de toutes tendances, que Zola ramène à un bavardage confus sans prise sur le réel.

Faudrait-il alors, comme les anarchistes, choisir la voie de l'action violente, et préparer la table rase sur laquelle s'édifiera la société de l'avenir ? Zola ne le pense pas davantage. S'il comprend l'origine de la violence anarchiste, s'il voit dans celle-ci un produit de la misère et une riposte désespérée à l'injustice de la société bourgeoise, s'il l'excuse même parfois, il la considère comme inutile et absurde. Pour lui, l'anarchisme, qui est comme l'avancée extrême de la « secte » socialiste, est une sorte de religion retournée, aussi nocive que la première. Comme celle-ci, il a ses martyrs pitoyables (Salvat), ses fanatiques à « l'œil clair » (Janzen, Victor Mathis), ses hypocrites (Bergaz, l'anarchiste voleur, et tous les indicateurs de police infiltrés dans le mouvement). Aucune solution à la crise sociale, aucune restauration de la justice ne pourra venir des jeteurs de bombes : « quel aveuglement de croire que la destruction, que l'assassinat puisse être un acte fécond, ensemençant le sol d'une heureuse et large récolte ! ». Guillaume Froment, qui l'a cru un instant, aveuglé par son rêve d'« apôtre chimérique » et par les souffrances de l'amour perdu, reviendra bien vite à la raison et reconnaîtra son erreur. Ce n'est pas comme anarchiste, c'est comme savant, comme bienfaiteur de l'humanité, qu'il pourra finalement s'accomplir, et l'explosif terrifiant qu'il a inventé, enfin pacifié, trouvera sa justification dernière comme force motrice, servant au bonheur de tous.

C'est bien là que Zola voulait en venir. Si les remèdes envisagés tour à tour, la charité chrétienne, la révolution socialiste, la table rase anarchiste, se révèlent également inefficaces, il ne reste plus qu'une solution pour venir à bout de la crise : il faut que la société, lassée de la corruption et de l'impuissance des politiciens, remette entre les mains des savants les instruments du pouvoir. Telle est la leçon politique du roman, que Zola exprime par l'intermédiaire d'un personnage au pseudonyme transparent qui, à côté de Pierre et mieux que lui, sert ici de porte-parole à l'écrivain : le chimiste Bertheroy, copie de Marcelin Berthelot, qui fut, plutôt que Pasteur, le savant officiel de la République modérée de la fin du siècle, et le fidèle allié de Zola dans la défense du positivisme menacé après 1890 par la montée de tous les idéalismes. Pour Bertheroy, qui ne cesse de le répéter, seule la science est révolutionnaire : « Est-ce que la science ne suffit pas ? À quoi bon vouloir hâter les temps, lorsqu'un pas de la science avance plus l'humanité vers la cité de justice et de vérité, que cent ans de politique et de révolte sociale ? » Zola rejette en bloc, comme pareillement inutiles et dangereuses, les manœuvres politiciennes et la violence révolutionnaire. Il n'y a que la science. Ce sont les savants, dans le silence des laboratoires, qui travaillent le plus efficacement à l'avènement de la société future. Leur mission historique est de réaliser, « par-dessus les pauvres événements politiques, l'agitation vaine des sectaires et des ambitieux », la véritable révolution, celle qui prépare, pour l'humanité à venir, « la vérité, la justice, la paix ». Curieuse révolution que cette révolution tranquille, sans crises, sans spasmes, sans catastrophes. Une révolution sans révolution, en quelque sorte, où la violence se dissout comme par miracle dans la logique optimiste de l'« évolution » imposée par les progrès de la science. On comprend que Jaurès ait critiqué cette évacuation du politique, reprochant à Zola, dans un compte rendu de *Paris*, paru dans *La Lanterne* le 20 mars 1898, son « quiétisme scientifique » et son abandon aveugle aux prestiges de la science toute-puissante.

Vers l'utopie

Le refus de la politique (réduite à la « cuisine » politicienne) et du politique (comme catégorie fondamentale de la vie sociale), qui caractérise *Paris*, entraîne par voie de conséquence le roman zolien vers une sortie de l'histoire. C'est le paradoxe de ce texte centré en apparence sur des événements historiques précis, que d'être aussi le lieu où se produit dans l'œuvre de Zola le basculement qui va la conduire, au-delà de la peinture objective des faits sociaux et du récit vraisemblable des faits historiques, vers l'espace indéfini de l'utopie où vont bientôt s'épanouir *Les Quatre Évangiles*. Cette évolution est déjà sensible dans notre roman, si l'on considère le double traitement réservé à l'image de la ville. En effet, Paris est d'abord dans le texte un objet de la description réaliste, précisément localisé et daté, exposé en tableaux de détail documentés avec précision ou en vues panoramiques analogues à celles que l'on trouvait déjà dans *La Curée* ou dans *Une page d'amour*. Mais en même temps, c'est une entité supérieure abstraite, une énergie créatrice et motrice travaillant sur l'histoire mais située en dehors (ou en avant) de celle-ci, et que l'on pourrait appeler la matrice de l'avenir. Ville-force, ville-phare, « l'initiatrice, la civilisatrice, la libératrice », dont le caractère puissamment fécond et créateur est exprimé par une série de métaphores récurrentes : la cuve, la chaudière, l'alambic, le creuset, le champ labouré, les semailles, la moisson, etc. La critique a montré que ces métaphores appartiennent à un fonds ancien venu de l'imaginaire romantique, présent déjà chez Gautier, Vigny, Balzac, Michelet, Hugo, entre bien d'autres. Zola, qui reprend, varie, enrichit ce stock d'images, se situe dans la même lignée. On pourrait même dire qu'il a donné, avec sa troisième *Ville*, le dernier des grands textes romantiques sur Paris. Le plus complet aussi, puisqu'il conduit à son point d'aboutissement le mythe élaboré par les œuvres précédentes, en en développant le côté scientifique et technique. De Paris « chaudière » à Paris « moteur », c'est à une modernisation de la fonction créatrice de la ville que l'on assiste à la fin, liée au passage du premier âge industriel, celui de la vapeur et du charbon, au nouvel âge des énergies modernes, plus abstraites mais plus puissantes. Il est donc possible de lire *Paris* à deux niveaux, comme un documentaire réaliste sur le Paris fin-de-siècle, et comme une allégorie de la cité féconde, génératrice de progrès, fabricatrice d'avenir. Ce double registre est particulièrement sensible dans le premier livre, où le tableau réaliste du Paris misérable et corrompu se double d'une dimension symbolique. Les ténèbres initiales qui enveloppent la ville sont en effet de deux ordres : d'une part ce sont des éléments de réalité, analogues à la boue ou au froid de glace, qui soulignent les souffrances du prolétariat parisien livré à la misère ; mais d'autre part ces ténèbres sont celles d'un hiver symbolique, celui du vieux monde en train de finir, en attente d'une renaissance future. Toute l'histoire du roman est enfermée dans un cycle saisonnier qui conduit le héros du Paris « morne et frissonnant » des premières pages à l'épanouissement lumineux de la fin, de l'hiver de la stérilité (apparente) et de l'attente angoissée à l'été fécond des moissons immenses. On assiste, au long du roman et surtout dans les deux derniers livres, au lever progressif de l'avenir radieux, culminant à la fin dans l'éblouissement d'or de la cité solaire : « Paris tout en or, Paris couvert de sa moisson d'or ! » Dans la météorologie symbolique de l'œuvre, les ténèbres de l'ancien monde trop réel, celles de *Germinal* ou de *La Bête humaine*, feront place désormais, comme dans *Fécondité* ou dans *Travail*, à l'irradiation heureuse de l'utopie, sous le signe glorieux du « divin soleil » retrouvé.

Cette montée vers l'utopie s'inscrit aussi dans la topographie de la ville. Comme il y a deux niveaux de représentation, il y a dans *Paris* deux espaces, l'espace objectif de la ville réelle, et l'espace utopique de la ville rêvée. Le premier, c'est celui de la misère, du luxe égoïste, de la corruption parlementaire et de la violence sociale. Le second, c'est celui du travail, de l'amour, de la vie réglée et requalifiée, telle qu'elle s'organise dans la « petite maison » de Guillaume, sur la place du Tertre. Cet espace n'apparaît vraiment dans le roman qu'à partir du Livre quatrième, mais il se dilate peu à peu, au point d'absorber à la fin tout le reste, comme les ténèbres de l'ancien monde se diluent dans la lumière du monde nouveau. C'est là, sur les hauteurs de la ville, au-dessus des miasmes du Paris corrompu des bas-fonds, que l'avenir se prépare en silence. Dans ce microcosme laborieux, isolé et clos sur lui-même, règne « une discipline si forte, qu'elle mettait là une gravité, presque une austérité de couvent, tempérée de jeunesse et de gaieté ». Sous l'autorité sévère et bienveillante de Mère-Grand, dans le respect de la loi cardinale de l'amour et du travail, chacun vaque à des occupations nécessaires. La science, la technique, l'art, les travaux plus humbles du ménage et du jardinage y trouvent leur part. Les relations humaines y sont trempées de tendresse. La raison et le sentiment s'y réconcilient dans les larmes. Le sérieux de l'effort continué, du sacrifice consenti, de l'espérance toujours conservée y remplace l'agitation vaine et les plaisirs vils du Paris condamné qui doit mourir. Mais cette solution idyllique reste quelque peu décevante. C'est seulement dans l'utopie, hors de la politique et de la société réelles, que Zola prétend résoudre les questions sociales et politiques posées par le monde réel. C'est là seulement que Pierre trouvera la réponse à ses angoisses, à ses doutes, à sa hantise de l'impuissance. Sa rentrée dans une vie d'homme sera aussi une sortie de la vie des hommes. L'enfant qui va naître de lui, ce « monsieur Jean » que sa mère à la fin, dans un geste d'enthousiasme, offre en « auguste cadeau » à la ville immense, ne grandira pas dans ce Paris tourmenté par les crises de l'histoire, mais dans les champs ensoleillés de l'utopie, dans ces nouveaux *Évangiles* dont Zola, vers la fin de 1897, écrit le texte programmatique, et dont il doit être le héros. Comme « l'enfant à venir » qui, dans *Le Docteur Pascal*, annonce le salut final de la race des Rougon, l'enfant miraculeux de Pierre et de Marie est le Messie attendu, le messager d'un foi nouvelle venu pour « moissonner » et « mettre en grange » la récolte mystique et préparer la fin de l'enfer social. Commencé en drame noir, *Paris* finit en conte bleu. Il en ira de même pour *Fécondité* et pour *Travail*. La dernière des *Trois Villes* est aussi le premier des *Quatre Évangiles*.

Jacques Noiray

PARIS

Livre premier

I

Ce matin-là, vers la fin de janvier, l'abbé Pierre Froment, qui avait une messe à dire au Sacré-Cœur de Montmartre, se trouvait dès huit heures sur la Butte, devant la basilique. Et, avant d'entrer, un instant il regarda Paris, dont la mer immense se déroulait à ses pieds.

C'était, après deux mois de froid terrible, de neige et de glace, un Paris noyé sous un dégel morne et frissonnant. Du vaste ciel, couleur de plomb, tombait le deuil d'une brume épaisse. Tout l'est de la ville, les quartiers de misère et de travail, semblaient submergés dans des fumées roussâtres, où l'on devinait le souffle des chantiers et des usines ; tandis que, vers l'ouest, vers les quartiers de richesse et de jouissance, la débâcle du brouillard s'éclairait, n'était plus qu'un voile fin, immobile de vapeur. On devinait à peine la ligne ronde de l'horizon, le champ sans bornes des maisons apparaissait tel qu'un chaos de pierres, semé de mares stagnantes, qui emplissaient les creux d'une buée pâle, et sur lesquelles se détachaient les crêtes des édifices et des rues hautes, d'un noir de suie. Un Paris de mystère, voilé de nuées, comme enseveli sous la cendre de quelque désastre, disparu à demi déjà dans la souffrance et dans la honte de ce que son immensité cachait.

Pierre regardait, maigre et sombre, vêtu de sa soutane mince, lorsque l'abbé Rose, qui semblait s'être abrité derrière un pilier du porche, pour le guetter, vint à sa rencontre.

« Ah ! c'est vous enfin, mon cher enfant. J'ai quelque chose à vous demander. »

Il semblait gêné, inquiet. D'un regard méfiant, il s'assura que personne n'était là. Puis, comme si la solitude ne suffisait pas à le rassurer, il l'emmena à quelque distance, dans la bise glaciale qui soufflait, et qu'il paraissait ne pas sentir.

« Voici, c'est un pauvre homme dont on m'a parlé, un ancien ouvrier peintre, un vieillard de soixante-dix ans, qui naturellement ne peut plus travailler, et qui est en train de mourir de faim, dans un taudis de la rue des Saules… Alors, mon cher enfant, j'ai songé à vous, j'ai pensé que vous consentiriez à lui porter ces trois francs de ma part, pour qu'il ait au moins du pain pendant quelques jours.

– Mais pourquoi n'allez-vous pas lui faire votre aumône vous-même ? »

De nouveau, l'abbé Rose s'inquiéta, s'effara, avec des regards peureux et confus.

« Oh ! non, oh ! non, je ne peux plus, moi, après tous les ennuis qui me sont arrivés. Vous savez qu'on me surveille et qu'on me gronderait encore, si l'on me surprenait à donner ainsi, sans bien savoir à qui je donne. Il est vrai que, pour avoir ces trois francs, j'ai dû vendre quelque chose… Je vous en supplie, mon cher enfant, rendez-moi ce service. »

Le cœur serré, Pierre considérait le bon prêtre tout blanc, avec sa grosse bouche de bonté, ses yeux clairs d'enfant, dans sa face ronde et souriante. Et l'histoire de cet amant de la pauvreté lui revenait en un flot d'amertume, la disgrâce où il était tombé, pour sa candeur sublime de saint homme charitable. Son petit rez-de-chaussée de la rue de Charonne, dont il faisait un asile, où il recueillait toutes les misères de la rue, avait fini par devenir une cause de scandale. On y abusait de sa naïveté, de son innocence, et des abominations se passaient chez lui, sans qu'il les soupçonnât. Des filles y allaient, lorsqu'elles n'avaient pas trouvé d'hommes pour les emmener. D'infâmes rendez-vous s'y donnaient, toute une promiscuité monstrueuse. Enfin, une belle nuit, la police y avait fait une descente, pour y arrêter une fillette de treize ans, accusée d'infanticide. Très émue, l'autorité diocésaine avait forcé l'abbé Rose à fermer son asile, et l'avait déplacé de l'église Sainte-Marguerite, en l'envoyant à Saint-Pierre-de-Montmartre, où il avait retrouvé sa place de vicaire. Ce n'était pas une disgrâce, mais un simple éloignement. On l'avait grondé, on le surveillait, comme il le disait lui-même, et il était très honteux, très malheureux, de ne pouvoir plus donner qu'en se cachant, tel qu'un prodigue écervelé qui rougit de ses fautes.

Pierre prit les trois francs.

« Je vous promets, mon ami, de faire votre commission, ah ! de tout mon cœur.

– Allez-y après votre messe, n'est-ce pas ? Il s'appelle Laveuve, il habite la rue des Saules, une maison avec une cour, avant d'arriver à la rue Marcadet. Vous trouverez bien… Et, si vous étiez gentil, vous viendriez me rendre compte de votre visite, ce soir, vers cinq heures, à la Madeleine, où j'irai entendre la conférence de Mgr Martha. Il a été si bon pour moi !… N'y viendrez-vous pas l'entendre vous-même ? »

Pierre répondit d'un geste évasif. Mgr Martha, évêque de Persépolis, très puissant à l'archevêché, depuis qu'il s'était employé à décupler les souscriptions pour le Sacré-Cœur, en propagandiste vraiment génial, avait en effet soutenu l'abbé Rose ; et c'était lui qui avait obtenu qu'on le laissât à Paris, en le replaçant à Saint-Pierre-de-Montmartre.

« Je ne sais si je pourrai assister à la conférence, dit Pierre. En tout cas, j'irai sûrement vous y retrouver. »

La bise soufflait, un froid noir les pénétrait tous deux, sur ce sommet désert, dans le brouillard qui changeait la grande ville en un océan de brume. Mais un pas se fit entendre, et l'abbé Rose, repris de méfiance, vit un homme passer, très grand, très fort, chaussé en voisin de galoches, et la tête nue, d'épais cheveux blancs, coupés ras.

« N'est-ce point votre frère ? » demanda le vieux prêtre.

Pierre n'avait pas eu un mouvement. Il répondit d'une voix tranquille :

« C'est mon frère Guillaume, en effet. Je l'ai retrouvé, depuis que je viens parfois ici, au Sacré-Cœur. Il possède là, tout près, une maison qu'il habite depuis plus de vingt ans, je crois. Quand je le rencontre, nous nous serrons la main. Mais je ne suis pas même allé chez lui… Ah ! tout est bien mort entre nous, rien ne nous est plus commun, des mondes nous séparent. »

Le sourire si tendre de l'abbé Rose reparut, et il eut un geste de la main, comme pour dire qu'il ne fallait jamais désespérer de l'amour. Guillaume Froment, un savant d'intelligence haute, un chimiste qui vivait à l'écart, en révolté, était maintenant son paroissien ; et il devait rêver de le reconquérir à Dieu, lorsqu'il passait près de la maison qu'il occupait avec ses trois grands fils, bourdonnante de travail.

« Mais, mon cher enfant, reprit-il, je vous tiens là, dans ce froid noir, et vous n'avez pas chaud... Allez dire votre messe. À ce soir, à la Madeleine. »

Puis, suppliant, s'assurant de nouveau que personne ne les écoutait, il ajouta de son air d'enfant toujours en faute :

« Et pas un mot à personne de ma petite commission. On dirait encore que je ne sais pas me conduire. »

Pierre le regarda s'éloigner dans la direction de la rue Cortot, où le vieux prêtre habitait un rez-de-chaussée humide, qu'un bout de jardin égayait. La cendre de désastre qui noyait Paris semblait s'épaissir, sous les rafales de la bise glacée. Et il entra enfin dans la basilique, le cœur ravagé, débordant de l'amertume que venait d'y remuer cette histoire, cette banqueroute de la charité, l'ironie affreuse du saint homme puni pour avoir donné, se cachant pour donner toujours. Rien ne calma la cuisson de la blessure rouverte en lui, ni la paix tiède dans laquelle il pénétrait, ni la solennité muette du large et profond vaisseau, d'une nudité de pierres neuves, sans tableaux, sans décoration d'aucune sorte, la nef à demi barrée par la charpente qui bouchait la coupole du dôme, encore en construction. À cette heure matinale, sous la lumière grise que laissaient tomber les hautes et minces baies, des messes de supplication étaient déjà dites à plusieurs autels, des cierges d'imploration brûlaient au fond de l'abside. Et il se hâta d'aller à la sacristie, revêtir les vêtements sacrés, pour dire sa messe à la chapelle de Saint-Vincent-de-Paul.

Mais les souvenirs venaient d'être lâchés, Pierre n'était plus qu'à sa détresse, tandis que, machinalement, il accomplissait les rites, faisait les gestes professionnels. Depuis son retour de Rome, depuis trois ans, il vivait dans la pire angoisse où puisse tomber un homme. D'abord, pour retrouver la croyance perdue, il avait tenté une première expérience, il était allé à Lourdes chercher la foi naïve de l'enfant qui s'agenouille et qui prie, la primitive foi des peuples jeunes, courbés sous la terreur de leur ignorance ; et il s'était révolté davantage devant la glorification de l'absurde, la déchéance du sens commun, convaincu que le salut, la paix des hommes et des peuples d'aujourd'hui ne saurait être dans cet abandon puéril de la raison. Ensuite, repris du besoin d'aimer, tout en faisant la part intellectuelle de cette raison exigeante, il avait joué sa paix dernière dans une seconde expérience, il était allé à Rome voir si le catholicisme pouvait se renouveler, revenu à l'esprit du christianisme naissant, être la religion de la démocratie, la foi que le monde moderne, bouleversé, en danger de mort, attendait pour s'apaiser et vivre ; et il n'y avait trouvé que des décombres, que le tronc pourri d'un arbre incapable d'un nouveau printemps, il n'y avait entendu que le craquement suprême du vieil édifice social, près de crouler. C'était alors, rendu au doute immense, à la négation totale, qu'il était revenu à Paris, rappeler par l'abbé Rose, au nom de leurs pauvres, pour s'oublier, pour s'immoler, pour croire en eux, puisque eux seuls restaient, avec leurs effroyables souffrances ; et c'était alors qu'il s'était heurté depuis trois ans, à cet effondrement, cette banqueroute de la bonté elle-même, la charité dérisoire, la charité inutile et bafouée.

Ces trois années, Pierre venait de les vivre dans une tourmente sans cesse accrue, où son être entier avait fini par sombrer. Sa foi était morte à jamais, son espérance même était morte d'utiliser la foi des foules pour le salut commun. Il niait tout, il n'attendait plus que la catastrophe finale, inévitable, la révolte, le massacre, l'incendie, qui devaient balayer un monde coupable et condamné. Prêtre sans croyance veillant sur la croyance des autres, faisant chastement, honnêtement son métier, dans la tristesse hautaine de n'avoir pu renoncer à son intelligence, comme il avait renoncé à sa chair d'amoureux et à son rêve de sauveur des peuples, il restait quand même debout, d'une grandeur solitaire et farouche. Et ce négateur désespéré, qui avait touché le fond du néant, gardait une attitude si haute et si grave, parfumée d'une bonté si pure, qu'il avait, dans sa paroisse de Neuilly, acquis la réputation d'un jeune saint, aimé de Dieu, dont la prière obtenait des miracles. Il était la règle, il n'avait plus que le geste du prêtre, sans l'âme immortelle, tel qu'un sépulcre vide où ne restait pas même la cendre de l'espoir ; et des femmes douloureuses, des paroissiennes en larmes adoraient, baisaient sa soutane, et c'était une mère torturée, ayant un enfant au berceau en danger de mort, qui l'avait supplié de venir demander la guérison à Jésus, certaine que Jésus la lui accorderait, dans ce sanctuaire de Montmartre, où flambait le prodige de son cœur incendié d'amour.

Cependant, Pierre, revêtu des vêtements sacrés, avait gagné la chapelle de Saint-Vincent-de-Paul. Il y monta le degré de l'autel, il commença la messe ; et, quand il se retourna, les mains élargies, pour bénir, il apparut avec sa face creusée, sa bouche de douceur amincie d'amertume, ses yeux de tendresse devenus noirs de souffrance. Ce n'était plus le jeune prêtre, au visage brûlé de fièvre tendre allant à Lourdes, au visage illuminé d'apôtre partant pour Rome. Sa double hérédité en éternelle lutte, son père dont il tenait la tour inexpugnable de son front, sa mère qui lui avait donné ses lèvres altérées d'amour, continuaient le combat, toute la bataille humaine du sentiment et de la raison, dans cette face aujourd'hui ravagée, où montait aux minutes d'oubli le chaos de la détresse intérieure. Les lèvres avouaient encore la soif inassouvie d'aimer, de se donner et de vivre, qu'il croyait bien ne devoir plus contenter jamais ; tandis que le front solide, la citadelle dont il souffrait, s'entêtait à ne point se rendre, sous les assauts de l'erreur. Mais il se raidissait, cachait l'épouvante du vide où il se débattait, demeurait superbe, faisait les gestes, disait les paroles, souverainement. Et la mère qui était là, parmi les quelques femmes agenouillées, la mère qui attendait de lui une intercession suprême, qui le croyait en colloque avec Jésus pour le salut de son enfant, le voyait rayonner au travers de ses larmes, d'une beauté d'ange, messager des grâces divines.

Après l'offertoire, lorsque Pierre découvrit le calice, il se prit en dédain. L'ébranlement était trop profond, il pensait quand même à ces choses. Quel enfantillage, dans ses deux expériences, à Lourdes et à Rome, quelle naïveté de pauvre être éperdu, dévoré du besoin d'aimer et de croire ! S'être imaginé que la science actuelle, en lui, allait s'accommoder avec la foi de l'An mille, et surtout avoir eu la sottise d'espérer que lui, petit prêtre, allait faire la leçon au pape, le déterminer à être un saint et à changer la face du monde ! Il en était plein de honte, comme on avait dû rire de lui ! Puis, c'était aussi son idée d'un schisme qui le faisait rougir. Il se revoyait à Rome, rêvant d'écrire un livre, où il se séparerait violemment du catholicisme, pour prêcher la religion nouvelle des démocraties, l'évangile épuré, humain et vivant. Quelle ridicule folie ! Un schisme ! Il avait connu à Paris un abbé au grand cœur et de grand esprit, qui avait tenté de l'accomplir, ce fameux schisme annoncé, attendu. Ah ! le pauvre homme, la triste et dérisoire besogne, au milieu de l'incrédulité universelle, de l'indifférence glacée des uns, des moqueries et des injures des autres ! Si Luther revenait de nos jours, il finirait à un cinquième des Batignolles, oublié et mourant de faim. Un schisme ne peut réussir dans un peuple qui ne croit plus, qui s'est désintéressé de l'Église, pour mettre ailleurs son espoir. C'était tout le catholicisme, c'était même tout le christianisme qui allait être emporté, car l'évangile, en dehors de quelques maximes morales, n'était plus un code social possible. Et cette certitude augmentait son tourment, les jours où la soutane pesait plus lourde à ses épaules, où il finissait par se mépriser, de célébrer ainsi le mystère divin de cette messe, qui était devenue pour lui le geste d'une religion morte.

Pierre, qui avait empli le calice à demi du vin des burettes, se lava les mains et aperçut de nouveau la mère, avec son visage d'ardente supplication. Alors, il pensa que c'était pour elle, dans une pensée charitable d'homme lié par un serment, qu'il était resté prêtre, prêtre sans croyance nourrissant du pain de l'illusion la croyance des autres. Mais cette héroïque attitude, ce devoir hautain où il s'enfermait, n'allait plus pour lui sans une angoisse croissante. La simple probité ne lui commandait-elle pas de jeter la soutane, de retourner parmi les hommes ? Sa situation fausse, à certaines heures, l'emplissait du dégoût de son héroïsme inutile, et demandait de nouveau s'il n'était pas lâche et dangereux de laisser vivre les foules dans leur superstition. Certes, le mensonge d'un Dieu de justice et de vigilance, d'un paradis futur où étaient rachetées toutes les souffrances d'ici-bas, avait longtemps semblé nécessaire aux misères des pauvres hommes ; mais quel leurre, quelle exploitation tyrannique des peuples, et combien il serait plus viril d'opérer les peuples brutalement, en leur donnant le courage de vivre la vie réelle, même dans les larmes ! Déjà, s'ils se détournaient du christianisme, n'était-ce pas qu'ils avaient le besoin d'un idéal plus humain, d'une religion de santé et de qui ne serait pas une religion de la mort ? Le jour où l'idée de charité croulerait, le christianisme croulerait avec elle, car il était bâti sur la charité divine corrigeant l'injustice fatale, ouvrant les récompenses futures à qui aurait souffert en cette vie. Et elle croulait, les pauvres n'y croyaient plus, se fâchaient devant un paradis menteur dont la promesse avait si longtemps entretenu leur patience, exigeaient qu'on ne les renvoyât pas au lendemain du tombeau, pour le règlement de leur part de bonheur. Un cri de justice montait de toutes les lèvres, la justice sur cette terre, la justice pour ceux qui ont faim, que l'aumône est lasse de secourir depuis dix-huit siècles d'évangile, et qui n'ont toujours pas de pain à manger.

Lorsque, les coudes sur la table de l'autel, Pierre eut vidé le calice, après y avoir brisé l'hostie, il se sentit tomber à une détresse plus grande. Ainsi donc, c'était une troisième expérience qui commençait pour lui, ce combat suprême de la justice contre la charité, où allaient se débattre son cœur et sa raison, dans ce grand Paris, si voilé de cendre, si plein d'un terrible inconnu ? Le besoin du divin luttait encore en lui contre l'intelligence dominatrice. Comment contenterait-on jamais, chez les foules, la soif du mystère ? En dehors de l'élite, la science suffirait-elle pour apaiser le désir, bercer la souffrance, rassasier le rêve ? Et qu'allait-il devenir lui-même, dans la banqueroute de cette charité qui, seule, depuis trois ans, le tenait debout, en occupant toutes ses heures, en lui donnant l'illusion de se dévouer, d'être utile aux autres ? D'un coup, la terre manquait sous ses pieds, il n'entendait plus que le cri du peuple, du grand muet, demandant justice, grondant et menaçant de reprendre sa part, qu'on détenait par la force et la ruse. Plus rien ne pouvait retarder la catastrophe inévitable, la guerre fratricide des classes qui emporterait le vieux monde, condamné à disparaître sous l'amas de ses crimes. À chaque heure, il attendait l'effondrement, Paris noyé de sang, Paris en flammes, dans une tristesse affreuse. Et son horreur de la violence le glaçait, il ne savait où prendre la croyance nouvelle qui devait conjurer le péril, ayant bien conscience que le problème social et religieux ne faisait qu'un, était seul en question dans l'effroyable et quotidien labeur de Paris, mais trop troublé lui-même, trop mis à l'écart par la prêtrise, trop déchiré de doute et d'impuissance, pour dire encore où était la vérité, la santé, la vie. Ah ! être sain, vivre, contenter enfin sa raison et son cœur, dans la paix, dans la besogne certaine, simplement honnête, que l'homme est venu accomplir sur la terre !

La messe était dite, et Pierre descendait de l'autel, quand la mère en larmes, près de laquelle il passait, saisit de ses mains tremblantes un coin de la chasuble et la baisa éperdument, comme on baise la relique du saint dont on attend le salut. Elle le remerciait du miracle qu'il avait dû faire, certaine de retrouver son enfant guéri. Il fut profondément ému de cet amour, de cette foi brûlante, malgré la brusque détresse qu'il éprouva plus affreuse, à n'être pas le ministre souverain que cette femme croyait, capable d'obtenir un sursis de la mort. Mais il la renvoyait consolée, raffermie, et ce fut d'un vœu ardent qu'il supplia la Force ignorée et consciente, s'il en existait une, de venir en aide à la pauvre créature. Puis, lorsqu'il se fut dévêtu, dans la sacristie, et qu'il se retrouva dehors, devant la basilique, fouetté par la bise d'hiver, un frisson mortel le reprit et le glaça, tandis qu'il regardait, au travers de la brume, si l'ouragan de colère et de justice n'avait pas balayé Paris, la catastrophe attendue qui devait l'engloutir un matin, en ne laissant, sous le ciel de plomb, que le marais empesté de ses décombres.

Tout de suite, Pierre voulut faire la commission de l'abbé Rose. Il suivit la rue de Norvins, sur la crête de Montmartre, gagna la rue des Saules, dont il descendit la pente raide, entre des murs moussus, de l'autre côté de Paris. Les trois francs qu'il tenait dans sa main, au fond de la poche de sa soutane, l'emplissaient à la fois d'une émotion attendrie et d'une sourde colère contre l'inutile charité. Mais, à mesure qu'il dévalait, par les raidillons, par les étages d'escaliers interminables, des coins de misère entrevus le reprenaient, une infinie pitié lui serrait le cœur. Il y avait là tout un quartier neuf en construction, le long des larges voies ouvertes, depuis les grands travaux du Sacré-Cœur. De hautes et bourgeoises maisons se dressaient déjà, au milieu des jardins éventrés, parmi des terrains vagues, entourés encore de palissades. Et, avec leurs façades cossues, d'une blancheur neuve, elles ne faisaient que rendre plus sombres, plus lépreuses, les vieilles bâtisses branlantes restées debout, des guinguettes louches aux murs sang-de-boeuf des cités de souffrance aux bâtiments noirs et souillés, où du bétail humain s'entassait. Ce jour-là, sous le ciel bas, la boue noyait le pavé défoncé par les charrois, le dégel trempait les murs d'une humidité glaciale, tandis qu'une tristesse atroce montait de tant de saleté et de souffrance.

Pierre, qui était allé jusqu'à la rue Marcadet, revint sur ses pas, entra, rue des Saules, certain de ne pas se tromper, dans la cour d'une sorte de caserne ou d'hôpital, que trois bâtiments irréguliers entouraient. Cette cour était un cloaque, où les ordures avaient dû s'amasser pendant les deux mois de terrible gelée ; et tout fondait maintenant, une abominable odeur s'exhalait du lac de fange immonde. Les bâtiments croulaient à demi, des vestibules béants s'ouvraient comme des trous de cave, des taies de papier bariolaient les vitres crasseuses, des loques pendaient infâmes, telles que des drapeaux de mort. Au fond de l'échoppe qui servait de loge au concierge, Pierre n'aperçut qu'un homme infirme, roulé dans le lambeau sans nom d'une ancienne couverture de cheval.

« Vous avez ici un vieil ouvrier du nom de Laveuve. Quel escalier, quel étage ? »

L'homme ne répondit pas, arrondit des yeux inquiets d'idiot, qui s'effare. Sans doute la concierge était dans le voisinage. Un instant, le prêtre attendit ; puis, apercevant une petite fille au fond de la cour, il se hasarda, traversa le cloaque sur la pointe des pieds.

« Mon enfant, connais-tu, dans la maison, un vieil ouvrier qui s'appelle Laveuve ?»

La petite fille, dont le maigre corps n'était vêtu que d'une robe de toile rose, en guenilles, grelottait, les mains couvertes d'engelures. Elle leva son fin visage, joli sous les morsures du froid.

« Laveuve, non, sais pas, sais pas... »

Et, de son geste inconscient de mendiante, elle tendit l'une de ses pauvres mains, gourdes et massacrées. Puis, lorsqu'il lui eut donné une petite pièce blanche, elle se mit à galoper, telle qu'une chèvre joyeuse, au travers de la boue, en chantant d'une voix aiguë :

« Sais pas, sais pas, sais pas... »

Il prit le parti de la suivre. Elle avait disparu dans un des vestibules béants, et il monta derrière elle un escalier sombre et fétide, aux marches à demi rompues, rendues si glissantes par des épluchures de légumes, qu'il dut s'aider de la corde graisseuse, grâce à laquelle on se hissait. Mais toutes les portes étaient closes, il frappa inutilement à plusieurs, il n'obtint à la dernière que des grognements étouffés, comme si quelque animal désespéré était enfermé là. Redescendu dans la cour, il hésita, puis s'engagea dans un autre escalier. Et, cette fois, il fut assourdi par des cris perçants, des cris d'enfant qu'on égorge. Il monta au bruit, il finit par se trouver devant une chambre grande ouverte, dans laquelle un enfant, laissé seul, attaché sur sa petite chaise, sans doute pour qu'il ne tombât pas, hurlait sans reprendre haleine. Il redescendit de nouveau, bouleversé, le sang glacé par tant de dénuement et d'abandon.

Mais une femme rentrait, rapportant trois pommes de terre dans son tablier ; et, comme il la questionnait, elle regarda sa soutane avec méfiance.

« Laveuve, Laveuve, je ne peux pas dire. Si la concierge était là, elle vous dirait peut-être... Vous comprenez, il y a cinq escaliers, on ne se connaît pas tous, et puis ça change si souvent... Voyez tout de même là, au fond. »

Cet escalier du fond était plus abominable que les autres, les marches déjetées, les murs gluants, comme trempés d'une sueur d'angoisse. À chaque palier, les plombs soufflaient une haleine de peste, et de chaque logement sortaient des plaintes, des querelles, un affreux dégoût de misère. Une porte battit, un homme apparut, traînant une femme par les cheveux, pendant que trois mioches pleuraient. À l'étage supérieur, ce fut, dans une pièce entrevue, la vision d'une fille chétive et toussant, la gorge flétrie déjà, qui promenait violemment un poupon, pour le faire taire, désespérée de n'avoir plus de lait. Puis, ce fut encore, dans un logement d'à côté, la vue poignante de trois êtres, à demi vêtus de haillons, sans sexe ni âge, qui, au milieu de la nudité absolue de la chambre, mangeaient gloutonnement, à la même terrine, une pâtée dont les chiens n'auraient pas voulu. Ils levèrent à peine la tête, grondèrent, ne répondirent pas aux questions.

Pierre allait redescendre, lorsque, tout en haut, à l'entrée d'un couloir, il tenta une dernière fois de frapper à une porte. Une femme ouvrit, dont les cheveux dépeignés grisonnaient déjà, bien qu'elle ne dût pas avoir plus de quarante ans ; et ses lèvres pâlies, ses yeux meurtris, dans sa face jaune, exprimaient une lassitude extrême, un air d'effacement et de continuelle crainte, sous l'acharnée misère. Elle se troubla, à la vue de la soutane, elle balbultia, inquiète :

« Entrez, entrez, monsieur l'abbé. »

Mais un homme, que Pierre n'avait pas vu d'abord, un ouvrier d'une quarantaine d'années aussi, grand, maigre, chauve, un roux décoloré, les moustaches et la barbe rares, eut un geste de violence, la sourde menace de jeter le prêtre à la porte. Il se calma, s'assit près d'une table boiteuse, affecta de tourner le dos. Et, comme il y avait là encore une fillette blonde, de onze à douze ans, la figure longue et douce, avec cet air intelligent et un peu vieux que la grande misère donne aux enfants, il l'appela, la tint entre ses genoux, sans doute pour la protéger du contact de la soutane.

Pierre, le cœur serré par cet accueil, sentant le profond dénuement de cette famille, à la pièce nue et sans feu, à la détresse morne de ces trois êtres, se décida pourtant à poser sa question.

« Madame, vous ne connaissez pas dans la maison un vieil ouvrier du nom de Laveuve ?»

La femme, tremblante maintenant de l'avoir fait entrer, puisque cela paraissait déplaire à son homme, essaya d'arranger les choses, timidement.

« Laveuve, Laveuve, non... Dis, Salvat, tu entends ? Est-ce que tu connais, toi ? »

Salvat se contenta de hausser les épaules. Mais la petite fille ne put tenir sa langue.

« Écoute donc, maman Théodore... C'est peut-être le Philosophe.

– Un ancien ouvrier peintre, continua Pierre, un vieillard malade, qui ne peut plus travailler. »

Mme Théodore, du coup, fut renseignée.

« Alors, c'est ça, c'est bien ça... Nous l'appelons le Philosophe, un surnom qu'on lui a donné dans le quartier. Tout de même, rien n'empêche qu'il ne s'appelle Laveuve. »

D'un de ses poings levés au plafond, vers le ciel, Salvat sembla protester contre l'abomination d'un monde et d'un Dieu qui laissaient crever de faim les vieux travailleurs, tels que des chevaux fourbus. Mais il ne parla pas, il retomba dans un silence sauvage et lourd, dans la sorte de méditation affreuse où il se trouvait, lorsque le prêtre avait paru. Il était mécanicien, et il regardait obstinément, posé sur la table, son sac à outils, un petit sac de cuir, où quelque chose faisait bosse, une pièce à reporter sans doute. Il devait songer au long chômage, à sa recherche vaine d'un travail quelconque, pendant ces deux derniers mois de terrible hiver. Ou peut-être songeait-il aux représailles prochaines et sanglantes des meurt-de-faim, dans la rêverie incendiaire qui allumait ses grands yeux bleus, singuliers, vagues et brûlants. Tout d'un coup, il s'aperçut que sa fille avait pris le sac, tâchait de l'ouvrir, pour voir. Il eut un frémissement, et enfin il parla, la bouche bonne et amère, cédant à la brusque émotion qui le pâlissait.

« Céline, veux-tu bien laisser ça ! Je t'ai défendu de toucher aux outils. »

Il prit le sac, le déposa derrière lui, contre le mur, avec de grandes précautions.

« Alors, madame, demanda Pierre, ce Laveuve habite à cet étage ? »

Mme Théodore, d'un regard craintif, consulta Salvat. Elle n'était pas pour qu'on bousculât les curés, quand ils se donnaient la peine de venir, parce qu'il y avait parfois à gagner des sous avec eux. Et, lorsqu'elle comprit que Salvat, retombé dans sa noire rêverie, la laissait agir à sa guise, elle s'offrit tout de suite.

« Si monsieur l'abbé le veut bien, je vais le conduire. C'est justement au fond du corridor. Mais il faut savoir, parce qu'il y a encore des marches à monter. »

Céline, voyant là un amusement, s'échappa des genoux de son père, accompagna le prêtre, elle aussi. Et Salvat resta seul dans la chambre de pauvreté et de souffrance, d'injustice et de colère, sans feu, sans pain, hanté de son rêve ardent, les yeux de nouveau fixés sur le sac, comme s'il y avait eu là, avec les outils, la guérison du monde.

En effet, il fallut gravir quelques marches ; et, derrière Mme Théodore et Céline, Pierre se trouva dans une sorte d'étroit grenier, sous le toit, une soupente de quelques mètres carrés, où l'on ne pouvait se tenir debout. Le jour n'entrait que par une lucarne à tabatière, mais, comme la neige bouchait la vitre, on dut laisser la porte grande ouverte, pour y voir clair. Ce qui entrait, c'était le dégel, la neige qui fondait et qui, goutte à goutte, coulait, inondait le carreau. Après ces longues semaines de froid intense, la noire humidité noyait tout de son frisson. Et là, sans une chaise, sans même un bout de planche, dans un coin du carreau nu, sur un tas de loques immondes, Laveuve gisait, tel qu'une bête à demi crevée parmi un tas d'ordures.

« Tenez ! dit Céline de sa voix chantante, le voilà, c'est le Philosophe ! »

Mme Théodore s'était penchée, pour écouter s'il vivait toujours.

« Oui, il respire, je crois qu'il dort. Oh ! s'il mangeait seulement tous les jours, il se porterait bien. Mais, que voulez-vous ? il n'a plus personne, et quand on marche sur ses soixante-dix ans, le mieux serait d'aller se jeter à l'eau. Dans son métier de peintre en bâtiment, dès cinquante ans parfois, on ne peut plus travailler sur les échelles. Lui, d'abord, a trouvé des travaux de plain-pied à faire. Puis, il a eu la chance d'avoir des chantiers à garder. Et c'est fini, on l'a congédié de partout, voici deux mois qu'il est venu tomber dans ce coin, pour y mourir. Le propriétaire n'a point osé encore le jeter à la rue, bien que ce ne soit pas l'envie qui lui en manque... Nous autres, n'est-ce pas ? nous lui apportons parfois un peu de vin, des croûtes. Mais, quand on n'a rien soi-même, comment voulez-vous qu'on donne à un autre ? »

Épouvanté, Pierre regardait cet effroyable reste, ce que cinquante années de travail et de misère, d'injustice sociale, avaient fait d'un homme. Il finissait par distinguer la tête blanche, usée, déprimée, déformée. Toute la débâcle du travail sans espoir sur une face humaine. La barbe inculte, embroussaillant les traits, l'air d'un vieux cheval qu'on ne tond plus, avec les mâchoires de travers, depuis que les dents étaient tombées. Des yeux vitreux, un nez qui sombrait dans la bouche. Et surtout cet aspect de bête déjetée par les fatigues du métier, éclopée, écroulée, bonne uniquement pour l'abattoir.

« Ah ! le pauvre être ! murmura le prêtre frémissant. Et on le laisse mourir de faim, tout seul, sans une aide ! et pas un hospice, pas un asile ne l'a recueilli !

– Dame ! reprit Mme Théodore de sa voix dolente et résignée, les hôpitaux sont faits pour les malades, et il n'est pas malade, il s'achève simplement, à bout de forces. Puis, il n'est pas toujours commode, on est venu encore dernièrement, pour le mettre dans un asile ; mais il ne veut pas être enfermé, il répond grossièrement à ceux qui le questionnent, sans compter qu'il a la mauvaise réputation de boire et de mal parler des bourgeois... Ah ! Dieu merci, il sera délivré bientôt ! »

Pierre s'était penché, en voyant les yeux de Laveuve s'ouvrir tout grands, et il lui parla avec tendresse, il raconta qu'il venait de la part d'un ami lui apporter quelque argent, pour s'acheter ce dont il aurait le plus besoin. D'abord, à la vue de la soutane, le vieillard avait grondé de gros mots. Mais, tout de même, dans son extrême faiblesse, il gardait la goguenardise de l'ouvrier parisien

« Je boirai volontiers un coup alors, dit-il d'une voix distincte, et avec un bout de pain, s'il y a de quoi, car voilà deux jours que je n'en connais plus le goût. »

Céline s'offrit, et Mme Théodore l'envoya chercher un pain et un litre de vin, avec l'argent de l'abbé Rose. Puis, en attendant, elle dit à Pierre comment Laveuve avait dû entrer à l'asile des Invalides du travail, une bonne œuvre dont les dames patronnesses étaient présidées par la baronne Duvillard ; mais l'enquête réglementaire avait abouti sans doute à un tel rapport, que l'affaire en était restée là.

« La baronne Duvillard, je la connais, je vais aller la voir aujourd'hui ! s'écria Pierre, dont le cœur saignait. Il est impossible qu'on laisse plus longtemps un homme dans une situation pareille. »

Et, comme Céline revenait avec le pain et le litre, ils installèrent à eux trois Laveuve, le remontèrent sur son tas de loques, le firent boire et manger, puis laissèrent près de lui le reste du vin et du pain, un grand pain de quatre livres, en lui recommandant d'attendre pour le finir, s'il ne voulait pas étouffer.

« Monsieur l'abbé devrait me donner son adresse, dans le cas où j'aurais quelque chose à lui faire savoir », dit Mme Théodore, lorsqu'elle se retrouva devant sa porte.

Pierre n'avait pas de carte de visite, et tous trois rentrèrent dans la chambre. Mais Salvat n'y était plus seul. Debout, il causait bas, très vite, de très près, bouche à bouche, avec un jeune homme d'une vingtaine d'années. Celui-ci, fluet, brun, les cheveux taillés en brosse et la barbe naissante, avait des yeux clairs, un nez droit, des lèvres minces, dans une face pâle de vive intelligence, semée de quelques taches de rousseur. Sous sa jaquette usée, il grelottait, le front dur et têtu.

« C'est M. l'abbé qui veut me laisser son adresse, pour l'affaire du Philosophe », expliqua Mme Théodore doucement, contrariée de trouver là du monde.

Les deux hommes avaient regardé le prêtre, puis s'étaient regardés, l'air terrible. Brusquement, ils ne dirent plus un mot, dans le froid de glace qui tombait du plafond.

Salvat, avec de nouvelles et grandes précautions, alla prendre son sac à outils, contre le mur.

« Alors, tu descends, tu vas encore chercher du travail ? »

Il ne répondit pas, il n'eut qu'un geste de colère, comme pour dire qu'il ne voulait plus du travail, puisque le travail, depuis si longtemps, n'avait plus voulu de lui.

« Tout de même, tâche de rapporter quelque chose, car tu sais qu'il n'y a rien... À quelle heure rentreras-tu ? »

D'un nouveau geste, il sembla répondre qu'il rentrerait quand il pourrait, jamais peut-être. Et, des larmes, malgré son effort d'héroïsme, étant montées à ses vagues yeux bleus, où brûlait une flamme, il saisit sa fille Céline, l'embrassa violemment, éperdument, puis s'en alla, son sac sous le bras, suivi de son jeune compagnon.

« Céline, reprit Mme Théodore, donne ton crayon à M. l'abbé, et tenez ! monsieur, mettez-vous là, vous serez mieux pour écrire. »

Puis, lorsque Pierre se fut installé devant la table, sur la chaise que Salvat avait occupée :

« Il n'est pas méchant, continua-t-elle pour excuser son homme de n'être guère poli, mais il a eu trop d'embêtements dans l'existence, ça l'a rendu un peu braque.

C'est comme ce jeune homme que vous venez de voir, M. Victor Mathis, en voilà encore un qui n'est pas heureux, un jeune homme très bien élevé, très instruit, et dont la mère, une veuve, a juste de quoi manger du pain. Alors, on comprend, n'est-ce pas ? que ça leur tourne sur la tête et qu'ils parlent de faire sauter tout le monde. Moi, ce ne sont pas mes idées, mais je leur pardonne, oh ! bien volontiers. »

Troublé, intéressé par tout ce qu'il sentait d'inconnu et d'effrayant autour de lui, Pierre ne se hâta pas d'écrire l'adresse, écoutant, poussant aux confidences.

« Si vous saviez, monsieur l'abbé, ce pauvre Salvat ! un enfant abandonné, sans père ni mère, qui a couru les chemins, qui a dû faire d'abord tous les métiers pour vivre. Puis, il est devenu mécanicien, et un très bon ouvrier, je vous assure, très adroit, très travailleur. Mais il avait déjà ses idées, il se querellait, voulait embaucher les camarades, si bien qu'il ne pouvait rester nulle part. Enfin, à trente ans, il a fait la bêtise de partir pour l'Amérique avec un inventeur qui l'a exploité là-bas, à ce point qu'au bout de six ans il est revenu malade et sans un sou... Il faut vous dire qu'il avait épousé ma sœur cadette, Léonie, et qu'elle était morte, avant son départ pour l'Amérique, en lui laissant la petite Céline âgée d'un an. Moi, j'étais alors avec mon mari Théodore Labitte, un maçon ; et ce n'est pas pour me vanter, mais j'avais beau me tuer les yeux à la couture, il me battait à me laisser morte sur le carreau. Il a fini par me planter là, en filant avec une jeunesse de vingt ans, ce qui m'a causé plus de plaisir que de peine... Et, naturellement, quand Salvat, à son retour d'Amérique, m'a retrouvée seule, avec sa petite Céline, qu'il m'avait confiée à son départ et qui m'appelait maman, nous nous sommes mis ensemble par la force des choses. Nous ne sommes pas mariés, mais, n'est-ce pas ? monsieur l'abbé, c'est tout comme.»

Elle avait pourtant éprouvé une gêne, et elle reprit, pour montrer qu'elle n'était point sans parents convenables:

«Moi, je n'ai pas eu de chance, mais j'ai une autre sœur, Hortense, qui a épousé un employé, M. Chrétiennot, et qui habite un joli appartement du boulevard Rochechouart. Nous étions trois, d'un second lit, Hortense, la plus jeune, Léonie qui est morte, et moi, l'aînée, qui m'appelle Pauline... Et j'ai encore, du premier lit, un frère, Eugène Toussaint, plus âgé que moi de dix ans, mécanicien lui aussi, qui travaille depuis la guerre dans la même maison, l'usine Grandidier, à cent pas d'ici, rue Marcadet. Le malheur est qu'il a eu une attaque dernièrement... Moi, j'ai perdu les yeux, je me les suis brûlés à travailler pendant des dix heures par jour à la couture. Maintenant, je ne puis seulement faire un raccommodage sans que des larmes m'aveuglent. J'ai cherché des ménages, et je n'en trouve plus, la mauvaise chance s'acharne contre nous. Alors, voilà, nous manquons de tout, une misère noire, souvent des deux et trois jours sans manger, une vie de chien qui se nourrit au hasard de ce qu'il rencontre ; et, avec ça, ces deux derniers mois de gros froids qui nous ont gelés, à croire des fois, le matin, que nous ne nous réveillerions plus... Que voulez-vous ? moi, je n'ai jamais été heureuse, battue d'abord, à présent finie, balayée dans un coin, vivant je ne sais même pas pourquoi. »

Sa voix s'était mise à trembler, ses yeux rouges se mouillaient, et Pierre la sentit ainsi pleurante dans l'existence, brave femme sans volonté, comme effacée déjà de la vie, en ménage sans amour, au hasard des événements.

« Oh ! je ne me plains pas de Salvat, dit-elle encore. C'est un brave homme, il ne rêve que le bonheur de tous ; et il ne boit pas, il travaille quand il peut... Seulement, il est certain que, s'il s'occupait moins de politique, il travaillerait davantage. On ne peut discuter avec les camarades, aller dans les réunions, et être à l'atelier. Il est fautif en cela, c'est évident... Ça n'empêche qu'il a raison de se plaindre, on ne s'imagine pas un pareil acharnement du malheur, tout s'est abattu sur lui, tout l'a écrasé. Un saint lui-même en deviendrait fou, et l'on comprend qu'un pauvre, qu'un malchanceux finisse par en être enragé... Depuis deux mois, il n'a rencontré qu'un bon cœur, un savant, installé là-haut, sur la Butte, M. Guillaume Froment, qui lui a donné quelque travail, de quoi avoir parfois de la soupe. »

Très surpris d'entendre le nom de son frère, Pierre voulut poser certaines questions ; puis, un sentiment singulier, un malaise de discrétion et de peur, le fit se taire. Il regarda Céline, qui avait écouté, debout devant lui, muette, de son air grave et chétif. Et Mme Théodore, en le voyant sourire à l'enfant, eut une dernière réflexion.

« Tenez ! c'est surtout l'idée de cette petite qui le jette hors de lui. Il l'adore, il tuerait tout le monde, quand il la voit se coucher sans souper. Elle est si gentille, elle apprenait si bien, à l'école communale ! Maintenant, elle n'a plus même de chemise pour y aller. »

Pierre, qui avait enfin écrit son adresse, glissa une pièce de cinq francs dans la main de la fillette ; et, désirant couper court aux remerciements, il se hâta de dire :

« Vous saurez où me trouver, si vous avez besoin de moi, pour Laveuve. Mais je vais m'occuper de son affaire dès cet après-midi, et j'espère bien que, ce soir, on viendra le chercher. »

Mme Théodore n'écoutait pas, se confondait en bénédictions ; tandis que Céline, saisie de voir cent sous dans sa main, murmurait :

«Oh ! ce pauvre papa, qui est parti à la chasse des sous ! Si l'on courait lui dire qu'il y a de quoi pour aujourd'hui ?»

Et le prêtre, déjà dans le couloir, entendit la femme répondre.

« Il est loin, s'il marche toujours. Il reviendra bien peut-être. »

Comme Pierre s'échappait de l'affreuse et douloureuse maison, la tête bourdonnante, le cœur ravagé de tristesse, il eut l'étonnement de revoir Salvat et Victor Mathis, arrêtés et debout, dans un coin de la cour immonde, aux odeurs pestilentielles de cloaque. Ils étaient descendus continuer là l'entretien interrompu dans la chambre. Ils causaient de nouveau bas et très vite, bouche à bouche, tout à la violence dont leurs yeux brûlaient. Mais ils entendirent le bruit des pas, ils reconnurent l'abbé ; et, soudainement, froids et calmes, sans ajouter un mot, ils échangèrent une rude poignée de main. Victor remonta vers Montmartre. Salvat hésita, de l'air d'un homme qui consulte le destin. Puis, allant au hasard farouche, redressant sa taille maigre de travailleur las et affamé, il tourna dans la rue Marcadet, marcha vers Paris, son sac à outils sous le bras.

Un instant, Pierre eut l'envie de courir, de lui crier que sa fillette le rappelait, en haut. Mais le même malaise l'avait repris, de la discrétion, de la peur, la sourde certitude que rien n'arrêterait la destinée. Et lui-même n'était plus calme, n'avait plus sa détresse glacée et désespérée du matin. En se retrouvant dans le brouillard frissonnant de la rue, il sentit sa fièvre, la flamme de charité que la vue de l'effroyable misère, toujours renaissante, venait de rallumer en lui. Non, non ! c'était trop de souffrance, il voulait lutter encore, sauver Laveuve, rendre un peu de joie à tant de pauvres gens. L'expérience nouvelle se posait avec ce Paris qu'il avait vu si voilé de cendre, si mystérieux et si troublant, sous la menace de l'inévitable justice. Et il rêvait d'un grand soleil de santé et de fécondité, qui ferait de la ville l'immense champ de fertile moisson, où pousserait le monde meilleur de demain.

II

Il y avait, ce matin-là, comme presque tous les jours, déjeuner intime chez les Duvillard, quelques amis qui s'invitaient plus qu'on ne les invitait. Et, dans la glaciale journée de dégel et de brume, le royal hôtel de la rue Godot-de-Mauroy, près du boulevard de la Madeleine, était fleuri des fleurs les plus rares, la passion de la baronne, qui changeait les hautes pièces somptueuses, encombrées de merveilles, en serres tièdes et odorantes, où le triste jour blême de Paris devenait une caresse d'une infinie douceur.

Les grands appartements de réception étaient au rez-de-chaussée, sur la vaste cour, précédés d'un petit jardin d'hiver qui servait de vestibule vitré, et dans lequel deux laquais en livrée gros vert et or se tenaient constamment. Une célèbre de galerie de tableaux, évaluée à des millions, occupait tout le côté nord. Et l'escalier d'honneur, d'une richesse également fameuse, montait à l'appartement occupé d'habitude par la famille, un grand salon rouge, un petit salon bleu et argent, un cabinet de travail aux murs recouverts de vieux cuirs, une salle à manger tendue de vert pâle, meublée à l'anglaise, sans compter les chambres à coucher, ni les cabinets de toilette. L'hôtel, bâti sous Louis XIV, avait gardé toute une grandeur de noblesse, comme conquis et asservi au goût jouisseur de la bourgeoisie triomphante, régnant depuis un siècle par la toute-puissance nouvelle de l'argent.

Midi n'était pas sonné, le baron Duvillard se trouva, contre son habitude, être le premier, en avance, dans le petit salon bleu et argent. C'était un homme de soixante ans, grand et solide, au nez fort, aux joues épaisses, à la bouche large, charnue, avec des dents de loup restées belles. Mais il était devenu chauve de bonne heure, il teignait ses rares cheveux, il se rasait complètement, depuis que sa barbe avait blanchi. Ses yeux gris disaient son audace, son rire sonnait sa conquête. Et toute sa face exprimait la possession de cette conquête, la royauté du maître sans scrupule, qui usait et abusait du pouvoir volé et gardé par sa caste.

Il fit quelques pas, s'arrêta, devant une merveilleuse corbeille d'orchidées, près de la fenêtre. Sur la cheminée, sur la table, des touffes de violettes embaumaient ; et il vint s'asseoir, s'allonger au fond d'un des fauteuils de satin bleu, lamé d'argent, dans l'assoupissement de ce parfum, du grand silence chaud qui semblait tomber des tentures. Il avait tiré un journal de sa poche, il se mit à relire un article, tandis que l'hôtel entier, autour de lui, évoquait sa fortune immense, son pouvoir devenu souverain, toute l'histoire du siècle qui avait fait de lui le maître. Son grand-père, Jérôme Duvillard, fils d'un petit avocat du Poitou, était venu à Paris, comme clerc de notaire, en 1788, à l'âge de dix-huit ans ; et, très âpre, intelligent, affamé, il avait gagné les trois premiers millions, d'abord dans l'agio sur les biens nationaux, plus tard comme fournisseur des armées impériales. Son père, Grégoire Duvillard, le fils de Jérôme, né en 1805, le véritable grand homme de la famille, celui qui avait régné le premier rue Godot-de-Mauroy, après que le roi Louis-Philippe lui eut concédé le titre de baron, restait un des héros de la finance moderne par ses gains scandaleux sous la monarchie de Juillet et sous le second Empire, dans tous les vols célèbres des spéculations, les mines, les chemins de fer, Suez. Et lui, Henri, né en 1836, ne s'était mis sérieusement aux affaires qu'à trente-cinq ans, au lendemain de la guerre, à la mort du baron Grégoire, avec une telle rage d'appétit, qu'il avait encore doublé la fortune en un quart de siècle. Il était le pourrisseur, le dévorateur, corrompant, engloutissant tout ce qu'il touchait ; et il était le tentateur aussi, l'acheteur des consciences à vendre, ayant compris les temps nouveaux, en face de la démocratie à son tour affamée et impatiente. Inférieur à son père et à son grand-père, ayant la tare du jouisseur, moins de la conquête, et plus de la curée ; mais un terrible homme tout de même, un triomphateur gras, opérant à coup sûr, ramenant des millions à chaque coup de râteau, traitant de plain-pied avec les gouvernements, pouvant mettre, sinon la France, du moins un ministère dans sa poche. En un siècle d'histoire, en trois générations, la royauté s'était incarnée en lui, déjà menacée, ébranlée par la tempête de demain. Et la figure, par moments, grandissait, débordait, devenait la bourgeoisie elle-même, qui, dans le partage de 89, a tout pris, qui s'est engraissée de tout, aux dépens du quatrième état, et qui ne veut rien rendre.

L'article que le baron relisait, dans un journal à un sou, l'intéressait. *La Voix du peuple* était une feuille de vacarme qui, sous le prétexte de défendre la justice et la morale outragées, lançait chaque matin un scandale nouveau, dans l'espoir de faire monter son tirage. Et, ce matin-là, en gros caractères, s'y étalait ce titre : « L'affaire des Chemins de fer africains, un pot-de-vin de cinq millions, deux ministres vendus, trente députés et sénateurs compromis. » Puis, dans un article, d'une violence odieuse, le rédacteur en chef, le fameux Sanier, annonçait qu'il possédait et qu'il publierait la liste des trente-deux parlementaires, dont le baron Duvillard avait acheté les voix, lors du vote des Chambres sur les Chemins de fer africains. Toute une histoire romanesque se mêlait à cela, les aventures d'un certain Hunter, que le baron avait employé comme rabatteur, et qui était en fuite. Très calme, le baron reprenait les phrases, pesait chaque mot ; et, bien qu'il fût seul, il haussa les épaules, en parlant à voix haute, dans la tranquille certitude d'un homme qui est couvert, trop puissant pour être inquiété.

« L'imbécile ! il en sait encore moins qu'il n'en dit ! »

Mais, justement, un premier convive arrivait, un garçon de trente-quatre ans à peine, mis élégamment, joli homme brun, aux yeux rieurs, au nez fin, la barbe et les cheveux frisés, avec quelque chose d'étourdi, d'envolé dans l'allure, l'air d'un oiseau. Ce matin-là, par exception, il paraissait nerveux, inquiet, le sourire effaré.

« Ah ! c'est vous, Dutheil, dit le baron en se levant. Vous avez lu ? »

Et il lui montra *La Voix du peuple*, qu'il repliait, pour la remettre dans sa poche.

« Mais oui, j'ai lu. C'est insensé !... Comment Sanier a-t-il pu avoir la liste des noms ? Il y a donc eu quelque traître ? »

Le baron le regardait paisiblement, amusé de son angoisse secrète. Fils d'un notaire d'Angoulême, presque pauvre et très honnête, envoyé par cette ville à Paris comme député, fort jeune encore, grâce au bon renom de son père, il y faisait la fête, il avait pris sa vie de paresse et de plaisir d'autrefois, quand il y était étudiant ; mais son aimable garçonnière de la rue de Surène, ses succès de joli homme dans le tourbillon de femmes où il vivait, lui coûtaient gros ; et, gaiement, sans le moindre sens moral, il avait glissé déjà à tous les compromis, à toutes les déchéances, en homme léger et supérieur, en charmant garçon inconscient qui ne donnait aucune importance à ces sortes de vétilles.

« Bah ! dit enfin le baron, Sanier l'a-t-il seulement, la liste ? J'en doute, car il n'y a pas eu de liste, Hunter n'a pas commis la bêtise d'en dresser une... Et puis, quoi ? l'affaire est courante, il ne s'y est fait que ce qu'on a toujours fait dans les affaires semblables. »

Anxieux pour la première fois de sa vie, Dutheil l'écoutait, avec le besoin d'être rassuré.

« N'est-ce pas ? s'écria-t-il. C'est ce que je me suis dit, il n'y a pas dans tout cela un chat à fouetter. »

Il tâchait de retrouver son rire, et il ne savait plus au juste comment il avait pu toucher une dizaine de mille francs dans l'aventure, à titre de vague prêt, ou sous le prétexte d'une publicité fictive, car Hunter s'était montré très adroit pour ménager la pudeur des consciences, même des moins virginales.

« Pas un chat à fouetter, répéta Duvillard que la tête de Dutheil amusait décidément ; et, d'ailleurs, mon bon ami, c'est connu, les chats retombent toujours sur leurs pattes... Vous avez vu Silviane ?

– Je sors de chez elle, je l'ai trouvée furieuse contre vous... Ce matin, elle a su que son affaire de la Comédie était dans l'eau. »

Brusquement, un flot de colère empourpra la face du baron. Lui si calme, si goguenard devant la menace du scandale des Chemins de fer africains, perdait pied, le sang en tempête, dès qu'il s'agissait de cette fille, la passion dernière, impérieuse de ses soixante ans.

« Comment, dans l'eau ! mais, avant-hier encore, aux Beaux-Arts, on m'avait donné une promesse presque formelle ! »

C'était un caprice têtu de cette Silviane d'Aulnay, qui n'avait eu jusque-là, au théâtre, que des succès de beauté, et qui s'obstinait à entrer à la Comédie-Française, pour y débuter dans le rôle de Pauline, de *Polyeucte*, un rôle qu'elle étudiait avec acharnement depuis des mois. Cela semblait fou, tout Paris en riait, car la demoiselle avait une renommée de perversion abominable, tous les vices, tous les goûts. Mais elle, superbement, s'affichait, exigeait le rôle, certaine de vaincre.

« C'est le ministre qui n'a pas voulu », expliqua Dutheil.

Le baron étranglait.

« Le ministre, le ministre ! ah ! ce que je vais le faire sauter, ce ministre-là ! »

Il dut se taire, la baronne Duvillard entrait dans le petit salon. À quarante-six ans, elle était fort belle encore. Très blonde, grande, un peu engraissée seulement, des épaules et des bras restés admirables, toute une peau de soie sans une tare, elle n'avait que le visage qui s'abîmât, une flétrissure légère, des rougeurs envahissantes ; et c'était là son tourment, sa préoccupation de toutes les heures. Son origine juive se trahissait dans la face un peu longue au charme étrange, aux yeux bleus d'une douceur voluptueuse. Indolente comme une esclave d'Orient, détestant se mouvoir, marcher, même parler, elle semblait faite pour le harem, en continuels soins de sa personne. Ce jour-là, elle était tout en blanc, une toilette de soie blanche, d'une délicieuse et éclatante simplicité.

L'air ravi, Dutheil la complimenta, lui baisa la main.

« Ah ! madame, vous me remettez un peu de printemps dans l'âme. Paris est si noir, si boueux, ce matin ! »

Mais un second convive arrivait, un grand et bel homme de trente-cinq à trente-six ans, et le baron, que sa passion agitait, en profita pour s'échapper. Il emmena Dutheil dans son cabinet, qui était voisin, en disant :

« Venez donc, mon cher. J'ai encore un mot à vous dire ! l'affaire en question... M. de Quinsac va tenir un instant compagnie à ma femme. »

Et, dès qu'elle fut seule avec le nouveau venu, qui lui avait, lui aussi, baisé la main très respectueusement, elle le regarda en silence, longuement, tandis que ses beaux yeux tendres s'emplissaient de larmes. Dans le grand silence un peu gêné qui s'était fait, elle finit par dire très bas :

« Mon Gérard, que je suis heureuse de me trouver un moment seule avec vous ! Voici plus d'un mois que vous ne m'avez donné ce bonheur. »

La façon dont Henri Duvillard avait épousé la fille cadette de Justus Steinberger, le grand banquier juif, était toute une histoire restée légendaire. Comme les Rothschild, les Steinberger étaient au début plusieurs frères, quatre, Justus à Paris, les trois autres à Berlin, à Vienne, à Londres, ce qui donnait à leur secrète association un pouvoir formidable, une souveraineté internationale et toute-puissante sur les marchés financiers de l'Europe. Justus était cependant le moins riche des quatre, et il avait, dans le baron Grégoire, un redoutable adversaire, contre lequel il devait lutter, devant toutes les grandes proies. Et c'était à la suite d'une rencontre terrible entre eux, après l'âpre partage du butin, que l'idée profonde lui était venue de donner en mariage, comme épingles, Ève, sa fille cadette, au fils du baron, Henri. Jusque-là, celui-ci n'avait passé que pour un aimable garçon, homme de cheval, homme de club ; et le calcul de Justus était sans doute, à la mort du redouté baron, condamné déjà, de mettre la main sur la banque rivale, s'il ne restait en face de lui qu'un gendre facile à vaincre. Justement, Henri s'était pris pour la beauté blonde d'Ève, alors éclatante, d'une violente passion. Il l'avait voulue, et le père, qui connaissait son fils, avait consenti, très amusé au fond de l'affaire exécrable que faisait Justus. Elle devint en effet désastreuse pour ce dernier, lorsque, chez Henri, succédant à son père, l'homme de proie apparut sous l'homme de plaisir, et qu'il se tailla sa grosse part, dans l'exploitation des appétits déchaînés de la démocratie bourgeoise, maîtresse enfin du pouvoir. Non seulement, Ève n'avait pas mangé Henri, devenu à son tour le banquier tout-puissant, le baron Duvillard, maître plus que jamais du marché ; mais c'était le baron qui avait mangé Ève, qui l'avait dévorée en moins de quatre ans. Après lui avoir fait coup sur coup une fille et un garçon, il s'était brusquement éloigné d'elle, pendant sa dernière grossesse, comme s'il en avait eu le dégoût, dans l'ardeur qu'il avait mise à la posséder, telle qu'un fruit dont on est rassasié et qu'on rejette. D'abord, elle était restée surprise et désolée de l'aventure, en apprenant qu'il retournait à sa vie de garçon et qu'il aimait ailleurs. Puis, sans récriminations d'aucune sorte, sans colère, sans même trop chercher à le reconquérir, elle avait de son côté pris un amant. Elle ne pouvait vivre sans être aimée, elle n'était née sûrement que pour être belle, plaire, passer les jours dans des bras d'adoration et de caresse. L'amant qu'elle avait choisi, à vingt-cinq ans, elle le garda pendant plus de quinze ans, elle lui fut parfaitement fidèle, Comme elle aurait été fidèle à son mari. Et, lorsqu'il mourut, ce fut pour elle une grande tristesse, un véritable veuvage. Et, six mois plus tard, ayant rencontré le comte Gérard de Quinsac, elle ne put résister de nouveau à son besoin de tendresse, elle se donna.

« Mon bon Gérard, reprit-elle, de son air de maternité amoureuse, en voyant le jeune homme embarrassé, avez-vous donc été souffrant, me cachez-vous quelque contrariété ? »

Elle avait dix ans de plus que lui ; et, cette fois, c'était en désespérée qu'elle s'attachait à ce dernier amour, adorant ce beau garçon de tout son être révolté de vieillir, prête à lutter pour le garder quand même.

« Non, je ne vous cache rien, je vous assure, répondit le comte. Ma mère m'a beaucoup retenu, ces jours-ci. »

Elle continuait à le regarder avec une passion inquiète, le trouvant de si grande et de si noble mine, la face régulière, les moustaches et les cheveux bruns, toujours très soignés. Il appartenait à une des plus vieilles familles de France, il habitait avec sa mère, veuve, ruinée par un mari d'esprit aventureux, et qui gardait son rang, un rez-de-chaussée de la rue Saint-Dominique, où elle vivait d'une quinzaine de mille francs au plus. Lui, n'avait jamais rien fait, s'était contenté de son année de service obligatoire, renonçant aux armes, ainsi qu'il renonçait à la carrière diplomatique, la seule qui lui fût dignement ouverte. Il passait ses jours dans cette oisiveté si occupée des jeunes hommes qui mènent l'existence de Paris. Et sa mère elle-même, d'une sévérité hautaine, semblait l'en excuser, comme si elle eût jugé que, sous une République, un homme de son sang devait, par protestation, se tenir à l'écart. Mais sans doute elle avait des raisons d'indulgence plus intimes, plus angoissantes. À sept ans, elle avait failli le perdre d'une fièvre cérébrale. À dix-huit, il s'était plaint du cœur, et les médecins recommandaient de le ménager en toutes choses. Derrière la noble façade de la race, cette grande taille, cette mine fière, elle savait donc quel était le mensonge. Il n'était que cendre, toujours menacé de la maladie et de l'écroulement. Au fond de sa virilité apparente, il n'y avait qu'un abandon de fille, un être faible et bon, capable de toutes les déchéances. C'était, pendant une visite faite avec sa mère, très pieuse, à l'asile des Invalides du travail, qu'il avait rencontré Ève pour la première fois. Elle l'avait pris en se donnant, il continuait à fréquenter chez elle, parce qu'il la trouvait désirable encore et qu'il ne savait comment la quitter ; et sa mère fermait les yeux sur cette liaison coupable, dans un monde qu'elle méprisait, comme elle les avait fermés déjà sur tant d'autres sottises, qu'elle lui pardonnait ainsi qu'à un enfant malade. Puis, Ève avait fait sa conquête par un acte qui venait de stupéfier le monde. Brusquement, on avait appris que Mgr Martha l'avait convertie au catholicisme. Ce qu'elle n'avait pas accordé au mari légitime, elle venait de le faire, afin de s'assurer à jamais l'amour d'un amant. Et tout Paris était encore ému de la magnificence déployée, à la Madeleine, par le baptême de cette juive de quarante-cinq ans, dont la beauté et les larmes avaient bouleversé les cœurs.

Gérard restait flatté de cette grande tendresse touchante. Mais la lassitude venait, il avait tenté de rompre, en esquivant les rendez-vous ; et il comprenait bien ce qu'elle lui demandait, de ses yeux suppliants.

« Je vous assure, répéta-t-il faiblissant déjà, ma mère ne m'a pas laissé un jour. Naturellement, j'aurais été si heureux… »

Sans une parole, elle continuait de l'implorer, et des larmes parurent au bord de ses paupières. Depuis un grand mois, il ne l'avait plus reçue dans la petite chambre où ils se rencontraient, rue Matignon, au fond d'une cour. Et, bon et faible comme elle, désespéré de cette minute de solitude où on les avait laissés, il céda, incapable de refuser davantage.

« Eh bien ! cet après-midi, si vous voulez. À quatre heures, comme d'habitude. »

Il avait baissé la voix, mais un léger bruit lui fit tourner la tête, avec le tressaillement d'un homme pris en faute. C'était Camille, la fille de la baronne, qui entrait. Elle n'avait rien entendu, mais au sourire des deux amants, au frémissement même de l'air, elle venait de tout comprendre : un rendez-vous encore, là-bas, dans la rue qu'elle soupçonnait, et pour le jour même. Il y eut une gêne, un échange d'inquiets et mauvais regards.

Camille, à vingt-trois ans, était une petite personne très brune, à demi contrefaite, l'épaule gauche plus haute que la droite. Elle n'avait rien de son père, ni de sa mère : un de ces accidents imprévus, dans l'hérédité d'une famille, qui fait qu'on se demande d'où ils peuvent venir. Sa seule fierté était ses beaux yeux noirs et sa chevelure noire admirable, qui, dans sa petite taille, disait-elle, aurait suffi à la vêtir. Mais le nez était long, la face déviée à gauche, avec des traits heurtés et un menton pointu. La bouche fine, spirituelle, méchante, disait la rancune amassée, la colère perverse, qu'il y avait au fond de cette laide, enragée de l'être. Sûrement, la créature qu'elle exécrait le plus au monde était sa mère, cette amoureuse si peu mère, qui ne l'avait jamais aimée, ne s'était jamais occupée d'elle, après l'avoir dès le berceau abandonnée aux soins de servantes. De sorte qu'une véritable haine avait grandi entre ces deux femmes, muette et froide chez l'une, active et passionnée chez l'autre. La fille haïssait la mère parce qu'elle la trouvait belle et qu'elle l'accusait de ne pas l'avoir faite à son image, belle de cette beauté dont elle l'écrasait. Sa souffrance de chaque jour était de ne pas être désirée, de sentir tous les désirs aller encore à sa mère. Comme elle était d'une méchanceté amusante, on l'écoutait, on riait ; seulement, les regards de tous les hommes, même des plus jeunes, surtout des plus jeunes, retournaient ensuite à cette mère triomphante qui ne voulait pas vieillir. Et c'était alors qu'elle avait décidé, dans sa volonté féroce, de lui prendre son dernier amant, de se faire épouser par ce Gérard, dont la perte la tuerait sans doute. Grâce à ses cinq millions de dot, elle ne manquait pas d'épouseurs ; mais, peu flattée, elle avait coutume de dire, avec son rire mauvais : « Pardi ! pour cinq millions, ils iraient en choisir une à la Salpêtrière. » Puis, elle s'était mise elle-même à aimer Gérard, qui se montrait gentil à l'égard de cette demi-infirme, par bonté d'âme. Il souffrait de la voir délaissée, il s'abandonnait peu à peu à la tendresse reconnaissante qu'elle lui témoignait, heureux, lui, bel homme, d'être le dieu, d'avoir cette esclave ; et, dans sa tentative de rupture avec la mère, devenue lourde à ses bras, il entrait certainement la pensée de se laisser épouser par la fille, ce qui était en somme une fin très douce, bien qu'il ne l'avouât pas encore, honteux, gêné par son nom illustre, par toutes les complications, toutes les larmes qu'il prévoyait.

Le silence continua. Camille, de son regard aigu, meurtrier comme un couteau, avait dit à sa mère qu'elle savait ; puis, elle s'était plainte à Gérard, d'un autre regard douloureux. Et celui-ci, pour rétablir l'équilibre entre les deux femmes, ne trouva qu'un compliment.

« Bonjour, Camille... Ah ! cette robe havane ! C'est étonnant comme les couleurs un peu sombres vous habillent ! »

Camille jeta un coup d'œil sur la robe blanche de sa mère, puis regarda sa robe foncée, qui laissait voir à peine son cou et ses poignets.

« Oui, répondit-elle en riant, je ne suis passable que lorsque je ne m'habille pas en jeune fille. »

Ève, mal à l'aise, soucieuse de sentir grandir une rivalité, à laquelle elle ne voulait pas croire encore, changea la conversation.

« Est-ce que ton frère n'est pas là ?

– Mais si, nous sommes descendus ensemble. »

Hyacinthe, qui entrait, serra la main de Gérard, d'un air de lassitude. Il avait vingt ans, il tenait de sa mère ses pâles cheveux blonds, sa face allongée d'orientale langueur, et de son père, ses yeux gris, sa bouche épaisse d'appétits sans scrupules. Écolier exécrable, il avait décidé de ne rien faire, dans un mépris égal de toutes les professions ; et, gâté par son père, il s'intéressait à la poésie et à la musique, il vivait au milieu d'un monde extraordinaire d'artistes, de filles, de fous et de bandits, fanfaron lui-même de vices et de crimes, affectant l'horreur de la femme, professant les pires idées philosophiques et sociales, allant toujours aux plus extrêmes, tour à tour collectiviste, individualiste, anarchiste, pessimiste, symboliste, même sodomiste, sans cesser d'être catholique, par suprême bon ton. Au fond, il était simplement vide et un peu sot. En quatre générations, le sang vigoureux et affamé des Duvillard, après les trois belles bêtes de proie qu'il avait produites, tombait tout d'un coup, comme épuisé par l'assouvissement, à cet androgène avorté, incapable même des grands attentats et des grandes débauches.

Camille, qui était trop intelligente pour ne pas sentir ce néant chez son frère, le plaisantait ; et elle reprit, en le regardant, pincé dans la longue redingote à plis, une résurrection romantique qu'il exagérait :

« Maman te demande, Hyacinthe… Viens donc lui montrer ta jupe. C'est toi qui serais joli en fille. »

Mais il s'esquiva, sans répondre. Il avait une peur sourde de sa sœur, son aînée, bien qu'ils vécussent dans une intimité de confidences perverses, se disant tout, essayant en vain de s'étonner l'un l'autre. Et il donna un regard de dédain à la corbeille merveilleuse d'orchidées, de mode usée, devenue bourgeoise. Il avait traversé les lis, il en était à la renoncule, la fleur du sang.

Les deux derniers convives attendus arrivèrent presque ensemble. Ce fut d'abord le juge d'instruction Amadieu, un intime de la maison, un petit homme de quarante-cinq ans, qu'une récente affaire anarchiste venait de mettre en évidence. Il avait une face plate et régulière de magistrat, à gros favoris blonds, qu'il tâchait de rendre aiguë, en se servant d'un monocle, derrière lequel son œil pétillait. D'ailleurs, très mondain, il était de la nouvelle école, psychologue distingué, auteur d'un livre en réponse aux abus de la physiologie criminaliste, d'une ambition tenace, amoureux de la publicité, guettant toujours l'occasion des affaires retentissantes qui donnent la gloire. Enfin, parut le général de Bozonnet, l'oncle maternel de Gérard, un vieillard grand et sec, au nez en bec d'aigle, que ses rhumatismes avaient forcé récemment à prendre sa retraite. Fait colonel après la guerre, en récompense de sa belle conduite à Saint-Privat, il avait gardé à Napoléon III la foi jurée, malgré ses attaches profondément monarchistes. On lui passait, dans son monde, cette sorte de bonapartisme militaire, pour l'amertume qu'il mettait à accuser la République d'avoir tué l'armée. Et, brave homme, adorant sa sœur, Mme de Quinsac, il semblait surtout obéir à un désir secret de celle-ci, en acceptant les invitations de la baronne, comme pour rendre plus naturelle et plus excusable la continuelle présence chez elle de Gérard.

Mais le baron et Dutheil revenaient du cabinet, en riant très haut, d'un rire exagéré, sans doute afin de faire croire à la parfaite liberté de leur esprit. Et l'on passa dans la salle à manger, où brûlait un grand feu, dont les flammes joyeuses luisaient telles qu'un rayon de printemps, au milieu des fins meubles anglais d'acajou clair, chargés d'argenterie et de cristaux. La pièce, d'un vert mousse tendre, avait un charme discret sous le jour pâle, et la table, au centre, avec la richesse de son couvert et la blancheur de son linge, orné d'un point de Venise, semblait avoir miraculeusement fleuri, toute une floraison de grosses roses thé, d'admirables fleurs pour la saison, et d'un parfum délicieux.

La baronne fit asseoir le général à sa droite, Amadieu à sa gauche. Le baron prit à sa droite Dutheil, à sa gauche Gérard. Puis, les enfants se placèrent aux deux bouts, Camille entre Gérard et le général, Hyacinthe entre Dutheil et Amadieu. Et, tout de suite, dès les œufs brouillés aux truffes, la conversation s'engagea, familière et gaie, cette conversation des déjeuners de Paris, où défilent les événements grands et petits de la veille et de la matinée, les vérités ainsi que les mensonges de tous les mondes, le scandale financier, l'aventure politique, le roman paru, la pièce jouée, les histoires qui ne peuvent se dire qu'à l'oreille, et qu'on raconte tout haut. Et, sous la légèreté de l'esprit qui se dépense, sous les rires qui sonnent souvent faux, chacun garde sa tourmente, sa débâcle intérieure, une détresse parfois qui va jusqu'à l'agonie.

Bravement, avec sa tranquille impudence habituelle, le baron parla le premier de l'article de *La Voix du peuple*.

« Dites donc, vous avez lu l'article de Sanier, ce matin. C'est un de ses bons, il a de la verve, mais quel fou dangereux ! »

Cela mit tout le monde à l'aise, car cet article aurait sûrement pesé sur le déjeuner, si personne n'en avait soufflé mot.

« Encore le Panama qui recommence ! cria Dutheil. Ah ! non, nous en avons assez !

– L'affaire des Chemins de fer africains, reprit le baron, mais elle est claire comme de l'eau de roche ! Tous ceux que Sanier menace peuvent dormir bien tranquilles... Non, voyez-vous, c'est un coup pour jeter Barroux à bas de son ministère. Il y aura pour sûr tantôt une demande d'interpellation, vous allez voir le beau tapage.

– Cette presse de diffamation et de scandale, dit posément Amadieu, est un dissolvant qui achèvera la France. Il faudrait des lois. »

Le général eut un geste de colère.

« Des lois, à quoi bon ? puisqu'on n'a pas le courage de les appliquer ! »

Il y eut un silence. D'un pas discret, le maître d'hôtel présentait des rougets grillés. Le service silencieux, dans la douceur tiède et embaumée de la pièce, ne laissait pas même entendre un bruit de vaisselle. Et, sans qu'on sût comment, la conversation avait brusquement changé, une voix demanda :

« Alors, la reprise de la pièce est reculée ?

– Oui, dit Gérard, j'ai su ce matin que *Polyeucte* ne passerait pas avant avril, au plus tôt. »

Camille, muette jusque-là, occupée du jeune homme, s'efforçant de le reconquérir, regarda sa mère et son père de ses yeux luisants. Il s'agissait de la reprise où Silviane s'entêtait à débuter. Mais le baron et la baronne gardèrent une sérénité parfaite, n'ayant plus depuis longtemps rien à ignorer l'un de l'autre. Ève était si heureuse du rendez-vous obtenu pour l'après-midi ! Elle songeait uniquement à ce bonheur, l'imagination déjà là-bas, dans le nid d'amour, tandis qu'elle souriait d'une façon inconsciente à ses convives. Et le baron était bien trop occupé de la nouvelle démarche qu'il comptait faire en tempête aux Beaux-Arts, pour emporter de haute lutte l'engagement. Il se contenta de dire :

« Comme voulez-vous qu'ils remontent les pièces, à la Comédie ? Ils n'ont plus de femmes.

– Oh ! reprit simplement la baronne, hier, dans cette pièce du Vaudeville, Delphine Vignot avait une robe exquise, et il n'y a qu'elle pour savoir se coiffer. »

Alors, Dutheil raconta, en gazant un peu, à cause de Camille, l'aventure de Delphine et d'un sénateur bien connu. Puis, ce fut un autre scandale, la mort d'une amie de la maison, opérée trop brutalement par un chirurgien, affaire qui avait failli échouer entre les mains d'Amadieu ; et le général en profita, sans transition d'ailleurs, pour placer son amertume, sa sortie accoutumée contre l'organisation imbécile de l'armée actuelle. Le vieux bordeaux luisait comme un sang vermeil dans le fin cristal des verres, un filet de chevreuil aux truffes venait de mêler son fumet un peu âpre au parfum mourant des roses, lorsque des asperges apparurent, une primeur, si rare autrefois, et qui n'étonnait même plus.

« Maintenant, dit le baron avec un geste désenchanté, il y en a tout l'hiver.

– Alors, demandait au même moment Gérard, c'est cet après-midi, la matinée de la princesse de Harth ? »

Camille vivement intervint.

« Oui ? cet après-midi. Irez-vous ?

– Non, je ne pense pas, je ne pourrai pas, répondit le jeune homme gêné.

– Ah ! cette petite princesse, s'écria Dutheil, elle est décidément toquée. Vous n'ignorez pas qu'elle se dit veuve. La vérité serait que son mari, un vrai prince, allié à une famille royale, et beau comme le jour, voyagerait par le monde en compagnie d'une cantatrice. Elle, avec sa tête de gamin vicieux, a préféré venir régner à Paris, dans cet hôtel de l'avenue Kléber, qui est bien l'arche la plus extraordinaire, où le cosmopolitisme pullule en pleine extravagance.

– Taisez-vous, mauvaise langue, interrompit doucement la baronne. Ici, nous aimons beaucoup Rosemonde, qui est une charmante femme.

– Mais certainement, reprit de nouveau Camille, elle nous a invités, et nous irons tantôt chez elle, n'est-ce pas, maman ?»

La baronne, pour ne pas répondre, affecta de n'avoir pas entendu, pendant que Dutheil, qui paraissait très renseigné, continuait à s'égayer sur la princesse et sur la matinée qu'elle donnait, où elle devait produire des danseuses espagnoles, d'une mimique si lascive, que tout Paris, averti, allait s'écraser chez elle. Et il ajouta :

« Vous savez qu'elle a lâché la peinture, elle s'occupe de chimie. C'est plein d'anarchistes, à présent, dans son salon... Il m'a semblé qu'elle vous poursuivait, mon cher Hyacinthe. »

Jusque-là, Hyacinthe n'avait pas desserré les lèvres, comme détaché de tout.

« Oh ! elle m'assomme, daigna-t-il répondre. Si je vais à sa matinée, c'est dans l'espoir d'y rencontrer mon ami, le jeune lord Elson, qui m'a écrit de Londres pour m'y donner rendez-vous. J'avoue que c'est le seul salon où je trouve avec qui causer.

– Ainsi, demanda ironiquement Amadieu, vous voilà passé à l'anarchie ? »

Imperturbable, de son air de haute élégance, Hyacinthe fit sa profession de foi.

« Mais, monsieur, il me semble qu'en ces temps de bassesse et d'ignominie universelles, un homme de quelque distinction ne saurait être qu'anarchiste. »

Un rire courut autour de la table. On le gâtait beaucoup, on le trouvait très drôle. Son père surtout s'amusait à l'idée d'avoir, lui ! un fils anarchiste ; et le général, dans ses heures de rancune, parlait de chambarder une société assez bête pour se laisser mener par quatre polissons. Seul, le juge d'instruction, qui était en train de se faire une spécialité des affaires anarchistes, lui tint tête, défendit la civilisation menacée, donna des détails terrifiants sur ce qu'il appelait l'armée de la dévastation et du massacre. Mais les autres convives continuaient de sourire, en mangeant d'un pâté de foie de canard vraiment délicieux, que passait le maître d'hôtel. Il y avait tant de misère, il fallait tout comprendre, les choses finiraient par s'arranger. Le baron lui-même déclara d'un air conciliant : « C'est certain, on pourrait faire quelque chose. Quoi ? personne ne le sait au juste. Les revendications sages, oh ! je les accepte d'avance. Par exemple, améliorer le sort de l'ouvrier, créer de bonnes œuvres, tenez ! comme notre asile des Invalides du travail, dont nous avons raison d'être fiers. Mais il ne faut pas qu'on nous demande l'impossible. »

Au dessert, il se fit un moment de brusque silence, comme si, dans le papotage des conversations, sous l'étourdissement du copieux déjeuner, la préoccupation, la détresse de chacun serrait de nouveau les cœurs, reparaissait sur les faces effarées. Et l'on vit renaître l'inconscience inquiète de Dutheil, menacé de délation, la colère anxieuse du baron, se demandant comment il allait pouvoir contenter Silviane. Cette fille était sa tare, à lui, si solide, si puissant, le mal secret qui finirait peut-être par le ronger et le détruire. Et l'on vit surtout passer l'affreux drame sur les visages de la baronne, de Camille et de Gérard, cette rivalité haineuse de la mère et de la fille, se disputant l'homme qu'elles aimaient. Les lames de vermeil pelaient délicatement les fruits, il y avait des grappes de raisin dorées, d'une admirable fraîcheur, et des sucreries, des gâteaux défilèrent, une infinité de friandises, où s'attardaient complaisamment les appétits repus.

Puis, comme on servait les rince-bouche, un valet vint se pencher à l'oreille de la baronne, qui répondit à demi-voix :

« Eh bien ! faites-le entrer au salon. Je vais l'y retrouver. »

Et, plus haut, aux convives :

« C'est M. l'abbé Froment qui est là et qui insiste pour être reçu. Il ne nous gênera pas, je crois que vous le connaissez tous. Oh ! un véritable saint, pour lequel j'ai beaucoup de sympathie ! »

On s'oublia quelques minutes encore autour de la table, et l'on quitta enfin la salle à manger, tout odorante des mets, des vins, des fruits et des roses, toute chaude des grosses bûches qui étaient tombées en braise, dans la gaieté un peu en déroute des cristaux et de l'argenterie, sous le jour pâle et fin éclairant la débandade du couvert.

Au milieu du petit salon, bleu et argent, Pierre était resté debout. Il regrettait maintenant d'avoir insisté, en voyant, sur une table, le plateau où le café et les liqueurs étaient servis. Puis, son embarras augmenta, lorsque les convives entrèrent un peu bruyamment, les yeux brillants et les joues roses. Mais sa flamme de charité s'était rallumée en lui si ardente, qu'il vainquit cette gêne. Et il ne lui resta que le sourd malaise d'apporter l'effroyable matinée de misère qu'il avait vécue, tant de noir et de froid, tant de saleté et de faim, dans cette richesse si claire, si tiède, si parfumée, débordante d'inutile et de superflu, au milieu de ces gens qui semblaient très gais d'avoir bien déjeuné.

Tout de suite, la baronne s'avança avec Gérard, car c'était par celui-ci, dont il connaissait la mère, que le prêtre avait été présenté aux Duvillard, à l'époque de la fameuse conversion. Et, comme il s'excusait de se présenter à cette heure :

« Mais vous êtes toujours le bienvenu, monsieur l'abbé... Vous permettez que je m'occupe de mes hôtes, je suis à vous dans un instant. »

Elle retourna près du plateau, pour servir le café et les liqueurs aidée de sa fille. Gérard demeura, et justement il entretint Pierre de l'asile des Invalides du travail, où tous deux s'étaient rencontrés récemment, à l'occasion d'une cérémonie, la pose de la première pierre d'un nouveau pavillon, que l'on bâtissait grâce au don superbe de cent mille francs, fait à l'œuvre par le baron Duvillard. L'œuvre ne comptait encore que quatre pavillons, et le projet primitif en prévoyait douze, sur le vaste terrain donné par la Ville dans la presqu'île de Gennevilliers ; de sorte que la souscription restait ouverte et qu'il se menait un grand bruit de cet effort charitable, réponse retentissante et péremptoire aux mauvais esprits qui accusaient la bourgeoisie repue de ne rien faire pour les travailleurs. La vérité était qu'une magnifique chapelle, érigée au milieu du terrain, avait absorbé les deux tiers des fonds réunis. Des dames patronnesses, prises dans tous les mondes, Mme la baronne Duvillard, Mme la comtesse de Quinsac, Mme la princesse Rosemonde de Harth, vingt autres, avaient la charge de faire vivre l'œuvre, à l'aide de quêtes et de ventes de charité. Mais, surtout, le succès était venu de l'heureuse idée d'avoir débarrassé ces dames des gros soucis de l'organisation, en choisissant pour administrateur général le rédacteur en chef du *Globe*, le député Fonsègue, un brasseur d'affaires prodigieux. Et *Le Globe* faisait une propagande continue, répondait aux attaques des révolutionnaires par l'inépuisable charité des classes dirigeantes ; et, lors des dernières élections, l'œuvre avait ainsi servi d'arme électorale triomphante.

Camille se promenait, une petite tasse fumante à la main.

« Monsieur l'abbé, prenez-vous du café ?

– Non, merci, mademoiselle.

– Un petit verre de chartreuse alors ?

– Non, merci »

Et, tout le monde étant servi, la baronne revint, pour demander aimablement :

« Voyons, monsieur l'abbé, que désirez-vous de moi ? »

Pierre commença presque à voix basse, la gorge serrée, envahi d'une émotion qui lui faisait battre le cœur.

« Je viens, madame, m'adresser à votre grande bonté. J'ai vu, ce matin, dans une affreuse maison de la rue des Saules, derrière Montmartre, un spectacle qui m'a bouleversé l'âme... Vous n'avez point idée d'une pareille maison de misère et de souffrance, les familles sans feu, sans pain, les hommes réduits au chômage, les mères n'ayant plus de lait pour leurs nourrissons, les enfants à peine vêtus, toussant et grelottant... Et, parmi tant d'horreurs, j'ai vu la pire, la plus abominable, un vieil ouvrier terrassé par l'âge, mourant de faim, tombé sur un tas de loques, dans un réduit dont un chien ne voudrait pas. »

Il tâchait d'y mettre le plus de discrétion possible, épouvanté des mots qu'il disait, des choses qu'il racontait, dans ce milieu de grand luxe et de jouissance, devant ces heureux comblés des joies de ce monde ; car il sentait bien qu'il détonnait d'une façon discourtoise. Quelle étrange idée d'être venu à l'heure où l'on finit de déjeuner, lorsque l'arôme du café brûlant caresse les digestions ravies ! Pourtant, il continuait, il finissait même par élever la voix, cédant à la révolte qui le soulevait peu à peu, allant jusqu'au bout de son récit terrible, nommant Laveuve, précisant l'injuste abandon, demandant au nom de la pitié humaine aide et secours. Et tous les convives s'étaient rapprochés pour l'écouter, il voyait devant lui le baron, et le général, et Dutheil, et Amadieu, qui buvaient à petites gorgées leur café, silencieux, sans un geste.

« Enfin, madame, conclut-il, j'ai pensé qu'on ne pouvait pas laisser une heure de plus ce vieil homme dans cette effroyable position, et que, dès ce soir, vous auriez la grande bonté de le faire admettre à l'asile des Invalides du travail, où sa place me semble marquée tout naturellement. »

Des larmes avaient mouillé les beaux yeux d'Ève. Elle était consternée d'une si triste histoire, tombant dans la joie qu'elle se promettait pour l'après-midi. Très molle, sans initiative, trop occupée de sa personne, elle n'avait accepté la présidence du comité qu'à la condition de se décharger sur Fonsègue de tous les soucis administratifs.

« Ah ! monsieur l'abbé, murmura-t-elle, vous me fendez le cœur. Mais je ne puis rien, rien du tout, je vous assure... Ce Laveuve, d'ailleurs, je crois bien que nous avons déjà examiné son affaire. Vous savez que, chez nous, les admissions sont entourées des garanties les plus sérieuses. On nomme un rapporteur qui doit nous renseigner... Et n'est-ce pas vous, monsieur Dutheil, qui vous étiez chargé de ce Laveuve ? »

Le député achevait un petit verre de chartreuse.

« Mais oui, c'est moi... monsieur l'abbé, ce gaillard-là vous a joué une comédie. Il n'est pas malade du tout, et, si vous lui avez laissé de l'argent, il sera descendu le boire, derrière votre dos. Car il est toujours ivre, et avec ça l'esprit le plus exécrable, criant du matin au soir contre les bourgeois, disant que, s'il avait encore des bras, ce serait lui qui ferait sauter la boutique... D'ailleurs, il ne veut pas y entrer, à l'asile, une vraie prison où l'on est gardé par des béguines qui vous forcent à entendre la messe, un sale couvent dont on ferme les portes à neuf heures du soir ! Et il y en a tant comme cela, qui préfèrent leur liberté, avec le froid, la faim et la mort !... Que les Laveuve crèvent donc dans la rue, puisqu'ils refusent d'être avec nous, d'avoir chaud et de manger, dans nos asiles ! »

Le général et Amadieu approuvèrent d'un hochement de tête. Mais Duvillard se montrait plus généreux.

« Non, non, un homme est un homme, il faut le secourir malgré lui. »

Ève, tout à fait désespérée à l'idée qu'on allait lui prendre son après-midi, se débattit, trouva des raisons.

« Je vous assure que j'ai les mains absolument liées. M. l'abbé ne doute ni de mon cœur ni de mon zèle. Mais comment veut-on que je réunisse avant quelques jours le comité de ces dames, sans lequel je tiens formellement à ne prendre aucune décision, surtout dans une affaire déjà examinée et jugée ? »

Et, brusquement, elle eut une solution.

« Ce que je vous conseille de faire, monsieur l'abbé, c'est d'aller voir tout de suite M. Fonsègue, notre administrateur. Dans un cas pressant, il peut seul agir, car il sait que ces dames ont en lui une confiance sans bornes et qu'elles approuvent tout ce qu'il fait.

– Vous trouverez Fonsègue à la Chambre, ajouta Dutheil en souriant ; seulement, la séance va être chaude, je doute que vous puissiez l'entretenir à l'aise. »

Pierre, dont le cœur s'était serré davantage, n'insista pas, tout de suite résolu à voir Fonsègue, à obtenir quand même avant le soir l'admission du misérable, dont l'atroce image le hantait. Et il resta là quelques minutes encore, retenu par Gérard, qui, obligeamment, lui indiquait le moyen de convaincre le député, en alléguant le mauvais effet d'une pareille histoire, si elle s'ébruitait dans les journaux révolutionnaires. D'ailleurs, les convives commençaient à partir. Le général, avant de se retirer, vint demander à son neveu s'il le verrait l'après-midi, chez sa mère, Mme de Quinsac, dont c'était le jour : question à laquelle le jeune homme se contenta de répondre d'un geste évasif, lorsqu'il s'aperçut qu'Ève et Camille le regardaient. Puis, ce fut le tour d'Amadieu, qui se sauva, en disant qu'une grave affaire le réclamait au Palais. Et bientôt Dutheil le suivit, pour se rendre à la Chambre.

« De quatre à cinq chez Silviane, n'est-ce pas ? lui dit le baron en le reconduisant. Venez m'y raconter ce qui se sera passé à la Chambre, à la suite de cet article odieux de Sanier. Il faut pourtant que je sache... Moi, j'irai aux Beaux-Arts, pour arranger l'affaire de la Comédie ; et puis, j'ai des courses, des entrepreneurs à voir, une grosse affaire de publicité à régler.

– Entendu, de quatre à cinq, chez Silviane, comme d'habitude », dit le député, qui partit, repris d'un vague malaise, inquiet de la façon dont tournerait cette vilaine histoire des Chemins de fer africains.

Et tous déjà avaient oublié Laveuve, le misérable qui agonisait, et tous couraient à leurs soucis, à leurs passions, ressaisis par l'engrenage, retombés sous la meule, dans cette ruée de Paris dont la fièvre les charriait, les heurtait en une ardente bousculade, à qui arriverait le premier, en passant sur le corps des autres.

« Alors, maman, demanda Camille, qui continuait à dévisager sa mère et Gérard, tu vas nous mener à la matinée de la princesse ?

– Tout à l'heure, oui... Seulement, je ne pourrai y rester avec vous, j'ai reçu ce matin une dépêche de Salmon, pour mon corsage, et il faut absolument que j'aille l'essayer, à quatre heures. »

La jeune fille fut certaine du mensonge, au léger tremblement de la voix.

« Tiens ! je croyais que l'essayage n'était que pour demain... Alors, nous irons te reprendre chez Salmon, avec la voiture, en sortant de la matinée ?

– Ah ! pour cela, non ma chère ! On ne sait jamais quand on est libre ; et, d'ailleurs, si j'ai un moment, je passerai chez la modiste. »

Une sourde rage fit monter une flamme meurtrière aux yeux noirs de Camille. Le rendez-vous était évident. Mais elle ne pouvait, elle n'osait pousser les choses plus loin, dans son besoin passionné d'inventer un obstacle. Elle avait vainement tenté d'implorer Gérard, qui détournait la tête, debout pour partir. Et Pierre, au courant de bien des choses, depuis qu'il fréquentait la maison, eut conscience, à les sentir si frémissants, de l'inavouable drame silencieux.

Allongé dans un fauteuil, achevant de croquer une perle d'éther, la seule liqueur qu'il se permît, Hyacinthe éleva la voix.

« Moi, vous savez que je vais à l'exposition du Lis. Tout Paris s'y écrase. Il y a surtout là un tableau, *Le Viol d'une âme*, qu'il faut absolument avoir vu.

– Eh bien ! mais, je ne refuse pas de vous y conduire, reprit la baronne. Avant d'aller chez la princesse, nous pouvons passer par cette exposition.

– C'est cela, c'est cela ! » dit vivement Camille, qui plaisantait durement d'ordinaire les peintres symbolistes, mais qui devait projeter d'attarder sa mère, avec l'espoir encore de lui faire manquer le rendez-vous.

Puis, s'efforçant de sourire :

« Vous ne vous risquez pas au Lis avec nous, monsieur Gérard ?

– Ma foi, non ! répondit le comte, j'ai besoin de marcher. Je vais accompagner M. l'abbé Froment jusqu'à la Chambre. »

Et il prit congé de la mère et de la fille, en leur baisant la main à toutes deux. Pour attendre quatre heures, il venait de songer qu'il monterait un instant chez Silviane, où il avait ses petites entrées, lui aussi, depuis qu'il y était resté un soir à coucher. Dans la cour vide et solennelle, il dit au prêtre :

« Ah ! ça fait du bien, de respirer un peu d'air froid. Ils chauffent trop, chez eux, et toutes ces fleurs portent à la tête. »

Pierre s'en allait étourdi, la fièvre aux mains, les sens lourds de tout ce luxe, qu'il laissait là, comme le rêve d'un brûlant paradis embaumé, où ne vivaient que des élus. Son besoin nouveau de charité s'y était d'ailleurs exaspéré, il ne réfléchissait qu'au moyen d'obtenir de Fonsègue l'admission de Laveuve, sans écouter le comte qui lui parlait très tendrement de sa mère. Et, la porte de l'hôtel étant retombée, ils avaient fait quelques pas dans la rue, lorsque la conscience d'une brusque vision lui revint. N'avait-il pas vu, au bord du trottoir d'en face, regardant cette porte monumentale, close sur de si fabuleuses richesses, un ouvrier arrêté, attendant, cherchant des yeux, dans lequel il avait cru reconnaître Salvat, avec un sac à outils, cet affamé parti le matin en quête de travail ? Vivement, il se retourna, inquiet d'une telle misère devant tant de possession et de jouissance. Mais l'ouvrier, dérangé dans sa contemplation, craignant peut-être aussi d'avoir été reconnu, s'éloignait d'un pas traînard. Et, à ne plus l'apercevoir que de dos, Pierre hésita, finit par se dire qu'il s'était trompé.

III

Quand l'abbé Froment voulut entrer au Palais-Bourbon, il réfléchit qu'il n'avait pas de carte ; et il allait se décider à faire demander simplement Fonsègue, bien qu'il ne fût pas connu de lui, lorsque, dans le vestibule, il aperçut Mège, le député collectiviste, avec lequel il s'était lié, autrefois, pendant ses journées de charité militante, à travers la misère du quartier de Charonne.

« Tiens ! vous ici ? Vous ne venez pas nous évangéliser ?

– Non, je viens voir M. Fonsègue pour une affaire pressée, un malheureux qui ne peut attendre.

– Fonsègue, je ne sais pas s'il est arrivé… Attendez. »

Et, arrêtant un jeune homme qui passait, petit et brun, d'un air de souris fureteuse :

« Dites donc, Massot, voici M. l'abbé Froment qui désire parler tout de suite à votre patron.

– Le patron, mais il n'est pas là. Je viens de le laisser au journal, où il en a encore pour un grand quart d'heure. Si monsieur l'abbé veut bien attendre, il le verra ici sûrement. »

Alors, Mège fit entrer Pierre dans la salle des pas perdus, vaste et froide, avec son Laocoon et sa Minerve de bronze, ses murs nus, que les hautes portes-fenêtres, donnant sur le jardin, éclairaient du pâle et triste jour d'hiver. Mais, en ce moment, elle était pleine et comme chauffée par toute une agitation fiévreuse, des groupes nombreux qui stationnaient, des allées et venues continuelles de gens qui s'empressaient, se lançaient au travers de la cohue. Il y avait là des députés surtout, des journalistes, de simples curieux. Et c'était un brouhaha grandissant, de sourdes et violentes conversations, des exclamations, des rires, au milieu d'une gesticulation passionnée.

Le retour de Mège, dans ce tumulte, parut y redoubler le bruit. Il était grand, d'une maigreur d'apôtre, assez mal soigné de sa personne, déjà vieux et usé pour ses quarante-cinq ans, avec des yeux de brûlante jeunesse, étincelants derrière les verres du binocle qui ne quittait jamais son nez mince, en bec d'oiseau. Et il avait toujours toussé, la parole déchirée et chaude, ne vivant que par l'âpre volonté de vivre, de réaliser le rêve de société future dont il était hanté. Fils d'un médecin pauvre d'une ville du Nord, tombé jeune sur le pavé de Paris, il avait vécu sous l'Empire de bas journalisme, de besognes ignorées, il s'était fait une première réputation d'orateur dans les réunions publiques ; puis, après la guerre, devenu le chef du parti collectiviste par sa foi ardente, par l'extraordinaire activité de son tempérament de lutteur, il avait réussi enfin à entrer à la Chambre ; et, très documenté, il s'y battait pour ses idées avec une volonté, une obstination farouche, en doctrinaire qui avait disposé du monde selon sa foi, réglant à l'avance, pièce à pièce, le dogme du collectivisme. Depuis qu'il émargeait comme député, les socialistes du dehors ne voyaient plus en lui qu'un rhéteur, un dictateur au fond, qui ne s'efforçait de refondre les hommes que pour les conquérir à sa croyance et les gouverner.

« Vous savez ce qui se passe ? demanda-t-il à Pierre. Hein ? encore une propre aventure !... Que voulez-vous ? nous sommes dans la boue jusqu'aux oreilles. »

Il s'était pris autrefois d'une véritable sympathie pour ce prêtre qu'il voyait si doux aux souffrants, si désireux d'une régénération sociale. Et le prêtre lui-même avait fini par s'intéresser à ce rêveur autoritaire, résolu à faire le bonheur des hommes malgré eux. Il le savait pauvre, cachant sa vie, vivant avec une femme et quatre enfants qu'il adorait.

« Vous pensez bien que je ne suis pas avec Sanier, reprit-il mais enfin, puisqu'il a parlé ce matin, en menaçant de publier la liste des noms de tous ceux qui ont touché, nous ne pouvons cependant pas avoir l'air d'être complices davantage. Voici longtemps déjà qu'on se doute des sales tripotages dont cette affaire louche des Chemins de fer africains a été l'occasion. Et le pis est que deux membres du cabinet actuel se trouvent visés ; car, il y a trois ans, lorsque les Chambres s'occupèrent de l'émission Duvillard, Barroux était à l'Intérieur et Monferrand aux Travaux publics. Maintenant que les voilà revenus, celui-ci à l'Intérieur, l'autre aux Finances, avec la présidence du Conseil, est-il possible de ne pas les forcer à nous renseigner sur leurs agissements de jadis, dans leur intérêt même ?... Non, non ! ils ne peuvent plus se taire, j'ai annoncé que j'allais les interpeller aujourd'hui même. »

C'était cette annonce d'une interpellation de Mège qui bouleversait ainsi les couloirs, à la suite du terrible article de *La Voix du peuple*. Et Pierre restait un peu effaré de toute cette histoire tombant dans sa préoccupation unique de sauver un misérable de la faim et de la mort. Aussi écoutait-il sans bien comprendre les explications passionnées du député socialiste, tandis que la rumeur grandissait et que des rires disaient l'étonnement de voir ce dernier en conversation avec un prêtre.

« Sont-ils bêtes ! murmura-t-il, plein de dédain. Est-ce qu'ils croient que je mange une soutane, chaque matin, à mon déjeuner ?... Je vous demande pardon, mon cher monsieur Froment. Tenez, asseyez-vous sur cette banquette, pour attendre Fonsègue. »

Lui-même se lança dans la tourmente, et Pierre comprit que le mieux, en effet, était de tranquillement s'asseoir. Le milieu le prenait, l'intéressait, il oubliait Laveuve pour se laisser envahir par la passion de la crise parlementaire, dans laquelle il se trouvait jeté. On sortait à peine de l'effroyable aventure du Panama, il en avait suivi le drame avec l'angoisse d'un homme qui attend chaque soir le coup de tocsin sonnant l'heure dernière de la vieille société en agonie. Et voilà qu'un petit Panama recommençait, un nouveau craquement de l'édifice pourri, l'aventure fréquente dans les parlements de tous les temps, pour toutes les grandes affaires d'argent, mais qui empruntait une gravité mortelle aux circonstances sociales où elle se produisait. Cette histoire de Chemins de fer africains, ce petit coin de boue remuée, exhalant d'inquiétantes odeurs, soulevant brusquement à la Chambre cette émotion, ces craintes, ces colères, ce n'était en somme qu'une occasion à bataille politique, un terrain où allaient s'exaspérer les appétits voraces des divers groupes ; et il ne s'agissait, au fond, que de renverser un ministère pour le remplacer par un autre. Seulement, derrière ce rut, cette poussée continue des ambitions, quelle lamentable proie s'agitait, le peuple tout entier, dans sa misère et dans sa souffrance !

Pierre s'aperçut que Massot, le petit Massot comme on le nommait, s'était assis près de lui, sur la banquette. L'œil éveillé, l'oreille ouverte, écoutant et enregistrant tout, se glissant partout de son air de furet, il n'était pas là comme chroniqueur parlementaire, il avait simplement flairé une grosse séance et il était venu voir s'il ne trouverait pas quelque article à glaner. Sans doute, ce prêtre perdu au milieu de cette cohue l'intéressait.

« Ayez un peu de patience, monsieur l'abbé, dit-il, avec une gaieté aimable de jeune monsieur qui se moquait de tout. Le patron ne peut manquer de venir, il sait que le four va chauffer ici... Vous n'êtes point un de ses électeurs de la Corrèze, n'est-ce pas ?

– Non, non, je suis de Paris, je viens pour un pauvre homme que je voudrais faire entrer tout de suite à l'asile des Invalides du travail.

– Ah ! très bien. Moi aussi, je suis un enfant de Paris. »

Et il en riait. Un enfant de Paris, en effet : fils d'un pharmacien du quartier de Saint-Denis, un ancien cancre du lycée Charlemagne, qui n'avait pas même fini ses études. Il avait tout raté, il s'était trouvé jeté dans la presse, vers dix-huit ans, à peine avec l'orthographe suffisante ; et, depuis douze ans déjà, comme il le disait, il roulait sa bosse à travers les mondes, confessant les uns, devinant les autres. Il avait tout vu, s'était dégoûté de tout, ne croyait plus aux grands hommes, disait qu'il n'y avait pas de vérité, vivait en paix de la méchanceté et de la sottise universelles.

Il n'avait naturellement aucune ambition littéraire, il professait même le mépris raisonné de la littérature. Au demeurant, ce n'était point un sot, il écrivait n'importe quoi dans n'importe quel journal, sans conviction ni croyance aucune, affichant avec tranquillité ce droit qu'il avait de tout dire au public, à condition de l'amuser ou de le passionner.

« Alors, vous connaissez Mège, monsieur l'abbé ? Quel bon type ! En voilà un grand enfant, un rêveur chimérique, dans la peau du plus terrible des sectaires ! Oh ! je l'ai beaucoup pratiqué, je le possède à fond... Vous savez qu'il vit dans la perpétuelle certitude qu'avant six mois il aura mis la main sur le pouvoir et qu'il réalisera, du soir au matin, sa fameuse société collectiviste qui doit succéder à la société capitaliste, comme le jour succède à la nuit... Et, tenez ! avec son interpellation d'aujourd'hui, le voici convaincu qu'il va renverser le cabinet Barroux pour hâter son tour. C'est son système, user ses adversaires. Que de fois je l'ai entendu faire son calcul, user celui-ci, user celui-là, puis cet autre, pour régner enfin ! Toujours dans six mois, au plus tard... Le malheur est que, sans cesse, il en pousse d'autres, et que son tour ne vient jamais. »

Le petit Massot s'égayait librement. Puis, il baissa un peu la voix.

« Et, Sanier, le connaissez-vous ? Non... Voyez-vous cet homme roux, à cou de taureau, qui à l'air d'un boucher... Là-bas, celui qui cause dans un petit groupe de redingotes râpées. »

Pierre l'aperçut enfin. Il avait de larges oreilles écartées, une bouche lippue, un nez fort, de gros yeux ternes, à fleur de tête.

« Celui-là aussi, je puis dire que je le possède à fond. J'ai été avec lui, à *La Voix du peuple*, avant d'être au *Globe*, avec Fonsègue. Ce que personne ne sait au juste, c'est d'où il sort. Longtemps il a traîné dans les bas-fonds de la presse, journaliste sans éclat, enragé d'ambition et d'appétits. Vous vous rappelez peut-être son premier coup de tintamarre, cette affaire assez malpropre d'un nouveau Louis XVII, qu'il essaya de lancer et qui fit de lui l'extraordinaire royaliste qu'il est resté. Puis, il s'avisa d'épouser la cause du peuple, il afficha un socialisme catholique vengeur, dressant le procès de la libre pensée et de la République, dénonçant les abominations de l'époque, au nom de la justice et de la morale, pour les guérir. Il avait débuté par des portraits de financiers, un ramassis d'ignobles commérages, sans contrôle, sans preuves, qui auraient dû le conduire en police correctionnelle, et qui, réunis en volume, ont eu l'étourdissant succès que vous savez. Et il a continué et il continue dans *La Voix du peuple*, qu'il a lancée, au moment du Panama, à coups de délations et de scandales, et qui est aujourd'hui la bouche d'égout vomissant les ordures contemporaines, en inventant dès que le flot se tarit, pour l'unique besoin des grands tapages dont vivent son orgueil et sa caisse. »

Il ne se fâchait pas, le petit Massot, et il s'était remis à rire, ayant au fond, sous sa cruauté insouciante, du respect pour Sanier.

« Oh ! un bandit, mais tout de même un homme fort ! Vous ne vous imaginez pas la vanité débordante du personnage. Dernièrement, vous avez vu qu'il s'est fait acclamer par la populace, car il joue au roi des Halles. Peut-être bien qu'il s'est pris lui-même à une belle attitude de justicier et qu'il finit par croire qu'il sauve le peuple, qu'il aide à la vertu... Ce qui m'émerveille, moi, c'est sa fertilité dans la dénonciation et dans le scandale. Pas un matin qui se passe, sans qu'il découvre une horreur nouvelle, sans qu'il livre de nouveaux coupables à la haine des foules. Non ! jamais le flot de boue ne s'épuise, il y ajoute sans cesse une moisson imprévue d'infamies, c'est un redoublement d'imaginations monstrueuses chaque fois que le public écœuré donne des marques de lassitude. Et voyez-vous, monsieur l'abbé, c'est là qu'est le génie, car il sait parfaitement que le tirage monte dès qu'il lance, comme aujourd'hui la menace de tout dire, de publier les noms des vendus et des traîtres... Voilà sa vente assurée pour plusieurs jours. »

Pierre écoutait cette gaie parole qui se moquait, et il comprenait mieux des choses dont le sens exact, jusque-là, lui avait échappé. Il finit par lui poser des questions, surpris que tant de députés fussent ainsi dans les couloirs, lorsque la séance était ouverte. Ah ! la séance, on avait beau y discuter la plus grave des affaires, une loi d'intérêt général, tous les membres la désertaient, sous cette brusque nouvelle d'une interpellation qui pouvait emporter le ministère ! Et la passion qui s'agitait là, c'était la colère contenue, l'inquiétude grandissante des clients du ministère au pouvoir, craignant d'être délogés, d'avoir à céder la place à d'autres ; et c'était aussi l'espoir subit, la faim impatiente et vorace de tous ceux qui attendaient, les clients des ministères possibles du lendemain.

Massot montra Barroux, le chef du cabinet, qui avait pris les Finances, bien qu'il y fût dépaysé, pour rassurer l'opinion par son intégrité hautement reconnue, après la crise du Panama. Il causait à l'écart avec le ministre de l'Instruction publique, le sénateur Taboureau, un vieil universitaire, l'air effacé et triste, très probe mais d'une ignorance totale de Paris, qu'on était allé chercher au fond d'une faculté de province. Barroux était, lui, très décoratif, grand, avec une belle figure rasée, dont un nez trop petit gâtait la noblesse. À soixante ans, il avait des cheveux bouclés, d'un blanc de neige, qui achevaient de lui donner une majesté un peu théâtrale, dont il usait à la tribune. D'une vieille famille parisienne, riche, avocat, puis journaliste républicain sous l'Empire, il était arrivé au pouvoir avec Gambetta, honnête et romantique, tonitruant et un peu sot, mais très brave, très droit, d'une foi restée ardente aux principes de la grande Révolution. Le jacobin en lui se démodait, il devenait un ancêtre, un des derniers soutiens de la République bourgeoise, dont commençaient à sourire les nouveaux venus, les jeunes politiques aux dents longues. Et, sous l'apparat de sa tenue, sous la pompe de son éloquence, il y avait un hésitant, un attendri, un bon homme qui pleurait en relisant les vers de Lamartine.

Ensuite, ce fut Monferrand, le ministre de l'Intérieur, qui passa et qui prit Barroux à part, pour lui glisser quelques mots dans l'oreille. Lui, au contraire, âgé de cinquante ans, était court et gros, l'air souriant et paterne ; mais sa face ronde, un peu commune, entourée d'un collier de barbe brune encore, avait des dessous de vive intelligence. On sentait l'homme de gouvernement, des mains aptes aux rudes besognes, qui jamais ne lâchaient la proie. Ancien maire de Tulle, il venait de la Corrèze, où il possédait une grande propriété. C'était sûrement une force en marche, dont les observateurs suivaient avec inquiétude la montée constante. Il parlait simplement, avec une tranquillité, une puissance de conviction extraordinaires. Sans ambition apparente, d'ailleurs, il affectait un complet désintéressement, sous lequel grondaient les plus furieux appétits. Un voleur, écrivait Sanier, un assassin qui avait étranglé deux de ses tantes, pour hériter d'elles. En tout cas, un assassin qui n'était point vulgaire.

Et puis, ce fut encore un des personnages du drame qui allait se jouer, le député Vignon, dont l'entrée agita les groupes. Les deux ministres le regardèrent, tandis que lui, tout de suite très entouré, leur souriait de loin. Il n'avait pas trente-six ans, mince et de taille moyenne, très blond, avec une belle barbe blonde, qu'il soignait. Parisien, ayant fait un chemin rapide dans l'Administration, un moment préfet à Bordeaux, il était maintenant la jeunesse, l'avenir à la Chambre, ayant compris qu'il fallait en politique un nouveau personnel, pour accomplir les plus pressées des réformes indispensables ; et, très ambitieux, très intelligent, sachant beaucoup de choses, il avait un programme, dont il était parfaitement capable de tenter l'application, au moins en partie. Il ne montrait du reste aucune hâte, plein de prudence et de finesse, certain que son jour viendrait, fort de n'être encore compromis dans rien, ayant devant lui le libre espace. Au fond, il n'était qu'un administrateur de premier ordre, d'une éloquence nette et claire, dont le programme ne différait de celui de Barroux que par le rajeunissement des formules, bien qu'un ministère Vignon à la place d'un ministère Barroux apparût comme un événement considérable. Et c'était de Vignon que Sanier écrivait qu'il visait la présidence de la République, quitte à marcher dans le sang pour arriver à l'Élysée.

« Mon Dieu ! expliquait Massot, il est très possible que, cette fois, Sanier ne mente pas et qu'il ait trouvé une liste de noms sur un carnet de Hunter, qui serait tombé entre ses mains... Dans cette affaire des Chemins de fer africains, pour obtenir certains votes, je sais personnellement depuis longtemps que Hunter a été le racoleur de Duvillard. Mais, si l'on veut comprendre, on doit d'abord établir de quelle manière il procédait, avec une adresse, une sorte de délicatesse aimable, qui sont loin des brutales corruptions, des marchandages salissants qu'on suppose. Il faut être Sanier pour imaginer un Parlement comme un marché ouvert, où toutes les consciences sont à vendre, où elles s'adjugent au plus offrant, avec impudence. Ah ! que les choses se sont passées autrement, et qu'elles sont explicables, excusables même parfois !... Ainsi, l'article vise surtout Barroux et Monferrand, qui, sans y être nommés, y sont désignés de la façon la plus claire. Vous n'ignorez pas qu'au moment du vote Barroux était à l'Intérieur et Monferrand aux Travaux publics, de sorte que les voilà accusés d'être des ministres prévaricateurs, le plus noir des crimes sociaux. Je ne sais dans quelle combinaison politique Barroux a pu entrer, mais je jure bien qu'il n'a rien mis dans sa poche, car il est le plus honnête des hommes. Quant à Monferrand, c'est une autre affaire, il est homme à se faire sa part ; seulement, je serais très surpris s'il s'était mis dans un mauvais cas. Il est incapable d'une faute, surtout d'une faute bête, comme celle de toucher de l'argent, en en laissant traîner le reçu. »

Il s'interrompit, il indiqua d'un mouvement de tête Dutheil, l'air fiévreux et souriant quand même, parmi un groupe qui venait de se former autour des deux ministres.

« Tenez ! ce jeune homme là-bas, le joli brun qui a une barbe si triomphante.

– Je le connais, dit Pierre.

– Ah ! vous connaissez Dutheil. Eh bien ! en voilà un qui a sûrement touché. Mais c'est un oiseau. Il nous est arrivé d'Angoulême pour mener la plus aimable des existences, et il n'a pas plus de conscience ni de scrupules que les gentils pinsons de son pays, toujours en fête d'amour. Ah ! pour celui-là, l'argent de Hunter a été comme une manne qui lui était due, et il ne s'est pas même dit qu'il se salissait les doigts. Soyez sûr qu'il s'étonne qu'on puisse donner à cela la moindre importance. »

De nouveau, il désigna un député, dans le même groupe, un homme d'environ cinquante ans, malpropre, l'air éploré, d'une hauteur de perche, et la taille un peu courbée par le poids de sa tête, qu'il avait longue et chevaline. Ses cheveux jaunâtres, rares et plats, ses moustaches tombantes, toute sa face noyée, éperdue, exprimait une continuelle détresse.

« Et Chaigneux, le connaissez-vous ? Non… Regardez-le, et demandez-vous s'il n'est pas tout naturel aussi que celui-ci ait touché… Il est débarqué d'Arras. Il avait là-bas une étude d'avoué. Lorsque sa circonscription l'a envoyé ici, il s'est laissé griser par la politique, il a tout vendu pour venir faire fortune à Paris, où il s'est installé avec sa femme et ses trois filles. Alors, vous vous imaginez son désarroi au milieu de ces quatre femmes, des femmes terribles, toujours dans les chiffons, les courses, les visites à recevoir et à rendre, sans compter la chasse aux épouseurs qui fuient. C'est la malchance acharnée, l'échec quotidien du pauvre homme médiocre, qui a cru que sa situation de député allait lui faciliter les affaires, et qui s'y noie… Et vous ne voulez pas que Chaigneux ait touché, lui qui est toujours en souffrance d'un billet de cinq cents francs ! J'admets qu'il ne fût pas un malhonnête homme. Il l'est devenu, voilà tout. »

Massot était lancé, il continua ses portraits, la série qu'il avait un instant rêvé d'écrire, sous le titre de « Députés à vendre ». Les naïfs tombés dans la cuve, les exaspérés d'ambition, les âmes basses cédant à la tentation des tiroirs ouverts, les brasseurs d'affaires se grisant et perdant pied, à remuer de gros chiffres. Mais il reconnaissait volontiers qu'ils étaient relativement peu nombreux et que ces quelques brebis galeuses se retrouvaient dans tous les parlements du monde. Le nom de Sanier revint encore, il n'y avait que Sanier pour faire de nos Chambres des cavernes de voleurs.

Et Pierre, surtout, s'intéressait à la tourmente que la menace d'une crise ministérielle soulevait devant lui. Autour de Barroux et de Monferrand, il n'y avait pas que les Dutheil, que les Chaigneux, pâles de sentir le sol trembler, se demandant s'ils n'iraient pas coucher le soir à Mazas. Tous leurs clients étaient là, tous ceux qui tenaient d'eux l'influence, les places et qui allaient s'effondrer, disparaître dans leur chute. Aussi fallait-il voir l'anxiété des regards, l'attente livide des figures, au milieu des conversations chuchotantes, des renseignements et des commérages qui couraient. Puis, dans le groupe d'à côté, autour de Vignon très calme, souriant, c'était l'autre clientèle, celle qui attendait de monter à l'assaut du pouvoir, pour tenir enfin l'influence, les places. Les yeux y luisaient de convoitise, on y lisait une joie encore à l'état d'espérance, une surprise heureuse de l'occasion brusque qui se présentait. Aux questions trop directes de ses amis, Vignon évitait de répondre, affirmait seulement qu'il n'interviendrait pas. Et son plan était évidemment de laisser Mège interpeller, renverser le ministère, car il ne le craignait pas, et il n'aurait ensuite, croyait-il, qu'à ramasser les portefeuilles tombés.

« Ah ! Monferrand, disait le petit Massot, en voilà un gaillard qui prend le vent ! Je l'ai connu anticlérical, mangeant du prêtre, monsieur l'abbé, si vous me permettez de m'exprimer ainsi ; et ce n'est pas pour vous être agréable, mais je crois pouvoir vous annoncer qu'il s'est réconcilié avec Dieu… Du moins, on m'a conté que Mgr Martha, un grand convertisseur, ne le quitte plus. Cela fait plaisir par les temps nouveaux d'aujourd'hui, lorsque la science a fait banqueroute et que, de tous côtés, dans les arts, dans les lettres, dans la société elle-même, la religion refleurit en un délicieux mysticisme. »

Il se moquait, comme toujours ; mais il avait dit cela d'un air si aimable, que le prêtre dut s'incliner. D'ailleurs, un grand mouvement s'était produit, des voix annonçaient que Mège montait à la tribune ; et ce fut une hâte générale, tous les députés rentrèrent dans la salle des séances, ne laissant que les curieux et quelques journalistes dans la salle des pas perdus.

« C'est étonnant, reprit Massot, que Fonsègue ne soit pas arrivé. Ça l'intéresse pourtant, ce qui se passe. Mais il est si malin, qu'il y a toujours une raison, quand il ne fait pas ce qu'un autre ferait. Est-ce que vous le connaissez ? »

Et, sur la réponse négative de Pierre :

« Une tête et une vraie puissance, celui-là !... Oh, j'en parle librement, je n'ai guère la bosse du respect, et mes patrons, n'est-ce pas ? c'est encore les pantins que je connais le mieux et que je démonte le plus volontiers... Fonsègue est, lui aussi, désigné clairement dans l'article de Sanier. Il est, d'ailleurs, le client ordinaire de Duvillard. Qu'il ait touché, cela ne fait aucun doute, car il touche dans tout. Seulement, il est toujours couvert, il touche pour des raisons avouables, la publicité, les commissions permises. Et, si j'ai cru le voir troublé tout à l'heure, s'il tarde à être là comme pour établir un alibi moral, c'est donc qu'il aurait commis la première imprudence de sa vie. »

Il continua, il raconta tout Fonsègue, un Corrézien encore, qui s'était mortellement fâché avec Monferrand à la suite d'histoires inconnues, un ancien avocat de Tulle venu à Paris pour le conquérir, et qui l'avait réellement conquis, grâce au grand journal du matin, *Le Globe*, dont il était le fondateur et le directeur. Maintenant, il occupait, avenue du Bois-de-Boulogne, un luxueux hôtel, et pas une entreprise ne se lançait, sans qu'il s'y taillât royalement sa part. Il avait le génie des affaires, il se servait de son journal comme d'une force incalculable, pour régner en maître sur le marché. Mais quel esprit de conduite, quelle longue et adroite patience, avant d'arriver à son solide renom d'homme grave, gouvernant avec autorité le plus vertueux, le plus respecté des journaux ! Ne croyant au fond ni à Dieu ni à diable, il avait fait de ce journal le soutien de l'ordre, de la propriété et de la famille, républicain conservateur depuis qu'il y avait intérêt à l'être, mais resté religieux, d'un spiritualisme qui rassurait la bourgeoisie. Et, dans sa puissance acceptée, saluée, il avait une main au fond de tous les sacs.

« Hein ? monsieur l'abbé, voyez où mène la presse. Voilà Sanier et Fonsègue, comparez-les un peu. En somme, ce sont des compères, ils ont chacun une arme, et ils s'en servent. Mais quelle différence dans les moyens et dans les résultats ! La feuille du premier est vraiment un égout, qui le roule, qui l'emporte lui-même au cloaque. Tandis que la feuille de l'autre est certainement du meilleur journalisme qu'on puisse faire, très soignée, très littéraire, un régal pour les gens délicats, un honneur pour l'homme qui la dirige... Et, grand Dieu ! au fond, quelle identité dans la farce ! »

Massot éclata de rire, heureux de cette moquerie dernière. Puis, brusquement :

« Ah ! voici Fonsègue enfin. »

Et il présenta le prêtre, très à l'aise, en riant encore.

« Monsieur l'abbé Froment, mon cher patron, qui vous attend depuis plus de vingt minutes... Moi, je vais voir un peu ce qui se passe là-dedans. Vous savez que Mège interpelle. »

Le nouveau venu eut une légère secousse.

« Il y a une interpellation... Bon, bon ! j'y vais. »

Pierre le regardait. Un petit homme d'une cinquantaine d'années, maigre et vif, resté jeune, avec toute sa barbe noire encore. Des yeux étincelants, une bouche perdue sous les moustaches et qu'on disait terrible. Avec cela, un air d'aimable compagnon, de l'esprit jusqu'au bout du petit nez pointu, un nez de chien de chasse toujours en quête.

« Monsieur l'abbé, en quoi puis-je vous être agréable ? »

Alors, Pierre, brièvement, présenta sa requête, conta sa visite du matin à Laveuve, donna tous les détails navrants, demanda l'admission immédiate du misérable à l'asile.

« Laveuve ? mais est ce que son affaire n'a pas été examinée ? C'est Dutheil qui nous a présenté un rapport là-dessus, et les faits nous ont paru tels, que nous n'avons pu voter l'admission. »

Le prêtre insista.

« Je vous assure, monsieur, que, si vous aviez été avec moi, ce matin, votre cœur se serait fendu de pitié. Il est révoltant qu'on laisse une heure de plus un vieillard dans cet effroyable abandon. Ce soir, il faut qu'il couche à l'asile. »

Fonsègue se récria.

« Oh ! ce soir, c'est impossible, absolument impossible. Il y a toutes sortes de formalités indispensables. Et moi, d'ailleurs, je ne puis prendre seul une pareille décision, je n'ai pas ce pouvoir. Je ne suis que l'administrateur, je ne fais qu'exécuter les ordres du comité de nos dames patronnesses.

– Mais, monsieur, c'est justement Mme la baronne Duvillard qui m'a envoyé à vous, en m'affirmant que vous seul aviez l'autorité nécessaire pour décider une admission immédiate, dans un cas exceptionnel.

– Ah, c'est la baronne qui vous envoie, ah ! que je la reconnais bien là, incapable de prendre un parti, trop soucieuse de sa paix pour accepter jamais une responsabilité !... Pourquoi veut-elle que ce soit moi qui aie des ennuis ? Non, non, monsieur l'abbé, je n'irai à coup sûr pas contre tous nos règlements, je ne donnerai pas un ordre qui me fâcherait peut-être avec toutes ces dames. Vous ne les connaissez pas, elles deviennent terribles, dès qu'elles sont en séance. »

Il s'égayait, il se défendait d'un air de plaisanterie, très résolu, au fond, à ne rien faire. Et, brusquement, Dutheil reparut, se précipita nu-tête, courant dans les couloirs pour racoler les absents, intéressés dans la grave discussion qui s'ouvrait.

« Comment, Fonsègue, vous êtes encore là ? Allez, allez vite à votre banc ! C'est grave. »

Et il disparut. Le député ne se hâta pourtant pas, comme si l'aventure louche qui passionnait la salle des séances ne pût le toucher en rien. Il souriait toujours, bien qu'un léger mouvement fébrile fît battre ses paupières.

« Excusez-moi, monsieur l'abbé, vous voyez que mes amis ont besoin de moi... Je vous répète que je ne puis absolument rien pour votre protégé. »

Mais Pierre ne voulut pas encore accepter cette réponse comme définitive.

« Non, non ! monsieur, allez à vos affaires, je vais vous attendre ici... Ne prenez pas un parti, sans y réfléchir mûrement. On vous presse, je sens que vous ne m'écoutez pas avec assez de liberté. Tout à l'heure, quand vous reviendrez et que vous serez tout à moi, je suis certain que vous m'accorderez ce que je demande. »

Et, bien que Fonsègue, en s'éloignant, lui affirmât qu'il ne pouvait changer d'avis, il s'entêta, il se rassit sur la banquette, quitte à y rester jusqu'au soir. La salle des pas perdus s'était presque complètement vidée, et elle apparaissait plus morne et plus froide, avec son Laocoon et sa Minerve, ses murs nus, d'une banalité de gare, où la bousculade du siècle passait, sans échauffer le haut plafond. Jamais clarté plus blême, plus indifférente, n'était entrée par les grandes portes-fenêtres, derrière lesquelles on apercevait le petit jardin endormi, avec ses maigres gazons d'hiver. Et pas un bruit n'arrivait des tempêtes de la séance voisine, il ne tombait du lourd monument qu'un silence de mort, dans un sourd frisson de détresse, venu de très loin sans doute, du pays entier.

C'était cela, maintenant, qui hantait la songerie de Pierre. Toute la plaie ancienne, envenimée, s'étalait avec son poison, dans sa virulence. La lente pourriture parlementaire avait grandi, s'attaquait au corps social. Certes, au-dessus des basses intrigues, de la ruée des ambitions personnelles, il y avait bien la haute lutte supérieure des principes, l'histoire en marche, déblayant le passé, tâchant de faire dans l'avenir plus de vérité, plus de justice et de bonheur. Mais, en pratique, à ne voir que l'affreuse cuisine quotidienne, quel déchaînement d'appétits égoïstes, quel unique besoin d'étrangler le voisin et de triompher seul ! On ne trouvait là, entre les quelques groupes, qu'un incessant combat pour le pouvoir et pour les satisfactions qu'il donne. Gauche, droite, catholiques, républicains, socialistes, les vingt nuances des partis, n'étaient que les étiquettes qui classaient la même soif brûlante de gouverner, de dominer. Toutes les questions se rapetissaient à la seule question de savoir qui, de celui-ci, de celui-là ou de cet autre, aurait en sa main la France, pour en jouir, pour en distribuer les faveurs à la clientèle de ses créatures. Et le pis était que les grandes batailles, les journées et les semaines perdues pour faire succéder celui-ci à celui-là, et cet autre à celui-ci, n'aboutissaient qu'au plus sot des piétinements sur place, car tous les trois se valaient, et il n'y avait entre eux que de vagues différences, de sorte que le nouveau maître gâchait la même besogne que le précédent avait gâchée, forcément oublieux des programmes et des promesses, dès qu'il régnait.

Invinciblement, la songerie de Pierre retournait à Laveuve, qu'il avait un instant oublié, qui maintenant le reprenait, d'un frisson de colère et de mort. Ah ! qu'importait au vieux misérable, crevant de faim sur ses haillons, que Mège renversât le ministère Barroux, et qu'un ministère Vignon arrivât au pouvoir ! À ce train, il faudrait cent ans, deux cents ans, pour qu'il y eût du pain dans les soupentes où râlent les éclopés du travail, les vieilles bêtes de somme fourbues. Et, derrière Laveuve, c'était toute la misère, tout le peuple des déshérités et des pauvres qui agonisaient, qui demandaient justice, pendant que la Chambre, en grande séance, se passionnait pour savoir à qui la nation serait, et qui la dévorerait. La boue coulait à pleins bords, la plaie hideuse, saignante et dévorante, s'étalait impudemment, telle que le cancer qui ronge un organe, gagnant le cœur. Et quel dégoût, quelle nausée à ce spectacle, et quel désir du couteau vengeur qui ferait de la santé et de la joie !

Pierre n'aurait pu dire depuis combien de temps il était enfoncé dans cette rêverie, lorsqu'un brouhaha, de nouveau, remplit la salle. Des gens revenaient, gesticulaient, formaient des groupes. Et il entendit brusquement le petit Massot qui s'écriait, à côté de lui :

« Il n'est pas par terre, mais il n'en vaut guère mieux. Je ne ficherais pas quatre sous de son existence. »

Il parlait du ministère. D'ailleurs, il conta la séance à un confrère qui arrivait. Mège avait très bien parlé, avec une fureur d'indignation extraordinaire contre la bourgeoisie pourrie et pourrisseuse mais, comme toujours, il avait dépassé le but, effrayant la Chambre par sa violence même. De sorte que, lorsque Barroux était monté à la tribune pour demander l'ajournement de l'interpellation à un mois, il n'avait eu qu'à s'indigner, très sincèrement du reste, plein d'une hautaine colère contre les infâmes campagnes que menait une certaine presse. Est-ce que les hontes du Panama allaient renaître ? Est-ce que la représentation nationale allait se laisser intimider par de nouvelles menaces de délation ? C'était la République elle-même que ses adversaires essayaient de noyer sous un flot d'abominations. Non, non ! l'heure était venue de se recueillir, de travailler en paix, sans permettre aux affamés de scandales de troubler la paix publique. Et la Chambre, impressionnée, craignant à la longue la lassitude des électeurs, devant ce débordement continu d'ordures, avait ajourné l'interpellation à un mois. Seulement, quoique Vignon eût évité d'intervenir en prenant la parole, tout son groupe avait voté contre le ministère, si bien que la majorité obtenue par celui-ci n'était que de deux voix, une majorité dérisoire.

« Mais alors, demanda une voix à Massot, ils vont donner leur démission.

– Oui, le bruit en court. Pourtant, Barroux est bien tenace... En tout cas, s'ils s'obstinent, ils seront par terre avant huit jours, d'autant plus que Sanier, furieux, déclare qu'il va publier demain la liste des noms. »

Et l'on vit passer, en effet, Barroux et Monferrand, qui se hâtaient, l'air affairé et soucieux, suivis de leurs clients inquiets. On disait que tout le cabinet était en train de se réunir, pour aviser et prendre un parti. Et ce fut ensuite Vignon qui reparut, au milieu d'un flot d'amis. Lui était radieux, d'une joie qu'il s'efforçait de cacher, calmant sa troupe, ne voulant pas chanter victoire trop tôt ; mais les yeux de la bande luisaient, toute une meute à l'heure prochaine de la curée. Et il n'était pas jusqu'à Mège qui ne triomphât. À deux voix près, il avait renversé le ministère. Encore un usé ! et il userait celui de Vignon ! et il gouvernerait enfin !

« Diable ! murmura le petit Massot, Chaigneux et Dutheil ont des mines de chiens battus. Et, tenez ! il n'y a encore que le patron. Regardez-le, est-il beau, ce Fonsègue !... Bonsoir, je file. »

Il serra la main de son confrère, il ne voulut pas rester, bien que la séance continuât, une nouvelle question d'affaire, très importante, et qui se discutait devant les bancs vides.

Chaigneux était allé s'accouder près de la grande Minerve, de son air éploré ; et jamais détresse besogneuse ne l'avait plié davantage, sous l'angoisse continue de sa malchance. Dutheil, lui, pérorait quand même au centre d'un groupe, affectait une insouciance moqueuse, mais un tic nerveux plissait son nez, tirait sa bouche, toute sa face de joli homme suait la peur. Et il n'y avait réellement que Fonsègue tranquille et brave, toujours le même, dans sa petite taille remuante, avec ses yeux étincelants d'esprit, voilés à peine d'une ombre de malaise.

Pierre s'était levé, pour renouveler sa demande. Mais Fonsègue le prévint, lui dit avec vivacité :

« Non, non, monsieur l'abbé, je vous répète que je refuse de prendre sur moi une telle infraction à nos règlements. Il y a eu rapport, et il y a chose jugée. Comment voulez-vous que je puisse passer outre ?

– Monsieur, dit douloureusement le prêtre, il s'agit d'un vieillard qui a faim, qui a froid et qui va mourir, si l'on ne vient pas à son secours. »

D'un geste désespéré, le directeur du *Globe* sembla prendre les murs à témoin qu'il n'y pouvait rien. Sans doute craignait-il quelque mauvaise histoire pour son journal, où il avait abusé de l'œuvre des Invalides du travail, comme arme électorale. Peut-être aussi la terreur secrète où la séance venait de le jeter, lui durcissait-elle le cœur.

« Je ne puis rien, je ne puis rien... Mais naturellement, je ne demande pas mieux que vous me fassiez forcer la main par ces dames du comité. Vous avez déjà Mme la baronne Duvillard, ayez-en d'autres. »

Résolu à lutter jusqu'au bout, Pierre vit là une suprême tentative.

« Je connais Mme la comtesse de Quinsac, je puis aller la voir tout de suite.

– C'est cela ! excellent, la comtesse de Quinsac ! Prenez une voiture et allez voir aussi Mme la princesse de Harth. Elle se remue beaucoup, elle devient très influente... Ayez l'approbation de ces dames, retournez chez la baronne à sept heures, obtenez d'elle une lettre qui me couvre, et venez alors me trouver au journal. À neuf heures, votre homme couchera à l'asile. »

Il y mettait, maintenant, une sorte de rondeur joyeuse, n'ayant plus l'air de douter du succès, du moment qu'il ne risquait plus de se compromettre. Le prêtre fut repris d'un grand espoir.

« Ah ! monsieur, je vous remercie, c'est une œuvre de salut que vous allez faire.

– Mais vous pensez bien que je ne demande pas mieux. Si nous pouvions, d'un mot, guérir la misère, empêcher la faim et la soif... Dépêchez-vous, vous n'avez pas une minute à perdre. »

Ils se serrèrent la main, et Pierre se hâta de sortir. Ce n'était point chose facile, les groupes avaient grandi, les colères et les angoisses de la séance refluaient là, en un tumulte trouble, de même qu'une pierre jetée au milieu d'une mare remue la vase du fond, fait remonter à la surface les décompositions cachées. Il dut jouer des coudes, s'ouvrir un passage au travers de cette cohue, de la lâcheté frissonnante des uns, de l'audace insolente des autres, des tares salissantes du plus grand nombre, dans l'inévitable contagion du milieu. Mais il emportait un nouvel espoir, et il lui semblait que, s'il sauvait ce jour-là une vie, s'il faisait un heureux, ce serait le commencement du rachat, un peu de pardon sur les sottises et sur les fautes de ce monde politique, égoïste et dévorant.

Dans le vestibule, un dernier incident arrêta Pierre une minute encore. Il régnait une émotion, à la suite d'une querelle entre un homme et un huissier, qui l'avait empêché d'entrer, après avoir constaté que la carte qu'il présentait était une carte ancienne et dont on avait gratté la date. L'homme, d'abord brutal, n'avait pas insisté, comme saisi d'une timidité soudaine. Et Pierre eut la surprise de reconnaître, dans cet homme mal vêtu, Salvat, l'ouvrier mécanicien qu'il avait vu partir le matin en quête de travail. Cette fois, c'était bien lui, grand, maigre, ravagé, avec ses yeux de flamme et de rêve, incendiant sa face blême de meurt-de-faim. Il n'avait plus son sac à outils, son veston en loques était boutonné, gonflé sur le flanc gauche par une grosseur, sans doute quelque morceau de pain caché là. Et, repoussé par les huissiers, il se remit en marche, il prit le pont de la Concorde, lentement, au hasard, de l'air d'un homme qui ne sait où il va.

IV

Dans le vieux salon fané, un salon Louis XVI aux boiseries grises, Mme la comtesse de Quinsac était assise près de la cheminée, à sa place habituelle. Elle ressemblait singulièrement à son fils, la figure longue et noble, le menton un peu sévère, avec de beaux yeux encore, sous la neige des cheveux fins, coiffée à la mode surannée de sa jeunesse. Et, dans sa froideur hautaine, elle savait être aimable, d'une bonne grâce parfaite.

Elle reprit après un long silence, avec un petit geste de la main, en s'adressant au marquis de Morigny, assis à l'autre coin de la cheminée, où il occupait le même fauteuil depuis tant d'années.

« Ah ! mon ami, vous avez bien raison, le bon Dieu nous a oubliés dans une abominable époque.

– Oui, nous avons passé à côté du bonheur, dit-il lentement, et c'est votre faute, c'est sans doute la mienne aussi. »

Elle le fit taire d'un nouveau geste, avec un triste sourire. Et le silence retomba, pas un bruit ne venait de la rue, dans ce sombre rez-de-chaussée, au fond de la cour d'un vieil hôtel, situé rue Saint-Dominique, presque à l'angle de la rue de Bourgogne.

Le marquis était un vieillard de soixante-quinze ans, de neuf ans plus âgé que la comtesse. Petit et sec, il avait pourtant grand air, avec sa face rasée, aux profondes rides correctes. Il appartenait à une des plus antiques familles de France, et il restait un des derniers légitimistes sans espoir, très pur, très haut, gardant sa foi à la monarchie morte, dans l'écroulement de tout. Sa fortune, estimée encore à des millions, se trouvait comme immobilisée, par son refus de la faire fructifier, en la mettant au service des travaux du siècle. Et l'on savait qu'il avait aimé discrètement la comtesse, du vivant même de M. de Quinsac, et qu'il s'était offert, après la mort de celui-ci, lorsque la veuve, âgée au plus de quarante ans, était venue se réfugier dans cet humide rez-de-chaussée, avec une quinzaine de mille francs de rente, sauvés à grand-peine. Mais elle adorait son fils Gérard, alors dans sa dixième année, d'une santé délicate. Elle lui avait tout sacrifié, par une sorte de pudeur de mère, par une crainte superstitieuse de le perdre, si elle remettait une autre tendresse et un autre devoir dans sa vie. Et le marquis, qui s'était incliné, avait continué à l'adorer de toute son âme, lui faisant la cour comme au premier soir où il l'avait vue, empressé et discret après un quart de siècle de fidélité absolue. Il n'y avait jamais rien eu entre eux, pas même un baiser.

À la voir si triste, il craignit de lui avoir déplu, il ajouta :

« Je vous aurais voulue plus heureuse, mais je n'ai pas su, et la faute n'en est sûrement qu'à moi… Est-ce que Gérard vous donnerait des inquiétudes ? »

Elle dit non de la tête. Puis, tout haut :

« Tant que les choses resteront où elles en sont, nous ne saurions nous en plaindre, mon ami, puisque nous les avons acceptées. »

Elle parlait de la liaison coupable de son fils avec la baronne Duvillard. Toujours elle s'était montrée faible pour cet enfant qu'elle avait eu tant de peine à élever, sachant elle seule l'épuisement, la lamentable fin de race qui se cachait en lui, sous le beau dehors de sa mine fière. Elle tolérait sa paresse, son oisiveté, le dégoût d'homme de plaisir qui l'avait écarté des armes et de la diplomatie. Que de fois elle avait réparé des sottises, payé des petites dettes, en les taisant, en refusant l'aide pécuniaire du marquis, qui n'osait même plus offrir ses millions, tant elle s'entêtait à vivre héroïquement des débris de sa fortune ! Et c'était ainsi qu'elle avait fini par fermer les yeux sur le scandale des amours de son fils, se doutant bien comment les choses s'étaient passées, par abandon, par inconscience, l'homme qui ne sait se reprendre, la femme qui le tient et le garde, en se donnant. Le marquis, lui, n'avait pardonné que le jour où Ève s'était faite chrétienne.

« Vous savez, mon ami, que Gérard est si bon, reprit la comtesse. C'est ce qui fait sa force et sa faiblesse. Comment voulez-vous que je le gronde, quand il pleure avec moi ?....Il se lassera de cette femme. »

M. de Morigny hocha la tête.

« Elle est encore très belle... Et puis, il y a la fille. Ce serait plus grave, il l'épouserait.

– Oh ! la fille, une infirme !

– Oui, et vous entendez ce qu'on dirait : un Quinsac épousant un monstre pour ses millions. »

C'était leur terreur à tous deux. Ils n'ignoraient rien de ce qui se passait chez les Duvillard, l'amitié émue entre la disgraciée Camille et le beau Gérard, l'idylle attendrissante sous laquelle se cachait le plus atroce des drames. Et ils protestaient de toute leur indignation.

« Oh ! ça, non, non, jamais ! déclara la comtesse. Mon fils dans cette famille, non ! jamais je ne donnerai mon autorisation ! »

Justement le général de Bozonnet entra. Il adorait sa sœur, il venait lui tenir compagnie, les jours où elle recevait, car l'ancien cercle s'était peu à peu éclairci, ils n'étaient plus que quelques fidèles à se risquer dans ce salon gris et morne, où l'on se serait cru à des milliers de lieues du Paris actuel. Tout de suite, pour l'égayer, il conta qu'il venait de déjeuner chez les Duvillard, nomma les convives, dit que Gérard était là. Il savait qu'il faisait plaisir à sa sœur, en allant dans cette maison, dont il lui rapportait des nouvelles, qu'il décrassait un peu par le grand honneur de sa présence. Et lui ne s'y ennuyait pas, gagné au siècle depuis longtemps, très accommodant sur tout ce qui n'était pas l'art militaire.

« Cette pauvre petite Camille adore Gérard, dit-il. À table, elle le dévorait des yeux. »

Le marquis de Morigny intervint gravement.

« Là est le danger, un mariage serait une chose absolument monstrueuse, à tous les points de vue. »

Le général parut s'étonner.

« Pourquoi donc ? Elle n'est pas belle, mais si l'on n'épousait que les belles filles ! Et il y a aussi ses millions : notre cher enfant en serait quitte pour en faire bon usage... Et puis, c'est vrai, il y a encore la liaison avec la mère. Mon Dieu ! l'aventure est si commune aujourd'hui ! »

Révolté, le marquis eut un geste de souverain dégoût. Pourquoi discuter, quand tout sombrait ? Que répondre à un Bozonnet, au dernier vivant de cette illustre famille, lorsqu'il en arrivait à excuser les mœurs infâmes de la République, après avoir renié son roi et servi l'Empire, en s'attachant d'une passion fidèle à la fortune, à la mémoire de César ? Mais la comtesse elle-même s'indignait.

« Oh ! mon frère, que dites-vous ? Jamais je n'autoriserai un tel scandale. J'en faisais tout à l'heure le serment.

– Ma sœur, ne jurez pas ! s'écria le général. Moi, je voudrais notre Gérard heureux, voilà tout. Et il faut bien convenir qu'il n'est pas bon à grand-chose. Qu'il ne se soit pas fait soldat, je le comprends, car c'est un métier aujourd'hui perdu. Mais qu'il ne soit pas entré dans la diplomatie, qu'il n'ait pas accepté une occupation quelconque, je le comprends moins. Sans doute il est beau de taper sur le temps actuel, de déclarer qu'un homme de notre monde ne saurait y faire une besogne propre. Seulement, il n'y a plus, au fond, que les paresseux qui disent cela. Et Gérard n'a qu'une excuse, son peu d'aptitude, son manque de volonté et de force. »

Des larmes étaient montées aux yeux de la mère. Elle tremblait toujours, elle savait bien le mensonge de la façade : un coup de froid aurait emporté son fils, tout grand et solide qu'il paraissait. Et n'y avait-il pas là le symbole de cette noblesse, d'apparence encore si haute et si fière, et qui, au fond, n'était que cendre ?

« Enfin, continua le général, il a trente-six ans, il retombe sans cesse à votre charge, et il faudra bien qu'il fasse une fin. »

Mais elle le fit taire, elle se tourna vers le marquis.

« Mon ami, n'est-ce pas ? confions-nous à Dieu. Il est impossible qu'il ne vienne pas à mon aide, car je ne l'ai jamais offensé.

– Jamais ! » répondit le marquis, en mettant dans ce simple mot toute sa peine, toute sa tendresse, tout son culte, pour cette femme qu'il adorait depuis tant d'années, sans qu'ils eussent péché ni l'un ni l'autre.

Un nouveau fidèle entrait, et la conversation changea. M. de Larombière, vice-président à la cour, était un grand vieillard de soixante-cinq ans, maigre, chauve, rasé, ne portant que de minces favoris blancs ; et ses yeux gris, sa bouche pincée, très écartée du nez, un menton carré et têtu, donnaient à sa longue face une grande austérité. Le désespoir de sa vie était qu'affligé d'un zézaiement un peu enfantin, il n'avait pu, dans la magistrature debout, remplir son mérite, car il se piquait d'être un grand orateur. Ce tourment secret le rendait morose. En lui s'incarnait la vieille France royaliste et boudeuse, servant la République à contrecœur, l'ancienne magistrature, sévère, fermée à toute évolution, à tout sens nouveau des choses et des êtres. Et, d'une petite noblesse de robe, légitimiste rallié à l'orléanisme, il se croyait l'homme de sagesse et de logique, dans ce salon, où il était très fier de rencontrer le marquis.

On causa des derniers événements. Les conversations politiques, d'ailleurs, s'épuisaient vite, se résumaient dans l'amère condamnation des hommes et des faits, tous les trois se trouvant d'accord sur les abominations du régime républicain. Ils n'étaient là que des ruines, les restes des vieux partis, réduits à l'impuissance presque absolue. Le marquis, lui, planait dans son intransigeance totale, fidèle à une morte, un des derniers de cette noblesse riche encore, haute et entêtée, qui mourait sur place. Le magistrat, qui avait au moins un prétendant, comptait sur un miracle, en démontrait la nécessité, si la France ne voulait tomber aux plus graves malheurs, à la disparition prochaine et complète. Et, quant au général, il ne regrettait des deux Empires que les grandes guerres, il laissait de côté le maigre espoir d'une restauration bonapartiste, pour déclarer qu'en ne se tenant pas aux armées impériales, qu'en décrétant le service obligatoire, la nation en armes, la République avait tué la guerre, et tué la patrie.

Lorsque le domestique vint demander à la comtesse si elle voulait bien recevoir M. l'abbé Froment, celle-ci parut un peu surprise.

« Que me veut-il ? Faites entrer. »

Elle était très pieuse, et elle l'avait connu dans des œuvres de charité, touchée de son zèle, édifiée par le renom de jeune saint que lui faisaient ses paroissiennes de Neuilly.

Lui, tout à sa fièvre, se sentit intimidé, dès le seuil du salon. D'abord, il n'y distingua rien, il crut entrer dans un deuil, une ombre où des formes semblaient se fondre, où des voix chuchotaient. Puis, lorsqu'il eut reconnu les personnes qui étaient là, il fut dépaysé davantage, en les trouvant si lointaines et si tristes, si à l'écart du monde d'où il venait, où il retournait. Et, la comtesse l'ayant fait asseoir près d'elle, devant la cheminée, ce fut à voix basse qu'il lui conta l'histoire lamentable de Laveuve, en lui demandant son appui pour le faire entrer à l'asile des Invalides du travail.

« Ah ! oui, cette œuvre dont mon fils a désiré que je fusse... Mais, monsieur l'abbé, je n'ai jamais mis les pieds aux séances du comité. Comment voulez-vous que j'intervienne, n'ayant à coup sûr aucune influence ? »

De nouveau, les figures unies de Gérard et d'Ève venaient de se dresser devant elle, car la rencontre première des deux amants avait eu lieu à l'asile. Et déjà elle faiblissait, dans sa maternité toujours souffrante, bien qu'elle eût le regret d'avoir donné son nom, pour une de ces entreprises charitables à grand tapage, dont elle réprouvait les abus intéressés.

« Madame, insista Pierre, il s'agit d'un pauvre vieillard qui meurt de faim. Ayez pitié, je vous en supplie. »

Bien que le prêtre eût parlé bas, le général s'approcha.

« C'est encore pour votre vieux révolutionnaire que vous courez. Vous n'avez donc pas réussi près de l'administrateur ?... Dame ! il est difficile de s'attendrir sur des gaillards, qui, s'ils étaient les maîtres, nous balayeraient tous, comme ils disent. »

M. de Larombière approuva d'un hochement du menton. Depuis quelque temps, il était hanté par le péril anarchiste.

Et Pierre recommença son plaidoyer, navré et frémissant. Il dit l'affreuse misère, les logis sans nourriture, les femmes et les enfants grelottant de froid, les pères battant le boueux Paris d'hiver, en quête d'un morceau de pain. Ce qu'il demandait, ce n'était qu'un mot sur une carte de visite, un mot bienveillant de la comtesse, qu'il porterait tout de suite à la baronne Duvillard, pour la décider à passer par-dessus les règlements. Et ses paroles, tremblantes de larmes étouffées, tombaient une à une, dans le salon morne, sans écho désormais.

Mme de Quinsac se tourna vers M. de Morigny. Mais il semblait s'être désintéressé. Il regardait fixement le feu, de son air hautain d'étranger, indifférent aux choses et aux êtres, parmi lesquels une erreur des temps le forçait à vivre. Cependant, il releva la tête, en sentant sur lui ce regard de la femme adorée ; et leurs yeux se rencontrèrent, avec une infinie douceur, la douceur si triste de leur héroïque tendresse.

« Mon Dieu ! dit-elle, je sais vos mérites, monsieur l'abbé, et je ne veux pas me refuser à une de vos bonnes œuvres. »

Elle quitta le salon un moment, elle y revint, tenant une carte, où elle avait écrit qu'elle était de tout son cœur avec M. l'abbé Froment, dans les démarches qu'il faisait. Et celui-ci la remercia, les mains frémissantes de gratitude, et il s'en alla ravi, comme s'il emportait un nouvel espoir de salut, en sortant de ce salon, où, derrière lui, un flot d'ombre et de silence sembla retomber, sur cette vieille dame et ses derniers fidèles, au coin de leur feu, tout un monde en train de disparaître.

Dehors, Pierre remonta allégrement dans son fiacre, après avoir donné l'adresse de la princesse de Harth, avenue Kléber. S'il obtenait de même une approbation de celle-ci, il ne doutait plus de réussir. Mais le pont de la Concorde était obstrué d'un tel encombrement, que le cheval dut aller au pas. Et, là, sur le trottoir, il revit Dutheil, qui, correct et charmant, le cigare aux lèvres, riait à la foule, dans son aimable insouciance d'oiseau, heureux de retrouver le pavé sec et le ciel bleu, au sortir de l'anxieuse séance de la Chambre. En l'apercevant si gai, si triomphant, il eut une inspiration brusque, il se dit qu'il devrait conquérir, mettre avec lui ce garçon, dont le rapport avait eu un effet si désastreux. Justement, la voiture ayant dû s'arrêter tout à fait, le député venait de le reconnaître et lui souriait.

« Où allez-vous donc, monsieur Dutheil ?

– Mais à côté, aux Champs-Élysées.

– Je passe par là, et comme je désire vous entretenir un instant, vous seriez bien aimable de prendre place près de moi. Je vous poserai où vous voudrez.

– Très volontiers, monsieur l'abbé. Ça ne vous gêne pas que j'achève mon cigare ?

– Oh ! pas du tout. »

Le fiacre se dégagea, traversa la place, pour monter les Champs-Élysées. Et Pierre, songeant qu'il avait quelques minutes à peine, entreprit Dutheil sans tarder, prêt à lutter pour le convaincre. Il se souvenait de la sortie que le jeune homme avait faite contre Laveuve, chez le baron. Aussi fut-il étonné de l'entendre l'interrompre, pour dire gentiment, la mine ragaillardie par le clair soleil qui se remettait à luire :

« Ah ! oui, votre vieil ivrogne ! Alors, vous n'avez donc pas arrangé son affaire, avec Fonsègue ? Et qu'est-ce que vous voulez ? qu'on le fasse entrer là-bas aujourd'hui ?... Moi, vous savez, je ne m'y oppose pas.

– Mais il y a votre rapport.

– Mon rapport, oh ! mon rapport, les questions changent selon les points de vue... Et, si vous y tenez, à votre Laveuve, je ne refuse pas de vous aider, moi ! »

Pierre le regardait, saisi, très heureux au fond. Il n'eut plus même besoin de parler.

« Vous avez mal pris l'affaire, continua Dutheil en se penchant, d'un air de confidence. Chez lui, c'est le baron qui est le maître, pour des raisons que vous sentez, que vous connaissez sans doute ; la baronne fait tout ce qu'il demande, sans même discuter ; et ce matin, au lieu de vous lancer dans des courses inutiles, vous n'aviez qu'à vous faire appuyer par lui, d'autant plus qu'il paraissait dans d'excellentes dispositions. Aussitôt, elle aurait cédé. »

Il se mit à rire.

« Alors, vous ne savez pas ce que je vais faire ?...Eh bien ! Je vais gagner le baron à votre cause. Oui, je me rends précisément dans une maison où il est, une maison où l'on est certain de le trouver tous les jours, à cette heure-ci... »

Et il riait plus haut.

« Enfin la maison que vous n'ignorez peut-être pas non plus, monsieur l'abbé. Quand il est là, on est sûr qu'il ne refuse rien... Je vous promets de lui faire jurer que, ce soir, il exigera de sa femme l'admission de votre homme. Seulement, il sera un peu tard. »

Puis soudain, frappé d'une idée :

« Mais pourquoi ne venez-vous pas avec moi ? Vous obtenez un mot du baron et tout de suite, sans perdre une minute, vous vous mettez à la recherche de la baronne... Ah ! oui, la maison vous gêne un peu, je comprends. Voulez-vous n'y voir que le baron ? Vous l'attendrez dans un petit salon du bas, je vous l'y amènerai. »

Cette proposition acheva de l'égayer, tandis que Pierre, ahuri, hésitait, à l'idée d'être introduit de la sorte chez Silviane d'Aulnay. Ce n'était guère sa place. Pourtant, il serait allé chez le diable, et il y était allé parfois déjà, avec l'abbé Rose, dans l'espoir de soulager une misère.

Dutheil, qui se méprenait, baissa encore la voix, pour une suprême confidence.

« Vous savez qu'il a tout payé là-dedans. Oh ! vous pouvez venir sans crainte.

– Mais, certainement, je vais avec vous », dit le prêtre, qui ne put s'empêcher de sourire à son tour.

Le petit hôtel de Silviane d'Aulnay, très luxueux, d'un luxe délicat et un peu galant de temple, était situé avenue d'Antin, près de l'avenue des Champs-Élysées. La prêtresse de ce sanctuaire, où les orfrois des vieilles dalmatiques luisaient sous le reflet mauve des vitraux, venait d'avoir vingt-cinq ans, petite et mince, d'une beauté brune adorable ; et tout Paris connaissait son délicieux visage de vierge, le doux ovale allongé, le nez fin, la bouche petite, avec des joues candides et un menton naïf, sous les bandeaux de ses cheveux noirs, qu'elle portait épais et lourds, cachant le front bas. La raison de sa célébrité était précisément cet air étonné et joli, cette infinie pureté de ses yeux bleus, toute cette innocence pudique, quand elle voulait, faisant contraste avec l'abominable fille qu'elle était au fond, de la perversité la plus monstrueuse, avouée, affichée, telle qu'il en pousse dans le terreau des grandes villes. On racontait sur ses goûts, sur ses fantaisies, des choses extraordinaires. Les uns la disaient fille d'une concierge, les autres d'un médecin. En tout cas, elle avait dû se faire une instruction et une éducation, car elle ne manquait, à l'occasion, ni d'esprit, ni de style, ni de tenue. Elle roulait dans les théâtres depuis dix ans, applaudie pour sa beauté, et elle avait même fini par obtenir de gentils succès, dans les rôles de jeunes filles très pures, de jeunes femmes aimantes et persécutées. Mais, depuis qu'il était question de son entrée à la Comédie-Française, pour y jouer le rôle de Pauline, dans *Polyeucte*, des gens s'indignaient, d'autres s'égayaient, tellement l'idée paraissait saugrenue, attentatoire à la majesté de la tragédie classique. Elle, tranquille et têtue, voulait cette chose, et la voulait bien, certaine de l'obtenir, avec l'insolence de la fille à qui les hommes n'avaient jamais rien pu refuser.

Ce jour-là, dès trois heures, Gérard, qui ne savait comment tuer son temps, avant d'aller attendre Ève, rue Matignon, avait eu l'idée de monter patienter dans le voisinage, chez Silviane. Celle-ci était un ancien caprice, il était resté un des intimes du petit hôtel, il s'y oubliait même encore parfois, quand la jolie fille s'ennuyait. Mais il venait de la trouver furieuse, et il était là, en simple ami, allongé dans un des profonds fauteuils du salon vieil or, en train d'écouter sa plainte. Elle, debout, en toilette blanche, toute blanche, comme Ève était elle-même, au déjeuner, parlait avec passion, achevait de le convaincre, gagné à tant de jeunesse et de beauté, la comparant inconsciemment à l'autre, déjà las du rendez-vous qu'il attendait, et envahi d'une telle paresse morale et physique, qu'il aurait préféré demeurer au fond de ce fauteuil.

« Tu entends, Gérard, s'écria-t-elle enfin, en s'oubliant jusqu'à le tutoyer, pas ça ! je ne lui accorderai pas ça ! tant qu'il ne m'apportera pas ma nomination. »

Le baron Duvillard entrait. Elle se fit tout de suite de glace, elle le reçut en jeune reine offensée, qui attend des explications ; tandis que lui, prévoyant l'orage, apportant d'ailleurs des nouvelles désastreuses, souriait, mal à l'aise. Elle était la tare, chez cet homme si solide et si puissant encore, dans le déclin de sa race. Elle était aussi le commencement de la justice et du châtiment, reprenant à mains pleines l'or amassé, vengeant par ses cruautés ceux qui avaient froid et faim. Et cela faisait pitié que de voir cet homme redouté, adulé, sous lequel les États tremblaient, pâlir là d'inquiétude, se plier très humble, retomber à l'enfance sénile et zézayante du désir.

« Ah ! ma chère amie, si vous saviez comme j'ai couru ! Un tas d'affaires ennuyeuses, des entrepreneurs à voir, une grosse question de publicité à régler. J'ai cru que jamais je ne pourrais vous venir baiser la main. »

Il la lui baisa, mais elle laissa retomber son bras froid et indifférent, elle se contentait de le regarder, attendant ce qu'il avait à lui dire, l'embarrassant à un tel point, qu'il suait, bégayait, ne trouvait plus les mots.

« Sans doute, je me suis aussi occupé de vous, je suis allé aux Beaux-Arts, où l'on m'avait fait une promesse formelle... Oh ! ils sont toujours très chauds en votre faveur, aux Beaux-Arts. Seulement, imaginez-vous, c'est cet imbécile de ministre, M. Taboureau, un vieux professeur de province, ignorant tout de notre Paris, qui s'est formellement opposé à votre nomination en disant que, lui régnant, jamais vous ne débuteriez à la Comédie. »

Elle ne dit qu'un mot, toute droite et rigide.

« Alors ?

– Eh bien ! alors, ma chère amie, que voulez-vous que je fasse ?... On ne peut pourtant pas renverser un ministère pour que vous jouiez Pauline.

– Pourquoi pas ? »

Il affecta de rire, mais sa face se congestionnait, tout son grand corps s'agitait d'angoisse.

« Voyons, ma petite Silviane, ne vous entêtez pas. Vous êtes si gentille, quand vous voulez... Lâchez donc l'idée de ce début. Vous-même y risquez gros jeu, car quels seraient vos ennuis, si vous alliez échouer. Vous pleureriez toutes les larmes de votre corps... Et puis, vous pouvez me demander tant d'autres choses, que je serai si heureux de vous donner. Allons, là, tout de suite, faites un souhait, et je le réaliserai sur l'heure. »

En plaisantant, il cherchait à lui reprendre les mains. Mais elle se recula, très digne. Et elle le tutoya, comme elle avait tutoyé Gérard.

« Tu entends, mon cher, plus rien, pas ça ! tant que je n'aurai pas joué Pauline. »

Il avait compris, c'était l'alcôve fermée, même les petits jeux, les petits baisers sur la nuque défendus ; et il la connaissait assez, pour savoir avec quelle rigueur elle le sèvrerait. Sa gorge étranglée ne laissa échapper qu'une sorte de grognement, tandis qu'il continuait à vouloir prendre la chose en plaisanterie.

« Est-elle méchante aujourd'hui ! reprit-il en se tournant vers Gérard. Qu'est-ce que vous lui avez donc fait, pour que je la trouve dans un état pareil ? »

Mais le jeune homme, qui se tenait coi, par crainte des éclaboussures, resta mollement allongé, sans répondre.

Alors, la colère de Silviane déborda.

« Il m'a fait, qu'il m'a plainte d'être à la merci d'un homme tel que vous, si égoïste, si insensible aux injures dont on m'abreuve. Est-ce que vous ne devriez pas bondir d'indignation le premier ? Est-ce que vous n'auriez pas dû exiger mon entrée à la Comédie comme une réparation d'honneur ? Car, enfin, c'est un échec pour vous, et si l'on me juge indigne, vous êtes atteint en même temps que moi... Alors, une fille, n'est ce pas ? dites tout de suite que je suis une fille, qu'on chasse des maisons qui se respectent ! »

Elle continua, en arriva aux gros mots, aux paroles abominables, qui finissaient toujours par repousser sur ses lèvres si pures, dans sa colère. Vainement, le baron, sachant bien qu'une simple phrase de lui amènerait un dégorgement plus fangeux, implorait-il du regard l'intervention du comte. Celui-ci, dont le désir de paix les réconciliait parfois, ne bougeait pas, trop somnolent pour s'en mêler. Et, tout d'un coup, elle reprit le tutoiement, elle conclut, par son coup de hache, coupant toute faveur :

« Enfin, mon cher, arrange-toi, fais-moi débuter, ou plus rien, tu entends ! pas même le bout de mon petit doigt !

– Bon ! bon ! murmura Duvillard, ricanant et désespéré, nous arrangerons cela. »

Mais, à ce moment, un domestique entra, disant que M. Dutheil était en bas et demandait M. le baron dans le fumoir. Ce dernier fut surpris, car Dutheil d'ordinaire montait comme chez lui. Puis, il pensa que le député lui apportait sans doute, de la Chambre, des nouvelles graves, qu'il désirait lui apprendre tout de suite, à part. Et il suivit le domestique, laissant ensemble Gérard et Silviane.

Dans le fumoir, une pièce qui ouvrait directement sur le vestibule par une baie, dont la portière était relevée, Pierre, debout, attendait avec son compagnon, en regardant curieusement autour de lui. Ce qui le frappait, c'était le recueillement presque religieux de cette entrée, les lourdes draperies, les clartés mystiques des vitraux, les meubles anciens baignant dans une ombre de chapelle, aux parfums épars de myrrhe et d'encens. Très gai, Dutheil tapait du bout de sa canne, sur le divan bas, lit d'amour autant que lit de repos.

« Hein ? elle est joliment meublée. Oh ! une fille qui sait son affaire ! »

Le baron entrait, encore bouleversé, l'air inquiet. Et, sans même apercevoir le prêtre, il voulut savoir.

« Qu'ont-ils fait, là-bas ? Les nouvelles sont donc graves ?

– Mège a interpellé, en demandant l'urgence, pour renverser Barroux. Vous voyez d'ici son discours.

– Oui, oui ! contre les bourgeois, contre moi, contre vous. C'est toujours le même... Et alors ?

– Alors, ma foi, l'urgence n'a pas été votée ; mais Barroux, malgré une très belle défense, n'a eu qu'une majorité de deux voix.

– Deux voix, fichtre ! il est par terre, c'est un ministère Vignon pour la semaine prochaine.

– Tout le monde le disait dans les couloirs. »

Le baron, les sourcils froncés, comme s'il eût pesé ce qu'un tel événement pouvait apporter au monde de bon ou de mauvais, eut un geste mécontent.

« Un ministère Vignon... Diable ! ce ne serait guère meilleur. Ces jeunes démocrates s'avisent de poser pour la vertu, et ce ne serait pas encore un ministère Vignon qui ferait entrer Silviane à la Comédie. »

Il n'avait d'abord rien vu d'autre, dans la catastrophe dont tremblait le monde politique. Aussi, le député ne put-il s'empêcher de laisser percer sa propre anxiété.

« Eh bien ! et nous autres là-dedans, qu'est-ce que nous devenons ? »

Cette parole ramena Duvillard à la situation. Avec un nouveau geste, superbe cette fois, il dit sa belle et insolente confiance.

« Nous autres, mais nous restons ce que nous sommes, nous n'avons jamais été en péril, je pense ! Ah ! je suis bien tranquille. Sanier peut publier sa fameuse liste, dans le cas où cela l'amuserait. Si nous n'avons pas acheté depuis longtemps Sanier et sa liste, c'est que Barroux est un parfait honnête homme, et que, moi, je n'aime pas jeter mon argent par la fenêtre… Je vous répète que nous ne craignons rien. »

Puis, comme il reconnaissait enfin l'abbé Froment, resté dans l'ombre, Dutheil lui expliqua le service que celui-ci attendait de lui. Et, dans l'émotion où il se trouvait, le cœur encore meurtri par la rigueur de Silviane, il dut avoir le sourd espoir qu'une bonne action lui porterait chance, il consentit immédiatement à s'entremettre, pour l'admission de Laveuve. Ayant sorti de son carnet une carte de visite et un crayon, il s'approcha de la fenêtre.

« Mais tout ce que vous voudrez, monsieur l'abbé, je serai bien heureux d'être de moitié dans cette bonne œuvre… Tenez ! voici ce que j'écris. "Ma chère amie, faites donc ce que M. l'abbé Froment demande en faveur de ce malheureux, puisque notre ami Fonsègue n'attend qu'un mot de vous pour agir." »

À ce moment, Pierre, par la baie ouverte, aperçut Gérard que Silviane accompagnait, jusque dans le vestibule, calmée, curieuse sans doute de savoir ce que Dutheil venait faire. Et l'apparition de la jeune femme le frappa d'étonnement, tellement elle lui sembla simple et douce, dans sa candeur immaculée de vierge. Jamais, au jardin de l'innocence, il n'avait rêvé un lis d'une plus délicieuse et plus discrète floraison.

« Alors, continua Duvillard, si vous voulez remettre cette carte tout de suite à ma femme, il faut que vous alliez chez Mme la princesse de Harth, où il y a une matinée.

– J'y allais, monsieur le baron.

– Très bien… Vous y trouverez certainement ma femme, elle doit y conduire les enfants. »

Il s'interrompit, il venait aussi d'apercevoir Gérard, qu'il appela.

« Dites donc, Gérard, ma femme a bien dit qu'elle allait à cette matinée, vous êtes certain que M. l'abbé l'y trouvera ? »

Le jeune homme, qui se décidait à se rendre rue Matignon, pour y attendre Ève, répondit très naturellement :

« Si M. l'abbé se dépêche, je crois bien qu'il l'y trouvera, car elle doit y aller en effet, avant son essayage, chez Salmon. »

Et il baisa la main de Silviane, il s'en alla, de son air de bel homme indolent et sans malice, que le plaisir lui-même lassait.

Un peu gêné, Pierre dut se laisser présenter à la maîtresse de la maison par Duvillard. Il s'inclina en silence, tandis qu'elle, muette aussi, lui rendait son salut, avec une pudique réserve, un tact approprié à la circonstance, dont aucune ingénue n'était alors capable, même à la Comédie. Et, pendant que le baron accompagnait le prêtre jusqu'à la porte, elle rentra dans le salon avec Dutheil. À peine derrière une portière, il lui avait passé un bras à la taille, il voulait la baiser aux lèvres. Mais elle se défendait encore, elle le savait si peu sérieux, et puis il fallait auparavant qu'il se montrât gentil.

Lorsque Pierre, convaincu maintenant du succès, arriva devant l'hôtel de la princesse de Harth, avenue Kléber, toujours avec sa voiture, il retomba dans un grand embarras. L'avenue était obstruée d'équipages, amenés par la matinée musicale, et la porte de l'hôtel, garnie d'une sorte de tente de réception, aux lambrequins de velours rouge, lui parut inabordable, tellement le lot des arrivants s'y pressait. Comment allait-il pouvoir entrer ? Comment surtout, avec sa soutane, pourrait-il voir la princesse et demander à entretenir un instant la baronne Duvillard ? Dans sa fièvre, il n'avait point songé à ces difficultés. Et il prenait le parti de gagner la porte à pied, il se demandait de quelle façon il se glisserait parmi la foule, inaperçu, lorsqu'une voix joyeuse le fit se tourner.

« Eh ! monsieur l'abbé, est-ce possible ? voilà que je vous retrouve ici ! »

C'était le petit Massot. Lui allait partout, faisait dix spectacles en un jour, séance parlementaire, enterrement, mariage, fête ou deuil quelconque, lorsqu'il était en mal de chronique, ainsi qu'il disait.

« Comment ! monsieur l'abbé, vous venez chez notre aimable princesse voir danser les Mauritaines ! »

Et il se moquait, car ces Mauritaines étaient une troupe de six danseuses espagnoles, qui faisaient alors courir tout Paris aux Folies-Bergère, par la sensualité brûlante de leurs déhanchements. Le ragoût était que ces filles réservaient pour les salons des danses plus libres encore, d'un tel abandon charnel, qu'on ne les aurait certainement pas autorisées dans un théâtre. Et le beau monde se ruait chez les maîtresses de maison hardies, les excentriques, les étrangères, telles que la princesse, qui ne reculaient devant aucune attraction.

Lorsque Pierre eut expliqué au petit Massot qu'il courait toujours pour la même affaire, celui-ci, très obligeant, offrit tout de suite de le piloter. Il connaissait le logis, il le fit passer par une porte de derrière, l'amena par un couloir dans un coin du vestibule, à l'entrée même du grand salon. De hautes plantes vertes garnissaient ce vestibule, on était là à peu près caché.

« Ne bougez pas, mon cher abbé. Je vais, si je puis, vous déterrer la princesse. Et vous saurez si la baronne Duvillard est arrivée déjà. »

Ce qui surprenait Pierre, c'était l'hôtel entièrement clos, les fenêtres fermées, les moindres fentes bouchées pour que le jour n'entrât pas, et toutes les pièces flambant de lampes électriques, dans une intensité surnaturelle de lumière. La chaleur était déjà très forte, des senteurs violentes de fleurs et de femmes alourdissaient l'air. Et il semblait à Pierre, aveuglé, étouffé, qu'il entrait dans l'au-delà luxurieux d'un de ces antres de la chair, tel que le Paris du plaisir en réalise le rêve. Maintenant, en se haussant sur la pointe des pieds, il distinguait, par la porte ouverte du salon, les dos des femmes déjà assises, des rangées de nuques blondes ou brunes. Sans doute, les Mauritaines dansaient une première fois. Il ne les voyait pas, mais il pouvait suivre l'ardeur lascive de leur danse, dans le frisson de toutes ces nuques, qui s'agitaient comme sous un grand vent. Puis, ce furent des rires, une tempête de bravos, tout un tumulte pâmé.

« Impossible de mettre la main sur la princesse, il faut que vous attendiez un peu, revint dire Massot. J'ai rencontré Janzen, et il a promis de me l'amener... Vous ne connaissez pas Janzen ? »

Et il se mit à commérer, par métier et par plaisir. La princesse était une de ses bonnes amies. C'était lui qui avait rendu compte de sa première soirée, l'année d'auparavant, lorsqu'elle avait débuté dans cet hôtel, dès son installation à Paris.

La vraie vérité sur son compte, il la connaissait, autant qu'on pouvait la connaître. Riche, elle l'était peut-être, car elle dépensait énormément. Mariée, elle avait dû l'être, et à un véritable prince ; sans doute même l'était-elle encore, malgré son histoire de veuvage, car il semblait certain que son mari, d'une beauté d'archange, voyageait avec une cantatrice. Mais quant à être une bonne toquée, une folle, cela était hors de discussion, prouvé, éclatant. Très intelligente d'ailleurs, elle avait des sautes continuelles et brusques. Incapable d'un effort prolongé, elle allait d'une curiosité à une autre, sans se fixer jamais. Et c'était ainsi qu'après s'être occupée ardemment de peinture, elle venait de se passionner pour la chimie. À présent, elle se laissait envahir par la poésie.

« Alors, vous ne connaissez pas Janzen ?... C'est Janzen qui l'a jetée dans la chimie, dans l'étude des explosifs surtout ; car, pour elle, vous vous doutez bien que la chimie a l'unique intérêt d'être anarchique... Elle, je la crois vraiment autrichienne, bien qu'il faille en douter, dès qu'elle affirme une chose. Quant à Janzen, il se dit russe, mais il doit être allemand... Oh ! l'homme le plus discret, le plus énigmatique, sans logis, sans nom peut-être, un terrible monsieur au passé inconnu, à la vie ignorée. Personnellement, j'ai des preuves qui me font penser qu'il a participé à l'effroyable attentat de Barcelone. En tout cas, voici près d'un an que je le rencontre à Paris, surveillé sans doute par la police. Et rien ne m'ôtera de l'idée qu'il n'a consenti à être l'amant de notre toquée de princesse, que pour dépister les agents. Il affecte de vivre ici dans les fêtes, il y a introduit des gens extraordinaires, des anarchistes de toutes nationalités et de tous poils, tenez ! un Raphanel, ce petit homme rond et gai, là-bas, un Français celui-là, dont les compagnons feront bien de se méfier ! un Bergaz, un Espagnol, je crois, vague coulissier à la Bourse, dont l'épaisse bouche de jouisseur est si inquiétante ! et d'autres, et des aventuriers, et des bandits, venus des quatre coins du monde !... Ah ! les colonies étrangères, quelques beaux noms sans tache, quelques grandes fortunes réelles, et par-dessous quelle tourbe ! »

C'était le salon même de Rosemonde, des titres retentissants, de vrais milliardaires, puis, dessous, le plus extravagant mélange des mensonges et des bas-fonds internationaux. Et Pierre songeait à cet internationalisme, à ce cosmopolitisme, au vol d'étrangers qui, de plus en plus dense, s'abat sur Paris. Certainement, il y venait pour en jouir, comme à une ville d'aventures et de joie, et il le pourrissait un peu davantage. Était-ce donc nécessaire, cette décomposition des grandes cités qui ont gouverné le monde, cet afflux de toutes les passions, de tous les désirs, de tous les assouvissements, ce terreau accumulé, apporté du globe entier, où s'épanouit en beauté et en intelligence la fleur de la civilisation ?

Mais Janzen arrivait, un grand garçon maigre d'une trentaine d'années, très blond, les yeux gris, pâles et durs, la barbe en pointe, les cheveux bouclés et longs, allongeant encore le visage blême, comme noyé de brume. Il parlait assez mal le français, à voix basse, sans un geste. Et il dit que la princesse était introuvable, il venait de la chercher partout. Peut-être, si quelqu'un lui avait déplu, était-elle montée s'enfermer dans sa chambre et se coucher, laissant ses invités s'amuser librement chez elle, à leur guise.

« Eh ! la voici ! » dit tout d'un coup Massot.

Rosemonde était là, en effet, dans le vestibule, guettant, comme si elle eût attendu quelqu'un. Petite, mince, plutôt étrange que jolie, avec son visage fin, aux yeux vert de mer, au nez léger et frémissant, à la bouche un peu forte et trop saignante, montrant d'admirables dents, elle avait ce jour-là une robe bleu de ciel pailletée d'argent, des bracelets d'argent, un cercle d'argent dans ses cheveux cendrés, dont la toison pleuvait en boucles, en frisons, en mèches folles, comme envolée sous un continuel coup de vent.

« Mais tout ce que vous voudrez ! monsieur l'abbé, dit-elle à Pierre, dès qu'elle connut le motif de sa démarche. Si on ne vous le prend pas à notre asile, votre vieillard, envoyez-le-moi donc, je le prends, moi ! je le coucherai ici quelque part. »

Elle restait agitée, regardait toujours la porte. Et, quand le prêtre lui demanda si Mme la baronne Duvillard était arrivée déjà : « Eh ! non, cria-t-elle. Vous m'en voyez toute surprise. Elle doit amener ses deux enfants... Hier, Hyacinthe m'a formellement promis de venir. »

Son nouveau caprice était là. Si la passion de la chimie, en elle, laissait place à un goût naissant pour la poésie décadente et symbolique, c'était qu'elle avait, un soir, en causant occultisme avec Hyacinthe, découvert en lui une extraordinaire beauté, la beauté astrale de l'âme voyageuse de Néron. Du moins, disait-elle, les signes étaient certains.

Brusquement, elle quitta Pierre.

« Ah ! enfin », murmura-t-elle, soulagée, heureuse.

Et elle se précipita. Hyacinthe entrait avec sa sœur Camille. Mais, dès le seuil, il venait de rencontrer l'ami pour lequel il venait, le jeune lord Elson, un éphèbe languide et pâle, à la chevelure de fille ; et ce fut à peine s'il daigna remarquer l'accueil tendre de Rosemonde ; car il professait que la femme était une bête impure et basse, salissante pour l'intelligence comme pour le corps. Désolée de cette froideur, elle suivit les deux jeunes gens, elle rentra derrière eux dans la vivante odeur, dans l'aveuglante fournaise du salon.

Massot avait eu l'obligeance d'arrêter Camille, pour l'amener à Pierre, qui, dès les premiers mots, se désespéra.

« Comment ! mademoiselle, madame votre mère ne vous a pas accompagnée jusqu'ici ? »

La jeune fille, vêtue, à son habitude, d'une robe sombre, bleu paon, était nerveuse, les yeux mauvais, la voix sifflante. Et, dans le redressement rageur de sa petite taille, sa difformité s'accusait davantage, l'épaule gauche plus haute que la droite.

« Non, elle n'a pas pu... Elle avait un essayage chez son couturier. Nous nous sommes attardés à l'exposition du Lis, elle nous a forcés de la mettre à la porte de Salmon, en nous rendant ici. »

C'était elle, qui, habilement, avait fait traîner la visite, au Lis, espérant encore empêcher le rendez-vous de sa mère, rue Matignon. Et sa rage venait de l'aisance avec laquelle celle-ci s'était quand même débarrassée d'elle, grâce à ce mensonge d'un essayage.

« Mais, dit Pierre ingénument, si j'allais tout de suite chez ce Salmon, peut-être pourrais-je faire passer ma carte ? »

Elle eut un rire aigu, tant l'idée lui parut drôle.

« Oh ! qui sait si vous l'y trouveriez ! Elle avait un autre rendez-vous pressé, elle y est sans doute déjà.

– Alors, mon Dieu ! je vais l'attendre ici. Elle viendra sûrement vous y chercher, n'est-ce pas ?

– Nous chercher, oh ! non, puisque je vous dis qu'elle a des affaires, un autre rendez-vous très important. La voiture doit nous ramener seuls, mon frère et moi. »

Et sa douloureuse ironie s'empoisonnait d'une amertume croissante. Il ne comprenait donc pas, ce prêtre, avec ses questions naïves, qui lui retournaient le couteau dans le cœur ! Il devait savoir pourtant, puisque tout le monde savait.

« Ah ! que je suis contrarié, reprit-il, si chagrin, en effet, que les larmes lui en montaient aux yeux. C'est toujours pour ce pauvre vieil homme, dont je m'occupe depuis ce matin. J'ai un mot de monsieur votre père, et M. Gérard m'avait dit... »

Là, il se troubla, il vit clair tout d'un coup, dans la divine insouciance où il était du monde, l'esprit hanté de sa seule passion charitable.

« Oui, je viens de revoir monsieur votre père avec M. de Quinsac.

– Je sais, je sais, dit-elle, de son air souffrant et railleur de fille qui n'ignorait rien. Eh bien ! monsieur l'abbé, si vous êtes allé relancer papa, et si vous avez un mot de lui pour maman, il faudra que vous attendiez que maman ait fini son affaire... Elle est longue des fois. Vous pouvez venir à l'hôtel vers six heures, mais je doute que vous la trouviez, pour peu que son affaire la retienne. »

Ses yeux meurtriers luisaient, chacun de ses mots prenait une férocité de moquerie affreuse, ainsi que des couteaux dont elle aurait voulu trouer la gorge, si adorable encore, de sa mère. Jamais certainement elle ne l'avait exécrée à ce point, dans l'envie de sa beauté, de sa joie, du bonheur qu'elle goûtait à être aimée. Et son ironie, sortie de ses lèvres de vierge, devant ce prêtre innocent, était comme un flot de boue cachée, dont elle cherchait à la noyer.

Mais Rosemonde revint, fébrile, dans son éternel coup de vent. Elle emmena Camille.

« Ah ! ma chère, arrivez donc ! Elles sont extraordinaires, délicieuses, enivrantes ! »

Janzen et le petit Massot suivirent la princesse. Tous les hommes accouraient des pièces voisines, se bousculaient, s'engouffraient dans le salon, à la nouvelle que les Mauritaines venaient d'y reprendre leurs danses. Cette fois, ce devait être le galop dont chuchotait Paris, cette ruée frénétique où elles bondissaient, hennissaient comme des cavales, sous le fouet du grand rut ; car Pierre vit osciller et se tordre les rangées de têtes, les nuques blondes, les nuques brunes, sur lesquelles sembla passer un vent lourd. Fenêtres closes, l'incendie des lampes électriques allumait un brasier, fumant d'une odeur de chair. Et ce fut une pâmoison, des rires encore, des bravos, une volupté, une débauche qui débordait.

Lorsque Pierre se retrouva sur le trottoir, il resta un moment ahuri, les paupières battantes, étonné de retomber dans le plein jour. La demie de quatre heures allait sonner, il avait près de deux heures à attendre, avant de se présenter à l'hôtel de la rue Godot-de-Mauroy. Qu'allait-il faire ? Il paya son cocher, préférant descendre à pied les Champs-Élysées doucement, puisqu'il avait du temps à perdre. Cela, peut-être, calmerait la fièvre qui lui brûlait les mains, dans cette passion de charité qui, peu à peu, depuis le matin, l'avait envahi de nouveau, à mesure qu'il rencontrait des obstacles, sans cesse renaissants. Maintenant, il n'avait plus qu'une hâte, achever sa bonne œuvre, qu'il croyait enfin certaine. Et il s'efforçait d'attarder son pas, de prendre une allure de promenade, le long de l'avenue magnifique, que le clair soleil venait de sécher et qu'une foule égayait, sous le ciel redevenu bleu, d'un bleu léger de printemps.

Près de deux heures à perdre, pendant que le misérable Laveuve, là-bas, sur ses loques, dans son taudis glacé, agonisait. De brusques révoltes, des flots d'irrésistible impatience, remontaient chez Pierre, le secouaient d'un besoin de courir, de trouver à l'instant la baronne Duvillard, pour obtenir d'elle l'ordre sauveur. Il se doutait bien qu'elle était par là, dans une de ces rues discrètes, et quel trouble en lui, quelle colère désolée d'avoir à attendre de la sorte, pour sauver une existence, qu'elle eût fini cette affaire, dont sa fille parlait avec des regards assassins ! Il lui semblait entendre un craquement formidable, la famille bourgeoise qui s'effondrait : le père chez une fille, la mère aux bras d'un amant, le frère et la sœur sachant tout, l'un glissant aux perversités imbéciles, l'autre enragée, rêvant de voler cet amant à sa mère pour en faire un mari. Et les équipages descendaient au grand trot la triomphale avenue, et la foule coulait avec son luxe le long des contre-allées, et tout ce monde était joyeux et superbe, sans paraître se douter qu'il y avait au bout, quelque part, un gouffre géant, où ils allaient tous culbuter et s'anéantir.

Comme Pierre arrivait à la hauteur du cirque d'Été, il eut la surprise de reconnaître de nouveau, sur un banc, Salvat. L'ouvrier devait être venu là s'échouer, après bien des recherches vaines, terrassé par la fatigue et la faim. Pourtant, sous son veston, on voyait toujours une bosse, le morceau de pain, sans doute, qu'il rapportait au logis. Et, adossé, les bras abandonnés, il regardait de ses yeux de rêve jouer de tout petits enfants, qui, devant lui, faisaient laborieusement des tas de sable, avec des pelles, puis qui, à coups de pied, les détruisaient. Ses paupières rougies se mouillaient, un sourire d'une infinie douceur était sur ses pauvres lèvres décolorées.

Cette fois, Pierre, envahi d'une inquiétude, voulut l'aborder, le questionner. Mais Salvat, méfiant, se leva, s'en alla du côté du cirque, dans lequel s'achevait un concert, et il rôda devant la porte de ce monument de fête, où deux mille heureux, entassés, écoutaient de la musique.

V

Comme il arrivait à la place de la Concorde, Pierre se rappela brusquement le rendez-vous que l'abbé Rose lui avait donné vers quatre heures, à la Madeleine, et qu'il oubliait, au milieu de la fièvre de ses démarches. Il était en retard, il hâta le pas, heureux de ce rendez-vous qui allait l'occuper et le faire patienter.

Quand il rentra dans l'église, il fut surpris d'y trouver la nuit tombée presque entièrement. Quelques cierges seuls brûlaient, de grandes ombres avaient envahi la nef ; et, au milieu de ces demi-ténèbres, une voix très haute, très claire, parlait d'un flot continu, sans qu'on distinguât d'abord rien autre chose du nombreux auditoire, que la masse pâle et confuse des têtes, immobiles d'attention. C'était Mgr Martha, qui, en chaire, achevait sa troisième conférence sur l'esprit nouveau. Et tout Paris était là, des femmes du monde, des hommes politiques, des écrivains, séduits par l'art de l'orateur, une diction adroite et chaude, des gestes amples de grand comédien.

Pierre ne voulut pas troubler cette attention recueillie, ce silence frissonnant où sonnait seule la parole du prêtre. Et il attendit pour chercher l'abbé Rose, il se tint debout près d'un pilier. Un reste de jour, la lueur oblique et mourante d'une fenêtre éclairait justement le conférencier, grand et fort dans la blancheur de son surplis, à peine grisonnant, bien qu'il eût dépassé la cinquantaine. Il avait de beaux traits, des yeux noirs et vifs, un nez plein d'autorité, un menton surtout et une bouche du dessin le plus ferme. Mais ce qui frappait, ce qui gagnait les cœurs, c'était l'effort de sympathie, l'expression constante d'extrême amabilité, qui détendait et noyait l'impérieuse autorité du visage.

Autrefois, Pierre l'avait connu curé de Sainte-Clotilde. Il devait être d'origine italienne, né à Paris d'ailleurs, sorti de Saint-Sulpice avec les meilleures notes, esprit très intelligent, très ambitieux, d'une activité qui avait même commencé par inquiéter ses supérieurs. Puis, nommé évêque de Persépolis, il avait disparu, était allé passer cinq ans à Rome, dans des besognes restées obscures. Et, depuis son retour, il émerveillait Paris par son heureuse propagande, s'occupant des affaires les plus multiples, très aimé à l'archevêché, où il était devenu tout-puissant. Mais surtout il s'employait, avec une miraculeuse efficacité, à décupler les souscriptions pour l'achèvement de la basilique du Sacré-Cœur. Rien ne lui coûtait, ni les voyages, ni les conférences, ni les quêtes, ni les démarches chez les ministres, et jusque chez les juifs et les francs-maçons. Dans les derniers temps, il avait encore élargi la sphère d'action où il opérait, il en était à réconcilier la science avec le catholicisme, à rallier toute la France chrétienne à la République, prêchant partout la politique de Léon XIII, pour le triomphe définitif de l'Église.

Malgré les avances de cet homme influent et aimable, Pierre ne l'aimait guère. Il ne lui gardait qu'une reconnaissance, celle d'avoir fait nommer le bon abbé Rose vicaire à Saint-Pierre-de-Montmartre, sans doute afin d'empêcher le scandale d'un vieux prêtre menacé d'être puni pour s'être montré trop charitable. Et, à le retrouver, à l'entendre ainsi, dans cette chaire retentissante de la Madeleine, poursuivant sa campagne de conquête, il venait de le revoir, chez les Duvillard, au printemps dernier, lorsqu'il y avait mené à bien, avec son ordinaire maîtrise, la conversion d'Ève au catholicisme, son plus beau triomphe. Le baptême avait eu lieu dans cette même église, une cérémonie d'une extraordinaire pompe, un véritable gala, donné au public de tous les grands événements parisiens. Gérard, agenouillé, était ému aux larmes ; tandis que le baron triomphait, en bon mari, heureux de voir la religion établir enfin l'harmonie parfaite en son ménage. On racontait, dans les groupes, que la famille d'Ève, le vieux Justus Steinberger, son père, n'était pas au fond trop fâché de l'aventure, ricanant, disant qu'il connaissait assez sa fille pour la souhaiter à son pire ennemi. En banque, il est des valeurs qu'on aime à voir escompter chez les rivaux. Sans doute, avec l'espoir entêté du triomphe de sa race, se consolant de l'échec de son premier calcul, se disait-il qu'une femme comme Ève était un bon dissolvant dans une famille chrétienne, dont l'action aiderait à faire tomber aux mains juives tout l'argent et toute la puissance.

Mais la vision disparut, la voix de Mgr Martha s'élevait avec une ampleur croissante, célébrant, au milieu du frémissement de l'auditoire, les bienfaits de l'esprit nouveau, qui allait enfin pacifier la France, lui rendre son rang et sa force. Est-ce que, de toutes parts, des signes certains n'annonçaient pas cette résurrection ? L'esprit nouveau, c'était le réveil de l'idéal, la protestation de l'âme contre le bas matérialisme, le triomphe du spiritualisme sur la littérature fangeuse ; c'était aussi la science acceptée, mais remise en sa place, réconciliée avec la foi, du moment qu'elle ne prétendait plus empiéter sur le domaine sacré de celle-ci ; et c'était encore la démocratie accueillie paternellement, la République légitimée, reconnue à son tour comme la bien-aimée fille de l'Église. Un souffle d'idylle passait, l'Église ouvrait son cœur à tous ses enfants, il n'y aurait plus que concorde et que joie, si le peuple, obéissant à l'esprit nouveau, se donnait au maître d'amour comme il s'était donné à ses rois, reconnaissait l'unique pouvoir de Dieu, souverain absolu des corps et des âmes.

Maintenant, Pierre écoutait avec attention, et il se demandait où il avait entendu déjà des paroles presque identiques. Et, brusquement, il se souvint, il croyait de nouveau entendre, à Rome, monsignore Nani, dans la dernière conversation qu'ils avaient eue ensemble. Il retrouvait là le rêve d'un pape démocrate, lâchant les monarchies compromises, s'efforçant de conquérir le peuple. Puisque César était abattu, le pape ne pouvait-il réaliser l'ambition séculaire, être empereur et pontife, le Dieu souverain, universel ? C'était le rêve que lui-même, dans sa naïveté humanitaire d'apôtre, avait fait autrefois, en écrivant sa *Rome nouvelle*, et dont la Rome réelle l'avait si rudement guéri. Au fond, simple politique d'hypocrite mensonge, et rien de plus, cette politique de prêtre qui a les siècles pour elle, tenace, s'acharnant à la conquête avec une extraordinaire souplesse, résolue à profiter de tout. Et quelle évolution, l'Église venant à la science, aux démocraties, aux républiques, convaincue qu'elle les dévorera, si on lui en laisse le temps ! Ah ! oui, l'esprit nouveau, l'antique esprit de domination qui sans cesse se renouvelle, toujours avec la même faim de vaincre et de posséder le monde !

Parmi l'auditoire, Pierre croyait reconnaître certains des députés qu'il avait vus à la Chambre. N'était-ce pas une créature de Montferrand, ce grand monsieur à la barbe blonde, qui écoutait d'un air dévot ? On disait que Monferrand, autrefois mangeur de prêtres, était à présent en coquetterie souriante avec le clergé. Toute une évolution sourde commençait dans les sacristies, des mots d'ordre venus de Rome couraient, il s'agissait de se rallier au gouvernement nouveau et de l'absorber en l'envahissant. La France était toujours la fille aînée de l'Église, la seule grande nation assez saine, assez forte, pour rétablir un jour le pape en sa royauté temporelle. Il fallait donc l'avoir à soi, elle méritait qu'on l'épousât, même républicaine. Dans cette lutte âpre d'ambitions, entre diplomates, l'évêque se servait du ministre, qui croyait avoir intérêt à s'appuyer sur l'évêque. Et qui des deux finirait par manger l'autre ? Et à quel rôle tombait la religion, arme électorale, appoint de voix dans les majorités, raison décisive et secrète pour obtenir ou pour conserver un portefeuille ! La divine charité était absente, une amertume noya le cœur de Pierre, au souvenir de la mort récente du cardinal Bergerot, le dernier des grands saints, des purs esprits de l'épiscopat français, où il ne semblait plus y avoir, désormais, que des intrigants et des sots.

Cependant, la conférence s'achevait. Mgr Martha, dans une chaude péroraison, qui évoquait la basilique du Sacré-Cœur, là-haut, sur le mont sacré des Martyrs, dominant Paris du symbole sauveur de la croix, montrait ce grand Paris redevenu chrétien, maître du monde, grâce à la toute-puissance morale que lui donnait le divin souffle de l'esprit nouveau. L'auditoire, ne pouvant applaudir, eut un murmure de ravissement approbateur, heureux de cette fin miraculeuse, qui rassurait les intérêts et les consciences. Puis Mgr Martha quitta noblement la chaire, pendant qu'un grand bruit de chaises troublait la paix noire de l'église, à peine éclairée par les quelques cierges, luisant tels que les premières étoiles au ciel crépusculaire. Tout un flot de foule, d'ombres vagues et chuchotantes, s'en alla. Seules, des femmes restèrent, agenouillées et priant.

Pierre, immobile, se haussait, cherchait à reconnaître l'abbé Rose, lorsqu'une main le toucha. C'était le vieux prêtre, qui l'avait aperçu de loin.

« J'étais là-bas, près de la chaire, et je vous ai bien vu, mon cher enfant. Seulement, j'ai préféré attendre, pour ne déranger personne... Quel beau discours, comme monseigneur a parlé ! »

Il paraissait en effet très ému. Mais c'était de la tristesse qui navrait sa bouche de bonté, ses yeux clairs d'enfant, dont le sourire d'habitude éclairait sa douce figure ronde, toute blanche.

« J'avais peur que vous ne repartiez sans m'avoir vu, car j'avais une chose à vous dire... Vous savez, ce pauvre vieil homme, près de qui je vous ai envoyé ce matin, et auquel je vous ai prié de vous intéresser... Eh bien ! en rentrant chez moi, j'ai trouvé une dame qui m'apporte parfois un peu d'argent pour mes pauvres. Alors, j'ai songé que les trois francs que je vous avais remis, étaient vraiment un trop maigre secours ; et, comme cette pensée me tourmentait, ainsi qu'un remords, je n'ai pas pu résister, je suis allé cet après-midi rue des Saules... »

Il baissait la voix par respect, afin de ne pas troubler le profond silence sépulcral de l'église. Une sourde honte aussi le rendait bégayant, la honte d'être retombé dans son péché de charité imprudente, aveugle, comme le lui reprochaient ses supérieurs. Il acheva très bas, frissonnant.

« Alors, mon enfant, imaginez-vous ma peine... J'avais cinq francs à remettre au pauvre homme, et je l'ai trouvé mort. »

Pierre frémit, dans une brusque secousse. Il ne voulait pas comprendre.

« Comment, mort ? Ce vieillard est mort, ce Laveuve est mort !

– Oui, je l'ai trouvé mort, oh ! dans quelle affreuse misère ! tel qu'une vieille bête qui est allée finir sur un tas de loques, au fond d'un trou. Aucun voisin ne l'avait assisté, il s'était simplement tourné vers le mur. Et quelle nudité, quel froid ! et quel abandon, quel déchirement pour un pauvre être de partir ainsi, sans une caresse ! Ah ! mon cœur en a bondi, et il en saigne encore ! »

Dans son saisissement, Pierre n'eut d'abord qu'un geste de révolte contre l'imbécile cruauté sociale. Était-ce donc le pain, laissé près de ce malheureux, et que celui-ci avait achevé trop goulûment peut-être, après de longs jours d'abstinence ? N'était-ce pas plutôt le dénouement fatal d'une existence finie, usée par le travail et les privations ? Qu'importait, d'ailleurs, la cause ? La mort était venue, avait délivré le misérable.

« Ce n'est pas lui que je plains, murmura-t-il enfin, c'est nous autres, nous tous qui assistons à cela, qui sommes coupables de cette abomination. »

Mais, déjà, le bon abbé Rose se résignait, ne voulait que du pardon et de l'espérance.

« Non, non ! mon enfant, la rébellion est mauvaise. Si nous sommes tous coupables, nous ne pouvons qu'implorer Dieu, pour qu'il oublie nos fautes... Je vous avais donné rendez-vous ici, espérant une bonne nouvelle, et c'est moi qui viens vous y apprendre cette chose affreuse... Faisons pénitence, prions. »

Et il s'agenouilla sur les dalles, près du pilier, derrière les femmes qui étaient là en prière, noires, indistinctes dans l'ombre. Sa tête blanche s'était courbée, il s'humilia longuement.

Mais Pierre ne pouvait prier, tant la révolte grondait en lui. Il ne plia pas même les genoux, debout et frémissant. Son cœur était comme broyé, ses yeux ardents n'avaient pas une larme. Laveuve, mort, là-bas, étendu sur son fumier de guenilles, les mains crispées, dans le désir têtu de se retenir à sa vie de torture, pendant que lui, repris de sa flamme de charité, brûlé d'un zèle d'apôtre, battait Paris afin de lui trouver un lit propre et sauveur pour le soir ! Ah ! l'atroce ironie de cela ! Il devait être chez les Duvillard, dans le tiède salon bleu et argent, pendant que le vieil homme mourait ; et c'était pour ce misérable mort qu'il avait couru ensuite à la Chambre, chez Mme de Quinsac, chez cette Silviane et chez cette Rosemonde ; et c'était pour ce libéré de la vie, cet évadé de la misère, qu'il avait fatigué les gens, troublé les égoïsmes, inquiété la paix des uns, menacé les plaisirs des autres. À quoi bon courir de la caverne parlementaire au froid salon où se glaçait la poussière du passé, aller de la débauche bourgeoise à l'extravagance cosmopolite, puisqu'on arrivait toujours trop tard, sauvant les gens quand ils étaient morts ? Quel ridicule, que de s'être laissé embraser de nouveau par cette flambée de charité, un dernier incendie dont il ne sentait plus en lui que la cendre ! Cette fois, il se crut mort lui-même, il n'était plus qu'un sépulcre vide.

Et tout cet affreux vide, ce néant qu'il avait éprouvé le matin, au Sacré-Cœur, après sa messe, se creusait plus profond, désormais insondable. Avec la charité illusoire, inutile, l'évangile croulait, la fin du Livre était prochaine. Après des siècles d'obstinées tentatives, la rédemption par le Christ échouait, il fallait un autre salut au monde, en face du besoin exaspéré de justice qui montait des peuples dupés et misérables. Ils ne voulaient plus du paradis menteur dont on berçait depuis si longtemps l'iniquité sociale, ils exigeaient qu'on remît sur la terre la question du bonheur. Comment ? Par quel culte nouveau ? Par quelle entente heureuse entre le sentiment du divin et la nécessité d'honorer la vie, dans sa souveraineté et sa fécondité ? Là commençait l'angoisse, le problème torturant où il achevait de sombrer, lui prêtre, avec ses vœux d'homme chaste et de ministre de l'absurde, mis à l'écart des autres hommes.

Mais la constatation n'en était que plus redoutable : il cessa de croire à l'efficacité de l'aumône, être charitable ne suffisait pas, il s'agissait désormais d'être juste. Avant tout, être juste, et l'effrayante misère disparaîtrait, sans qu'il fût besoin d'être charitable. Certes, ce n'étaient pas les bons cœurs qui manquaient dans ce Paris douloureux, les œuvres de charité y pullulaient comme les feuilles vertes aux premières tiédeurs du printemps. Il y en avait pour tous les âges, pour tous les dangers, pour toutes les infortunes. On secourait les enfants, avant qu'ils fussent nés, en s'inquiétant des mères ; puis, venaient les crèches, les orphelinats, prodigués aux diverses classes ; puis, après s'être occupé de l'adulte, on suivait l'homme dans la vie, on s'empressait surtout dès qu'il vieillissait, multipliant les asiles, les hospices, les refuges. Et c'étaient encore toutes les mains tendues aux abandonnés, aux déshérités, aux criminels même, toutes sortes de ligues pour protéger les faibles, de sociétés pour prévenir les crimes, de maisons pour recueillir les repentirs. Propagation du bien, patronage, sauvetage, assistance, union, il aurait fallu des pages et des pages, si l'on avait voulu énumérer seulement cette extraordinaire végétation de la charité qui pousse entre les pavés de Paris, dans un bel élan, où la bonté d'âme se mêle à la vanité mondaine. Mais quel terrible argument, l'inutilité absolue, dérisoire, de cette charité ! Après tant de siècles de charité chrétienne, pas une plaie ne s'était fermée, la misère n'avait fait que grandir, que s'envenimer jusqu'à la rage. Le mal, aggravé sans cesse, arrivait à ne pouvoir être toléré un jour de plus, du moment que l'injustice sociale n'en était ni guérie, ni même diminuée. Et, du reste, ne suffisait-il pas qu'un vieillard mourût de froid et de faim, pour que s'effondrât l'échafaudage d'une société bâtie sur l'aumône ? Une seule victime, et cette société était condamnée.

Pierre sentit un tel flot d'amertume déborder en lui, qu'il ne put rester davantage dans cette église, où l'ombre lente continuait à pleuvoir, noyant les sanctuaires, les grands christs pâles, cloués sur les croix. Tout allait sombrer, et il n'entendait plus le murmure mourant des prières, une plainte des femmes qui priaient là, agenouillées, disparues au fond des ténèbres.

Cependant, il hésitait à s'éloigner, sans dire un mot à l'abbé Rose, dont l'imploration de foi naïve s'en remettait au bon vouloir de l'invisible, pour la félicité et la paix des hommes. Il craignait de le déranger, il se décidait à partir, lorsque l'abbé, de lui-même, releva la tête.

« Ah ! mon enfant, qu'il est difficile d'être bon, sagement ! Mgr Martha m'a encore grondé, et sans Dieu qui me pardonne, je tremblerais pour mon salut. »

Un instant, Pierre s'arrêta sous le portique de la Madeleine, en haut du vaste perron qui domine la place, par-dessus les grilles. Devant lui, il avait la rue Royale qui s'enfonçait, jusqu'aux étendues de la place de la Concorde, où s'érigeaient l'obélisque et les deux fontaines jaillissantes ; et, plus loin encore, la colonnade pâlie de la Chambre des députés fermait l'horizon. C'était une perspective d'une souveraine grandeur, sous le ciel clair, envahi par le lent crépuscule, qui élargissait les voies, reculait les monuments, leur donnait l'au-delà tremblant et envolé du rêve. Aucune ville au monde n'avait ce décor de faste chimérique et de grandiose magnificence, à l'heure vague où la nuit commençante apporte aux villes un air de songe, l'infini de l'immensité humaine.

Immobile, hésitant en face de ces espaces qui s'ouvraient, Pierre se demandait avec détresse où il allait maintenant, dans le brusque écroulement de tout ce qu'il avait passionnément voulu depuis le matin. Était-ce donc toujours à l'hôtel Duvillard qu'il se rendait, rue Godot-de-Mauroy ? Il ne savait plus. Puis, l'irritant souvenir revenait, avec sa cruelle ironie. À quoi bon, puisque Laveuve était mort ? À quoi bon tuer le temps, battre le pavé pour attendre six heures ? L'idée qu'il avait une demeure, que le plus simple était d'y rentrer, ne se présentait même pas à son esprit. Il lui semblait qu'une chose considérable lui restait à faire, sans qu'il fût possible de dire laquelle. C'était partout et très loin, si confus, si pénible, qu'il n'y arriverait certainement jamais. Et, les pieds lourds, le crâne empli de tumulte, il descendit le perron, il s'entêta un moment à parcourir le marché aux fleurs, un marché de fin d'hiver, où les premières azalées s'épanouissaient frileusement. Des femmes achetaient des violettes et des roses de Nice. Il les regarda, comme s'il se fût intéressé à ce luxe embaumé, tendre et délicat. Puis, il en eut une soudaine horreur, et il s'en alla, il s'engagea sur les Boulevards.

Là, Pierre marcha devant lui, sans savoir où, sans savoir pourquoi. L'ombre qui tombait, le surprenait, ainsi qu'un phénomène inattendu. Il avait levé les yeux vers le ciel, il s'étonnait de le voir pâlir, très doux, rayé à l'infini par les minces tuyaux noirs des cheminées ; et c'était aussi pour lui une singularité que de découvrir, à tous les balcons, les grandes lettres d'or des enseignes, dans lesquelles se mourait le jour. Jamais il n'avait remarqué le bariolage des façades, les glaces peintes, les stores, les trophées, les affiches violentes, les magasins magnifiques, d'une indiscrétion de salons et d'alcôves, ouverts à la pleine lumière. Puis, sur la chaussée, le long des trottoirs, entre les colonnes et les kiosques, bleus, rouges, jaunes, quel encombrement, quelle cohue extraordinaire ! Les voitures roulaient avec un grondement de fleuve ; et, de toutes parts, la houle des fiacres était sillonnée par les manœuvres lourdes des grands omnibus, semblables à d'éclatants vaisseaux de haut bord ; tandis que le flot des piétons ruisselait sans cesse, des deux côtés, à l'infini, et jusque parmi les roues, dans une hâte conquérante de fourmilière en révolution. D'où sortait tout ce monde ? Où allaient toutes ces voitures ? Quelle stupeur et quelle angoisse !

Et Pierre marchait toujours devant lui, machinal, emporté par sa noire rêverie. La nuit venait, on allumait les premiers becs de gaz, c'était l'entre-chien-et-loup de Paris, l'heure où les ténèbres ne sont pas encore, où les globes électriques flamboient dans le jour qui va s'éteindre. De tous côtés, les étincelles des lampes luisaient, les magasins éclairaient leurs vitrines. Bientôt, les Boulevards allaient charrier les étoiles vives des voitures, ainsi qu'une voie lactée en marche, entre les deux trottoirs incendiés par les lanternes, les rampes, les girandoles, un luxe aveuglant de plein soleil. Et, dans les cris des cochers, dans la bousculade des piétons, grondait la hâte dernière du Paris des affaires et des passions, la lutte sans merci pour l'amour et pour l'argent. La dure journée était faite, le Paris du plaisir s'illuminait, commençait la nuit de fête. Les cafés, les marchands de vin, les restaurants brasillaient, étalaient, derrière les hautes glaces sans tain, leurs comptoirs de métal clair, leurs petites tables blanches, la tentation des beaux fruits et des paniers d'huîtres, à leurs portes. Et ce Paris qui s'éveillait ainsi, aux premiers becs de gaz, était pris déjà d'une gaieté de jouissance, cédant à l'appétit déchaîné de tout ce qui s'achète.

Mais Pierre manqua d'être renversé. Un troupeau de crieurs débouchait, se lançait au travers de la foule, en criant les journaux du soir. Une nouvelle édition de *La Voix du peuple*, surtout, faisait un vacarme assourdissant, dominant le bruit des roues. Des voix rauques jetaient, reprenaient le cri, à intervalles réguliers : « Demandez *La Voix du peuple*, le nouveau scandale des Chemins de fer africains, l'échec du ministère, les trente-deux vendus de la Chambre et du Sénat ! » Et, sur les exemplaires du journal, agités comme des étendards, se lisaient ces titres, en caractères énormes. La foule continuait à galoper, sans prêter grande attention, habituée à cette boue, saturée d'infamie. Quelques hommes s'arrêtaient, achetaient le journal, pendant que des filles, descendues en quête d'un dîner, traînaient leurs jupes, attendaient l'amant de hasard, en interrogeant du coin de l'œil la terrasse des cafés. Et ce cri déshonorant des journaux, ce cri qui souillait et souffletait, semblait être le glas dernier de la journée, sonnait les funérailles de la nation, au début de la nuit de plaisir qui commençait.

Alors, Pierre se souvint une fois encore de sa matinée, de cette effrayante maison de la rue des Saules, où s'entassaient tant de misère et tant de souffrance. Il revit la cour fangeuse comme un cloaque, les escaliers nauséabonds, les logements sordides, glacés et nus, des familles se disputant des pâtées dont n'auraient pas voulu les chiens errants, des mères aux mamelles taries promenant des poupons qui hurlaient, de vieux tombés dans des coins ainsi que des bêtes, agonisant de faim dans l'ordure. Et puis, ce fut encore sa journée, la magnificence, la quiétude, la joie des salons qu'il avait traversés, tout l'éclat insolent du Paris financier, du Paris politique et mondain. Et il aboutissait enfin, au crépuscule, à ce Paris Gomorrhe, à ce Paris Sodome, s'allumant pour la nuit, pour les abominations de cette nuit complice, dont la cendre fine, peu à peu, noyait l'océan des toitures. Et l'exécrable monstruosité de cela clamait sous le ciel pâle, où scintillaient les premières étoiles, pures et tremblantes.

Pierre eut un grand frisson devant cet amas des iniquités et des douleurs, tout ce qui se passait en bas dans la misère et dans le crime, tout ce qui se passait en haut dans la richesse et dans le vice. La bourgeoisie, au pouvoir, ne voulait rien lâcher de la souveraineté conquise, volée tout entière, tandis que le peuple, l'éternelle dupe, le grand muet, serrait les poings, grondait en réclamant sa légitime part. Et c'était cette injustice affreuse qui emplissait de colère l'ombre naissante. De quel nuage, aux flancs de ténèbres, la foudre allait-elle tomber ? Il l'attendait depuis des années déjà, cette foudre vengeresse que de sourds fracas annonçaient, de tous les points de l'horizon. S'il avait écrit un livre de candeur et d'espoir, s'il était allé innocemment à Rome, c'était pour en conjurer l'effroyable éclat. Mais toute espérance était morte en son cœur, il sentait la foudre inévitable, rien désormais ne pouvait retarder la catastrophe. Jamais encore il ne l'avait sentie si prochaine, dans l'impudence heureuse des uns, dans la détresse exaspérée des autres. Et elle s'amassait, et elle allait sûrement éclater au-dessus de ce Paris de rut et de bravade, qui, le soir venu, attisait sa fournaise.

Au moment où il arrivait à la place de l'Opéra, Pierre, brisé de fatigue, éperdu, leva les yeux. Où était-il donc ? Le cœur de la grande ville semblait battre là, dans la vaste étendue de ce carrefour, comme si le sang des quartiers lointains eût afflué de tous les côtés, par de triomphales avenues. Il regarda se perdre à l'horizon les trouées de l'avenue de l'Opéra, des rues du 4-Septembre et de la Paix, claires encore d'un reste de jour, déjà étoilées d'un fourmillement d'étincelles. Le boulevard traversait la place du torrent de sa circulation, où venaient se heurter les afflux des rues voisines, en de continuels remous, qui faisaient de ce point le gouffre le plus dangereux du monde. Vainement les gardiens de la paix tâchaient de mettre là quelque prudence, le flot des piétons débordait quand même, les roues s'enchevêtraient, les chevaux se cabraient, au milieu du bruit de marée humaine, aussi haute, aussi incessante que la voix de tempête d'un océan. Puis, c'était la masse isolée de l'Opéra, peu à peu noyé d'ombre, énorme et mystérieux, tel qu'un symbole, et dont l'Apollon porteur de lyre, tout en haut, gardait un dernier reflet de lumière, dans le ciel blême. Et toutes les fenêtres des façades s'éclairaient, une allégresse naissait de ces milliers de lampes qui étincelaient une à une, un besoin de détente universelle, de libre assouvissement s'épandait avec l'ombre croissante, tandis que, de loin en loin, les globes électriques éclataient comme les lunes des nuits claires de Paris.

Pourquoi donc se trouvait-il là ? Pierre s'interrogeait, irrité et béant. Puisque Laveuve était mort, il n'avait qu'à rentrer chez lui, qu'à se terrer dans son coin, porte et fenêtres closes, comme un être désormais inutile, sans croyance, sans espérance, n'attendant plus que l'anéantissement final. La course était longue, de la place de l'Opéra à sa petite maison de Neuilly. Malgré l'écrasement de sa lassitude, il ne voulut point prendre de voiture, il revint sur ses pas, retourna vers la Madeleine, se replongea parmi la bousculade des trottoirs, au milieu de l'assourdissement de la chaussée, avec l'âpre désir d'aggraver sa plaie, de se saturer de révolte et de colère. N'était-il donc pas au coin de cette rue, au bout de ce boulevard, le gouffre attendu, où devait crouler ce monde pourri, dont il entendait craquer la vieille société, à chaque pas ?

Lorsqu'il voulut traverser la rue Scribe, un encombrement l'arrêta. Devant un café luxueux, deux grands diables, mal vêtus, fort sales, criaient alternativement *La Voix du peuple*, les scandales, les vendus de la Chambre et du Sénat, d'une telle voix de cuivre fêlé, que les passants s'attroupaient. Et, là, il eut de nouveau la surprise de reconnaître Salvat, dans un homme hésitant, errant, qui, après avoir écouté, s'était approché du grand café, pour regarder à travers les glaces. Cette fois, cette rencontre le frappa, l'emplit d'un soupçon, au point qu'il s'arrêta lui aussi, résolu à l'observer. Il ne pouvait croire qu'il allait le voir entrer, s'asseoir à une des petites tables, sous la gaieté tiède des lampes, lui d'aspect si misérable, avec ce morceau de pain qui faisait bosse sous le vieux veston en loques. Un instant, il attendit. Puis, il le vit simplement qui s'éloignait d'un pas brisé, ralenti, comme si le café, presque vide, ne lui eût pas convenu. Que cherchait-il donc, où courait-il, depuis le matin, dans cette chasse solitaire et sauvage, lancé de la sorte au travers du Paris de la richesse et de la joie, avec sa faim qui lui battait les talons ? Il ne se traînait plus que difficilement, il paraissait à bout de volonté et d'énergie. L'air vaincu, il s'approcha d'un kiosque, s'adossa un moment. Et il se redressa, et il marcha encore, cherchant toujours.

Alors, un incident se produisit qui acheva d'émotionner Pierre. Un homme grand et fort, débouchant de la rue Caumartin, venait d'apercevoir et d'aborder Salvat. Et le prêtre, après une hésitation, reconnut son frère Guillaume, au moment où il serrait sans honte la main de l'ouvrier. C'était bien lui, avec ses épais cheveux taillés en brosse, d'une blancheur de neige, malgré ses quarante-sept ans à peine. Il avait gardé ses grosses moustaches très brunes, sans un fil d'argent, ce qui donnait toute une vie énergique à sa grande face, au front haut, en forme de tour. Il tenait de son père ce front de logique et de raison inexpugnables, que Pierre avait lui aussi. Mais le bas du visage de l'aîné était plus solide, le nez plus fort, le menton carré, la bouche large, au dessin ferme. Une cicatrice pâle, une blessure ancienne balafrait la tempe gauche. Et cette physionomie très grave, rude et fermée, au premier aspect, s'éclairait d'une mâle bonté, lorsqu'un sourire découvrait les dents, restées très blanches.

Pierre se rappela ce que Mme Théodore lui avait conté le matin. Son frère Guillaume, touché de tant de misère, s'était arrangé pour occuper chez lui Salvat pendant quelques jours. Et cela expliquait l'air d'intérêt avec lequel il semblait le questionner, tandis que le mécanicien, l'air troublé de la rencontre, piétinait, comme ayant hâte de reprendre sa course dolente. Un moment, Guillaume parut s'apercevoir de ce trouble, des réponses sans doute embarrassées qu'il obtenait. Cependant, il quitta l'ouvrier. Mais, presque tout de suite, il se retourna, il le regarda s'éloigner de son allure harassée et têtue, au travers de la foule. Et les réflexions qu'il fit alors durent être bien graves et bien pressantes, car il se décida tout d'un coup à revenir sur ses pas, à le suivre de loin, comme pour s'assurer de la direction qu'il prenait.

Gagné par une inquiétude croissante, Pierre avait regardé la scène. L'attente nerveuse où il était d'un grand malheur indéterminé, le soupçon où venaient de le jeter les rencontres successives, inexplicables de Salvat, la surprise de voir maintenant son frère mêlé à l'aventure, l'avaient envahi tout entier d'un besoin de savoir, d'assister, d'empêcher peut-être. Il n'hésita pas, lui-même suivit les deux hommes, prudemment.

Ce fut pour lui un émoi nouveau, lorsque Salvat, puis son frère Guillaume, tournèrent brusquement dans la rue Godot-de-Mauroy. Quel destin le ramenait dans cette rue, où il avait eu la hâte fiévreuse de revenir, d'où la mort de Laveuve l'avait seule écarté ? Et son saisissement grandit encore, lorsque, après l'avoir perdu un instant, il retrouva Salvat debout sur le trottoir, en face de l'hôtel Duvillard, à la place même où, le matin, il avait cru le reconnaître. Justement, la porte cochère de l'hôtel était grande ouverte, à la suite d'une réparation du pavé, sous le porche ; et, les ouvriers partis, ce vaste porche demeurait béant, empli par la nuit qui tombait. La rue étroite, à côté du boulevard étincelant, se noyait d'une ombre bleue, que les becs de gaz piquaient de rares étoiles. Des femmes passèrent, qui obligèrent Salvat à descendre du trottoir. Mais il y remonta, il alluma un bout de cigare, quelque reste ramassé sous les tables d'un café, et il reprit sa faction, immobile en face de l'hôtel, patientant.

Agité de pensées obscures, Pierre s'effrayait, se demandait s'il ne devait pas aborder cet homme. Ce qui l'arrêtait, c'était la présence de son frère, qu'il avait vu s'embusquer sous une porte voisine, guettant, prêt à intervenir lui aussi. Et il se contentait de ne pas perdre des yeux Salvat, toujours à l'affût, le regard sur le porche, ne le détournant que pour le porter vers le boulevard, comme s'il eût attendu quelqu'un ou quelque chose, qui devait arriver par là. En effet, le landau des Duvillard parut enfin, avec son cocher et son valet de pied en livrée gros vert et or, un landau très correctement attelé de deux grands carrossiers superbes.

Contrairement à l'habitude, la voiture qui, à cette heure, emmenait la mère ou le père, n'était occupée, ce soir-là, que par les deux enfants, Camille et Hyacinthe. Ils revenaient de la matinée de la princesse de Harth, et ils causaient librement, avec la tranquille impudeur dont ils essayaient de s'étonner.

« Les femmes me dégoûtent. Et leur odeur, ah ! la peste ! Et cette abomination de l'enfant qu'on risque toujours avec elles !

– Bah ! mon cher, elles valent bien ton George Elson, cette fille manquée. D'ailleurs, tu te vantes, et tu as tort de ne pas t'arranger avec la princesse, puisqu'elle en meurt d'envie.

– Ah ! la princesse, en voilà encore une qui m'assomme ! »

Hyacinthe en était à la négation des sexes, à la pose alanguie du renoncement universel. Mais Camille, frémissante, irritée, parlait dans une fièvre mauvaise. Après un silence, elle reprit : « Tu sais que maman est là-bas avec lui. »

Elle n'avait pas besoin de préciser davantage, son frère comprenait, car ils parlaient souvent de cette chose, en toute liberté.

« Son essayage chez Salmon, hein ? la bête d'histoire !… Elle a filé par l'autre porte, elle est avec lui.

– Qu'est-ce que ça te fiche, qu'elle soit avec le bon ami Gérard ? » demanda paisiblement Hyacinthe.

Puis, en la sentant bondir sur la banquette :

« Tu l'aimes donc toujours, tu le veux ?

– Oh ! oui, je le veux, et je l'aurai ! »

Elle avait mis dans ce cri toute sa rage jalouse de fille laide, toute sa souffrance d'être délaissée, de savoir sa mère, si belle encore, en train de lui voler son plaisir.

« Tu l'auras, tu l'auras, reprit Hyacinthe, heureux de torturer un peu sa sœur, qu'il redoutait, tu l'auras, s'il veut bien se donner… Il ne t'aime pas.

– Il m'aime ! reprit furieusement Camille. Il est gentil avec moi, ça me suffit. »

Il eut peur de son regard noir, de ses petites mains d'infirme qui se crispaient comme des griffes. Puis, après un silence :

« Et papa, qu'est-ce qu'il dit ?

– Oh ! papa, pourvu que, de quatre à six, il soit chez l'autre. »

Hyacinthe se mit à rire. C'était ce qu'ils appelaient entre eux le petit goûter de papa. Et Camille s'en égayait gentiment, excepté les jours où maman, elle aussi, goûtait dehors.

Le landau fermé était entré dans la rue, et il s'approchait au trot sonore des deux grands carrossiers. À cette minute, une petite blonde de seize à dix-huit ans, un trottin de modiste, qui avait au bras un large carton, traversa vivement, pour entrer sous la porte avant la voiture. Elle apportait un chapeau à la baronne, elle avait musé tout le long du boulevard, avec ses yeux d'un bleu de pervenche, son nez rose, sa bouche qui riait toujours, dans le plus adorable des petits visages qu'on pût voir. Et ce fut à ce moment, après un dernier coup d'œil vers le landau, que Salvat, d'un bond, pénétra sous le porche. Presque aussitôt, il reparut, il jeta au ruisseau son bout de cigare allumé ; et, sans courir, il s'en alla, il s'effaça, au fond des ténèbres vagues de la rue.

Alors, que se passa-t-il ? Plus tard, Pierre se souvint qu'un camion du chemin de fer de l'Ouest s'était mis en travers, arrêtant, attardant une minute le landau, tandis que le trottin disparaissait sous la porte. Il avait vu, avec un serrement de cœur inexprimable, son frère Guillaume s'élancer à son tour, entrer dans l'hôtel, comme sous le coup d'une révélation, d'une certitude brusque. Lui, sans comprendre nettement, sentait l'approche de l'effroyable chose. Mais, voulant courir, voulant crier, il était cloué sur le trottoir, il avait la gorge serrée par une main de plomb. Soudainement, ce fut le grondement de la foudre, une explosion formidable, comme si la terre s'ouvrait, comme si l'hôtel foudroyé s'anéantissait. Toutes les vitres des maisons voisines éclatèrent, tombèrent avec un bruit retentissant de grêle. Une flamme d'enfer avait embrasé un instant la rue, la poussière et la fumée furent telles, que les quelques passants aveuglés hurlèrent d'épouvante, dans le saisissement de cette fournaise où ils croyaient culbuter.

Et Pierre, alors, fut illuminé par cet éclair. Il revit la bombe gonflant le sac à outils, que le chômage faisait vide et inutile. Il la revit sous le veston en loques, cette bosse qu'il avait prise pour un morceau de pain ramassé contre une borne, rapporté au logis, à la femme et à l'enfant. Après avoir couru, menacé tout le Paris heureux, elle venait de flamber là, d'éclater telle que le tonnerre, à ce seuil de la bourgeoisie souveraine, maîtresse de l'or. Lui, à ce moment, ne pensa qu'à son frère Guillaume, se jeta sous ce porche où semblait s'être ouverte une bouche de volcan. Et, d'abord, il ne distingua rien, la fumée âcre noyait tout. Puis, il aperçut les murs fendus, l'étage supérieur éventré, le pavé défoncé, semé de décombres. Dehors, le landau qui allait entrer, n'avait rien eu, ni un cheval atteint, ni même la caisse éraflée par un projectile. Mais, étalée sur le dos, la jeune fille, le petit trottin blond et joli gisait, le ventre ouvert, avec son fin visage intact, les yeux clairs, le sourire étonné, dans le coup de foudre de la catastrophe ; tandis que, tombé près d'elle, le carton, dont le couvercle s'était détaché simplement, avait laissé rouler le chapeau, un chapeau rose très fragile, resté charmant en sa fleur.

Guillaume, par un prodige, était vivant, debout déjà. Seule, sa main gauche ruisselait de sang, des éclats qui lui avaient déchiré le poignet. Il avait eu les moustaches brûlées, et l'explosion, en le renversant, l'avait ébranlé et meurtri à un tel point, qu'il grelottait de tout son être, comme dans un grand froid. Pourtant, il reconnut son frère, sans même s'étonner de le voir là, ainsi qu'il arrive après les désastres, où l'inexpliqué devient providentiel. Ce frère, perdu de vue depuis si longtemps, était là naturellement, parce qu'il fallait qu'il y fût. Et il lui cria tout de suite, dans le frisson fou qui l'agitait :

« Emmène-moi, emmène-moi !... Chez toi, à Neuilly, oh ! emmène-moi ! »

Puis, pour toute explication, parlant de Salvat :

« Je me doutais bien qu'il m'avait volé une cartouche, une seule heureusement, sans quoi le quartier aurait sauté... Ah ! le malheureux ! je n'ai pu arriver à temps pour mettre le pied sur la mèche. »

Avec une lucidité parfaite, telle que la donne parfois le danger, Pierre, sans parler, sans perdre une seconde, se souvint que l'hôtel avait une sortie par-derrière, rue Vignon. Il venait de comprendre le grave péril où son frère serait, s'il se trouvait mêlé à cette affaire. Vivement, quand il l'eut emmené, dans l'ombre de la rue Vignon, il lui noua son mouchoir autour du poignet, qu'il lui fit cacher ensuite sous son veston, contre sa poitrine.

« Emmène-moi, répétait Guillaume hanté et grelottant, chez toi, à Neuilly... Pas chez moi.

– Oui, oui, sois tranquille. Tiens ! attends là un instant, je vais arrêter une voiture. »

Il l'avait ramené dans le boulevard, dans sa hâte de trouver un fiacre. Mais le tonnerre de l'explosion bouleversait le quartier, les chevaux se cabraient, des gens galopaient au hasard, pris de démence. Et des agents étaient accourus, une foule se ruait, encombrait déjà l'entrée de la rue Godot-de-Mauroy, noire comme un gouffre, les lumières s'étant toutes éteintes ; tandis que, sur le boulevard, un crieur de *La Voix du peuple* s'entêtait à clamer le nouveau scandale des Chemins de fer africains, les trente-deux vendus de la Chambre et du Sénat, la chute prochaine du ministère.

Pierre, enfin, arrêtait un fiacre, lorsqu'il entendit un passant qui courait, dire à un autre :

« Le ministère, ah bien ! voilà une bombe qui le raccommode ! »

Les deux frères montèrent dans la voiture, qui les emmena. Et, au-dessus de Paris grondant, la nuit noire s'était faite, une nuit sans pardon où les étoiles sombraient, sous la brume de crimes et de colère montée des toitures. Le grand cri de justice passait, dans le bruit d'ailes terrifiant que Sodome et Gomorrhe avaient entendu venir, de toutes les ténèbres de l'horizon.

LIVRE DEUXIÈME

I

Dans cette rue écartée de Neuilly, où personne ne passait plus dès le crépuscule, la petite maison, à cette heure, sous la nuit noire, dormait d'un sommeil profond, les persiennes closes, sans qu'une lumière filtrât au-dehors. Et il semblait qu'on sentît aussi, derrière, la grande paix du petit jardin, vide et mort, engourdi par le froid de l'hiver.

Pierre, dans le fiacre qui le ramenait avec son frère blessé, avait craint plusieurs fois de le voir s'évanouir. Guillaume, adossé, affaissé, ne parlait pas ; et quel terrible silence entre eux, si plein des interrogations, des réponses, qu'ils sentaient inutiles et douloureux d'échanger en ce moment ! Pourtant, le prêtre s'inquiétait de la blessure, se demandait à quel chirurgien il allait avoir recours, désireux de ne mettre dans le secret qu'un homme sûr et dévoué, en voyant avec quel âpre désir de disparaître le blessé se cachait.

Jusqu'à l'Arc de triomphe, pas un mot ne fut prononcé. Là seulement, Guillaume sembla sortir de l'accablement de son rêve, pour dire :

« Et, tu sais, Pierre, pas de médecin. Nous allons soigner ça tous les deux. »

Pierre voulut protester. Puis, il n'eut qu'un simple geste, signifiant qu'il passerait outre, s'il le fallait. À quoi bon discuter en ce moment ? Mais son inquiétude avait grandi, et ce fut avec un soulagement véritable, lorsque le fiacre enfin s'arrêta devant la maison, qu'il vit son frère en descendre sans trop de faiblesse. Vivement, il paya le cocher, très heureux aussi de constater que personne, pas un voisin même, n'était là. Et il ouvrit avec sa clé, il soutint le blessé pour l'aider à gravir les trois marches du perron.

Une faible veilleuse brûlait dans le vestibule. Tout de suite, au bruit de la porte, une femme, Sophie, la servante, venait de sortir de la cuisine. Âgée de soixante ans, petite, maigre et noire, elle était dans la maison depuis plus de trente années, ayant servi la mère avant de servir le fils. Elle connaissait Guillaume, qu'elle avait vu jeune homme. Sans doute elle le reconnut, bien qu'il y eût dix ans bientôt qu'il n'eût franchi ce seuil. Mais elle ne témoigna aucune surprise, elle parut trouver tout naturel cet extraordinaire retour, dans la loi de discrétion et de silence qu'elle s'était faite. Elle vivait en recluse, elle ne parlait que pour les strictes nécessités de son service.

Et elle se contenta de dire :

« Monsieur l'abbé, il y a, dans le cabinet, M. Bertheroy, qui vous attend depuis un quart d'heure. »

Guillaume intervint, d'un air ranimé.

« Bertheroy vient donc toujours ici ?... Ah ! lui, je veux bien le voir, c'est un des meilleurs, un des plus larges esprits de ce temps. Il est resté mon maître. »

Ami autrefois de leur père, l'illustre chimiste Michel Froment, Bertheroy était aujourd'hui, à son tour, une des gloires les plus hautes de la France, à qui la chimie devait les extraordinaires progrès qui en ont fait la science mère, en train de renouveler la face du monde. Membre de l'Institut, comblé de charges et d'honneurs, il avait gardé pour Pierre une grande affection, il le visitait ainsi parfois avant le dîner, afin de se distraire, disait-il.

« Tu l'as mis dans le cabinet, bon ! nous y allons, dit l'abbé à la servante, qu'il tutoyait. Porte une lampe allumée dans ma chambre, et prépare mon lit, pour que mon frère puisse se coucher tout de suite. »

Pendant que, sans une surprise, sans un mot, Sophie exécutait cet ordre, les deux frères passaient dans l'ancien laboratoire de leur père, dont le prêtre avait fait un vaste cabinet de travail. Et ce fut avec un cri de joyeux étonnement que le savant les accueillit, lorsqu'il les vit entrer, l'un soutenant l'autre.

« Comment ! ensemble !... Ah ! mes chers enfants, vous ne pouviez me faire de bonheur plus grand ! Moi qui ai si souvent déploré votre cruel malentendu ! »

Septuagénaire, il était grand, sec, avec des traits anguleux. La peau jaunie se collait comme un parchemin sur les os saillants des joues et des mâchoires. D'ailleurs, sans aucun prestige, il avait l'air d'un vieil herboriste. Mais le front était beau, large, uni et sous les cheveux blancs ébouriffés luisaient encore des yeux de flamme.

Quand il aperçut la main bandée, il s'écria :

« Quoi donc, Guillaume, vous êtes blessé ? »

Pierre se taisait, laissant son frère conter l'histoire, telle qu'il lui plairait de la dire. Celui-ci avait compris qu'il devait avouer la vérité, simplement, en omettant les circonstances.

« Oui, dans une explosion, et je crois bien que j'ai le poignet cassé. »

Bertheroy l'examinait, remarquait ses moustaches brûlées, ses yeux de stupeur, où passait l'effarement des catastrophes. Il devint sérieux, circonspect, sans chercher par des questions à forcer les confidences.

« Ah ! bah ! une explosion... Me permettez-vous de voir la plaie ? Vous savez qu'avant de me laisser séduire par la chimie, j'ai fait mes études de médecine, et que je suis un peu chirurgien. »

Pierre ne put retenir ce cri de son cœur :

« Oui, oui ! maître, voyez la blessure... J'étais bien inquiet, c'est une chance inespérée que vous vous trouviez là. »

Le savant le regarda, sentit la gravité des circonstances qu'on lui cachait. Et, comme Guillaume consentait, avec un sourire, en pâlissant de faiblesse, il voulut d'abord qu'on le couchât. La servante revenait dire que le lit était prêt, tous passèrent dans la chambre voisine, où le blessé fut déshabillé et mis au lit.

« Éclairez-moi, Pierre, prenez la lampe, et que Sophie me donne une cuvette pleine d'eau, avec des linges. »

Puis, lorsqu'il eut doucement lavé la plaie :

« Diable ! diable !... le poignet n'est pas cassé, mais c'est une vilaine affaire tout de même. Je crains qu'il n'y ait une lésion de l'os... Ce sont des clous qui ont traversé les chairs, n'est-ce pas ? »

Ne recevant pas de réponse, il se tut. Sa surprise croissait, il se mit à examiner avec attention la main que la flamme avait noircie, il finit même par flairer la manche de la chemise, pour mieux se rendre compte. Évidemment, il reconnaissait les effets d'un de ces explosifs nouveaux, que lui-même avait si savamment étudiés et pour ainsi dire créés. Mais, pourtant, celui-ci devait le dérouter, car il y avait là des traces, des caractères, dont l'inconnu lui échappait.

« Alors, se décida-t-il à demander enfin, emporté par sa curiosité de savant, c'est dans une explosion de laboratoire que vous vous êtes arrangé de cette belle façon ?... Quelle diablesse de poudre étiez-vous donc en train de fabriquer ? »

Malgré sa souffrance, Guillaume, depuis qu'il le voyait étudier ainsi sa blessure, témoignait une contrariété, une agitation croissante, comme si le vrai secret qu'il voulait garder eût été là, dans cette poudre dont le premier essai venait de si cruellement l'atteindre. Il coupa court, il dit de son air de passion contenue, les yeux droits et francs :

« Je vous en prie, maître, ne me questionnez pas. Je ne puis vous répondre... Je sais que vous êtes un assez noble esprit pour me soigner et m'aimer encore, sans exiger ma confession.

– Ah ! certes, mon ami, s'écria Bertheroy, gardez votre secret. Votre découverte est à vous, si vous en avez fait une, et je vous sais capable de l'employer au plus généreux usage. D'ailleurs, vous devez me savoir, vous aussi, bien trop passionné de vérité, résolu à ne jamais juger les actes des autres, quels qu'ils soient, avant d'en connaître toutes les raisons. »

Et, d'un geste, il acheva de dire sa large tolérance, son esprit souverain, dégagé des ignorances et des superstitions, qui faisait de lui, sous les ordres dont il était chamarré, sous ses titres universitaires et académiques de savant officiel, l'intelligence la plus hardie, la plus libre, uniquement passionnée de vérité, comme il le disait.

Il n'avait pas les outils nécessaires, il se contenta de panser la plaie avec soin, après s'être assuré qu'aucune parcelle des projectiles n'était restée dans les chairs. Enfin, il partit, en promettant d'être là, le lendemain, de bonne heure. Et, comme le prêtre l'accompagnait jusqu'à la porte de la rue, il le rassura : si l'os n'avait pas été atteint trop profondément, tout irait bien.

Pierre, de retour près du lit, y trouva son frère assis encore sur son séant, puisant une énergie dernière dans son désir d'écrire aux siens, pour les rassurer. Il dut reprendre la lampe et l'éclairer de nouveau, après lui avoir donné du papier et un crayon. Heureusement, Guillaume avait le libre usage de sa main droite. Il put, en quelques lignes, annoncer qu'il ne rentrerait pas à Mme Leroi, sa belle-mère, qui était restée chez lui, après la mort de sa femme, et qui avait élevé ses trois grands fils. En outre, Pierre savait qu'il y avait, dans la maison, une jeune fille de vingt-cinq à vingt-six ans, la fille d'un ancien ami de Guillaume, recueillie par celui-ci à la mort du père, et qu'il devait épouser prochainement, malgré la grande différence d'âge. Mais c'étaient là, pour le prêtre, des choses vagues et troublantes, tout un côté de désordre condamnable, qu'il avait toujours feint d'ignorer.

« Alors, tu veux qu'on porte tout de suite cette lettre à Montmartre ?

– Oui, tout de suite. Il n'est guère plus de sept heures, elle sera là-bas vers huit heures... Et un homme sûr, n'est-ce pas ?

– Le mieux est que Sophie prenne un fiacre. Avec elle, on peut être sans crainte, elle ne bavardera pas... Attends, je vais arranger cela. »

Sophie, appelée, comprit, promit de dire là-bas, si on la questionnait, que M. Guillaume était venu passer la nuit chez son frère, pour des raisons qu'elle ignorait. Et, sans faire aucune réflexion elle-même, elle s'en alla, après avoir dit simplement :

« Le dîner de monsieur l'abbé est servi, il n'aura qu'à prendre le bouillon et le ragoût sur le fourneau. »

Mais, cette fois, quand Pierre revient s'asseoir près du lit, Guillaume y était retombé sur le dos, la tête soutenue par deux oreillers, très las, très pâle, envahi par la fièvre. La lampe brûlait doucement au coin d'un meuble, la paix était si profonde, qu'on entendait battre la grosse horloge, dans la salle à manger voisine. Un instant, ce grand silence régna autour des deux frères, enfin réunis et seuls, après tant d'années de séparation. Puis, le blessé avança au bord du drap sa bonne main, que le prêtre saisit, serra tendrement dans la sienne. Et cette étreinte se prolongea, et les deux mains fraternelles restèrent l'une dans l'autre.

« Merci, mon petit Pierre. Je te retrouve, tu es doux et tendre comme autrefois... Ah ! tu ne peux savoir combien cela m'est délicieux en ce moment ! »

À leur tour, les yeux du prêtre s'obscurcirent. Les deux frères, au milieu de ce grand calme, de ce grand bien-être succédant à des émotions si violentes, éprouvaient un charme infini à se retrouver de la sorte, dans la maison de leur enfance. C'était là que leur père et leur mère étaient morts, le père tragiquement, foudroyé par une explosion de laboratoire, la mère, très pieuse, en véritable sainte. C'était là, dans ce même lit, que Guillaume avait soigné Pierre, lorsque, leur mère morte, lui-même avait failli mourir ; et c'était là que, maintenant, Pierre soignait Guillaume. Tout les brisait, les bouleversait d'attendrissement, les circonstances imprévues de leur rencontre, l'affreuse catastrophe dont ils restaient ébranlés, le côté mystérieux des choses qui demeurait inexpliqué entre eux. Et, dans leur rapprochement tragique, après un temps si long de vie séparée, leurs souvenirs communs s'éveillaient, la vieille maison leur parlait de leur enfance, des parents disparus, des jours lointains où ils y avaient aimé et souffert. Le jardin était là, sous la fenêtre, le jardin, glacé à cette heure, qui jadis, ensoleillé, retentissait de leurs jeux. À gauche, se trouvait le laboratoire, la grande pièce, où leur père leur avait appris à lire. À droite, dans la salle à manger, ils revoyaient leur mère leur couper des tartines, si douce, avec ses grands yeux désespérés de croyante. Et la sensation qu'ils y étaient seuls à cette heure, et cette pâle clarté dormante de la lampe, et cette profonde solitude muette du jardin, de la maison, de tout le passé, les emplissaient d'une extraordinaire douceur, mêlée à une amertume immense.

Ils auraient voulu causer, s'épancher. Mais que se dire ? Malgré leurs mains qui restaient nouées étroitement, le plus infranchissable des abîmes ne les séparait-il pas ? Du moins, ils le croyaient. Guillaume avait la conviction que Pierre était un saint, un prêtre de la foi la plus solide, sans un doute, qui n'avait rien de commun avec lui, ni dans les idées, ni dans la pratique de l'existence. Un coup de hache les avait désunis, ils habitaient deux mondes différents. Et, de même, Pierre s'imaginait Guillaume comme un déclassé, de conduite louche, n'ayant pas même épousé la femme dont il avait eu trois enfants, sur le point de se remarier avec cette fille trop jeune, tombée on ne savait où. En outre, il y avait les idées exaltées du savant et du révolutionnaire, la négation de tout, les pires violences acceptées, provoquées peut-être, le monstre vague de l'anarchie entrevu au fond. Alors, sur quel terrain d'entente aurait-elle pu se faire, du moment que chacun des deux frères gardait son préjugé contre l'autre, le voyait au bord opposé du gouffre, sans qu'une planche pût être jetée entre eux ? Et, seuls, leurs pauvres cœurs sanglotaient de leur fraternelle tendresse éperdue.

Pierre n'ignorait pas que Guillaume avait déjà couru le risque d'être compromis dans une affaire anarchiste. Il ne lui posait aucune question. Mais il ne pouvait s'empêcher de songer qu'il ne se serait pas caché ainsi, s'il n'avait eu la crainte d'être arrêté comme complice. Complice de Salvat, l'était-il donc vraiment ? Et Pierre frémissait, car il n'avait toujours pour se faire une opinion que les paroles échappées à son frère, après l'attentat, le cri accusant Salvat de lui avoir volé une cartouche, l'acte aussi de s'être si héroïquement élancé sous le porche de l'hôtel Duvillard, afin d'éteindre la mèche. Seulement, que d'obscurités encore ! Et, si on lui avait volé une cartouche de cet effroyable explosif, c'était donc qu'il en fabriquait, qu'il en avait chez lui ? Sans doute, avec son poignet blessé, même s'il n'était pas complice, il n'avait eu qu'à disparaître, jugeant bien que, trouvé là, la main sanglante, déjà compromis, jamais il n'aurait convaincu personne de son innocence. Mais, quand même, les ténèbres restaient épaisses, le crime semblait possible, c'était une aventure affreuse.

Guillaume dut deviner, dans le tremblement de la main moite, que son frère lui abandonnait, un peu de l'anéantissement où tombait ce pauvre être, déjà foudroyé par le doute, et que la catastrophe achevait. Le sépulcre était vide, la cendre même en venait d'être balayée.

« Mon pauvre petit Pierre, reprit-il lentement, excuse-moi, si je ne te dis rien. Je ne peux rien te dire... Et puis, à quoi bon ? nous ne nous entendrions certainement pas... Ne nous disons rien, ne goûtons que la joie d'être ensemble et, quand même, de nous aimer toujours. »

Pierre leva les yeux ; et, longuement, leurs regards restèrent l'un dans l'autre.

« Ah ! bégaya-t-il, que les choses sont affreuses ! »

Mais Guillaume avait bien compris l'interrogation muette. Ses yeux y répondaient en ne se détournant pas, en s'allumant d'une flamme très pure, très haute.

« Je ne peux rien te dire, répéta-t-il. Quand même, mon petit Pierre, aimons-nous. »

Et Pierre, alors, le sentit un instant supérieur à toute inquiétude basse, à la peur du coupable qui tremble pour lui, exalté au contraire dans la passion d'un grand dessein, dans le souci noble de mettre à l'abri l'idée souveraine, ce secret qu'il voulait sauver. Et ce ne fut, malheureusement, que la brève vision d'un espoir indistinct de rachat et de victoire, car déjà tout sombrait, retombait au doute, au soupçon des intelligences qui s'ignorent.

Un brusque souvenir, un exécrable spectacle venait de s'évoquer et d'affoler Pierre. Il bégaya :

« As-tu vu, mon grand frère, as-tu vu, sous la porte, cette enfant blonde, étalée sur le dos, le ventre ouvert, avec son joli sourire étonné ? »

À son tour, Guillaume frémissait. Et, d'une voix basse et pénible :

« Oui, oui, je l'ai vue. Ah ! le pauvre petit être ! Ah ! les atroces nécessités, les atroces erreurs de la justice ! »

Alors, dans l'horrible frisson de ce qui passait, dans son horreur de la violence, Pierre succomba, laissa tomber sa face parmi la couverture, au bord du lit. Et il sanglota éperdument, une crise soudaine, débordante de larmes, le jetait là, anéanti, d'une faiblesse d'enfant. C'était, en lui, comme une débâcle de tout ce qu'il souffrait depuis le matin, la douleur immense de l'injustice, de la souffrance universelle, qui crevait dans ce flot de pleurs que rien ne semblait plus devoir arrêter. Et, bouleversé de même, Guillaume, qui avait posé la main sur la tête de son petit frère, pour le calmer, du geste dont il caressait autrefois ses cheveux d'enfant, se taisait, ne trouvait pas de consolation, acceptant l'éruption du volcan toujours possible, le cataclysme qui peut toujours précipiter l'évolution lente, dans la nature. Mais quel sort, pour les misérables créatures, pour les existences que des laves emportent par milliards ! Et ses yeux se mirent aussi à ruisseler, au milieu du grand silence.

« Pierre, finit-il par dire doucement, je veux que tu dînes... Va, va dîner. Cache la lumière de la lampe, laisse-moi seul, les yeux clos. Cela me fera du bien. »

Il fallut que Pierre le contentât. Mais il ne ferma pas la porte de la salle à manger ; et, défaillant de besoin, sans même s'en être aperçu, il mangea debout, l'oreille aux aguets, écoutant si son frère ne se plaignait pas, ne l'appelait pas. Le silence semblait encore avoir grandi, la petite maison s'anéantissait dans la mélancolique douceur du passé.

Vers huit heures et demie, lorsque Sophie revint de sa commission à Montmartre, Guillaume l'entendit, malgré son pas discret. Il s'agita, voulut savoir. Et ce fut Pierre qui accourut le renseigner.

« Ne t'inquiète pas. Sophie a été reçue par une vieille dame, qui, après avoir lu ta lettre, lui a dit simplement que c'était bien. Elle ne lui a pas même posé une question, l'air tranquille, sans curiosité aucune. »

Guillaume, sentant son frère étonné de cette belle sérénité, se contenta de dire, très calme lui aussi :

« Oh ! il suffit que Mère-Grand soit prévenue. Elle sait bien que, si je ne rentre pas, c'est que je ne puis pas. »

Mais il lui fut impossible de s'assoupir. La lumière de la lampe avait beau être cachée, il rouvrait les yeux, regardait autour de lui, semblait écouter au-delà des murs, vers Paris. Il fallut que le prêtre fît venir la servante, puis l'interrogeât, pour savoir si en se rendant à Montmartre, elle n'avait rien remarqué d'extraordinaire. Elle parut surprise, elle n'avait rien remarqué. D'ailleurs, le fiacre avait suivi les boulevards extérieurs, presque déserts. Un petit brouillard s'était remis à tomber, et les rues se noyaient sous une humidité glaciale.

À neuf heures, Pierre comprit que son frère ne dormirait pas, s'il le laissait ainsi sans nouvelles. Dans la fièvre commençante, le blessé s'angoissait, envahi par le besoin qui le hantait de savoir si Salvat était arrêté et s'il avait parlé. Il ne l'avouait pas, il paraissait n'avoir aucune inquiétude personnelle ; et c'était vrai sans doute ; mais son grand secret l'étouffait, il frémissait à la pensée qu'un si haut dessein, tant de travail et tant d'espoir, fussent à la merci de cet halluciné de la misère, voulant rétablir la justice à coups de bombe. Vainement, le prêtre tâcha de lui faire entendre qu'à cette heure on ne pouvait encore rien savoir, il le vit d'une telle impatience, accrue de minute en minute, qu'il se décida à tenter au moins un effort, pour le satisfaire.

Mais où aller, où frapper ? Dans la conversation, Guillaume, cherchant à qui Salvat avait pu demander asile, nomma Janzen, et il eut un instant l'idée d'envoyer aux renseignements chez celui-ci. Puis, il réfléchit que Janzen, s'il avait appris l'attentat, n'était pas homme à attendre chez lui la police.

« J'irais bien t'acheter les journaux du soir, répétait Pierre. Mais il n'y a rien dedans à coup sûr... Dans Neuilly, je connais presque tout le monde. Seulement, je ne vois personne, à moins, pourtant, que Bache... »

Guillaume l'interrompit.

« Tu connais Bache, le conseil municipal ?

– Oui, nous nous sommes occupés ensemble des bonnes œuvres dans le quartier.

– Oh ! Bache est un de mes vieux amis, et je ne sais pas d'homme plus sûr. Va chez lui, ramène-le-moi, je t'en prie. »

Un quart d'heure plus tard, Pierre ramenait Bache, qui habitait une rue voisine. Et il ne le ramenait pas seul, ayant eu la surprise de trouver chez lui Janzen. Comme Guillaume s'en était douté, celui-ci, dînant chez la princesse de Harth et apprenant l'attentat, s'était bien gardé de rentrer coucher dans son petit logement de la rue des Martyrs, où la police pouvait avoir l'idée d'établir une souricière. On connaissait ses attaches, il se savait guetté, toujours sous le coup, comme étranger anarchiste, d'une arrestation ou d'une expulsion. Aussi avait-il cru prudent d'aller, pour quelques jours, demander l'hospitalité à Bache, homme très droit, très serviable, aux mains duquel il se confiait sans crainte. Jamais il ne serait resté chez Rosemonde, cette détraquée adorable qui, depuis un mois, l'affichait par un besoin éperdu de sensations nouvelles, et dont il avait senti toute l'inutile et dangereuse extravagance.

Guillaume, ravi de voir entrer Bache et Janzen, voulut se remettre sur son séant. Mais Pierre exigea qu'il demeurât tranquille, la tête sur l'oreiller, et surtout qu'il parlât le moins possible. Tandis que Janzen restait debout et silencieux, Bache prit une chaise, s'assit à côté du lit, débordant d'amicales paroles. C'était un gros homme de soixante ans, à la figure large et pleine, à la grande barbe blanche, aux longs cheveux blancs. Ses petits yeux tendres se noyaient de rêve, sa grosse bouche avait un bon sourire d'universel espoir. Son père, un saint-simonien fervent, l'avait élevé dans le culte de la croyance nouvelle. Et lui-même, plus tard, tout en gardant le respect de cette croyance, était passé aux idées de Fourier, par un besoin personnel d'ordre et de religiosité, de sorte qu'on trouvait en lui comme une succession et un raccourci des deux doctrines. Vers trente ans, il s'était aussi préoccupé du spiritisme. Riche d'une petite fortune solide, il n'avait eu d'autre aventure en sa vie que d'avoir fait partie de la Commune de 1871, sans trop savoir pourquoi ni comment. Condamné à mort par contumace, bien qu'il eût siégé parmi les modérés, il avait vécu en Belgique, jusqu'à l'amnistie. Et c'était en souvenir de ces choses que Neuilly l'avait envoyé au conseil municipal, moins cependant pour glorifier la victime de la réaction bourgeoise, que pour récompenser le très brave homme, aimé de tout le quartier.

Dans son besoin de nouvelles, Guillaume dut se confier aux deux visiteurs, leur dire l'histoire de la bombe, la fuite de Salvat, la façon dont il venait d'être blessé, en voulant éteindre la mèche. Et Janzen qui l'écoutait, de son air froid, avec sa maigre figure de Christ très blond, à la barbe et aux cheveux bouclés, dit enfin d'une voix douce, les mots ralentis par son pénible accent étranger :

« Ah ! c'est Salvat… Je croyais que ça pouvait être le petit Mathis… Salvat, ça m'étonne, il n'était pas décidé. »

Et, lorsque Guillaume, anxieux, lui demanda s'il pensait que Salvat parlerait, il se récria d'abord.

« Oh ! non, oh ! non ! »

Puis, il se reprit avec un peu de dédain dans ses yeux clairs, chimériques et durs.

« Pourtant, je ne sais pas… Salvat est un sentimental. »

Bache, que l'attentat bouleversait, s'agita, chercha tout de suite comment, en cas d'une dénonciation, on tirerait d'affaire Guillaume, qu'il aimait beaucoup. Et celui-ci, devant la froideur méprisante de Janzen, dut souffrir qu'on pût le croire ainsi tremblant, ravagé par l'unique désir de sauver sa peau dans l'aventure. Mais que leur dire, comment leur faire entendre le haut souci qui l'enfiévrait, sans leur confier le secret qu'il avait caché même à son frère ?

Sophie, à ce moment, vint dire à son maître que M. Théophile Morin était là, avec un autre monsieur. Très étonné de cette visite tardive, Pierre passa dans la pièce voisine, pour les recevoir. Il avait connu Morin, à son retour d'Italie, et l'avait aidé à faire traduire et adopter, dans les écoles italiennes, un excellent résumé des sciences actuelles, telles que les programmes universitaires les exigent. Franc-Comtois, compatriote de Proudhon, dont il avait fréquenté à Besançon la pauvre famille, fils lui-même d'un ouvrier horloger, Morin avait grandi dans les idées proudhoniennes, ami tendre des misérables, nourrissant une colère d'instinct contre la richesse et la propriété. Plus tard, venu à Paris comme petit professeur, passionné par l'étude, il s'était donné, de toute son intelligence, à Auguste Comte ; et c'était ainsi qu'on aurait retrouvé chez lui, sous le positiviste fervent, l'ancien proudhonien, sa révolte personnelle de pauvre, en haine de la misère. Il s'en tenait d'ailleurs au positivisme scientifique, ayant renié le Comte si étrangement religieux des dernières années, dans sa haine de tout mysticisme. Son existence brave, unie et morne, n'avait eu qu'un roman, le coup de brusque fièvre qui l'avait emporté et fait combattre en Sicile, aux côtés de Garibaldi, lors de l'épopée légendaire des Mille. Et il était redevenu à Paris petit professeur, gagnant obscurément sa vie triste.

Lorsque Pierre rentra dans la chambre, il dit à son frère, la voix émue :

« Morin m'amène Barthès, qui s'imagine être en péril et qui me demande l'hospitalité. »

Guillaume s'oublia, se passionna.

« Nicolas Barthès, un héros, une âme antique ! Je le connais, je l'admire et je l'aime… Il faut lui ouvrir ta maison toute grande. »

Bache et Janzen s'étaient regardés en souriant. Puis, de son air froidement ironique, le dernier dit avec lenteur :

« Pourquoi M. Barthès se cache-t-il ? Beaucoup de gens le croient mort, et c'est un revenant qui ne fait plus peur à personne. »

Âgé de soixante-quatorze ans, Barthès avait passé près de cinquante années en prison. Il était l'éternel prisonnier, le héros de la liberté que tous les gouvernements avaient promené de citadelle en forteresse. Depuis son adolescence, il marchait dans son rêve fraternel, il combattait pour une république idéale de vérité et de justice, et il aboutissait toujours au cachot, il allait toujours achever sa rêverie humanitaire sous de triples verrous. *Carbonaro*, républicain de la veille, sectaire évangélique, il avait conspiré à toutes les heures, dans tous les lieux, en lutte sans cesse contre le pouvoir, quel qu'il fût. Et, lorsque la république était venue, cette république qui lui avait coûté tant d'années de geôle, elle l'avait emprisonné à son tour, ajoutant des années d'ombre aux années déjà sans soleil. Et il restait le martyr de la liberté, et il la voulait quand même, elle qui n'était jamais.

« Mais vous vous trompez, reprit Guillaume froissé du ton railleur de Janzen, on songe une fois de plus à se débarrasser de Barthès, dont la probité intransigeante gêne nos hommes politiques ; et il fait très bien de prendre ses précautions. »

Nicolas Barthès entrait, un grand vieillard, sec et mince, le nez en bec d'aigle, les yeux brûlants encore sous les profondes arcades sourcilières, embroussaillées de longs poils blancs. La bouche édentée, restée fine, se perdait dans la barbe de neige, tandis que la couronne des cheveux, d'une blancheur d'auréole, tombait en boucles sur les épaules. Et, derrière lui, modestement venait Théophile Morin, avec ses favoris gris, ses cheveux gris taillés en brosse, ses lunettes, son air jaune et las de vieux professeur, usé dans sa chaire. Ni l'un ni l'autre ne parurent s'étonner, n'attendirent une explication, en trouvant au lit cet homme, le poignet bandé et il n'y eut aucune présentation, ceux qui se connaissaient se sourirent simplement.

Barthès se pencha, baisa Guillaume sur les deux joues.

« Ah ! dit ce dernier presque gaiement, cela me donne du courage de vous voir ! »

Mais les deux nouveaux venus apportaient quelques renseignements. Une agitation extrême régnait sur les Boulevards, la nouvelle de l'attentat s'était répandue de café en café, et l'on s'arrachait l'édition tardive d'un journal, où l'affaire se trouvait racontée, fort mal, avec d'extraordinaires détails. En somme, on ne savait encore rien de précis.

Pierre, en voyant Guillaume pâlir, le força de se recoucher. Et, comme il parlait d'emmener ces messieurs dans la pièce voisine, le blessé dit doucement :

« Non, non, je te promets de ne plus remuer, de ne plus ouvrir la bouche. Restez là, causez à demi-voix. Je t'assure que cela me fera du bien, de ne pas être seul et de vous entendre. »

Alors, sous la lueur dormante de la lampe, une sourde conversation s'engagea. Le vieux Barthès, à propos de cette bombe qu'il jugeait abominable et imbécile, parlait avec la stupeur d'un héros des luttes légendaires pour la liberté, attardé dans des temps nouveaux, auxquels il ne comprenait absolument rien. Est-ce que la liberté enfin conquise ne suffirait pas à tout ? Est-ce qu'il existait un autre problème que celui de fonder la vraie république ? Puis, à propos de Mège et de son discours, prononcé l'après-midi à la Chambre, il fit amèrement le procès du collectivisme, qu'il déclarait être une des formes démocratiques du despotisme. Théophile Morin, lui, s'il se prononçait contre l'enrégimentement collectiviste des forces sociales, professait une haine plus vigoureuse encore contre l'odieuse violence des anarchistes ; car il n'attendait le progrès que par l'évolution, il se montrait assez indifférent sur les moyens politiques qui devaient réaliser la société scientifique de demain. Les anarchistes, certes, Bache paraissait ne pas les aimer davantage, touché pourtant du songe idyllique, de l'espoir humanitaire en germe au fond de leur rage destructive, s'emportant lui aussi contre Mège, qu'il accusait, depuis son entrée à la Chambre, de n'être plus qu'un rhéteur, un théoricien rêvant de dictature. Et Janzen, toujours debout, avec le pli ironique de sa lèvre, dans son visage glacé, les écoutait tous les trois, ne lâchait des mots brefs, coupant comme des lames d'acier, que pour dire sa foi d'anarchie, l'inutilité des nuances, la nécessité de l'absolu, tout détruire pour tout reconstruire.

Pierre, demeuré près du lit, écoutait également avec une attention passionnée. Dans l'écroulement qui s'était fait en lui de toutes les croyances, dans le néant auquel il avait abouti, ces hommes venus là des quatre points des idées du siècle, remuaient le terrible problème dont il souffrait, celui de la croyance nouvelle attendue par la démocratie du siècle prochain. Et, depuis les ancêtres immédiats, depuis Voltaire, depuis Diderot, depuis Rousseau, quels continuels flots d'idées, se succédant, se heurtant sans fin, les unes enfantant les autres, toutes se brisant dans une tempête où il devenait si difficile de voir clair ! D'où soufflait le vent, où allait la nef de salut, pour quel port fallait-il donc s'embarquer ? Déjà il s'était dit que le bilan du siècle était à faire, qu'il devrait, après avoir accepté l'héritage de Rousseau et des autres précurseurs, étudier les idées de Saint-Simon, de Fourier, de Cabet lui-même, d'Auguste Comte et de Proudhon, de Karl Marx aussi, afin de se rendre au moins compte du chemin parcouru, du carrefour auquel on était arrivé. Et n'était-ce pas une occasion, puisqu'un hasard réunissait ces hommes chez lui, apportant les vivantes et adverses doctrines, qu'il se promettait d'examiner ?

Mais, s'étant tourné, Pierre aperçut Guillaume très pâle, les paupières closes. Lui-même, dans sa foi en la science, venait-il de sentir passer le doute des théories contradictoires, la désespérance de voir la lutte pour la vérité accroître l'erreur ?

« Tu souffres ? demanda le prêtre, inquiet.

– Oui, un peu. Je vais tâcher de dormir. »

Tous s'en allèrent, avec de muettes poignées de main. Seul, Nicolas Barthès resta, coucha dans une chambre du premier étage, que venait de préparer Sophie. Pierre, pour ne pas quitter son frère, sommeilla sur un canapé. Et la petite maison retomba à sa grande paix, à ce silence de la solitude et de l'hiver, où passait le mélancolique frisson des souvenirs d'enfance.

Le matin, dès sept heures, Pierre dut aller chercher les journaux. Guillaume avait mal dormi, une fièvre intense s'était déclarée. Mais il fallut quand même que son frère lui lût les articles interminables publiés sur l'attentat. C'était un pêle-mêle extraordinaire de vérités, d'inventions, de renseignements précis noyés dans les extravagances les plus inattendues. *La Voix du peuple* surtout, le journal de Sanier, se distinguait par ses titres et sous-titres en gros caractères, par la page entière qu'il donnait d'informations, entassées au hasard. Du coup, il en avait gardé pour plus tard la fameuse liste des trente-deux députés et sénateurs, compromis dans l'affaire des Chemins de fer africains ; et il ne tarissait pas en détails sur l'aspect du porche de l'hôtel Duvillard, après l'explosion, le pavé défoncé, le plafond de l'étage supérieur crevé, la porte cochère arrachée de ses ferrures ; puis, venait l'histoire des deux enfants du baron préservés par miracle, le landau intact, tandis que le père et la mère, affirmait-on, s'étaient attardés à la conférence si remarquable de Mgr Martha. Toute une colonne était consacrée à la seule victime, la pauvre enfant blonde et jolie, le petit trottin de modiste, le ventre ouvert, dont l'identité n'était pas nettement établie, bien qu'une nuée de reporteurs se fût ruée avenue de l'Opéra, chez la patronne, puis dans le haut du faubourg Saint-Denis, où l'on croyait que la grand-mère de la morte habitait. Et, dans un article grave du *Globe*, évidemment inspiré par Fonsègue, un appel était fait au patriotisme de la Chambre pour qu'elle évitât toute crise ministérielle, au milieu des événements douloureux que le pays traversait. Pendant quelques semaines encore, le ministère allait durer, vivre à peu près tranquille.

Mais Guillaume n'avait été frappé que par un détail : l'auteur de l'attentat restait inconnu, Salvat certainement n'était ni arrêté, ni même soupçonné. On semblait au contraire partir sur une piste fausse, un monsieur bien mis, ganté, qu'un voisin jurait avoir vu entrer dans l'hôtel, au moment de l'explosion. Et Guillaume semblait se calmer un peu, lorsque son frère lui lut un autre journal, où l'on donnait des renseignements sur l'engin qui avait dû être employé, une boîte de conserve, relativement très petite, dont on avait retrouvé les débris. De nouveau, il retomba à son anxiété, lorsqu'il sut qu'on s'étonnait qu'un si pauvre engin eût pu faire de si violents ravages, et qu'on soupçonnait là quelque nouvel explosif, d'une puissance incalculable.

À huit heures, Bertheroy reparut, alerte malgré ses soixante-dix ans, tel qu'un jeune carabin qui court chez un ami lui rendre le service d'une petite opération. Il apportait une trousse, des bandes, de la charpie. Mais il se fâcha, lorsqu'il trouva le blessé rouge, nerveux, brûlé de fièvre.

« Ah ! mon cher enfant, je vois que vous n'avez pas été raisonnable. Vous avez dû trop causer, vous agiter, vous passionner. »

Et, dès qu'il eut examiné, sondé la plaie avec soin, il ajouta, tandis qu'il le pansait :

« Vous savez que l'os est endommagé et que je réponds de rien, si vous n'êtes pas plus sage. Toute complication rendrait l'amputation nécessaire. »

Pierre frémit, tandis que Guillaume avait un haussement d'épaules, comme pour dire qu'il voulait être bien amputé, si tout croulait autour de lui. Bertheroy, qui s'était assis, s'oubliant là un instant, les regardait tous les deux de ses regards aigus. Maintenant, il savait l'attentat, il devait avoir fait ses réflexions.

« Mon cher enfant, reprit-il avec sa brusquerie, je crois bien que ce n'est pas vous qui avez commis cette abominable bêtise, rue Godot-de-Mauroy. Mais je m'imagine que vous deviez être dans les environs... Non, non ! ne me répondez pas, ne vous défendez pas. Je ne sais et ne veux rien savoir, pas même la formule de cette diablesse de poudre dont le poignet de votre chemise portait la trace et qui a fait du si terrible ouvrage. »

Et, comme les deux frères restaient surpris, glacés d'inquiétude malgré ses assurances, il ajouta, avec un geste large :

« Ah ! mes amis, si vous saviez combien je trouve un tel acte plus inutile encore que criminel ! Je n'ai que mépris pour les agitations vaines de la politique, aussi bien la révolutionnaire que la conservatrice. Est-ce que la science ne suffit pas ? À quoi bon vouloir hâter les temps, lorsqu'un pas de la science avance plus l'humanité vers la cité de justice et de vérité, que cent ans de politique et de révolte sociale ? Allez, elle seule balaie les dogmes, emporte les dieux, fait de la lumière et du bonheur... C'est moi, le membre de l'Institut, renté, décoré, qui suis le seul révolutionnaire. »

Il se mit à rire, et Guillaume sentit l'ironie bon enfant de ce rire. S'il admirait en lui le grand savant, il avait jusque-là souffert de le voir si bourgeoisement installé dans la vie, laissant venir à lui les situations et les honneurs, républicain sous la République, mais tout prêt à servir la science sous n'importe quel maître. Et voilà que, de cet opportuniste, de ce savant hiérarchisé, de ce travailleur qui acceptait de toutes les mains la richesse et la gloire, se dégageait un tranquille et terrible évolutionniste, comptant bien que sa besogne allait quand même ravager et renouveler le monde !

Il se leva, il partit.

« Allons, je reviendrai, soyez raisonnables, aimez-vous bien tous les deux. »

Quand ils se retrouvèrent seuls, Pierre assis près du lit de Guillaume, leurs mains de nouveau se cherchèrent, se nouèrent, dans une étreinte où brûlait toute leur angoisse. Que d'inconnu, que de détresse menaçante, autour d'eux, en eux ! La grise journée d'hiver entrait, on apercevait les arbres noirs du jardin, tandis que la petite maison frissonnait de silence. Un sourd bruit de pas se faisait seul entendre au-dessus de leur tête, le pas de Nicolas Barthès, l'héroïque amant de la liberté, qui, ayant couché là, avait repris, dès la pointe du jour, sa promenade de lion en cage, son habituel va-et-vient d'éternel prisonnier. Et, à ce moment, les regards des deux frères tombèrent sur un journal, resté grand ouvert sur le lit, et maculé d'un croquis au trait, qui avait la prétention de représenter le petit trottin mort, le flanc troué, à côté du carton et du chapeau de femme. C'était si effroyable, si atroce de laideur, que deux grosses larmes, de nouveau, roulèrent des yeux de Pierre, pendant que les yeux troubles et désespérés de Guillaume, perdus au loin, cherchaient l'avenir.

II

Là-haut, à Montmartre, la petite maison que, depuis tant d'années, Guillaume occupait avec les siens, si calme, si laborieuse, attendait tranquillement dans la pâle journée d'hiver.

Après le déjeuner, Guillaume, très abattu, songeant que, de trois semaines peut-être, il ne pourrait rentrer chez lui, par prudence, eut l'idée d'envoyer Pierre là-haut, pour conter et expliquer les choses.

« Écoute, frère, il faut que tu me rendes ce service. Va leur dire la vérité, que je suis ici blessé peu gravement, et que je les prie de ne pas venir me voir, dans la crainte qu'on ne les suive et qu'on ne découvre ma retraite. À la suite de ma lettre d'hier soir, ils finiraient par être inquiets, si je ne leur donnais des nouvelles. »

Puis, cédant à la préoccupation, à l'unique peur qui, depuis la veille, troublait son clair regard :

« Tiens ! fouille dans la poche droite de mon gilet... Prends une petite clé, bon ! et tu la remettras à Mme Leroi, ma belle-mère, en lui disant que, s'il m'arrivait malheur, elle fasse ce qu'elle doit faire. Cela suffit, elle comprendra. »

Un instant, Pierre avait hésité. Mais il le vit si épuisé par ce léger effort, qu'il le fit taire.

« Ne parle plus, reste tranquille. Je vais aller rassurer les tiens, puisque tu désires que ce soit moi qui me charge de la commission. »

Cette démarche lui coûtait à ce point, que, dans le premier moment, il avait eu la pensée de voir si l'on ne pourrait pas en charger Sophie. Tous ses anciens préjugés se réveillaient, il lui semblait qu'il allait chez l'Ogre. Que de fois il avait entendu sa mère dire « cette créature », en parlant de la femme avec laquelle son fils aîné vivait, en dehors du mariage ! Jamais elle n'avait voulu embrasser les trois fils nés de cette union libre, révoltée surtout de ce que la grand-mère, cette Mme Leroi, fût restée dans le faux ménage, pour élever les petits. Et la force de ce souvenir était telle, chez lui, que, maintenant encore, lorsqu'il se rendait à la basilique du Sacré-Cœur, il regardait en passant la petite maison avec défiance, il s'en écartait comme d'une maison louche, où habitaient la faute et l'impudeur. Sans doute, depuis plus de dix ans, la mère des trois grands fils était morte. Mais ne s'y trouvait-il pas de nouveau une autre créature de scandale, cette jeune fille orpheline, recueillie par son frère, et que celui-ci devait épouser, malgré les vingt ans d'âge qui les séparaient ? Pour lui, tout cela était contre les mœurs, anormal, blessant, et il rêvait un intérieur de révolte, où la vie déréglée, déclassée, aboutissait à un désordre moral et matériel dont il avait l'horreur.

Guillaume le rappela.

« Dis bien à Mme Leroi que, si je venais à mourir, tu la préviendrais, pour qu'elle fît immédiatement ce qu'elle doit faire.

– Oui, oui, calme-toi, ne bouge plus, je dirai bien tout !... Sophie ne va pas quitter ta chambre, dans le cas où tu aurais besoin d'elle. »

Et, après avoir fait à la servante ses dernières recommandations, Pierre partit, alla prendre le tramway, avec la pensée de le quitter, boulevard Rochechouart, pour monter à pied sur la Butte.

En chemin, dans le glissement berceur de la lourde voiture, il se souvint de ces histoires, qu'il ne connaissait qu'en partie confusément, et dont il ne sut les détails que plus tard. C'était en 1850 que Leroi, un jeune professeur, venu de Paris, tombé au lycée de Montauban, avec des idées ardentes, républicain passionné, avait épousé Agathe Dagnan, la dernière des cinq filles d'une pauvre famille protestante, originaire des Cévennes. La jeune Mme Leroi était enceinte, lorsque son mari, au lendemain du coup d'État, menacé d'une arrestation, pour des articles violents publiés dans un journal de la ville, avait dû prendre la fuite et se réfugier à Genève ; et c'était là qu'ils avaient eu leur fille Marguerite, en 1852, une délicate enfant. Pendant sept années, jusqu'à l'amnistie de 1859, le ménage s'était débattu dans la gêne, le père ne trouvant que de rares leçons mal payées, la mère retenue par les continuels soins que réclamait la fille. Puis, après le retour en France, à Paris, la mauvaise chance semblait s'être acharnée, l'ancien professeur avait longtemps frappé à toutes les portes, éconduit pour ses opinions, forcé de courir le cachet. Il allait enfin rentrer dans l'Université, lorsqu'un suprême coup de foudre l'avait abattu, une attaque de paralysie, les deux jambes mortes, à jamais cloué sur un fauteuil. Alors était venue la misère noire, toutes sortes de basses besognes, des articles pour les dictionnaires, des copies de manuscrits, des bandes de journaux, dont vivait à peine le ménage, dans un petit logement de la rue Monsieur-le-Prince.

Là-dedans, Marguerite grandissait. Leroi, révolté par l'injustice et la souffrance, incroyant, prophétisait la république vengeresse des folies de l'Empire, le règne de la science qui balaierait le Dieu menteur et cruel des dogmes. Agathe, dont la foi protestante avait achevé de sombrer à Genève, devant les pratiques étroites et imbéciles, ne gardait en elle que le levain des anciennes révoltes. C'était elle qui était devenue à la fois la tête et la main de la maison, allant chercher l'ouvrage, le reportant, le faisant elle-même en grande partie, veillant au ménage, élevant et instruisant sa fille. Celle-ci ne fréquenta aucun cours, ne tint ce qu'elle savait que de son père et de sa mère, sans qu'il fût jamais question d'instruction religieuse. Au contact de son mari, Mme Leroi, libérée de toute croyance, dans son atavisme protestant de la liberté d'examen, s'était créé une sorte d'athéisme tranquille, une idée de devoir, de justice humaine et souveraine, qu'elle réalisait avec bravoure, par-dessus toutes les conventions sociales. La longue iniquité dont son mari souffrait, le malheur immérité dont elle était frappée en lui et en sa fille, lui avaient donné à la longue une extraordinaire force de résistance, une puissance de dévouement qui faisaient d'elle une justicière, une directrice et une consolatrice, d'une énergie et d'une noblesse incomparables.

Ce fut là, dans la maison de la rue Monsieur-le-Prince, après la guerre, que Guillaume connut les Leroi. Il occupait, sur le même palier, en face de leur petit logement, une grande chambre, où il travaillait avec passion. D'abord, il y eut à peine des saluts, les voisins étaient très fiers, très graves, menant leur pauvre vie dans une sorte de discrétion farouche. Puis, des rapports obligeants se nouèrent, le jeune homme procura à l'ancien professeur quelques articles à rédiger, pour une nouvelle encyclopédie. Soudainement, la catastrophe se produisit, Leroi mourut dans son fauteuil, un soir que sa fille le roulait de la table à son lit. Les deux femmes, éperdues, n'avaient pas de quoi le faire enterrer. Tout le secret de leur noire misère coulait avec leurs larmes, elles durent laisser agir Guillaume qui, dès ce moment, devint pour elles le confident, l'ami, l'homme nécessaire. Et la chose qui devait être se fit alors de la façon la plus simple et la plus tendre, permise par la mère elle-même, qui, dans son mépris de justicière pour une société où les bons mouraient de faim, se refusait à reconnaître la nécessité des liens sociaux. Il ne fut pas question de mariage. Un jour, Guillaume, qui avait vingt-trois ans, se trouva avoir pour femme Marguerite, qui en avait vingt, tous les deux beaux, sains et vigoureux, s'adorant et travaillant, débordant d'espoir en l'avenir.

Dès ce jour, une vie nouvelle commença. Guillaume, qui avait rompu tous rapports avec sa mère, touchait, depuis la mort de son père, une petite rente de deux cents francs par mois. C'était le pain strictement assuré ; et il doublait déjà cette somme par ses travaux de chimiste, analyses, recherches, applications industrielles. Le jeune ménage alla s'installer sur la butte Montmartre, tout au sommet, dans une petite maison de huit cents francs de loyer, dont la grande commodité était un étroit jardin, où l'on pourrait plus tard installer un atelier de planches. Tranquillement, Mme Leroi s'était mise avec sa fille et son gendre, les aidant, leur évitant une seconde servante, attendant, disait-elle, ses petits enfants, pour les élever. Et ils étaient venus, de deux années en deux années : trois fils, trois petits hommes solides, Thomas, le premier, puis François, puis Antoine. Et, comme elle s'était donnée tout entière à son mari et à sa fille, comme elle se donnait à son gendre, elle se donna aux trois enfants nés de l'union heureuse, elle devint Mère-Grand, ainsi qu'on la nommait, Mère-Grand pour toute la maison, pour les vieux comme pour les jeunes. Elle était la raison, la sagesse, le courage, celle qui veillait sans cesse, qui menait tout, que l'on consultait sur tout, dont on suivait toujours les avis, régnant là souverainement, en reine mère toute-puissante.

Pendant quinze années, cette vie dura, vie de travail acharné, de paisible tendresse, dans la modeste petite maison, où la plus stricte économie réglait les dépenses, contentait les besoins. Puis, Guillaume perdit sa mère, hérita, put enfin réaliser son ancien désir, acheter la maison, faire construire un vaste atelier dans un coin du jardin, même un atelier en briques, qu'il surmonta d'un étage. Et la nouvelle installation était à peine terminée, la vie allait s'élargir, plus riante, lorsque le malheur revint, emporta brutalement Marguerite, une fièvre typhoïde dont elle mourut en huit jours. Elle n'avait que trente-cinq ans ; son aîné, Thomas, en avait quatorze ; et Guillaume restait veuf à trente-huit ans, avec ses trois fils, éperdu de la perte qu'il venait de faire. La pensée d'introduire une femme inconnue dans cet intérieur fermé, où les cœurs étaient tendrement unis, lui parut si vilaine, si insupportable, qu'il prit la décision de ne pas se remarier. Le travail l'absorbait, il ferait taire sa chair et son cœur. Heureusement, Mère-

Grand restait debout et vaillante, et la maison gardait sa reine, les enfants retrouvaient en elle la directrice, l'éducatrice, grandie à l'école de la pauvreté et de l'héroïsme.

Deux années se passèrent. Puis, la famille s'augmenta, un événement brusque y fit entrer une jeune fille, Marie Couturier, la fille d'un ami de Guillaume. Ce Couturier était un inventeur, un fou de génie, qui avait mangé une fortune assez grosse à toutes sortes d'extraordinaires imaginations. Sa femme, très pieuse, en était morte de chagrin ; et, tout en adorant sa fille, qu'il couvrait de caresses et comblait de cadeaux, les rares fois où il la voyait, il l'avait d'abord mise dans un lycée, puis l'avait oubliée chez une petite parente. En mourant, il ne s'était souvenu d'elle que pour supplier Guillaume de la recueillir chez lui et de la marier. La petite parente, une lingère, venait de faire faillite. Marie se trouvait sur le pavé, à dix-neuf ans, sans un sou, n'ayant pour elle que sa forte instruction, sa santé et sa bravoure. Jamais Guillaume ne voulut qu'elle donnât des leçons, qu'elle courût le cachet. Et il la prit tout naturellement pour aider Mère-Grand, qui n'était plus si alerte, approuvé d'ailleurs par celle-ci, heureuse elle-même de cette jeunesse et de cette gaieté dont la venue allait éclairer un peu le logis, bien sévère depuis la mort de Marguerite. Marie serait la sœur aînée, trop âgée pour que les garçons, au collège encore, pussent être troublés par sa présence. Elle travaillerait dans cette maison où tout le monde travaillait. Elle aiderait à la communauté, en attendant de rencontrer et d'aimer quelque brave garçon, qu'elle épouserait.

Cinq ans s'écoulèrent de nouveau, sans que Marie consentît à quitter la maison heureuse. La forte instruction qu'elle avait reçue, était tombée dans un cerveau solide, satisfait de tout savoir, bien qu'elle fût restée très pure, très saine, très naïve même, conservée vierge par sa naturelle droiture ; et très femme, se faisant belle avec rien, s'amusant avec rien, toujours gaie et contente ; et très pratique, pas rêveuse, s'occupant sans cesse à quelque travail, ne demandant à la vie que ce qu'elle pouvait donner, sans inquiétude aucune de l'Au-delà. Elle se souvenait tendrement de sa mère, si pieuse, qui lui avait fait faire sa première communion, avec des larmes, en croyant lui ouvrir les portes du Ciel. Mais, demeurée seule, elle avait cessé d'elle-même toute pratique religieuse, révoltée dans son bon sens, n'ayant pas besoin de cette police morale pour être sage, trouvant au contraire l'absurde dangereux, destructeur de la vraie santé. Comme Mère-Grand, elle en était arrivée à un athéisme tranquille, inconscient presque, non en raisonneuse, simplement en fille bien portante et brave, qui avait longtemps été pauvre sans en souffrir, qui ne croyait qu'à la nécessité de l'effort, tenue debout par sa certitude du bonheur mis dans la joie de la vie normalement, vaillamment vécue. Et son bel équilibre lui avait toujours donné raison, l'avait toujours guidée, sauvée. Aussi écoutait-elle volontiers son seul instinct, disant, avec son beau rire, qu'il était encore son meilleur conseiller. Deux fois, elle avait repoussé des offres de mariage ; et, la seconde, comme Guillaume insistait, elle s'était étonnée, en lui demandant s'il avait assez d'elle dans la maison. Elle s'y trouvait très bien, elle y rendait des services. Pourquoi l'aurait-elle quittée, pourquoi se serait-elle exposée à être moins heureuse ailleurs, du moment qu'elle n'aimait personne ?

Puis, peu à peu, l'idée d'un mariage possible entre Marie et Guillaume était née, avait pris toute une apparence d'utilité et de raison. Quoi de plus raisonnable, en effet, et quoi de meilleur pour tous ? Si lui ne s'était pas remarié, c'était par un sacrifice pour ses fils, dans la seule crainte d'introduire près d'eux une étrangère, qui aurait peut-être gâté la joie, la paix tendre de la maison. Et voilà, maintenant, qu'une femme s'y trouvait, déjà maternelle pour les enfants, et dont l'éclatante jeunesse avait fini par troubler son cœur ! Il était vigoureux encore, il avait toujours professé que l'homme ne devait pas vivre seul, bien qu'il n'eût pas trop souffert, jusque-là, de son veuvage, dans son acharnement au travail. Mais il y avait la différence des âges, et il se serait héroïquement tenu à l'écart, il aurait cherché pour la jeune fille un mari plus jeune, si ses trois grands fils, si Mère-Grand elle-même ne s'étaient faits les complices de son bonheur, en travaillant à une union qui allait resserrer tous les liens, rendre à la maison comme un printemps nouveau. Quant à Marie, très touchée, très reconnaissante de la façon dont Guillaume la traitait depuis cinq années, elle avait tout de suite consenti, cédant à un élan de sincère affection, où elle croyait sentir de l'amour. Pouvait-elle, d'ailleurs, agir plus sagement, fixer sa vie dans des conditions de bonheur plus certain ? Et, depuis près d'un mois, le mariage, discuté et résolu, était fixé au printemps prochain, vers la fin d'avril.

Lorsque Pierre fut descendu du tramway, et qu'il monta les escaliers interminables qui mènent à la rue Saint-Éleuthère, il fut repris de son malaise, à la pensée qu'il allait pénétrer dans cette maison louche de l'Ogre, où tout, certainement, le blesserait et l'irriterait. Puis, dans quel bouleversement d'inquiétude ne devait-il pas s'attendre à la trouver, après la lettre que Sophie y avait apportée la veille, annonçant que le père ne rentrerait pas ? Pourtant, tandis qu'il gravissait les derniers étages et qu'il levait anxieusement la tête, la petite maison lui apparut de loin, tout en haut, d'une sérénité et d'une douceur infinies, sous le clair soleil d'hiver qui s'était mis à luire, comme pour l'envelopper d'une affectueuse caresse.

Une petite porte, dans le vieux mur du jardin, ouvrait bien sur la rue Saint-Éleuthère, presque en face de la large voie qui conduisait à la basilique du Sacré-Cœur ; mais, pour atteindre la maison, il fallait faire le tour, monter jusqu'à la place du Tertre, où se trouvaient la façade et l'entrée. Des enfants jouaient sur la place, une place carrée de petite ville de province, plantée d'arbres maigres, bordée d'humbles boutiques, la fruitière, l'épicier, le boulanger. Et, dans l'angle, à gauche, la maison, reblanchie l'autre printemps, montrait sa claire façade de cinq fenêtres, toujours mortes sur la place, car la vie était de l'autre côté, sur le jardin, qui dominait l'immense horizon de Paris.

Pierre se risqua, tira la sonnette, un bouton de cuivre luisant comme de l'or. Il y eut un son gai et lointain. Mais on ne vint pas tout de suite ; et il allait sonner de nouveau, lorsque la porte s'ouvrit largement, découvrant toute l'allée, un couloir au bout duquel, à travers la maison, on apercevait, dans la lumière, l'océan de Paris, la mer sans bornes des toitures. Et là, se détachant dans ce cadre d'infini, une jeune fille de vingt-six ans était debout, recouverte d'un grand tablier bleu, les manches retroussées au-dessus des coudes, les bras et les mains humides encore d'une eau mal essuyée.

Il se fit un instant de surprise et de gêne. La jeune fille, accourue avec son air riant, était devenue grave devant cette soutane, sourdement hostile. Et le prêtre vit qu'il devait se nommer.

« Je suis l'abbé Pierre Froment. »

Aussitôt, elle retrouva son sourire de bienvenue.

« Ah ! je vous demande pardon, monsieur… J'aurais dû vous reconnaître, car je vous ai vu un jour saluer Guillaume en passant. »

Elle disait Guillaume. C'était donc Marie. Et Pierre, étonné, la regarda, la trouvant tout à fait différente de ce qu'il se l'imaginait. Elle n'était pas grande, de taille moyenne, mais de corps vigoureux, admirablement fait, les hanches larges, la poitrine large, avec une gorge petite et ferme de guerrière. On la sentait saine, de muscles solides, à sa démarche droite et aisée, d'une grâce adorable de femme dans sa force. C'était une brune à la peau très blanche, coiffée d'un lourd casque de superbes cheveux noirs, qu'elle nouait négligemment, sans coquetterie compliquée. Et, sous les bandeaux sombres, le pur front d'intelligence, le nez de finesse, les yeux de gaieté, prenaient une vie intense ; tandis que le bas un peu lourd de la physionomie, les lèvres charnues, le menton grave, disaient sa tranquille bonté. Elle était sûrement sur la terre, avec la promesse de toutes les tendresses, de tous les dévouements. Une compagne.

Mais Pierre, dans cette première rencontre, ne la voyait que trop bien portante, d'une paix trop sûre d'elle-même, avec ses épais cheveux débordants, avec ses bras magnifiques, d'une nudité si ingénue. Elle lui déplut, elle l'inquiéta, comme une créature différente, qui lui restait étrangère.

« C'est justement mon frère Guillaume qui m'envoie. »

Elle changea de nouveau, redevint sérieuse, en se hâtant de le faire entrer dans le couloir. Puis, la porte refermée :

« Vous nous apportez de ses nouvelles… Je vous demande pardon de vous recevoir ainsi. Nos bonnes viennent de finir le savonnage, et je m'assurais, derrière elles, si l'ouvrage était bien fait… Tenez ! excusez-moi encore et veuillez entrer ici un moment. Il est peut-être préférable que je sache la première. »

Elle l'avait mené à gauche, près de la cuisine, dans une pièce qui servait de buanderie. Un cuvier y était plein d'eau savonneuse pendant que le linge, jeté sur des barres de bois, ruisselait.

« Alors, Guillaume ? »

Très simplement, Pierre dit la vérité, son frère blessé au poignet, un hasard qui l'avait rendu témoin de l'accident, puis son frère réfugié chez lui, à Neuilly, désirant qu'on l'y laissât se guérir en paix, sans même l'y venir voir. Tout en contant ces choses, il en suivait l'effet sur le visage de Marie, d'abord l'effroi et la pitié, ensuite un effort pour se calmer et juger sainement. Elle finit par dire :

« Hier soir, sa lettre m'avait glacée, j'étais certaine de quelque malheur. Mais il faut bien être brave et ne pas montrer sa peur aux autres… Blessé au poignet, pas une blessure grave, n'est-ce pas ?

– Non. Une blessure pourtant qui va demander de grandes précautions. »

Elle le regardait bien en face, de ses grands yeux francs, qui plongeaient dans les siens, pour l'interroger jusqu'au fond de l'être, tandis qu'elle retenait visiblement les vingt questions qui se pressaient sur ses lèvres.

« Et c'est tout, il a été blessé dans un accident, il ne vous a pas chargé de nous en dire plus long ?

– Non, il désire simplement que vous ne vous inquiétiez pas. »

Alors, elle n'insista plus, obéissante, respectueuse de la volonté de Guillaume, se contentant de ce qu'il envoyait dire, pour rassurer la maison, sans chercher à en apprendre davantage. Et, de même qu'elle avait repris sa besogne, malgré l'anxiété secrète où elle était depuis la lettre de la veille, elle retrouvait son apparente sérénité, son sourire de paix, son clair regard de vaillance, avec son air de tranquille force.

« Guillaume, reprit Pierre, ne m'a donné qu'une commission, celle de remettre une petite clé à Mme Leroi.

– C'est bien, répondit Marie simplement. Mère-Grand est là et il faut d'ailleurs que les enfants vous voient… Je vais vous conduire. »

Tranquillisée maintenant, elle examinait Pierre, sans réussir à cacher sa curiosité, plutôt bienveillante, avec un fond de pitié confuse. Ses bras frais et blancs, d'une bonne odeur de jeunesse, étaient restés nus. Sans hâte, en toute candeur, elle baissa les manches. Puis, elle ôta le grand tablier bleu, elle apparut avec sa taille ronde, d'une élégance robuste dans sa modeste robe noire. Il la regardait faire, elle ne lui plaisait décidément pas, et toute une révolte montait en lui, sans qu'il comprît pourquoi, à la voir si naturelle, si saine et si brave.

« Si vous voulez me suivre, monsieur l'abbé ? Il faut traverser le jardin. »

Dans la maison, de l'autre côté du couloir, en face de la cuisine et de la buanderie, il y avait deux pièces, la bibliothèque donnant sur la place du Tertre, et la salle à manger dont les deux fenêtres ouvraient sur le jardin. Les quatre pièces du premier étage servaient de chambres au père et aux trois fils. Quant au jardin, petit déjà autrefois, il se trouvait maintenant réduit à une sorte de cour sablée, par la construction du vaste atelier qui occupait tout un coin. Pourtant, des anciens arbres, il restait deux pruniers énormes, aux vieux troncs rugueux, ainsi qu'un gros bouquet de lilas, d'une vigueur extrême, qui se couvraient de fleurs au printemps. Et Marie, devant ces lilas, avait ménagé une large plate-bande, où elle s'amusait à cultiver elle-même quelques rosiers, des giroflées et des résédas.

D'un geste, elle montra les pruniers noirs, les lilas et les rosiers, à peine verdis de pointes tendres, tout ce petit coin de nature endormi encore par l'hiver.

« Dites à Guillaume de guérir vite et d'être ici pour les premiers bourgeons. »

Puis, comme Pierre à ce moment la regardait, ses joues tout d'un coup s'empourprèrent. C'étaient ainsi, chez elle, de brusques et involontaires rougeurs, parfois, aux mots les plus innocents, et qui la désespéraient. Elle trouvait cela ridicule, de s'émotionner de la sorte, comme une petite fille, lorsque son cœur était si brave. Mais son pur sang de femme avait gardé cette délicatesse exquise, une pudeur si naturelle, qu'elle échappait à sa volonté. Sans doute, simplement, elle venait de rougir, parce qu'elle craignait d'avoir fait, devant ce prêtre, une allusion à son mariage, en souhaitant le printemps.

« Veuillez entrer, monsieur l'abbé. Les enfants sont justement là tous les trois. »

Et elle l'introduisit dans l'atelier.

C'était une très vaste salle, haute de cinq mètres, le sol pavé de briques, les murs nus, peints en gris fer. Une nappe de clarté, un bain ruisselant de tiède soleil, inondait les moindres coins, y pénétrait par le large vitrage ouvert au midi, en face de l'immensité de Paris ; et il y avait là des claies de bois, qu'on baissait l'été, afin d'amortir l'ardeur trop vive des jours brûlants. Toute la famille vivait dans cette salle, du matin au soir, en une tendre et étroite communauté de travail. Chacun s'y était installé à sa guise, y avait sa place choisie, où il pouvait s'isoler dans sa besogne. D'abord, le père qui occupait une moitié de la salle avec son laboratoire de chimiste, le fourneau, les tables d'expérience, les planches pour ranger les appareils, les vitrines, les armoires encombrées de fioles et de bocaux. Puis, à côté, Thomas, l'aîné, avait établi une petite forge, une enclume, un étau, l'outillage complet de l'ouvrier mécanicien qu'il avait voulu être, après son baccalauréat, afin de ne pas quitter son père et de l'aider, en collaborateur discret, pour de certaines applications. Dans l'autre coin, les deux cadets, François et Antoine, faisaient ensemble bon ménage, aux deux bords d'une large table, parmi un encombrement de cartons, de casiers, de bibliothèques tournantes. François, chargé de lauriers universitaires, entré premier à l'École normale, où il préparait actuellement un examen ; Antoine, pris en troisième du dégoût des études classiques, envahi par la passion unique du dessin, tout entier maintenant à son métier de graveur sur bois. Et, devant le vitrage, sous la pleine lumière, en face de l'horizon immense, Mère-Grand et Marie avaient, elles aussi, leur table de travail, des coutures, des broderies, un autre coin encore de chiffons et de délicates choses, parmi le pêle-mêle un peu rude des cornues, des outils, des gros livres, entassés de toutes parts.

Mais Marie avait crié, de sa voix calme, qu'elle s'efforçait de rendre rassurante et joyeuse :

« Les enfants ! les enfants ! voici M. l'abbé qui apporte des nouvelles de Père ! »

Les enfants ! et quelle jeune maternité elle mettait dans ce mot, en s'adressant à ces grands gaillards, dont elle s'était considérée longtemps comme la sœur aînée ! Thomas, à vingt-trois ans, était un colosse, déjà barbu, d'une ressemblance frappante avec son père, le front haut, la face solide, un peu lent de corps et d'intelligence, silencieux, sauvage presque, enfermé dans sa dévotion filiale, heureux de ce métier manuel qui le changeait en un simple manœuvre, aux ordres du maître. Moins âgé de deux ans, François était de physionomie plus fine, mais de taille presque égale, avec le même grand front, où l'on ne retrouvait l'intellectuel affiné, le normalien scientifique, qu'à la flamme plus vive, plus subtile des yeux. Le dernier, Antoine, dont les dix-huit ans n'étaient guère moins vigoureux, aussi beau, aussi grand bientôt, différait pourtant par les cheveux blonds et les yeux bleus qu'il tenait de sa mère, des yeux d'une infinie douceur, que noyait le rêve. Plus jeunes, tous les trois au lycée Condorcet, on les distinguait difficilement, il n'était possible de les reconnaître qu'à la taille, dès qu'on les rangeait par ordre d'âge. Et, maintenant encore, on se trompait, lorsqu'ils n'étaient pas là tous les trois côte à côte, pour qu'on pût percevoir les différences qui s'accentuaient, avec la vie.

Quand Pierre entra, tous les trois étaient plongés en plein travail, si absorbés, qu'ils n'entendirent pas la porte s'ouvrir. Et ce fut de nouveau pour lui une surprise, cette discipline, cette fermeté d'âme, qu'il avait remarquées déjà chez Marie, à reprendre la quotidienne besogne, même au milieu des plus vives inquiétudes. Thomas, à son étau, limait avec soin une petite pièce de cuivre, en blouse, les mains rudes et adroites. Penché sur un pupitre, François écrivait, de sa grosse et ferme écriture ; tandis que, de l'autre côté de la table, Antoine, un fin burin aux doigts, terminait un bois, pour un journal illustré. Mais la voix claire de Marie leur fit lever la tête.

« Père nous envoie de ses nouvelles, les enfants ! »

Et tous trois, alors, d'un même élan, lâchèrent le travail, s'approchèrent. Debout, par rang d'âge, avec leur ressemblance si grande, ils étaient comme les trois fils géants de quelque forte et puissante famille. Et, du moment qu'il s'agissait du père, on les sentait tout d'un coup rapprochés, confondus, n'ayant plus qu'un seul cœur, battant dans leurs vastes poitrines.

Mais, à ce moment, une porte s'ouvrit, au fond de l'atelier, et Mère-Grand parut, descendant de l'étage supérieur, où elle logeait, ainsi que Marie. Elle était montée y chercher un écheveau de laine, elle regarda ce prêtre, fixement, sans comprendre.

« Mère-Grand, dut expliquer la jeune fille, c'est M. l'abbé Froment, le frère de Guillaume, qui vient de sa part. »

De son côté, Pierre l'examinait, étonné de la trouver si droite, si pleine de vie réfléchie et intense, à soixante-dix ans. Dans sa face un peu longue, dont l'ancienne beauté persistait en un charme grave, les yeux bruns gardaient une flamme jeune, la bouche décolorée où toutes les dents nettes se voyaient encore, était restée du dessin le plus ferme. Quelques cheveux blancs argentaient seuls les bandeaux noirs qu'elle portait toujours à l'ancienne mode. Et les joues avaient simplement séché, coupées de profondes rides symétriques, qui donnaient à la physionomie une grande noblesse, cet air souverain de reine mère, qu'elle conservait en se livrant aux plus humbles occupations, mince et haute, dans son éternelle robe de laine noire.

« C'est Guillaume qui vous envoie, monsieur, dit-elle. Il est blessé, n'est-ce pas ? »

Pierre, surpris qu'elle devinât, conta une seconde fois l'histoire.

« Oui, blessé au poignet, oh ! sans gravité immédiate. »

Chez les trois fils, il avait senti comme un frémissement, une ruée de tout leur être au secours, à la défense du père. Et c'était pour eux qu'il cherchait des paroles de bon espoir.

« Il est chez moi, à Neuilly... Avec des soins, aucune complication grave ne se produira, certainement. Il m'envoie pour vous dire que vous soyez sans aucune inquiétude. »

Mère-Grand ne laissait pas paraître la moindre crainte. Très calme, elle avait semblé ne rien apprendre qu'elle ne sût déjà. Même elle paraissait soulagée, hors de l'angoisse qu'elle n'avait dite à personne.

« S'il est chez vous, monsieur, il est évidemment le mieux du monde, à l'abri de tout danger... Sa lettre d'hier soir, sans explication sur la cause qui le retenait, nous avait surpris, et nous aurions fini par nous en effrayer... Tout va très bien maintenant. »

Et, pas plus que Marie, Mère-Grand ni les trois fils ne demandèrent des explications. Sur une table, Pierre venait d'apercevoir des journaux du matin, jetés là, grands ouverts, avec leurs renseignements débordants sur l'attentat. À coup sûr, ils avaient lu, ils avaient craint que leur père ne fût compromis dans l'affreuse aventure. Que savaient-ils au juste ? Ils devaient ignorer Salvat, ils ne pouvaient reconstituer l'enchaînement imprévu des circonstances, qui avait amené la rencontre, puis la blessure. Mère-Grand, sans doute, était au courant de plus de choses. Mais eux, les trois fils, ainsi que Marie, ne savaient rien, ne se permettaient de rien savoir. Et, alors, quelle force de respect et de tendresse, dans leur inébranlable confiance au père, dans leur tranquillité, dès qu'il leur faisait dire qu'ils n'avaient pas à s'inquiéter de lui !

« Madame, reprit Pierre, Guillaume m'a prié de vous remettre cette petite clé, en vous rappelant de faire ce dont il vous a chargée, dans le cas où il lui arriverait malheur. »

Elle eut à peine un léger tressaillement, en prenant la clé ; et, simplement, elle répondit, comme s'il se fût agi du vœu d'un malade, le plus ordinaire du monde :

« C'était bien, dites-lui que sa volonté serait faite... Mais veuillez donc vous asseoir, monsieur. »

En effet, Pierre était resté debout. Il dut accepter une chaise, malgré sa gêne persistante, désireux de ne pas la laisser voir, dans cette maison où, en somme, il se trouvait en famille. Marie, qui ne pouvait vivre sans occuper ses doigts, venait de se remettre à une broderie, un de ces fins travaux d'aiguille qu'elle s'entêtait à faire pour une grande maison de trousseaux et layettes, voulant au moins, disait-elle en riant, gagner son argent de poche. Par habitude aussi, même quand il y avait là des visiteurs, Mère-Grand avait repris l'éternel raccommodage de bas, pour lequel elle était montée chercher de la laine. Et François, ainsi qu'Antoine, retournés tous les deux devant leur table, s'étaient de nouveau assis ; tandis que Thomas, seul debout, s'appuyait contre son étau. C'était comme une courte récréation qu'ils s'accordaient, avant d'achever leur tâche. Une grande douceur d'intimité laborieuse s'épandit dans la vaste salle ensoleillée.

« Mais, dit Thomas, nous irons tous voir Père demain. »

Marie, vivement, sans laisser Pierre répondre, leva la tête.

« Non, non, il défend que personne d'ici aille le voir ; car, si nous étions surveillés et suivis, ce serait livrer sa retraite... N'est-ce pas, monsieur l'abbé ?

– En effet, il sera prudent de vous priver de l'embrasser jusqu'à ce que lui-même puisse revenir. C'est une affaire de deux ou trois semaines. »

Mère-Grand approuva tout de suite.

« Sans doute, rien n'est plus sage. »

Et les trois fils n'insistèrent pas, acceptant la secrète inquiétude où ils allaient vivre, renonçant bravement à cette visite qui leur aurait causé tant de joie, puisque tel était l'ordre du père et puisque son salut peut-être en dépendait.

« Monsieur l'abbé, reprit Thomas, veuillez lui dire alors que, pendant son absence, du moment que les travaux vont être interrompus ici, je compte retourner à l'usine, où je suis plus à l'aise pour les recherches qui nous occupent.

– Et veuillez lui répéter aussi de ma part, dit François à son tour, qu'il ne se préoccupe pas de mon examen. Tout va très bien. Je crois être sûr du succès. »

Pierre promit de ne rien oublier. Mais, avec un sourire, Marie regardait Antoine, qui était resté silencieux, les regards perdus.

« Et toi, petit, tu ne lui fais rien dire ? »

Le jeune homme, comme s'il redescendait d'un rêve, se mit également à rire.

« Si, si, que tu l'aimes bien, et qu'il revienne vite, pour que tu le rendes heureux. »

Tous s'égayèrent, Marie elle-même, sans gêne aucune, dans une tranquille joie, dans la certitude de l'avenir. Il n'y avait là, entre eux et elle, qu'une affection heureuse. Et Mère-Grand, de ses lèvres décolorées, avait souri gravement, elle aussi, approuvant le bonheur que la vie semblait leur promettre.

Pierre voulut rester quelques minutes encore. On causa, et son étonnement augmentait. Il était allé de surprise en surprise, dans cette maison où il s'attendait à trouver la vie louche et déclassée, le désordre, la révolte destructive de toute morale. Et il tombait dans une sérénité tendre, dans une discipline si forte, qu'elle mettait là une gravité, presque une austérité de couvent, tempérée de jeunesse et de gaieté. La vaste salle sentait bon le travail et la paix, tiède de clair soleil. Mais ce qui le frappait surtout, c'était la forte éducation, cette bravoure des esprits et des cœurs, ces fils qui, sans rien laisser voir de leurs sentiments personnels, sans se permettre de juger leur père, se contentaient de ce qu'il leur faisait dire, attendaient les événements, stoïques, muets, en se remettant à leur tâche quotidienne. Rien n'était ni plus simple, ni plus digne, ni plus haut. Et il y avait encore l'héroïsme souriant de Mère-Grand et de Marie, qui toutes les deux couchaient au-dessus du laboratoire, où se manipulaient les plus terribles poudres, dans le continuel danger d'une explosion toujours possible.

Mais ce courage, cet ordre, cette dignité, ne faisaient que surprendre Pierre, sans le toucher. Il n'avait pas lieu de se plaindre, l'accueil était correct, sinon tendre, car il n'était encore là qu'un étranger, un prêtre. Et, malgré tout, il restait hostile, soulevé par cette sensation qu'il avait de se trouver dans un milieu où pas une de ses tortures ne pouvait être partagée, ni même soupçonnée. Comment s'arrangeaient-ils donc, ces gens, pour être si calmes, si heureux, dans leur incroyance religieuse, leur unique foi en la science, face à ce terrifiant Paris, qui étalait devant eux la mer sans bornes, l'abomination grondante de ses injustices et de ses misères ? Il tourna la tête, il le regarda par le large vitrage, d'où il apparaissait à l'infini, toujours présent, toujours vivant de sa vie colossale. À cette heure, sous le soleil oblique de l'après-midi d'hiver, Paris était ensemencé d'une poussière lumineuse, comme si quelque semeur invisible, caché dans la gloire de l'astre, eût jeté à main pleine ces volées de grains, dont le flot d'or s'abattait de toutes parts. L'immense champ défriché en était couvert, le chaos sans fin des toitures et des monuments n'était plus qu'une terre de labour, dont quelque charrue géante avait creusé les sillons. Et Pierre, dans son malaise, agité quand même d'un besoin d'invincible espoir, se demanda si ce n'étaient pas là les bonnes semailles, Paris ensemencé de lumière par le divin soleil, pour la grande moisson future, cette moisson de vérité et de justice dont il désespérait.

Enfin, Pierre se leva et partit, en promettant d'accourir, si les nouvelles devenaient mauvaises. Ce fut Marie qui l'accompagna jusqu'à la porte de la rue. Et là, brusquement, elle fut reprise d'une de ces rougeurs de petite fille qui l'ennuyaient tant, elle s'empourpra, lorsqu'elle voulut, elle aussi, envoyer son mot de tendresse au blessé. Mais, bravement, elle prononça le mot, les yeux gais et candides, fixés sur ceux du prêtre.

« Au revoir, monsieur l'abbé... Dites à Guillaume que je l'aime et que je l'attends. »

III

Trois jours se passèrent. Dans la petite maison de Neuilly, Guillaume, brûlé de fièvre, cloué sur cette couche où l'impatience le dévorait, se sentait repris d'une anxiété croissante, chaque matin, à l'arrivée des journaux. Pierre avait bien essayé de les faire disparaître. Mais il voyait alors son frère se tourmenter davantage, et c'était lui-même qui devait lui lire tout ce qui paraissait sur l'attentat, un extraordinaire flot dont les colonnes ne désemplissaient plus.

Jamais pareil débordement n'avait encore inondé la presse. *Le Globe*, si prudent, si grave d'ordinaire, n'était pas épargné, cédait à ce coup de folie de l'information à outrance. Mais il fallait voir les journaux sans scrupules, *La Voix du peuple* surtout, exploitant la fièvre publique, terrifiant, détraquant la rue, pour tirer et vendre davantage. Chaque matin, c'était une imagination nouvelle, une effroyable histoire à bouleverser le monde. On racontait que de grossières lettres de menaces étaient adressées journellement au baron Duvillard, pour lui annoncer qu'on allait tuer sa femme, sa fille, son fils, l'égorger lui-même, faire sauter son hôtel, à ce point que, jour et nuit, cet hôtel était gardé par une nuée d'agents en bourgeois. Ou bien il s'agissait d'une stupéfiante invention, un égout du côté de la Madeleine, dans lequel des anarchistes étaient descendus, minant tout le quartier, apportant des tonneaux de poudre, un volcan où devait s'engloutir une moitié de Paris. Ou bien on affirmait qu'on tenait la trame d'un immense complot, enserrant l'Europe entière, du fond de la Russie au fond de l'Espagne, et dont le signal partirait de la France, un massacre de trois jours, les boulevards balayés par la mitraille, la Seine rouge, roulant du sang. Et, grâce à cette belle et intelligente besogne de la presse, la terreur régnait, les étrangers épouvantés désertaient en masse les hôtels, Paris n'était plus qu'une maison de fous, où trouvaient créance les plus imbéciles cauchemars.

Mais ce n'était pas ce qui troublait Guillaume. Il ne s'inquiétait toujours que de Salvat, que des nouvelles pistes où se lançaient les journaux. Salvat n'était pas encore arrêté, et même, jusque-là, aucune information n'avait indiqué qu'on fût sur ses traces. Puis, tout d'un coup, Pierre lut une note, qui fit pâlir le blessé.

« Tiens ! il paraît qu'on a découvert parmi les décombres, sous le porche de l'hôtel Duvillard, un outil, un poinçon, sur le manche duquel se trouvait un nom, Grandidier, celui d'un usinier connu. Et ce Grandidier doit être appelé aujourd'hui chez le juge d'instruction. »

Guillaume eut un geste de désespoir.

« Allons, cette fois, ils y sont, ils tiennent la bonne piste. C'est sûrement Salvat qui a laissé tomber cet outil. Il a travaillé chez Grandidier, avant de venir faire quelques journées chez moi... Et, par Grandidier, ils vont savoir, ils n'auront plus qu'à suivre le fil. »

Pierre, alors, se souvint de cette usine Grandidier, dont il avait entendu parler à Montmartre, et où Thomas, le fils aîné, le mécanicien, travaillait parfois encore, après y avoir fait son apprentissage. Mais il n'osait toujours pas questionner son frère, dont il sentait les angoisses si graves, si hautes, si dégagées de toute basse crainte personnelle.

« Justement, reprit Guillaume, tu m'as dit que Thomas allait travailler à l'usine pendant mon absence, pour ce moteur nouveau, qu'il cherche, qu'il a presque trouvé. Et, s'il y a perquisition, le vois-tu interrogé, ne voulant pas répondre, défendant son secret ?... Oh ! il faut le prévenir, le prévenir tout de suite ! »

Complaisant, Pierre s'offrit, sans le forcer à préciser davantage son désir.

« Si tu veux, j'irai voir Thomas à l'usine, cet après-midi. Et, en même temps, je rencontrerai peut-être M. Grandidier, je saurai ce qui s'est dit chez le juge d'instruction, et où en est l'affaire. »

D'un regard mouillé, d'une tendre pression de main, Guillaume le remercia.

« Oui, oui, frère, fais cela, ce sera bon et brave.

– D'autant plus, continua le prêtre, que je voulais aller à Montmartre, aujourd'hui... Sans te le dire, je suis hanté par un tourment. Si ce Salvat est en fuite, il a dû laisser, là-bas, la femme et l'enfant toutes seules. Je les ai vues, le matin de l'attentat, dans un tel dénuement, dans une telle misère, que je ne puis songer à ces pauvres créatures abandonnées, mourant de faim peut-être, sans un déchirement de cœur... Quand l'homme n'est plus là, l'enfant et la femme crèvent. »

Guillaume, qui avait gardé la main de Pierre, la serra plus étroitement, et d'une voix qui tremblait :

« Oui, oui, ce sera bon et brave... Fais cela, frère, fais cela. »

Cette maison de la rue des Saules, cette atroce maison de misère et de souffrance, elle était restée en la mémoire de Pierre comme l'abominable cloaque où le Paris pauvre agonisait. Et, de nouveau, cet après-midi, quand il y retourna, il la retrouva dans la même boue gluante, la cour salie des mêmes ordures, les escaliers noirs, humides, empuantis par le même abandon et la même détresse. L'hiver, lorsque les beaux quartiers du centre sèchent, se nettoient, les quartiers des misérables, là-bas, restent sombres et fangeux, sous le piétinement continu du lamentable troupeau.

Connaissant l'escalier des Salvat, Pierre le prit, monta, au milieu des cris d'enfants, des petits qui hurlaient, puis qui se taisaient tout d'un coup, laissant tomber la maison à un silence de tombe. La pensée du vieux Laveuve, mort là comme un chien, au coin d'une borne, lui revint, le glaça. Et il eut un frisson, lorsque, tout en haut, ayant frappé à la porte, le grand silence seul répondit. Pas un souffle, pas une âme.

Alors, il frappa de nouveau, et comme rien encore ne bougeait, il pensa qu'il n'y avait personne. Peut-être Salvat était-il revenu prendre la femme et l'enfant, peut-être l'avaient-elles suivi ailleurs, au fond de quelque trou, à l'étranger. Cela l'étonnait pourtant, car les pauvres ne se déplacent guère, meurent où ils souffrent. Et il frappa doucement une troisième fois.

Dans le silence, enfin, un léger bruit, un bruit de petits pas se fit entendre. Puis, une voix frêle d'enfant se risqua, demanda :

« Qui est là ?

– Monsieur l'abbé. »

Le silence recommençait, plus rien ne remuait. Un débat, une hésitation.

« Monsieur l'abbé qui est venu l'autre jour. »

Cela dut faire cesser toute incertitude, la porte s'entrebâilla, et Céline, la petite fille, laissa entrer le prêtre.

« Je vous demande pardon, monsieur l'abbé, maman Théodore est sortie, et elle m'a bien recommandé de n'ouvrir à personne. »

Un instant, Pierre s'était imaginé que Salvat se trouvait là sans doute. Mais, d'un coup d'œil, il eut vite fait le tour de l'unique pièce, où s'entassait la famille. Mme Théodore devait craindre une visite de la police. Avait-elle revu le père ? Savait-elle où il se cachait ? Était-il revenu les embrasser et les rassurer toutes deux ?

« Et votre papa, ma mignonne, il n'est donc pas là non plus ?

– Oh ! non, monsieur l'abbé, il a eu des affaires, il est parti.

– Comment, parti ?

– Oui, il n'est plus revenu coucher, nous ne savons pas où il est.

– Peut-être qu'il travaille ?

– Oh ! non, il enverrait de l'argent.

– Alors il voyage ?

– Je ne sais pas.

– Il a sans doute écrit à maman Théodore ?

– Je ne sais pas. »

Pierre cessa de la questionner, un peu honteux de vouloir faire causer ainsi cette enfant de onze ans, qu'il trouvait seule. Il se pouvait qu'elle ne sût rien, que Salvat n'eût pas même donné de ses nouvelles, par prudence. Et elle avait l'air très véridique, avec sa face blonde, douce et intelligente, à l'expression déjà grave, cette gravité que l'extrême misère donne aux enfants.

« C'est bien fâcheux que Mme Théodore ne soit pas là, je voulais lui parler.

– Mais, monsieur l'abbé, si vous désirez l'attendre… Elle est allée chez mon oncle Toussaint, rue Marcadet, et elle ne peut pas tarder à revenir, car il y a plus d'une heure qu'elle est partie. »

Et elle débarrassa l'une des chaises, sur laquelle traînait une poignée de menu bois, ramassé dans quelque terrain vague.

La pièce, sans feu, était visiblement sans pain, dans une nudité glaciale. On y sentait l'absence de l'homme, la disparition de celui qui est la volonté et la force, sur lequel on compte, même après des semaines de chômage. L'homme sort, bat la ville, finit souvent par rapporter l'indispensable, la croûte qu'on se partage et qui empêche qu'on ne meure. Mais, l'homme parti, c'est l'abandon dernier, la femme et l'enfant en détresse, sans soutien ni aide.

Pierre, assis, regardant cette pauvre petite créature, aux yeux bleus limpides, à la bouche grande qui finissait quand même par sourire, ne put s'empêcher de l'interroger encore.

« Vous n'allez donc pas à l'école, mon enfant ? »

Elle rougit un peu.

« Je n'ai pas de souliers pour y aller. »

Et il remarqua, en effet, qu'elle avait aux pieds de vieux chaussons en loques, d'où ses petits doigts rougis sortaient.

« D'ailleurs, reprit-elle, maman Théodore dit qu'on ne va pas à l'école, quand on ne mange pas… Elle a voulu travailler, maman Théodore, et elle n'a pas pu, à cause de ses yeux qui se mettent tout de suite à brûler et à pleurer… Alors, nous ne savons pas quoi faire, nous n'avons plus rien depuis hier, et c'est bien fini, si mon oncle Toussaint ne peut pas nous prêter vingt sous. »

Elle souriait toujours d'une façon inconsciente, tandis que deux grosses larmes lui noyaient les yeux. Et cela était si navrant, cette fillette enfermée dans cette chambre vide, n'ouvrant plus, comme retranchée des heureux, que le prêtre, bouleversé, sentit se réveiller en lui sa furieuse révolte contre la misère, ce besoin de justice sociale qui seul maintenant le passionnait, dans l'écroulement de toutes ses croyances.

Au bout de dix minutes, il s'impatienta, en songeant qu'il devait aller ensuite à l'usine Grandidier.

« C'est bien étonnant que maman Théodore ne soit pas là, répétait Céline. Elle cause. »

Puis, elle eut une idée.

« Si vous voulez, monsieur l'abbé, je vais vous conduire chez mon oncle Toussaint. C'est à côté, on n'a qu'à tourner le coin de la rue.

– Mais puisque vous n'avez pas de souliers, mon enfant.

– Oh ! ça ne fait rien, je marche tout de même comme ça. »

Il s'était levé, il dit simplement :

« Eh bien ! oui, ça vaut mieux, venez me conduire. Je vais vous en acheter, des souliers. »

Céline devint très rouge. Elle se hâta de le suivre, après avoir refermé soigneusement la porte à double tour, en bonne petite ménagère, qui n'avait pourtant rien à garder.

Mme Théodore, avant de frapper à la porte de Toussaint, son frère, pour tâcher d'emprunter vingt sous, avait eu l'idée de tenter d'abord la fortune auprès de sa sœur cadette, Hortense, mariée à un employé, le petit Chrétiennot, et qui occupait un logement de quatre pièces, boulevard Rochechouart. Mais c'était une grosse affaire, et elle ne s'était décidée à cette course qu'en tremblant, poussée à bout par l'idée de Céline qui l'attendait, à jeun depuis la veille.

Toussaint, le mécanicien, le frère aîné, avait cinquante ans. Lui, était d'un premier lit. Son père, resté veuf, s'était remarié à une couturière toute jeune, qui lui avait donné trois filles, Pauline, Léonie et Hortense. Cela expliquait comment l'aînée, Pauline, comptait dix ans de moins que Toussaint, et Hortense, la cadette, dix-huit. Quand leur père mourut, Toussaint eut un instant sur les bras sa belle-mère et ses trois sœurs. Le pis était que, tout jeune, il avait déjà femme et enfant. Heureusement, la belle-mère, active et intelligente, savait se débrouiller. Elle retourna comme ouvrière à l'atelier de couture, où Pauline se trouvait déjà en apprentissage. Elle y mit ensuite Léonie, il n'y eut que la dernière, Hortense, gâtée, plus jolie et plus fine, qu'elle laissa s'attarder à l'école, fière de ses succès ; et, plus tard, tandis que Pauline épousait le maçon Labitte, et Léonie le mécanicien Salvat, Hortense, entrée comme demoiselle de comptoir, chez un confiseur de la rue des Martyrs, y liait connaissance avec l'employé Chrétiennot, qui, séduit, en faisait sa femme, n'ayant pu en faire sa maîtresse. Léonie était morte jeune, quelques semaines après sa mère, toutes deux d'une fièvre typhoïde. Pauline, lâchée par son mari, vivant avec son beau-frère Salvat, dont la fille l'appelait maman, mourait de faim. Et, seule, Hortense portait le dimanche une robe de légère soie, habitait une maison neuve, était une bourgeoise, mais au prix d'une vie d'enfer et d'abominables privations.

Mme Théodore n'ignorait point les embarras de sa sœur, lorsque venaient les fins de mois. Ainsi ne se risquait-elle qu'avec trouble à tenter ainsi un emprunt. Et puis, Chrétiennot, peu à peu aigri par sa médiocrité, accusant sa femme, depuis qu'elle se fanait, d'être la cause de leur existence avortée, ne voyait plus la famille de celle-ci, dont il rougissait. Encore Toussaint était-il un ouvrier propre. Mais cette Pauline, cette Mme Théodore qui vivait avec son beau-frère, sous les yeux de l'enfant, ce Salvat qui errait d'atelier en atelier, en énergumène dont pas un patron ne voulait, toute cette révolte, toute cette misère, toute cette saleté avaient fini par outrer le petit employé correct et vaniteux, que les difficultés de la vie rendaient méchant. Et il avait défendu à Hortense de recevoir sa sœur.

Tout de même, en montant l'escalier de la maison du boulevard Rochechouart, où il y avait un tapis, Mme Théodore éprouva un certain orgueil, à se dire qu'une parente à elle habitait dans ce luxe. C'était au troisième, un logement de sept cents francs, sur la cour. La femme de ménage, qui revenait vers quatre heures, pour le dîner, était déjà là. Et elle laissa passer la visiteuse, qu'elle connaissait, tout en marquant une surprise inquiète de la voir oser se présenter de la sorte, si mal vêtue. Mais, dès le seuil du petit salon, Mme Théodore s'arrêta, saisie, lorsqu'elle aperçut sa sœur Hortense effondrée et sanglotante, au fond d'un des fauteuils de reps bleu, dont elle était si fière.

« Qu'as-tu donc ? Que t'arrive-t-il ? »

À trente-deux ans, à peine, ce n'était déjà plus la belle Hortense. Elle gardait son air de poupée blonde, grande, mince, aux jolis yeux, aux beaux cheveux. Mais elle qui s'était tant soignée, commençait à s'abandonner dans des peignoirs d'une propreté douteuse ; et ses paupières rougissaient, et sa fine peau se flétrissait. Deux couches successives, deux fillettes, l'une aujourd'hui de neuf ans, l'autre de sept, l'avaient beaucoup abîmée. D'ailleurs très orgueilleuse, très égoïste, elle en était, elle aussi, à regretter son mariage, car elle s'était crue autrefois une beauté, digne du palais et des carrosses de quelque Prince Charmant.

Son désespoir était tel, qu'elle ne s'étonna même pas de voir entrer sa sœur.

« Ah ! c'est toi, ah ! si tu savais quelle tuile encore, au milieu des autres embêtements ! »

Tout de suite, Mme Théodore pensa aux petites, Lucienne et Marcelle.

« Tes filles sont malades ?

– Non, non, la voisine d'à côté les promène sur le boulevard... Ma chère, imagine-toi, me voilà encore enceinte ! D'abord, j'ai voulu croire à un retard, mais c'est le deuxième mois. Et, tout à l'heure, après le déjeuner, quand j'en ai parlé à Chrétiennot, il est entré dans une colère affreuse, il m'a crié, avec toutes sortes de vilaines paroles, que c'était ma faute. Comme si ça ne dépendait que de moi !... Ah ! je suis la première attrapée, j'ai déjà assez de chagrin ! »

Ses sanglots recommencèrent. Elle continuait, elle bégayait, disait leur stupeur, car depuis longtemps ils ne se touchaient plus que pour le plaisir, résolus à tout plutôt que d'avoir un troisième enfant. Heureusement encore qu'il la savait incapable de le tromper, tant elle était molle et douce, désireuse avant tout de sa tranquillité.

« Mon Dieu ! finit par dire Mme Théodore, vous l'élèverez comme les deux autres, cet enfant, s'il vient. »

Du coup, la colère sécha les larmes d'Hortense. Elle se leva, elle cria :

« Tiens ! tu es bonne, toi ! On voit bien que tu n'es pas dans notre bourse. Avec quoi veux-tu que nous l'élevions, lorsque déjà nous avons tant de peine à joindre les deux bouts ? »

Et, oubliant la gloriole bourgeoise qui, d'habitude, la faisait se taire ou même mentir, elle exposa leur gêne, l'affreuse plaie d'argent qui les rongeait d'un bout de l'année à l'autre. Le loyer était déjà de sept cents francs. Sur les trois mille francs que le mari gagnait à son bureau, restaient donc à peine deux cents francs par mois. Et comment faire, là-dessus, lorsqu'il s'agissait de manger tous les quatre, de s'habiller, de tenir son rang ? C'était l'habit indispensable pour monsieur, la robe neuve que madame devait avoir sous peine d'être déclassée, les souliers que les fillettes usaient en un mois, toutes sortes de frais à côté qu'il était absolument impossible de réduire. On rognait un plat, on se privait de vin, mais il y avait des soirs où il fallait quand même prendre une voiture. Sans parler du gaspillage des enfants, de l'abandon où la femme découragée laissait tomber le ménage, du désespoir de l'homme convaincu qu'il ne s'en tirerait jamais, même si, un jour, ses appointements montaient au chiffre inespéré de quatre mille francs. Au fond, c'était la médiocrité intolérable du petit employé, aussi désastreuse que la misère noire de l'ouvrier, la façade fausse, le luxe menteur, tout ce que cache de désordre et de souffrance la fierté intellectuelle de ne pas travailler à un étau ou sur des échafaudages.

« Enfin, tout de même, répéta Mme Théodore, vous ne l'étranglerez pas, ce petit. »

Hortense se laissa retomber dans le fauteuil.

« Non, bien sûr, mais c'est la fin de tout. Deux, c'était déjà trop, et en voilà un troisième ! Qu'est-ce que nous allons devenir, mon Dieu ! qu'est-ce que nous allons devenir ? »

Et elle s'effondra dans son peignoir défait, des larmes recommencèrent à ruisseler de ses yeux rouges.

Très ennuyée de tomber si mal pour sa demande d'emprunt, Mme Théodore, cependant, finit par se risquer, demanda vingt sous. Et cela mit au comble la confusion désespérée d'Hortense.

« Ma parole d'honneur, je n'ai pas un centime à la maison. Tout à l'heure, pour les enfants, je me suis fait prêter dix sous par la femme de ménage. Avant-hier, on m'avait donné neuf francs au mont-de-piété, sur une petite bague. Et c'est comme ça toujours à la fin du mois… Chrétiennot, qui touche aujourd'hui, va rentrer de bonne heure, pour l'argent du dîner. Je te promets de t'envoyer quelque chose demain, si je peux. »

Mais, à ce moment, la femme de ménage accourut, effarée, sachant que Monsieur n'aimait guère les parents de Madame.

« Oh ! Madame, Madame, j'entends Monsieur qui monte.

– Vite, vite ! va-t'en ! cria Hortense. J'aurais encore une scène… Si je peux, demain, je te promets. »

Il fallut que Mme Théodore se cachât au fond de la cuisine, pour éviter Chrétiennot qui entrait. Elle l'aperçut, toujours bien mis, pincé dans une redingote, avec sa face mince, sa grande barbe soignée, son air vaniteux de petit homme sec et rageur. Ses quatorze années de bureau déjà l'avaient desséché, et le café l'achevait, la passion des longues heures passées dans un café voisin. Elle se sauva.

Lentement, traînant les pieds, Mme Théodore dut revenir rue Marcadet, où logeaient les Toussaint. Du côté de son frère, non plus, elle n'espérait pas grand-chose, car elle savait dans quelle malchance et dans quel embarras le ménage était tombé. À cinquante ans, au dernier automne, Toussaint avait eu une attaque, un commencement de paralysie, qui, pendant près de cinq mois, venait de le clouer sur une chaise. Jusque-là, il s'était vaillamment conduit, bon travailleur, ne buvant pas, élevant ses trois enfants, une fille mariée à un menuisier, partie au Havre avec son mari, un garçon mort soldat au Tonkin, un autre garçon, Charles, revenu du service, et redevenu mécanicien. Mais cinq mois de maladie avaient épuisé le peu d'argent placé à la Caisse d'épargne, et Toussaint, remis à peu près sur ses jambes, en était à recommencer sa vie, sans un sou, comme s'il avait eu vingt ans.

Mme Théodore trouva sa belle-sœur, Mme Toussaint, seule dans l'unique pièce, tenue très proprement, où vivait le ménage ; et il n'y avait, à côté, qu'un étroit cabinet, dans lequel couchait Charles. Mme Toussaint était une grosse femme que l'embonpoint envahissait, malgré tout, malgré le tracas et le jeûne. Elle avait une figure ronde et noyée, éclairée de petits yeux vifs, très brave femme, un peu commère, friande aussi, n'ayant d'autre défaut que d'adorer faire de la bonne cuisine. Tout de suite, avant que l'autre ouvrît la bouche, elle comprit le but de la visite.

« Ma chère, vous arrivez mal, nous sommes à sec. C'est avant-hier seulement que Toussaint a pu retourner à l'usine, et il faudra bien, dès ce soir, qu'il demande une avance. »

Elle la regardait, blessée par son état d'abandon, méfiante, peu sympathique.

« Et Salvat, il ne fait donc toujours rien ? »

Sans doute, Mme Théodore prévoyait la question, car elle mentit tranquillement.

« Il n'est pas à Paris, un ami l'a emmené pour du travail, du côté de la Belgique, et j'attends qu'il nous envoie quelque chose. »

Mais Mme Toussaient gardait sa méfiance.

« Ah ! tant mieux qu'il ne soit pas à Paris, parce que nous avions songé à lui, avec toutes ces affaires de bombes, nous nous disions qu'il était assez fou pour se fourrer là-dedans. »

L'autre ne sourcilla pas. Si elle se doutait de quelque chose, elle le gardait pour elle.

« Eh bien ! et vous, ma chère, vous ne trouvez donc pas à vous occuper ?

– Oh ! moi, comment voulez-vous que je fasse, avec mes pauvres yeux ? La couture n'est plus possible.

– Ça, c'est vrai. Une ouvrière, ça se rouille. Ainsi moi, quand Toussaint a été cloué là, j'ai voulu me remettre à la lingerie, mon ancien métier. Ah bien ! oui, je gâchais tout, je n'avançais pas... Il n'y a encore que les ménages qu'on peut toujours faire. Pourquoi ne faites-vous pas des ménages ?

– J'en cherche, je n'en trouve pas. »

Peu à peu, pourtant, Mme Toussaint revenait à son bon cœur, s'attendrissait, devant cet air de grande misère. Et elle la fit asseoir, elle lui dit que, si Toussaint rentrait avec une avance, elle lui donnerait quelque chose. Puis, elle entama des histoires, succombant à son péché de bavardage, dès qu'il y avait là quelqu'un pour l'écouter. Mais l'histoire inévitable où elle retombait, qui la passionnait, qu'elle recommençait sans fin, était celle de son fils Charles, de la bonne du marchand de vin d'en face avec laquelle il avait eu la bêtise de coucher, et de l'enfant qu'il venait d'en avoir. Autrefois, Charles, avant de partir pour le service, était l'ouvrier le plus laborieux, le fils le plus tendre, rapportant toute sa paie. Certes, il restait travailleur et bon garçon ; mais, tout de même, le service militaire, en le dégourdissant, l'avait dégoûté un peu du travail. Ce n'était pas qu'il le regrettât, car il parlait de la caserne comme d'une prison, tout en étant aussi crâne qu'un autre. Seulement, l'outil lui avait semblé lourd, lorsqu'il s'était agi de le reprendre.

« Alors, ma chère, Charles a beau être toujours gentil, il ne peut plus rien faire pour nous... Je le savais pas pressé de se marier, à cause de la charge. Avec cela, très prudent avec les filles. Et il a fallu cette bêtise d'un moment, cette Eugénie qui le servait, lorsqu'il entrait boire un verre en face... Naturellement que ce n'était pas pour l'épouser, bien qu'il lui ait porté des oranges, lorsqu'elle est allée accoucher à l'hôpital. Une sale traînée, qui a déjà disparu avec un autre homme... Seulement, le bébé reste. Charles l'a pris pour lui, l'a envoyé en nourrice, et il paie les mois. Une vraie ruine, des frais qui n'en finissent plus. Enfin, tous les malheurs nous sont tombés à la fois sur la tête. »

Mme Toussaint parlait ainsi depuis une demi-heure, lorsqu'elle s'interrompit brusquement, en voyant Mme Théodore toute pâlie par l'attente.

« Hein ? vous vous impatientez. C'est que Toussaint ne rentrera pas de sitôt. Voulez-vous que nous allions jusqu'à l'usine ? Je saurai bien s'il doit rapporter quelque chose. »

Elles se décidèrent à descendre, elles s'arrêtèrent encore pendant près d'un quart d'heure, au bas de l'escalier, pour causer avec une voisine, qui venait de perdre un enfant. Et elles sortaient enfin de la maison, lorsqu'un appel les arrêta.

« Maman ! maman ! »

C'était la petite Céline, ravie, chaussée de souliers neufs, mordant dans une brioche.

« Maman, c'est M. l'abbé de l'autre jour, qui veut te parler... Vois donc, il m'a acheté tout ça ! »

Mme Théodore, en voyant les souliers et la brioche, avait compris. Et elle se mit à trembler, à bégayer des remerciements, lorsque Pierre, qui marchait derrière la petite, l'aborda. Vivement, Mme Toussaint s'était approchée, se présentant elle-même, mais ne demandant rien, contente au contraire de l'aubaine pour sa belle-sœur, plus malheureuse qu'elle. Quand elle vit le prêtre glisser dix francs dans la main de celle-ci, elle lui expliqua qu'elle aurait bien volontiers prêté quelque chose, mais qu'elle ne pouvait pas ; et elle entama les histoires de l'attaque de Toussaint et de la malchance de Charles.

« Dis donc, maman, interrompit Céline, l'usine où papa travaillait, c'est bien là, dans la rue ? M. l'abbé va y faire une commission.

– L'usine Grandidier, reprit Mme Toussaint, justement nous y allions, nous pouvons bien y conduire M. l'abbé. »

C'était à une centaine de pas. Pendant que les deux femmes et l'enfant l'accompagnaient, Pierre ralentit sa marche, désireux de faire causer Mme Théodore sur Salvat, ainsi qu'il se l'était promis. Mais tout de suite elle devint prudente. Elle ne l'avait pas revu, il devait être en Belgique avec un camarade, pour du travail. Et le prêtre crut sentir que Salvat n'avait point osé revenir rue des Saules, dans l'ébranlement de son attentat, où tout sombrait, le passé de travail et d'espoir, le présent avec l'enfant et la femme.

« Tenez ! monsieur l'abbé, voici l'usine, dit Mme Toussaint. Ma belle-sœur ne va plus avoir à attendre, puisque vous avez eu la bonté de venir à son aide... Merci bien pour elle et pour nous. »

Mme Théodore et Céline aussi remerciaient, toutes les deux sur le trottoir avec Mme Toussaint, au milieu de la bousculade des passants, dans l'éternelle boue grasse de ce quartier populeux, s'attardant à regarder Pierre entrer et causant encore, et disant qu'il y avait tout de même des prêtres bien aimables.

L'usine Grandidier occupait là tout un vaste terrain. Sur la rue, il n'y avait qu'un bâtiment de briques, aux étroites fenêtres, flanqué d'un vaste portail, d'où l'on voyait la cour profonde. Puis, c'était une succession de corps de logis, d'ateliers, de hangars intérieurs, des toitures sans nombre, que dominaient les deux hautes cheminées des générateurs. Dès l'entrée, on entendait le ronflement et la trépidation des machines, la sourde clameur du travail, toute une activité chaude, remuante, assourdissante, dont le sol lui-même était ébranlé. Des eaux noircies ruisselaient, des jets de vapeur blanche, sur un toit, sortaient par un tuyau mince, en un souffle strident et régulier, tel que la respiration même de l'énorme ruche en besogne.

Maintenant, l'usine fabriquait surtout des bicyclettes. Lorsque Grandidier, qui sortait de l'École des arts et métiers, de Châlons, l'avait prise, elle périclitait, mal gérée, s'attardant à la fabrication des petits moteurs, à l'aide d'un outillage vieilli. Devinant l'avenir, il s'était fait commanditer par son frère aîné, un des administrateurs des grands magasins du *Bon Marché*, en s'engageant à lui fournir des bicyclettes excellentes à cent cinquante francs. Et toute une affaire considérable était en train, le *Bon Marché* lançait la machine populaire, la Lisette, le cyclisme pour tous, comme disaient les annonces. Mais Grandidier luttait encore, n'avait pas victoire gagnée, car l'outillage neuf venait de l'endetter terriblement. Chaque mois, c'était un effort, un perfectionnement, une simplification réalisant une économie. Il était sans cesse en éveil, et il rêvait maintenant de se remettre aux petits moteurs, flairant de nouveau le prochain triomphe des voitures automobiles.

Pierre, qui avait demandé si M. Thomas Froment était là, fut conduit par un vieil ouvrier dans un petit atelier de planches, et il y trouva le jeune homme en tenue de travail, vêtu du bourgeron de mécanicien, les mains noires de limaille. Il ajustait une pièce, personne n'avait soupçonné, chez ce colosse de vingt-trois ans, si attentif et si vaillant à la dure besogne, le brillant élève du lycée Condorcet, où les trois frères avaient laissé le nom de Froment célèbre, dans les fastes du palmarès. Mais lui, en serviteur étroit de son père, ne voulait être que le bras qui forge, le travail manuel qui réalise. Et il était un sobre, un patient, un muet, et il n'avait pas même de maîtresse, disant que, lorsqu'il rencontrerait une bonne femme, plus tard, il l'épouserait.

Dès qu'il aperçut Pierre, il frémit d'inquiétude, lâcha tout, s'élança.

« Père ne va pas plus mal ?

– Non, non… Il a lu dans les journaux cette histoire du poinçon trouvé rue Godot-de-Mauroy, et il s'est inquiété, en songeant qu'une perquisition de police pouvait avoir lieu ici. »

Rassuré, Thomas eut un sourire.

« Dites-lui qu'il dorme tranquille. D'abord, malheureusement, je ne tiens pas notre petit moteur, tel que je le veux. Puis, il n'est pas encore monté, j'ai gardé des pièces chez nous, personne ici ne sait même au juste ce que j'y viens faire. La police peut perquisitionner, elle ne verra rien, notre secret ne court aucun risque. »

Pierre promit de répéter à Guillaume ces paroles textuelles, afin de lui enlever toute crainte. Ensuite, lorsqu'il essaya de sonder Thomas, pour savoir où en étaient les choses, et ce qu'on pensait à l'usine de la trouvaille du poinçon, et si Salvat commençait à y être soupçonné, il le trouva muet de nouveau, répondant par des monosyllabes. La police n'était donc pas venue ? Non. Mais les ouvriers avaient bien prononcé le nom de Salvat ? Oui, naturellement, à cause de ses idées anarchistes, connues de tous. Et Grandidier, le patron, qu'avait-il dit, à son retour de chez le juge d'instruction ? Il ne savait pas, il ne l'avait pas revu.

« Tenez ! le voici… Le pauvre homme, sa femme a dû avoir une crise encore, ce matin ! »

C'était une histoire lamentable, que Pierre tenait déjà de Guillaume. Grandidier, qui avait épousé par amour une jeune fille d'une grande beauté, la gardait folle depuis cinq ans, à la suite de la perte d'un petit garçon et d'une fièvre puerpérale. Il n'avait pu se résigner à la mettre dans une maison de santé, il vivait enfermé avec elle au fond d'un pavillon, dont les fenêtres, sur la cour de l'usine, restaient toujours closes. Jamais on ne la voyait, jamais il ne parlait d'elle à personne. On disait qu'elle était comme une enfant, sans méchanceté aucune, très douce et très triste, belle encore, avec une royale chevelure blonde. Mais, parfois, elle avait des crises terribles, et il devait lutter, la tenir pendant des heures entre ses deux bras, pour qu'elle ne se brisât pas le crâne contre les murs. On entendait des cris affreux, puis tout retombait à un silence de mort.

Justement, Grandidier, un bel homme de quarante ans, à la figure énergique, avec des grosses moustaches brunes, les cheveux en brosse, les yeux clairs, entra dans le petit atelier où Thomas travaillait. Il aimait beaucoup ce dernier, dont il avait facilité chez lui l'apprentissage, en le traitant comme un fils. Il le laissait revenir à sa guise, mettait à sa disposition son outillage. Et, tout en le sachant occupé de la question des petits moteurs, qui le passionnait lui-même, il montrait la plus grande discrétion, il attendait, sans le questionner.

Thomas présenta le prêtre.

« Mon oncle, M. l'abbé Pierre Froment, qui est venu me serrer la main. »

Il y eut un échange de politesses. Puis, Grandidier, la face voilée de cette tristesse qui le faisait passer pour sévère et dur, voulut réagir, se montrer gai.

« Dites donc, Thomas, je ne vous ai pas conté ma séance avec le juge d'instruction. Je suis bien noté, sans cela nous aurions eu ici tous les argousins de la Préfecture... Il voulait que je lui expliquasse la présence, rue Godot-de-Mauroy, de ce poinçon marqué à mon chiffre. Et j'ai bien vu que son idée était que l'auteur de l'attentat avait dû travailler ici... Moi, tout de suite, j'ai pensé à Salvat. Mais je ne dénonce personne. Il a mon livre d'embauchage, j'ai répondu simplement sur Salvat qu'il était resté près de trois mois à l'usine, l'automne dernier, puis qu'il avait disparu. Qu'il le cherche !... Ah ! ce juge, un petit homme blond, très soigné, l'air mondain, qui frétille dans cette affaire, avec des yeux de chat.

– N'est-ce pas M. Amadieu ? demanda Pierre.

– Oui, c'est cela même, un homme certainement ravi du cadeau que ces bandits d'anarchistes lui ont fait, avec leur attentat. »

Angoissé, le prêtre écoutait. C'était ce que redoutait son frère, la bonne piste trouvée enfin, le premier fil conducteur. Et il regarda Thomas, pour voir s'il s'inquiétait, lui aussi. Mais, soit que le jeune homme ignorât le lien qui nouait Salvat à son père, soit qu'il eût sur lui-même un grand empire, il souriait simplement du portrait de ce juge.

Alors, comme Grandidier était allé regarder la pièce que terminait Thomas, et qu'ils en parlaient longuement ensemble, Pierre s'approcha d'une porte ouverte, qui donnait sur un vaste atelier en longueur, où ronflaient des tours, où des machines à percer retombaient avec les coups secs et rythmiques de leurs balanciers. Les courroies filaient d'un vol continu, toute une activité chaude s'agitait, dans l'odeur moite de la vapeur. Un peuple d'ouvriers suants, noirs des poussières épandues, y peinait encore ; mais c'était pourtant la fin de la journée, le dernier effort de la tâche. Et trois ouvriers étant venus à une fontaine, près de lui, pour se laver les mains, le prêtre les entendit qui causaient.

Surtout, il s'intéressa, dès qu'il entendit l'un d'eux, un grand rouge, en nommer un autre Toussaint, et le troisième, Charles. C'étaient le père et le fils. Toussaint, un homme gros, carré des épaules, les bras noueux, ne paraissait avoir ses cinquante ans que lorsqu'on s'arrêtait à la ruine de sa face ronde et cuite, crevassée, mangée par le travail, hérissée d'une barbe grisonnante, qu'il ne faisait plus que le dimanche ; et son bras droit seul, déjà touché par la paralysie, s'attardait en des gestes ralentis. Vivant portrait de son père, Charles, le visage plein, barré d'épaisses moustaches noires, était dans toute la force de ses vingt-six ans, avec de beaux muscles qui saillaient sous la peau blanche. Eux aussi parlaient de la bombe de l'hôtel Duvillard, et du poinçon qu'on avait trouvé, et de Salvat que tous maintenant soupçonnaient.

« Il n'y a qu'un bandit pour faire un coup pareil, dit Toussaint. Leur anarchie, ça me révolte, je n'en suis pas. Mais, tout de même, que les bourgeois s'arrangent, si on les fait sauter. Ça les regarde, ils l'ont voulu. »

Et il y avait, au fond de cette indifférence, tout un long passé de misère et d'injustice, le vieil homme las de lutter, n'espérant plus en rien, prêt à laisser crouler ce monde où la faim menaçait sa vieillesse de travailleur fourbu.

« Vous savez, moi, reprit Charles, je les ai entendus qui causaient, les anarchistes, et, vrai ! ils disent des choses très justes, très raisonnables... Enfin, père, voilà que tu travailles depuis plus de trente ans, est-ce que ce n'est pas une abomination ce qui vient de t'arriver, la menace de crever comme un vieux cheval qu'on abat, à la moindre maladie. Et, dame ! ça me fait songer à moi, je me dis que ce ne sera pas drôle, de finir comme ça... Que le tonnerre de Dieu m'emporte ! on est tenté d'en être, de leur grand chambardement, si ça doit faire le bonheur de tout le monde. »

Certes, il n'avait pas la flamme, il n'en venait là que dans l'impatience de mieux vivre, déclassé déjà par la caserne, ayant rapporté du service obligatoire une idée d'égalité, de lutte pour la vie, un besoin de se faire sa légitime part de jouissance. C'était le pas fatal fait d'une génération à une autre, le père dupé dans son espoir de république fraternelle, devenu sceptique et méprisant, le fils en train d'aller à la foi nouvelle, acquis peu à peu aux violences, après l'apparente faillite de la liberté.

Mais, comme le grand rouge, un brave homme, se fâchait, criant que, si Salvat avait fait le coup, il fallait le prendre et l'envoyer à la guillotine, tout de suite, sans même le juger, Toussaint finit par être de son avis.

« Oui, oui, il a beau avoir épousé une de mes sœurs, je l'abandonne... Ça m'étonnerait pourtant de sa part, car vous savez qu'il n'est pas méchant, il ne tuerait pas une mouche.

– Que voulez-vous ? fit remarquer Charles, quand on vous pousse à bout, on devient enragé. »

Tous les trois s'étaient lavés à grande eau, et Toussaint, qui venait d'apercevoir le patron, s'attarda, attendit pour lui demander une avance. Justement, Grandidier, après avoir serré cordialement la main de Pierre, s'avança de lui-même au-devant du vieil ouvrier, qu'il estimait. Il l'écouta, se décida à lui donner un mot sur une carte pour le caissier. Mais il était très réfractaire au système des avances, les ouvriers ne l'aimaient point, le disaient rude, malgré sa réelle bonté, parce qu'il croyait devoir énergiquement défendre sa situation de patron, sans pouvoir céder en rien, sous peine de ruine. Quand la concurrence était si âpre, quand le système capitaliste nécessitait une si terrible lutte de toutes les heures, comment admettre les réclamations du salariat, même légitimes ?

Et Pierre, en partant, après s'être de nouveau entendu avec Thomas sur les réponses qu'il rapportait à son frère, eut une brusque pitié, lorsqu'il vit dans la cour Grandidier, sa tournée faite, retourner au pavillon clos, où l'attendait l'affreuse tristesse du drame de son cœur. Quelle secrète et inguérissable désespérance, cet homme dans le combat de la vie, défendant sa fortune, fondant sa maison au milieu de la furieuse bataille entre le capital et le salariat, et ne trouvant à son foyer, pour le repos du soir, que l'angoisse de sa femme folle, sa femme adorée, redevenue enfant, morte à l'amour ! Même les jours où il triomphait, il avait en rentrant cette irrémédiable défaite. En était-il donc un plus malheureux, plus à plaindre, parmi les pauvres qui mouraient de faim, parmi les tristes ouvriers, les vaincus du travail qui l'exécraient et l'enviaient ?

Lorsque Pierre se retrouva dans la rue, il eut l'étonnement de voir encore là les deux femmes, Mme Toussaint et Mme Théodore, avec la petite Céline. Les pieds dans la boue, telles que des épaves battues par l'éternel flot des passants, elles n'avaient pas bougé, elles causaient sans fin, bavardes et dolentes, endormant leur misère sous ce déluge de commérages. Et, quand, suivi de Charles, Toussaint sortit, heureux de l'avance obtenue, il les trouva là toujours, il dit à Mme Théodore l'histoire du poinçon, l'idée qu'il avait, avec tous les camarades, que Salvat pouvait bien avoir fait le coup. Mais celle-ci, devenue très pâle, se récria, sans laisser deviner ce qu'elle savait, ce qu'elle pensait au fond.

« Je vous répète que je ne l'ai plus revu. Pour sûr, il doit être en Belgique. Ah ! ouiche ! une bombe, vous dites vous-même qu'il est trop bon et qu'il ne tuerait pas une mouche ! »

En revenant à Neuilly, dans le tramway, Pierre tomba en une songerie profonde. Il avait encore en lui l'agitation ouvrière du quartier, le bourdonnement de l'usine, toute cette activité débordante de ruche. Et, pour la première fois, sous l'empire du tourment où il était, la nécessité du travail lui apparaissait, une fatalité qui se révélait aussi comme une santé et une force. Là, il découvrait enfin un terrain solide, l'effort qui entretient et qui sauve. Était-ce donc la première lueur d'une foi nouvelle ? Mais quelle dérision ! Le travail incertain, sans espoir, le travail aboutissant à l'éternelle injustice ! Et la misère alors guettant toujours l'ouvrier, l'étranglant au moindre chômage, le jetant à la borne comme un chien crevé, dès que venait la vieillesse !

À Neuilly, près du lit de Guillaume, Pierre trouva Bertheroy, qui venait de le panser. Et le vieux savant ne semblait pas rassuré encore sur les complications que pouvait amener la blessure.

« Aussi, vous ne vous tenez pas tranquille, je vous trouve toujours dans une émotion, dans une fièvre désastreuse. Il faut vous calmer, mon cher enfant, rien ne doit vous tourmenter, que diable ! »

Puis, quelques minutes après, comme il partait, il dit avec son bon sourire :

« Vous savez qu'on est venu pour m'interviewer, à propos de cette bombe de la rue Godot-de-Mauroy. Ces journalistes, ils s'imaginent qu'on sait tout ! J'ai répondu à celui-là qu'il serait bien aimable de me renseigner lui-même sur la poudre employée... Et, à ce propos, je fais demain, à mon laboratoire, une leçon sur les explosifs. Il y aura quelques personnes. Venez donc, Pierre, vous en rendrez compte à Guillaume, ça l'intéressera. »

Pierre, sur un regard de son frère, accepta. Puis, lorsqu'ils furent tous deux seuls, et qu'il lui eut conté son après-midi, Salvat soupçonné, le juge d'instruction mis sur la bonne piste, Guillaume fut repris d'une fièvre intense, la tête dans l'oreiller, les yeux clos, bégayant en une sorte de cauchemar :

« Allons, c'est la fin… Salvat arrêté, Salvat questionné… Ah ! tant de travail, tant d'espoir qui croule ! »

IV

Dès une heure et demie, Pierre était rue d'Ulm, où Bertheroy habitait une assez vaste maison, que l'État lui avait donnée, pour qu'il y installât un laboratoire d'étude et de recherches. Et tout le premier étage se trouvait ainsi aménagé en une grande salle, que l'illustre chimiste aimait parfois ouvrir à un public restreint d'élèves et d'admirateurs, devant lequel il parlait, faisait des expériences, exposait ses découvertes et ses théories nouvelles.

Pour la circonstance, on rangeait quelques chaises devant la longue et massive table, couverte de bocaux et d'appareils. Le fourneau était derrière, tandis que des vitrines encombrées de fioles, d'échantillons de toutes sortes, entouraient la pièce. Du monde occupait déjà les chaises, des confrères du savant surtout, quelques jeunes gens, même des dames et des journalistes. On restait d'ailleurs en famille, on saluait le maître, on causait avec lui comme dans l'intimité.

Tout de suite, lorsque Bertheroy aperçut Pierre, il s'avança, lui serra la main, le conduisit devant la table, pour l'asseoir à côté de François Froment, arrivé un des premiers. Le jeune homme terminait alors sa troisième année, à l'École normale voisine, et il n'avait qu'un pas à faire, quand il venait chez son maître, chez celui que, très respectueusement, il regardait comme le plus solide cerveau de l'époque. Pierre fut ravi de la rencontre, car ce grand garçon, aux yeux si vifs, dans sa haute face d'intellectuel, lui avait laissé une impression de charme profond, lors de sa visite à Montmartre. Le neveu, du reste, fit à l'oncle un accueil cordial, d'une libre expansion de jeunesse, heureux aussi d'avoir des nouvelles de son père.

Bertheroy commença. Il parlait d'une façon familière, très sobrement, avec des trouvailles de mots. Il résuma d'abord les recherches, les travaux déjà considérables qu'il avait faits sur les matières explosives. En riant, il contait qu'il manipulait parfois des poudres à faire sauter le quartier. Mais il rassura son public, il était prudent. Puis, il finit par s'occuper de la bombe de la rue Godot-de-Mauroy, qui révolutionnait tout Paris, depuis quelques jours. Les débris venaient d'en être soigneusement examinés par des experts, on lui en avait apporté à lui-même un fragment, pour qu'il donnât son avis. Cette bombe paraissait assez mal fabriquée, chargée de petits morceaux de fer, d'un allumage à mèche enfantin. Seulement, l'extraordinaire, c'était la formidable puissance de la cartouche centrale, qui, toute petite qu'elle devait être, avait produit des effets foudroyants. On se demandait à quelle force incalculable de destruction on arriverait, si l'on décuplait, si l'on centuplait la charge. Et l'embarras commençait, les discussions achevaient d'obscurcir le problème, dès qu'on voulait se prononcer sur la nature de la poudre employée. Sur les trois experts, l'un reconnaissait simplement la dynamite, tandis que les deux autres, sans d'ailleurs s'entendre, croyaient à des mélanges. Quant à lui, très modestement, il s'était récusé, les fragments qu'on lui avait soumis portant des traces en vérité trop légères pour qu'on se livrât à une analyse. Il ne savait pas, il ne voulait pas conclure. Mais sa conviction était qu'on se trouvait en face d'une poudre inconnue, d'un explosif nouveau, dont la puissance dépassait tout ce qu'on avait pu concevoir jusque-là. Il imaginait quelque savant solitaire, ou bien un de ces inventeurs naïfs à la main heureuse, découvrant dans le mystère la formule de cette poudre. Et c'était à ceci qu'il voulait en venir, aux nombreux explosifs ignorés encore, aux prochaines trouvailles qu'il pressentait. Lui-même, au cours de ses recherches, en avait soupçonné plusieurs, sans avoir l'occasion ni le temps de pousser l'étude dans ce sens. Il indiqua même le terrain à fouiller, la marche à suivre. L'avenir, pour lui, était là sans doute. Et, dans une péroraison très large, très belle, il dit qu'on avait déshonoré jusqu'à présent les explosifs, en les employant à des œuvres imbéciles de vengeance et de désastre, tandis qu'il y avait peut-être en eux la force libératrice que la science cherchait, le levier qui soulèverait et changerait le monde, lorsqu'on les aurait domestiqués, réduits à n'être plus que les serviteurs obéissants de l'homme.

Pierre, pendant toute cette causerie, d'une heure et demie à peine, sentit François, près de lui, se passionner, frémir aux vastes horizons que le maître ouvrait. Lui-même venait d'être violemment intéressé, car il lui était impossible de ne pas saisir certaines allusions, de ne pas établir certains rapprochements entre ce qu'il entendait et ce qu'il avait deviné des angoisses de Guillaume, sur le secret que ce dernier redoutait si fort de voir à la merci d'un juge d'instruction. Aussi, lorsqu'ils allèrent, François et lui, serrer la main de Bertheroy, avant de partir ensemble, dit-il avec intention :

« Guillaume regrettera bien de n'avoir pas entendu développer de si admirables idées. »

Le vieux savant se contenta de sourire.

« Bah ! résumez-lui ce que j'ai dit. Il comprendra, il en sait plus que moi là-dessus. »

Dans la rue, François, qui gardait, devant l'illustre chimiste, la muette attitude d'un élève respectueux, finit par déclarer, au bout de quelques pas faits en silence :

« Quel dommage qu'un homme d'une si large intelligence, affranchi de toutes les superstitions, résolu à toutes les vérités, ait consenti à se laisser classer, étiqueter, enfermer dans des titres et dans des Académies ! Et combien nous l'aimerions davantage, s'il émargeait moins au budget et s'il avait les membres moins liés de grands cordons !

– Que voulez-vous ? dit Pierre conciliant, il faut vivre. Puis, au fond, je crois bien qu'il est libéré de tout. »

Et, comme à ce moment ils arrivaient devant l'École normale, le prêtre s'arrêta, croyant que son jeune compagnon allait y rentrer. Mais celui-ci leva les yeux, regarda un instant la vieille demeure.

« Non, non, c'est jeudi, je suis libre… Oh ! nous sommes très libres, trop libres. Et j'en suis heureux, car cela me permet souvent de monter chez nous, à Montmartre, pour me rasseoir et travailler à mon ancienne petite table d'écolier. Là seulement, je me sens le cerveau solide et clair. »

Admis à la fois à l'École polytechnique et à l'École normale, il avait opté pour cette dernière, où il était entré premier, dans la section scientifique. Son père désirait qu'il s'assurât un métier, celui de professeur, quitte à rester indépendant, à ne s'occuper que de travaux personnels, lors de sa sortie de l'École, si la vie le lui permettait. Très précoce, il terminait sa troisième année, il préparait le dernier examen, et c'était cet examen qui lui prenait toutes ses heures. Il n'avait pas d'autre repos que ses voyages à pied à Montmartre et de longues promenades dans le jardin du Luxembourg.

Machinalement, François s'était mis en marche vers ce jardin, où Pierre le suivit en causant. L'après-midi de février y était d'une douceur printanière, un pâle soleil dans les arbres noirs encore, un de ces premiers beaux jours qui font poindre les petites pousses vertes des lilas. La conversation était restée sur l'École.

« Je vous avoue, disait Pierre, que je n'en aime guère l'esprit. Certes, il s'y fait d'excellente besogne, et pour former des professeurs, le seul moyen est évidemment de leur apprendre le métier, en les bourrant des connaissances requises. Le pis est que tous, instruits et élevés pour le professorat, ne restent pas dans le professorat. Beaucoup se répandent dans le monde, entrent dans le journalisme, s'emploient à régenter les arts, la littérature et la société. Et ceux-là, en vérité, sont le plus souvent insupportables... Après n'avoir juré que par Voltaire, les voici retournés au spiritualisme, au mysticisme, la dernière mode des salons. Le dilettantisme, le cosmopolitisme s'en sont mêlés. Depuis que la foi solide en la science est devenue chose brutale, inélégante, ils croient se débarbouiller du professorat, en affectant un doute aimable, une ignorance voulue, une innocence apprise. Leur grande crainte est de sentir l'École, et ils sont très parisiens, ils risquent la culbute et l'argot, font des grâces de jeunes ours savants, dévorés du désir de ceux qui ont la prétention de tout savoir et qui retournent, par distinction, à la croyance des humbles, à l'idéalisme naïf et délicieux du petit Jésus de la crèche. »

François s'était mis à rire.

« Oh ! le portrait est un peu chargé, mais c'est cela, c'est bien cela.

– J'en ai connu plusieurs, continua Pierre qui s'animait, qui s'oubliait. Et, chez tous, j'ai trouvé cette terreur d'être dupes, aboutissant à la réaction contre tout l'effort, tout le travail du siècle : dégoût de la liberté, méfiance devant la science, négation de l'avenir. M. Homais est pour eux l'épouvantail, le comble du ridicule, et c'est la crainte de lui ressembler qui les jette à cette élégance de ne rien croire ou de ne croire que l'incroyable. Sans doute M. Homais est ridicule, mais lui du moins reste sur un terrain solide. Et pourquoi donc ne braverait-il pas le respect humain en disant des vérités, même à M. de La Palice, lorsque tant d'autres le bravent, et s'en font gloire, en s'agenouillant devant l'absurde ? S'il est devenu banal que deux et deux fassent quatre, pourtant ils font bien quatre. Le dire, cela est encore moins sot et moins fou, que de croire par exemple aux miracles de Lourdes. »

Étonné, François regardait le prêtre. Celui-ci s'en aperçut, se modéra. Mais, quand même, toute une désolation, toute une colère sortaient de lui, quand il parlait de la jeunesse intellectuelle, telle qu'il se l'imaginait, dans sa crise de désespérance. De même qu'il avait eu pitié des travailleurs mourant de faim, là-bas, au quartier de misère, de même ici il était plein d'un mépris douloureux pour les jeunes cerveaux manquant de bravoure devant la connaissance, retournant à la consolation d'un spiritualisme mensonger, à la promesse d'une éternité de bonheur, dans la mort souhaitée, exaltée. N'était-ce pas l'assassinat même de la vie, la pensée lâche de ne pas vouloir la vivre pour elle-même, pour le simple devoir d'être et de donner son effort ? Toujours le moi se faisait centre, toujours l'individu exigeait d'être heureux par soi et en soi. Ah ! cette jeunesse qu'il rêvait vaillante, acceptant la tâche d'aller toujours à plus de vérité, n'étudiant le passé que pour s'en libérer et pour marcher à l'avenir, comme il se désolait de la croire retombée dans les louches métaphysiques, par lassitude et paresse, peut-être aussi par surmenage d'un siècle finissant, trop chargé de besogne humaine !

François s'était remis à sourire.

« Mais, dit-il, vous vous trompez, nous ne sommes pas tous ainsi à l'École... Vous ne semblez connaître que les normaliens de la section des lettres, vous changeriez sûrement d'avis, si vous connaissiez les normaliens de la section des sciences... Chez mes camarades littéraires, il est très vrai que la réaction contre le positivisme se fait sentir, et qu'ils sont hantés, eux aussi, par l'idée de la fameuse banqueroute de la science. Cela tient sans doute un peu aux maîtres qu'ils ont, aux néo-spiritualistes et aux rhétoriciens dogmatiques entre les mains desquels ils sont tombés. Et ceci tient plus encore à la mode, à l'air du temps qui veut, comme vous le dites très bien, que la vérité scientifique soit mal portée, sans grâce, d'une brutalité inacceptable pour les intelligences distinguées et légères. Un garçon de quelque finesse, et qui veut plaire, est forcément acquis à l'esprit nouveau.

– Ah ! l'esprit nouveau ! interrompit Pierre, dans un cri qu'il ne put retenir, il n'a pas l'innocence d'une mode passagère, il est une tactique, et terrible, tout un retour des ténèbres contre la lumière, de la servitude contre l'affranchissement des esprits, contre la vérité et la justice ! »

Puis, comme le jeune homme le regardait une seconde fois de plus en plus étonné, il se tut. La figure de Mgr Martha s'était dressée, et il croyait l'entendre, dans la chaire de la Madeleine, s'efforçant de reconquérir Paris à la politique de Rome, à ce prétendu néo-catholicisme qui acceptait de la démocratie et de la science ce qu'il pouvait en faire sien, pour les détruire. C'était la suprême lutte, tout le poison versé à la jeunesse partait de là, il n'ignorait pas les efforts faits dans les établissements religieux, afin d'aider à cette renaissance du mysticisme, avec l'espoir fou de hâter la déroute de la science. On disait que Mgr Martha était tout-puissant à l'Université catholique et qu'il répétait à ses intimes qu'il faudrait trois générations d'élèves bien-pensants et dociles, avant que l'Église redevînt la maîtresse souveraine de la France.

« Pour l'École, je vous assure que vous vous trompez, répéta François. Il s'y trouve sans doute quelques croyants étroits. Mais, même dans la section des lettres, le plus grand nombre ne sont au fond que des sceptiques, d'une moyenne aimable et discrète, professeurs avant tout, bien qu'ils en aient un peu la honte, et dès lors gâtés par une ironie de cuistres émancipés, ravagés par l'esprit critique, incapables de créations originales. Certes, je serais bien surpris de voir sortir de leurs rangs le génie attendu. Et ce serait à souhaiter qu'un génie barbare vînt, sans lecture, sans critique, sans pondération et sans nuance, ouvrir à coups de hache le siècle de demain, dans une belle flambée de vérité et de réalité... Quant à mes camarades de la section scientifique, je vous jure que le néo-catholicisme, le mysticisme, l'occultisme, et toutes les fantasmagories de la mode, ne les troublent guère. Ils n'en sont pas à faire une religion de la science, ils restent très ouverts au doute, mais ce sont pour la plupart des esprits très clairs, très nets et très fermes, passionnés de certitude, tout au zèle de l'enquête, dont l'effort se continue au travers du vaste champ des connaissances humaines. Ils n'ont pas bronché, ils demeurent des positivistes convaincus, des évolutionnistes, des déterministes, qui ont mis leur foi dans l'observation et dans l'expérience, pour la conquête définitive du monde. »

Lui-même s'animait, laissait déborder sa foi, par les allées calmes et ensoleillées du jardin.

« Ah ! la jeunesse ! est-ce qu'on la connaît ? Cela nous fait rire, lorsque nous voyons toutes sortes d'apôtres se la disputer, la tirer à eux, la déclarer blanche, ou noire, ou grise, selon la couleur dont ils la veulent, pour le triomphe de leurs idées. La vraie jeunesse, elle est dans les écoles, dans les laboratoires, dans les bibliothèques. C'est cette jeunesse-là qui travaille, qui apportera demain, et non la prétendue jeunesse des cénacles, des manifestes, des extravagances. Naturellement, celle-ci fait beaucoup de tapage, on n'entend qu'elle. Mais si vous saviez l'effort continu, la passion des autres, de ceux qui se taisent, enfermés dans leur tâche ! Et de ceux-là, j'en connais beaucoup, ils sont avec le siècle, ils n'en ont rejeté aucun des espoirs, ils marchent au siècle prochain, résolus à poursuivre la besogne de leurs devanciers, toujours vers plus de lumière, vers plus d'équité. Allez leur parler, à ceux-là, de la banqueroute de la science : ils hausseront les épaules, car ils savent bien que jamais la science n'a enflammé plus de cœurs ni fait de plus prodigieuses conquêtes. Qu'on les ferme donc, les écoles, les laboratoires, les bibliothèques, qu'on change profondément le sol social, alors seulement on pourra craindre d'y voir repousser l'erreur, si douce aux cœurs faibles, aux cerveaux étroits ! »

Mais ce bel élan fut interrompu. Un grand jeune homme blond s'arrêta pour serrer la main de François. Et Pierre fut surpris de reconnaître le fils du baron Duvillard, Hyacinthe, qui, d'ailleurs, le salua très correctement. Les deux jeunes gens se tutoyaient.

« Comment ! te voilà dans notre vieux quartier, en province ?

– Mon cher, je vais là-bas, derrière l'Observatoire, chez Jonas... Tu ne connais pas Jonas ? Oh ! mon cher, un sculpteur génial qui en est arrivé à supprimer presque la matière. Il a fait la Femme, une figure haute comme le doigt, et qui n'est plus qu'une âme, sans l'ignoble bassesse des formes, totale pourtant, toute la Femme dans son essentiel symbole. Et c'est grand, et c'est écrasant, une esthétique, une religion ! »

François le regardait en souriant, pincé dans sa longue redingote, avec sa figure faite, sa barbe et ses cheveux taillés, qui lui donnaient son air laborieux d'androgyne.

« Et toi ? Je croyais que tu travaillais, que tu allais publier un petit poème bientôt.

– Oh ! mon cher, créer me répugne tant ! Un vers me coûte des semaines... Oui, j'ai un petit poème, *La Fin de la femme*. Et tu vois bien que je ne suis pas exclusif comme on le dit, puisque j'admire Jonas, qui croit encore à la nécessité de la Femme. Son excuse est la sculpture, un art si grossier, si matériel. Mais, en poésie, ah ! grand Dieu ! en a-t-on abusé, de la Femme ! N'est-il pas temps vraiment de l'en chasser, pour nettoyer un peu le temple des immondices dont ses tares de femelle l'ont souillé ? C'est tellement sale, la fécondité, la maternité, et le reste ! Si nous étions tous assez purs, assez distingués, pour ne plus en toucher une seule, par dégoût, et si toutes mouraient inféconde, n'est-ce pas ? ce serait au moins finir proprement. »

Et, sur ce trait, dit de son air languissant, il s'en alla, avec un léger dandinement des hanches, heureux de l'effet produit.

« Vous le connaissez donc ? demanda Pierre.

– Il a été mon condisciple à Condorcet, j'ai fait toutes mes classes avec lui. Oh ! un type si drôle, un cancre qui étalait les millions du père Duvillard, jusque dans ses cravates, tout en affectant de les mépriser, posant pour le révolutionnaire, parlant d'allumer au feu de sa cigarette la cartouche qui ferait sauter le monde. Schopenhauer, Nietzsche, Tolstoï et Ibsen réunis ! Et vous voyez ce qu'il est devenu, un malade et un farceur !

– Terrible symptôme, murmura Pierre, lorsque ce sont les fils des heureux, des privilégiés, qui, par ennui, par lassitude, par contagion de la fureur destructive, se mettent à faire la besogne des démolisseurs ! »

François avait repris sa marche, descendant vers le bassin, où des enfants dirigeaient toute une escadre de bateaux.

« Celui-ci n'est qu'un grotesque… Et comment voulez-vous que leur mysticisme, que le réveil du spiritualisme, allégué par les doctrinaires qui ont lancé la fameuse banqueroute de la science, soit vraiment pris au sérieux, lorsqu'il aboutit, en une si brève évolution, à de telles insanités dans les arts et dans les lettres ? Quelques années d'influence ont suffi, voici le satanisme, l'occultisme, toutes les aberrations qui fleurissent ; sans parler de Gomorrhe et de Sodome réconciliées, dit-on, avec la Rome nouvelle. Aux fruits, l'arbre n'est-il pas jugé ? Et, au lieu d'une renaissance, d'un profond mouvement social ramenant le passé, n'est-il pas évident que nous assistons simplement à une réaction transitoire, que bien des causes expliquent ? Le vieux monde ne veut pas mourir, il se débat dans une convulsion dernière, il semble ressusciter pour une heure, avant d'être emporté par le fleuve débordé des connaissances humaines, dont le flot grossit toujours. Et là est l'avenir, le monde nouveau que la vraie jeunesse apportera, celle qui travaille, celle qu'on ne connaît pas, qu'on n'entend pas… Mais, tenez ! prêtez l'oreille, et peut-être l'entendrez-vous, car nous sommes ici chez elle, dans son quartier, et le grand silence qui nous entoure n'est fait que du labeur de tant de jeunes cerveaux, penchés sur la table de travail, le livre lu, la page écrite, la vérité conquise chaque jour davantage. »

D'un geste large, au-delà du jardin du Luxembourg, François indiquait les institutions, les lycées, les écoles supérieures, les facultés de droit et de médecine, l'Institut avec ses cinq Académies, les bibliothèques et les musées sans nombre, tout ce domaine du travail intellectuel, qui occupe un vaste champ de Paris immense. Et Pierre, ému, ébranlé dans sa négation, crut entendre en effet monter des classes, des amphithéâtres, des laboratoires, des salles de lecture, des simples chambres d'étude, le grand murmure sourd du travail de toutes ces intelligences en branle. Ce n'était pas la trépidation saccadée, essoufflée, la clameur grondante des usines ouvrières, où le travail manuel peine et s'irrite. Mais, ici, le soupir était aussi las, l'effort aussi meurtrier, la fatigue aussi féconde. Était-ce donc vrai que la jeunesse intellectuelle était toujours dans sa forge silencieuse, ne renonçant à aucune espérance, n'abandonnant aucune conquête, forgeant la vérité et la justice de demain, en pleine liberté d'esprit, avec les marteaux invincibles de l'observation et de l'expérience ?

François venait de lever les yeux, pour regarder l'heure, à l'horloge du Palais.

« Je vais à Montmartre, m'accompagnez-vous un bout du chemin ? »

Pierre accepta, surtout lorsque le jeune homme eut ajouté qu'il passerait par le musée du Louvre, où il voulait prendre son frère Antoine. Sous le clair après-midi, les salles du musée de peinture, presque vides, avaient un calme tiède et noble, lorsqu'on y arrivait du fracas et de la bousculade des rues. Il n'y avait guère là que les copistes, travaillant dans un profond silence, que trouvaient seuls les parents errants de quelques étrangers. Et ils trouvèrent Antoine au bout de la salle des Primitifs, très absorbé, dessinant une académie d'après Mantegna, avec un soin scrupuleux, une sorte de dévotion. Ce qui le passionnait, chez ces Primitifs, ce n'était pas le mysticisme, l'envolement d'idéal, que la mode veut y voir ; c'était au contraire, et très justement, une sincérité de réalistes ingénus, leur respect et leur modestie devant la nature, la loyauté minutieuse qu'ils mettaient à la traduire le plus fidèlement possible. Pendant des journées d'acharné travail, il venait là les copier, les étudier, pour apprendre d'eux la sévérité, la probité du dessin, tout le haut caractère qu'ils doivent à leur candeur d'honnêtes artistes.

Pierre fut frappé de la pure flamme que cette séance de bon travail avait mise dans les pâles yeux bleus d'Antoine. Cette face de colosse blond, noyée habituellement de douceur et de rêve, en était comme échauffée, enfiévrée ; et le grand front, en forme de tour, qu'il devait à son père, prenait son entière expression de citadelle, armée pour la conquête de la vérité et de la beauté. À dix-huit ans, son histoire était toute là : un dégoût, en troisième, des études classiques ; une passion du dessin, qui avait décidé son père à lui laisser quitter le lycée, où il ne faisait rien de bon ; puis, des journées passées à se chercher, à dégager en lui l'originalité profonde, dont l'impérieuse conscience venait de parler si haut. Il avait essayé de la gravure sur cuivre, de l'eau-forte. Mais il en était bien vite venu à la gravure sur bois, et il s'y était fixé, malgré le discrédit où elle tombait, avilie par les procédés industriels. N'était-ce pas tout un art à restaurer, à élargir ? Lui, rêvait de graver sur bois ses propres dessins, d'être le cerveau qui enfantait et la main qui exécutait, de façon à obtenir des effets nouveaux, d'une grande intensité de vision et d'accent. Pour obéir à son père, qui exigeait de ses fils un métier, il gagnait son pain comme tous les graveurs, en exécutant des bois pour des publications illustrées. Mais, à côté de ces travaux courants, il avait déjà fait quelques planches d'une extraordinaire sensation de puissance et de vie, des réalités copiées, des scènes de l'existence quotidienne, mais accentuées, élargies par le trait essentiel, avec une maîtrise vraiment stupéfiante chez un si jeune garçon.

« Est-ce que tu veux graver ça ? lui demanda François, pendant qu'il remettait la copie du Mantegna dans son carton.

– Oh ! non, ce n'est là qu'un bain d'innocence, une bonne leçon pour apprendre à être modeste et sincère… La vie est trop différente aujourd'hui. »

Et, dans la rue, comme Pierre s'oubliait avec les deux jeunes gens, jusqu'à les accompagner à Montmartre, pris pour eux d'une sympathie grandissante, Antoine, qui marchait près de lui, s'abandonna, parla de son rêve d'art, gagné sans doute lui aussi par des affinités secrètes de tendresse et de dévouement.

« La couleur, certes, est une puissance, un charme souverain, et l'on peut dire que, sans elle, il n'y a pas d'évocation complète. Pourtant, c'est singulier, elle ne m'est pas indispensable. Il me semble que je puis, avec le noir et le blanc, recréer la vie aussi intense, aussi définitive ; et je m'imagine même que je le ferai d'une façon plus sévère, plus essentielle, en dehors de la duperie fugitive, de la caresse trompeuse des tons… Mais quelle tâche ! Voyez ce grand Paris que nous traversons. Je voudrais en fixer l'heure actuelle en quelques scènes, en quelques types, qui puissent rester comme d'immortels témoignages. Et cela, très exactement, très naïvement, car l'accent d'éternité n'est que dans la simple candeur de l'artiste, très humble et très croyant devant la nature toujours belle. J'ai déjà quelques figures, je vous les montrerai… Ah ! si j'osais attaquer le bois directement avec le burin, sans me refroidir à le dessiner d'abord ! Je n'indique d'ailleurs au crayon que l'ébauche, le burin peut ensuite avoir des trouvailles, des énergies et des finesses inattendues. Et c'est ce qui fait que le dessinateur et le graveur en moi ne font qu'un, à ce point que, seul, je puis exécuter mes bois, dont les dessins gravés par un autre seraient sans vie… La vie, elle naît aussi bien des doigts que du cerveau, lorsqu'on est un créateur d'êtres. »

Puis, quand ils furent tous les trois au bas de Montmartre, et que Pierre parla de prendre le tramway, pour rentrer à Neuilly, Antoine, enfiévré de passion, lui demanda s'il connaissait le sculpteur Jahan, qui avait là-haut des travaux, pour le Sacré-Cœur. Et, sur une réponse négative :

« Montez donc un instant, c'est un garçon de grand avenir. Vous verrez la maquette d'un ange qu'on lui a refusée. »

François, lui aussi, se mit à faire l'éloge de cet ange, ce qui décida le prêtre. En haut, parmi les baraquements, que la construction de la basilique nécessitait, Jahan avait pu installer un atelier vitré dans un hangar, assez vaste pour y exécuter l'ange colossal qui lui était commandé. Les trois visiteurs le trouvèrent, vêtu d'une blouse, surveillant le travail de deux praticiens, en train de dégrossir le bloc de pierre, d'où l'ange allait naître. C'était un fort garçon de trente-six ans, très brun et barbu, ayant une grande bouche de santé et de beaux yeux brillants. Il était né à Paris, il avait passé par l'École, mais avec une fougue de tempérament, qui lui attirait de continuels ennuis.

« Ah ! oui, vous venez voir mon ange, celui dont l'archevêché n'a pas voulu… Tenez, le voilà ! »

La figure, haute d'un mètre, et dont l'argile séchait déjà, avait un envolement superbe, ses deux grandes ailes déployées, enflées d'un désir éperdu d'infini. Le corps, nu, drapé à peine, était d'un éphèbe, mince et robuste, à la tête noyée d'allégresse, comme emporté dans le ravissement du plein ciel.

« Ils l'ont trouvé trop humain, mon ange. Et, ma foi ! ils avaient raison… Un ange, c'est tout ce qu'il y a de plus difficile à concevoir. On hésite même sur le sexe, est-ce garçon ou fille ? Puis, quand la foi manque, on est bien forcé de prendre le premier modèle venu et de le copier, en l'abîmant… Moi, en faisant celui-ci, je tâchais de m'imaginer un bel enfant, à qui des ailes pousseraient, et que l'ivresse du vol emporterait dans la joie du soleil… Ça les a bousculés, ils ont voulu quelque chose de plus religieux, et alors j'ai fait cette saleté-là. Il faut bien vivre. »

De la main, il avait désigné l'autre maquette, celle dont les praticiens commençaient l'exécution, un ange correct aux ailes d'oie symétriques, avec le corps ni fille ni garçon, la tête poncive, exprimant l'extase niaise que la tradition impose.

« Que voulez-vous ? reprit-il, tout cet art religieux est tombé à la banalité la plus écœurante. On ne croit plus, on bâtit des églises comme des casernes, on les décore de bons Dieux et de bonnes Vierges à faire pleurer. C'est que le génie n'est que la floraison du sol social, le grand artiste ne peut flamber que de la foi de son époque… Ainsi moi, je suis petit-fils d'un paysan beauceron, j'ai grandi chez mon père, venu à Paris pour s'établir marbrier, en haut de la rue de la Roquette. J'ai commencé par être ouvrier, toute mon enfance s'est passée parmi le peuple, sur le pavé des rues, sans que jamais l'idée me vienne de mettre les pieds dans une église… Alors, quoi ? que va devenir l'art dans un temps qui ne croit plus à Dieu ni même à la beauté ? Il faut bien aller à la foi nouvelle, et c'est la foi à la vie, au travail, à la fécondité, à tout ce qui besogne et enfante… »

Il s'interrompit brusquement, pour s'écrier :

« Dites donc, ma figure de la Fécondité, j'y ai travaillé de nouveau, j'en suis assez content… Venez donc voir ça. »

Et il voulut absolument les mener à son atelier personnel, qu'il avait près de là, en dessous de la petite maison de Guillaume. On y entrait par la rue du Calvaire, cette rue qui n'est qu'un escalier interminable, d'une raideur d'échelle. La porte s'ouvrait sur un des petits paliers, et en haut de quelques marches, on se trouvait dans une vaste pièce, largement éclairée par un vitrage, encombrée de maquettes, de plâtres, d'ébauches, de figures, tout un débordement solide et puissant. Debout sur une selle, la figure en train, la Fécondité était enveloppée de linges humides. Quand il l'eut débarrassée, elle apparut avec ses fortes hanches, son ventre d'où devait naître un monde nouveau, sa gorge d'épouse et de mère gonflée du lait nourrisseur et rédempteur.

« Hein ? cria-t-il avec un rire heureux, je crois que le poupon de celle-là sera un gaillard moins efflanqué que les pâles esthètes d'aujourd'hui, et qui n'aura pas peur à son tour de faire des enfants ! »

Mais, pendant qu'Antoine et François admiraient, Pierre était surtout intéressé par une jeune fille, qui leur avait ouvert la porte de l'atelier, et qui venait de se rasseoir, d'un air de lassitude, devant une petite table, où elle lisait un livre. C'était Lise, la sœur de Jahan. Elle avait vingt ans de moins que lui, seize ans à peine, et elle vivait là, avec son grand frère, depuis la mort de leurs parents. Fluette, d'une santé débile, elle avait le plus doux des visages, encadré de cheveux cendrés délicieux, d'une légèreté de fine poussière d'or pâli. Presque infirme, les jambes prises, elle marchait difficilement ; et l'intelligence, chez elle, semblait aussi en retard, restée simple, d'une grande naïveté enfantine. Son frère en avait eu d'abord une tristesse profonde. Puis, il s'était habitué à son innocence, à sa langueur. Très occupé, toujours frémissant, débordant de projets nouveaux, il la négligeait forcément, la laissait vivre autour de lui, à sa guise, ainsi qu'une gamine restée en bas âge, familière et caressante.

Pierre avait remarqué de quel élan fraternel Lise avait accueilli Antoine. Et, tout de suite, il vit celui-ci, lorsqu'il eut félicité Jahan de sa Fécondité, venir s'asseoir près de la jeune fille, pour s'occuper d'elle, la questionner, voir le livre qu'elle lisait. Depuis six mois, le plus pur, le plus tendre des liens s'était noué entre eux. Lui, du jardin de la maison de son père, là-haut, place du Tertre, l'apercevait, plongeait par le large vitrage dans cet atelier où elle passait son existence de fille innocente. Et il s'était d'abord intéressé à elle, en la voyant toujours seule, presque abandonnée, puis, la connaissance faite, ravi de la trouver si simple, si charmante, il avait conçu passionnément le dessein de l'éveiller à l'intelligence, à la vie, en l'aimant, en étant l'esprit, le cœur qui fécondent. Alors, ce que son frère n'avait pu être pour elle, il le fut, dans le besoin de plante frêle où elle était de soins délicats, de soleil et d'amour. Déjà il avait réussi à lui apprendre à lire, besogne qui avait rebuté toutes les institutrices. Elle l'écoutait, le comprenait. Ses beaux yeux clairs, dans son visage irrégulier, s'animaient peu à peu d'une flamme heureuse. C'était le miracle de l'amour, la création de la femme, au souffle de l'amant jeune, donnant son être. Sans doute, elle restait bien chancelante, d'une si pauvre santé, qu'on tremblait toujours de la voir s'en aller en un léger soupir ; et elle ne marchait certes pas encore, les jambes trop faibles. Mais elle n'était tout de même plus la petite sauvage, la petite fleur souffrante du printemps dernier.

Jahan, qui était dans l'émerveillement du miracle commencé, s'approcha des jeunes gens.

« Hein ? votre élève vous fait honneur. Vous savez qu'elle lit très couramment, et elle comprend très bien les beaux livres que vous lui apportez... N'est-ce pas, Lise, que, le soir, maintenant, tu me fais la lecture ? »

Elle leva ses yeux candides, elle regarda Antoine avec un sourire d'infinie reconnaissance.

« Oh ! tout ce qu'il voudra bien m'apprendre, je le saurai, je le ferai. »

Tous rirent doucement, et comme les trois visiteurs partaient enfin, François s'arrêta devant une maquette qui s'était fendue, en séchant.

« Un projet avorté, dit le sculpteur. Je voulais faire une Charité, une commande pour une œuvre. Et j'ai eu beau chercher, ce que j'ai trouvé était si banal, que j'ai laissé s'abîmer la terre... Pourtant, je vais voir, il faut que je tâche de reprendre ça. »

Dehors, Pierre eut l'idée de remonter jusqu'à la basilique du Sacré-Cœur, avec l'espoir d'y rencontrer l'abbé Rose. Alors, lui et les deux frères firent le tour par la rue Gabrielle, se retrouvèrent dans les pentes, dans les étages de la rue Chappe, qu'ils gravirent. Et, comme ils arrivaient en haut, devant l'église, dressant sa forêt d'échafaudages sous le ciel clair, ils rencontrèrent Thomas, qui revenait de l'usine par la rue Lamarck, où il était allé donner un ordre à un fondeur.

« Ah ! je suis content, s'écria-t-il dans une expression qui le faisait rayonner, lui si discret, si muet d'habitude. Je crois que je vais trouver, pour notre petit moteur... Dites au Père que ça va bien et qu'il guérisse vite ! »

D'un mouvement brusque, d'un même élan, à ce cri de Thomas, ses deux frères, François et Antoine, s'étaient serrés contre lui, étroitement. Et ils étaient là tous les trois, réunis en un groupe vaillant, n'ayant plus qu'un cœur, qui battait d'une seule joie, à l'idée que le père serait réjoui, qu'une bonne nouvelle, envoyée par eux, allait aider à le remettre debout. Pierre, qui maintenant les connaissait, et qui commençait à les aimer, les jugeant à leur haut prix, fut émerveillé de ces trois colosses si tendres, d'une ressemblance si frappante, tout d'un coup rapprochés, unis de la sorte en une phalange héroïque, dès que s'embrasait leur amour filial.

« Dites-lui, n'est-ce pas ? que nous l'attendons, et qu'au premier signe, nous serions près de lui. »

Tous trois serrèrent vigoureusement la main du prêtre. Et, comme celui-ci les regardait s'éloigner, dans la direction de la petite maison dont il apercevait le jardin, par-dessus le mur de la rue Saint-Éleuthère, il crut distinguer une fine silhouette, un visage blanc égayé de soleil, sous le casque de cheveux noirs, Marie sans doute, en train de surveiller les pousses de ses lilas. Mais la lumière diffuse était si dorée, à cette heure du soir, que la vision s'y noyait et parut s'y perdre, dans une gloire. Et, les yeux éblouis, il tourna la tête, il ne vit plus, à l'autre bord du ciel, que la masse du Sacré-Cœur, crayeuse, écrasante, ainsi regardé de près, bouchant ce coin d'horizon, de son énormité toute neuve.

Pierre était resté debout, immobile à la même place, agité des sentiments, des réflexions les plus contraires, dans un tel trouble, qu'il lui était impossible de lire clairement en lui. Maintenant, il s'était tourné vers la ville. Paris immense se déroulait à ses pieds, un Paris limpide et léger, sous la clarté rose de cette soirée de printemps précoce. La mer sans fin des toitures se découpait avec une netteté singulière, qui aurait permis de compter les cheminées, les petits traits noirs des fenêtres, par millions. Dans l'air calme, les monuments semblaient des navires à l'ancre, une escadre arrêtée en sa marche, dont la haute mâture luisait à l'adieu du soleil. Et jamais Pierre encore n'avait mieux distingué les grandes divisions de cet océan humain : la ville du travail manuel, là-bas, à l'est et au nord, avec le ronflement et les fumées des usines ; la ville de l'étude, de l'intellectuel labeur, si calme, d'une si large sérénité, au sud, de l'autre côté du fleuve ; tandis que la passion du négoce était partout, montant des quartiers du centre, où se ruait la bousculade des foules, parmi le continuel fracas des roues ; et que la ville des heureux, des puissants, en lutte pour la possession du pouvoir et de la richesse, déroulait à l'ouest son entassement de palais, dans l'incendie peu à peu sanglant de l'astre à son coucher.

Et Pierre, alors du fond de sa négation, du néant où il était tombé par la perte de sa foi, sentit passer la délicieuse fraîcheur, la venue, confuse encore, d'une foi nouvelle. Il n'aurait pu en formuler même l'espoir. Mais, déjà, parmi les rudes ouvriers de l'usine, le travail manuel lui était apparu nécessaire et rédempteur, malgré la misère, l'abominable injustice où il aboutissait. Et voilà que la jeunesse intellectuelle dont il avait désespéré, cette génération de demain qu'il croyait gâtée, retournée à l'erreur, à la pourriture ancienne, venait de se révéler à lui, pleine de viriles promesses, résolue à continuer l'œuvre des aînés, en conquérant par l'unique science toute vérité et toute justice.

V

Il y avait un grand mois déjà que Guillaume s'était réfugié chez son frère, dans la petite maison de Neuilly. Presque guéri de sa blessure au poignet, il se levait depuis longtemps, passait des heures au jardin. Mais, malgré l'impatience où il était de retourner à Montmartre, pour y retrouver les siens et reprendre ses travaux, les nouvelles des journaux l'inquiétaient chaque matin, lui faisaient différer son retour. C'était toujours la même situation, s'éternisant : Salvat maintenant soupçonné, aperçu un soir aux Halles, puis perdu de nouveau par la police, toujours sous le coup d'une arrestation imminente. Et qu'adviendrait-il, parlerait-il, des perquisitions nouvelles seraient-elles faites ?

Pendant huit jours, la presse ne s'était occupée que du poinçon trouvé sous le porche de l'hôtel Duvillard. Tous les reporters de Paris avaient visité l'usine Grandidier, questionné les ouvriers et le patron, donné des dessins. Certains allaient jusqu'à faire une enquête personnelle, pour mettre eux-mêmes la main sur le coupable. On plaisantait l'impuissance des policiers, et toute une passion s'était rallumée pour cette chasse à l'homme, les journaux débordaient des imaginations les plus saugrenues, dans un redoublement de terreur, car des bombes encore étaient annoncées, Paris devait sûrement sauter un beau matin. *La Voix du peuple* inventait chaque jour un frisson nouveau, des lettres de menaces, des placards incendiaires, de vastes complots ténébreux. Et jamais pareille contagion, si sotte et si basse, n'avait soufflé la démence au travers d'une ville.

Dès son réveil, Guillaume attendait donc avec fièvre les journaux, frémissant chaque fois à l'idée qu'il allait apprendre l'arrestation de Salvat. La violente campagne qui s'y faisait, les inepties et les férocités qu'il y trouvait, le jetaient hors de lui, dans son attente énervée. On avait arrêté des suspects, au hasard du coup de filet, toute la tourbe soupçonnée d'anarchie, d'honnêtes ouvriers et des bandits, des illuminés et des fainéants, le plus extraordinaire pêle-mêle que le juge d'instruction Amadieu s'efforçait de transformer en une vaste association de malfaiteurs. Et Guillaume, un matin, avait même lu son nom, cité à propos d'une perquisition chez un journaliste révolutionnaire de grand talent, dont il était l'ami. Son cœur bondissait de révolte, mais n'était-il pas prudent de patienter encore, au fond de cette calme retraite de Neuilly, puisque, d'une heure à l'autre, la police pouvait envahir la petite maison de Montmartre, et l'y arrêter, si elle l'y trouvait ?

Dans cette sourde angoisse continue, les deux frères, étroitement enfermés, menaient l'existence la plus solitaire et la plus douce. Pierre lui-même évitait maintenant de sortir, passait là ses journées. On était aux premiers jours de mars, un printemps hâtif donnait au petit jardin un charme jeune, d'une tiédeur délicieuse. Mais Guillaume, depuis qu'il avait quitté le lit, s'était installé surtout dans l'ancien laboratoire de leur père, transformé en vaste cabinet de travail. Tous les papiers, tous les livres de l'illustre chimiste s'y trouvaient encore, et le fils venait d'y découvrir des études commencées, toute une lecture passionnante, qui le retenait du matin au soir. À son insu, c'était grâce à ce travail qu'il supportait patiemment sa réclusion volontaire. Assis de l'autre côté de la grande table, Pierre lisait aussi le plus souvent ; mais que de fois ses yeux se levaient du livre, se perdaient dans la rêverie sombre, dans le néant où il retombait toujours ! Durant des heures, les deux frères demeuraient ainsi côte à côte, sans prononcer une parole, absorbés, noyés de silence. Pourtant, ils se savaient ensemble, ils en avaient la conscience attendrie, l'assurance heureuse et confiante. Parfois, leurs regards se rencontraient, ils échangeaient un sourire, ils n'éprouvaient pas le besoin de se dire autrement combien ils s'étaient remis à s'aimer. C'était l'ardente affection de jadis qui renaissait en eux, et toute cette maison de leur enfance, et leur père et leur mère qu'ils sentaient revivre dans l'air si calme qu'ils respiraient. La baie vitrée s'ouvrait sur le jardin, vers Paris, et ils ne sortaient de leurs lectures, de leurs longues songeries, brusquement inquiets parfois, que pour prêter l'oreille au grondement lointain, à la clameur plus haute de la grande ville.

Des fois aussi, ils s'interrompaient, s'étonnaient d'entendre un pas continu, au-dessus de leurs têtes. C'était Nicolas Barthès qui s'oubliait là, dans la chambre d'en haut, depuis que Théophile Morin l'avait amené, le soir de l'attentat, demandant asile. Il n'en descendait guère, se risquait à peine dans le jardin, de crainte, disait-il, qu'on ne l'aperçût et qu'on ne le reconnût, d'une maison lointaine, dont un bouquet d'arbres masquait les fenêtres. Cette hantise de la police pouvait faire sourire, chez le vieux conspirateur. Son pas, là-haut, de lion en cage, cette obstinée promenade de l'éternel prisonnier qui avait passé les deux tiers de sa vie au fond de tous les cachots de France, pour la liberté des autres, n'en ajoutait pas moins, dans la petite maison silencieuse, une mélancolie attendrissante, le rythme même de tout ce qu'on espérait de bon et de grand, de tout ce qui ne viendrait sans doute jamais.

Les visites étaient rares, qui tiraient les deux frères de leur solitude. Depuis que la blessure de Guillaume se cicatrisait, Bertheroy venait moins souvent. Le plus assidu restait Théophile Morin, dont le discret coup de sonnette, tous les deux jours, tintait le soir, à la même heure. Il avait pour Barthès le culte qu'on a pour un martyr, bien qu'il ne partageât pas ses idées. Il montait passer une heure près de lui, et sans doute l'un et l'autre parlaient peu, car pas un bruit ne sortait de la chambre. Lorsqu'il s'asseyait un instant dans le laboratoire, avec les deux frères, Pierre était frappé de son air de grande lassitude, les cheveux et la barbe d'un gris de cendre, la face éteinte, usée par le professorat. Et il ne voyait les yeux résignés se rallumer comme des braises, que lorsqu'il lui parlait de l'Italie. Un jour qu'il lui avait nommé Orlando Prada, le grand patriote, son compagnon de victoire, dans la légendaire expédition des Mille, il était resté stupéfait du brusque incendie d'enthousiasme qui faisait flamber son visage mort. Ce n'étaient que des éclairs, le vieux professeur bientôt reparaissait ; et l'on ne retrouvait alors en lui que le compatriote et l'ami de Proudhon, devenu plus tard un disciple étroit d'Auguste Comte. De Proudhon, il gardait la révolte du pauvre contre le riche, le besoin d'une répartition équitable de la fortune. Mais les temps nouveaux l'effaraient, il ne pouvait aller, par doctrine et par tempérament, jusqu'au bout des moyens révolutionnaires. Comte lui avait ensuite donné des certitudes inébranlables dans l'ordre intellectuel, il s'en tenait à la logique, à la claire et décisive méthode du positivisme, hiérarchisant toutes les connaissances, rejetant les inutiles hypothèses métaphysiques, convaincu que par la science seule se résoudrait le problème humain, social et religieux. Seulement, dans sa modestie, dans sa résignation, cette foi restée solide n'allait pas sans une secrète amertume, car rien ne semblait marcher raisonnablement à son but. Comte lui-même avait fini par le plus trouble des mysticismes, les grands savants étaient pris de terreur devant la vérité, les barbares enfin menaçaient le monde d'une nuit nouvelle, ce qui le rendait presque réactionnaire en politique, résigné d'avance à la venue du dictateur qui remettrait un peu d'ordre, pour que l'instruction de l'humanité s'achevât.

Les autres visiteurs, parfois, étaient Bache et Janzen, qui arrivaient toujours ensemble, et la nuit seulement. Ils s'attardaient, certains soirs, dans le vaste cabinet de travail à causer avec Guillaume, jusqu'à des deux heures du matin. Bache surtout, gras et paterne, ses petits yeux tendres à demi noyés dans la neige des cheveux et de la grande barbe, parlait d'une façon lente, onctueuse, interminable, dès qu'il exposait ses idées. Il ne faisait que saluer courtoisement Saint-Simon, l'initiateur, qui avait posé le premier la loi de la nécessité du travail à chacun selon ses œuvres. Mais, lorsqu'il en venait à Fourier, sa voix s'attendrissait, il disait toute sa religion. Celui-ci était le vrai Messie attendu des temps modernes, le Sauveur dont le génie avait jeté la bonne semence du monde futur, en réglementant la société de demain, telle qu'elle s'établirait certainement. La loi d'harmonie était promulguée, les passions libérées enfin et sainement utilisées en allaient être les rouages, le travail rendu attrayant devenait la fonction même de la vie. Rien ne le décourageait : qu'une commune commençât à se transformer en phalanstère, le département entier suivrait bientôt, puis les départements voisins, puis la France. Il acceptait jusqu'à l'œuvre de Cabet, dont l'Icarie n'était point si sotte. Il rappelait la motion qu'il avait faite, en 1871, lorsqu'il siégeait à la Commune, pour que les idées de Fourier fussent appliquées à la République française ; et il paraissait convaincu que les troupes de Versailles, en étouffant dans le sang l'idée communaliste, avaient retardé d'un demi-siècle le triomphe du communisme. Maintenant, quand on reparlait des tables tournantes, il affectait de rire, ce qui ne l'empêchait pas d'être demeuré au fond un spirite impénitent. Depuis qu'il était conseiller municipal, il flottait d'une secte socialiste à une autre, selon qu'elles se rapprochaient plus ou moins de sa foi ancienne. Et il était tout entier dans ce besoin de foi, dans ce tourment du divin, qui, après lui avoir fait chasser Dieu des églises, le lui faisait retrouver dans le pied d'un meuble.

Janzen, lui, était aussi muet que son ami Bache était bavard. Il ne lâchait que de courtes phrases, mais elles cinglaient comme des fouets, elles coupaient comme des sabres. Ses idées, ses théories en restaient un peu obscures, d'autant plus que sa difficulté à s'exprimer en français, reculait ce qu'il disait dans une sorte de brume. Il était de là-bas, très loin, Russe, Polonais, Autrichien, Allemand peut-être, on ne savait pas au juste, en tout cas un sans-patrie, promenant par-dessus les frontières son rêve de fraternité sanglante. Lorsque, très froid, sans un geste, avec sa face de Christ pâle et blond, il laissait tomber un de ses mots terribles, qui faisait place nette comme un coup de faux dans un pré, il n'en ressortait guère que la nécessité de raser ainsi les peuples pour ensemencer de nouveau la terre d'un peuple jeune et meilleur. À chaque opinion de Bache, le travail rendu agréable par des règlements de police, le phalanstère organisé ainsi qu'une caserne, la religion restaurée en un déisme panthéiste ou spirite, il haussait doucement les épaules. À quoi bon de tels enfantillages, des raccommodages hypocrites, lorsque la maison croulait et que le seul parti honnête était de la jeter à terre, pour reconstruire de toutes pièces, avec des matériaux neufs, la solide maison de demain ? Sur la propagande par le fait, par les bombes, il se taisait, il avait un simple geste d'espoir infini. Il l'approuvait évidemment. Dans l'inconnu de son passé, la légende qui faisait de lui un des auteurs de l'attentat de Barcelone, mettait un éclat d'affreuse gloire. Un jour que Bache, en lui parlant de son ami Bergaz, ce vague coulissier, compromis déjà dans une affaire de vol, l'avait nettement traité de bandit, il s'était contenté de sourire, en disant, de son air tranquille, que le vol n'était qu'une restitution forcée. Et, chez cet homme instruit, affiné, dont la vie de mystère cachait peut-être des crimes, mais pas un acte d'improbité basse, on sentait un théoricien implacable, têtu, résolu à mettre le feu au monde, pour le triomphe de l'idée.

Certains soirs, lorsque Théophile Morin se rencontrait avec Bache et Janzen, et que tous les trois et Guillaume s'oubliaient à causer très tard dans la nuit, Pierre les écoutait désespérément, du coin d'ombre où il se tenait immobile, sans jamais prendre part aux discussions. Il s'était passionné, les premières fois, en homme qui, meurtri par ses négations, affolé par son besoin de vérité, songeait à établir le bilan des idées du siècle, à étudier toutes celles qui s'étaient produites, pour tâcher d'en dégager le chemin parcouru, le bénéfice acquis. Mais, dès les premiers pas, à les entendre tous les quatre discuter sans conciliation possible, il s'était rebuté, éperdu de nouveau. Après les échecs de son enquête à Lourdes, à Rome, dans cette troisième expérience qu'il faisait avec Paris, il comprenait bien que c'était tout le cerveau du siècle qui se trouvait en question, les vérités nouvelles, l'évangile attendu, dont la prédication allait changer la face de la terre. Et, brûlant de trop de zèle, il passait d'une foi à une autre, rejetant celle-ci, pour en accepter une troisième. D'abord, s'il s'était senti positiviste avec Théophile Morin, évolutionniste et déterministe avec son frère Guillaume, le communisme humanitaire de Bache l'avait ensuite attendri par son rêve fraternel d'un prochain âge d'or. Il n'était pas jusqu'à Janzen qui ne l'avait ébranlé un instant, si convaincu, d'une fierté si farouche, dans son rêve théorique de l'individualisme libertaire. Puis, il avait perdu pied, il n'avait plus vu que les contradictions, les incohérences chaotiques de l'humanité en marche. Ce n'était qu'un amoncellement continu de scories, où il se perdait. Fourier avait beau être issu de Saint-Simon, il le niait en partie ; et, si la doctrine de celui-ci s'immobilisait dans une sorte de sensualisme mystique, la doctrine de celui-là semblait aboutir à un code d'enrégimentement inacceptable. Proudhon démolissait sans rien reconstruire. Comte, qui créait la méthode et mettait la science à sa place en la déclarant l'unique souveraine, ne soupçonnait même pas la crise sociale dont le flot menaçait de tout emporter, finissait en illuminé d'amour, terrassé par la femme. Et ces deux-là, aussi, entraient en lutte, se battaient contre les deux autres, à ce point de conflit et d'aveuglement général, que les vérités apportées par eux en commun, en restaient obscurcies, défigurées, méconnaissables. Et de là l'extraordinaire gâchis de l'heure présente, Bache avec Saint-Simon et Fourier, Théophile Morin avec Proudhon et Comte, ne comprenant plus rien à Mège, le député collectiviste, l'exécrant, le foudroyant, lui et le collectivisme d'État, comme ils foudroyaient d'ailleurs toutes les sectes socialistes actuelles, sans bien se rendre compte qu'elles étaient pourtant issues de leurs maîtres. Ce qui semblait donner raison au terrible et froid Janzen, quand il déclarait que la maison était irréparable, qu'elle croulait dans la pourriture et dans la démence, et qu'il fallait l'abattre.

Une nuit, après le départ des trois visiteurs, Pierre, resté avec Guillaume, le vit s'assombrir et marcher à pas lents. Sans doute il venait lui-même de sentir l'écroulement de tout. Et il continua de parler, sans même se rendre compte que son frère seul l'écoutait. Il dit son horreur de l'État collectiviste de Mège, l'État dictateur rétablissant plus étroitement l'antique servage. Toutes les sectes socialistes, qui s'entre-dévoraient, péchaient par l'arbitraire organisation du travail, asservissaient l'individu au profit de la communauté. C'était pourquoi, forcé de concilier les deux grands courants, les droits de la société, les droits de l'individu, il avait fini par mettre toute sa foi dans le communisme libertaire, cette anarchie où il rêvait l'individu délivré, évoluant, s'épanouissant, sans contrainte aucune, pour son bien et pour le bien de tous. N'était-ce pas la seule théorie scientifique, les unités créant les mondes, les atomes faisant la vie par l'attraction, l'ardent et libre amour ? Les minorités oppressives disparaissaient, il n'y avait plus que le jeu libéré des facultés et des énergies de chacun, arrivant à l'harmonie dans l'équilibre toujours changeant, selon les besoins, des forces actives de l'humanité en marche. Il imaginait ainsi un peuple sauvé de la tutelle de l'État, sans maître, presque sans loi, un peuple heureux dont chaque citoyen, ayant acquis par la liberté le complet développement de son être, s'entendait à son gré avec ses voisins, pour les mille nécessités de l'existence ; et de là naissait la société, l'association librement consentie, des centaines d'associations diverses, réglant la vie sociale, toujours variables d'ailleurs, opposées, hostiles même ; car le progrès n'était fait que de conflits et de luttes, le monde ne s'était créé que par le combat des forces contraires. Et c'était tout, plus d'oppresseurs, plus de riches et de pauvres, le domaine commun de la terre, avec ses outils de travail et ses trésors naturels, rendu au peuple, le légitime propriétaire, qui saurait en jouir justement, logiquement, lorsque rien d'anormal n'entraverait plus son expansion. Alors seulement la loi d'amour agirait, on verrait la solidarité humaine, qui est, entre les hommes, la forme vivante de l'attraction universelle, prendre toute sa puissance, les rapprocher, les unir en une famille étroite. Beau rêve, rêve très noble et très pur de la liberté totale, de l'homme libre dans la société libre, auquel devait aboutir un esprit supérieur de savant, après avoir parcouru les autres sectes socialistes, toutes entachées de tyrannie. Le rêve anarchique est sûrement le plus haut, le plus fier, et quelle douceur de s'abandonner à l'espoir de cette harmonie de la vie qui, d'elle-même, livrée à ses forces naturelles, créerait le bonheur !

Quand Guillaume se tut, il sembla sortir d'un songe, il regarda Pierre avec quelque effarement, dans la crainte d'en avoir trop dit, de l'avoir blessé. Pierre, ému, un instant conquis, venait de sentir se dresser en lui l'objection pratique terrible, destructive de tout espoir. Pourquoi l'harmonie n'avait-elle pas agi aux premiers jours du monde, à la naissance des sociétés ? Comment la tyrannie avait-elle triomphé, livrant les peuples aux oppresseurs ? Et, si l'on réalisait jamais ce problème insoluble de tout détruire, de tout recommencer, qui donc pouvait promettre que l'humanité, obéissant aux mêmes lois, ne repasserait pas par les mêmes chemins ? Elle était en somme aujourd'hui ce que la vie l'avait faite, et rien ne prouvait que la vie ne la referait pas ce qu'elle était. Recommencer, ah ! oui ! mais pour autre chose ! Et cette autre chose était-elle vraiment dans l'homme ? N'était-ce pas l'homme lui-même qu'il aurait fallu changer ? Certes, repartir d'où l'on en était, pour continuer l'évolution commencée, quelle lenteur et quelle attente ! Mais quel danger, quel retard même, si l'on revenait en arrière, sans savoir par quelle route on regagnerait le temps perdu, au milieu du chaos des décombres !

« Couchons-nous, dit Guillaume en souriant. Suis-je bête de te fatiguer avec toutes ces choses qui ne te regardent pas ! »

Pierre allait se passionner, ouvrir son être, en montrer les affreux combats. Mais une pudeur encore le retint, son frère ne connaissait de lui que le mensonge du prêtre croyant, fidèle à sa foi. Et, sans répondre, il gagna sa chambre.

Le lendemain soir, vers dix heures, Guillaume et Pierre lisaient dans le grand cabinet de travail, lorsque Janzen se fit annoncer, avec un ami, par la vieille servante. C'était Salvat. Et cela fut très simple.

« Il a voulu vous voir, expliqua Janzen à Guillaume. Je l'ai rencontré, il m'a supplié de l'amener ici, quand il a su votre blessure et votre inquiétude... Ce n'est guère prudent. »

Guillaume, surpris, s'était levé, dans l'émotion que lui causait une pareille démarche ; tandis que Pierre, bouleversé par l'entrée de cet homme, le regardait, sans bouger de sa chaise.

« Monsieur Froment, finit par dire Salvat, debout, timide et gêné, cela m'a fait bien de la peine, quand on m'a dit l'embêtement où je vous ai mis, car je n'oublierai jamais que vous avez été bon pour moi, un jour que tout le monde me jetait à la porte... »

Il se dandinait sur une jambe, il faisait passer son vieux chapeau rond d'une main dans l'autre.

« Alors, j'ai tenu à venir vous dire moi-même que, si je vous ai pris une cartouche de votre poudre, un soir où vous tourniez le dos, c'est là, dans toute l'histoire, la seule chose dont j'ai un vrai remords, puisque ça peut vous compromettre... Et je veux aussi vous jurer que vous n'avez rien à craindre de moi, que je me laisserai vingt fois couper le cou, plutôt que de prononcer votre nom... Voilà tout ce que j'avais sur le cœur. »

Il retomba dans son silence embarrassé, tandis que ses bons yeux de chien fidèle, ses yeux de rêverie et de tendresse, restaient fixés sur Guillaume, d'un air d'adoration respectueuse. Et Pierre le regardait toujours, à travers l'exécrable vision que son entrée venait d'évoquer en lui, celle du lamentable trottin de modiste, l'enfant blonde et jolie, étendue là-bas, le ventre ouvert, sous le porche de l'hôtel Duvillard. Ce fou, cet assassin, était-ce possible qu'il fût là et qu'il eût les yeux humides ?

Guillaume, touché, s'était approché pour serrer la main de l'homme.

« Je sais bien, Salvat, que vous n'êtes pas un méchant. Mais quelle bête et abominable chose vous avez faite, mon garçon ! »

Doucement, sans se fâcher, Salvat sourit.

« Oh ! monsieur Froment, si c'était à refaire, je le referais. Ça, vous savez, c'est mon idée. Et, à part vous, je le répète, tout va bien, je suis content. »

Il ne voulut pas s'asseoir, il causa debout un instant encore avec Guillaume ; pendant que Janzen, comme s'il se fût désintéressé, en désapprouvant une pareille visite, inutile et dangereuse, s'était assis, pour feuilleter un livre d'images. Guillaume tira de Salvat ce qu'il avait fait le jour de l'attentat, sa course errante, affolée de chien battu au travers de Paris, la bombe promenée partout, d'abord dans son sac à outils, puis sous son veston, et l'hôtel Duvillard dont la porte cochère était fermée, et la Chambre dont les huissiers lui avaient barré le seuil, et le cirque où il avait songé trop tard à faire une hécatombe de bourgeois, et l'hôtel Duvillard enfin où il était revenu échouer, comme attiré par la force même du destin. Son sac à outils dormait au fond de la Seine, il l'y avait jeté dans une haine brusque du travail qui n'arrivait même pas à le nourrir, lui et les siens, ne gardant que la bombe, pour avoir les mains plus libres. Puis il dit sa fuite, l'explosion formidable ébranlant derrière lui le quartier, sa joie et son étonnement de se retrouver plus loin, le long de rues tranquilles, où l'on ignorait tout encore. Et, depuis un mois, il vivait au hasard, sans savoir ni où ni comment, couchant souvent dehors, ne mangeant pas tous les jours. Un soir, le petit Victor Mathis lui avait donné cent sous. D'autres camarades l'aidaient, le gardaient une nuit, le faisaient filer, au moindre péril. Toute une complicité tacite l'avait, jusque-là, sauvé de la police. Fuir à l'étranger ? Il en avait bien eu l'idée un instant ; mais son signalement devait être partout, on le guettait à la frontière, n'était-ce pas hâter son arrestation ? Paris, c'était l'océan, nulle part il ne courait moins de risques. D'ailleurs, il n'avait plus ni la volonté, ni l'énergie de fuir, fataliste à sa manière, ne trouvant pas la force de quitter le pavé parisien, attendant qu'on l'y arrêtât, à l'état dernier d'épave sociale, désemparé, roulé parmi la foule, dans le rêve éveillé qui l'emportait.

« Et votre fille, votre petite Céline, demanda Guillaume, vous êtes-vous risqué à retourner la voir ? » Salvat eut un geste vague.

« Non, que voulez-vous ? Elle est avec maman Théodore. Des femmes, ça se trouve toujours. Et puis, quoi ? je suis fini, je ne puis plus rien pour personne. C'est comme si j'étais déjà mort. »

Des larmes pourtant montaient à ses yeux.

« Ah ! la pauvre petite ! Je l'ai embrassée de tout mon cœur avant de partir. Sans elle et sans la femme que je voyais crever de faim, peut-être que je n'aurais jamais eu l'idée de la chose. »

Puis, il dit simplement qu'il était prêt à mourir. S'il avait fini par poser sa bombe chez le banquier Duvillard, c'était qu'il le connaissait bien, qu'il le savait le plus riche de ces bourgeois, dont les pères, à la Révolution, avaient dupé le peuple, en prenant pour eux tout le pouvoir et tout l'argent, qu'ils s'entêtaient, aujourd'hui, à garder, sans même vouloir en rendre les miettes. La Révolution, il l'entendait à sa manière, en illettré qui s'était instruit dans les journaux et dans les réunions publiques. Et il parlait de son honnêteté en se tapant du poing sur la poitrine, il n'admettait pas surtout qu'on doutât de son courage, parce qu'il avait fui.

« Je n'ai jamais volé personne, moi, et si je ne vais pas me livrer aux argousins, c'est qu'ils peuvent bien prendre la peine de me trouver et de m'arrêter. Mon affaire est claire, je le sais, depuis qu'ils ont ce poinçon et qu'ils me connaissent. Ça n'empêche qu'il serait bête de leur mâcher la besogne. Mais, si ce n'est pas demain, que ce soit donc après-demain, car je commence à en avoir assez, d'être traqué comme une bête et de ne plus savoir comment je vis. »

Curieusement, Janzen avait cessé de feuilleter le livre d'images, pour le regarder. Un dédain souriait au fond de ses yeux froids. Il dit, dans son français hésitant :

« On se bat, on se défend, on tue les autres et on tâche de ne pas être tué. C'est la guerre. »

Cela tomba dans le profond silence. Salvat ne parut pas avoir entendu, et il bégaya sa foi, en une phrase embarrassée de grands mots : le sacrifice de son existence, pour que la misère enfin cessât ; l'exemple d'un grand acte donné, avec la certitude que d'autres héros naîtraient de lui, pour continuer la lutte. Et, dans cette foi très sincère, dans son illuminisme de rédempteur, entrait aussi l'orgueil du martyre, la joie d'être un des saints rayonnants et adorés de la naissante Église révolutionnaire…

Comme il était venu, il s'en alla. Quand Janzen l'eut repris, il sembla que la nuit qui l'avait amené, le remportait dans son inconnu. Et Pierre, alors seulement, se leva, ouvrit toute grande la baie large du cabinet, étouffant, en un brusque besoin d'air. La nuit de mars était très douce, une nuit sans lune, dans laquelle ne montait que la clameur mourante de Paris, invisible là-bas, à l'horizon.

Ainsi qu'à son habitude, Guillaume s'était mis à marcher lentement. Puis, il parla, oubliant de nouveau qu'il s'adressait à ce prêtre, qui était son frère.

« Ah ! le pauvre être ! comme l'on comprend son acte de violence et d'espoir ! Tout son passé d'inutile travail, de misère sans cesse accrue, est là qui l'explique. Puis, il y a une contagion de l'idée, les réunions publiques où l'on se grise de mots, les conciliabules entre compagnons dans lesquels la foi s'affirme, l'esprit s'exalte… En voici un, par exemple, que je crois bien connaître. Il est bon ouvrier, sobre, brave. L'injustice l'a toujours exaspéré. Peu à peu, le désir du bonheur de tous l'a jeté hors du réel, dont il a fini par avoir l'horreur. Et comment veut-on qu'il ne vive pas dans le rêve, un rêve de rachat qui tourne à l'incendie et au meurtre ?… Là, devant moi, je le regardais, il me semblait voir un des premiers esclaves chrétiens de l'ancienne Rome. Toute l'iniquité de la vieille société païenne, agonisante sous la pourriture de la débauche et de l'argent, pesait à ses épaules, l'écrasait. Il revenait des catacombes, il avait chuchoté des paroles de délivrance et de rédemption, avec de misérables frères, au milieu des ténèbres. Et la soif du martyre le brûlait, il crachait à la face des Césars, il insultait les dieux, pour que l'ère de Jésus vînt abolir enfin l'esclavage. Et il était prêt à mourir sous la dent des bêtes. »

Pierre ne répondit pas tout de suite. Déjà la propagande secrète, la foi militante des anarchistes l'avaient frappé, comme ayant des ressemblances avec celles des sectaires chrétiens, au début. Ceux-là, à l'exemple de ceux-ci, se jettent dans une espérance nouvelle, pour que justice enfin soit rendue aux humbles. Le paganisme disparaît par lassitude de la chair, besoin d'autre chose, d'une foi candide et supérieure. C'était le jeune espoir, arrivant historiquement à son heure, ce rêve du paradis chrétien, ouvrant l'autre vie, avec ses compensations. Aujourd'hui que dix-huit siècles ont épuisé cet espoir, que la longue expérience est faite, l'éternel esclave dupé, l'ouvrier fait le nouveau rêve de remettre le bonheur sur cette terre, puisque la science lui prouve chaque jour davantage que le bonheur dans l'Au-delà est un mensonge. Que ce soit une illusion encore, mais qu'elle soit renouvelée, rajeunie et vivace, dans le sens de la vérité conquise ! Il n'y a là que l'éternelle lutte du pauvre et du riche, l'éternelle question de plus de justice et de moins de souffrance. Et la conjuration des misérables est la même, la même affiliation, la même exaltation mystique, la même folie de l'exemple à donner et du sang à répandre.

« Mais, dit enfin Pierre, tu ne peux être avec ces bandits, ces assassins dont la violence sauvage me fait horreur. Hier, je t'ai laissé parler, tu rêvais un peuple si grand, si heureux, cette anarchie idéale, où chaque être serait libre dans la liberté de tous les êtres. Seulement, quelle abomination, quel soulèvement de la raison et du cœur, lorsque de la théorie on descend à la propagande, à la mise en pratique ! Si tu es le cerveau qui pense, quelle est donc l'exécrable main qui agit, pour qu'elle tue ainsi les enfants, qu'elle enfonce les portes et qu'elle vide les tiroirs ? Est-ce que tu acceptes cette responsabilité, est-ce que l'homme que tu es, ton éducation, ta culture, tout l'atavisme social que tu as derrière toi, ne se révolte pas, à l'idée de voler, de tuer ? »

Guillaume s'arrêta net, frémissant, devant son frère.

« Voler, tuer, non ! non ! je ne veux pas ! Mais il faut tout dire, bien établir l'histoire de l'heure mauvaise que nous traversons. C'est une démence qui souffle, et la vérité est qu'on a fait le nécessaire pour la provoquer. Aux premiers actes, encore innocents, des anarchistes, la répression a été si dure, la police a si rudement malmené les quelques pauvres diables tombés dans ses mains, que toute une colère a monté peu à peu, pour aboutir aux horribles représailles. Songe donc aux pères battus, jetés en prison, aux mères et aux enfants crevant de faim sur le pavé, aux vengeurs affolés que laisse derrière lui chaque anarchiste mourant sur l'échafaud. La terreur bourgeoise a fait la sauvagerie anarchiste. Et puis, tiens ! un Salvat, sais-tu de ce dont est fait son crime ? De nos siècles d'impudence et d'iniquité, de tout ce que les peuples ont souffert, de tous les chancres actuels qui nous rongent, l'impatience de jouir, le mépris du faible, le monstrueux spectacle que présente notre société en décomposition. »

Il s'était remis à marcher lentement, il continua, comme s'il eût réfléchi à voix haute.

« Ah ! pour en venir où j'en suis, que de réflexions, que de combats ! Je n'étais qu'un positiviste, moi, un savant tout à l'observation et à l'expérience, n'acceptant rien en dehors du fait constaté. Scientifiquement, socialement, j'admettais l'évolution simple et lente, enfantant l'humanité comme l'être humain lui-même est enfanté. Et c'est alors que, dans l'histoire du globe, puis dans celle des sociétés, il m'a fallu faire la place du volcan, le brusque cataclysme, la brusque éruption, qui a marqué chaque phase géologique, chaque période historique. On en arrive ainsi à constater que jamais un pas n'a été fait, un progrès accompli, sans l'aide d'épouvantables catastrophes.

Toute marche en avant a sacrifié des milliards d'existences. Notre étroite justice se révolte, nous traitons la nature d'atroce mère, mais si nous n'excusons pas le volcan, il faut pourtant bien le subir en savants prévenus, lorsqu'il éclate... Et puis, ah ! et puis, je suis peut-être un rêveur comme les autres, j'ai mes idées. »

Et, d'un grand geste, il avoua le rêveur social qu'il était, à côté du savant scrupuleux, très méthodique, très modeste devant les phénomènes. Son effort constant était de tout ramener à la science, et il avait un grand chagrin de ne pouvoir constater scientifiquement, dans la nature, l'égalité, ni même la justice, dont le besoin le hantait, socialement. C'était là son désespoir, de ne pas arriver à mettre d'accord sa logique d'homme de science et son amour d'apôtre chimérique. Dans cette dualité, la haute raison faisait sa tâche à part, tandis que le cœur d'enfant rêvait de bonheur universel, de fraternité entre les peuples, tous heureux, plus d'iniquités, plus de guerre, l'amour seul maître du monde.

Mais Pierre, resté près de la grande baie ouverte, les yeux dans la nuit, vers Paris, d'où montaient les derniers grondements de l'âpre soirée, était envahi du flot débordant de son doute et de son désespoir. C'était trop, ce frère tombé chez lui avec ses croyances de savant et d'apôtre, ces hommes qui venaient discuter de tous les bouts de la pensée contemporaine, ce Salvat enfin qui apportait l'exaspération de son acte de fou. Et, lui, qui les avait tous écoutés jusque-là, muet, sans un geste, qui s'était caché de son frère, réfugié en son mensonge hautain de bon prêtre, se sentit brusquement le cœur soulevé d'une telle amertume, qu'il ne put mentir davantage. Et ce fut dans une débâcle de colère et de douleur que son secret lui échappa.

« Ah ! frère, si tu as ton rêve, moi j'ai ma plaie au flanc, qui m'a rongé et m'a laissé vide. Ton anarchie, ton rêve de juste bonheur, auquel Salvat travaille à coups de bombe, mais c'est la démence finale qui va tout balayer, comment ne le vois-tu pas ? Le siècle s'achève dans les décombres, voici plus d'un mois que je vous écoute, Fourier a ruiné Saint-Simon, Proudhon et Comte ont démoli Fourier, tous entassent les contradictions et les incohérences, ne laissent qu'un chaos, parmi lequel on n'ose faire un triage. Les sectes socialistes pullulent, les plus raisonnables conduisent à la dictature, les autres ne sont que des rêveries dangereuses. Et il n'y a plus, au bout d'une telle tempête d'idées, que ton anarchie, tes attentats, qui se chargent d'achever le vieux monde, en le réduisant en poudre... Ah ! je la prévoyais, je l'attendais, cette catastrophe dernière, ce coup de folie fratricide, l'inévitable lutte des classes, où notre civilisation devait sombrer. Tout l'annonçait, la misère d'en bas, l'égoïsme d'en haut, les craquements de la vieille maison humaine près de crouler sous trop de crimes et trop de douleur. Quand je suis allé à Lourdes, c'était pour voir si le Dieu des simples d'esprit ferait le miracle attendu, rendrait la croyance des premiers âges au peuple révolté d'avoir tant souffert. Et quand je suis allé à Rome, c'était dans la naïve espérance d'y trouver la religion nouvelle, nécessaire à nos démocraties, celle qui pouvait seule pacifier le monde, en le ramenant à la fraternité de l'âge d'or. Mais quelle imbécillité était la mienne ! Ici et là, je n'ai fait que toucher le fond du néant. Où je rêvais si ardemment le salut des autres, je n'ai réussi qu'à me perdre moi-même, comme un navire qui coule à pic, dont jamais plus on ne retrouvera une épave. Un lien me rattachait encore aux hommes, la charité, les blessures pansées, soulagées, guéries peut-être à la longue ; et cette dernière amarre a été coupée, la charité inutile et dérisoire devant la haute et souveraine justice qui s'impose, que nul ne peut plus retarder à cette heure. C'est fini, je ne suis que cendre, un sépulcre vide, dans mon abominable détresse intérieure. Je ne crois plus à rien, à rien, à rien ! »

Pierre s'était dressé, les deux bras ouverts, comme pour en laisser tomber l'immense néant de son cœur et de son cerveau. Et Guillaume, bouleversé devant ce farouche négateur, ce nihiliste désespéré, qui se révélait à lui, s'approcha, frémissant.

« Que dis-tu, frère ? Toi que je croyais si ferme, si calme en ta croyance ! Toi le prêtre admirable, le saint que toute cette paroisse adore ! Je ne voulais pas même discuter ta foi, et c'est toi qui nies tout, qui ne crois à rien ! »

Pierre, lentement, élargit de nouveau les bras dans le vide.

« Il n'y a rien, j'ai tâché de tout savoir, et je n'ai trouvé que l'abominable douleur de ce rien qui m'écrase.

– Ah ! mon Pierre, mon petit frère, que tu dois souffrir ! La religion est-elle donc plus desséchante que la science, puisqu'elle t'a dévasté à ce point, lorsque je suis resté, moi, un vieux fou encore plein de chimères ! »

Il lui saisit les deux mains, il les serra, pris d'une pitié terrifiée, en face de cette figure de grandeur et d'épouvante, celle du prêtre incroyant veillant sur la croyance des autres, faisant chastement, honnêtement son métier, dans la tristesse hautaine de son mensonge. Et que ce mensonge devait peser à sa conscience, pour qu'il se confessât de la sorte, en une telle débâcle de tout son être ! Jamais il ne l'aurait fait un mois plus tôt, dans la sécheresse de son orgueilleuse solitude. Pour parler, il fallait déjà que bien des choses l'eussent remué, sa réconciliation avec son frère, les conversations qu'il entendait chaque soir, ce drame terrible auquel il était mêlé, et ses réflexions sur le travail en lutte contre la misère, et l'espoir sourd que lui remettait au cœur la jeunesse intellectuelle de demain. Est-ce que, dans l'excès même de sa négation, ne s'indiquait pas le frisson d'une foi nouvelle ?

Guillaume dut le comprendre, en le sentant frémir d'une telle tendresse inassouvie, au sortir de son farouche silence, gardé si longtemps. Et il le fit asseoir près de la fenêtre, il s'assit à son côté, sans lui lâcher les mains.

« Mais je ne veux pas que tu souffres, mon petit frère ! Je ne te quitte plus, je vais te soigner. Car je te connais beaucoup mieux que tu ne te connais toi-même. Tu n'as jamais souffert que du combat de ton cœur contre ta raison, et tu cesseras de souffrir, le jour où la paix se fera entre eux, où tu aimeras ce que tu comprendras. »

Et, plus bas, avec une tendresse infinie :

« Vois-tu, notre pauvre mère, notre pauvre père, eh bien ! ils continuent leur lutte douloureuse en toi. Tu étais trop jeune, tu n'as pu savoir. Moi, je les ai connus si misérables, lui malheureux par elle, qui le traitait en damné, elle souffrant de lui, dont l'irréligion la torturait ! Quand il a été mort, foudroyé ici même par une explosion, elle a vu là un châtiment de Dieu, il est resté le spectre coupable rôdant par la maison. Et quel honnête homme il était pourtant, quel bon et grand cœur, quel travailleur éperdu du désir de la vérité, ne voulant que l'amour et le bonheur de tous !... Depuis que nous passons nos soirées ici, je le sens bien qui revient, son ombre nous enveloppe, il s'est réveillé autour de nous, en nous ; et, elle aussi, la sainte et douloureuse femme, elle renaît, elle est là toujours, nous baignant de sa tendresse, pleurant, s'obstinant à ne pas comprendre... Ce sont eux qui m'ont retenu si longtemps peut-être, et qui, en ce moment encore, sont présents pour mettre ainsi tes mains dans les miennes. »

Pierre, en effet, crut sentir passer, sur lui et sur Guillaume, les souffles de vigilante affection, que ce dernier évoquait. Et c'était tout l'autrefois, toute leur jeunesse refleurie, dont ils jouissaient délicieusement, depuis que la catastrophe les avait enfermés là. La petite maison entière revivait les jours de jadis, rien n'était d'une plus exquise douceur, si triste et si frissonnante d'espoir.

« Tu entends, petit frère ? Il faudra bien que tu les réconcilies, car ils ne peuvent se réconcilier qu'en toi. Tu as son front, à lui, d'une solidité inexpugnable de tour, et tu as sa bouche, ses yeux d'irréalisable tendresse, à elle. Tâche donc de les mettre d'accord, en contentant un jour, selon ta raison, cette faim éternelle d'aimer, de te donner et de vivre, que tu te meurs de n'avoir pu satisfaire. Ta misère affreuse n'a pas d'autre cause. Reviens à la vie, aime, donne-toi, sois un homme ! »

Pierre eut un cri désolé.

« Non, non ! la mort du doute a passé en moi, desséchant tout, rasant tout, et plus rien ne peut revivre dans cette poussière froide. C'est la totale impuissance.

– Mais enfin, reprit Guillaume dont la fraternité saignait, tu ne peux en être à cette négation absolue. Aucun homme n'y descend, et chacun, même l'esprit le plus désabusé, a son coin de chimère et d'espérance. Nier la charité, nier le dévouement, le prodige qu'on peut attendre de l'amour, ah ! j'avoue que je ne vais pas jusque-là. Et, maintenant que tu m'as confessé ta plaie, que ne puis-je te dire mon rêve, la folie d'espoir qui me fait vivre ! Les savants vont-ils donc être les derniers grands enfants rêveurs, et la foi ne poussera-t-elle bientôt plus que dans les laboratoires des chimistes ? »

Une extrême émotion l'agitait, un combat se livrait dans sa tête et dans son cœur. Puis, cédant à l'immense pitié qui l'avait pris, vaincu par son ardente tendresse pour ce frère si malheureux, il parla. Mais il s'était rapproché encore, le tenait à la taille, serré contre lui ; et c'était dans cette étreinte qu'il se confessait à son tour, baissant la voix, comme si quelqu'un avait pu surprendre son secret.

« Pourquoi ne saurais-tu pas cette chose ? Mes fils eux-mêmes l'ignorent. Mais toi, tu es un homme, tu es mon frère, et puisqu'il n'y a plus le prêtre en toi, c'est au frère que je la confie. Cela me fera t'aimer davantage, et peut-être cela te fera-t-il du bien. »

Alors, il lui conta son invention, un explosif nouveau, une poudre d'une si extraordinaire puissance, que les effets en étaient incalculables. Cette poudre, il en avait trouvé l'emploi dans un engin de guerre, des bombes lancées par un canon spécial, dont l'usage devait assurer une foudroyante victoire à l'armée qui s'en servirait. L'armée ennemie serait détruite en quelques heures, les villes assiégées tomberaient en poudre au moindre bombardement. Longtemps, il avait cherché, douté, refait ses calculs et ses expériences ; mais tout, à cette heure, était prêt, la formule exacte de la poudre, les dessins pour le canon et les bombes, un précieux dossier mis en lieu sûr. Et il avait résolu, après des mois d'anxieuses réflexions, de donner son invention à la France, afin de lui assurer la victoire certaine dans sa prochaine guerre avec l'Allemagne. Cependant, il n'était pas de patriotisme étroit, il avait au contraire une conception internationale très élargie de la future civilisation libertaire. Seulement, il croyait à la mission initiatrice de la France, il croyait surtout à Paris, cerveau du monde d'aujourd'hui et de demain, d'où devaient partir toute science et toute justice. Déjà l'idée de liberté et d'égalité s'en était envolée, au grand souffle de la Révolution, et c'était de son génie, de sa vaillance que l'émancipation définitive allait aussi prendre son vol. Il fallait que Paris fût victorieux, pour que le monde fût sauvé.

Pierre avait compris, grâce à la conférence sur les explosifs, entendue par lui chez Bertheroy. Et la grandeur démesurée de ce projet, de ce rêve, le saisissait, par l'extraordinaire destinée qui se serait ouverte pour Paris vainqueur, dans l'éclat fulgurant des bombes. Mais il était aussi frappé de la noblesse que prenaient à ses yeux les angoisses de son frère, depuis un mois. Celui-ci n'avait tremblé que de la crainte de voir son invention divulguée, à la suite de l'attentat de Salvat. La moindre indiscrétion pouvait tout compromettre, et cette petite cartouche volée, dont s'étonnaient les savants, n'allait-elle pas livrer son secret ? Il voulait choisir son heure, il sentait la nécessité d'agir dans le mystère, quand le jour viendrait. Et, jusque-là, le secret dormirait au fond de la cachette choisie, confiée à l'unique garde de Mère-Grand, qui avait des ordres, qui savait ce qu'elle aurait à faire, si lui-même, dans un brusque accident, disparaissait. Il se reposait sur elle comme sur son propre courage, et personne ne passerait, tant qu'elle serait là debout, gardienne muette et souveraine.

« Maintenant, acheva Guillaume, tu sais mon espoir et mon angoisse, tu pourras m'aider, me suppléer aussi, toi, si je n'allais pas au bout de la tâche… Aller au bout, aller au bout ! Il y a des heures où j'ai cessé de voir clairement la route, depuis que je me suis enfermé ici, à réfléchir, à me dévorer d'inquiétude et d'impatience ! Ce Salvat, ce misérable dont nous avons tous fait le crime et que l'on traque comme une bête fauve ! Cette bourgeoisie affolée, jamais assouvie, qui va se laisser écraser par la chute de la vieille maison branlante, plutôt que d'y tolérer la moindre réparation ! Cette presse cupide, abominable, dure aux petits, injurieuse aux solitaires, battant monnaie avec les malheurs publics, prête à souffler la contagion de la démence, pour décupler son tirage ! Où est la vérité, la justice, la main de logique et de santé qu'il faut armer de la foudre ? Paris vainqueur, Paris maître des peuples, sera-t-il le justicier, le sauveur qu'on attend ?… Ah ! l'angoisse de se croire le maître des destinées du monde, et choisir, et décider ! »

Il s'était levé, dans le grand frisson qui le traversait, la colère et la crainte que tant de misère humaine n'empêchât la réalisation de son rêve. Et, au milieu du lourd silence qui se fit, sourdement la petite maison sonna, ébranlée d'un pas régulier et continu.

« Oui, sauver les hommes, les aimer, les vouloir tous égaux et libres, murmura Pierre avec amertume. Tiens ! écoute là-haut, sur nos têtes, le pas de Barthès qui te répond, dans l'éternel cachot où l'a jeté son amour de la liberté ! »

Mais Guillaume s'était déjà ressaisi, et il revint avec l'emportement de sa foi, et il reprit son frère dans ses deux bras de tendresse et de salut, en grand frère qui se donnait tout entier.

« Non, non ! j'ai tort, je blasphème, je veux que tu sois avec moi plein d'espoir, plein de certitude. Il faut que tu travailles, que tu aimes, que tu renaisses à la vie. La vie seule te rendra la paix et la santé. »

Des larmes remontèrent aux yeux de Pierre, pénétré, soulevé par cette affection ardente.

« Ah ! que je voudrais te croire, tenter la guérison ! Déjà, c'est vrai, un vague réveil s'est fait en moi. Mais revivre, non ! je ne le pourrai, le prêtre que je suis est mort, un sépulcre vide. »

Un tel sanglot le brisa, que Guillaume, éperdu, fut gagné par ses larmes. Les deux frères, aux bras l'un de l'autre, étroitement serrés, pleurèrent sans fin, le cœur noyé d'un attendrissement immense, dans cette maison de leur jeunesse, où le père et la mère revenaient et rôdaient, en attendant que leurs chères ombres fussent réconciliées, rendues à la paix de la terre. Et, par la baie large ouverte, toute la douceur noire du jardin entrait, tandis que, là-bas, à l'horizon, Paris s'était endormi, dans l'inconnu monstrueux des ténèbres, sous un grand ciel tranquille, criblé d'étoiles.

LIVRE TROISIÈME

I

Ce me e di, la veille du jeudi de la mi-carême, il y avait une grande vente de charité, à l'hôtel Duvillard, au bénéfice de l'œuvre des Invalides du travail. Les appartements de réception du rez-de-chaussée, trois vastes salons Louis XVI dont les fenêtres donnaient sur la cour carrée intérieure, nue et solennelle, allaient être livrés à la cohue des acheteurs, car cinq mille cartes, disait-on, avaient été lancées dans tous les mondes parisiens. Et c'était un événement considérable, une manifestation, cet hôtel bombardé qui invitait ainsi la foule à entrer, la porte cochère ouverte à deux battants, le porche libre aux piétons et aux équipages. On disait tout bas, il est vrai, qu'une nuée d'agents de police gardaient la rue Godot-de-Mauroy et les rues voisines.

Duvillard avait eu cette idée triomphante, et sa femme, devant sa volonté formelle, s'était résignée à tout ce tracas, pour l'œuvre qu'elle présidait avec une distinction si pleine de nonchalance. La veille, *Le Globe*, sous l'inspiration de son directeur Fonsègue, administrateur de l'œuvre, avait publié un bel article annonçant la vente, faisant ressortir ce que cette initiative charitable prise par la baronne, qui donnait son temps, son argent, jusqu'à son hôtel, offrait d'attendrissant, de noble, de généreux, après l'abominable crime qui avait failli réduire cet hôtel en poudre. N'était-ce pas la magnanime réponse d'en haut aux passions exécrables d'en bas ? Et quelle réponse péremptoire à ceux qui accusaient la bourgeoisie capitaliste de ne rien faire pour les travailleurs, les blessés et les impotents du salariat !

Les portes des salons devaient s'ouvrir à deux heures, pour ne se fermer qu'à sept, cinq heures pleines de vente. Et, à midi encore, pendant que rien n'était terminé au rez-de-chaussée, que des ouvriers et des femmes finissaient de décorer les comptoirs, de classer les marchandises, au milieu de la bousculade dernière, il y avait, comme les autres jours, dans les petits appartements du premier étage, un déjeuner intime où quelques amis étaient conviés. Ce qui venait de mettre au comble l'effarement de la maison, c'était que, le matin même, Sanier avait repris, dans *La Voix du peuple*, sa campagne de dénonciation, au sujet de l'affaire des Chemins de fer africains. Il demandait, en phrases d'une virulence empoisonnée, si l'on comptait amuser longtemps le bon public avec l'histoire de cette bombe et de cet anarchiste, que la police n'arrêtait pas. Et, cette fois, il nommait carrément le ministre Barroux comme ayant touché une somme de deux cent mille francs, il s'engageait à publier prochainement les trente-deux noms des sénateurs et des députés corrompus. Mège allait donc reprendre sûrement son interpellation, qui devenait dangereuse, dans l'énervement où la terreur anarchiste jetait Paris. D'autre part, on disait que Vignon et son parti étaient résolus à un effort considérable, pour profiter des circonstances et renverser le ministère. Toute une crise s'annonçait inévitable, redoutable. Heureusement, la Chambre ne siégeait pas le mercredi, et elle s'était ajournée au vendredi, voulant fêter le jeudi de la mi-carême. On avait deux jours pour se retourner.

Ève, ce matin-là, était plus douce et languissante que de coutume, pâlie un peu, avec une préoccupation triste au fond de ses beaux yeux. Elle mettait cela sur le compte de la fatigue vraiment excessive que lui avaient causée les préparatifs de la vente. Mais la vérité était que, depuis cinq jours, Gérard l'évitait d'un air de gêne, après avoir esquivé tout rendez-vous nouveau. Certaine qu'elle allait enfin le voir, elle avait osé encore se mettre en soie blanche, cette toilette jeune qui la rajeunissait ; toute belle qu'elle était restée, avec sa peau de blonde, sa taille superbe, son noble et charmant visage, les quarante-six ans d'âge se faisaient durement sentir dans le teint qui s'empourprait et dans la flétrissure des lèvres, des paupières, des tempes délicates. Et Camille, elle aussi, bien qu'elle fût désignée naturellement comme une des vendeuses les plus achalandées, s'était obstinée à son ordinaire toilette, une robe sombre, couleur carmélite, si peu jeune fille, sa toilette de vieille femme, comme elle la nommait elle-même avec son rire aigu. Mais sa longue face de chèvre mauvaise luisait d'une joie cachée, et elle arrivait à être presque belle, à faire oublier son épaule contrefaite, tant ses lèvres fines et ses grands yeux étincelaient d'esprit.

Dans le petit salon bleu et argent où elle attendait les convives, avec sa fille, Ève eut une première déception, en voyant entrer seul le général de Bozonnet, que son neveu Gérard devait amener. Il expliqua que Mme de Quinsac s'était levée un peu souffrante et qu'en bon fils Gérard avait tenu à rester près d'elle. D'ailleurs, tout de suite après le déjeuner, il viendrait à la vente. Pendant que sa mère écoutait, en s'efforçant de cacher sa peine, sa crainte de ne pouvoir, en bas, forcer Gérard à une explication, Camille la regardait de ses yeux dévorants. Ève dut avoir, à cette minute, l'instinct sourd du malheur dont la menace l'enveloppait, car elle regarda sa fille à son tour, inquiète, pâlissante.

Puis, ce fut la princesse Rosemonde de Harth qui fit son entrée en coup de vent. Elle était aussi vendeuse au comptoir de la baronne, qui l'aimait pour sa turbulence, pour la gaieté imprévue qu'elle lui apportait. En toilette de satin feu, extravagante, avec sa tête bouclée, sa maigreur de gamin, elle riait, racontait un accident, qui avait failli couper en deux sa voiture. Et, comme le baron Duvillard et son fils Hyacinthe arrivaient de leurs chambres, toujours en retard, elle s'empara du jeune homme, le gronda, parce que, la veille, elle l'avait vainement attendu jusqu'à dix heures, malgré sa promesse de la conduire dans une taverne de Montmartre, où il se passait des horreurs, disait-on. D'un air ennuyé, Hyacinthe répondit que des amis l'avaient retenu, une séance de magie, pendant laquelle l'âme de sainte Thérèse était venue réciter un sonnet d'amour.

Mais Fonsègue arrivait avec sa femme, une grande femme maigre, silencieuse, insignifiante, qu'il n'aimait point sortir, allant partout en garçon. Cette fois, il avait dû l'amener, car elle était dame patronnesse de l'œuvre, et lui-même venait déjeuner comme administrateur, s'intéressant à la vente. Il entra de son air gai habituel, pétulant dans sa petite taille d'homme resté brun à cinquante ans, portant la redingote avec la correction d'un brasseur d'affaires qui avait charge d'âmes, le bon renom de la République conservatrice, dont *Le Globe* était l'organe. Ses paupières cependant battaient d'inquiétude, pour qui le connaissait bien, et son premier regard interrogea Duvillard, anxieux sans doute de savoir comment celui-ci supportait le nouveau coup du matin. Quand il le vit fort tranquille, superbe et fleuri ainsi qu'à l'ordinaire, plaisantant avec Rosemonde, lui-même se mit à l'aise, en joueur qui n'avait jamais perdu, ayant toujours su vaincre la fortune, même aux heures de trahison. Et, tout de suite, il montra la liberté de son esprit, en causant administration avec la baronne.

« Avez-vous vu enfin M. l'abbé Froment, pour ce vieillard, ce Laveuve qu'il nous a si chaudement recommandé ?... Vous savez que toutes les formalités sont remplies et qu'on peut nous l'amener, car nous avons un lit vacant depuis trois jours.

– Oui, je sais, mais j'ignore ce que l'abbé Froment est devenu, voici plus d'un mois qu'il n'a donné signe d'existence. Et je me suis décidée à lui écrire hier, en le priant de venir aujourd'hui à ma vente... De cette façon, je lui annoncerai la bonne nouvelle moi-même, de vive voix.

– C'est bien pour vous en laisser la joie, que je ne l'ai pas averti, administrativement... Un charmant prêtre, n'est-ce pas ?

– Oh ! charmant, nous l'aimons beaucoup. »

Duvillard intervint, pour dire qu'on ne devait pas attendre Dutheil, car il avait reçu une dépêche du jeune député, qu'une brusque affaire retenait. L'inquiétude reprit Fonsègue, dont les yeux de nouveau interrogèrent le baron. Mais celui-ci, qui souriait, voulut bien le rassurer, en lui disant à demi-voix :

« Rien de grave. Une commission pour moi, une réponse qu'il ne pourra m'apporter que tout à l'heure. »

Puis, l'emmenant à l'écart :

« À propos, n'oubliez pas d'insérer la note que je vous ai recommandée.

– Quelle note ? Ah ! oui, cette soirée où Silviane a dit une pièce de vers... Je voulais vous en parler. Ça me gêne un peu, à cause des éloges extraordinaires qu'elle contient. »

Si plein de sérénité tout à l'heure, avec son grand air de conquête et de dédain, Duvillard maintenant pâlissait, pris de détresse.

« Mais je veux absolument qu'elle passe, cher ami ! Vous me mettriez dans le plus mortel embarras, car j'ai promis à Silviane qu'elle passerait. »

Et tout son désarroi de vieil homme acoquiné, prêt à payer de n'importe quel prix le plaisir dont on le sevrait, apparut dans l'effarement de ses yeux et le tremblement de ses lèvres.

« Bon ! bon ! dit Fonsègue qui s'égaya discrètement, heureux de cette complicité, du moment que c'est si grave, la note passera, je vous en donne ma parole d'honneur ! »

Tous les convives se trouvaient là, puisqu'on n'avait à attendre ni Gérard, ni Dutheil. Et l'on passa enfin dans la salle à manger, pendant que les derniers coups de marteau montaient des salons de vente, en bas. Ève était entre le général de Bozonnet et Fonsègue ; Duvillard, entre Mme Fonsègue et Rosemonde ; et les deux enfants, Camille et Hyacinthe, occupaient les deux bouts. Ce fut un déjeuner un peu hâté, un peu bousculé, car des femmes de service, à trois reprises, vinrent soumettre des difficultés, demander des ordres. Continuellement, les portes battaient, les murs eux-mêmes semblaient être secoués par le branle inusité dont les derniers préparatifs agitaient l'hôtel. Et l'on causa à bâtons rompus, tous gagnés par la fièvre, sautant d'un bal donné la veille au ministère de l'Intérieur, à la fête populaire qui aurait lieu le lendemain, jour de la mi-carême, retombant toujours à l'obsession de la vente, le prix qu'on avait payé les objets, le prix qu'on les vendrait, le chiffre probable de la recette totale, tout cela noyé dans d'extraordinaires histoires, dans des plaisanteries et des rires. Le général ayant nommé le juge d'instruction Amadieu, Ève dit qu'elle n'osait plus l'inviter à déjeuner, tant elle le savait pris au Palais ; mais elle espérait bien qu'il allait venir lui faire son offrande. Fonsègue s'amusait à taquiner la princesse Rosemonde sur sa robe de satin feu, où il prétendait qu'elle cuisait déjà de toutes les flammes de l'enfer, ce qui la ravissait au fond, dans son satanisme, sa passion du moment. Duvillard se montrait correctement galant à l'égard de la silencieuse Mme Fonsègue, tandis qu'Hyacinthe, pour étonner la princesse elle-même, expliquait en mots rares l'opération de magie, par laquelle on faisait un ange d'un homme vierge, après l'avoir dépouillé de toute virilité. Et Camille, très heureuse, très excitée, jetait de temps à autre un regard brûlant sur sa mère, qui s'inquiétait et s'attristait davantage, à mesure qu'elle la sentait plus vibrante, plus agressive, résolue à la guerre ouverte et sans merci.

Comme le dessert s'achevait, la mère entendit sa fille dire très haut, d'une voix perçante de défi :

« Ah ! ne me parlez pas de ces vieilles dames qui semblent jouer encore à la poupée, fardées, habillées en communiantes. Au fond, toutes des ogresses ! Je les ai en horreur. »

Nerveusement, Ève se leva, s'excusa.

« Je vous demande pardon de vous presser ainsi. Vraiment, on ne sait si l'on déjeune. Mais j'ai peur qu'on ne nous laisse pas prendre le café... Et, tout de même, nous allons respirer un peu. »

Le café était servi dans le petit salon bleu et argent, où fleurissait une admirable corbeille de roses jaunes, cette passion que la baronne avait pour les fleurs, et qui changeait l'hôtel en un continuel printemps. Tout de suite, leurs tasses fumantes à la main, Duvillard emmena Fonsègue dans son cabinet, pour fumer un cigare, en causant librement ; et, d'ailleurs, la porte resta grande ouverte, on entendait leurs grosses voix confuses. Le général de Bozonnet, ravi d'avoir trouvé en Mme Fonsègue une personne sérieuse et résignée, écoutant sans jamais interrompre, lui racontait la très longue histoire de la femme d'un officier qui avait suivi son mari dans toutes les batailles, en 1870. Hyacinthe ne prenait pas de café, qu'il appelait avec mépris un breuvage de concierge. Il se délivra un instant de Rosemonde, occupée à boire un petit verre de kummel, à légers coups de langue, et il vint dire tout bas à sa sœur :

« Tu sais, c'est stupide ce que tu as lancé tout à l'heure, pour maman. Moi, je m'en moque. Mais ça finit par se voir, et je t'avertis que ça manque de distinction. »

Camille le regarda fixement de ses yeux noirs.

« Toi, je te prie de ne pas te mêler de mes affaires. »

Il fut pris de peur, il flaira l'orage et se décida à conduire Rosemonde dans le grand salon rouge voisin, pour lui montrer un tableau nouveau que son père avait acheté la veille. Le général, appelé par lui, y amena Mme Fonsègue.

Alors, la mère et la fille se trouvèrent un instant seules en présence. Ève, comme brisée, s'était appuyée à une console, lasse au moindre chagrin, d'une molle bonté toujours prête aux larmes, dans son naïf et complet égoïsme. Pourquoi donc sa fille l'exécrait-elle ainsi, s'acharnait-elle à troubler le dernier bonheur d'amour où son cœur s'attardait ? Elle la regardait, navrée, plus désespérée qu'irritée, et elle eut l'idée malheureuse, au moment où la jeune fille allait, elle aussi, passer dans le salon, de la retenir, pour lui faire une observation sur sa toilette.

« Tu as bien tort, ma pauvre enfant, de t'entêter à t'habiller en vieille femme. Ça ne t'avantage guère. »

Et, dans ses yeux tendres de belle femme courtisée, adorée, apparaissait clairement sa pitié, à l'égard de cette créature laide et contrefaite, qu'elle n'avait jamais pu s'habituer à reconnaître pour sa fille. Une épaule plus haute que l'autre, de longs bras de bossue, un profil de chèvre noire, était-ce possible qu'une telle disgrâce fût sortie de sa beauté souveraine, cette beauté qu'elle avait passé sa vie entière à aimer elle-même, à soigner avec dévotion, la religion unique qu'elle eût pratiquée ? Toute sa peine et toute sa honte d'avoir eu une pareille enfant tremblaient dans sa voix.

Camille s'était arrêtée net, comme si un coup de cravache l'avait cinglée en plein visage. Elle revint près de sa mère. Et l'abominable explication partit de là, de ces simples paroles, dites à demi-voix.

« Tu trouves que je m'habille mal... Il fallait t'occuper de moi, veiller à ce que mes toilettes fussent de ton goût, m'apprendre ton secret d'être belle. »

Déjà, Ève regrettait son attaque, ayant horreur des impressions pénibles, des querelles aux mots blessants. Elle voulut se dérober, surtout à ce moment de hâte, lorsqu'on les attendait en bas, pour la vente.

« Voyons, tais-toi, ne fais pas la méchante, lorsque tout ce monde peut nous entendre... Je t'ai aimée... »

D'un petit rire contenu, terrible, Camille l'interrompit.

« Tu m'as aimée !... Ah ! ma pauvre maman, quelle drôle de chose tu dis là ! Est-ce que tu as jamais aimé quelqu'un ? Tu veux qu'on t'aime, et ça, c'est autre chose. Mais ton enfant, un enfant, est-ce que tu sais seulement comment on l'aime ?... Tu m'as toujours abandonnée, écartée, lâchée, me trouvant trop laide, indigne de toi, n'ayant d'ailleurs pas assez déjà des jours et des nuits pour t'aimer toi-même... Et, ne mens donc pas, ma pauvre maman, tu es encore à me regarder là, comme un monstre qui te répugne et qui te gêne. »

Dès lors, ce fut fini, la scène dut aller jusqu'au bout, dans un chuchotement de fièvre, visage contre visage, les dents serrées.

« Je t'ordonne de te taire, Camille ! Je ne puis supporter un tel langage.

– Je n'ai pas à me taire, lorsque tu cherches à me blesser. Si j'ai le tort de m'habiller en vieille femme, c'est que peut-être une autre a le ridicule de s'habiller en jeune fille, en mariée.

– En mariée, je ne comprends pas.

– Oh ! tu comprends parfaitement... Je veux pourtant que tu le saches, tout le monde ne me trouve pas aussi laide que tu sembles t'efforcer de le faire croire.

– Si tu es laide, c'est que tu t'arranges mal, je n'ai pas dit autre chose.

– Je m'arrange comme il me plaît, et très bien sans doute, puisqu'on m'aime telle que je suis.

– Vraiment, quelqu'un t'aime ? Qu'il nous le fasse donc savoir, et qu'il t'épouse !

– Mais certainement, mais certainement ! Ce sera un bon débarras, n'est-ce pas ? et tu me verras en mariée ! »

Leurs voix montaient, malgré leur effort. Camille s'arrêta, reprit haleine, ajouta d'une voix basse et sifflante :

« Gérard doit venir, ces jours-ci, vous demander ma main. »

Blême, Ève parut ne pas avoir compris.

« Gérard... Pourquoi me dis-tu cela ?

– Mais parce que c'est Gérard qui m'aime et qui va m'épouser... Tu me pousses à bout, tu me répètes toujours que je suis laide, tu me traites en monstre dont personne ne voudra. Et il faut bien que je me défende, que je t'apprenne ce qui est, pour te prouver que tout le monde n'a pas ton goût. »

Il se fit un silence, la querelle parut finie, devant l'affreuse chose, tout d'un coup évoquée, dressée entre elles. Mais il n'y avait plus là une mère et une fille, c'étaient deux rivales qui souffraient et combattaient.

Ève respira longuement, regarda, dans l'angoisse, si personne n'entrait pour les voir et les entendre. Puis, résolue :

« Tu ne peux pas épouser Gérard.

– Pourquoi donc ne puis-je pas épouser Gérard ?

– Parce que je ne le veux pas, parce que c'est impossible.

– Ce n'est pas une raison, cela. Dis-moi la raison.

– La raison, c'est que ce mariage est impossible, voilà tout.

– Non, la raison, je vais te la dire, moi, puisque tu m'y forces... La raison, c'est que Gérard est ton amant. Mais qu'est-ce que ça fait, puisque je le sais et que je veux bien de lui tout de même ? »

Ses yeux enflammés ajoutaient : « Et que c'est pour cela surtout que je le veux. » Sa longue torture d'infirme, sa rage d'avoir, depuis le berceau, vu sa mère belle, courtisée, adorée, la soulevait, se vengeait en un triomphe méchant. Enfin, elle le lui prenait donc, cet amant si longtemps jalousé !

« Tu es une malheureuse, bégaya Ève défaillante, frappée au cœur. Tu ne sais ce que tu dis et ce que tu me fais souffrir. »

Mais elle dut se taire de nouveau, se redresser et sourire, car Rosemonde, accourue du salon voisin, lui criait qu'on la demandait en bas. Les portes de l'hôtel allaient être ouvertes, il fallait qu'elle fût à son comptoir. Oui, tout de suite, elle descendait. Et elle s'appuyait à la console, derrière elle, pour ne pas tomber.

« Tu sais, vint dire Hyacinthe à sa sœur, c'est idiot, de vous disputer comme ça. Vous feriez bien mieux de descendre. »

Camille le renvoya durement.

« Va-t'en, toi ! et emmène les autres. Ça vaudra mieux qu'ils ne soient pas sur notre dos. »

Hyacinthe regarda sa mère, en fils qui savait et qui trouvait ça ridicule. Puis, vexé de la voir si peu énergique devant sa gale de sœur, comme il nommait celle-ci, il haussa les épaules, les abandonnant toutes les deux à leur bêtise, se décidant à emmener les autres. On entendit les rires de Rosemonde qui s'éloignait, tandis que le général descendait avec Mme Fonsègue, à laquelle il racontait une nouvelle histoire. Mais, à ce moment, quand la mère et la fille se crurent seules, des voix encore vinrent à leurs oreilles, les voix toutes voisines de Duvillard et de Fonsègue. Le père était toujours là, qui pouvait les entendre.

Ève sentit qu'elle aurait dû quitter la place. Et elle n'en trouvait pas la force, c'était impossible sur le mot qui l'avait frappée comme d'un soufflet, dans la détresse où la jetait la crainte de perdre son amant.

« Gérard ne peut t'épouser, il ne t'aime pas.

– Il m'aime.

– Tu t'imagines qu'il t'aime parce qu'il s'est montré bon pour toi, par gentillesse, en te voyant délaissée… Il ne t'aime pas.

– Il m'aime… Il m'aime, parce que d'abord je ne suis pas une bête, comme tant d'autres, et il m'aime surtout parce que je suis jeune. »

C'était une blessure nouvelle, faite avec une cruauté moqueuse, où sonnait la joie triomphante de voir enfin se mûrir et se faner cette beauté dont elle avait tant souffert.

« La jeunesse, ah ! vois-tu, ma pauvre maman, tu ne sais plus ce que c'est… Si je ne suis pas belle, je suis jeune, je sens bon, j'ai des yeux purs, des lèvres fraîches. Et tout de même j'ai tant de cheveux, et si longs, qu'ils suffiraient à m'habiller, si je voulais… Va, on n'est jamais laide, quand on est jeune. Tandis que, lorsqu'on n'est plus jeune, ma pauvre maman, va, c'est bien fini. On a beau avoir été belle, s'entêter à l'être encore, rien ne reste que des ruines, que la honte et le dégoût. »

Elle avait dit cela d'une voix si féroce, si aiguë, que chaque phrase était entrée dans le cœur de sa mère, comme un couteau. Des larmes en montèrent aux yeux de la malheureuse, frappée en sa plaie vive. Ah ! c'était vrai, elle restait sans arme contre la jeunesse, elle n'agonisait que de vieillir, que de sentir l'amour s'en aller d'elle, maintenant qu'elle était pareille au fruit trop mûr, tombé de la branche.

« Jamais la mère de Gérard ne consentira à ce qu'il t'épouse.

– Il la décidera, ça le regarde… J'ai deux millions, on arrange bien des choses avec deux millions.

– Veux-tu donc le salir, dire qu'il t'épouse pour ton argent ?

– Non, non ! Gérard est un garçon très honnête et très gentil. Il m'aime, il m'épouse pour moi… Mais, enfin, il n'est pas riche, il n'a pas de situation assurée, à trente-six ans, et c'est tout de même à prendre en considération, une femme qui vous apporte la richesse avec le bonheur… Car, entends-tu, maman, c'est le bonheur que je lui apporte, le vrai, l'amour partagé, certain de l'avenir ! »

Une fois encore, elles se retrouvaient visage contre visage. L'exécrable scène, coupée par les bruits environnants, abandonnée, reprise, s'éternisait, tout un drame assourdi, d'une violence de meurtre, mais sans éclat, les voix étranglées. Ni l'une ni l'autre ne cédait, même sous la menace d'une surprise possible, avec toutes les portes ouvertes, les domestiques qui pouvaient entrer, la voix du père qui continuait à sonner gaiement, là, près d'elles.

« Il t'aime, il t'aime… C'est toi qui dis cela. Lui ne te l'a jamais dit.

– Il me l'a dit vingt fois, il me le répète chaque fois que nous sommes seuls.

– Oui, comme à une petite fille qu'on veut amuser… Jamais il ne t'a dit qu'il était résolu à t'épouser.

– Il me l'a dit encore la dernière fois qu'il est venu. Et c'est arrangé, j'attends qu'il décide sa mère et qu'il fasse sa demande.

– Ah ! tu mens, tu mens, malheureuse ! Tu veux me faire souffrir, et tu mens, tu mens ! »

Sa douleur, enfin, éclatait dans ce cri de protestation. Elle ne sut plus qu'elle était mère, qu'elle parlait à sa fille. La femme amoureuse seule demeurait, outragée, exaspérée par une rivale. Et elle avoua, en un sanglot.

« C'est moi, moi qu'il aime ! La dernière fois, il m'a juré, tu entends ! juré sur son honneur, qu'il ne t'aimait pas, que jamais il ne t'épouserait. »

Camille, riant de son rire aigu, prit un air d'apitoiement railleur.

« Ah ! ma pauvre maman, tu me fais de la peine. Es-tu assez enfant ! Oui, en vérité, c'est toi qui es l'enfant... Comment ! toi qui devrais avoir tant d'expérience, tu te laisses prendre encore aux protestations d'un homme ! Et celui-là n'est pas méchant, et c'est même pourquoi il te jure tout ce que tu veux, un peu lâche au fond, désireux surtout de te faire plaisir.

– Tu mens, tu mens !

– Voyons, raisonne... S'il ne vient plus, s'il a esquivé ce matin le déjeuner, c'est qu'il a de toi par-dessus la tête. Tu es lâchée, ma pauvre maman, il faut que tu aies le courage de te bien mettre cela dans la tête. Il reste gentil, parce qu'il est bien élevé et qu'il ne sait comment rompre. Enfin, il a pitié de toi.

– Tu mens, tu mens !

– Mais questionne-le, en bonne mère que tu devrais être. Aie une franche explication avec lui, demande-lui amicalement ce qu'il entend faire. Et sois gentille à ton tour, comprends que, si tu l'aimes, tu devrais me le donner tout de suite, dans son intérêt. Rends-lui sa liberté, tu verras bien que c'est moi qu'il aime.

– Tu mens, tu mens !.... Ah ! misérable enfant, qui ne veux que me torturer et me tuer ! »

Et, dans sa furieuse détresse, Ève se rappela qu'elle était mère, qu'elle devait corriger cette fille indigne. Elle ne trouva pas de bâton, elle arracha de la corbeille des roses jaunes, qui les grisaient toutes deux de leur puissante odeur, une poignée de ces fleurs à hautes tiges épineuses, et elle en souffleta Camille. Une goutte de sang parut à la tempe gauche, près de la paupière.

Sous la correction, la jeune fille, pourpre, affolée, s'était jetée en avant, la main haute, prête à frapper, elle aussi.

« Ma mère, prenez garde ! Je vous jure que je vous battrais comme une simple gueuse... Et dites-vous bien ceci maintenant, je veux Gérard, j'épouserai Gérard, je vous le prendrai par le scandale, si vous ne me le donnez pas de bonne grâce. »

Après son acte de colère, Ève était tombée sur un fauteuil, brisée, éperdue. Et toute son horreur des querelles revenait, dans son besoin de vie heureuse, d'égoïste jouissance à être caressée, flattée, adorée. Tandis que Camille, menaçante, dévorante, se montrait enfin à nu, l'âme dure et noire, sans pardon, ivre de sa cruauté. Il y eut un silence suprême, pendant lequel on entendit de nouveau la voix gaie de Duvillard, venant du cabinet voisin.

Doucement, la mère s'était mise à pleurer, lorsque Hyacinthe, le fils, remonté en courant, tomba dans le petit salon. Il regarda les deux femmes, il eut un geste d'indulgent mépris.

« Hein ? vous êtes contentes, qu'est-ce que je vous disais ? Comme si vous n'auriez pas mieux fait de descendre tout de suite !.... Vous savez que tout le monde vous demande, en bas. C'est imbécile. Je viens vous chercher. »

Peut-être Ève et Camille ne l'auraient-elles pas suivi encore, dans le tremblement où elles étaient, le besoin qu'elles avaient de se blesser et de souffrir davantage. Mais Duvillard et Fonsègue sortaient du cabinet, ayant fini leur cigare, parlant de descendre, eux aussi. Et Ève dut se relever, sourire, les yeux secs, pendant que Camille, devant une glace, arrangeait ses cheveux, essuyait avec la corne de son mouchoir la petite goutte rouge qui perlait à sa tempe.

En bas, dans les trois vastes salons, décorés de tapisseries et de plantes vertes, la foule était déjà considérable. On avait drapé les comptoirs de soie rouge, ce qui encadrait les marchandises d'un éclat, d'une gaieté sans pareils. Et il n'était pas de bazar qui aurait pu lutter avec les mille objets entassés là, car on y trouvait de tout, depuis des esquisses de maîtres et des autographes d'écrivains célèbres, jusqu'à des chaussettes et à des peignes. Ce pêle-mêle lui-même était un attrait, sans compter le buffet, où de belles mains blanches servaient du champagne, ni les deux loteries, un orgue et une charrette anglaise attelée d'un poney, dont un essaim de jeunes filles charmantes, lâchées à travers la cohue, vendaient les billets. Mais, comme Duvillard y avait bien compté, le grand succès de la vente allait être surtout dans le petit et délicieux frisson que les belles dames éprouvaient en passant sous le porche, où avait éclaté la bombe. Les grosses réparations étaient terminées, les murs et les plafonds pansés, refaits en partie. Seulement, les peintres n'étaient pas venus encore, les terribles blessures apparaissaient comme des cicatrices récentes, aux parties crayeuses de pierre et de plâtre neufs. Des têtes inquiètes, ravies pourtant, sortaient des voitures, dont le défilé continu ébranlait le pavé sonore de la cour. Et, après l'entrée, dans les trois salons, devant les comptoirs de vente, les conversations ne tarissaient pas. « Ah ! ma chère, avez-vous vu, c'est effrayant, effrayant, toutes ces balafres, la maison entière a failli sauter ; et dire que ça peut recommencer, pendant que nous sommes là. Vraiment, il faut du courage pour venir ; mais cette œuvre est si méritoire, il s'agit d'un nouveau pavillon à construire. Et puis, les monstres verront que, tout de même, nous n'avons pas peur. »

Lorsque la baronne Ève descendit enfin occuper son comptoir avec sa fille Camille, elle y trouva les vendeuses en pleine fièvre déjà, sous la direction de la princesse Rosemonde, qui, en ces sortes d'occasions, était extraordinaire de ruse et de rapacité. Elle volait les clients avec impudence.

« Ah ! vous voilà ! cria-t-elle. Défiez-vous d'un tas de marchandeuses qui sont ici pour faire de bons coups. Je les connais, elles guettent les occasions, bousculent les étalages, attendent qu'on perde la tête et qu'on ne s'y reconnaisse plus, pour payer moins cher que dans les vrais magasins... Je vais les saler, moi, vous allez voir. »

Ève, qui était une vendeuse exécrable, et qui se contentait de trôner dans son comptoir, dut s'égayer avec les autres. Elle affecta de faire, doucement, quelques recommandations à Camille, que celle-ci écouta en souriant, d'un air d'obéissance. Mais la triste et misérable femme succombait sous l'émotion, dans la pensée d'angoisse de rester là jusqu'à sept heures, à souffrir devant tout ce monde, sans soulagement possible. Et ce fut pour elle un répit que d'apercevoir l'abbé Pierre Froment, qui l'attendait, assis sur une banquette de velours rouge, près du comptoir. Les jambes rompues, elle s'assit à côté de lui.

« Ah ! monsieur l'abbé, vous avez reçu ma lettre, vous êtes venu... J'ai une bonne nouvelle à vous annoncer, et cette nouvelle, j'ai voulu vous laisser le plaisir de la donner vous-même à votre protégé, à ce Laveuve, que vous m'avez recommandé si chaudement... Toutes les formalités sont remplies, vous pouvez nous l'amener demain à l'asile. »

Stupéfait, Pierre la regardait.

« Laveuve... Il est mort ! »

À son tour, elle s'étonna.

« Comment, il est mort !.... Mais vous ne m'en avez rien dit ! Si je vous contais tout le mal qu'on s'est donné, tout ce qu'il a fallu défaire et refaire, et les discussions, et les paperasses ! Vous êtes sûr qu'il est mort ?

– Oh ! oui, il est mort... Il y a un mois qu'il est mort.

– Un mois qu'il est mort ! Nous ne pouvions pas savoir, vous ne nous avez plus donné signe de vie... Ah ! mon Dieu ! quel ennui qu'il soit mort, cela va nous forcer à tout défaire encore une fois !

– Il est mort, madame, j'aurais dû vous en prévenir, c'est vrai. Mais, que voulez-vous ? il est mort ! »

Et ce mot de mort qui revenait, l'aventure de ce mort dont elle s'occupait depuis un mois, la glaçait, achevait de la désespérer, comme le mauvais présage de la mort froide où elle se sentait descendre, dans le linceul de son dernier amour. Tandis que Pierre, malgré lui, souriait amèrement de tant d'ironie atroce. Ah ! charité boiteuse, qui vient lorsque les gens sont morts !

Le prêtre resta sur la banquette, quand la baronne dut se lever, en voyant arriver le juge d'instruction Amadieu, très pressé, ayant hâte de faire acte de présence et d'acheter un menu objet, avant de retourner au Palais. Mais le petit Massot, le reporter du *Globe*, qui rôdait autour des comptoirs, l'aperçut, fondit sur lui, en mal de renseignements. Il l'enveloppa, le soumit à la question, pour savoir où en était l'affaire de ce Salvat, cet ouvrier mécanicien qu'on accusait d'avoir déposé la bombe sous le porche. N'était-ce qu'une invention de la police, comme le disaient certains journaux ? Ou bien était-ce vraiment la bonne piste ? La police allait-elle enfin l'arrêter ? Et Amadieu se défendait, répondait avec raison que l'affaire ne le regardait pas encore, qu'elle ne deviendrait sienne que si ce Salvat était arrêté et si on lui confiait l'instruction. Seulement, dans son air d'importance finaude, dans sa correction de magistrat mondain aux yeux d'acier, perçaient toutes sortes de sous-entendus, comme s'il était au courant déjà des moindres détails et qu'il eût promis de grands événements pour le lendemain. Des dames faisaient cercle, un flot de jolies femmes, enfiévrées de curiosité, se bousculant pour entendre cette histoire de brigand, qui leur mettait la petite mort à fleur de peau. Amadieu s'esquiva, lorsqu'il eut payé vingt francs, à la princesse Rosemonde, un étui à cigarettes qui valait bien trente sous.

Massot, en reconnaissant Pierre, était venu lui serrer la main.

« N'est-ce pas ? monsieur l'abbé, ce Salvat doit être loin, s'il a de bonnes jambes et s'il court toujours... La police me fera toujours rire. »

Mais Rosemonde lui amenait Hyacinthe.

« Monsieur Massot, vous qui allez partout, je vous prends pour juge... *Le Cabinet des Horreurs*, à Montmartre, la taverne où Legras chante ses *Fleurs du pavé*...

– Un endroit délicieux, madame. Je n'y mènerais pas un gendarme.

– Ne plaisantez pas, monsieur Massot, c'est très sérieux. N'est-ce pas qu'une femme honnête peut y aller, quand un monsieur l'accompagne ? »

Et, sans lui laisser le temps de répondre, elle se tourna vers Hyacinthe.

« Ah ! vous voyez bien que M. Massot ne dit pas non. Vous m'y conduirez ce soir, c'est juré, c'est juré ! »

Et elle se sauva, elle retourna vendre un paquet d'épingles dix francs à une vieille dame, pendant que le jeune homme se contentait de dire, de sa voix désabusée :

« Elle est idiote, avec son *Cabinet des Horreurs*. »

Massot, philosophiquement, haussa les épaules. Il fallait bien qu'une femme s'amusât. Puis, lorsque Hyacinthe se fut éloigné, traînant son mépris pervers, parmi les belles filles qui vendaient les billets de loterie, il se permit de murmurer :

« Ce petit-là, tout de même, aurait grand besoin qu'une femme fît de lui un homme. »

Et, s'interrompant, s'adressant de nouveau à Pierre :

« Tiens ! Dutheil… Que disait donc Sanier, ce matin, que Dutheil coucherait ce soir à Mazas ? »

En effet, Dutheil, très pressé, très souriant, fendait la foule, afin de rejoindre Duvillard et Fonsègue, qui causaient toujours, debout près du comptoir de la baronne. Et, tout de suite, il agita la main, en signe de victoire, pour dire qu'il avait réussi dans la délicate mission dont il s'était chargé. Il ne s'agissait de rien moins que d'une manœuvre hardie, destinée à hâter l'entrée de Silviane à la Comédie-Française. Elle avait eu l'idée d'amener le baron à la faire dîner, au café Anglais, avec un critique influent, qui, disait-elle, forcerait l'Administration à lui ouvrir toute grande la porte, dès qu'il la connaîtrait. Et l'invitation n'était pas facile à faire accepter, car le critique passait pour grognon et sévère. Aussi Dutheil, repoussé d'abord, déployait-il depuis trois jours toute sa diplomatie, mettant en jeu les plus lointaines influences. Il rayonnait, il avait vaincu.

« Mon cher baron, c'est pour ce soir, sept heures et demie. Ah ! sapristi, j'ai eu plus de mal que pour enlever le vote d'une émission à lots ! »

Et il riait, avec sa jolie impudence d'homme de plaisir, que sa conscience d'homme politique gênait si peu, très amusé par cette allusion à la dénonciation nouvelle de *La Voix du peuple*.

« Ne plaisantez pas, dit tout bas Fonsègue, qui voulut s'égayer, lui, à le terrifier un peu. Ça va très mal. »

Dutheil devint pâle, vit le commissaire de police et Mazas. Ça le prenait par crises, comme les coliques. Mais, dans son manque ingénu de tout sens moral, il se rassurait, se remettait à rire aussitôt. Que diable ! la vie était bonne.

« Bah ! répliqua-t-il gaiement, en clignant l'œil du côté de Duvillard, le patron est là. »

Celui-ci, content, lui avait serré les mains, l'avait remercié, en disant qu'il était un gentil garçon. Et, se tournant vers Fonsègue :

« Dites donc, vous en êtes, ce soir. Oh ! il le faut, je veux quelque chose d'imposant, autour de Silviane. Dutheil représentera la Chambre, vous le journalisme, moi la finance… »

Il s'interrompit brusquement, en voyant arriver Gérard, qui, sans hâte, l'air sérieux, s'ouvrait un discret passage, au travers des jupes. Il l'appela du geste.

« Gérard, mon ami, il faut que vous me rendiez un service. »

Puis, il lui conta la chose, l'acceptation si désirée du critique influent, le dîner qui allait décider de l'avenir de Silviane, le devoir où étaient tous ses amis de se grouper autour d'elle.

« Je ne peux pas, répondit le jeune homme embarrassé, je dîne chez ma mère, qui était un peu souffrante ce matin.

– Votre mère est trop raisonnable pour ne pas comprendre qu'il y a des affaires d'une gravité exceptionnelle. Retournez vous dégager, contez-lui une histoire, dites-lui qu'il y va du bonheur d'un ami. »

Et, comme Gérard faiblissait :

« Enfin, mon cher, j'ai besoin de vous, il me faut un homme du monde. Le monde, vous savez, c'est une si grande force, au théâtre. Si notre Silviane a le monde avec elle, son triomphe est assuré. »

Gérard promit, puis resta là un instant, à causer avec son oncle, le général de Bozonnet, très égayé par cette cohue de femmes, où il flottait, dans la bousculade, tel qu'un vieux navire désemparé. Après avoir remercié Mme Fonsègue de sa complaisance à écouter ses histoires, en lui achetant pour cent francs un autographe de Mgr Martha, il s'était perdu parmi l'essaim des jeunes filles, rejeté de l'une à l'autre. Et il revenait, les mains chargées de billets de loterie.

« Ah ! mon gaillard, je ne te conseille pas de te risquer parmi ces jeunes personnes. Ton dernier sou y resterait... Mais, tiens ! voici Mlle Camille qui t'appelle. »

Celle-ci, en effet, depuis qu'elle avait aperçu Gérard, attendait, lui souriait de loin. Et, lorsque leurs regards se rencontrèrent, il dut aller à elle, bien qu'au même moment il eût senti sur lui les yeux désespérés d'Ève, qui l'appelaient, le suppliaient, eux aussi. Tout de suite Camille, se sentant surveillée par sa mère, exagéra son amabilité de vendeuse, profita des petites licences que la fièvre charitable autorisait, glissa dans les poches du jeune homme de menus objets, en mit d'autres dans ses deux mains, qu'elle serra entre les siennes, et cela dans un éclat de jeunesse, avec de grands rires frais, qui, là-bas, torturaient l'autre, la rivale.

Souffrant trop, Ève voulut intervenir, les séparer. Mais, justement, Pierre l'arrêta au passage, pris d'une idée qu'il désirait lui soumettre, avant de quitter la vente.

« Madame, puisque ce Laveuve est mort et que vous vous êtes donné une telle peine pour le lit qui est libre, veuillez donc n'en pas disposer, avant que j'aie vu notre vénérable ami, l'abbé Rose. Je le vois ce soir, et lui qui connaît toujours tant de misères, il serait si heureux d'en soulager une, de vous amener un de ses pauvres !

– Mais certainement, balbutia la baronne, je serai bien heureuse... Comme vous voudrez, j'attendrai un peu... Sans doute, sans doute, monsieur l'abbé... »

Elle tremblait de tout son misérable être souffrant, elle ne savait plus ce qu'elle disait. Et elle ne put vaincre sa passion, elle lâcha le prêtre, elle ignora même qu'il fût resté là, lorsque Gérard, cédant à l'imploration douloureuse de son regard, réussit à s'échapper des mains de la fille, pour rejoindre enfin la mère.

« Comme vous vous faites rare, mon ami ! dit-elle tout haut, avec un sourire. On ne vous voit plus.

– Mais, répondit-il de son air aimable, j'ai été souffrant... Oui, je vous assure, un peu souffrant. »

Lui, souffrant ! Elle le regardait, bouleversée de maternité inquiète. Dans sa haute et fière mine, son visage correct de bel homme lui parut en effet blêmi, cachant moins, sous la noblesse de la façade, l'irréparable délabrement intérieur. C'était vrai, qu'il devait souffrir, dans sa bonté native, de sa vie inutile et manquée, de tout l'argent qu'il coûtait à sa mère pauvre, des nécessités qui finissaient par le pousser à ce mariage avec cette fille riche, cette infirme, qu'il s'était mis à plaindre. Et elle le sentit si faible lui-même, en proie à une telle tourmente, pareil à une épave, que son cœur déborda, en une supplication ardente, à peine murmurée, au milieu de cette foule qui pouvait entendre.

« Si vous souffrez, ah ! que je souffre !... Gérard, il faut nous voir, je le veux ! »

Gêné, il balbutia lui-même :

« Non, je vous en prie, attendons.

– Gérard, il le faut, Camille m'a dit vos projets. Vous ne pouvez refuser de me voir. Je veux vous voir. »

Alors, frémissant, il tâcha encore d'échapper à la cruelle explication.

« Mais, là-bas, où vous savez, c'est impossible. On connaît l'adresse.

– Eh bien ! demain, à quatre heures, dans ce petit restaurant du Bois, où nous nous sommes déjà rencontrés. »

Il dut promettre, ils se séparèrent, Camille venait de tourner la tête et les regardait. Un flot de femmes assiégeaient le comptoir, et la baronne se mit à vendre, de son air de déesse mûre, nonchalante, pendant que Gérard rejoignait Duvillard, Fonsègue et Dutheil, très excités par l'attente de leur dîner du soir.

Pierre avait en partie entendu. Il connaissait les dessous de cette maison, les tortures, les misères physiologiques et morales, que cachait l'éclat de tant de richesse et de puissance. Ce n'était qu'une plaie sans cesse accrue, envenimée et saignante, tout un mal rongeur, dévorant le père, la mère, la fille, le fils, déliés du lien social. Et, pour quitter les salons, Pierre faillit se faire étouffer dans la cohue des acheteuses, qui manifestaient, en faisant un triomphe de la vente. Là-bas, au fond de l'ombre, Salvat galopait, galopait, se perdait, tandis que Laveuve, le mort, était comme le soufflet d'ironie atroce à l'illusoire et tapageuse charité.

II

Ah ! quelle paix délicieuse, chez le bon abbé Rose, dans le petit rez-de-chaussée qu'il habitait rue Cortot, sur un étroit jardin ! Pas un bruit de voiture, pas même le souffle de Paris qui grondait de l'autre côté de la butte Montmartre, le grand silence et le calme endormi d'une lointaine ville de province.

Sept heures sonnaient, le crépuscule s'était fait doucement, et Pierre était là, dans l'humble salle à manger, attendant que la femme de ménage mît la soupe sur la table. L'abbé inquiet de le voir à peine depuis un grand mois qu'il s'enfermait avec son frère, au fond de Neuilly, lui avait écrit la veille, en le priant de venir dîner, afin de causer tranquillement de leurs affaires ; car Pierre continuait à lui remettre de l'argent pour leurs aumônes communes, ils avaient gardé ensemble, depuis leur asile de la rue Charonne, des comptes de charité, qu'ils réglaient de temps à autre. Après le dîner, ils causeraient de cela, ils examineraient s'ils ne pourraient pas faire mieux et davantage. Et le bon prêtre rayonnait, de cette belle soirée, si paisible, si tendre, qu'il allait passer ainsi, à s'occuper de ses chers pauvres, son seul amusement, l'unique plaisir auquel il revenait, par passion, comme à une faiblesse coupable, malgré tous les ennuis que sa charité inconsidérée lui avait causés déjà.

Pierre, heureux de lui donner ce plaisir, se calmait lui aussi, trouvait un soulagement, un repos de quelques heures, dans ce dîner si simple, dans toute cette bonté qui l'enveloppait, si loin de son affreuse tourmente de chaque jour. Il se rappela la place libre à l'asile des Invalides du travail, la promesse que la baronne Duvillard lui avait faite d'attendre qu'il eût demandé à l'abbé Rose s'il ne connaissait pas quelque grande misère, digne d'intérêt ; et il en parla tout de suite à celui-ci, avant de se mettre à table.

« Une grande misère, digne d'intérêt, ah ! mon cher enfant, elles le sont toutes ! Pour faire un heureux, surtout lorsqu'il s'agit des vieux ouvriers sans travail, on n'a que l'embarras du choix, l'angoisse de se demander lequel va être élu, lorsque tant d'autres resteront dans leur enfer. »

Pourtant, il cherchait, se passionnait, se décidait, malgré la lutte douloureuse de ses scrupules.

« J'ai votre affaire. C'est certainement le plus souffrant, le plus misérable et le plus humble, un vieillard de soixante-douze ans, un menuisier qui vit de la charité publique, depuis les huit à dix ans qu'il ne trouve plus de travail. Je ne sais pas son nom, tout le monde le nomme le grand Vieux. Et, souvent, il reste des semaines sans paraître à ma distribution du samedi. Il va falloir que nous nous mettions à sa recherche, si l'admission presse. Je crois bien qu'il couche parfois à l'Hospitalité de nuit de la rue d'Orsel, quand le manque de place ne le force pas à se terrer derrière quelque palissade… Voulez-vous que, ce soir, nous descendions rue d'Orsel ? »

Ses yeux brillaient, c'était pour lui la grande débauche, le fruit défendu, cette visite à la basse misère, à l'extrême détresse tombée au cloaque, qu'il n'osait plus faire, dans sa pitié débordante d'apôtre, tellement on la lui avait reprochée, imputée à crime.

« Est-ce dit, mon enfant ? Rien que cette fois encore ! Il n'y a que ce moyen, d'ailleurs, si nous voulons trouver le grand Vieux. Vous en serez quitte pour rester avec moi jusqu'à onze heures… Et puis, je désirais vous montrer cela, vous verrez, que d'épouvantables souffrances ! Peut-être aurons-nous la chance de soulager quelque pauvre être. »

Pierre souriait de cette ardeur juvénile, chez ce vieil homme aux cheveux de neige.

« C'est dit, mon cher abbé. Je vais être bienheureux de passer la soirée entière avec vous, et cela me fera du bien, de vous suivre encore cette fois dans une de nos anciennes battues, dont nous revenions le cœur si gros de douleur et de joie. »

La femme de ménage apportait la soupe. Mais, au moment où les deux prêtres s'attablaient, il y eut un discret coup de sonnette, et l'abbé donna l'ordre de faire entrer, lorsqu'il sut que c'était une voisine, Mme Mathis, qui venait chercher une réponse.

« La pauvre femme, expliqua-t-il, elle avait besoin d'une avance de dix francs, pour dégager un matelas, et je ne les avais pas ; mais je me les suis procurés… Elle loge dans la maison, toute une misère discrète, des rentes si petites, qu'elles ne peuvent lui suffire.

– Mais, demanda Pierre, qui se souvint du jeune homme entrevu chez les Salvat, est-ce qu'elle n'a pas un grand fils de vingt ans ?

– Oui, oui… Je la crois née de parents riches, en province. Elle s'est mariée, m'a-t-on dit, avec un maître de piano qui lui donnait des leçons, à Nantes, et qui l'a enlevée, puis installée à Paris, où il est mort, tout un triste roman d'amour. En vendant les meubles, en réunissant les épaves, à peine deux mille francs de rente, la jeune veuve a pu mettre son fils au collège, vivre elle-même décemment. Et il a fallu un nouveau coup pour l'abattre, l'écroulement de sa petite fortune, placée en valeurs douteuses ; ce qui a réduit ses rentes à huit cents francs au plus. Elle a deux cents francs de loyer, il faut qu'elle se suffise avec cinquante francs par mois. Depuis dix-huit mois, son fils l'a quittée, pour ne pas être à sa charge, et il tâche de gagner sa vie de son côté, sans y réussir, je crois. »

Mme Mathis entrait, une petite femme brune, à la face triste et douce, effacée. Toujours vêtue d'une même robe noire, elle parlait à peine, vivait dans la retraite, d'une timidité inquiète de pauvre créature sans cesse battue par l'orage. Lorsque l'abbé Rose lui eut remis les dix francs, discrètement enveloppés, elle rougit, remercia, promit de les rendre dès qu'elle toucherait son mois, car elle n'était point une mendiante, elle ne voulait pas rogner la part de ceux qui avaient faim.

« Et votre fils Victor, demanda l'abbé, a-t-il trouvé un emploi ? »

Elle hésita, ignorant ce que faisait son fils, restant des semaines maintenant sans le voir. Et elle se contenta de répondre :

« Il est très bon, il m'aime bien… C'est un grand malheur que notre ruine soit venue, avant son entrée à l'École normale. Il n'a pu passer l'examen… Au lycée, il était un élève si appliqué, si intelligent !

– Vous avez perdu votre mari, lorsque votre fils avait dix ans, n'est-ce pas ? »

Elle rougit de nouveau, crut que l'histoire était connue des deux prêtres qui l'écoutaient.

« Oui, mon pauvre mari n'a jamais eu de chance. Les déboires l'avaient aigri, ses idées s'étaient exaltées, et il est mort en prison, à la suite d'une bagarre dans une réunion publique, où il avait eu le malheur de blesser un agent… Pendant la Commune, autrefois, il s'était battu. C'était pourtant un homme très doux et qui m'adorait. »

Des larmes étaient montées à ses yeux. L'abbé Rose, attendri, la congédia.

« Enfin, espérons que votre fils vous donnera du contentement et qu'il pourra vous rendre tout ce que vous avez fait pour lui. »

Et Mme Mathis s'en alla, s'effaça discrètement, avec un geste d'infinie tristesse. Elle ignorait tout de son fils, mais elle tremblait devant l'acharnement de l'obscure destinée.

« Je ne pense pas, dit Pierre à l'abbé, quand ils furent seuls, que la pauvre femme doive compter beaucoup sur son fils. Je n'ai vu ce garçon qu'une fois, il a dans ses yeux clairs la sécheresse et le coupant d'un couteau.

– Vous croyez ? se récria le vieux prêtre, avec sa naïveté de brave homme. Il m'a semblé très poli, un peu pressé de jouir peut-être ; mais ils sont tous impatients, dans la jeunesse d'aujourd'hui… Voyons, mettons-nous à table, la soupe va être froide. »

Presque à la même heure, à un autre bout de Paris, rue Saint-Dominique, la nuit lente s'était faite aussi dans le salon que la comtesse de Quinsac occupait, au fond du silencieux et morne rez-de-chaussée d'un vieil hôtel. Elle était là, seule avec le marquis de Morigny, l'ami fidèle, tous deux aux deux coins de la cheminée, où la braise d'une dernière bûche achevait de s'éteindre. La servante n'avait pas encore apporté la lampe, et la comtesse oubliait de sonner, trouvait un soulagement à son inquiétude, dans cet envahissement des ténèbres, noyant les choses inavouées qu'elle craignait de laisser voir sur son visage las. Alors seulement elle osa parler, au milieu de ce salon noir, devant le foyer mort, sans que nul bruit lointain de roues troublât le silence du grand passé qui dormait là.

« Oui, mon ami, je ne suis pas contente de la santé de Gérard. Vous allez le voir, car il m'a promis de rentrer de bonne heure et de dîner avec moi. Oh ! je sais qu'il est de fière mine, l'air grand et fort. Mais il faut, pour le bien connaître, l'avoir veillé comme moi, élevé avec tant de peine ! Au fond, il est à la merci de tous les petits maux, qui s'aggravent immédiatement chez lui… Et l'existence qu'il mène n'est pas faite pour la santé. »

Elle se tut, soupira, hésitant à se confesser jusqu'au bout.

« Il mène l'existence qu'il peut mener, dit lentement le marquis de Morigny, dont le fin profil, le grand air de vieillard sévère et tendre se perdait, noyé d'ombre. Puisqu'il n'a pu supporter la vie militaire, et que les fatigues de la diplomatie elle-même vous effraient, que voulez-vous donc qu'il fasse ?... Il n'a qu'à vivre à l'écart, en attendant l'écroulement final, sous cette abominable République, qui achève de mettre la France au tombeau.

– Sans doute, mon ami. Mais justement, cette vie oisive m'épouvante. Il y achève de perdre tout ce qu'il avait de bon et de sain... Je ne dis pas uniquement cela pour les liaisons que nous avons dû lui tolérer. La dernière, que j'ai d'abord acceptée difficilement, tant elle révoltait d'idées et de croyances en moi, m'est apparue ensuite comme étant plutôt d'une bonne influence... Seulement, le voici qui entre dans sa trente-sixième année, est-ce qu'il peut continuer à vivre de cette façon, sans but, sans devoir ? Peut-être, s'il est souffrant, est-ce parce qu'il ne fait rien, qu'il n'est rien et qu'il ne sert à rien. »

Sa voix se brisa de nouveau.

« Et puis, mon ami, puisque vous me forcez à tout vous dire, je vous avoue que moi-même je ne me porte pas très bien. J'ai des évanouissements, j'ai consulté. Enfin, d'un jour à l'autre, je peux disparaître. »

Morigny, frémissant, se pencha, voulut lui saisir les mains, dans la nuit qui se faisait davantage.

« Vous, mon amie ! ce serait vous que je perdrais, comme mon dernier culte ! Moi qui ai vu sombrer le vieux monde dont je suis et qui vis dans l'unique espoir que vous restez au moins pour me fermer les yeux. »

Elle le supplia de ne pas accroître sa peine.

« Non, non ! ne me prenez pas les mains, ne les baisez pas ! Restez dans ces demi-ténèbres, où je ne vous vois plus qu'à peine... Ce sera notre divine force, jusqu'à la tombe, de nous être aimés si longtemps, sans une honte ni un regret... Et, si vous me touchiez, si je vous sentais trop près de moi, je ne pourrais finir, car je n'ai pas fini. »

Puis, lorsqu'il fut retombé dans son silence et son immobilité :

« Demain, si je mourais, Gérard ne trouverait pas même ici la petite fortune qu'il croit encore entre mes mains. Souvent, le cher enfant m'a coûté gros, sans qu'il ait jamais paru s'en douter. J'aurais dû certainement me montrer plus sévère, plus prudente. Mais, que voulez-vous ? la ruine est là, j'ai toujours été une mère trop faible... Et comprenez-vous maintenant l'angoisse où je vis, avec cette pensée que, si je meurs, Gérard n'aura pas même de quoi vivre, incapable du miracle que je renouvelle chaque jour, pour soutenir le train illusoire de notre maison ?... Je le connais, si désarmé, si maladif sous sa belle apparence, ne pouvant rien faire, ne sachant même pas se conduire. Que deviendra-t-il ? Ne tombera-t-il pas à la pire détresse ? »

Alors, ses larmes coulèrent librement, son cœur se déchirait et saignait, dans sa prescience du lendemain de sa mort, ce grand enfant adoré en qui leur race et tout un monde croulaient. Et le marquis immobile, éperdu, sentant bien qu'il n'avait aucun titre pour offrir sa fortune, comprit tout d'un coup, sentit à quelle déchéance nouvelle ce désastre allait aboutir.

« Ah ! ma pauvre amie, finit-il par dire d'une voix qui tremblait de révolte et de douleur, vous en êtes à ce mariage, oui ! cet abominable mariage avec la fille de cette femme. Jamais ! aviez-vous juré. Vous préfériez la mort de tout. Et voilà que vous consentez, je le sens ! »

Elle pleurait toujours, dans le salon noir et muet, devant le feu éteint. Ce mariage de Gérard avec Camille, n'était-ce pas pour elle la fin heureuse, la certitude de laisser son fils riche, aimé, attablé enfin à la vie ? Mais une dernière rébellion la souleva.

« Non, non, je ne consens pas, je vous jure que je ne consens pas encore. Je lutte de toutes mes forces, ah ! dans un combat de chaque heure, dont vous ne pouvez soupçonner la torture. »

Puis, sincèrement, elle prévit sa défaite.

« Si je cède un jour, mon ami, croyez bien que je sens autant que vous l'abomination d'un tel mariage. C'est la fin de notre race et de notre honneur. »

Ce cri le bouleversa, et il ne put rien ajouter. Dans son intransigeance de catholique et de royaliste hautain, lui aussi n'attendait que l'écroulement suprême. Mais quelle souffrance à se dire que cette noble femme, tant aimée, et si purement, allait être, dans la catastrophe, la plus dolente des victimes ! Caché par l'ombre, il osa s'agenouiller devant elle, lui prendre la main et la baiser.

Comme la servante apportait enfin une lampe allumée, Gérard se présenta. Le vieux salon Louis XVI, aux pâles boiseries, retrouvait, dans la clarté douce, sa grâce surannée ; et le jeune homme affecta une gaieté vive, pour rassurer sa mère et ne point la laisser trop triste, puisqu'il ne pouvait dîner avec elle. Quand il eut expliqué que des amis l'attendaient, elle fut la première à le dégager de sa parole, heureuse de le voir si gai.

« Va, va, mon enfant, et ne te fatigue pas trop... Je vais garder Morigny. Le général et Larombardière doivent venir à neuf heures. Sois tranquille, j'aurai du monde, je ne m'ennuierai pas. »

Et ce fut ainsi que Gérard, après s'être assis un instant, pour causer avec le marquis, put s'esquiver et se rendre au café Anglais.

Quand il y arriva, des femmes en pelisse de fourrure montaient déjà l'escalier, les cabinets s'emplissaient d'aimables et luxueuses compagnies, les lampes électriques étincelaient, tout le branle du plaisir, de l'éclatante prostitution d'en haut commençait à secouer, à chauffer les murs. Et, dans le cabinet arrêté par le baron, il trouva une extraordinaire dépense, des fleurs superbes, des cristaux, de l'argenterie, comme pour un royal gala. La table de six couverts était dressée avec un faste qui le fit sourire, et le menu, la carte des vins promettaient des merveilles, tout ce qu'on avait pu choisir de plus rare et de plus cher.

« Hein ? c'est chic ! cria Silviane, qui était déjà là, avec Duvillard, Fonsègue et Dutheil. J'ai voulu l'étonner, votre critique influent... Quand on a payé un dîner pareil à un journaliste, n'est-ce pas ? il faut bien qu'il soit aimable. »

Elle, pour vaincre, n'avait rien imaginé de mieux que de faire une toilette étourdissante, une robe de satin jaune, couverte de vieux point d'Alençon. Et elle s'était décolletée, et elle avait mis tous ses diamants, un diadème dans les cheveux, une rivière au cou, des nœuds aux épaules, des bracelets et des bagues. Avec sa figure candide de vierge, encadrée de fins bandeaux, elle avait d'une vierge de missel, chargée des offrandes de toute la chrétienté, la vierge reine.

« Enfin, vous êtes si jolie, dit Gérard qui la plaisantait parfois, ça va tout de même.

– Bon ! répondit-elle sans se fâcher, vous trouvez que je suis une bourgeoise, qu'un petit dîner simple et une toilette modeste auraient fait preuve de plus de goût. Ah ! mon cher, vous ne savez pas comment on prend les hommes ! »

Duvillard l'approuva, car il était ravi de la montrer en pleine gloire, parée comme une idole. Fonsègue causait diamants, disait que c'étaient là des valeurs bien chanceuses, depuis que la science, grâce au four électrique, touchait au jour où la fabrication pouvait en devenir courante. Tandis que Dutheil, l'air extasié, tournait autour de la jeune femme, avec des gestes mignons de chambrière, pour remettre en place un pli de dentelle, corriger une boucle indocile.

« Quoi donc ? il est bien mal élevé, votre critique, qu'il se fait attendre ! »

En effet, le critique vint en retard d'un quart d'heure, et tout de suite, en s'excusant, il exprima le regret qu'il aurait de s'en aller dès neuf heures et demie, car il fallait absolument qu'il fît acte de présence, dans un petit théâtre de la rue Pigalle. C'était un grand gaillard, d'une cinquantaine d'années, large des épaules, à la face pleine et barbue. Il avait gardé de l'École normale tout un dogmatisme, un pédantisme étroit, dont rien n'avait pu le laver, ni ses efforts herculéens pour être sceptique et léger, ni les vingt années de sa vie de Paris, au travers de tous les mondes. Magister il était, et magister il restait, jusque dans ses laborieuses frasques d'imagination et d'audace. Dès l'entrée, il s'efforça d'être ravi de Silviane. Il la connaissait naturellement de vue, il avait même parlé d'elle fort mal, en cinq ou six lignes dédaigneuses, à la suite de ses quelques rôles. Mais cette jolie fille, vêtue comme une reine. présentée ainsi sous le protectorat de ces quatre hommes importants, l'émotionnait ; et l'idée lui venait que rien ne serait plus parisien, d'une belle humeur parisienne plus détachée de pédanterie, que de la soutenir, en lui trouvant du talent.

On s'était mis à table, et ce fut une magnificence, un service d'un empressement délicat, un maître d'hôtel par convive, qui veillait aux mets et aux vins. Sur la nappe de neige, les fleurs embaumaient, l'argenterie et le cristal resplendissaient, tandis que circulaient une abondance de plats imprévus et délicieux, un poisson venu de Russie, des gibiers défendus, les dernières truffes grosses comme des œufs, des primeurs savoureuses, telles qu'en pleine saison. C'était l'argent dépensé sans compter, pour le plaisir de payer follement ce qu'on était seul à manger ainsi, pour la gloire de se dire que personne n'en pouvait gâcher davantage. Et le critique influent, étonné, bien qu'il montrât l'aisance d'un homme habitué à toutes les fêtes, devenait servile, promettait son appui, s'engageait plus qu'il n'aurait voulu. Il fut d'ailleurs très gai, trouva des mots d'esprit, exagéra même sa belle humeur en plaisanteries gaillardes. Mais, après le rôti, après les grands crus de Bourgogne, et lorsque le champagne parut, son échauffement le ramena, sans résistance désormais possible, à sa vraie nature. On l'avait mis sur *Polyeucte*, sur le rôle de Pauline, que Silviane voulait jouer, pour son début à la Comédie-Française. Cet extraordinaire caprice, qui le révoltait huit jours plus tôt, ne lui semblait plus qu'une tentative hardie, dont elle sortirait victorieuse, si elle consentait à écouter ses conseils. Et il était parti, il fit une conférence sur le rôle, prétendit que pas une tragédienne ne l'avait encore compris sainement, que Pauline n'était au début qu'une bourgeoise honnête, et que le beau de sa conversion, au dénouement, venait de ce qu'il y avait miracle, un coup de la grâce qui faisait d'elle une divine figure. Ce n'était pas l'avis de Silviane, qui la voyait, dès les premiers vers, en héroïne idéale de quelque symbolique légende. Il parla sans fin, elle dut paraître convaincue, et il fut enchanté d'une élève si belle, si docile, sous la férule. Puis, comme dix heures sonnaient, il s'arracha brusquement du cabinet odorant et embrasé, pour courir à son devoir.

« Ah ! mes enfants, s'écria Silviane, ce qu'il m'a rasée, votre critique ! Est-il assez bête, avec sa Pauline petite-bourgeoise ! Je vous l'aurais ramassé joliment, si je n'avais pas eu besoin de lui... Non, non ! c'est idiot, versez-moi un verre de champagne, j'ai besoin de me remonter. »

Alors, la fête prit une grande intimité, entre les quatre hommes et cette fille endiamantée, décolletée, à demi nue, tandis que des couloirs, des cabinets voisins, venait tout un bruit de rires et de baisers, le branle qui avait grandi dans la maison entière. Sous la fenêtre, le boulevard roulait son torrent de voitures et de piétons, sa fièvre de plaisirs et ses marchandages d'amour.

« N'ouvrez pas ! mon cher, reprit Silviane, en s'adressant à Fonsègue, qui se dirigeait vers la fenêtre, vous allez m'enrhumer. Vous êtes donc bien échauffé, vous ? Moi, je suis très à l'aise... Dites, mon bon Duvillard, faites revenir du champagne. C'est étonnant ce que votre critique m'a donné soif ! »

On étouffait dans la chaleur aveuglante des lampes, dans l'odeur épaissie des fleurs et des vins. Et elle était prise d'un irrésistible besoin de noce, l'envie d'être grise, de s'amuser d'une sale façon, comme jadis, aux jours des débuts. Quelques verres de champagne l'achevèrent, elle devint d'une gaieté hardie, sonnante, étourdissante. Jamais encore ils ne l'avaient vue ainsi, réellement si drôle, qu'ils se mirent à s'amuser eux-mêmes. Fonsègue ayant dû partir, pour se rendre à son journal, elle l'embrassa, finalement, disait-elle, parce que lui l'avait toujours respectée. Restée seule en compagnie des trois autres, elle les traita avec une extraordinaire verdeur de paroles, qui les fouettait, les excitait. À mesure qu'elle se grisait davantage, un peu plus d'impudeur apparaissait en elle. Et c'était là son piment, qu'elle n'ignorait pas, sa figure de vierge, son air d'idéale pureté, sous lequel se révélait la plus perverse, la plus monstrueuse des courtisanes. Quand elle était ivre surtout, elle avait, avec ses innocents yeux bleus, sa candeur de lis, des imaginations diaboliques, à damner les hommes.

Aussi Duvillard la laissait-il se griser, l'y aidait même, nourrissant le projet sournois de la reconduire chez elle et de rester, si l'ivresse la lui livrait sans défense. Mais elle souriait, elle devinait.

« Je te vois venir, mon gros. Tu crois que je serai plus gentille ce soir, parce que je suis en train de rire. Eh bien ! tu te trompes, ma tête reste solide... Tu n'auras rien de moi, pas ça ! tant que tu ne m'auras pas fait débuter à la Comédie ! »

Duvillard, qu'elle sevrait depuis six semaines, s'efforçait de rire, comptait quand même qu'il la mettrait au lit, s'il attendait patiemment. Et, des deux autres, Gérard, qu'elle regardait avec le plus de tendresse, en souvenir des caprices qu'elle avait eus pour lui déjà, se laissait aller, lui aussi, au désir d'une nuit heureuse, dans le désarroi de sa volonté ; tandis que Dutheil, toujours au guet d'une occasion qui la lui livrerait, s'allumait, en s'imaginant que son tour était enfin venu, à la condition de manœuvrer avec adresse.

Elle, pourtant, à se sentir désirée, à les voir tous les trois autour d'elle, sur elle, tirant la langue, comme elle disait, inventait d'impossibles histoires, leur tenait des discours d'une étonnante fantaisie ordurière. Ils la trouvaient impayable, dans sa resplendissante toilette de vierge reine. Puis, quand elle eut assez de champagne, à demi folle, il lui poussa tout d'un coup une idée.

« Dites donc, mes enfants, on ne va pas rester ici, on s'embête. Il faut faire quelque chose… Vous ne savez pas ? Vous allez me mener au *Cabinet des Horreurs*, pour finir la soirée. Je veux entendre *La Chemise*, cette chanson que chante Legras et qui fait courir tout Paris. »

Cette fois, Duvillard se révolta.

« Ah ! non, par exemple ! Cette chanson est une vraie saleté, jamais je ne vous conduirai dans ce mauvais lieu ! »

Elle ne parut pas l'entendre, déjà debout et chancelante, riant, arrangeant ses cheveux devant une glace.

« Et puis, j'ai habité Montmartre, ça m'amuse d'y retourner. Avec ça, je voudrais savoir si ce Legras est un Legras que j'ai connu, oh ! il y a longtemps… Ouste ! partons !

– Mais, ma chère, nous ne pouvons vous mener dans ce bouge, avec votre toilette. Vous voyez-vous entrer là-dedans, décolletée, couverte de diamants ! Nous nous ferions huer… Gérard, je vous en prie, dites-lui d'être un peu raisonnable. »

Gérard, que l'idée d'une telle équipée blessait également, voulut intervenir. Elle lui ferma la bouche de sa main déjà gantée, elle répéta avec l'obstination gaie de l'ivresse :

« Zut ! si l'on nous engueule, ce sera bien plus drôle… Partons, partons vite ! »

Alors, Dutheil qui écoutait en souriant, de son air d'homme de plaisir que rien n'étonne ni ne fâche, se mit galamment de son côté.

« *Le Cabinet des Horreurs*, mon cher baron, mais tout le monde y va, j'y ai conduit les plus nobles dames, et justement pour cette chanson de *La Chemise*, qui n'est pas plus sale qu'autre chose.

– Ah ! tu entends, mon gros, ce que dit Dutheil ! cria Silviane triomphante. Et il est député, lui ! Il n'irait pas compromettre son honorabilité. »

Puis, comme Duvillard se débattait, désespéré de s'afficher avec elle dans le scandale d'un tel lieu, elle ne se fâcha pas, s'égaya davantage au contraire.

« À ton aise, mon gros, après tout ! Je n'ai pas besoin de toi. File avec Gérard, et tâchez de vous consoler ensemble… Moi, je vais là-bas avec Dutheil. N'est-ce pas, Dutheil, que vous voulez bien vous charger de moi ? »

Mais ce n'était pas là le dénouement que le baron attendait. Il en resta plein d'angoisse, il dut se résigner au caprice de cette terrible fille, dont l'odeur seule l'abêtissait. Et il n'eut plus qu'un adoucissement, ne pas laisser partir Gérard, qui, par une dignité dernière, s'entêtait à ne pas en être. Il l'avait pris par les deux mains, le retenait, lui répétait d'une voix particulière qu'il lui demandait là un service d'ami. Si bien que l'amant de la femme, le fiancé de la fille fut enfin forcé de céder au mari et au père.

Silviane les regardait, follement amusée, riant à en pleurer. Tout d'un coup, elle s'oublia, avoua ses coups de cœur pour Gérard en le tutoyant, fit allusion à sa liaison avec la baronne.

« Viens donc, grande bête, accompagne-le, tu lui dois bien ça. »

Duvillard affecta de ne pas entendre. Dutheil le rassurait, en lui disant qu'il y avait, dans un coin du *Cabinet des Horreurs*, une sorte de loge, où l'on pouvait se dissimuler un peu. La voiture de Silviane était heureusement en bas, un grand landau fermé, dont le cocher, beau gaillard solide, attendait, impassible sur son siège. Et l'on partit.

Le *Cabinet des Horreurs* était installé dans un ancien café du boulevard Rochechouart, qui avait fait faillite. La salle, étroite, irrégulière, avec des coins perdus, s'étouffait sous un plafond bas, enfumé. Et rien n'était plus rudimentaire que la décoration, on avait simplement collé contre les murs des affiches aux violentes enluminures, les plus nues, les plus crues. Au fond, devant un piano, se trouvait une petite estrade, sur laquelle s'ouvrait une porte, qu'un rideau fermait. Puis, il n'y avait plus que des bancs, sans coussin ni tapis, le long desquels s'alignaient des tables de guinguette, où les verres des consommations laissaient des ronds poisseux. Aucun luxe, aucun art, pas même de la propreté. Des becs de gaz sans globe, brûlant à l'air libre, flambaient, chauffaient furieusement l'épaisse buée dormante, faite des haleines et de la fumée des pipes. On apercevait sous ce voile des faces suantes, congestionnées, tandis que l'odeur âcre de tout ce monde entassé accroissait l'ivresse, les cris dont l'auditoire se fouettait à chaque chanson nouvelle. Il avait suffi de dresser ce tréteau, d'y produire ce Legras, aidé de deux ou trois filles, de lui faire chanter son répertoire de rageuses abominations, et le succès était venu en trois soirs, formidable, tout Paris alléché, affolé, s'entassant dans ce café borgne, que pendant dix ans les petits rentiers du quartier n'avaient pu faire vivre, lorsqu'on n'y permettait que leurs quotidiennes parties de dominos.

C'était le rut de l'immonde, l'irrésistible attirance de l'opprobre et du dégoût. Le Paris jouisseur, la bourgeoisie maîtresse de l'argent et du pouvoir, s'en écœurant à la longue, mais n'en voulant rien lâcher, n'accourait que pour recevoir à la face des obscénités et des injures. Hypnotisée par le mépris, elle avait, dans sa déchéance prochaine, le besoin qu'on le lui crachât à la face. Et quel symptôme effrayant, ces condamnés de demain se jetant d'eux-mêmes à la boue, hâtant volontairement leur décomposition, par cette soif de l'ignoble, qui asseyait là, dans le vomissement de ce bouge, des hommes réputés graves et honnêtes, des femmes frêles et divines, d'une grâce, d'un luxe qui sentaient bon !

À une des premières tables, contre l'estrade, la petite princesse de Harth s'épanouissait, les yeux fous, les narines frémissantes, ravie de contenter enfin sa curiosité exaspérée des bas-fonds parisiens ; tandis que le jeune Hyacinthe, qui s'était résigné à l'amener, pincé très correctement dans sa longue redingote, voulait bien ne point trop s'ennuyer, d'un air d'indulgence. Tous deux venaient de retrouver, à une table voisine de la leur, un vague Espagnol qu'ils connaissaient, le coulissier Bergaz, qui, présenté par Janzen, assistait d'ordinaire aux fêtes de la princesse. Du reste, ils ne savaient rien de lui, pas même s'il gagnait réellement à la Bourse l'argent qu'il dépensait parfois à pleines mains, mis avec une élégance affectée, d'une certaine finesse dans sa haute taille mince, avec sa bouche rouge de jouisseur, ses yeux clairs de bête de proie. On le disait de mœurs condamnables, il était ce soir-là en compagnie de deux jeunes gens : Rossi, un Italien petit et basané, aux durs cheveux, venu à Paris pour être modèle, ayant glissé à la facile existence des métiers louches ; Sanfaute, un Parisien celui-là, un pâle voyou de La Chapelle, imberbe, vicieux et goguenard, coiffé comme une fille, ses blonds cheveux séparés en deux bandeaux, dont les boucles encadraient ses joues maigres.

« Oh ! je vous en prie, demandait fiévreusement Rosemonde à Bergaz, vous qui semblez connaître tout ce vilain monde, montrez-moi donc les gens extraordinaires, dites-moi s'il n'y a pas ici par exemple des voleurs, des assassins ! »

Il riait de son rire aigu, se moquant d'elle.

« Mais, madame, vous le connaissez, tout ce monde... Cette petite femme si délicate, si rose et si jolie, là-bas, c'est une Américaine, la femme d'un consul, que vous devez recevoir chez vous. L'autre, à droite, cette grande brune, qui a la dignité d'une reine, est une comtesse dont vous croisez chaque jour l'équipage au Bois. Et la maigre, plus loin, celle dont les yeux brûlent comme des yeux de louve, est l'amie d'un haut fonctionnaire, bien connu pour son austérité. »

Dépitée, elle l'arrêta.

« Je sais, je sais... Mais les autres, ceux d'en bas, ceux qu'on vient voir ? »

Et elle posait des questions, et elle cherchait des visages de terreur et de mystère. Dans un coin, deux hommes finirent par attirer son attention, l'un tout jeune, le visage pâle et pincé, l'autre sans âge, boutonné dans un vieux paletot qui cachait jusqu'à son linge, une casquette si profondément enfoncée sur ses yeux qu'on ne voyait de sa face qu'un bout de barbe. Ils étaient attablés tous les deux devant des chopes de bière, qu'ils vidaient lentement, muets.

« Ma chère, dit Hyacinthe en riant franchement, vous tombez mal, s'il vous faut des bandits déguisés. Ce pauvre garçon si pâle, et qui ne doit pas manger tous les jours, a été mon condisciple à Condorcet. »

Étonné, Bergaz se récria.

« Vous avez connu Mathis à Condorcet ! Oui, c'est vrai, il y a fait ses classes... Ah ! vous avez connu Mathis. Un garçon bien remarquable, et que la misère étrangle... Mais, dites donc, l'autre, son compagnon, vous ne le connaissez pas ? »

Hyacinthe, regardant l'homme enfoui dans la casquette, disait déjà non de la tête, lorsque Bergaz, tout d'un coup, le poussa vivement du coude, pour le faire taire. Et, comme explication, il ajouta très bas :

« Chut !... Voici Raphanel. Je me méfie depuis quelque temps. Dès qu'il arrive, ça sent la police. »

Raphanel était aussi une des vagues et louches figures de l'anarchie que Janzen avait introduites chez la princesse, pour flatter sa passion révolutionnaire du moment. Celui-là, petit homme rond et gai, à la figure poupine, au nez enfantin noyé entre de grosses joues, passait pour un énergumène, réclamait à grand fracas l'incendie et le meurtre, dans les réunions publiques. Et le fâcheux était que, compromis déjà plusieurs fois, il avait toujours réussi à s'en tirer, lorsque les compagnons restaient sous les verrous. Ceux-ci commençaient à s'étonner.

Tout de suite, il serra gaiement la main de la princesse, s'attabla près d'elle sans y être invité, se mit à injurier cette sale bourgeoisie, qui se vautrait dans les mauvais lieux. Ravie, Rosemonde l'encouragea, tandis qu'on se fâchait autour d'eux. Bergaz, de son œil clair, l'examinait, avec un petit rire de soupçon, en terrible homme qui agissait, laissant parler les autres. Par moments, il échangeait avec Sanfaute et Rossi, ses deux lieutenants muets, de minces regards d'intelligence ; et ceux-ci étaient visiblement à lui corps et âme, dans toutes les libres débauches, dans tous les attentats profitables où il lui plaisait de les mener. L'anarchie, eux seuls l'exploitaient, la pratiquaient jusqu'au bout, utilisant l'atroce logique des conséquences. Et Hyacinthe, qui rêvait bien du vice en esthète, mais qui n'osait point, enviait éperdument les bandeaux de Sanfaute, quoiqu'il affectât de les traiter en choses connues, dont il était las.

Cependant, en attendant Legras et ses *Fleurs du pavé*, deux chanteuses s'étaient succédé sur l'estrade, l'une grasse, l'autre maigre, l'une distillant des romances niaises, avec des dessous polissons, l'autre lançant des refrains canailles, d'une violence de gifles. Elle avait fini, au milieu d'une tempête de bravos, lorsque, brusquement, la salle mise en joie, cherchant à rire, éclata de nouveau. C'était Silviane qui faisait son entrée, dans la petite loge, au fond. Quand elle apparut debout, en pleine lumière, à demi nue, pareille à un astre, avec sa robe de satin jaune, toute resplendissante de ses diamants, il y eut une huée formidable, des rires, des cris, des sifflets, des grognements mêlés à des applaudissements féroces. Et le scandale s'accrut encore, des gros mots volèrent, dès qu'on aperçut derrière elle les trois hommes, Duvillard, Gérard et Dutheil, plastronnés et cravatés de blanc, graves et corrects.

« Nous vous le disions bien ! » murmura Duvillard, fort ennuyé de l'aventure, tandis que Gérard tâchait de se dissimuler dans l'ombre.

Mais elle, souriante, enchantée, face au public, recevait l'orage de son air candide de vierge folle, comme on aspire l'air vivifiant du large, soufflant en bourrasque. Elle était de là, c'était l'air natal.

« Eh bien ! quoi ? répondit-elle au baron, qui voulait la faire asseoir. Ils sont gais, c'est très gentil... Oh ! que je m'amuse !

– Mais certainement, c'est très gentil, déclara Dutheil, qui se mettait à l'aise lui aussi. Elle a raison, il faut bien rire. »

Au milieu du bruit qui ne cessait pas, la petite princesse de Harth, enthousiasmée, s'était levée, pour mieux voir. Elle secoua Hyacinthe.

« Dites, mais c'est votre père avec cette Silviane ! Regardez-les, regardez-les... Ah bien ! il en a un estomac, de se montrer ici avec elle ! »

Hyacinthe se dégagea, refusa de regarder. Ça ne l'intéressait pas, son père était idiot, il n'y avait qu'un gosse pour se toquer ainsi d'une fille. Et son mépris de la femme devint insultant.

« Vous m'agacez, mon cher, dit Rosemonde, en se rasseyant presque sur ses genoux, résolue à se faire reconduire et à le garder, ce soir-là, sous le prétexte de lui offrir une tasse de thé. C'est vous le gosse, qui posez pour ne pas vouloir de nous... Et il a raison, votre père, d'aimer celle-là. Elle est très jolie, je la trouve adorable, moi ! »

Alors, Hyacinthe ricana, fit allusion à la perversité connue de Silviane.

« Désirez-vous que j'aille le lui dire ?... Papa vous présentera, et vous ferez bon ménage. »

Quand Rosemonde eut compris, elle se mit simplement à rire.

« Non, non, je suis une curieuse, mais je ne vais pas encore jusque-là.

– Vous irez bien un jour, il faut tout connaître.

– Mon Dieu ! oui, qui sait ? »

Soudain, le bruit cessa, chacun reprit sa place, et il ne resta que le pouls ardent de la salle battant de fièvre, Legras venait de paraître sur l'estrade. C'était un gros garçon blême, en veston de velours, la face ronde, soigneusement rasée, avec l'œil dur, le coup de mâchoire du mâle, qui se fait adorer des femmes en les terrorisant. Il ne manquait point de talent, chantait juste, avait une voix cuivrée d'une pénétration, d'une puissance pathétique extraordinaire. Et son répertoire, ses *Fleurs du pavé*, achevait d'expliquer son succès, des chansons où l'ordure et la souffrance d'en bas, toute l'abominable plaie de l'enfer social hurlait et crachait son mal en mots immondes, de sang et de feu.

Le piano préluda, Legras chanta *La Chemise*, l'horrible chose qui faisait accourir Paris. À coups de fouet, le dernier linge de la fille pauvre, de la chair à prostitution, y était lacéré, arraché. Toute la luxure de la rue s'y étalait dans sa saleté et son âcreté de poison. Et le crime bourgeois clamait, derrière ce corps de la femme traîné dans la boue, jeté à la fosse commune, meurtri, violé, sans un voile. Mais, plus encore que les paroles, la brûlante injure était dans la façon dont Legras jetait ça au visage des riches, des heureux, des belles dames qui venaient s'entasser pour l'entendre. Sous le plafond bas, au milieu de la fumée des pipes, dans l'aveuglante fournaise du gaz, il lançait les vers à coups de gueule comme des crachats, toute une rafale de furieux mépris. Et, quand il eut fini, ce fut du délire, les belles bourgeoises ne s'essuyaient même pas de tant d'affronts, elles applaudissaient frénétiquement, la salle trépignait, s'enrouait, se vautrait éperdue dans son ignominie.

« Bravo ! Bravo ! répétait de sa voix aiguë la petite princesse. Étonnant ! Étonnant ! Prodigieux ! »

Mais, surtout, Silviane, dont l'ivresse semblait augmenter, depuis qu'elle se passionnait au fond de ce four chauffé à blanc, tapait des mains, criait très haut.

« C'est lui, c'est mon Legras ! Il faut que je l'embrasse, il m'a fait trop de plaisir. »

Duvillard, exaspéré à la fin, voulut l'emmener de force. Elle se cramponna au rebord de la loge, elle cria plus haut, sans se fâcher d'ailleurs, toujours très gaie. Et il fallut bien parlementer. Elle consentait à partir, à se laisser ramener chez elle. Mais, auparavant, elle s'était juré d'embrasser Legras, un ancien ami.

« Allez tous les trois m'attendre dans la voiture. Je vous rejoins tout de suite. »

Comme la salle finissait par se calmer. Rosemonde s'aperçut que la loge se vidait ; et, sa curiosité satisfaite, elle songea elle-même à se faire reconduire par Hyacinthe. Celui-ci, qui avait écouté languissant, sans applaudir, causait de la Norvège avec Bergaz, lequel prétendait avoir voyagé dans le Nord. Oh ! les fjords, oh ! les lacs glacés, oh ! le froid pur, lilial et chaste de l'éternel hiver ! Ce n'était que là, disait Hyacinthe, qu'il comprenait la femme et l'amour, le baiser de neige.

« Voulez-vous que nous partions demain ? s'écria la princesse, avec sa vivacité effrontée. Nous faisons là-bas notre voyage de noces... Je lâche mon hôtel, je mets la clé sous la porte. »

Et elle ajouta qu'elle plaisantait, naturellement. Mais Bergaz la savait capable de cette fugue. À l'idée qu'elle laisserait son petit hôtel fermé, et sans gardien peut-être, il avait échangé un vif regard avec Sanfaute et Rossi, toujours muets et souriants. Quel coup à faire, quelle reprise à tenter là sur la commune richesse, volée par l'infâme bourgeoisie !

Raphanel, lui, après avoir acclamé Legras, s'était mis à fouiller la salle de ses petits yeux gris et perçants. Et les deux hommes, Mathis et l'autre, le mal vêtu, celui dont on ne voyait qu'un bout de barbe, venaient de fixer son attention. Ils n'avaient pas ri, ils n'avaient pas applaudi, ils étaient là comme des gens très las qui se reposent, convaincus que le meilleur moyen de disparaître est de se mêler à une foule.

Tout d'un coup, Raphanel se tourna vers Bergaz.

« C'est bien le petit Mathis, là-bas. Avec qui donc est-il ? »

Bergaz eut un geste évasif : il ne savait pas. Mais il ne quitta plus Raphanel des yeux, il le vit qui affectait de se désintéresser, puis qui achevait sa chope et prenait congé, en disant, par manière de plaisanterie, qu'une dame l'attendait, à côté, dans le bureau des omnibus. Vivement, dès qu'il eut disparu, Bergaz se leva, enjamba les bancs, bouscula le monde, s'ouvrit un passage jusqu'au petit Mathis, à l'oreille duquel il se pencha. Et, tout de suite, celui-ci quitta sa table, emmena son compagnon, le poussa dehors, par une porte de dégagement. Ce fut si rapidement fait, que personne ne s'aperçut de cette fuite.

« Qu'y a-t-il donc ? demanda la princesse à Bergaz, lorsque celui-ci fut revenu se rasseoir tranquillement, entre Rossi et Sanfaute.

– Mais rien, j'ai voulu serrer la main de Mathis, qui partait. »

Rosemonde annonça qu'elle allait en faire autant. Puis, elle s'attarda un moment encore, reparla de la Norvège, en voyant que seule l'idée des glaces éternelles, du grand froid purificateur, passionnait Hyacinthe. Dans son poème de *La Fin de la Femme*, trente vers qu'il désirait n'achever jamais, il songeait, comme dernier décor, à un bois de sapins glacés. Et elle s'était levée, elle recommençait gaiement sa plaisanterie, disait qu'elle l'emmenait prendre une tasse de thé chez elle, pour régler leur départ, lorsque Bergaz, qui l'écoutait tout en surveillant la porte du coin de l'œil, eut une involontaire exclamation.

« Mondésir ! j'en étais sûr ! »

À la porte, venait d'apparaître un petit homme nerveux et râblé, dont la face ronde, au front bossu, au nez camard, avait toute une rudesse militaire. On aurait dit un sous-officier en bourgeois. Il fouillait la salle, semblait effaré et déçu.

Bergaz, qui désirait rattraper son exclamation, reprit avec aisance :

« Je disais bien que ça sentait la police... Tenez ! voici un agent, Mondésir, un gaillard très fort, qui a eu des ennuis au régiment... Le voyez-vous flairer, comme un chien dont le nez est en défaut. Va, va, mon brave, si l'on t'a désigné quelque gibier, tu peux chercher, l'oiseau est parti. »

Dehors, lorsque Rosemonde eut décidé Hyacinthe à l'accompagner, ils se hâtèrent de monter en riant dans le coupé qui les attendait, car ils venaient d'apercevoir le landau de Silviane, avec le cocher majestueux, immobile sur le siège, tandis que les trois hommes, Duvillard, Gérard et Dutheil, attendaient toujours, debout au bord du trottoir. Depuis près de vingt minutes, ils étaient là, dans les demi-ténèbres de ce boulevard extérieur, où rôdaient la basse prostitution, les vices immondes des quartiers pauvres. Des ivrognes les avaient bousculés, des ombres de filles les frôlaient, allaient et venaient, chuchotantes, sous les jurons et les coups des souteneurs. Des couples infâmes cherchaient l'obscurité des arbres, s'arrêtaient sur les bancs, gagnaient les coins d'abominable ordure. Et c'était le quartier entier, les maisons borgnes aux alentours, les garnis ignobles, les misérables chambres de débauche, sans vitres à la fenêtre, sans draps au matelas. La nausée de toute la déchéance humaine qui grouille, jusqu'au matin, dans cette boue noire de Paris, les enveloppait, les glaçait, sans que ni le baron, ni les deux autres voulussent quitter la place. Leur espoir entêté les faisait tenir bon, chacun continuait à se promettre qu'il resterait le dernier, et qu'il reconduirait Silviane, et qu'elle serait à lui, trop grise pour se défendre.

Enfin, Duvillard s'impatienta, dit au cocher :

« Jules, allez donc voir pourquoi Madame ne revient pas.

– Mais les chevaux, monsieur le baron ?

– Soyez tranquille, nous sommes là. »

Une petite pluie fine s'était mise à tomber. Et l'attente recommença, s'éternisa de nouveau. Mais une rencontre imprévue les occupa un instant. Il leur sembla qu'une ombre, une maigre femme en jupe noire, les frôlait. Et ils eurent la surprise de reconnaître un prêtre.

« Eh quoi ! c'est vous, monsieur l'abbé Froment ? s'écria Gérard. À cette heure-ci ? Dans ce quartier ? »

Pierre, sans se permettre de s'étonner de les y trouver eux-mêmes, et sans leur demander ce qu'ils y faisaient, expliqua qu'il s'était attardé chez l'abbé Rose, pour visiter avec lui une hospitalité de nuit. Ah ! toute l'affreuse misère qui aboutissait là, dans ces dortoirs empestés, dont l'odeur de bétail l'avait fait défaillir ! Tout ce qui s'anéantissait là de lassitude et de désespoir, en un sommeil écrasé de bêtes tombées sur le sol, pour y cuver l'abomination de vivre ! Une promiscuité innommable, l'indigence et la souffrance en tas, des enfants, des hommes, des vieillards, des haillons sordides de mendiants mêlés à des redingotes élimées de pauvres honteux, les épaves du naufrage quotidien de Paris, la fainéantise, et le vice, et la malchance, et l'injustice, que le flot roulait et rejetait, avec les impuretés de l'écume ! Certains dormaient assommés, la face morte. D'autres, sur le dos, la bouche ouverte, ronflant, continuaient à clamer la plainte de leur existence. D'autres, sans repos, s'agitaient, luttaient encore dans leur sommeil contre des cauchemars grandis, la fatigue, le froid, la faim, qui prenaient de monstrueuses formes. Et, de ces êtres gisant comme des blessés après une bataille, de cette ambulance de la vie, empoisonnée d'une puanteur de pourriture et de mort, montait une nausée de révolte, la pensée justicière des alcôves heureuses, de la joie des riches qui aimaient ou qui se délassaient à cette heure, dans la toile fine et dans les dentelles.

Vainement, Pierre et l'abbé Rose, parmi les misérables en tas, avaient cherché le grand Vieux, l'ancien menuisier, pour le repêcher du cloaque et l'envoyer, dès le lendemain, à l'asile des Invalides du travail. Il s'était présenté le soir, mais il n'y avait plus de place ; car, chose horrible, cet enfer était encore un lieu d'élection. Et il devait être quelque part, adossé contre une borne, couché derrière une palissade. Désolé, ne pouvant battre les ténèbres louches, le bon abbé Rose était remonté rue Cortot, tandis que Pierre cherchait une voiture, pour rentrer à Neuilly.

La petite pluie fine continuait, devenait glaciale, lorsque le cocher Jules reparut enfin, interrompant le prêtre qui disait au baron et aux deux autres le frisson qu'il avait gardé de sa visite.

« Eh bien ! Jules, et Madame ? » demanda Duvillard au cocher, inquiet de le voir seul.

Jules, impassible, respectueux, sans autre ironie que le coin gauche de sa bouche légèrement de travers, répondit de sa voix blanche :

« Madame fait dire qu'elle ne rentrera pas, et elle met sa voiture à la disposition de ces messieurs, si ces messieurs veulent bien que je les reconduise chez eux. »

Cette fois, c'était trop, le baron se fâcha. S'être laissé traîner dans ce bouge, l'attendre en espérant profiter de son ivresse, pour voir cette ivresse la jeter au cou d'un Legras, non, non ! il en avait assez, elle paierait cher cette abomination. Et il arrêta un fiacre qui passait, il y poussa Gérard en lui disant :

« Vous allez me mettre chez moi.

– Mais puisqu'elle nous laisse la voiture ! criait Dutheil, déjà consolé, riant au fond de la bonne histoire. Venez donc, il y a de la place pour trois... Non ! vous préférez ce fiacre, à votre aise ! »

Lui, monta gaillardement, s'en alla, étalé sur les coussins, au trot des deux grands carrossiers, tandis que, dans le vieux fiacre, rudement cahoté, le baron exhalait sa colère, sans que Gérard, noyé d'ombre, l'interrompît d'un seul mot. Elle, qu'il avait comblée, qui lui avait coûté déjà près de deux millions, lui faire cette injure, à lui, lui qui était le maître, qui disposait des fortunes et des hommes ! Enfin, elle l'avait voulu, il était délivré, et il respirait fortement, comme un homme qui sort d'un bagne.

Pierre, un instant, regarda s'éloigner les deux voitures. Puis, il fila sous les arbres, pour s'abriter de la pluie, en attendant qu'un autre fiacre passât. Son pauvre être en lutte finissait par se glacer, toute la monstrueuse nuit de Paris y entrait, tout ce qui sanglotait là de débauche et de détresse, la prostitution d'en haut retombée à la prostitution d'en bas. Et de pâles fantômes de filles erraient toujours, en quête de leur pain, lorsqu'une ombre le frôla, lui dit à l'oreille :

« Prévenez votre frère, la police est sur les talons de Salvat, qui peut être arrêté d'une heure à l'autre. »

Déjà l'ombre s'effaçait, et Pierre, tressaillant, crut reconnaître, sous un rayon de gaz, la petite face sèche, blême et pincée, de Victor Mathis. En même temps, là-haut, dans la paisible salle à manger de l'abbé Rose, il revit la douce figure de Mme Mathis, si triste, si résignée, ne vivant plus que du dernier et tremblant espoir qu'elle mettait en son fils.

III

Dès huit heures, par ce jour férié du jeudi de la mi-carême, lorsque tous les bureaux du vaste hôtel étaient vides, Monferrand, le ministre de l'Intérieur, se trouvait seul dans son cabinet. Un simple huissier gardait sa porte, et deux garçons de service occupaient la première antichambre.

Monferrand, à son réveil, venait d'avoir la plus désagréable des émotions. *La Voix du peuple*, qui, la veille, avait repris l'affaire des Chemins de fer africains, en accusant Barroux, l'actuel ministre des Finances, d'avoir touché deux cent mille francs, continuait la campagne, aggravait le scandale, ce matin-là, en publiant la liste depuis si longtemps promise, les trente-deux noms des députés et des sénateurs, qui avaient vendu leurs voix à Hunter, l'homme de Duvillard, le mythique corrupteur, aujourd'hui disparu, évanoui, introuvable. Et Monferrand venait donc de se voir en tête de la liste, porté pour la somme de quatre-vingt mille francs, tandis que Fonsègue y était pour cinquante mille, et que les chiffres tombaient ensuite à dix mille pour Dutheil, à trois mille pour Chaigneux, la voix misérable la moins chère, au milieu de toutes les autres payées de cinq à vingt mille.

Dans l'émoi de Monferrand, il n'entrait ni surprise ni colère. Simplement, il n'aurait pas cru que Sanier poussât la rage du vacarme jusqu'à publier cette liste, cette prétendue page arrachée d'un carnet de Hunter, aux signes hiéroglyphiques incompréhensibles, qu'il aurait fallu discuter, expliquer, pour en tirer la vérité vraie. D'autre part, lui était parfaitement tranquille, n'ayant rien écrit, rien signé, sachant qu'on se tire de tous les mauvais cas avec de l'audace, en n'avouant jamais. Seulement, quel pavé dans la mare parlementaire ! Tout de suite, il sentit l'inévitable conséquence, le ministère renversé, balayé par ce nouvel ouragan de délations et de commérages. Heureusement, la Chambre, ce jeudi-là, ne siégeait pas. Mais, dès le lendemain, Mège allait reprendre son interpellation, Vignon et ses amis profiteraient de l'occasion pour donner aux portefeuilles convoités un furieux assaut. Et il se voyait par terre, chassé de ce cabinet, où, depuis huit mois, il prenait ses aises, sans gloriole sotte, heureux uniquement d'être à sa place, en homme de gouvernement, qui se croyait de taille à dompter et à conduire les foules.

Il avait rejeté les journaux d'un geste dédaigneux, il s'était levé en s'étirant, avec un grognement de lion qu'on taquine. Et, maintenant, il marchait de long en large, au travers de la vaste pièce d'un luxe officiel et fané, meublée d'acajou, drapée de damas vert. Les mains derrière le dos, il n'avait point son air paterne, sa bonhomie souriante et un peu commune. Tout le rude lutteur qu'il était, dans sa taille courte, ses épaules larges, apparaissait, crevait son masque épais. Sa bouche sensuelle, son nez gros, ses yeux durs, disaient qu'il était sans scrupule, d'une volonté d'acier, taillé pour les rudes besognes. Qu'allait-il faire ? Allait-il se laisser entraîner dans le désastre, avec l'honnête et tonitruant Barroux ? Peut-être son cas personnel n'était-il pas désespéré. Mais comment lâcher les autres pour gagner la rive ? Comment se repêcher lui-même, tandis que les autres se noieraient ? Grave problème, manœuvre ardue, dont la recherche le bouleversait, dans son furieux besoin de garder le pouvoir.

Il ne trouva rien, il jura contre les accès de vertu de cette grande bête de République, qui rendaient, selon lui, tout gouvernement impossible. Une niaiserie pareille arrêtant un homme de son intelligence et de sa force ! Allez donc gouverner les hommes, si l'on vous ôte des mains l'argent, le bâton souverain ? Et il en riait amèrement tout seul, tellement la conception d'un pays idyllique, où les grandes entreprises se feraient honnêtement, lui paraissait absurde. Ne sachant que résoudre, il songea tout d'un coup que la sagesse était d'avoir un entretien avec le baron Duvillard, qu'il connaissait depuis longtemps, et qu'il regrettait de ne pas avoir vu plus tôt, pour le pousser à négocier l'achat du silence de Sanier. D'abord, il eut l'idée d'écrire au baron un billet de deux lignes, qu'un garçon de service aurait porté. Puis, dans sa méfiance des documents écrits, il préféra employer le téléphone, qu'il avait fait installer, pour son usage, sur une petite table, près de son bureau.

« C'est bien M. le baron Duvillard qui me parle ?... Parfait ! Oui, c'est moi, le ministre, M. Monferrand, et je vous prie de venir tout de suite me voir... Parfait ! parfait ! je vous attends. »

Il se remit à marcher et à chercher. Ce Duvillard était un maître homme, lui aussi, qui lui donnerait sans doute quelque idée. Et il s'enfonçait dans des combinaisons laborieuses, lorsque l'huissier se présenta, en disant que M. Gascogne, le chef de la Sûreté, insistait pour parler à M. le ministre. Sa première pensée fut qu'on venait de la Préfecture de police, pour avoir son avis sur les mesures d'ordre à prendre, ce jour-là, à l'occasion des deux cortèges, celui des lavoirs et celui des étudiants, qui, dès midi, allaient défiler, au milieu de l'écrasement de la foule.

« Faites entrer M. Gascogne. »

Un homme entra, grand, mince, très brun, ayant l'air d'un ouvrier endimanché. D'aspect froid, connaissant admirablement les dessous de Paris, il était d'esprit net et méthodique. Mais le pli professionnel le gâtait un peu, il aurait eu plus d'intelligence s'il avait cru moins en avoir, et s'il n'avait pas eu la certitude qu'il savait tout.

D'abord, il excusa M. le préfet, qui serait venu certainement lui-même, si une légère indisposition ne l'avait retenu. Il valait peut-être mieux, du reste, que ce fût lui qui renseignât M. le ministre sur la grave affaire, qu'il connaissait à fond. Et il dit la grave affaire.

« Je crois bien, monsieur le ministre, que nous tenons enfin l'auteur de l'attentat de la rue Godot-de-Mauroy. »

Monferrand, qui écoutait d'un air impatient, se passionna tout d'un coup. Les recherches vaines de la police, les attaques et les plaisanteries des journaux étaient un de ses ennuis quotidiens. Il répondit avec sa bonhomie brutale :

« Ah ! tant mieux pour vous, monsieur Gascogne, car vous alliez finir par y laisser votre place… L'homme est arrêté ?

– Non, pas encore, monsieur le ministre. Mais il ne peut s'échapper, c'est une affaire de quelques heures. »

Et il conta toute l'histoire : comment l'agent Mondésir, averti par un agent secret que l'anarchiste Salvat se trouvait dans un cabaret de Montmartre, s'était présenté trop tard, lorsque l'oiseau venait de s'envoler ; puis, le hasard qui l'avait remis en présence de Salvat, arrêté à cent pas du cabaret, guettant de loin ; et, dès lors, Salvat filé, dans l'espoir de le prendre au nid, avec ses complices, Salvat suivi de la sorte jusqu'à la porte Maillot, où, brusquement, se sentant traqué sans doute, il s'était mis à galoper, pour se jeter dans le bois de Boulogne. Il y était depuis deux heures du matin, sous la pluie fine qui n'avait pas cessé de tomber. On avait attendu le jour, afin d'organiser une battue et de lui donner la chasse, comme à une bête que la lassitude doit suffire à livrer. De façon que, d'une minute à l'autre, il allait être pris.

« Je sais, monsieur le ministre, combien vous vous intéressez à cette arrestation, et j'ai eu la pensée d'accourir demander vos ordres. L'agent Mondésir est là-bas, qui mène la battue. Il regrette bien de n'avoir pas cueilli l'homme, boulevard Rochechouart ; mais son idée de le filer, tout de même, était excellente ; et l'on ne peut que lui reprocher de ne s'être pas méfié du bois de Boulogne. »

Salvat arrêté, ce Salvat dont les journaux étaient pleins depuis trois semaines, c'était là une réussite, un coup dont le retentissement serait énorme. Monferrand écoutait, et au fond de ses gros yeux fixes, derrière son masque lourd de fauve au repos, se lisait tout un travail intérieur, toute une soudaine volonté d'utiliser à son profit l'événement que le hasard lui apportait. Confusément, déjà, un lien s'établissait en lui, entre cette arrestation et l'interpellation de Mège, l'autre affaire, celle des Chemins de fer africains, qui devait le lendemain renverser le ministère. Et une combinaison s'ébauchait : n'était-ce pas son étoile qui lui envoyait ce qu'il cherchait, le moyen de se repêcher dans l'eau trouble de la crise prochaine ?

« Mais, dites donc, monsieur Gascogne, êtes-vous bien sûr que ce Salvat soit l'auteur de l'attentat ?

– Oh ! absolument sûr, monsieur le ministre. Il avouera tout, dans le fiacre, avant d'arriver à la Préfecture. »

Pensif, Monferrand s'était de nouveau mis à marcher, et les idées lui venaient, à mesure qu'il parlait, avec une lenteur réfléchie.

« Mes ordres, mon Dieu ! mes ordres, c'est d'abord que vous agissiez avec une grande prudence… Oui, n'ameutez pas les promeneurs du Bois. Tâchez que l'arrestation passe inaperçue… Et. si vous obtenez des aveux, gardez-les pour vous, ne les communiquez pas à la presse. Oh ! ça, je vous le recommande bien, que les journaux ne soient pas mis dans l'affaire… Enfin, venez me renseigner, moi, et le secret pour tout le monde, le secret absolu ! »

Gascogne s'inclina, mais Monferrand le retint, pour lui dire que son ami, M. Lehmann, procureur de la République, recevait quotidiennement des lettres d'anarchistes, qui menaçaient de le faire sauter, lui et sa famille ; si bien que, malgré son courage, il demandait qu'on fît garder sa maison par des agents en bourgeois. Déjà la Sûreté avait organisé une surveillance pareille, pour la maison habitée par le juge d'instruction Amadieu. Et, si celui-ci était un personnage précieux, Parisien aimable, psychologue et criminaliste distingué, écrivain même à ses heures, le procureur de la République Lehmann l'égalait en mérites de toutes sortes, car il était un de ces magistrats politiques, un de ces juifs de talent avisé, qui très honnêtement font leur chemin, en se mettant toujours du côté du pouvoir.

« Monsieur le ministre, dit à son tour Gascogne, il y a aussi l'affaire Barthès… Nous attendons, faut-il procéder à l'arrestation, dans cette petite maison de Neuilly ? »

Un de ces hasards, qui servent parfois les policiers, et qui font croire à leur génie, lui avait révélé le secret refuge de Nicolas Barthès, la petite maison d'un prêtre, l'abbé Pierre Froment. Et, bien que Barthès, depuis que régnait la terreur anarchiste, dans l'affolement de Paris, se trouvât sous le coup d'un mandat d'amener, simplement comme suspect, pouvant avoir eu des rapports avec les révolutionnaires, il n'avait point osé l'arrêter chez ce prêtre, un saint vénéré de tout le quartier, sans avoir un ordre formel. Le ministre, consulté, l'avait approuvé vivement de sa réserve vis-à-vis du clergé, en se chargeant lui-même d'arranger l'affaire.

« Non, monsieur Gascogne, ne bougez pas. Vous savez mon sentiment, ayons les prêtres avec nous, et non contre nous… J'ai fait écrire à M. l'abbé Froment, pour qu'il vienne ce matin, un matin où je n'attends personne. Je causerai avec lui, l'affaire ne vous regarde plus. »

Et il le congédiait, lorsque l'huissier reparut, en disant que M. le président du Conseil était là.

« Barroux !… Ah ! fichtre ! monsieur Gascogne, sortez par ici, je préfère que personne ne vous rencontre, puisque je vous demande le silence sur l'arrestation de ce Salvat… C'est bien entendu, n'est-ce pas ? moi seul dois tout savoir, et téléphonez-moi ici, directement, si quelque incident grave se produisait. »

À peine le chef de la Sûreté avait-il disparu, par la porte d'un salon voisin, que l'huissier rouvrit celle de l'antichambre.

« M. le président du Conseil. »

Les mains tendues, avec un empressement où la déférence et la cordialité étaient dosées avec justesse, Monferrand s'avança, de son air franc et bonhomme.

« Ah ! mon cher président, pourquoi vous êtes-vous dérangé ? Je serais allé chez vous, si vous aviez hâte de me voir. »

Mais, d'un geste impatient, Barroux rejeta toute préséance.

« Non, non ! je faisais aux Champs-Élysées ma promenade à pied quotidienne, j'étais sous l'empire de préoccupations si vives, que j'ai mieux aimé venir tout de suite… Vous pensez bien que nous ne pouvons rester sous le coup de ce qui se passe.

Et, en attendant le Conseil de demain matin, où il faudra arrêter un plan de défense, j'ai senti que nous avions à causer ensemble. »

Il prit un fauteuil, tandis que Monferrand en roulait un autre, pour s'asseoir devant lui, à contre-jour. Les deux hommes étaient en présence. Et autant Barroux, de dix ans plus âgé, blanc et solennel, gardait la haute prestance du pouvoir, avec sa belle figure rasée, ses favoris neigeux, toute cette attitude de conventionnel romantique, qui essayait de magnifier la simple loyauté d'un bourgeois, un peu sot et bon ; autant l'autre, lourd et fin, sous son masque commun, dans son affectation de rondeur et de simplicité, cachait des gouffres ignorés, une âme obscure de jouisseur et de despote, sans pitié ni scrupules.

Très ému au fond, Barroux souffla un instant, le sang à la tête, le cœur battant d'indignation et de colère, au souvenir du flot de basses injures que *La Voix du peuple* avait déversé sur lui, le matin encore.

« Voyons, mon cher collègue, il faut en finir, il faut faire cesser cette scandaleuse campagne… D'ailleurs, vous vous doutez bien de ce qui nous attend demain à la Chambre. Maintenant que voilà la fameuse liste publiée, nous allons avoir sur les bras tous les mécontents. Vignon s'agite…

– Ah ! vous avez des nouvelles de Vignon ? demanda Monferrand, devenu très attentif.

– Sans doute, en passant, je viens de voir une file de fiacres à sa porte. Toutes ses créatures sont en branle depuis hier, et vingt personnes m'ont dit que la bande se partageait déjà les portefeuilles. Car vous vous doutez bien que l'ingénu et farouche Mège va tirer une fois de plus les marrons du feu. Enfin, nous sommes morts, on a la prétention de nous enterrer dans la boue, avant de se disputer nos dépouilles. »

Il eut un geste théâtral, le bras tendu, et sa voix sonna éloquemment, comme s'il se trouvait à la tribune. Son émotion était réelle pourtant, des larmes montaient à ses yeux.

« Moi ! moi qui ai donné ma vie entière à la République, qui l'ai fondée, qui l'ai sauvée, me voir ainsi abreuvé d'outrages, être obligé de me défendre contre des accusations abominables ! Un prévaricateur, moi ! un ministre qui se serait vendu, qui aurait reçu deux cent mille francs de ce Hunter, pour les mettre simplement dans sa poche !… Eh ! oui, il a été question de deux cent mille francs entre lui et moi. Mais il faut dire comment et dans quelles conditions. C'est comme vous sans doute, pour les quatre-vingt mille francs qu'il vous aurait remis… »

Monferrand l'interrompit, d'une voix nette.

« Il ne m'a pas remis un centime. »

Très surpris, l'autre le regarda, mais ne vit que sa grosse tête rude, noyée d'ombre.

« Ah !… Je croyais que vous étiez en relation d'affaires avec lui, et que vous le connaissiez particulièrement.

– Non, j'ai connu Hunter comme tout le monde, je ne savais même pas qu'il était le racoleur du baron Duvillard, pour les Chemins de fer africains, et jamais il n'a été question de cette chose entre nous. »

Cela était si invraisemblable, si contraire à tout ce qu'il savait, que Barroux, devant un si évident mensonge, resta un instant effaré. Puis, il se ressaisit d'un geste, laissant les autres à leur cas, pour revenir au sien.

« Oh ! moi, il m'a fait plus de dix visites, il m'en a rebattu les oreilles, des Chemins de fer africains. C'était lorsque la Chambre a dû voter l'émission des valeurs à lots... Et, tenez ! mon cher, je nous vois encore, dans cette pièce, car vous vous souvenez que j'avais alors l'Intérieur, tandis que vous veniez d'entrer aux Travaux publics. Moi, j'étais assis à ce bureau, tandis que Hunter se trouvait ici même, dans ce fauteuil où je suis. Ce jour-là, il avait désiré me consulter sur l'emploi des sommes considérables que la banque Duvillard voulait consacrer à la publicité ; et, devant les gros chiffres mis en regard des journaux monarchistes, je me rappelle que je me fâchais, estimant avec raison que c'était là un argent de ruine contre la République ; de sorte que, cédant à ses instances, je dressai moi aussi une liste, disposant des fameux deux cent mille francs pour des journaux républicains, des journaux amis, qui ont touché par mon entremise, c'est vrai... Voilà l'histoire. »

Il se leva, se frappa la poitrine du poing, tandis que sa voix se haussait encore.

« Eh bien ! j'en ai assez, des calomnies et des mensonges... Cette histoire, je vais demain la conter tout simplement à la Chambre. Ce sera ma seule défense. Un honnête homme ne craint pas la vérité. »

À son tour, Monferrand s'était levé, dans un cri, où il se confessait tout entier.

« C'est idiot, jamais on n'avoue, vous ne ferez pas ça ! »

Mais Barroux s'entêta, superbe.

« Je le ferai. Nous verrons bien si la Chambre, par acclamation, n'absoudra pas un vieux serviteur de la liberté.

– Non ! vous tomberez sous les huées, et vous nous entraînerez tous avec vous.

– Qu'importe ? nous tomberons, dignement, honnêtement ! »

Monferrand eut un geste de furieuse colère. Puis, tout d'un coup, il se calma. Une brusque lueur venait de jaillir, dans l'anxieuse confusion où il se débattait depuis le matin ; et tout s'éclairait, le plan encore vague qu'avait fait naître en lui l'arrestation prochaine de Salvat, se complétait, s'élargissait en une combinaison audacieuse. Pourquoi donc aurait-il empêché la chute de ce grand innocent de Barroux ? L'unique chose d'importance était de ne pas tomber avec lui, ou du moins de se rattraper. Il se tut, il ne mâcha plus que des mots sourds, où sa révolte semblait s'user. Et, enfin, de son air de bonhomie bourrue :

« Mon Dieu ! après tout, vous avez peut-être raison. Il faut être brave. Et d'ailleurs, mon cher président, vous êtes notre chef, nous vous suivrons. »

Les deux hommes s'étaient rassis face à face, et la conversation continua, ils achevèrent de se mettre cordialement d'accord sur l'attitude du ministère, en vue de l'interpellation certaine du lendemain.

Cette nuit-là, le baron Duvillard n'avait guère dormi. Laissé à sa porte par Gérard, il s'était couché violemment, en homme qui veut commander au sommeil, afin d'oublier et de se reprendre. Mais le sommeil n'était point venu, il l'avait cherché pendant de longues heures, brûlé d'insomnie, la chair en feu sous l'affront de Silviane. Comme il l'avait crié, c'était monstrueux, cela ! Cette fille, enrichie, comblée, le souffletant de cette boue, lui le maître, qui se flattait d'avoir mis Paris et la République dans sa poche, qui disposait des consciences comme un marchand accapare les laines ou les cuirs, pour un coup de Bourse ! Et la sourde conscience que Silviane était sa tare vengeresse, sa pourriture, à lui le pourrisseur, achevait de l'exaspérer. Vainement, il voulait chasser cette hantise, se rappeler ses affaires, ses rendez-vous du lendemain, les millions qu'il brassait aux quatre coins du monde, la toute-puissance de l'argent qui mettait entre ses mains le sort des peuples. Toujours, et malgré tout, Silviane renaissait, l'éclaboussait de son vice. Il tâcha de se raccrocher désespérément à la grande affaire qu'il préparait depuis des mois, le fameux Chemin de fer transsaharien, une colossale entreprise qui remuerait les milliards et changerait la face de la terre. Et Silviane reparut encore, le gifla sur les deux joues, de sa petite main trempée dans le ruisseau. Vers la pointe du jour, cependant, il finit par s'assoupir, en refaisant le furieux serment de ne jamais la revoir, de la repousser du pied, même si elle venait se traîner à ses genoux.

Dès sept heures, lorsqu'il se réveilla, brisé, dans la moiteur alanguissante des draps, sa première pensée fut pour elle, il faillit céder à une lâcheté. L'idée l'assaillait de courir s'assurer si elle était rentrée, de la surprendre endormie, et de faire sa paix, et d'en profiter pour la ravoir peut-être. Mais il sauta du lit, alla se tremper d'eau froide, retrouva sa bravoure. C'était une misérable, il se crut cette fois guéri d'elle à jamais. Et la vérité fut qu'il finit par l'oublier, dès qu'il eut ouvert les journaux du matin. La publication de la liste, dans *La Voix du peuple*, le bouleversa, car il avait douté jusque-là que Sanier l'eût en sa possession. D'un coup d'œil, il jugea le document, les quelques vérités qu'il contenait, mêlées à l'habituel flot d'imbécillités et de mensonges. Lui, pourtant, cette fois encore, ne se sentit pas atteint : il ne redoutait réellement qu'une chose, l'arrestation de son intermédiaire Hunter, dont le procès aurait pu le mettre en cause. Comme il ne cessait de le répéter, de son air calme et souriant, il n'avait fait que ce que font toutes les maisons de banque, lorsqu'elles lancent une émission, payant la publicité de la presse, employant des courtiers, récompensant les services discrets, rendus à l'affaire. C'était une affaire, et cela, pour lui, disait tout. Du reste, il était beau joueur, il parlait avec un mépris indigné d'un banquier qui, dans un récent scandale, affolé, acculé, ruiné par le chantage, avait cru finir les choses en se tuant, un drame pitoyable, une mare de boue et de sang, d'où le scandale avait repoussé monstrueusement, en une pullulante et indestructible végétation. Non, non ! on restait debout, on luttait jusqu'à la dernière énergie, jusqu'au dernier écu.

Vers neuf heures, un tintement l'appela au téléphone particulier, posé sur son bureau. Et sa folie le reprit, l'idée le traversa que ce devait être Silviane. Souvent, elle s'amusait ainsi à le déranger, au milieu des plus graves préoccupations. Elle venait de rentrer, elle comprenait qu'elle était allée trop loin, et voulait son pardon. Puis, lorsqu'il entendit que c'était Monferrand qui le demandait au ministère, il eut le léger frisson d'un homme sauvé encore du gouffre qu'il côtoie. Vivement, il demanda son chapeau, sa canne, désireux de marcher, de réfléchir au grand air. Et, de nouveau, il fut tout aux complications de l'affaire scandaleuse qui allait émotionner le Parlement et Paris entier. Se tuer, ah ! non, c'était sot et lâche. La terreur pouvait souffler, il se sentait d'âme ferme, de volonté supérieure aux événements, résolu à se défendre en maître qui entend ne rien lâcher de sa puissance.

Cette terreur, dès que Duvillard entra dans les antichambres du ministère, il la sentit qui soufflait en tempête. *La Voix du peuple*, avec sa terrible liste, avait glacé les cœurs des coupables, et tous pâlissaient, tous accouraient, éperdus, en sentant le sol qui croulait sous eux. Le premier qu'il aperçut fut Dutheil, fiévreux, mâchant ses fines moustaches, la face tirée par un tic, dans son effort de sourire quand même. Il le gronda d'être là, c'était une faute de venir ainsi aux nouvelles, l'air effaré. Et l'autre, ragaillardi déjà par cette rude parole, se défendait, jurait qu'il n'avait pas même lu l'article de Sanier, qu'il était monté simplement pour recommander au ministre une dame de ses amies. Le baron se chargea de son affaire, le renvoya, en lui souhaitant une bonne mi-carême. Mais celui surtout qui lui fit pitié, ce fut Chaigneux, le corps vacillant, comme plié par le poids de sa longue tête chevaline, et si malpropre, si en détresse, qu'on aurait dit un vieux pauvre. Quand il reconnut le banquier, il se précipita, vint le saluer avec un empressement obséquieux.

« Ah ! monsieur le baron, faut-il que les hommes soient méchants ! C'est ma mort, on m'assassine, et que deviendra ma femme, que deviendront mes trois filles, dont je suis l'unique soutien ? »

Il avait mis dans cette lamentation toute son histoire de triste sire, victime de la politique, ayant eu la folie de quitter Arras et son étude d'avoué pour triompher à Paris avec ses quatre femmes, comme il disait, la mère et les trois filles, dont il n'avait plus été dès lors que le domestique honteux, effaré par ses continuels échecs de médiocre. Député honnête, ah ! grand Dieu ! il aurait bien voulu l'être ; mais n'était-il pas le besogneux éternel, toujours en quête d'un billet de cent francs, le député forcément à vendre ? et piteux, et tellement bousculé par ses quatre femmes, qu'il aurait ramassé pour elles de l'argent n'importe où, dans n'importe quoi. « Imaginez-vous, monsieur le baron, que j'ai enfin trouvé un mari pour mon aînée. C'est la première chance qui m'arrive, elles ne seront plus que trois à la maison... Seulement, vous comprenez la désastreuse impression, sur la famille du jeune homme, d'un article comme celui de ce matin. Et je suis accouru chez M. le ministre, pour le supplier d'accorder une place de secrétaire à mon futur gendre... Cette place, que j'ai promise, peut encore tout arranger. »

Il était si minable, il parlait d'une voix si éplorée, que Duvillard eut l'idée d'une de ces bonnes actions, qu'il savait risquer à propos, et dans lesquelles il plaçait sa protection et son argent à gros intérêts. Il est toujours excellent d'avoir à soi de ces créatures malchanceuses dont on se fait, pour un morceau de pain, des valets et des complices. Aussi le renvoya-t-il, en se chargeant de son affaire, ainsi qu'il s'était chargé de celle de Dutheil. Et il ajouta qu'il l'attendrait le lendemain, pour causer, pour l'aider, puisqu'il mariait une de ses filles.

Chaigneux, flairant un prêt, s'effondra en remerciements.

« Ah ! monsieur le baron, ma vie sera trop courte pour acquitter une telle dette de reconnaissance. »

Comme Duvillard se retournait, il eut la surprise d'apercevoir. dans un coin de l'antichambre, l'abbé Froment qui attendait. Celui-là, pourtant, n'était pas de la charrette des suspects, bien que, lui aussi, parût cacher une anxiété profonde, en affectant de lire un journal. Le baron s'avança, serra la main du prêtre, causa cordialement. Et Pierre lui conta qu'il avait reçu une lettre, le priant de se présenter chez le ministre : il ignorait pourquoi, il se disait très surpris, souriant, ne voulant pas montrer son inquiétude. Depuis un quart d'heure, il attendait. Pourvu qu'on ne l'oubliât pas, dans cette antichambre !

L'huissier parut, s'empressa.

« M. le ministre vous attend, monsieur le baron. Il est en ce moment avec M. le président du Conseil ; mais, dès que M. le président s'en ira, j'ai ordre de vous introduire, monsieur le baron. »

Presque aussitôt, Barroux sortit ; et, comme Duvillard allait entrer, il le reconnut, le retint. Amèrement, il parla de l'affaire, en homme indigné, sous le coup de la calomnie. Est-ce que lui, Duvillard, n'en témoignerait pas à l'occasion, que lui, Barroux, n'avait jamais touché directement un centime ? Il oubliait qu'il parlait à un banquier, qu'il était lui-même ministre des Finances, pour dire tout son dégoût de l'argent. Ah ! les affaires, quelle eau trouble, empoisonnée et salissante ! Mais il répétait qu'il soufflèterait les insulteurs, et que la vérité suffirait.

Duvillard l'écoutait, le regardait. Et la pensée de Silviane, tout d'un coup, rentrait en lui, le hantait, sans qu'il fît même un effort pour la chasser. Il songeait que, si Barroux l'avait bien voulu, lorsqu'il l'avait prié d'agir, Silviane serait maintenant à la Comédie, et que certainement la déplorable aventure de la veille n'aurait pas eu lieu ; car il commençait à se reconnaître coupable, jamais Silviane ne l'aurait lâché salement, s'il avait contenté son caprice.

« Vous savez, je vous en veux », dit-il en interrompant le ministre.

Étonné, l'autre à son tour le regarda.

« Comment, vous m'en voulez ! De quoi donc ?

– Mais de ce que vous ne m'avez pas aidé, vous savez bien, pour cette amie à moi, qui désire débuter dans *Polyeucte*. »

Barroux sourit, condescendant, aimable.

« Ah ! oui, Silviane d'Aulnay ! Mais, mon cher ami, c'est Taboureau qui s'est mis en travers. Il a les Beaux-Arts, la question ne regardait que lui. Et je n'y pouvais rien, ce parfait honnête homme, qui nous est tombé d'une faculté de province, est plein de scrupules… Moi, je suis un vieux Parisien, je comprends tout, j'aurais été enchanté de vous être agréable. »

Devant cette résistance nouvelle à son plaisir, Duvillard se reprit de passion, eut le besoin immédiat d'obtenir ce qu'on lui refusait.

« Taboureau, Taboureau, un joli poids mort dont vous vous êtes encombré là ! Honnête, est-ce que tout le monde ne l'est pas ?… Voyons, mon cher ministre, il en est temps encore, faites nommer Silviane, ça vous portera bonheur pour demain. »

Cette fois, Barroux éclata franchement de rire.

« Non, non ! je ne puis lâcher Taboureau en ce moment… On s'en amuserait trop. Un ministère perdu ou sauvé, sur la question Silviane ! »

Il avait tendu la main, pour prendre congé. Le baron la serra, le retint un instant encore, en lui disant, très grave, un peu pâle :

« Vous avez tort de rire, mon cher ministre. Des ministères sont tombés ou se sont remis debout pour moins que ça… Si vous tombez demain, je souhaite que vous ne le regrettiez jamais. »

Et il le regarda s'éloigner, blessé au cœur de son air de plaisanterie, exaspéré par l'idée que quelque chose lui était décidément impossible. Certes, ce n'était pas dans l'espoir de se remettre avec Silviane, mais il se jurait de tout bouleverser, s'il le fallait, pour lui envoyer son traité signé, par simple vengeance, comme un soufflet, oui ! un soufflet. Cette minute venait d'être décisive.

À cet instant, Duvillard, dont les yeux accompagnaient Barroux, fut surpris de voir Fonsègue, qui arrivait, manœuvrer de façon à n'être pas aperçu par le ministre. Il y réussit, il entra dans l'antichambre, les yeux troubles, toute sa petite personne, si vive et si spirituelle d'habitude, éperdue. C'était le vent de terreur qui continuait à souffler et qui l'apportait.

« Vous n'avez donc pas vu votre ami Barroux ? demanda le baron, intrigué.

– Barroux ? non ! »

Et ce tranquille mensonge suffisait à tout confesser. Il se tutoyait avec Barroux, il le soutenait dans son journal depuis dix ans, de mêmes idées, de même religion politique que lui. Mais, sous la menace de la débâcle, il devait sentir, avec son flair merveilleux, qu'il lui fallait changer d'amitié, s'il ne voulait, lui aussi, rester sous les décombres. Il n'avait pas mis de longues années de prudence, de diplomatique vertu, à fonder le plus digne et le plus respecté des journaux, pour le laisser ainsi compromettre par la maladresse d'un honnête homme.

« Je vous croyais fâché avec Monferrand, reprit Duvillard. Que venez-vous donc faire ici ?

– Oh ! mon cher baron, le, directeur d'un grand journal n'est fâché avec personne. Il est au service du pays. »

Malgré l'émoi personnel où il était, Duvillard ne put s'empêcher de sourire.

« Vous avez raison. Et puis, Monferrand est un homme vraiment fort, qu'on peut soutenir sans crainte. »

Cette fois, Fonsègue se demanda si son angoisse se voyait. Lui, si beau joueur, toujours maître de son jeu, venait d'être terrifié par l'article de *La Voix du peuple*. Pour la première fois de sa vie, il avait commis une faute, il se sentait à la merci d'une délation, ayant eu l'impardonnable imprudence d'écrire un billet de trois lignes. Les cinquante mille francs, que Barroux lui avait fait remettre, pour son journal, sur les deux cent mille destinés à la presse, ne l'inquiétaient pas. Mais il tremblait qu'on ne découvrît l'autre affaire, une somme reçue en cadeau. Il ne retrouva un peu de sang-froid que sous le regard clair du baron. C'était imbécile de ne plus savoir mentir et d'avouer par sa seule attitude.

L'huissier s'était approché.

« Je rappelle à monsieur le baron que M. le ministre l'attend. »

Resté seul avec l'abbé Froment, Fonsègue, dès qu'il l'aperçut, alla s'asseoir près de lui, en s'étonnant à son tour de le trouver là, Pierre répéta qu'il avait reçu une sorte de lettre de convocation, sans qu'il pût deviner ce que le ministre avait à lui dire. Et il laissa percer encore son impatience de savoir, le léger frisson qui agitait ses doigts. Mais il fallait bien attendre, puisque de si graves affaires se débattaient.

Tout de suite, en voyant entrer Duvillard, Monferrand s'était avancé, les mains tendues. Lui, l'air très calme toujours, sous le vent de terreur, gardait son air bonhomme et souriant.

« Hein ? quelle histoire, mon cher baron !

– C'est idiot ! » déclara nettement celui-ci, avec un haussement d'épaules.

Et il s'assit sur le fauteuil que Barroux venait de quitter, tandis que le ministre reprenait sa place, en face de lui. Tous deux étaient faits pour s'entendre, et ils eurent les mêmes gestes désespérés, les mêmes plaintes furieuses, en déclarant que le gouvernement, pas plus que les affaires, n'étaient désormais possibles, si l'on exigeait des hommes la vertu qu'ils n'avaient pas. Est-ce que, dans tous les temps, sous tous les régimes, lorsqu'on attendait un vote des Chambres, à propos de quelque grande entreprise, la tactique naturelle, légitime, n'était pas de faire le nécessaire pour l'obtenir ? Il fallait bien se ménager des influences, se gagner des sympathies, s'assurer des voix enfin ! Or, tout se payait, les hommes comme le reste, les uns avec de bonnes paroles, les autres avec des faveurs ou de l'argent, des cadeaux plus ou moins déguisés. Et, en admettant qu'on fût allé un peu loin dans les achats, que certains maquignonnages eussent manqué de prudence, est-ce que c'était sage de faire un tel bruit, est-ce qu'un pouvoir fort n'aurait pas commencé par étouffer le scandale, par patriotisme, par simple propreté même ?

« Mais évidemment ! mais vous avez mille fois raison ! criait Monferrand. Ah ! si j'étais le maître, vous verriez le bel enterrement de première classe ! »

Puis, comme Duvillard le regardait fixement, frappé par ce dernier mot, il reprit, avec son sourire :

« Par malheur, je ne suis pas le maître, et c'est pour causer un peu avec vous de la situation que je me suis permis de vous déranger... Barroux, qui sort d'ici, m'a paru dans une disposition d'esprit fâcheuse.

– Oui, je viens de le rencontrer, il a des idées si singulières parfois... »

Et le baron s'interrompit, pour dire :

« Vous savez que Fonsègue est là, dans l'antichambre. Puisqu'il veut faire sa paix, envoyez-le donc chercher. Il ne sera pas de trop, il est homme de bon conseil, et souvent son journal suffit à donner la victoire.

– Comment, Fonsègue est là ! cria Monferrand. Je ne demande pas mieux que de lui serrer la main. De vieilles histoires qui ne regardent personne ! Ah ! grand Dieu ! si vous saviez combien je manque de rancune ! »

Lorsque l'huissier eut introduit Fonsègue, la réconciliation eut lieu tout simplement. Ils s'étaient connus au collège, dans leur Corrèze natale, et ils ne se parlaient plus depuis dix ans, à la suite d'une abominable histoire, dont personne ne savait au juste les détails. Mais il est des heures où il faut bien enterrer les cadavres, lorsqu'on est forcé de déblayer le champ, pour une bataille nouvelle.

« Tu es gentil de revenir le premier. Alors, c'est fini, tu ne m'en veux plus ?

– Eh ! non ! À quoi bon se dévorer, lorsqu'on aurait tout intérêt à s'entendre ? »

Sans autre explication, on en vint à la grande affaire, la conférence commença. Et, lorsque Monferrand eut dit la volonté de Barroux d'avouer, d'expliquer sa conduite, les deux autres se récrièrent. C'était la chute certaine, on saurait bien l'en empêcher, il ne ferait pas une pareille sottise. Ensuite, on discuta tous les moyens imaginables de sauver le ministère en péril, car ce devait être là l'unique désir de Monferrand. Et lui-même affectait de chercher avec passion le moyen de tirer d'embarras ses collègues et lui-même, bien qu'il gardât, aux coins des lèvres, un mince sourire. Enfin, il sembla vaincu, il ne chercha plus.

« Allez, le ministère est par terre ! »

Les deux autres se regardèrent, anxieux de confier au hasard du prochain cabinet l'affaire des Chemins de fer africains. Un cabinet Vignon se piquerait sans doute d'honnêteté.

« Alors, quoi ? que faisons-nous ? »

Mais, à ce moment, la sonnerie du téléphone tinta, et Monferrand se rendit à cet appel.

« Vous permettez ? »

Pendant un instant, il écouta, il parla, dans l'appareil, sans que ses réponses, ses questions brèves pussent rien indiquer de la communication qui lui était faite. C'était le chef de la Sûreté qui, pour tenir sa promesse, lui téléphonait que l'homme venait d'être retrouvé, dans le bois de Boulogne, et que la chasse allait être menée rudement.

« Parfait ! et n'oubliez pas mes ordres ! »

Puis, Monferrand, dont le plan, peu à peu élargi, se fixait enfin, dans la certitude de l'arrestation de Salvat, revint au milieu de la vaste pièce, marcha lentement, en disant avec sa familiarité coutumière :

« Que voulez-vous ? mes bons amis, il faudrait que je fusse le maître. Ah ! si j'étais le maître !... Une commission d'enquête, oui ! c'est l'enterrement de première classe, pour ces grosses affaires-là, si pleines d'abominations. Moi, je n'avouerais rien et je ferais nommer une commission d'enquête. Vous verriez, dès lors, comme l'effroyable orage s'en irait en douceur. »

Duvillard et Fonsègue s'égayèrent. Mais le second surtout devina presque, grâce à sa profonde connaissance du personnage.

« Écoute donc ! si le ministère est par terre, il ne s'ensuit pas que tu y sois avec lui. Un ministère se raccommode, lorsque les morceaux en sont bons. »

Monferrand, inquiet d'avoir été deviné, se débattit.

« Ah ! non, non, mon cher, je ne joue pas ce jeu-là. On est tous solidaires, que diable !

– Solidaires, allons donc ! pas avec les naïfs qui se noient exprès ! Car enfin, si nous avons besoin de toi, nous autres, il nous est bien permis de te sauver malgré toi... N'est-ce pas ? mon cher baron. »

Et, comme Monferrand se rasseyait, ne protestant plus, attendant, Duvillard, de nouveau à sa passion, repris de colère au souvenir du refus de Barroux, s'écria, en se levant à son tour :

« Mais certainement ! Si le ministère est condamné, qu'il tombe donc !... Que voulez-vous tirer d'un ministère où il y a un Taboureau ? Voilà un vieux professeur usé, sans prestige, qui nous arrive de Grenoble, qui n'a jamais mis les pieds dans un théâtre, et à qui l'on confie les théâtres. Naturellement, il a fait bêtises sur bêtises. »

Monferrand, très au courant de la question Silviane, resta grave, s'amusa un instant à exciter le baron.

« Taboureau est un universitaire un peu terne, un peu démodé, mais qui se trouvait tout indiqué pour l'Instruction publique, où il est chez lui.

– Laissez-moi donc tranquille, mon cher ! Voyons, vous êtes plus intelligent que ça, vous n'allez pas défendre Taboureau, comme Barroux... C'est vrai, je tiens beaucoup à ce que Silviane débute. Elle est très gentille au fond, et elle a énormément de talent. Eh bien ! vous, est-ce que vous vous mettriez en travers ?

– Moi ? Ah ! grand Dieu, non ! Une jolie fille sur la scène, ça ferait quand même plaisir à tout le monde, j'en suis sûr... Seulement, il faudrait avoir à l'Instruction un homme qui pense comme moi. »

Son mince sourire avait reparu. Ce n'était vraiment pas cher, de s'assurer Duvillard et la toute-puissance de ses millions, en faisant débuter cette fille. Il se tourna vers Fonsègue, comme pour le consulter. Celui-ci, sérieusement, sentant la haute importance de l'affaire, cherchait, réfléchissait.

« À l'Instruction, un sénateur serait excellent... C'est que je ne vois personne, absolument personne, dans les conditions requises. Un esprit libre, parisien, dont la présence à la tête de l'Université n'étonnerait pourtant pas trop... Il y a bien Dauvergne. »

Surpris, Monferrand s'exclama.

« Qui ça, Dauvergne ?... Ah ! oui, Dauvergne, le sénateur de Dijon... Mais il ignore tout de l'Université, il n'a pas la moindre aptitude.

– Dame ! reprit Fonsègue, je cherche... Dauvergne est bien de sa personne, grand, blond, décoratif. Et puis, vous savez qu'il est immensément riche, qu'il a une jeune femme délicieuse, ce qui ne gâte rien, et qu'il donne de vraies fêtes, dans son appartement du boulevard Saint-Germain. »

Lui-même n'avait risqué d'abord le nom qu'en hésitant. Mais, peu à peu, son choix lui apparaissait comme une vraie trouvaille.

« Attendez donc ! je me souviens que Dauvergne, dans sa jeunesse, a fait jouer à Dijon une pièce, un acte en vers. Et c'est une ville littéraire que Dijon, ça lui donne tout de suite un petit parfum de belles-lettres. Sans compter que, depuis vingt ans, il n'y a pas remis les pieds et qu'il est un Parisien déterminé, répandu dans tous les mondes... Dauvergne fera tout ce qu'on voudra. Je vous dis que c'est notre homme. »

Duvillard déclara qu'il le connaissait et qu'il le trouvait très bien. D'ailleurs, lui ou un autre !

« Dauvergne, Dauvergne, répétait Monferrand. Mon Dieu, oui ! après tout. Il fera peut-être un très bon ministre. Va pour Dauvergne. »

Puis, tout d'un coup, il éclata d'un gros rire.

« Alors, voilà que nous refaisons le cabinet pour que cette aimable dame entre à la Comédie ! Le cabinet Silviane... Voyons, et les autres portefeuilles ? »

Il plaisantait, sachant que la gaieté hâte souvent les solutions difficiles. Et, en effet, ils continuèrent à régler avec enjouement les détails de ce qu'il y aurait à faire, si le ministère était battu le lendemain. Sans qu'ils eussent dit nettement la chose, le plan était de laisser tomber Barroux, de l'y aider même, puis de s'employer à repêcher Monferrand dans l'eau trouble. Ce dernier, vis-à-vis des deux autres, se liait, ayant besoin d'eux, de la souveraineté financière du baron, surtout de la campagne que le directeur du *Globe* pouvait faire en sa faveur ; de même que ceux-ci, en dehors de la question Silviane, avaient besoin de lui, de l'homme de gouvernement à la forte poigne, qui promettait d'enterrer le scandale des Chemins de fer africains, en faisant nommer une commission d'enquête dont il tiendrait les fils. Et l'entente fut bientôt complète entre les trois hommes, car rien ne rapproche plus étroitement qu'un intérêt commun, la peur et le besoin qu'on a les uns des autres. Aussi, lorsque Duvillard parla de l'affaire de Dutheil, de la jeune dame que ce dernier recommandait, le ministre déclara que c'était chose faite. Un bien gentil garçon, Dutheil, comme il en faudrait beaucoup ! Il fut aussi convenu que le futur gendre de Chaigneux aurait sa place. Ce pauvre Chaigneux, si dévoué, toujours prêt à se charger d'une commission, et qui avait la vie si dure avec ses quatre femmes !

« Eh bien ! c'est entendu !

– C'est entendu !

– C'est entendu ! »

Et Monferrand, Duvillard et Fonsègue se serrèrent vigoureusement la main.

Puis, comme le premier accompagnait les deux autres jusqu'à la porte, il aperçut, dans l'antichambre, un prélat, à la soutane fine, bordée de violet, qui causait debout avec un prêtre.

Le ministre tout de suite s'empressa, l'air désolé.

« Ah ! monseigneur Martha, vous attendiez !… Entrez, entrez vite. »

Mais, avec une parfaite urbanité, l'évêque n'en voulut rien faire.

« Non, non, M. l'abbé Froment était là avant moi. Veuillez le recevoir. »

Il fallut que Monferrand cédât, fît entrer le prêtre, et ce ne fut pas long. Lui qui usait d'une diplomatique réserve, dès qu'il se trouvait devant un membre du clergé, lâcha tout d'un paquet l'affaire de Barthès. Pierre, depuis deux heures qu'il attendait, venait de passer par les angoisses les plus vives, car la seule explication naturelle à la lettre reçue était qu'on avait découvert chez lui la présence de son frère. Qu'allait-il se passer ? Et, lorsqu'il entendit le ministre ne lui parler que de Barthès, lui expliquer que le gouvernement aimait mieux savoir Barthès en fuite que d'être forcé de l'envoyer une fois de plus en prison, il resta un instant déconcerté, ne comprenant pas. Comment la police, qui avait su trouver le légendaire conspirateur dans la petite maison de Neuilly, semblait-elle y totalement ignorer celle de Guillaume ? C'était là le génie plein de trous des grands policiers.

« Alors, monsieur le ministre, que désirez-vous de moi ? Je ne comprends pas très bien.

– Mon Dieu ! monsieur l'abbé, je laisse tout ceci à votre prudence. Dans quarante-huit heures, si cet homme était encore chez vous, nous serions obligés de l'arrêter, ce qui serait pour nous un chagrin, car nous n'ignorons pas que votre demeure est l'asile de toutes les vertus… Conseillez-lui donc de quitter la France. Il ne sera pas inquiété. »

Et, vivement, Monferrand ramena Pierre dans l'antichambre. Puis, souriant, courbé en deux :

« Monseigneur, je suis tout à vous… Entrez, entrez, je vous prie. »

Le prélat, qui causait gaiement avec Duvillard et Fonsègue, leur serra la main, serra également celle de Pierre. Il était, ce matin-là, d'une bonne grâce infinie, dans son désir de s'attacher tous les cœurs. Ses yeux noirs et vifs souriaient, son beau visage aux lignes correctes et fermes n'était que caresse. Et il entra dans le cabinet du ministre avec grâce, sans hâte, de son air aisé de conquête.

Maintenant, dans le ministère désert, il n'y avait plus que Monferrand et Mgr Martha, enfermés, causant sans fin. On avait cru que le prélat ambitionnait la députation. Mais il jouait un rôle plus utile, plus souverain, à gouverner dans l'ombre, à être l'âme directrice de la politique du Vatican en France. La France ne restait-elle pas la fille aînée de l'Église, la seule grande nation qui pourrait un jour rendre à la papauté sa toute-puissance ? Il avait accepté la République, il prêchait le ralliement, il passait pour être, à la Chambre, l'inspirateur du nouveau groupe catholique. Et Monferrand, frappé des progrès de l'esprit nouveau, de cette réaction du mysticisme, qui se flattait d'enterrer la science, était plein d'amabilités, en homme à la forte poigne, utilisant, pour sa victoire, toutes les forces qui s'offraient.

IV

L'après-midi de ce même jour, Guillaume fut pris d'un tel besoin de grand air et d'espace, que Pierre consentit à faire avec lui une longue promenade dans le bois de Boulogne, voisin de leur petite maison. À son retour du ministère, pendant le déjeuner, il avait conté à son frère comment le gouvernement entendait se débarrasser une fois de plus de Nicolas Barthès ; et tous deux en avaient l'âme assombrie, ne sachant de quelle façon annoncer l'exil au vieil homme, se donnant jusqu'au soir pour trouver la manière d'en adoucir l'amertume. Ils en causeraient en marchant. Puis, pourquoi se cacher davantage, pourquoi ne pas risquer cette première sortie, puisque rien décidément ne semblait menacer Guillaume ? Et les deux frères entrèrent dans le Bois par la porte des Sablons, qui se trouvait prochaine.

On était aux derniers jours de mars, le Bois commençait à verdir, mais si tendrement, que les pointes légères des feuilles n'étaient encore, au travers des massifs, qu'une mousse pâle, une dentelle d'une infinie délicatesse. Les averses continues de la nuit et de la matinée avaient cessé, le ciel restait d'un gris de cendre fine, et cela était d'une exquise fraîcheur, d'une enfance ingénue, ce Bois renaissant, trempé d'eau, dans la douceur immobile de l'air. Les réjouissances de la mi-carême avaient dû attirer la grande foule, au centre de Paris, sur le passage des chars, car il n'y avait, par les allées, que des cavaliers et des équipages, de belles promeneuses descendues des coupés et des landaus, avec des nourrices enrubannées, portant des poupons en pelisse de dentelle, toute la haute élégance du Bois, tout le mouvement mondain des jours choisis, où les petites gens n'y viennent point. À peine quelques bourgeoises des quartiers voisins étaient-elles sur les bancs et dans les fourrés, une broderie aux doigts, à regarder jouer leurs enfants.

Pierre et Guillaume gagnèrent l'allée de Longchamp, qu'ils suivirent jusqu'à la route de Madrid aux Lacs. Là, ils s'enfoncèrent parmi les arbres, ils descendirent le cours du petit ruisseau de Longchamp. Leur projet était de gagner les lacs, d'en faire le tour, puis de revenir par la porte Maillot. Mais le taillis qu'ils traversaient était d'une solitude si calme et si charmante, dans cette enfance du printemps, qu'ils cédèrent au désir de s'asseoir, pour goûter le délicieux repos. Un tronc d'arbre leur servit de banc, ils purent se croire très loin, au fond d'une forêt véritable. Et Guillaume en faisait le rêve, de cette vraie forêt, au sortir de son long emprisonnement volontaire. Ah ! le libre espace, l'air sain qui souffle dans les branches, tout le vaste monde qui devrait être le domaine inaliénable de l'homme ! Le nom de Barthès, de l'éternel prisonnier, revint sur ses lèvres. Il soupira, repris de tristesse. Le tourment d'un seul, frappé sans cesse dans sa liberté, suffisait à lui gâter ce grand air pur, si doux à respirer.

« Que lui diras-tu ? Il faut pourtant le prévenir. L'exil vaut mieux encore que la prison. »

Pierre eut un vague geste désolé.

« Oui, oui, je le préviendrai. Mais quel crève-cœur ! »

À ce moment, dans ce coin sauvage et désert, où ils pouvaient se croire au bout du monde, ils eurent une extraordinaire vision. Brusquement, sautant d'un fourré, un homme parut, galopa devant eux. Et c'était sûrement un homme mais si méconnaissable, si couvert de boue, dans un tel état d'effroyable détresse qu'on aurait pu le prendre pour une bête, quelque sanglier traqué, forcé par les chiens. Un instant, éperdu, il hésita devant le ruisseau, le longea ; puis, comme des pas, des souffles ardents se rapprochaient, il entra dans l'eau jusqu'aux cuisses, bondit sur l'autre rive, disparut derrière un bouquet de sapins. Presque aussitôt, des gardes du Bois sous la conduite de quelques agents se précipitèrent, filèrent le long du ruisseau, se perdirent.

C'était toute une chasse à l'homme qui passait, une chasse sourde et rageuse, dans le tendre renouveau des feuilles, sans habits rouges ni fanfares sonnantes de cors.

« Quelque vaurien, murmura Pierre. Ah ! le malheureux ! »

Guillaume à son tour eut un geste découragé.

« Toujours les gendarmes et la prison ! On n'a pas encore trouvé d'autre école sociale. »

L'homme, là-bas, là-bas, galopait. Lorsque, la nuit précédente, Salvat, d'une course brusque, avait gagné le bois de Boulogne, échappant ainsi aux agents qui le filaient, il avait eu l'idée de se glisser jusqu'à la porte Dauphine et de descendre ensuite dans le fossé des fortifications. Il se souvenait des journées de chômage qu'il était venu jadis passer en cet endroit, au fond de refuges ignorés, où il n'avait jamais rencontré personne. Et, en effet, il n'est pas d'asiles plus secrets, barrés de plus de broussailles, enfouis sous plus d'herbes hautes. Certains coins du fossé, dans les angles de la grande muraille, ne sont que des nids de vagabonds et d'amoureux. Salvat, en s'engageant au plus épais des ronces et des lierres eut la chance de trouver, sous l'obscure pluie qui tombait, une sorte de trou plein de feuilles sèches, dans lesquelles il s'enterra jusqu'au menton. Il était déjà ruisselant d'eau, il avait glissé par la boue des pentes, n'avançant qu'à tâtons, souvent à quatre pattes. Ces feuilles sèches lui furent un bienfait inespéré, une sorte de drap où il se sécha un peu, où il se reposa de sa course folle, au travers des ténèbres mauvaises. La pluie continuait, mais il n'avait plus que la tête trempée, et il finit même par s'engourdir, par s'assoupir sous l'averse, d'un lourd sommeil. Quand il rouvrit les yeux, le jour paraissait, il devait être six heures.

L'eau tombée avait fini par noyer les feuilles, il était comme dans un bain d'humidité glacée. Pourtant, il resta, il se sentait à l'abri de la chasse qu'on allait sûrement lui donner. Pas un limier ne pouvait le deviner là, le corps enfoui, la tête elle-même à demi disparue sous des broussailles. Et il ne bougea pas, regarda grandir le jour.

Vers huit heures, des agents et des gardes passèrent, fouillèrent le fossé des fortifications, et ne le virent pas. Comme il l'avait pensé, dès l'aube, la battue venait d'être organisée, on le traquait. Son cœur battit à grands coups, il eut l'émoi du gibier que cernent les chasseurs. Justement, il s'était caché en dessous de la caserne de gendarmerie, dont il entendait les bruits sonores, de l'autre côté du rempart. Personne ne passait plus, pas une âme, pas un frôlement dans les herbes. Au loin, seulement, les voix indistinctes du Bois matinal, un grelot de bicyclette, un galop de cheval, un roulement de voiture, toute l'oisiveté heureuse, grisée de grand air, du Paris mondain.

Et les heures coulaient, neuf heures, dix heures. Depuis que la pluie avait cessé, il ne souffrait plus trop du froid, grâce à la casquette et au gros paletot que lui avait donnés le petit Mathis. Mais la faim le reprenait, une brûlure qui lui faisait comme un trou dans l'estomac, d'affreuses crampes qui lui brisaient les côtes sous un cercle de plomb. Il n'avait pas mangé depuis deux jours, il était à jeun déjà, la veille au soir, lorsqu'il avait accepté un verre de bière. Son projet était de rester là jusqu'à la nuit, puis de se glisser vers Boulogne, dans les ténèbres, et de sortir du Bois par un trou, qu'il connaissait de ce côté. On ne le tenait pas encore. Il essaya de se rendormir, n'y parvint pas, tant il souffrait. À onze heures, il eut un éblouissement, crut qu'il allait mourir. Et une colère l'envahissait, et tout d'un coup il sortit d'un bond de sa cachette de feuilles, pris d'une rage de faim, ne pouvant plus rester là, voulant manger, quitte à y perdre sa liberté et sa vie. Midi sonnait.

Alors, dès qu'il eut quitté le fossé, il se trouva dans le vaste espace découvert des pelouses de la Muette. Il les traversa au galop, comme un fou, se dirigeant instinctivement vers Boulogne, avec l'idée que la seule sortie possible était de ce côté. Ce fut miracle si personne ne s'inquiéta de cet homme galopant de la sorte. Quand il eut réussi à se jeter sous les arbres, il eut conscience de son imprudence, de cette folie qui venait de l'emporter, dans un besoin de fuite. Il trembla, se rasa parmi des genêts, attendit quelques minutes, avant d'être certain que les agents n'étaient pas derrière lui. Puis, l'œil au guet, l'oreille au vent, avec un instinct, un flair merveilleux du danger, il continua désormais sa route lentement, prudemment. Il comptait passer entre le lac Supérieur et le champ de courses d'Auteuil. Mais il n'y a là qu'une large avenue, bordée de quelques arbres, et il dut déployer une adresse extrême pour ne jamais marcher à découvert, profitant des moindres troncs, utilisant les plus grêles massifs, ne se hasardant que lorsqu'il avait longuement exploré les environs. Une peur nouvelle, la vue d'un garde au loin, le tint encore un quart d'heure aplati par terre, derrière des broussailles. L'approche d'un fiacre perdu, d'un simple promeneur égarant sa flânerie, suffisait à l'arrêter. Et il respira, lorsqu'il put, au-delà de la Butte-Mortemat, pénétrer enfin dans les fourrés qui se trouvent entre la route de Boulogne et l'avenue de Saint-Cloud. Les taillis y sont épais, il n'avait plus qu'à les suivre, pour atteindre, ainsi caché, l'issue qu'il sentait prochaine. Il était sauvé.

Mais, soudainement, il aperçut, à une trentaine de mètres, un garde debout, immobile, qui lui barrait le passage. Il obliqua vers la gauche, et il trouva un autre garde, immobile aussi, qui semblait l'attendre. Des gardes, des gardes encore, de cinquante en cinquante pas, tout un cordon tendu là comme les mailles du filet. Et le pis fut qu'on avait dû le voir, car un cri léger s'éleva, tel qu'une note claire de chouette, répétée bientôt de loin en loin, à l'infini. Enfin, les chasseurs tenaient la piste, toute prudence devenait inutile, l'homme n'avait plus qu'à chercher le salut suprême dans la fuite. Il le sentit si bien, qu'il reprit tout d'un coup le galop, sautant les obstacles, filant entre les arbres, sans craindre d'être vu et entendu. En trois bonds, il eut traversé l'avenue de Saint-Cloud, pour se jeter dans le vaste massif qui s'étend entre cette avenue et l'allée de la Reine-Marguerite. Là, les taillis sont plus épais encore, ce sont les fourrés les plus profonds du Bois, toute une mer de verdure en été, où il aurait peut-être réussi à se perdre, à la saison des feuilles. Un instant même, il se retrouva seul, s'arrêta, écouta avec angoisse. Il ne voyait plus, n'entendait plus les gardes : les aurait-il dépistés ? Un silence, une paix d'une douceur infinie tombaient des jeunes feuillages. Puis, le cri léger s'éleva, des branches craquèrent, et il continua sa course affolée, allant devant lui, fuyant pour fuir. Comme il atteignait l'allée de la Reine-Marguerite, il la trouva barrée, des agents étaient là, s'échelonnant. Il dut continuer à longer, à remonter l'allée, sans quitter les taillis. Mais il s'éloignait maintenant de Boulogne, il revenait sur ses pas. Et, confusément, dans sa pauvre tête qui se perdait, s'ébauchait une dernière chance de salut : galoper ainsi à couvert jusqu'aux ombrages de Madrid, pour tenter la chance de gagner ensuite le bord de l'eau, de bouquet d'arbres en bouquet d'arbres. C'était le seul chemin boisé qui pût mener à la Seine, car il ne fallait pas songer à s'y rendre en traversant les vastes plaines nues de l'hippodrome et du champ d'entraînement.

Il galopa, il galopa. Mais, arrivé à l'allée de Longchamp, il ne put la traverser, elle était gardée, elle aussi. Dès lors, abandonnant son projet de s'échapper par Madrid et la Seine, il fut forcé de faire un crochet, le long du Pré Catelan. Sous la conduite des gardes, les agents se rapprochaient, il les sentait qui le cernaient d'une ligne de plus en plus étroite. Et ce fut bientôt la course, furieuse, hagarde, hors d'haleine, sautant les buttes, dévalant par les pentes, au travers des obstacles sans cesse renaissants. Il franchissait des buissons épineux, il défonçait des treillages. Trois fois, il roula, les pieds pris dans les fils de fer des clôtures, qu'il n'avait point vus ; et, tombé dans les orties, il se relevait, il n'en sentait pas la cuisante brûlure, reprenait sa course, comme éperonné, fouetté au sang. Ce fut alors que Guillaume et Pierre le virent passer, méconnaissable, effrayant, se jetant à l'eau boueuse du ruisseau, telle que la bête qui met un dernier rempart entre elle et les chiens. L'idée chimérique lui venait de l'île au milieu du lac, ainsi que d'un asile inviolable, s'il l'avait pu atteindre. Il rêvait de passer à la nage, sans que personne l'aperçût, de se terrer là, ignoré, désormais à l'abri de toute recherche. Il galopait, il galopait. Puis, des gardes encore lui firent rebrousser chemin, il fut obligé de remonter toujours, d'aller tourner au carrefour des Lacs, ramené, rabattu vers les fortifications, d'où il était parti. Il était près de trois heures. Depuis plus de deux heures et demie, il galopait, il galopait.

Une allée sablée et mouvante pour les cavaliers se présenta. Il l'enfila à toutes jambes, pataugea dans cette terre détrempée par les dernières pluies. Ensuite, ce fut un petit chemin couvert, un de ces délicieux chemins d'amoureux, ombragés comme des berceaux, qu'il put suivre assez longtemps, à l'abri des regards, repris d'espoir. Mais il déboucha dans une de ces terribles avenues, larges et droites, où roulaient des bicyclettes, des équipages, le train mondain de l'après-midi doux et voilé. Et il rentra dans les fourrés, tomba de nouveau sur des gardes, acheva de perdre toute direction et même toute pensée, ne fut plus qu'une masse lancée, ballottée au gré de la poursuite qui le serrait, l'enveloppait de minute en minute. Rien n'existait plus que le besoin de galoper, de galoper sans cesse, toujours plus fort. Des étoiles de carrefours se succédaient, il traversa une grande pelouse, où la pleine lumière lui donna comme un éblouissement. Là, tout d'un coup, il avait senti le souffle ardent de la chasse sur sa nuque, des haleines voraces qui le mangeaient déjà. Des cris retentissaient, une main avait failli le saisir, une ruée de corps piétinaient, se bousculaient dans le vent de sa course. Et, par un suprême effort, il sauta, rampa, se redressa, se trouva de nouveau seul, parmi les jeunes et calmes verdures, galopant, galopant.

C'était la fin. Il faillit culbuter. Ses pieds brisés ne le portaient plus, ses oreilles saignaient, de l'écume lui souillait la bouche. Un grand souffle de tempête soulevait ses côtes, comme si les bonds de son cœur allaient les briser. Il ruisselait d'eau et de sueur, fangeux, hagard, dévoré de faim, vaincu plus encore par la faim que par la fatigue. Et, dans le brouillard qui peu à peu noyait ses yeux fous, il vit soudain la porte d'une remise ouverte, derrière une sorte de chalet, caché dans les arbres. Personne n'était là, qu'un gros chat blanc qui prit la fuite. Il s'y engouffra, alla rouler dans de la paille, parmi des tonneaux vides. Et il y était à peine enfoui, qu'il entendit galoper, galoper la chasse, les agents et les gardes lancés, perdant sa piste et dépassant le chalet, filant du côté des fortifications. Le bruit des gros souliers s'éteignit, un profond silence tomba. Il avait mis les deux mains sur son cœur pour en étouffer les battements, il tomba dans un anéantissement de mort, tandis que de grosses larmes coulaient de ses paupières closes.

Après un quart d'heure de repos, Pierre et Guillaume avaient repris leur promenade, gagnant le lac, allant passer au carrefour des Cascades, pour revenir vers Neuilly, en faisant le tour, par l'autre bord de l'eau. Mais une ondée tomba, les força de s'abriter sous les grosses branches encore nues d'un marronnier ; et, la pluie devenant sérieuse, ils avisèrent, au fond d'un bouquet d'arbres, une sorte de chalet, un petit café-restaurant, où ils coururent se réfugier. Dans une allée voisine, ils avaient aperçu un fiacre arrêté, solitaire, dont le cocher, immobile, attendait philosophiquement sous la petite pluie d'été. Et, comme Pierre se hâtait, il eut l'étonnement de reconnaître devant lui, pressant également le pas, Gérard de Quinsac, qui se réfugiait là comme eux, surpris sans doute par l'averse pendant une promenade à pied. Puis, il crut s'être trompé, car il ne vit pas le jeune homme dans la salle. Cette salle, une sorte de véranda vitrée, garnie de quelques petites tables de marbre, était vide. En haut, au premier étage, quatre ou cinq cabinets ouvraient sur un couloir. Et rien ne bougeait, la maison sortait à peine de l'hiver, on y sentait la longue humidité des établissements que la disparition de la clientèle force à fermer de novembre à mars. Derrière, il y avait une écurie, une remise, des dépendances, envahies par la mousse, tout un coin charmant d'ailleurs, que les jardiniers et les peintres allaient remettre en état, pour les parties galantes et l'encombrement joyeux des beaux jours.

« Mais je crois que ce n'est pas ouvert, ici », dit Guillaume, en entrant dans le grand silence de la maison.

Pierre s'était assis devant une des petites tables.

« On nous permettra toujours bien d'y attendre que la pluie cesse. »

Pourtant, un garçon parut. Il descendait du premier étage, il semblait fort affairé, fouillant un buffet pour réunir quelques petits gâteaux secs sur une assiette. Et il finit par servir aux deux frères des petits verres de chartreuse.

En haut, dans un des cabinets, la baronne Ève Duvillard, venue en fiacre, attendait Gérard depuis près d'une demi-heure. C'était là qu'ils avaient pris rendez-vous, la veille, à la vente de charité. Les souvenirs les plus doux devaient les y attendre ; car, deux années auparavant, dans la lune de miel de leur liaison, ils s'y étaient délicieusement rencontrés, lorsqu'elle n'osait point encore aller chez lui et qu'ils avaient découvert ce nid caché, si désert, aux jours hésitants du printemps frileux. Et, certainement, en le choisissant pour ce rendez-vous suprême de leur passion finissante, elle n'avait pas cédé seulement à la crainte d'être surveillée, elle avait eu aussi l'idée poétique de retrouver là les premiers baisers pour qu'ils fussent les derniers peut-être. Cela était si charmant, ce refuge, au milieu de ce grand bois aristocratique, à deux pas des larges allées où passait tout Paris ! Son cœur d'amoureuse tendre en était touché jusqu'aux larmes, dans la désolation de l'amère fin qu'elle sentait venir.

Mais elle aurait voulu, comme aux anciens jours, un jeune soleil sur les jeunes feuillages. Ce ciel de cendre, cette pluie qui tombait encore, l'attristait d'un frisson. Et, lorsqu'elle entra dans le cabinet, elle ne le reconnut point, si terne, si froid, avec son divan fané, sa table et ses quatre chaises. L'hiver était resté là, une humidité fade, une odeur moisie de pièce sans air, longtemps close. Des lambeaux du papier de tenture s'étaient décollés, pendaient, lamentables. Des mouches mortes semaient le parquet, et le garçon, pour ouvrir les persiennes, dut se battre avec la crémone. Cependant, lorsqu'il eut allumé la petite cheminée à gaz, installée là pour ces sortes d'occasions, flambant et chauffant vite, la pièce s'égaya un peu, devint plus hospitalière.

Ève s'était assise sur une chaise, sans même relever l'épaisse voilette qui lui cachait le visage. Toute vêtue de noir, comme si elle eût porté déjà le deuil de son dernier amour, gantée de noir, elle ne montrait d'elle que ses cheveux blonds encore admirables, un casque d'or fauve, débordant de son petit chapeau noir. Et, grande et forte, la taille restée mince, la poitrine superbe, rien d'elle n'avouait la cinquantaine menaçante. Elle avait commandé deux tasses de thé, le garçon la retrouva voilée toujours, à la même place, sans un geste, lorsqu'il apporta le thé, avec une assiette de petits gâteaux secs qui devaient dater de l'autre saison. Puis, de nouveau, elle demeura seule, immobile, en une sorte de rêverie accablée. Si elle avait devancé le rendez-vous d'une demi-heure, voulant être là la première, c'était dans le désir de se calmer, pour ne point céder au coup de son désespoir. Surtout elle ne voulait point pleurer, car elle se jurait d'être digne, de causer posément, de s'expliquer en femme qui avait certainement des droits, mais qui tenait à n'invoquer que la raison. Et elle était contente de son courage, elle se croyait très calme, résignée presque, tandis que, seule encore, elle arrangeait la façon dont elle allait accueillir Gérard, pour le dissuader d'un mariage qu'elle regardait comme un malheur et comme une faute. Elle tressaillit, se mit à trembler. Gérard entrait. « Comment ! chère amie, vous êtes la première ? Moi qui me croyais de dix minutes en avance !... Et vous avez eu la peine de commander le thé, et vous m'attendez ! »

Il était fort gêné et frémissant lui-même, à l'idée de la désastreuse scène qu'il prévoyait. Très correct d'ailleurs, se forçant au sourire, voulant paraître tout à la joie galante de la retrouver là, comme au beau temps de leur liaison.

Mais elle, debout, la voilette levée enfin, le regardait, bégayait.

« Oui, j'ai été libre plus tôt... J'ai craint quelque empêchement... Alors, je suis venue... »

Et, à le voir si beau, si affectueux encore, elle s'oublia, s'affola. Tous ses raisonnements, toutes ses belles résolutions furent emportés. C'était l'élan invincible, l'arrachement même de sa chair, à la pensée qu'elle l'aimait toujours, et qu'elle le garderait, et que jamais elle ne le donnerait à une autre. Éperdument, elle s'était jetée à son cou.

« Oh ! Gérard, oh ! Gérard... Je souffre trop, je ne peux pas, je ne peux pas... Dis-moi tout de suite que tu ne veux pas l'épouser, que tu ne l'épouseras jamais ! »

Sa voix s'étrangla, ses yeux ruisselèrent. Ah ! ces larmes qu'elle s'était tant juré de ne point verser ! Elles coulaient sans fin, elles débordaient de ses beaux yeux noyés, dans un flot d'abominable douleur.

« Ma fille, mon Dieu ! tu épouserais ma fille !... Elle, avec toi ! elle, dans tes bras, à cette place !... Non, non ! c'est trop de torture, je ne veux pas, je ne veux pas ! »

Il restait glacé, devant ce cri d'affreuse jalousie, où la mère n'était plus qu'une femme, qu'enrageait la jeunesse d'une rivale, ces vingt-cinq ans qui ne pouvaient revenir. Lui-même, en se rendant au rendez-vous, avait pris les plus sages décisions, résolu à rompre loyalement, en homme bien élevé, avec toutes sortes de belles phrases consolantes. Mais il n'était point méchant, il avait un fond de faiblesse tendre, dans ses abandons d'oisif, sans force surtout contre les larmes des femmes. Il essaya de la calmer, il l'assit sur le divan, pour se débarrasser de son étreinte. Puis, se mettant près d'elle :

« Voyons, ma chère, soyez raisonnable. N'est-ce pas ? nous sommes venus ici pour causer amicalement... Je vous assure que vous vous exagérez les choses. »

Mais elle exigeait une certitude.

« Non, non ! je souffre trop, j'ai besoin de savoir tout de suite... Jure-moi que tu ne l'épouseras pas, jamais, jamais ! »

Une fois encore, il tâcha d'éluder la réponse.

« Vous vous faites du mal, vous savez bien que je vous aime.

– Non, non ! jure-moi que tu ne l'épouseras pas, jamais, jamais !

– Mais puisque c'est toi que j'aime, puisque je n'aime que toi ! »

Elle le reprit ardemment, le serra contre sa gorge, lui couvrit les yeux de baisers.

« C'est vrai, ça ? tu m'aimes, tu n'aimes que moi ?... Eh bien ! prends-moi donc, baise-moi, que je te sente, que tu sois à moi, à moi toujours, jamais à l'autre ! »

Et Ève força Gérard aux caresses, se livra, dans un tel emportement, qu'il ne put rien lui refuser, grisé lui-même. Et, très lâchement alors, sans force désormais, il lui jura tout ce qu'elle voulut. Il répéta à satiété qu'il n'aimait qu'elle et que jamais il n'épouserait sa fille. Il descendit jusqu'à prétendre que cette enfant infirme lui faisait pitié simplement. Sa bonté était son excuse. Et Ève buvait sur ses lèvres tout ce dédain apitoyé qu'il avait pour l'autre, toute la certitude d'être l'éternellement belle, la toujours désirée.

Puis, quand ce fut fini, tous deux restèrent assis sur le divan, muets et las. Un embarras les reprenait.

« Ah ! dit-elle à voix basse, je te jure bien que je n'étais pourtant pas venue pour ça. »

Le silence retomba, il voulut le rompre.

« Tu ne prends pas une tasse de thé ? Il est déjà presque froid. »

Mais elle ne l'écoutait pas. Et, comme si rien ne s'était passé, comme si l'inévitable explication commençait seulement, elle parla, l'air brisé, avec une infinie douceur de désolation.

« Voyons, mon Gérard, tu ne peux pas épouser ma fille. D'abord, ce serait une chose très vilaine, presque un inceste. Et puis, il y a ton nom, ta situation... Pardonne-moi d'être si franche, mais enfin tout le monde dirait que tu te vends, ce serait un scandale pour les tiens et pour nous. »

Elle lui avait pris les mains, sans colère désormais, telle qu'une mère qui cherche de bonnes raisons pour empêcher son grand fils de commettre quelque exécrable faute. Et lui, la tête basse, évitant de la regarder, écoutait.

« Songe un peu à l'opinion, mon Gérard. Va, je ne m'illusionne pas, je sais qu'entre ton monde et le nôtre il y a un abîme. Nous avons beau être riches, l'argent élargit le fossé. Et j'ai eu beau me convertir, ma fille reste la fille de la juive... Ah ! mon Gérard, je suis si fière de toi, cela me serait un tel crève-cœur de te voir diminué et comme sali par ce mariage d'argent, avec une enfant infirme qui n'est pas digne de toi, que tu ne peux aimer ! »

Il leva les yeux, la regarda, mal à l'aise, suppliant, voulant échapper à cette conversation si pénible.

« Mais puisque je t'ai juré que je n'aimais que toi, puisque je t'ai juré que je ne l'épouserais jamais ! C'est fini, ne nous torturons pas davantage. »

Leurs regards restèrent un instant l'un dans l'autre, avec tout ce qu'ils ne disaient pas, leur lassitude, leur misère. Et les paupières d'Ève, les tristes paupières rougies, dans son visage marbré, vieilli tout d'un coup, se gonflèrent de larmes qui se mirent à ruisseler sur ses joues tremblantes. Elle pleurait de nouveau sans fin, mais si doucement.

« Mon pauvre Gérard, mon pauvre Gérard... Ah ! me voici lourde à tes bras maintenant. Ne dis pas non, je sens bien que je suis une charge intolérable, que je barre ta vie, que je vais achever de faire ton malheur, en m'obstinant à te garder pour moi. »

Il voulut se débattre, elle le fit taire :

« Non, non, c'est bien fini entre nous... Je deviens laide, c'est fini... Et puis, avec moi, c'est ton avenir muré. Je ne puis t'être d'aucun secours, tu me donnes tout en te donnant, et je ne te rends rien... Voilà pourtant le moment venu de te créer une position. Tu ne peux, à ton âge, vivre sans certitude, sans foyer, et ce serait si lâche à moi d'être l'obstacle, de t'empêcher de faire une fin heureuse, en m'accrochant, en te noyant avec moi, en désespérée. »

Elle continua, le regard toujours sur lui, ne le voyant plus qu'au travers de ses larmes. Comme sa mère, elle le savait si faible, si maladif même, derrière sa façade de bel homme, qu'elle aussi rêvait de lui assurer une existence calme, un coin de félicité certaine où il pourrait vieillir à l'abri du sort. Elle l'aimait tant, sa réelle bonté d'amoureuse tendre ne pouvait-elle se hausser au renoncement, au sacrifice ? Même, dans son égoïsme de femme belle et adorée, elle trouvait des raisons de songer à la retraite, de ne point gâter la fin de son automne par des drames qui la brisaient. Et elle disait ces choses, elle le traitait en enfant dont elle voulait faire le bonheur, au prix du sien, tandis que, maintenant, les yeux de nouveau baissés, il l'écoutait immobile, sans protester davantage, heureux de lui laisser arranger son existence, telle qu'elle la désirait.

« C'est bien certain, poursuivit-elle, en finissant par plaider les raisons en faveur de l'abominable mariage, Camille t'apporterait tout ce que je te souhaite, tout ce que je rêve pour toi. Avec elle, grâce aux conditions que je n'ai pas besoin de dire, c'est la vie fortunée, assurée... Quant au reste, mon Dieu ! il y a tant d'exemples ! Ce n'est pas que je veuille excuser notre faute, mais j'en citerais vingt, des maisons où il s'est passé des choses pires... Et puis, va, j'avais tort, lorsque je disais que l'argent creusait un abîme. Il rapproche au contraire, il fait tout pardonner, tu n'aurais autour de toi que des jalousies, émerveillées de ta chance, et pas un blâme. »

Gérard se leva, parut une dernière fois se révolter.

« Voyons, ce. n'est pas toi, à présent, qui vas me forcer à épouser ta fille ?

– Ah ! grand Dieu, non !... Mais je suis raisonnable, je dis ce que je dois te dire. Tu réfléchiras.

– C'est tout réfléchi... Je t'ai aimée et je t'aime. Le reste est impossible. »

Elle eut un divin sourire, elle vint le reprendre entre ses bras, debout tous les deux, unis une fois encore dans cette étreinte.

« Que tu es bon et gentil, mon Gérard ! Si tu savais comme je t'aime, comme je t'aimerai toujours, malgré tout ! »

Et ses larmes revinrent, et lui-même pleura. Ils étaient de bonne foi l'un et l'autre, dans leur naturelle tendresse, reculant le dénouement pénible, voulant espérer encore du bonheur. Mais ils le sentaient bien, le mariage était fait. Il n'y avait plus là que des pleurs et des mots, la vie marchait quand même, l'inévitable s'accomplirait. L'idée qui les attendrissait à ce point, devait être que c'était leur dernière étreinte, leur dernier rendez-vous, car ce serait si vilain, de se revoir, après ce qu'ils savaient, ce qu'ils s'étaient dit. Pourtant, ils voulaient garder l'illusion qu'ils ne rompaient pas, qu'ils retrouveraient peut-être un jour le goût de leurs lèvres. Et la fin de tout pleurait en eux.

Puis, quand ils se furent séparés, ils revirent l'étroit cabinet, avec son divan fané, ses quatre chaises et sa table. La petite cheminée à gaz sifflait, on étouffait maintenant, dans une humidité lourde et chaude.

« Alors, reprit-il, tu ne prends pas une tasse de thé ? »

Elle était devant la glace, en train d'arranger ses cheveux.

« Ma foi ! non, il est épouvantable, ici. »

Et la tristesse des choses la pénétrait, l'angoissait, à cette minute du départ, elle qui avait cru trouver là un si délicieux souvenir, lorsque des bruits de pas, des voix grosses, tout un brusque tumulte acheva de la bouleverser. On courait dans le couloir, on frappait aux portes. De la fenêtre, où elle se précipita, elle aperçut des agents qui cernaient le restaurant. Les plus folles idées l'assaillirent, sa fille qui l'avait fait suivre, son mari qui voulait divorcer pour épouser Silviane. C'était le scandale affreux, l'écroulement de tous les projets. Elle attendait toute blanche, éperdue, tandis que lui, pâle comme elle, frémissant, la suppliait de se calmer, de ne pas crier surtout. Mais, lorsque de grands coups ébranlèrent la porte, et que le commissaire de police se nomma, il fallut bien ouvrir. Ah ! quelle minute ! et quel effarement, et quelle honte !

En bas, Pierre et Guillaume avaient attendu pendant près d'une heure que la pluie cessât. Ils causaient à demi-voix, dans un coin de la petite salle vitrée, envahis par la douceur triste de cette grise journée de fête, discutant, prenant enfin un parti sur le douloureux cas de Nicolas Barthès. Et ils s'étaient arrêtés à l'idée de faire venir dîner, le lendemain soir, Théophile Morin, le vieil ami de l'éternel prisonnier, pour annoncer à celui-ci le nouvel exil qui le frappait.

« C'est le plus sage, répéta Guillaume. Morin, qui l'aime beaucoup, prendra toutes les précautions voulues et l'accompagnera sans doute jusqu'à la frontière. »

Pierre, mélancoliquement, regardait tomber la pluie fine.

« Encore le départ, encore la terre étrangère, quand ce n'est pas le cachot ! Ah ! le pauvre être sans joie, traqué toute sa vie, ayant donné sa vie entière à son idéal de liberté qui se démode, dont on plaisante, et qu'il voit crouler avec lui ! »

Mais, de nouveau, des agents, des gardes, parurent, rôdèrent autour du restaurant. Sans doute, ayant compris qu'ils avaient perdu la piste, ils revenaient avec l'idée que l'homme devait s'être, au passage, terré dans ce chalet. Et, savamment, ils le cernaient, prenaient des précautions, avant de procéder à des fouilles minutieuses, pour être certains, cette fois, que le gibier ne leur échapperait pas. Les deux frères, lorsqu'ils se furent aperçus de cette manœuvre, se sentirent envahis d'une crainte sourde. C'était la battue de tout à l'heure, ils avaient bien vu l'homme fuir ; mais, pourtant, qui leur disait qu'on n'allait pas les forcer à établir leur identité, puisqu'ils s'étaient jetés si fâcheusement dans ce coup de filet ? D'un regard, ils se consultèrent, eurent un instant la pensée de partir sous l'averse. Puis, ils comprirent que cela ne pouvait que les compromettre davantage. Et ils attendirent, d'autant plus que l'arrivée de deux nouveaux clients vint faire diversion.

Une victoria, dont la capote était baissée, et le tablier, relevé, s'arrêtait devant la porte. Il en descendit d'abord un jeune homme, l'air correct et ennuyé, puis une jeune femme qui riait aux éclats, très amusée par cette pluie incessante. Ils discutaient ensemble, elle regrettait, en manière de plaisanterie, de n'être pas venue à bicyclette, tandis que lui trouvait inepte cette promenade sous un déluge.

« Enfin, mon cher, il fallait bien aller quelque part. Pourquoi n'avez-vous pas voulu me mener voir passer les masques ?

– Oh ! les masques, ma chère ! Non, non, autant le Bois, autant le fond du lac ! »

Et, comme ils entraient, Pierre reconnut la petite Rosemonde, dans la jeune femme que la pluie rendait si gaie, le bel Hyacinthe Duvillard, dans le jeune homme qui déclarait la mi-carême odieuse, le Bois infect, la bicyclette inesthétique. La nuit précédente, après la tasse de thé offerte, elle l'avait gardé, elle avait voulu contenter son caprice, en le violentant presque comme on violente une femme. Mais, bien qu'ayant consenti à se mettre au lit près d'elle, il s'était refusé à toute laideur et à toute bassesse, malgré les coups qu'elle avait fini par lui donner, s'exaspérant jusqu'à le mordre. Ah ! l'horreur, la vilenie de ce geste, la répugnante grossièreté de l'enfant qui pouvait en naître ! Ça, quant à l'enfant, il avait raison, elle n'en désirait point. Alors, il avait parlé du geste des âmes qui s'accouplent cérébralement. Elle ne disait pas non, consentait à essayer ; mais comment faire ? Et, comme ils reparlaient de la Norvège, ils avaient décidé, d'accord enfin, qu'ils partiraient le lundi pour Christiania, un voyage de noces, l'idée qu'ils iraient là-bas consommer l'intellectualité de leur union. Leur seul regret était qu'on ne fût plus au gros de l'hiver, car la froide, la blanche, la chaste neige n'était-elle pas la seule couche possible pour de telles épousailles ?

Dès que le garçon leur eut servi des petits verres de bourgeoise anisette, à défaut de kummel, Hyacinthe, qui venait de reconnaître Pierre et son frère Guillaume, dont il avait eu les fils pour condisciples à Condorcet, se pencha, nomma ce dernier à l'oreille de Rosemonde. Tout de suite, celle-ci se leva, dans une brusque exaltation d'enthousiasme.

« Guillaume Froment ! Guillaume Froment, le grand chimiste ! »

Et, s'avançant, le bras tendu :

« Ah ! monsieur, vous me pardonnerez cette inconvenance. Mais il faut absolument que je vous serre la main… Je vous admire tant ! Vous avez fait sur les explosifs de si merveilleux travaux ! »

Puis, elle se mit à rire comme une gamine, en voyant l'étonnement du chimiste.

« Je suis la princesse de Harth. M. l'abbé, votre frère, me connaît, et j'aurais dû me faire présenter par lui… D'ailleurs, nous avons, vous et moi, des amis communs, le très distingué Janzen, qui devait me mener chez vous, à titre d'élève bien modeste. J'ai fait de la chimie, oh ! par zèle pour la vérité et en faveur des bonnes causes, pas davantage… N'est-ce pas ? maître, que vous me permettez d'aller frapper à votre porte, dès que je serai de retour de Christiania, où je vais, avec mon jeune ami, faire un voyage de simple émotion et de recherches, dans l'ordre des sentiments inéprouvés. »

Et elle continua, et il fut impossible aux autres de placer un mot. Elle mêlait tout : son goût d'internationalisme, qui l'avait jetée un moment aux bras de Janzen, dans le monde anarchiste, parmi les pires aventuriers du parti ; sa nouvelle passion des petites chapelles mystiques et symboliques, la revanche de l'idéal sur le réalisme grossier, la poésie des esthètes qui lui faisait rêver un spasme ignoré sous le baiser de glace du bel Hyacinthe.

Tout d'un coup, elle s'arrêta, se remit à rire.

« Tiens ! qu'est-ce qu'ils ont donc, ces agents, à fouiller ici ? Est-ce que c'est nous qu'on vient arrêter ?... Oh ! que ce serait drôle ! »

En effet, le commissaire de police Dupot et l'agent Mondésir se décidaient à entrer sous la véranda, pour visiter le restaurant, après les recherches vaines que leurs hommes venaient de faire dans l'écurie et dans la remise. Leur conviction était absolue, l'homme ne pouvait être que là. Dupot, un petit monsieur maigre, très chauve, très myope, portant des lunettes, avait son air d'ennui et de lassitude habituel, au fond très éveillé et d'un courage indomptable. Lui n'avait pas d'arme ; mais, comme il s'attendait aux pires violences, à une défense furieuse de loup forcé, il venait de conseiller à Mondésir d'armer son revolver et de le tenir prêt dans sa poche. Pourtant, Mondésir, râblé et carré comme un dogue, qui flairait de son nez camard, dut le laisser passer le premier, par respect hiérarchique.

D'un vif coup d'œil, derrière ses lunettes, le commissaire avait dévisagé les quatre consommateurs, ce prêtre, cette femme, puis les deux autres, des gens quelconques. Et, les dédaignant, il voulait tout de suite monter au premier étage, lorsque le garçon, épouvanté par cette brusque invasion de la police, perdit la tête, bégaya :

« C'est qu'il y a, là-haut, un monsieur et une dame, dans un cabinet. »

Dupot l'écarta tranquillement.

« Un monsieur et une dame, ce n'est pas ce que nous cherchons... Allons, vite ! ouvrez toutes les portes, il faut que pas une porte d'armoire ne reste fermée. »

Puis, en haut, ils visitèrent toutes les pièces, tous les recoins, et il n'y eut que le cabinet où se trouvaient Ève et Gérard, que le garçon ne put ouvrir, parce que le verrou était mis à l'intérieur.

« Ouvrez donc, cria le garçon dans la serrure, ce n'est pas pour vous. »

Enfin, le verrou fut tiré, et Dupot, qui ne se permit pas même un sourire, laissa descendre la dame et le monsieur, tremblants et blêmes, tandis que Mondésir entrait regarder sous la table, derrière le divan, au fond d'un petit placard, par acquit de conscience.

En bas, lorsque Ève et Gérard durent traverser la véranda, ils eurent la nouvelle émotion de trouver des curieux, des gens de leur connaissance, réunis là par le plus imprévu des hasards. Elle avait beau avoir le visage caché sous son épaisse voilette, elle rencontra le regard de son fils, elle sentit qu'il la reconnaissait. Quelle fatalité ! lui, si bavard, qui disait tout à sa sœur, dans le servage épouvanté où elle le tenait ! Et, comme ils fuyaient, comme le comte, désespéré du scandale, la reconduisait à son fiacre, sous la pluie battante, ils entendirent nettement la petite princesse Rosemonde, très amusée, qui s'écriait :

« Mais c'est M. le comte de Quinsac !... Et la dame, dites, la dame, qui est-ce ? »

Hyacinthe, un peu pâle, ne répondant pas, elle insista.

« Voyons, vous devez la connaître, la dame, Dites-moi qui c'est.

– Ce n'est personne, finit-il par répondre. Quelque femme. »

Pierre avait compris, gêné devant tant de honte et de souffrance, détournant les yeux, regardant Guillaume. Et, tout d'un coup, la scène changea, au moment où le commissaire Dupot et l'agent Mondésir redescendaient, sans avoir trouvé l'homme. Des cris retentirent au-dehors, il y eut un bruit de course et de bousculade. Puis, le chef de la Sûreté Gascogne, qui était resté dans les dépendances du restaurant, à continuer les fouilles, parut, poussant devant lui un paquet sans nom de guenilles et de boue, que tenaient deux agents. C'était l'homme, la bête traquée, violentée et prise enfin, qu'on venait de découvrir au fond de la remise, dans un tonneau, sous du foin.

Ah ! quel hallali de victoire, après ces deux grandes heures de course, après cette enragée battue qui avait essoufflé les poitrines et brisé les jambes ! La chasse à l'homme, la plus passionnante et la plus sauvage ! On tenait l'homme, on le poussait, on le traînait, on le bourrait de coups. Et lui, l'homme, était le plus lamentable des gibiers, une épave, hâve et terreux d'avoir passé la nuit dans un trou de feuilles, trempé encore jusqu'à la taille de s'être jeté au travers d'un ruisseau, battu par la pluie, couvert de fange, ses pauvres vêtements en lambeaux, sa casquette à l'état de loque, les jambes et les mains en sang de son terrible galop parmi les taillis obstrués d'orties et de ronces. Il n'avait plus visage humain, les cheveux collés aux tempes, les yeux saignants hors des orbites, la face entière ravagée, contractée en un masque effroyable d'effroi, de colère et de souffrance. C'était la bête, c'était l'homme, et on le poussa encore, et il tomba sur une des tables du petit café, assis, tenu par les rudes poings qui le secouaient.

Alors, Guillaume eut un saisissement, dont le frisson le glaça. Il saisit la main de Pierre, qui, voyant, comprenant, frémit à son tour. Salvat, ô justice ! l'homme était Salvat ! C'était Salvat qu'ils avaient vu galoper par le Bois comme un sanglier que force une meute ! C'était Salvat qui était là, ce paquet immonde, ce vaincu de misère et de révolte ! Et Pierre, dans son angoisse, eut une fois encore la vision brusque du petit trottin, là-bas, sous le porche de l'hôtel Duvillard, l'enfant blonde et jolie, dont la bombe avait ouvert le ventre.

Dupot et Mondésir, vivement, triomphaient avec Gascogne. L'homme, pourtant, n'avait opposé aucune résistance, s'était laissé prendre, d'une douceur de mouton. Et, depuis qu'il était là, si rudement tenu en respect, il ne jetait autour de lui que des regards las, d'une infinie tristesse.

Il parla, et ce fut sa première parole, la voix rauque et basse :

« J'ai faim. »

Il se mourait de faim et de fatigue, il n'avait bu qu'un verre de bière, la veille au soir, après deux jours de jeûne déjà.

« Donnez-lui un morceau de pain, dit le commissaire Dupot au garçon. Il le mangera pendant qu'on ira chercher un fiacre. »

Un agent partit à la recherche d'une voiture. La pluie venait de cesser, on entendit le grelot clair d'une bicyclette, des équipages reparurent, le Bois reprenait sa vie mondaine, au loin, dans les larges allées que dorait un pâle rayon de soleil.

Mais l'homme s'était jeté goulûment sur le morceau de pain ; et, tandis qu'il le dévorait, d'un air éperdu de satisfaction animale, ses regards rencontrèrent les quatre consommateurs qui étaient là. Hyacinthe et Rosemonde parurent l'irriter, avec leur mine inquiète et ravie d'assister de la sorte à l'arrestation de ce misérable, qu'ils prenaient pour un bandit quelconque. Puis, ses tristes yeux sanglants vacillèrent. Ils venaient d'avoir la surprise de reconnaître Pierre et Guillaume. Et ils n'exprimèrent plus, fixés sur ce dernier, que l'affection soumise d'un bon chien reconnaissant, la promesse renouvelée d'un inviolable silence.

De nouveau, il parla, comme s'il s'adressait, en homme de courage, à celui qu'il ne regardait plus, à d'autres aussi, aux compagnons qui n'étaient point là.

« C'est bête d'avoir couru... Je ne sais pas pourquoi j'ai couru... Ah ! que ça finisse, je suis prêt. »

V

Le lendemain matin, en lisant les journaux, Guillaume et Pierre furent très surpris de voir que l'arrestation de Salvat n'y faisait pas le gros bruit qu'ils attendaient. À peine y trouvèrent-ils une petite note, perdue parmi les faits divers, disant qu'à la suite d'une battue, au bois de Boulogne, la police venait de mettre la main sur un homme, un anarchiste, qu'on croyait compromis dans les derniers attentats. Et les journaux entiers étaient pleins du terrible vacarme, soulevé par les délations nouvelles de Sanier, dans *La Voix du peuple*, un extraordinaire flot d'articles sur l'affaire des Chemins de fer africains, des renseignements et des appréciations de toutes sortes, au sujet de la grande séance qu'on prévoyait à la Chambre, ce jour-là, si le député socialiste Mège reprenait son interpellation, ainsi qu'il l'avait formellement annoncé.

Guillaume était décidé, depuis la veille, à rentrer chez lui, à Montmartre, puisque sa blessure se cicatrisait et qu'aucune menace, désormais, ne semblait devoir l'y atteindre, ni dans ses projets, ni dans ses travaux. La police avait passé près de lui sans paraître même soupçonner sa responsabilité possible. D'autre part, Salvat ne parlerait certainement pas. Mais Pierre supplia son frère d'attendre deux ou trois jours encore, jusqu'aux premiers interrogatoires de celui-ci, lorsqu'on verrait tout à fait clair dans la situation. La veille, pendant sa longue attente chez le ministre, il avait surpris d'obscures choses, entendu de vagues paroles, toute une sourde liaison entre l'attentat et la crise parlementaire, qui lui faisait désirer que cette dernière fût complètement vidée, avant que Guillaume reprît son existence habituelle.

« Écoute, lui dit-il, je vais passer chez Morin, pour le prier de venir dîner, car il faut absolument que Barthès soit averti ce soir du nouveau coup qui le frappe... Puis, j'irai jusqu'à la Chambre, je veux savoir. Ensuite, je te laisserai partir. »

Dès une heure et demie, Pierre arrivait au Palais-Bourbon. Et. comme il songeait que Fonsègue le ferait entrer sans doute, il rencontra, dans le vestibule, le général de Bozonnet, qui avait justement deux cartes, un ami à lui n'ayant pu venir, au dernier moment. La curiosité était énorme, on annonçait dans Paris une séance passionnante, on se disputait âprement les cartes depuis la veille. Jamais Pierre ne serait entré, si le général ne l'avait pris avec lui, en homme aimable, heureux aussi d'avoir un compagnon pour causer, car il expliquait qu'il venait passer simplement là son après-midi, comme il l'aurait tué à tout autre spectacle, au concert ou dans une vente de charité. Il y venait aussi pour s'indigner, pour se repaître de la honteuse bassesse du parlementarisme, dans son mécontentement d'ancien légitimiste devenu bonapartiste, doublement fini.

En haut, Pierre et le général purent se glisser au premier banc de la tribune. Ils y trouvèrent le petit Massot, qui les fit asseoir à sa droite et à sa gauche, en s'amincissant encore. Il connaissait tout le monde.

« Ah ! vous avez eu la curiosité d'assister à ça, mon général. Et vous, monsieur l'abbé, vous êtes venu vous exercer à la tolérance et au pardon des injures... Moi, je suis un curieux par métier, vous voyez un homme qui a besoin d'un sujet d'article ; et, comme il n'y avait plus que de mauvaises places, dans la tribune de la presse, j'ai réussi à m'installer commodément ici... Une belle séance à coup sûr. Regardez, regardez cet entassement de monde, à droite, à gauche, partout ! »

En effet, les tribunes étroites, mal agencées, débordaient de têtes. Beaucoup de femmes, des hommes de tout âge, s'y écrasaient en une masse confuse, où l'on ne distinguait que la rondeur pâle des visages. Mais le spectacle était en bas, dans la salle des séances encore vide, pareille, avec ses rangées de banquettes en demi-cercle, à une de ces salles de théâtre qui s'emplissent très lentement, un jour de première représentation. Sous le jour froid qui tombait du plafond vitré, la tribune luisante et grave attendait, tandis que. derrière et plus haut, occupant tout le mur du fond, le bureau avec ses tables, ses sièges, son fauteuil présidentiel, restait également désert, peuplé seulement de deux garçons de bureau, en train de changer les plumes et de visiter les encriers.

« Les femmes, reprit Massot en riant, viennent ici comme elles vont dans les ménageries, avec le secret espoir que les fauves se mangeront... Et vous avez lu l'article de *La Voix du peuple*, ce matin ? Il est étonnant, Sanier ! Quand il n'y a plus d'ordures, il en trouve encore. Il ajoute à la boue, il crache et souille le cloaque. Si le fond est vrai, il s'arrange pour mentir quand même, dans la monstrueuse végétation de ses commentaires. Chaque jour, il faut qu'il renchérisse, qu'il serve le nouveau poison à ses lecteurs, pour que le tirage de son journal monte... Et, naturellement, ça secoue le public, c'est grâce à lui que tout ce public est ici, les nerfs détraqués, dans l'attente de quelque sale spectacle. »

Puis, il s'égaya de nouveau, en demandant à Pierre s'il avait lu, dans *Le Globe*, un article non signé, très digne et très perfide, sommant Barroux de donner en toute franchise, sur l'affaire des Chemins de fer africains, les explications que le pays attendait. Jusque-là, le journal avait soutenu hautement le président du Conseil ; et l'on sentait, dans l'article, un commencement d'abandon, le brusque froid qui précède les ruptures. Pierre dit que cet article l'avait beaucoup surpris, car il croyait la fortune de Fonsègue liée à celle de Barroux, par une entière communauté de vues et par des liens très anciens d'amitié.

Massot riait toujours.

« Sans doute, sans doute, le cœur du patron a dû saigner. L'article a été très remarqué et il va faire un mal considérable au ministère. Mais, que voulez-vous ? le patron sait mieux que personne la ligne de conduite à tenir pour sauver la situation du journal et la sienne. »

Alors, il dit l'émotion, la confusion extraordinaire qui régnaient parmi les députés, dans les couloirs, où il était allé faire un tour, avant de monter s'assurer une place. La Chambre, qui ne s'était pas réunie depuis deux jours, rentrait sur cet énorme scandale, pareil aux incendies près de s'éteindre, se rallumant et dévorant tout. Les chiffres de la liste de Sanier circulaient : deux cent mille à Barroux, quatre-vingt mille à Monferrand, cinquante à Fonsègue, dix à Dutheil, trois à Chaigneux, et tant à celui-ci, et tant à cet autre, l'interminable délation ; cela, au milieu des histoires les plus extraordinaires, des commérages, des calomnies, un incroyable mélange de vérités et de mensonges, dans lequel il devenait impossible de se reconnaître. Sous le vent de terreur qui soufflait, parmi les visages blêmes, les lèvres tremblantes, d'autres passaient congestionnés, éclatants de sauvage joie, avec des rires de victoire prochaine. Car, en somme, sous les grandes indignations de commande, les appels à la propreté, à la moralité parlementaire, il n'y avait toujours là qu'une question de personnes, celle de savoir si le ministère serait renversé et quel serait le nouveau cabinet. Barroux semblait bien malade ; mais qui pouvait prévoir la part de l'inattendu, dans une telle bagarre ? On annonçait que Mège allait être d'une violence extrême. Barroux répondrait, et ses amis disaient sa colère, sa volonté de faire la clarté complète, décisive. Sans doute Monferrand prendrait ensuite la parole. Quant à Vignon, malgré son allégresse contenue, il affectait de se tenir à l'écart ; et on l'avait vu aller de l'un à l'autre de ses partisans pour leur conseiller le calme, le coup d'œil clair et froid qui décide du triomphe, dans les batailles. Jamais cuve de sorcière, débordante de plus de drogues et de plus abominables choses sans nom, n'avait bouilli sur un pareil feu d'enfer.

« Du diable si l'on sait ce qui va sortir de tout ça ! conclut Massot. Ah ! la sale cuisine ! Vous allez voir. »

Mais le général de Bozonnet s'attendait aux pires catastrophes. Encore si l'on avait eu une armée, on aurait pu balayer, un beau matin, cette poignée de parlementaires vendus, qui mangeaient et pourrissaient le pays. La fin de tout, pour lui, était que la nation en armes n'était pas une armée. Et il enfourcha le sujet favori de ses amères doléances, depuis qu'on l'avait mis à la retraite, en homme d'un autre régime que le présent bouleversait.

« Puisque vous cherchez un sujet d'article, dit-il à Massot, le voilà, votre sujet !... La France, qui a plus d'un million de soldats, n'a pas une armée. Je vous donnerai des notes, vous direz enfin la vérité. »

Tout de suite, il s'empara du journaliste, il le catéchisa. La guerre devait être une affaire de caste, des chefs de droit divin conduisant aux combats des mercenaires, des gens payés ou choisis. La démocratiser, c'était la tuer ; et il la regrettait, en héros qui la considérait comme la seule noble occupation. Du moment que tout le monde se trouvait forcé de se battre, personne ne voulait plus se battre. Voilà pourquoi le service obligatoire, la nation en armes, amènerait certainement la fin de la guerre, dans un temps plus ou moins long. Si, depuis 1870, on ne s'était pas battu, cela venait justement de ce que tout le monde était prêt à se battre. Et l'on hésitait, maintenant, à jeter un peuple contre un autre, en songeant à l'effroyable écrasement, à la désastreuse dépense d'argent et de sang. Aussi l'Europe, changée en un immense camp retranché, l'emplissait-elle de colère et de dégoût, comme si la certitude que tous avaient de s'exterminer dès la première bataille, lui gâtait le plaisir qu'on avait autrefois à se battre ainsi qu'on chassait, par l'imprévu des monts et des bois.

« Mais, dit doucement Pierre, ce n'est pas un grand mal, si la guerre disparaît. »

Le général s'irrita d'abord.

« Ah bien ! vous aurez de jolis peuples, si l'on ne se bat plus ! »

Puis, il voulut se montrer pratique.

« Remarquez que la guerre n'a jamais coûté autant d'argent que depuis le temps où elle n'est plus possible. Notre paix défensive, nos nations en armes ruinent les États, simplement. Si ce n'est pas la défaite, c'est la banqueroute certaine... En tout cas, l'état militaire est un état perdu, où il n'y a plus rien à faire. La foi s'en va, on le désertera peu à peu, comme on déserte l'état religieux. »

Et il eut un geste de désolation, la malédiction du soldat d'autrefois à ce Parlement, à cette Chambre républicaine, comme s'il l'accusait des jours qui devaient venir, où le soldat ne serait plus que le citoyen.

Le petit Massot hochait la tête, trouvant sans doute le sujet d'article trop sérieux pour lui. Il coupa court, en disant :

« Tiens ! Mgr Martha est dans la tribune diplomatique, avec l'ambassadeur d'Espagne... Vous savez qu'on dément sa candidature dans le Morbihan. Il est bien trop fin pour vouloir se compromettre à être député, lorsqu'il tient les ficelles qui font mouvoir ici la plupart des catholiques ralliés au gouvernement républicain. »

Pierre, en effet, venait d'apercevoir le visage souriant et discret de Mgr Martha, qui s'était montré charmant pour lui, la veille, dans l'antichambre du ministre. Dès lors, il lui sembla que cet évêque prenait là une importance considérable, si modeste que voulût paraître son attitude. Il le sentait puissant et agissant, bien qu'il ne bougeât pas, qu'il se contentât de regarder, en simple curieux amusé par le spectacle. Et il revenait toujours à lui, comme s'il s'attendait à le voir tout d'un coup diriger l'action, commander aux hommes et aux choses.

« Ah ! dit encore Massot, voici Mège... La séance va commencer. » Peu à peu, la salle, en bas, se remplissait. Des députés apparaissaient aux portes, descendaient par les étroits passages. La plupart restaient debout, causant avec animation, apportant l'intense fièvre des couloirs. D'autres, assis déjà, la face grise, accablée, levaient les yeux vers le plafond, où blanchissait le vitrage en demi-lune. Le nuageux après-midi devait se gâter encore, la lumière s'était faite livide, dans cette salle pompeuse et morne, aux lourdes colonnes, aux froides statues allégoriques, que la nudité des marbres et des boiseries rendait sévère, égayée seulement par le velours rouge des banquettes et des tribunes.

Alors, Massot nomma chaque député important qui entrait. Mège, arrêté par un autre membre du petit groupe socialiste, gesticulait, s'entraînait. Puis, ce fut Vignon, entouré de quelques amis, affectant un calme souriant, qui descendit les gradins pour gagner sa place. Mais les tribunes attendaient surtout les députés compromis, ceux dont le nom se trouvait sur la liste de Sanier ; et ceux-là étaient intéressants à étudier, les uns jouant une entière liberté d'esprit, gais et gamins, les autres s'étant fait au contraire une attitude grave, indignée. Chaigneux se montra vacillant, hésitant, comme plié sous le poids d'une affreuse injustice. Dutheil, au contraire, avait retrouvé sa jolie insouciance, d'une sérénité parfaite, si ce n'était que par instants un tic nerveux tirait sa bouche, dans une inquiétante grimace. Et le plus admiré, ce fut encore Fonsègue, redevenu si maître de lui, la face si nette, l'œil si clair, que tous ses collègues et tout le public qui le dévisageaient, auraient juré de sa complète innocence, tant il avait la tête d'un honnête homme.

« Ah ! ce patron, murmura Massot enthousiasmé, il n'y a que lui !... Attention ! Voici les ministres. Et surtout ne perdez pas la rencontre de Barroux et de Fonsègue, après l'article de ce matin. »

Le hasard venait de faire que Barroux, la tête haute, très pâle et presque provocant, avait dû, pour gagner le banc des ministres, passer devant Fonsègue. Il ne lui parla pas, le regarda fixement, en homme qui a senti l'abandon, la sourde blessure d'un traître. Quant à Fonsègue, très à l'aise, il continua de donner des poignées de main, comme s'il ne s'apercevait même point de ce lourd regard pesant sur lui. D'ailleurs, il affecta de ne pas voir davantage Monferrand, qui marchait derrière Barroux, l'allure bonhomme, ayant l'air de ne rien savoir, de venir paisiblement là, ainsi qu'à une séance ordinaire. Dès qu'il fut à sa place, il leva les yeux, sourit à Mgr Martha, qui inclinait légèrement la tête. Puis, maître de lui et des autres, heureux des choses qui marchaient bien, telles qu'il les avait voulues, il se mit à se frotter les mains doucement, en un geste familier.

« Quel est donc, demanda Pierre à Massot, ce monsieur gris et triste, assis au banc des ministres ?

– Eh ! c'est l'excellent Taboureau, l'homme sans prestige, le ministre de l'Instruction publique. Vous ne connaissez que lui ; seulement, on ne le reconnaît jamais : il a l'air d'un vieux sou effacé par l'usage... Encore un qui ne doit pas porter le patron dans son cœur, car *Le Globe* de ce matin contenait un article d'autant plus terrible, qu'il était plus mesuré, sur sa parfaite incapacité en tout ce qui concerne les Beaux-Arts. Je serais surpris s'il s'en relevait. »

Mais un roulement assourdi de tambours annonça l'arrivée du président et du bureau. Une porte s'ouvrit, un petit cortège défila, pendant qu'un brouhaha confus, des appels, des piétinements, emplissaient l'hémicycle. Le président était debout, il donna un coup de sonnette prolongé, il déclara que la séance était ouverte. Et le silence ne se fit guère, pendant qu'un secrétaire, un grand garçon long et noir, lisait d'une voix aigre le procès-verbal. Ensuite, après l'adoption, des lettres d'excuses furent lues, un petit projet de loi fut même expédié par un vote rapide, à main levée. Puis, la grosse affaire, l'interpellation de Mège vint enfin, au milieu du frémissement de la salle et de la curiosité passionnée des tribunes. Le gouvernement ayant accepté l'interpellation, la Chambre décida que la discussion aurait lieu tout de suite. Et, cette fois, le plus profond silence s'établit, traversé par moments de courts frissons, où l'on sentait souffler la terreur, la haine, le désir, toute la meute dévorante des appétits déchaînés.

À la tribune, Mège commença avec une modération affectée, précisant, posant la question. Grand, maigre, noueux et tordu comme un sarment de vigne, il y soutenait des deux mains sa taille un peu courbée, interrompu souvent par la petite toux de la lente tuberculose dont il brûlait. Mais ses yeux étincelaient de passion derrière son binocle, et peu à peu sa voix criarde et déchirante s'élevait, tonnait, tandis qu'il redressait son corps dégingandé, dans une gesticulation violente. Il rappela que, près de deux mois auparavant, lors des premières dénonciations de *La Voix du peuple*, il avait demandé à interpeller le gouvernement sur cette déplorable affaire des Chemins de fer africains ; et il fit remarquer avec justesse que, si la Chambre, cédant à des sentiments qu'il voulait bien ignorer, n'avait pas ajourné son interpellation, la clarté serait faite depuis longtemps, ce qui aurait empêché la recrudescence du scandale, toute cette violente campagne de délations dont le pays écœuré souffrait. Aujourd'hui, on le comprenait enfin, le silence était devenu impossible, les deux ministres accusés si bruyamment de prévarication devaient répondre, établir leur parfaite innocence, faire sur leur cas la plus éclatante lumière ; sans compter que le Parlement entier ne pouvait rester sous l'accusation d'une vénalité déshonorante. Et il refit toute l'histoire de l'affaire, la concession des Chemins de fer africains donnée au banquier

Duvillard, puis la fameuse émission de valeurs à lots votée par la Chambre, grâce à un maquignonnage effréné, à un marchandage et à un achat des consciences, si l'on en croyait les accusateurs. Et ce fut ici qu'il s'enflamma, qu'il en arriva aux pires violences, lorsqu'il parla du mystérieux Hunter, ce racoleur de Duvillard, que la police avait laissé fuir, tandis qu'elle était occupée à filer les députés socialistes. Il tapait du poing sur la tribune, il sommait Barroux de démentir catégoriquement qu'il eût jamais touché un centime des deux cent mille francs, inscrits à son nom sur la liste. Des voix lui criaient de lire la liste tout entière ; d'autres, quand il voulut la lire, se déchaînèrent, en vociférant que c'était une indignité, qu'on n'apportait pas dans une Chambre française un pareil document de mensonge et de calomnie. Et lui continuait frénétique, jetait Sanier à la boue, se défendait d'avoir rien de commun avec les insulteurs, mais exigeait que la justice fût pour tous, et que, s'il y avait des vendus parmi ses collègues, on les envoyât le soir coucher à Mazas.

Debout au bureau monumental, le président sonnait, impuissant, en pilote qui n'est plus maître de la tempête. Seuls, parmi les faces congestionnées et aboyantes, les huissiers gardaient la gravité impassible de leurs fonctions. Entre les rafales, on continuait à entendre la voix de l'orateur, qui, par une brusque transition, en était venu à opposer la société collectiviste de son rêve à la criminelle société capitaliste, capable d'engendrer de tels scandales. Et il cédait de plus en plus à son exaltation d'apôtre, un apôtre qui mettait une obstination farouche à vouloir refaire le monde selon sa foi. Le collectivisme était devenu une doctrine, un dogme, hors duquel il n'y avait point de salut. Les jours prédits viendraient bientôt, il les attendait avec un sourire de confiance, n'ayant plus qu'à renverser ce ministère, puis un autre encore peut-être, pour prendre enfin le pouvoir lui-même, en réformateur qui pacifierait les peuples. Ce sectaire, ainsi que l'en accusaient les socialistes du dehors, avait du sang de dictateur dans les veines. Et, de nouveau, on l'écoutait, sa rhétorique de fièvre et d'entêtement avait fini par lasser le bruit. Lorsqu'il voulut bien quitter la tribune, les applaudissements furent très bruyants sur quelques bancs de la gauche.

« Vous savez, dit Massot au général, que je l'ai rencontré l'autre jour au jardin des Plantes, avec ses trois enfants qu'il promenait. Il avait pour eux des soins de vieille nourrice… C'est un très brave homme, et qui cache son ménage de pauvre, paraît-il. »

Mais un frémissement avait couru, Barroux s'était levé pour monter à la tribune. Il y redressa sa grande taille, dans un mouvement qui lui était habituel et qui rejetait sa tête en arrière. Sa belle face rasée, que gâtait seul le nez trop petit, prenait une majesté voulue, hautaine et un peu triste. Et, tout de suite, il dit sa mélancolie indignée, en beau langage fleuri, avec des gestes de théâtre, une éloquence de tribun romantique, où l'on devinait le brave homme, l'homme tendre, un peu sot, qu'il était au fond. Cependant, ce jour-là, il vibrait d'une réelle et profonde émotion, car son cœur saignait du désastre de sa destinée, il sentait crouler avec lui tout un monde. Ah ! le cri de désespoir qu'il retenait, le cri du citoyen que les événements soufflettent et rejettent, le jour où il croit avoir droit au triomphe, pour son dévouement civique ! S'être, dès l'Empire, donné à la République, corps et biens ; avoir lutté, souffert la persécution pour elle, l'avoir fondée ensuite, après les horreurs d'une guerre nationale et d'une guerre civile, au milieu de la quotidienne bataille des partis ; puis, lorsqu'elle triomphait enfin, désormais vivante, inexpugnable, s'y sentir brusquement comme un étranger d'un autre âge, entendre les nouveaux venus parler une autre langue, défendre un autre idéal, assister à l'effondrement de tout ce qu'on aime, de tout ce qu'on révère, de tout ce qui vous a donné la force de vaincre ! Les puissants ouvriers de la première heure n'étaient plus, Gambetta avait eu raison de mourir. Et quelle amertume pour les derniers vieux qui restaient, au milieu de la jeune génération intelligente et fine, qui souriait doucement, en les trouvant d'un romantisme démodé ! Tout croulait, du moment que l'idée de liberté faisait banqueroute, que la liberté n'était plus l'unique bien, le fondement même de la République, qu'ils avaient si chèrement achetée, d'un si long effort.

Très droit, très digne, Barroux avoua. La République était l'arche sainte, les pires moyens se sanctifiaient pour la sauver, dès qu'elle pouvait être en péril. Et il conta l'histoire très simplement, tout l'argent de la banque Duvillard qui allait aux journaux de l'opposition, sous prétexte de publicité, tandis que les journaux républicains touchaient des sommes dérisoires. Comme ministre de l'Intérieur, il avait alors charge de la presse ; et qu'aurait-on dit, s'il ne s'était pas efforcé de rétablir un juste équilibre, de façon que la puissance des adversaires du gouvernement ne s'en trouvât pas décuplée ? Les mains se tendaient vers lui, vingt journaux, et des plus méritants, des plus fidèles, réclamaient leur légitime part. C'était cette part qu'il leur avait assurée, en leur faisant distribuer les deux cent mille francs portés à son nom, sur la liste. Pas un centime n'était entré dans sa poche, il ne permettait à personne de douter de sa probité, sa simple parole devait suffire. Et, à ce moment, il fut vraiment d'une grandeur admirable, tout disparut, sa médiocrité pompeuse, son emphase, il n'y eut plus qu'un honnête homme, frémissant, le cœur à nu, la conscience saignante de ce qu'il en arrachait de vérité, dans l'amère détresse d'avoir été à la peine et de comprendre qu'il ne serait point à la récompense.

Le discours, en effet, tombait dans un silence de glace. Barroux, naïf, qui avait cru à un élan d'enthousiasme, à une Chambre républicaine l'acclamant d'avoir sauvé la République, était envahi peu à peu lui-même par le souffle froid qui montait de tous les bancs. Tout d'un coup, il se sentit isolé, fini, touché par la mort. C'était en lui un écroulement, un vide de sépulcre. Pourtant, il continua, au milieu du terrible silence, avec une bravoure de pauvre homme qui achève de se suicider, voulant mourir debout, par amour des nobles et éloquentes attitudes. Sa fin fut un dernier beau geste. Lorsqu'il descendit de la tribune, la froideur s'aggrava, il n'y eut pas un applaudissement. Par comble de maladresse, il avait fait une allusion aux menées sourdes de Rome et du clergé, qui, selon lui, ne tendaient qu'à reconquérir les positions perdues et qu'à reconstituer plus ou moins prochainement la monarchie.

« Est-il bête ! est-ce qu'on avoue ! murmura Massot. Fichu, et le ministère avec lui ! »

Alors, ce fut au milieu de cette Chambre glacée que Monferrand monta rondement à la tribune. Le malaise était fait de la sourde peur que cause toujours la sincérité, de la désolation des députés vendus qui se sentaient couler à l'abîme, aussi de l'embarras des consciences devant les compromissions plus ou moins excusables de la politique. Et il y eut comme un soulagement public, lorsque Monferrand débuta, à toute volée, par le démenti le plus formel, tapant d'un poing sur la tribune, se donnant de l'autre des coups en pleine poitrine, au nom de son honneur outragé. Ramassé et court, la face en avant, avec son nez épais de sensuel et d'ambitieux, il fut un moment superbe, dans sa carrure, sous laquelle il cachait sa profonde finesse. Il niait tout. Non seulement il ignorait ce que voulait dire ce chiffre de quatre-vingt mille francs inscrit en regard de son nom, mais encore il mettait au défi la terre entière de prouver qu'il avait touché un sou de cet argent. Son indignation bouillonnait, débordait, au point qu'il ne se contentait pas de nier en son nom, qu'il niait aussi au nom de tous les députés, de toutes les Chambres françaises présentes et passées, comme si cette monstruosité d'un mandataire du peuple vendant son vote dépassait la honte des crimes prévus, tombait à l'absurde. Et les applaudissements éclatèrent, la Chambre réchauffée, délivrée, l'acclama.

Pourtant, des voix partirent du petit groupe socialiste, qui huaient, le sommant de s'expliquer sur les Chemins de fer africains, lui rappelant qu'il était ministre des Travaux publics lors du vote, exigeant enfin de savoir ce qu'il comptait faire aujourd'hui comme ministre de l'Intérieur, devant les délations, pour rassurer la conscience du pays. Et il escamota la question, il déclara que, s'il y avait des coupables, justice en serait faite, car personne n'avait besoin de lui rappeler son devoir. Puis, tout d'un coup, avec une force, avec une maîtrise incomparables, il exécuta le mouvement de diversion qu'il préparait depuis la veille. Son devoir, il ne l'oubliait jamais, il le faisait en soldat fidèle de la nation, à toute heure, avec autant de vigilance que de prudence. Ainsi ne l'avait-on pas accusé d'employer la police à il ne savait quel bas service d'espionnage, ce qui aurait permis au fameux Hunter de s'échapper ? Eh bien ! cette police si calomniée, il pouvait dire à la Chambre à quoi il l'avait réellement employée la veille, ce qu'elle avait fait pour la justice et pour l'ordre. La veille, au bois de Boulogne, elle avait arrêté le pire des malfaiteurs, l'auteur de l'attentat de la rue Godot-de-Mauroy, cet ouvrier mécanicien anarchiste, ce Salvat, qui, depuis plus de six semaines, déjouait toutes les recherches. Dans la soirée, on avait obtenu du misérable des aveux complets, la justice allait faire son œuvre promptement. Enfin, la morale publique était vengée, Paris pouvait sortir de sa longue terreur, l'anarchie serait frappée à la tête. Et voilà ce qu'il avait fait, lui, ministre, pour l'honneur et pour le salut du pays, pendant que d'immondes délateurs essayaient vainement de salir son nom, en l'inscrivant sur une liste d'infamie, œuvre inventée des plus basses manœuvres politiques.

Béante, frémissante, la Chambre écoutait. Cette histoire d'une arrestation qui lui tombait du ciel, dont pas un journal du matin n'avait parlé, ce cadeau que semblait lui faire Monferrand du terrible Salvat, lequel commençait à passer pour un simple mythe de scélératesse, toute cette mise en scène la soulevait comme devant un drame longtemps inachevé, et dont le dénouement éclatait soudain devant elle. Profondément remuée et flattée, elle fit une longue ovation à l'orateur, qui continuait à célébrer son acte d'énergie, la société sauvée, le crime châtié, sans oublier l'engagement d'être toujours et partout l'homme fort, maître de l'ordre. Et il conquit même les bancs de la droite, lorsque, se séparant de Barroux, il termina par un salut de sympathie aux catholiques ralliés, par un appel à la concorde des diverses croyances, contre l'ennemi commun, le farouche socialisme qui parlait de tout détruire.

Quand Monferrand descendit de la tribune, le tour était joué, il s'était repêché, la Chambre entière applaudissait, gauche et droite confondues, couvrant la protestation des quelques socialistes, dont la clameur ne faisait qu'ajouter à ce tumulte de triomphe. Des mains se tendaient vers lui, il resta un instant debout, bonhomme et souriant, mais, d'un sourire où grandissait une inquiétude. Son succès commençait à le gêner, à lui faire peur. Est-ce qu'il aurait trop bien parlé ? Est-ce qu'au lieu de se sauver seul, il aurait aussi sauvé le ministère ? C'était la ruine de tout son plan, il ne fallait pas que la Chambre votât sous le coup de ce discours qui venait de la bouleverser. Et il passa là deux ou trois minutes d'anxiété véritable, à attendre, souriant toujours, si personne ne se levait pour lui répondre.

Dans les tribunes, le succès était aussi grand. On avait vu des dames applaudir. Et Mgr Martha lui-même donnait les marques de la plus vive satisfaction.

« Hein ? mon général, disait Massot en ricanant, voilà nos hommes de guerre d'aujourd'hui, et un rude homme, celui-là !... C'est ce qu'on appelle tirer son épingle du jeu. Seulement, c'est tout de même du bel ouvrage. »

Enfin, Monferrand aperçut Vignon, poussé par ses amis, qui se levait et montait à la tribune. Alors, son sourire retrouva toute sa bonhomie malicieuse ; et il reprit sa place au banc des ministres, pour écouter béatement.

Avec Vignon, tout de suite, l'air de la Chambre changea. Il était mince et correct à la tribune, avec sa belle barbe blonde, ses yeux bleus, son attitude souple de jeunesse. Mais surtout il parlait en homme pratique, d'une éloquence simple et directe, qui faisait paraître plus vides et plus emphatiques les déclamations de ses aînés. Il avait gardé de son passage dans l'Administration une vive intelligence des affaires, une façon aisée de poser et de résoudre les questions les plus complexes. Actif, brave, sûr de son étoile, ayant la chance d'être trop jeune et trop adroit pour s'être encore compromis dans rien, il marchait à l'avenir, après s'être donné un programme un peu plus avancé que celui de Barroux et de Monferrand, afin d'avoir une raison de prendre leur place, après les avoir renversés, très capable d'ailleurs de réaliser ce programme, en tentant les réformes depuis si longtemps promises. Il avait compris que l'honnêteté, servie par la prudence et la finesse, aurait enfin son jour. Et, très posément, de sa voix claire, il dit ce qu'il y avait à dire, ce que le bon sens, la sourde conscience de la Chambre elle-même attendait. Certes, il était le premier à se réjouir d'une arrestation qui rassurerait le pays. Mais il ne voyait pas quel lien il pouvait y avoir entre cette arrestation et la triste affaire soumise à la Chambre. C'étaient là deux questions totalement différentes, il suppliait ses collègues de ne pas voter sous l'excitation passagère où il les voyait. Il fallait que la lumière fût complète, et ce n'était naturellement pas les deux ministres incriminés qui pouvaient la faire. Du reste, il se prononçait contre l'idée d'une commission d'enquête, il était d'avis qu'on devait simplement déférer les coupables, s'il y en avait, à la justice. Et il termina lui aussi par une discrète allusion à l'influence grandissante du clergé, en disant qu'il n'admettait les compromissions d'aucune part, repoussant aussi bien la dictature d'État que le réveil de l'ancien esprit théocratique.

Des « Très bien ! Très bien ! » coururent d'un bout à l'autre de la Chambre, il n'y eut que quelques applaudissements, lorsque Vignon regagna sa place. Mais la Chambre s'était ressaisie, la situation apparaissait si nette, le vote, si certain, que Mège, dont l'intention était de parler encore, eut la sagesse de se résigner au silence. Et l'on remarqua l'attitude tranquille de Monferrand, qui n'avait cessé d'écouter Vignon avec complaisance, comme s'il rendait hommage au talent d'un adversaire ; tandis que Barroux, depuis le froid de glace où venait de tomber son discours, était resté à son banc, immobile, d'une pâleur de mort, comme foudroyé, écrasé sous l'écroulement du vieux monde.

« Allons, ça y est ! reprit Massot, fichu, le ministère !... Vous savez, ce petit Vignon, il ira loin. On dit qu'il rêve l'Élysée. En tout cas, le voilà désigné pour être le chef du prochain cabinet. »

Puis, au milieu du brouhaha des scrutins qui s'ouvraient, comme il voulait s'en aller, le général le retint.

« Attendez donc, monsieur Massot... Quel dégoût, que cette cuisine parlementaire ! Vous devriez le dire dans un article, montrer comment le pays est peu à peu affaibli, gâté jusqu'aux moelles, par des journées pareilles d'inutiles et sales discussions. Une bataille, où cinquante mille hommes resteraient par terre, nous épuiserait moins, nous laisserait au cœur plus de vie, que dix ans d'abominable parlementarisme... Venez donc me voir, un matin. Je vous soumettrai un projet de loi militaire, la nécessité d'en revenir à notre armée professionnelle et restreinte d'autrefois, si l'on ne veut pas que notre armée nationale, si embourgeoisée et d'une masse si illusoire, ne soit le poids mort qui coulera la nation. »

Depuis l'ouverture de la séance, Pierre n'avait pas prononcé une parole. Il écoutait avec soin, d'abord dans l'intérêt immédiat de son frère, puis gagné peu à peu lui-même par la fièvre qui s'emparait de la salle. Une conviction se faisait en lui que Guillaume ne craignait plus rien ; mais quel retentissement d'un événement à un autre, et comme cette arrestation de Salvat se répercutait ici ! Les faits se rejoignaient, se traversaient, se transformaient sans cesse. Penché sur le bouillonnement de la salle, il y devinait les mille chocs des passions et des intérêts. Il avait suivi la grande lutte entre Barroux, Monferrand et Vignon ; il regardait la joie enfantine du terrible Mège, simplement heureux d'avoir remué le fond boueux de cette eau, où il ne pêchait jamais que pour les autres ; et, maintenant, il s'intéressait à Fonsègue, très calme, dans le secret de l'avenir, en train de rassurer Dutheil et Chaigneux, tous deux effarés par la chute certaine du ministère. Puis, c'était toujours à Mgr Martha qu'il revenait, c'était lui qu'il n'avait pas quitté des yeux, suivant les émotions de la séance sur sa face sereine et heureuse, comme si toute la dramatique comédie parlementaire se fût seulement jouée pour le lointain triomphe espéré par ce prêtre. Et, en attendant qu'on proclamât le résultat du vote, il n'entendait plus, à côté de lui, que Massot et le général causant tactique, cadres et recrutement, se querellant sur la nécessité d'un bain de sang pour toute l'Europe. Ah ! la dolente humanité, toujours à se battre, à se dévorer, dans les parlements et sur les champs de bataille, quand donc désarmerait-elle pour vivre enfin selon la justice et la raison ?

La confusion s'éternisa, au sujet des ordres du jour, une pluie d'ordres du jour, qui allaient de celui de Mège, très violent, à celui de Vignon, simplement sévère. Le ministère n'acceptait que l'ordre du jour pur et simple, et il fut battu : ce fut enfin celui de Vignon que vota la Chambre, à une majorité de vingt-cinq voix. Une partie de la gauche s'était certainement jointe à la droite et au groupe des socialistes. Toute une longue rumeur, montant de la salle, gagnant les tribunes, accueillit le résultat.

« Allons, dit Massot en partant avec le général et avec Pierre, nous en sommes à un ministère Vignon. Mais, tout de même, Monferrand s'est repêché. À la place de Vignon, je me méfierais. »

Le soir, dans la petite maison de Neuilly, il y eut des adieux d'une simplicité et d'une grandeur émouvantes. Après la rentrée de Pierre, attristé, mais rassuré, Guillaume avait décidé formellement que, dès le lendemain, il irait reprendre à Montmartre sa vie et ses travaux habituels. Et, comme Nicolas Barthès, lui aussi, devait partir, la petite maison allait donc retomber dans sa solitude et dans sa désespérance.

Théophile Morin était venu, averti par Pierre de la douloureuse nouvelle ; et, lorsque les quatre hommes se mirent à table, à sept heures, Barthès ne savait rien encore. Toute la journée, il s'était promené d'un bout à l'autre de sa chambre, de son pas lourd de lion en cage, vivant là, dans cet asile offert par un ami, en grand enfant héroïque qui ne s'inquiétait jamais des conditions du présent, ni des menaces du lendemain. Sa vie avait toujours été un espoir sans limites, qui toujours se brisait contre les bornes de la réalité. Tout ce qu'il avait aimé, tout ce qu'il avait cru acheter par près de cinquante ans de prison et d'exil, la liberté égalitaire, la République fraternelle, avait beau crouler déjà, donner à son rêve les plus durs démentis : il gardait quand même sa foi, la foi candide de sa jeunesse, certaine du prochain avenir. Il souriait divinement, lorsque les nouveaux venus, les violents qui l'avaient dépassé, le raillaient, le traitaient en bon vieillard. Lui-même ne comprenait rien aux sectes nouvelles, s'indignait de leur manque d'humanité, superbe et têtu dans son idée de régénérer le monde par la conception simpliste des hommes naturellement bons, tous libres et tous frères.

Et, ce soir-là, en dînant, se sentant avec des amis tendres, il fut très gai, il montra l'ingénuité de son âme, par l'absolue certitude où il était de voir son idéal se réaliser prochainement, malgré tout. Puis, comme il était un conteur exquis, lorsqu'il voulait bien causer, il eut des histoires charmantes sur ses diverses prisons. Il les connaissait toutes, et Sainte-Pélagie, et le Mont-Saint-Michel, et Belle-Île-en-Mer, et Clairvaux, et les cachots transitoires, et les pontons empoisonnés, riant encore à certains souvenirs, disant le refuge qu'il avait partout trouvé dans sa libre conscience. Et les trois hommes qui l'écoutaient, étaient charmés, malgré l'angoisse qui leur serrait le cœur, à la pensée que cet éternel prisonnier, cet éternel banni, devait se lever de nouveau et reprendre son bâton, pour le départ.

Au dessert seulement, Pierre parla. Il dit de quelle façon le ministre l'avait fait appeler et les quarante-huit heures qu'il donnait à Barthès pour gagner la frontière, s'il ne voulait pas être arrêté. Le vieil homme, à la longue toison blanche, au nez en bec d'aigle, aux yeux toujours brûlants de jeunesse, se leva gravement, voulut partir tout de suite.

« Comment, mon enfant, vous savez cela depuis hier, et vous m'avez gardé, vous m'avez fait courir le risque de vous compromettre davantage, en restant dans votre maison !... Il faut m'excuser, je ne pensais pas au tracas que je vous donne, je croyais que tout allait s'arranger si bien !... Et merci, merci à Guillaume, merci à vous, des quelques jours si calmes que vous avez donnés au vieux vagabond, au vieux fou que je suis ! »

On le supplia de rester jusqu'au lendemain matin, il n'écouta rien. Un train partait pour Bruxelles, vers minuit, et il avait tout le temps de le prendre. Même il refusa formellement que Morin se donnât la peine de l'accompagner. Morin n'était pas riche, avait ses occupations. Pourquoi donc lui aurait-il pris son temps, lorsqu'il était si simple qu'il partît seul ? Il retournait à l'exil, comme à une misère, à une douleur depuis longtemps connue, en Juif errant de la liberté, que son martyre légendaire pousse éternellement par le vaste monde.

À dix heures, dans la petite rue endormie, lorsqu'il prit congé de ses hôtes, des larmes noyèrent ses yeux.

« Ah ! je ne suis plus jeune, c'est fini cette fois, je ne reviendrai pas, mes os vont dormir là-bas, dans quelque coin. »

Mais, après avoir embrassé tendrement Guillaume et Pierre, il eut un redressement de toute son indomptable et fière personne, il jeta un suprême cri d'espoir.

« Bah ! qui sait ? le triomphe est pour demain peut-être, l'avenir est à qui le fait et l'attend ! »

Et il avait disparu, que, longtemps encore, on entendit le bruit sonore et ferme de ses pas se perdre au loin, dans la nuit claire.

LIVRE QUATRIÈME

I

P e doux matin des derniers jours de mars, lorsque Pierre quitta la petite maison de Neuilly, avec son frère Guillaume, pour l'accompagner à Montmartre, il eut un grand serrement de cœur, en songeant qu'il y rentrerait seul, et qu'il y retomberait dans son désastre et dans son néant. Il n'avait point dormi, il était éperdu d'amertume, cachant sa peine, s'efforçant de sourire.

En voyant le ciel si clair et si tendre, les deux frères avaient résolu d'aller à pied, une longue promenade par les boulevards extérieurs. Neuf heures sonnaient. Ce fut charmant, cette conduite ainsi faite au grand frère, qui s'égayait à la pensée de la bonne surprise qu'il réservait aux siens, comme au retour d'un voyage. Il ne les avait point avertis, il s'était contenté, depuis sa disparition, de leur écrire de temps à autre, pour leur donner de ses nouvelles.

Et ses trois fils n'étaient pas venus le voir, par prudence, respectant son désir ; et la jeune fille qu'il devait épouser, avait elle-même attendu sagement, tranquille et discrète.

En haut, quand ils eurent gravi les pentes ensoleillées de Montmartre, Guillaume, qui avait une clé, entra simplement et doucement. Sur la place du Tertre, si provinciale, si calme, la petite maison semblait dormir, dans une paix profonde. Et Pierre la retrouvait telle qu'il l'avait vue, lors de sa première, de son unique visite, silencieuse, souriante, baignée d'une infinie tendresse. C'était d'abord l'étroit couloir qui traversait le rez-de-chaussée, pour s'ouvrir sur l'immense horizon de Paris. Puis, c'était le jardin réduit à deux pruniers et à un bouquet de lilas, égayés de feuilles maintenant ; et il y aperçut, cette fois, trois bicyclettes appuyées contre les pruniers. Enfin, c'était le vaste atelier de travail, si joyeux et si recueilli, où vivait toute la famille, et dont le large vitrail dominait l'océan des toitures.

Guillaume était arrivé jusqu'à l'atelier sans rencontrer personne. Très amusé, il mit un doigt sur ses lèvres.

« Attention ! mon petit Pierre. Tu vas voir. »

Et, la porte ouverte sans bruit, ils restèrent un instant sur le seuil.

Seuls, les trois fils étaient là. Thomas, près de sa forge, manœuvrant une machine à percer, criblait de trous une petite plaque de cuivre. Dans l'autre coin, devant le vitrage, François et Antoine étaient assis aux deux côtés de leur grande table, l'un enfoncé dans un livre, tandis que l'autre, le burin en main, terminait un bois. Toute une nappe joyeuse de soleil entrait, se jouait parmi l'extraordinaire pêle-mêle de la salle, où s'entassaient tant de besognes, tant d'outils divers, au milieu desquels la table à ouvrage des deux femmes était fleurie d'une grosse touffe de giroflées. Et, dans l'attention absorbée des trois jeunes gens, dans la religieuse paix, on n'entendait que le sifflement léger de la machine, à chaque trou que l'aîné perçait.

Mais, bien que Guillaume, sur le seuil, n'eût pas bougé, il y eut un frisson, un brusque éveil. Les trois fils devinèrent, levèrent la tête en même temps. Et ils eurent le même cri, un élan commun et unique les souleva, les jeta à son cou.

« Le père ! »

Lui, heureux, les embrassa, d'une solide étreinte. Ce fut tout, il n'y eut ni attendrissement prolongé, ni paroles inutiles. Il semblait être sorti de la veille, revenir après une course qui l'aurait attardé. Il les regardait, avec son sourire, tandis qu'eux trois, les regards dans les siens, souriaient aussi ; et cela disait toute l'affection, le don total, à jamais.

« Entre donc, Pierre. Serre-moi la main de ces gaillards. »

Le prêtre, gêné, pris d'un singulier malaise, était resté près de la porte. Ses trois neveux lui donnèrent de vigoureuses poignées de main. Puis, ne sachant que faire, se trouvant dépaysé, il finit par s'asseoir à l'écart, devant le vitrage.

« Eh bien ! mes petits, et Mère-Grand, et Marie ? »

La grand-mère venait de monter à sa chambre. Quant à la jeune fille, elle avait eu l'idée d'aller elle-même au marché. C'était une de ses joies, elle prétendait qu'elle seule savait acheter des œufs frais et du beurre qui sentait la noisette. Puis, elle rapportait parfois une gourmandise ou des fleurs, ravie de se montrer si bonne ménagère.

« Alors, tout va bien ? reprit Guillaume. Vous êtes contents, le travail marche ? »

Et il questionna chacun d'un mot, en homme qui rentre tout de suite dans ses habitudes quotidiennes. Thomas, dont la rude et bonne figure s'épanouissait, résuma en deux phrases ses recherches nouvelles pour le petit moteur, certain maintenant, disait-il, d'avoir trouvé. François, enfoncé toujours dans la préparation de son examen, plaisanta, parla de l'énorme matière qu'il avait encore à emménager dans son cerveau. Antoine montra le bois qu'il terminait, sa petite amie Lise, la sœur du sculpteur Jahan, lisant au soleil dans un jardin, toute une floraison de la créature attardée, qu'il avait éveillée à l'intelligence par la tendresse. Et, tout en causant, les trois frères avaient repris leurs places, s'étaient remis au travail, naturellement, par la forte discipline qui avait fait du travail leur vie même. Guillaume, plein d'aise, donnait un coup d'œil à la besogne de chacun.

« Ah ! mes petits, ce que j'ai préparé, ce que j'ai mis au point, moi aussi, pendant que j'étais sur le dos ! J'ai même pris pas mal de notes... Nous sommes venus à pied ; mais une voiture va m'apporter tout ça, avec les vêtements et le linge que Mère-Grand m'a envoyés... Et quelle joie de retrouver tout ici, de reprendre avec vous la tâche commencée ! Ah ! je vais en abattre ! »

Déjà, il était dans son coin, à lui. Entre la forge et le vitrage, il avait toute une large place réservée, son fourneau de chimiste, des vitrines et des planches chargées d'appareils, une longue table dont l'un des bouts lui servait de bureau. Et, déjà, il reprenait possession de cet univers, ses regards s'étaient promenés, heureux de revoir tout en ordre, ses mains furetaient, touchaient les objets, avec la hâte de se remettre, ainsi que ses trois fils, à la besogne.

Mais, en haut du petit escalier qui conduisait aux chambres, Mère-Grand venait de paraître, calme et grave, très droite, dans son éternelle robe noire.

« C'est vous, Guillaume. Voulez-vous monter un instant ? »

Il monta, il comprit qu'elle désirait le renseigner, le rassurer, en lui disant tout de suite ce qu'elle avait à lui dire sans témoins. C'était le secret redoutable entre eux, l'unique chose que ses fils ne savaient pas, la grande chose qui l'avait torturé d'angoisse, après l'attentat, lorsqu'il l'avait crue en péril d'être sue et divulguée. En haut, dans sa chambre, elle lui rendit des comptes, lui montra, près de son lit, intacte la cachette où étaient les cartouches de la poudre nouvelle et les plans du formidable engin destructeur. Il les y retrouvait tels qu'il les y avait laissés, il eût fallu pour les y toucher qu'on la tuât ou que la maison sautât avec elle. Très simplement, de son air de tranquille héroïsme, elle le remit en possession du terrible dépôt, en lui rendant la clé qu'il lui avait envoyée par Pierre, le lendemain de sa blessure.

« Vous n'étiez pas inquiet, je pense ? »

Il lui serra les deux mains, avec tendresse et respect.

« Inquiet seulement que la police ne vînt et ne vous brutalisât... Vous êtes la gardienne, ce serait vous qui achèveriez mon œuvre, si je disparaissais. »

Pendant ce temps, en bas, Pierre, toujours assis près du vitrage, sentait sa gêne croître. Certes, il n'y avait, dans la maison, qu'une sympathie affectueuse à son égard. Pourquoi donc lui semblait-il que les choses et les êtres eux-mêmes lui restaient hostiles, malgré leur bon vouloir de fraternité ? Et il se demandait ce qu'il allait devenir là, parmi ces travailleurs, tous soutenus par une foi, lui qui ne croyait plus à rien, qui ne faisait rien. La vue des trois frères, si ardents, si gais à la besogne, finissait par l'emplir d'une sorte d'irritation mauvaise. Mais l'arrivée de Marie l'acheva.

Elle entra sans le voir, et si joyeuse, et si débordante de vie, avec son panier de provisions au bras. On eût dit que la printanière matinée de soleil entrait avec elle, dans l'éclat de sa jeunesse, la taille souple, la poitrine large. Toute sa face rose, son nez fin, son grand front d'intelligence, son épaisse bouche de bonté, rayonnaient sous les lourds bandeaux de ses cheveux noirs. Et ses yeux bruns riaient, d'une continuelle allégresse de santé et de force.

« Ah ! vous savez, vous trois, cria-t-elle, j'en ai acheté, des choses !... Venez voir ça, je n'ai pas voulu déballer mon panier à la cuisine. »

Il fallut absolument qu'ils vinssent se grouper autour du panier, qu'elle avait posé sur une table.

« D'abord, du beurre. Sentez un peu si celui-là sent la noisette ! On le fait pour moi... Et puis, des œufs. Ils sont pondus d'hier, j'en réponds. Même en voici un qui est du jour... Et puis, des côtelettes. Hein ? étonnantes, mes côtelettes ! Le boucher les soigne, quand c'est moi... Et puis, un fromage à la crème, mais à la vraie crème, une merveille !... Et puis, ça, c'est la surprise, la gourmandise, des radis, de jolis petits radis rosés. Des radis en mars, quel luxe ! »

Elle triomphait en bonne ménagère qui savait le prix des choses et qui avait suivi, au lycée Fénelon, tout un cours de cuisine et de ménage. Les trois frères, qui s'égayaient avec elle, durent la complimenter.

Mais, tout d'un coup, elle aperçut Pierre.

« Comment, monsieur l'abbé, vous êtes là ? Je vous demande pardon, je ne vous avais point vu... Et Guillaume, il va bien ? Vous nous apportez de ses nouvelles.

– Mais Père est revenu, dit Thomas. Il est là-haut, avec Mère-Grand. »

Saisie, elle replaça toutes les provisions dans le panier.

« Guillaume est revenu ! Guillaume est revenu !... Et vous ne me le dites pas ! Et vous me laissez tout déballer !... Ah bien ! je suis gentille, moi, à vous vanter mon beurre et mes œufs, lorsque Guillaume est revenu ! »

Justement, celui-ci descendait de la chambre, avec la grand-mère ; et elle courut gaiement, lui tendit les deux joues, pour qu'il y posât deux gros baisers ; puis, elle lui mit les mains sur les épaules, le regarda longuement, en lui disant d'une voix un peu tremblante :

« Je suis contente, très contente de vous revoir, Guillaume… Maintenant, je puis le dire, j'ai cru vous perdre, j'ai été très inquiète et très malheureuse. »

Et, bien qu'elle continuât de rire, deux larmes parurent dans ses yeux, pendant que lui, très ému aussi, murmurait, en l'embrassant de nouveau :

« Chère Marie… Combien je suis heureux ! Je vous retrouve, et si belle, si tendre toujours ! »

Pierre, qui les regardait, les trouva froids. Il s'était sans doute attendu à plus de larmes, à une étreinte plus passionnée, entre deux fiancés qu'un accident avait séparés si longtemps, à la veille de leur mariage. La disproportion des âges aussi le blessa, bien que son frère lui parût solide et très jeune encore. Ce devait être cette jeune fille qui, décidément, ne lui plaisait guère. Elle était trop bien portante, trop calme. Depuis qu'elle se trouvait là, il sentait augmenter son malaise, son envie de s'en aller et de ne point revenir. Cette sensation de différer d'elle, d'être chez son frère un étranger, devenait en lui une véritable souffrance.

Il se leva, voulut partir, en prétextant une course dans Paris.

« Comment ! tu ne restes pas à déjeuner avec nous ? s'écria Guillaume, stupéfait. Mais c'était convenu, tu ne vas pas me faire ce chagrin… Maintenant, petit frère, cette maison est la tienne. »

Et, tous se récriant, le suppliant, avec une affection véritable, il fut bien forcé de rester et de reprendre sa chaise, où il retomba dans sa gêne silencieuse, regardant, écoutant cette famille qui était la sienne et qu'il sentait si loin de lui.

Onze heures sonnaient à peine. Le travail continua, coupé de gaies causeries, lorsque l'une des deux bonnes fut venue chercher le panier de provisions. Marie lui recommanda de l'appeler pour les œufs à la coque, car elle se piquait d'avoir une recette merveilleuse, une façon de les cuire à point, qui gardait le blanc en un lait crémeux. Et ce fut là l'occasion de quelques plaisanteries de François, qui la taquinait parfois sur toutes les belles choses qu'elle avait apprises au lycée Fénelon, où son père l'avait mise à douze ans, après la mort de sa mère. Mais elle répondait vaillamment, riait à son tour des heures que lui-même perdait à l'École normale, à propos de chinoiseries pédagogiques.

« Ah ! les grands enfants ! dit-elle, sans lâcher son travail de broderie, c'est drôle, vous êtes pourtant tous les trois très intelligents, très larges d'esprit, et ça vous offusque un peu, au fond, avouez-le, qu'une fille comme moi ait fait, comme vous autres garçons, ses études dans un lycée ? Querelle de sexes, question de rivalité et de concurrence, n'est-ce pas ? »

Ils protestèrent, jurèrent qu'ils étaient pour la plus large instruction donnée aux filles. Elle le savait bien, et s'amusait à leur rendre leurs taquineries.

« Non, non, sur cette affaire-là, vous êtes très en retard, mes enfants… Je n'ignore pas ce que, dans la bourgeoisie bien-pensante, on reproche aux lycées de filles. D'abord, l'instruction y est absolument laïque, ce qui inquiète les familles qui croient, pour les filles, à la nécessité de l'instruction religieuse, comme défense morale. Ensuite, l'instruction s'y démocratise, les élèves y viennent de tous les mondes, la demoiselle de la dame du premier et celle de la concierge s'y rencontrent, y fraternisent, grâce aux bourses qu'on distribue très largement. Enfin, on s'y affranchit du foyer, une place de plus en plus grande y est laissée à l'initiative, et tous ces programmes très chargés, toute cette science qu'on exige aux examens est certainement une émancipation de la jeune fille, une marche à la femme future, à la société future, que vous appelez cependant de tous vos vœux, n'est-ce pas ? les enfants.

– Mais sans doute ! cria François, mais nous sommes d'accord là-dessus ! »

Elle eut un joli geste et reprit tranquillement :

« Je plaisante... Vous savez que je suis une simple, moi, et que je n'en demande pas tant que vous. Ah ! les revendications, les droits de la femme ! C'est bien clair, elle les a tous, elle est l'égale de l'homme, autant que la nature y consent. Et l'unique affaire, la difficulté éternelle est de s'entendre et de s'aimer... Ça ne m'empêche pas d'être très contente de savoir ce que je sais, oh ! sans pédanterie aucune, seulement parce que je m'imagine que cela m'a fait bien portante, d'aplomb dans la vie, au moral comme au physique. »

Quand on éveillait ainsi ses souvenirs du lycée Fénelon, elle s'y plaisait, les évoquait avec une flamme, où se retrouvaient son ardeur à l'étude, sa turbulence aux récréations, des parties folles avec ses compagnes, les cheveux au vent. Sur les cinq lycées de filles ouverts à Paris, c'était le seul qui fût très fréquenté ; et encore n'y avait-il guère là, affrontant les préjugés et les préventions, que des filles de fonctionnaires, surtout des filles de professeurs, se destinant elles-mêmes au professorat. Celles-ci, en quittant le lycée, devaient ensuite aller conquérir leur diplôme définitif à l'École normale de Sèvres. Elle, malgré des études très brillantes, ne s'était senti aucun goût pour ce métier d'institutrice ; et, plus tard, à la mort de son père, ruiné, endetté, lorsqu'elle avait pu craindre un instant de se trouver sans ressources sur le pavé de Paris, c'était Guillaume, en la prenant chez lui, qui n'avait pas voulu la laisser courir le cachet. Elle brodait avec un art merveilleux, elle s'obstinait à gagner quelque argent, pour n'en recevoir de personne.

Souriant, Guillaume avait écouté, sans intervenir. Il s'était mis à l'aimer, séduit surtout par sa franchise, sa droiture, ce bel équilibre qui faisait son charme honnête et fort. Elle savait tout. Mais si elle n'avait plus la poésie de la jeune fille ignorante et bêlante, elle y gagnait une réelle probité de cœur et d'esprit, une parfaite innocence au grand jour, sans réserve d'hypocrisie, sans perversité cachée, aiguillonnée par le mystère. Et, dans sa belle santé calme, elle avait gardé une telle pureté d'enfance, que, malgré ses vingt-six ans sonnés, tout le sang de ses veines montait encore parfois à ses joues, en ces ardentes rougeurs dont elle était si désespérée.

« Chère Marie, dit Guillaume, vous voyez bien que les enfants s'amusent, et c'est vous qui avez raison... Vos œufs à la coque sont les meilleurs du monde. »

Il avait dit cela avec une affection si tendre, que la jeune fille, sans autre raison, devint pourpre. Elle le sentit, rougit davantage. Et, comme les trois garçons la regardaient malicieusement, elle se fâcha contre elle-même. Puis, se tournant vers Pierre :

« Hein ? monsieur l'abbé, est-ce ridicule, une vieille fille, rougir ainsi ? Ne dirait-on pas que j'ai commis un crime ?... Et, vous savez, c'est pour arriver à me faire rougir, qu'ils me taquinent, ces enfants !... J'ai beau ne pas vouloir, je ne sais d'où ça monte, c'est plus fort que moi. »

Mère-Grand, levant les yeux de la chemise qu'elle raccommodait, sans lunettes, dit simplement :

« Va, ma chère, c'est très bien, c'est ton cœur qui monte à tes joues, pour qu'on le voie. »

L'heure du déjeuner approchait. On décida qu'on mettrait la table dans l'atelier, ce qui arrivait parfois, lorsqu'on avait un convive. Et ce fut vraiment exquis, dans le clair soleil, cette table dressée avec son linge blanc, ce déjeuner si simple et si fraternel. Les œufs que la jeune fille avait rapportés elle-même de la cuisine, sous une serviette, furent trouvés admirables. On fit également un succès aux radis et au beurre. Puis, après les côtelettes, il n'y eut pour dessert que le fromage à la crème, mais un fromage comme personne n'en avait jamais mangé. Et Paris était là, qui s'étendait sans bornes, d'un bout à l'autre de l'horizon, dans son grondement formidable.

Pierre avait fait effort pour s'égayer. Mais il était bientôt retombé dans son silence. Guillaume, qui venait de voir les trois bicyclettes dehors, questionnait Marie, voulait savoir jusqu'où elle était allée, le matin. François et Antoine l'avaient accompagnée, du côté d'Orgemont. L'ennui, c'était qu'il fallait ensuite remonter les bicyclettes sur la Butte. Elle en riait, disait que ça la faisait bien dormir, sans vilains rêves. La bicyclette, pour elle, avait toutes sortes de vertus ; et, comme le prêtre la regardait, plein d'effarement, elle promit de lui expliquer un jour ses idées là-dessus ! Le pis fut que, dès lors, la bicyclette occupa toute la fin du déjeuner. Thomas s'étendit sur les derniers perfectionnements apportés aux machines qu'on fabriquait à l'usine Grandidier. Lui-même cherchait le fameux appareil tant désiré, qui permettrait, en marche, de changer la multiplication, d'une façon simple et pratique. Et, ensuite, les trois jeunes gens et la jeune fille ne parlèrent plus que des promenades faites, que des promenades à faire, débordants d'exubérance, de toute une joie d'écoliers échappés, avides de plein air.

Mère-Grand, qui présidait les repas avec une sérénité de reine mère, s'était penchée à l'oreille de Guillaume, assis près d'elle. Et Pierre comprit qu'elle lui parlait de son mariage, dont la date fixée à la fin d'avril, allait forcément être reculée. Ce mariage, si raisonnable, qui semblait devoir assurer le bonheur de toute la maison, était un peu son œuvre, ainsi que celle des trois fils ; car jamais le père n'aurait cédé à son cœur, si la femme qu'il installait dans la famille, ne s'y était pas trouvée déjà, acceptée, aimée. Et, maintenant, la dernière semaine de juin, pour toutes sortes de raisons, paraissait être une bonne date.

Marie entendit, se tourna gaiement.

« N'est-ce pas, ma chère, demanda Mère-Grand, la fin de juin, c'est très bien ? »

Pierre s'attendait à voir une rougeur intense envahir les joues de la jeune fille. Mais elle resta très calme, elle avait pour Guillaume une affection profonde, une reconnaissance d'une infinie tendresse, certaine d'ailleurs qu'en l'épousant elle faisait un acte très sage et très bon, pour elle et pour les autres.

« Parfaitement, la fin de juin, répéta-t-elle, c'est très bien. »

Les fils, qui avaient compris, se contentèrent de hocher la tête, pour donner, eux aussi, leur assentiment.

Quand on se fut levé de table, Pierre voulut absolument partir. Pourquoi donc souffrait-il ainsi, et de ce déjeuner si cordial dans sa bonhomie, et de cette famille si heureuse d'avoir enfin le père parmi elle, et surtout de cette jeune fille si paisible, si riante à la vie ? Elle l'irritait, son malaise était devenu intolérable. De nouveau, il prétexta des courses sans nombre. Puis, il serra les mains des trois garçons qui se tendaient vers lui, serra même celles de Mère-Grand et de Marie, toutes deux amicales, un peu surprises de sa hâte à les quitter. Et Guillaume, après avoir vainement essayé de le retenir, soucieux et attristé, l'accompagna, l'arrêta au milieu du petit jardin, pour le forcer à une explication.

« Voyons, qu'as-tu ? Pourquoi te sauves-tu ?

– Mais je n'ai rien, je t'assure. J'ai quelques affaires pressées, voilà tout.

– Non, laisse ce prétexte, je t'en prie... Personne ici, je pense, ne t'a déplu, ne t'a blessé. Ils t'aimeront tous bientôt, comme je t'aime.

– Je n'en doute pas, je ne me plains de personne... Je n'aurais qu'à me plaindre de moi-même. »

Guillaume, dont la douloureuse émotion grandissait, eut un geste désolé.

« Ah ! frère, petit frère, que tu me fais de la peine ! car, je le vois bien, tu me caches quelque chose. Songe donc que, maintenant, notre fraternité s'est renouée, que nous nous adorons comme autrefois, lorsque j'allais te faire jouer dans ton berceau. Et je te connais, je sais ton désastre et ta torture, puisque tu t'es confessé à moi. Et je ne veux pas que tu souffres, moi ! je veux te guérir ! »

À mesure qu'il l'écoutait dire ces choses, Pierre sentait son pauvre cœur se gonfler. Il ne put retenir ses larmes.

« Si, si, il faut me laisser à ma souffrance. Elle est sans guérison possible. Tu ne peux rien pour moi, je suis en dehors de la nature, je suis un monstre.

– Que dis-tu là ? Ne peux-tu rentrer dans la nature, s'il est vrai que tu en sois sorti ?... Ce que je ne veux pas, c'est que tu retournes t'enfermer au fond de ta petite maison solitaire, où tu t'affoles à remâcher ton néant. Viens ici passer les journées avec nous, pour que nous te donnions de nouveau le goût de vivre. »

Ah ! cette petite maison vide qui l'attendait, Pierre en avait à l'avance le frisson glacé, lorsqu'il allait s'y retrouver seul, sans ce frère aimé, avec lequel il venait d'y passer des journées si douces ! Dans quelle solitude, dans quel tourment il y retomberait, après ces quelques semaines d'existence à deux, dont il avait déjà pris l'habitude heureuse ! Mais sa douleur s'en accrut, tout un aveu jaillit de ses lèvres.

« Vivre ici, vivre avec vous, oh ! non, c'est ce qui m'est impossible... Pourquoi me forces-tu à parler, à te dire ce dont j'ai honte et ce que je ne comprends même pas ? Depuis ce matin, tu as bien vu que je souffrais d'être ici ; et c'est sans doute parce que vous travaillez et que je ne fais rien, parce que vous vous aimez, parce que vous croyez à votre effort, tandis que, moi, je ne sais plus ni aimer ni croire... Je m'y sens déplacé, j'y suis gêné et je vous gêne. Même vous m'irritez, je finirais par vous haïr peut-être. Tu vois bien que plus rien de bon ne reste en moi, que tout a été gâté, saccagé, et que tout est mort, et que l'envie seule et la haine repousseraient... Laisse-moi donc retourner dans mon coin maudit, où le néant achèvera de me prendre. Adieu, frère ! »

Éperdu de tendresse et de compassion, Guillaume lui saisit les deux bras, le retint.

« Tu ne partiras pas, je ne veux pas que tu partes, sans m'avoir formellement promis de revenir. Je ne veux pas te reperdre, maintenant que je sais ce que tu vaux et combien tu souffres... Malgré toi, s'il le faut, je te sauverai, je te guérirai de la torture de ton doute, oh ! sans te catéchiser, sans t'imposer aucune croyance, simplement en laissant faire la vie, qui seule peut te rendre la santé et l'espoir... Je t'en supplie, frère, au nom de notre affection, reviens, reviens souvent passer ici la journée. Tu verras que, lorsqu'on s'est donné une tâche, et qu'on travaille en famille, on n'est jamais trop malheureux. Une tâche, n'importe laquelle, et quelque grand amour, la vie acceptée, la vie vécue, aimée !

– À quoi bon ? murmura Pierre amèrement, je n'ai plus de tâche et je ne sais plus aimer.

– Eh bien ! je te donnerai une tâche, moi ! et dès que l'amour reviendra, au souffle prochain qui le réveillera, tu sauras aimer ! Consens, frère, consens ! »

Puis, le voyant toujours douloureux, têtu dans sa volonté de le quitter et de s'anéantir :

« Ah ! je ne te dis pas que les choses de ce monde marchent à souhait, qu'il n'y ait que joie, que vérité et que justice… Ainsi, tu ne saurais croire combien l'aventure de ce misérable Salvat me gonfle de colère et de révolte. Coupable, oh ! oui ! mais que d'excuses pourtant ! et comme on va me le rendre sympathique, si on le charge des crimes de tous, si les bandes politiques se le rejettent, l'utilisent, se servent de lui pour la conquête du pouvoir ! Cela m'exaspère, et je ne promets pas d'être plus raisonnable que toi… Mais, voyons, frère, simplement pour me faire plaisir, promets-moi qu'après-demain tu viendras passer la journée avec nous. »

Et, comme Pierre encore gardait le silence :

« Je le veux, j'aurais trop de chagrin à penser que tu te martyrises, dans ton trou de bête blessée… Je veux te guérir, je veux te sauver. »

Des larmes étaient remontées dans les yeux de Pierre, et il dit avec une infinie détresse :

« Ne me force pas à te promettre… J'essaierai de me vaincre. »

Quelle semaine il passa dans la petite maison noire et vide ! Pendant sept jours, il s'y ensevelit, rongeant son désespoir de ne plus trouver sans cesse, à son côté, ce grand frère qu'il s'était remis à adorer de toute son âme. Jamais il n'avait senti si affreuse sa solitude, depuis que le doute vidait son cœur. Vingt fois, il fut sur le point de courir à Montmartre, où il sentait confusément qu'étaient l'affection, la vérité, la vie. Mais, chaque fois, un invincible malaise, le malaise éprouvé déjà, fait de peur et de honte, le retint. Lui prêtre, lui châtré, lui rejeté hors de l'amour et des besognes communes, ne trouverait-il pas là que blessures et que souffrances, parmi ces êtres de nature, de liberté et de santé ? Et il évoquait les ombres de son père et de sa mère, errantes par les chambres désertes, ces tristes ombres en lutte toujours, même après la mort, qu'il croyait entendre se lamenter, comme si elles le suppliaient de les réconcilier en lui, le jour où il trouverait la paix. Que devait-il faire ? Rester à pleurer, à se désespérer avec elles deux ? Aller là-bas chercher la guérison, qui les coucherait enfin elles-mêmes dans le sommeil du tombeau, heureuses de dormir, maintenant que lui vivait heureux ? Et, un matin, au réveil, il lui sembla que son père, souriant, l'envoyait là-bas ; tandis que sa mère, consentante, le regardait de ses grands yeux doux, où la tristesse d'avoir fait de lui un mauvais prêtre cédait au besoin de le rendre à l'existence de tous.

Ce jour-là, Pierre ne raisonna pas, prit une voiture, donna l'adresse, pour être sûr de ne pas s'effarer et tourner court, en chemin. Puis, lorsqu'il se retrouva, comme dans un rêve, au milieu du vaste atelier, gaiement reçu par son frère Guillaume et les trois grands fils, qui, délicatement, paraissaient croire qu'il était venu la veille, il assista à une scène imprévue qui le frappa beaucoup et le soulagea.

Marie, à son entrée, était restée assise, l'avait à peine salué, la face pâle, le front barré d'une ride. Et Mère-Grand, l'air grave aussi, dit en la regardant :

« Excusez-la, monsieur l'abbé, elle n'est pas raisonnable… C'est contre nous cinq que vous la voyez en colère. »

Guillaume se mit à rire.

« Ah ! la têtue !… Tu ne peux pas t'imaginer, Pierre, ce qui se passe dans cette petite caboche-là, lorsqu'on contrarie l'idée qu'elle a de la justice, oh ! une idée si haute, si totale, qu'elle ne souffre aucun accommodement… Ainsi, nous causions de ce procès, de ce père qui vient d'être condamné sur le témoignage de son fils, et elle seule soutient qu'il a bien fait, qu'on doit dire la vérité, toujours et quand même… Hein ? quel terrible accusateur public elle ferait ! »

Hors d'elle, exaspérée encore par le sourire de Pierre, qui lui donnait tort, Marie s'emporta.

« Guillaume, vous êtes méchant… Je ne veux pas qu'on rie.

– Mais tu deviens folle, ma chère, s'écria François, pendant que Thomas et Antoine s'égayaient eux aussi. Père et nous ne soutenons là qu'une thèse d'humanité, car nous croyons aimer et respecter la justice autant que toi.

– Il n'y a pas d'humanité, il n'y a que la justice. Ce qui est juste est juste, malgré tout, lors même que le monde devrait crouler. »

Puis, comme Guillaume tentait de plaider encore et de la convaincre, elle se leva tout d'un coup, tremblante, éperdue, soulevée par un tel emportement, qu'elle en bégayait.

« Non, non ! vous êtes tous des méchants, vous voulez tous me faire de la peine… J'aime mieux monter dans ma chambre. »

En vain, Mère-Grand tâcha de la retenir.

« Mon enfant, mon enfant ! réfléchis, c'est très vilain, tu en auras un gros regret.

– Non, non ! vous n'êtes pas justes, je souffre trop. »

Et, violente, elle monta dans sa chambre. Ce fut un désastre, une consternation. De telles scènes se produisaient parfois, mais rarement avec une pareille gravité. Tout de suite, Guillaume se donna tort de l'avoir poussée ainsi, surtout en la plaisantant, car elle ne pouvait tolérer l'ironie. Et il renseigna Pierre, lui raconta que, lorsqu'elle était plus jeune, elle avait eu des crises de colère affreuses, à tomber morte, devant une injustice. Comme elle l'expliquait ensuite, c'était en elle un irrésistible flot qui l'emportait, la faisait délirer. Aujourd'hui encore, elle restait, sur de tels sujets, obstinée et querelleuse. Et elle en rougissait, elle sentait parfaitement que cela, trop souvent, la rendait insupportable, insociable.

En effet, un quart d'heure plus tard, elle descendit d'elle-même, très rouge, mais reconnaissant bravement son tort.

« Hein ? suis-je ridicule, suis-je mauvaise, moi qui accuse les autres d'être méchants !… M. l'abbé va avoir une belle idée de moi ! »

Elle alla embrasser Mère-Grand.

« Vous me pardonnez, n'est-ce pas ?… Oh ! François peut rire à présent, et Thomas, et Antoine aussi. Ils ont bien raison, ça ne mérite que ça.

– Ma pauvre Marie ! dit tendrement Guillaume, voilà ce que c'est que d'être dans l'absolu… Vous qui êtes en tout si équilibrée, si saine et si sage, parce que vous acceptez le relatif des choses et que vous demandez à la vie uniquement ce qu'elle peut donner, vous perdez toute sagesse et tout équilibre, lorsque vous tombez à cet absolu que vous vous faites de l'idée de justice… Qui de nous ne pèche de la sorte ? »

Marie, confuse encore, plaisanta.

« Cela fait au moins que je ne suis pas parfaite.

– Ah ! certes, tant mieux ! et je ne vous en aime que davantage. »

C'est ce que Pierre aurait crié volontiers, lui aussi. Cette scène l'avait profondément remué, sans qu'il pût dégager encore tout ce qu'elle éveillait en lui. Son abominable tourment ne venait-il pas de l'absolu où il voulait vivre, cet absolu qu'il avait jusqu'ici demandé aux êtres et aux choses ? Il avait cherché la foi totale, il s'était jeté par désespérance dans la négation totale. Et cette hautaine attitude qu'il avait gardée dans l'écroulement de tout, cette réputation de saint prêtre qu'il s'était faite, lorsque le néant seul l'habitait, n'était-ce pas encore un désir mauvais de l'absolu, la simple pose romantique de son aveuglement et de son orgueil ? Pendant que son frère tout à l'heure parlait, louant Marie de ne demander à la vie que ce qu'elle pouvait donner, il lui avait semblé que ces paroles venaient à lui comme un conseil et passaient sur sa face comme un souffle frais de nature. Mais cela restait si confus encore, et sa seule joie précise était la colère où il venait de voir cette jeune fille, la faute qui la rapprochait de lui, qui la faisait descendre de la sérénité de perfection, dont il souffrait inconsciemment sans doute. Quel sentiment agissait ? Il ne s'en rendait même pas compte. Ce jour-là, il causa quelques instants avec elle, et il partit en la trouvant très bonne, très humaine.

Dès le surlendemain, Pierre monta passer l'après-midi dans le grand atelier ensoleillé, en face de Paris. Depuis qu'il avait conscience de son oisiveté, il s'ennuyait beaucoup, il commençait à ne se distraire que là, parmi cette famille qui travaillait si gaiement. Son frère le gronda de n'être pas venu déjeuner, et il promit de revenir le lendemain, assez tôt pour s'asseoir à leur table. Une semaine s'écoula, il n'y avait plus qu'une bonne camaraderie entre Marie et lui, sans trace de ce malaise, de cette hostilité qui les avait d'abord heurtés l'un contre l'autre. L'idée de ce prêtre en soutane ne la gênait d'ailleurs aucunement ; car, dans son tranquille athéisme, jamais elle n'avait eu l'idée qu'un prêtre pouvait être un homme à part. Et c'était là maintenant ce qui l'étonnait, ce qui le ravissait, l'accueil fraternel qu'il recevait d'elle, comme s'il eût porté le veston, eu les idées, mené la vie de ses grands neveux, sans que rien le distinguât des autres hommes. Et ce qui le stupéfiait davantage encore, c'était le silence qu'elle gardait sur la question religieuse, l'insouciance profonde, tranquille et heureuse, où elle semblait être du divin et de l'Au-delà, ce terrifiant domaine du mystère, au travers duquel lui-même traînait une si douloureuse agonie.

Dès qu'il reparut ainsi tous les deux ou trois jours, elle s'aperçut bien qu'il souffrait. Qu'avait-il donc ? Elle le questionna d'un air de bonne amitié ; et, comme elle n'en tirait que des réponses évasives, elle sentit là une douleur saignante, honteuse d'elle-même, que le secret où elle s'aggravait rendait inguérissable. Sa pitié de femme s'éveilla, elle se prit d'une affection croissante pour ce grand garçon pâle, aux yeux brûlants de fièvre, que rongeait une torture intérieure dont il ne voulait parler à personne. Sans doute elle questionna Guillaume sur son frère si triste, si désespéré ; et il dut lui confier une partie du secret, pour qu'elle l'aidât à le tirer de son tourment, en lui rendant le goût de vivre. Il était si heureux qu'elle le traitât en ami, en frère ! Enfin, ce fut Pierre lui-même qui, un soir, comme elle le pressait affectueusement de se confesser à elle, en lui voyant des larmes dans les yeux, devant un morne crépuscule tombant sur Paris, avoua tout d'un coup sa torture, dit quel vide mortel la perte de la foi avait à jamais creusé en lui. Ah ! ne plus croire, ne plus aimer, n'être que cendre, ne pas savoir par quelle autre certitude remplacer Dieu absent ! Elle le regardait, stupéfaite, béante. Mais il était fou ! Et elle le lui dit, dans l'étonnement et la révolte où la jetait un pareil cri de misère. Désespérer, ne plus croire, ne plus aimer, parce que l'hypothèse du divin croule, et cela lorsque le vaste monde est là, la vie avec son devoir d'être vécue, toutes les créatures et toutes les choses à être aimées et secourues, sans compter l'universelle besogne, la tâche que chacun vient remplir ! Il était fou sûrement, et d'une folie noire, dont elle jura de le guérir.

Dès lors, cet extraordinaire garçon, qui d'abord l'avait gênée, puis étonnée, lui causa un grand attendrissement. Elle lui fut très douce, très gaie, le soignant avec des délicatesses adroites d'esprit et de cœur. Ils avaient eu tous les deux une enfance commune, car leurs mères, également pieuses, les avaient élevés dans une religion étroite. Mais ensuite, quels sorts différents, quelles aventures contraires ! Tandis que lui, lié par son serment de prêtre, se débattait douloureusement dans son doute, elle, mise au lycée Fénelon, dès la mort de sa mère, y avait grandi loin de tout culte, en un oubli peu à peu total de ses premières impressions religieuses. Et c'était pour lui une continuelle surprise qu'elle eût échappé de la sorte au frisson de l'Au-delà, lorsque lui-même en restait ravagé si profondément. Dans leurs causeries, quand il s'étonnait de cela, elle riait à belles dents, disait que l'enfer ne lui avait jamais fait peur, parce qu'elle savait bien qu'il ne pouvait exister, ajoutait qu'elle vivait paisible, sans l'espoir d'aller au Ciel, en tâchant de s'accommoder sagement aux nécessités de cette terre. Affaire de tempérament peut-être. Mais affaire d'instruction aussi. Car jamais instruction complète n'était tombée dans une cervelle plus solide, dans un caractère plus droit. Et le miracle, avec toute cette science entassée un peu au hasard, était qu'elle fût restée très femme, très tendre, sans rien de dur ni de viril. Elle n'était que libre, loyale et charmante.

« Ah ! mon ami, lui disait-elle, si vous saviez combien il m'est facile d'être heureuse, lorsque les êtres chers ne souffrent pas trop autour de moi ! Personnellement, je m'arrange toujours avec la vie, je m'y adapte, je travaille, je me contente quand même. Aussi la douleur ne m'est-elle jamais venue que par les autres, car je ne puis m'empêcher de vouloir que tout le monde soit à peu près heureux ; et il y en a qui résistent... Ainsi, moi, j'ai longtemps été pauvre, sans cesser d'être gaie. Je ne désire rien, que les choses qui ne s'achètent pas. La misère n'en est pas moins la grande abomination, la révoltante injustice qui me jette hors de moi. Je comprends que tout ait croulé pour vous, lorsque la charité vous a semblé insuffisante et dérisoire. Pourtant, elle soulage, donner est si doux ! Et puis, un jour, par la raison, par le travail, par le bon fonctionnement de la vie elle-même, il faudra bien que la justice règne... Hein ? c'est moi qui prêche. Ah ! que j'en ai peu le goût ! Ce serait si ridicule que je voulusse vous guérir, avec mes phrases de grande fille savante ! Mais c'est vrai, cependant, que je songe à vous tirer de votre maladie noire, et pour cela je ne vous demande que de venir vivre le plus possible chez nous. Vous n'ignorez pas que c'est le cher désir de Guillaume. Nous vous aimerons tous si fort, vous nous verrez tous si tendrement unis, si joyeux à la commune besogne, que vous rentrerez dans la vérité, en vous remettant avec nous à l'école de la bonne nature... Vivez, travaillez, aimez, espérez ! »

Pierre souriait et revenait maintenant presque tous les jours. Elle était si affectueuse, lorsqu'elle le sermonnait gentiment ainsi, de son air de sagesse ! Et, comme elle le disait, il faisait si tendre dans le vaste atelier, cela sentait si bon la joie d'être ensemble, de se donner ensemble à la même œuvre de santé et de vérité ! Honteux de ne rien faire, ayant le besoin d'occuper ses doigts et sa pensée, il s'était d'abord intéressé aux bois que gravait Antoine. Pourquoi n'aurait-il pas essayé, lui aussi ? Mais il s'inquiéta, ne se sentit pas le don, la volonté de l'art ; et, comme l'amas de livres, le travail purement intellectuel de François le rebutaient, au gouffre d'erreurs où la discussion des textes l'avait noyé, il se trouva porté vers le travail manuel de Thomas, se passionnant pour la mécanique, dont la précision et la netteté satisfaisaient sa soif ardente de certitude. Il se mit aux ordres du jeune homme, tira le soufflet de la forge, lui tint sur l'enclume la pièce à forger. Et, parfois, il servait lui aussi de préparateur à son frère, il passait un grand tablier bleu sur sa soutane, pour l'aider dans ses expériences. Alors, il fit partie de l'atelier, il n'y eut là qu'un travailleur de plus.

Vers les premiers jours d'avril, un après-midi que tous étaient au travail, Marie, qui brodait près de la table à ouvrage, en face de Mère-Grand, leva les yeux sur Paris, s'exclama d'admiration. « Oh ! voyez donc Paris dans cette pluie de soleil ! »

Pierre s'approcha du vitrage. C'était le même effet qu'il avait vu déjà, lors de sa première visite. Le soleil oblique, qui descendait derrière de minces nuages de pourpre, criblait la ville d'une grêle de rayons, rebondissant de toutes parts sur l'immensité sans fin des toitures. Et l'on aurait dit quelque semeur géant, caché dans la gloire de l'astre, qui, à colossales poignées, lançait ces grains d'or, d'un bout de l'horizon à l'autre. Il dit tout haut son rêve.

« C'est Paris ensemencé par le soleil, et voyez quelle terre de labour, que la charrue a creusée en tous sens, ces maisons brunes pareilles à des mottes de terre, ces rues profondes et droites comme des sillons. »

Marie s'égaya, se passionna.

« Oui, oui ! c'est vrai... Le soleil ensemence Paris. Tenez ! regardez de quel geste souverain il jette le blé de santé et de lumière, là-bas, jusqu'aux lointains faubourgs ! Et même, c'est singulier, les quartiers riches, à l'ouest, sont comme noyés d'une brume roussâtre, tandis que le bon grain s'en va tomber, en poussière blonde, sur la rive gauche et sur les quartiers populeux de l'est... C'est là, n'est-ce pas ? que doit lever la moisson. »

Tous s'étaient approchés et souriaient complaisamment du symbole. En effet, à mesure que le soleil s'abaissait derrière le lacis des nuages, il semblait que le semeur de l'éternelle vie lançait sa flamme d'un geste volontaire, à cette place, puis à cette autre, dans un balancement rythmique qui choisissait les quartiers de labeur et d'effort. Là-bas, une brûlante poignée de semence tomba sur le quartier des Écoles. Puis, là-bas, une autre poignée éclatante alla fertiliser le quartier des ateliers et des usines.

« Ah ! la moisson ! reprit Guillaume gaiement, qu'elle pousse donc vite, dans cette bonne terre de notre grand Paris, retournée par tant de révolutions, engraissée par le sang de tant de travailleurs ! Il n'est que cette terre-là au monde pour que l'idée y germe, y fleurisse... Oui, oui ! Pierre a raison, c'est le soleil qui ensemence Paris du monde futur, qui ne poussera que de lui. »

Et Thomas, et François, et Antoine, rangés derrière leur père, exprimèrent la même certitude, d'un hochement de tête ; pendant que Mère-Grand, de son air grave, les yeux au loin, semblait voir resplendir l'avenir.

« Un rêve, et dans combien de siècles ! murmura Pierre, repris de frisson. Ce n'est pas pour nous.

– Eh bien ! ce sera pour les autres ! s'écria Marie. Est-ce que cela ne suffît pas ? »

Ce beau cri remua profondément Pierre. Et, tout d'un coup, il eut le souvenir d'une autre Marie, l'adorable Marie de sa jeunesse, cette Marie de Guersaint, guérie à Lourdes, et dont la perte avait à jamais vidé son cœur. Est-ce que la Marie nouvelle qui lui souriait là, d'un charme si calme et si fort, allait guérir l'ancienne blessure ? Il revivait, depuis qu'elle était son amie.

Et, devant eux, à longs gestes, de la vivante poussière d'or de ses rayons, le soleil ensemençait Paris, pour la grande moisson future de justice et de vérité.

II

Un soir, à la fin d'une bonne journée de travail, comme Pierre aidait Thomas, il s'embarrassa dans la jupe de sa soutane, et manqua de tomber.

Marie, qui avait eu un léger cri d'inquiétude, lui dit :

« Pourquoi ne l'ôtez-vous pas ? »

Et elle disait cela sans intention aucune, simplement parce qu'elle trouvait cette robe trop lourde, embarrassante pour certains travaux.

Mais le mot, si droit, si net, s'enfonça dans l'esprit de Pierre, et n'en sortit plus. D'abord, il n'en fut que frappé. Puis, la nuit venue, dès qu'il fut seul dans sa petite maison de Neuilly, il sentit le mot qui le gênait, qui peu à peu lui causait une souffrance, une fièvre intolérable. « Pourquoi ne l'ôtez-vous pas ? » En effet, il aurait dû l'ôter, quelle était donc la raison qui, jusque-là, l'avait empêché d'ôter cette robe si pesante, si douloureuse à ses épaules ? Et l'affreux débat commença, il passa une nuit terrible, sans pouvoir dormir, à revivre toutes ses tortures anciennes.

Cela, pourtant, semblait si facile, de quitter le costume, puisqu'il ne remplissait plus la fonction. Depuis quelque temps, il avait cessé de dire sa messe, et c'était la vraie rupture, l'abandon décisif du sacerdoce. Mais, cette messe, il pouvait la dire de nouveau. Tandis que le jour où il ôterait la soutane, il sentait bien qu'il se dénuderait, qu'il sortirait de la prêtrise, pour ne plus jamais y rentrer. Et c'était donc l'irrévocable décision à prendre. Pendant des heures, il marcha au travers de sa chambre, dans l'angoisse de la lutte.

Ah ! le beau rêve qu'il avait fait, de grandir farouche et solitaire ! Ne plus croire, mais veiller quand même en prêtre chaste et loyal sur la croyance des autres ! Ne pas descendre au parjure, ne pas tomber à la bassesse équivoque du renégat, continuer à être le ministre de l'illusion divine, dans la détresse même de son néant ! C'était ainsi qu'il avait fini par être adoré comme un saint, lui qui niait tout, vide tel qu'un sépulcre, dont le vent a balayé la cendre. Et voilà que le scrupule de ce mensonge le prenait, un malaise qu'il n'avait pas encore senti, la pensée qu'il agirait mal, s'il continuait à ne pas mettre d'accord ses idées et sa vie. Tout son être en était déchiré.

Le débat se posait très nettement. De quel droit restait-il prêtre d'une religion à laquelle il ne croyait plus ? La simple honnêteté ne lui commandait-elle pas de sortir d'une Église, où il niait que Dieu pût se trouver ? Les dogmes n'étaient pour lui que d'enfantines erreurs, et il s'obstinait à les enseigner comme autant de vérités éternelles, toute une vilaine besogne, dont sa conscience maintenant s'effarait. En vain, il tâchait de retrouver le brûlant état d'esprit, le besoin de charité et de martyre qui l'avait fait s'offrir en holocauste, dans la pensée qu'il acceptait de souffrir du doute, de sa vie ravagée et perdue, pourvu qu'il pût encore apporter aux humbles le soulagement de l'espoir. Sans doute la vérité, la nature l'avaient déjà trop repris, il n'était plus que blessé par ce rôle d'apostolat mensonger, il ne se sentait plus l'affreux courage d'appeler Jésus du geste sur les fidèles à genoux, lorsqu'il savait bien que Jésus ne descendrait pas. Et tout croulait, son attitude de pasteur sublime, ce don suprême qu'il faisait de lui, en s'obstinant dans la règle et en donnant pour la foi jusqu'à sa torture de l'avoir perdue.

Que pensait Marie de son long mensonge ? Et le mot revenait : « Pourquoi ne l'ôtez-vous pas ? » Il en avait la conscience meurtrie. Elle devait l'en mépriser, elle si droite, si loyale. En elle, il résumait tous les blâmes épars, toutes les sourdes critiques que sa conduite soulevait. Il suffisait maintenant qu'elle lui donnât tort, pour qu'il se sentît coupable. Et, cependant, elle ne lui avait jamais témoigné d'un mot sa désapprobation. Si elle le désapprouvait, elle ne se croyait pas le droit sans doute d'intervenir dans une lutte de conscience. Le beau calme qu'elle montrait, généreux et sain, l'étonnait toujours. Lui que la hantise de l'inconnu, l'obsession du lendemain de la mort traînaient dans une continuelle agonie ! Pendant des journées entières, il l'avait étudiée, suivie des yeux, sans jamais la surprendre en état de doute et de détresse. Cela venait, disait-elle, de ce qu'elle mettait à vivre toute sa joie, tout son effort, tout son devoir, de sorte que vivre lui suffisait, sans qu'elle eût le temps de se terrifier et de se paralyser avec des chimères. Il l'ôterait donc, cette soutane qui l'accablait et le brûlait, puisqu'elle lui avait demandé de son air si tranquille et si fort pourquoi il ne l'ôtait pas.

Mais, vers le matin, comme il s'était enfin jeté sur son lit, en se croyant calmé après avoir pris une décision, il fut remis debout par un étouffement brusque, un recommencement de l'abominable angoisse. Non, non ! il ne pouvait l'ôter, cette robe qui s'était collée à sa chair ! La peau viendrait avec le drap, tout son être en serait arraché. Est-ce que la prêtrise n'était pas indélébile, marquant le prêtre à jamais, le parquant à l'écart du troupeau ? Même s'il arrachait la robe avec la peau, le prêtre resterait, objet de scandale et de honte, rayé de la vie commune, maladroit et impuissant. Alors, à quoi bon ? puisque la geôle demeurait close et que, dehors, la vie laborieuse et féconde, au grand soleil, n'était plus faite pour lui. L'impuissance ! l'impuissance ! il s'en croyait frappé, au fond des os, jusqu'aux moelles. Et il ne put se décider, il ne retourna que le surlendemain à Montmartre, sans avoir pris un parti, retombé dans son tourment.

D'ailleurs, la maison heureuse s'était enfiévrée, Guillaume lui-même cédait à un trouble grandissant, préoccupé par l'affaire Salvat, pris d'une passion que les journaux, chaque matin, irritaient. L'attitude muette et digne de Salvat, déclarant qu'il n'avait pas de complice, avouant tout, mais gardant le silence, dès qu'il craignait de compromettre quelqu'un, l'avait profondément touché. L'instruction était bien secrète ; seulement, le juge Amadieu, qui s'en trouvait chargé, la menait avec un éclat extraordinaire, toute la presse était encombrée de sa personne et de ses rapports avec l'accusé, des notes, des conversations, des indiscrétions. Heure par heure, grâce aux aveux tranquilles de celui-ci, il avait pu reconstruire l'histoire de l'attentat, ne gardant des doutes que sur la nature de la poudre employée et sur la fabrication de la bombe elle-même. Si Salvat, comme il l'affirmait, avait à la rigueur pu charger la bombe chez un ami, il devait mentir, quand il contait que la poudre était simplement de la dynamite, provenant de cartouches volées par des compagnons, car les experts affirmaient que jamais la dynamite n'aurait produit les effets constatés. Il y avait là un coin de mystère qui prolongeait l'instruction, et les journaux en abusaient pour publier quotidiennement les histoires les plus folles, les informations les plus saugrenues, dont les titres retentissants faisaient monter la vente.

Guillaume, chaque matin, y trouvait donc un sujet d'irritation croissante. Malgré son mépris pour Sanier, il ne pouvait s'empêcher d'acheter *La Voix du peuple*, comme attiré par le flot de boue qui en débordait, s'exaspérant, frémissant d'indignation. Du reste, les autres journaux, *Le Globe* lui-même, si correct, publiaient des renseignements sans preuve, en tiraient en style plus neutre des réflexions et des jugements d'une révoltante injustice. La besogne de la presse semblait être de salir Salvat, afin de dégrader en sa personne l'anarchie ; et sa vie entière était ainsi devenue une longue abomination : voleur à dix ans, lorsque, triste enfant abandonné, il battait les rues ; plus tard, mauvais soldat, mauvais ouvrier, puni au régiment pour insubordination, chassé des ateliers qu'il troublait par sa propagande ; plus tard, sans-patrie, louche aventurier en Amérique, où l'on donnait à entendre qu'il avait commis toutes sortes de crimes ignorés ; sans compter son immoralité profonde, son concubinage dès sa rentrée en France, cette belle-sœur qui avait gardé sa fillette abandonnée, et qu'il avait prise pour femme, sous les yeux mêmes de l'enfant. Les tares étaient ainsi étalées, grossies, en dehors des causes qui les avaient produites, de l'excuse du milieu où elles s'étaient aggravées. Et quelle révolte d'humanité et de justice chez Guillaume, qui connaissait le vrai Salvat, ce tendre et ce mystique, cet esprit chimérique et passionné, jeté dans la vie sans défense, écrasé toujours, exaspéré par l'acharnée misère, aboutissant au rêve de faire renaître l'âge d'or, en détruisant le vieux monde !

Le pis était que tout accablait Salvat, depuis qu'il se trouvait au secret, entre les mains absolues de l'ambitieux et mondain Amadieu. Guillaume savait par son fils Thomas que l'accusé ne pouvait compter sur aucun soutien, parmi ses anciens camarades de l'usine Grandidier. L'usine recommençait à prospérer, se relevait chaque jour davantage, grâce à la fabrication des bicyclettes ; et l'on disait que Grandidier n'attendait que le petit moteur, dont Thomas cherchait la solution, pour se lancer dans la fabrication en grand des voitures automobiles. Mais, justement, rendu prudent par ces premiers succès, qui payaient à peine des années d'effort, il s'était fait sévère, avait congédié quelques ouvriers entachés d'anarchisme, ne voulant pas que la déplorable affaire de Salvat, autrefois embauché chez lui, jetât un soupçon défavorable sur sa maison. Et, s'il avait gardé Toussaint et son fils Charles, le premier beau-frère de l'accusé, le second soupçonné d'être sympathique à celui-ci, c'était que tous deux travaillaient là depuis vingt ans. Il fallait bien vivre. Toussaint, qui s'était remis péniblement au travail, après son accident, se proposait, s'il était appelé comme témoin à décharge, de ne donner sur son beau-frère que les quelques renseignements privés, tout ce qu'il savait du mariage avec sa sœur.

Un soir que Thomas revenait de l'usine, où il retournait de temps à autre, pour expérimenter son moteur, il conta qu'il avait vu Mme Grandidier, la triste jeune femme, devenue folle à la suite d'une fièvre puerpérale, causée par la perte d'un enfant, et que son mari, obstinément, tendrement, gardait près de lui, dans le grand pavillon qu'il occupait à côté de l'usine. Jamais il n'avait voulu la mettre dans une maison de santé, malgré les crises affreuses parfois, malgré sa douloureuse vie quotidienne avec cette grande enfant si triste et si douce. Les persiennes restaient toujours closes, et c'était une extraordinaire surprise qu'une des fenêtres fût ouverte et que la recluse s'en approchât, dans le clair soleil de cette précoce journée de printemps. Elle n'y demeura qu'un instant, vision blanche et rapide, toute blonde et jolie, souriante. Déjà une servante refermait la fenêtre, le pavillon retombait à son silence de mort. On disait, dans l'usine, qu'il n'y avait pas eu de crise depuis près d'un mois, et que de là venait l'air de force et de contentement du patron, la main ferme, un peu rude, dont il assurait la prospérité croissante de sa maison.

« Il n'est point mauvais, conclut Thomas, mais il désire se faire respecter, dans la terrible lutte de concurrence qu'il soutient. Il dit qu'à notre époque, lorsque le capital et le salariat menacent de s'exterminer l'un l'autre, le salariat doit encore s'estimer heureux, s'il veut continuer à manger, que le capital tombe entre des mains actives et sages... Et, s'il condamne Salvat sans pitié, c'est qu'il croit à la nécessité d'un exemple. »

Ce jour-là, en sortant de l'usine, dans ce quartier de la rue Marcadet, qui est comme une ruche bourdonnante de travail, le jeune homme avait fait une navrante rencontre. Mme Théodore et la petite Céline s'en allaient, après avoir essuyé un refus de la part de Toussaint, qui n'avait même pu leur donner dix sous. Depuis l'arrestation de Salvat, la femme et l'enfant, abandonnées, suspectées, chassées de leur misérable logement, ne mangeaient plus, vivaient errantes, au hasard de l'aumône. Jamais détresse pareille ne s'était abattue sur de pauvres êtres sans défense.

« Père, je leur ai dit de monter jusqu'ici. J'ai pensé qu'on pourrait payer un mois à leur propriétaire, pour qu'elles rentrent chez elles... Tiens ! les voici sans doute. »

Guillaume avait écouté en frémissant, fâché contre lui-même de n'avoir pas songé à ces deux tristes créatures. C'était l'abominable, l'éternelle histoire : l'homme disparu, la femme et l'enfant au pavé, à la faim. La justice qui frappe l'homme, atteint derrière et tue les innocents.

Très humble et craintive, Mme Théodore entra, de son air effaré de malchanceuse que la vie ne se lassait pas d'accabler. Elle devenait presque aveugle, la petite Céline devait la conduire. Et celle-ci, dans sa robe en loques, avait toujours sa mince figure blonde, intelligente et fine, qu'un rire de jeunesse égayait quand même par moments.

Pierre était là, avec Marie, très touchés tous les deux. Il y avait aussi, aidant Mère-Grand à faire les raccommodages de la maison, Mme Mathis, la mère du petit Victor, qui consentait à aller ainsi en journée, dans quelques familles, ce qui lui permettait de donner parfois une pièce de vingt francs à son fils. Mais Guillaume seul interrogea Mme Théodore.

« Ah ! monsieur, bégaya-t-elle, qui aurait jamais cru Salvat capable d'une pareille affaire, lui si bon, si humain ? C'est pourtant vrai, puisque lui-même a tout conté au juge... Moi, je disais à tout le monde qu'il était en Belgique. Je n'en étais pas bien certaine, et j'aime mieux qu'il ne soit pas revenu nous voir, parce que, si on l'avait arrêté chez nous, ça m'aurait fait une trop grosse peine... Enfin, maintenant qu'ils le tiennent, ils vont le condamner à mort, c'est sûr. »

Céline, qui avait regardé autour d'elle, intéressée, se lamenta brusquement, avec de grosses larmes dans les yeux.

« Oh ! non, oh ! non, maman, ils ne lui feront pas du mal ! »

Guillaume l'embrassa, continua ses questions.

« Que vous dirai-je ? monsieur, la petite est encore incapable de travailler, moi je n'ai plus d'yeux, on ne veut plus même me prendre pour faire des ménages. Alors, c'est tout simple, on crève de faim... Sans doute, je ne suis pas sans famille, j'ai une sœur très bien mariée, à un employé, M. Chrétiennot, que vous connaissez peut-être. Seulement, il est un peu fier, et pour éviter des scènes à ma sœur, je ne vais plus la voir, d'autant plus qu'elle est désespérée en ce moment d'être retombée enceinte, ce qui est une vraie catastrophe dans un petit ménage, quand on a déjà deux filles... Et voilà pourquoi je n'ai guère que Toussaint, mon frère, à qui je puisse m'adresser. Mme Toussaint n'est pas méchante, mais elle n'est pourtant plus la même, depuis qu'elle passe sa vie à craindre que son mari n'ait une seconde attaque. La première a emporté leurs économies, que deviendrait-elle, s'il lui restait sur les bras, paralysé ? Avec ça, elle est menacée d'une autre charge, car vous devez savoir que son fils Charles a eu la sottise de faire un enfant à la bonne d'un marchand de vin, qui, naturellement, s'est envolée, en lui laissant le gamin... Ça se comprend qu'ils soient gênés eux-mêmes. Je ne leur en veux pas. Ils m'ont déjà prêté des pièces de dix sous, ils ne peuvent pas m'en prêter toujours. »

Molle, résignée, elle continuait, ne se plaignait que pour Céline, car c'était à fendre le cœur, une petite fille si futée, qui faisait tant de progrès à l'école communale et qui se trouvait réduite à battre le pavé comme une pauvresse. D'ailleurs, elle sentait bien qu'on s'écartait d'elles deux, maintenant, à cause de Salvat. Les Toussaint ne voulaient pas se compromettre dans une pareille histoire, et Charles seul avait dit qu'il comprenait qu'on perdît la tête, un beau jour, jusqu'à faire sauter les bourgeois, tant ils se conduisaient d'une façon dégoûtante.

« Moi, je ne dis rien, monsieur, parce que je ne suis qu'une pauvre femme. Et, tout de même, si vous voulez savoir ce que je pense, je pense que Salvat aurait mieux fait de ne pas faire ce qu'il a fait, parce que c'est nous deux, la petite et moi, qui en sommes les vraies punies... Voyez-vous, ça n'entre pas dans ma cervelle, la petite d'un condamné à mort... »

Mais, de nouveau, Céline l'interrompit, en se jetant à son cou. « Oh ! maman, oh ! maman, ne dis pas ça, je t'en prie ! Ça ne peut pas être vrai, ça me fait trop de peine. »

Pierre et Marie avaient échangé un regard d'infinie pitié, tandis que Mère-Grand se levait pour monter visiter ses armoires, ayant eu l'idée de donner un peu de linge et quelques vieux vêtements à ces deux misérables créatures. Guillaume, ému jusqu'aux larmes, révolté contre un monde où pouvaient se produire de telles infortunes, glissa son aumône dans la petite main de la fillette, en promettant à Mme Théodore d'aller s'entendre avec son propriétaire, afin qu'il leur rendît leur chambre.

« Ah ! monsieur Froment, reprit la malheureuse, Salvat avait bien raison de dire que vous étiez un brave homme... Et vous le savez aussi, que lui n'est pas un méchant, puisque vous l'avez employé pendant quelques jours... Maintenant qu'il est en prison, tout le monde parle de lui comme d'un bandit, et ça me fend le cœur. »

Puis, se tournant vers Mme Mathis, qui avait continué de coudre, effacée et discrète, de l'air d'une honnête bourgeoise que toutes ces choses ne devaient point regarder :

« Je vous connais, madame, et je connais surtout votre fils, M. Victor, qui est venu souvent causer chez nous... N'ayez pas peur, ce n'est pas moi qui le dirai, car je ne compromettrai jamais personne. Mais, si M. Victor pouvait parler, il n'y a que lui qui expliquerait bien les idées de Salvat. »

Stupéfaite, Mme Mathis la regardait. Dans son ignorance de la vraie existence et des vraies pensées de son fils, elle restait saisie, confusément terrifiée, à l'idée d'un lien possible entre lui et de telles gens. D'ailleurs, elle n'en voulut rien croire.

« Oh ! vous devez vous tromper... Victor m'a dit qu'il ne venait presque jamais plus à Montmartre, toujours en voyage pour du travail. »

Au son inquiet et frémissant de la voix, Mme Théodore comprit qu'elle n'aurait pas dû mêler ainsi cette dame à ses tristes affaires ; et, tout de suite, humblement, elle s'effaça.

« Je vous demande pardon, madame, je ne croyais pas vous blesser. Peut-être bien que je me trompe. »

Doucement, Mme Mathis s'était remise à coudre, comme si elle se fût hâtée de rentrer dans sa solitude, dans le coin de misère décente, où, seule, ignorée, elle mangeait à peine du pain. Ah ! son cher fils adoré, il avait beau la négliger beaucoup, elle n'espérait plus qu'en lui, il restait son dernier rêve, toutes sortes de bonheurs dont il la comblerait un jour !

Mère-Grand redescendit, chargée d'un paquet de hardes et de linge, et ce fut avec des remerciements sans fin que Mme Théodore et la petite Céline se retirèrent. Longtemps après leur départ, Guillaume se promena de long en large, ne pouvant se remettre au travail, muet, le front barré de rides.

Le lendemain, lorsque Pierre revint, toujours hésitant et torturé, il eut la surprise d'assister à une visite d'une autre sorte. Un coup de vent entra, des jupes volantes, des rires en fusée, et c'était la petite princesse Rosemonde, que le jeune Hyacinthe Duvillard, correct et froid, suivait.

« C'est moi, cher maître, je vous avais promis ma visite, en élève que votre génie passionne... Et voici notre jeune ami, qui a bien voulu m'amener, dès notre retour de Norvège, car ma première visite est pour vous. »

Elle se tournait, saluait à l'aise, très gracieusement, Pierre et Marie, François et Antoine, qui se trouvaient là.

« Oh ! la Norvège, cher maître, vous n'avez pas idée d'une telle virginité ! Nous devrions tous aller boire à cette source neuve d'idéal, nous en reviendrions tous purifiés, rajeunis, capables des grands renoncements. »

La vérité était qu'elle y avait passé des jours mortels, sans parvenir à se mettre au régime lacté que lui imposait son jeune amant. Ce voyage de leurs noces, non plus dans la chaude Italie, mais au pays des glaces et des neiges, était sans doute d'une élégance rare, qui disait bien la distinction de leur amour, exempt de toute matérialité grossière. Leur âme seule était du voyage, et ils ne devaient y connaître que des baisers d'âme. Le malheur fut, une nuit, dans un hôtel, comme il s'obstinait à la traiter en fiction, en pur lis symbolique, qu'elle s'exaspéra au point de prendre une cravache et de le cingler, à tour de bras. Lui-même eut la faiblesse de se fâcher, de la battre comme plâtre. De sorte qu'ils tombèrent ensuite dans les bras l'un de l'autre et qu'ils succombèrent, se possédèrent, comme des gens du commun. Au réveil, elle trouva médiocre cette sensation qu'elle était venue chercher si loin, tandis que lui ne l'excusa pas d'avoir si bassement dénoué une aventure dont il avait espéré quelque intellectualité. À quoi bon venir polluer le Nord vierge et divin, quand une ville déjà souillée de France aurait suffi ? Et, dès le lendemain, n'étant plus assez purs, ne se sentant plus en communion avec les cygnes, sur les lacs du rêve, ils reprirent le bateau.

Brusquement, elle s'interrompit dans son extase pâmée au sujet de la Norvège, car il était inutile de confesser à tous leur échec lamentable. Et elle s'écria :

« À propos, vous savez ce qui m'attendait, à mon retour. J'ai trouvé mon hôtel dévalisé, oh ! complètement. Un saccage dont vous n'avez pas l'idée, et une saleté immonde !... Tout de suite nous avons reconnu la signature, nous avons pensé aux petits amis de Bergaz. »

Guillaume, la veille, avait lu qu'une bande de jeunes anarchistes s'était introduite, en fracturant la baie d'un sous-sol, dans le petit hôtel de la princesse de Harth, laissé désert, sans un serviteur, sans un gardien. Les aimables bandits ne s'étaient pas contentés de tout déménager, jusqu'aux gros meubles, mais ils avaient dû vivre là deux jours et deux nuits, buvant les vins de la cave, festoyant avec des provisions apportées du dehors, souillant les pièces, laissant des traces ignobles de leur passage. Et Rosemonde, quand elle était rentrée là-dedans, plus émerveillée que fâchée de l'aventure, s'était tout de suite souvenue de la soirée passée au *Cabinet des Horreurs* avec Bergaz et ses deux tendresses, Rossi et Sanfaute, qui avaient su d'elle-même son départ pour la Norvège. Ceux-ci, en effet, venaient d'être arrêtés ; mais Bergaz était en fuite. Elle ne s'étonnait pas trop, avertie déjà, n'ignorant pas que, parmi le monde très mêlé qu'elle recevait, en passionnée d'étrangetés internationales, se trouvaient de terribles messieurs. Janzen lui avait confié certaines histoires malpropres qu'on attribuait à Bergaz et à sa bande. Cette fois, il n'hésitait pas, il racontait tout haut que Bergaz, après Raphanel, s'était vendu à la police, et que le coup partait de celle-ci, désireuse de salir à jamais l'anarchie, par ce vol retentissant, accompli au milieu de telles ordures. Et la preuve n'en était-elle pas dans ce fait que la police l'avait laissé fuir ?

« J'ai cru, dit Guillaume, que les journaux exagéraient... En ce moment, pour aggraver le cas de ce malheureux Salvat, ils inventent tant d'abominations !

– Oh ! non, reprit gaiement Rosemonde, ils n'ont pu tout dire, c'était trop sale... J'en ai été quitte pour descendre à l'hôtel. J'y suis beaucoup mieux, ça commençait à m'ennuyer d'être chez moi... N'importe, l'anarchie n'est guère propre, je n'ose plus dire que j'en suis. »

Elle riait, et elle sauta brusquement à un autre caprice, elle voulut que le maître lui parlât de ses derniers travaux, sans doute pour prouver qu'elle était capable de le comprendre. Mais l'histoire de Bergaz l'avait rendu soucieux, il se renferma dans des généralités, en ne se montrant plus que d'une politesse assez froide.

Pendant ce temps, Hyacinthe renouvelait connaissance avec François et Antoine, qu'il avait eus pour condisciples au lycée Condorcet. Il n'était venu avec la princesse qu'à contrecœur, inquiet de la corvée ; et il cédait uniquement à la sourde peur qu'il avait d'elle, depuis qu'elle le battait. Cette petite maison d'un chimiste réprouvé l'emplissait de dédain. Il crut devoir exagérer encore sa supériorité, devant d'anciens camarades qu'il retrouvait dans la basse ornière commune, au travail comme tout le monde.

« Ah ! c'est vrai, dit-il à François en train de prendre des notes dans un livre, tu es entré à l'École normale, tu prépares un examen, je crois... Moi, que veux-tu ? l'idée d'un collier quelconque me fait horreur. Je deviens stupide, dès qu'il s'agit d'un examen, d'un concours. L'infini est la seule route possible... Et puis, la science, entre nous, quelle duperie, quel rétrécissement de l'horizon ! Autant vaut-il rester le petit enfant dont les yeux s'ouvrent sur l'invisible. Il en sait davantage. »

François, ironique parfois, se plut à lui donner raison. « Sans doute, sans doute. Mais il faut des dispositions naturelles pour rester le petit enfant... Moi, malheureusement, j'ai la misère d'être dévoré par le besoin de savoir. C'est déplorable, je passe mes jours à me casser la tête sur des livres... Oh ! je n'en saurai jamais beaucoup, c'est certain ; et voilà peut-être la raison pour laquelle je m'efforce d'en savoir toujours davantage... Accorde-moi que le travail est, comme la paresse, une façon de passer la vie, ah ! moins élégante sûrement, car tu dois professer qu'il est moins esthétique.

– Moins esthétique, c'est cela même, reprit Hyacinthe. La beauté n'est jamais que dans l'inexprimé, toute vie qui se réalise tombe à l'abjection. »

Cependant, si simple qu'il fût sous l'énormité géniale de ses prétentions, il dut sentir la raillerie. Et il se tourna vers Antoine, qui était resté assis devant le bois qu'il gravait, un portrait de Lise lisant, toujours abandonné et repris toujours, dans son désir d'y mettre le réveil de l'enfant à l'intelligence, à la vie.

« Toi, tu fais de la gravure... Depuis que j'ai renoncé aux vers, à un poème sur *La Fin de la Femme*, tellement les mots me semblaient grossiers, encombrants, salissants, des pavés pour des maçons, j'ai l'idée de me mettre aussi au dessin, à la gravure peut-être... Mais où est-il le dessin qui dira le mystère, l'Au-delà, le seul monde qui existe et qui importe, n'est-ce pas ? Avec quel crayon l'obtenir, sur quelle planche le rendre ? Il faudrait quelque chose d'impalpable, qui n'existât pas, qui suggérât seulement l'essence des choses et des êtres.

– Pourtant, ce n'est que par la matérialité de ses moyens, dit un peu brutalement Antoine, que l'art peut rendre ce que tu appelles l'essence des choses et des êtres, et ce qui n'est en somme que leur signification totale, celle du moins que nous leur prêtons... Rendre la vie, ah ! là est ma grande passion, et il n'y a pas d'autre mystère que celui de la vie, au fond des êtres, derrière les choses... Quand ma planche vit, je suis content, j'ai créé. »

Une moue d'Hyacinthe dit son dégoût de la fécondité. La belle affaire ! Le premier goujat venu faisait un enfant. Ce qui devenait exquis et rare, c'était l'idée insexuée existant par elle-même. Il voulut expliquer cela, s'embrouilla, se rejeta dans la certitude, rapportée de Norvège, que l'art et la littérature étaient finis en France, tués par la bassesse et par l'abus même de la production.

« C'est évident, conclut gaiement François, ne rien faire c'est avoir déjà du talent. »

Pierre et Marie regardaient, écoutaient, restaient gênés de l'étrangeté de cette invasion, dans l'atelier si grave et si calme d'habitude. La petite princesse fut pourtant très aimable, s'approcha de la jeune fille, admira la merveilleuse finesse d'une broderie qu'elle terminait. Et elle ne voulut point partir sans emporter un autographe de Guillaume, sur un album qu'Hyacinthe dut aller chercher dans la voiture. Il lui obéissait avec un visible ennui, tous deux déjà las l'un de l'autre ; mais, en attendant quelque autre caprice, elle le gardait, elle s'amusait encore à le terroriser ; et, quand elle l'emmena, après avoir déclaré au maître que ce jour demeurerait pour elle une date mémorable, elle les fit tous sourire, en disant :

« Ah ! ces jeunes gens ont connu Hyacinthe au lycée… N'est-ce pas que c'est un bon petit garçon, et qui serait même gentil, s'il voulait bien être comme tout le monde ? »

Le jour même, Janzen et Bache vinrent passer la soirée chez Guillaume. Les réunions intimes de Neuilly continuaient à Montmartre, une fois par semaine. Pierre, ces jours-là, ne s'en allait que très tard ; et l'on causait sans fin dans l'atelier, ouvert sur le Paris nocturne, étincelant de gaz, dès que les deux femmes et les trois grands fils étaient montés se coucher. Théophile Morin arriva vers dix heures, retenu par des corrections de compositions, toute une lourde besogne pédagogique, sans nul intérêt, qui parfois lui prenait ses nuits.

« Mais c'est une folle ! s'écria Janzen, dès que Guillaume leur eut conté la visite de la princesse. Un instant, lorsque je me suis lié avec elle, j'avais espéré l'utiliser pour la cause. Elle paraissait si convaincue, si hardie !… Ah ! oui, elle n'est que la plus détraquée des femmes, simplement en quête d'émotions nouvelles. »

Le sang aux joues, il sortait enfin de sa froideur accoutumée, du mystère dont il s'enveloppait. Sans doute, il avait souffert de sa rupture avec celle qu'il appelait autrefois la petite reine de l'anarchie, et dont la fortune, les relations si nombreuses et si mêlées, devaient lui avoir semblé des outils tout-puissants de propagande et de victoire.

« Vous savez, reprit-il en se calmant, que son hôtel dévalisé et souillé est un coup de la police… On a voulu, à la veille du procès de Salvat, achever de perdre l'anarchie dans l'idée des bourgeois. »

Guillaume devint attentif.

« Oui, elle m'a dit cela… Mais je ne crois guère à cette histoire. Si Bergaz n'avait agi que sous l'influence dont vous parlez, on l'aurait arrêté avec les autres, comme autrefois on a, dans le même coup de filet, arrêté Raphanel et ceux qu'il avait vendus… Et puis, j'ai un peu connu Bergaz, c'est un pillard. »

Sa voix s'était assombrie, il eut un geste de grand chagrin.

« Certes, je comprends toutes les revendications, même toutes les légitimes représailles… Mais le vol, le vol cynique, pour la jouissance, ah ! non, je ne puis m'y faire. La hautaine espérance d'une société juste et meilleure en est dégradée en moi… Ce vol de l'hôtel de Harth m'a désolé. »

Janzen avait son énigmatique sourire, mince et coupant comme un couteau.

« Bah ! affaire d'atavisme, ce sont les siècles d'éducation et de croyance, derrière vous, qui protestent. Il faudra bien reprendre ce qu'on ne veut pas rendre… Ce qui me fâche, moi, c'est que Bergaz a choisi le moment pour se faire acheter. Un vol de comédie, un effet oratoire que se prépare le procureur qui demandera la tête de Salvat. »

Il s'obstinait à son explication, dans sa haine de la police, peut-être aussi à la suite d'une brouille avec Bergaz, qu'il avait fréquenté. Son existence de sans-patrie, promenée au travers de l'Europe en un rêve sanglant, restait insondable. Et Guillaume, renonçant à discuter, se contenta de dire :

« Ah ! ce misérable Salvat, tout l'accable, tout l'écrasera !… Vous ne sauriez croire, mes amis, dans quelle colère croissante me jette son aventure. C'est un soulèvement de toutes mes idées de justice et de vérité, que les événements de chaque jour aggravent, exaspèrent. Un fou assurément ! mais qui a tant d'excuses, qui n'est au fond qu'un martyr dévoyé ! Et le voilà la victime désignée, chargée des crimes d'un peuple, payant pour nous tous ! »

Bache et Morin hochaient la tête, sans répondre. Eux deux professaient l'horreur de l'anarchie. Morin, oubliant que son premier maître, Proudhon, avait lancé le mot, presque la chose, ne se souvenait que de son dieu Auguste Comte, pour s'enfermer avec lui dans le bel ordre hiérarchique des sciences, prêt à se résigner au bon tyran, jusqu'au jour où le peuple, instruit et pacifié, serait digne du bonheur. Et, quant à Bache, le vieil humanitaire mystique était en lui profondément blessé par la sécheresse individualiste de la théorie libertaire : il haussait doucement les épaules, il disait que toute solution se trouvait dans Fourier, qui avait à jamais réalisé l'avenir, en décrétant l'alliance du talent, du travail et du capital. Mais l'un et l'autre, pourtant, mécontents de la République bourgeoise, si lente aux réformes, trouvant que leurs idées étaient bafouées et que tout allait de mal en pis, consentaient à se fâcher sur la façon dont les partis adverses s'efforçaient d'utiliser Salvat, pour se maintenir au pouvoir ou pour le conquérir.

« Quand on songe, dit Bache, que leur crise ministérielle dure depuis trois semaines bientôt ! Tous les appétits s'y montrent à nu, c'est un spectacle écœurant... Avez-vous lu, ce matin, dans les journaux, que le président a dû prendre de nouveau le parti d'appeler Vignon à l'Élysée ?

– Oh ! les journaux, murmura Morin de son air las, je ne les lis plus... À quoi bon ? ils sont si mal faits, et ils mentent tous. »

La crise ministérielle, en effet, s'était éternisée. Très correctement, obéissant aux indications que lui fournissait la séance où était tombé le ministère Barroux, le président de la République avait mandé Vignon, le vainqueur, pour le charger de former le nouveau cabinet. Et il avait semblé que c'était une besogne aisée, réclamant au plus deux ou trois jours, car on citait depuis des mois les noms des amis que le jeune chef du parti radical amènerait avec lui au pouvoir. Mais des difficultés de toutes sortes avaient surgi, Vignon s'était débattu pendant dix jours au milieu d'inextricables obstacles, si bien que, de guerre lasse, craignant de s'user pour plus tard, s'il s'obstinait, il avait dû prévenir le président qu'il renonçait à la tâche. Aussitôt, celui-ci avait fait venir d'autres députés, s'informant, questionnant, jusqu'à ce qu'il en eût trouvé un d'assez brave pour tenter l'expérience à son tour ; et les mêmes faits s'étaient produits, d'abord le projet d'une liste qui semblait devoir devenir définitive en quelques heures, puis des hésitations, des tiraillements, une paralysie lente, aboutissant à un échec final. On aurait dit que le sourd travail qui avait entravé Vignon venait de recommencer, mystérieux et puissant, comme si toute une bande d'invisibles complices s'employaient à faire avorter les combinaisons, dans un intérêt caché. C'étaient, de partout, et de plus en plus invincibles, mille empêchements qui se levaient, jalousies, incompatibilités, défections, créées dans l'ombre par des mains expertes, grâce à l'emploi de toutes les pressions imaginables, les menaces, les promesses, les passions exaspérées et heurtées. Et il avait fallu que le président, fort embarrassé, mandât de nouveau Vignon, qui, cette fois, s'étant recueilli, ayant en poche sa liste presque complète, paraissait être certain de réussir dans les quarante-huit heures.

« Ce n'est pas fini, reprit Bache, et des gens bien informés prétendent que Vignon échouera comme la première fois... Voyez-vous, rien ne m'ôtera de l'idée que c'est la bande à Duvillard qui mène les choses. Au profit de quel monsieur, ah ! ça, je l'ignore. Mais soyez convaincus qu'il s'agit, avant tout, d'étouffer l'affaire des Chemins de fer africains... Si Monferrand n'était pas trop compromis, je flairerais là un tour de sa façon. Avez-vous remarqué comme *Le Globe*, qui, du matin au soir, a lâché Barroux, parle presque chaque jour de Monferrand avec une sympathie respectueuse ? C'est un symptôme grave, car Fonsègue n'a pas l'habitude de ramasser si pieusement les vaincus… Enfin, que voulez-vous attendre de cette exécrable Chambre ? Il s'y trame sûrement quelque malpropreté.

– Et ce grand niais de Mège, dit Morin, qui fait les affaires de tous les partis, excepté du sien ! Est-il assez dupe, avec son idée qu'il lui suffira d'user un à un les cabinets, pour aboutir à celui dont il sera le chef ? »

Au nom de Mège, tous s'étaient récriés, mis d'accord par leur commune haine. Bache, qui pourtant pensait comme l'apôtre du collectivisme d'État sur bien des points, jugeait chacun de ses discours, chacun de ses actes, avec une sévérité impitoyable. Quant à Janzen, il le traitait simplement en bourgeois réactionnaire, qu'il faudrait balayer un des premiers. Et c'était là leur passion à tous, ils se montraient justes parfois pour des hommes, des adversaires irréconciliables, qui n'avaient aucune de leurs idées, tandis que le grand crime sans pardon possible était de penser à peu près comme eux, sans être absolument d'accord sur toutes choses.

La discussion continua, mêlant et opposant les systèmes, sautant de la politique à la presse, s'égarant, se passionnant, à propos des dénonciations de Sanier, dont le journal, chaque matin, roulait son flot boueux, dans un débordement d'égout. Et Guillaume, qui s'était mis, selon son habitude, à marcher de long en large, sortit de sa dolente rêverie, pour s'écrier :

« Ah ! ce Sanier, quelle besogne immonde ! Il n'y aura bientôt plus ni une chose, ni un être, sur lequel il n'aura pas vomi. On le croit avec soi, et l'on est éclaboussé… N'a-t-il pas raconté hier que, lorsqu'on a arrêté Salvat, au bois de Boulogne, on avait trouvé sur lui des fausses clés et des porte-monnaie, volés à des promeneurs !… Salvat toujours ! Salvat, le sujet inépuisable d'articles, le nom imprimé qui suffit à tripler la vente ! Salvat, l'heureuse diversion pour les vendus des Chemins de fer africains ! Salvat, le champ de bataille où se défont et se font les ministères ! Tous l'exploitent et tous l'égorgent. »

Ce fut, cette nuit-là, le cri de révolte et de pitié sur lequel les amis se séparèrent. Pierre, assis contre le vitrage, ouvert sur l'immensité braisillante de Paris, avait écouté pendant des heures, sans desserrer les lèvres. Il était en proie à son doute, à sa lutte intérieure, et aucune solution, aucun apaisement, ne lui était encore apporté par tant d'opinions contradictoires, qui ne tombaient d'accord que pour condamner le vieux monde à disparaître, sans pouvoir rebâtir, d'un même effort fraternel, le monde futur de justice et de vérité. Et le Paris nocturne, semé d'étoiles, étincelant comme un ciel d'été, restait lui aussi la grande énigme, le chaos noir, la cendre obscure toute pétillante d'étincelles, dont la prochaine aurore devait sortir. Quel avenir s'enfantait là pour la terre entière, quelle parole décisive de salut et de bonheur allait, avec le jour, s'envoler aux quatre points de l'horizon ?

Comme Pierre, enfin, partait à son tour, Guillaume lui posa les deux mains sur les épaules, le regarda longuement, attendri profondément dans sa colère.

« Ah ! mon pauvre petit, tu souffres, toi aussi, je le vois bien depuis quelques jours. Mais tu es le maître de ta souffrance, car la lutte n'est qu'en toi, tu peux te vaincre, tandis qu'on ne peut vaincre le monde, lorsque c'est de lui qu'on souffre, et de ses méchancetés, et de ses injustices !… Va, va, sois brave, agis selon ta raison, même dans les larmes, et tu seras calmé. »

Cette nuit-là, lorsque Pierre se retrouva seul dans sa maison de Neuilly, où ne revenaient plus que les ombres de son père et de sa mère, un suprême combat le tint longtemps éveillé. Jamais encore il n'avait senti à ce point le dégoût de son mensonge, cette prêtrise qui était devenue pour lui un vain geste, cette soutane qu'il s'était résigné à porter comme un déguisement. Peut-être tout ce qu'il venait de voir et d'entendre chez son frère, la misère sociale des uns, l'inutile et folle agitation des autres, le besoin d'une humanité meilleure s'obstinant au milieu des contradictions et des défaillances, lui avait-il fait sentir plus profondément la nécessité d'une vie loyale, vécue normalement au plein jour. Maintenant, il ne pouvait songer au long rêve qu'il avait fait, cette vie farouche et solitaire du saint prêtre qu'il n'était pas, sans être pris d'un frisson de honte, la conscience trouble, agité du malaise d'avoir si longtemps menti. Et c'était chose décidée, il ne mentirait pas davantage, même par charité, pour donner aux autres la divine illusion. Mais quel arrachement que d'ôter cette soutane qu'il croyait sentir collée à sa peau, et quelle détresse à se dire que, s'il l'arrachait quand même, il resterait décharné, blessé, infirme, sans jamais pouvoir redevenir pareil aux autres hommes !

Pendant cette nuit terrible, ce fut là de nouveau son débat, sa torture. La vie voudrait-elle de lui encore, n'avait-il pas été marqué pour rester éternellement à part ? Il croyait sentir son serment dans sa chair, tel qu'un fer rouge. Se vêtir comme les hommes, à quoi bon ? s'il ne devait plus être un homme. Il avait vécu jusque-là si frissonnant, si malhabile, si perdu dans le renoncement et dans le songe ! Ne plus pouvoir, ne plus pouvoir, cela le hantait d'une terreur dont il craignait d'être paralysé. Et, quand enfin il se décida, ce fut dans l'angoisse, simplement par loyauté.

Le lendemain, lorsque Pierre revint à Montmartre, il était en pantalon et en veston de couleur sombre. Mère-Grand et les trois fils n'eurent ni un cri de surprise ni même un regard qui pût le gêner. Cela n'était-il pas naturel ? Ils l'accueillirent de leur air tranquille de tous les jours, peut-être même avec plus d'affection, pour lui éviter le premier embarras. Mais Guillaume, lui, se permit un bon sourire. Il voyait là son œuvre. La guérison venait, comme il l'avait espéré, par lui, chez lui, dans le plein soleil, dans la vie que le grand vitrage laissait entrer à larges flots.

Marie, elle aussi, avait levé les yeux, regardait Pierre. Elle ignorait tout ce que son mot si logique : « Pourquoi ne l'ôtez-vous pas ? » lui avait fait souffrir. Et elle trouva simplement plus commode pour le travail, qu'il eût ôté sa soutane.

« Pierre, venez donc voir... Je m'amusais justement, lorsque vous êtes arrivé, à suivre, là-bas, sur Paris, ces fumées que le vent couche vers l'est. On dirait des navires, toute une escadre innombrable que le soleil empourpre. Oui, oui ! des vaisseaux d'or, des milliers de vaisseaux d'or qui partent de l'océan de Paris, pour aller instruire et pacifier la terre. »

III

Deux jours plus tard, Pierre s'accoutumait à son nouveau costume, n'y pensait plus, lorsque, venu le matin à Montmartre, il rencontra l'abbé Rose devant la basilique du Sacré-Cœur.

Le vieux prêtre, saisi d'abord, ayant peine à le reconnaître ainsi vêtu, lui prit les deux mains, le regarda longuement. Puis, les yeux inondés de larmes :

« Ô mon fils, vous voilà tombé à l'affreuse misère que je redoutais pour vous ! Je ne vous en parlais pas, mais j'avais bien senti que Dieu s'était retiré de votre âme... Ah ! rien ne pouvait m'atteindre au cœur d'une plus cruelle blessure ! »

Tremblant, il l'emmenait à l'écart, comme pour le soustraire au scandale des quelques rares passants ; et ses forces défaillirent, il se laissa tomber sur un tas de briques, oublié là, dans l'herbe, au fond d'un chantier.

Cette grande douleur réelle de son vieil ami, si tendre, avait bouleversé Pierre, plus que ne l'auraient fait de furieux reproches et des anathèmes. Des larmes étaient aussi montées à ses yeux, dans la souffrance brusque, imprévue, d'une telle rencontre, à laquelle il aurait pourtant dû s'attendre. C'était un arrachement encore, et où coulait le meilleur de leur sang, que sa rupture avec le saint homme, dont il avait si longtemps partagé le rêve charitable, l'espoir du salut du monde par la bonté. Entre eux, il y avait eu tant de divines illusions, tant de luttes pour le mieux, tant de renoncements et tant de pardons mis en commun, dans le désir de hâter l'heureuse moisson future ! Et voilà qu'ils se séparaient, que lui, jeune, retournait à la vie, abandonnant le vieil homme seul, en son chemin de songe et de vaine attente !

Il lui avait pris les mains à son tour, il se lamentait.

« Ah ! mon ami, mon père, vous êtes bien le seul regret que je laisse dans l'affreux tourment d'où je sors. Je croyais en être guéri, et mon pauvre cœur vient de se fendre, rien qu'à vous rencontrer... Je vous en prie, ne pleurez pas sur moi, ne me reprochez pas ce que j'ai fait. C'était nécessaire, vous-même m'auriez dit, si je vous avais consulté, qu'il vaut mieux ne plus être prêtre que d'être un prêtre sans foi et sans honneur.

– Oui, oui, répéta doucement l'abbé Rose, vous n'aviez plus la foi, je m'en doutais, et votre rigidité, votre grande sainteté, où je devinais tant de désespoir, m'inquiétait beaucoup. Que d'heures j'ai passées à vous calmer, autrefois ! Il faut que vous m'écoutiez encore, il faut que je vous sauve... Je ne suis pas, hélas ! un théologien assez savant pour discuter, pour vous ramener, au nom des textes et des dogmes. Mais, au nom de la charité, mon enfant, au nom de la charité seule, réfléchissez, reprenez votre tâche de consolation et d'espérance. »

Pierre, qui s'était assis près de lui, dans ce coin désert, au pied même de la basilique, se passionna.

« La charité ! la charité ! c'est la certitude de son néant et de son inévitable banqueroute qui a fini de tuer le prêtre en moi... Comment pouvez-vous croire que donner suffit, lorsque votre vie entière s'est épuisée à donner, sans que vous ayez récolté autre chose, pour les autres et pour vous, que l'injuste misère perpétuée, aggravée même, sans jamais pouvoir fixer le jour où l'abomination cessera ?... La récompense après la mort, n'est-ce pas ? la justice au paradis. Ah ! ce n'est pas de la justice, cela ! c'est une duperie dont le monde souffre depuis des siècles. »

Et il lui rappela leur vie, là-bas, dans le quartier de Charonne, lorsqu'ils ramassaient ensemble les petits tombés à la rue, lorsqu'ils secouraient les parents au fond des bouges, tout cet effort admirable qui avait abouti, pour lui, au blâme de ses supérieurs, à une sorte d'exil loin de ses pauvres, sous la menace de peines plus sévères, s'il recommençait à compromettre la religion par des aumônes aveugles, sans raison ni but. Maintenant, surveillé, soupçonné, n'était-il pas comme submergé par la misère toujours montante, sachant qu'il ne donnerait jamais assez, même s'il disposait de millions, ne faisant que prolonger l'agonie du pauvre, qui, s'il mangeait aujourd'hui, ne mangerait plus demain ? Il était impuissant, la plaie qu'il croyait panser se rouvrait au même instant de toutes parts, le corps social entier allait être envahi et emporté par cet ulcère. Et le vieux prêtre, frissonnant, qui l'écoutait en hochant sa tête blanche, finit par murmurer :

« Qu'importe ? Qu'importe ? Mon enfant, il faut donner, donner toujours, donner quand même. Il n'y a pas d'autre joie… Si les dogmes vous gênent, restez-en à l'évangile, n'en gardez que le salut par la charité. »

Alors, Pierre se révolta, oubliant qu'il parlait à ce simple d'esprit, qui n'était que tendresse, incapable de le suivre.

« L'expérience est faite, le salut humain n'est pas possible par la charité, il ne saurait être désormais que par la justice. C'est le cri, peu à peu souverain, qui monte de tous les peuples… Voici près de deux mille ans que l'évangile avorte. Jésus n'a rien racheté, la souffrance de l'humanité est restée aussi grande, aussi injuste. Et l'évangile n'est plus qu'un code aboli dont les sociétés ne sauraient rien tirer que de trouble et de nuisible… Il faut s'en affranchir. »

C'était là sa conviction définitive. Quelle étrange erreur de choisir comme législateur social Jésus qui vivait au milieu d'une société autre, sur une terre autre, dans un temps autre ! Et, si l'on entendait ne garder de sa morale, de son enseignement, que ce qu'ils pouvaient avoir d'humain et d'éternel, quel danger encore dans l'application de préceptes immuables aux sociétés de tous les temps ! Pas une société ne vivrait sous l'application stricte de l'évangile. Jésus est destructeur de tout ordre, de tout travail, de toute vie. Il a nié la femme et la terre, l'éternelle nature, l'éternelle fécondité des choses et des êtres. Puis, le catholicisme est venu bâtir sur lui son effroyable édifice de terreur et d'oppression. Le péché originel, c'est l'hérédité terrible, renaissante chez chaque créature, qui n'admet pas, comme la science, les correctifs de l'éducation, des circonstances et du milieu. Il n'y a pas de conception plus pessimiste de l'homme, ainsi voué au diable dès sa naissance, en proie à une lutte contre lui-même jusqu'à la mort. Lutte impossible, absurde, car c'est tout l'homme qu'il s'agit de changer, tuer la chair, tuer la raison, détruire dans chaque passion une énergie coupable, poursuivre le diable jusqu'au fond des eaux, des monts et des forêts, pour l'y anéantir avec la sève du monde. Dès lors, la terre n'est plus qu'un péché, un enfer de tentations et de souffrances, que l'on traverse pour mériter le Ciel. Admirable instrument de police, de despotisme absolu, religion de la mort que l'idée de charité a pu seule faire tolérer, mais que le besoin de justice emportera forcément. Le pauvre, le misérable dupé, qui ne croit plus au paradis, veut que les mérites de chacun soient récompensés sur cette terre ; et l'éternelle vie redevient la bonne déesse, le désir et le travail sont la loi même du monde, la femme féconde rentre en honneur, l'imbécile cauchemar de l'enfer fait place à la glorieuse nature toujours en enfantement. C'est le vieux rêve sémite de l'évangile que balaie la claire raison latine, appuyée sur la science moderne.

« Voici dix-huit cents ans, conclut Pierre, que le christianisme entrave la marche de l'humanité vers la vérité et la justice. Elle ne reprendra son évolution que le jour où elle l'abolira, en mettant l'évangile au rang des livres des sages, sans voir en lui le code absolu et définitif. »

L'abbé Rose avait levé ses mains tremblantes.

« Taisez-vous, taisez-vous ! Mon enfant, vous blasphémez !... Je vous savais bouleversé par le doute, mais je vous croyais si patient, si capable de souffrance, que je comptais sur votre esprit de renoncement et de résignation. Que s'est-il donc passé pour que vous sortiez ainsi de l'Église, violemment ? Je ne vous reconnais plus, une passion s'est levée en vous, une force invincible vous emporte... Qu'est-ce donc ? Qui donc vous a changé ? »

Étonné, Pierre l'écoutait.

« Mais non, je vous assure, je suis tel que vous m'avez connu, et il n'y a là qu'un résultat, un dénouement inévitable... Qui donc aurait agi sur moi, puisque personne n'est entré dans ma vie ? Quel sentiment nouveau me transformerait, puisque je n'en trouve en moi aucun, lorsque je m'interroge ? Je suis le même, le même assurément. »

Pourtant, il y eut dans sa voix une hésitation. Était-ce bien vrai que rien, en lui, ne fût survenu ? Il s'interrogeait encore, et rien ne répondait nettement, il ne trouvait décidément rien. Ce n'était qu'un réveil délicieux, un immense désir de vie, un besoin d'ouvrir les bras assez larges pour embrasser toutes les créatures et toutes les choses. Et un vent d'allégresse le soulevait, l'emportait.

L'abbé Rose, bien qu'il fût de cœur trop innocent pour comprendre, hochait de nouveau la tête, songeait aux pièges du démon. Cette défection de son enfant, comme il nommait Pierre, l'accablait. Il parla encore, eut la maladroite inspiration de lui conseiller d'aller voir Mgr Martha, pour se confesser à lui, dans l'espoir qu'un prêtre de cette autorité trouverait les paroles nécessaires, qui le ramèneraient à la foi. Mais Pierre osa dire que, s'il sortait de l'Église, c'était après y avoir rencontré un pareil artisan de mensonge et de despotisme, faisant de la religion une diplomatie corruptrice, rêvant de ramener les hommes à Dieu par la ruse. Et l'abbé Rose, alors, désespéré, debout, ne trouva plus qu'un argument, montra d'un geste la basilique qui se dressait près d'eux, dans sa masse géante, inachevée, carrée et trapue, en attendant le dôme qui la couronnerait.

« C'est la maison de Dieu, mon enfant, le monument d'expiation et de triomphe, de pénitence et de pardon. Vous y avez dit la messe, vous la quittez en parjure et en sacrilège. »

Pierre, lui aussi, s'était levé. Et ce fut dans une exaltation de santé et de force qu'il répondit :

« Non, non ! j'en sors par ma libre volonté, comme on sort d'un caveau pour retourner au grand air, au grand soleil. Dieu n'est pas là, il n'y a là qu'un défi à la raison, à la vérité, à la justice, un colossal édifice qu'on a dressé le plus haut possible, comme une citadelle de l'absurde, dominant Paris, qu'il insulte et qu'il menace. »

Puis, voyant les yeux du vieux prêtre se remplir de nouvelles larmes, éperdu lui-même de leur rupture au point de sangloter, il voulut fuir.

« Adieu ! Adieu ! »

Mais l'abbé Rose l'avait déjà pris dans ses bras, le baisait comme la brebis révoltée, qui reste la plus chère.

« Pas adieu ! pas adieu, mon enfant ! Dites-moi au revoir ! Dites-moi que nous nous retrouverons encore, au moins parmi ceux qui pleurent et qui ont faim ! Vous avez beau croire que la charité a fait banqueroute, est-ce que nous ne nous aimerions pas toujours dans nos pauvres ? »

Pierre, devenu le camarade de ses trois grands gaillards de neveux, avait, en quelques leçons, appris d'eux à monter à bicyclette, pour les accompagner dans leurs promenades matinales ; et, deux fois déjà, il les avait suivis, ainsi que Marie, du côté du lac d'Enghien, par des routes durement pavées. Un matin que la jeune fille s'était promis de le mener jusqu'à la forêt de Saint-Germain, avec Antoine, celui-ci, au dernier moment, ne put partir. Elle était habillée, culotte de serge noire, petite veste de même étoffe, sur une chemisette de soie écrue, et la matinée d'avril était si claire, si douce, qu'elle s'écria gaiement :

« Ah ! tant pis, je vous emmène, nous ne serons que tous les deux !... Je veux absolument que vous connaissiez la joie de rouler sur une belle route, parmi de beaux arbres. »

Mais, comme il n'était pas encore très aguerri, ils décidèrent qu'ils iraient, avec leurs machines, prendre le chemin de fer jusqu'à Maisons-Laffitte. Puis, après avoir gagné la forêt à bicyclette, ils la traverseraient, remonteraient vers Saint-Germain, d'où ils reviendraient également par le chemin de fer.

« Vous serez ici pour le déjeuner ? demanda Guillaume, que cette escapade amusait et qui regardait en souriant son frère, tout en noir aussi, bas de laine noirs, culotte et veston de cheviotte noire.

– Oh ! certainement, répondit Marie. Il est à peine huit heures, nous avons bien le temps. D'ailleurs, mettez-vous à table, nous rentrerons toujours. »

Ce fut une matinée délicieuse. Au départ, Pierre s'imaginait qu'il était avec un bon camarade, ce qui rendait toute naturelle cette sortie, cette envolée à deux, par le tiède soleil printanier. Les costumes presque identiques, dans la liberté d'allures qu'ils permettaient, aidaient sans doute à cette fraternité joyeuse, d'une tranquille bonhomie. Mais c'était encore autre chose, la santé du grand air, l'allégresse de l'exercice pris en commun, tout ce plaisir de se sentir libres et bien portants, en pleine nature.

Dans le wagon, où ils se trouvaient seuls, Marie revint à ses souvenirs du lycée.

« Oh ! mon ami, vous n'avez pas idée, à Fénelon, des belles parties de barres ! Nous attachions, comme ça, nos jupes avec des ficelles, pour mieux courir ; car on n'osait pas encore nous laisser mettre des culottes, telle que je suis là. Et c'étaient des cris, des galops, des poussées, et nos cheveux s'envolaient, et nous étions rouges !... Bah ! ça ne m'empêchait pas de travailler, au contraire ! Une fois à l'étude, nous luttions, ainsi qu'en récréation, nous nous battions à qui en saurait davantage et serait la première de la classe. »

Elle en riait encore de bon cœur, tandis que Pierre la regardait émerveillé, tant elle lui semblait rose et saine, sous le petit chapeau de feutre noir qu'une longue épingle d'argent fixait dans l'épais chignon. Ses admirables cheveux bruns, relevés très haut, découvraient sa nuque fraîche, qui restait d'une délicatesse d'enfance. Et jamais il ne l'avait sentie si souple dans sa force, les hanches solides, la poitrine large, mais d'une finesse, d'une grâce charmantes. Quand elle riait ainsi, ses yeux brûlaient de joie, le bas de son visage, sa bouche et son menton qu'elle avait un peu forts, s'éclairaient d'une infinie bonté.

« Ah ! la culotte, la culotte ! continuait-elle en plaisantant. Dire qu'il y a des femmes qui s'entêtent à garder leur jupe pour monter à bicyclette ! »

Et, comme il déclarait qu'elle était très bien dans son costume, sans intention galante d'ailleurs, uniquement désireux de constater le fait :

« Oh ! moi, je ne compte pas… Je ne suis pas belle, je me porte bien, voilà tout… Mais comprenez-vous ça ? des femmes qui ont une occasion unique de se mettre à leur aise, de voler comme l'oiseau, les jambes enfin dégagées de leur prison, et qui refusent ! Si elles croient être plus belles, avec des jupes écourtées d'écolières, elles se trompent ! Et quant à la pudeur, il me semble qu'on doit montrer plus aisément ses mollets que ses épaules. »

Elle eut un geste de passion gamine.

« Et puis, est-ce qu'on pense à tout ça, lorsqu'on roule ?… Il n'y a que la culotte, la jupe est hérétique. »

À son tour, elle le regardait, et elle dut, à cette minute, être frappée par l'extraordinaire changement qui s'était produit en lui, depuis le jour où, pour la première fois, elle l'avait vu, si sombre, dans sa longue soutane, la face amaigrie, livide, ravagée d'angoisse. Derrière, on sentait la détresse du néant, un vide de sépulcre dont le vent a balayé la cendre. Et c'était, maintenant, comme une résurrection, le visage s'éclairait, le grand front avait repris une sérénité d'espoir, tandis que les yeux et la bouche retrouvaient un peu de leur tendresse confiante, dans son éternelle faim d'aimer, de se donner et de vivre. Plus rien déjà ne révélait le prêtre en lui, que les cheveux moins longs, à la place de la tonsure, dont la pâleur se noyait.

« Pourquoi me regardez-vous ? » demanda-t-il.

Elle répondit avec franchise :

« Je regarde combien le travail et le grand air vous font du bien, à vous aussi… Ah ! je vous aime mieux tel que vous voilà. Vous aviez si mauvaise mine ! Je vous ai cru malade.

– Je l'étais », dit-il simplement.

Mais le train s'arrêtait à Maisons-Laffitte. Ils descendirent, et tout de suite ils prirent la route de la forêt. Cette route monte légèrement jusqu'à la porte de Maisons, encombrée de charrettes, les jours de marché.

« Je prends la tête, n'est-ce pas ? cria gaiement Marie, puisque les voitures vous inquiètent encore. »

Elle filait devant lui, mince et droite sur la selle, et elle se retournait parfois avec un bon sourire, pour voir s'il la suivait. À chaque voiture dépassée, elle le rassurait en disant les mérites de leurs machines, qui toutes deux sortaient de l'usine Grandidier. C'étaient des Lisettes, le modèle populaire auquel Thomas lui-même avait travaillé, perfectionnant la construction, et que les magasins du *Bon Marché* vendaient couramment cent cinquante francs. Peut-être avaient-elles l'aspect un peu lourd, mais elles étaient d'une solidité et d'une résistance parfaites. De vraies machines pour faire de la route, disait-elle.

« Ah ! voici la forêt. C'est fini de monter, et vous allez voir les belles avenues. On y roule comme sur du velours. »

Pierre était venu se mettre près d'elle, tous deux filaient côte à côte, du même vol régulier, par la voie large et droite, entre le double rideau majestueux des grands arbres. Et ils causaient très amicalement.

« Me voici d'aplomb maintenant, vous verrez que votre élève finira par vous faire honneur.

– Je n'en doute pas. Vous vous tenez très bien, vous allez me lâcher dans quelque temps, car une femme ne vaut jamais un homme, à ce jeu-là… Mais quelle bonne éducation tout de même que la bicyclette pour une femme !

– Comment cela ?

– Oh ! j'ai là-dessus mes idées... Si, un jour, j'ai une fille, je la mettrai dès dix ans sur une bicyclette, pour lui apprendre à se conduire dans la vie.

– Une éducation par l'expérience.

– Eh ! sans doute... Voyez ces grandes filles que les mères élèvent dans leurs jupons. On leur fait peur de tout, on leur défend toute initiative, on n'exerce ni leur jugement ni leur volonté, de sorte qu'elles ne savent pas même traverser une rue, paralysées par l'idée des obstacles... Mettez-en une toute jeune sur une bicyclette, et lâchez-la-moi sur les routes : il faudra bien qu'elle ouvre les yeux, pour voir et éviter le caillou, pour tourner à propos, et dans le bon sens, quand un coude se présentera. Une voiture arrive au galop, un danger quelconque se déclare, et tout de suite il faut qu'elle se décide, qu'elle donne son coup de guidon d'une main ferme et sage, si elle ne veut pas y laisser un membre... En somme, n'y a-t-il pas là un continuel apprentissage de la volonté, une admirable leçon de conduite et de défense ? »

Il s'était mis à rire.

« Vous vous porterez toutes trop bien.

– Oh ! se bien porter, cela va de soi, on doit d'abord se porter le mieux possible, pour être bon et heureux... Mais j'entends que celles qui éviteront les cailloux, qui tourneront à propos sur les routes, sauront aussi, dans la vie sociale et sentimentale, franchir les difficultés, prendre le meilleur parti, d'une intelligence ouverte, honnête et solide... Toute l'éducation est là, savoir et vouloir.

– Alors, l'émancipation de la femme par la bicyclette.

– Mon Dieu ! pourquoi pas ?... Cela semble drôle, et pourtant voyez quel chemin parcouru déjà : la culotte qui délivre les jambes, les sorties en commun qui mêlent et égalisent les sexes, la femme et les enfants qui suivent le mari partout, les camarades comme nous deux qui peuvent s'en aller à travers champs, à travers bois, sans qu'on s'en étonne. Et là est surtout l'heureuse conquête, les bains d'air et de clarté qu'on va prendre en pleine nature, ce retour à notre mère commune, la terre, et cette force, et cette gaieté neuves, qu'on se remet à puiser en elle !... Regardez, regardez ! n'est-ce pas délicieux, cette forêt où nous roulons ensemble ? et quel bon vent cela met dans nos poitrines ! et comme cela vous purifie, vous calme et vous encourage ! »

La forêt, en effet, déserte en semaine, était d'une douceur infinie, avec ses futaies profondes, à droite et à gauche, criblées de soleil. L'astre, encore oblique, n'éclairait qu'un côté de la route, dorant les hautes draperies vertes des arbres, tandis que, de l'autre côté, dans l'ombre, les verdures étaient presque noires. Et quelles délices que de s'en aller ainsi, d'un vol d'hirondelle qui rase le sol, par cette royale avenue, dans la fraîcheur de l'air, dans le souffle des herbes et des feuilles, dont l'odeur puissante fouette le visage ! Ils touchaient à peine au sol, des ailes leur étaient poussées qui les emmenaient d'un même essor, par les rayons et par les ombres, par la vie éparse du grand bois frissonnant, avec ses mousses, ses sources, ses bêtes et ses parfums.

Au carrefour de la Croix-de-Noailles, Marie ne voulut pas s'arrêter. Trop de monde s'y coudoyait le dimanche, et elle connaissait ailleurs des coins vierges, d'un repos charmant. Puis, dans la pente, vers Poissy, elle excita Pierre, tous deux laissèrent leur machine s'emballer. Alors, ce fut cette griserie allègre de la vitesse, l'enivrante sensation de l'équilibre dans le coup de foudre où l'on roule à perdre haleine, tandis que la route grise fuit sous les pieds et que les arbres, des deux côtés, tournent comme les branches d'un éventail qu'on déploie. La brise souffle en tempête, on est parti pour l'horizon, pour l'infini, là-bas, qui toujours se recule. C'est l'espoir sans fin, la délivrance des liens trop lourds, à travers l'espace. Et rien n'est d'une exaltation meilleure, les cœurs bondissent en plein ciel.

« Vous savez, cria-t-elle, nous n'allons pas à Poissy, nous tournons à gauche. »

Ils prirent le chemin d'Achères aux Loges, qui se rétrécissait et montait, d'une intimité ombreuse. Ralentissant leur allure, ils durent pédaler sérieusement dans la côte, parmi les graviers épars. La route était moins bonne, sablonneuse, ravinée par les dernières grandes pluies. Mais l'effort n'était-il pas un plaisir ?

« Vous vous y ferez, c'est amusant de vaincre l'obstacle... Moi, je déteste les routes trop longtemps plates et belles. Une petite montée qui se présente, lorsqu'elle ne vous casse pas trop les jambes, c'est l'imprévu, c'est l'autre chose qui vous fouette et vous réveille... Et puis, c'est si bon d'être fort, d'aller malgré la pluie, le vent et les côtes ! »

Elle le ravissait par sa belle humeur et sa vaillance.

« Alors, demanda-t-il en riant, nous voilà partis pour notre tour de France ?

– Non, non ! nous sommes arrivés. Hein ? ça ne vous déplaira pas de vous reposer un peu... Mais dites-moi si ça ne valait pas la peine de venir jusqu'ici, pour s'asseoir un instant, dans un joli coin de tranquillité et de fraîcheur ? »

Légèrement, elle sauta de machine, puis s'engagea dans un sentier, où elle fit une cinquantaine de pas, en lui criant de la suivre. Les deux bicyclettes appuyées contre des troncs d'arbre, ils se trouvèrent au milieu d'une étroite clairière. C'était en effet le nid de feuilles le plus exquis qu'on pût rêver. La forêt est là d'une beauté, d'une grandeur solitaire et souveraine. Et le printemps lui donnait l'éternelle jeunesse, les feuillages étaient d'une légèreté candide, toute une fine dentelle verte, que le soleil poudrait d'or. Un souffle de vie montait des herbes, venait des futaies lointaines, embaumé des odeurs puissantes de la terre.

« On n'a pas encore trop chaud heureusement, dit-elle en s'asseyant au pied d'un jeune chêne, auquel elle s'adossa. La vérité est qu'en juillet les dames sont un peu rouges et que la poudre de riz s'en va... On ne peut pas toujours être belle.

– Moi, je n'ai pas froid », déclara Pierre qui s'était assis à ses pieds, en s'épongeant le front.

Elle s'égaya, lui dit qu'elle ne lui avait jamais vu tant de couleurs. Enfin, il avait du sang sous la peau, ça se voyait. Et ils se mirent à causer comme deux enfants, comme deux camarades, s'amusant de gamineries, trouvant très gaies les choses les plus puériles du monde. Elle s'inquiétait de sa santé, voulait qu'il ne restât pas à l'ombre, puisqu'il avait si chaud ; de sorte que, pour la tranquilliser, il dut se déplacer, se mettre le dos au soleil. Puis, ce fut lui qui la sauva d'une araignée, d'une grosse araignée noire, qui s'était pris les pattes parmi ses cheveux follets, sur sa nuque. Toute la femme venait de reparaître en elle, dans un cri aigu de terreur. Était-ce bête, d'avoir ainsi peur des araignées ! Elle avait beau vouloir se maîtriser, elle en restait pâle et tremblante. Un silence s'était fait, ils se regardaient l'un l'autre avec un sourire ; et ils s'aimaient bien au milieu de ce bois si tendre, d'une amitié émue que tous les deux croyaient fraternelle, elle heureuse de s'être intéressée à lui, lui reconnaissant de la guérison, de la santé qu'elle lui apportait. Mais leurs yeux ne se baissaient pas, leurs mains n'eurent pas même un frôlement en fouillant les herbes, car ils étaient inconscients et purs, comme les grands chênes qui les entouraient. Quand elle l'eut empêché de tuer l'araignée, la destruction lui faisant horreur, elle se remit à causer raisonnablement de toutes choses, en fille qui savait et que la vie n'embarrassait point, tellement elle était sûre de ne jamais faire que ce qu'elle avait résolu de faire.

« Dites donc, finit-elle par crier, on nous attend pour déjeuner, chez nous. »

Ils se levèrent, regagnèrent la route, en poussant les bicyclettes. Et ils repartirent d'un bon train, passèrent devant les Loges, arrivèrent à Saint-Germain par la superbe avenue qui débouche devant le château. Cela les ravissait de rouler de nouveau côte à côte, comme deux oiseaux accouplés, planant d'un vol égal. Les grelots tintaient, les chaînes avaient leur petit bruissement léger. Et, dans le vent frais de la course, ils reprenaient leur conversation, très à l'aise, très intimes, comme isolés du monde, emportés très loin et très haut.

Puis, dans le train qui les ramenait de Saint-Germain à Paris, Pierre s'aperçut que les joues de Marie s'empourpraient d'une brusque rougeur. Deux dames occupaient avec eux le compartiment.

« Tiens ! c'est vous maintenant qui avez chaud. »

Elle protesta, et, comme si une pudeur la bouleversait, sa face entière s'enflamma de plus en plus.

« Je n'ai pas chaud, touchez mes mains... Est-ce ridicule de rougir ainsi, sans cause aucune ? »

Il comprit, c'était une de ces floraisons involontaires de son cœur de vierge, montant à ses joues, et dont elle était si contrariée. Sans cause, elle le disait. Il battait à son insu même, ce cœur, qui là-bas, dans la solitude de la forêt, dormait innocent.

À Montmartre, après le départ des enfants, comme il les nommait, Guillaume s'était mis à fabriquer de cette poudre mystérieuse, dont il cachait les cartouches, en haut, dans la chambre de Mère-Grand. La fabrication en était très dangereuse, le moindre oubli pendant les manipulations, un robinet fermé trop tard, pouvait déterminer une explosion formidable, qui aurait emporté la maison et ses habitants. Aussi préférait-il attendre qu'il fût seul, sans danger pour autrui, sans crainte d'être distrait lui-même. Pourtant, ce matin-là, ses trois fils travaillaient dans le vaste atelier. Et Mère-Grand, comme de coutume, cousait tranquillement près du fourneau. Mais elle, très brave, ne comptait pas, car elle ne quittait guère sa place, vivant à l'aise dans le péril ; et elle en était arrivée à aider Guillaume, à connaître aussi bien que lui les différentes phases de la délicate opération, avec toutes leurs terrifiantes menaces.

Ce matin-là, en le voyant absorbé, elle levait parfois les yeux du linge qu'elle raccommodait, sans lunettes, malgré ses soixante-dix ans. D'un coup d'œil, elle s'assurait qu'il n'oubliait rien, puis se remettait à sa besogne. Dans son éternelle robe noire, avec toutes ses dents encore et ses cheveux qui blanchissaient à peine, elle gardait son fin visage d'autrefois, mais séché et jauni, devenu d'une sévérité douce. D'ordinaire, elle parlait peu, ne discutant jamais, agissant et dirigeant, n'ouvrant les lèvres que pour donner des conseils de raison, de force, de vaillance. On ne savait tout ce qu'elle pensait et tout ce qu'elle voulait que par ses réponses, des paroles brèves, où éclatait son âme de justice et d'héroïsme.

Depuis quelque temps surtout, elle semblait se faire plus silencieuse, s'activant dans la maison dont elle était l'absolue maîtresse, suivant de ses beaux yeux pensifs son petit peuple, les trois fils, Guillaume, Marie, Pierre, qui tous lui obéissaient comme à leur reine acceptée, indiscutée. Avait-elle donc prévu des changements, vu des faits, que personne autour d'elle ne prévoyait ni ne voyait ? Elle était devenue plus grave encore, comme dans l'attente d'une heure prochaine où l'on aurait besoin de sa sagesse et de son autorité.

« Faites attention, Guillaume, vous êtes distrait, ce matin, finit-elle par dire. Est-ce que vous avez quelque ennui, quelque peine ? »

Il la regarda d'un air souriant.

« Aucune peine, je vous assure... Je songeais à notre bonne Marie, qui était si heureuse d'aller en forêt, par ce beau soleil. »

Antoine avait levé la tête, tandis que ses deux frères restaient plongés dans leur besogne.

« Est-ce malheureux que j'aie eu ce bois à terminer ! Je l'aurais accompagnée si volontiers.

– Bah ! dit le père de sa voix paisible, Pierre est avec elle, Pierre est très prudent. »

Pendant un instant encore, Mère-Grand l'examina, puis elle reprit sa couture. Sa royauté sur la maison, qui mettait à ses pieds les jeunes et les vieux, venait de son long dévouement, de son intelligence et de sa bonté à régner. Née protestante, libérée plus tard des croyances religieuses, elle n'appliquait en toutes choses, par-dessus les conventions sociales, que cette idée de justice humaine qu'elle s'était faite, après avoir tant souffert de la longue injustice dont son mari était mort. Elle y apportait une extraordinaire bravoure, ignorant les préjugés, allant jusqu'au bout de son devoir, tel qu'elle le comprenait. Et, comme elle s'était dévouée à son mari, puis à sa fille Marguerite, elle se dévouait au mari de sa fille et à ses petits-fils, à Guillaume et à ses enfants. Maintenant, Pierre lui-même, qu'elle avait étudié d'abord avec inquiétude, était entré dans sa famille, faisait partie du petit coin de bonheur qu'elle gouvernait. Sans doute, elle l'en avait reconnu digne. Elle n'aimait pas à donner les raisons profondes qui la décidaient. Après des journées de silence, elle s'était contentée, un soir, de dire à Guillaume qu'il avait bien fait d'amener son frère.

Vers midi, Guillaume, toujours à sa besogne, s'écria :

« Dites donc, les enfants ne sont pas rentrés, on va les attendre un peu pour se mettre à table... Moi, je voudrais bien finir. »

Un quart d'heure encore se passa. Les trois grands garçons quittèrent leur travail, allèrent dans le jardin se laver les mains.

« Marie s'attarde beaucoup, fit remarquer Mère-Grand. Pourvu qu'il ne lui soit rien arrivé !

– Oh ! elle marche à merveille, elle est sûre d'elle, dit Guillaume. Je suis plus inquiet pour Pierre. »

De nouveau, elle fixait les yeux sur lui.

« Elle l'aura guidé, tous deux vont déjà bien ensemble.

– Sans doute... N'importe ! j'aimerais mieux les savoir rentrés. »

Puis, brusquement, il crut entendre les grelots des bicyclettes, il cria que c'étaient eux ; et, dans son contentement, il oublia tout, il lâcha son fourneau, pour courir dans le jardin, à leur rencontre.

Mère-Grand, restée seule, continua tranquillement de coudre, sans songer, elle non plus, que, près de sa chaise, dans l'appareil, la fabrication de la poudre s'achevait. Et, lorsque, deux minutes plus tard, Guillaume rentra, en disant qu'il s'était trompé, il devint tout d'un coup livide, les yeux fixés sur le fourneau. Le moment exact où la fermeture d'un robinet assurait sans danger la fin de la manipulation, venait de passer pendant sa courte absence ; et, maintenant, d'une seconde à l'autre, l'effroyable explosion allait se produire, si une main hardie n'osait s'approcher et tourner le robinet terrible. Il devait être déjà trop tard, le brave qui ferait cela serait broyé.

Souvent Guillaume avait ainsi risqué la mort, avec une parfaite insouciance. Mais, cette fois, il restait cloué au sol, sans pouvoir avancer, toute sa chair révoltée par l'effroi de l'anéantissement. Il grelottait, il bégayait, dans l'attente de la catastrophe, qui menaçait de faire sauter la maison aux quatre coins du ciel.

« Mère-Grand, Mère-Grand... L'appareil, le robinet... C'est fini, fini, fini... »

La vieille femme avait levé la tête, sans comprendre encore.

« Quoi donc ? Qu'avez-vous ? »

Puis, elle le vit si décomposé, reculant, fou de terreur, qu'elle regarda vers le fourneau et sentit l'épouvantable danger.

« Eh bien ! mais, c'est très simple... Il n'y a qu'à fermer le robinet, n'est-ce pas ? »

Et, sans hâte, de l'air le plus aisé du monde, elle posa son ouvrage sur la petite table, quitta sa chaise, alla tourner le robinet, d'une main légère, qui ne tremblait même pas.

« Voilà qui est fait... Pourquoi donc, mon ami, ne l'avez-vous pas fait vous-même ? »

Il l'avait suivie des yeux, béant, glacé, comme touché par la mort. Et, quand le sang lui revint sous la peau, quand il se retrouva vivant devant l'appareil désormais inoffensif, il eut un profond soupir, frissonnant encore et désespéré.

« Pourquoi je ne l'ai pas fermé ?... Mais parce que j'ai eu peur. »

À ce moment, Marie et Pierre rentraient, ravis de leur promenade, causant, riant, rapportant avec eux l'allégresse du clair soleil ; et les trois frères, Thomas, François, Antoine, qui revenaient du jardin, les plaisantaient, voulaient leur faire avouer que Pierre s'était battu avec une vache et qu'il avait pédalé au travers d'un champ d'avoine. La vue du père, bouleversé, les inquiéta brusquement.

« Mes enfants, je viens d'être lâche... Ah ! c'est curieux, la lâcheté, une sensation que je ne connaissais pas. »

Et il conta la crainte de l'accident, sa terreur, et de quelle façon tranquille Mère-Grand les avait tous sauvés d'une mort certaine. Elle eut un petit geste, comme pour dire que tourner un robinet n'était pas si héroïque. Mais des larmes étaient montées aux yeux des trois grands garçons, et ils vinrent l'embrasser l'un après l'autre, avec une ferveur dévote, mettant dans cette caresse la reconnaissance, le culte qu'ils avaient pour elle. Depuis leur petite enfance, elle leur avait tout donné, et elle leur donnait encore la vie. Marie à son tour s'était jetée dans ses bras, la baisait, pleine de gratitude et d'attendrissement. Et, seule, Mère-Grand ne pleurait pas, les calmait, voulait qu'on n'exagérât rien et qu'on fût toujours raisonnable.

« Voyons, dit Guillaume, qui se remettait, vous me permettrez de vous embrasser comme eux, car je vous dois bien ça... Et Pierre aussi va vous embrasser, parce que vous êtes maintenant aussi bonne pour lui que vous l'avez toujours été pour nous. »

À table, lorsqu'on put enfin déjeuner, il revint sur cette peur dont il restait surpris et honteux. Depuis quelque temps, il s'était ainsi découvert des soucis de prudence, lui qui, autrefois, ne songeait jamais à la mort. Deux fois déjà, il avait frémi devant des catastrophes possibles. D'où lui venait donc, sur le tard, ce goût de l'existence ? Pourquoi donc tenait-il maintenant à vivre ? Et il finit par dire gaiement, avec une pointe de tendresse émue :

« Je crois bien, Marie, que c'est votre pensée qui me rend lâche. Si je suis moins brave, c'est que j'ai désormais quelque chose de précieux à risquer. J'ai charge de bonheur... Tout à l'heure, quand j'ai cru que nous allions tous mourir, je vous ai vue, c'est l'effroi de vous perdre qui m'a glacé et paralysé. »

Gentiment, Marie s'était elle-même mise à rire. Les allusions à leur prochain mariage étaient rares, mais elle les accueillait toujours d'un air d'affection heureuse.

« Six semaines encore », dit-elle simplement.

Mère-Grand, qui les regardait, tourna les yeux vers Pierre. Il écoutait en souriant, lui aussi.

« C'est vrai, dit-elle, dans six semaines, vous serez mariés. J'ai bien fait alors d'empêcher la maison de sauter. »

À leur tour, les enfants, Thomas, François et Antoine, s'égayèrent. Et le déjeuner s'acheva très joyeusement.

L'après-midi, Pierre sentit un poids, peu à peu, qui lui écrasait le cœur. Le mot de Marie lui revenait : « Six semaines encore. » Oui, dans six semaines, elle serait mariée. Et il lui semblait que jamais il n'avait su cela, que jamais il n'y avait songé. Puis, le soir, dans sa chambre, à Neuilly, ce fut une douleur intolérable. Le mot le torturait, le tuait. Pourquoi donc n'avait-il pas souffert d'abord, l'accueillant d'un sourire ? Et pourquoi, lentement, la douleur était-elle venue si obstinée, si cruelle ? Tout d'un coup, l'idée naquit, la certitude s'imposa, foudroyante. Il aimait Marie, il l'aimait d'amour, à en mourir.

Alors, dans cette vision soudaine, tout s'éclaira. Depuis la première rencontre, il se vit marchant invinciblement à cet amour, se croyant blessé d'abord, prenant pour de l'hostilité l'émoi où le jetait la jeune fille, conquis ensuite, cédant à une divine douceur. C'était à elle qu'il aboutissait après tant de tourments et de luttes, et c'était en elle qu'il avait fini par se calmer. Mais, surtout, la promenade à bicyclette du matin, si délicieuse, lui apparaissait sous son véritable jour, comme une matinée de fiançailles, au sein de la forêt heureuse, de la forêt complice. La nature l'avait repris, délivré de son mal, sain et fort, et l'avait donné à la femme qu'il adorait. Son frisson, son bonheur, sa communion parfaite avec les arbres, avec les bêtes, avec le ciel, tout ce qu'il ne s'expliquait pas, prenait maintenant un sens très clair, qui l'exaltait. Marie seule était sa guérison, son espoir, sa certitude de renaître et d'être heureux enfin. Déjà, il avait oublié près d'elle les problèmes anxieux, tout ce qui le hantait et l'écrasait. Depuis huit jours, la pensée de la mort, qui avait si longtemps été sa compagne de chaque heure, ne lui était pas même venue. Le débat de la croyance et du doute, la détresse du néant, la colère contre la souffrance injuste, elle avait tout écarté de ses mains fraîches, si bien portante elle-même, si joyeuse de vivre, qu'elle lui avait rendu le goût de la vie. Et c'était simplement cela, elle refaisait de lui l'homme, le travailleur, l'amant et le père.

Brusquement, il se rappela l'abbé Rose, la conversation douloureuse qu'il avait eue un matin avec ce saint homme. Ce cœur ingénu, ignorant des choses de l'amour, était pourtant le voyant qui seul avait compris. Il le lui disait bien, qu'il était changé, qu'il y avait en lui un autre homme. Et lui qui s'obstinait sottement à jurer qu'il était le même, lorsque Marie l'avait transformé déjà, remettant dans sa poitrine la nature entière, et les campagnes ensoleillées, et les vents qui fécondent, et le vaste ciel qui mûrit les moissons ! Et voilà donc pourquoi le catholicisme, la religion de la mort, l'avait exaspéré à ce point de lui faire crier que l'évangile était périmé et que le monde attendait un autre code, une loi de bonheur terrestre, de justice humaine, d'amour vivant et de fécondité !

Mais Guillaume ? Il vit son frère se dresser devant lui, son frère qui l'adorait, qui l'avait introduit dans sa maison de labeur, de paix et de tendresse, pour le guérir. S'il connaissait Marie, c'était que Guillaume l'avait voulu. Et le mot lui revint : « Six semaines encore. » Dans six semaines, son frère devait épouser la jeune fille. Ce fut comme si un couteau lui entrait dans le cœur. Pas une seconde il n'hésita : s'il devait en mourir, il en mourrait ; mais personne au monde ne connaîtrait son amour, il se vaincrait, fuirait au loin, s'il se sentait lâche. Son frère qui le voulait ressuscité, qui était l'artisan de cette passion dont il brûlait, qui avait poussé la confiance jusqu'à lui tout donner de son cœur et des siens, non, non ! plutôt que de lui causer un souci d'une heure, il se serait condamné lui-même à une éternelle torture ! Et c'était bien sa torture qui recommençait, car s'il perdait Marie, il retombait à la détresse de son néant. Déjà, sur sa couche d'insomnie, l'abomination recommençait, la négation de tout, l'inutilité de tout, le monde sans signification aucune, la vie niée et maudite. Son frisson de la mort le reprit. Mourir, mourir, et sans avoir vécu !

Ah ! quelle lutte affreuse ! Jusqu'au jour, il se martyrisa, il gémit. Pourquoi avait-il ôté sa soutane ? Un mot de Marie la lui avait fait quitter, un mot de Marie lui donnait l'idée désespérée de la reprendre. On ne s'évadait pas de son cachot. Cette robe noire tenait à sa chair, il croyait ne plus la porter, mais elle lui mangeait toujours les épaules, et il serait sage de s'y ensevelir à jamais. Au moins il porterait le deuil de sa virilité.

Puis, une idée encore le bouleversa. Qu'avait-il à se débattre ainsi ? Marie ne l'aimait point. Pendant leur promenade de la matinée, rien n'avait pu lui faire croire qu'elle l'aimait autrement qu'en sœur bonne et charmante. Elle aimait Guillaume sans doute. Et il étouffa de longs sanglots dans son oreiller, il fit le nouveau serment de se vaincre et de sourire à leur bonheur.

IV

Pierre étant retourné le lendemain à Montmartre, y souffrit tellement, que, de deux jours, il n'y reparut pas. Il s'enferma chez lui, où personne ne voyait sa fièvre. Et, un matin, comme il était au lit encore, désespéré, sans force, il eut la surprise et l'embarras de voir entrer son frère Guillaume.

« Il faut bien que je me dérange, puisque tu nous abandonnes… Je viens te chercher pour que tu assistes avec moi à l'affaire de Salvat, qu'on juge aujourd'hui. J'ai eu bien de la peine à m'assurer deux places… Allons, lève-toi, nous déjeunerons dehors et nous serons là-bas de bonne heure. »

Lui-même paraissait soucieux, préoccupé, hanté d'une inquiétude qui l'assombrissait ; et, comme son frère se hâtait de s'habiller, il l'interrogea.

« Est-ce que tu as quelque chose à nous reprocher ?

– Mais rien ! Quelle idée as-tu là ?

– Alors, pourquoi cesses-tu de venir ? On te voyait chaque jour, et tout d'un coup tu disparais. »

Pierre chercha vainement un mensonge, acheva de se troubler.

« J'ai eu du travail ici... Enfin, que veux-tu ? mes idées noires me reprenaient, je n'avais que faire d'aller vous attrister tous. »

Guillaume eut un geste brusque.

« Si tu crois que ton absence nous égaie !... Marie, toujours si bien portante, si heureuse, a eu une telle migraine avant-hier, qu'elle a dû garder la chambre. Hier encore, elle était toute mal à l'aise, énervée, silencieuse. Nous avons passé une mauvaise journée. »

Et il le regardait bien en face, de ses yeux de franchise et de loyauté, où le soupçon né en lui et qu'il ne voulait pas dire, apparaissait clairement.

Bouleversé par l'émoi de Marie, épouvanté à l'idée de se trahir, Pierre réussit à mentir cette fois, en répondant d'une voix tranquille :

« Oui, elle n'était déjà pas très bien, le jour où nous sommes allés à bicyclette... Moi, je t'assure que j'ai eu beaucoup d'occupation. J'allais me lever, pour reprendre chez vous mes habitudes. »

Un instant encore, Guillaume le regarda ; puis, convaincu sans doute, ou remettant à plus tard de savoir la vérité, il causa affectueusement d'autre chose ; et, dans cette tendresse fraternelle, si vive chez lui, il gardait pourtant un tel frisson de détresse pressentie, de douleur inavouée, peut-être inconsciente, que son frère le questionna à son tour.

« Et toi, est-ce que tu es malade ? Tu ne me parais pas dans ta belle sérénité ordinaire.

– Moi ? oh ! non, non, je ne suis pas malade... Seulement, ma belle sérénité me paraît compromise. C'est cette affaire de Salvat qui me jette hors de moi, tu le sais bien. Ils me rendront enragé, avec leur monstrueuse injustice, à écraser tous ce misérable. »

Dès lors, il ne parla plus que de Salvat, s'y entêta, s'y passionna, comme désireux de trouver dans l'affaire du jour une explication à toutes ses révoltes, à toutes ses souffrances. En déjeunant, vers dix heures, chez un petit restaurateur du boulevard du Palais, il dit combien il était touché du silence gardé par Salvat, et sur la nature de la poudre employée pour la fabrication de la bombe, et sur les quelques journées de travail faites chez lui. C'était à ce silence qu'il devait de n'avoir pas été inquiété et de n'être pas même cité parmi les témoins. Pris d'attendrissement, il revint sur son invention, l'engin formidable qui devait assurer la toute-puissance à la France initiatrice et libératrice. Désormais, les résultats de ses dix dernières années de recherches étaient hors de tout danger, prêts et décisifs, pouvant être livrés dès le lendemain au gouvernement français. Et, en dehors de certains scrupules sourds qui le troublaient, devant l'indignité du monde financier et du monde politique, il n'attendait plus que d'avoir épousé Marie, pour l'associer, par une galanterie touchante, à ce don magnifique de la paix universelle, qu'il se croyait à la veille de faire au monde.

C'était par Bertheroy que Guillaume s'était assuré deux places, très difficilement. Et, lorsque, dès l'ouverture des portes, à onze heures précises, Pierre et lui se présentèrent, ils crurent bien qu'ils n'entreraient pas. Toutes les grilles étaient closes, des barrières fermaient les couloirs, un vent de terreur soufflait par le Palais désert, comme si la magistrature eût redouté une invasion d'anarchistes, armés de bombes. On retrouvait là le frisson d'épouvante noire qui, depuis trois mois, ravageait Paris. Les deux frères durent parlementer à chaque porte, à chaque barrière, gardées militairement. Et, quand ils pénétrèrent enfin dans la salle des assises, elle était pleine déjà, toute bondée et débordante d'un public entassé, qui consentait à s'y étouffer une heure avant l'entrée de la cour, et qui se résignait à n'en point bouger de sept ou huit heures peut-être, car le bruit courait qu'on voulait se débarrasser de l'affaire en une seule audience. Dans la partie si étroite, réservée au public debout, s'écrasait une masse compacte de curieux, montés au hasard de la rue, parmi lesquels des compagnons, des amis de Salvat, avaient pourtant réussi à se glisser ; dans l'autre compartiment, où l'on parque les témoins, sur les bancs de chêne, se tenaient les invités, ceux qu'on avait fait entrer par faveur, trop nombreux, serrés, assis presque les uns sur les genoux des autres ; et, dans le prétoire, envahissant la place libre, jusque derrière la cour, des chaises étaient rangées comme au spectacle, occupées par le beau monde privilégié, des hommes politiques, des journalistes, des dames, tandis que le flot des avocats en robe se logeait au petit bonheur, dans tous les coins.

Pierre ne connaissait pas la salle des assises, et il fut surpris, car il s'était imaginé toute une pompe, toute une majesté. Ce temple de la justice des hommes lui apparut petit, morne, d'une propreté douteuse. L'estrade sur laquelle siégeait la cour, était si basse, qu'il voyait à peine les fauteuils du président et des deux assesseurs. Puis, c'était le vieux chêne prodigué, les boiseries, les balustrades, les bancs, qui assombrissait la salle, tendue de gros vert, caissonnée au plafond de chêne encore. Les sept fenêtres, mesquines et haut percées, garnies de maigres petits rideaux blancs, y versaient un jour blême, qui la coupait en deux, d'une ligne nette : d'un côté, l'accusé et son avocat, à leurs bancs, sous la froide lumière ; de l'autre, dans l'ombre, le jury, isolé, clôturé en son étroit compartiment ; et il y avait là comme un symbole du juge anonyme, inconnu, en face de l'accusé mis à nu, fouillé jusqu'à l'âme. Au fond de cette sévérité triste, on distinguait confusément, dominant le tribunal, le christ peint, qui s'alourdissait derrière une sorte de fumée grise. Seul, à côté de l'horloge, au-dessus du banc où Salvat allait s'asseoir, un buste de la République, d'un blanc cru de plâtre, éclatait sur le mur sombre. Guillaume et Pierre ne trouvèrent plus deux places qu'au dernier banc du compartiment des témoins, contre la cloison qui séparait ceux-ci du public debout. Et, comme Guillaume s'asseyait, il aperçut, les coudes appuyés à la rampe de cette cloison, le menton sur ses mains croisées, le petit Victor Mathis, dont les yeux brûlaient, dans sa face pâle, aux lèvres minces. Les deux hommes se reconnurent, mais Victor ne bougea pas, Guillaume comprit qu'il n'était pas sain d'échanger là des saluts. Et, dès lors, il sentit Victor en arrêt au-dessus de lui, immobile, avec ses regards de flamme, dans une attente muette et farouche de ce qui allait se passer.

Pendant ce temps, Pierre venait également de reconnaître, assis devant lui, l'aimable député Dutheil et la petite princesse Rosemonde. Au milieu du brouhaha de la foule, qui causait et riait pour prendre patience, leurs voix sonnaient parmi les plus heureuses, disant leur joie d'être là, à ce spectacle si couru. Il lui expliquait la salle, tous les bancs, toutes les petites cages de bois, le jury, l'accusé, la défense, le procureur de la République, jusqu'au greffier, sans oublier la table à conviction et la barre des témoins. Tout cela était vide, un garçon de service donnait un dernier coup d'œil, des avocats traversaient rapidement. On aurait dit un théâtre dont la scène restait déserte, tandis que les spectateurs, s'écrasant à leurs places, attendaient que la pièce commençât. Et pour tromper cette attente, la petite princesse finit par chercher les personnes de sa connaissance, parmi le flot pressé de toutes ces têtes avides et déjà congestionnées.

« Tiens ! là-bas, derrière le tribunal, c'est M. Fonsègue, n'est-ce pas ? près de cette grosse dame en jaune. Et voici, de l'autre côté, notre ami, le général de Bozonnet... Le baron Duvillard n'est donc pas là ?

– Oh ! non, répondit Dutheil, il ne peut guère, il aurait l'air de venir demander vengeance. »

Puis, il la questionna à son tour.

« Vous êtes donc fâchée avec votre bel ami Hyacinthe, que vous m'avez fait le grand plaisir de me choisir pour cavalier ? »

D'un léger haussement d'épaules, elle dit combien les poètes commençaient à l'ennuyer. Une nouvelle saute de caprice la jetait à la politique ; et, depuis huit jours, elle trouvait très amusant de se passionner aux alentours de la crise ministérielle. C'était le jeune député d'Angoulême qui l'initiait.

« Mon cher, lui dit-elle, ils sont tous un peu fous, chez les Duvillard... Vous savez que c'est chose décidée, Gérard épouse Camille. La baronne s'est résignée, et j'ai appris de source certaine que Mme de Quinsac elle-même, la mère du jeune homme, a donné son consentement. »

Dutheil s'égayait, l'air très renseigné aussi.

« Oui, oui, je sais. Le mariage aura lieu prochainement à la Madeleine, oh ! un mariage d'une magnificence dont on causera... Que voulez-vous ? il ne pouvait y avoir de meilleur dénouement. La baronne, au fond, est la bonté même, et j'ai toujours dit qu'elle se sacrifierait pour assurer le bonheur de sa fille et de Gérard... En somme, ce mariage arrange tout, remet tout dans l'ordre.

– Eh bien ! et le baron, que dit-il ? demanda Rosemonde.

– Mais il est ravi, le baron ! Vous avez bien vu, ce matin, dans la liste du nouveau ministère, que Dauvergne a l'Instruction publique. Et c'est l'engagement certain de Silviane à la Comédie. Dauvergne n'a été choisi que pour ça. »

Il plaisantait. Mais, à ce moment, le petit Massot, qui se querellait avec un huissier, aperçut de loin une place libre à côté de la princesse ; et, sur un geste de demande, celle-ci lui fit signe de venir.

« Ah bien ! dit-il en s'installant, ce n'est pas sans peine. On s'écrase au banc de la presse. Avec ça, j'ai une chronique à faire... Vous êtes la plus aimable des femmes, princesse, de vous serrer un peu pour votre très fidèle admirateur. »

Puis, donnant une poignée de main à Dutheil, il continua, sans transition :

« Alors, monsieur le député, c'est donc fait, ce ministère ?... Vous y avez mis le temps, mais c'est en vérité un beau ministère, qui émerveille tout le monde. »

En effet, les décrets avaient paru à l'*Officiel*, le matin même. Après de longs jours de crise, et lorsque Vignon, pour la seconde fois, venait de voir sa combinaison échouer, au milieu des plus inextricables embarras, tout d'un coup Monferrand, appelé à l'Élysée, en désespoir de cause, était rentré en scène ; et, en vingt-quatre heures, il avait trouvé son personnel, fait approuver sa liste, de sorte qu'il remontait triomphalement au pouvoir, d'où il était tombé misérablement avec Barroux. Il changeait de portefeuille, il quittait l'Intérieur pour aller aux Finances, comme président du Conseil, sa lointaine et secrète ambition. Maintenant, apparaissait toute la beauté de son travail sourd, la façon magistrale dont il s'était repêché, avec l'arrestation de Salvat, puis l'extraordinaire campagne menée souterrainement contre Vignon, les mille obstacles dont il lui avait barré la route à deux reprises, enfin le dénouement en coup de foudre, cette liste toute prête, ce ministère bâclé en un jour, quand on avait eu besoin de lui.

« C'est du beau travail, mes compliments ! répéta le petit Massot, qui se moquait.

– Moi, je n'y suis pour rien, dit modestement Dutheil.

– Comment ? pour rien ! Vous en êtes, mon cher, tout le monde sait que vous en êtes. »

Le député sourit, flatté. Aussi l'autre continua-t-il, avec des sous-entendus, avec des plaisanteries, qui faisaient accepter tout. Il parlait de la bande à Monferrand, de la clientèle qui, par besoin de sa victoire, l'avait si puissamment aidé. Et de quel cœur Fonsègue avait fait achever, dans *Le Globe*, son vieil ami Barroux devenu encombrant ! Tous les matins, depuis un mois, un article y paraissait, exécutant Barroux, détruisant Vignon, préparant la rentrée du sauveur qu'on ne nommait pas. Puis, c'étaient dans l'ombre les millions de Duvillard qui guerroyaient, les créatures du baron, si nombreuses, marchant comme une armée au bon combat. Sans compter Dutheil en personne, fifre et tambour, et Chaigneux lui-même, résigné aux basses besognes dont personne ne voulait se charger. Et voilà comment le triomphateur Monferrand allait débuter à coup sûr par étouffer la scandaleuse et gênante affaire des Chemins de fer africains, en faisant nommer une commission d'enquête qui l'enterrerait.

Dutheil avait pris un air d'importance.

« Que voulez-vous ? mon cher, à certaines heures graves, lorsque la société tombe en péril, il y a des hommes forts, des hommes de gouvernement qui s'imposent... Monferrand n'avait pas besoin de notre amitié, la situation réclamait impérieusement sa présence au pouvoir. Il est la seule poigne qui puisse nous sauver.

– Je sais, dit Massot goguenard. On m'a même affirmé que, si l'on a tout bâclé, de façon que les décrets parussent ce matin, c'est pour rassurer le jury et la magistrature, pour leur donner le courage de prononcer une condamnation à mort, ce soir, du moment que Monferrand sera là, derrière eux, avec sa poigne.

– Mais oui, mon cher, une condamnation à mort est aujourd'hui de salut public, et il faut bien que ceux qui sont chargés d'assurer notre sécurité sociale, n'ignorent pas que le ministère est avec eux et saura les protéger au besoin. »

Un rire aimable de la princesse les interrompit.

« Oh ! voyez donc là-bas, n'est-ce pas Silviane qui est venue s'asseoir à côté de M. Fonsègue ?

– Le ministère Silviane, murmura Massot plaisamment. Ah ! on ne va pas s'embêter chez Dauvergne, s'il se met bien avec les petites actrices ! »

Guillaume et Pierre écoutaient, entendaient, sans même le vouloir. Et, chez le premier surtout, ces commérages mondains, ces indiscrétions politiques causaient un affreux serrement de cœur. Salvat condamné à mort, avant même qu'il eût comparu ! Salvat payant les fautes de tous, n'étant plus qu'une occasion propice pour le triomphe d'une bande de jouisseurs et d'ambitieux ! Puis, par-dessous, quel cloaque, toute une pourriture sociale, l'argent corrupteur, la famille tombée aux drames immondes, la politique réduite à une lutte traîtresse de personnes, le pouvoir devenu la proie des habiles et des impudents ! Est-ce que tout n'allait pas crouler ? Est-ce que cette audience solennelle de justice humaine n'était pas une parodie dérisoire, puisqu'il n'y avait là que des heureux, des privilégiés, défendant l'édifice en ruine qui les abritait, déployant toute l'énorme force dont ils disposaient encore, pour écraser une mouche, le pauvre diable, de cerveau incertain, amené là par son rêve violent et fumeux d'une justice autre, supérieure et vengeresse ?

Mais il y eut un frémissement, midi sonnait, le jury faisait son entrée, s'installait à son banc, dans une débandade de troupeau. Des figures bonasses, de gros hommes endimanchés, quelques maigres, chafouins, aux yeux vifs, des barbes et des calvities ; et le tout gris, effacé, presque indistinct au fond de l'ombre qui noyait ce côté de la salle. Puis, ce fut la cour, M. de Larombardière, un des vice-présidents de la cour d'appel, qui assumait le périlleux honneur de présider ce jour-là, en outrant encore la majesté de sa longue face mince et toute blanche, d'aspect d'autant plus austère, qu'il était flanqué de deux assesseurs petits, rougeauds, l'un brun, l'autre blond. Déjà, au siège du ministère public, M. Lehmann, un des avocats généraux les plus répandus, les plus adroits, un Alsacien aux épaules larges, aux yeux de ruse, s'était assis, ce qui prouvait l'importance considérable qu'on donnait à l'affaire. Et, enfin, Salvat fut introduit, dans le gros bruit de bottes des gendarmes, soulevant une curiosité si passionnée, que toute la salle se mit debout. Il avait encore la casquette et le grand paletot flottant que Victor lui avait procurés, et ce fut une surprise pour tous de lui voir ce grand visage décharné, doux et triste, aux rares cheveux roux qui grisonnaient, aux beaux yeux bleus de tendresse, rêveurs et brûlants. Il jeta un regard sur le public, sourit à quelqu'un qu'il reconnaissait, Victor sans doute, peut-être Guillaume. Puis, il ne bougea plus.

Le président attendit le silence, et ce furent alors toutes les formalités des débuts d'audience. Ensuite eut lieu l'interminable lecture de l'acte d'accusation, faite par un huissier, d'une voix aiguë. L'aspect de la salle avait changé, on écoutait avec une lassitude un peu impatiente ; car, depuis des semaines, les journaux contaient cette histoire. Maintenant, plus une place n'était vide, à peine restait-il devant le tribunal l'étroit espace nécessaire pour l'audition des témoins. Cet entassement prodigieux se bariolait des toilettes claires des dames et des robes noires des avocats, parmi lesquelles les trois robes rouges des juges disparaissaient, sur l'estrade, si basse, qu'on apercevait à peine, au-dessus des autres têtes, la face longue du président. Beaucoup s'intéressaient au jury, tâchaient de déchiffrer ces visages quelconques, envahis d'ombre. D'autres ne quittaient pas des yeux l'accusé, s'étonnaient de son air de fatigue et d'indifférence, à ce point qu'il avait à peine répondu aux questions que lui posait à demi-voix son avocat, un jeune homme de talent, disait-on, l'air éveillé, frémissant, qui attendait nerveusement l'occasion de se couvrir de gloire. Et la grosse curiosité, à mesure que l'acte d'accusation se déroulait, devenait surtout la table des pièces à conviction, où se trouvaient exposés des débris de toutes sortes, un éclat arraché de la porte cochère de l'hôtel Duvillard, des plâtras tombés de la voûte, un pavé que la violence de l'explosion avait fendu, d'autres décombres noircis. Mais, ce qui attendrissait les cœurs, c'était le carton de modiste resté intact, et c'était surtout, dans l'esprit-de-vin d'un bocal, quelque chose de vague et de blanc, une petite main du trottin, arrachée du poignet, qu'on avait ainsi conservée, ne pouvant garder ni apporter sur cette table le misérable corps, au ventre ouvert par la bombe.

Enfin, Salvat se leva, le président commença l'interrogatoire. Et l'opposition apparut avec une netteté tragique : le jury dans l'ombre anonyme, son opinion déjà faite sous la pression de la terreur publique, siégeant là pour condamner ; l'accusé en pleine et vive lumière, seul et lamentable entre les quatre gendarmes, chargé des crimes de la race. Tout de suite, d'ailleurs, M. de Larombardière le prit avec lui sur le ton du mépris et du dégoût. Il ne manquait pas d'honnêteté, il était un des derniers représentants de l'ancienne magistrature scrupuleuse et droite ; mais il n'entendait rien aux temps nouveaux, il traitait professionnellement les coupables avec une sévérité de dieu biblique. Et la petite infirmité qui désolait sa vie, un zézaiement qui, d'après lui, l'avait seul empêché de développer, dans la magistrature debout, des qualités géniales d'orateur, achevait de le rendre d'une maussaderie féroce, incapable d'intelligente mansuétude. Il y eut des sourires, et il les devinait, lorsque s'éleva sa petite voix grêle et pointue, pour les premières questions. Cette voix si drôle enlevait le peu de majesté qui restait à ces débats, où se disputait la vie d'un homme, dans cette salle bondée de curieux, d'un public peu à peu suffoqué et suant, qui s'éventait et plaisantait. Salvat répondit aux premières questions de son air las et poli. Tandis que le président s'efforçait de l'avilir, lui reprochait avec dureté les antécédents de sa jeunesse misérable, grossissait les tares, traitait d'immonde la promiscuité de Mme Théodore et de la petite Céline, lui, tranquillement, disait oui, disait non, en homme qui n'a rien à cacher, qui accepte toute la responsabilité de ses actes. Il avait fait des aveux complets, il les répéta, très calme, sans y changer un mot, il expliqua que, s'il avait choisi l'hôtel Duvillard pour déposer sa bombe, c'était afin de donner à son acte sa vraie signification, la mise en demeure aux riches, aux hommes d'argent scandaleusement enrichis par le vol et le mensonge, de rendre leur part de la fortune commune aux pauvres, aux ouvriers, à leurs petits et à leurs femmes, qui crevaient de faim. Là seulement il s'anima, toutes les misères endurées remontaient en fièvre à son crâne fumeux de demi-savant, où s'étaient amassées pêle-mêle les revendications, les théories, les idées exaspérées de justice absolue et de bonheur universel. Et, dès lors, il apparut ce qu'il était réellement, un sentimental, un rêveur exalté par la souffrance, sobre, orgueilleux et têtu, voulant refaire le monde selon sa logique de sectaire.

« Mais vous avez fui, cria le président de sa voix de crécelle, ne dites pas que vous donniez votre vie à la cause et que vous étiez prêt au martyre ! »

C'était le regret désespéré de Salvat, d'avoir cédé, au bois de Boulogne, à l'effarement, à la rage sourde de l'homme chassé, traqué, qui ne veut pas se laisser prendre. Et il se fâcha.

« Je ne crains pas la mort, on le verra bien... Que tous aient mon courage, et demain votre société pourrie sera balayée, le bonheur enfin naîtra. »

Puis, l'interrogatoire s'éternisa sur la fabrication même de la bombe. Avec raison, le président fit remarquer qu'on se trouvait là devant le seul point obscur de l'affaire.

« Ainsi, vous vous entêtez à dire que la poudre employée par vous est de la dynamite ? Vous allez entendre tout à l'heure les experts, qui ne sont pas d'accord entre eux, il est vrai, mais qui ont tous conclu à l'emploi d'un autre explosif, qu'ils ne peuvent préciser... Ne nous cachez donc rien, puisque vous vous faites gloire de tout dire. »

Brusquement, Salvat s'était calmé ; et il ne répondait plus que par monosyllabes, d'une prudence extrême.

« Cherchez, si vous ne me croyez pas... J'ai fabriqué ma bombe tout seul, et dans les conditions que j'ai déjà répétées vingt fois... Vous n'attendez pas, bien sûr, que je livre des noms, que je compromette des camarades ! »

Et il ne sortit pas de cette déclaration. À la fin seulement, une émotion invincible l'envahit, lorsque le président revint sur la misérable victime, sur le petit trottin, si doux, si blond et si joli, que la destinée féroce avait amené là, pour y trouver une affreuse mort.

« C'est une des vôtres que vous avez frappée, c'est une ouvrière, une pauvre enfant qui aidait sa vieille grand-mère à vivre, avec ses quelques sous de gain. »

La voix de Salvat s'étrangla.

« Ça, c'est vraiment la seule chose que je regrette... Certainement que ma bombe n'était pas pour elle ; et que tous les travailleurs, que tous les meurt-de-faim se souviennent, si elle a donné son sang, comme je donnerai le mien ! »

L'interrogatoire s'acheva de la sorte au milieu d'une agitation profonde. Pierre avait senti Guillaume frémir à côté de lui, pendant que l'accusé, si paisiblement, s'obstinait à ne rien dire de l'explosif employé, en acceptant la responsabilité entière de l'acte qui allait lui coûter la tête. Et Guillaume, d'un mouvement irrésistible, s'étant tourné, aperçut le petit Victor Mathis qui ne bougeait pas, les coudes toujours sur la rampe, le menton dans ses mains, écoutant de toute sa passion muette. Mais sa face était plus pâle encore, ses yeux brûlaient comme deux trous ouverts sur l'incendie vengeur dont les flammes ne s'éteindraient plus.

Dans la salle, il y eut un brouhaha de quelques minutes.

« Il est très bien, ce Salvat, déclarait la princesse amusée, il a le regard tendre... Ah ! non, mon cher député, ne dites pas de mal de lui. Vous savez que j'ai l'âme anarchiste, moi.

– Je n'en dis aucun mal, répondit Dutheil gaiement. Tenez ! pas plus que notre ami Amadieu n'a le droit d'en dire, car vous savez que cette affaire vient de le mettre au pinacle... Jamais on n'a tant parlé de lui, et il adore ça. Le voilà le juge d'instruction le plus mondain, le plus illustre, en passe de faire et d'être tout ce qu'il voudra. »

Massot résuma la situation, avec son impudence ironique.

« N'est-ce pas ? quand l'anarchie va, tout va... En voilà une bombe qui aura arrangé les affaires de plusieurs gaillards de ma connaissance !... Croyez-vous que mon patron Fonsègue, si empressé là-bas, auprès de sa voisine, ait à s'en plaindre ? et croyez-vous que le sieur Sanier, qui se prélasse derrière le président, et qui serait beaucoup mieux entre les quatre gendarmes, ne doit pas une fière chandelle à Salvat, pour l'abominable réclame qu'il a battue sur le dos de ce misérable ?... Je ne parle pas des hommes politiques, ni des hommes de finance, ni de tous ceux qui pêchent en eau trouble... »

Dutheil l'interrompit.

« Dites donc, il me semble que vous-même avez utilisé suffisamment l'aventure... Votre interview de la petite Céline vous a rapporté gros. »

En effet, Massot avait eu l'idée géniale de se mettre à la recherche de Mme Théodore et de la fillette, puis de conter sa visite dans *Le Globe*, avec toutes sortes de détails intimes et attendrissants. L'article venait d'avoir un succès prodigieux, les jolies réponses de Céline sur son papa emprisonné touchaient toutes les âmes sensibles, à ce point que des dames en équipage s'étaient rendues chez les deux tristes créatures, que les aumônes affluaient, et que la plus étrange sympathie allait à l'enfant, de la part même des personnes qui exigeaient la tête du père.

« Mais je ne me plains pas de mon petit bénéfice, dit le journaliste. Chacun gagne ce qu'il peut, comme il peut. »

À ce moment, Rosemonde reconnut derrière elle Guillaume et Pierre, et son saisissement fut tel, en apercevant ce dernier en veston, qu'elle n'osa point leur parler. Elle se pencha, communiqua sans doute sa surprise à Dutheil et à Massot, car tous deux se tournèrent ; mais, par discrétion, eux aussi affectèrent de ne pas voir, de ne pas savoir. La chaleur devenait intolérable, une dame s'était évanouie. Et, de nouveau, la voix zézayante du président obtint le silence.

Salvat était debout, quelques feuilles de papier à la main. Avec peine, il fit comprendre qu'il désirait compléter son interrogatoire, en lisant une déclaration, qu'il avait préparée à l'avance, et dans laquelle il expliquait les raisons de son attentat. Surpris, sourdement indigné, M. de Larombardière hésitait, cherchait à empêcher une telle lecture ; puis, comprenant qu'il ne pouvait fermer la bouche de l'accusé, il l'autorisa, d'un geste à la fois irrité et dédaigneux. Et Salvat se mit à lire, en écolier bien sage qui s'applique, ânonnant un peu, se troublant, donnant parfois une force extraordinaire aux mots dont il était visiblement satisfait. C'était le cri de souffrance et de révolte poussé déjà par tant de déshérités, l'affreuse misère d'en bas, l'ouvrier ne pouvant vivre de son travail, toute une classe, la plus nombreuse, la plus digne, mourant de faim, tandis que, d'autre part, les privilégiés, gorgés de richesses, vautrés dans leur assouvissement, refusaient jusqu'aux miettes de leur table, ne voulaient rien rendre de cette fortune volée. Il fallait donc tout leur reprendre, les réveiller de leur égoïsme par des avertissements terribles, leur annoncer à coups de bombe que le jour de la justice était venu. Ce mot de justice, le misérable le lança d'une voix sonnante, qui emplit toute la salle. Mais ce qui émotionna surtout, ce fut, lorsqu'il eut fait le sacrifice de sa vie, en disant aux jurés qu'il n'attendait d'eux que la mort, l'annonce prophétique, par laquelle il termina, des autres martyrs qui naîtraient de son sang. On pouvait l'envoyer à l'échafaud, il savait que son exemple enfanterait des braves. Après lui, un autre vengeur, et un autre encore, toujours d'autres, jusqu'à ce que la vieille société pourrie ait croulé, pour faire place à la société de justice et de bonheur, dont il était l'apôtre.

À deux reprises, le président, agité d'impatiences, avait tenté de l'interrompre. Mais il lisait toujours, avec sa conscience imperturbable d'illuminé, qui craint de mal dire la phrase importante. Cette lecture, il devait y songer depuis qu'il se trouvait en prison. C'était l'acte décisif de son suicide, il y donnait sa vie contre la gloire d'être mort pour l'humanité. Et, quand il eut fini, il reprit sa place entre les gendarmes, les yeux brillants, les joues roses, d'un air de grande joie intérieure.

Tout de suite, pour détruire l'effet produit, un sourd malaise d'attendrissement et de peur, le président voulut procéder à l'audition des témoins. Ce fut un défilé interminable, d'un intérêt médiocre, aucun n'ayant de révélations à faire. On remarqua la déposition sage de l'usinier Grandidier, qui avait dû congédier Salvat, à la suite de certains faits de propagande anarchiste. Un beau-frère de l'accusé, le mécanicien Toussaint, apparut aussi comme un très brave homme, par la façon dont il présenta les choses du côté favorable, sans mentir. Mais la longue discussion fut surtout entre les experts, qui ne parvinrent pas plus à s'entendre, devant le public, qu'ils ne s'étaient entendus dans leurs rapports ; car, si pour eux tous la poudre employée ne paraissait pas être de la dynamite, ils avançaient chacun, sur sa réelle nature, les suppositions les plus extraordinaires et les plus contradictoires. Une consultation de l'illustre savant Bertheroy fut lue ensuite, qui remettait les choses au point, en concluant qu'on devait se trouver devant un explosif nouveau, d'une puissance prodigieuse, dont lui-même ignorait la formule. L'agent Mondésir et le commissaire Dupot vinrent à leur tour raconter la chasse à l'homme, puis l'arrestation si mouvementée, au bois de Boulogne. Mondésir fut la gaieté de l'audience par les saillies militaires dont il sema son récit. De même que la grand-mère du petit trottin en fut la douleur, le frisson de révolte et de pitié : une pauvre petite vieille, desséchée, cassée, que l'accusation avait eu la cruauté de traîner là, et qui se mit à fondre en larmes, ahurie, sans comprendre ce qu'on lui demandait. Et il n'y eut plus que les témoins à décharge, un défilé ininterrompu de chefs d'atelier, de camarades, de compagnons, qui vinrent tous déclarer que Salvat était un brave homme, un travailleur intelligent et courageux, ne buvant jamais, adorant sa fille, incapable d'une indélicatesse et d'une méchanceté.

Il était déjà quatre heures, lorsque l'audition des témoins fut achevée. Dans la salle brûlante, une lassitude fiévreuse mettait le sang aux visages, tandis qu'une sorte de poussière rousse obscurcissait le jour pâlissant qui tombait des fenêtres. Des femmes s'éventaient, des hommes s'épongeaient le front. Mais la passion du spectacle allumait tous les yeux d'une joie dure. Et personne ne bougeait.

« Ah ! soupira Rosemonde, moi qui comptais pouvoir prendre une tasse de thé, chez une amie, à cinq heures ! Je vais mourir de faim.

– Nous sommes ici au moins pour jusqu'à sept heures, dit Massot. Je ne vous offre pas d'aller vous chercher un petit pain, on ne me laisserait pas rentrer. »

Dutheil n'avait pas cessé de hausser les épaules, pendant que Salvat lisait sa déclaration.

« Hein ? est-ce assez enfantin, tout ce qu'il a dit ! L'imbécile qui va mourir pour ça !... Des riches et des pauvres, mais il y en aura toujours ! Et il est bien certain aussi que, lorsqu'on est pauvre, le seul désir qu'on a est de devenir riche... S'il est sur ce banc aujourd'hui, c'est qu'il a échoué, voilà tout ! »

Pierre, très ému, s'inquiétait de son frère, pâle, bouleversé, qui se taisait près de lui. Il chercha sa main, la pressa secrètement. Puis, à voix basse :

« Est-ce que tu te sens mal à l'aise ? Veux-tu que nous nous en allions ? »

Mais Guillaume répondit d'un serrement discret et affectueux. Il était bien, il resterait jusqu'au bout, dans l'exaspération qui le soulevait.

M. Lehmann, le procureur général, prit la parole, d'une bouche large et sévère. Malgré sa carrure et son masque têtu de juif, il était connu pour ses attaches dans tous les camps politiques et sa souplesse à être toujours l'ami des hommes au pouvoir ; ce qui expliquait son chemin rapide, la faveur constante dont il était comblé. On le savait l'avocat du gouvernement ; et, dès ses premières phrases, en effet, il fit une allusion au nouveau ministère nommé du matin, à l'homme fort chargé de rassurer les bons et de faire trembler les méchants. Puis, il chargea le misérable Salvat avec une véhémence extraordinaire, il reprit toute l'histoire, le montra tel qu'un bandit né pour le crime, un monstre qui devait aboutir au plus lâche des attentats. L'anarchie ensuite fut flagellée, les anarchistes n'étaient qu'une tourbe de vagabonds et de voleurs. On l'avait bien vu, lors du sac de l'hôtel de Harth, cette bande ignoble qui se réclamait justement des apôtres de la doctrine. Voilà où en arrivait l'application des théories, aux maisons dévalisées, souillées, en attendant les grands pillages et les grands massacres. Pendant près de deux heures, il continua de la sorte, dédaigneux de vérité et de logique, ne cherchant qu'à frapper l'imagination, utilisant la terreur qui avait soufflé sur Paris, agitant comme un drapeau sanglant la pauvre petite victime, la jolie enfant, dont il montrait la main pâle, dans le bocal d'esprit-de-vin, avec un geste de pitoyable horreur qui faisait frémir l'assistance. Et il termina, ainsi qu'il avait commencé, en donnant du cœur au jury, en lui disant qu'il pouvait faire son devoir et condamner l'assassin, maintenant que le pouvoir était bien décidé à ne pas reculer devant les menaces.

À son tour, le jeune avocat, chargé de la défense, parla. Et il dit vraiment ce qu'il y avait à dire, avec une justesse, avec une clarté parfaites. Il était d'une autre école, très simple, très uni, passionné seulement de vérité. D'ailleurs, il lui suffit de remettre en son vrai jour l'histoire de Salvat, de le montrer dès l'enfance sous les fatalités sociales, d'expliquer son dernier acte par tout ce qu'il avait souffert, tout ce qui avait germé dans son crâne de rêveur. Son crime n'était-il pas le crime de tous ? Qui ne se sentait un peu responsable de cette bombe, qu'un ouvrier pauvre, mourant de faim, était allé jeter au seuil de la demeure d'un riche, dont le nom signifiait pour lui l'injuste partage, tant de jouissances d'un côté, tant de privations de l'autre ? En nos temps troublés, au milieu des brûlants problèmes remis en question, si l'un de nous perd la tête, veut hâter violemment le bonheur, faut-il donc que nous le supprimions au nom de la justice, alors qu'aucun de nous ne pourrait jurer qu'il n'a pas contribué à sa démence ? Longuement, il revint sur le moment historique où se produisait l'affaire, parmi tant de scandales, tant d'écroulements, lorsqu'un monde nouveau naissait si douloureusement de l'ancien, dans une crise terrible de souffrance et de lutte. Et il termina, il supplia les jurés de se montrer humains, de ne pas céder aux passions terrifiées du dehors, de pacifier les classes par un verdict de sagesse, au lieu d'éterniser la guerre, en donnant aux meurt-de-faim un nouveau martyr à venger.

Il était six heures passées, lorsque M. de Larombardière lut au jury les nombreuses questions qui lui étaient posées, de sa petite voix aigre et si drôle. Puis, la cour se retira, le jury impénétrable remonta dans la salle de ses délibérations, tandis qu'on emmenait l'accusé. Et il n'y eut plus, parmi l'auditoire, qu'une attente tumultueuse, un brouhaha de fébrile impatience. Des dames encore s'étaient évanouies. On avait dû emporter un monsieur, succombant à l'atroce chaleur. Les autres s'entêtaient, pas un ne quitta la place.

« Oh ! ça ne va pas être long, dit Massot. Les jurés ont tous apporté la condamnation, dans leur poche. Je les regardais, pendant que ce petit avocat leur disait des choses très bien. On les voyait à peine, et ils avaient, noyées d'ombre, de bonnes têtes somnolentes. Ça devait être intéressant, ce qui se passait au fond de ces crânes-là !

– Et vous avez toujours faim ? demanda Dutheil à la princesse.

– Oh ! je meurs… Jamais je n'aurai le temps de rentrer chez moi. Vous allez me mener manger un gâteau quelque part… N'importe, c'est très passionnant, la vie de cet homme qu'on est en train de jouer ainsi, par oui ou par non. »

Pierre avait repris la main de Guillaume, en le sentant si fiévreux, si désespéré. Et ni l'un ni l'autre ne se parlèrent, dans l'infinie détresse qui les envahissait, pour des causes profondes, sans nombre, qu'eux-mêmes n'auraient pu exactement définir. Toute la misère humaine, et leur propre misère, les tendresses, les espoirs, les douleurs dont ils souffraient, leur semblaient être là, à gémir, au travers de cette salle en rumeur, toute frissonnante du drame que l'égoïsme des uns et la lâcheté des autres allaient y dénouer. Peu à peu, le crépuscule l'avait envahie, on trouvait sans doute qu'il était inutile d'allumer les lustres, puisque bientôt l'arrêt serait rendu ; et il n'y flottait plus qu'un jour mourant, une grande ombre vague, sous laquelle la cohue entassée se noyait, confuse. Là-bas, derrière le tribunal, les dames en toilettes claires semblaient de pâles visions aux yeux dévorants, tandis que les robes des nombreux avocats faisaient une grande tache de nuit, qui peu à peu mangeait tout l'espace. Le christ bitumineux avait sombré, et il ne restait que la tache blanche, la tache violente du buste de la République, telle qu'une tête glacée de morte, surgissant des demi-ténèbres.

« Ah ! dit Massot, je le savais bien que ce ne serait pas long ! »

En effet, après une délibération d'un quart d'heure à peine, le jury rentrait, défilait, avec le gros bruit des souliers, le long des bancs de chêne. La cour reparut. Tout un redoublement d'émotion soulevait la salle, un grand souffle passait, tel qu'un vent d'anxiété agitant les têtes. Des gens s'étaient mis debout, d'autres laissaient échapper de légers cris involontaires. Et le chef du jury, un gros monsieur, à la face rouge et large, dut attendre, avant de prendre la parole.

D'une voix aiguë, un peu bredouillante, il déclara :

« Sur mon honneur et ma conscience, devant Dieu et devant les hommes, la réponse du jury est : sur la question d'assassinat, oui, à la majorité. »

La nuit était presque venue, lorsque, de nouveau, Salvat fut introduit. En face du jury, effacé dans l'ombre, il apparut, debout à son tour, le visage éclairé par le dernier rayon tombant des fenêtres. Les juges eux-mêmes disparaissaient, leurs robes rouges semblaient noires. Et quelle vision que ce visage de Salvat écoutant, maigre, décharné, avec ses yeux de rêve, tandis que le greffier lui donnait lecture de la déclaration du jury !

Il comprit, quand le silence retomba, sans qu'il fût question des circonstances atténuantes. Sa physionomie, qui gardait une expression d'enfance, s'éclaira.

« C'est la mort. Merci, messieurs. »

Puis, il se retourna vers le public, il tâcha de retrouver, au fond de l'obscurité croissante, les visages amis qu'il savait être là ; et, cette fois, Guillaume eut la sensation nette qu'il l'avait reconnu, qu'il lui envoyait encore un salut attendri, toute cette gratitude qu'il lui gardait pour le morceau de pain reçu en un jour de misère. Mais il avait dû saluer aussi Victor Mathis, car, derrière lui, Guillaume vit de nouveau le jeune homme, qui n'avait pas bougé, les yeux dilatés et fixes, la bouche terrible.

Le reste, la dernière question posée, la délibération de la cour, le jugement rendu, tout fut couvert par la houle qui agitait la salle. Un peu de pitié s'était faite inconsciemment, il y eut quelque stupeur dans la satisfaction qui accueillit l'arrêt de mort.

Salvat, condamné, s'était redressé brusquement. Et, comme les gardes l'emmenaient, il lança d'une voix retentissante, le cri :

« Vive l'anarchie ! »

Ce cri ne fâcha personne. Le public s'écoulait au milieu d'une sorte de malaise, comme si l'excessive fatigue avait usé les passions. Vraiment, le spectacle était trop long, trop brisant. Et cela faisait du bien de respirer l'air, en sortant de ce cauchemar.

Dans la salle des pas perdus, Guillaume et Pierre passèrent près de Dutheil et de la princesse, que le général de Bozonnet, en train de causer avec Fonsègue, venait d'arrêter. Tous quatre parlaient très haut, se plaignaient de la chaleur, de la faim, tombaient d'accord, en somme, que l'affaire n'avait pas été très intéressante. Du reste, tout allait bien qui finissait bien. Comme le disait Fonsègue, la condamnation à mort de Salvat était une nécessité politique et sociale.

Sur le Pont-Neuf, Guillaume s'accouda un instant, pendant que Pierre, debout, regardait, lui aussi, la grande coulée grise de la Seine, qu'incendiaient les reflets des premiers becs de gaz. Un souffle frais montait du fleuve, c'était l'heure délicieuse où la nuit douce envahit Paris, qui se délasse. Et, sans parler, les deux frères respiraient ce soulagement, ce réconfort. Pierre retrouvait sa blessure, la promesse qu'il avait dû faire de retourner à Montmartre, malgré le tourment qui l'y attendait. Guillaume, lui, sentait renaître son soupçon, cette inquiétude d'avoir vu Marie enfiévrée et changée par un sentiment nouveau, ignoré d'elle-même. Était-ce donc, pour ces deux hommes qui s'adoraient, des souffrances encore, toujours des luttes, des obstacles au bonheur ? Et leurs êtres se remettaient à saigner déjà, sous la tristesse humaine dont les avait comblés le spectacle de la justice, un misérable payant de sa tête les crimes de tous.

Comme ils prenaient le quai, Guillaume reconnut devant eux le petit Victor, qui s'en allait seul, dans l'ombre. Il l'arrêta, il lui parla de sa mère. Mais le jeune homme n'entendit pas ; et, de ses lèvres minces, d'une voix sèche et tranchante comme un couteau :

« Ah ! c'est du sang qu'ils veulent... Ils peuvent lui couper le cou, il sera vengé. »

V

Là-haut, dans l'atelier si clair et si gai d'habitude, les jours qui suivirent parurent assombris, comme si la vaste pièce s'était emplie de tristesse et de silence. Justement, les trois grands fils n'étaient point là : Thomas parti dès le matin à l'usine, pour le petit moteur ; François qui ne quittait guère l'École normale, tout à la préparation de son examen ; Antoine pris par un travail chez Jahan, où le retenait la joie de voir sa petite amie Lise s'éveiller à la vie. Et Guillaume n'avait plus avec lui que Mère-Grand, toujours assise près du vitrage, occupée à quelque ouvrage de couture ; tandis que Marie, allant et venant par la maison, n'était guère là que pendant les heures où Pierre lui-même s'y trouvait.

Dans ce deuil, tous ne voyaient, chez le père, que la colère sourde, la révolte désespérée où le jetait la condamnation de Salvat. Il s'était emporté, au retour du Palais, il avait dit que, si l'on exécutait ce malheureux, c'était un assassinat social, une provocation à la guerre des classes ; et tous s'étaient inclinés devant la douloureuse violence de ce cri, sans discussion. On laissait respectueusement le père aux pensées qui, pendant des heures, le tenaient muet, blêmi, les yeux vagues. Son fourneau de chimiste restait froid, il ne s'occupait plus, du matin au soir, que de revoir longuement les plans et les dossiers de son invention, la poudre nouvelle, le formidable engin de guerre, dont il avait si longtemps rêvé de faire cadeau à la France, pour que, régnant sur les nations, elle pût un jour imposer au monde la victoire de la vérité et de la justice. Mais, durant les heures interminables qu'il passait ainsi devant les papiers épars sur sa table, cessant de les voir parfois, les regards perdus au loin, un flot de pensées imprécises passait en lui, des doutes peut-être sur la sagesse de son projet, des craintes que son désir de pacifier les peuples ne les jetât à une guerre exterminatrice, sans fin. Ah ! ce grand Paris, qu'il croyait sincèrement être le cerveau du monde, chargé d'enfanter l'avenir, quel spectacle abominable il donnait encore, tant de sottise, tant de honte, tant d'injustice ! Était-il vraiment assez mûr, pour la besogne de salut humain qu'il songeait à lui confier ? Et, quand il se remettait à relire, à vérifier les formules, il ne retrouvait sa volonté ancienne, il ne reprenait son projet qu'à la pensée de son prochain mariage, en se disant que les choses étaient réglées depuis trop longtemps, pour qu'il bouleversât maintenant sa vie à vouloir les changer.

Son mariage ! n'était-ce pas l'idée qui hantait Guillaume, qui le troublait plus encore que son œuvre de savant, que sa passion de citoyen libertaire ? Sous toutes les préoccupations avouées, il y en avait une autre, qu'il ne se confessait pas à lui-même, et qui l'angoissait. Chaque jour, il se répétait que, lorsqu'il aurait épousé Marie, il révélerait le secret de son invention au ministre de la Guerre, il associerait sa jeune femme à sa gloire. Épouser Marie ! cela l'emplissait chaque fois d'une ardente fièvre et d'une inquiétude sourde. S'il se taisait à présent, s'il n'avait plus sa gaieté tranquille, c'était qu'il avait senti émaner d'elle toute une nouvelle vie, qu'il ne lui connaissait pas. Elle devenait certainement autre, il la devinait de plus en plus changée et lointaine. Et, lorsque Pierre se trouvait là, il s'était mis à les observer tous les deux. Pierre venait rarement, gêné, différent lui aussi. Puis, les matins où il arrivait, Marie était comme transformée, la maison semblait s'animer d'une autre âme. Rien pourtant ne se passait entre eux qui ne fût innocent et fraternel. Ils ne paraissaient que bons camarades, sans même un effleurement des doigts, causant sans rougeur. C'était un rayonnement, une vibration qui sortait d'eux, malgré eux, un souffle plus subtil qu'un rayon ou qu'un parfum. Après quelques jours, Guillaume, bouleversé, le cœur saignant, ne put douter davantage. Et il n'avait rien surpris, mais il était convaincu que les deux enfants, comme il les avait si paternellement nommés, s'adoraient.

Un matin qu'il était seul avec Mère-Grand, par une journée superbe, en face de Paris ensoleillé, il tomba dans une rêverie encore plus angoissée que de coutume. Il la regardait fixement, assise à sa place habituelle, tirant l'aiguille sans lunettes, de son air de sérénité royale. Peut-être ne la voyait-il pas. Et elle, de temps à autre, levait les yeux, le regardait aussi, comme si elle eût attendu une confession qui ne venait pas.

Puis, dans l'interminable silence, elle se décida.

« Guillaume qu'avez-vous donc depuis quelque temps ?... Pourquoi ne me dites-vous pas ce que vous avez à me dire ? »

Il redescendit sur terre, il s'étonna.

« Ce que j'ai à vous dire ?

– Oui, je sais la chose que vous savez vous-même, et je pensais que vous en causeriez avec moi, puisque vous voulez bien ne rien faire ici sans me consulter. »

Il était devenu très pâle, il se mit à frémir, car il ne se trompait donc pas, puisque Mère-Grand elle-même savait ? Causer de cela, c'était donner un corps à ses soupçons, rendre réel et définitif ce qui, jusque-là, pouvait n'exister que dans son idée.

« Mon cher fils, la chose était inévitable. Dès les premiers jours, je l'ai prévue. Et, si je ne vous ai pas averti, c'est que j'ai cru à toute une pensée profonde de votre part... Mais, depuis que je vous vois souffrir, je comprends bien que je me suis trompée. »

Et, comme il continuait à la regarder, éperdu, frissonnant :

« Oui, je me suis imaginé que vous pouviez avoir voulu cela, qu'en amenant votre frère vous désiriez sans doute savoir si Marie vous aimait autrement que comme un père... Il y avait une raison si forte, la grande différence des âges, la vie qui finit pour vous et qui commence pour elle... Sans parler de vos travaux, de la mission que vous vous êtes donnée. »

Alors, les mains suppliantes, il s'approcha, il s'écria :

« Oh ! parlez clairement, dites-moi ce que vous pensez... Je ne comprends pas, mon pauvre cœur est trop meurtri, et je voudrais tant savoir, agir, prendre une décision !... C'est vous que j'aime, que je vénère comme une mère, c'est vous dont je connais la haute raison, dont j'ai toujours suivi les conseils, c'est vous qui avez prévu cette chose affreuse et qui l'avez laissée se faire, au risque de m'en voir mourir !... Pourquoi, pourquoi, dites ? »

D'habitude, elle n'aimait guère parler, maîtresse souveraine, soignant et dirigeant la maison, sans avoir à rendre compte de ses actes. Si elle ne disait jamais tout ce qu'elle pensait ni tout ce qu'elle voulait, c'était que, dans la certitude de son absolue sagesse, le père comme les enfants s'abandonnaient complètement à elle. Et ce côté un peu énigmatique la grandissait encore.

« À quoi bon des paroles, dit-elle doucement, sans cesser de travailler, lorsque les faits parlent ?... C'est certain, j'ai approuvé votre projet de mariage, en comprenant que Marie devait vous épouser pour rester ici ; et puis, il y avait beaucoup d'autres raisons inutiles à dire... Mais l'arrivée de Pierre a tout changé, a remis les choses dans leur ordre naturel. N'est-ce pas meilleur ? »

Il n'osait toujours comprendre.

« Meilleur, quand j'agonise, quand ma vie est dévastée ! »

Alors, elle se leva, elle vint à lui, rigide, très haute, dans sa mince robe noire, avec sa pâle face d'austérité et d'énergie.

« Mon fils, vous savez que je vous aime, que je vous veux très grand et très pur... L'autre matin, vous avez eu peur, cette maison a failli sauter. Depuis quelques jours, vous restez sur ces dossiers, sur ces plans, l'air distrait, éperdu, en homme pris de défaillance, qui doute et ne sait plus où il va... Croyez-moi, vous êtes dans un mauvais chemin, il vaut mieux que Pierre épouse Marie, pour eux et pour vous.

– Pour moi, oh ! non, non !... Que deviendrai-je, moi ?

– Vous, mon fils, vous vous calmerez, vous réfléchirez. Votre rôle est si grave, à la veille de faire connaître votre invention ! Il me semble que votre vue s'est troublée et que vous allez mal agir peut-être, en ne tenant pas compte des conditions du problème. Je sens que vous avez autre chose à trouver… Enfin, souffrez s'il le faut, mais restez l'homme d'une idée. »

Puis, en le quittant, avec un sourire maternel, afin d'adoucir un peu sa rudesse :

« Vous me forcez à parler bien inutilement, car je suis tranquille, vous êtes trop supérieur, pour ne pas faire en tout la chose unique et juste, que personne autre ne ferait. »

Resté seul, Guillaume tomba dans de fiévreuses réflexions. Qu'avait-elle voulu dire, avec ses rares paroles, à demi obscures ? Il la savait acquise à ce qui était bon, naturel et nécessaire. Mais elle le poussait à un héroïsme plus haut, elle venait d'éclairer en lui tout le malaise confus où le jetait son ancien projet d'aller confier son secret à un ministre de la Guerre, n'importe lequel, celui du moment. Une hésitation, une répugnance croissantes le soulevaient, tandis qu'il l'entendait répéter de sa voix grave qu'il y avait mieux à faire, autre chose à trouver. Et, brusquement, l'image de Marie passa, tout son triste cœur se déchira, à la pensée qu'on lui demandait de renoncer à elle. Ne plus l'avoir à lui, la donner à un autre, non, non ! cela était au-dessus de ses forces humaines. Jamais il n'aurait cet abominable courage, de dédaigner cette dernière joie d'amour qu'il s'était promise !

Pendant deux jours, il lutta, une affreuse lutte, où il revivait les six années que la jeune fille avait déjà vécues près de lui, dans la petite maison heureuse. Elle avait d'abord été comme sa fille adoptive, et plus tard, lorsque l'idée d'un mariage entre eux était née, il s'y était complu avec une allégresse tranquille, un espoir qu'une pareille union ferait du bonheur pour tous, autour de lui. S'il avait refusé de se remarier, c'était dans la crainte d'imposer à ses enfants une nouvelle mère inconnue, et il ne cédait au charme d'aimer encore, de ne plus vivre seul, qu'en trouvant au foyer même cette fleur de jeunesse, cette amie qui voulait bien se donner si raisonnablement, malgré la grande différence des âges. Puis, des mois s'étaient écoulés, des événements graves les avaient forcés à reculer la date, sans qu'il en souffrît trop cruellement. La certitude qu'elle l'attendait, lui avait suffi, dans le pli de patience qu'il avait contracté durant sa vie déjà longue d'acharné travail. Et voilà, brusquement, sous la menace de la perdre, que son cœur, si paisible, se fendait et saignait. Jamais il n'aurait cru que le lien s'était fait si étroit, qu'elle tenait si profondément à sa chair. Chez cet homme qui touchait à la cinquantaine, c'était l'arrachement même de la femme, la dernière aimée et désirée, d'autant plus désirable qu'elle incarnait la jeunesse, dont il ne respirerait jamais plus l'odeur, dont il ne goûterait plus le souffle, s'il la perdait. Un désir fou, mêlé de colère, avait flambé en lui, et il la voulait, sa torture s'exaspérait, à l'idée que quelqu'un était venu la lui prendre.

Seul dans sa chambre, une nuit surtout, il se martyrisa. Pour ne pas éveiller la maison, il étouffait sa peine au fond de son oreiller. Rien n'était plus simple, d'ailleurs : puisque Marie s'était donnée, il la garderait. Il avait sa parole, il la forcerait à la tenir, voilà tout. Au moins, il l'aurait, à lui seul, sans qu'un autre puisse songer à la lui voler. Et, tout d'un coup, l'image de cet autre surgissait, son frère, l'oublié qu'il avait obligé lui-même, par tendresse, à être de la famille. Mais la souffrance était trop vive, il l'aurait chassé, ce frère, il se sentait pris contre lui d'une rage, dont l'atrocité achevait de le rendre fou. Son frère, son petit frère ! c'était donc fini de l'aimer, ils allaient s'empoisonner de haine et de violence ? Pendant des heures, il délira, il chercha comment supprimer Pierre, pour que ce qui était advenu ne fût pas. Par moments, il se ressaisissait, il s'étonnait d'une telle tempête, dans sa haute raison de savant, dans sa vieille expérience sereine de travailleur. C'était qu'elle soufflait ailleurs en lui, dans l'âme d'enfant qu'il avait gardée, le coin de tendresse et de songe qui subsistait, à côté de l'impitoyable logique, de l'unique croyance aux phénomènes. Son génie même était fait de cette dualité, le chimiste se doublait ainsi d'un rêveur social, affamé de justice, capable de vastes amours. Et la passion l'emportait, il pleurait Marie, comme il aurait pleuré l'écroulement de son rêve, la guerre tuée par la guerre, ce salut de l'humanité auquel il travaillait depuis dix ans.

Puis, dans sa lassitude, une décision le calma. La honte lui venait, de se désespérer de la sorte, sans cause certaine. Il voulait savoir, il questionnerait la jeune fille, elle était assez loyale pour lui répondre franchement. N'était-ce pas la solution digne d'eux ? une explication sincère, qui leur permettrait de prendre ensuite un parti. Il s'endormit, il se leva brisé, le matin, mais plus tranquille, comme si tout un travail sourd s'était fait en son cœur, après un tel orage, pendant ses quelques heures de sommeil.

Ce matin-là, justement, Marie était très gaie. La veille, elle avait fait, avec Pierre et Antoine, une longue promenade à bicyclette, du côté de Montmorency, par des chemins atroces, et dont ils étaient revenus furieux et ravis. Lorsque Guillaume l'arrêta dans le petit jardin, elle le traversait en chantonnant, les bras nus, de retour de la buanderie, où s'achevait une lessive.

« Vous avez à me parler, mon ami ?

– Oui, chère enfant, il faut bien que nous causions de choses sérieuses. »

Elle comprit qu'il s'agissait de leur mariage, elle devint grave. Ce mariage, elle l'avait accepté autrefois comme le seul parti raisonnable qu'elle avait à prendre, sans ignorer rien des devoirs qu'elle contractait. Sans doute, elle épousait un homme d'une vingtaine d'années plus âgé qu'elle. Mais c'était là un cas assez fréquent, qui tournait plutôt bien d'ordinaire. Elle n'aimait personne, elle pouvait se donner. Et elle se donnait dans un élan de gratitude, d'affection, d'une telle douceur, qu'elle crut y sentir la douceur même de l'amour. On était si heureux, autour d'elle, de cette union, dont le lien plus étroit allait resserrer la famille ! Toute sa bravoure, toute sa gaieté à vivre, qui étaient son charme, l'avaient comme grisée, à l'idée de faire ainsi du bonheur.

« Qu'y a-t-il donc ? demanda-t-elle un peu inquiète. Rien de mauvais, je pense.

– Non, non… Simplement quelque chose que j'ai à vous dire. »

Il l'emmena sous les deux pruniers, dans le seul coin de verdure qui fût resté. Un banc vermoulu s'y trouvait encore, adossé aux lilas. Et le grand Paris, en face, déroulait la mer sans fin de ses toitures, légères et fraîches sous le soleil matinal.

Tous deux s'étaient assis. Mais, au moment de parler, de la questionner, il éprouvait une brusque gêne, tandis que son pauvre cœur battait violemment, à la voir si jeune, si adorable, avec ses bras nus.

« La date approche, finit-il par dire, c'est pour notre mariage. »

Et, à ce mot, comme elle pâlissait légèrement, inconsciemment peut-être, il se sentit glacé lui-même. N'avait-elle pas eu un pli douloureux de la bouche ? Ses yeux, si francs et si clairs, ne s'étaient-ils pas troublés d'une ombre ?

« Oh ! nous avons encore du temps devant nous. »

Il reprit, d'une voix lente, très affectueuse :

« Sans doute, pourtant il va falloir s'occuper des formalités. Ce sont des ennuis dont il vaut mieux que je vous parle aujourd'hui, pour ne plus avoir à y revenir. »

Doucement, il continua, insista sur ce qu'ils allaient avoir à faire, sans la quitter du regard, guettant sur son visage les émotions que l'échéance prochaine pouvait y faire monter. Elle était devenue silencieuse, la face immobile, les mains sur les genoux, ne donnant aucun signe certain de regret ni de peine. Pourtant, elle restait comme accablée, simplement obéissante.

« Ma chère Marie, vous vous taisez… Est-ce que quelque chose vous déplairait ?

– À moi, oh ! non, non !

– Vous savez que vous pouvez parler franchement. Nous attendrons encore, si vous avez une raison personnelle pour que la date soit de nouveau reculée.

– Mais, mon ami, je n'ai aucune raison. Quelle raison voulez-vous que j'aie ? Je vous laisse le maître absolu de tout régler à votre désir. »

Un silence se fit. Elle l'avait regardé loyalement en face ; mais un petit frémissement agitait ses lèvres, pendant qu'une tristesse ignorée semblait monter d'elle et noyer son visage, d'une clarté et d'une gaieté d'eau vive. Autrefois, n'aurait-elle pas ri et chanté, à l'annonce de cette prochaine fête du mariage ?

Alors, Guillaume osa, dans un effort dont sa voix tremblait.

« Ma chère Marie, pardonnez-moi de vous poser une question… Il est temps encore de me rendre votre parole. Êtes-vous absolument certaine de m'aimer ? »

Elle le regarda avec une réelle stupeur, sans comprendre où il voulait en venir. Puis, comme elle semblait attendre pour répondre :

« Descendez dans votre cœur, interrogez-le… Est-ce bien votre vieil ami, n'est-ce pas un autre que vous aimez ?

– Moi, moi, Guillaume ! Pourquoi me dites-vous cela ? Qu'ai-je donc fait qui vous autorise à me le dire ? »

Et elle était vraiment soulevée de révolte et de franchise, ses beaux yeux sur les siens, tout brûlants de sincérité.

« Il faut pourtant que j'aille jusqu'au bout, reprit-il péniblement, car il s'agit de notre bonheur à tous… Interrogez votre cœur, Marie. Vous aimez mon frère, vous aimez Pierre.

– J'aime Pierre, moi, moi !… Mais oui, je l'aime, je l'aime comme je vous aime tous, je l'aime parce qu'il est devenu nôtre, parce qu'il fait partie maintenant de notre vie et de notre joie !… Quand il est là, je suis heureuse, certes, et je désirerais qu'il fût toujours. Cela me ravit de le voir, de l'entendre, de sortir avec lui. Dernièrement, j'ai été très chagrine qu'il parût repris de ses humeurs noires… C'est naturel, n'est-ce pas ? Je crois n'avoir fait que ce que vous désiriez, et je ne comprends pas en quoi mon affection pour Pierre peut influer sur notre mariage. »

Ces paroles qui, d'après elle, auraient dû convaincre Guillaume, achevèrent de l'éclairer douloureusement, tant elle venait de mettre de flamme à se défendre d'aimer le jeune homme.

« Mais, malheureuse, malheureuse, vous vous trahissez sans le vouloir… Cela est bien certain, vous ne m'aimez pas, et c'est mon frère que vous aimez. »

Il avait pris ses poignets nus, il les serrait avec une tendresse désespérée, comme pour la forcer à voir clair en elle. Et elle continuait à se débattre, la plus affectueuse et la plus tragique des luttes se prolongea entre eux, lui voulant la convaincre par l'évidence des faits, elle résistant, s'entêtant à ne pas ouvrir les yeux. Vainement, il reprit l'aventure depuis le premier jour, il lui expliqua ce qui s'était passé en elle, d'abord la sourde hostilité, puis la curiosité pour ce garçon extraordinaire, enfin la sympathie, la tendresse, quand elle l'avait vu si misérable, peu à peu guéri par elle de son angoisse. Ils étaient jeunes tous les deux, la bonne nature avait fait le reste. Mais, à chaque preuve, à chaque certitude nouvelle qu'il lui donnait, elle n'était envahie que d'un émoi croissant, un frisson qui la faisait trembler toute, sans vouloir consentir à s'interroger.

« Non, non, je ne l'aime pas… Si je l'aimais, je le saurais, je vous le dirais, car vous me connaissez, je suis incapable de mentir. »

Il eut la cruauté d'insister, en chirurgien héroïque qui taille dans sa chair plus encore que dans celle des autres, pour que la vérité se fasse et que le salut de tous soit assuré.

« Marie, ce n'est pas moi que vous aimez. Vous n'avez pour moi que du respect, de la reconnaissance, une tendresse toute filiale. Rappelez-vous vos sentiments, à l'époque où fut arrêté notre mariage. Vous n'aimiez personne alors, vous avez accepté, en fille raisonnable, certaine que je vous rendrai heureuse, trouvant cette union juste et bonne… Et mon frère est venu, et l'amour est né naturellement, et c'est Pierre, Pierre seul que vous aimez d'amour, de l'amour qu'on doit avoir pour un amant, pour un époux. »

À bout de résistance, bouleversée devant la clarté qui se faisait en elle, malgré sa volonté, elle s'obstinait à protester éperdument.

« Mais pourquoi vous débattez-vous ainsi, mon enfant ? Je ne vous fais aucun reproche. C'est moi qui ai voulu cette chose, en vieux fou que je suis. Ce qui devait être est arrivé, et il est bon sans doute que cela soit… Je ne voulais que savoir la vérité de vous, pour prendre une décision et agir en honnête homme. »

Alors, elle fut vaincue, ses larmes jaillirent. Un tel déchirement s'était fait en son être, qu'elle se sentait brisée, terrassée, comme sous le poids d'une vérité nouvelle, ignorée jusque-là.

« Ah ! vous êtes méchant de m'avoir ainsi violentée, pour m'obliger à lire en moi. Je vous jure encore que je ne savais pas aimer Pierre de cet amour dont vous parlez. C'est vous qui venez de m'ouvrir le cœur, d'y souffler sur cette flamme qui sommeillait… Et c'est vrai, j'aime Pierre, je l'aime maintenant, comme vous dites. Et nous voilà tous affreusement malheureux, puisque vous l'avez voulu. »

Elle sanglotait, et elle lui retira ses poignets, par un brusque sentiment de pudeur. Mais il remarquait qu'aucune rougeur ne lui avait empourpré les joues, ces rougeurs involontaires qui la contrariaient tant. C'était que sa loyauté de vierge ne se trouvait pas en cause, car elle n'avait en effet nulle trahison à se reprocher, lui seul la forçait de naître à l'amour. Un instant, ils se regardèrent à travers leurs larmes : elle, si saine, si forte, la poitrine large, soulevée sous les bonds de son cœur, les bras nus jusqu'aux épaules, des bras de charme et de soutien ; lui, si vigoureux encore, avec sa toison drue de cheveux blancs, avec ses moustaches restées noires, qui donnaient à sa physionomie tant d'énergique jeunesse. Et c'était fini, l'irréparable venait de passer, de changer leur existence.

Très noblement, il dit :

« Marie, vous ne m'aimez pas, je vous rends votre parole. »

Mais elle refusa, avec une noblesse égale.

« Jamais je ne vous la reprendrai, car je vous l'ai donnée en toute conscience, en toute joie, et je n'ai pas cessé d'avoir pour vous la même tendresse et la même admiration. »

Il n'en continua pas moins, de sa voix brisée qui se raffermissait :

« Vous aimez Pierre, c'est Pierre que vous devez épouser.

– Non, je vous appartiens, une heure ne peut défaire ce que des années avaient noué... Encore une fois, je vous jure que, si j'aime Pierre, je l'ignorais ce matin. Et restons où nous en sommes, ne me tourmentez pas davantage, ce serait trop cruel. »

D'un geste de femme surprise, frissonnante, qui brusquement se voit nue, elle avait rabattu ses manches, elle les tirait sur ses mains, comme pour se cacher toute. Puis, elle se leva, elle s'éloigna, sans ajouter une parole.

Guillaume resta seul sur le banc, dans le coin de feuillage, en face de Paris immense, que le léger soleil matinal changeait en une ville de rêve, envolée et tremblante. Un poids l'écrasait, il lui semblait que jamais plus il ne pourrait quitter ce banc. Et ce qui demeurait chez lui, comme une blessure ouverte, c'était cette parole de Marie, que, le matin encore, elle ignorait qu'elle aimât Pierre d'amour. Elle l'ignorait, et lui-même l'avait forcée à découvrir cet amour en elle. Il venait de le lui planter solidement au cœur, de l'y augmenter sans doute, en le lui révélant. Quelle misère et quelle souffrance ! être ainsi l'ouvrier du mal dont on agonise ! Maintenant, il avait une certitude, sa vie sentimentale était finie, tout son pauvre être tendre saignait et s'anéantissait. Mais, dans ce désastre, dans cette désolation de sentir son âge et la nécessité du renoncement, il éprouvait une joie amère d'avoir fait la vérité. C'était une consolation bien rude, bonne seulement pour une âme héroïque, et il y trouvait cependant un âpre réconfort, une sorte de satisfaction hautaine. Dès lors, la pensée du sacrifice le pénétra, s'imposa peu à peu avec une force extraordinaire. Il devait marier ses enfants, cela devint le devoir, la seule sagesse et la seule justice, même le seul bonheur certain de la maison. Quand son cœur révolté bondissait encore et criait d'angoisse, il posait ses deux mains vigoureuses sur sa poitrine, il l'étouffait.

Le lendemain, ce ne fut pas dans le jardin étroit, mais dans le vaste atelier, que Guillaume eut avec Pierre la suprême explication. Et, là encore, s'étendait l'horizon géant de Paris, toute une humanité en travail, la cuve énorme où fermentait le vin de l'avenir. Il s'était arrangé pour se trouver seul avec son frère, il l'attaqua dès l'entrée, allant droit au fait, sans aucune des précautions qu'il avait prises avec Marie.

« Pierre, n'as-tu pas quelque chose à me dire ? Pourquoi ne te confies-tu pas à moi ? »

Tout de suite, ce dernier comprit, et il se mit à trembler, ne trouvant pas une parole, avouant par le désordre, par la supplication éperdue de son visage.

« Tu aimes Marie, pourquoi n'es-tu pas venu loyalement me dire cet amour ? »

Alors, il se retrouva, il se défendit avec véhémence.

« J'aime Marie, c'est vrai, et je sentais bien que je ne pouvais le cacher, que tu t'en apercevais toi-même... Mais je n'avais pas à te le dire, j'étais sûr de moi, je me serais enfui, avant qu'un seul mot sortît de mes lèvres. Seul, j'en souffrais, oh ! tu ne peux savoir de quelle torture, et il est même cruel à toi de me parler de cela, car me voici maintenant forcé de partir... Déjà, j'en ai fait le projet à plusieurs reprises. Si je revenais, c'était par faiblesse sans doute, mais c'était aussi par affection pour vous tous. Qu'importait ma présence ! Marie ne courait aucun risque. Elle ne m'aime pas. »

Nettement, Guillaume dit :

« Marie t'aime… Je l'ai confessée hier, elle a dû m'avouer qu'elle t'aimait. »

Bouleversé, Pierre l'avait saisi aux épaules, le regardait dans les yeux.

« Oh ! frère, frère, que dis-tu ? Pourquoi dis-tu là une chose qui serait pour nous tous un affreux malheur ?… J'en aurais moins de joie que de chagrin, de cet amour qui a été mon rêve à jamais irréalisable ; car je ne veux pas que tu souffres, toi… Marie est tienne. Elle m'est sacrée comme une sœur. S'il n'y a que ma folie qui puisse vous séparer, elle passera, je saurai la vaincre.

– Marie t'aime, répéta Guillaume de son air doux et têtu. Je ne te reproche rien, je sais parfaitement que tu as lutté, que tu ne t'es pas trahi près d'elle, ni par un mot, ni même par un regard… Elle-même, hier, ignorait encore qu'elle t'aimait, et j'ai dû lui ouvrir les yeux. Que veux-tu ? c'est simplement un fait que je constate : elle t'aime. »

Cette fois, Pierre, frémissant, eut un geste à la fois de terreur et d'exaltation, comme s'il lui tombait du ciel quelque divin prodige, longtemps souhaité, et dont la venue l'anéantissait.

« Allons, c'est bien, tout est fini… Embrassons-nous, frère, et je pars.

– Tu pars ? Pourquoi ?… Tu vas rester avec nous. Rien n'est plus simple, tu aimes Marie, et elle t'aime. Je te la donne. »

Il eut un grand cri, il leva ses mains éperdues, dans un geste de ravissement épouvanté.

« Tu me donnes Marie, toi, frère ! toi qui l'attends depuis des mois, toi qui l'adores !… Oh ! non, oh ! non, cela m'écraserait trop, cela me terrifierait, vois-tu, comme si tu me donnais ton cœur lui-même, ton cœur saignant, arraché de ta poitrine… Non, non ! je ne veux pas de ton sacrifice.

– Mais puisque Marie n'a pour moi que de la gratitude et de l'affection, puisque c'est toi qu'elle aime d'amour, veux-tu donc que j'abuse de l'engagement qu'elle a pris, inconsciente, et que je la force à un mariage où je ne l'aurais pas tout entière ?… Et je me trompe, ce n'est pas moi qui te la donne, c'est elle qui s'est donnée, sans que je me reconnaisse le droit d'empêcher ce don.

– Non, non ! jamais je n'accepterai, jamais je ne te causerai cette douleur… Embrasse-moi, frère, je pars ! »

Alors Guillaume le saisit, le força de s'asseoir près de lui, sur un vieux canapé, qui se trouvait au coin du vitrage. Et il grondait, il finissait par se fâcher, avec un sourire de bonhomie souffrante.

« Voyons, nous n'allons pas nous battre, tu ne vas pas m'obliger à t'attacher, pour que tu restes ici ?… Je sais bien ce que je fais, que diable ! J'ai réfléchi avant d'en causer avec toi. Sans doute, je ne te dirai pas que j'ai la joie dans l'âme. Oh ! d'abord, j'ai cru que j'en mourrais, je t'aurais voulu au fond de la terre. Et puis, quoi ? il m'a bien fallu être raisonnable, j'ai compris que les choses s'étaient arrangées le mieux du monde, dans leur ordre naturel. »

Pierre, à bout de résistance, s'était mis à pleurer doucement, entre ses mains jointes.

« Frère, petit frère, ne te fais pas de la peine, ni pour moi, ni pour toi… Te rappelles-tu les heureuses journées que nous avons passées ensemble, dans la petite maison de Neuilly, lorsque nous nous y sommes retrouvés, dernièrement ? Toute notre tendresse ancienne refleurissait en nous, et nous restions des heures, la main dans la main, à nous souvenir, à nous aimer… Et quelle terrible confession tu m'as faite un soir, ton incroyance, ta torture, le néant où tu roulais ! Aussi, je n'ai plus souhaité que de te guérir, je t'ai conseillé de travailler, d'aimer, de croire à la vie, convaincu que la vie seule te rendrait la paix et la santé… C'est pourquoi, ensuite, je t'ai amené ici, parmi nous. Tu luttais pour ne pas revenir, c'est moi qui t'ai retenu. Quand tu as repris goût à l'existence, que tu es redevenu simplement un homme et un travailleur, j'ai été si heureux ! J'aurais donné de mon sang pour que la cure fût complète… Eh bien ! c'est fait à cette heure, je t'ai donné tout ce que j'avais, puisque Marie elle-même t'est nécessaire et qu'elle seule te sauvera. »

Et, comme Pierre allait tenter de protester encore :

« Ne dis pas non. Cela est tellement vrai que, si elle n'achève pas l'œuvre commencée par moi, tout ce que j'ai fait est vain : tu retombes à ta misère, à ta négation, au tourment de ta vie manquée. Il te la faut. Veux-tu donc que je ne sache plus t'aimer, qu'après avoir désiré si ardemment ton retour à la vie, je te refuse le souffle, l'âme même, celle qui refera de toi un homme ? Je vous aime assez tous les deux pour consentir à ce que vous vous aimiez. C'est encore de l'amour, petit frère, que de donner son amour… Et puis, je le répète, la bonne nature sait bien ce qu'elle fait. L'instinct est sûr, car il va toujours à l'utile, au vrai. J'aurais été un triste mari, il vaut mieux que je m'en tienne à ma besogne de vieux savant. Tandis qu'avec toi, qui es jeune, c'est l'avenir, c'est l'enfant, la vie féconde et heureuse. »

Pierre fut agité d'un frisson, repris de cette peur de l'impuissance qu'il avait toujours eue. Est-ce que la prêtrise ne l'avait pas retranché des vivants ? Est-ce que sa virilité d'homme ne s'était pas flétrie, dans sa longue chasteté ?

« La vie féconde et heureuse, répéta-t-il tout bas, en suis-je digne, en suis-je capable encore ?… Ah ! si tu savais mon trouble et ma peine, à l'idée que je ne la mérite peut-être pas, cette adorable créature, dont tu me fais si tendrement le royal cadeau ! Tu vaux mieux que moi, tu aurais été pour elle un plus large cœur, un cerveau plus solide, peut-être un homme plus réellement jeune et puissant… Il en est temps encore, frère, ne me la donne pas, garde-la pour toi, si elle doit être avec toi plus heureuse, et plus féconde, et plus souverainement aimée… Réfléchis, moi je suis défaillant de doute. Son bonheur, à elle, seul importe. Qu'elle soit à celui qui l'aimera le mieux. »

Une émotion indicible s'était emparée des deux hommes. Alors, en entendant ces paroles brisées, cet amour qui tremblait de n'être pas assez fort, la volonté de Guillaume, un instant, vacilla. Son cœur se déchirait affreusement, il laissa échapper une plainte désespérée, balbutiante :

« Ah ! Marie que j'aime tant, Marie que j'aurais faite si heureuse ! »

Éperdument, Pierre se souleva, cria :

« Tu vois bien que tu l'adores toujours et que tu ne peux renoncer à elle… Laisse-moi partir ! Laisse-moi partir ! »

Mais, déjà, Guillaume le tenait à bras-le-corps, le serrait de toute sa fraternité, dont son renoncement augmentait encore la passion.

« Reste !… Ce n'est pas moi qui viens de parler, c'est l'autre, celui qui va mourir, celui qui est mort. Je te jure, par notre mère, par notre père, que mon sacrifice est consommé, et que je ne puis plus souffrir que d'elle et de toi, si vous me refusez de me devoir le bonheur. »

Et les deux hommes en larmes s'étreignirent, restèrent aux bras l'un de l'autre. Déjà, ils avaient eu de ces étreintes, mais jamais leurs deux cœurs ne s'étaient confondus à ce point. C'était l'aîné qui donnait de sa vie au plus jeune, et c'était le plus jeune qui lui rendait, de la sienne, tout ce qu'il y pouvait trouver de pur et de passionnément tendre. L'instant leur parut infini et délicieux. Toute la misère, toute la douleur du monde avaient disparu, il ne restait plus que leur amour embrasé qui faisait de l'amour à jamais, comme le soleil fait de la lumière. Et cette minute-là compensa toutes leurs larmes passées et futures, tandis que l'immense Paris, à l'horizon, travaillait à l'avenir inconnu, dans le grondement de sa formidable cuve.

À cet instant, Marie entra. Et ce fut très simple. Guillaume se détacha des bras de son frère, l'amena, les força de se donner la main. D'abord, elle eut un geste encore de refus, s'entêtant dans sa loyauté à ne pas reprendre sa parole. Mais que dire, en face de ces deux hommes en larmes, qu'elle venait de trouver au cou l'un de l'autre, confondus en une si étroite fraternité ? Est-ce que ces larmes, est-ce que cette étreinte n'emportaient pas les raisons ordinaires, les arguments qu'elle tenait prêts ? La gêne même de la situation disparut, il lui sembla qu'elle s'était déjà longuement expliquée avec Pierre, qu'ils étaient d'accord pour accepter ce don de l'amour que Guillaume leur faisait d'un cœur si héroïque. Le vent du sublime soufflait, et rien ne leur paraissait plus naturel que cette extraordinaire scène. Pourtant, elle restait muette, elle n'osait dire sa réponse, les regardant l'un et l'autre de ses grands yeux tendres, qui, eux aussi, s'emplissaient de larmes.

Et ce fut Guillaume qui eut l'inspiration de courir, d'appeler, du bas du petit escalier conduisant aux chambres.

« Mère-Grand ! Mère-Grand ! descendez, descendez vite, on a besoin de vous ! »

Puis, quand elle fut là, dans sa robe noire, mince et pâle, avec son grand air sage de reine mère, toujours obéie :

« Dites donc à ces deux enfants qu'ils n'ont rien de mieux à faire que de se marier ensemble. Dites-leur que nous en avons causé, vous et moi, et que c'est votre avis, votre volonté. »

Elle eut, tranquillement, une petite approbation du menton.

« C'est vrai, les choses seront beaucoup plus raisonnables de la sorte. »

Alors, Marie se jeta dans ses bras. Elle consentait, elle s'abandonnait à ces forces supérieures, aux puissances de la vie qui venaient de changer son existence. Tout de suite, Guillaume voulut qu'on fixât la date du mariage et qu'on s'inquiétât de préparer, en haut, un logement pour le jeune ménage. Et, comme Pierre le regardait avec une dernière inquiétude, et parlait de voyager, en craignant qu'il ne fût mal guéri et que leur présence ne le fît souffrir :

« Non, non ! je vous garde. Si je vous marie, c'est pour vous avoir là tous les deux... Ne vous tourmentez pas de moi. J'ai tant de travail ! Je travaillerai. »

Le soir, lorsque Thomas et François apprirent la nouvelle, ils ne semblèrent pas trop surpris. Ils avaient sans doute senti venir ce dénouement. Et ils s'inclinèrent, ils ne se permirent pas un mot, du moment que leur père lui-même leur annonçait sa décision, de son air de sérénité habituelle. Mais Antoine, tout frémissant de l'amour de la femme, le regarda avec des yeux de doute et d'angoisse, ce père qui venait d'avoir le courage de s'arracher ainsi le cœur. Est-ce que, vraiment, il ne se mourait pas de son sacrifice ? Il l'embrassa passionnément, et ses deux frères, émus à leur tour, le baisèrent aussi de toute leur âme. Lui, divinement, s'était mis à sourire, les yeux humides, sous cette caresse de ses trois grands fils. Et, après sa victoire sur son horrible tourment, rien ne lui fut d'une plus délicieuse douceur.

Mais, ce soir-là, une émotion l'attendait encore. Comme le jour allait tomber, et qu'il s'était remis, devant le vitrage, sur sa grande table, à vérifier, à classer les dossiers et les plans de son invention, il eut la surprise de voir entrer Bertheroy, son maître et son ami. Parfois, de loin en loin, l'illustre chimiste venait ainsi le voir ; et il sentait tout l'honneur d'une pareille visite, de la part d'un vieillard de soixante-dix ans, d'une gloire comblée de titres et d'emplois, chamarré de décorations. D'autant plus que ce savant officiel, membre de l'Institut, montrait quelque courage à se risquer chez un déclassé, un réprouvé tel que lui. Cette fois, pourtant, il devina tout de suite qu'une curiosité l'amenait. Aussi resta-t-il fort gêné, n'osant pas faire disparaître les papiers et les plans, étalés sur la table.

« N'ayez pas peur, lui dit gaiement Bertheroy, très fin sous son air négligé et un peu rude, je ne viens pas vous voler vos secrets... Laissez tout ça, je vous promets de ne rien lire. »

Et, franchement, il mit la conversation sur les explosifs, qu'il continuait à étudier, lui aussi, avec passion. Il avait fait des découvertes nouvelles, qu'il ne cachait pas. D'une façon incidente, il parla même de la consultation qu'on lui avait demandée, dans l'affaire Salvat. Son rêve était de trouver un détonant d'une puissance prodigieuse, pour tenter ensuite de le domestiquer, de le réduire au simple rôle de force obéissante. Et il souriait, il conclut avec intention :

« Je ne sais où ce fou avait pris la formule de sa poudre. Mais si vous, un jour, vous la trouviez, cette formule, dites-vous donc que l'avenir est là peut-être, dans l'emploi des explosifs comme force motrice. »

Puis, brusquement :

« À propos, ce Salvat, on l'exécutera après-demain matin. J'ai un ami au ministère de la Justice qui vient de me le dire. »

Guillaume, jusque-là, l'avait écouté avec une sorte de défiance amusée. Et, tout d'un coup, l'annonce de cette exécution de Salvat le souleva de colère et de révolte. Depuis plusieurs jours, il la savait pourtant inévitable, malgré les tardives sympathies qui affluaient de toutes parts autour du condamné.

« Ce sera un assassinat », cria-t-il avec véhémence.

Bertheroy eut un petit geste de tolérance.

« Que voulez-vous ? il y a une société, elle se défend quand on l'attaque... Et puis, vraiment, ces anarchistes sont trop bêtes, lorsqu'ils s'imaginent qu'ils vont modifier le monde, avec leurs pétards. Vous savez mon opinion, la science seule est révolutionnaire, la science suffira à faire non seulement de la vérité, mais aussi de la justice, si la justice est jamais possible ici-bas... C'est pourquoi, mon enfant, je vis si tolérant et si calme. »

De nouveau, Guillaume voyait se dresser ce révolutionnaire singulier, certain qu'il travaillait, au fond de son laboratoire, à la ruine de la vieille et abominable société actuelle, avec son Dieu, ses dogmes, ses lois, mais trop désireux de son repos, trop dédaigneux des faits inutiles pour se mêler aux événements de la rue, préférant vivre tranquille, renté, récompensé, en paix avec le gouvernement, quel qu'il fût, tout en prévoyant et en préparant le formidable enfantement de demain.

Il eut un geste vers Paris, sur lequel un soleil de victoire se couchait, et il dit encore :

« L'entendez-vous gronder ?… C'est nous qui entretenons la flamme, qui mettons toujours du combustible sous la chaudière. Pas une heure, la science n'interrompt son travail, et elle fait Paris, qui fera l'avenir, espérons-le… Le reste n'est rien. »

Guillaume ne l'écoutait plus, songeait à Salvat, songeait à cet engin terrible qu'il avait inventé, qui demain détruirait des villes. Une pensée nouvelle naissait, grandissait en lui. Et il venait de dénouer le dernier lien, il avait fait autour de lui tout le bonheur qu'il pouvait faire. Ah ! retrouver son courage, être son maître, tirer au moins du sacrifice de son cœur la joie hautaine d'être libre, de donner sa vie, s'il jugeait nécessaire de la donner !

LIVRE CINQUIÈME

I

Guillaume voulut assister à l'exécution de Salvat ; et Pierre, inquiet de n'avoir pu l'en détourner, resta le soir à Montmartre, pour s'y rendre avec lui. Autrefois, lorsqu'il accompagnait l'abbé Rose dans ses visites de charité, au travers du quartier de Charonne, il avait su que, d'une maison où habitait le député socialiste Mège, située à l'angle de la rue Merlin, on voyait la guillotine. Il s'était donc offert comme guide. Et, l'exécution devant avoir lieu au jour légal, vers quatre heures et demie du matin, en ces premiers jours clairs de mai, les deux frères ne se couchèrent pas, veillèrent dans le vaste atelier, à demi ensommeillés, n'échangeant que de rares paroles. Puis, à deux heures, ils partirent.

La nuit était d'une paix, d'une clarté admirables. Dans le vaste ciel pur, la lune pleine avait un éclat de lampe d'argent, et sur Paris endormi, déroulant son immensité vague, elle laissait pleuvoir à l'infini sa calme lumière de rêve. On aurait dit l'évocation de la ville enchantée du sommeil, d'où ne montait plus un murmure, dans l'anéantissement de la fatigue. Un lac de douceur et de sérénité la recouvrait, la berçait, assoupissant jusqu'au lever du soleil le grondement de son effort et le cri de sa souffrance ; tandis que, là-bas, dans un faubourg écarté, on besognait obscurément, on suspendait un couperet, pour tuer un homme.

Rue Saint-Éleuthère, Pierre et Guillaume s'étaient arrêtés, regardant ce Paris d'oubli, vaporeux et tremblant, couché en un rayon de légende. Et, comme ils se retournaient, ils aperçurent la basilique du Sacré-Cœur, encore découronnée de son dôme, d'une masse colossale déjà, sous la pleine lune. Elle semblait agrandie par cette clarté nette et blanche, qui accentuait les arêtes, en les détachant sur les grandes ombres noires. C'était, vue ainsi, sous le pâle ciel nocturne, une floraison monstrueuse, d'une provocation et d'une domination souveraines. Jamais encore elle n'avait semblé à Guillaume si énorme, dominant Paris, même endormi, d'une royauté plus têtue et plus écrasante.

Dans l'état d'esprit où il se trouvait, la sensation fut si forte, si blessante, qu'il ne put s'empêcher de dire tout haut :

« Ah ! ils ont bien choisi leur emplacement, et quelle stupidité de le leur avoir laissé prendre !... Je ne connais pas de non-sens plus imbécile, Paris couronné, dominé par ce temple idolâtre, bâti à la glorification de l'absurde. Une telle impudence, un tel soufflet donné à la raison, après tant de travail, tant de siècles de science et de lutte ! Et cela justement en face, au-dessus de notre grand Paris, la seule ville au monde qu'on n'aurait pas dû souiller de cette tache au front !... À Lourdes, à Rome, cela s'explique. Mais à Paris, dans ce champ de l'intelligence, si profondément labouré, où pousse l'avenir ! C'est la guerre déclarée, c'est la conquête espérée, affirmée insolemment. »

D'habitude, il se montrait d'une belle tolérance de savant, pour qui les religions ne sont que des phénomènes sociaux. Même il reconnaissait volontiers la grandeur ou la grâce des légendes catholiques. Mais la fameuse vision de Marie Alacoque, qui a donné lieu à l'institution du Sacré Cœur, l'irritait, lui causait une sorte de dégoût physique. Il souffrait de cette poitrine ouverte et saignante de Jésus, du cœur énorme que la sainte avait vu battre au fond de la plaie, dans lequel Jésus avait mis l'autre, le petit cœur de femme, pour le rendre ensuite tout gonflé et brûlant d'amour. Quelle matérialité basse et répugnante, quel étal de boucherie, avec les viscères, les muscles, le sang ! Et il était outré surtout de la gravure qui représentait cette horreur, qu'il rencontrait partout, à sa porte, chez les marchands d'objets religieux, enluminée violemment, telle qu'une planche d'anatomie naïve, avec du bleu, du jaune et du rouge.

Pierre se taisait, regardait aussi la basilique, blanche de lune, surgissant des ténèbres ainsi qu'un rêve géant de forteresse, chargée de foudroyer et de conquérir la ville assoupie à ses pieds. Il avait souffert d'elle, dans les derniers temps où il y venait dire des messes, lorsqu'il se débattait encore en sa torture de prêtre incroyant. Et, à son tour, il dit son ancien malaise.

« Le Vœu national, ah ! certes, oui, un vœu national de travail, de santé, de force et de relèvement !... Mais ils ne l'entendent pas ainsi. Si la France a été frappée par la défaite, c'est qu'elle méritait d'être punie. Elle était coupable, elle doit aujourd'hui être repentante. De quoi ? De la Révolution, d'un siècle de libre examen et de science, de sa raison émancipée, de son œuvre d'initiative et de délivrance, répandue aux quatre coins du monde... Voilà la vraie faute, et c'est pour nous faire expier notre grande besogne, toutes les vérités conquises, la connaissance élargie, la justice désormais prochaine, qu'ils ont bâti là cette borne géante, que Paris verra de toutes ses rues, et qu'il ne pourra voir sans se sentir méconnu et injurié, dans son effort et dans sa gloire. »

Il avait, d'un geste large, montré Paris endormi dans le clair de lune, comme dans un drap d'argent, et il se remit en marche, suivi de son frère, tous les deux silencieux, descendant les pentes, vers les rues noires et désertes encore.

Jusqu'au boulevard extérieur, ils ne rencontrèrent pas une âme. Mais là, quelle que fût l'heure, la vie ne s'arrêtait guère ; et les marchands de vin, les cafés-concerts, les bals, n'étaient pas plus tôt fermés, que le vice et la misère, jetés à la rue, y continuaient leur existence nocturne. C'étaient ceux qui n'avaient point de logis, la basse prostitution en quête d'un grabat, les vagabonds couchant sur les bancs, les rôdeurs cherchant un bon coup. Grâce aux ténèbres complices, toute la vase des bas-fonds de Paris remontait à la surface, et toute la souffrance aussi. La chaussée vide était aux meurt-de-faim, sans pain et sans toit, n'ayant plus de place au grand jour, masse grouillante, confuse et désespérée, qui n'apparaissait que la nuit. Et quels spectres de l'absolu dénuement, quelles apparitions de douleur et d'effroi, quel gémissement de lointaine agonie, dans le Paris de ce matin-là, où l'on devait, à l'aube, guillotiner un homme, un de ceux-là, un pauvre et un souffrant !

Comme Guillaume et Pierre allaient descendre par la rue des Martyrs, le premier aperçut, sur un banc, un vieillard couché, dont les pieds nus sortaient d'immondes souliers béants ; et, d'un geste muet, il le montra. Puis, à quelques pas, ce fut Pierre qui, du même geste, indiqua, terrée dans l'angle d'une porte, une fille en loques, dormant la bouche ouverte. Ils n'avaient point besoin de se dire tout haut quelle pitié, quelle colère soulevaient leur cœur. De loin en loin, des agents qui passaient lentement, deux par deux, secouaient les misérables, les forçaient de se remettre debout et de marcher encore. D'autres fois, s'ils les trouvaient louches ou désobéissants, ils les emmenaient au poste. Et c'était la rancune, la contagion des maisons centrales s'ajoutant à la misère chez ces déshérités, faisant souvent d'un simple vagabond un voleur ou un assassin.

Rue des Martyrs, rue du faubourg Montmartre, la population nocturne changeait, et les deux frères ne rencontrèrent plus que des noctambules attardés, des femmes rasant les maisons, des hommes et des filles qui se rouaient de coups. Puis, sur les grands boulevards, ce furent des sorties de cercle, des messieurs blêmes allumant des cigares, au seuil de hautes maisons noires, dont les fenêtres de tout un étage flambaient seules dans la nuit. Une dame, en grande toilette, en manteau de bal, s'en allait doucement à pied, avec une amie. Quelques fiacres nonchalants circulaient encore. D'autres voitures stationnaient depuis des heures, comme mortes, le cocher et le cheval endormis. Et, à mesure que les boulevards défilaient, le boulevard Bonne-Nouvelle après le boulevard Poissonnière, et les autres, le boulevard Saint-Denis, le boulevard Saint-Martin, jusqu'à la place de la République, la misère et la souffrance recommençaient, s'aggravaient, des abandonnés et des affamés, tout le déchet humain poussé à la rue et à la nuit ; tandis que, déjà, l'armée des balayeurs apparaissait, pour enlever les ordures de la veille et faire que Paris, se retrouvant en toilette convenable, dès l'aurore, n'eût pas à rougir de tant d'immondices et de tant d'horreurs, entassées en un jour.

Mais, surtout, lorsqu'ils eurent suivi le boulevard Voltaire et qu'ils approchèrent des quartiers de la Roquette et de Charonne, les deux frères sentirent bien qu'ils rentraient en un milieu de travail, où le pain manquait souvent, où la vie était une douleur. Et Pierre se retrouvait là chez lui, car il n'était pas une de ces longues rues populeuses qu'il n'eût jadis parcourue cent fois, avec le bon abbé Rose, visitant les désespérés, portant des aumônes, ramassant les petits tombés au ruisseau. Aussi était-ce en lui toute une évocation effroyable, tant de drames auxquels il avait assisté, tant de cris, de larmes et de sang, les pères, les mères, les enfants en tas mourant de besoin, de saleté et d'abandon, un enfer social où il avait fini par laisser la dernière espérance, sanglotant lui-même, s'enfuyant, convaincu désormais que la charité était une simple distraction de riches, illusoire, inutile. Et cette sensation lui revenait, à cette heure matinale, dans le frisson de son attente, avec une intensité extraordinaire, en revoyant le quartier aussi douloureux, aussi foudroyé, voué à l'éternelle détresse. Là, au fond de ce taudis, ce vieil homme que l'abbé Rose avait ranimé un soir, n'était-il pas mort de faim la veille ? Cette fillette, que lui-même avait un matin rapportée entre ses bras, après la mort de ses parents, ne venait-il pas de la rencontrer, grandie, roulée au trottoir, hurlante sous le poing d'un souteneur ? Ils étaient légion, les misérables qu'on ne pouvait sauver, et ceux qui sans cesse naissaient à la misère comme on naît infirme, et ceux qui, de toutes parts, tombaient à cette mer de l'injustice humaine, le même océan depuis des siècles, qu'on s'efforce en vain d'épuiser et qui toujours s'élargit. Quel silence lourd, quelles ténèbres épaissies, dans ces rues ouvrières, où il semble que le sommeil soit le bon compagnon de la mort ! Et la faim rôde, le malheur se lamente, des formes spectrales, indistinctes, passent et se perdent au fond des ténèbres.

À mesure que Guillaume et Pierre avançaient, ils se mêlaient à des groupes noirs, tout le troupeau des curieux en marche, tout un piétinement confus et passionné vers la guillotine. Cela ruisselait, venait de Paris entier, comme poussé par une fièvre brutale, un goût de la mort et du sang. Et, malgré le sourd grondement de cette foule obscure, les rues pauvres restaient sombres, pas une fenêtre des façades ne s'éclairait, on n'entendait même pas le souffle des travailleurs écrasés de fatigue, sur leur triste lit de misère, qu'ils ne devaient quitter que plus tard, au petit jour.

En arrivant à la place Voltaire, Pierre, devant la cohue qui s'y bousculait déjà, comprit qu'il leur serait impossible de remonter la rue de la Roquette. D'ailleurs, cette rue était sûrement barrée. Il eut alors l'idée, pour gagner l'encoignure de la rue Merlin, d'aller prendre plus loin la rue de la Folie-Regnault, qui tourne derrière la prison.

Là, en effet, ils ne trouvèrent que désert et que ténèbres. La masse énorme de la prison, avec ses grands murs nus éclairés par la lune oblique, semblait tout un amas de pierres froides, mortes depuis des siècles. Puis, au bout, ils retombèrent dans la foule, un flot compact et pullulant, une agitation embrumée, où l'on ne distinguait que les taches pâles des visages. Ils eurent grand-peine à gagner la maison que Mège habitait, à l'angle de la rue Merlin. Mais les persiennes du logement que le député socialiste occupait, au quatrième étage, étaient hermétiquement closes, tandis que, dans l'encadrement de toutes les autres fenêtres, grandes ouvertes, on voyait moutonner des têtes. Et, en bas, la boutique du marchand de vin, ainsi que la salle du premier étage qui en dépendait, flambaient de gaz, bondées déjà de consommateurs, très bruyants, dans l'attente du spectacle.

« Je n'ose monter frapper chez Mège », dit Pierre.

Guillaume se récria.

« Non, non ! je ne veux pas... Entrons toujours ici. Nous verrons bien si, du balcon, on distingue quelque chose. »

La salle du premier étage avait un vaste balcon, que des femmes et des messieurs envahissaient. Ils parvinrent pourtant à s'y glisser, et ils restèrent là quelques minutes, regardant, tâchant de percer l'ombre, au loin. Entre les deux prisons, la Grande, et la Petite-Roquette, la rue montante s'élargissait, il y avait là une sorte de place carrée, que quatre massifs de platanes, plantés dans les terre-pleins des trottoirs, ombrageaient. Les constructions basses, les arbres chétifs, toute cette laideur pauvre semblait s'étendre au ras de terre, sous un ciel immense, où les étoiles renaissaient, derrière la lune déclinante. Et la place était absolument vide, on n'apercevait qu'une petite agitation vague, là-bas ; tandis que deux cordons de gardes maintenaient la foule, la repoussaient au fond de toutes les rues voisines. Il n'y avait de hautes maisons à cinq étages, d'un bout, qu'à l'amorce de la rue Saint-Maur, beaucoup trop éloignée, et de l'autre, qu'aux angles de la rue Merlin et de la rue de la Folie-Regnault ; de sorte qu'il était à peu près impossible de rien distinguer de l'exécution, même des fenêtres les mieux situées. Quant aux curieux du pavé, ils ne voyaient que les dos des gardes, ce qui n'empêchait pas l'écrasement de cette marée humaine, dont on entendait monter la clameur croissante.

Cependant, grâce aux conversations des femmes qui se penchaient près d'eux, guettant là depuis longtemps déjà, les deux frères finirent par apercevoir quelque chose. Il était trois heures et demie, on devait achever de monter la guillotine. Devant la prison, là-bas, sous les arbres, cette petite agitation vague, c'étaient les aides du bourreau qui attachaient le couperet. Une lanterne allait et venait lentement, cinq ou six ombres dansaient sur le sol. Et rien autre, la place était comme un grand trou de ténèbres, battu de tous côtés par le flot contenu de cette foule grondante, qu'on ne voyait pas. Au-delà, il n'y avait plus que les boutiques braisillantes des marchands de vin, qui luisaient, pareilles à des phares. Puis, aux alentours, le quartier de pauvreté et de travail dormait encore, les ateliers et les chantiers restaient noirs, les hautes cheminées refroidies des usines n'avaient toujours pas leur panache de fumée.

« Nous ne verrons rien », dit Guillaume.

Mais Pierre le fit taire. Il venait de reconnaître, dans un monsieur élégant accoudé près de lui, l'aimable député Dutheil ; et il l'avait cru d'abord avec la petite princesse de Harth, qu'il pouvait bien amener à l'exécution, puisqu'il l'avait fait assister à la condamnation ; puis, il finit par comprendre que la jeune femme emmitouflée, serrée contre lui, était la belle Silviane, au pur profil de vierge. D'ailleurs, elle ne se cachait guère, elle se mit à parler très haut, grise sans doute, de sorte que les deux frères furent vite renseignés. Duvillard, Dutheil et d'autres amis soupaient avec elle, lorsque, vers une heure du matin, au dessert, en apprenant qu'on allait exécuter Salvat, elle avait eu le brusque caprice de voir ça. Vainement, Duvillard l'avait suppliée, et comme cette fois il était parti furieux, reculant devant le mauvais goût d'assister à l'exécution de l'homme qui avait voulu faire sauter son hôtel, elle s'était pendue au bras de Dutheil, en lui promettant tout ce qu'il voudrait, s'il contentait son envie. Très ennuyé, ayant l'horreur des vilains spectacles, d'autant plus méritoire qu'il avait refusé déjà d'accompagner la petite princesse, il s'était résigné pourtant, dans le vif désir, toujours déçu, qu'il avait de Silviane.

« Il ne comprend pas qu'on s'amuse, dit-elle en parlant du baron. Pourtant, c'était gentil de venir... Bah ! demain vous le verrez à mes pieds.

– Alors, demanda Dutheil, la paix est faite, vous lui avez rendu ses droits de maître et seigneur, depuis que votre engagement est signé à la Comédie ? »

Elle se récria.

« Hein ? quoi ? la paix !... Rien du tout, pas ça, entendez-vous ! J'en ai fait le serment, pas ça, tant que je n'aurai pas débuté... Le soir où je sortirai de scène, nous verrons. »

Tous deux riaient, et Dutheil, pour faire sa cour, lui conta avec quelle bonne grâce le nouveau ministre de l'Instruction publique et des Beaux-Arts, Dauvergne, s'était empressé d'aplanir les difficultés, qui avaient jusque-là fermé les portes de la Comédie devant son caprice et devant les assauts désespérés de Duvillard. Un homme charmant, ce Dauvergne, une main de velours, la grâce, la fleur même de ce ministère acclamé, dont le terrible Monferrand était la poigne de fer.

« Il a dit, ma belle amie, qu'une jolie fille était à sa place partout. » Puis, comme flattée, elle se serrait contre lui : « Et c'est après-demain, cette fameuse reprise de *Polyeucte*, où vous allez triompher ?... Nous irons tous vous applaudir.

– Oui, après-demain, le soir justement du jour où le baron marie sa fille. Il en aura des émotions, ce jour-là !

– Tiens ! c'est vrai, c'est ce jour-là que notre ami Gérard épouse Mlle Camille Duvillard. On s'écrasera à la Madeleine, avant de s'écraser à la Comédie. Et, vous avez raison, quels battements de cœur, rue Godot-de-Mauroy ! »

De nouveau, ils s'égayèrent, ils plaisantèrent sur le père, la mère, l'amant, la fille, avec des allusions d'une férocité, d'une crudité abominables, simplement pour rire, et par drôlerie parisienne. Puis, tout d'un coup :

« Vous savez, mon petit Dutheil, je m'assomme, moi, ici. Je ne vois rien, et je veux être tout près, pour bien voir... Vous allez me mener là-bas, tout près de leur machine. »

Cela le consterna, d'autant plus qu'à ce moment elle aperçut Massot dans la rue, à la porte du marchand de vin, et qu'elle l'appela violemment du geste et de la voix. À la volée, une conversation s'engagea, du balcon au trottoir.

« N'est-ce pas, Massot, qu'un député force toutes les consignes et peut mener une dame où il veut ?

– Jamais de la vie ! Massot sait bien qu'un député doit être le premier à s'incliner devant la loi. »

À ce cri de Dutheil, le journaliste comprit qu'il ne voulait pas quitter le balcon.

« Il vous aurait fallu une invitation, madame. On vous aurait casée à une des fenêtres de la Petite-Roquette. Pas une femme n'est tolérée ailleurs... Et ne vous plaignez pas, vous êtes très bien où vous êtes.

– Mais, mon petit Massot, je ne vois rien du tout.

– Vous en verrez toujours davantage que la princesse de Harth, dont je viens de rencontrer la voiture, rue du Chemin-Vert, et que les agents refusent de laisser avancer. »

Cette nouvelle remit Silviane en gaieté, tandis que Dutheil frémissait du danger couru ; car, sûrement, si Rosemonde l'apercevait avec une autre femme, elle lui ferait une scène désastreuse. Il eut une idée, il fit servir une bouteille de champagne et des gâteaux à sa belle amie, comme il la nommait. Elle se plaignait de mourir de soif, elle fut ravie d'achever de se griser, lorsque le garçon eut réussi à installer une petite table près d'elle, sur le balcon même. Dès lors, elle trouva cela très gentil, très crâne, de boire et de souper de nouveau, en attendant la mort de cet homme, qu'on allait guillotiner, là-bas.

Guillaume et Pierre ne purent rester plus longtemps. Ce qu'ils entendaient, ce qu'ils voyaient les soulevait de dégoût. Peu à peu, l'ennui de l'attente avait transformé en consommateurs tous les curieux du balcon et de la salle voisine. Le garçon ne suffisait plus à servir des bocks, des fins vins, des biscuits, même des viandes froides. Il n'y avait là pourtant que des spectateurs bourgeois, des messieurs riches, le public élégant. Mais il faut bien tuer les heures, lorsqu'elles sont longues ; et les rires montaient, les plaisanteries faciles et atroces, tout un vacarme fiévreux, exaspéré, dans la fumée des cigares. En bas, quand les deux frères traversèrent la salle du rez-de-chaussée, ils y trouvèrent le même écrasement, le même tumulte braillard, aggravé par la tenue des grands gaillards en blouse qui buvaient du vin au litre, sur le comptoir d'étain luisant comme de l'argent. Les petites tables aussi étaient occupées, la salle regorgeait d'un va-et-vient continu du menu peuple qui entrait désaltérer son impatience. Et quel peuple ! toute l'écume, tout le vagabondage, tout ce qui traînait dès l'aube, en quête du hasard, hors du travail !

Puis, dehors, sur le pavé, Guillaume et Pierre souffrirent davantage. Dans la cohue, que maintenaient les gardes, il n'y avait plus que la boue remuée des bas-fonds, la prostitution et le crime, les meurtriers de demain qui venaient voir comment il fallait mourir. D'immondes filles en cheveux se mêlaient à des bandes de rôdeurs, courant au travers de la foule, hurlant des refrains obscènes. D'autres bandits, en groupe, causaient, se querellaient sur la façon glorieuse dont les guillotinés célèbres étaient morts ; et il y en avait un sur lequel tous s'entendaient, parlant de lui ainsi que d'un grand capitaine, d'un héros au grand courage immortel. C'étaient des bouts de phrase effroyables surpris au passage, des détails sur la guillotine, d'ignobles fanfaronnades, des saletés ruisselantes de sang. Et, sur tout cela, une fièvre bestiale, un rut de la mort qui faisait délirer ce peuple, une hâte que la vie fraîche et rouge coulât sous le couteau, pour la voir à terre, pour s'y tremper. Seuls, à cette exécution qui n'était pas celle d'un assassin ordinaire, des hommes muets, aux yeux ardents, passaient, circulaient, dans une visible exaltation de foi, où l'on sentait grandir la folie contagieuse de la vengeance et du martyre.

Guillaume songeait à Victor Mathis, lorsqu'il crut le reconnaître, au premier rang, parmi les curieux que le cordon de gardes maintenait. Il était là, avec sa maigre face imberbe, blême et pincée, forcé de se grandir pour voir, à cause de sa petite taille ; et, près d'une grande fille rousse qui gesticulait, il ne bougeait pas, ne parlait pas, tout à l'attente, les yeux là-bas, des yeux ronds, ardents et fixes d'oiseau de nuit, perçant les ténèbres. Un garde le repoussa brutalement ; mais il revint, patient, saturé de haine, voulant voir quand même pour tâcher de haïr davantage.

Cette fois, lorsque Massot aperçut Pierre sans soutane, il ne s'étonna même pas, lui parla de son air gai :

« Ah ! monsieur Froment, vous avez eu la curiosité de venir voir ça ?

– Oui, j'ai accompagné mon frère. Mais je crains bien que nous ne puissions voir grand-chose.

– Certes, si vous restez là. »

Et, tout de suite, obligeamment, en garçon qui aimait à montrer sa puissance de journaliste connu, devant lequel tombaient les consignes :

« Voulez-vous passer avec moi ? Justement, l'officier de paix est mon ami. »

Sans attendre la réponse, il arrêta ce dernier, lui parla bas, vivement, en lui contant une histoire, deux de ses confrères qu'il avait amenés, pour des articles. L'officier, d'abord, hésita, se débattit. Puis, il eut un geste las de consentement, dans la sourde crainte que la police a toujours de la presse.

« Venez vite », dit Massot en entraînant les deux frères.

Surpris de voir le cordon des gardes s'ouvrir si brusquement devant eux, ceux-ci se trouvèrent dans le vaste espace libre. Au sortir de la cohue tumultueuse, il régnait là, sous les petits platanes, une solitude, un silence, d'une tranquillité reposante. La nuit pâlissait, une lueur d'aube commençait à pleuvoir du ciel comme une cendre fine.

Lorsqu'il leur eut fait couper la place de biais, Massot les arrêta près de la prison, en reprenant :

« Moi, je vais entrer, je veux assister au lever et à la toilette... Promenez-vous, regardez, personne ne vous demandera rien. D'ailleurs, je vous rejoindrai. »

Il y avait, éparses dans l'ombre, une centaine de personnes, des journalistes, des curieux. Aux deux bords du bout de chaussée pavée qui menait de la porte de la Roquette à la guillotine, on avait posé des barrières, de ces barrières de bois mobiles qui servent à maintenir les queues des théâtres. Des gens, déjà, s'y tenaient accoudés, pour être le plus près possible sur le passage du condamné. D'autres se promenaient lentement, causaient à demi-voix. Et les deux frères s'approchèrent.

La guillotine était là, sous les branches, dans la verdure tendre des premières feuilles. D'abord, ils ne virent qu'elle, éclairée d'une lueur louche par un bec de gaz voisin, dont le jour naissant jaunissait la clarté. On venait d'achever de la monter, à petit bruit, sans qu'on entendît autre chose que de sourds et rares coups de maillet ; et, maintenant, les aides du bourreau, en redingotes, en hauts chapeaux de soie noirs, attendaient, erraient d'un air de patience. Mais elle, quel air de bassesse et de honte, aplatie sur le sol comme une bête immonde, dégoûtée elle-même de la besogne qu'elle allait accomplir ! Quoi ? C'était ça, la machine à venger la société, la machine à faire des exemples ! C'étaient ces quelques poutres par terre, au ras du sol, sur lesquelles s'emmanchaient, en l'air, deux autres poutres de trois mètres à peine, qui retenaient le couteau ! Où donc se trouvait le grand échafaud peint en rouge, auquel montait un escalier de dix marches, qui dressait d'immenses bras sanglants, dominant les foules accourues, osant montrer au peuple l'horreur du châtiment ? Désormais, on avait terré la bête, elle en était devenue ignoble, sournoise et lâche. Si, dans la salle pauvre des assises, la justice humaine apparaissait sans majesté, le jour où elle condamnait un homme à mort, ce n'était plus, le jour terrible où elle l'exécutait, qu'une boucherie affreuse, à l'aide de la plus barbare et de la plus répugnante des mécaniques.

Guillaume et Pierre la regardaient, et un frisson de nausée soulevait leur être. Le jour grandissait peu à peu, le quartier apparaissait, la place d'abord avec les deux prisons basses et grises, face à face, puis les maisons lointaines, les boutiques des marchands de vin et des marbriers funéraires, les commerces de couronnes et de fleurs, que multiplie le voisinage du Père-Lachaise. On commençait à distinguer nettement, au loin, en un cercle élargi, la ligne noire de la foule, ainsi que les fenêtres, les balcons, débordant de têtes ; et il y avait du monde jusque sur les toits. En face, la Petite-Roquette se trouvait changée en une sorte de discrète tribune, pour les invités. Seuls, au milieu du vaste espace libre, des gardes à cheval passaient lentement. Mais, de plus en plus, le ciel s'éclairait, et c'était au-delà de la foule, dans le quartier entier, le réveil du travail, le long des larges, des interminables rues, dont les terrains vagues ne sont occupés que par des ateliers, des chantiers et des usines. Un ronflement courait, les machines, les métiers allaient reprendre leur branle, et déjà les fumées sortaient de la forêt des hautes cheminées de briques, qui, de toutes parts, surgissaient de l'ombre.

Alors, Guillaume sentit que la guillotine était là bien à sa place, dans ce quartier de misère et de travail. Elle s'y dressait chez elle, comme un aboutissement et comme une menace. L'ignorance, la pauvreté, la souffrance ne conduisaient-elles pas à elle ? Et n'était-elle pas chargée, chaque fois qu'on la plantait au milieu de ces rues ouvrières, de tenir en respect les déshérités, les meurt-de-faim, exaspérés de l'éternelle injustice, toujours prêts à la révolte ? On ne la voyait point dans les quartiers de richesse et de jouissance, qu'elle n'avait pas à terroriser. Elle y serait apparue inutile, salissante, dans toute sa monstruosité farouche. Et cela devenait tragique et terrifiant que cet homme, qui avait jeté sa bombe, fou de misère, fût guillotiné là, sur ce pavé de misère.

Maintenant, le jour était né, il allait être quatre heures et demie. La foule lointaine, en rumeur, sentait la minute approcher. Un frisson passa dans l'air.

« Il va venir, dit le petit Massot qui reparut. Ah ! ce Salvat, c'est tout de même un brave ! »

Il raconta le réveil, l'entrée dans la cellule du directeur de la prison, du juge d'instruction Amadieu, de l'aumônier et de quelques autres personnes, la façon dont

Salvat, qui dormait profondément, avait compris en ouvrant les yeux, tout de suite maître de lui, pâle et debout. Il s'était vêtu sans aide, il avait refusé le verre de cognac et la cigarette que l'aumônier brave homme lui offrait, de même qu'il avait écarté le crucifix d'un geste doux et têtu. Puis, la toilette, les mains attachées derrière le dos, les jambes retenues par une corde lâche, la chemise échancrée jusqu'aux épaules, avait eu lieu rapidement, sans qu'une parole fût échangée. Il souriait, quand on l'exhortait au courage, il se raidissait, dans l'unique crainte d'une faiblesse nerveuse, n'ayant plus qu'une volonté où se bandait tout son être, mourir en héros, rester le martyr de la foi ardente de vérité et de justice, pour laquelle il mourait.

« On dresse l'acte de décès sur le livre d'écrou, continua Massot. Approchez-vous, mettez-vous contre la barrière, si vous voulez voir de près... Vous savez que j'étais plus pâle et plus tremblant que lui. Je crois bien que je me fiche de tout ; n'importe, ce n'est pas gai, cet homme qui va mourir... Vous ne vous imaginez pas les démarches, les efforts qu'on a faits pour le sauver. Une partie de la presse a demandé sa grâce. Et rien n'a réussi, l'exécution était inévitable, paraît-il, même aux yeux de ceux qui la regardent comme une faute. On avait pourtant une si touchante occasion de le gracier, lorsque sa fillette, cette petite Céline, a écrit au président de la République une belle lettre, que j'ai publiée le premier, dans *Le Globe*... En voilà une lettre qui peut se vanter de m'avoir fait courir ! »

Au nom de Céline, Pierre, déjà bouleversé par l'attente de l'horrible spectacle, se sentit ému aux larmes. Il revoyait la fillette, il la revoyait avec la résignée et dolente Mme Théodore, dans le dénuement de leur chambre froide, où le père ne rentrerait plus. C'était de là qu'il était parti, un matin de colère, le ventre vide, le crâne brûlant ; et il arrivait ici, entre ces deux poutres, sous ce couteau.

Massot continuait à donner des détails, racontant maintenant que les médecins étaient furieux, parce qu'ils craignaient de ne pouvoir se faire livrer le corps du supplicié, immédiatement après l'exécution. Mais Guillaume ne l'écoutait plus. Accoudé à la barrière de bois, il attendait, les yeux fixés sur la porte de la prison, toujours close. Un frémissement agitait ses mains, il avait un visage d'angoisse, comme si lui-même fût du supplice. Le bourreau venait de reparaître, un petit homme quelconque, l'air fâché, ayant hâte d'en finir. Puis, dans un groupe d'autres messieurs en redingote, les assistants se montraient le chef de la Sûreté Gascogne, d'air froidement administratif, et le juge d'instruction Amadieu, celui-ci souriant, très soigné, malgré l'heure matinale, venu là par devoir et importance, comme au cinquième acte d'un drame célèbre dont il se croyait l'auteur. Une rumeur plus haute monta de la foule lointaine, et Guillaume, en levant un instant la tête, revit les deux prisons grises, les platanes printaniers, les maisons débordant de monde, sous le grand ciel d'azur pâle, où le soleil triomphant allait renaître.

« Le voilà, attention ! »

Qui avait parlé ? Un petit bruit sourd, la porte qui s'ouvrait, brisa tous les cœurs. Il n'y eut plus que des cous tendus, des regards fixes, des respirations oppressées. Salvat était sur le seuil. Comme l'aumônier sortait devant lui, à reculons, pour lui cacher la guillotine, il s'arrêta, il voulut la voir, la connaître, avant de marcher à elle. Et, debout, le col nu, il apparut alors avec sa face longue, vieillie, creusée par la vie trop rude, transfigurée par l'extraordinaire éclat de ses yeux de flamme et de songe. Une exaltation le soulevait, il mourait dans son rêve. Quand les aides se rapprochèrent pour le soutenir, il refusa de nouveau. Et il s'avança, à petits pas, aussi vite, aussi droit que la corde, dont ses jambes étaient entravées, le lui permettait.

Guillaume, tout d'un coup, sentit les yeux de Salvat sur ses yeux. En s'approchant, le condamné l'avait aperçu, l'avait reconnu ; et, comme il passait à deux mètres à peine, il eut un faible sourire, il entra en lui son regard, si profondément, que Guillaume à jamais devait en garder la brûlure. Quelle pensée dernière, quel testament suprême lui laissait-il donc à méditer, à exécuter peut-être ? Cela fut si poignant, que Pierre, redoutant que son frère ne criât sans le vouloir, lui posa la main sur le bras.

« Vive l'anarchie ! »

C'était Salvat qui avait crié. Mais la voix, changée, étranglée, se déchirait dans le grand silence. Les quelques personnes présentes blêmissaient, la foule semblait morte, au loin. Au milieu du large espace vide, on entendit s'ébrouer le cheval d'un garde.

Alors, ce fut une bousculade immonde, une scène d'une brutalité et d'une ignominie sans nom. Les aides se ruèrent sur Salvat, qui arrivait lentement, le front haut. Deux lui saisirent la tête, n'y trouvèrent que de rares cheveux, ne purent l'abaisser qu'en se pendant à la nuque ; tandis que deux autres lui empoignaient les jambes, le jetaient violemment sur la planche qui bascula, qui roula. Et la tête fut portée, enchâssée à coups de bourrades dans la lunette, tout cela au milieu d'une telle confusion, d'une sauvagerie si rude, qu'on aurait cru à l'extermination d'une bête gênante, dont on avait hâte de se débarrasser. Le couteau tomba, un grand choc, pesant et sourd. Deux longs jets de sang avaient jailli des artères tranchées, les pieds s'étaient agités convulsivement. On ne vit rien autre, le bourreau se frottait les mains, d'un geste machinal, pendant qu'un aide prenait la tête coupée et ruisselante dans le petit panier, pour la mettre dans le grand, où le corps, déjà, venait d'être jeté, d'une secousse.

Ah ! ce choc sourd, ce choc pesant du couteau, Guillaume l'avait entendu retentir au loin, dans ce quartier de misère et de travail, jusqu'au fond des chambres pauvres, où des milliers d'ouvriers, à cette heure, se levaient pour la dure besogne du jour ! Il prenait là un sens formidable, il disait l'exaspération de l'injustice, la folie du martyre, l'espoir douloureux que le sang répandu hâterait la victoire des déshérités. Et Pierre, lui, dans cette basse boucherie, dans cet égorgement abject de la machine à tuer, avait senti croître le frisson qui le glaçait, à la vision brusque d'un autre corps, l'enfant blonde et jolie, frappée au ventre par un éclat de la bombe, étendue là-bas, sous le porche de l'hôtel Duvillard. Le sang ruisselait de sa chair frêle, ainsi qu'il venait de jaillir de ce cou tranché. C'était le sang qui payait le sang, et c'était comme la dette éternellement rachetée du malheur humain, sans que jamais l'homme s'acquittât de la souffrance.

Au-dessus de la place, au-dessus de la foule, le grand silence du ciel clair continuait. Combien l'abomination avait-elle duré ? Une éternité peut-être, deux ou trois minutes sans doute. Enfin, il y eut un réveil, on sortait de ce cauchemar, les mains frémissantes, les faces blêmies, avec des yeux de pitié, de dégoût et de crainte.

« Encore un, c'est le quatrième que je vois, dit Massot, le cœur mal à l'aise. J'aime mieux, tout de même, faire les mariages… Allons-nous-en, j'ai mon article. »

Guillaume et Pierre, machinalement, le suivirent, retraversèrent la place, se retrouvèrent au coin de la rue Merlin. Et là, ils revirent, debout à l'endroit où ils l'avaient laissé, le petit Victor Mathis, avec ses yeux de flamme, dans son visage blanc et muet. Il n'avait rien dû voir distinctement ; mais le bruit du couteau retentissait encore dans son crâne. Un agent le bouscula, lui cria de circuler. Lui, un instant, le dévisagea, secoué d'une rage soudaine, prêt à l'étrangler. Puis, tranquillement, il s'éloigna, il monta la rue de la Roquette, en haut de laquelle, sous le soleil levant, on apercevait les grands ombrages du Père-Lachaise.

Mais les deux frères tombaient sur toute une scène d'explication, qu'ils entendirent sans le vouloir. La princesse de Harth arrivait enfin, lorsque le spectacle était fini ; et elle était d'autant plus furieuse, qu'elle venait d'apercevoir, à la porte du marchand de vin, son nouvel ami Dutheil, accompagnant une femme.

« Ah bien ! vous êtes gentil, vous, de m'avoir lâchée comme ça ! Impossible d'avancer avec ma voiture, j'ai dû venir à pied, au travers de ce vilain monde, bousculée, injuriée. »

Tout de suite, sachant ce qu'il faisait, il lui présenta Silviane ; et il lui glissa qu'il remplaçait un ami près de cette dernière. Rosemonde, qui brûlait de connaître l'actrice, sans doute excitée par les bruits qui couraient sur elle d'extraordinaires fantaisies amoureuses, se calma, devint charmante.

« J'aurais été si heureuse, madame, de voir ce spectacle avec une artiste de votre mérite, que j'admire tant, sans avoir encore trouvé l'occasion de le lui dire.

– Oh ! mon Dieu ! madame, vous n'avez pas perdu grand-chose, en arrivant trop tard. Nous étions là-haut, à ce balcon, et je n'ai guère entrevu que des hommes qui en bousculaient un autre, voilà tout… Ça ne vaut pas la peine de se déranger.

– Enfin, madame, maintenant que la connaissance est faite, j'espère bien que vous me permettrez d'être votre amie.

– Certes, madame, mon amie, comme je serai moi-même flattée et enchantée d'être la vôtre. »

La main dans la main, elles se souriaient, Silviane très grise, mais retrouvant son visage pur de vierge, Rosemonde enfiévrée d'une curiosité nouvelle, voulant goûter à tout, même à cela.

Dès lors, égayé, Dutheil n'eut plus que le désir de ramener Silviane chez elle, pour tâcher d'être payé de son obligeance. Il appela Massot qui arrivait, il lui demanda où il trouverait une station de voitures. Mais déjà Rosemonde offrait la sienne, expliquait que le cocher attendait dans une rue voisine, s'entêtait à vouloir remettre l'actrice, puis le député à leurs portes. Et celui-ci, désespéré, dut consentir.

« Alors, demain, à la Madeleine, dit Massot ragaillardi, en secouant la main de la princesse.

– Oui, demain, à la Madeleine et à la Comédie.

– Tiens, c'est vrai ! s'écria-t-il, en prenant la main de Silviane, qu'il baisa. Le matin à la Madeleine, le soir à la Comédie… Nous serons tous là pour vous faire un gros succès.

– J'y compte bien… À demain.

– À demain. »

La foule s'écoulait, bourdonnante, lasse, dans une sorte de déception et de malaise. Quelques passionnés s'attardaient seuls, afin de voir partir le fourgon qui allait emporter le corps du supplicié ; tandis que les bandes de rôdeurs et de filles, hâves au grand jour, sifflaient, s'appelaient d'une dernière ordure, pour retourner à leurs ténèbres. Vivement, les aides du bourreau démontaient la guillotine. Bientôt, la place serait nette.

Pierre, alors, voulut emmener Guillaume, qui n'avait pas desserré les lèvres, comme étourdi encore par le choc sourd du couteau. Et vainement, du geste, il lui avait montré les persiennes du logement de Mège, restées obstinément closes, dans la façade de la haute maison, au milieu de toutes les autres fenêtres grandes ouvertes. C'était sans doute une protestation du député socialiste contre la peine de mort, bien qu'il exécrât les anarchistes. Pendant que la foule se ruait à l'affreux spectacle, lui, couché, la face vers le mur, rêvait de quelle façon il finirait bien par forcer l'humanité à être heureuse, sous la loi autoritaire du collectivisme. La perte d'un enfant venait de bouleverser sa vie intime de père tendre et pauvre. Il toussait beaucoup, mais il voulait vivre. Et, maintenant, c'était lorsque le ministère Monferrand aurait succombé sous sa prochaine interpellation, qu'il devait prendre le pouvoir, abolir la guillotine, décréter la justice et la félicité parfaite.

« Tu vois, Guillaume, répéta Pierre doucement, Mège n'a pas ouvert ses fenêtres, c'est un brave homme tout de même, bien que nos amis Bache et Morin ne l'aiment guère. »

Puis, comme son frère ne répondait toujours pas, hanté, perdu :

« Allons, viens, il faut que nous rentrions. »

Tous deux prirent la rue de la Folie-Regnault, gagnèrent la ligne des boulevards extérieurs par la rue du Chemin-Vert. À cette heure, dans le clair soleil levant, tout le travail du quartier était enfin debout, les longues rues que bordaient les constructions basses des ateliers et des usines, s'animaient du ronflement des générateurs, tandis que les fumées des hautes cheminées, dorées par les premiers rayons, devenaient roses. Mais ce fut surtout lorsqu'ils débouchèrent sur le boulevard de Ménilmontant, qu'ils eurent la sensation de la grande descente des ouvriers dans Paris. Ils le suivirent de leur pas de promenade, ils continuèrent par le boulevard de Belleville. Et, de toutes parts, de toutes les misérables rues des faubourgs, le flot ruisselait, un exode sans fin des travailleurs, levés à l'aube, allant reprendre la dure besogne dans le petit frisson du matin. C'étaient des bourgerons, des blouses, des pantalons de velours ou de toile, de gros souliers alourdissant la marche, des mains ballantes, déformées par l'outil. Les faces dormaient encore à moitié, sans un sourire, grises et lasses, tendues là-bas, vers la tâche éternelle, toujours recommencée, avec l'unique espoir de la recommencer toujours. Et le troupeau ne cessait pas, l'armée innombrable des corps de métier, des ouvriers sans cesse après des ouvriers, toute la chair à travail manuel que Paris dévorait, dont il avait besoin pour vivre dans son luxe et dans sa jouissance.

Puis, boulevard de La Villette, boulevard de La Chapelle, et jusqu'à la butte Montmartre, boulevard Rochechouart, le défilé continua, d'autres, encore d'autres descendirent des chambres vides et froides, se noyèrent dans l'immense ville, d'où, harassés, ils ne devaient rapporter le soir qu'un pain de rancune. À présent, c'était aussi le flot des ouvrières, des jupes vives, des coups d'œil aux passants, les salaires si dérisoires, que les jolies parfois ne remontaient pas, tandis que les laides, ravagées, vivaient d'eau claire. Et, plus tard, c'étaient enfin les employés, la misère décente en paletot, des messieurs qui achevaient un petit pain, marchant vite, tracassés par la terreur de ne pouvoir payer leur terme et de ne savoir comment les enfants et la femme mangeraient jusqu'à la fin du mois. Le soleil montait à l'horizon, toute la fourmilière était dehors, la journée laborieuse recommençait, avec sa dépense continue d'énergie, de courage et de souffrance.

Jamais Pierre n'avait encore éprouvé si nettement la sensation du travail nécessaire, réparateur et sauveur. Déjà, lors de sa visite à l'usine Grandidier, et plus tard, quand lui-même avait senti le besoin d'une besogne, il s'était bien dit que la loi du monde devait être là. Mais, après l'abominable nuit, ce sang versé, ce travailleur égorgé, dans la folie de son rêve, quelle compensation, quelle espérance, à voir ainsi le soleil reparaître et l'éternel travail reprendre sa tâche ! Si écrasant qu'il fût, si monstrueux de répartition injuste, n'était-ce pas le travail qui ferait un jour la justice et le bonheur ?

Tout d'un coup, comme les deux frères gravissaient le flanc raide de la Butte, ils aperçurent, en face d'eux, au-dessus d'eux, la basilique du Sacré-Cœur, souveraine et triomphale. Ce n'était plus une apparition lunaire, le songe de la domination, dressé devant le Paris nocturne. Le soleil la baignait d'une splendeur, elle était en or, et orgueilleuse, et victorieuse, flambante de gloire immortelle.

Guillaume, muet, qui avait en lui le dernier regard de Salvat, parut soudain conclure, prendre une décision dernière. Et il la regarda de ses yeux brûlants, il la condamna.

II

Le mariage était pour midi ; et, depuis une demi-heure, les invités avaient envahi l'église, décorée avec un luxe extraordinaire, ornée de plantes vertes, embaumée de fleurs. Au fond, le maître-autel flambait de mille cierges, tandis que la grande porte, ouverte à deux battants, laissait voir, dans le clair soleil, le péristyle garni d'arbustes, les marches recouvertes d'un large tapis, la foule curieuse, entassée sur la place, et jusque dans la rue Royale.

Dutheil, qui venait encore de trouver trois chaises pour des dames en retard, dit à Massot, en train de prendre des noms sur un carnet :

« Ma foi ! celles qui viendront maintenant, resteront debout.

– Comment les nomme-t-on, ces trois-là ? demanda le journaliste.

– La duchesse de Boisemont et ses deux filles.

– Bigre ! tout l'armorial de la France, et toute la finance, et toute la politique. C'est mieux encore qu'un mariage bien parisien. »

En effet, tous les mondes se trouvaient réunis là, un peu gênés d'abord de s'y rencontrer. Pendant que les Duvillard amenaient les maîtres de l'argent, les hommes au pouvoir, Mme de Quinsac et son fils étaient assistés des plus grands noms de l'aristocratie. Le choix des témoins disait à lui seul ce mélange étonnant : pour Gérard, le général de Bozonnet, son oncle, et le marquis de Morigny ; pour Camille, le grand banquier Louvard, son cousin, et Monferrand, ministre des Finances, président du Conseil. La tranquille bravade de ce dernier, compromis naguère dans les affaires du baron, acceptant aujourd'hui d'être le témoin de sa fille, ajoutait à son triomphe un éclat d'insolence. Et, comme pour passionner davantage encore les curiosités, la bénédiction nuptiale devait être donnée par Mgr Martha, évêque de Persépolis, l'agent de la politique du pape en France, l'apôtre du ralliement, de la République conquise au catholicisme.

« Que dis-je, un mariage bien parisien ! répéta Massot en ricanant. C'est un symbole, ce mariage. L'apothéose de la bourgeoisie, mon cher, la vieille noblesse sacrifiant un de ses fils sur l'autel du veau d'or, et cela pour que le bon Dieu et les gendarmes, redevenus les maîtres de la France, nous débarrassent de ces fripouilles de socialistes. »

Il se reprit :

« D'ailleurs, il n'y a plus de socialistes, on leur a coupé la tête, hier matin. »

Dutheil, amusé, trouvait ça très drôle. Puis, confidentiellement :

« Vous savez que ça n'a pas été commode… Vous avez lu, ce matin, l'ignoble article de Sanier ?

– Oui, oui, mais je savais auparavant, tout le monde savait. »

Et, à demi-voix, se comprenant d'un mot, ils continuèrent. Chez les Duvillard, la mère n'avait fini par donner son amant à sa fille que dans les larmes, après une lutte désespérée, cédant au seul désir de voir Gérard riche et heureux, gardant contre Camille sa haine atroce de rivale vaincue. Chez Mme de Quinsac, un combat s'était livré aussi douloureux, la comtesse n'avait consenti, révoltée, que pour sauver son fils du danger où elle le savait depuis l'enfance, si touchante d'abnégation maternelle, que le marquis de Morigny s'était résigné lui-même, malgré son indignation, à servir de témoin, faisant ainsi à celle qu'il avait toujours aimée le suprême sacrifice, celui de sa conscience. Et c'était cette effroyable histoire que Sanier, le matin, avait contée dans *La Voix du peuple*, sous des pseudonymes transparents ; et il avait trouvé même moyen d'ajouter à l'ordure, mal renseigné comme toujours, l'esprit tourné au mensonge, ayant besoin que l'égout dégorgé quotidiennement par lui, pour le succès de la vente, charriât un flot sans cesse épaissi et de plus en plus empoisonné. Depuis que la victoire de Monferrand l'avait forcé de laisser dormir l'affaire des Chemins de fer africains, il se rejetait sur les scandales privés, il salissait et détroussait les familles.

Soudain, Chaigneux se précipita, mélancolique et affairé, mal boutonné dans sa redingote douteuse.

« Eh bien ! monsieur Massot, et votre article sur notre Silviane ? Est-ce convenu, passera-t-il ? »

Duvillard avait eu l'idée d'utiliser Chaigneux, toujours à vendre, toujours prêt à servir de valet, en faisant de lui un racoleur, un ouvrier du prochain succès de Silviane. Et il l'avait donné à celle-ci, qui le chargeait de toutes sortes de basses besognes, le forçait à battre Paris pour lui recruter des applaudisseurs et lui assurer une publicité triomphale. Sa fille aînée n'était pas mariée encore, jamais ses quatre femmes ne lui avaient pesé plus lourd sur les bras ; et c'était l'enfer, il finissait par être battu, s'il n'apportait pas un billet de mille francs, le premier de chaque mois.

« Mon article, répondit Massot, ah ! non, mon cher député, il ne passera sûrement pas. Fonsègue le trouve trop élogieux pour *Le Globe*. Il m'a demandé si je me fichais de l'austérité bien connue de son journal. »

Chaigneux devint blême. C'était un article fait d'avance, au point de vue mondain, sur le succès que Silviane remportait le soir, à la Comédie, dans *Polyeucte*. Le journaliste, pour lui être agréable, le lui avait même communiqué ; de sorte que, ravie, elle comptait bien maintenant le lire imprimé dans le plus grave des journaux.

« Grand Dieu ! qu'allons-nous devenir ? murmura le député lamentable. Il faut absolument que cet article passe.

– Dame ! je veux bien, moi. Parlez-en vous-même au patron… Tenez ! il est là-bas debout ; entre Vignon et le ministre de l'Instruction publique, Dauvergne.

– Certainement, je lui parlerai... Mais pas ici. Tout à l'heure, à la sacristie, pendant le défilé... Et je tâcherai aussi de parler à Dauvergne, parce que notre Silviane tient absolument à ce qu'il occupe la loge des Beaux-Arts, ce soir. Monferrand y sera, il l'a promis à Duvillard. »

Massot se mit à rire, répétant le mot qui avait couru Paris, après l'engagement de l'actrice.

« Le ministère Silviane... Il doit bien ça à sa marraine. »

Mais la petite princesse de Harth, qui arrivait en coup de vent, tomba au milieu des trois hommes.

« Vous savez que je n'ai pas de place », cria-t-elle.

Dutheil crut qu'il s'agissait de trouver là une chaise, bien placée.

« Ne comptez pas sur moi, j'y renonce. Je viens d'avoir toutes les peines du monde à caser la duchesse de Boisemont et ses deux filles.

– Eh ! je parle de la représentation de ce soir... Mon bon Dutheil, il faut absolument que vous me fassiez donner un petit coin, dans une loge. J'en mourrai, c'est certain, si je ne puis applaudir notre incomparable, notre délicieuse amie. »

Depuis la veille, depuis qu'elle avait mis Silviane à sa porte, après l'exécution de Salvat, elle professait pour elle une admiration fougueuse.

« Vous ne trouverez plus une seule place, madame, déclara Chaigneux, important. Nous avons tout donné, on vient de m'offrir trois cents francs d'un fauteuil.

– C'est exact, on s'est arraché les moindres strapontins, reprit Dutheil. Et je suis désolé, ne comptez pas sur moi... Duvillard seul pourrait vous prendre dans sa loge. Il m'a dit qu'il m'y réservait une place. Mais je crois bien que nous n'y sommes encore que trois, en comptant son fils... Demandez donc tout à l'heure à Hyacinthe qu'il vous fasse inviter. »

Rosemonde, tombée aux bras de l'aimable député, un soir qu'Hyacinthe l'avait rendue malade d'ennui, sentit bien l'intention ironique. Elle ne s'en écria pas moins, enchantée :

« Tiens, c'est vrai ! Hyacinthe ne peut pas me refuser ça... Merci du renseignement, mon petit Dutheil. Vous êtes gentil, vous, parce que vous arrangez les choses gaiement, même les choses tristes... Et n'oubliez pas que vous m'avez promis de m'apprendre la politique. Oh ! la politique, mon cher, je sens que jamais rien ne m'aura passionnée comme la politique ! »

Elle les quitta, bouscula le monde, finit quand même par s'installer au premier rang.

« La bonne toquée ! » murmura Massot, l'air amusé.

Puis, comme Chaigneux se précipitait à la rencontre du juge d'instruction Amadieu, pour lui demander obséquieusement s'il avait bien reçu son fauteuil, le journaliste se pencha à l'oreille du député.

« À propos, cher ami, est-ce vrai, ce prochain lancement que Duvillard ferait de son fameux Chemin de fer transsaharien ? Une gigantesque entreprise, des centaines de millions et des centaines de millions, cette fois... Hier soir, au journal, Fonsègue haussait les épaules, disait que c'était fou, qu'il n'y croyait pas. »

Dutheil cligna de l'œil, plaisanta.

« Affaire dans le sac, mon bon. Fonsègue baisera les pieds du patron avant quarante-huit heures. »

Et, guilleret, il laissa entendre quelle manne dorée allait de nouveau tomber sur la presse, sur les amis fidèles, sur tous les hommes de bonne volonté. Quand l'orage est passé, l'oiseau secoue ses ailes. Et il se montrait pimpant et jaseur, dans la joyeuse certitude du cadeau attendu, comme si jamais la fâcheuse affaire des Chemins de fer africains ne l'avait bouleversé et blêmi d'épouvante.

« Fichtre ! dit Massot, devenu sérieux, c'est alors mieux qu'un triomphe, ici, c'est encore la promesse d'une moisson nouvelle. Je ne m'étonne plus si l'on s'écrase ! »

À ce moment, les orgues éclatèrent puissamment en un chant de glorieux accueil. C'était le cortège qui faisait enfin son entrée dans l'église. Il y avait eu, dehors, pendant qu'il montait pompeusement les marches, sous le clair soleil, un long brouhaha parmi la foule, dont le flot, entassé jusque sur la chaussée de la rue Royale, entravait la circulation des fiacres et des omnibus. Et, maintenant, il pénétrait sous les hautes voûtes retentissantes, il s'avançait vers le maître-autel embrasé de cierges, entre les deux masses serrées des assistants, les hommes en redingote, les femmes en toilettes claires. Tous s'étaient mis debout, les faces se tendaient avec des sourires, brûlantes de curiosité.

D'abord, derrière le suisse, magnifique, ce fut Camille au bras de son père, le baron Duvillard, qui avait son grand air superbe des jours de victoire. Elle, voilée d'un admirable point d'Alençon, que retenait le diadème de fleurs d'oranger, vêtue d'une robe de mousseline de soie plissée, sur un dessous de satin blanc, était si heureuse, si éclatante d'avoir vaincu, qu'elle en devenait presque jolie, redressée, laissant voir à peine son épaule gauche plus haute que la droite. Puis, Gérard suivait, donnant le bras à sa mère, la comtesse de Quinsac, lui très bel homme, très correct, ayant l'air qu'il devait avoir, elle d'une noblesse et d'une dignité impassibles, dans sa robe de soie bleu paon, brodée de perles d'acier et d'or. Mais on attendait Ève surtout, les têtes s'allongèrent, quand elle parut au bras du général de Bozonnet, un des témoins, le plus proche parent du marié. Elle avait une robe de taffetas vieux rose, garnie de valenciennes, d'un prix inestimable, et jamais elle n'avait paru plus jeune, plus délicieusement blonde. Pourtant, ses yeux disaient ses larmes, bien qu'elle s'efforçât de sourire ; et il y avait, dans la grâce dolente de toute sa personne, comme un veuvage, le don pitoyable qu'elle avait fait de l'être aimé. Monferrand, le marquis de Morigny, le banquier Louvard, les trois autres témoins, venaient ensuite, donnant le bras à des dames de la famille. Monferrand surtout, très gai, très à l'aise, plaisantant sans majesté avec la dame qu'il accompagnait, une petite brune de mine évaporée, produisit une sensation considérable. Et il y avait encore dans le cortège, interminable et solennel, le frère de la mariée, Hyacinthe, dont on remarqua particulièrement l'habit, de forme inconnue, les pans plissés à gros plis symétriques.

Lorsque les fiancés eurent pris place devant les prie-Dieu qui les attendaient, et que les deux familles et les témoins se furent installés, derrière, dans les grands fauteuils de velours rouge, à bois doré, la cérémonie se déroula avec une extraordinaire pompe. Le curé de la Madeleine lui-même officiait, des chanteurs de l'Opéra s'étaient joints à la maîtrise pour la grand-messe chantée, que les orgues accompagnaient d'un continuel chant de gloire. Tout le luxe, toute la magnificence possible, mondaine et religieuse, était déployée, comme si l'on avait voulu faire du mariage, ainsi exalté, une fête publique, une victoire, une date marquant l'apogée d'une classe. Et il n'y avait pas jusqu'à l'impudence et à la bravade du monstrueux drame intime, connu de tous, affiché de la sorte, qui n'ajoutât à la cérémonie un éclat d'abominable grandeur. Mais on la sentit surtout, cette grandeur d'insolente domination, quand Mgr Martha parut, en simple surplis, avec l'étole pour la bénédiction. Grand, frais et rose, il souriait à demi, de son air de souveraineté aimable ; et ce fut avec une onction auguste qu'il prononça les paroles sacramentelles, en pontife heureux de réconcilier les deux grands empires dont il unissait les héritiers. On attendait curieusement son allocution aux mariés. Il y fut vraiment merveilleux, il y triompha lui-même. N'était-ce pas dans cette église qu'il avait baptisé la mère, cette Ève blonde si belle encore, cette juive convertie par lui à la foi catholique, au milieu des larmes d'attendrissement de toute la haute société de Paris ? N'était-ce pas là encore qu'il avait fait ses trois fameuses conférences sur l'esprit nouveau, d'où dataient, selon lui, la déroute de la science, le réveil du spiritualisme chrétien, la politique de ralliement qui devait aboutir à la conquête de la République ? Et il lui était bien permis, par de fines allusions, de se féliciter de son œuvre, en mariant un fils pauvre de la vieille aristocratie aux cinq millions de cette héritière bourgeoise, en laquelle triomphaient les vainqueurs de 1789, aujourd'hui maîtres du pouvoir. Seul, le quatrième état, le peuple, dupé, volé, n'était pas de la fête. Mgr Martha scellait en ces conjoints la nouvelle alliance, il réalisait la politique du pape, la sourde poussée de l'opportunisme jésuite, épousant la démocratie, le pouvoir et l'argent, pour s'en emparer. Dans sa péroraison, il se tourna vers Monferrand qui souriait, il sembla s'adresser à lui, en souhaitant aux époux une vie chrétienne d'humilité et d'obéissance, tout entière vécue dans la crainte de Dieu, dont il évoquait la main, la poigne de fer, comme celle du gendarme chargé de maintenir la paix du monde. Personne n'ignorait l'entente diplomatique de l'évêque et du ministre, quelque pacte secret, où tous deux satisfaisaient leur passion autoritaire, leur besoin d'envahissement et de royauté ; et, lorsque l'assistance s'aperçut que Monferrand souriait de son air de bonhomie un peu narquoise, elle eut, elle aussi, des sourires.

« Ah ! murmura Massot qui était resté près de Dutheil, si le vieux Justus Steinberger voyait sa petite-fille épouser le dernier des Quinsac, comme il s'amuserait !

– Mais, mon cher, répondit le député, c'est très bien, ces mariages. La mode y est. Les juifs, les chrétiens, les bourgeois, les nobles, tous ont raison de s'entendre, pour constituer la nouvelle aristocratie. Il en faut une, autrement nous sommes débordés par le peuple. »

Massot n'en ricanait pas moins de la figure que Justus Steinberger aurait faite, en écoutant Mgr Martha. Et le bruit courait, en effet, que le vieux banquier juif, depuis la conversion de sa fille Ève, qu'il avait cessé de voir, s'intéressait à ce qu'elle disait, à ce qu'elle faisait, d'un air d'ironie attendrie, comme s'il avait eu plus que jamais en elle une arme de vengeance et de défaite, parmi ces chrétiens dont on accusait sa race de rêver la destruction. Si, en la donnant pour femme à Duvillard, il n'avait pas conquis celui-ci, ainsi qu'il l'avait espéré, sans doute s'en consolait-il en constatant l'extraordinaire fortune de son sang, mêlé à celui de ses durs maîtres d'autrefois, qu'il achevait de gâter. N'était-ce pas là cette définitive conquête juive, dont on parlait ?

Un dernier chant triomphal des orgues termina la cérémonie. Les deux familles et les témoins passèrent dans la sacristie, où furent signés les actes. Et le grand défilé de félicitations commença.

Dans la haute salle, lambrissée de chêne, un peu obscure, les deux mariés étaient enfin réunis, côte à côte. Et quel rayonnement de joie, chez Camille, que ce fût fait, qu'elle eût triomphé, en épousant ce grand nom, ce bel homme, arraché avec tant de peine des bras de toutes, de sa mère elle-même ! Elle en paraissait grandie, sa petite taille de fille contrefaite, noire et laide, se redressait, exultait, tandis qu'un flot ininterrompu de femmes, les amies, les simples connaissances, se bousculaient, galopaient, lui serraient les mains ou l'embrassaient à pleine bouche, avec des mots d'extase. Gérard, lui, qui la dépassait de toutes les épaules, d'autant plus noble et fort qu'elle semblait plus chétive, acceptait les poignées de main, les rendait, souriait, en Prince Charmant, heureux de s'être laissé aimer, d'avoir fait tout ce bonheur, par bonté et faiblesse. Et, sur une même ligne, les deux familles formaient deux groupes, restés distincts, au milieu de la cohue qui les assiégeait, qui passait devant elles, les bras tendus, indéfiniment. Duvillard recevait les saluts en roi content de son peuple, tandis que, par un effort suprême, voulant finir en enchanteresse, Ève trouvait l'énergie d'être délicieuse, de répondre à tous les hommages, à peine frémissante des larmes dont son cœur éclatait. Puis, c'était, de l'autre côté des époux, Mme de Quinsac entre le général de Bozonnet et le marquis de Morigny, très digne, un peu hautaine, se contentant le plus souvent d'incliner la tête, ne donnant sa petite main sèche qu'aux personnes qu'elle connaissait bien ; et, noyée dans cette marée de figures inconnues, elle échangeait avec le marquis un regard d'indicible tristesse, lorsque le flot devenait par trop vaseux, roulant des têtes qui suaient tous les crimes de l'argent. Pendant près d'une demi-heure, ce flot coula, les poignées de main tombèrent dru comme grêle, les mariés et les deux familles en eurent les bras rompus.

Cependant, des gens demeuraient, des groupes se formaient, causant, s'égayant. Et Monferrand, tout de suite, se trouva entouré. Massot fit remarquer à Dutheil avec quel empressement l'avocat général Lehmann s'approchait, pour faire sa cour. Presque aussitôt, le juge d'instruction Amadieu fut également là ; et M. de Larombardière, le vice-président à la cour, un boudeur pourtant, un des fidèles du salon de la comtesse, arriva lui-même. C'était la magistrature forcément flatteuse et obéissante, inféodée au pouvoir maître de l'avancement, qui nomme et qui destitue. On prétendait que Lehmann, dans l'affaire des Chemins de fer africains, avait rendu des services à Monferrand, en faisant disparaître certains dossiers. Et quant au souriant Amadieu, si Parisien, n'était-ce pas à lui qu'on devait la tête de Salvat ?

« Vous savez, murmura Massot, que tous les trois viennent quêter des remerciements, pour leur guillotiné d'hier. Monferrand lui doit un beau cierge, à ce misérable, qui, une première fois, avec sa bombe, a empêché la chute du ministère, et qui, plus tard, lui a fait donner la présidence du Conseil, lorsqu'il s'est agi d'avoir un homme de poigne assez forte pour étrangler l'anarchie. Hein ? quelle lutte, Monferrand d'un côté et ce Salvat de l'autre ! Ça devait finir par une tête coupée, on en avait besoin d'une… Tenez ! écoutez-les, ils en causent. »

En effet, les trois magistrats, qui allaient saluer le ministre tout-puissant, étaient questionnés par des dames amies, dont le compte rendu des journaux avait enfiévré la curiosité. Et Amadieu, ayant par devoir assisté à l'exécution, répondait, heureux de cette dernière importance, résolu à détruire ce qu'il appelait la légende de la mort héroïque de Salvat. Selon lui, ce scélérat n'avait eu aucun vrai courage, tenu debout par son seul orgueil, si livide, si étranglé d'épouvante, qu'il était mort avant d'arriver sous le couteau.

« Ah ! ça, c'est la vérité, cria Dutheil. J'y étais. »

Massot le tira par le bras, indigné, bien qu'il se moquât de tout.

« Vous n'avez rien vu, mon cher. Salvat est mort très bravement, c'est bête à la fin de salir ce pauvre bougre jusque dans la mort ! »

Mais cette idée de la mort lâche de Salvat faisait plaisir à trop de monde. Et c'était comme un dernier holocauste qu'on mettait aux pieds de Monferrand, afin de lui être agréable. Il continuait de sourire de son air paisible, en brave homme qui cède aux seules nécessités. Il se montra particulièrement aimable à l'égard des trois magistrats, voulant les remercier, pour son compte, de la bravoure avec laquelle ils étaient allés jusqu'au bout de leur pénible devoir. La veille, après l'exécution, il avait obtenu, à la Chambre, dans un vote délicat, une majorité formidable. L'ordre régnait, tout allait pour le mieux en France. Et Vignon, qui avait voulu paraître au mariage, en beau joueur, s'étant approché, le ministre le retint, le fêta, par coquetterie et par tactique, dans la crainte, malgré tout, que l'avenir prochain ne fût à ce jeune homme, si intelligent et si mesuré. Puis, comme un ami commun leur apprenait une triste nouvelle, le fâcheux état de santé de Barroux, dont les médecins désespéraient, tous les deux s'apitoyèrent. Ce pauvre Barroux ! depuis la séance où il était tombé, il n'avait pu se remettre, il déclinait de jour en jour, frappé au cœur par l'ingratitude du pays, mourant sous cette abominable accusation de trafic et de vol, lui si droit, si loyal, qui avait donné sa vie à la République ! Aussi, répéta Monferrand, est-ce qu'on avoue ? Jamais le public ne comprend ça.

À ce moment, Duvillard, abandonnant un peu son rôle de père, vint les rejoindre ; et, dès lors, le triomphe du ministre se doubla du sien. N'était-il pas le maître, l'argent, le seul pouvoir stable, éternel, au-dessus des pouvoirs éphémères, de ces portefeuilles de ministre qui passaient si rapidement de main en main ? Monferrand régnait et passerait, Vignon régnerait et passerait, ce Vignon déjà à ses pieds, averti déjà qu'on ne gouvernait pas sans les millions de la finance. N'était-ce donc pas lui le seul triomphateur, qui achetait cinq millions un fils de l'aristocratie, qui incarnait la bourgeoisie devenue souveraine, régnant en roi absolu, maître de la fortune publique et bien résolu à n'en rien lâcher, même sous les bombes. Cette fête devenait la sienne, il s'attablait seul au festin, sans consentir à un nouveau partage, maintenant qu'il avait tout conquis, tout possédé, laissant à regret les miettes de sa table aux petits d'en bas, à ces pauvres diables de travailleurs, que la Révolution, autrefois, avait dupés.

Désormais, l'affaire des Chemins de fer africains était une vieille affaire, enterrée dans une commission, escamotée. Tous ceux qui s'y étaient trouvés compromis, les Dutheil, les Chaigneux, les Fonsègue, tant d'autres, riaient d'aise, délivrés par la forte poigne de Monferrand, exaltés eux aussi dans le triomphe de Duvillard. Et l'ignoble article de Sanier, que *La Voix du peuple* avait publié le matin, ces révélations fangeuses, ne comptait même plus, n'obtenait que des haussements d'épaules, tellement le public, nourri de boue, saturé de dénonciations et de calomnies, était las de ces scandales à fracas. Une seule fièvre renaissait, le bruit répandu du prochain lancement de la grande affaire, ce fameux Chemin de fer transsaharien, qui allait remuer les millions et les faire pleuvoir sur les amis fidèles.

Pendant que Duvillard s'entretenait amicalement avec Monferrand et avec Dauvergne, le ministre de l'Instruction publique, qui les avait rejoints, Massot, rencontrant son rédacteur en chef Fonsègue, lui dit à demi-voix :

« Dutheil vient de m'assurer que leur Transsaharien est prêt et qu'ils vont le risquer à la Chambre. Ils se disent certains du succès. »

Mais Fonsègue était sceptique.

« Pas possible, ils n'oseront pas recommencer si vite. »

Pourtant, la nouvelle l'avait rendu grave. Il venait d'avoir une si grosse peur, à la suite de son imprudence, avec les Chemins de fer africains, qu'il s'était bien juré de prendre à l'avenir ses précautions. Mais cela n'allait pas jusqu'à refuser les affaires. Il fallait attendre, les étudier, et en être, être de toutes.

Justement, comme il regardait le groupe de Duvillard et des deux ministres, il assista à un racolage de Chaigneux, qui continuait, au travers de la sacristie, son recrutement pour la représentation du soir. Il célébrait Silviane, fouettait les curiosités, annonçait un succès énorme. Et, s'étant approché de Dauvergne, sa longue échine pliée en deux :

« Mon cher ministre, j'ai une requête à vous présenter de la part d'une belle dame, dont la victoire ne sera pas complète, ce soir, si vous ne daignez y joindre votre suffrage. »

Dauvergne, joli homme, grand, blond, avec des yeux bleus qui souriaient derrière un binocle, l'écoutait d'un air de bienveillance. Il réussissait beaucoup à l'Instruction publique, bien qu'il ignorât tout de l'Université. Mais, en vrai Parisien de Dijon, comme on disait, il n'était point sans tact ni malice, il donnait des fêtes où sa jeune et délicieuse femme excellait, il passait pour un ami éclairé des écrivains et des artistes. Et l'engagement de Silviane à la Comédie, son œuvre jusqu'ici la plus fameuse, qui aurait coulé tout autre ministre, l'avait, par une singulière aventure, rendu populaire. On trouvait cela inattendu, amusant.

Lorsqu'il eut compris que Chaigneux désirait simplement être certain qu'il occuperait, le soir, sa loge à la Comédie, il redoubla d'amabilité.

« Mais certainement, mon cher député, je serai là. Quand on a une si charmante filleule, on ne l'abandonne pas dans le danger. »

Monferrand, qui écoutait d'une oreille, se tourna soudain.

« Et dites-lui que je compte bien y être aussi, et qu'elle aura de la sorte deux amis de plus dans la salle. »

Duvillard, ravi, les yeux brillant d'émotion et de gratitude, s'inclina, comme si les deux ministres venaient de lui faire, personnellement, une grâce inoubliable.

Ce fut alors, après avoir lui-même profondément remercié, que Chaigneux aperçut Fonsègue. Il se précipita, il l'emmena un peu à l'écart.

« Ah ! mon cher collègue, il faut absolument que cette affaire s'arrange. Je la considère comme d'une importance capitale.

– Quoi donc ? demanda Fonsègue surpris.

– Mais cet article de Massot, que vous ne voulez pas laisser passer. »

Carrément, le directeur du *Globe* déclara qu'il ne passerait pas. Il défendait la dignité, la gravité de son journal ; et de tels éloges, donnés à une fille, à une simple fille, apparaîtraient monstrueux, salissants, dans une feuille dont il avait eu tant de peine à faire un organe austère, d'une moralité inattaquable. D'ailleurs, lui s'en moquait, parlait de Silviane en termes crus, disait qu'elle pouvait bien trousser ses jupes en public, et qu'il en serait. Mais *Le Globe*, c'était sacré.

Chaigneux, déconcerté, éploré, insista.

« Voyons, mon cher collègue, faites un petit effort pour moi. Si l'article ne passe pas, Duvillard va croire que c'est de ma faute. Et vous savez que j'ai besoin de lui, voilà le mariage de ma fille aînée retardé encore, je ne sais plus où donner de la tête. »

Puis, voyant que ses malheurs personnels ne le touchaient nullement :

« Pour vous-même, mon cher collègue, pour vous-même... Car enfin, cet article, Duvillard le connaît, et il tient d'autant plus à le voir paraître dans *Le Globe*, qu'il le sait plus élogieux. Réfléchissez, il rompra certainement avec vous. »

Un instant, Fonsègue garda le silence. Songeait-il à la grosse affaire du Transsaharien ? Se disait-il que ce serait dur de se fâcher à ce moment, de ne pas avoir sa part, dans la prochaine distribution aux amis fidèles ? Mais sans doute une idée d'attente et de prudence l'emporta.

« Non, non ! je ne puis pas, c'est une question de conscience. »

Cependant, les félicitations continuaient, il semblait que tout Paris défilât, et toujours les mêmes sourires, toujours les mêmes poignées de main. Très las, les deux mariés, les deux familles devaient garder leur air d'enchantement, contre le mur où la cohue avait fini par les serrer. La chaleur devenait insupportable, une fine poussière montait, comme sur le passage des grands troupeaux. La petite princesse de Harth, attardée on ne savait où, on ne savait à quoi, surgit brusquement, se jeta au cou de Camille, embrassa Ève elle-même, garda la main de Gérard dans les deux siennes, en lui faisant d'extraordinaires compliments. Puis, ayant aperçu Hyacinthe, elle s'en empara, l'emmena dans un coin. « Dites donc, vous, j'ai quelque chose à vous demander. » Hyacinthe, ce jour-là, était muet. Le mariage de sa sœur lui semblait une cérémonie méprisable, d'une vulgarité sans nom. Encore une, encore un, qui acceptaient cette sale et grossière loi des sexes, éternisant l'absurdité humaine du monde. Aussi avait-il décidé d'y assister en silence, d'un air de hautaine désapprobation.

Inquiet, il regarda Rosemonde, car il était heureux d'avoir rompu, il craignit quelque caprice qui la lui ramenât. Pour la première fois de la journée, il desserra les lèvres.

« Comme camarade, ma chère, tout ce qu'il vous plaira. »

Elle s'était mise à rire, elle lui expliqua qu'elle en mourrait, si elle n'assistait pas au début de Silviane, dont elle était l'amie, l'admiratrice passionnée ; et elle le supplia d'obtenir de son père qu'il la prît avec eux dans sa loge, où elle savait qu'il y avait une place.

Lui-même, alors, eut un sourire, en songeant que ce serait une fin d'une esthétique rare et symbolique, cette Silviane qui le débarrasserait de Rosemonde, ces deux femmes qui incarneraient l'amour infécond. Il était, au nom de la beauté, pour le mariage unisexuel qui n'enfante pas.

« C'est chose convenue, ma chère, je vais prévenir papa, il y aura une place pour vous. »

Et le défilé, enfin, s'étant ralenti, la sacristie s'étant vidée un peu, les mariés et les deux familles purent s'échapper, parmi la foule bourdonnante, lente à s'écouler, qui s'attardait, stationnait, afin de les saluer et de les dévisager encore.

Gérard et Camille, tout de suite après le lunch, devaient partir pour une propriété que Duvillard possédait dans l'Eure. Et ce lunch, servi à deux pas de la Madeleine, dans le royal hôtel de la rue Godot-de-Mauroy, fut une nouvelle magnificence. Au premier étage, la salle à manger était transformée en un buffet d'une abondance et d'une somptuosité merveilleuses ; tandis que le vaste salon rouge, le petit salon bleu et argent, toutes les luxueuses pièces, portes ouvertes, permettaient un grand déploiement de réception. Bien qu'on eût dit que les amis des deux familles, les intimes seuls, étaient invités, il y eut là plus de trois cents personnes. Les ministres s'étaient excusés, alléguant l'écrasement des affaires publiques. Mais on revit les journalistes, les magistrats, les députés, tout un flot du fleuve qui avait coulé dans la sacristie. Et les plus dépaysés, parmi ces affamés se ruant à la curée prochaine, étaient certainement les quelques invités de Mme de Quinsac, que le général de Bozonnet et le marquis de Morigny avaient installée sur un canapé du grand salon rouge, et qu'ils ne quittaient pas.

Ève, rompue de fatigue, à bout de force physique et morale, s'était assise dans le petit salon bleu et argent, que sa passion des fleurs avait changé en un grand bouquet de roses. Elle serait tombée, le parquet tremblait sous ses pieds ; et, pourtant, elle souriait encore, elle se faisait belle et charmante, dès qu'un invité s'approchait. Un secours inespéré lui vint, lorsqu'elle aperçut Mgr Martha, qui avait bien voulu honorer le lunch de sa présence. Il prit un fauteuil près d'elle, se mit à causer de son air de caresse, avec une gaieté aimable. Sans doute il n'ignorait pas l'affreux drame, l'angoisse vainement combattue qui ravageait cette pauvre âme, car il se montra paternel, il lui prodigua ses consolations. Elle parlait en veuve inconsolable qui renonce au monde, elle donnait à entendre que Dieu seul pouvait la satisfaire. Puis, la conversation tomba sur l'œuvre des Invalides du travail, et elle déclara qu'elle était résolue à prendre très au sérieux son rôle de présidente, qu'elle s'y vouerait tout entière désormais.

« Monseigneur, à ce sujet, permettez-moi même de vous demander un conseil... J'ai besoin de quelqu'un pour m'aider, et j'ai songé à prendre un prêtre que j'admire, un véritable saint, M. l'abbé Pierre Froment. »

L'évêque, devenu grave, restait embarrassé, lorsque la petite princesse, qui passait au bras de Dutheil, entendit le nom. Elle s'approcha, avec son impétuosité ordinaire.

« L'abbé Pierre Froment... Je ne vous ai pas dit, ma chère, je l'ai rencontré en veston, en pantalon, et l'on m'a raconté qu'il pédalait au Bois avec une créature... N'est-ce pas, Dutheil, que nous l'avons rencontré ? »

Le député s'inclina en souriant, tandis que, saisie, bouleversée, Ève joignait les mains.

« Est-ce possible ? une telle flamme de charité, une foi et une passion d'apôtre ! »

Enfin, monseigneur intervint.

« Oui, oui, l'Église est frappée parfois de grandes tristesses. J'ai su la folie du malheureux dont vous parlez, j'ai cru même devoir lui écrire, et il a laissé ma lettre sans réponse. J'aurais tant voulu éviter un pareil scandale ! Mais il est des forces abominables que nous ne pouvons toujours vaincre, et l'archevêché a, ces jours-ci, prononcé l'interdiction... Il faudra choisir une autre personne, madame. »

Ce fut un désastre. Ève regardait Rosemonde et Dutheil, n'osant leur demander des détails, rêvant de cette créature qui avait osé détourner un prêtre. Quelque fille impudique sûrement, une de ces détraquées, folles de leur chair ! Et il lui sembla qu'un tel crime achevait son propre malheur.

Elle murmura, avec un geste qui prenait à témoin son grand luxe, les roses embaumées où elle baignait, la foule de ses invités qui se ruaient au buffet :

« Ah ! décidément, il n'y a que corruption, on ne peut plus compter sur personne. »

À ce même moment, Camille, sur le point de partir avec Gérard, se trouvait seule dans sa chambre de jeune fille, lorsque son frère Hyacinthe l'y rejoignit.

« Ah ! mon petit, te voilà !... Dépêche-toi, si tu veux m'embrasser. Je file, et bien heureuse. »

Il l'embrassa. Puis, doctement :

« Je te croyais plus forte. Depuis ce matin, tu montres une joie qui me dégoûte. »

Elle se contenta de le regarder avec un mépris tranquille. Il continua.

« Ton Gérard que tu manges des yeux, tu sais bien qu'elle te le reprendra, dès que vous reviendrez. »

Ses joues blêmirent, ses yeux s'embrasèrent. Et, marchant sur son frère, les poings serrés :

« Elle ! tu dis qu'elle me le reprendra ! »

C'est de leur mère qu'ils parlaient.

« Écoute, mon petit, je la tuerai plutôt. Ah ! non, qu'elle ne compte pas sur cette saleté, parce que l'homme qui est à moi, vois-tu, je le garde... Et toi, tu feras bien de me laisser tranquille avec tes méchancetés, car tu sais que je te connais, tu n'es qu'une fille et qu'une bête ! »

Il avait reculé, comme si une vipère dressait sa mince tête, aiguë et noire ; et il préféra battre en retraite, ayant toujours tremblé devant elle.

Alors, pendant que les derniers invités s'acharnaient, achevaient de dévaster le buffet, les adieux se firent, les mariés prirent congé, pour monter dans la voiture qui devait les conduire à la gare. Le général de Bozonnet s'était mis, dans un groupe, à dire une fois de plus sa désespérance chagrine, au sujet du service militaire obligatoire ; et il fallut que. le marquis de Morigny le ramenât, au moment où la comtesse de Quinsac embrassait son fils et sa bru Camille, les mains tremblantes, si émue, que le marquis se permit pieusement de la soutenir. Hyacinthe s'était lancé à la recherche de son père, qu'on ne trouvait nulle part. Il finit par le découvrir, dans une embrasure de fenêtre, en grande conférence avec Chaigneux effondré, qu'il malmenait violemment, furieux d'apprendre le scrupule de conscience de Fonsègue ; car, si l'article ne passait pas, Silviane était capable de s'en prendre à lui seul et de l'en punir, en lui fermant sa porte encore. Tout de suite, il dut retrouver son air triomphant, il accourut pour baiser sa fille au front, pour serrer la main de son gendre, plaisantant, leur souhaitant, là-bas, des jours agréables. Et ce furent enfin les adieux d'Ève, près de laquelle Mgr Martha était resté, souriant. Elle se montra d'une bravoure attendrissante, elle puisa dans sa volonté d'être belle jusqu'au bout une force dernière, qui lui permit d'être gaie et maternelle.

Elle avait pris la main un peu frémissante et gênée de Gérard, elle osa la garder un instant dans la sienne, très bonne, vraiment héroïque de renoncement.

« Au revoir, Gérard, portez-vous bien, soyez heureux. »

Puis, elle se tourna vers Camille, elle la baisa sur les deux joues, tandis que monseigneur les regardait toutes deux, d'un air d'indulgente sympathie.

« Au revoir, ma fille.

– Au revoir, ma mère. »

Mais les voix tremblaient, les regards s'étaient croisés avec des lueurs de glaive, et elles avaient senti les dents sous le baiser. Ah ! cette rage de la voir belle toujours, désirable encore, malgré les années et les larmes ! Et l'autre, quelle torture, cette fille jeune, cette jeunesse qui avait fini par la vaincre, et qui lui emportait à jamais son amour ! Le mutuel pardon était impossible, elles s'exécreraient jusque dans la tombe de famille, où elles dormiraient côte à côte, un jour.

Le soir, pourtant, la baronne Duvillard s'excusa de ne pouvoir assister à la représentation de *Polyeucte*. Elle était lasse, elle voulait se coucher de bonne heure ; et, la tête dans l'oreiller, elle pleura la nuit entière. La loge, une avant-scène de balcon, ne fut donc occupée que par le baron, Hyacinthe, Dutheil et la petite princesse de Harth.

Dès neuf heures, la salle était pleine, cette bourdonnante et éclatante salle des grandes solennités dramatiques. Tout le Paris qui avait défilé le matin dans la sacristie de la Madeleine, se retrouvait là, avec la même fièvre de curiosité, le même désir d'imprévu, d'extraordinaire ; et l'on reconnaissait les mêmes têtes, les mêmes sourires, des femmes qui se saluaient d'un petit signe d'intelligence, des hommes qui se comprenaient d'un mot, d'un geste. Toutes et tous étaient fidèles au rendez-vous, épaules nues, boutonnière fleurie, en une splendeur éblouissante de fête. Fonsègue occupait la loge du *Globe*, avec deux ménages amis. À l'orchestre, le petit Massot avait son fauteuil habituel. On y voyait aussi le juge d'instruction Amadieu, un des habitués fidèles de la Comédie, ainsi que le général de Bozonnet et l'avocat général Lehmann. Mais Sanier surtout, l'effroyable Sanier, avec son mufle de gros homme apoplectique, était beaucoup regardé, à cause de son article scandaleux du matin. Chaigneux, qui n'avait gardé pour lui qu'un strapontin modeste, battait les couloirs, se montrait à tous les étages, soufflant une dernière fois l'enthousiasme. Et, lorsque, dans l'avant-scène qui faisait face à celle de Duvillard, les deux ministres, Monferrand et Dauvergne, parurent, un frémissement léger courut, les sourires se firent plus intimes et plus amusés, car personne n'ignorait la part qu'ils venaient prendre au succès de la débutante.

Cependant, de mauvais bruits circulaient encore la veille. Sanier avait déclaré que le début de Silviane, d'une catin notoire, à la Comédie-Française, et dans ce rôle de Pauline, d'une si haute noblesse morale, était un véritable défi à la pudeur publique. Cette extravagante fantaisie d'une jolie fille avait d'ailleurs longtemps soulevé la presse. Mais on en parlait depuis six mois, et Paris, qui finissait par s'y faire, accourait là, n'ayant plus que son unique besoin d'être distrait. Avant qu'on levât la toile, dans l'air même de la salle, on le sentait bon enfant, rieur et jouisseur, se moquant dans les coins, prêt à battre des mains, s'il y trouvait son plaisir. Et ce fut vraiment extraordinaire. Quand Silviane parut au premier acte, chastement drapée, elle étonna la salle par le pur ovale de sa figure de vierge, à la bouche d'innocence, aux yeux de candeur immaculée. Puis, surtout, la façon dont elle avait compris le rôle stupéfia d'abord, charma ensuite. Dès ses confidences à Stratonice, dès le récit du songe, elle fit de Pauline une figure mystique envolée dans le rêve, une sorte de sainte de vitrail que la Brunehilde de Wagner, chevauchant les nuages, aurait emportée en croupe. Cela était parfaitement inepte, contre toute raison et contre toute vérité. On sembla ne s'y intéresser que davantage, cédant à la mode, mais sans doute excité plus encore par le contraste, entre ce lis ingénu et la fille aux goûts infâmes. Dès ce moment, le succès grandit d'acte en acte, au second pendant son explication avec Sévère, au troisième dans sa scène avec Félix, pour aboutir, au quatrième, à la scène avec Polyeucte, puis à la scène avec Sévère, d'une noblesse tragique si poignante. Un léger coup de sifflet, dont on accusa Sanier, assura la victoire. Monferrand et Dauvergne, comme le racontèrent les journaux, donnèrent le signal des applaudissements ; et toute la salle s'enflamma, Paris battit des mains, moitié par amusement, moitié par ironie peut-être, faisant aussi cette fête au faste de Duvillard et à la forte poigne de ce ministère Silviane, dont on plaisantait pendant les entractes.

Dans l'avant-scène du baron, c'était une passion, une bousculade.

« Vous savez, vint dire Dutheil, que notre critique influent, celui que je vous ai amené à souper un soir, est furieux. Il s'entête à dire que Pauline est une petite bourgeoise, touchée à la fin seulement par le miracle, et que c'est tuer la figure que de la poser tout de suite en sainte vierge.

– Bah ! dit superbement Duvillard, qu'il discute, ça fera du bruit... L'important est que nous ayons demain matin l'article de Massot dans *Le Globe*. »

Mais, à ce sujet, les nouvelles n'étaient pas bonnes. Chaigneux, qui avait relancé Fonsègue, déclarait que celui-ci hésitait encore, malgré le succès, qu'il trouvait idiot. Le baron se fâcha.

« Allez dire à Fonsègue que je veux et que je me souviendrai. »

Dans le fond de l'avant-scène, Rosemonde délirait d'enthousiasme.

« Mon petit Hyacinthe, je vous en supplie, menez-moi à la loge de Silviane. Je ne peux pas attendre, il faut que je l'embrasse.

– Mais nous allons tous y aller », s'écria Duvillard, qui avait entendu.

Les couloirs débordaient, on s'écrasait jusque sur la scène. Puis, un obstacle se présenta, la porte de la loge était fermée ; et, lorsque le baron frappa, une habilleuse répondit que madame priait ces messieurs d'attendre.

« Oh ! moi, une femme, ça ne fait rien, dit Rosemonde, en se glissant vivement. Et vous, Hyacinthe, venez donc, ça ne fait rien non plus. »

Silviane, à demi nue, se faisait essuyer les épaules et la gorge, tant elle avait chaud. Exaltée, Rosemonde se jeta sur elle, la baisa. Elles causèrent, la bouche presque sur la bouche, dans le flamboiement embrasé du gaz, dans le vertige des fleurs dont l'étroite pièce était pleine. Et, au milieu des mots brûlants d'admiration et de tendresse, Hyacinthe entendit qu'elles promettaient de se revoir à la sortie, et que Silviane finissait par inviter Rosemonde à venir prendre une tasse de thé chez elle. Il eut un sourire complaisant, en disant à l'actrice :

« Votre voiture vous attend au coin de la rue de Montpensier, n'est-ce pas ? Eh bien ! je me charge d'y conduire la princesse. Ce sera plus simple, vous rentrerez ensemble.

– Ah ! que vous êtes mignon ! cria Rosemonde. C'est entendu. »

La porte fut ouverte, les hommes entrèrent, se répandirent en félicitations. Mais il fallut vite regagner la salle pour le cinquième acte. Et ce fut le triomphe, la salle croula, lorsque Silviane déclama le fameux : « Je vois, je sais, je crois, je suis désabusée », avec un élancement de sainte martyre qui monte au Ciel. On n'était pas plus âme. Quand on rappela les artistes, Paris fit une ovation dernière à cette vierge du théâtre qui jouait si bien les catins à la ville, selon le mot de Sanier.

Duvillard, tout de suite, passa par les coulisses avec Dutheil, pour aller prendre Silviane, pendant qu'Hyacinthe conduisait Rosemonde à la voiture, qui stationnait au coin de la rue de Montpensier. Ensuite, le jeune homme attendit. Et il sembla tout égayé, lorsque son père, qui arrivait avec Silviane, fut arrêté par un geste de celle-ci, comme il voulait monter à son tour. « Non, mon cher, pas ce soir. J'ai une amie. » La petite mine rieuse de Rosemonde était apparue, au fond du coupé. Il demeura béant, pendant que la voiture filait, emmenant les deux femmes. Lui qui, depuis tant de jours, travaillait à rentrer en grâce !

« Mon cher, que voulez-vous ? expliquait Hyacinthe à Dutheil, un peu choqué lui-même. J'avais d'elle par-dessus la tête, et je l'ai donnée à Silviane. »

Duvillard, étourdi, restait sur le trottoir, dans la galerie devenue déserte, lorsque Chaigneux, qui s'en allait harassé, le reconnut, se précipita, pour lui annoncer que Fonsègue avait réfléchi et que l'article de Massot passerait. Dans les couloirs, on avait aussi causé beaucoup du fameux Transsaharien.

Hyacinthe emmena son père, le réconforta, en camarade raisonnable, pour qui la femme était une bête impure et basse.

« Viens dormir... Puisque cet article doit paraître, tu le lui porteras demain matin, elle t'ouvrira sûrement. »

Et les deux hommes, qui voulaient marcher, remontèrent l'avenue de l'Opéra, vide et morne à cette heure, fumant, échangeant de lentes paroles, tandis que, sur Paris endormi, passait une lamentation immense, l'agonie d'un monde.

III

Depuis l'exécution de Salvat, Guillaume était tombé dans un grand silence. Il semblait préoccupé, absent. Pendant des heures, il travaillait, il fabriquait de cette poudre si dangereuse, à la formule connue de lui seul, des manipulations d'une délicatesse extrême, pour lesquelles il ne voulait l'aide de personne. Puis, il s'en allait, il rentrait brisé par de longues promenades solitaires. Au milieu des siens, il restait très doux, s'efforçait de sourire. Mais il avait toujours l'air de revenir de très loin, dans un sursaut, lorsqu'on lui adressait la parole.

Pierre, alors, s'imagina que son frère avait trop compté sur l'héroïsme de son renoncement et que la perte de Marie lui était intolérable. N'était-ce pas elle qui le hantait, qu'il regrettait, à mesure que devenait plus prochaine la date fixée pour le mariage ? Et il osa, un soir, s'en ouvrir à lui, offrant encore de partir, de disparaître.

Aux premiers mots, Guillaume l'arrêta, dans un cri de tendresse. « Marie ! ah ! mon petit frère, je l'aime trop, je t'aime trop, pour regretter ce que j'ai fait... Non, non ! vous ne me donnez que du bonheur, vous êtes tout mon courage, toute ma force, maintenant que je vous sais heureux l'un et l'autre... Et je t'assure, tu te trompes, je n'ai absolument rien, c'est le travail sans doute qui m'absorbe un peu. »

Ce soir-là, il voulut réagir, il se montra d'une gaieté charmante. Au dîner, il demanda si le tapissier viendrait bientôt organiser pour le jeune ménage les deux petites pièces que Marie occupait au-dessus du laboratoire. Celle-ci, qui attendait paisible et souriante, sans hâte ni gêne, depuis que le mariage était décidé, se mit alors à lui dire joyeusement tout ce qu'elle désirait : une chambre rouge, tendue d'andrinople à vingt sous le mètre ; des meubles de sapin verni, qui lui feraient croire qu'elle était à la campagne ; enfin, un tapis par terre, parce qu'un tapis était pour elle le comble du luxe. Et elle riait, et il riait avec elle, l'air amusé et paternel, tandis que Pierre, que cette bonhomie soulageait, restait convaincu qu'il s'était trompé.

Seulement, dès le lendemain, Guillaume retomba dans sa songerie. Et l'inquiétude de Pierre recommença, lorsqu'il eut remarqué que jamais Mère-Grand, elle aussi, ne lui avait paru si muette, dans un si haut et si grave silence. N'osant agir près d'elle, il eut d'abord l'idée vaine de faire causer les trois grands fils ; car ni Thomas, ni François, ni Antoine ne savaient rien, ne voulaient rien savoir. Ils passaient les jours chacun à sa tâche, d'une sérénité souriante, respectant, adorant le père, simplement. Vivant à son côté, ils ne lui posaient aucune question sur ses travaux, sur ses projets, trouvant que ce qu'il faisait ne pouvait être que juste et bon, prêts à le faire avec lui, sans examen, au moindre appel. Mais, évidemment, il les écartait de tout péril, il gardait pour lui tout le sacrifice, et Mère-Grand seule était sa confidente, celle qu'il consultait, qu'il écoutait peut-être. Aussi Pierre, renonçant à rien deviner par les enfants, ne se préoccupa-t-il plus que de la gravité rigide où il la voyait, surtout lorsqu'il crut avoir surpris de fréquents entretiens, entre Guillaume et elle, dans sa chambre, là-haut, près du logement de Marie. Ils s'y enfermaient, ils devaient s'y livrer à des besognes longues, pendant lesquelles la chambre semblait morte, sans un souffle.

Puis, un jour, Pierre vit Guillaume qui en sortait, avec une petite valise d'apparence fort lourde. Tout de suite, il se souvint de la confidence de son frère, cette poudre dont une livre aurait fait sauter une cathédrale, cet engin destructeur qu'il voulait donner à la France guerrière, pour lui assurer la victoire sur les autres nations, et faire d'elle ensuite l'initiatrice, la libératrice. Et il se rappela que Mère-Grand était seule avec lui dans le secret, qu'elle avait longtemps couché sur des cartouches du terrible explosif, lorsque Guillaume craignait une visite de la police. Pourquoi donc, maintenant, déménageait-il ainsi la quantité de poudre qu'il fabriquait depuis quelque temps ? Un soupçon, une peur sourde lui donna la force de demander brusquement à son frère : « Tu as donc quelque crainte, que tu ne gardes rien ici ? Si des choses t'embarrassent, tu sais que tu peux tout déposer chez moi, où personne n'ira fouiller. »

Étonné, Guillaume le regarda fixement.

« Oui… J'ai su que les arrestations et les perquisitions recommencent, depuis qu'ils ont guillotiné ce malheureux, dans la terreur où ils sont qu'un désespéré ne le venge. Et puis, ce n'est guère prudent de garder ici des matières d'une telle puissance de destruction. Je préfère les mettre en lieu sûr… À Neuilly, ah ! non, petit frère, ce n'est pas un cadeau pour toi ! »

Il parlait d'un air calme, il avait eu à peine un tressaillement léger.

« Alors, reprit Pierre, tout est prêt, tu vas remettre prochainement ton engin au ministre de la Guerre ? »

Une hésitation parut au fond de ses yeux de franchise, il fut sur le point de mentir. Puis, tranquillement : « Non, j'y ai renoncé. J'ai une autre idée. » Et cela était dit d'un air de décision si redoutable, que Pierre n'osa l'interroger davantage, lui demander quelle était cette autre idée. Mais, à partir de cette minute, une attente inquiète le laissa frissonnant, il sentit d'heure en heure, dans le haut silence de Mère-Grand, dans le visage de plus en plus héroïque et affranchi de Guillaume, naître là, et grandir, et déborder sur Paris entier, l'énorme et terrifiante chose.

Un après-midi que Thomas devait se rendre à l'usine Grandidier, on apprit que Toussaint, le vieil ouvrier, venait d'être frappé d'une nouvelle attaque de paralysie. Et Thomas promit de monter en passant chez le pauvre homme, qu'il estimait, pour voir si l'on ne pourrait pas lui être de quelque secours. Pierre voulut l'accompagner. Tous deux partirent, vers quatre heures.

Dans l'unique pièce que les Toussaint habitaient, où ils mangeaient et où ils couchaient, les deux visiteurs trouvèrent le mécanicien assis près de la table, sur une chaise basse, l'air foudroyé. C'était une hémiplégie, qui, en paralysant tout le côté droit, le bras et la jambe, lui avait aussi envahi la face, à ce point que la parole était abolie. Il ne poussait plus que des grognements gutturaux, incompréhensibles. La bouche se tordait à droite, tout le bon visage rond, à la peau tannée, aux yeux clairs, s'était contracté en un masque effrayant d'angoisse. L'homme était terrassé à cinquante ans, la barbe inculte et blanche comme celle d'un vieillard, les membres noueux mangés par le travail, désormais morts à toute besogne. Et les yeux seuls vivaient, faisaient le tour de la chambre, allaient de l'un à l'autre ; tandis que Mme Toussaint, toujours grasse, même lorsqu'elle ne mangeait pas à sa faim, restée active et de tête solide dans son malheur, s'empressait autour de lui.

« Toussaint, c'est une bonne visite, c'est M. Thomas qui vient te voir, avec M. l'abbé... »

Elle se reprit tranquillement :

« Avec M. Pierre, son oncle... Tu vois bien qu'on ne t'abandonne pas encore. »

Toussaint voulut parler, mais son effort impuissant n'amena que deux grosses larmes dans ses yeux ; et il regardait les nouveaux venus d'un air d'indicible détresse, les mâchoires tremblantes.

« Ne t'émotionne donc pas, reprit la femme. Le médecin a dit que ça ne te valait rien. »

En entrant, Pierre avait remarqué que deux personnes se levaient, se retiraient un peu à l'écart. Et il eut la surprise de reconnaître Mme Théodore et la petite Céline, toutes les deux proprement vêtues, l'air à leur aise. Elles étaient venues voir, l'une son frère, l'autre son oncle, en apprenant l'accident, avec le bon cœur de tristes créatures qui avaient connu les pires souffrances. Maintenant, elles semblaient à l'abri de la misère noire, et Pierre se rappela ce qu'on lui avait conté, l'extraordinaire mouvement de sympathie autour de la fillette, après l'exécution du père, les dons nombreux, toute une lutte de générosité à qui l'adopterait, enfin l'adoption par un ancien ami de Salvat qui l'avait fait rentrer à l'école, en attendant de la mettre en apprentissage, pendant que Mme Théodore elle-même était placée comme garde-malade, dans une maison de santé. C'était, pour elles deux, le salut.

Comme Pierre s'approchait pour embrasser la petite Céline, Mme Théodore dit à celle-ci de bien remercier encore M. l'abbé. Elle continuait à l'appeler respectueusement ainsi.

« C'est vous, monsieur l'abbé, qui nous avez porté bonheur. Ça ne s'oublie pas, je lui répète toujours de ne pas oublier votre nom dans ses prières.

– Alors, mon enfant, vous retournez à l'école ?

– Oh ! oui, monsieur l'abbé, je suis bien contente ! Et puis, nous ne manquons plus de rien. »

Une émotion l'étrangla, elle bégaya dans un sanglot :

« Ah ! si ce pauvre papa nous voyait ! »

Mme Théodore prenait poliment congé de Mme Toussaint.

« Eh bien, adieu ! nous nous en allons. C'est triste tout de même, ce qui vous arrive, et nous avons voulu vous dire la peine que ça nous fait. L'ennui, quand le malheur s'en mêle, c'est qu'avec du courage on ne réussit quand même à rien... Céline, viens embrasser ton oncle... Mon pauvre frère, je te souhaite de retrouver tes deux jambes le plus tôt possible. »

Elles baisèrent le paralytique sur les joues, elles s'en allèrent. Et Toussaint, qui avait écouté, qui avait regardé, les suivit de ses yeux si vifs, si intelligents encore, comme brûlé du regret et du désir de cette vie, de cette activité où elles retournaient.

Malgré sa belle humeur coutumière, Mme Toussaint fut mordue d'une pensée jalouse.

« Ah ! mon pauvre vieux, dit-elle, après avoir mis un oreiller derrière le dos de son homme, en voilà deux qui ont eu plus de chance que nous. Depuis qu'on a coupé la tête à ce fou de Salvat, tout leur réussit. Leur affaire est faite, elles ont du pain sur la planche. »

Puis, se tournant vers Pierre et Thomas :

« Tandis que nous autres, nous sommes bien fichus, le nez dans la crotte, sans un espoir de nous en retirer... Que voulez-vous ? nous crèverons de faim, mon pauvre homme n'a pas été guillotiné, il n'a fait que travailler toute sa vie, et vous le voyez, le voilà fini, comme une vieille bête qui n'est plus bonne à rien. »

Elle les fit asseoir, elle répondit à leurs questions apitoyées. Le médecin était déjà venu deux fois, et il leur avait promis de rendre la parole au malade, de lui permettre peut-être de faire le tour de la chambre avec une canne. Quant à jamais se remettre sérieusement au travail, il n'y fallait pas compter. Alors, à quoi bon ? Les yeux de Toussaint disaient qu'il aimait mieux mourir tout de suite. Lorsqu'un ouvrier ne travaille plus, ne nourrit plus sa femme, il est mûr pour la terre.

« Des économies, reprit-elle, il y a des gens qui me demandent si nous avons des économies... Nous avions près de mille francs à la Caisse d'épargne, lorsque Toussaint a eu sa première attaque. Et l'on ne s'imagine pas ce qu'il faut de sagesse pour mettre de côté une pareille somme ; car, enfin, on n'est pas des sauvages, on se donne de temps à autre une petite fête, un bon plat, arrosé d'une bonne bouteille... En cinq mois de chômage forcé, avec les remèdes, avec les viandes saignantes, nous avons mangé les mille francs, et bonté du ciel ! maintenant que ça recommence, nous ne sommes pas près de connaître le vin cacheté et le goût du gigot à la broche. »

Ce cri de la commère friande qu'elle avait toujours été, disait plus que ses larmes contenues sa terreur du lendemain. Elle restait debout, brave quand même ; mais quel écroulement, quelle fin du monde, si elle ne pouvait plus tenir sa chambre bien propre, cuisiner le dimanche un morceau de veau à la casserole, attendre le retour de son homme, chaque soir, en causant avec les voisines ! Autant valait-il qu'on les jetât au ruisseau et que le tombereau les emportât !

Thomas intervint.

« Est-ce qu'il n'existe pas un asile des Invalides du travail, et ne pourrait-on y faire entrer votre mari ? Il me semble que sa place y est toute marquée.

– Ah, ouiche ! dit la femme, on m'en a parlé, j'ai déjà pris mes renseignements. Ils ne prennent pas les malades dans cette maison-là. Quand on y va, ils vous répondent qu'il y a des hôpitaux pour les malades. »

Et Pierre, d'un geste découragé, confirma l'inutilité de la démarche. Lui, dans une brusque vision, venait de se revoir battant Paris, courant de la baronne Duvillard, présidente, à l'administrateur général Fonsègue, pour n'arriver à faire admettre le triste Laveuve que lorsqu'il était mort.

Mais, à ce moment, il y eut un vagissement d'enfant tout jeune, et les deux visiteurs furent stupéfaits de voir Mme Toussaint entrer dans l'étroit cabinet où son fils Charles avait longtemps couché, puis en ressortir avec un poupon de vingt mois à peine, sur les bras.

« Mon Dieu ! oui, expliqua-t-elle, c'est le petit de Charles. Il dormait là, dans l'ancien lit de son père, et vous l'entendez, il s'éveille... Imaginez-vous que, l'autre mercredi, juste la veille du jour où Toussaint a été frappé, j'étais allée le reprendre chez la nourrice, à Saint-Denis, parce qu'elle menaçait de le mettre à la borne, depuis que Charles, qui se dérange, ne la payait plus. Je me disais, n'est-ce pas ? que le travail semblait recommencer et qu'on arriverait toujours à nourrir une petite bouche comme ça. Puis, voilà que tout craque... Enfin que voulez-vous ? maintenant qu'il est ici, je ne peux pourtant pas le descendre dans la rue. »

Tout en parlant, elle marchait, elle dodelinait l'enfant, pour qu'il se calmât. Et elle continuait, elle revenait sur la bête d'histoire, cette bonne du marchand de vin d'en face, avec laquelle Charles avait eu la sottise de coucher sans précaution, et qui lui avait laissé ce beau cadeau, en se sauvant au cou d'un autre homme, comme la dernière des traînées qu'elle était. Encore si Charles avait travaillé ainsi qu'autrefois, avant son service militaire, lorsqu'il ne perdait pas une heure et qu'il rapportait toute sa paie ! Mais il était revenu moins franc à la besogne, il raisonnait, il avait des idées ; et, maintenant, sans en être encore à jeter des bombes, comme ce fou de Salvat, il perdait la moitié de ses journées à fréquenter des socialistes, des anarchistes, qui lui brouillaient la tête. C'était un vrai chagrin de voir un si fort, un si brave garçon tourner si mal. Et l'on assurait, dans le quartier, qu'il y en avait beaucoup de pareils, que les meilleurs, les plus intelligents en avaient assez de la misère, du travail qui ne nourrit pas son homme, et qu'ils finiraient par tout chambarder, plutôt que de vieillir sans être sûrs de manger du pain jusqu'au bout.

« Ah ! les fils ne ressemblent guère aux pères, ces gaillards-là n'auront pas la patience de mon pauvre vieux Toussaint, qui s'est laissé manger la peau et les os, jusqu'à n'être plus que la triste chose que vous voyez là... Savez-vous ce que Charles a dit, lorsque, l'autre soir, il a trouvé son père sur cette chaise, sans bras ni jambes, la langue morte ? Il s'est fâché, il lui a crié qu'il avait, sa vie entière, été une foutue bête, de s'exterminer pour les bourgeois, qui ne lui apporteraient pas, aujourd'hui, un verre d'eau... Puis, comme il n'est pas méchant, au fond, il a pleuré ensuite toutes les larmes de son corps. »

L'enfant ne criait plus, elle allait et venait toujours, le berçant, le serrant contre son cœur de bonne grand-mère. Son fils Charles ne pourrait rien faire pour eux ; peut-être une pièce de cent sous, de temps à autre ; et encore. Elle, rouillée, n'essaierait pas de se remettre à son ancien métier de lingère. D'ailleurs, tenter même de trouver des ménages devenait difficile, avec ce marmot sur les bras, et avec l'autre, le grand enfant, l'infirme, qu'elle devait nettoyer et faire manger. Quoi, alors ? Qu'allaient-ils devenir tous les trois ? Elle ne savait point, elle en avait le frisson, toute maternelle et brave qu'elle voulût paraître.

Et Pierre et Thomas se sentirent l'âme bouleversée de pitié, lorsque, dans la triste chambre de travail et de misère, si propre encore, ils virent, sur les joues de Toussaint foudroyé, immobile, rouler de grosses larmes. Il avait écouté sa femme, il la regardait, il regardait le pauvre petit être endormi entre ses bras ; et, désormais sans voix pour crier sa plainte, tout crevait au fond de lui en un flot amer, intarissable : sa longue existence de travail bafouée et dupée, l'injustice affreuse d'un tel effort aboutissant à une telle souffrance, la colère de se sentir là, impuissant, de voir les siens, innocents comme lui, souffrir de son mal, mourir de sa mort. Ah ! ce vieil homme, cet éclopé du travail, finissant en bête fourbue, tombée à la borne ! Et cela était si révoltant, si monstrueux, qu'il voulut le dire, et que sa peine s'acheva en un effroyable et rauque grognement.

« Tais-toi, ne te fais pas plus de mal, conclut Mme Toussaint. Puisque c'est comme ça, c'est comme ça. »

Elle était allée recoucher le petit ; et elle revenait, Thomas et Pierre allaient lui parler de M. Grandidier, le patron de Toussaint, lorsqu'une visite nouvelle se présenta. Ils attendirent un instant. C'était Mme Chrétiennot, la femme du petit employé, l'autre sœur de Toussaint, plus jeune que lui de dix-huit ans. La belle Hortense, qui avait appris la catastrophe, apportait ses regrets, correctement, bien que son mari lui eût fait rompre à peu près tous rapports avec sa famille, dont il avait honte. Et elle était venue en robe de petite soie, coiffée d'un chapeau, à pavots rouges, qu'elle avait déjà refait trois fois. Mais, malgré ce luxe, elle sentait la gêne, elle cachait ses pieds, à cause de ses bottines éculées. Une récente fausse couche l'avait beaucoup enlaidie, achevant le désastre de sa beauté blonde, si vite fanée.

Dès le seuil, elle parut glacée par l'aspect terrifiant de son frère, par le dénuement de cette pièce de souffrance, où elle entrait. Et, après l'avoir embrassé, en disant son chagrin de le trouver ainsi, elle se mit à geindre tout de suite sur son propre sort, elle conta ses embarras, dans la crainte qu'on ne lui demandât quelque chose.

« Ah ! ma chère, vous êtes certainement bien à plaindre. Mais, si vous saviez ! tout le monde a ses peines... Ainsi moi, qui suis forcée de porter chapeau, et d'avoir des robes possibles, à cause de la situation de mon mari, vous ne vous imaginez pas la peine que j'ai pour joindre les deux bouts. On ne va pas loin avec trois mille francs d'appointements, surtout lorsqu'on doit prendre là-dessus sept cents francs de loyer. Vous me direz que nous pourrions nous loger plus modestement ; mais, non, ma chère, il me faut bien un salon, à cause des visites que je reçois. Alors, comptez... Et il y a aussi mes deux filles, j'ai dû les envoyer au cours, Lucienne a commencé le piano, Marcelle a des dispositions pour le dessin... À propos, je les aurais volontiers amenées, mais j'ai craint pour elles la trop grosse émotion. Vous m'excusez, n'est-ce pas ? »

Elle dit encore toutes les contrariétés que la lamentable fin de Salvat lui avait fait avoir avec son mari. Celui-ci, vaniteux, petit et rageur, était outré d'avoir maintenant un guillotiné dans la famille de sa femme ; et il devenait dur pour la malheureuse, l'accusant de leurs embarras, la rendant responsable de sa propre médiocrité, aigri chaque jour davantage par l'étroite vie de bureau. Certains soirs, on se querellait, elle lui tenait tête, racontait qu'elle aurait pu épouser un médecin, qui la trouvait assez jolie pour ça, quand elle était demoiselle de comptoir chez le confiseur de la rue des Martyrs. Et, maintenant que la femme s'enlaidissait, que le mari se sentait condamné à l'éternelle gêne, même avec les quatre mille francs d'appointements rêvés, le ménage tombait de plus en plus à une existence maussade, inquiète et querelleuse, aussi intolérable, dans la gloriole payée si chèrement d'être un monsieur et une dame, que la misère noire des ménages ouvriers.

« Enfin, tout de même, ma chère, dit Mme Toussaint, lassée par cet étalage des ennuis de sa belle-sœur, vous avez eu une chance, de ne pas avoir un troisième enfant. »

Hortense soupira, d'un air de soulagement profond.

« Ah ! c'est bien vrai, car je me demande comment nous l'aurions élevé, celui-là. Sans compter que Chrétiennot me faisait des scènes abominables, en me disant que, si j'étais enceinte, il n'y était pour rien, et que, le jour où il y aurait un troisième enfant, il me planterait là et s'en irait vivre ailleurs... Vous savez que j'ai failli mourir de ma fausse couche, oh ! quelque chose d'affreux, dont je suis encore détraquée. Le docteur, maintenant, dit que je mange trop mal, qu'il me faut de la bonne nourriture. Tout ça ne fait rien, j'ai quand même été bien contente.

– Ça se comprend, ma chère, puisque vous ne demandiez que ça.

– Évidemment, nous ne demandions que ça. Chrétiennot répétait qu'il en danserait de joie... Et pourtant, et pourtant... »

Un subit attendrissement fit trembler la voix d'Hortense.

« Quand le docteur a regardé et nous a dit que c'était un garçon, j'ai senti un si gros regret, que j'en suis restée toute suffoquée ; et j'ai bien vu que Chrétiennot se détournait, pour ne pas qu'on remarquât sa figure à l'envers... Nous avons deux filles, ça nous aurait fait tant de plaisir d'avoir un fils ! »

Des larmes noyèrent ses yeux, elle acheva, en bégayant :

« Enfin, puisque nous ne pouvons pas nous permettre le luxe d'en avoir un, ça vaut mieux que celui-là ne soit pas venu. Il a bien fait, pour lui et pour nous, de retourner d'où il venait... Ah ! n'importe ! ça n'est pas drôle, il y a vraiment trop d'embêtements dans l'existence. »

Elle se leva, elle voulut partir, après avoir embrassé de nouveau son frère ; car elle craignait encore une scène, si son mari rentrait sans la trouver chez elle. Puis, debout, elle s'attarda, elle dit qu'elle avait, elle aussi, vu sa sœur, Mme Théodore, et la petite Céline, proprement nippées, heureuses désormais. Et elle conclut à son tour, avec une pointe de jalousie :

« Mon mari, à moi, se contente d'aller tous les matins s'éreinter à son bureau ; jamais il ne se fera couper le cou ; et personne bien sûr ne s'avisera de laisser des rentes à Marcelle et à Lucienne... Enfin, ma chère, ayez du courage, il faut toujours espérer que ça finira bien. »

Quand elle s'en fut allée, Pierre et Thomas, avant de partir aussi, pour se rendre à l'usine, voulurent savoir si M. Grandidier, le patron, prévenu du malheur de Toussaint, s'était engagé à lui venir en aide. Il n'avait encore fait qu'une promesse assez vague, ils résolurent donc de lui parler chaudement en faveur du vieux mécanicien, depuis vingt-cinq ans dans la maison. Le pis était qu'un ancien projet de caisse de secours, même de caisse de retraites, mis à l'étude autrefois, avant la crise dont l'usine se relevait, avait sombré au milieu de toutes sortes de complications et d'obstacles. Autrement, Toussaint aurait eu peut-être le droit d'être infirme, sans mourir complètement de faim. Il n'y avait plus d'autre espoir, pour l'ouvrier foudroyé, que dans la charité, sinon dans la justice du patron.

Le petit de Charles s'étant remis à pleurer, Mme Toussaint venait de le reprendre dans ses bras ; et elle le promenait de nouveau, lorsque Thomas serra la bonne main du paralytique entre les deux siennes.

« Nous reviendrons, nous ne vous abandonnerons pas. Vous savez bien qu'on vous aime, parce que vous avez été un brave et solide travailleur... Comptez sur nous, nous allons faire tout ce que nous pourrons. »

Et ils le laissèrent, dans la chambre morne, les yeux en larmes, terrassé, bon pour l'abattoir ; tandis que sa femme berçait autour de lui l'enfant criard, un misérable de plus, si lourd aujourd'hui au vieux ménage, et qui, plus tard, crèverait à son tour, de misère et d'injuste travail.

Le travail, le travail manuel, grondant et haletant sous l'effort, Pierre et Thomas le retrouvèrent à l'usine. Les minces tuyaux, sur les toitures, jetaient leurs souffles rythmiques de vapeur, comme s'ils eussent réglé la respiration même de la besogne commune. Et, dans les ateliers divers, c'était un ronflement continu d'activité, tout un peuple d'ouvriers en branle, forgeant, limant, perçant, au milieu du vol des courroies et de la trépidation des machines. La journée s'achevait dans la fièvre d'énergie coutumière, avant que le coup de cloche sonnât le départ.

Quand Thomas demanda M. Grandidier, on lui répondit que le patron n'avait pas reparu depuis le déjeuner ; et il comprit, à cette nouvelle extraordinaire, que quelque lamentable scène devait se passer encore dans le pavillon silencieux, aux persiennes éternellement closes, que l'usinier habitait à l'écart, avec sa jeune femme, folle depuis deux ans, toujours adorablement jolie, et si ardemment aimée, qu'il n'avait jamais voulu se séparer d'elle. Du petit atelier vitré, où Thomas travaillait d'habitude, et où il venait de mener Pierre, pour attendre, on voyait ce pavillon si calme, d'air si heureux, au milieu de grosses touffes de lilas, que des toilettes claires de jeune femme et des rires d'enfants joueurs auraient dû égayer. Et, brusquement, ils crurent entendre un grand cri déchirant ; puis, ce furent des plaintes d'animal battu, toute une agonie violente de bête qu'on égorge. Ah ! ces hurlements, parmi le branle de l'usine en travail, comme scandés par les jets rythmiques de la vapeur, accompagnés par le roulement sourd des machines ! Depuis le récent inventaire, les recettes doublaient, la prospérité de la maison croissait de mois en mois, désormais victorieuse des mauvais jours. Grandidier était en train de réaliser une très grosse fortune, avec sa fameuse Lisette, la bicyclette populaire, que son frère, un des administrateurs du *Bon Marché*, y vendait à cent cinquante francs. Sans compter les gains énormes que lui promettait la vogue prochaine des voitures automobiles, dès qu'il se remettrait à la fabrication des petits moteurs, un moteur nouveau, longtemps cherché, presque trouvé enfin. Et, dans le pavillon morne, aux persiennes toujours closes, les affreux cris continuaient, quelque épouvantable drame, que, cette fois, la rumeur laborieuse et prospère de l'usine ne parvenait pas à étouffer.

Pâles, Pierre et Thomas écoutaient, se regardaient en frémissant. Puis, tout d'un coup, les cris ayant cessé, et le pavillon tombant à un grand silence de mort, le second dit très bas :

« D'ordinaire, paraît-il, elle est très douce, elle reste les journées assise par terre, sur un tapis, comme une petite enfant. Il l'aime ainsi, la couche et la lève, la caresse et la fait rire. Quelle tristesse !... Très rarement elle a des crises, devient furieuse, veut mordre et se tuer, en se jetant contre les murs ; et, alors, il doit lutter avec elle, car personne autre que lui ne la touche. Il tâche de la maintenir, la garde dans ses bras, pour la calmer... Mais, aujourd'hui, quelle terreur, quelle lamentation ! Avez-vous entendu ? Jamais elle n'a dû avoir une crise si terrible. »

Au bout d'un quart d'heure, dans le grand silence, Grandidier sortit du pavillon, tête nue, livide encore. Comme il passait devant le petit atelier vitré, et qu'il y aperçut Thomas et Pierre, il y entra, vint s'adosser contre un étau, en homme pris d'étourdissement, hanté d'un cauchemar. Sa face de douceur et d'énergie gardait un masque d'angoisse, d'une infinie souffrance. Une écorchure saignait près de son oreille gauche.

Tout de suite, il voulut parler, combattre, rentrer dans sa vie de labeur.

« Je suis content de vous voir, mon cher Thomas. J'ai songé à ce que vous m'avez dit, pour notre moteur. Il faut en causer encore. »

En le voyant si éperdu, le jeune homme eut une inspiration charitable, songea qu'une diversion brusque, le malheur d'un autre, le tirerait peut-être de sa hantise.

« Sans doute, je suis venu me mettre à votre disposition... Mais, auparavant, laissez-moi vous dire que nous sortons de chez Toussaint, ce malheureux foudroyé par la paralysie, et que nous avons le cœur navré d'un si effroyable sort, le dénuement complet, l'abandon au coin de la borne, après tant d'années de travail. »

Il fit valoir les vingt-cinq ans que le vieil ouvrier avait passés à l'usine, la justice qu'il y aurait à lui tenir compte de ce long effort, de tout ce qu'il avait donné là de sa vie de brave homme. Il demanda que la maison lui vînt en aide, au nom de l'équité, au nom de la pitié aussi.

« Ah ! monsieur, se permit de dire Pierre à son tour, je voudrais vous emmener un instant dans cette triste chambre, en face de ce misérable être vieilli, usé, écrasé, qui n'a même plus la parole pour crier sa souffrance. Il n'est pas de pire malheur à celui de mourir ainsi, dans la désespérance de toute bonté et de toute justice. »

Grandidier, muet, les avait écoutés. Puis, de grosses larmes irrésistibles noyèrent ses yeux. Sa voix trembla, très basse.

« Le pire malheur, le connaît-on ? Qui peut parler du pire malheur, s'il n'a pas souffert le malheur des autres ?... Oui, oui, ce pauvre Toussaint, c'est triste, à son âge, d'en être réduit là, de ne savoir s'il mangera demain. Mais je sais des tristesses aussi grandes, des abominations qui empoisonnent l'existence davantage encore... Ah ! le pain, croire que le bonheur régnera quand tout le monde aura du pain, quel imbécile espoir ! »

Dans son frisson, passait le drame si douloureux de sa vie. Être le patron, le maître, l'homme en train de s'enrichir, qui dispose du capital et que les ouvriers jalousent ; avoir un établissement où la chance est rentrée, dont les machines battent monnaie, sans qu'on paraisse avoir d'autre peine que d'empocher tous les bénéfices ; et être pourtant le plus misérable des hommes, n'avoir pas un jour qui ne soit gâté par l'agonie du cœur, ne trouver chaque soir, en rentrant au foyer, pour récompense et pour soutien, que la plus atroce torture sentimentale ! Tout se payait. Ce triomphateur, ce privilégié de l'argent, sur son tas qui grossissait d'inventaire en inventaire, sanglotait de détresse.

Il se montra très bienveillant, il promit de secourir Toussaint. Mais que pouvait-il faire ? Jamais il n'admettrait le principe d'une pension, parce que c'était la négation même du salariat, tel qu'il fonctionnait. Il défendait ses droits de patron très énergiquement, il répétait que l'âpreté de la concurrence le forcerait à les exercer sans aucun abandon possible, tant que le système actuel existerait. Sa fonction était de faire de bonnes affaires, honnêtement. Et il regretta que ses ouvriers n'eussent pas donné suite à leur projet d'une caisse de retraites, il laissa même entendre qu'il les pousserait à le reprendre.

Une rougeur était remontée à ses joues, sa vie de lutte quotidienne le reprenait, le remettait debout.

« Je voulais donc vous dire, à propos de notre petit moteur... »

Et il causa longuement avec Thomas, pendant que Pierre attendait, le cœur bouleversé, éperdu de l'universel besoin de bonheur. Celui-ci saisissait des mots, se perdait au milieu des termes techniques. Autrefois, l'usine avait fabriqué des petits moteurs à vapeur. Mais ils semblaient condamnés par la pratique, on cherchait une autre force. L'électricité, la reine prévue de demain, n'était pas encore possible, à cause du poids des appareils qu'elle nécessitait. Et il n'y avait donc que le pétrole, avec des inconvénients si graves, que la victoire et la fortune seraient sûrement pour le constructeur qui le remplacerait par un agent de force nouveau, inconnu encore. La solution du problème était là, trouver et appliquer cette force.

« Oui, je suis pressé maintenant, dit Grandidier d'un air de grande animation. Je vous ai laissé chercher en paix, sans vous importuner de questions curieuses. Mais une solution devient nécessaire. »

Thomas souriait.

« Encore un peu de patience, je crois être dans une bonne voie. »

Et Grandidier leur serra la main à tous deux, puis s'en alla faire son tour accoutumé, au travers de ses ateliers en branle, tandis que, dans son silence de mort, le pavillon l'attendait, clos et frissonnant de la douleur continue, inguérissable, où il rentrait chaque jour.

Le jour baissait déjà, lorsque Pierre et Thomas, remontés sur la butte Montmartre, se dirigèrent vers le grand atelier vitré que le sculpteur Jahan s'était aménagé, pour y exécuter l'ange colossal dont il avait la commande, parmi les hangars, les ateliers, les baraquements de toutes sortes, que nécessitait l'achèvement de la basilique du Sacré-Cœur. Il y avait là de vastes terrains vagues, encombrés de matériaux, d'un chaos extraordinaire de pierres de taille, de charpentes, de machines ; et, en attendant que les terrassiers vinssent faire aux alentours la toilette dernière, des tranchées restaient béantes, des escaliers rompus s'engouffraient, des portes bouchées d'une simple palissade menaient encore aux substructions de l'église.

Thomas, qui s'était arrêté devant l'atelier de Jahan, désigna du doigt une de ces portes, par où l'on descendait dans les travaux de fondation.

« Vous n'avez jamais eu l'idée de visiter les fondations de la basilique. C'est tout un monde, et rien n'est plus intéressant... Vous savez qu'ils y ont englouti des millions. Il leur a fallu aller chercher le bon sol au fond de la Butte, ils ont creusé plus de quatre-vingts puits, dans lesquels ils ont coulé du béton, pour poser leur église sur ces quatre-vingts colonnes souterraines... On ne les voit pas, mais ce sont bien elles qui portent, au-dessus de Paris, ce monument d'absurdité et d'affront. »

Pierre s'était approché de la palissade, s'oubliait à regarder, derrière, une porte ouverte, une sorte de palier noir, d'où s'enfonçait un escalier. Et il rêvait à ces colonnes invisibles, à toute l'énergie têtue, à toute la volonté de domination qui tenait l'édifice debout.

Thomas fut obligé de le rappeler.

« Hâtons-nous, voici le crépuscule. Nous ne pourrions plus rien voir. »

Antoine devait les attendre chez Jahan, qui désirait leur montrer une maquette nouvelle. Quand ils entrèrent, les deux praticiens travaillaient encore à l'ange monumental, dont ils achevaient, en haut d'un échafaudage, de dégrossir les ailes symétriques ; tandis que le sculpteur, assis sur une chaise basse, les bras à demi nus, les mains tachées de terre glaise, était absorbé dans la contemplation d'une figure haute d'un mètre, à laquelle il venait de travailler.

« Ah ! c'est vous autres. Antoine vous attend depuis plus d'une demi-heure. Je crois qu'il est sorti avec Lise pour voir le soleil se coucher sur Paris. Mais ils vont revenir. »

Et il retomba dans son silence, immobile, les yeux sur son œuvre. C'était une figure de femme, nue, debout et haute, d'une majesté si auguste, dans la simplicité des lignes, qu'elle semblait géante. Sa chevelure éparse et féconde était comme les rayons de sa face, dont la souveraine beauté resplendissait, pareille au soleil. Et elle n'avait qu'un geste d'offre et d'accueil, les deux bras légèrement tendus, les mains ouvertes, pour tous les hommes.

Jahan se remit à parler lentement, dans son rêve.

« Vous vous souvenez, je voulais donner un pendant à la Fécondité que vous avez vue, les flancs solides, capables de porter un monde. Et j'avais une Charité dont je laissais sécher la terre, tellement je la sentais peu, banale, poncive... Alors, j'ai eu l'idée d'une Justice. Mais le glaive, les balances, ah ! non ! Ce n'était pas cette Justice-là, vêtue de la robe, coiffée de la toque, qui m'enflammait. J'étais hanté passionnément par l'autre, celle que les petits, que les souffrants attendent, celle qui seule peut mettre enfin un peu d'ordre et de bonheur parmi nous... Et je l'ai vue ainsi, toute nue, toute simple, toute grande. Elle est le soleil, un soleil de beauté, d'harmonie et de force, parce que le soleil est l'unique justice, brûlant au ciel pour tout le monde, donnant du même geste, au pauvre comme au riche, sa magnificence, sa lumière, sa chaleur, qui sont la source de toute vie... Aussi, vous la voyez, elle se donne également de ses mains tendues, elle accueille l'humanité entière, elle lui fait le cadeau de l'éternelle vie dans l'éternelle beauté. Ah ! être beau, être fort, être juste, c'est tout le rêve ! »

Il ralluma sa pipe, éclata d'un bon rire.

« Enfin, je crois qu'elle est d'aplomb, la bonne femme... Hein ? qu'en pensez-vous ? »

Les deux visiteurs lui firent de grands éloges. Pierre était très ému de retrouver, dans cette imagination d'artiste, la pensée qu'il roulait depuis si longtemps, l'ère prochaine de la Justice, sur les ruines de ce monde, que la Charité, après des siècles d'expérience, n'avait pu sauver de l'écroulement final.

Gaiement, le sculpteur expliquait qu'il faisait là sa maquette, pour se consoler un peu de son grand mannequin d'ange, dont la banalité imposée le désespérait. On venait encore de lui adresser des observations sur les plis de la robe, qui accusaient trop les cuisses ; et il avait dû modifier la draperie entière.

« Tout ce qu'ils voudront ! cria-t-il. Ce n'est plus mon œuvre, c'est une commande que j'exécute, comme un maçon fait un mur. Il n'y a plus d'art religieux, l'incroyance et la bêtise l'ont tué... Et si l'art social, l'art humain pouvait renaître, ah ! quelle gloire d'être un des annonciateurs ! »

Il s'interrompit. Où diable les deux enfants, Antoine et Lise, étaient-ils donc passés ? Il ouvrit la porte de l'atelier toute grande ; et, dans le terrain vague, parmi les déblais, on aperçut les fins profils d'Antoine très grand, de Lise très frêle et petite, se détachant sur l'immensité de Paris, que dorait l'adieu du soleil. De son bras robuste de jeune colosse tendre, il la soutenait, la faisait marcher désormais sans fatigue ; tandis qu'elle, d'une grâce mince de fillette enfin épanouie, devenue femme, levait les yeux sur les siens, avec un sourire d'infinie gratitude, pour se donner toute, à jamais.

« Ah ! les voici qui reviennent... Vous savez que le miracle est aujourd'hui complet. Et comment vous dire ma joie ! Elle me désespérait, j'avais même renoncé à lui faire apprendre à lire, je la laissais les jours entiers dans un coin, les jambes et la langue nouées, ainsi qu'une innocente... Et voilà que votre frère est venu, s'y est pris je ne sais de quelle façon. Elle l'a écouté, l'a compris, s'est mise avec lui à lire, à écrire, à être intelligente et gaie. Puis, comme ses jambes ne se déliaient pas, qu'elle gardait son air infirme de naine souffreteuse, il a commencé par l'apporter ici dans ses bras, il l'a forcée de marcher en la soutenant, si bien qu'aujourd'hui elle marche enfin toute seule. Positivement, en quelques semaines, elle a grandi, elle est devenue élancée et charmante... Oui, oui, je vous assure, c'est toute une seconde naissance, une création véritable. Regardez-les. »

Antoine et Lise s'avançaient toujours lentement. Et de quelle vie les baignait le vent du soir, qui montait de la grande ville, éclatante et chaude de soleil ! S'il avait choisi pour l'instruire cet endroit d'horizon sublime, de grand air charriant tant de germes, c'était sans doute que nulle part au monde il n'aurait pu lui souffler plus d'âme, plus de force. L'amante enfin venait d'être faite par l'amant. Il avait pris la femme endormie, sans mouvement et sans pensée ; puis, il l'avait éveillée, l'avait créée, l'avait aimée, pour en être aimé. Et elle était son œuvre, elle était lui.

« Eh bien ! sœurette, tu n'es donc plus lasse ? »

Elle sourit divinement.

« Oh ! non ! c'est si bon, c'est si beau, de marcher ainsi devant soi... Avec Antoine, je veux bien aller toujours ainsi, simplement. »

On s'égaya, et Jahan dit de son air de bonne humeur :

« Espérons qu'il ne te mènera pas si loin. Vous êtes arrivés maintenant, ce n'est pas moi qui vous empêcherai d'être heureux. »

Antoine s'était planté devant la figure de la Justice, à laquelle le jour tombant semblait donner un frémissement de vie. À cette heure tendre, une telle sensibilité d'art l'exaltait, que des larmes parurent dans ses yeux. Et il murmura :

« Oh ! divine simplicité, divine beauté ! »

Lui, récemment, avait terminé un bois d'après Lise, tenant un livre à la main, éveillée à l'intelligence, à l'amour, qui était un chef-d'œuvre de vérité et d'émotion. Cette fois, il avait réalisé son désir, en attaquant le bois directement, devant le modèle. Et il était dans un moment d'espoir infini, rêvant des œuvres grandes et originales, où il ferait vivre à jamais toute son époque.

Mais Thomas voulait rentrer. On serra la main de Jahan, qui, sa journée finie, remettait son paletot, pour ramener sa sœur Lise chez eux, rue du Calvaire.

« À demain, Lise », dit Antoine, qui se pencha pour la baiser.

Elle se haussa, elle lui donna ses yeux, qu'il avait ouverts à la vie.

« À demain, Antoine. »

Dehors, le crépuscule tombait. Et Pierre, qui était sorti le premier, eut, à cette minute vague, une vision dont l'inattendu le stupéfia d'abord. Il aperçut nettement son frère Guillaume sortant de la porte, du trou béant qui descendait aux substructions de la basilique. Vivement, il put le voir franchir la palissade, puis affecter d'être là par hasard, comme s'il arrivait de la rue Lamarck. Quand il aborda ses deux fils, l'air ravi de la rencontre, en racontant qu'il remontait de Paris, Pierre se demanda s'il avait rêvé. Mais un regard inquiet que lui jeta son frère, lui rendit sa certitude. Et ce fut alors en lui un malaise devant cet homme qui ne mentait jamais, une angoisse soupçonneuse d'être enfin sur la trace de tout ce qu'il redoutait, de tout ce qu'il sentait, depuis quelque temps, s'agiter de formidable, dans la petite maison de paix et de travail.

Ce soir-là, lorsque Guillaume, ses deux fils et son frère rentrèrent dans le vaste atelier ouvert sur Paris, il était si noyé de crépuscule qu'ils le crurent vide. On n'avait pas encore allumé les lampes.

« Tiens ! dit Guillaume, il n'y a personne. »

La voix de François monta de l'ombre, tranquille, un peu basse.

« Mais si, je suis là. »

Il était resté à sa table ; et, ne voyant plus clair pour lire, quittant le livre des yeux, il songeait, le menton dans la main, les regards perdus au loin sur Paris peu à peu envahi de ténèbres. Tout l'après-midi, il avait travaillé là, sans même lever la tête. L'époque de son examen approchait, il vivait dans une tension continue de son cerveau, la plus forte qu'il pouvait donner. Et cette solitude, cette ombre étaient toutes pleines de ce jeune homme, immobile ainsi, la face au-dessus de son livre.

« Comment ! tu es là, tu travailles ! reprit le père. Pourquoi n'as-tu pas demandé une lampe ?

– Non, je regardais Paris, reprit François lentement. C'est singulier comme la nuit y descend par degrés, d'un air d'intelligence. Le dernier quartier éclairé a été, là-bas, la montagne Sainte-Geneviève, ce plateau du Panthéon, où toute connaissance et toute science ont grandi. Les écoles, les bibliothèques, les laboratoires sont encore dorés d'un rayon de soleil, lorsque les bas quartiers des marchands plongent déjà dans les ténèbres. Je ne veux pas dire que l'astre nous aime, à l'École normale, mais je vous affirme qu'il s'attarde sur nos toits, lorsqu'il n'est plus nulle part. »

Il se mit à rire de sa plaisanterie, et l'on sentait pourtant son ardente foi à l'effort cérébral, toute sa vie donnée à ce travail intellectuel, qui, selon lui, pouvait seul faire la vérité, décider de la justice, créer le bonheur.

Un silence régna. Paris, de plus en plus, tombait à la nuit, noir, immense, mystérieux. Une à une, alors, des étincelles y brillèrent.

« On allume les lampes, dit encore François. Le travail va partout reprendre. »

Guillaume, qui rêvait à son tour, hanté par son idée fixe, s'écria :

« Le travail, oui, sans doute ! Mais pour qu'il donne toute sa moisson, il faut qu'une volonté le féconde… Il y a quelque chose de supérieur au travail. »

Thomas et Antoine s'étaient rapprochés. Et François demanda, en leur nom comme au sien :

« Quoi donc, père ?

– L'action. »

Les trois fils se turent un instant, envahis par la solennité de l'heure, frémissants sous les grandes vagues obscures, qui montaient de l'océan indistinct de la ville. Puis, une voix jeune répondit, sans qu'on sût laquelle :

« L'action n'est que du travail. »

Et Pierre sentit croître encore son inquiétude, n'ayant pas la paix respectueuse, la foi muette des trois grands fils. De nouveau, l'énorme et terrifiante chose venait de se dresser, énigmatique. Et un immense frisson passait, dans l'obscurité qui s'était faite, en face de ce Paris noir, où s'allumaient les lampes, pour toute une nuit passionnée de travail.

IV

Ce jour-là, une grande cérémonie devait avoir lieu à la basilique du Sacré-Cœur. Dix mille pèlerins assisteraient à une bénédiction solennelle du saint sacrement. Et, en attendant quatre heures, l'heure fixée, Montmartre allait être envahi, les pentes noires de monde, les boutiques d'objets religieux assiégées, les buvettes débordantes, toute une fête foraine ; tandis que la grosse cloche, la *Savoyarde*, sonnerait à la volée, au-dessus de ce peuple en liesse.

Comme Pierre, le matin, entrait dans le grand atelier, il vit que Guillaume et Mère-Grand s'y trouvaient seuls ; et un mot qu'il entendit l'arrêta, le fit écouter, sans scrupule, caché derrière une haute bibliothèque tournante. Mère-Grand, assise à sa place habituelle, près du vitrage, travaillait. Guillaume parlait bas, debout devant elle.

« Mère, tout est prêt, c'est pour aujourd'hui. »

Elle laissa tomber son ouvrage, leva les yeux, très pâle.

« Ah !... Vous êtes décidé.

– Oui, irrévocablement. À quatre heures, je serai là-bas, tout sera fini.

– C'est bien, vous êtes le maître. »

Il y eut un terrible silence. La voix de Guillaume semblait venir de loin, comme déjà hors du monde. On le sentait inébranlable, tout entier à son rêve tragique, à son idée fixe de martyre, désormais cristallisée, enfoncée en plein crâne. Mère-Grand le regardait de ses pâles yeux de femme héroïque, vieillie dans la souffrance des autres, dans l'abnégation et le dévouement d'un cœur intrépide, que l'idée seule du devoir exaltait. Elle l'avait aidé à régler les moindres détails, elle savait donc son effroyable dessein ; et, si la justicière qui était en elle, après tant d'iniquités vues et endurées, acceptait l'idée des expiations farouches, le monde purifié par la flamme du volcan, elle croyait trop à la nécessité d'être brave et de vivre sa vie jusqu'au bout, pour qu'elle pût jamais trouver la mort bonne et féconde.

« Mon fils, reprit-elle doucement, j'ai vu grandir votre projet, il ne m'a ni surprise ni révoltée, je l'ai admis comme la foudre, comme le feu même du ciel, d'une pureté et d'une force souveraines. À toute heure, je vous ai soutenu, j'ai voulu être votre conscience et votre volonté... Mais, une fois encore, il faut que je vous le dise : on ne déserte pas la vie.

– Mère, c'est inutile, j'ai donné ma vie, je ne puis la reprendre... Ne voulez-vous donc plus être ma volonté, comme vous le dites, celle qui doit rester et agir ? »

Elle ne répondit pas, elle l'interrogea elle-même, avec une gravité lente.

« Alors, il est inutile que je vous parle des enfants, de moi, de la maison... Vous avez bien réfléchi, vous êtes résolu ? »

Et, comme il disait oui, simplement, elle répéta :

« C'est bien, vous êtes le maître... Je serai celle qui reste et qui agit. N'ayez aucune crainte, votre testament est en bonnes mains. Tout ce que nous avons arrêté ensemble, sera fait. »

De nouveau, ils se turent. Puis, elle demanda encore :

« À quatre heures, au moment de cette bénédiction ?

– Oui, à quatre heures. »

Elle le regardait toujours de ses pâles yeux, d'une simplicité, d'une grandeur surhumaine, dans sa mince robe noire. Et ce regard d'infinie vaillance, de tristesse profonde aussi, le bouleversa brusquement d'émotion. Ses mains tremblèrent, il demanda :

« Mère, voulez-vous que je vous embrasse ?

– Ah ! de grand cœur, mon fils. Si votre devoir n'est pas le mien, vous voyez que je le respecte, et que je vous aime. »

Ils s'embrassèrent, et quand Pierre, glacé, se montra, Mère-Grand avait repris paisiblement son ouvrage, tandis que Guillaume allait et venait, mettait un peu d'ordre sur une planche du laboratoire, de son air actif accoutumé.

À midi, au moment du déjeuner, il fallut attendre un instant Thomas, qui se trouvait en retard. Les deux autres grands fils, François et Antoine, rentrés depuis longtemps, plaisantaient, se fâchaient avec des rires, en disant qu'ils mouraient de faim. Marie avait justement fait une crème, et elle en était très fière, elle criait qu'on allait tout manger, que les gens en retard n'en auraient pas. Aussi, lorsque Thomas parut, fut-il accueilli par des huées.

« Mais ce n'est pas ma faute, expliqua-t-il. J'ai eu la bêtise de remonter par la rue de La Barre, et vous n'avez pas l'idée dans quelle foule je suis tombé. Sûrement, les dix mille pèlerins ont campé là. On m'a dit qu'on en avait empilé tant qu'on avait pu dans l'abri Saint-Joseph. Les autres ont dû coucher dehors. Et, à cette heure, ils mangent un peu partout, dans les terrains vagues, jusque sur les trottoirs. On ne peut pas poser le pied, sans craindre d'en écraser un. »

Le déjeuner fut très gai, d'une gaieté que Pierre trouva excessive et comme jouée. Cependant, les enfants ne devaient rien savoir de l'effrayante chose, toujours présente et invisible, dans l'éclatant soleil de cette belle journée de juin. Était-ce donc que, par moments, durant les courts silences qui se faisaient, entre deux éclats joyeux, la vérité passait, l'obscur pressentiment des grandes tendresses qu'un deuil menace ? Guillaume pourtant avait son bon sourire de tous les jours, un peu pâli peut-être, la voix d'une douceur de caresse. Mais jamais Mère-Grand n'avait paru plus muette ni plus grave, à cette table si fraternelle, qu'elle présidait en reine mère, obéie et respectée. Et la crème de Marie eut un joli succès, on la félicita, on la fit rougir. Brusquement, un lourd silence tomba de nouveau, un froid de mort souffla et blêmit les visages, pendant que les petites cuillers achevaient de vider les assiettes.

« Ah ! ce bourdon ! s'écria François, il est vraiment obsédant, on en a la tête grosse, et qui éclate ! »

La *Savoyarde* s'était mise à sonner, un son pesant, dont les ondes obstinées s'envolaient sur Paris immense. Tous l'écoutaient.

« Est-ce qu'elle va sonner comme ça jusqu'à quatre heures ? demanda Marie.

– Oh ! à quatre heures, dit Thomas, au moment de la bénédiction, ce sera bien autre chose. La grande volée, le branle d'allégresse, le chant de triomphe ! »

Guillaume souriait toujours.

« Oui, oui, ceux qui voudront ne pas en avoir les oreilles cassées, feront bien de fermer leurs fenêtres. Le pis est que, si Paris ne veut pas l'entendre, il l'entend tout de même, et jusqu'au Panthéon, m'a-t-on dit. »

Mère-Grand restait muette et impassible. Ce qui offensait Antoine, c'était l'abominable imagerie religieuse que les pèlerins s'arrachaient, ces jésus de bonbonnière, la poitrine ouverte, montrant leur cœur sanguinolent. Rien n'était d'une matérialité plus répugnante, d'une imagination d'art plus basse et plus grossière. Et l'on quitta la table en causant très haut, pour s'entendre, au milieu du retentissement de la grosse cloche.

Tous ensuite se remirent au travail. Mère-Grand reprit son éternelle couture, tandis que Marie, assise près d'elle, brodait. Les trois fils étaient de leur côté chacun à sa besogne, levant parfois la tête, échangeant un mot. Et, jusqu'à deux heures et demie, Guillaume parut s'occuper aussi, d'un air très attentif. Pierre seul, les membres brisés, le cœur éperdu, allait et venait, les voyait tous comme du fond d'un cauchemar, bouleversé par les mots les plus innocents, qui prenaient pour lui des sens terribles. Pendant le déjeuner, il avait dû se dire un peu souffrant, afin d'expliquer l'affreux malaise où le jetait cette table rieuse ; et, maintenant, il attendait, regardait, écoutait, dans une anxiété croissante.

Un peu avant trois heures, Guillaume, après avoir consulté sa montre, prit tranquillement son chapeau.

« Eh bien ! je sors. »

Les trois fils, Mère-Grand et Marie avaient levé la tête.

« Je sors... Au revoir. »

Pourtant, il ne partait pas. Pierre le sentit qui luttait, qui se raidissait, secoué d'une effroyable tempête intérieure, mettant tout son effort à ne montrer ni frisson ni pâleur. Ah ! qu'il devait souffrir, de ne pouvoir les embrasser une dernière fois, ses trois grands fils, s'il ne voulait pas éveiller en eux quelque soupçon, qui les mettrait en travers de sa mort ! Et il se vainquit, dans un héroïsme suprême.

« Au revoir, les enfants.

– Au revoir, Père... Tu rentreras de bonne heure ?

– Oui, oui... Ne vous inquiétez pas de moi, travaillez bien. »

Mère-Grand ne le quittait pas de ses yeux fixes, dans son souverain silence. Mais elle, il l'avait embrassée. Et il la regarda, leurs regards un instant se confondirent, tout ce qu'il avait voulu, tout ce qu'elle avait promis, leur rêve commun de vérité et de justice.

« Dites, Guillaume, cria gaiement Marie, si vous descendez par la rue des Martyrs, voulez-vous me faire une commission ?

– Mais certainement.

– Entrez donc chez ma couturière, prévenez-la que je n'irai essayer ma robe que demain matin. »

Il s'agissait de sa robe de noce, une robe de petite soie grise, dont elle plaisantait le grand luxe. Quand elle en parlait, elle-même et tout le monde riaient.

« Entendu, ma chère, dit Guillaume, qui s'égaya lui aussi. La robe de Cendrillon allant à la cour, le brocart et les dentelles des fées, pour qu'elle soit très belle et très heureuse. »

Mais les rires se turent, et il sembla, une fois encore, dans le brusque silence, que la mort passait, un grand bruit d'ailes, un grand froid dont le frisson glaça les cœurs de ceux qui restaient là.

« Ah ! cette fois, reprit-il, c'est pour de bon... Au revoir, les enfants ! »

Et il partit, il ne se retourna même pas. On entendit son pas ferme qui se perdait sur le gravier du petit jardin.

Pierre, qui avait allégué un prétexte, le suivit à deux minutes de distance. D'ailleurs, il n'avait que faire, pour ne pas le perdre, de marcher derrière ses talons ; car il savait où il allait, une certitude intime, absolue, lui disait qu'il le retrouverait à cette porte ouvrant sur les substructions de la basilique, et d'où il l'avait vu sortir l'avant-veille. Aussi ne tâcha-t-il pas de le retrouver parmi la foule des pèlerins, dont le flot se rendait à l'église. Il se contenta de se hâter, gagna l'atelier de Jahan. Et, comme il y arrivait, il aperçut, selon son attente, Guillaume, qui se glissait par la palissade et qui disparaissait. L'écrasement, le désordre d'un tel concours de fidèles le favorisèrent à son tour, lui permirent de suivre son frère, de franchir la porte, sans être vu. Un instant, il dut s'arrêter et respirer, tant les battements de son cœur l'étouffaient.

De l'étroit palier, un escalier descendait, très raide, tout de suite obscur. Dans cette nuit de plus en plus profonde, Pierre se risqua, avec d'infinies précautions, posant les pieds doucement, pour ne faire aucun bruit. La main au mur, il se guidait, tournait, s'enfonçait comme en un puits. La descente d'ailleurs ne fut pas très longue. Et, lorsqu'il sentit la terre battue sous ses pieds, il s'arrêta, n'osa plus bouger, par crainte de trahir sa présence. Les ténèbres étaient d'une épaisseur d'encre. Un lourd silence, plus un bruit, plus un souffle. Comment se diriger ? Quel côté fallait-il prendre ? Il hésitait, lorsque, devant lui, à une vingtaine de pas, il vit luire une étincelle, la brusque lueur d'une allumette. C'était Guillaume qui allumait une bougie. Il reconnut ses larges épaules, il n'eut plus qu'à suivre la petite lumière, le long d'une sorte de couloir souterrain, maçonné et voûté. Le trajet lui parut interminable, et il lui sembla qu'il marchait vers le nord, sous la nef de la basilique.

Puis, tout d'un coup, la petite lumière s'arrêta, se fixa. Pierre continua de s'approcher doucement, resta dans l'ombre pour regarder. Au milieu d'une sorte de rotonde basse, sous la crypte, Guillaume venait de coller le bout de sa bougie sur le sol même ; et il s'était mis à genoux, il avait dérangé une longue pierre plate, qui semblait fermer un trou. On était là dans les fondations, on y voyait un de ces piliers, un de ces puits où l'on avait coulé du béton, pour soutenir l'édifice. C'était contre le pilier même que le trou s'enfonçait, soit fêlure naturelle lézardant le terrain, soit fente profonde produite par un tassement. D'autres piliers s'indiquaient aux alentours, que la lézarde paraissait aussi gagner, par des fendillements ramifiés en tous sens. Et Pierre, à voir son frère penché ainsi, tel qu'un mineur examinant une dernière fois la mine qu'il a préparée, avant de mettre le feu à la mèche, eut la brusque divination de l'énorme et terrifiante chose : des quantités considérables du terrible explosif apportées là, vingt voyages faits avec précaution, à des heures choisies, toute cette poudre versée dans la fêlure, contre le pilier, d'où elle s'était répandue au fond des plus minces fentes, saturant le sol à une grande profondeur, formant de la sorte une mine naturelle d'une puissance incalculable. Maintenant, la poudre affleurait sous la pierre que Guillaume venait d'écarter. Il n'y avait qu'à jeter une allumette, et tout sauterait.

Une horreur glacée cloua Pierre un instant. Il aurait été incapable de faire un pas, de jeter un cri. En haut, il revoyait la cohue grouillante, les dix mille pèlerins qui s'entassaient dans les hautes nefs de la basilique, pour la bénédiction du saint sacrement. La *Savoyarde* mugissante sonnait à toute volée, l'encens fumait, les dix mille voix entonnaient un cantique de magnificence et d'allégresse. Et, tout d'un coup, c'était la foudre, le tremblement de terre, le volcan qui s'ouvrait, qui engloutissait, en un flot de flamme et de fumée, l'église entière, avec son peuple de croyants. Sans doute, en brisant les piliers de soutien, en bouleversant le sol peu solide, la force extraordinaire de l'explosion allait fendre l'édifice, en jeter la moitié sur les pentes qui dévalent vers Paris, jusqu'à la place du Marché, tout en bas, tandis que le reste, le côté de l'abside, s'écroulerait, s'abîmerait sur place. Et quelle effroyable avalanche, la forêt brisée des échafaudages, la pluie des matériaux géants, coulant, bondissant parmi la poussière, s'abattant sur les toitures d'en dessous, tout Montmartre lui-même menacé, par la violence de la secousse, de s'effondrer en un tas immense de décombres !

Guillaume s'était relevé. La bougie, posée à terre, dont la flamme brûlait haute et droite, projeta sa grande ombre, qui semblait emplir le souterrain. Cette petite lueur, dans tout ce noir, n'était qu'une étoile immobile et triste. Il s'approcha, pour voir l'heure à sa montre. Trois heures cinq minutes. Il avait près d'une heure à attendre, étant sans hâte, exact en sa résolution. Et il s'assit sur une pierre, il ne bougea plus, d'une patience tranquille. La bougie éclairait son pâle visage, son grand front en forme de tour, couronné de cheveux blancs, toute cette face énergique que ses yeux éclatants et ses moustaches restées brunes faisaient encore belle et jeune. Pas un de ses traits ne remuait, il regardait le vide. À cette minute suprême, quelles pensées traversaient son crâne ? Et pas un frisson, la nuit pesante, le silence éternel et profond de la terre.

Alors, Pierre, domptant les battements de son cœur, s'avança. Au bruit des pas, Guillaume s'était levé, menaçant. Mais, tout de suite, il reconnut son frère, il ne parut pas étonné.

« Ah ! c'est toi, tu m'as suivi... Je sentais bien que tu avais mon secret. Et c'est un chagrin pour moi que tu en abuses, en venant me rejoindre... Tu aurais dû m'éviter cette peine dernière. »

Pierre joignit ses mains tremblantes, voulut le supplier tout de suite.

« Frère, frère...

– Non, ne parle pas encore. Si tu le désires absolument, je t'écouterai plus tard. Nous avons à nous près d'une heure, nous pouvons causer... Mais je voudrais que tu comprisses l'inutilité de tout ce que tu crois avoir à me dire. Ma résolution est formelle, je l'ai discutée longtemps, je ne vais agir que selon ma raison et ma conscience. »

Et, de son air tranquille, il conta comment, décidé à un grand acte, il avait longtemps hésité sur le choix du monument qu'il détruirait. L'Opéra l'avait un moment tenté ; puis, l'ouragan de colère et de justice balayant ce petit monde de jouisseurs, lui était apparu sans haute signification, comme entaché d'une basse jalousie de convoitise. Ensuite, il avait songé à la Bourse : là, il frappait l'argent qui corrompt, la société capitaliste sous laquelle râle le salariat ; seulement, n'était-ce pas encore bien restreint, bien spécial ? L'idée du palais de Justice, de la salle des assises surtout, l'avait aussi hanté. Quelle tentation de faire justice de notre justice humaine, de balayer le coupable avec les témoins, avec le procureur général qui le charge, l'avocat qui le défend, les magistrats qui le jugent, le public badaud qui vient là comme à un roman-feuilleton ! Et quelle farouche ironie que cette justice supérieure et sommaire du volcan avalant tout, sans s'arrêter au détail ! Mais le projet qu'il avait longtemps caressé, c'était de faire sauter l'Arc de triomphe. Là était pour lui le monument exécrable qui perpétuait la guerre, la haine entre les peuples, la fausse gloire, si chèrement payée et si sanglante, des grands conquérants. Il fallait le tuer, ce colosse, élevé à d'affreuses tueries, qui avaient coûté inutilement tant d'existences. Et, s'il avait pu l'engloutir dans le sol, il aurait eu cette grandeur héroïque de ne causer aucune autre mort que la sienne, de mourir seul, foudroyé, écrasé sous le géant de pierre. Quel tombeau, et quel souvenir à léguer au monde !

« Les approches étaient impossibles, continua-t-il. Ni sous-sol, ni cave, j'ai dû renoncer au projet... Et puis, je veux bien mourir seul. Mais quelle leçon plus exécrable et plus haute, dans l'injuste mort d'une foule innocente, de milliers d'inconnus, du flot qui passe ! De même que nos sociétés humaines, par l'injustice, par la misère, par l'implacable dureté de leurs rouages, font tant d'innocentes victimes, il faut qu'un attentat passe comme le tonnerre, supprimant des vies, au hasard de sa route, en son impassible destruction. C'est le pied d'un homme au milieu d'une fourmilière. »

Révolté, Pierre eut un cri d'ardente protestation.

« Oh ! frère, frère, est-ce toi qui dis ces choses ? »

Guillaume ne s'arrêta pas.

« Si j'ai fini par choisir cette basilique du Sacré-Cœur, c'est qu'elle était sous ma main, facile à détruire. Mais c'est aussi qu'elle m'importune et m'exaspère, c'est que je l'ai depuis longtemps condamnée... Je te l'ai souvent dit, on n'imagine pas un non-sens plus imbécile, Paris, notre grand Paris, couronné, dominé par ce temple bâti à la glorification de l'absurde. N'est-ce point inacceptable, après des siècles de science, ce soufflet au simple bon sens, cet insolent besoin de triomphe, sur la hauteur, en pleine lumière ? Ils veulent que Paris se repente, fasse pénitence d'être la ville libératrice de vérité et de justice. Non, non ! il n'a qu'à balayer tout ce qui l'entrave, tout ce qui l'injurie, dans sa marche de délivrance... Et que le temple croule avec son dieu de mensonge et de servage ! Et qu'il écrase sous ses ruines le peuple de ses fidèles, pour que la catastrophe, telle qu'une des anciennes révolutions géologiques, retentisse aux entrailles de l'humanité, la renouvelle et la change !

– Frère, frère, répéta de nouveau Pierre hors de lui, c'est toi qui parles ? Tu en es là, toi le grand savant, toi le grand cœur ? Quel désastre a donc soufflé en toi, quelle démence t'agite, pour que tu penses et que tu dises ces abominables choses ?... Le soir d'éperdue tendresse où nous nous sommes confessés l'un à l'autre, tu m'avais conté ton rêve d'anarchie idéale, le plus haut, le plus fier, la libre harmonie de la vie qui, d'elle-même, livrée à ses forces naturelles, créerait le bonheur. Mais, à l'idée du vol, à l'idée du meurtre, tu te révoltais encore, tu écartais le fait, tu ne faisais que l'expliquer et l'excuser… Que s'est-il donc passé pour que, du cerveau qui pense, tu sois ainsi devenu la main atroce qui veut agir ?

– Salvat a été guillotiné, dit simplement Guillaume, et j'ai lu son testament dans son dernier regard. Je ne suis qu'un exécuteur… Ce qui s'est passé ? Mais tout ce dont je souffre, tout ce que je crie depuis quatre mois, cette abomination qui nous entoure et qui doit finir ! »

Un silence se fit. Dans l'ombre, les deux frères en présence se regardaient. Et Pierre alors comprit, vit Guillaume changé, tel que le terrible souffle de contagion révolutionnaire, passant sur Paris, l'avait fait. Cela était parti de la dualité qui le rendait contradictoire : le savant d'une part, tout à l'observation et à l'expérience, d'une logique prudente devant la nature ; d'autre part le rêveur social, hanté de fraternité, d'égalité, de justice, exigeant le bonheur universel, dans un brûlant besoin de tendresse. Ainsi était né d'abord l'anarchiste théorique, ce mélange de science et de chimère, la société humaine rendue à la loi d'harmonie des mondes, chaque homme libre dans l'association libre, régie par le seul amour. Théophile Morin, avec Proudhon et Comte, Bache, avec Saint-Simon et Fourier, n'avaient pu satisfaire son désir d'absolu, tous les systèmes lui apparaissant imparfaits et chaotiques, s'exterminant les uns les autres, aboutissant à la même misère de vivre. Janzen seul le satisfaisait parfois, par ses mots brefs, qui dépassaient l'horizon, tels que des flèches terribles conquérant la totalité de la terre à la famille humaine. Puis, dans ce grand cœur que l'idée de la misère bouleversait, que l'injuste souffrance des petits et des pauvres exaspérait, l'aventure tragique de Salvat venait de tomber comme un ferment de suprême révolte. Pendant de longues semaines, il avait vécu les mains fiévreuses, la gorge serrée d'une angoisse croissante : cette bombe de Salvat dont l'ébranlement le secouait encore, les journaux d'une cupidité sans pardon qui s'étaient acharnés sur le misérable ainsi que sur une bête enragée, l'homme traqué, chassé au Bois, galopant, tombant aux mains de la police, boueux et mourant de faim ; et il y avait encore la cour d'assises, les juges, les gendarmes, les témoins, la France entière, tous contre un, lui faisant payer le crime universel ; et c'était enfin la guillotine, la monstrueuse, l'immonde, consommant l'irréparable injustice, au nom de la justice humaine. Une idée seule restait en lui, cette idée de justice qui l'affolait, jusqu'à tout abolir dans son cerveau de penseur, à ne laisser que le flamboiement de l'acte juste, par lequel il allait réparer le mal, assurer l'éternel bien. Salvat l'avait regardé, et la contagion avait agi, il ne brûlait plus que de la folie de mourir, de donner son sang, de faire couler à flots le sang des autres, pour que, dans l'horreur et dans l'épouvante, l'humanité décrétât l'âge d'or.

Pierre comprit l'aveuglement têtu d'une pareille démence ; et il était bouleversé, à la pensée qu'il ne le vaincrait pas.

« Frère, tu es fou ! Frère, ils t'ont rendu fou ! C'est un vent de violence qui souffle, on a été d'abord d'une maladresse trop impitoyable avec eux, et maintenant voilà qu'ils se vengent les uns les autres, il n'y a pas de raison pour que le sang cesse de couler… Frère, entends-moi, sors de ce cauchemar. Il n'est pas possible que tu sois un Salvat qui tue, un Bergaz qui vole. Rappelle-toi l'hôtel de Harth qu'ils ont dévalisé, la pauvre enfant, si blonde, si jolie, que nous avons vue, le ventre ouvert, là-bas… Tu n'en es pas, tu ne peux pas en être, frère, par grâce, par pitié ! »

D'un geste, Guillaume écartait ces vaines raisons. De la mort où il croyait déjà être, qu'importaient quelques existences, qui retourneraient, avec la sienne, dans l'éternel torrent de la vie ? Pas une phase du monde ne s'était produite, sans que des milliards d'êtres fussent broyés.

« Mais tu avais un grand dessein, cria Pierre pour le sauver par le devoir. Il ne t'est pas permis de t'en aller de la sorte. »

Et, fiévreusement, il tâcha de réveiller en lui l'orgueil du savant. Il parla du secret dont il avait reçu la confidence, de cet engin de guerre, capable de détruire des armées, de réduire les villes en poudre, dont il voulait faire cadeau à la France, pour que, victorieuse dans la prochaine guerre, elle pût être ensuite la libératrice du monde. Et c'était ce dessein, d'une extraordinaire grandeur, qu'il avait abandonné, pour employer son terrible explosif à tuer des innocents, à renverser une église, qu'on relèverait à coups de millions, et dont on ferait un sanctuaire de martyrs !

Guillaume souriait.

« Je n'ai pas abandonné mon dessein, je l'ai transformé, simplement... Ne t'avais-je pas dit mes doutes, mon débat anxieux ? Ah ! croire qu'on tient dans ses mains le destin du monde, et trembler, et hésiter, en se demandant si l'on est certain d'avoir l'intelligence, la sagesse de la bonne décision ! J'ai frémi, devant les tares de notre grand Paris, toutes ces fautes récentes, auxquelles nous venons d'assister ; je me suis demandé s'il était assez calme, assez pur, pour qu'on osât lui confier la toute-puissance ; et quel désastre, si une invention comme la mienne tombait entre les mains d'un peuple fou, d'un dictateur peut-être, d'un homme de conquête qui l'emploierait à terroriser les nations, sous un commun esclavage... Non, non, je ne veux pas perpétuer la guerre, je veux la tuer. »

Il expliqua son nouveau projet de sa voix nette, et Pierre eut la surprise de retrouver là les idées que lui avait déjà exposées le général de Bozonnet, dans un sens tout contraire. La guerre allait à sa perte, menacée par ses excès mêmes. Avec les mercenaires autrefois, avec les conscrits ensuite, le petit nombre désigné par le sort, elle était un état et une passion. Mais, du moment que tout le monde doit se battre, personne ne le veut plus. Toutes les nations en armes, c'est la fin prochaine des armées, par la force logique des choses. Combien de temps resteront-elles encore sur ce pied de paix mortelle, écrasées de budgets croissants, dépensant les milliards à se tenir en respect ? Et quelle délivrance, quel cri de soulagement, le jour où l'apparition d'un engin formidable, anéantissant d'un coup les armées, balayant les villes, rendrait la guerre impossible, forcerait les peuples au désarmement général ! La guerre serait tuée, morte à son tour, elle qui a tant fait mourir. C'était son rêve, il s'exaltait à la certitude de le réaliser tout à l'heure.

« Tout est réglé. Si je meurs, si je disparais, c'est pour que l'idée triomphe... Dans ces derniers jours, tu m'as vu m'enfermer avec Mère-Grand, pendant des après-midi entiers. Nous achevions de classer les documents et de nous entendre. Elle a mes ordres, elle les exécutera, quitte à donner sa vie, elle aussi, car il n'est pas d'âme plus haute ni plus brave... Dès que je vais être mort, enseveli sous ces pierres, dès qu'elle aura entendu l'explosion ébranler Paris et marquer l'ère nouvelle, elle fera parvenir à chaque grande puissance la formule de l'explosif, les dessins de la bombe et du canon spécial, des dossiers complets qu'elle a entre les mains. Et c'est ainsi que je fais à tous les peuples le cadeau terrible de destruction, de toute-puissance, que je voulais faire d'abord à la France seule, pour que tous les peuples, également armés de la foudre, désarment, dans la terreur et l'inutilité de s'anéantir. »

Béant, Pierre l'écoutait, comme si quelque engrenage le meurtrissait, le broyait sous cette conception formidable, où l'enfantillage le disputait au génie.

« Si tu donnes ton secret à tous les peuples, pourquoi faire sauter cette église, pourquoi mourir ?

– Pour qu'on me croie ! »

Guillaume avait jeté ce cri avec une force extraordinaire. Et il ajouta :

« Il faut que ce monument soit par terre, et moi dessous. Autrement, si l'expérience n'est pas faite, si l'épouvante ne clame pas l'effroyable force destructive de l'explosif, je serai traité d'inventeur, de visionnaire... Beaucoup de morts, beaucoup de sang, pour que le sang cesse à jamais de couler ! »

Puis, avec un grand geste, il revint à la nécessité de l'acte.

« Et, d'ailleurs, Salvat m'a légué l'acte de justice à poursuivre. Si j'ai cru l'élargir encore, en lui ajoutant une signification, en m'en servant pour hâter la fin de la guerre, c'est que je suis un intellectuel, un savant. Peut-être aurait-il mieux valu n'être qu'un simple d'esprit et passer comme le volcan qui change le sol, en laissant à la vie le soin de refaire une humanité. »

Le bout de bougie diminuait, et Guillaume se leva de la pierre, d'où il n'avait pas bougé. D'un regard, il venait de consulter sa montre : dix minutes encore. Au petit vent de ses gestes, la mèche s'effarait. Il semblait que les ténèbres s'étaient épaissies, dans la menace toujours présente de cette mine, ouverte là, et qu'une étincelle pouvait embraser.

« Voici l'heure bientôt... Allons, petit frère, embrasse-moi, et va-t'en. Tu sais combien je t'aime, quelle tendresse brûlante s'est réveillée pour toi dans mon vieux cœur. Aime-moi donc d'une ardeur pareille, trouve la force de m'aimer assez pour me laisser mourir à ma guise, selon mon devoir... Embrasse-moi, embrasse-moi, et va-t'en, sans tourner la tête. »

Son affection profonde faisait trembler sa voix. Il lutta, refoulant ses pleurs, et il réussit à se vaincre, déjà hors du monde, hors de l'humanité.

« Non, frère, tu ne m'as pas convaincu, dit Pierre, sans cacher ses larmes, et c'est bien parce que je t'aime comme tu m'aimes, de tout mon être, que je ne m'en irai pas... C'est impossible encore un coup, tu ne peux être le fou, l'assassin que tu veux être.

– Pourquoi ? Ne suis-je pas libre ? J'ai rendu ma vie libre de toutes charges, de tous liens... Mes grands fils sont élevés, n'ont plus besoin de moi. Je n'avais qu'une chaîne au cœur, Marie, et je te l'ai donnée. »

Pierre sentit un argument troublant lui venir, et il l'utilisa, passionnément.

« Alors, c'est donc parce que tu m'as donné Marie que tu veux mourir. Avoue-le, tu l'aimes toujours.

– Non ! cria Guillaume, je ne l'aime plus, je te le jure. Je te l'ai donnée, je ne l'aime plus.

– Tu le croyais, mais tu vois bien que tu l'aimes encore, puisque te voilà bouleversé, lorsque rien tout à l'heure ne t'a ému des terrifiantes choses que nous avons dites... C'est parce que tu as perdu Marie que tu veux mourir. »

Ébranlé, Guillaume frémissait, s'interrogeait, en paroles basses et entrecoupées.

« Non, non ! ce serait indigne de mon grand dessein, qu'une peine d'amour m'eût jeté à l'acte terrible... Non, non ! je l'ai décidé dans ma libre raison, je l'accomplis sans intérêt personnel, au nom de la justice et pour l'humanité, contre la guerre, contre la misère ! »

Puis, dans un cri de souffrance :

« Ah ! c'est mal, frère, ah ! c'est mal d'avoir empoisonné ainsi ma joie de mourir ! J'ai fait tout le bonheur que j'ai pu, je m'en allais content de vous laisser heureux, et voilà que tu me gâtes ma mort… Non, non ! j'ai beau l'interroger, mon cœur ne saigne pas, je n'aime plus Marie que comme je t'aime. »

Mais il restait troublé, craignant de se mentir à lui-même. Et, peu à peu, il fut envahi d'une colère sombre.

« Écoute, c'est assez, Pierre, l'heure presse… Une dernière fois, va-t'en ! Je te l'ordonne, je le veux.

– Guillaume, je ne t'obéirai pas… Je reste, et c'est bien simple, puisque toute ma raison ne peut t'arracher à ta démence, mets donc le feu à cette mine, et je mourrai avec toi.

– Toi, mourir ! tu n'en as pas le droit, tu n'es pas libre.

– Libre ou non, je te jure que je vais mourir avec toi… Et, s'il ne s'agit que de jeter cette bougie dans ce trou, dis-le, je la prendrai, je la jetterai moi-même. »

Il avait eu un geste, son frère le crut prêt à exécuter sa menace. Il lui saisit violemment le bras.

« Pourquoi mourrais-tu ? Ce serait absurde. Que d'autres meurent, mais toi ! à quoi bon cette monstruosité de plus ? Tu cherches à m'attendrir, tu me retournes le cœur. »

Puis, tout d'un coup, il crut à une feinte, il gronda, furieux :

« Ce n'est pas pour la jeter là, que tu veux prendre la bougie, c'est pour l'éteindre, Ensuite, tu crois que je ne pourrai plus… Ah ! mauvais frère ! »

À son tour, Pierre cria :

« Certes, par tous les moyens, je t'empêcherai d'accomplir l'acte effroyable, imbécile.

– Tu m'empêcheras…

– Oui, je m'attacherai à toi, je nouerai mes bras à tes épaules, je paralyserai tes mains entre les miennes.

– Tu m'empêcheras, misérable frère, tu crois que tu m'empêcheras ! »

Et, suffoquant, tremblant de rage, Guillaume avait saisi Pierre, lui écrasait les côtes de ses muscles solides. Ils étaient serrés l'un contre l'autre, les yeux sur les yeux, les haleines confondues, dans cette sorte de cachot souterrain, que leurs grandes ombres dansantes emplissaient d'apparitions farouches. La nuit épaisse les prenait, la pâle mèche n'était plus qu'une petite larme jaune, au milieu des ténèbres. Et ce fut alors, à cette profondeur, que le silence de la terre, qui pesait si lourdement sur eux, frissonna, s'ébranla peu à peu d'ondes sonores, lointaines, comme si la mort sonnait quelque part sa cloche invisible.

« Tu entends, bégaya Guillaume, c'est leur cloche, là-haut. L'heure est venue, je me suis fait le serment d'agir, et tu m'empêcheras !

– Oui, je t'empêcherai, tant que je serai là, vivant !

– Tant que tu seras vivant, tu m'empêcheras ! »

Là-haut, il entendait la *Savoyarde*, sonnant d'allégresse, à la volée ; il voyait la basilique triomphale, débordante des dix mille pèlerins, flamboyante de l'éclat du saint sacrement, parmi la fumée des encensoirs ; et c'était en lui une frénésie, une tempête aveugle de ne pouvoir agir, devant le brusque obstacle qui barrait le chemin à son idée fixe.

« Tant que tu seras vivant, tant que tu seras vivant ! répéta-t-il hors de lui. Eh bien ! meurs donc, misérable frère ! »

Dans ses yeux troubles, l'éclair fratricide avait lui. Il se baissa vivement, ramassa une brique oubliée, la leva en l'air de ses deux poings, comme une massue.

« Ah ! je veux bien, dit Pierre, ah ! tue-moi donc, tue ton frère d'abord, avant de tuer les autres ! »

Déjà, la brique s'abattait. Mais les deux poings durent dévier, elle ne lui effleura qu'une épaule ; et il tomba dans l'ombre, sur les genoux.

Hagard, Guillaume, en le voyant par terre, crut l'avoir assommé. Que venait-il donc de se passer entre eux ? Qu'avait-il fait ? Il resta un moment debout, la bouche béante, les yeux dilatés de terreur. Il regarda ses mains, croyant les sentir ruisselantes de sang. Puis, il les serra contre son front, qui éclatait d'une douleur énorme, comme si l'idée fixe, arrachée, lui laissait le crâne ouvert. Et, soudainement, il tomba lui-même par terre, dans un grand sanglot.

« Oh ! frère, petit frère, que t'ai-je fait ? Je suis un monstre ! »

Pierre, passionnément, l'avait repris entre ses bras.

« Frère, ce n'est rien, il n'y a rien, je te jure !... Ah ! tu pleures enfin, que je suis heureux ! Tu es sauvé, je le sens bien, puisque tu pleures... Et quelle bonne chose que tu te sois fâché, que ta colère contre moi ait emporté tout ton mauvais rêve de violence !

– Non ! Je me fais horreur... Te tuer, toi ! Une bête brute qui tue son frère ! Et les autres, et tous les autres, là-haut !... J'ai froid, oh ! j'ai froid ! »

Ses dents claquaient, il était pris d'un grand frisson glacé. Hébété, il semblait s'éveiller d'un songe ; et, sous le jour nouveau dont son fratricide venait d'éclairer les choses, l'acte qui l'avait hanté, jusqu'à le rendre fou, lui apparaissait comme un acte, d'une criminelle bêtise, projeté par un autre.

« Te tuer ! répéta-t-il très bas, jamais je ne me pardonnerai. Ma vie est finie, je ne retrouverai pas le courage de vivre. »

Pierre le serra plus étroitement, entre ses bras fraternels.

« Que dis-tu ? Est-ce qu'il ne va pas y avoir un nouveau lien d'amour entre nous ? Ah ! oui, frère, que je te sauve comme tu m'as sauvé, et nous serons unis davantage encore !... Ne te rappelles-tu donc pas cette soirée, à Neuilly, où tu m'as tenu sur ton cœur, comme je te tiens là sur le mien, en me consolant ? Je t'avais confessé ma torture, dans le néant de mes négations, et tu me criais qu'il fallait vivre, qu'il fallait aimer... Puis, frère, tu as fait plus, tu t'es arraché de la poitrine ton amour et tu m'en as fait le cadeau. Au prix de ton bonheur, tu as voulu le mien, tu m'as sauvé en me donnant une foi... Et quelle félicité que ce soit mon tour, que je puisse, aujourd'hui, te consoler, te sauver, te rendre à la vie !

– Non, la tache de ton sang est là, ineffaçable. Je ne puis plus espérer.

– Si, si ! Espère dans la vie, comme tu me le criais. Espère dans l'amour, espère dans le travail. »

Et les deux frères, aux bras l'un de l'autre, continuèrent à causer très bas, baignés de larmes. La bougie, brusquement, s'acheva, s'éteignit, sans qu'ils en eussent conscience. Sous la nuit d'encre, au milieu du silence qui était retombé profond et souverain, leurs larmes de tendresse rédemptrice coulèrent à l'infini. C'était, chez l'un, la joie d'avoir payé sa dette de fraternité ; c'était, chez l'autre, chez ce haut esprit, ce cœur d'enfant très bon, l'émoi de s'être senti au bord du crime, dans sa chimère, son amour de la justice et de l'humanité. Et il y avait encore d'autres choses, au fond de ces pleurs qui les lavaient et les purifiaient, des protestations contre toutes les souffrances, des vœux pour que le malheur du monde fût enfin soulagé.

Puis, lorsqu'il eut repoussé du pied la dalle sur le trou, Pierre, à tâtons, emmena Guillaume comme un enfant.

Dans le grand atelier, devant le vitrage, Mère-Grand, impassible, n'avait pas quitté son ouvrage de couture. Par moments, en attendant quatre heures, elle levait les yeux sur l'horloge, pendue au mur, à sa gauche, puis elle les reportait au-dehors, vers la basilique, dont elle apercevait la masse inachevée, parmi la carcasse géante des échafaudages. Sa main lente tirait l'aiguille à longs points réguliers, elle était très pâle, muette, d'une sérénité héroïque. Et, vingt fois déjà, Marie, qui brodait en face d'elle, s'était dérangée, cassant son fil, s'impatientant, en proie à une nervosité singulière, un inexplicable malaise, une inquiétude sans cause, disait-elle, dont le poids lui étouffait le cœur. Mais les trois grands fils surtout ne pouvaient rester en place, comme si une contagion de fièvre les avait agités. Ils s'étaient pourtant remis à la besogne, Thomas à son étau, limant une pièce, François et Antoine à leur table, l'un tâchant de s'absorber dans la solution d'un problème, l'autre dessinant une botte de pavots posée devant lui ; et leur effort d'attention était vain, ils frémissaient au moindre bruit, levaient la tête, s'interrogeaient du regard. Quoi donc ? Qu'avaient-ils, que craignaient-ils, pour céder ainsi à ces frissons brusques qui passaient dans le clair soleil ? Par instants, un d'eux se levait, s'étirait, puis reprenait sa place. Et ils ne parlaient pas, ils n'osaient rien se dire, au milieu du lourd silence, de plus en plus effrayant.

Quelques minutes avant quatre heures, Mère-Grand eut comme une lassitude, un recueillement peut-être. Une fois encore, elle avait regardé l'horloge, et elle laissa tomber l'ouvrage sur ses genoux, elle se tourna vers la basilique. Désormais, elle ne se sentait plus que la force d'attendre, elle ne quittait plus des yeux ces murs énormes, là-bas, cette forêt de charpentes, d'un orgueil triomphal sous le ciel bleu. Et, tout d'un coup, si ferme, si vaillante qu'elle fût, la soudaine allégresse de la *Savoyarde*, carillonnant à la volée, la secoua d'un tressaillement. C'était la bénédiction, la foule des dix mille pèlerins emplissait l'église, quatre heures allaient sonner. Elle ne put résister à la poussée qui la mettait debout, elle resta frémissante, les regards tournés là-bas, les mains jointes, dans l'horrible attente.

« Qu'avez-vous ? cria Thomas, qui l'aperçut. Mère-Grand, pourquoi tremblez-vous ? »

François et Antoine avaient quitté leur chaise, s'étaient précipités à leur tour.

« Êtes-vous souffrante ? Qu'est-ce donc qui vous fait pâlir, vous si brave ? »

Mais elle ne répondait pas. Ah ! que la force de l'explosif fendît le sol, gagnât la petite maison et l'emportât, dans le cratère embrasé du volcan ! Mourir tous avec le père, les trois grands fils et elle-même, c'était son vœu ardent, pour qu'il n'y eût pas de larmes. Et elle attendait, elle attendait, avec son frisson invincible, avec ses yeux clairs et braves, fixés là-bas.

« Mère-Grand, Mère-Grand ! dit Marie éperdue, vous nous épouvantez, à ne pas nous répondre, à regarder au loin, comme si quelque malheur arrivait au galop ! »

Et, soudainement, Thomas, François et Antoine eurent le même cri, dans la même angoisse de leur cœur.

« Le père est en péril, le père va mourir ! »

Que savaient-ils ? Rien de précis. Thomas s'était bien étonné de la quantité d'explosif que son père fabriquait, et ni François ni Antoine n'ignoraient les idées de révolte, de brûlant amour qui hantaient son cerveau de savant. Mais, dans leur déférence, ils voulaient ne connaître de lui que ce qu'il leur en confiait, ne le questionnant jamais, s'inclinant devant tous ses actes. Et voilà qu'une prescience leur venait, la certitude que le père allait mourir, quelque catastrophe effroyable, dont l'air, autour d'eux, était si frissonnant depuis le matin, qu'ils en grelottaient de fièvre, malades et incapables de travail.

« Le père va mourir, le père va mourir ! »

Côte à côte, les trois colosses s'étaient serrés étroitement, bouleversés de la même angoisse, soulevés par le même besoin furieux d'apprendre le danger, d'y courir, de mourir avec le père, s'ils ne pouvaient l'en sauver. Et, dans le silence obstiné de Mère-Grand, la mort de nouveau passa, à cette minute, le souffle froid dont ils avaient déjà senti l'effleurement, pendant le déjeuner.

Quatre heures sonnaient, Mère-Grand leva ses deux mains pâles, en un besoin d'imploration suprême. Et elle parla enfin.

« Le père va mourir. Rien ne peut le sauver que le devoir de vivre. »

Tous trois voulurent se ruer, là-bas, ils ne savaient où, abattre les obstacles, triompher du néant. Ils se déchiraient de leur impuissance, si terribles, si pitoyables, qu'elle essaya de les calmer.

« Le père a voulu mourir, et sa volonté est de mourir seul. »

Ils frémirent, ils tâchèrent, eux aussi, d'être des héros. Mais les minutes se passaient, il sembla que le grand froid s'en était allé, d'une aile lente. Parfois, au crépuscule, un oiseau de nuit entre par la fenêtre, messager lugubre, tourne dans la pièce enténébrée, puis se décide à repartir, emportant son deuil. Et c'était ainsi, la basilique restait debout, la terre ne s'ouvrait pas pour l'engloutir. Peu à peu, l'anxiété atroce qui serrait les cœurs, faisait place à l'espérance, l'éternel renouveau.

Alors, quand Guillaume reparut, suivi de Pierre, il y eut un grand cri de résurrection, un seul, sorti de tous les cœurs.

« Père ! »

Leurs baisers, leurs larmes achevèrent de le briser. Il dut s'asseoir. D'un regard, autour de lui, il était rentré dans l'existence ; et cela en désespéré qu'on vient de forcer à vivre. Mère-Grand, comprenant l'amertume de sa volonté morte, s'approcha, lui prit les deux mains, souriante, pour lui faire entendre qu'elle était bien heureuse de le revoir, dans la tâche acceptée, dans le devoir de ne pas déserter la vie. Lui souffrait, trop fracassé encore. On lui évita tout récit. Il ne conta rien ; et, simplement, d'un geste, d'un mot tendre, il avait indiqué Pierre comme son sauveur.

Dans un coin, Marie sauta au cou du jeune homme.

« Ah ! mon bon Pierre, je ne vous ai jamais embrassé. Mais, la première fois, je veux que ce soit pour quelque chose de sérieux… Je vous aime, mon bon Pierre, je vous aime de tout mon cœur ! »

Le soir du même jour, lorsque la nuit tomba, Guillaume et Pierre restèrent un moment seuls dans la vaste pièce, à échanger de rares paroles affectueuses. Les enfants venaient de sortir. Mère-Grand et Marie étaient montées trier du vieux linge, tandis que Mme Mathis, qui avait rapporté de l'ouvrage, attendait patiemment, assise en un coin obscur, que ces dames lui descendissent le paquet de raccommodages à emporter. Et les deux frères l'avaient oubliée, envahis l'un et l'autre par la douceur triste du crépuscule, causant à voix basse.

Puis, brusquement, un visiteur les émut. C'était Janzen, avec sa maigre face de Christ blond. Il venait très rarement, sans qu'on sût jamais de quelle ombre il sortait, ni dans quelles ténèbres il allait rentrer. Pendant des mois, il disparaissait, et on le revoyait à l'improviste, en terrible passant d'une heure, au passé inconnu, à la vie ignorée.

« Je pars ce soir, dit-il de sa voix tranquille, coupante comme une lame.

– Et vous retournez chez vous, en Russie ? » demanda Guillaume.

Il eut un mince sourire dédaigneux.

« Oh ! chez moi, je suis partout chez moi. D'abord, je ne suis pas russe, et puis je ne veux être que du vaste monde. »

D'un geste large, il fit entendre le sans-patrie qu'il était, promenant par-dessus les frontières son rêve de fraternité sanglante. À certaines paroles, les deux frères crurent comprendre qu'il retournait en Espagne, où des compagnons l'attendaient. Il y avait là-bas beaucoup de besogne. Tranquillement, il s'était assis, et il causait de son air froid, lorsque, du même ton de sérénité, il ajouta, sans transition :

« Vous savez qu'on vient de jeter une bombe dans le café de l'Univers, sur le boulevard. Il y a eu trois bourgeois de tués. »

Frémissants, Guillaume et Pierre voulurent des détails. Alors, il conta qu'il était par là justement, qu'il avait entendu l'explosion et vu les vitres du café voler en éclats. Trois des consommateurs étaient par terre, le corps broyé, deux qu'on ne connaissait pas, deux messieurs entrés là par hasard, l'autre un habitué, un petit rentier du voisinage qui venait faire sa partie tous les jours. Dans la salle, un vrai saccage, les tables de marbre brisées, les lustres tordus, les glaces criblées de balles. Et quelle terreur, quel emportement, quel écrasement de foule ! On avait d'ailleurs arrêté tout de suite l'auteur de l'attentat, comme il allait tourner le coin de la rue de Caumartin, pour fuir.

« J'ai pensé à monter vous conter ça, conclut Janzen. Il est bon que vous sachiez. »

Et, comme Pierre, dans son frisson, sourdement averti, lui demandait qui était l'homme arrêté, il ajouta sans hâte :

« Justement, là est l'ennui, vous le connaissez... C'est le petit Victor Mathis. »

Trop tard, Pierre voulut lui rentrer ce nom dans la gorge. Il se rappelait soudainement que la mère, tout à l'heure, était assise derrière eux, en un coin sombre. S'y trouvait-elle encore ? Et il revoyait le petit Victor, presque sans barbe, le front droit et têtu, les yeux gris luisant d'implacable intelligence, le nez aigu et les lèvres minces disant la volonté sèche, la haine sans pardon. Celui-ci n'était pas un simple, un déshérité. C'était un fils de la bourgeoisie, élevé, instruit, qui avait dû entrer à l'École normale. Aucune excuse à son acte abominable, pas de passion politique, pas de démence humanitaire, pas même la souffrance exaspérée du pauvre. Il était le pur destructeur, le théoricien de la destruction, l'intellectuel d'énergie et de sang-froid qui mettait l'effort de son cerveau cultivé à raisonner le meurtre, à vouloir en faire l'instrument de l'évolution sociale. Et un poète encore, un visionnaire, mais le plus effroyable, le monstre qu'un orgueil fou expliquait seul, dans son désir d'une farouche immortalité, dans le rêve de l'aurore prochaine, montant des deux bras de la guillotine. Après lui, il n'y avait rien, rien que la faux aveugle qui rase le monde.

Pendant quelques secondes, une horreur froide régna, parmi les ténèbres croissantes.

« Ah ! murmura très bas Guillaume, il a osé, celui-là ! »

Mais déjà Pierre lui serrait la main tendrement. Et il le sentit aussi éperdu, aussi révolté que lui, dans le soulèvement de son cœur d'homme, de toute sa solidarité humaine. Peut-être fallait-il cette abomination dernière pour le ravager et le guérir.

Sans doute Janzen était complice, et il disait que Victor Mathis avait vengé Salvat, lorsque, dans l'ombre, il y eut un grand soupir douloureux, puis la chute lourde d'un corps sur le plancher. C'était Mme Mathis, la mère, qui tombait comme une masse, foudroyée par la nouvelle, qu'un hasard lui apprenait. Justement, Mère-Grand descendait avec une lampe. La pièce s'éclaira, on s'effara, on se porta au secours de la misérable femme, étendue dans sa mince robe noire, d'une pâleur de morte.

Et ce fut encore pour Pierre un indicible serrement de cœur. Ah ! la triste et dolente créature ! Il se souvenait d'elle, chez l'abbé Rose, si discrète, en pauvresse honteuse, ayant tant de peine à vivre, avec la maigre rente que l'acharnement du malheur lui avait laissée. Une famille riche de province, un roman d'amour, une fuite aux bras de l'homme choisi ; puis, la malchance, le ménage qui se gâtait, le mari qui mourait. Et, dans son veuvage cloîtré, après la perte des quelques sous qui lui avaient permis d'élever son fils, il ne lui restait que ce fils, son Victor, son adoration, sa foi, qu'elle voulait croire toujours très occupé, absorbé par son travail, à la veille d'une situation superbe, digne de son mérite. Et, brusquement, elle apprenait que ce fils était le plus exécrable des assassins, qu'il avait jeté une bombe dans un café et tué trois hommes.

Lorsque Mme Mathis revint à elle, grâce aux bons soins de Mère-Grand, elle sanglota sans fin, elle jeta une telle plainte continue de détresse, que les mains de Pierre et de Guillaume se cherchèrent encore, se reprirent, tandis que leurs êtres bouleversés et guéris se fondaient l'un dans l'autre.

V

Quinze mois plus tard, par un beau jour doré de septembre, Bache et Théophile Morin déjeunèrent chez Guillaume, dans l'atelier, en face de Paris immense.

Près de la table se trouvait un berceau, dont les petits rideaux étaient tirés, et sous lesquels dormait Jean, un gros garçon de quatre mois, le fils de Pierre et de Marie. Ceux-ci, simplement pour sauvegarder les droits sociaux de l'enfant, s'étaient épousés civilement à la mairie de Montmartre, résolus du reste à passer outre, s'ils n'avaient pas trouvé un maire qui consentît à marier un ancien prêtre. Puis, pour complaire à Guillaume, désireux de les garder, d'augmenter autour de lui la famille, ils avaient vécu là, dans le petit logement, au-dessus de l'atelier, laissant la maison de Neuilly seule, là-bas, ensommeillée et douce, à la garde de Sophie, la vieille servante. Et l'existence coulait heureuse, depuis quatorze mois bientôt qu'ils étaient l'un à l'autre.

Autour du jeune ménage, d'ailleurs, il n'y avait eu que de la paix, de la tendresse et du travail. François, qui venait de sortir de l'École normale, chargé de tous les diplômes, de tous les grades, allait partir pour un lycée de l'Ouest, voulant faire son stage dans le professorat, quitte à l'abandonner et à ne s'occuper ensuite que de science pure. Antoine avait eu un gros succès, avec une série de bois admirables, des vues et des scènes de Paris ; et il devait épouser Lise Jahan, au printemps prochain, lorsqu'elle aurait dix-sept ans révolus. Mais, des trois fils, Thomas surtout triomphait, car il avait enfin trouvé et construit le fameux petit moteur, grâce à une idée géniale de son père. Un matin, après l'effondrement de tous ses énormes et chimériques projets, Guillaume, devant l'explosif terrible, découvert par lui, désormais inutilisé, avait eu la brusque inspiration de l'employer comme force motrice, d'essayer de le substituer au pétrole, dans ce moteur que son fils aîné étudiait depuis si longtemps, pour l'usine Grandidier. Il s'était mis à la besogne avec Thomas, inventant un nouveau mécanisme, se heurtant à des difficultés sans nombre, employant une année entière dans cet acharné travail de création. Et le père et le fils avaient enfanté, avaient réalisé la merveille, et elle était là, devant le vitrage, boulonnée sur un socle de chêne, prête à marcher ; quand on lui aurait fait une toilette dernière.

Dans la maison, si riante, si tranquille maintenant, Mère-Grand continuait, malgré son grand âge, à exercer sa royauté active et muette, obéie de tous. Elle était partout, sans paraître jamais quitter sa chaise, devant la table de travail. Depuis la naissance de Jean, elle parlait de l'élever, comme elle avait élevé Thomas, François et Antoine, pleine de la belle bravoure du dévouement, ayant l'air de croire qu'elle ne mourrait pas, tant qu'elle aurait les siens à guider, à aimer, à sauver. Marie en était émerveillée, lasse elle-même parfois depuis qu'elle nourrissait, malgré sa belle santé, si gaie toujours. Jean avait ainsi deux mères, vigilantes près de son berceau, pendant que Pierre, devenu l'aide de Thomas, tirait le soufflet de la forge, dégrossissait déjà les pièces, achevant son apprentissage d'ouvrier mécanicien.

Ce jour-là, la présence de Bache et de Théophile Morin avait encore égayé le déjeuner ; et la table était desservie, on apportait le café, lorsqu'un petit garçon, l'enfant d'un concierge de la rue Cortot, vint demander M. Pierre Froment. Il raconta, en paroles hésitantes, que M. l'abbé Rose était bien malade, qu'il allait mourir et qu'il l'envoyait, pour dire que M. Pierre Froment vienne tout de suite, tout de suite.

Pierre, très ému, le suivit. Rue Cortot, dans le petit rez-de-chaussée humide, ouvrant sur un étroit jardin, il trouva l'abbé Rose couché, agonisant, ayant encore sa raison, sa parole douce et lente. Une religieuse le veillait, qui parut très surprise, très inquiète de la venue de ce visiteur qu'elle ne connaissait pas. Aussi comprit-il qu'on gardait le mourant et que celui-ci avait usé de ruse, en l'envoyant chercher par le fils du concierge. Cependant, lorsque l'abbé, de son air de bonté grave, eut prié la sœur de les laisser, elle n'osa pas se refuser à ce désir suprême, elle sortit.

« Ah ! mon cher enfant, que je désirais causer avec vous ! Asseyez-vous sur cette chaise, tout près du lit, pour que vous puissiez m'entendre, car c'est la fin, je ne serai plus là ce soir. Et j'ai à vous demander un si gros service ! »

Pierre, bouleversé de le retrouver si défait, la face toute blanche, ne gardant que l'éclat de ses yeux d'innocence et d'amour, se récria.

« Mais je serais venu plus tôt, si j'avais su que vous aviez besoin de moi ! Pourquoi ne m'avez-vous pas envoyé chercher ? Est-ce qu'on vous garde ? »

L'abbé, embarrassé, eut un faible sourire de honte et d'aveu.

« Il faut que vous le sachiez, mon cher enfant, j'ai encore fait des sottises. Oui, j'ai donné sans savoir à des gens qui, paraît-il, ne méritaient pas d'aumônes. Enfin, tout un scandale, ils m'ont grondé à l'archevêché, ils m'ont accusé de compromettre la religion. Et, alors, quand ils ont su que j'étais malade, ils ont mis près de moi cette bonne sœur, parce qu'ils ont dit que j'allais mourir sur la paille, que je donnerais les draps de mon lit, si l'on ne m'en empêchait pas. »

Il s'arrêta, afin de reprendre haleine.

« Vous comprenez, cette bonne sœur, oh ! une bien sainte femme, est là pour me soigner et pour m'éviter de faire jusqu'au bout des sottises. Il m'a donc fallu échapper à sa garde, par une petite tromperie, que Dieu me pardonnera, j'espère. Justement, il s'agit de mes pauvres, c'est pour vous parler d'eux que je désirais si ardemment vous voir. »

Des larmes montaient aux yeux de Pierre.

« Parlez, je suis à vous, de tout mon cœur, de tout mon être.

– Oui, oui, je sais, mon cher enfant. C'est bien pour cela que j'ai songé à vous, à vous seul. Malgré tout ce qui s'est passé, je n'ai confiance qu'en vous, il n'y a que vous capable de m'entendre et de me faire la promesse qui m'aidera à mourir tranquille. »

Il ne se permit que cette allusion à leur rupture cruelle, après la rencontre qu'il avait faite du jeune prêtre sans soutane, en révolte contre l'Église. Depuis, il savait son mariage, il n'ignorait pas qu'il avait, à jamais, brisé ses derniers liens religieux. Mais, à l'heure dernière, cela ne semblait plus compter pour lui, il lui suffisait de connaître l'ardent cœur de Pierre, il n'avait besoin que de l'homme, qu'il avait vu brûler d'une si belle passion de charité.

« Mon Dieu ! reprit-il en trouvant encore la force de sourire, c'est très simple, je veux vous faire mon héritier. Oh ! ce n'est pas un beau cadeau, ce sont mes pauvres que je vous donne, car je n'ai rien autre, je ne laisse que mes pauvres. »

Trois surtout lui bouleversaient le cœur, à l'idée qu'il allait les abandonner sans secours, privés des quelques miettes que lui seul leur distribuait, et dont ils vivaient. Le grand Vieux, d'abord, ce vieillard qu'il avait vainement cherché un soir, pour le faire entrer à l'asile des Invalides du travail. Il y était bien entré, mais il s'en était enfui trois jours plus tard, ne voulant pas se plier à la règle. Violent, sauvage, il avait un caractère exécrable ; et, pourtant, il ne pouvait mourir de faim. Celui-là venait chaque samedi, on lui donnait vingt sous : ça lui suffisait pour toute la semaine. Puis, il y avait une vieille femme impotente, dans un taudis de la rue du Mont-Cenis, dont il faudrait payer le boulanger, qui lui portait chaque matin le pain nécessaire. Et il y avait surtout, place du Tertre, une pauvre jeune femme, une fille-mère qui se mourait de phtisie, incapable de travail, éperdue à l'idée de savoir, après elle, sa fillette au pavé ; de sorte que l'héritage, là, était double, la mère à soutenir jusqu'à la mort prochaine, la fillette ensuite à recueillir, à placer convenablement dans quelque bonne maison.

« Vous me pardonnez, mon cher enfant, de vous laisser ces embarras… J'ai bien essayé d'intéresser à ce petit monde la bonne sœur qui me veille ; mais, quand je lui ai parlé du grand Vieux, elle s'est signée d'effroi. C'est comme mon brave ami, l'abbé Tavernier, je ne connais pas d'âme plus droite ; et, cependant, avec lui, je ne serais pas tranquille, il a des idées… Alors, je le répète, mon cher enfant, il n'y a que vous dont je sois sûr, il faut que vous acceptiez mon héritage, si vous voulez que je m'en aille tranquille. »

Pierre pleurait.

« Ah ! certes, de toute mon âme. Votre volonté me sera sacrée.

– Bon ! je savais bien que vous accepteriez... C'est donc convenu, les vingt sous au grand Vieux tous les samedis, le pain de la vieille femme impotente, la mort de la triste jeune mère à soulager, à attendre, pour recueillir la fillette... Ah ! si vous saviez quel poids j'ai de moins sur le cœur ! Maintenant, la fin peut venir, elle me sera douce. »

Sa bonne figure ronde, si blanche, s'était éclairée d'une joie suprême. Il gardait entre les siennes une main de Pierre, il le retenait au bord du lit, en un adieu de sereine tendresse. Et sa voix s'affaiblit encore, il dit toute sa pensée, très bas.

« Oui, je suis content de partir... Je ne pouvais plus, je ne pouvais plus. J'avais beau donner, je sentais qu'il était nécessaire de donner toujours davantage. Et quelle tristesse, la charité impuissante, donner sans espoir de guérir jamais la souffrance !... Je me révoltais contre cette idée, vous vous souvenez ? Je vous disais que nous nous aimerions toujours dans nos pauvres ; et c'était vrai, cela, puisque vous êtes là, si bon, si tendre pour moi et pour ceux que je laisse. Mais, tout de même, je ne puis plus, je ne puis plus, et j'aime mieux m'en aller, puisque la douleur des autres me débordait et que je finissais par commettre toutes les sottises du monde, scandalisant les fidèles, indignant mes supérieurs, sans réussir seulement à diminuer d'un misérable le flot toujours grossi de la misère... Adieu, mon cher enfant. Mon pauvre vieux cœur s'en va courbaturé, mes vieilles mains sont lasses et vaincues. »

Pierre l'embrassa de toute son âme, et le quitta les yeux en larmes, éperdu d'une extraordinaire émotion. Jamais il n'avait entendu un cri d'une plus immense mélancolie que cet aveu de la charité impuissante, chez ce vieil enfant candide, ce cœur simple de sublime bonté. Ah ! quel désastre, la bonté humaine inutile, le monde roulant depuis tant de siècles la même somme de détresses et de souffrances, malgré les larmes de pitié versées, malgré les aumônes tombées de tant de mains ! C'était la mort souhaitée, le chrétien heureux d'échapper à l'abomination de cette terre.

Lorsque Pierre revint dans l'atelier, la table se trouvait desservie depuis longtemps, Bache et Théophile Morin causaient avec Guillaume, tandis que les trois fils s'étaient remis à leurs occupations ordinaires. Marie, elle aussi, avait repris sa place accoutumée, devant la table à ouvrage, en face de Mère-Grand ; mais, de temps à autre, elle se levait, donnait un coup d'œil au petit Jean, s'assurant qu'il dormait bien tranquille, ses deux menottes serrées sur son cœur. Et, lorsque Pierre, qui garda pour lui son émotion, fut venu se pencher sur le berceau, avec la jeune femme, dont il baisa discrètement les cheveux, il passa un tablier, il aida Thomas, en train de régler une dernière fois le moteur.

Alors, l'atelier disparut, il cessa de voir les personnes qui s'y trouvaient, il cessa de les entendre. Seule, l'odeur de Marie lui demeurait aux lèvres, dans le bouleversement attendri où l'avait jeté sa visite à l'abbé Rose mourant. Et un souvenir venait de s'évoquer, celui du matin glacial où le vieux prêtre l'avait abordé, devant le Sacré-Cœur, pour le charger peureusement de porter une aumône à ce vieil homme, ce Laveuve, qui était mort de misère, comme un chien au coin d'une borne. Quelle triste matinée lointaine, que de combats et de tortures en lui, quelle résurrection ensuite ! Ce jour-là, il avait dit une de ses dernières messes, et il se rappelait avec un frisson son abominable angoisse, le désespoir de son doute, de son néant. C'était après ses deux expériences misérablement avortées : Lourdes, où la glorification de l'absurde lui avait fait prendre en pitié l'essai de retour en arrière, à la primitive foi des peuples jeunes, courbés sous la terreur de leur ignorance ; Rome, incapable de renouveau, qu'il avait vu moribonde parmi ses ruines, grande ombre bientôt négligeable, qui tombait à la poussière des religions mortes. En lui, la charité elle-même faisait banqueroute, il ne croyait plus à la guérison par l'aumône de la vieille humanité souffrante, il n'attendait plus que l'effroyable catastrophe, l'incendie, le massacre, dont le fracas emporterait le monde coupable et condamné. Sa soutane l'étouffait du mensonge hautain où il s'était réfugié pour la garder à ses épaules, cette attitude du prêtre incroyant, qui continue, honnêtement, chastement, à veiller sur la croyance des autres. Le problème d'une religion nouvelle, d'une nouvelle espérance, nécessaire à la paix des démocraties de demain, le torturait, sans qu'il pût trouver la solution possible, entre les certitudes de la science et le besoin du divin dont semble brûler l'humanité. Et, si le christianisme croulait avec l'idée de charité, il ne restait donc que la justice, le cri qui sortait de toutes les poitrines, ce combat de la justice contre la charité, où allaient se débattre son cœur et sa raison, dans ce grand Paris, si voilé de cendre, si plein d'un terrible inconnu. C'était avec Paris que se posait la troisième et décisive expérience, la vérité enfin éclatante comme le soleil, la santé conquise, la force et la joie de vivre.

Mais les réflexions de Pierre furent interrompues, il dut aller chercher un outil que Thomas lui demandait, et il entendit Bache qui disait :

« Le cabinet a donné sa démission ce matin. Vignon en avait assez, il se réserve.

– Il a duré plus d'un an, fit remarquer Morin. C'est déjà très beau. »

Après l'attentat de Victor Mathis, condamné, exécuté en moins de trois semaines, Monferrand était tombé du pouvoir. À quoi bon avoir à la tête du cabinet un homme fort, si les bombes continuaient à terrifier le pays ? Le pis était qu'il avait mécontenté la Chambre par son appétit d'ogre, rognant trop la part des autres. Et Vignon, cette fois, avait recueilli sa succession, malgré tout un programme de réformes, devant lequel on tremblait depuis longtemps. Mais, bien que son honnêteté fût parfaite, il n'avait pu en réaliser que les insignifiantes, les mains liées sans doute, au milieu de mille obstacles. Il s'était résigné à gouverner comme les autres, et l'on avait fait cette découverte qu'entre Vignon et Monferrand il n'existait guère, en somme, que des nuances.

« Vous savez qu'on reparle de Monferrand, dit Guillaume.

– Oui, il a des chances. Ses créatures s'agitent beaucoup. » Puis, Bache, qui plaisantait Mège avec amertume, déclara que le député collectiviste faisait, à renverser les ministères, un métier de dupe, servant à tour de rôle les ambitions de chaque coterie, sans la moindre chance de jamais décrocher pour lui-même le pouvoir. Et ce fut Guillaume qui conclut.

« Bah ! qu'ils se dévorent ! Ils ne se battent guère que sur des questions de personnes, dans l'âpre ambition de régner, de disposer de l'argent et de la puissance. Mais ça n'empêche pas l'évolution de se faire, les idées de s'épandre et les événements de s'accomplir. Il y a, par-dessus, l'humanité qui marche. »

Pierre fut très frappé de ces paroles, et il retomba dans ses souvenirs. L'angoissante expérience commençait, il était lancé au travers de Paris immense. Paris, c'était la cuve énorme, où toute une humanité bouillait, la meilleure et la pire, l'effroyable mixture des sorcières, des poudres précieuses mêlées à des excréments, d'où devait sortir le philtre d'amour et d'éternelle jeunesse. Et, dans cette cuve, il rencontrait d'abord l'écume du monde politique, Monferrand qui étranglait Barroux, achetant les affamés, Fonsègue, Dutheil, Chaigneux, utilisant les médiocres, Taboureau et Dauvergne, employant jusqu'à la passion sectaire de Mège et jusqu'à l'ambition intelligente de Vignon. Puis, venait l'argent empoisonneur, cette affaire des Chemins de fer africains qui avait pourri le Parlement, qui faisait de Duvillard, le bourgeois triomphant, un pervertisseur public, le chancre rongeur du monde de la finance. Puis, par une juste conséquence, c'était le foyer de Duvillard, qu'il infectait lui-même, l'affreuse aventure d'Ève disputant Gérard à sa fille Camille, et celle-ci le volant à sa mère, et le fils Hyacinthe donnant sa maîtresse Rosemonde, une démente, à cette Silviane, la catin notoire, en compagnie de laquelle son père s'affichait publiquement. Puis, c'était la vieille aristocratie mourante, avec les pâles figures de Mme de Quinsac et du marquis de Morigny ; c'était le vieil esprit militaire dont le général de Bozonnet menait les funérailles ; c'était la magistrature asservie au pouvoir, un Amadieu faisant sa carrière à coups de procès retentissants, un Lehmann rédigeant son réquisitoire dans le cabinet du ministre dont il défendait la politique ; c'était enfin la presse cupide et mensongère, vivant du scandale, l'éternel flot de délations et d'immondices que roulait Sanier, la gaie impudence de Massot, sans scrupule, sans conscience, qui attaquait tout, défendait tout, par métier et sur commande. Et, de même que des insectes, qui en rencontrent un autre, la patte cassée, mourant, l'achèvent et s'en nourrissent, de même tout ce pullulement d'appétits, d'intérêts, de passions, s'étaient jetés sur un misérable fou, tombé par terre, ce triste Salvat, dont le crime imbécile les avait tous rassemblés, heurtés, dans leur empressement glouton à tirer parti de sa maigre carcasse de meurt-de-faim. Et tout cela bouillait dans la cuve colossale de Paris, les désirs, les violences, les volontés déchaînées, le mélange innommable des ferments les plus âcres, d'où sortirait à grands flots purs le vin de l'avenir.

Alors, Pierre en eut conscience, de ce prodigieux travail qui s'accomplissait au fond de la cuve, sous les impuretés et sous les déchets. Son frère venait de le dire, qu'importaient, dans la politique, les tares des hommes, les mobiles d'égoïsme et de jouissance, si, de son pas lent et obstiné, l'humanité marchait toujours ! Qu'importait cette bourgeoisie corrompue et défaillante, aussi moribonde à cette heure que l'aristocratie dont elle a pris la place, si, derrière elle, montait sans cesse l'inépuisable réserve d'hommes, qui surgissent du peuple des campagnes et des villes ! Qu'importaient la débauche, la perversion de trop d'argent, de trop de puissance, la vie raffinée, dissolue, s'attardant aux curiosités sexuelles, puisqu'il semblait prouvé que toutes les capitales, reines du monde, n'ont régné qu'à ce prix de l'extrême civilisation, la religion de la beauté et du plaisir ! Et qu'importaient même la vénalité inévitable, les fautes et les sottises de la presse, si elle était d'autre part le plus admirable instrument d'instruction, la conscience publique toujours ouverte, le fleuve qui avait beau charrier des horreurs, qui n'en marchait pas moins, qui emportait tous les peuples à la vaste mer fraternelle des siècles futurs ! La lie humaine tombait au fond de la cuve, et il ne fallait pas vouloir que, visiblement, chaque jour, le bien triomphât ; car souvent des années étaient nécessaires pour que, de la fermentation louche, se dégageât un espoir réalisé, dans cette opération de l'éternelle matière remise au creuset, demain refait meilleur. Et, si, au fond des usines empestées, le salariat restait une forme de l'antique esclavage, si les Toussaint mouraient toujours de misère, sur des grabats, comme des bêtes fourbues, la liberté n'en était pas moins sortie de la cuve immense, en un jour de tempête, pour prendre son vol par le monde. Et pourquoi la justice n'en sortirait-elle pas à son tour, faite de tant d'éléments troubles, se dégageant des scories, d'une limpidité enfin éclatante, et régénérant les peuples ?

Mais, de nouveau, les voix de Bache et de Morin, causant avec Guillaume, s'élevèrent, tirèrent Pierre de sa rêverie. Ils parlaient de Janzen, compromis dans un deuxième attentat, à Barcelone, disparu, revenu à Paris sans doute, où Bache croyait l'avoir reconnu la veille. Une si claire intelligence, une si froide volonté, et de tels dons gaspillés pour une si exécrable cause !

« Quand je songe, dit Morin de sa voix lente, que Barthès exilé vit au fond d'une petite chambre pauvre de Bruxelles, dans le frémissant espoir que la liberté enfin régnera, lui qui n'a pas une goutte de sang aux mains et qui a passé les deux tiers de sa vie en prison, pour que les peuples soient libres ! »

Bache eut un léger haussement d'épaules.

« La liberté, la liberté, sans doute. Mais elle n'est rien, si on ne l'organise pas. »

Et leur éternelle discussion recommença, celui-ci avec Saint-Simon et Fourier, l'autre avec Proudhon et Auguste Comte. Toute la religiosité vague de l'ancien membre de la Commune, aujourd'hui conseiller municipal, reparaissait, dans son besoin d'une foi consolante ; tandis que le professeur, l'ancien garibaldien, gardait, sous sa lassitude, une rigidité scientifique, une croyance au progrès mathématique du monde.

Longuement, Bache raconta la dernière commémoration en l'honneur de la mémoire de Fourier, le groupe des disciples fidèles apportant des couronnes, prononçant des discours, une réunion touchante d'apôtres, obstinés dans leur foi, certains de l'avenir, messagers convaincus de la bonne parole nouvelle. Puis, Morin vida ses poches toujours pleines de petites brochures de propagande positiviste, des manifestes, des réponses, des questions posées et résolues, où le nom de Comte et surtout sa doctrine étaient exaltés, comme la seule base possible de la religion attendue. Alors, Pierre, qui les écoutait, se rappela leurs disputes d'autrefois, dans sa maison de Neuilly, lorsque lui-même, éperdu, en quête d'une certitude, s'efforçait de faire le bilan des idées du siècle. C'était au milieu des contradictions, des incohérences de tous ces précurseurs, qu'il avait perdu pied. Fourier avait beau être issu de Saint-Simon, il le niait en partie ; et, si la doctrine de celui-ci s'immobilisait dans une sorte de sensualisme mystique, la doctrine de celui-là semblait aboutir à un code d'enrégimentement inacceptable. Proudhon démolissait sans rien reconstruire. Comte, qui créait la méthode et mettait la science à sa vraie place en la déclarant l'unique souveraine, ne soupçonnait même pas la crise sociale dont le flot menaçait de tout emporter, finissait en illuminé d'amour, terrassé par la femme. Et ces deux-là, aussi, entraient en lutte, se battaient contre les deux autres, à ce point de conflit et d'aveuglement général, que les vérités apportées par eux en commun en restaient obscurcies, défigurées, méconnaissables. Mais, aujourd'hui, après la lente évolution qui l'avait transformé lui-même, voilà que ces vérités communes lui apparaissaient aveuglantes, irréfutables. Dans les évangiles de ces messies sociaux, parmi le chaos des affirmations contraires, il était des paroles semblables qui toujours revenaient, la défense du pauvre, l'idée d'un nouveau et juste partage des biens de la terre, selon le travail et le mérite, la recherche surtout d'une loi du travail qui permît équitablement ce nouveau partage entre les hommes. N'était-ce donc pas, puisque tous les génies précurseurs s'entendaient si étroitement sur ces vérités communes, qu'elles étaient le fondement même de la religion de demain, la foi nécessaire que le siècle léguerait au siècle suivant, pour qu'il en fît le culte humain de paix, de solidarité et d'amour ?

Un brusque saut se produisit dans les réflexions de Pierre, il se revit à la Madeleine, écoutant la fin de la conférence de Mgr Martha sur l'esprit nouveau, qui annonçait que Paris, redevenu chrétien, allait être le maître du monde, grâce au Sacré-Cœur. Non, non ! Paris ne régnait que par sa libre intelligence, c'était un mensonge de l'avoir dominé de la Croix, de cette folie mystique et malpropre d'un cœur qui saigne. Mais ils pouvaient vouloir écraser Paris sous des monuments d'orgueil et de domination, tenter d'enrayer la science au nom d'un idéal mort, dans l'espoir de remettre la main sur le prochain siècle : la science achèvera de balayer leur souveraineté ancienne, leur basilique croulera au vent de la vérité, sans qu'il soit même besoin de la pousser du doigt. L'expérience est faite, l'évangile de Jésus est un code social caduc, dont la sagesse humaine ne peut retenir que quelques maximes morales. Le vieux catholicisme tombe en poudre de toutes parts, la Rome catholique n'est plus qu'un champ de décombres, les peuples se détournent, veulent une religion qui ne soit pas une religion de la mort. Autrefois, l'esclave accablé, brûlant d'une espérance nouvelle, s'échappait de sa geôle, rêvait d'un Ciel où sa misère serait payée d'une éternelle jouissance. Maintenant que la science a détruit ce Ciel menteur, cette duperie du lendemain de la mort, l'esclave, l'ouvrier, las de mourir pour être heureux, exige la justice, le bonheur sur la terre. C'est là, enfin, la nouvelle espérance, la justice, après dix-huit siècles de charité impuissante. Ah ! dans mille ans, lorsque le catholicisme ne sera plus qu'une très vieille superstition morte, quelle stupeur que les ancêtres aient pu supporter cette religion de torture et de néant ! Un Dieu bourreau, l'homme châtré, menacé, supplicié, la nature ennemie, la vie maudite, la mort seule douce et libératrice ! Pendant deux mille ans, la marche en avant de l'humanité aura eu pour entraves cette odieuse idée d'arracher de l'homme tout ce qu'il a d'humain, les désirs, les passions, la libre intelligence, la volonté et l'acte, toute sa puissance. Et quel réveil joyeux, lorsque la virginité sera méprisée, lorsque la fécondité redeviendra une vertu, dans l'hosanna des forces naturelles libérées, les désirs honorés, les passions utilisées, le travail exalté, la vie aimée, enfantant l'éternelle création de l'amour !

Une religion nouvelle ! Une religion nouvelle ! Pierre se souvenait de ce cri qui lui était échappé à Lourdes, qu'il avait répété à Rome, devant l'effondrement du vieux catholicisme. Mais il n'y mettait plus la même hâte fiévreuse, la puérile et maladive obstination à vouloir que, sur l'heure, un Dieu nouveau se révélât, un idéal se créât de toutes pièces, avec ses dogmes et son culte. Certes, le divin semblait nécessaire à l'homme comme le pain et l'eau, toujours l'homme s'y était rejeté, affamé du mystère, semblant n'avoir d'autre consolation que de s'anéantir dans l'inconnu. Mais qui pourrait dire que la science, un jour, n'étanchera pas cette soif de l'Au-delà ? Si elle est la vérité conquise, elle est aussi, et elle sera toujours la vérité à conquérir. Devant elle, ne restera-t-il pas sans cesse une marge pour le désir de savoir, l'hypothèse qui n'est que de l'idéal ? Puis, ce besoin du divin, n'est-ce pas simplement le besoin de voir Dieu ? Et si la science contente de plus en plus ce désir de tout savoir et de tout pouvoir, ne croit-on pas qu'il s'apaisera, qu'il finira par se confondre avec l'amour de la vérité satisfaite ? Une religion de la science, c'est le dénouement marqué, certain, inévitable, de la longue marche de l'humanité vers la connaissance. Cette dernière y arrivera comme au port naturel, à la paix mise enfin dans la certitude, lorsqu'elle aura passé par toutes les ignorances et tous les effrois. Et déjà cette religion ne s'indiquait-elle pas, l'idée de dualité, de Dieu et de l'univers, écartée, l'idée de l'unité, du monisme, de plus en plus évidente, l'unité entraînant la solidarité, la loi unique de vie découlant, par l'évolution, du premier point de l'éther qui s'est condensé pour créer le monde ? Mais, si des précurseurs, des savants, des philosophes, Darwin, Fourier et les autres, ont semé la religion de demain, en confiant au vent qui passe la bonne parole, que de siècles il faudra sans doute pour que la moisson lève ! On oublie toujours que le catholicisme a mis quatre siècles à se former, à germer en un long travail souterrain, avant de croître, de régner au plein soleil. Qu'on donne donc des siècles à cette religion de la science, dont la sourde poussée s'annonce de toutes parts, et l'on verra se constituer en un nouvel évangile les admirables idées d'un Fourier, le désir redevenu le levier qui soulève le monde, le travail accepté par tous, honoré, réglé comme le mécanisme même de la vie naturelle et sociale, les énergies passionnelles de l'homme excitées, contentées, utilisées enfin pour le bonheur humain ! L'universel cri de justice, dont la clameur de plus en plus haute monte du grand muet, du peuple si longtemps dupé et dévoré, n'est qu'un cri vers ce bonheur où tendent les êtres, la satisfaction complète des besoins, la vie vécue pour elle, dans la paix, dans l'expansion de toutes les forces et de toutes les joies. Les temps viendront où ce royaume de Dieu sera sur la terre, et que l'autre paradis menteur soit donc fermé, même si les pauvres d'esprit doivent un moment souffrir de cette mort de leur illusion, car c'est là une nécessité brave que d'opérer cruellement les aveugles, pour les arracher à leur misère, à la longue nuit affreuse de leur ignorance !

Pierre, tout d'un coup, fut inondé d'une joie immense. Un petit cri d'enfant, le cri d'éveil de Jean, son fils, venait de le tirer de sa rêverie ; et la brusque pensée l'avait envahi que, lui, à cette heure, était sauvé, hors du mensonge et de l'effroi, rentré dans la bonne et saine nature. Quel frisson à se dire qu'il s'était cru perdu, rayé de la vie, tombé au néant du Dieu bourreau, et qu'un prodige d'amour l'en avait tiré, puissant encore, malgré sa crainte du stigmate indélébile, puisque ce cher enfant était là, si fort, si rieur, né de lui. La vie avait enfanté de la vie, la vérité éclatait, triomphante comme le soleil. C'était la troisième expérience faite avec Paris, et celle-ci concluait, n'était pas comme les deux premières, avec Lourdes, puis avec Rome, un avortement misérable, plus de ténèbres et plus de douleur. D'abord, la loi du travail s'était révélée à lui, Pierre s'était imposé une tâche, la plus humble, ce métier manuel si tardivement appris, mais une tâche à laquelle il ne manquerait pas un jour, qui lui donnerait la sérénité du rôle accepté, du devoir accompli, car la vie elle-même n'était que du travail, le monde n'existait que par l'effort. Ensuite, il avait aimé, et son salut s'était fait par la femme et par l'enfant. Ah ! quel long détour, pour en arriver à ce dénouement si naturel, si simple ! Comme il avait souffert, que d'erreurs et que de colères il avait remuées, avant de faire bonnement ce que tous les hommes doivent faire ! Cette tendresse éperdue, aux prises avec sa raison, cette tendresse qui avait saigné des absurdités de la Grotte miraculeuse, que l'orgueilleuse caducité du

Vatican avait ensanglantée à son tour, se contentait enfin chez l'époux et chez le père, chez l'homme confiant dans le travail, selon la juste loi de la vie. Et de là la vérité indiscutable, la solution du bonheur dans la certitude.

Mais Bache et Théophile Morin étaient partis, avec leurs poignées de main habituelles, en promettant de revenir causer un soir, tranquilles apôtres convaincus du lointain avenir. Et, comme Jean criait plus fort, Marie le prit dans ses bras, dégrafa son corsage pour lui donner à téter.

« Oh ! le mignon, c'est son heure, il n'oublie pas, lui !... Pierre, vois donc, je crois qu'il a grossi encore, depuis hier. »

Elle riait, et Pierre s'approcha, riant aussi, pour baiser l'enfant. Puis, il baisa la mère, saisi d'un invincible attendrissement, à voir ce petit être si rose et si goulu, sur cette gorge de femme, si belle, gonflée de lait. Toute une bonne odeur de fécondité heureuse en montait à son visage, qui le grisait de la joie de vivre.

« Mais il va te manger, dit-il gaiement. Comme il tire !

– Oh ! il me mord bien un peu. Mais c'est plus gentil, ça prouve qu'il profite. »

Alors, Mère-Grand, la sérieuse, la silencieuse, se mit à causer, le visage éclairé d'un sourire.

« Vous savez que je l'ai pesé, ce matin. Il a encore gagné cent grammes. Et le cher amour, si vous aviez vu comme il était sage ! Ce sera un petit monsieur très intelligent, très raisonnable, ainsi que je les aime. Quand il aura cinq ans, ce sera moi qui lui apprendrai ses lettres, et à quinze ans, s'il veut, je lui dirai comment on devient un homme... N'est-ce pas, Thomas ? N'est-ce pas, Antoine, et toi, François ? »

Les trois grands fils, levant la tête, égayés, approuvèrent du geste, reconnaissants des leçons héroïques qu'elle leur avait données, ne semblant pas mettre en doute qu'elle vécût vingt ans encore, pour les donner à Jean comme à eux-mêmes.

Pierre était resté devant Marie, dans le ravissement de leur amour, lorsqu'il sentit, derrière lui, Guillaume lui poser les deux mains sur les épaules. Il se retourna, il le trouva rayonnant lui aussi, bien heureux de les voir si heureux. Et cela doubla son bonheur, cette certitude que son frère était guéri, qu'il n'y avait plus, dans la maison laborieuse, que de la santé et de l'espoir.

« Ah ! petit frère, dit Guillaume doucement, te souviens-tu, quand je te disais que tu souffrais uniquement du combat de ton cœur contre ta raison, et que tu retrouverais la tranquillité, lorsque tu aimerais ce que tu comprendrais ? Il te fallait réconcilier en toi notre mère et notre père, dont la querelle, le douloureux malentendu continuait au-delà de la tombe ; et c'est fait, les voilà enfin qui dorment en paix, dans ton être pacifié. »

Ces paroles bouleversèrent Pierre d'émotion. Une joie enflamma son visage, désormais si clair, si énergique. Et il avait bien toujours son front en forme de tour, l'inexpugnable forteresse de la raison qu'il tenait de son père, ainsi que le menton tendre, la bouche et les yeux de bonté, que lui avait donnés sa mère ; mais l'ensemble de la physionomie s'était enfin mêlé, fondu en une harmonie heureuse, d'une sérénité forte. Ses deux premières expériences avortées, c'étaient en lui des crises de la mère, cette tendresse pleurante, éperdue de ne pouvoir se rassasier ; et la troisième ne venait d'aboutir au bonheur, que parce qu'il avait contenté dans la femme, dans l'enfant, dans la vie laborieuse et féconde, cette ardente faim d'aimer, tout en obéissant à la souveraineté de la raison, au père qui parlait si haut en lui. La raison restait la reine. S'il n'avait jamais souffert que des combats qu'elle livrait à son cœur, il était tout l'homme, en lutte sans cesse avec son intelligence et avec sa passion. Et quelle paix de les avoir réconciliées, de les satisfaire ensemble, de se sentir complet, normal et puissant, tel que le grand chêne qui pousse en liberté et dont les branches à l'infini dominent la forêt !

« Tu as fait là, continua tendrement Guillaume, une belle et bonne œuvre, pour toi, pour nous tous, pour les chers parents, dont les ombres apaisées et réunies sont maintenant si tranquilles, dans la petite maison de notre enfance. J'y songe souvent, à notre chère maison de Neuilly, que la vieille Sophie nous garde, et je m'imagine que, dans l'ombre du grand cabinet de travail, les morts bien-aimés se reposent délicieusement et nous attendent. Quelle paix pour eux que cette petite maison déserte ! Et, si je vous ai voulus ici par égoïsme, désireux de mettre du bonheur autour de moi, il faudra que ton Jean aille un jour l'habiter, pour lui rendre toute une jeunesse. »

Pierre, à son tour, avait pris les deux mains de son frère. Et, son regard dans le sien : « Tu es heureux ?

– Oui, heureux, très heureux, plus heureux que je ne l'ai jamais été, heureux de t'aimer comme je t'aime, heureux d'être aimé de toi comme personne ne saurait m'aimer. »

Leurs cœurs s'unirent dans cette ardente affection fraternelle, la plus entière, la plus héroïque qui puisse fondre un homme dans un autre. Et ils s'embrassèrent, pendant que, son enfant au sein, Marie, si gaie, si bien portante, si loyale, les regardait et souriait, avec de grosses larmes dans les yeux.

Mais Thomas, après la toilette dernière qu'il faisait au moteur, venait enfin de le mettre en marche. C'était un prodige de légèreté et de force, pesant un poids nul pour l'extrême énergie qu'il développait. Le fonctionnement en était d'une douceur parfaite, sans bruit, sans odeur. Et toute la famille, ravie, l'entourait, lorsqu'une visite vint à propos, le savant et amical Bertheroy, que Guillaume attendait, l'ayant justement prié de monter voir fonctionner le moteur.

Tout de suite, le grand chimiste se récria d'admiration, et quand il eut examiné le mécanisme, quand il eut compris surtout l'application de l'explosif comme source de force, une des idées qu'il préconisait depuis longtemps, il félicita Guillaume et Thomas avec enthousiasme.

« C'est une merveille que vous avez créée là, et l'emploi va en être d'une portée sociale et humaine incalculable. Oui, oui ! en attendant le moteur électrique qu'on ne tient pas encore, voilà le moteur idéal, la traction mécanique trouvée pour tous les véhicules, la navigation aérienne désormais possible, le problème de la force à domicile résolu définitivement. Et quel nouveau pas de géant, quel progrès brusque, les distances rapprochées encore, toutes les voies ouvertes, les hommes fraternisant enfin !... Un grand bienfait, un beau cadeau, mes braves amis, que vous faites là au monde ! »

Puis, il plaisanta sur l'explosif nouveau, d'une si terrible puissance, qu'il avait deviné, dont la découverte aboutissait à cette bienfaisante application.

« Et moi, Guillaume, qui croyais, avec toutes vos cachotteries d'inventeur, que vous me cachiez la formule de votre poudre, dans l'idée de faire sauter Paris ! »

Guillaume devint grave. Il avoua, un peu pâle.

« J'en ai eu l'idée un instant. »

Mais Bertheroy continua de rire, en affectant de voir là une boutade, malgré le petit froid qu'il avait senti passer dans ses cheveux.

« Eh bien ! mon ami, vous avez mieux fait de doter l'humanité de cette merveille, ce qui n'a pas dû être commode ni sans danger. Voilà donc une poudre qui devait exterminer les gens, et qui va simplement augmenter leur bien-être. Les choses finissent toujours bien, c'est ce que je me lasse à répéter. »

Alors, devant cette bonhomie supérieure et tolérante, Guillaume s'attendrit. C'était vrai, ce qui devait détruire servait au progrès, le volcan domestiqué devenait du travail, de la paix, de la civilisation. Il avait même abandonné son engin de bataille et de victoire, il s'était satisfait dans cette découverte dernière, la fatigue des hommes soulagée, leur labeur réduit à l'effort nécessaire et suffisant. Il voyait là un peu plus de justice, toute la justice qu'il avait pu faire pour sa part. Et, lorsque, en se tournant, il apercevait la basilique du Sacré-Cœur, par la baie vitrée, il ne s'expliquait pas la contagion de démence qui l'avait un instant envahi, pour qu'il eût rêvé de destruction imbécile, inutile. Un souffle mauvais avait passé, né de la misère, des ferments épars de colère et de vengeance. Mais quel aveuglement de croire que la destruction, que l'assassinat puisse être un acte fécond, ensemençant le sol d'une heureuse et large récolte ! On arrive tout de suite au bout de la violence, et elle n'est bonne qu'à exaspérer le sentiment de solidarité, même chez ceux pour qui l'on tue. Le peuple, la grande foule se révolte contre l'isolé qui croit faire justice. Le volcan, oui ! mais le volcan, c'est toute la croûte terrestre, c'est toute la masse populaire qui se soulève, sous l'irrésistible poussée de la flamme intérieure, pour dresser des Alpes, pour refaire une société libre. Et quels que soient l'héroïsme de leur folie, leur soif contagieuse du martyre, les assassins ne sont jamais que des assassins, dont l'action est une semence d'horreur. S'ils renaissaient de leur sang, si Victor Mathis avait vengé Salvat, il l'avait tué aussi, dans l'universel cri de réprobation, soulevé par son nouvel attentat, plus monstrueux et plus inutile encore.

D'un geste, Guillaume, riant à son tour, dit son absolue guérison.

« Tout finit bien, vous avez raison, puisque tout va quand même à la vérité et à la justice. Seulement, il faut parfois des mille ans... Quant à moi, je vais simplement mettre l'explosif nouveau dans le commerce, pour que ceux qui en obtiendront l'autorisation, s'enrichissent en le fabriquant. Il est désormais à tous... Et je renonce à révolutionner le monde. »

Bertheroy se récria. Et ce grand savant officiel, ce membre de l'Institut, renté, pourvu de toutes les charges et de tous les honneurs, montra le petit moteur avec une passion, où se retrouvait la vigueur de ses soixante-dix ans.

« Mais c'est ça qui est la révolution, la vraie, l'unique ! C'est avec ça, et non avec les bombes stupides, qu'on révolutionne le monde ! Ce n'est pas en détruisant, c'est en créant, que vous venez de faire acte de révolutionnaire !... Et que de fois je vous l'ai dit, la science seule est révolutionnaire, la seule qui, par-dessus les pauvres événements politiques, l'agitation vaine des sectaires et des ambitieux, travaille à l'humanité de demain, en prépare la vérité, la justice, la paix !... Ah ! mon cher enfant, si vous voulez bouleverser le monde en essayant d'y mettre un peu plus de bonheur, vous n'avez qu'à rester dans votre laboratoire, car le bonheur humain ne peut naître que de votre fourneau de savant. »

Il plaisantait bien un peu, mais on le sentait si convaincu, dans son dédain de toutes les préoccupations qui n'étaient pas la science. Il ne s'était pas même étonné, lorsque Pierre avait quitté la soutane ; et il le retrouvait là, avec sa femme et son enfant, sans cesser de se montrer très désintéressé, très affectueux.

Le moteur, dans sa vitesse prodigieuse, ronflait à peine, tel qu'une grosse mouche au soleil. Toute la famille heureuse l'entourait, continuait à rire d'aise, devant cette victoire. Et voilà que le petit Jean, M. Jean, ayant fini de téter, les lèvres encore barbouillées de lait, aperçut la machine, le beau joujou qui marchait tout seul. Et ses yeux brillèrent, ses joues se creusèrent de fossettes, et il tendit ses menottes frémissantes, en poussant des cris d'allégresse.

Marie, qui reboutonnait son corsage d'un geste tranquille, s'égaya, l'apporta, pour qu'il vît mieux le joujou.

« Hein ? mon mignon, c'est gentil ! Ça tourne, et c'est fort, c'est vivant, tu vois ! »

Autour d'elle, tous s'amusaient de la mine ébahie, ravie de l'enfant, qui aurait voulu toucher, pour comprendre peut-être.

« Oui, reprit Bertheroy, c'est vivant et c'est fort comme le soleil, comme ce grand soleil qui resplendit là, sur Paris immense, en y mûrissant les choses et les hommes. Paris moteur lui aussi, Paris chaudière où bout l'avenir, et sous laquelle, nous autres savants, nous entretenons l'éternelle flamme... Mon bon Guillaume, aujourd'hui, vous êtes le chauffeur, l'artisan de demain, avec cette merveille qui va encore élargir le travail de notre grand Paris, dans le monde entier. »

Pierre fut extrêmement frappé, et l'idée de la cuve géante lui revint, de la cuve ouverte là, d'un bord de l'horizon à l'autre, où le siècle prochain allait naître de l'extraordinaire mélange de l'excellent et du pire. Mais, à présent, par-dessus les passions, les ambitions, les tares, les déchets, il voyait le colossal travail dépensé, l'héroïque effort manuel, au fond des chantiers et des usines, le glorieux recueillement de la jeunesse intellectuelle, qu'il savait à l'œuvre, étudiant en silence, n'abandonnant aucune conquête des aînés, brûlant d'en agrandir le domaine. Et c'était l'exaltation de Paris, tout le futur qui s'élaborait dans son énormité, et qui s'en envolerait, en une clarté d'aurore. Si le monde antique avait eu Rome, maintenant agonisante, Paris régnait souverainement sur les Temps Modernes, le centre aujourd'hui des peuples, en ce continuel mouvement qui les emporte de civilisation en civilisation, avec le soleil, de l'est à l'ouest. Il était le cerveau, tout un passé de grandeur l'avait préparé à être, parmi les villes, l'initiatrice, la civilisatrice, la libératrice. Hier, il jetait aux nations le cri de liberté, il leur apporterait demain la religion de la science, la justice, la foi nouvelle attendue par les démocraties. Il était la bonté aussi, la gaieté et la douceur, la passion de tout savoir, la générosité de tout donner. En lui, dans les ouvriers de ses faubourgs, parmi les paysans de ses campagnes, il y avait des ressources infinies, des réserves d'hommes où l'avenir pourrait puiser sans compter. Et le siècle finissait par lui, et l'autre siècle commencerait, se déroulerait par lui, et tout son bruit de prodigieuse besogne, tout son éclat de phare dominant la terre, tout ce qui sortait de ses entrailles en tonnerres, en tempêtes, en clartés victorieuses, ne rayonnait que de la splendeur finale dont le bonheur humain serait fait.

Marie eut un léger cri d'admiration, montrant Paris du geste.

« Voyez donc ! Voyez donc ! Paris tout en or, Paris couvert de sa moisson d'or ! »

Chacun s'exclama, car l'effet était vraiment d'une extraordinaire magnificence, cet effet que Pierre avait déjà remarqué, le soleil oblique noyant l'immensité de Paris d'une poussière d'or. Mais, cette fois, ce n'étaient plus les semailles, le chaos des toitures et des monuments tel qu'une brune terre de labour, défrichée par quelque charrue géante, le divin soleil jetant à poignées ses rayons, pareils à des grains d'or, dont les volées s'abattaient de toutes parts. Et ce n'était pas non plus la ville avec ses quartiers distincts, à l'est les quartiers du travail embrumés de fumées grises, au sud ceux des études d'une sérénité lointaine, à l'ouest les quartiers riches, larges et clairs, au centre les quartiers marchands, aux rues sombres. Il semblait qu'une même poussée de vie, qu'une même floraison avait recouvert la ville entière, l'harmonisant, n'en faisant qu'un même champ sans bornes, couvert de la même fécondité. Du blé, du blé partout, un infini de blé dont la houle d'or roulait d'un bout de l'horizon à l'autre. Et le soleil oblique baignait ainsi Paris entier d'un égal resplendissement, et c'était bien la moisson, après les semailles.

« Voyez donc ! Voyez donc ! reprit Marie, pas un coin qui ne porte sa gerbe, jusqu'aux plus humbles toitures qui sont fécondes, et partout la même richesse d'épis, comme s'il n'y avait plus là qu'une même terre, réconciliée et fraternelle... Ah ! mon Jean, mon petit Jean, regarde, regarde comme c'est beau ! »

Pierre, frémissant, était venu se serrer contre elle. Et Mère-Grand souriait, ainsi que Bertheroy, à tout cet avenir qu'ils ne verraient pas ; tandis que, derrière Guillaume attendri, les trois grands fils, les trois colosses, restaient graves, en plein labeur et en plein espoir.

Alors, Marie, d'un beau geste d'enthousiasme, leva son enfant très haut, au bout de ses deux bras, l'offrit à Paris immense, le lui donna en auguste cadeau.

« Tiens ! Jean, tiens ! mon petit, c'est toi qui moissonneras tout ça et qui mettras la récolte en grange ! »

Paris flambait, ensemencé de lumière par le divin soleil, roulant dans sa gloire la moisson future de vérité et de justice.

THÉÂTRE

MESSIDOR

INTRODUCTION

Ébauché dès les derniers mois de l'année 1893, le livret de *Messidor* fut d'abord laissé de côté au profit de *Lazare*. Le premier acte fut achevé le 24 mars 1894. La rédaction de l'ensemble, quatre actes dont chacun correspond à une saison, prit fin en septembre de la même année. Zola avait décidé de se passer de la collaboration de Louis Gallet – celui-ci avait adapté pour la scène lyrique *Le Rêve* et *L'Attaque du moulin* –, afin de tenter une « expérience nouvelle ». *Messidor*, en effet, ne résultait pas de l'adaptation d'un roman, il rompait avec la tradition lyrique, qui exigeait que le livret soit versifié. Cette tradition avait déjà été ébréchée par Gallet lui-même pour le livret de l'opéra de Massenet, *Thaïs* : il l'avait écrit en vers blancs. La partition musicale de *Messidor* fut achevée en 1896 et la première eut lieu à l'Opéra de Paris, le 16 février 1897. Des controverses – elles étaient attendues – éclatèrent à propos du livret et du passage par la prose : l'opéra connut seize représentations. Ce fut donc un succès.

Revenons au livret. Il figure une sorte d'*Or du Rhin* naturaliste, entendons une légende où se découvrent des préoccupations sociales et politiques. En voici la teneur. En édifiant un barrage, Gaspard a confisqué l'eau d'une cascade, mais aussi l'or qu'elle charrie. Il prive de leurs ressources les paysans qui habitent en contrebas. On sait combien l'or amassé, le capital endigué prend une valeur maléfique chez Zola. Il convient, en effet, que l'or circule, qu'il devienne vif-argent pour se retourner en principe fécond. Gaspard a donc, d'une certaine manière, commis un crime, quelle que soit sa bonhomie apparente. Si les paysans semblent résignés, Mathias, qui a vécu à la ville, les incite à se révolter. On peut voir en lui comme un rappel de Souvarine, en raison du désir de destruction, du grand rêve noir qui l'emporte. Il annonce aussi Ragu, l'ouvrier de *Travail*, dans la mesure où il est l'homme d'un crime : il a assassiné le père de Guillaume. Autre figure habituelle à l'univers zolien, la croyante superstitieuse et rigide. Véronique, en effet, n'est pas seulement une mère abusive. Tout comme Geneviève, la servante de Jacques, dans *Madeleine Férat*, elle est une figure de l'interdit. Il lui appartient, cependant, d'énoncer la légende de l'or et de l'actualiser. Ayant pénétré au fond d'une grotte où, des mains d'une statue de l'enfant Jésus porté par la Vierge, s'écoulent des ruisseaux de poudre d'or, Véronique parvient, par sa seule présence, à faire écrouler cette caverne merveilleuse au sein de laquelle Zola a prévu que soit déployé un ballet plutôt kitsch. Deux allégories – la reine, symbolisant le désir du pouvoir, l'amante signifiant le désir de l'amour – cherchent à conquérir l'or en entraînant ainsi, sous l'effet de leur rivalité, leurs peuples dans la guerre. Allégorisé lui-même par une danseuse, l'or s'émeut de cette lutte avant de se présenter sous la double espèce de l'or de la charité et de l'or esthétique. Il n'est pas besoin de tirer la leçon de ces symboles si explicites. En revanche, on peut s'étonner que la superstition de Véronique, sa croyance dans la légende de l'or soient authentifiées, dans le déroulement de l'intrigue, par l'écroulement de la grotte. Obstruée par les rochers, la cascade cesse de se déverser dans le barrage de Gaspard, tandis que, désormais souterraine, l'eau irrigue les terres naguère desséchées des paysans. En réalité, le spectacle que Véronique croit apercevoir est le fruit – le livret est explicite – d'une vision. Certes, un cataclysme s'est produit, mais il est naturel. Une tempête se déroule, en effet, en contrepoint des hallucinations du personnage, et l'effondrement de la grotte est la conséquence de l'ouragan et non point de la présence de Véronique au sein de la merveilleuse caverne. Le légendaire se déploie donc en partie double, il s'affirme dans la vision de Véronique, il se nie dans les explications qui nous sont données de l'effondrement de la caverne, dans la scène V de l'acte III. On songe au *Rêve* et à son écriture duplice, ou bien encore à *Lourdes* et à la vie de Bernadette telle qu'elle est contée par l'abbé Froment au public crédule des pèlerins, tandis que sa propre parole intérieure en propose une autre version.

Si, au terme du livret, la terre est redevenue prospère, il convient que Guillaume, le fils de Véronique, et Hélène, la fille de Gaspard, puissent s'aimer en toute innocence, dans un monde réconcilié et dont le suicide de Mathias semble garantir la paix. Comment ne pas se souvenir des rites de fondation essentiels aux *Rougon-Macquart* ? On le voit, le livret de *Messidor* est à la jonction de l'univers de *Germinal* et de celui des *Évangiles* zoliens, tant par sa symbolique que par ses personnages. À bien des égards, il annonce *Travail*.

Jean-Louis Cabanès

MESSIDOR

Drame lyrique en quatre actes et cinq tableaux
Musique d'Alfred Bruneau

ACTE PREMIER

La salle commune d'une antique maison, dans un village des montagnes. Elle est bâtie de grosses pierres, de blocs de marbre rougeâtre, à peine taillés. Le grand fourneau de cuisine n'a pas de feu, les murs sont nus, il n'y a d'autres meubles qu'une table massive et de solides escabeaux de chêne ; et tout cela dévasté par la ruine, d'un aspect primitif, d'une rudesse barbare. À gauche, deux larges baies, entre des piliers grossiers, laissent apercevoir un vallon desséché et rocailleux, d'un flamboiement d'incendie, sous l'ardent soleil d'août.

SCÈNE PREMIÈRE

VÉRONIQUE, *seule, regardant au-dehors.*

Midi, la terre brûle, sous l'implacable été ; et, depuis tant de jours, pas un souffle de vent, pas une goutte d'eau ! Dans ce creux de montagnes, où la chaleur s'amasse, le village perdu flambe comme dans un brasier.

Ah ! mon cher fils, mon pauvre Guillaume, quel chagrin à le savoir depuis l'aube au lourd soleil, se battant contre ce dur sol de cailloux, où rien ne pousse ! L'angélus est sonné, tout le monde s'est mis à table. Est-il donc foudroyé, qu'il ne revient pas ?

SCÈNE II

VÉRONIQUE, GUILLAUME

GUILLAUME, *ENTRANT, une pioche sur l'épaule.*

Mère, mère ! J'ai la poitrine en feu, le sang finirait par jaillir de la peau... (*Il jette la pioche dans un coin.*) Misérable outil ! À quoi bon tout ce travail, puisque la semence sèche parmi les pierres ?

VÉRONIQUE

As-tu défriché, là-bas, le fond du vallon ?

GUILLAUME

Oui. Il y a là un peu plus de bonne terre, que les pluies du printemps ont amenée. Mais la couche est si mince encore !

VÉRONIQUE

Alors, comme à l'autre saison, rien ne poussera ?

GUILLAUME

Rien, si le Ciel ne nous aide !

VÉRONIQUE

Et ce sera la misère, la faim, ô mon enfant !

GUILLAUME

Mère, c'est ce qui m'enrage !... Plus même du pain à manger !

VÉRONIQUE

Ô mon enfant, te souviens-tu, lorsque ton père vivait encore, avant la terrible mort qui nous l'a pris, te souviens-tu des jours où nous étions riches ? Et tout le village, avec nous, était riche, tandis que, maintenant, la misère et la faim sont partout.

Des ruisseaux, venus des grands rocs, là-bas, coulaient devant nos portes, roulant de l'or. Chaque famille avait sa part du torrent, dont elle lavait le sable ; et cette poudre d'or recueillie, cette magnifique moisson d'or nous faisait vivre heureux, loin des villes, où nous la vendions, depuis des siècles.

Il a fallu qu'un des nôtres, notre ancien voisin Gaspard, mordu par l'enragé désir des richesses, ne se contentant pas de l'antique lavage à la main, eût l'idée d'établir une usine, en amont du torrent. Et il a tari nos ruisseaux, et il n'y a plus de l'or que pour lui... Ah ! qu'il soit damné, lui qui nous a ruinés tous !

GUILLAUME

Oui, le laveur d'or que j'étais est devenu le laboureur. Le lit desséché du torrent est aujourd'hui le champ que j'ensemence, et j'attends que mon travail obstiné fasse du sable une terre nourricière... Puisque la moisson de l'or a disparu, que pousse donc un jour la grande moisson du blé !

VÉRONIQUE

Poussera-t-elle jamais, parmi ces cailloux calcinés, sous ce soleil de flamme ? Ah ! pauvre enfant !... Tiens ! aujourd'hui comme hier, après ton rude labeur, je n'ai que du pain et que de l'eau à te donner.

(Elle pose sur la table un pain et une cruche d'eau. Mathias paraît, lorsque Guillaume s'est assis et va se mettre à manger.)

SCÈNE III

LES MÊMES, MATHIAS

MATHIAS

C'est encore moi, tante Véronique. Ils ont refusé de m'embaucher à l'usine, et je vais tomber sur la route, si, pour quelques jours, vous ne m'accordez pas le gîte et la pitance.

VÉRONIQUE

Entre, Mathias. Il y aura du pain et de l'eau pour toi, comme pour nous.

MATHIAS, *s'asseyant à la table.*

Cousin Guillaume, sans rancune... N'est-ce pas ? c'est de bon cœur que tu partages.

GUILLAUME, *coupant le pain.*

Voici ta part, cousin Mathias. Mange à ta faim... Et sers-toi à la cruche. Par cette chaleur, l'eau fraîche est délicieuse. (*Les deux hommes mangent, tandis que Véronique, debout, les regarde.*)

VÉRONIQUE

Ah ! la misère !... (*À Mathias.*) Toi qui nous quittas, il y a cinq ans, et qui as vécu dans les grandes villes, d'où tu nous es revenu hier, amaigri et plus pauvre, tu as dû voir de l'or, beaucoup d'or ?

MATHIAS

Oui, des gens qui ont de l'or, à ne savoir où le cacher. Mais la misère est partout.

VÉRONIQUE

En vérité ! Est-ce que des gens n'y mangent que du pain comme nous ?

MATHIAS

Beaucoup n'ont pas même du pain.

GUILLAUME

Des paresseux, alors !

MATHIAS, *se levant.*

Des paresseux, des paresseux, eh ! oui, des paresseux ! Pourquoi donc travaillerais-je, quand j'en vois d'autres bien vivre et vieillir à ne rien faire ?... Je veux bien vivre à mon tour. Que le monde croule et que j'en aie ma part !

GUILLAUME, *se levant.*

Calme-toi, cousin ! Ce sont des idées que tu rapportes des plaines. Verse-toi un grand verre de cette eau pure, et buvons ensemble à la paix, à la santé de tous.

Vois-tu, cette eau est précieuse. Par ces temps de sécheresse, elle vaut son pesant d'or. Depuis que les ruisseaux se sont taris, nous allons la chercher à deux lieues. Et nous n'en perdons pas une goutte, pas plus qu'on ne jette ses sous par les fenêtres. L'eau est divine. Ah ! si nous avions de l'eau !

À la paix, à la santé de tous ! (*Il boit.*)

MATHIAS, *violent.*

Non, non ! Je ne bois pas !... C'est trop de bonté d'âme. Ces gens de l'usine qui t'ont ruiné et qui viennent de me jeter à la porte, comme un chien errant... Si je bois, c'est à la vengeance, à la destruction de tout ! (*Il boit.*)

GUILLAUME

Détruire l'usine ! Et qui donc ?

MATHIAS

Mais nous tous !... Le jour viendra bientôt où le village entier se lèvera, pour la grande et terrible besogne.

VÉRONIQUE

À quoi bon ? Ce ne sont pas les hommes qui font la justice, c'est le destin.

Ne savez-vous donc pas, tous deux, d'où vient cet or qui roule dans les eaux ? Là-bas, parmi les grands rocs écroulés, au bout d'un long couloir que nul ne connaît, il est une salle immense, une cathédrale d'or, où jamais vivant n'est entré.

Et là, sur les genoux de la Vierge, l'Enfant Jésus est assis. Et c'est lui, avec un rire de gamin joueur, qui, prenant à poignées le sable, le laisse retomber de ses petites mains divines, dans l'eau claire de la source, éternellement. Et le sable, toujours, se change en une poudre d'or, qui s'en va au fil de l'eau, charriée dans tous les ruisseaux de nos montagnes.

Mais, si quelqu'un trouvait le couloir, si jamais quelqu'un pénétrait dans la cathédrale d'or, tout disparaîtrait, s'écroulerait au fond de la terre ; et il n'y aurait plus d'or, et nos ruisseaux ne rouleraient plus d'or.

MATHIAS, *raillant.*

Tante Véronique, ne cherchez pas le couloir, pour ruiner l'usine. Vous chercheriez trop longtemps.

GUILLAUME, *doucement.*

Mère, ce sont des contes.

VÉRONIQUE

Des contes, mon enfant, pourquoi donc ? Il faut croire. La foi est grande force.

Est-ce donc aussi un conte que le collier d'or qui me reste, l'or unique que j'ai gardé dans notre misère est un collier magique, donnant la joie et la beauté aux êtres purs, forçant les coupables à se livrer ? (*Elle va chercher le collier et le montre.*)

J'en ai fermé moi-même les chaînons, en disant, sous la pleine lune de Noël, les paroles secrètes que ma mère m'a transmises. Et il est fait, mon enfant, du morceau d'or que j'ai retiré de la main crispée et sanglante de ton père, quand on m'a rapporté son cadavre, broyé dans la terrible chute.

Car, parfois, l'Enfant Jésus laisse tomber des pierres, et ces pierres se changent en or, et c'est ainsi que, parfois, les eaux roulent des morceaux d'or.

MATHIAS, *qui regarde au-dehors.*

Tenez ! voici vos amis de l'usine, voici Gaspard et sa fille Hélène qui passent... Mais ils s'arrêtent, ils viennent ici.

VÉRONIQUE

Eux chez nous, grand Dieu ! Dieu de colère et de justice ! *(Elle marche à la rencontre des nouveaux venus, pendant que Guillaume attend, très ému, et que Mathias va s'asseoir à l'écart.)*

SCÈNE IV

LES MÊMES, GASPARD, HÉLÈNE

GASPARD, *soutenant sa fille, défaillante.*

Excusez-nous... Les routes brûlent, la chaleur est telle, que mon enfant se trouve mal. Et jamais je n'aurais pu atteindre notre maison... (*Il assoit Hélène.*) Un verre d'eau, pour elle, je vous en supplie.

VÉRONIQUE, *terrible.*

Non ! Il n'y a pas d'eau, ici, pour vous !

GASPARD

Je sais, Véronique, vous me gardez rancune. Mais il s'agit d'une enfant innocente… Je vous en supplie, un verre d'eau, pour elle !

VÉRONIQUE

Non ! Vous avez tari le torrent, vous nous avez tout pris, le ruisseau et l'or… Il n'y a pas d'eau, ici, pour vous !

GASPARD, *désespéré.*

Regardez-la, elle perd connaissance… Ce verre d'eau, je vous le paierai, je vous le paierai son poids d'or.

VÉRONIQUE

Non, non ! Tout l'or que vous nous avez volé ne saurait payer une goutte de cette eau. Nous allons la chercher très loin. Elle est précieuse, inestimable… Il n'y a pas d'eau, ici, pour vous !

GUILLAUME

Mère, mère ! C'est trop ! (*Il prend la cruche et emplit un verre.*)

VÉRONIQUE, *voulant l'arrêter.*

Mon fils, je te défends !

GUILLAUME

Vous me pardonnerez, mère ! Mon cœur éclate… *(Il tend le verre à la jeune fille.)* Buvez, Hélène !… À la paix, à la santé de tous !

HÉLÈNE, *après avoir bu.*

Merci !… Merci, Guillaume !… Ah ! qu'elle est fraîche et délicieuse ! (*Elle se ranime.*)

GASPARD, *gaiement.*

Vraiment, garçon, vous êtes un brave homme ! Est-ce imbécile de se haïr, lorsque autrefois on voisinait, les soirs de fête. Et vous voyez bien que je suis un bon vivant, aimant à rire… Un jour que vous passerez devant l'usine, entrez donc, pour que je vous rende ce verre d'eau : un verre de mon vin le plus vieux, qui nous raccommodera le cœur !

GUILLAUME

Non, gardez votre vin !

GASPARD

Vous avez tort… Et vous, Véronique, excusez-nous… Allons, viens, ma fille.

HÉLÈNE

Guillaume, c'est la force et l'amour que j'ai bus… Merci, merci ! *(Tous deux sortent. Guillaume accompagne Hélène des yeux ; puis, il revient près de sa mère. Mathias reste toujours à l'écart.)*

SCÈNE V

VÉRONIQUE, GUILLAUME, MATHIAS

VÉRONIQUE, *sévère.*

Mon fils, tu m'as désobéi.

GUILLAUME

Pardonnez-moi… Vous ne vous souvenez donc plus ?

Hélène avait un an, et j'en avais cinq, on l'apportait toute petite dans mon berceau. Nous avons grandi ensemble, jouant aux mêmes jeux. Et, plus tard, j'avais douze ans, et elle en avait huit, lorsqu'on nous a fiancés en riant… Je l'ai toujours aimée, et je l'aime, je l'aimerai toujours !

VÉRONIQUE

Il ne faut plus l'aimer.

GUILLAUME

Mère, c'est impossible !… Je ne vous l'ai jamais dit, mais aujourd'hui mon cœur éclate. Elle m'est nécessaire, comme le soleil est nécessaire à la vie… Je la veux, il me la faut !

VÉRONIQUE

Celle-ci, jamais ! Il en est d'autres.

GUILLAUME

Non ! Pour moi, elle est la seule, l'unique, celle que j'aime et que j'attends… Si rien ne me réussit, si mon travail est maudit, c'est que je ne l'ai pas encore. Sans elle, je ne puis être. C'est par elle que sera l'avenir.

VÉRONIQUE

Il en est d'autres.

GUILLAUME

Non, non ! La maison est vide et sans enfants, le blé refuse de pousser dans la terre stérile, notre solitude n'a pour hôtesse que la misère. Et je l'aime, et je l'attends, et elle est la seule qui fécondera le travail, qui fera pousser les grands blés, qui emplira la vieille liaison de beaux enfants rieurs… Oh ! ma mère, c'est l'amour qui fait la vie, l'amour qui embrase tout, sans lequel rien ne se crée. Je l'aime, elle est ma joie, ma force et ma fécondité !

VÉRONIQUE

Eh bien ! écoute… Il est une chose redoutable, affreuse, dont je ne t'ai jamais parlé. Mais, puisque tu m'y forces, écoute… *(Se tournant vers Mathias.)* Approchez, Mathias. Vous êtes un témoin.

MATHIAS, *revenant en scène.*

Moi !

GUILLAUME

Mère, vous m'épouvantez.

VÉRONIQUE

Mathias, vous vous souvenez du jour où le corps de mon pauvre homme fut trouvé au bas de la roche d'Enfer, les membres en lambeaux.

MATHIAS, *sombre.*

Oui, je ne suis parti que le lendemain.

VÉRONIQUE

Vous étiez là, lorsque le berger l'a découvert, serrant dans sa main crispée le morceau d'or.

MATHIAS

J'étais là, en effet.

VÉRONIQUE, *à Guillaume.*

Ton malheureux père, poussé dans le gouffre, la tête fracassée, un haillon de chair lamentable et sanglant qu'on nous a rapporté, au milieu des larmes… Eh bien ! j'en ai, moi, l'idée ancienne : c'est Gaspard qui a fait le coup… Entends-tu, c'est Gaspard qui a tué ton père !

GUILLAUME, *hors de lui.*

Mère, taisez-vous !… Vous n'avez aucune preuve. Pourquoi ? Comment ?

VÉRONIQUE

Il l'exécrait… Il aura voulu lui voler l'or peut-être… C'est lui qui l'a poussé, c'est lui qui l'a tué !

GUILLAUME

Et si ce n'est pas vrai, mon Dieu !… Ce sont des contes, des contes encore, des contes effrayants !

VÉRONIQUE

Ose donc aimer maintenant la fille de l'assassin !… Non, non ! Ce ne sont pas des contes. Je fouillerai les rochers de la montagne, je trouverai le mystérieux couloir que nul ne connaît. Et tout croulera, l'or disparaîtra ! Et j'aurai vengé notre race !

Rideau.

ACTE II

Un large vallon rocailleux. Un maigre champ s'est formé là, qui occupe tout l'arrière-plan, jusqu'à des rocs lointains, dont la ligne violâtre ferme l'horizon. À gauche, on aperçoit le village. À droite, sur la pente d'un mont, des hêtres descendent, mêlés à des sapins, toute une fin de forêt. Au premier plan, bordée d'arbres centenaires, semée de troncs abattus, une clairière s'élargit, que traverse le chemin conduisant au village. Paysage d'automne, les arbres dépouillés, le ciel gris et mou.

SCÈNE PREMIÈRE

Guillaume, *posant à terre un sac de semence qu'il apporte sur l'épaule.*

L'automne est venu, les dernières feuilles volent au souffle humide du vent ; et voici novembre, avec ses brumes, qui ramène l'époque des grandes semailles. Ah ! si la pluie tombait, si la terre enfin, épaissie et forte, se gonflait de vie !

Demain, au lever du soleil, je serai là, j'ensemencerai une fois encore ce champ de cailloux, cette terre stérile que mon travail s'entête à féconder… Et que de peine toujours ! Et quel besoin d'éternel espoir !

SCÈNE II

GUILLAUME, LE BERGER

Le berger

Salut, Guillaume !

Guillaume

Ah ! c'est toi, berger ! Te voilà descendu de la montagne.

Le berger

Oui, je suis rentré ce matin, avec les bêtes, au village. Là-haut, sur les sommets, le vent devient dur, la tempête souffle déjà des rafales de neige. Et les troupeaux, sous la rudesse du ciel, ne trouveraient plus leur vie ; et leur gardien les a ramenés dans les étables.

Guillaume

Heureux de rentrer, lui aussi, n'est-ce pas ?

Le berger

Oh ! non. On est bien, là-haut, tout seul avec les bêtes, pendant des jours et des jours, à ne parler avec personne, à respirer un air que personne ne respire.

Guillaume

Mais tu ne fais rien, ne t'ennuies-tu pas ?

LE BERGER

Jamais ! Je conduis mon troupeau, je regarde à mes pieds se dérouler les plaines sans bornes, je regarde au-dessus de ma tête, à l'infini, les nuages passer ; et c'est un rêve, une besogne que jamais je n'épuise.

Puis, quand je redescends, quelles tristesses parmi vous ! Tout va mal ici. Depuis ce matin, je n'entends que des plaintes et des colères. La misère a grandi, la faim est venue, la révolte va gronder. N'est-ce point dans cette clairière que les hommes se sont donné rendez-vous, pour causer et s'entendre ?

GUILLAUME

Oui, tout à l'heure, à la nuit, nous devons nous réunir. Mathias a eu cette idée.

LE BERGER

Ah ! lamentable troupeau, toujours souffrant et affamé, toujours en lutte pour la vie ! On m'a dit que, chez la Dorothée, qui se meurt, l'enfant n'avait pas mangé depuis hier... (*Hélène paraît dans le fond.*) Et, tiens ! voici la demoiselle de l'usine qui se rend chez la pauvre femme... Le rendez-vous est dans cette clairière. Je reviendrai. (*Il s'en va.– Hélène, en voyant que Guillaume reste seul, s'est arrêtée.*)

SCÈNE III

GUILLAUME, HÉLÈNE

GUILLAUME, *à part.*

Elle, ô mon Dieu ! elle que je n'ose plus aborder, depuis l'affreuse accusation !

HÉLÈNE, *à part.*

Ah ! la misère d'être riche ! Le doute affreux qui ronge tout ! L'aimer comme je l'aime, et ne pas savoir si, sans ma fortune, il m'aimerait !... (*Doucement.*) Guillaume...

GUILLAUME, *sans l'entendre, à part.*

Son père aurait tué le mien. Non, non ! c'est un cauchemar atroce !

HÉLÈNE, *doucement.*

Guillaume...

GUILLAUME

Elle m'appelle, rien ne doit, rien ne peut nous séparer... (*Il la rejoint.*) Hélène... Hélène... Hélène...

HÉLÈNE

Qu'avez-vous ? Pourquoi vous écartez-vous, depuis le jour où la soif m'a forcée d'entrer dans votre demeure ?

GUILLAUME

Mais rien ! Je n'ai rien, je vous le jure ! Des mauvais rêves, des choses qu'on ne peut même dire... Plus rien n'existe, et nous voilà, et il n'y a que nous deux !

HÉLÈNE, *souriant, répétant.*

Il n'y a que nous deux !

GUILLAUME

Te souviens-tu, Hélène ? Autrefois, à seize ans, nous allions en camarades, au milieu des roches, manger des myrtilles en juillet et des mûres en septembre. Ah ! les grands festins, où nos bouches rieuses se rencontraient, mordant au même fruit, dans un baiser !

HÉLÈNE

Un jour que nous avions trouvé des framboises, nous avons dressé la table sur une pierre blanche. Et ce fut ce jour-là, après avoir bu à la source, que nous nous sommes embrassés, en nous jurant de nous aimer toujours.

GUILLAUME

Toujours, toujours ! Il n'est par le monde qu'une femme.

HÉLÈNE

Il n'est qu'un homme par le monde.

GUILLAUME

Avec toi seule, je serai fort, je serai bon, je serai grand.

HÉLÈNE

Toi seul feras de moi l'épouse heureuse, la mère féconde.

GUILLAUME

Oui, cela doit être pour que l'éternelle vie triomphe.

HÉLÈNE

Et pour que l'amour donne sa vivante moisson de bonheur.

GUILLAUME, *la prenant dans ses bras.*

Ah ! chère épouse, je t'aime depuis que mon cœur bat, je t'aime parce que tu es l'unique, la prédestinée, l'adorée, je t'aime pour que naissent de nous d'autres amours et d'autres joies, éternellement !

HÉLÈNE, *passionnée.*

Je t'aime, cher époux, ah ! je t'aime de tout mon être qui s'est créé de toi, je t'aime afin que tu m'aimes plus encore et que je vive, je t'aime comme je respire, de toute ma santé et de tout mon espoir ! (*Ils se baisent au visage, puis se séparent.*)

GUILLAUME

Il faut en finir, il faut nous marier.

HÉLÈNE, *sortant comme d'un rêve.*

Nous marier… Oui… oui… nous marier.

GUILLAUME

J'irai, je parlerai, il faudra bien qu'on nous marie

HÉLÈNE, *gagnée par le doute et l'angoisse.*

Nous marier, nous marier… Tous sont venus déjà. Tous se coudoient, se ruent à ma porte, veulent aussi se marier.

GUILLAUME

Ils n'aiment que ton or... Moi, je t'aime.

HÉLÈNE

Tu m'aimes, tu m'aimes... (*Éclatant en larmes.*) Ah ! cet or maudit, qui me gâte jusqu'à mon amour !

(Véronique paraît dans le fond et écoute.)

GUILLAUME, *frémissant.*

Mais tu sais que c'est toi seule que je veux, toi pauvre, toi les mains vides et douces, telle que te voilà... Tu ne doutes pas de moi ?

HÉLÈNE, *désespérée, en proie au doute.*

Si, je doute de toi, comme je doute des autres... Est-ce que je puis savoir, lorsque je ne rencontre que cupidité et que mensonge ?

GUILLAUME, *éperdu.*

Hélène, vous doutez de moi !

HÉLÈNE

L'or nous sépare... Moi riche, vous pauvre, ah ! quelle serait peut-être notre souffrance un jour !

GUILLAUME, *dans un cri.*

Et c'est fini, alors, fini, ô Dieu de bonté, ô Dieu de douleur !

SCÈNE IV

GUILLAUME, HÉLÈNE, VÉRONIQUE

VÉRONIQUE, *s'avançant.*

Mon fils, tu m'as désobéi. Tu as oublié la mort affreuse de ton père, et c'est la punition... Vas-tu la vouloir encore, lorsqu'elle ne veut plus de toi ?

HÉLÈNE, *à demi-voix, défaillante.*

Ne pas vouloir de lui, ô Seigneur !

GUILLAUME

Vous entendez, Hélène... C'est notre malheur à tous deux, que vous faites.

HÉLÈNE, *désespérée.*

Vous me torturez. J'ai l'âme pleine de combats et d'amertume... Laissez-moi. Je vais chez une pauvre femme mourante. L'or n'a mie cette divine consolation, il fait de la bonté, il soulage. (*Elle s'éloigne.*)

GUILLAUME, *la retenant.*

Hélène, par pitié, donnez-moi un espoir.

HÉLÈNE

Priez Dieu que je sois pauvre ! (*Elle s'en va.*)

GUILLAUME

Oh ! mère, j'en mourrai ! (*Il se laisse tomber aux pieds de sa mère, qui s'est assise sur un tronc d'arbre abattu.*)

VÉRONIQUE

Mon pauvre enfant !... C'est le sang de ton père qui vous sépare.

GUILLAUME, *sanglotant.*

Non, non ! Je l'aime trop, je souffre trop, je ne puis renoncer à elle. Ah ! si vous saviez comme mon triste cœur se déchire !... Elle est à moi, je la veux, et pour l'avoir je bouleverserais le monde ! *(Il reste près de sa mère, sur le tronc d'arbre. Mathias entre, suivi d'un flot d'ouvriers et d'ouvrières. La nuit se fait peu à peu.)*

SCÈNE V

GUILLAUME, VÉRONIQUE, MATHIAS, LE BERGER, OUVRIERS ET OUVRIÈRES

MATHIAS

Camarades ! Camarades !... C'est dans cette clairière que le rendez-vous est donné. Arrivez, arrivez tous, tous ! les hommes, les femmes, les enfants ! Et, quand tous les travailleurs du pays seront là, on pourra causer ! (*Par groupes, les ouvriers arrivent toujours. La scène finit par s'emplir d'une grande foule, dans les demi-ténèbres.*)

VÉRONIQUE, *à Mathias, qui s'est approché.*

À quoi bon déranger ces pauvres gens ? Est-ce que Dieu ne suffit pas ?

MATHIAS, *ricanant.*

Dieu ou le diable, j'aime mieux l'aider... (*À Guillaume.*) Vas-tu donc rester à l'écart ? Il faut que tu parles.

GUILLAUME

Non, laisse-moi. Mon malheur passe celui des pauvres qui ont faim. Et que m'importe la misère des autres !

MATHIAS, *debout sur un tronc d'arbre abattu, retenant sa voix.*

Camarades !... Ici, nous sommes chez nous, parmi ces vieux arbres que nos pères ont vus grandir. Et j'ai voulu que la nuit fût tombée.

La forêt sommeille, l'ombre nous cache à tous les yeux. Baissons la voix, pour que les oiseaux de nuit eux-mêmes ne puissent nous entendre.

LA FOULE, *voix diverses, étouffées.*

Oui, oui, parle, nous t'écoutons... Il faut en finir, la misère est trop grande.

MATHIAS, *continuant de même.*

La misère, elle est partout. Je l'ai vue dans les villes et je la retrouve ici... Tenez ! Elle vient encore de faire une victime. Depuis hier, la Dorothée agonisait. Et elle est morte... Écoutez ! *(On entend le glas de la cloche, qui, dès lors, continue.)*

LA FOULE, *les voix toujours étouffées.*

Ah ! une encore, une des nôtres qui s'en va... Non, non ! c'est trop, il faut en finir !

MATHIAS, *continuant de même.*

Eh bien ! vous savez où est le coupable. Gaspard, en créant son usine, a ruiné tout le pays. Et c'est l'usine qui est le monstre dévorant.

LA FOULE, *les voix s'élèvent peu à peu.*

Il parle bien, il dit vrai... L'usine a tari le torrent, ne nous a laissé que les cailloux... Justice ! justice !

MATHIAS

Silence, silence !... À quoi bon donner l'éveil au maître qui dort ?... Doucement, parlez doucement. *(Peu à peu, le cri de la foule s'éteint en un grondement désespéré.)*

LE BERGER, *sur le tronc d'arbre.*

Mes amis, mes amis... *(Il obtient le silence.)* Je suis le gardien et le solitaire. Je redescends de très loin, de très haut, avec mes bêtes. Et je ne comprends pas, et je redoute la colère brusque qui vous emporte... La souffrance, ah ! grand Dieu ! elle est éternelle comme le monde, et il faut la combattre d'un cœur vaillant d'homme juste... *(Montrant Mathias.)* Mais pourquoi donc écoutez-vous celui-ci, qui n'est plus des nôtres, qui nous rapporte des villes lointaines d'abominables rancunes ?

LA FOULE, *grondements épars.*

C'est vrai, c'est vrai... Il a disparu pendant cinq ans, il nous trompe peut-être... Assez, assez ! Qu'il se taise !

MATHIAS, *à Guillaume, amèrement.*

Tu les entends, ils me renient... Laisseras-tu triompher ton ennemi ?

GUILLAUME, *se levant.*

Ah ! tu as raison ! C'est l'or qui exaspère tous les maux !... *(Il monte sur une roche. La lune, qui s'est levée, l'éclaire d'une grande clarté pâle.)* Mes amis, vous me connaissez, moi !

LA FOULE

Oui, oui ! Nous t'aimons tous. Parle, nous t'obéirons.

GUILLAUME, *exalté.*

C'est la passion de l'or qui nous a tous changés en loups, les dévorants, les affamés, les misérables gens que nous sommes...

Rappelez-vous, le pays vivait dans le travail, dans la tendresse et dans la joie ; et, depuis que Gaspard a voulu être le plus riche, le seul riche, il n'y a que haine, que souffrance et que larmes... Prenez donc des bâtons, et que l'usine soit détruite, et que la poussière en soit semée aux quatre vents du ciel !

VÉRONIQUE, *au milieu.*

Non, non, patientez ! Vous ne pouvez rien, le destin seul est le maître.

Vous le savez, pourtant, la source de l'or est là-bas, au fond de la montagne, tombant des petites mains de l'Enfant Jésus, en éternelle pluie. Et vos pères vous l'ont conté, tout croulera, l'or disparaîtra, le jour où. un être humain pénétrera dans la cathédrale d'or.

Patientez donc. Toute cette nuit, je vais gravir les rocs, descendre dans les gouffres. Et je la chercherai, je la trouverai, et tout croulera, l'or disparaîtra, et il n'y aura plus d'or ! *(Elle traverse la foule, se perd au loin, parmi les rochers, sous la lune.)*

GUILLAUME, *à la foule.*

Nous autres, mes amis, nous agirons. Toujours patienter, toujours supplier, ce serait lâche.– Nous ferons justice.

LA FOULE, *violemment, à toute voix.*

Oui, oui ! avec toi, quand tu voudras, où tu voudras ! Justice ! justice !

MATHIAS, *les apaisant.*

Plus bas, plus bas, doucement ! Ne réveillez pas le maître... On marchera, quand l'occasion sera propice... Allez, maintenant, dispersons-nous... Allez. *(La foule s'est peu à peu calmée, et elle s'écoule avec lenteur, dans un dernier murmure. Guillaume reste seul.)*

SCÈNE VI

GUILLAUME, *seul.*

Mon âme est pleine de trouble et de violence. Je souffrais tant, j'ai cédé à la juste colère. Ô ma pauvre âme, calme-toi ! La nuit est si belle et si pure, la lune silencieuse est d'une si tranquille douceur ! On dirait le plein jour, une aube nouvelle de paix et d'espoir.

Ah ! le jeune espoir, l'espoir invincible et renaissant ! Pourquoi donc ne pas compter encore sur la force éternelle de la vie ? Et pourquoi, puisque la lune est si claire, attendre le soleil ? La semence est là, les labours de novembre sont prêts. *(Il reprend le sac de blé et sème à grands gestes.)*

Semence auguste, blé nourrisseur, va, va, vole de mes mains et couvre la terre. Comme la poussière même de la vie, vole, vole, emplis le sillon de ta fécondité. Tu es l'inconnu de demain, qui sait le triomphe que tu réserves à l'effort de mon travail ? Pendant tout un hiver, la terre froide dormira. Et elle couvera ton inconnu, ô divine semence, blé qui nourris les hommes ! Et peut-être pousseras-tu en une moisson débordante, au soleil d'avril, dans le printemps triomphal !

ACTE III

PREMIER TABLEAU

Une salle immense, creusée dans le roc. Elle affecte la forme d'une nef de cathédrale, de style gothique, du gothique le plus flamboyant : les faisceaux de hauts piliers minces, la voûte en ogive élancée, les bas-côtés donnant sur des chapelles très fleuries, l'abside au fond, envolée, avec ses dentelles de pierre. Mais la main de l'homme n'y est pour rien, ce n'est qu'une grotte prodigieuse, dont les stalactites forment les piliers et les ogives. On sent la matière brute, des irrégularités troublent la symétrie, des colonnettes manquent brusquement, des ogives s'interrompent, des sculptures s'achèvent en extraordinaires fantaisies : une nef du rêve, une grandiose ébauche d'église cyclopéenne. Et toute la salle est en or, la salle immense semble taillée dans l'or naturel d'une mine d'or. Des pans luisent, d'un or clair et éclatant, d'autres ont des reflets fauves, d'un or mat et bruni. Au fond de l'abside, on aperçoit la grande statue d'une Vierge, tenant l'Enfant Jésus sur ses genoux ; mais le groupe est fruste, lui aussi, d'une composition simpliste, rappelant les très vieilles figures de l'art byzantin. Des mains tendues de l'enfant coulent deux ruisseaux de poudre d'or. Tout le fond de l'abside est comme voilé par cette poussière d'or. Une lumière surnaturelle, égale, éblouissante, noie la vaste salle.

LA LÉGENDE DE L'OR
BALLET

Au lever du rideau, on aperçoit deux peuples de danseuses, rangés l'un à gauche, l'autre à droite. Celui de gauche est commandé par la Reine, une danseuse noble, altière, souveraine, qui incarne le désir humain du pouvoir et de la domination. Celui de droite est commandé par l'Amante, une danseuse belle, désirable, voluptueuse, qui incarne le désir humain de la possession et de toutes les jouissances charnelles. Les deux peuples tournent le dos au public, sont en adoration devant la source ruisselante de l'or, les bras étendus, le corps étendu en une soif inextinguible, dans l'attente de ce qui va naître.

Le rideau levé, pendant une courte symphonie, on voit naître, on voit sortir, du ruissellement de l'or, l'Or lui-même, une danseuse qui personnifie l'or, d'une beauté claire et nue, sans un bijou, avec des cheveux d'or, simplement vêtue d'or. Dès que l'Or est né, la poussière d'or s'épand, monte en nuage, emplit tout le fond de l'abside, cache l'Enfant Jésus et sa Mère, qui disparaissent. Et l'Or occupe le milieu de la scène, où un roc d'or, une sorte de trône d'or s'élève du sol. L'Or y a pris place et, dès ce moment, domine, règne, immobile et debout. Tout de suite, la Reine et l'Amante s'approchent, dans l'ardeur d'une soudaine rivalité. L'humanité entière est là, le désir du pouvoir et le désir de l'amour ; et l'un et l'autre, pour se contenter, ont besoin de l'Or. Ce sera donc à qui des deux danseuses aura l'Or, le conquerra et le gardera. Elles se défient, elles vont lutter pour la conquête. Puis elles conviennent qu'elles feront chacune une première tentative, l'une après l'autre. Et c'est la Reine qui commencera. L'Amante, pour lui laisser le champ libre, passe donc derrière l'Or, avec son peuple, qui se range au fond de l'abside.

Lorsque son peuple s'est placé à droite et à gauche, la Reine danse seule. Sa danse dit sa soif du pouvoir, son besoin de domination. Elle est l'intelligence et la volonté. Elle a pu avoir une origine obscure ; mais elle s'est vite élevée, degré par degré, et elle veut maintenant monter toujours. Cela ne va pas sans le mépris des hommes, car elle est décidée à mettre le pied sur toutes les têtes, à les courber toutes, à régner sur une nation d'esclaves. Et l'Or lui est nécessaire. Si elle avait l'Or, elle achèterait tous les hommes, elle serait la maîtresse du monde. Sur un signe, son peuple la suit, s'ébranle, danse avec elle. Elle le gouverne, elle règne sur lui. Grand ensemble, noble, conquérant et souverain, l'Or reste immobile. C'est ensuite le tour de l'Amante. Tandis que la Reine et son peuple se retirent au fond de l'abside, l'Amante et le sien occupent la scène. Elle danse d'abord seule. Sa danse dit son charme, le trouble qu'elle inspire, l'universel attrait de la possession. Elle est la force irrésistible, la passion sensuelle qui fait le monde. Sur tous, elle a la royauté. Il n'est pas d'être, si humble ou si puissant qu'il soit, qui ne subisse sa loi éternelle. Elle raconte son empire, le frisson des vierges, la poursuite ardente des hommes, la joie pâmée des épousées, le triomphe glorieux des mères. Mais, elle aussi, a besoin de l'Or, car c'est avec l'or qu'on satisfait tous les appétits, qu'on goûte toutes les jouissances. Si elle avait l'Or, elle achèterait tous les baisers, elle ferait du monde un brûlant et unique baiser. Sur un signe, son peuple la suit, s'ébranle, danse avec elle. Elle lui souffle sa flamme, et c'est une danse d'amour, un appel ardent à la possession. Grand ensemble, caresseur, voluptueux et souverain. L'Or reste immobile.

Voyant qu'elles ne l'ont conquis ni l'une ni l'autre, la Reine et l'Amante, alors, s'attaquent. C'est un combat qui peu à peu s'échauffe et aboutit à une mêlée générale. Les deux peuples se sont rejoints, la danse de chaque troupe garde d'abord chacune son caractère, tout en se confondant. Mais bientôt le désir de vaincre les emporte, le mouvement s'active, une folie se déclare. Dès lors, les deux thèmes s'unissent, c'est la bataille, c'est la frénésie de l'or qui s'empare de toutes et qui les jette à une galopée furieuse. Brusquement, la mêlée est telle, que les danseuses des deux peuples s'affaissent, tombent de toutes parts, confondues, brisées, dans des poses d'épuisement et de défaite. Elles forment des groupes, çà et là, maintenant immobiles, comme au soir d'une bataille. La Reine et l'Amante sont tombées côte à côte, aux pieds de l'Or.

Pendant cette lutte, l'Or est resté immobile. Mais, quand le grand silence de mort s'est fait, il s'anime, il s'émeut, et il descend du roc d'or où il trônait. Il mime son émotion, il dit qu'il n'est plus que l'or de charité, devant ce champ de bataille où les pauvres humains gisent, blessés au sang par leurs désirs, mourant de leurs passions. L'or a ce privilège sacré de pouvoir secourir, de faire des heureux, en soulageant la misère. Il va donc de groupe en groupe, consolant et comblant d'aumônes les misérables, laissant partout le réconfort et la vie sur son passage. Surtout, il s'arrête à la fin devant la Reine et devant l'Amante ; et il les relève, il leur explique qu'il est l'or de charité, que son plus beau titre est le bien qu'il permet de faire, ce qui est son excuse de toutes les folies qu'il éveille et de tous les crimes dont il est la cause.

Puis, il leur enseigne aussi qu'il est l'or de beauté, et c'est comme or de beauté qu'il veut être adoré. L'or qui flambe au soleil et qui embellit, le métal précieux dont sont faits les bijoux des femmes et les couronnes des rois. L'or esthétique, image de la splendeur et de la richesse, symbole de toute beauté et de toute puissance. Et l'Or remonte sur son trône, tandis que la Reine et l'Amante, réconciliées, l'adorent. Elles dansent ensemble, elles célèbrent l'or de beauté, par lequel le soleil resplendit, par lequel les femmes sont belles. C'est une danse d'éclat et de gloire, la danse religieuse du culte de la force et de l'amour. Puis, leurs peuples se mêlent à elles. Un grand ensemble, magnifique et serein, fête l'apothéose de l'Or, qui règne, très haut, dans la lumière. Autour de lui, sa cour apparaît, une figuration qui monte des dessous, des femmes qui personnifient toutes les formes, charmantes ou superbes, que peut prendre sa puissance. Un hosanna au milieu des danses. (C'est à ce moment que Véronique se montre, effarée, ravie. Elle a trouvé le long couloir secret, elle pénètre dans la vision aveuglante de la cathédrale d'or. Et, les bras levés, elle pousse un grand cri.)

VÉRONIQUE

Enfin, je te vois, ô splendeur de l'or ! Et que tout s'écroule !

(La vision disparaît, au milieu d'un coup de tonnerre. Brusquement, la nuit obscure, le néant. Tout s'éteint, on ne rallume dans la salle que lorsque le rideau est baissé.)

DEUXIÈME TABLEAU

Une usine, pour le lavage de l'or, dans un site de montagnes, au milieu de grands rocs majestueux. Au fond, un torrent tombe en cascade. Les bâtiments de l'usine tiennent tout le côté droit, des hangars irréguliers, ouverts de toutes parts. À gauche, se trouve la machine, la grande roue qui fonctionne au lever du rideau. Derrière les hangars, se dressent des arbres noirs, dépouillés, sans une feuille. Un après-midi d'hiver, très froid. Le ciel, gris et morne, est chargé de neige.

SCÈNE PREMIÈRE

GASPARD, HÉLÈNE, OUVRIERS

GASPARD, *gaiement, aux ouvriers qui entourent la machine.*

C'est donc fait ! La voici en marche, la machine neuve !... Et ce n'est pas sans peine, mes amis, par ce terrible ciel d'hiver qui nous annonce la tempête. Ah ! que je désirais la voir au travail, avant que la neige tombe !... *(Allant chercher sa fille qui arrive.)* Hélène, viens ! viens voir !

HÉLÈNE, *préoccupée.*

Si vous êtes heureux, je suis heureuse, mon père.

GASPARD, *joyeusement.*

Heureux, oui ! très heureux !... Vois donc comme elle est puissante et gaie, dans sa force toute neuve ! Ses aciers, ses cuivres luisent, tels que des joyaux... Et regarde-la, toute grondante de son feu intérieur, elle n'a que le souffle aisé et sain de sa besogne !

HÉLÈNE

Père, vous l'aimez.

GASPARD

C'est vrai, je l'aime… Mais qu'as-tu, mon enfant ?

HÉLÈNE

Père, je suis inquiète… Les gens du village ont juré de venir tout briser chez nous.

GASPARD

Non, non, je ne crains rien des hommes… Mais si, là-bas, le rocher qui surplombe tombait sous le poids de l'avalanche, ce serait la ruine, l'usine fermée, cette machine inutile et morte !

HÉLÈNE

Père, vous m'effrayez.

GASPARD, *riant.*

Rassure-toi, la roche est solide encore… *(Revenant près de la machine.)* Va, va, bonne machine, machine souveraine, fais ta besogne, souffle, gronde, toute brûlante de ton feu intérieur, et que l'or tombe en pluie, à chaque tour de ta roue géante !

SCÈNE II

GASPARD, HÉLÈNE, LE BERGER

LE BERGER, *accourant.*

Gaspard ! Gaspard ! écoute-moi !

GASPARD

C'est toi, berger. Que me veux-tu ? Je n'ai plus de bêtes à garder.

LE BERGER

Plût au Ciel que les troupeaux, au printemps, fussent avec moi dans la montagne !

GASPARD

Laisse-moi donc, si nous n'avons rien de commun.

LE BERGER

Je veille là-haut, tandis que tu fais ici suer l'or des pierres. C'est vrai, nous n'avons rien de commun, si ce n'est que nous sommes des hommes… Et c'est pourquoi j'ai couru, voulant te prévenir que, dans un instant, tous les gens du village seront ici.

HÉLÈNE

Grand Dieu ! j'en avais senti la menace.

LE BERGER

Tous ont pris des bâtons, et ils veulent te forcer à fermer ton usine.

GASPARD, *tranquillement.*

C'est bon, qu'ils viennent ! Je les recevrai… Et qui les conduit ? Ont-ils un chef ?

LE BERGER

Guillaume marche à leur tête. *(Gaspard et le berger continuent de causer à voix basse.)*

HÉLÈNE, *à part.*

Lui, mon Dieu ! lui contre nous ! Mon pauvre cœur, entre mon père et lui, est déchiré d'amour et d'incertitude.

Et n'est-ce pas moi qui l'ai jeté dans la révolte ? Pour m'avoir pauvre, ne rêve-t-il pas de tout détruire ?... Oh ! non, oh ! non, il faudra qu'il m'écoute !

LE BERGER, *continuant tout haut.*

Vous êtes averti, c'est à vous d'empêcher le mal... Je ne suis que la voix qui prévient et qui passe. *(Il sort. On entend la foule qui approche, un piétinement, un grondement. Peu à peu, la clameur grandit, et la foule fait irruption, des hommes, des femmes, des enfants, armés de bâtons. Guillaume est à leur tête.)*

SCÈNE III

GASPARD, HÉLÈNE, GUILLAUME, LA FOULE

LA FOULE

Justice ! Justice ! Nous souffrons trop, notre misère est trop grande !

(Guillaume s'arrête, la foule se range en une masse compacte, toujours menaçante. Gaspard est debout, en avant de la machine, et Hélène se tient derrière lui, immobile et pâle, attendant.)

GASPARD, *la voix haute et ferme.*

Qui êtes-vous ?

GUILLAUME

Nous sommes des misérables dont la souffrance a fini par lasser le courage.

GASPARD

Que voulez-vous ?

GUILLAUME

Nous voulons qu'un seul n'ait pas le droit de prendre aux autres la fortune de la terre, qui est notre mère à tous.

GASPARD, *gaiement.*

Eh ! mon ami, est-il défendu d'avoir plus d'intelligence et d'activité que les autres ?

GUILLAUME

Il est défendu de prendre à son voisin l'eau qui passe et qui fait vivre.

GASPARD

Mais c'est l'eau qui, d'elle-même, est venue à moi, pareille à la femme désirée, qui va au plus fort, à celui qui la fécondera.

GUILLAUME

Vous l'avez retenue, vous nous l'avez volée.

GASPARD, *de plus en plus gaiement.*

Ce sont des histoires !... *(À la foule.)* Voyons, mes amis, je suis content, dressons là des tables et fêtons le bon accord, en buvant tous à la santé de la machine neuve.

LA FOULE, *exaspérée.*

Non, non ! il faut que l'eau délivrée charrie de nouveau l'or devant nos portes... À l'œuvre ! à l'œuvre ! *(La foule menaçante se rapproche, et Gaspard est forcé de reculer.)*

HÉLÈNE, *se jetant devant son père.*

Et moi, Guillaume ?

GUILLAUME

Hélène ! *(Elle reste devant son père, et Guillaume retient la foule.)*

HÉLÈNE

Personne ne passera... Pas un brin de paille ici ne sera dérangé, ou bien je serai morte !

GUILLAUME

Mais c'est la justice, la fraternité, c'est l'amour que nous apportons !

HÉLÈNE

Vous ne passerez pas.

GUILLAUME

Hélène, il faut que l'or soit anéanti pour que les larmes cessent... Moi, j'en meurs. Voulez-vous donc ma mort ?

HÉLÈNE

Je veux que la volonté de mon père soit faite... Vous ne passerez pas. *(À ce moment, un tumulte éclate. Mathias, qui est entré en scène avec quelques exaspérés, à figures louches, s'avance. La neige se met à tomber lentement, de plus en plus épaisse.)*

SCÈNE IV

GASPARD, HÉLÈNE, GUILLAUME, MATHIAS, LA FOULE

MATHIAS

Quoi donc ?... Détruisez tout, et tant pis si quelqu'un fait obstacle !

GUILLAUME, *désespéré.*

Non, non, attendez !

MATHIAS, *à Guillaume.*

Toi, tu n'es qu'un endormeur... *(À la foule.)* Il veut épouser la fille du maître. Il vous trahit, il s'est vendu.

LA FOULE, *furieuse.*

C'est vrai, c'est vrai... À bas le traître ! À bas le vendu !

MATHIAS

Moi seul suis votre ami, vous le comprenez enfin... À l'œuvre ! À l'œuvre ! *(La tempête de neige grandit, l'ouragan souffle. La foule va suivre Mathias, lorsque Guillaume, se mettant devant Hélène et Gaspard, les couvre de son corps.)*

GUILLAUME

Vous ne passerez pas, et c'est moi maintenant qui vais les défendre !

LA FOULE

Assez, assez, tais-toi !

GASPARD

Je ne crains rien des hommes. L'ouragan seul peut tuer l'usine.

MATHIAS, *à pleine voix.*

L'ouragan est notre frère... ! Vous entendez, camarades ! L'enfer nous envoie son aide... À l'œuvre !

LA FOULE

À l'œuvre ! À l'œuvre ! *(Elle veut se ruer sur la machine, tandis que Guillaume défend toujours de son corps Hélène et Gaspard. Mais la tempête redouble, tout est blanc de neige, un fracas terrible d'avalanche retentit. Et, brusquement, Véronique apparaît, hagarde, échevelée, apportant avec elle l'effroyable hiver.)*

SCÈNE V

GASPARD, HÉLÈNE, GUILLAUME, MATHIAS, VÉRONIQUE, LA FOULE

VÉRONIQUE

Dieu a fait justice ! *(Elle montre au fond la cascade, qui s'est brusquement tarie. La machine ne fonctionne plus, et la foule s'arrête.)*

HÉLÈNE, *dans les bras de Gaspard.*

Père, j'ai peur !

GASPARD

Ah ! chère enfant, la roche s'est écroulée, et l'usine est morte !

VÉRONIQUE

J'ai vengé le crime, cet homme est pauvre comme nous !

GUILLAUME, *à part.*

Hélène pauvre, ô Dieu de bonté !

MATHIAS, *irrité.*

Faire des pauvres, belle besogne !

VÉRONIQUE, *debout, grandie, au milieu de la foule.*

Tais-toi, homme de haine, de massacre et de pillage ! Et vous tous, pauvres gens, mes frères, écoutez !

Dans la tempête, au milieu des gouffres, je l'ai trouvée enfin, la cathédrale d'or, où jamais vivant n'était entré.

Oh ! quelle splendeur inouïe ! L'enfant divin, sur les genoux de sa mère, laissait tomber de ses petites mains un fleuve d'or, aux flots d'or continus et sans bornes.

Et, brusquement, quand on m'a vue, tout s'est abîmé, dans un coup de tonnerre. La nuit soudaine, la nuit noire et glacée ! J'étais là, sous la neige, et il n'y avait plus d'or !

Rideau.

ACTE IV

Un vallon que bornent, à droite, des roches fauves. Les terres fertiles qui s'étagent sont couvertes à l'infini d'un blé déjà haut, d'un vert puissant ; et, parmi les pièces, une route serpente, vient du fond et descend jusqu'au premier plan. Au fond, à gauche, on aperçoit le village, avec sa petite église. Au premier plan, quelques arbres ; et là, à droite, un brusque abîme, une cassure dans la roche, au fond de laquelle on sent un gouffre béant. – Le matin, par une admirable journée de printemps. Un soleil triomphal baigne la nappe éclatante des blés, et l'horizon entier resplendit et chante, dans un frisson de fécondité heureuse.

SCÈNE PREMIÈRE

GUILLAUME, LE BERGER

GUILLAUME

Eh quoi ! berger, tu ne restes pas avec nous quelques jours encore ?

LE BERGER

Non, je serai parti ce soir... Voici le beau temps revenu, et je devrais être déjà, avec mes bêtes, dans la montagne.

GUILLAUME, *radieux, montrant le ciel et les blés.*

Vois donc, vois donc, quel printemps triomphal ! Dans le ciel tendre, le soleil est comme une caresse de flamme, et la terre a frémi, réveillée du long sommeil de l'hiver, toute gonflée de germes... La vie a éclaté de partout, l'air s'est empli d'haleines vivantes, le blé pousse tel qu'un peuple innombrable, roulant à l'infini la houle de ses tiges vertes.

LE BERGER

C'est comme un prodige, jamais cette terre n'avait promis une moisson pareille.

GUILLAUME

Ah ! oui, le travail a vaincu, mon dur travail qui s'obstinait à féconder le sol ingrat... Mais l'eau a fait le prodige. Depuis que le torrent s'est abîmé en terre, l'eau cachée ruisselle sous les champs de ce vallon ; elle trempe, elle baigne les germes, et de là naît cette fécondité formidable... L'eau, en emportant l'or maudit, nous a donné le blé, le blé auguste, le blé nourrisseur des hommes !

LE BERGER

Et c'est ce matin, n'est-ce pas ? que l'on doit bénir les blés... La procession viendra jusqu'ici.

GUILLAUME

Oui, jusqu'ici, tout à l'heure.

LE BERGER

Je vais rassembler les troupeaux, puis je partirai... Au coucher du soleil, je serai là-haut, très loin, très haut. *(Il s'en va.)*

SCÈNE II

GUILLAUME, *seul.*

Ah ! quelle serait ma joie, la terre indulgente enfin, la misère vaincue, la fraternité revenue dans toutes les âmes ! Mais, sans Hélène, il n'est pour moi pas de joie, pas d'espérance. Et, désormais, elle a beau être pauvre, l'abominable accusation nous sépare encore.

Son père aurait tué le mien… *(Il va vers le rocher, à droite.)* Ce serait ici, du haut de cette roche, que son père aurait poussé le mien dans le gouffre… Mon pauvre père qu'on a ramassé les membres en lambeaux, serrant dans sa main crispée le morceau d'or !

SCÈNE III

GUILLAUME, VÉRONIQUE.

VÉRONIQUE, *violente, haletante.*

Misère de nous ! On nous a volés, notre maison est maudite !

GUILLAUME

Quoi donc, mère ?

VÉRONIQUE

On nous a volé le collier, le collier magique dont j'ai fermé moi-même les chaînons, le collier d'or qui donne la joie et la beauté aux êtres purs, qui force les coupables à se livrer.

GUILLAUME

Le collier volé ! Et qui donc ?

VÉRONIQUE

Le sais-je !… Des pauvres, des gens louches rôdent par le pays. Oui ! ces gens de l'usine, ce Gaspard et sa fille qui n'ont plus de pain et qui s'en vont par les routes !

GUILLAUME, *frémissant.*

Mère, que dites-vous ? Eux, des voleurs !

VÉRONIQUE

On a volé le collier !… Ah ! que son magique pouvoir agisse donc ! Que les paroles secrètes que j'ai dites, sous la pleine lune de Noël, forcent le coupable à confesser son crime ! *(Une rumeur. Le berger rentre en scène, poussant devant lui Mathias, que trois paysans tiennent solidement. Un flot de foule suit, très irritée.)*

SCÈNE IV

GUILLAUME, VÉRONIQUE, MATHIAS, LE BERGER, LA FOULE

LE BERGER

J'étais du côté des étables, lorsque j'ai vu celui-ci s'enfuir. Un mauvais homme que je n'aimais guère ! Et j'ai voulu l'arrêter, tant il galopait, dans l'effarement de quelque mauvais coup.

MATHIAS, *aux paysans.*

Lâchez-moi, vous autres ! Je ne veux pas qu'on me tienne.

LE BERGER

Enfin, j'ai pu le saisir, avec l'aide de ces braves gens... Nous l'avons fouillé, et tenez ! Véronique, il emportait ce collier. *(Il le remet à Véronique.)*

VÉRONIQUE

Toi !

MATHIAS, *pris de fureur.*

Oui, moi !... Ah ! collier maudit, collier qui m'a vendu en me forçant à galoper, collier qui me brûlait et qui me fait tout dire, lorsque je devrais me taire !

VÉRONIQUE

Tu nous as volés, toi !

MATHIAS

Moi, qui vous exècre tous, qui voudrais vous ruiner tous !... L'usine est par terre, mais ce n'est pas l'usine seule qu'il faut détruire, c'est le village, votre village, esclaves, qui ne savez que courber la tête et qui ne connaissez que le travail.

LA FOULE

Ah ! le bandit qui nous insulte et nous menace !... En prison, en prison !

MATHIAS

C'est cela, foule imbécile, livre-moi maintenant, après m'avoir acclamé comme chef !... Et c'est trop, que j'en finisse, puisque les aveux sortent quand même de ma gorge ! La rage m'étoufferait, il faut que je parle... Vous entendez, Véronique, je vous hais, vous et les vôtres ! Et votre homme, c'est moi qui l'ai poussé du haut de cette roche, c'est moi qui l'ai tué !

VÉRONIQUE ET GUILLAUME

Dieu juste !

MATHIAS

Il avait la main pleine d'or, et j'avais la main vide. Pourquoi donc toujours les autres et pas moi ?... Et je suis descendu, trop tard, pour arracher l'or de ses doigts crispés !

VÉRONIQUE, *farouche, marchant à lui.*

Toi, tu vas mourir !

MATHIAS, *reculant d'un pas vers le gouffre.*

Ne me touchez pas ! Je ne veux pas qu'on me touche !

VÉRONIQUE, *avançant.*

Tu vas mourir !

MATHIAS, *reculant.*

Est-ce donc toi qui m'as condamné et qui m'exécuteras ?

VÉRONIQUE

Oui, moi ! Tu vas mourir !... *(Avançant, le forçant encore à se rapprocher du gouffre.)* Tu as poussé mon homme dans ce gouffre, tu vas y tomber à ton tour.

LA FOULE

Oui, oui, nous sommes là, il ne peut s'échapper... À mort, l'assassin !

MATHIAS, *farouche, superbe.*

Je vous défends de me toucher... Si je meurs, c'est que je le veux, c'est que je crève de rancune et de colère... Ah ! que la destruction commence donc par moi ! Mais que, de mes os broyés, se lève un vent dévastateur, et que pas une maison du village ne reste, et qu'ensuite les villes, le monde entier en soit balayé !... À la mort des autres, à la mort de tout ! *(Il se jette, du haut de la roche, dans un grand cri.)*

VÉRONIQUE

Justice est faite, et le soleil en est plus gai, dans ce grand ciel clair !

LA FOULE

Justice est faite !... Il n'y a plus que pardon et qu'espérance. Les grands blés verts vont être bénits. *(Des groupes se forment dans l'attente de la procession.)*

LE BERGER, *élevant la voix.*

Adieu, vous tous, à présent !... J'ai trop tardé, les troupeaux m'attendent.

GUILLAUME

Reste une minute encore, pour fêter avec nous le travail.

LE BERGER

Non, la solitude m'appelle... Je remonte sur les sommets, où les jours sont si purs, où les nuits sont si douces.

GUILLAUME

Bonne saison alors, et ne t'ennuie pas trop à ne rien faire !

LE BERGER

Je suis le solitaire et le gardien, je rêve et je veille en regardant l'ombre des nuages courir sans fin sur l'immensité des plaines. Et c'est là une éternelle besogne, la plus noble et la plus utile, sans laquelle les hommes mourraient de tristesse et d'égarement, ainsi que des bêtes privées de leur berger.

Au revoir, vous tous ! Et, tenez ! soyez doux à ces deux-là, que le malheur a frappés et qui sont pauvres. *(Il montre Gaspard et Hélène, qui arrivent.)* Dès les premiers froids, à l'automne, quand je redescendrai, veuille Dieu que je vous retrouve tous unis, tous heureux, tous prospères... Paix, joie et fraternité ! *(Il s'en va. Gaspard et Hélène, très pauvrement vêtus, le père s'appuyant à l'épaule de sa fille, continuent d'avancer, au milieu des groupes qui s'écartent.)*

SCÈNE V

GUILLAUME, VÉRONIQUE, GASPARD, HÉLÈNE, LA FOULE, PUIS LA PROCESSION

GUILLAUME, *à Véronique, doucement, en montrant Gaspard et Hélène.*

Regardez-les, mère !... Maintenant que la tache de sang n'est plus entre nos familles, soyez bonne ! Voyez comme ils sont pauvres, eux si riches hier encore !

VÉRONIQUE, *doucement.*

Tu dis vrai, mon enfant, le châtiment passe la faute... *(S'avançant, élevant la voix.)* Gaspard, où donc allez-vous si tristement ? *(Gaspard et Hélène s'arrêtent.)*

GASPARD

Nous allons devant nous, au hasard de la route. Nous quittons ce pays, trop dur à notre infortune.

VÉRONIQUE

Mais la route est longue, d'ici aux grandes villes. Il faut vivre.

GASPARD, *presque joyeusement.*

Bah ! jamais je n'ai désespéré. Et puis, mon enfant me soutient... Nous trouverons de braves gens.

VÉRONIQUE

N'avez-vous donc plus rien ?

GASPARD, *gaiement.*

Non, rien ! La vie a tout emporté... Nous n'avons que ce beau soleil et que le courage, qui luisent pour tout le monde !

LA FOULE

Écoutez, écoutez ! La procession s'avance... Ah ! confessons nos fautes, obtenons notre pardon, pour que le Ciel fasse grâce aux récoltes de la terre ! *(On voit la procession, au loin, qui s'engage dans les blés : la croix, des enfants, des jeunes filles vêtues de blanc, des hommes et des femmes, le prêtre sous un dais. La cloche de l'église, éloignée, se met à sonner.)*

LA PROCESSION, *au loin.*

Omnes sancti Angeli et Archangeli, orate pro nobis... Omnes sancti beatorum spirituum ordines, orate pro nobis. (Les voix se perdent.)

GUILLAUME, *à Véronique.*

Oh ! mère, vous avez pardonné... *(Gaspard et Hélène se sont remis en marche.)* Hélène, Hélène !... *(Ils s'arrêtent.)* Pourquoi donc t'en vas-tu, chère femme, lorsque je suis là ?

HÉLÈNE

Me dis-tu donc de rester, toi dont je n'ai pas voulu ?

GUILLAUME

Mais je t'aime ! Je te veux aujourd'hui comme je te voulais hier. Et n'es-tu pas à moi, puisque te voilà pauvre ?

HÉLÈNE

Tu me veux pauvre, ô ravissement, ô délices d'être aimée ! Je t'ai toujours aimé, cher époux, je n'ai jamais aimé que toi.

GUILLAUME

Comme deux flammes qui se rejoignent, que nos cœurs brûlent pour la vie entière !

HÉLÈNE

Pour la vie entière, que notre amour fleurisse en certitude et bonheur !

LA PROCESSION, *plus près, au milieu des blés.*

Ab ira et odio, et omni mala voluntate, libera nos, Domine... A fulgure et tempestate, libera nos, Domine.

LA FOULE

Dans le printemps triomphal, c'est la fête du travail... L'eau divine ruisselle sous la terre, une fécondité formidable a jailli du sol stérile... Et il n'y a plus d'or, il n'y a que du blé !

GUILLAUME, *tenant le collier, qu'il a pris des mains de sa mère.*

Il n'y a plus d'or que l'or de ce collier. C'est l'or de beauté, l'or de tendresse, celui qui rend belle et qui fait aimer... Porte-le pour que la maison soit heureuse ! *(Il le lui met au cou.)*

HÉLÈNE

Je le porterai comme le luxe même de notre amour, afin que tu m'aimes plus encore et qu'il soit l'éternel lien de nos cœurs.

GUILLAUME

Ah ! chère femme, l'unique, la nécessaire et l'adorée ! Maintenant. les grands blés mûriront, le vieux logis s'emplira de beaux enfants rieurs.

GASPARD

Jamais je n'ai désespéré. Chers enfants, le beau soir de vos noces prochaines, nous, les vieux, nous boirons à la vie, à l'éternel bonheur.

VÉRONIQUE

Cher fils, chère fille, c'est l'amour qui fait la vie, lui seul est la sève du monde. Aimez-vous, soyez la joie, la force et la fécondité.

LA PROCESSION, *en scène.*

Ut fructus terrae dare et conservare digneris, te rogamus, audi nos.

LE PRÊTRE, *bénissant les blés.*

Domine, exaudi orationem meam.

LA PROCESSION ET TOUTE LA FOULE

Et clamor meus ad te veniat.

(Tous sont à genoux, et le prêtre achève de bénir les blés, d'un geste large, qui emplit l'horizon.)

Rideau.

CHRONIQUES

Nouvelle campagne

INTRODUCTION

Dans la préface d'*Une campagne*, recueil d'articles publiés dans *Le Figaro* entre septembre 1880 et septembre 1881, Zola déclarait le 15 janvier 1882 : « Aujourd'hui, me voilà dans la retraite. Depuis quatre mois, j'ai quitté la presse, et je compte bien n'y point rentrer. » Prudent toutefois, il ajoutait immédiatement qu'il n'entendait pas « [s']engager à cela par un serment solennel ». Et certes, il a bien fait de ne pas se lier par un engagement qu'il n'aurait certainement pas respecté. Il savait bien, comme il l'écrivait dans « Adieux », le dernier article de la série, que « la presse reste toute-puissante », et qu'« on revient à elle comme à de vieilles amours ». C'est à ces retrouvailles que nous convie le présent recueil dont le titre souligne la continuité avec la première « campagne », et qui rassemble dans un volume mis en vente chez Fasquelle le 29 mars 1897 dix-huit articles parus (sauf le dernier) dans *Le Figaro* entre le 1er décembre 1895 et le 13 juin 1896. D'ailleurs, entre 1881 et 1895, Zola ne s'était jamais vraiment désintéressé de la presse. On l'avait vu, de temps à autre, défendre dans les journaux ses principes littéraires, répliquer à des critiques injustes, accorder des interviews de plus en plus nombreuses. Mais c'est bien la fin de l'année 1895 qui marque le véritable retour de l'écrivain au journalisme, avant la poussée ultime des grands articles lyriques et polémiques qu'il va bientôt consacrer, à partir de novembre 1897, à Dreyfus et à l'Affaire, et qu'il réunira en 1901 dans *La Vérité en marche* (voir le tome 18 des *Œuvres complètes*).

Pourquoi ce retour à la presse, et pourquoi à ce moment-là ? Plusieurs raisons peuvent l'expliquer. Tout d'abord, nous sommes à l'époque des *Trois Villes*, et Zola, qui termine *Rome* (publié le 8 mai 1896) et projette déjà *Paris* (dont l'*Ébauche* date de juillet 1896), s'intéresse particulièrement à l'actualité intellectuelle et politique, qui fait le fond de ces deux romans. *Les Rougon-Macquart*, attachés en principe à la période du Second Empire, romançaient une histoire en voie d'éloignement progressif. Avec *Les Trois Villes*, Zola revient à son époque, se plonge dans les luttes contemporaines, s'engage en positiviste de toujours dans le grand débat idéologique de son temps, qui oppose l'esprit de science et l'esprit de foi. Le voici de nouveau en plein vent, sur la place publique. De nouveau combattant. La presse lui fournira la tribune dont il a besoin. En second lieu, il faut considérer le statut (la stature) de Zola autour de 1895, dans le monde des lettres. S'il reste un écrivain discuté, en marge de l'*establishment* littéraire (l'échec perpétuel de ses candidatures à l'Académie le fait bien voir), il est respecté même de ses adversaires pour sa force créatrice, jalousé pour l'ampleur inégalée de ses tirages (140 000 exemplaires pour *Lourdes*, 100 000 pour *Rome*), traduit partout, reçu à l'étranger, en Angleterre, en Italie, comme l'ambassadeur des lettres françaises. Zola, en 1895, est une puissance. Il est donc compréhensible que les directeurs de journaux cherchent à s'attacher une signature prestigieuse, susceptible d'attirer de nouveaux lecteurs. Fernand Xau, le directeur du *Journal* où *Rome* va paraître en feuilleton à partir du 21 décembre 1895, lui a fait des avances, que l'écrivain n'a pas acceptées. Mais il va céder à Fernand de Rodays, le directeur du *Figaro*, qui le sollicite à son tour au cours de l'été 1895. Sans doute Zola est-il plus favorable au *Figaro*, dans lequel il avait déjà publié les articles d'*Une campagne*, et où il se sent plus à son aise. Mais une autre raison emporte finalement sa décision : son ami le compositeur Alfred Bruneau, critique musical au *Gil Blas*, désirait quitter ce journal et Zola souhaitait le faire entrer au *Figaro*. Rodays accepta le musicien, à condition de s'assurer la collaboration de l'écrivain.

Le premier texte de la nouvelle série, « L'opportunisme de Léon XIII », est publié le 1er décembre 1895. Les articles suivants paraîtront d'abord irrégulièrement, toutes les trois à quatre semaines, puis à une cadence hebdomadaire régulière, du 4 avril au 13 juin 1896, dès que le romancier aura terminé (le 11 mars) la rédaction de *Rome*. Les thèmes abordés sont variés, mais peuvent se ramener à trois ou quatre grandes rubriques. Dans un premier groupe d'articles, Zola traite de questions de politique générale. « L'opportunisme de Léon XIII » analyse la politique du Vatican, souligne le divorce grandissant entre l'Église et les sociétés démocratiques, malgré les concessions lucides de Léon XIII aux courants modernistes de la chrétienté. Zola explique cette rupture par l'aveuglement et l'immobilisme du catholicisme romain enfermé dans ses dogmes. Il prévoit donc, de manière un peu hasardeuse, un schisme « inévitable », l'écroulement prochain de l'Église, et si un renouveau du christianisme doit se produire, il le situerait plutôt en Amérique, « dans une autre terre, moins saturée d'histoire ». Ce sont les idées qu'il développera dans *Rome*, et cet article est aussi destiné, quelques jours avant le début du feuilleton, à piquer la curiosité du lecteur futur et à promouvoir le livre. Le second article de la série, « La vertu de la République » (24 décembre 1895), revient sur le scandale de Panama, qui fournira l'un des thèmes politiques de *Paris*. Comparant la Troisième République avec les systèmes autoritaires qui l'ont précédée, il voit dans la liberté de la presse accordée par le gouvernement républicain, et dans le devoir excessif de transparence et de « vertu » exigé de la République, des menaces pour l'existence même du régime. La conclusion de Zola est pessimiste : c'est la politique même, avec ses manœuvres et ses passions, ce sont les affaires d'argent, avec leur corruption nécessaire, qui sont par nature immorales. La presse hypocrite, sous les apparences de la vertu, cherche à ébranler la République par le scandale et prépare le retour du « grand sabre » qui ramènera l'ordre, à la satisfaction générale. Un troisième article, « L'élite et la politique » (9 mai 1896), appartient au même registre. Zola y analyse, en termes presque tocquevilliens, la montée de la médiocrité dans les sociétés démocratiques modernes. La politique y passe des mains d'une élite cultivée dans celle d'une classe moyenne de politiciens interchangeables, « la démocratie victorieuse apporte avec elle un furieux besoin d'égalité, qui se traduit par la méfiance et la haine de toute supériorité ». Ce rabaissement intellectuel, cette exclusion de la vie publique des grands hommes et des esprits supérieurs est sans doute une nécessité de l'histoire. Zola, cependant, ne constate pas sans regrets ce divorce entre l'élite et la politique. Il en fera, dans *Paris*, l'un des thèmes centraux du roman, condamnant en termes très vifs les « agitations vaines » de la politique et les bassesses de la « cohue » parlementaire, et proposant, à la manière de Renan, de remettre entre les mains des savants les instruments du pouvoir.

Un second groupe d'articles développe des réflexions liées aux grands débats idéologiques du temps, et notamment à la montée de l'idéalisme dans la pensée et dans les arts. Cette poussée est particulièrement dangereuse selon Zola, parce qu'elle s'accompagne d'une critique radicale des certitudes positivistes et de l'esthétique naturaliste, accusées de la même « faillite » et enveloppées dans la même condamnation. Dans « Le solitaire » (18 janvier 1896), à propos de la mort de Verlaine, il récuse les figures de l'échec et les génies « détraqués et incomplets » (Barbey d'Aurevilly, Villiers de l'Isle-Adam, Laforgue) dont les symbolistes se sont emparés pour en faire les idoles de la jeune littérature. Il leur oppose les valeurs de travail, de volonté et de force qui ont toujours été les siennes, exaltant la figure inverse de l'artiste colossal et solitaire, de « l'écrivain qui s'est enfermé dans son œuvre, dans sa volonté de la faire aussi haute, aussi puissante qu'il en aura le souffle, et qui la réalise, malgré tout ». Il revient sur ce sujet dans l'article suivant, « À la jeunesse » (7 février 1896), en reprenant un genre à la mode (chez Bourget, chez Barrès, bientôt chez Gide) et qu'il a lui-même beaucoup pratiqué depuis *Le Roman expérimental*, celui de la « lettre à la jeunesse ». Zola s'y adresse ironiquement à la jeune génération symboliste, et il en profite pour réaffirmer les idéaux dont il se réclame : clarté de la pensée et de la phrase, amour de son époque, défense de la vérité, de la nature, de la science, de la vie. Sous le ton de provocation et de rupture bouffonne, sous l'humour un peu laborieux (« ah ! si vous pouviez voir de quel rire sardonique je ris dans ma vieille barbe ! ») percent le dépit, la souffrance même de se sentir de plus en plus éloigné de cette génération nouvelle, devenue étrangère et hostile. L'article plus anecdotique sur « La voyante » de la rue de Paradis (18 avril 1896) rejoint des considérations de même nature. Reprenant des idées abordées dans *Lourdes*, Zola souligne « le retour offensif de la chimère », mais explique cette soif d'au-delà par le « besoin du divin » qui possède l'humanité souffrante. Il faut tolérer l'illusion, au nom de la pitié, tant que les hommes ne seront pas assez forts pour suivre la voie virile mais amère de la raison : « Allez, allez, pauvres âmes, mangez et buvez le mensonge, vivez de l'espoir trompeur, en attendant que la science soit assez forte, un jour peut-être, pour vous nourrir du pain de la vérité ! » C'était déjà, en 1894, la conclusion de *Lourdes*.

Nombreux sont les textes, dans *Nouvelle Campagne*, qui traitent de questions « professionnelles » liées au métier d'écrivain et à la propriété littéraire. Élu président de la Société des gens de lettres en avril 1891, Zola devait le rester pendant trois ans, jusqu'en 1894, et être réélu encore, après quelques mois d'interruption, pour l'exercice 1895-1896. Il venait de quitter la présidence au moment où il écrit le premier des quatre articles qui évoquent ici des aspects de cette activité : « La Société des gens de lettres. Ce qu'elle est » (4 avril 1896), « La Société des gens de lettres. Ce qu'elle devrait être » (11 avril), « La propriété littéraire » (25 avril), « Auteurs et éditeurs » (13 juin). On y voit Zola soucieux des intérêts des écrivains, défendant leurs droits de publication, de reproduction et de traduction, vis-à-vis des éditeurs, des journaux, et des maisons étrangères parfois peu scrupuleuses. Dans « Auteurs et éditeurs », à propos du procès intenté par Paul Bourget à son éditeur Lemerre, il réclame le droit pour l'écrivain d'être considéré comme un travailleur véritable, maître de ses produits : « La propriété littéraire est une propriété, et le travail littéraire doit être soumis aux lois qui règlent actuellement l'exploitation de tout travail, quel qu'il soit. » C'est un Zola militant que l'on découvre ici, un écrivain conscient de la place que doit occuper la littérature dans le circuit de la production intellectuelle moderne.

Quand il manque de sujets, quand l'actualité ne lui fournit pas de matière suffisante pour sa chronique, Zola nous parle volontiers de lui-même. Dans « Le crapaud » (28 février 1896), il évoque, sur un ton humoristique, la pluie d'articles malveillants lancés contre lui dans les journaux, « attaques grossières, légendes injurieuses, bordées de sottises ou de mensonges », tous ces « crapauds » qu'il est contraint d'avaler chaque jour. Il voit là une « hygiène » nécessaire, un soutien paradoxal de sa vigueur et le signe de sa bonne santé littéraire, en même temps qu'une leçon morale, une école de courage, de patience, d'« amour de la vérité et de la justice ». Zola, qui fut le plus attaqué des écrivains de son temps, et souvent de manière injuste et haineuse, riposte là à ses ennemis avec la sérénité que lui donnent l'âge et l'expérience. Dans « L'amour des bêtes » (24 mars 1896) et dans « Enfin couronné » (30 mai 1896), il confesse sa tendresse pour les animaux, le mouvement de charité, de compassion qui l'entraîne vers cette « famille » innocente et souvent injustement maltraitée. Il montre dans sa vie, dans son œuvre, les preuves de cet amour, et réclame, pour les bêtes comme pour les hommes, le droit au bonheur, ou du moins à la souffrance diminuée, dont il fera l'un des thèmes de ses futurs *Évangiles*.

Il faut mettre à part plusieurs articles importants qui révèlent l'ampleur de vues, la profondeur et même la hardiesse de la réflexion que Zola porte sur la société de son temps, dans laquelle il s'implique personnellement. « Peinture » (2 mai 1896) n'est pas seulement, comme on l'a dit quelquefois, le signe d'un désintérêt de Zola pour les courants les plus récents de l'art, une preuve supplémentaire du fossé qui peu à peu le séparerait de la modernité. C'est aussi l'occasion pour lui de rappeler sa jeunesse « ivre de la vérité et de l'intensité dans l'art », ses enthousiasmes, ses amitiés, son intimité avec Cézanne « mon ami, mon frère ». Certes, il se montre pour ce dernier d'une incompréhension et d'une condescendance un peu gênantes, lorsqu'il déclare ne voir en lui que des « parties géniales de grand peintre avorté ». Mais il faut comprendre que pour Zola le grand échec de l'impressionnisme a été de ne pas atteindre son but, de ne produire ni le chef-d'œuvre, ni le maître attendus. Manet, Monet, Pissarro restent pour lui des précurseurs, dont les découvertes, loin d'avoir été poursuivies et achevées par leurs successeurs, ont été au contraire falsifiées et dénaturées. À Rome, en 1894, il a découvert Michel-Ange, et c'est désormais de cette figure de la fécondité et de la force qu'il se réclame quand il exalte, à la fin de son article, « les créateurs qui triomphent, les faiseurs d'homme, le génie qui enfante, qui fait de la vie et de la vérité ! »

« Dépopulation » (23 mai 1896) reprend un thème à la mode à la fin du XIXe siècle, celui de la baisse de la natalité et de la stagnation de la population française. Thème patriotique et même nationaliste, dans un pays qui se résignait difficilement à n'être plus, comme au temps du Premier Empire, le plus peuplé de l'Europe. Zola reprend ce thème un instant, lorsqu'il affirme que « l'idée de patrie est encore le levier nécessaire qui soulève les cœurs, qui enflamme les courages », et qu'il s'adresse lyriquement aux « mères françaises » pour les exhorter à faire des enfants, « pour que la France garde son rang, sa force et sa prospérité ». Mais Zola dépasse vite le cadre patriotique, pour s'élever à l'idée générale de l'« émancipation humaine » et des valeurs universelles défendues par une France qui doit garder sa force, « nécessaire au salut du monde ». En même temps, l'idée de dépopulation comporte pour Zola de puissantes implications imaginaires, liées à l'angoissante hantise du « déchet », de la perte, du Mal radical que représente pour lui le refus de la vie, mais aussi à la séduction noire de la « débauche » et du « crime ». C'est pourquoi il voit là « le plus admirable sujet d'étude », « toutes les comédies, tous les drames qui sèment ainsi au néant la semence auguste des hommes ». Ce sera bien sûr le sujet de *Fécondité*, le premier des *Quatre Évangiles*.

« Pour les juifs » (16 mai 1896) est certainement de tous les articles de *Nouvelle Campagne* celui qui a provoqué les réactions les plus violentes. Dans une période où l'antisémitisme était répandu dans toutes les couches de la société, du peuple à l'aristocratie, diffusé largement par le discours politique, la presse, la caricature, la littérature même, Zola se place résolument à contre-courant. Il répond ici aux campagnes virulentes de journaux spécialisés comme *La Libre Parole* de Drumont, à laquelle l'article se réfère implicitement. Drumont, d'ailleurs, qui ne s'y était pas trompé, riposta dans *La Libre Parole* du 18 mai avec une violence particulière. Zola, lui, proclame son « dégoût » pour les attaques antisémites, refuse « l'hostilité de race à race » où il voit un retour à la barbarie. Il analyse très finement, en des termes presque sartriens, l'origine de la situation des juifs dans la société moderne : « les juifs, tels qu'ils existent aujourd'hui, sont notre œuvre, l'œuvre de nos dix-huit cents ans d'imbécile persécution ». Pas de juif sans antisémite. Si la société chrétienne avait été plus libérale, si les persécutions n'avaient pas eu lieu, le problème juif n'existerait plus : « S'il y a encore des juifs, c'est de votre faute. Ils auraient disparu, se seraient fondus, si on ne les avait pas forcés de se défendre, de se grouper, de s'entêter dans leur race. » La position de Zola est ainsi celle d'un libre penseur rationaliste, conforme à l'esprit des Lumières. Il faut défendre les juifs au nom de l'unité humaine et de la fraternité entre les peuples. Mais il faut aussi les assimiler, ne leur « ouvrir les bras tout grands » que pour « les absorber et les confondre en nous ». La tolérance envers les juifs n'est donc que le premier moment d'une « tactique » qui doit conduire à leur disparition. C'est seulement ainsi que pourra s'accomplir « l'œuvre d'unité, l'œuvre humaine et libératrice ». Telle est donc, dans sa modération et son humanité, mais aussi dans sa visée assimilatrice et universaliste, la conclusion d'un article qui fit scandale, et qui ferma définitivement à Zola les portes de l'Académie. Il avait fallu à l'écrivain, à son habitude, un courage certain, une confiance peu commune en soi et en sa force, pour s'exposer de la sorte. Un an et demi avant « J'accuse », ignorant tout encore de l'Affaire, Zola s'engageait déjà sans le savoir aux côtés du capitaine Dreyfus...

Cette « nouvelle campagne », destinée sans doute comme la première à durer une année, et qui avait pris depuis trois mois son rythme hebdomadaire de croisière, allait pourtant tourner court dès le mois de juin 1896, pour des raisons inattendues. *Rome* venait de paraître le 8 mai. Le 17 et le 24 mai, Gaston Deschamps, le chroniqueur littéraire du *Temps*, avait publié sur le roman deux articles assez critiques, regrettant que *Rome* ne soit qu'une « compilation bâclée », un « guide géant inclus dans un mélodrame romantique », et reprochant à l'écrivain sa « science rapide, expéditive et superficielle ». Il signalait aussi des emprunts non avoués au livre de Goyau, Pératé et Fabre, *Le Vatican, les papes et la civilisation*, qui est effectivement une des sources du roman. « Les droits du romancier » (6 juin 1896) apporte la réponse de Zola. Sans jamais nommer le critique, qu'il appelle seulement « le monsieur », il le réduit d'emblée à une figure de « l'envie », de « l'impuissance », de la « mauvaise foi » et de la « bêtise », ne sachant que « nuire pour le plaisir de nuire, baver sur une œuvre pour la joie de la souiller ». On serait surpris par la violence de cette riposte, si l'on ignorait que Zola réplique sans le dire à un article de Deschamps plus ancien, paru dans *Le Temps* du 9 février 1896, dans lequel le critique raillait de manière assez venimeuse les candidatures infructueuses de Zola à l'Académie, et exhumait, pour mettre l'écrivain dans l'embarras, des phrases anciennes écrites par celui-ci contre les académiciens dont il sollicitait les suffrages. Après ce début d'article vengeur, Zola en vient à l'exposé de sa méthode, qu'il a déjà maintes fois présentée. Il insiste sur la triple documentation qu'il accumule, dans les livres, auprès des témoins compétents, et sur le terrain. Non sans complaisance, il énumère les « bibliothèques » dont il s'est entouré pour chaque roman. Il en profite aussi pour rappeler ce qu'il appelle sa « fonction véritable » : « je ne suis pas un savant, je ne suis pas un historien, je suis un romancier ». La question de la documentation n'a donc qu'une importance secondaire, seul compte le résultat, les « êtres de chair et de sang » tirés du matériau documentaire. À l'époque du naturalisme pur et dur, jamais Zola n'aurait laissé passer un tel aveu. Mais les temps ont changé, et le naturalisme élargi dont il se réclame depuis la fin des *Rougon-Macquart* le porte plutôt vers la vie que vers la science. La fonction véritable du romancier sera donc maintenant de « faire de la vie » : « un grand producteur, un créateur n'a pas d'autre fonction, manger son siècle pour le recréer et en faire de la vie ». C'est le Zola nataliste qui parle ici, fier de sa « virilité de créateur d'hommes » et de la « nuée d'enfants » qu'il a engendrés dans son œuvre.

L'article de Zola parut le 6 juin. Le soir même, dans *Le Temps* daté du 7, Gaston Deschamps répliquait, et encore le 14. Zola, rompu à la polémique, et pas mécontent sans doute du bruit qu'elle faisait autour de son nouveau roman, répondit encore. Son article, « Les droits du critique », devait passer dans *Le Figaro* le 20 juin. Il y évoquait pour la première fois l'article « empoisonné » du 9 février, et, abandonnant cette fois toute considération générale, il se limitait à une polémique violente et directe contre Deschamps, ses « mensonges » et sa critique « assassine », l'accusant de vivre « des inavouables déchets du bas journalisme ». Le directeur du *Figaro*, Fernand de Rodays, intervint alors, et, dans une lettre du 19 juin, annonça à Zola qu'il refusait de faire paraître l'article, lui rappelant que le grand public attendait de lui, « non des plaidoyers *pro domo*, non de vaines discussions littéraires, mais des articles de haut vol sur des questions d'intérêt général ». La démission de Zola fut immédiate, et l'article ne parut que dans le volume, en 1897.

Ainsi finit abruptement cette « nouvelle campagne », par deux textes de polémique qui montraient que Zola, même assagi, même mûri par l'expérience et les épreuves, n'avait rien perdu de sa pugnacité. Les articles repris dans *La Vérité en marche* allaient bientôt le faire voir. Ce qui reste de cette campagne inachevée, c'est l'image d'un homme libre, d'un passionné qui se refuse à la sagesse, cette abdication (« mais moi, je ne suis pas un sage »), et qui, jusqu'au bout, combattra pour la vérité et la justice : « Oui, je n'ai repris ma plume de journaliste que pour cette besogne, et je mets là l'unique passion de ma vieillesse commençante : être intellectuellement très brave, écrire ce que beaucoup d'autres pensent et n'écrivent pas. Oh ! je sais ce que cela m'a déjà coûté et me coûtera encore. Mais j'aurai eu la joie de me satisfaire. » Tout l'homme de « J'accuse » est déjà dans cette proclamation.

Jacques Noiray

NOUVELLE CAMPAGNE

L'opportunisme de Léon XIII

Un catholique français, non pas un simple dévot de culture médiocre, de croyance étroite, mais un esprit religieux, instruit, aux idées larges, fait le voyage de Rome, visite des prélats, s'entretient avec des cardinaux, est reçu en audience particulière par le pape. Et je m'imagine sa stupeur, au milieu du monde vu dans lequel il est brusquement tombé !

Lui, arrive dans Rome avec la religion de son pays, de sa race, de ses habitudes politiques et sociales. C'est une religion restée militante, qui s'attarde encore à discuter et à prouver l'existence de Dieu. D'une part les croyants, de l'autre les athées ; et la bataille s'éternise, avec une rudesse, une continuelle flamme de passion, sans que la paix puisse se faire entre les deux camps qui se disputent le sol et le peuple. En outre, cette religion est mêlée au sang même de notre histoire nationale, elle est chez nous d'une classe et d'un parti, si étroitement liée à l'idée d'aristocratie et au principe de monarchie absolue, qu'elle paraît en danger de mort, dès qu'une république égalitaire balaie le trône et ses défenseurs.

À Rome, au contraire, voici beau temps que la religion ne se discute plus. Sur cette terre conquise, Dieu n'est plus à prouver. Il est là chez lui, il règne en antique roi, dont personne ne songe à mettre en doute l'existence. Et cette religion, depuis si longtemps reine paisible, jouissant sans lutte de la possession totale des âmes, n'est point la propriété exclusive d'une caste, d'une dynastie, car elle est le peuple entier ; et elle est même davantage, elle est l'humanité, l'universalité des nations, par-dessus les frontières. L'idée de patrie finit par disparaître : les empires peuvent crouler, Rome reste immuable.

Alors, s'imagine-t-on la stupeur de notre catholique français ? Il arrive bouillant de nos querelles religieuses, dépensant son ardeur guerrière en belles discussions dogmatiques ; et il voit tout le Vatican qui sourit avec douceur, plein d'un mépris courtois pour tant de zèle inutile. Dieu est le créateur, le maître du monde. Mais, puisqu'il ne se montre pas, puisqu'il a délégué sa puissance au pape, chef de la Sainte Église, il ne reste à régler qu'une question de gouvernement. On a mis Dieu au fond du sanctuaire, il règne sans gouverner du haut du Ciel, dans l'immobilité de sa gloire. Et il faut bien gouverner à sa place, l'Église ne saurait même avoir d'autre fonction, le pape est un dictateur nommé à vie, chargé d'expédier les affaires de la chrétienté, avec le concours de son sénat, le Sacré Collège. Certes, le Saint-Esprit est là qui veille, l'infaillibilité en découle, il ne s'agit que de conduire les hommes à leur salut, par les voies les plus courtes ; mais, en somme, dans la pratique quotidienne des choses, ce n'est toujours qu'une vaste administration des ministères et des bureaux, menant le monde, sans avoir à perdre son temps dans la discussion oiseuse de savoir si Dieu est là-haut ou s'il n'y est pas. Il y est sûrement, puisqu'on gouverne en son nom.

De même, quand notre catholique français apporte sa passion politique toute chaude, entend garder Dieu pour son parti et le forcer à maintenir le pouvoir de son choix, le Vatican se contente de sourire encore, discrètement. La France a beau être la fille aînée de l'Église, elle n'est point toute la famille. Le pape a charge de la famille entière, des sœurs adverses qui s'entre-déchirent, de sorte que rien n'est plus délicat que sa situation, dans l'éternel conflit international. Lui, ne saurait avoir de patrie, et son unique tactique ne peut être que le triomphe de la religion, même sur les ruines des nationalités agonisantes, en train de disparaître. Lier le sort de la religion à une classe, à une dynastie, courir le risque de la voir sombrer avec elles, le jour où elles sont condamnées, serait une faute absurde. Non, non ! périssent les aristocraties et les royautés, et que Dieu vive !

Depuis des mois, c'est une de mes grandes curiosités que de suivre l'embarras sans cesse renaissant où les catholiques de France mettent Léon XIII, à propos de la loi sur le droit d'accroissement. Le cas est certainement un des plus typiques qui se puissent citer.

Voilà une loi ne touchant en aucune façon au dogme, n'ayant pour ainsi dire qu'un intérêt local. Mais les catholiques en ont fait un cheval de bataille, et ils ont résolu de s'en servir comme d'un instrument de guerre contre la République. Ajoutez que les passions religieuses, toujours vives chez nous, se sont exaspérées dès que les évêques ont cru devoir prendre parti. Ce sont de terribles brouillons que nos évêques, dont on a une sainte terreur en cour de Rome, tant leur zèle est parfois intempestif. Les uns conseillent la révolte aux congrégations, les autres laissent entendre que la soumission leur paraît plus sage ; et la guerre est allumée, une guerre au couteau qui n'a plus aucune raison de finir, dans notre pays d'éternelle dispute.

Et le contrecoup se produit naturellement à Rome. Les lettres pleuvent à la secrétairerie d'État. Chaque congrégation demande des ordres : doit-elle céder, doit-elle résister ? Les plus fougueux des évêques ne peuvent se tenir, et ils font le voyage, ils assiègent l'antichambre du Saint-Père. Cependant, celui-ci est fort ennuyé. La vérité est que la question le laisse froid, au milieu de tant d'autres problèmes vastes, universels, d'une importance vitale pour le catholicisme. Qu'importe, au fond, que sur ce coin de terre de France les congrégations rentrent ou ne rentrent pas sous le droit commun, lorsqu'il s'agit de conquérir les démocraties montantes, de trouver dans le renouveau des peuples un renouveau du christianisme ! Mais allez donc conter cela à des évêques, à des fidèles, qui croiront que Dieu est mort et que la franc-maçonnerie triomphe, si le pape ne dit pas son fait à la République française !

Léon XIII, alors, n'a d'autre arme, pour s'en tirer, que l'éternelle arme de Rome, le silence : se taire, écrire le moins possible et attendre. Seulement, on le traque, on force sa porte, on l'oblige à parler. Il n'est pas de visiteur français, ecclésiastique ou même simple laïque, qui ne veuille avoir son avis sur ce droit d'accroissement, dont la discussion met en rumeur le clergé de France. Ce sont des interviews déguisées, ses moindres réponses sont imprimées, commentées à l'infini. Tout évêque revenant de Rome se croirait sans prestige, s'il ne rapportait une parole de Sa Sainteté, entendue de ses oreilles, affirmée en toute bonne foi. Sans compter les lettres du cardinal Rampolla, dont les moindres phrases, les phrases d'habituelle courtoisie, bouleversent nos diocèses.

Et il arrive fatalement ceci, c'est que Léon XIII paraît avoir plusieurs paroles. À l'un il a dit blanc, à l'autre il a dit noir. Si l'on écoute celui-ci, le pape s'est prononcé nettement pour la résistance à outrance ; si l'on écoute celui-là, il conseille la soumission immédiate. La moindre accusation qu'on lui adresse est d'avoir un double visage, une face d'apparence aimable pour la République française, tandis que l'autre face souffle chez nous la discorde, pousse à la guerre civile. Et c'est ainsi, depuis des mois, une confusion extraordinaire, des commérages sans fin, pour un mot écrit, pour une parole entendue.

Ah ! qu'on l'ennuie, ce pape sage et prudent ! Avoir le monde sur les bras et être fatigué quotidiennement par des querelles de boutique ! Dès le premier jour, sa volonté a été formelle de ne pas risquer inutilement son autorité, dans cette bagarre de simples intérêts particuliers. Et il est bien possible que les uns aient entendu noir, tandis que les autres entendaient blanc. Mais c'est bonnement qu'il ne pouvait leur répondre à tous : « Peu importe, agissez à votre guise, et laissez-moi à ma conquête du monde moderne ! »

Il est un autre cas qui promet de doux moments aux observateurs curieux. Je veux parler du Congrès des religions, lors de notre Exposition de 1900, et dont l'abbé Charbonnel s'occupe avec une belle flamme de passion et de foi.

On sait qu'un pareil congrès s'est déjà tenu à Chicago avec un plein succès. Le but est de réunir les prêtres de toutes les religions du monde, de façon à trouver un terrain, la croyance en un Dieu créateur, le Père infiniment bon et juste, où l'entente puisse se faire, universelle, dans une prière unique, un acte de foi commune. Et cela est certainement fort grand, d'une tolérance admirable, sans parler des fruits merveilleux que les enthousiastes en espèrent. Je n'entends pas donner ici mon opinion, car c'est une bien grosse affaire, qu'on ne peut juger en vingt lignes. Je veux faire simplement remarquer que le pape avait adhéré à ce congrès puisque des évêques catholiques y ont assisté. Aujourd'hui, la question revient, aggravée, du moment que la réunion ne doit plus avoir lieu là-bas, en Amérique, mais en France, dans un Paris retentissant, d'où partent les révolutions. Et c'est bien ce que disent les adversaires du congrès, que ce que le pape a toléré au loin, il ne peut le laisser faire ici ; et voilà de nouveau un beau champ de bataille, où, parmi les furieux coups échangés, nous allons sans doute voir se reproduire ce qu'on a nommé l'opportunisme de Léon XIII.

Dès le premier jour, l'abbé Charbonnel, sans pouvoir engager Sa Sainteté, a laissé entendre qu'il avait pris ses renseignements à Rome et qu'il n'en avait reçu que des encouragements. Cela était certainement vrai : il suffit de connaître un peu le pape pour le sentir acquis à une tentative de ce genre. Mais son embarras va commencer, aujourd'hui que tout l'épiscopat français se lève inquiet, irrité, condamnant l'idée de congrès. On est beaucoup plus tolérant à Rome qu'en France, soyez-en convaincus ; je veux dire que, dans le haut clergé, la religion y est moins étroite, plus humaine, dégagée des discussions sans fin. Nos bons évêques mêlés à nos luttes politiques, engagés dans des controverses avec les athées du livre et du journal, ignorent la belle tranquillité souriante des prélats romains, d'une diplomatie optimiste, certains que, malgré tout, Dieu triomphera.

Alors, nous allons donc avoir, si cette affaire du congrès n'est pas enterrée, une nouvelle preuve de la prétendue duplicité de Léon XIII. Le cardinal Rampolla écrira des lettres dont les phrases les plus volontairement vides seront commentées à l'infini, approuvant pour les uns le congrès, et pour les autres le condamnant. Des évêques iront voir le pape, rapporteront des réponses diverses, absolument contradictoires. Nous aurons des conversations, des confidences, des affirmations et des négations de nuances aussi multiples que les journaux qui nous les feront connaître. Et, très promptement, l'affaire, comme celle du droit d'accroissement, sera bel et bien si confuse, si embrouillée, qu'il deviendra tout à fait impossible de savoir l'opinion exacte du Saint-Père, qui aura dit noir aux uns et blanc aux autres.

Ah ! qu'on va l'ennuyer de nouveau, et cette fois dans une question qui le passionne ! Je m'imagine qu'il a dû rêver souvent ce Congrès des religions, lui dont le grand rêve aura été d'unifier la croyance, de ramener dans le giron catholique toutes les sectes chrétiennes éparses par le monde. Dernièrement encore, il s'efforçait de reconquérir les Églises schismatiques d'Orient, il faisait des avances aux Églises anglicanes, il songeait à un traité d'alliance avec l'Église russe. La Réforme elle-même ne lui paraît pas définitive, et il doit compter qu'un jour viendra, s'il a des successeurs de son génie, où le protestantisme fera sa paix avec Rome, reviendra au logis paternel, comme l'enfant prodigue, que toute la famille fête, dans l'allégresse. Il les a reçus à Rome même, ces patriarches du grand schisme oriental, et, s'il l'osait, il les recevrait aussi à Rome, les pasteurs de l'Allemagne, de l'Angleterre et de l'Amérique, les rabbins de toutes les nations, les prêtres des idoles hindoues et chinoises, ceux même des peuplades sauvages qui adorent des fétiches. Oui, ce serait à Rome qu'il convoquerait le congrès des religions, et il voudrait le présider en personne, et il aurait assez de foi pour croire que le catholicisme absorbera un jour toutes les autres croyances, et que la paix régnera sur les hommes, quand ils n'auront plus qu'un Dieu !

D'où vient donc cet opportunisme de Léon XIII, qui le fait si diversement juger ? Et j'arrive ici à la pensée qui m'a fait écrire ces lignes.

Lorsqu'on étudie son règne déjà long, on le voit constamment désireux de bonne entente, allant jusqu'aux concessions extrêmes pour ne pas rompre avec les puissants. En France, il accepte la République, il ose briser la séculaire tradition, en se mettant avec le peuple, contre le roi. Partout, il se montre favorable aux démocraties, il écoute le cardinal Manning qui parle au nom du menu peuple anglais, il cède aux évêques d'Amérique qui lui font lever l'excommunication lancée contre l'association socialiste des Chevaliers du Travail. C'est surtout dans ses rapports avec cette Église d'Amérique, si audacieuse, si révolutionnaire, qu'il fait preuve d'une intelligence singulièrement souple et prudente, donnant presque toute liberté aux évêques de là-bas, leur permettant un langage et des actes qu'il réprimerait sans doute chez des évêques de notre vieille Europe, comme coupables de rébellion et entachés d'hérésie.

Et l'on se demande jusqu'où irait sa tolérance, s'il vivait longtemps encore. Elle irait, selon moi, jusqu'à l'extrême limite des concessions que Rome peut faire, sans être elle-même menacée de disparition et de mort. Car tout est là, Léon XIII a conscience du schisme menaçant, du schisme imminent, qui, fatalement, doit se produire un jour. J'ignore si, dans l'orgueil de sa foi, il s'est jamais avoué sa peur à lui-même ; mais, consciente ou non, apportée derrière les murs clos du Vatican par tous les souffles du monde moderne, cette peur du schisme est en lui, explique seule ses actes, son ardent désir d'unité, son adhésion aux démocraties, son indulgence pour les évêques démocratiques qui se font adorer des foules. Ah ! grouper toutes les forces chrétiennes en une seule armée, pour résister dans la décisive bataille qu'il sent venir ; avoir avec soi le peuple, le peuple victorieux des rois, le peuple que

Jésus aimait ; se servir des nouveaux apôtres qui se dresseront parmi les humbles, en réclamant l'œuvre de prochaine justice : oui ! il n'y a pas d'autre tactique pour la vieille Église catholique, apostolique et romaine, si elle veut vivre, se régénérer et soumettre enfin la terre à sa domination !

Le schisme, le schisme ! tout l'annonce. Il est inévitable, comme il l'a déjà été une fois, au temps de la Réforme. On le sent qui sort de terre avec les sociétés nouvelles, et il doit pousser forcément sur les ruines de tout ce qui croule. Je ne crois pas pourtant que ce soit en France, car notre terre n'est plus assez neuve, notre esprit religieux est un des plus routiniers, des plus formalistes, des plus odieusement étroits que je connaisse. Aussi l'abbé Charbonnel peut être frappé d'interdit, je doute qu'il se hausse jamais à la taille d'un Luther. Mais, là-bas, en Amérique, quel sol vierge est fécond pour une hérésie triomphante ! Comme on voit bien un Mgr Ireland lever un beau matin l'étendard de la révolte, de faire l'apôtre de la religion nouvelle, une religion dégagée des dogmes, plus humaine, la religion que nos démocraties attendent. Et quelle foule passionnée il traînerait derrière lui, et quel d'universelle délivrance !

Léon XIII le sait-il ? Pour moi, je le répète, il en a tout au mois le frisson. Cette chose arrivera, le jour où, de concession en concession, le pape régnant se trouvera acculé au dogme même. Ce jour-là, il ne pourra aller plus loin, ce sera Rome, l'éternelle, avec sa masse énorme de traditions, ses siècles, ses ruines, qui deviendra l'obstacle infranchissable. Incapable de se transformer davantage, elle s'effondrera. Et, si le christianisme remonte, comme les roses d'automne, il ne refleurira que dans une autre terre, moins saturée d'histoire.

(*Le Figaro*, 1er décembre 1895.)

La vertu de la République

République, ma mie, avez-vous jamais songé à l'extraordinaire vertu qu'on exige de vous, une vertu impeccable et blanche sur laquelle fait tache le moindre grain de poussière ?

Il est des femmes fort estimées, qui, sans déchoir, peuvent avoir sur la conscience deux ou trois grosses peccadilles. Quand elles sont aimables et jolies, on va même jusqu'à leur tolérer les grandes fautes, on ferme les yeux, pour ne pas rendre l'existence impossible. Où en serait-on, avec qui vivrait-on, si l'on exigeait des honnêtetés parfaites ?

Mais vous, ma mie, vous êtes tenue à la pureté de l'hermine, à la blancheur des neiges, à la candeur virginale des lis, sous peine de scandaliser le monde et d'être traitée en fille dévergondée et perdue, qu'on ne peut saluer décemment sur un trottoir.

Dans ma vie déjà longue, j'ai pu voir naître en France deux républiques. L'une succédait à une monarchie, l'autre remplaçait un empire. J'étais bien jeune à l'avènement de la première, mais j'ai pourtant gardé le souvenir très vif de l'enthousiasme qu'elle souleva, des espérances illimitées qu'elle semblait apporter, dans les plis de sa robe, en belle fille, ivre de jeunesse et d'avenir. Plus tard, j'ai vu le 4 Septembre, avec son espoir fou de victoire et de revanche. Et, les deux fois, la psychologie a été la même, l'évolution s'est présentée d'une façon identique.

Sous une monarchie, sous un empire, l'opposition a la même attitude, tient le même langage. Dans les Assemblées, elle est représentée par des hommes intègres et sévères, qui foudroient les abus de la tyrannie, les débordements des cours, les hontes d'un peuple perverti par la servitude. Ah ! s'ils étaient les maîtres, quel coup de balai dans les écuries d'Augias, comme ils nettoieraient le pays de toutes les ordures amassées, comme ils assainiraient, comme ils purifieraient le sol national ! Et quelle noble floraison ensuite, la liberté d'abord, puis l'honnêteté publique, une nation qui en reviendrait à l'innocence première !

Le pis est que les républicains de demain ne se contentent pas de parler, ils écrivent. On les voit prendre des engagements, signer des papiers dans lesquels ils jurent de rendre la France parfaite et heureuse. Ce sont les fameux programmes, trop beaux, tout un pays de cocagne, les impôts réduits, la misère combattue, le travail organisé, la paix des âmes assurée par la tolérance, le bonheur de tous conquis par la simple équité. Et, quand ils sont au pouvoir, de tant de belles promesses, ils n'en peuvent guère tenir qu'une, ils donnent tout de suite la liberté de la presse, des verges pour les fouetter.

Au fond, on en est resté à l'homme bon de Rousseau. Rendez l'homme libre, débarrassez-le des liens sociaux, replacez-le au milieu de la nature vierge, et vous obtenez l'âge d'or, l'honnêteté absolue, la félicité complète. Il n'est pas d'erreur plus dangereuse car elle a toujours mené au rêve farouche des grands révolutionnaires, incendiant le vieux monde pour hâter la venue du monde nouveau, dans le champ ravagé, purifié par le feu. Tout gouvernement qui se fonde sur cette illusion de l'homme bon semble, jusqu'ici, fatalement condamné à souffrir et à périr.

Et voyez ce qui se passe, au lendemain de la proclamation d'une république. Les programmes sont là, on en réclame l'exécution immédiate. Il est entendu que la monarchie et l'Empire ont emporté avec eux toute la vilenie et toute la misère humaine. Puisqu'on a promis, au nom de la République, la vertu et la justice, la liberté et le bonheur, vite, vite ! qu'on serve ce grand festin et que le peuple s'attable, et que toutes les nobles faims se rassasient !

Hélas ! le festin ne vient pas, les convives attendent et bientôt se fâchent, car le monde n'a pas changé du matin au soir, ce sont encore les mêmes plaies qui saignent, la même humanité qui souffre. Le moindre progrès demande des années de gestation douloureuse, on met un siècle pour obtenir des hommes un peu plus d'équité et de vérité. Toujours l'animal humain reste au fond sous la peau de l'homme civilisé, prêt à mordre, lorsque l'appétit l'emporte. Certes, il faut bien espérer que l'éducation de la liberté se fera, qu'un jour la raison régnera, dans la République de l'avenir, mais que d'années, que d'années seront nécessaires à cette éducation du peuple, et quelle folie de croire aujourd'hui que tous les maux sociaux cesseront, parce qu'on aura changé l'étiquette gouvernementale !

Le pis est que, loin de disparaître, ces maux semblent au contraire s'aggraver, dès qu'on est en république. Il n'y a plus là le despote dont la main de fer renfonçait le cri de souffrance dans la gorge des faibles. Il avait ses ministres, ses Chambres, ses tribunaux, ses gendarmes, pour dompter la bête, la museler d'or ; donner l'illusion qu'elle était vaincue et heureuse. Toute une façade d'honnêteté, de bon ordre, de prospérité digne, resplendissait au soleil. Mais que le despote soit renversé, et le mensonge croule, la carcasse se montre, pourrie, branlante. La bête est lâchée, le cri de misère monte de partout, c'est comme une bonde qui saute, et le fond vaseux jaillit, éclabousse la pleine lumière du jour. Les historiens bien pensants appellent cela les saturnales révolutionnaires. En réalité, c'est encore la monarchie, et c'est encore l'Empire, mais vus cette fois par l'entrée des artistes.

Ajoutez la presse libre, la terrible action des journaux voyant tout, fouillant tout, disant tout. Chaque matin, les petits papiers circulent, la vie intime de chacun est révélée, discutée, l'inquisition, la délation, la diffamation règnent en souveraines. Vous imaginez-vous un roi, un empereur, tolérant cela, consentant à être examiné jusque dans ses verrues ? Comme il vous coffrerait ces messieurs, avec leurs journaux de scandale et de chantage ! Mais la République, elle, ne peut pas, puisqu'elle est venue pour donner à tous la liberté. Entrez, sa maison doit être de verre. Tapez sur elle, crachez-lui à la face ses tares fatales, les misères physiologiques et morales qu'elle a forcément, comme tout être humain : elle n'a pas même le droit de protester, elle qui n'attend rien que de la vérité et de la justice. Ah ! la bonne fille qui s'est désarmée, aux noms sacrés de la liberté, de l'égalité et de la fraternité ! comme on lui fait payer cher d'avoir promis la vertu et le bonheur, de s'épuiser à vouloir tenir sa parole, et de ne pouvoir faire que l'humanité ne reste pas l'humanité, avec tous ses vices et tous ses crimes !

Est-il un exemple plus frappant que cette imbécile aventure du Panama dont notre France républicaine souffre depuis de longs mois, qu'elle porte à son flanc comme un ulcère, et dont elle finira peut-être par mourir ?

Je veux bien que l'honnêteté française soit un peu comme la jeune grande première de l'Ambigu, une honnêteté toujours sans tache, que pas un spectateur ne se permettrait de soupçonner. Il se forme ainsi un type conventionnel de droiture, de loyauté, de fierté, qui témoigne du bel idéal des foules prises en masse ; et j'ajoute même qu'il y a, dans l'illusion d'un pareil type, un outil excellent de police sociale. Mais enfin, entre nous, il faut bien convenir que les affaires, en ce bas monde, deviendraient impossibles, si l'on n'avait pour les traiter que les pures abstractions des virginités et des probités de mélodrame.

D'abord, vous êtes-vous jamais demandé ce qu'il serait advenu du Panama, si la catastrophe s'était produite sous une monarchie ou sous un empire ? Ah ! comme on l'aurait escamoté ! quel coup d'éponge immédiat ! quel silence salutaire imposé aux journaux, pendant qu'on se serait hâté de faire disparaître le cadavre ! Et, mon Dieu ! cela n'aurait-il pas été plus propre, moins dangereux pour la nation, d'une politique beaucoup plus sage en tout cas ? Seulement, la République n'a pas pu, toujours parce qu'elle est la liberté et la vertu, l'honnête femme qui ne craint pas de laver son linge sale en public. Ses adversaires, qui l'ont forcée à ce déballage, dont ils n'auraient pas permis le scandale chez eux, lui feront bien voir si le jeu en est innocent.

Puis, où est donc le naïf qui s'imagine que les affaires d'argent peuvent être propres ? Dans ces énormes entreprises, quand on brasse les millions pour la réalisation de travaux gigantesques, il faut faire la part de la boue humaine, des appétits, des passions dont on remue forcément la vase. Je veux bien qu'on ne le dise pas tout haut ; mais ce sont des choses qu'on sait, qu'on accepte. Suez n'a certainement pas été plus propre que le Panama. On y trouverait les mêmes pots-de-vin, les mêmes consciences achetées, les mêmes abominations et les mêmes turpitudes. La différence est simplement que les cadavres y dorment dans l'oubli, dans le pardon triomphal du succès. Ah ! si le Panama avait réussi, les actionnaires n'auraient pas assez d'acclamations pour ces financiers voleurs, pour ces députés vendus, que la rage de tant de ruines fait aujourd'hui jeter au cloaque ! Ce n'est pas le crime qui fait le déshonneur, c'est l'insuccès.

Que s'est-il donc passé de si extraordinairement monstrueux dans ce Panama dont les adversaires de la République usent et abusent, avec une telle persistance de scandale ? On y a vu un ministre vendu, d'autres soupçonnés de complaisances louches : on y a compté jusqu'à une douzaine, mettons deux douzaines, de députés et de sénateurs achetés plus ou moins cher. Et voilà le crime sans exemple qu'on affiche, devant le monde entier, à grand renfort d'ignobles indiscrétions, en vidant les carnets graisseux des hommes de police ! Mais, grand Dieu ! cela s'est passé sous tous les régimes, il faut être sous cette grande bête de République vertueuse pour affecter de l'ignorer et de s'en étonner. On le savait, on le disait moins haut, voilà tout. Et je trouve même que ce ministre vendu, ces députés et ces sénateurs achetés, sont des pleutres, de bien petites canailles, à côté des grands voleurs épiques et des vendus superbes de la monarchie et de l'Empire. Quelques millions à peine, des miettes jetées comme à des chiens, des petites gens sans élégance qui se contentent de simples pourboires ! mais c'est misérable, quand on songe à ces hauts seigneurs dont les dettes à payer lassaient le souverain, à ces puissants de suprême distinction, qui étaient dans toutes les affaires, ramassant l'or dans toutes les poches !

Et cela recommence, avec l'idiote odyssée de cet Arton, qui ne sait rien, qui ne dira rien ! Et voilà de nouveau, pendant des semaines, la France bouleversée, devant des torrents d'encre et de boue ! Et tout cela pour arriver à constater qu'il y a, dans la politique, des pauvres diables malhonnêtes ! Assez, assez ! c'est imbécile ! Où est-il donc, le bon tyran qui rejettera la Vérité dans son puits, mettra les journaux au pilon et les journalistes sous clé ?

Veut-on un autre exemple de l'extraordinaire vertu qu'on exige, dès qu'il s'agit de la République ? A-t-on jamais assisté à une campagne plus honteuse, plus abominable, que la campagne menée depuis quelque temps contre M. Félix Faure ?

Un président de la République, y songez-vous ! mais cela doit être impeccable ! Il faut qu'il reluise de toutes les vertus, pas un soupçon ne peut être toléré sur la pureté immaculée de sa vie ; et il ne s'agit pas de lui seulement : ses proches, ses ancêtres jusqu'à la quatrième génération, ne sauraient offrir la moindre tache à l'enquête la plus minutieuse. Sans doute, il y a eu des rois peu recommandables, fils de reines plus que légères ; il y a eu des empereurs dont les familles laissaient à désirer, au point de vue de la moralité stricte. L'histoire est là, sans parler des chroniques scandaleuses. Seulement, c'est chose convenue, les empereurs et les rois sont et font ce qu'ils veulent, attendu qu'ils ne permettent pas qu'on les ennuie à venir regarder par le trou de leur serrure ; tandis qu'un président de la République doit vivre dans la fameuse maison de verre, du moment qu'il incarne la vertu et la vérité toutes pures.

Je le répète, cela est d'un bel idéal, et très flatteur pour le régime républicain. Le malheur est que, sous cette hypocrite exigence de la parfaite honnêteté, se cachent les manœuvres des plus basses passions politiques. Et combien elle est inhumaine, cette froide conception de l'honneur intransigeant, combien elle est peu tolérante aux misères et aux faiblesses inévitables de l'existence ! Sait-on ce qu'il y a de tendresse souvent, de bon cœur et de pardon, dans certaines complicités morales, voulues ou acceptées ? Des héros, de vertu totale, ah ! j'en ai connu, les plus durs, les plus impitoyables, les plus insupportables ! Non, j'aime mieux un homme, et surtout qu'il ait souffert, qu'il ait faibli, qu'il ait eu nos doutes et nos défaites, si nous voulons le trouver charitable et fraternel.

Mais l'idée conventionnelle est là, on est toujours à l'Ambigu, où la jeune grande première ne peut avoir failli. Déjà un président est tombé du pouvoir en expiation des fautes de son gendre, et nous voilà menacés d'en voir un second payer durement les erreurs de son beau-père. Les véritables honnêtes gens ont beau hausser les épaules, en s'indignant contre les diffamateurs : soyez certains que la flèche empoisonnée est dans la plaie et que désormais le poison fera son œuvre. Les exécrables journaux qui vivent de l'injure ne lâcheront plus leur victime. Vous verrez les attaques renaître sans cesse, excitant le prurit de vertu idéale chez le bon public, jusqu'au jour où l'homme devra disparaître, écœuré, sali, sous le tas de boue amassée.

Ah ! le grand sabre qu'on attend avec impatience, le grand sabre que beaucoup de gens demandent chaque soir au bon Dieu, dans leurs prières ! en voilà un à qui on n'en réclamera pas tant ! Il pourra bien être ce qu'il voudra, et lui, et ses proches, sans qu'on aille se permettre de fouiller sa vie. Personne ne s'inquiétera de savoir si une sœur de sa grand-mère n'a pas eu un enfant avant son mariage, ou bien si un cousin de la mère de sa femme n'a pas, en mourant, laissé impayés des billets à ordre. On sera trop content qu'il fasse enfin taire les insulteurs de la presse ; et quelle popularité, s'il enterre le Panama une bonne fois pour toutes, avec les petits papiers, les listes et les carnets des courtiers et des policiers marrons ! Puis, la France vivra heureuse. Le grand sabre y fera régner de nouveau la fiction de la vertu absolue, tout en étant lui-même, s'il en a le goût, le plus parfait des gredins.

Et voilà pourquoi, République, ma mie, vous avez tant de peine à vivre, en personne rangée et cossue, après vingt-cinq ans d'âge.

C'est qu'on exige de vous une vertu qui n'est pas de ce monde, j'entends une vertu qui pousse l'innocence jusqu'à se laisser contrôler publiquement, une vertu qui n'a pas de gendarmes pour garder sa porte aux heures de faiblesse.

Un beau soir, ma mie, vous en mourrez.

(*Le Figaro*, 24 décembre 1895.)

Le solitaire

Le triste et délicieux Verlaine s'en est allé au pays de la grande paix éternelle, et voilà que déjà se crée sur sa tombe fraîche toute une légende.

Il serait le solitaire, dédaigneux de la foule, qui aurait vécu dans le rêve hautain de son œuvre, sans abandon ni compromission d'aucune sorte. Il aurait repoussé les présents des hommes, le vil argent qui brise les volontés, les récompenses qui établissent des hiérarchies injustes et menteuses. Il n'aurait jamais ambitionné que sa propre estime, la joie d'enfanter au désert des livres de conscience et d'absolu, qui le satisferaient dans son impeccable souci d'art.

Et ce n'est pas tout, on l'emprisonne dans la mystérieuse tour d'ivoire dont les initiés seuls ont la clé. On le veut hermétique et caché, d'une obscurité sibylline de mage qui détient le secret de l'invisible. Si son génie est resté inconnu, c'est qu'il a refusé de le laisser connaître, par un légitime orgueil d'artiste divin, en l'enfermant sous la triple serrure du symbole. De là, l'exécration des bourgeois, dont la courte intelligence n'a pu le pénétrer, et qui, par basse vengeance, l'ont laissé mourir de faim. Puisque tu n'es pas un des nôtres, ni un amuseur, ni un amusé, puisque tu craches sur l'argent, sur le succès, sur la gloriole, puisque tu te vantes d'être l'unique de l'espèce, d'avoir des pensées, de parler une langue que personne n'entend, meurs donc à l'écart, dans l'inconnu où tu as vécu !

Dès lors, la légende est faite, la jeunesse littéraire a un nouveau culte. Verlaine devient le martyr de la sottise du peuple, dont il ne voulait pas être compris, mais qui aurait dû pourtant le nourrir. On dresse sa figure comme le drapeau de l'individualisme révolté, sans aucun devoir, n'ayant que des droits, réclamant pour soi une fraternité humaine que soi-même on n'exerce pas. Le plus grand, le plus haut, le plus incompris, le plus méconnu, le plus désintéressé, le plus volontairement à part de toute société, de toute fortune et de toute distinction honorifique.

En un mot, il est le solitaire, comme Dieu qui est seul, et rien n'est plus farouche ni plus souverain.

Eh bien ! tout cela n'est pas vrai.

J'ai connu Verlaine, trop tard, pendant les dernières années d'irrémédiable déchéance. Mais n'est-il pas évident que, dans un but de bataille facile à saisir, la jeunesse littéraire est en train de fausser une des plus douloureuses et des plus adorables figures de la littérature contemporaine ? Elle a besoin de sophismes, et elle les prend où elle peut, même d'une main sacrilège, parmi les fleurs d'une tombe.

Ah ! certes, si la poésie n'est que la source naturelle qui coule d'une âme, si elle n'est qu'une musique, qu'une plainte ou qu'un sourire, si elle est la libre fantaisie vagabonde d'un pauvre être qui jouit et pleure, qui pèche et se repent, Verlaine a été le poète le plus admirable de cette fin de siècle. Dès qu'on a écarté la préoccupation des idées générales, de toute psychologie menée à fond, de toute construction d'œuvres solidement conçues, il reste au premier rang des poètes élégiaques. Même on peut dire que sa vie décousue, traversée de catastrophes, gâchée par l'insouciance, l'a marqué comme poète, en libérant peu à peu son vers des antiques contraintes, en lui donnant l'aisance, le charme souffrant, la spontanéité et la naïveté du génie libre qui s'ignore. C'est par là sûrement qu'il a été personnel et qu'il a exercé une influence véritable, tout au moins sur la métrique d'aujourd'hui.

Seulement, il est bien certain qu'il a fait ses vers comme le poirier fait ses poires. Le vent soufflait, et il est allé où le vent l'a poussé. Jamais il n'a rien voulu, jamais il n'a rien discuté, combiné, exécuté, dans le plein exercice de son intelligence. On peut imaginer pour lui d'autres milieux, le soumettre à des influences différentes, lui prêter des vies totalement contraires ; et il est évident que son œuvre se serait transformée, aurait pris d'autres formes ; mais il est évident aussi qu'il serait resté l'esclave de sa sensation et que son génie aurait donné une intensité égale aux chansons involontaires sorties de ses lèvres. Je veux dire qu'avec une pareille nature, déséquilibrée et primesautière, peu importe le terrain, tout y pousse dans le même jaillissement de personnalité irrésistible.

Il était fils de bourgeois, bourgeois lui-même. Il n'a pas dédaigné la société, c'est la société qui l'a rejeté. Il est devenu un être à part, un solitaire, sans le vouloir, par une série d'inconséquences et de fautes, en homme radicalement incapable d'avoir un but et d'y marcher. Tout comme un autre, au début, il brûlait du désir de vendre ses livres, et il a toujours souffert du chagrin de ne pas les vendre. Il repoussait si peu les distinctions honorifiques, qu'il voulait très sérieusement se présenter à l'Académie ; et j'ai même de lui, sur ce point, une lettre des plus curieuses. En somme, s'il a tout refusé, comme on le dit, c'est que rien ne s'est offert à lui, car il n'était qu'un grand enfant, qu'une de ces âmes femmes, si fréquentes parmi nous, sensibles aux hommages, désireuses de croix luisantes comme des joyaux, de beaux uniformes de cérémonie, de vie fastueuse sous le ruissellement d'or des éditions sans nombre, aux acclamations d'une cohue de lecteurs idolâtres.

Et qui sait si la misère ne l'a pas diminué ? Sans doute j'accorde que le débraillé fatal de son existence donnait en partie à ses vers cette libre allure qui est leur nouveauté originale. Mais dans quel balbutiement informe il était tombé ! Comme on le sentait fini avant la fin ! Sa fameuse obscurité de mage n'est que la déliquescence d'un cerveau qui s'obscurcit. Je voudrais me l'imaginer heureux, renté, chauffé, membre de l'Académie, ayant eu le loisir de donner tous ses fruits, comme l'arbre que le destin favorable abrite des coups de gelée et des coups de vent. Très certainement, il aurait laissé une œuvre plus totale et plus vaste.

Il n'est réellement de solitaire que l'écrivain qui a voulu sa solitude, dans le champ librement choisi et fermé de son œuvre.

Et n'avez-vous pas été frappé par ce fait ? Chaque fois que notre jeunesse littéraire contemporaine éprouve le besoin de se donner un maître, elle le choisit à l'écart du succès et de la célébrité, parmi les foudroyés de la destinée du livre, ceux qui ont manqué leur vie, qui sont morts dans l'amertume finale de ne pas occuper la place qu'ils avaient l'ambition de prendre. Pour employer le vilain mot, il lui faut des ratés, à cette jeunesse, des avortés et des incomplets, des malchanceux en tout cas, dont personne ne puisse être jaloux, tant ils ont souffert et tant leurs œuvres restent discutables et peu connues.

C'est Barbey d'Aurevilly, le vieux lion comme on le nomme, d'un admirable tempérament romantique certes, mais qui n'a été qu'un Balzac outrancier, gâté par le parti pris d'un catholicisme satanique. D'ailleurs, ici, je ne juge pas les talents, je ne fais qu'indiquer les situations littéraires ; et Barbey d'Aurevilly est bien l'homme à part, dont les œuvres peu lues, la vie de pauvreté, l'orgueilleux dédain des récompenses trop lentes à venir, trop disputées, ne sauraient gêner aucune ambition militante. Il n'encombre pas le marché de ses éditions trop nombreuses, il ne bouche pas les rues qui vont à la Grande Chancellerie et à l'Institut.

C'est Villiers de l'Isle-Adam, un autre génie détraqué et incomplet de la même famille, un génie avec de tels trous qu'on n'en peut tirer que quelques bons morceaux à peu près entiers. Celui-ci a été la plus dolente, la plus navrante des figures. Je l'ai connu, et je ne puis songer à lui sans une douloureuse émotion. Une lutte quotidienne contre la misère noire, des œuvres qui tombaient dans l'indifférence, toute une existence de chimère, au travers de l'impassible foule qui ne voyait pas, n'entendait pas, ne comprenait pas. Et c'est encore Laforgue, mort jeune, si inconnu, si peu formulé, n'ayant laissé que des indications si peu précises, qu'il échappe, lui, à tout classement, une ombre de maître, l'ombre qui s'efface, qui ne fait que passer en laissant la place aux autres.

Je pourrais continuer l'énumération. Et, certes, rien ne serait d'une piété plus haute, si la jeunesse littéraire, en se donnant de tels maîtres, voulait remettre un peu de justice en ce bas monde, entendait honorer les héros malheureux, tombés obscurément dans la bataille. À ceux qui ont lutté, qui se sont débattus dans l'enfantement pénible de leur œuvre, sans succès, sans encouragement d'aucune sorte, quelquefois sans pain, nous devons des tombeaux de marbre, des épitaphes de fraternité et de louanges, pour que les passants honorent en eux le travail. Mais j'ai grand-peur que la jeunesse ne cède pas seulement à ce sentiment si noble de réparation, car ce qu'elle prétend exalter chez ces vaincus, c'est justement l'insuccès, le prétendu mérite de ne pas avoir écrit pour les hommes et par là même de n'avoir pas été compris d'eux, la fameuse gloire enfin d'avoir été obscurs, dédaignés et misérables.

Eh quoi ! vraiment, parmi les maîtres de notre jeunesse, rien que des foudroyés, des inconnus et des incomplets ? Pas un homme qui ait eu quelque chose à dire à la foule et que la foule ait entendu. Pas un homme aux idées vastes et claires, dont l'œuvre se soit imposée avec la toute-puissance de la vérité, éclatante comme le soleil ? Pas un homme sain, fort, heureux, ayant rempli son mérite proclamant par son exemple même, comme un Goethe, comme un Hugo, les forces éternelles de la vie ? Vraiment, cela est bien extraordinaire, ce choix exclusif des génies malades, en décomposition, et ne serait-ce pas que la jeunesse aime les routes libres, désencombrées, où les maîtres ne sont que des fictions, des ombres dont la mémoire ni les œuvres ne barrent la route ? À maîtres inconnus qui ne se vendent pas, disciples obscurs, excusés de ne pas se vendre, et disciples résolus à conquérir pour eux tout le public.

J'ai rêvé longtemps d'écrire une comédie, et, si je ne l'ai pas fait, c'est qu'elle manque un peu trop de femmes.

Il s'agit d'un brave homme de grand homme qui a naturellement autour de lui des jeunes, toute une bande de jeunes disciples chauffant à sa gloire, tâchant d'en attirer honnêtement sur leur personne quelques reflets. Et ils le flattent comme il convient, ils finissent par disposer de lui ainsi que d'une chose à eux, une châsse très précieuse, qu'il faut mettre à l'abri des mains profanes. Sa gloire n'est-elle pas leur œuvre, en tout cas leur propriété indiscutable, dont ils ont le droit de disposer ? Jamais ils ne souffriront qu'on la ternisse. Ils la défendraient contre le maître lui-même si, un jour, il s'oubliait jusqu'à risquer de déchoir.

Et l'âge des grandes luttes passe, et l'heure de la vieillesse approche, dans le triomphe des livres du maître, qui voudrait bien s'asseoir un instant au bord de la route, respirer un peu enfin, en jouissant du paysage.

Mais, un matin qu'un journal a parlé de la croix pour le maître, un des jeunes disciples accourt, indigné.

« Comment ! la croix ? Vous accepteriez la croix ? Mais ce serait une honte ! Vous êtes trop grand, on ne redescend plus quand on est monté si haut. Laissez-nous donc la croix, à nous autres infimes qui rampons dans votre ombre. C'est assez bon pour nous. »

Et le disciple se fait décorer à la place de son bon maître.

Un autre matin, le même journal raconte qu'il est question de la candidature du grand homme à l'Académie. Entrée furieuse d'un autre disciple.

« Vous n'allez pas démentir toute votre vie, j'espère ! Vous à l'Académie ! Vous consentiriez à vous baisser pour passer par cette porte basse ? Quand on a votre taille, on reste chez soi. Vous êtes trop grand, et l'Académie, c'est bon pour nous autres, qui sommes petits. »

Naturellement, le disciple s'assoira un jour ou l'autre dans le fauteuil du bon maître.

« Vous êtes trop grand ! vous êtes trop grand ! » Tous lui crient cela, et il en est même un qui lui prend sa maîtresse, sous le prétexte que, lorsqu'on est si grand, on ne doit pas s'attacher misérablement aux médiocres tendresses humaines. On le veut dieu, planant d'un vol majestueux au-dessus de toutes les faiblesses. Rien ne lui est toléré, ni une petite vanité, ni une sottise d'une heure, ni une aimable contradiction avec lui-même. Et, enfin, quand ils l'ont hissé comme un Siméon Stylite sur sa colonne, ils prétendent l'y nourrir de leur encens, ils font bonne garde autour de lui, pour que la fantaisie ne le prenne pas d'en descendre et d'aller courir le guilledou.

Cependant, le brave homme de grand homme s'ennuie considérablement sur sa colonne. Il est plein d'humaines faiblesses, le malheureux ! Il a toutes sortes de vieilles envies, d'envies bêtes, qu'il aurait un plaisir infini à contenter. Mon Dieu ! est-ce que, vraiment, cela le rapetisserait autant que ça ? Est-ce que ses œuvres en deviendraient moins bonnes, est-ce qu'il perdrait de sa taille, s'il goûtait un peu aux choses ordinaires, dont les humains se régalent ? Ainsi, cela l'aurait amusé d'être décoré, et il aurait éprouvé du plaisir, le jour où il serait entré à l'Académie. Ce serait évidemment très banal ; mais, puisque cela n'aurait fait de mal à personne, pas même à lui-même, pourquoi diable le persécute-t-on à vouloir faire de lui le mannequin auguste et impassible qu'il n'est pas ?

Et je n'ai pas le dénouement. Mais, si vous voulez, mettez que le grand homme, un beau jour, s'ennuie tellement sur sa colonne, qu'il en saute d'un bond, bouscule ses disciples et court à l'infamie de n'être qu'un homme.

Ah ! je sais bien où il est, le solitaire. Ce n'est pas toujours celui qui, par orgueil, travaille à l'écart, mécontent que toutes les fortunes et tous les honneurs ne lui soient pas apportés sur des plats d'or. Ce n'est pas celui dont les circonstances ont fait le dédain et qui se glorifie de vivre son impuissance dans la tour d'ivoire où il s'est cloîtré. Et le solitaire n'est, non plus, ni le pauvre, ni l'inconnu, ni l'incompris, car souvent ceux-là sont de la foule quand même, de l'immense foule qui roule ses flots obscurs.

Pour moi, le solitaire est l'écrivain qui s'est enfermé dans son œuvre, dans sa volonté de la faire aussi haute, aussi puissante qu'il en aura le souffle, et qui la réalise, malgré tout. Il peut se mêler aux hommes, vivre de leur vie ordinaire, accepter les mœurs sociales, être d'apparence tel que les autres. Il n'en est pas moins le solitaire, s'il a réservé le champ de sa volonté, libre de toute influence, s'il ne fait littérairement que ce qu'il veut et comme il le veut, inébranlable sous les injures, seul et debout.

(*Le Figaro*, 18 janvier 1896.)

À LA JEUNESSE

Ô jeunesse, avant de te dire des vérités peut-être un peu dures, laisse-moi te louer et t'aimer, comme il convient.

Tu es la joie, le parfum, l'espoir de la vie, tout ce que le bouton promet et que la fleur donnera. Tu es la santé, tu es la beauté, tu es le bonheur. Tu es le début du livre, la première page charmante qu'on lit sans fatigue, l'aube de la journée où le cœur se lève gaiement, tu es ce qui commence, ce qui ravit et ce qui semble ne devoir pas finir.

Je ne regrette que toi, ô jeunesse, et, de mes vieux désirs fourbus, il n'en demeure plus qu'un, hélas ! impossible à contenter, celui de te revivre. Ah ! oui, recommencer, être fort, être agile, être sain ! Courir encore les campagnes, boire aux fontaines des routes, se sentir le cœur chaud et la main prompte, dans la passion de tout conquérir ! Vouloir ouvrir les bras tout grands et prendre le monde !

Il n'est d'œuvre que, de toi, même les plus naïves, les plus imparfaites. Qu'importe que tu sois l'ignorante et la maladroite, si tu mets dans ton œuvre l'âme de tes vingt ans, la flamme de ta passion et de ta sincérité ! Chez tout écrivain, il n'est qu'une œuvre vraie et vivace, celle jaillie de ton sang jeune. Plus tard, on devient parfois un grand homme, mais on ne retrouve jamais l'heure unique des lilas d'avril et des roses de mai.

Il n'est d'amour que de toi, toi seule as les yeux purs, la bouche fraîche, la peau de fleur, le baiser qui sent bon ! Ah ! la femme jeune qui passe dans l'élancement fin de son corps, avec sa nuque délicieuse, pleine d'odeurs légères, avec son cou rond comme une tour d'ivoire, avec sa face claire et riante, d'une limpidité d'eau de source, où les lèvres des hommes rêvent de se désaltérer sans fin ! Il n'est que toi, ô jeunesse, qu'on doive aimer.

Et, maintenant que ma petite prière est faite, maintenant que voilà ma conscience en repos, nous allons pouvoir causer.

À la suite des quelques lignes que j'ai écrites sur Verlaine, en tâchant de dire honnêtement ma surprise de voir la jeunesse littéraire actuelle choisir presque tous ses maîtres parmi les écrivains foudroyés, incompris, même inconnus, on m'a répondu galamment que ma remarque venait de la fureur jalouse où me jetait le parfait dédain de cette jeunesse à mon égard. Mon Dieu ! oui, ces jeunes gens n'y vont pas par quatre chemins : quiconque discute leur panthéon ne peut être qu'un bas envieux, grelottant à la porte, dans le désir irréalisable d'y entrer. Si tu attaques nos maîtres, c'est que tu te fâches de n'être pas un d'eux. Et voilà un homme convaincu à la fois de laide colère, d'envie impuissante et de talent radicalement démodé.

En somme, elle est toute naturelle, cette belle réponse que m'a faite notre jeunesse littéraire. Ne l'a-t-on pas flagornée presque autant que nos hommes politiques flagornent le peuple ? Puisque le peuple détient le pouvoir, le bulletin de vote qui donne les sièges de député et de sénateur, le peuple est beau, le peuple est grand. On se traîne à ses genoux, on le traite en bon Dieu, maître des situations et des triomphes. Et c'est évidemment la même raison qui nous jette tous aux pieds de la jeunesse, nous les aînés que brûlent l'inquiétude de la postérité, l'ambition posthume de la gloire. Du moment qu'elle est le commencement de ce demain dont nous rêvons la conquête, le calcul fort simple est de l'avoir pour soi, de se mettre bien avec elle, pour être assuré qu'elle nous prendra sur ses vigoureuses épaules et qu'elle nous portera l'avenir.

Aussi la jeunesse a-t-elle vite senti sa puissance. Elle a vu que les aînés se disputaient ses faveurs avec un rare acharnement, car vous n'ignorez pas que, depuis quelques années, c'est à qui haranguera la jeunesse, la tirera à lui, l'attellera à ses idées et à sa fortune, pour galoper plus vite. Moi-même, le jour où j'ai présidé un banquet de l'Association générale des étudiants, n'ai-je pas recommandé le travail à la génération nouvelle, agissant là comme M. Josse, le bon orfèvre ? Et, ainsi que toute belle personne courtisée, accablée d'adulations, entourée d'un cercle d'épouseurs intéressés qui la célèbrent lyriquement, la jeunesse est excusable d'aimer cet aimable jeu, de mettre à ses moindres faveurs le plus haut prix, de se croire enfin une personne tout à fait considérable, disposant des renommées et les distribuant, comme nos jeunes filles fin de siècle distribuent en souvenir leurs vieilles paires de gants à leurs adorateurs.

Eh bien ! il faut d'abord rabattre un peu de cette situation exagérée, faite à nos cadets. La vérité est que la génération d'écrivains qui suit un grand écrivain est fatalement sa rivale, son adversaire irréductible. Les faits sont là, constants, pour appuyer cette vérité. Dans cette terrible lutte pour la vie qu'est la littérature, tout nouveau venu a le besoin de faire la place nette, d'égorger ses aînés, s'il veut pour lui tout le champ, tout l'empire. N'assistons-nous pas, depuis dix ans, à cette lutte sauvage des néo-idéalistes contre ceux qu'on a nommés les naturalistes, je ne sais trop pourquoi ? C'est qu'ils ont trouvé la route barrée, c'est qu'ils veulent passer quand même, pour chercher ailleurs leur originalité propre, sous peine de ne pas être. De sorte qu'on en arrive à cette conclusion imprévue que quiconque n'est pas combattu et nié par la génération nouvelle n'a pas de personnalité forte, d'originalité assez large pour boucher le siècle, comme on a dit.

Voilà qui réduit le panthéon de la jeunesse, si elle n'y met, par la force même d'une loi naturelle, que les écrivains qui ne la gênent pas. Peut-être alors ferait-elle bien de songer à ces choses, avant d'accuser les aînés d'enrager dans leur coin, quand elle ne les reconnaît pas ouvertement pour ses maîtres.

Eh ! qui vous dit, jeunes gens, qu'on veuille être votre maître ? Non pas que vous soyez dénués de tout talent et qu'il ne soit très glorieux de conduire votre horde à l'assaut de nos vieilleries. Mais, en vérité, on peut penser autrement que vous, sans être un sot complet, ainsi que vous avez l'air de le croire. Certes, je n'entends pas engager tous ceux de mon bateau, comme dirait mon ami Daudet. Pour mon compte seulement, j'aime mieux rompre, et rompre définitivement, une bonne fois, à jamais. Apportez les poignards, et rompons, jeunes gens, rompons sans esprit de retour.

Rompons d'abord sur le besoin de clarté qui me dévore et sur le goût de l'obscur où vous plongez. Ah ! la clarté, la limpidité, la simplicité ! imaginez-vous que j'en meurs ! Pour moi, il n'est pas certain que deux et deux font quatre, et il faut que je le prouve. Si mes livres sont si longs, si je me répète tant, c'est que je crains toujours de n'avoir pas été compris. Encore de la lumière, et plus de lumière encore, et tout le soleil qui flambe et qui féconde ! Oh ! pas septentrional pour deux sous, latin dans le cœur et dans le cerveau, amant fou des belles architectures symétriques, constructeur de pyramides sous le brûlant ciel bleu. Tel est mon état, je n'en comprends pas d'autre. Je voudrais la phrase de cristal, claire et si simple que les yeux ingénus des enfants pussent la pénétrer de part en part, s'en réjouir et la retenir. Je voudrais l'idée si vraie, si nue, qu'elle apparût transparente elle-même, et d'une solidité de diamant dans le cristal de la phrase. Vous voyez bien qu'il faut rompre, cela sera beaucoup plus digne. Rompons, jeunes gens, rompons, pour ne plus tromper personne.

Rompons ensuite sur l'amour que je garde à mon temps. Je comprends que vous ne vouliez pas être confondus avec un homme qui aime les halles, les gares, les grandes villes modernes, les foules qui les peuplent, la vie qui s'y décuple, dans l'évolution des sociétés actuelles. J'ai la faiblesse de n'être pas pour les cités de brume et de songe, les peuples de fantômes errant par les brouillards, tout ce que le vent de l'imagination apporte et emporte. Je trouve nos démocraties d'un intérêt poignant, travaillées par le terrible problème de la loi du travail, si débordantes de souffrance et de courage, de pitié et de charité humaines, qu'un grand artiste ne saurait, à les peindre, épuiser son cerveau son cœur. Oui, le petit peuple de la rue, le peuple de l'usine et la ferme, le bourgeois qui lutte pour garder le pouvoir, le salarié qui exige un partage plus équitable des bénéfices, toute l'humanité contemporaine en transformation, c'est là le champ qui suffit à mon effort. Jamais temps n'a été plus grand, plus passionnant, plus gros de futurs prodiges, et qui ne voit pas cela est aveugle, et qui vit par mépris dans le passé ou dans le rêve n'est qu'un enfantin joueur de flûte. Optimiste, ah ! de tout mon être contre le pessimisme imbécile, la honteuse impuissance à vouloir et à aimer. Rompons, jeunes gens, rompons sans attendre davantage, puisque nous ne pouvons nous entendre.

Et rompons enfin sur mon entêtée croyance au vrai, à la vieille nature, à la jeune science. Tout en elle, rien en dehors d'elle. Ce qu'elle ne sait pas, elle le saura, et ce qu'elle ne saura pas, nous tâcherons que cela reste de l'inconnu, sans devenir de l'erreur. J'ai mis ma foi en la vie, je la crois l'éternellement bonne, l'unique ouvrière de la santé et de la force. Elle seule est féconde, elle seule travaille à la cité de demain. Si je m'entête dans la règle étroite du positivisme, c'est qu'elle est le garde-fou de la démence des esprits, de cet idéalisme qui verse si aisément aux pires perversions, aux plus mortels dangers sociaux. Vous en êtes déjà au mysticisme, au satanisme, à l'occultisme, à la religion qui vit du diable, à l'amour qui ne fait pas d'enfants. Les peuples meurent, quand ils n'aiment plus la vie, quand ils vont par les ténèbres, hurlant à la mort, dans l'affolement du mystère. Seuls, les braves gens font le plus de vérité qu'ils peuvent, donnent leur effort jusqu'au bout, comme les arbres donnent les fruits sains et naturels de la terre ; et il n'est pas de meilleurs citoyens. Nous n'avons donc plus rien de commun, rompons, jeunes gens, rompons au grand jour.

Rompons sur toutes choses, rompons sur l'homme, rompons sur la femme, rompons sur la vie et rompons sur la vérité.

Voilà qui est juré, belle jeunesse, c'est fini, nous deux. Si vous ne voulez pas de moi, je veux encore moins de vous, comme la digne poule de nos basses-cours qui reculerait d'effroi devant la bande de petits canards sauvages qu'elle aurait couvés.

Lorsque vous clamez que vous avez l'horreur du vrai, que vous l'avez enterré et qu'il ne repoussera pas, ah ! si vous saviez comme vous me faites rire ! Admettons que, pour un moment, la passion du vrai s'atténue. Ne savez-vous pas que le jeu de bascule, dans la littérature, est éternel, que trop de vérité mène à trop de rêve, et que trop de rêve ramène à trop de vérité ? On n'enterre pas plus l'observation qu'on n'enterre l'imagination. Ce sont là des rodomontades de jeunesse, dans lesquelles je suis tombé moi-même, ce qui fait que ma vieille expérience s'égaie un peu de votre jeune présomption.

Mais il n'est pas réel que vous ayez obscurci pour une heure l'éclat des œuvres de vérité. Il est toujours debout, le fameux naturalisme, le naturalisme que vous dites chaque jour dans la tombe, pour bien vous convaincre qu'il y est. Et la raison de sa vitalité vigoureuse est fort simple, c'est qu'il est la floraison même de l'époque, c'est que lui seul peut pousser dans notre sol de démocratie et de science. Changez donc le terrain, changez notre société tout entière, si vous voulez y voir grandir votre art réactionnaire d'aristocratie et de révélation. L'expérience n'est-elle pas faite ? Votre art ne veut pas fleurir, vos œuvres sont mort-nées, malgré vos indiscutables talents ; et ne commencez-vous pas à comprendre que, si elles ne fleurissent pas comme elles le devraient, c'est que la sève de notre terre contemporaine se refuse à elles ?

Il est une raison encore, c'est que vous n'êtes pas toute la jeunesse. Mais, comme vous êtes sûrement ceux qui font du bruit, ceux qui détiennent les journaux et les revues, il semble qu'il n'y ait que vous, puisqu'on n'entend que vous. Ces revues, ces journaux, vous me faites l'honneur et le plaisir de me les envoyer, et je les lis toujours avec infiniment d'intérêt. Vous m'y traitez fort mal, comme tous vos aînés d'ailleurs, ce qui me laisse personnellement plein de sérénité ; car, selon le mot connu, je suis un vieux parapluie sur lequel ont éclaté tant d'orages, qu'il est devenu insensible à tous les déluges. Cela m'amuse même beaucoup. Mon Dieu ! oui, votre irrespect, c'est encore ce que vous avez de mieux. Au moins vous y montrez quelque virilité. C'est là seulement que vous avez du sang dans les veines, que votre colère rend vivante votre littérature d'embaumement, et qu'on peut vous lire sans trop d'ennui.

Mais le pis, voyez-vous, c'est qu'elles sont grises, et mornes, et mortes, vos revues. Il s'en échappe je ne sais quelle odeur moisie de dogmatisme, de doctrine étroite et intolérante. Vous êtes des doctrinaires, vous avez cent ans. Vos alinéas sont trop longs, trop pleins, trop savants, trop pédants. Nos antiques revues, si copieuses et si graves, sont d'une gaieté légère, à côté des vôtres. Ah ! que vous avez une triste façon d'être jeunes, comme je vous aimerais mieux un peu fous, un peu sots, aussi injustes et passionnés, certes, mais sans toute cette lourde nuit qui veut être profonde. Eh oui, la vieille gaieté française, les chansons de Béranger lui-même, dont vous avez réhabilité la mémoire !

Enfin, vous ne sentez pas bon l'heureuse ignorance des vingt ans, le grand air libre, la chanson d'espoir qu'on jette au vent du matin, l'amour fécond qui culbute les filles au milieu des hautes herbes. Et vos œuvres exhalent le caveau muré où le soleil ne descend pas, la lubricité équivoque sans sexe ni âge, la religiosité louche qui aboutit aux pires perversions intellectuelles et morales.

Ne m'écoutez pas, au moins, n'allez pas vous corriger ! Continuez, mes petits, continuez, de grâce ! Quand je reçois et que je lis vos revues, ah ! si vous pouviez voir de quel rire sardonique je ris dans ma vieille barbe !

Encore des lis, encore des lis, je vous assure que vous n'en avez pas mis assez ! Des jonchées, des brassées de lis, pour que vous en empoisonniez le monde ! Et des vierges pâles, des vierges tout âme se promenant dans les forêts, fondant entre les bras des amants comme des rêves, encore d'autres, toujours d'autres, pour que nous en soyons écœurés jusqu'au dégoût ! Et des symboles, oh ! des symboles, je vous en supplie, ne vous arrêtez pas, faites-en sans lassitude, et de plus obscurs, et de plus compliqués, et de plus accablants pour les pauvres cervelles humaines !

Quelle revanche vous nous préparez, mes petits ! Si votre moisson de lis, seule cause des migraines contemporaines, dure quelques années encore, le naturalisme, ce vilain naturalisme que vous avez mis en terre, va repousser dru comme les grands blés, nourrisseurs des hommes.

(*Le Figaro*, 7 février 1895.)

Le crapaud

Lorsqu'un jeune écrivain, un débutant, vient me voir – il en vient souvent, et je les reçois très bien – le premier conseil que je lui donne est de lui dire :

« Travaillez beaucoup, régulièrement s'il est possible, chaque matin le même nombre d'heures. Ne soyez pas impatient, attendez dix ans le succès et la vente. Et surtout ne nous imitez pas, oubliez vos aînés. »

Puis, ma seconde recommandation est invariablement celle-ci : « Avez-vous un bon estomac littéraire, j'entends un estomac solide, capable de digérer allégrement toutes les sottises, toutes les abominations qu'on va écrire sur vos œuvres et sur vous ?... Non, je vois à votre rougeur, à votre frémissement, que vous êtes trop jeune, trop délicat encore, et que votre dégoût fort naturel va vous causer de graves ennuis... Eh bien ! tous les matins, en vous levant, à jeun, avalez-moi un bon crapaud vivant. On en vend aux Halles, votre cuisinière vous procurera ça. La dépense est nulle : trois sous pièce, si vous les prenez à la douzaine ; et, en quelques années, vous vous ferez un estomac littéraire capable d'avaler les pires articles de la critique contemporaine, sans la moindre nausée. »

Le jeune écrivain me regarde, inquiet, pendant que je le reconduis, en insistant sur l'efficacité de la méthode préventive qui m'a si parfaitement réussi.

« Ah ! dame, je ne dis pas que, dans les premiers temps, ce soit très agréable. Mais on s'y fait, on s'y fait, jeune homme ! Un bon crapaud vivant, quand on le peut garder, vous exerce, vous habitue à toutes les ignominies, à toutes les hideurs, à tous les venins. Pour la journée entière, on est vacciné contre toutes les saletés imaginables. Un homme qui, chaque jour, avale son crapaud est un homme fort, que rien n'émeut plus... Allez, allez, jeune homme, avalez votre crapaud quotidien, et vous me remercierez plus tard ! »

Moi, voici trente ans que, tous les matins, avant de me mettre au travail, j'avale mon crapaud, en ouvrant les sept ou huit journaux qui m'attendent, sur ma table. Je suis sûr qu'il y est, je parcours vivement de l'œil les colonnes, et il est rare que je ne le trouve pas. Attaque grossière, légende injurieuse, bordée de sottises ou de mensonges, le crapaud s'y étale, dans ce journal-ci, quand il n'est pas dans ce journal-là. Et je l'avale, complaisamment.

Certes, comme je le dis aux jeunes écrivains qui me font l'honneur de me visiter, cela ne m'a pas été très agréable au début. Je dois confesser pourtant que j'avais sans doute une vocation spéciale, car l'accoutumance m'est venue fort vite. Si j'ai fait quelques grimaces pour les premiers, je me suis bronzé dès la troisième ou quatrième douzaine. Maintenant, avec l'âge, ils passent, ils passent, c'est une merveille ! Les choses en sont même arrivées au point que, si je n'avais pas mon crapaud le matin, il me manquerait. Positivement, je serais pareil ces vieilles gens à qui l'on supprime leur déjeuner habituel, au lait ou chocolat, ce qui les emplit de marasme pour la journée entière. Moi, si je n'avais pas mon crapaud, je serais mou, inquiet, désenchanté, sans courage aucun, en un mot ce qu'on appelle un propre à rien.

Ah ! c'est que vous ne savez pas quelle belle vigueur il m'apporte depuis qu'il est entré dans ma vie ! Comme disent les bonnes gens, c'est ça qui donne du ton à l'estomac ! Jamais je ne travaille mieux que lorsqu'il est plus particulièrement hideux et qu'il sue davantage le poison. Un vrai coup de fouet dans tout mon être cérébral, une poussée qui me remonte, qui me fait asseoir passionnément à ma table de travail, avec le furieux désir d'avoir du génie ! Oui, non seulement il me fait l'estomac allègre, solide, capable d'avaler l'injure et la scélératesse, ainsi que des bonbons, mais encore il est un excitant merveilleux pour ma besogne matinale, il tonifie, raffermit, élargit le cerveau, et je lui dois certainement la flamme des meilleures pages que j'ai écrites.

D'ailleurs, je n'ai pas que mon crapaud du matin, j'en ai d'autres, oh ! beaucoup d'autres. Ainsi, voilà plus de vingt ans que mon éditeur, mon bon et vieil ami Charpentier, m'adresse, toutes les deux ou trois semaines, un paquet des articles publiés sur mes livres. Lui, pour sa maison, est abonné à une agence, dont il distribue ensuite les envois à chacun de ses auteurs. De sorte que, en dehors des articles que je trouve dans mes journaux du matin, le reste m'arrive par cette voie, à peu près au complet. Et il ne s'agit plus d'un crapaud isolé, mais de toute une mare, la crapaudière elle-même, dans son affreux pullulement.

Quel attendrissement, quand je songe à ces paquets du bon Charpentier ! Ils ont été à la fois une des jouissances et un des exercices les plus salutaires de ma vie. Par eux, j'ai reçu les plus hautes leçons de sagesse, je me suis perfectionné dans le courage, la patience, la résignation, l'amour de la vérité et de la justice. Et je ne les accuse que de m'avoir donné quelque orgueil. C'est qu'on ne peut se douter de ce qu'il y a, là-dedans, de violence, de haine, d'injustice et d'erreur. Surtout il y a beaucoup de niaiserie. Je voudrais déballer un de ces paquets publiquement, montrer l'attaque qui part d'un journal très lu, passe en province, me revient par l'étranger, répétée sous toutes les formes. D'anciens ennemis sont devenus mes amis ; des amis, au contraire, sont allés grossir les rangs de mes ennemis. Puis, c'est le fretin, calembredaines qui datent de quinze ans, petites chroniques vivant de la légende, fausses accusations clichées dont le cours se paie à tant la ligne. Il faut bien vivre. Voici un quart de siècle que le contenu des paquets n'a pas varié, et c'est aujourd'hui le même tas qu'à l'époque de mes débuts, beaucoup de papier gâché pour rien, sans que j'aie jamais réussi à en tirer le moindre profit.

Autrefois, voici quinze ans déjà, j'avais eu l'idée de réunir en un volume, sous ce titre : *Leurs injures*, un choix délicat des compliments que la critique m'avait adressés. Je vous assure que le recueil aurait pu servir de parfait manuel pour tous les mardis gras futurs. Et l'on s'imagine si le tas a dû grandir depuis ! Mon grenier de Médan en est plein jusqu'aux solives, et le pis est que ce tas grossit toujours, le fleuve coule aujourd'hui avec l'emportement qu'il avait hier, rien ne le calme, ni mon œuvre, ni mon âge. Décidément, l'orage est sans fin, le ciel crève, il pleut des crapauds.

Il y aurait sérieusement à faire un travail intéressant sur la masse effroyable d'articles que la presse littéraire publie quotidiennement, au sujet de certains écrivains. Je ne parle pas des quelques études, hélas ! bien rares, écrites avec conscience, dans l'amour et le respect de la littérature. Je parle de toute la basse rancune, de toute la stupidité révoltée, de toute la colère envieuse que soulève le succès d'un écrivain, surtout le succès d'argent. Peut-être un jour essaierai-je d'analyser les éléments de ce torrent boueux que détermine un homme de lettres, dès qu'il sort du rang. Aujourd'hui, je me contenterai d'étiqueter trois genres d'articles les plus fréquents.

D'abord, il y a l'article bête. Il est le plus excusable. D'habitude, il est écrit par un tout jeune homme, à moins qu'on n'ait affaire à quelque jocrisse vieilli, tombé en enfance. Ce critique-là n'a rien senti, n'a rien compris en lisant l'œuvre dont il rend compte, de sorte qu'il s'égare en toute sérénité, sans se douter le moins du monde de ce dont il s'agit. Il passe à côté des intentions de l'auteur, il l'accuse des crimes qu'il n'a pas commis, il lui prête les perversités de sa propre imagination, fertile sans doute en vilenies. Par bêtise, je le répète, et non par méchanceté. Mais combien cette bêtise est inquiétante ! quel facteur de faussetés, de légendes imbéciles elle peut être ! Je citerais vingt exemples, un sot a parfois suffi pour salir une œuvre belle et saine, jusqu'au jour où la tardive vérité se fait. Souvent, je me rappelle le mot que Taine répétait devant moi, il y a bien longtemps de cela, lorsque, chargé de la publicité à la maison Hachette, je lui communiquais les articles publiés sur son *Histoire de la littérature anglaise*, récemment parue. On l'attaquait violemment, les journaux religieux le poursuivaient surtout d'une haine féroce ; et il haussait les épaules, à chaque attaque de plus de passion que de talent, disant avec une douceur souriante : « C'est l'article d'un curé de campagne. » Entendez par là l'article d'un brave homme au fond, mais d'un brave homme borné, qui s'aveugle, qui n'entend absolument rien à ce dont il parle. Bon crapaud, en somme.

Ensuite, il y a l'article empoisonné. Celui-ci demande quelque talent, il est le plus souvent l'œuvre d'un intellectuel, d'un lettré, car il faut de l'érudition et de l'art pour y empoisonner jusqu'aux virgules. L'effort est d'y mettre tout ce qui peut blesser, tout ce qui peut nuire, d'exhumer les phrases oubliées de son auteur, qu'on sait devoir lui être désagréables, de rapprocher les textes qui hurlent, pour leur donner des sens meurtriers, d'accepter des légendes ce qu'elles peuvent avoir de mortel, de tendre un piège à loups au bout de chaque phrase, de faire couler entre les lignes un fleuve d'abominations sous-entendues, de cacher sous chaque mot la flèche de Caraïbe qui doit tuer, à la moindre piqûre. J'en sais deux ou trois qui ne peuvent aimer ni admirer, dont les articles d'une apparence caressante sont eux-mêmes des nids de vipères sous des roses. Ils suent naturellement la perfidie, comme les pins suent leur résine. Quelle rage épandue ont-ils donc dans les veines, quelle conscience de leur impuissance, pour baver ainsi sur toute création ? On rêve des bassesses ignorées, des âmes laides et noires, de vilains messieurs, comme on dit, qui, hantés par la médiocrité de leurs œuvres, se soulagent en souillant les œuvres des autres. Un article de ceux-là est, à mon goût, le meilleur des crapauds, couvert des pustules de l'envie, gonflé du venin de la haine. Quand un écrivain a la chance d'en avaler un, il est pour des mois immunisé, rendu insensible aux plus sanglants outrages.

Enfin, il y a l'article fou. J'entends par là l'article d'un sectaire, d'un détraqué de la politique ou de la foi. Ah ! cette misère de l'intolérance, de la passion désordonnée qui rend fou, qui tue toute vérité et toute justice ! Vous les connaissez, n'est-ce pas ? Ils sont partis en guerre précisément au nom de cette justice et de cette vérité et ils ont accumulé la plus exécrable des besognes, la diffamation, la délation, condamnant les gens sans preuve aucune, empruntant des preuves au besoin, acceptant comme des certitudes prouvées les bas commérages, s'acharnant sur des enfants, sur des femmes, sans bonté, sans charité, sans même ce simple bon sens qui fait pardonner chez les autres l'humanité faillible qu'on a en soi. Aussi quelle œuvre ils vont laisser, cette œuvre qu'ils s'imaginaient peut-être justicière, rédemptrice ! Voyez-vous, dix ans après leur mort, quelque audacieux chercheur descendant dans cet égout de l'injure, où dormiront ces flots pourris d'invectives, dégorgées en des accès de folie manifeste ? Aujourd'hui encore, nous nous les expliquons ; mais, plus tard, comment comprendre cet amas d'ignominies, ces crachats lancés à la face des plus nobles, des pus grands ? Nos petits-fils feront l'œuvre vraie de justice, remettront chaque ouvrier du siècle en sa place, et quel gibet pour les insulteurs, qui n'auront su qu'insulter les gloires rayonnantes de demain ! Ah ! de ceux-là les crapauds horribles, verdâtres et gluants, me sont doux comme des pastilles d'ambroisie, qui donnent à l'avance le divin goût de l'immortalité !

Franchement, ces critiques, infatigables pourvoyeurs de crapauds, m'étonnent. Pourquoi diable font-ils un si vilain métier ?

Pour nuire aux auteurs qu'ils injurient de la sorte ? Mais ce calcul est absurde, ils ne nuisent pas, ils servent au contraire ! Comment ne se disent-ils point cette vérité prouvée, indiscutable, qu'un écrivain ne grandit que sous les attaques ? Les plus grands sont les plus attaqués, et, dès qu'on cesse de les attaquer, c'est qu'ils déclinent. La preuve est infaillible : on m'attaque toujours, je suis encore. Et la vraie mort littéraire commence au silence qui se fait sur les œuvres et sur l'homme. Si bien que les insulteurs ne sont en réalité que les trompettes retentissantes sonnant la gloire de l'écrivain dont ils s'acharnent à suivre le triomphe.

Puisqu'ils veulent évidemment nuire, la seule tactique adroite serait le silence. Mais c'est ici qu'éclate la justice immanente des choses. Ils ne peuvent pas se taire, il faut qu'ils aboient, comme le chien, lorsque la caravane passe. Je suis convaincu que la Providence, à laquelle je veux croire, en cette occasion, nous a donné, à nous écrivains, les critiques insulteurs, ainsi qu'elle a donné le vent à la voile, pour la gonfler et la pousser plus vite au port glorieux de l'avenir. Tous les soirs, nous devons supplier le Ciel de nous accorder pour le lendemain notre part d'insulteurs, car peut-être n'existons-nous que par eux. Personnellement, dans ma modestie, je me dis parfois que mes insulteurs m'ont fait la part vraiment trop belle, en portant mon nom aux quatre coins du monde, et en voulant bien me continuer, jusque dans ma vieillesse commençante, le secours de leur voix d'airain, pour annoncer aux peuples attentifs que je reste debout et invincible, puisque leur acharnement même confesse qu'ils ne m'ont pas encore abattu.

S'ils ne sauraient nuire aux gens qu'ils attaquent, à qui nuisent-ils donc ? Mon Dieu, ils nuisent à eux-mêmes ! Les pages laissées par le critique sont d'un témoignage terrible ; car, s'il s'est trompé en jugeant une œuvre, la preuve de son erreur demeure à jamais et vous imaginez-vous la figure que fait sa sentence, désormais vaine et convaincue d'imbécillité, devant l'œuvre enfin triomphante ? Je songe parfois à Sainte-Beuve, dont certes la mémoire a de quoi se consoler, car il a laissé assez de jugements équitables et définitifs ; mais, s'il revenait, quel ennui serait le sien, en voyant la taille démesurée que Balzac a prise, la royauté indiscutée qu'il exerce sur le roman moderne, ce Balzac si combattu, si nié par lui ! Et Barbey d'Aurevilly, et Planche lui-même, mieux équilibré, comme ils font bien de rester dans la tombe, pour ne pas voir la plupart de leurs arrêts cassés et les écrivains qu'ils ont voués au néant survivre, dans l'éternel renouveau du génie humain !

Tout à l'heure, je parlais de l'immonde cloaque que deviendra l'amas des articles laissés par certains insulteurs, maniaques de l'injure. Mais, sans descendre à ces cas exceptionnels, d'une certitude évidente, je suis toujours surpris de constater que la plupart des critiques ne se préoccupent pas davantage du procès qui reviendra forcément, devant les générations, entre leur sentence et l'œuvre qu'ils ont jugée. Seules, en cette matière, la raison et la justice sont souveraines, de sorte que toute critique, rendue en dehors d'elles, est frappée à l'avance de néant. Elle ne tournera qu'à la honte de celui qui l'aura laissée. L'unique excuse pourra être la bonne foi, qui prendra alors le nom d'inintelligence. Et, quant aux autres, à tous ceux qui auront agi bassement, par passion, par envie, par haine, ils seront convaincus d'avoir été de vilaines âmes. Jamais je n'ai lu un de ces articles de fiel et de colère, sur un de mes livres, sans être pris au fond de compassion pour le pauvre homme qui l'avait écrit. Encore un qui veut être un vilain monsieur sous la pierre de son tombeau, lorsque nous serons morts tous les deux, et que je dormirai sous la mienne, bien tranquille d'avoir fait ma tâche en bon ouvrier honnête.

Tombe, tombe donc toujours chez moi, bienfaisante pluie de crapauds ! Continue à m'apporter le courage de voir en face les hommes, sans être pris de désespérance.

Chaque matin, avant mon travail, fais que je ne manque jamais de trouver sur ma table, dans mes journaux, le crapaud vivant accoutumé, qui depuis si longtemps m'aide à digérer notre féroce vie littéraire. Je sens bien que cette hygiène est maintenant nécessaire à ma vigueur. Et, le jour où mon crapaud me manquera, c'est que ma fin sera prochaine et que ma dernière bonne page sera écrite.

Allons ! un crapaud hier, un crapaud aujourd'hui, en attendant le crapaud de demain, pour ma santé et pour ma joie !

(*Le Figaro*, 28 février 1896.)

L'amour des bêtes

Pourquoi la rencontre d'un chien perdu, dans une de nos rues tumultueuses, me donne-t-elle une secousse au cœur ?

Pourquoi la vue de cette bête, allant et venant, flairant le monde, effarée, visiblement désespérée de ne pas retrouver son maître, me cause-t-elle une pitié si pleine d'angoisse, qu'une telle rencontre me gâte absolument une promenade ?

Pourquoi, jusqu'au soir, jusqu'au lendemain, le souvenir de ce chien perdu me hante-t-il d'une sorte de désespérance, me revient-il sans cesse en un élancement de fraternelle compassion, dans le souci de savoir ce qu'il fait, où il est, si on l'a recueilli, s'il mange, s'il n'est pas à grelotter au coin de quelque borne ?

Pourquoi ai-je ainsi, au fond de ma mémoire, de grandes tristesses qui s'y réveillent parfois, des chiens sans maîtres, rencontrés il y a dix ans, il y a vingt ans, et qui sont restés en moi comme la souffrance même du pauvre être qui ne peut parler et que son travail, dans nos villes, ne peut nourrir ?

Pourquoi la souffrance d'une bête me bouleverse-t-elle ainsi ? Pourquoi ne puis-je supporter l'idée qu'une bête souffre, au point de me relever la nuit, l'hiver, pour m'assurer que mon chat a bien sa tasse d'eau ? Pourquoi toutes les bêtes de la création sont-elles mes petites parentes, pourquoi leur idée seule m'emplit-elle de miséricorde, de tolérance et de tendresse ?

Pourquoi les bêtes sont-elles toutes de ma famille, comme les femmes, autant que les hommes ?

Souvent, je me suis posé la question, et je crois bien que ni la physiologie, ni la psychologie n'y ont encore répondu d'une façon satisfaisante.

D'abord, il faudrait classifier. Nous sommes légion, nous autres qui aimons les bêtes. Mais on doit compter aussi ceux qui les exècrent et ceux qui se désintéressent. De là, trois classes : les amis des bêtes, les ennemis, les indifférents. Une enquête serait nécessaire pour établir la proportion. Puis, il resterait à expliquer pourquoi on les aime, pourquoi on les hait, pourquoi on les néglige. Peut-être arriverait-on à trouver quelque loi générale. Je suis surpris que personne encore n'ait tenté ce travail, car je m'imagine que le problème est lié à toutes sortes de questions graves, remuant en nous le fond même de notre humanité.

On a dit que les bêtes remplaçaient les enfants chez les vieilles filles à qui la dévotion ne suffit pas. Et cela n'est pas vrai, l'amour des bêtes persiste, ne cède pas devant l'amour maternel, quand celui-ci s'est éveillé chez la femme. Vingt fois, j'ai vérifié le cas, mères passionnées pour leurs enfants, et qui gardaient aux bêtes l'affection de leur jeunesse, aussi vive, aussi active. Cette affection est toute spéciale, elle n'est pas entamée par les autres sentiments, et elle-même ne les entame pas. Rien ne saurait prouver d'une façon plus décisive qu'elle existe en soi, bien à part, qu'elle est distincte, qu'on peut l'avoir ou ne pas l'avoir, mais qu'elle est une manifestation totale de l'universel amour, et non une modification, une perversion d'un des modes particuliers d'aimer.

On aime Dieu, et c'est l'amour divin. On aime ses enfants, on aime ses parents, et c'est l'amour maternel, c'est l'amour filial. On aime la femme, et c'est l'amour, le souverain, l'éternel. On aime les bêtes, enfin, et c'est l'amour encore, un autre amour qui a ses conditions, ses nécessités, ses douleurs et ses joies. Ceux qui ne l'éprouvent pas en plaisantent, s'en fâchent, le déclarent absurde, tout comme ceux qui n'aiment pas certaines femmes ne peuvent admettre que d'autres les aiment. Il est, ainsi que tous les grands sentiments, ridicule et délicieux, plein de démence et de douceur, capable d'extravagances véritables, aussi bien que des plus sages, des plus solides volontés.

Qui donc l'étudiera ? Qui donc dira jusqu'où vont ses racines dans notre être ? Pour moi, lorsque je m'interroge, je crois bien que ma charité pour les bêtes est faite, comme je le disais, de ce qu'elles ne peuvent parler, expliquer leurs besoins, indiquer leurs maux. Une créature qui souffre et qui n'a aucun moyen de nous faire entendre comment et pourquoi elle souffre, n'est-ce pas affreux, n'est-ce pas angoissant ? De là, cette continuelle veille où je suis près d'une bête, m'inquiétant de ce dont elle peut manquer, m'exagérant certainement la douleur dont elle peut être atteinte. C'est la nourrice près de l'enfant, qu'il faut qu'elle comprenne et soulage.

Mais cette charité n'est que de la pitié, et comment expliquer l'amour ? La question reste entière, pourquoi la bête en santé, la bête qui n'a pas besoin de moi, demeure-t-elle à ce point mon amie, ma sœur, une compagne que je recherche, que j'aime ? Pourquoi cette affection chez moi, et pourquoi chez d'autres l'indifférence et même la haine ?

Ces temps derniers, comme j'achevais d'écrire le roman qui a Rome pour cadre, j'ai reçu de cette ville une longue lettre qui m'a infiniment touché.

Je ne crois pas devoir en nommer le signataire. Il s'agit d'un officier supérieur de l'armée italienne, d'un héros de l'indépendance, fort âgé, je crois, et qui a pris depuis longtemps sa retraite. Si je me permets de donner quelque publicité à l'objet de sa lettre, c'est que je pense obéir à ses intentions et lui faire même un grand plaisir.

Il m'écrivait donc pour me supplier de prendre, dans mon roman, la défense des bêtes. Et le mieux est de citer : « Avez-vous remarqué les horribles atrocités qu'on exerce impunément à Rome contre les animaux, soit en public, soit en privé ? De toute manière, le fait existe ouvertement, révoltant et détestable. Rien n'a valu pour y porter remède. Je crois que vous seulement pourriez faire ce miracle, par votre puissante parole, par l'attention universelle dont vous disposez, par l'universelle réprobation qui, à votre parole indignée, ne manquerait pas d'éclater. Sur ce thème, que j'ai étudié toute ma vie, je pourrais vous fournir des faits innombrables. »

Est-il rien de plus touchant que cet appel d'un vieux soldat en faveur des pauvres bêtes qui souffrent ? Il se trompe singulièrement sur mon pouvoir, et je m'excuse d'avoir reproduit la phrase de sa lettre où il donne à ma parole une importance si exagérée. Mais, en vérité, n'est-ce point charmant et attendrissant ce défenseur des bêtes, qui toute sa vie les a protégées, qui s'avoue vaincu, et qui va chercher un simple romancier d'une nation voisine, pour l'intéresser à la cause et lui demander le plaidoyer dont il espère enfin, sinon le salut, du moins un soulagement ? J'avoue que l'ami des chiens perdus, en moi, a sympathisé tout de suite avec le vieux brave, qui est sûrement un brave homme.

Mon roman était terminé, et je n'ai pu y glisser la moindre page en faveur des bêtes. Je me hâte d'ailleurs d'ajouter que je n'ai vu, à Rome, aucune scène m'autorisant à les défendre. Je ne mets pas en doute la parole de mon correspondant, je déclare simplement que pas une des atrocités dont il a parlé n'a frappé mes yeux. Il est à croire que les choses sont à Rome comme elles sont à Paris, bien que, d'après mes observations, il m'a toujours semblé que l'amour des bêtes décroissait, à mesure qu'on descendait vers les pays du soleil. Et, à ce propos, je citerai encore ce passage de la lettre : « À Milan, et en général chez les Italiens d'origine celtique, un coup de canne donné à un chien, et qui ne manquerait pas de soulever l'indignation publique, serait passible de l'amende établie par le Code ; tandis que, dans le Sud, les cruautés les plus raffinées, les plus révoltantes, tombent difficilement sous l'action du juge, parce qu'elles ne rencontrent chez les passants que la plus olympienne indifférence. » La remarque est certainement juste, et c'est là un document pour le travail qu'on fera un jour.

Nous avons eu, à Paris, de vieilles dames qui guettaient les savants vivisecteurs, et qui tombaient sur eux à coups d'ombrelles. Elles paraissaient fort ridicules. Mais s'imagine-t-on la révolte qui devait soulever ces pauvres âmes, à la pensée qu'on prenait des chiens vivants, pour les découper en petits morceaux ? Songez donc qu'elles les aiment, ces misérables chiens, et que c'est un peu comme si l'on coupait dans leur propre chair. Le héros qui m'a écrit, qui s'est battu sans peur ni reproche, sans craindre de tuer ni d'être tué, appartient certainement à la grande famille de ces âmes fraternelles que l'idée de la souffrance exaspère, même chez les bêtes, surtout chez les bêtes, qui ne peuvent ni parler, ni lutter. Je lui envoie publiquement ma poignée de main la plus attendrie et la plus respectueuse.

J'ai eu un petit chien, un griffon de la plus petite espèce, qui se nommait Fanfan. Un jour, à l'Exposition canine, au Cours-la-Reine, je l'avais vu dans une cage en compagnie d'un gros chat. Et il me regardait avec des yeux si pleins de tendresse, que j'avais dit au marchand de le sortir un peu de cette cage. Puis, par terre, il s'était mis à marcher comme un petit chien à roulettes. Alors, enthousiasmé, je l'avais acheté.

C'était un petit chien fou. Un matin, je l'avais depuis huit jours à peine, lorsqu'il se mit à tourner sur lui-même, en rond, sans fin. Quand il tombait de fatigue, l'air ivre, il se relevait péniblement, il se remettait à tourner. Quand, saisi de pitié, je le prenais dans mes bras, ses pattes gardaient le piétinement de sa continuelle ronde ; et, si je le posais par terre, il recommençait, tournait encore, tournait toujours. Le vétérinaire, appelé, me parla d'une lésion au cerveau. Puis, il offrit de l'empoisonner. Je refusai.

Toutes les bêtes meurent chez moi de leur belle mort, et elles dorment toutes tranquilles, dans un coin du jardin.

Fanfan parut se guérir de cette première crise. Pendant deux années, il entra dans ma vie, à un point que je ne pourrais dire. Il ne me quittait pas, se blottissait contre moi, au fond de mon fauteuil, le matin, durant mes quatre heures de travail ; et il était devenu ainsi de toutes mes angoisses et de toutes mes joies de producteur, levant son petit nez aux minutes de repos, me regardant de ses petits yeux clairs. Puis, il était de chacune de mes promenades, s'en allait devant moi de son allure de petit chien à roulettes qui faisait rire les passants, dormait au retour sous ma chaise, passait les nuits au pied de mon lit, sur un coussin. Un lien si fort s'était noué entre nous, que, pour la plus courte des séparations, je lui manquais autant qu'il me manquait.

Et, brusquement, Fanfan redevint un petit chien fou. Il eut deux ou trois crises, à des intervalles éloignés. Ensuite, les crises se rapprochèrent, se confondirent, et notre vie fut affreuse. Quand sa folie circulante le prenait, il tournait, il tournait sans fin. Je ne pouvais plus le garder contre moi, dans mon fauteuil. Un démon le possédait, je l'entendais tourner, pendant des heures, autour de ma table. Mais c'était la nuit surtout que je souffrais de l'écouter, emporté ainsi en cette ronde involontaire, têtue et sauvage, un petit bruit de petites pattes continu sur le tapis. Que de fois je me suis levé pour le prendre dans mes bras, pour le garder ainsi une heure, deux heures, espérant que l'accès se calmerait ; et, dès que je le remettais sur le tapis, il recommençait à tourner. On riait de moi, on me disait que j'étais fou moi-même de garder ce petit chien fou dans ma chambre. Je ne pouvais faire autrement, mon cœur se fendait à l'idée que je ne serais plus là pour le prendre, pour le calmer, et qu'il ne me regarderait plus de ses petits yeux clairs, ses yeux éperdus de douleur, qui me remerciaient.

Ce fut ainsi, dans mes bras, qu'un matin Fanfan mourut, en me regardant. Il n'eut qu'une légère secousse, et ce fut fini, je sentis simplement son petit corps convulsé qui devenait d'une souplesse de chiffon. Des larmes me jaillirent des yeux, c'était un arrachement en moi. Une bête, rien qu'une petite bête, et souffrir ainsi de sa perte, être hanté de son souvenir à un tel point que je voulais écrire ma peine, certain de laisser des pages où l'on aurait senti mon cœur. Aujourd'hui, tout cela est loin, d'autres douleurs sont venues, je sens que les choses que j'en dis sont glacées. Mais, alors, il me semblait que j'avais tant à dire, que j'aurais dit des choses vraies, profondes, définitives, sur cet amour des bêtes, si obscur et si puissant, dont je vois bien qu'on sourit à mon entour, et qui m'angoisse pourtant jusqu'à troubler ma vie.

Oui, pourquoi m'être attaché si profondément au petit chien fou ? Pourquoi avoir fraternisé avec lui comme on fraternise avec un être humain ? Pourquoi l'avoir pleuré comme on pleure une créature chère ? N'est-ce donc que l'insatiable tendresse que je sens en moi pour tout ce qui vit et tout ce qui souffre, une fraternité de souffrance, une charité qui me pousse vers les plus humbles les plus déshérités ?

Et voilà que j'ai fait un rêve, à l'appel que j'ai reçu de Rome, cette lettre suppliante d'un vieux soldat, qui me demande de venir au secours des bêtes.

Les bêtes n'ont pas encore de patrie. Il n'y a pas encore des chiens allemands, des chiens italiens et des chiens français. Il n'y a partout que des chiens qui souffrent quand on leur allonge des coups de canne. Alors, est-ce qu'on ne pourrait pas, de nation à nation, commencer par tomber d'accord sur l'amour qu'on doit aux bêtes ? De cet amour universel des bêtes, par-dessus les frontières, peut-être en arriverait-on à l'universel amour des hommes. Les chiens du monde entier devenus frères, caressés en tous lieux avec la même tendresse, traités selon le même code de justice, réalisant le peuple unique des libertaires, en dehors de l'idée guerroyante et fratricide de patrie, n'est-ce pas là le rêve d'un acheminement vers la cité du bonheur futur ? Des chiens internationaux que tous les peuples pourraient aimer et protéger, en qui tous les peuples pourraient communier, ah ! grand Dieu ! le bel exemple, et comme il serait désirable que l'humanité se mît dès aujourd'hui à cette école, dans l'espoir de l'entendre se dire plus tard que de telles lois ne sont pas faites uniquement pour les chiens !

Et cela, simplement, au nom de la souffrance, pour tuer la souffrance, l'abominable souffrance dont vit la nature et que l'humanité devrait s'efforcer de réduire le plus possible, d'une lutte continue, la seule lutte à laquelle il serait sage de s'entêter. Des lois qui empêcheraient les hommes d'être battus, qui leur assureraient le pain quotidien, qui les uniraient dans les vastes liens d'une société universelle de protection contre eux-mêmes, de façon que la paix régnât enfin sur la terre. Et, comme pour les pauvres bêtes errantes, se mettre d'accord, tout modestement, à l'unique fin de ne pas recevoir des coups de canne et de moins souffrir.

(*Le Figaro*, 24 mars 1896.)

La Société des gens de lettres : ce qu'elle est

J'ai eu l'honneur de présider pendant quatre ans le comité de la Société des gens de lettres. Et, au lendemain du jour où j'ai quitté le fauteuil, encore tout nourri des pensées qu'éveillent en moi mes fonctions récentes, je m'imagine qu'il n'est peut-être pas sans intérêt, ni même sans profit, de résumer ici les observations et, j'ose le dire, le fruit expérimental de mes quatre années de présidence.

Ce qui m'y pousse par-dessus tout, c'est l'impérieux désir de faire un peu de vérité. Pendant que j'étais attaché à mon fauteuil, sans pouvoir répondre, j'ai lu, sur notre Société, des articles si mal documentés, pleins d'erreurs si grosses, si fâcheuses, que mon besoin de clarté et de bon sens en a cruellement souffert. Il n'est certainement pas d'association sur laquelle circulent plus de légendes, dont on ignore davantage le caractère et le rôle, et dont, enfin, on parle avec plus d'injustice et d'aveugle rancune.

Certainement, notre Société n'est point l'impeccable, la parfaite, la définitive. Mais encore, pour juger les choses, faut-il y mettre de la logique et de l'équité. Dans ce premier article, je me contenterai de dire ce qu'elle est ; et, dans un deuxième, je dirai ce que, selon moi, elle devrait être.

À la prendre aujourd'hui, sous la pleine lumière, elle est superbe et florissante. Fondée il y a cinquante-huit ans par des maîtres de la littérature, elle a traversé toutes les fortunes, longtemps en danger de mort, peu à peu puissante, triomphante enfin et devenue un des rouages indispensables de notre profession littéraire. À cette heure, elle a près de trois millions d'actif social, elle a été récemment déclarée d'utilité publique, elle vient enfin d'acheter un hôtel, de se mettre dans ses meubles, par une heureuse opération qui est à la fois un bon placement de son argent et une joie glorieuse pour elle. En somme, elle a donc vaincu, après bien des luttes, bien des désastres ; et il semble donc qu'elle doive désormais régner incontestée, d'une solidité inattaquable, au milieu de la reconnaissance et du respect de tous.

Eh bien ! cela n'est pas. Certes, je répète qu'elle est une puissance et que rien ne la menace plus sérieusement. Mais, il faut bien le dire, elle ne fonctionne pas avec l'aisance, avec la belle régularité d'une machine mathématiquement construite. On entend quelques heurts, quelques rouages qui grincent. D'autre part, il y a autour d'elle comme une continuelle colère, une sourde impopularité surprenante d'abord, explicable ensuite. On l'accuse d'être taquine, processive, envahissante et tyrannique. On lui reproche surtout, avec un extraordinaire mépris, de ne travailler que pour les gros sous, de ravaler les lettres par son âpreté au gain et la bassesse de son avarice. Et, enfin, le plus sanglant outrage qu'on jette à son comité est d'être sans prestige, d'avoir compté autrefois les Balzac, les Hugo, les Dumas, et de ne réunir aujourd'hui que les noms les moins littéraires de l'époque.

Pour bien établir la situation, il faut que je pose ici, en face de notre Société des gens de lettres, l'autre société similaire, la Société des auteurs et compositeurs dramatiques. Celle-ci fonctionne, je ne dirai pas au milieu de plus de sympathie, mais de plus de silence, d'un consentement unanime évident. Les rouages en sont si logiques, si bien adaptés à leur fonction, si bien huilés aussi qu'ils ne font aucun bruit. Je la crois tout aussi âpre que sa sœur voisine, une impitoyable machine à encaisser ; et il n'y a pas de plainte, l'opération se fait sans douleur, paraît-il. Enfin, elle a tout le panache, tout le prestige qu'on peut désirer, car son comité ne compte guère que des académiciens, la gloire même du théâtre contemporain.

Que se passe-t-il donc ? Pourquoi ces situations différentes des deux sociétés, également prospères, également indispensables, l'une si nette, si discrète, si respectée, l'autre toujours discutée, toujours invectivée, au plein jour des journaux, souvent par ceux-là mêmes qui ont le plus besoin d'elle ?

Si l'on veut comprendre, il faut d'abord rappeler dans quelles conditions et dans quel but la Société des gens de lettres a été fondée. Elle n'est qu'une société commerciale de secours mutuel. C'était à l'âge d'or du roman-feuilleton, au lendemain de cette trouvaille qui révolutionnait la presse : un roman découpé en tranches, servi quotidiennement aux abonnés, allumant les imaginations ; trouvaille si décisive, qu'il allait en sortir un genre littéraire. Et le succès fut tel, que toutes sortes de pirates se déclarèrent. On volait dans la presse comme dans un bois. Les journaux de province surtout reproduisaient les romans sans même en demander l'autorisation aux auteurs.

Ceux-ci finirent par se fâcher d'être ainsi dépouillés impudemment, et l'idée leur vint de s'entendre, de se réunir en une association pour réglementer la reproduction. La Société est née de là, elle n'est en effet qu'une association d'écrivains traitant avec les journaux, ayant des journaux abonnés, qui, moyennant une redevance convenue, ont le droit de reproduire les œuvres des membres sociétaires. Et rien autre. Plus tard, la pensée d'aide et de secours a pu être réalisée, des secours donnés, des avances faites, enfin des pensions servies.

Si la Société n'avait jamais eu comme membres que des romanciers, elle aurait fonctionné toujours avec une régularité admirable. On comprend, en effet, avec quelle aisance le mode de perception se serait établi. Rien qu'une opération : les feuilletons reproduits, payés à tant la ligne ou au prorata des œuvres publiées. C'est ce qui a lieu à la Société des auteurs et compositeurs dramatiques : rien que des pièces jouées, touchant un tant pour cent dans des conditions identiques. Mais notre Société a dû s'ouvrir à tous les hommes de lettres, aux poètes, aux historiens, aux journalistes, comme aux romanciers. C'est son universalité qui fait à la fois sa force et son tourment. Car, s'il est encore facile de percevoir la reproduction d'une pièce de vers, d'une page d'histoire, d'une chronique, allez donc percevoir la reproduction d'un article politique ! Dès lors, les cas les plus délicats se posent, il est nécessaire de distinguer, d'en arriver parfois au bon plaisir. Adieu le beau fonctionnement méthodique de la machine, et c'est ce qui fait que, parfois, les rouages grincent, qu'il y a des heurts et des difficultés. Il y faut toutes sortes de ménagements et d'arrangements. Puis, tout de suite, une remarque frappe. Chez les auteurs et les compositeurs, c'est de la production qu'il s'agit, de l'œuvre totale, prise à sa naissance même, suivie dans son évolution entière ; tandis que, chez nous, il ne s'agit que de la reproduction, l'œuvre ne vient à nous que lorsqu'elle a été publiée déjà, elle nous échappe dans ce qu'elle a de plus important. Cela est évidemment bâtard, incomplet. Et il faut ajouter que nous avons, en face de nous, les journaux comme parties contractantes, c'est-à-dire adverses, ce qui explique leur mauvaise humeur à notre égard, le retentissement qu'ils donnent aux moindres difficultés qui nous divisent, lorsque les auteurs et les compositeurs, n'ayant affaire qu'aux directeurs de théâtres, trouvent ceux-ci beaucoup plus résignés, en tout cas beaucoup moins bruyants.

Mais c'est surtout dans la manière dont sont composés les deux comités que se cache un enseignement. C'est la fonction qui fait l'organe, le pouvoir tombe fatalement aux mains de ceux qui ont le plus d'intérêt à l'exercer. Si l'on voit, dans l'un des comités, les gloires du théâtre actuel, les Dumas, les Sardou, les Halévy, les Meilhac, l'explication en est simplement qu'étant les plus joués ils ont été amenés à prendre, d'instinct, la direction commerciale de leur profession. De même, dans le comité voisin, si l'on voit, en grande majorité, les noms de nos romanciers populaires, d'un éclat littéraire moindre, c'est également que la force des choses les a mis au pouvoir, à la tête d'une entreprise où ils ont les plus gros intérêts à défendre. Ici, il faudrait résumer les trente dernières années de notre littérature, le roman-feuilleton peu à peu abandonné par les maîtres, le roman d'analyse conquérant toutes les hautes situations, les journaux forcés de s'adresser, pour la reproduction, aux romanciers populaires, qui seuls continuent les grands conteurs d'autrefois. Et, si notre comité manque de panache, l'unique raison en est là : il est aux mains des travailleurs qui ont l'instinctif besoin que la maison marche bien.

Nous autres, les romanciers artistes, les mandarins, comme on dit, nous nous désintéressons. Ce n'est pas drôle de donner, chaque semaine, deux heures de son temps pour discuter des affaires d'argent ennuyeuses. Les jours de ciel clair, à quoi bon nous enfermer dans une salle, lorsqu'il y a là de bonnes gens qui se chargent de la besogne ? Nous comptons qu'elle sera bien faite, car ils y ont plus de profit que nous, étant les plus reproduits. Chaque mois, ou chaque année, nous nous contenterons d'aller toucher notre argent. Et nous n'assisterons même pas aux assemblées générales, et nous nous déchargerons de tout, dans la certitude que tout ira très bien. Voilà comment le nouveau président, M. Henry Houssaye, est, je crois, le premier académicien qui daigne présider le comité, et voilà comment ce serait une aventure extraordinaire, si, l'année prochaine, après avoir été président, je témoignais le désir de rentrer comme simple membre. Aux Auteurs et aux Compositeurs dramatiques, Dumas a longtemps été simple membre ; et, s'il avait quitté le fauteuil, il serait redevenu simple membre.

Le comité est donc ce qu'il doit être, par notre abstention, par le sol où il pousse et les conditions dans lesquelles il évolue. D'ailleurs, émanation du suffrage universel, il est ce que l'assemblée générale le fait, et ce serait simplement à l'assemblée de le changer, si elle le désirait autre.

Ah ! que je voudrais ardemment que les confrères très spirituels qui le plaisantent, et les quelques âmes noires qui l'injurient, pussent assister aux séances que le comité tient les lundis de chaque semaine ! Ils y verraient de très braves gens s'occuper avec dévouement, discrétion et prudence des affaires assez compliquées et ingrates de la communauté, sans toucher un centime pour cela. Des écrivains d'une notoriété restreinte parfois, mon Dieu ! oui, mais qui n'en sont pas moins le plus souvent des esprits très nets, très actifs, animés de la plus sincère fraternité. De simples romanciers-feuilletonistes, c'est encore vrai ! mais de grands travailleurs tout de même qui enchantent des millions d'humbles lecteurs, des producteurs infatigables et infiniment bons, comme M. Émile Richebourg, que je me permets de nommer parce qu'il est un des doyens, et qui est en somme un maître dans un genre dont l'importance sociale est considérable.

Oui, que ne peuvent-ils assister aux séances, les railleurs et les insulteurs ! Ils y sauraient d'abord que les partis pris politiques ou littéraires du comité ne sont plus que de la légende. L'impartialité la plus complète règne, tout écrivain qui a déjà produit quatre volumes, dans de sérieuses conditions professionnelles, est certain d'être reçu sociétaire. En quatre années, je n'ai pas vu un seul déni de justice. Les admissions sont plutôt trop larges. Et, tous les débutants ayant la faculté de se faire admettre comme adhérents, c'est-à-dire de charger la Société de toucher leur reproduction, en attendant d'avoir le bagage exigé pour être sociétaires, il s'ensuit qu'il n'est pas au monde de société plus ouverte ni plus maternelle.

Ils verraient aussi quelles études difficiles, quel travail considérable nécessitent les moindres progrès. Je ne parle pas de la refonte récente des statuts ni de la déclaration d'utilité publique, qui ont occupé le comité pendant des mois. Mais une besogne que j'ai suivie de plus près, la hausse des tarifs, a été particulièrement ardue, pleine de soucis et de complications. Depuis trente ans, les tarifs d'abonnement pour les journaux étaient restés les mêmes. La presse s'était renouvelée, tout avait renchéri, et certains journaux avaient fini par payer la reproduction un prix dérisoire ; sans compter qu'il s'agissait d'unifier les anciens traités, devenus le chaos même. On se souvient de la tempête soulevée, les journaux criaient, beaucoup de sociétaires eux-mêmes se fâchaient. Le comité s'est entêté très sagement, très bravement, et l'expérience a prouvé qu'il travaillait pour le bien de tous, avec son bon sens et sa modération ordinaires.

Ils y verraient aussi la surveillance continue, avisée et ferme, qu'il faut exercer pour la défense de nos droits. À chaque séance, c'est la petite guerre, les tentatives sans cesse renouvelées de certains journaux pour échapper au paiement de la reproduction. Je ne parle pas des journaux honnêtes, la grande majorité, avec qui nos rapports sont parfaits. Mais on ne se doute pas du pullulement des essais sournois, ni du flot des affaires litigieuses qui tombent, le lundi, sur la table des séances. Notre délégué, l'excellent M. Édouard Montagne, est heureusement un gardien fidèle, très expérimenté et très loyal. Et je voudrais aussi qu'on vît à l'œuvre notre conseil judiciaire, présidé par Me Adrien Huard, si compétent, si dévoué, ce conseil judiciaire dont les membres viennent, eux aussi, à tour de rôle, chaque lundi, donner leur temps et leur expérience, pour le seul amour des gens de lettres.

Mais surtout ce qu'ils verraient, à chaque séance, c'est le désir brûlant d'augmenter la caisse des retraites. On ne cause que de cela, on ne travaille que pour cela. Sur nos six cent cinquante membres environ, cent quarante sont aujourd'hui pensionnaires. Toutes les pensions sont servies, vingt-cinq ans de sociétariat et soixante ans d'âge. Mais que le chiffre en est jusqu'ici misérable ! Cinq cents francs, à peine de quoi manger du pain. Et encore devons-nous ces pauvres rentes à l'heureuse loterie d'il y a quelque dix ans. Aussi toutes les cervelles du comité travaillent-elles pour doubler la pension, ce qui serait un chiffre au moins raisonnable. Je me suis occupé, pour ma part, de plusieurs projets, en vain, hélas ! Dernièrement, et bien que nous n'ayons pu nous entendre avec les éditeurs, nous avons mis en train tout un système nouveau de publicité, sur lequel nous comptons beaucoup. J'en reparlerai un jour.

Et, enfin, c'est au commencement de chaque séance que je voudrais faire assister ceux qui plaisantent et ceux qui injurient, à ces séances qui, toutes, s'ouvrent par de pitoyables demandes de secours. Ce sont les vaincus de notre armée, les écrivains battus dans la lutte, et de malheureuses femmes, et des veuves et des orphelins. Nous avons des bienfaiteurs. M. Chauchard, très généreusement, nous donne dix mille francs chaque année, dont le meilleur va à nos pauvres, tandis que le reste, distribué en prix littéraires, n'est peut-être pas sans nous causer quelque souci ! Mais les plaies sont si vives que presque toujours le comité est impuissant à donner selon son cœur. Il faut, chaque fois, consulter le crédit des secours, et, si l'on donne, c'est en tremblant, avec la crainte que, dès la séance suivante, il n'y ait plus de quoi donner.

Vraiment, ils me font pitié, les fiers artistes qui accusent notre Société de ne songer qu'aux gros sous ! Eh ! oui, les gros sous ! Avec quoi pensent-ils donc que la vie se paie ? Et en sont-ils encore à cette belle conception aristocratique qui voulait que les écrivains fussent nourris à la table des grands, pour rehausser leur train d'un luxe de belles œuvres, toutes parfumées par les fleurs louangeuses des dédicaces ?

Les gros sous, parfaitement ! car ce sont les gros sous qui paient le pain de chaque jour. La misère des nôtres n'est donc pas connue ? Ne sait-on pas qu'il y a de pauvres hommes de lettres, vieillis dans un travail ingrat, plus pauvres que le pauvre ouvrier qui meurt à l'hôpital ? Je ne veux pas insister, dire les affreux dénuements que nous avons tous entrevus, car il y a une pudeur qui défend de trop montrer ses plaies. Mais, en vérité, lorsque j'entends ces beaux fils nous reprocher de veiller sur les gros sous de nos humbles et de nos souffrants, je me fâche, car c'est avec les gros sous qu'on empêche les vieux de mourir de faim et qu'on donne aux jeunes le courage de la lutte.

Ah ! si ma voix pouvait être entendue, s'il y avait quelque part un homme très riche et aimant les lettres, je lui dirais que notre Société a une personnalité civile, depuis qu'elle est déclarée d'utilité publique, et qu'il peut tester en sa faveur, et qu'en faisant cela, en nous donnant les millions dont nous avons besoin pour assurer la vie de nos vieux pensionnaires, il réaliserait démocratiquement la conception aristocratique du mécène d'autrefois.

Mais, si le mécène ne vient pas – ce que je crains, hélas ! – ne sommes-nous pas là, nous tous, qui travaillons, qui par l'association pourrions être si forts, le jour où nous aurions la Société des gens de lettres qu'on peut rêver, le véritable syndicat de tous nos intérêts matériels et moraux, de toute notre fonction humaine et sociale ?

(*Le Figaro*, 4 avril 1896.)

La Société des gens de lettres : ce qu'elle devrait être

Tout de suite, je veux poser ce que devrait être, selon moi, la Société des gens de lettres. Comme je l'ai établi, elle n'est actuellement, en dehors des secours et des pensions qu'elle donne, qu'une association commerciale, qui se charge de toucher, pour ses membres, l'argent provenant de la reproduction de leurs œuvres. Et, si elle voulait être le syndicat complet de la profession, embrassant tous les intérêts, faisant face à tous les besoins, elle devrait donc veiller d'abord à la production des œuvres, avant de s'occuper de leur reproduction, et s'intéresser également ensuite à leur traduction.

Production, reproduction, traduction, tels sont les trois termes de l'évolution commerciale d'une œuvre littéraire. Par production, j'entends les rapports de l'écrivain avec le journal qui publie l'œuvre originale en feuilletons et avec l'éditeur qui la fait paraître en volume. La reproduction comprend la série d'opérations dont notre Société actuelle s'occupe avec tant de zèle et d'autorité. Et, quant à la traduction, elle est le vaste champ si peu connu, si mal défriché, de l'expansion de notre littérature, dans l'univers entier, par les langues étrangères.

Naturellement, je mets de côté la question de littérature, les écoles, le génie, le simple talent. Je traite ici la question purement matérielle de la profession. Mais qui ne comprend que cela soulève les questions morales les plus hautes, et qu'au fond il s'agit, avec le pain de chaque jour, de notre dignité dans le monde, de la place que nous y occupons et du rôle civilisateur que nous devons y jouer ?

Si nous lisons les statuts de la Société, nous voyons en tête qu'elle a pour but : de défendre et faire valoir les intérêts moraux et de protéger les droits de tous ses membres ; de procurer aux gens de lettres les avantages qui doivent résulter de leurs travaux ; de prêter, dans les conditions prévues au règlement, aide et assistance à ses sociétaires par tous les moyens qui sont en son pouvoir et dans toutes les occasions où cela pourrait être utile, notamment en ce qui concerne la reproduction de leurs œuvres littéraires.

Eh bien ! tout ceci, s'il faut le dire, n'est que sur le papier. Il n'y a que l'aide et l'assistance promises dans les dernières lignes, pour la reproduction, qui se réalisent strictement. Le reste – les intérêts moraux, les droits de tous les membres, les avantages qui doivent résulter de leurs travaux – demeure à l'état de simple vœu puisque, en réalité, la Société ne s'occupe absolument que d'encaisser l'argent de la reproduction, sans pouvoir exercer aucune action décisive dans la question de production et traduction.

J'imagine qu'un de nos membres publie un roman dans un journal ou chez un éditeur, et qu'il y ait procès, à la suite d'une difficulté quelconque. Nous ne pouvons intervenir directement, nous accorderons l'assistance judiciaire à notre sociétaire, nous irons jusqu'à lui donner notre appui moral ; mais ce sera tout, son affaire échappe à notre compétence, nous n'avons pas à nous occuper du feuilleton original ni du livre. Alors, pourquoi les statuts parlent-ils de défendre et de faire valoir les intérêts moraux, de protéger les droits, de procurer les avantages qui doivent résulter des travaux, lorsque cela n'est vrai que sur la question de reproduction, lorsqu'il est interdit à la Société d'intervenir dans la question beaucoup plus vaste et plus grave de la production sans compter celle de la traduction ?

Pendant mes quatre années de présidence, j'ai toujours vu le comité les mains liées vis-à-vis des directeurs de journaux et des éditeurs. Tout le service qu'il peut rendre, c'est, lorsqu'un sociétaire se plaint qu'un directeur lui a perdu un manuscrit, d'écrire à ce directeur, qui souvent même ne répond pas. Ou bien le comité intervient également par lettre pour qu'un directeur exécute un traité. Ou bien c'est encore une difficulté quelconque qu'il tâche de trancher à l'amiable. Mais, dans tout cela, il n'y a pas de droit exercé, il n'y a qu'une entremise officieuse, sans aucune sorte de sanction possible. Quant aux rapports entre la Société et les éditeurs, ils sont de même ordre. Je n'ai pas souvenance d'avoir eu des rapports avec eux pour aucune affaire intéressant la Société, si ce n'est pour des projets qui ont toujours échoué, devant leur attitude plutôt hostile.

Et ce qui prouve que notre Société ne répond pas à tous nos besoins, qu'elle laisse d'énormes lacunes, c'est que, continuellement, d'autres sociétés tâchent de se créer. J'ai assisté à une de ces tentatives, la Société des romanciers français, qui précisément a pour but de s'occuper de la production et de la traduction, en laissant la reproduction à la Société existante. On s'y est beaucoup occupé de trouver un moyen de contrôler les tirages des livres, cette grosse question qui divise depuis longtemps les auteurs et les éditeurs. On s'y est efforcé aussi de créer une agence de traductions, qui mettrait les auteurs en relation avec les éditeurs de tous les pays du monde. Ce sont là certainement de bien grosses affaires, et il faudra du temps avant que tous les rêves se réalisent. Mais, si même une Société comme celle des romanciers français n'avance guère, attend l'avenir, le simple fait qu'elle a pu être créée prouve qu'elle nous manque et que la Société des gens de lettres est tout au moins insuffisante.

Pour que les statuts disent la vérité, pour que les gens de lettres trouvent dans la Société le syndicat qui protégera tous leurs intérêts matériels et moraux, qui leur procurera tous les avantages qui doivent résulter de leurs œuvres, il faut absolument qu'elle réglemente la production et la traduction, comme elle a réglementé la reproduction, qu'elle soit en un mot, ainsi que je l'ai dit, le syndicat de la profession totale.

Certes, le problème n'est pas commode, et je n'en connais pas de plus complexe ni de plus ardu. On n'attend pas que j'expose ici le plan de cette Société rêvée, c'est tout au plus si je me permettrai d'indiquer une idée qui m'a hanté parfois. Je ne parlerai d'abord que de nos rapports avec les éditeurs.

Si les éditeurs se montrent sans bienveillance à l'égard de la Société, c'est qu'ils sentent en elle la concurrente possible, la maison qui pourrait s'éditer elle-même un beau matin. Je crois bien que la Société a eu cette idée autrefois, et il est évident qu'elle semble devoir aller à cela, sous le régime collectiviste qu'on nous promet, le jour où elle sera le syndicat complet dont je parle. La mine aux mineurs, l'édition aux édités. Déjà plusieurs auteurs s'éditent eux-mêmes, et de toutes parts poussent des tentatives d'associations pour se passer des éditeurs. Quant à moi, je déclare que je suis contraire à ce mouvement, au moins aujourd'hui. Jusqu'ici, les tentatives collectives faites dans ce sens ont misérablement échoué. Seuls, certains auteurs isolés ont gagné de grosses sommes à s'éditer eux-mêmes. Je suis donc convaincu que les maisons d'édition sont actuellement bonnes à conserver. Il y en a de très puissantes, des machines admirablement montées, des forces en somme, qu'il serait peu sage de ne pas employer encore, tant qu'elles fonctionneront utilement. Et les éditeurs devraient donc se rassurer, il n'est nullement question de les déposséder d'ici longtemps sans doute.

De même, il est certain que les grandes maisons d'édition, les solides, les honnêtes, tomberaient tout de suite d'accord avec notre Société, car elles ne pourraient vouloir avec nous que la dignité de leur profession, la probité et la justice au plein jour. Ce dont souffrent les débutants des lettres, les humbles qui restent à la merci du marchand, c'est des petites maisons louches, des éditeurs marrons, de ce pullulement des vendeurs de papier imprimé que guette la faillite. Et c'est pour la défense de ces humbles, de la nuée de plus en plus grande des pauvres travailleurs vivant de leur plume, qu'il s'agirait d'unifier les traités, d'établir des minima, de ne pas tolérer qu'on fît misérablement travailler au rabais certains des nôtres.

Voyez la Société des auteurs et compositeurs dramatiques. Je reviens toujours à elle, car elle me semble vraiment un modèle de bonne construction et de fonctionnement logique. Elle s'est imposée à tous les théâtres, pas d'un coup certes, mais avec une obstination légitime et sage, qui a fini par vaincre les obstacles. Aujourd'hui, elle est le rempart de tous les auteurs qui écrivent des pièces, elle est unique et souveraine, elle discute ses intérêts avec chaque théâtre, lui impose le tant pour cent raisonnable, le frappe d'interdit s'il ne cède pas à ses justes exigences. En somme, elle règle en tout et pour tout la question commerciale au mieux de ses intérêts, et cela sans qu'on entende la machine fonctionner.

Eh bien ! pourquoi notre Société ne ferait-elle pas de même avec les éditeurs ? Pourquoi n'établirait-elle pas des tarifs, un tant pour cent par exemplaire tiré, qu'elle imposerait à tous les éditeurs ? Pourquoi n'aurait-elle pas un modèle de traité, avec un minimum de tant par exemplaire ? Pourquoi, dans ce traité, tous les cas de bons rapports ne seraient-ils pas prévus, toute la justice désirable faite, toutes les causes de conflits évitées ? Pourquoi ce traité, après avoir été naturellement discuté et arrêté entre la Société et les éditeurs, ne deviendrait-il pas la charte de nos droits, le pacte de notre alliance, qui mettrait tous nos intérêts en commun ? Et enfin, pourquoi, après avoir ainsi traité avec les éditeurs, ne traiterions-nous pas avec les journaux, en fixant de même un prix minimum de la ligne et en réglant la question des droits et devoirs réciproques ?

Un rêve ! dira-t-on. En tout cas, il n'est point irréalisable. Soyons le nombre et nous serons la force. Puis, quand nous serons la force, tâchons d'être la justice. Ce qu'ont fait les auteurs compositeurs dramatiques, les gens de lettres peuvent le faire ; s'il y a des différences entre la pièce jouée et le livre tiré à certain nombre d'exemplaires, des similitudes pourtant s'établissent, le projet d'un modèle de traité arrêté avec toutes les maisons d'édition solides et honnêtes n'en reste pas moins très praticable et très profitable, quitte à mettre en interdit les maisons assez peu sages pour ne pas vouloir être justes.

Nous autres, les vieux, nous avons presque tous, dans nos éditeurs, de très anciens et très fidèles amis. Il est donc croyable que nous n'agirons guère. Mais c'est aux jeunes que je confie le projet, aux jeunes qui ont à se défendre et à défendre ceux dont le flot, sans cesse, monte derrière eux.

Et je ne m'illusionne en aucune façon, je sais toutes les difficultés, tous les dangers même. C'est ainsi que, si l'on tentait brutalement de transformer notre Société, il y aurait là pour elle un véritable péril. Il faut songer qu'elle a mis cinquante-huit ans à être ce qu'elle est, que le bon fonctionnement d'aujourd'hui a été acquis au prix des plus persévérants efforts, et que ce serait une sottise que de la tuer pour l'élargir. On n'apportera donc jamais trop de prudence, trop d'étude, avant de risquer la moindre modification, même heureuse.

Puis, on vient de refondre ses statuts, on ne peut légalement y toucher avant deux ans, je crois. Il faut se souvenir aussi qu'elle a été déclarée d'utilité publique, qu'elle dépend désormais du Conseil d'État, avec lequel il faudrait compter, si on la transformait dans son essence. Tout cela aggrave le problème, et je serais désespéré si j'allumais dans de certaines jeunes têtes des espérances trop vives, qui ne se réaliseront certainement pas avant longtemps. Mais cela ne saurait pourtant m'empêcher de parler, si je crois avoir quelque chose d'utile à dire, et je répète que fatalement notre Société se transformera, si elle ne veut pas qu'une société rivale se fonde un jour, si elle a l'ambition de devenir l'unique et complète Société que nous attendons, en nos temps où l'association est en train de transformer le monde. Le programme est net, s'il n'est déjà étudié dans les détails : traiter avec les journaux et les éditeurs, réglementer commercialement, surveiller et contrôler la production, comme elle surveille et contrôle la reproduction, et créer une agence universelle de traductions. À ce prix seul, elle sera la véritable Société des gens de lettres.

Et elle qu'on accuse aujourd'hui de manquer de prestige, de ne s'occuper que des gros sous, ah ! vous la verriez bien vite remonter dans l'estime du monde ! Vous verriez les producteurs, et non pas seulement les reproducteurs, devenir les membres du comité. Vous verriez à sa tête, comme à celle des Auteurs et Compositeurs dramatiques, les grands noms de la littérature, du moment que leurs intérêts professionnels se trouveraient directement engagés ; et ils arriveraient à en prendre la direction, d'instinct, par ce phénomène qui met le pouvoir entre les mains de ceux qui ont le plus de profit à l'exercer. Tout en laissant à l'Académie son rôle littéraire, elle deviendrait, à côté d'elle, la grande puissance de la profession des lettres, elle aurait la force sociale de la plus intelligente des associations, du groupe des travailleurs intellectuels, maîtres des foules, s'ils voulaient bien s'entendre.

Et je m'imagine aussi que les gros sous tomberaient en pluie, qu'on n'aurait plus à attendre un mécène ni à se creuser la tête pour obtenir d'une opération quelconque les millions nécessaires. Les recettes décupleraient, dès qu'on aurait frappé le livre du léger impôt qu'il s'agirait de trouver. Les pensions seraient portées à douze cents francs, et le comité, chaque lundi, pourrait donner à nos vaincus et à nos veuves, sans toujours trembler de vider trop vite sa caisse de secours. Les pauvres ont leur part, la misère est battue, quand la maison est solide et prospère.

Enfin, pourquoi ne pas élargir ce rêve et dire comment, un jour, l'élite intellectuelle pourrait devenir le lien et la paix des peuples ?

Lorsque je suis allé à Londres assister à un congrès de journalistes, j'ai été frappé de la puissance que pourrait prendre la presse universelle, si les associations de journalistes du monde entier s'entendaient, se réunissaient chaque année en une sorte d'assemblée fédérale, où toutes les nations seraient représentées, et discuteraient là les intérêts communs, de façon à mettre leur force incalculable au service de la justice et de la fraternité.

Mais peut-être la presse est-elle trop ravagée par les passions politiques, trop engagée dans les furieuses luttes quotidiennes.

Tandis que les lettres, la littérature planent très haut, souveraines. Et c'est donc là mon nouveau rêve : des sociétés de gens de lettres chez tous les peuples, des assemblées fédérales annuelles où toutes seraient représentées, des congrès pour faire entendre au monde le vœu de l'élite, l'évangile des intelligents et des sages.

En nos temps où l'on parle d'abolir les frontières littéraires, où il est question d'une communion universelle sous les espèces de génie, ne serait-ce pas là l'exemple de fraternité parti de haut, l'arbitrage des intelligences réglant enfin la question du plus de vérité et du plus de bonheur possible sur la terre ?

(*Le Figaro*, 11 avril 1896.)

La voyante

À Lourdes, le miracle naît dans un admirable décor. Avant qu'on eût gâté la grotte, en l'ornant et en l'aménageant pour recevoir les foules, c'était un coin de rêveuse sauvagerie, le creux solitaire au flanc du rocher, parmi les lierres et les ronces, le gave limpide et frais baignant les cailloux de la rive, le cirque immense des montagnes fermant l'horizon de leurs pics neigeux, dans une évocation de songe infini.

Puis, quelle douce figure de légende, cette Bernadette, la bergère ignorante qui ne sait pas lire, qui conduit son troupeau par les landes désertes, en récitant son chapelet ! Elle n'a que quatorze ans, elle est dans une telle candeur, un tel état d'innocente nature, que la Vierge est obligée de lui parler en patois, pour se faire entendre d'elle. Et quelle jolie histoire toute parfumée de simplicité, quel beau conte pour les bonnes âmes, les trois petites filles qui vont ramasser du bois mort, et l'une d'elles qui se déchausse afin de traverser le torrent, et le mystérieux coup de vent qui, soufflant alors sans faire remuer les feuilles, la force à s'agenouiller sur le sable, et la belle dame, rayonnante de lumière, dont la souriante figure lui apparaît, pour la consolation et le soulagement des humbles !

Devant le charme et l'évidente bonne foi de cette enfant souffrante, comme on comprend que tout le peuple des déshérités soit accouru ! Et, plus tard, lorsque la persécution s'en mêla, comme on comprend l'inextinguible croyance qui poussa de cette terre, en y faisant fleurir le miracle, dans l'exaltation d'une religion nouvelle !

Mais, cette fois, nous sommes à Paris, rue de Paradis-Poissonnière, une rue de tumultueux commerce, que les camions des marchands de porcelaine encombrent du matin au soir. Un aimable confrère me mène voir Mlle Couédon, à laquelle il a demandé un rendez-vous pour moi, sans lui dire qui j'étais. C'est le lundi de Pâques, à onze heures. La rue est déserte, la maison paraît vide, la banale maison du quartier, habitée par une population dense de bourgeois et de commerçants. Pas une âme dans l'escalier. Et nous sonnons, et c'est Mme Couédon, la mère, qui vient nous ouvrir : une dame avenante et distinguée. Elle nous introduit dans le salon, le salon classique de notre petite bourgeoisie, le piano, les sièges recouverts de housses, les gravures symétriques pendues au mur, une azalée blanche qui achève de se faner devant la cheminée. Mais la mère se retire, et voici le père, M. Couédon, un avocat, m'a-t-on dit, qui gagne aujourd'hui une quinzaine de mille francs à gérer des immeubles, un homme trapu, petit, rond, le teint coloré, qui paraît être un brave homme, franc et simple. Il rit, parle haut, donne des détails sur un procès qu'il a dû intenter à un journal. Puis, s'interrompant :

« Ah ! voici ma fille. »

Mlle Couédon entre. Elle aussi est petite, très brune, l'air gai. Elle n'est point jolie, elle est agréable, une brune piquante, comme on aurait dit autrefois, avec de beaux yeux et une dentition qui m'a frappé, des dents fortes, proéminentes, dignes d'une étude attentive, je crois. Et la voilà qui répond à mes questions, avec une aisance, une bonne volonté charmantes.

« J'ai vingt-cinq ans... Non, non, je ne suis pas fatiguée. Ainsi, je me suis couchée, hier soir, à onze heures, et je viens de me réveiller à sept... Autrefois, oui, j'ai eu des rêves. Mais, à présent, je ne rêve plus du tout... Je mange bien, je me porte bien, jamais je n'ai été si à l'aise et si heureuse. »

Et c'est merveille, en effet, comme elle a l'air tranquille et content d'elle-même. Décidément, cette maison respire la joie, une maison où l'on vient d'hériter, où un grand bonheur s'est produit. Ils rient tous, ils sont tous luisants et bien portants. Et ce qui me frappe aussi, c'est l'absence de mise en scène, la parfaite naïveté de l'accueil, l'ingénuité du décor. Voici des mois que l'ange Gabriel vient visiter cette jeune fille, voici des semaines que la foule se rue dans cet appartement, et le petit salon bourgeois est sûrement resté ce qu'il était. On ne sent pas la pythonisse, les choses se passent à la bonne franquette, sans malice aucune, avec une sorte d'enfantine conviction. Évidemment, les parents, en admiration devant leur fille, sont convaincus de la venue de l'ange, et ils n'en paraissent pas étonnés le moins du monde. Aucun foudroiement, aucun orgueil, qu'un ange se dérange, pour venir là, parler par cette bouche de vierge. C'est ainsi, et il semble tout naturel que cela soit ainsi.

Ce qui me tracasse un peu, c'est de n'être plus en face d'une bergère, d'une fillette de quatorze ans, mais d'une grande fille de vingt-cinq ans, qui a sûrement une histoire, que j'ignore. On dit simplement qu'elle et sa mère sont très pieuses ; ce n'est là qu'une indication. Je voudrais savoir quel cours de piano elle a suivi, où elle a appris l'orthographe, quelles amies elle a fréquentées, quels livres et quels journaux elle lisait, si elle allait au théâtre et aux expositions de peinture. Puisqu'il ne s'agit plus d'une simple fleurette de montagne, je voudrais bien connaître dans quel terreau a poussé cette singulière fleur de notre grande ville.

Mais je ne puis naturellement me permettre de poser certaines questions, et les choses ne sont pas encore assez graves, pour qu'on se lance dans une enquête sérieuse. Je me contente donc de constater la joie vive et la belle sérénité de la famille, ravie d'avoir été élue pour rendre un grand service à la France, sans compter qu'elle ne paraît pas fâchée du bruit qui se fait autour d'elle. Et je me donne comme un savant qui s'intéresse à ces sortes de manifestations, et qui ne demandera pas mieux que de croire, le jour où les phénomènes l'auront convaincu.

Le père s'en va dans une pièce voisine, en emmenant l'aimable confrère qui m'accompagne, et me voici seul avec Mlle Couédon.

« Approchez-vous, mettez-vous devant moi. »

Je m'assois sur une chaise, à contre-jour. C'est elle qui reste dans la pleine lumière de la fenêtre. Et elle s'endort, de la façon la plus simple et la plus prompte, en se passant la main sur les yeux. J'admets l'autosuggestion, mais pas pratiquée avec cette aisance. Tout de suite, ma conviction absolue est qu'elle ne dort pas.

La physionomie ne change pas, le visage devient seulement un peu plus grave. Les yeux sont à demi clos, de façon à laisser voir une ligne blanche de la cornée. De même, le corps garde la position droite qu'il avait ; j'entends qu'il ne se laisse pas aller, qu'il ne s'appuie pas au dossier du fauteuil. Les deux mains ne quittent les genoux que pour esquisser de rares gestes. Et rien autre, ni abandon, ni raideur, ni frémissement, ni extase. L'attitude d'une personne qui ne dort pas, qui a simplement fermé les yeux pour se recueillir, et qui parle ainsi, d'une voix continue, légèrement chantante, une voix ordinaire de tout à l'heure, qu'elle assombrit un peu comme si elle récitait, sur un ton adopté et gardé, sans ralentissement ni éclat.

Elle m'avait dit :

« L'ange va d'abord vous parler de vous, et puis, s'il le permet, vous pourrez le questionner. »

Tout de suite, dès qu'elle a eu fermé les yeux, l'ange m'a donc parlé de moi. Ah ! le pauvre ange, il ne me connaît guère ! J'avoue que j'ai été un peu vexé, car je m'imaginais que l'ange Gabriel aurait des choses intéressantes à me dire. Et, en vérité, la dernière des tireuses de cartes aurait eu plus de flair, se serait méfiée davantage de la personnalité que je pouvais être. Pas une des paroles qu'il m'a dites ne s'appliquait plus spécialement au vague savant dont j'avais pris le titre qu'à un autre savant quelconque. Même faisant fausse route, il est parti sur ce que j'avais dit de ma foi aux faits, pour me croire un catholique pratiquant et pour me recommander de moins négliger mes devoirs religieux. L'ignorance totale, l'erreur complète, la psychologie la plus rudimentaire, pas même l'heureuse rencontre d'une de ces phrases ambiguës, où le doute puisse s'accrocher. C'est enfantin et c'est touchant.

« Maintenant, m'a-t-elle dit, vous pouvez questionner l'ange, il vous répondra. »

Je lui ai demandé quelle serait la situation littéraire de la France, au prochain siècle. Superbe, un grand siècle littéraire. Je lui ai demandé quels seraient les écrivains d'aujourd'hui qui vivraient alors dans l'admiration des hommes. Il m'a répondu qu'il savait leurs noms, mais qu'il ne voulait pas me les dire. Je lui ai demandé quel était l'avenir de deux jeunes romanciers que j'aime, Il connaissait évidemment l'un, ce qu'il m'a prouvé en faisant allusion à un fait de notoriété publique, lui prédisant le triomphe, tandis qu'il est resté très vague sur l'autre, qu'il ne m'a pas paru connaître suffisamment. En somme, comme les humbles mortels, il ne dit bien que ce qu'il sait bien.

Et quelle langue typique ! Comme on comprend qu'une cervelle de culture moyenne puisse prêter un tel langage à un ange ! La simple prose est impossible, trop vulgaire, trop limpide aussi. Les vers sont d'une improvisation difficile, aisément ridicules. Tandis que cette prose rythmée, ces courtes phrases toutes terminées par le même son, s'improvisent assez facilement, avec un peu d'habitude, tout en gardant une singularité suffisante. C'est de la bonne langue classique d'oracles.

Et c'était fini. Mlle Couédon a simplement rouvert les yeux. Puis, elle s'est remise à sourire, de son air tranquille et enjoué. Aucun engourdissement au réveil, aucune surprise, aucun trouble, pas même un battement de paupières. Une personne qui a fermé les yeux et qui les rouvre, tout ingénument, sans nulle malice.

Pour moi, je l'ai dit, elle ne dort pas. J'admets bien une irrégulière de l'hystérie à qui manquent certains symptômes de la crise. Mais vraiment, tous les symptômes manquent par trop à celle-ci, l'autosuggestion elle-même ne fonctionne pas avec cette aisance, on ne s'endort pas et on ne se réveille pas de la sorte, trois ou quatre fois dans une heure, au moindre caprice, pour un oui, pour un non, comme une machine bien montée ; et cela, sans aucun des phénomènes habituels, avec, seulement, un sourire aux lèvres, comme une danseuse, ravie d'avoir dansé son pas.

Alors, on serait donc en face d'une simulatrice ? C'est un bien vilain mot. Elle a l'air très honnête, cette demoiselle. Ses parents m'ont aussi paru de braves gens crédules. Je veux croire qu'elle a eu des crises véritables, qu'elle a entendu une voix ; et, maintenant, elle continuerait à l'état de veille, après avoir fini par se convaincre de sa mission. Elle serait la propre dupe de son rêve. Sa grande dévotion ferait le reste. Il faut tenir compte aussi de ce qui doit se passer dans cette cervelle, depuis l'énorme bruit qui se fait. N'a-t-elle pas dit qu'elle allait occuper une situation morale très haute ? Ce souhait de grandeur peut tout expliquer, en dehors de l'intérêt pécuniaire qui n'apparaît pas, et des autres causes, manœuvres religieuses, manœuvres politiques, qui me semblent devoir être écartées.

Le père, l'air souriant, est revenu de la pièce voisine, avec l'aimable confrère qui m'avait amené. Et nous avons pris congé, en échangeant des poignées de main et de bonnes paroles amicales. La maison était en joie, nous avons laissé là des gens très heureux de vivre, voyant certainement la vie sans fièvre ni complication, dans un tranquille espoir, par ce beau lundi de Pâques.

Certes, cela serait d'un enfantillage très innocent, et une aventure d'une telle banalité ne mériterait pas de fixer l'attention pendant une heure, si brusquement la crédulité n'avait agi, déterminant dans la pauvre humanité souffrante l'extraordinaire crise de foi à laquelle nous assistons. Et le cas de cette demoiselle, si puéril en lui-même, prend tout d'un coup une ampleur terrifiante par le retentissement qu'il a au fond des âmes. Une pierre est tombée dans la mare, toute la vie ignorée du fond est troublée, remonte à la surface, se montre avec son pullulement monstrueux.

Et quoi ? pas même une grotte au flanc d'un rocher ! pas même une bergère agenouillée au bord d'un torrent ! pas même la solitude neigeuse des montagnes, se dressant dans le ciel clair ! Ce petit salon avec ses sièges couverts de housses, ce décor bourgeois encombré de l'inévitable piano a donc suffi, n'a donc pas tué la chimère sous le ridicule ? Et une demoiselle déjà mûre, une demoiselle quelconque de notre bourgeoisie, ni laide, ni belle, n'a eu qu'à fermer les yeux et à dire les premières pauvres choses venues sans arrangement d'aucune sorte, avec une candeur maladroite qui finit par être attendrissante ! Et c'est assez, et la foule se rue, et la presse ne parle pas d'autre chose depuis un mois, et le monde entier menace d'en être bouleversé !

Il faut entendre Mlle Couédon parler avec son rire tranquille du flot qui assiège sa porte. Chaque matin, elle a un courrier débordant comme un ministre. Les lettres et les télégrammes pleuvent chez elle, non seulement de Paris et de la province, mais encore de l'étranger. Puis, c'est l'appartement envahi, tous les mondes se coudoyant. Les soutanes se mêlent aux robes élégantes. Et ce ne sont pas que les simples, les crédules, qui viennent là comme ils iraient chez une tireuse de cartes, pour connaître l'avenir. Toutes les souffrances, toutes les passions se trouvent remuées, dans leur fond de vase : les malades qui espèrent être guéris, les cupides qui rêvent d'un héritage, les jaloux qui ont le besoin d'être convaincus de leur infortune. Des femmes se traînent aux pieds de l'ange, le supplient de leur révéler un nom, de leur dire ce qui se passe, à la minute même, dans une maison qu'elles lui désignent. Et ce sont encore les intellectuels, ceux qui ne croient pas, mais dont la science s'inquiète et frissonne devant l'inconnu. Et ce sont enfin tous les rêves d'ambition, le prêtre qui souhaite le triomphe de son Dieu, l'homme politique qui attend des événements le pouvoir, le prétendant qui voit dans ses songes flamboyer la couronne !

Quel spectacle se donne cette demoiselle, et, si elle avait prévu cela, quel piège elle aurait tendu à la misère et à la sottise humaines ! Voyez-vous à sa place un psychologue de quelque pénétration, vous imaginez-vous la moisson qu'il ferait de documents précieux ? C'est l'humanité mise à nu sous le fouet de ses désirs et de ses douleurs, c'est le galop de tout ce qu'on n'avoue pas, l'étalage de toutes les plaies secrètes, au plein jour, dans la folie de l'inconnu, et plus encore, c'est l'homme voulant forcer l'invisible, c'est la véritable lutte contre l'ange, l'espoir d'arracher le secret, de vaincre Dieu !

Je ne sais pas de spectacle plus inquiétant, ni plus douloureux dans le cas actuel, il est réellement effroyable, car il n'y a pas de sécurité pour la raison, si vraiment un tel enfantillage, dans de telles conditions saugrenues, peut la troubler à ce point. Ce qui m'épouvante, c'est le cas lui-même, cet ange qui mériterait à peine un sourire et qui ravage ainsi les cervelles. On est pris d'une angoisse, on doute qu'un équilibre se fasse jamais, en voyant la raison humaine rester de la sorte à la merci des coups de vent qui soufflent de l'au-delà.

Ah ! cette soif de l'au-delà, ce besoin du divin ! C'est lui dont nous frissonnons, dans l'incertitude de nos sciences, dont nous balbutions à peine les premières vérités. On a discouru de la banqueroute de la science, et c'est des retours offensifs de la chimère qu'il faudrait parler ; car la science va droit son chemin, sans jamais rien abandonner de ses conquêtes ; tandis que la chimère est toujours là qui la harcèle, en s'efforçant de reconquérir le terrain qu'elle perd.

Mais peut-on fermer le mensonge aux âmes que la réalité écrase, toutes saignantes de leurs maux ? Le cœur tremble et hésite, la pitié finit par faire taire la raison. Que Lourdes ouvre donc sa grotte toute grande aux misérables malades, qui vont y chercher la santé, qui en reviennent consolés au moins ! Et que Mlle Couédon elle-même ouvre toute grande sa porte à ce flot de créatures anxieuses, qu'elle renvoie rassasiées pour une heure, confiantes dans l'avenir ! D'autres voyantes viendront, et toutes réussiront, toutes passionneront l'humanité, dans sa faim et sa peur du mystère.

Allez, allez, pauvres âmes, mangez et buvez le mensonge, vivez de l'espoir trompeur, en attendant que la science soit assez forte, un jour peut-être, pour vous nourrir du pain de la vérité !

(*Le Figaro*, 18 avril 1896.)

La propriété littéraire

Il a fallu des siècles pour que l'œuvre littéraire et artistique devînt une propriété réelle, une valeur marchande qu'on ne pût voler à son voisin, sans se mettre sous le coup des lois, encore. Et, aujourd'hui, cette propriété n'est-elle admise qu'avec des restrictions, puisque cinquante ans après la mort de l'auteur l'œuvre tombe dans le domaine public, de sorte que les héritiers directs, s'il en existe, se trouvent dépouillés.

Je bâtis des maisons, je fabrique des meubles, je cisèle des bijoux, je crée là des propriétés qui m'appartiendront et qui appartiendront à mes descendants, sans que jamais personne puisse s'en emparer, sous peine d'être un voleur. Mais j'écris un roman ou une pièce de théâtre, je compose une partition, et ce n'est là qu'une propriété à temps, dont je jouirai bien jusqu'à ma mort, mais dont les miens seront un jour dépossédés légalement. Cependant, je n'ai pas donné que mon travail manuel, j'ai donné mon cerveau, j'ai donné mon cœur, j'ai donné ma vie. Et c'est pour cela qu'on nous fait le grand honneur de nous exproprier, en invoquant l'utilité publique, la cause de l'humanité tout entière.

La théorie est que l'homme de génie, l'homme de simple talent n'appartient pas seulement à sa famille, mais qu'il tient à l'universalité des hommes. D'abord, son génie, son talent, n'est qu'une résultante de l'instruction, de la civilisation d'une époque, de sorte qu'on peut le considérer comme le représentant élu, la voix qui résume les idées et les sentiments de la communauté, épars dans l'air. Ensuite, l'héritage qu'il laisse dépasse sa petite famille pour intéresser la grande, les générations des siècles futurs, tout un lot de pensées, d'images, de vérités et de beautés, qui sont devenues une propriété indivise et humaine. Et il y aurait alors à craindre que l'héritage ne périclitât entre les mains des simples héritiers directs, qu'on peut supposer passionnés au point de supprimer les œuvres, si elles les blessent, ou bien inintelligents au point d'entraver leur libre circulation par des procédés de vente maladroits.

En somme, telle est l'unique raison, la raison noble, la raison invincible qui fait que la propriété d'une œuvre de littérature ou d'une œuvre d'art ne sera jamais une propriété comme un champ, un château, une épée ou une bêche. La matérialité, le livre imprimé, la partition gravée, en disparaît, et il ne reste que l'idée qui flamboie, la fiction qui ravit, la mélodie qui chante. C'est la fleur sauvage poussée au bord du chemin, l'oiseau libre entendu dans le buisson, que tous les passants se croient en droit de prendre et d'emporter. Est-ce qu'on est un voleur pour ramasser sous le ciel clair des pensées, des images et des sons, qu'un autre avait pris lui-même à la communauté ? Ce n'est qu'un échange, au gré du vent et de la rencontre. Les grands écrivains, les grands artistes seraient indignes d'avoir été élus glorieusement, s'ils ne consentaient à luire pour tout le monde, comme le soleil.

Dès lors, on comprend que, s'il est difficile de réglementer la propriété littéraire dans une nation, le problème se complique terriblement, lorsqu'il s'agit de la réglementer entre les nations diverses. Il n'y a pas de douanes pour arrêter, par-dessus les frontières, les semences que les souffles du ciel portent d'un peuple à un autre. Veut-on tarifer le progrès, taxer les grands courants civilisateurs qui vivifient le monde ? Et il faut parler du légitime salaire, alléguer les raisons d'intérêts réciproques, de dignité et de justice, pour se faire entendre des peuples voisins, qui, très naïvement, je veux le croire, s'entêtent à pratiquer encore le système commode de prendre leur bien où ils le trouvent.

En ce moment, une conférence internationale pour la protection des œuvres littéraires et artistiques se trouve réunie à Paris. Elle paraît avoir surtout la mission de réviser la convention de Berne, conclue il y a dix ans déjà, et qui a été féconde en excellents résultats pour les États signataires. Il s'agit donc de profiter des expériences faites pendant ces dix années, de façon à remédier aux erreurs, aux lacunes qu'on a constatées dans le texte de la convention, et à la rendre désormais aussi parfaite que possible.

C'est là un travail très compliqué, très délicat, que mèneront sûrement à bien les membres que le gouvernement a choisis, d'anciens ministres, des diplomates, des avocats, des jurisconsultes. On s'est violemment étonné que ni un écrivain, ni un artiste, ni un journaliste, n'en fasse partie. Et, à cela, il n'a été fait qu'une bonne réponse : c'est que les nations signataires n'ont délégué elles-mêmes que des jurisconsultes, des avocats et des diplomates, de sorte qu'on aurait eu l'air de leur donner une leçon, en ne faisant pas des choix identiques aux leurs. Pourtant, on espère encore que la conférence éprouvera le besoin d'avoir quelques renseignements exacts et qu'elle voudra bien convoquer les seules personnes qui sont en état de les lui donner, c'est-à-dire les écrivains et les artistes intéressés, que la nécessité de défendre leurs œuvres met en continuel rapport avec les éditeurs, les journaux et les théâtres des pays étrangers. Ceux-là seuls ont vraiment des choses importantes à dire.

Moi, ce qui m'inquiète, dans les choix faits par le gouvernement, c'est le caractère purement administratif et diplomatique qu'ils vont donner à la conférence. Réviser la convention de Berne, certes, cela est bon ; et je répète que les personnages choisis sont tout à fait compétents sur les questions de droit international, sur les usages et les procédés, sur ce qui a été fait et sur ce qu'on peut faire, de bureaux à bureaux, de chancellerie à chancellerie. Mais il faudrait surtout élargir la convention de Berne, amener à elle les grandes nations qui se tiennent systématiquement à l'écart, exprimer à ce sujet les vœux de tous les écrivains, de tous les artistes français, les exprimer d'une façon si nette, si haute et si franche, que le monde civilisé tout entier sache à quoi s'en tenir Et cela, c'est ce que la conférence, telle qu'elle est composée, ne fera certainement pas, comme dépassant son rôle, surtout comme n'étant pas dans l'esprit de pure bureaucratie qui a présidé à sa composition.

Ainsi, je vois que quelques nouveaux États ont envoyé des délégués pour suivre les travaux, ce qui indique, chez eux, le désir d'adhérer à la convention. Les grands États signataires sont, si je ne me trompe, l'Allemagne, l'Angleterre, l'Italie, l'Espagne. Et, sans doute, il est excellent que de petits États comme la Bohème, le Portugal, la Norvège, le Brésil, et d'autres, fassent leur adhésion. Mais, nous, dont on discute les intérêts, nous serions ravis, si nous apprenions que les États-Unis et la Russie ont envoyé des délégués, en témoignant le désir d'entrer dans cette ligne d'honnêteté internationale. Par petits États et par grands États, j'entends simplement ceux où nous faisons très peu d'affaires et ceux où nous en faisons beaucoup. Et c'est pourquoi, si le principe gagne à l'adhésion des petits États, cette adhésion nous laisse au fond assez froids, car nos débouchés y sont presque nuls ; tandis que, le jour où nous serions protégés aux États-Unis, comme nous le sommes en Allemagne, par exemple, nous serions enchantés des importants traités que nous pourrions enfin y conclure.

Aux États-Unis, il y a bien une loi votée par le Sénat, une sorte de convention qui protège les œuvres étrangères, mais dans des conditions si compliquées, sous l'exigence de formalités si vexatoires, que la pratique en est rendue presque impossible. Et, quant à la Russie, la situation est plus simple, elle a repoussé toute convention jusqu'à ce jour, elle se tient obstinément à l'écart des nations civilisées, sur cette question de la propriété littéraire. Ce serait vraiment, pour la conférence, ouverte en ce moment à Paris, une belle et bonne besogne que de l'amener au sentiment de dignité et de justice, à cette convention littéraire qui est comme un premier lien de fraternité entre les peuples.

Eh quoi ! l'ennemie, l'Allemagne, s'entend avec nous, reconnaît les droits de nos écrivains et de nos artistes, et c'est l'amie, la Russie, qui se refuse à tous rapports de loyauté, qui pille nos œuvres ! Il faut avoir le courage de le dire, il y a là une grande surprise et une grande tristesse.

Depuis des années, les plus grands efforts ont été faits de notre part pour amener une entente. Si je voulais raconter toutes les démarches, toutes les négociations tentées, il me faudrait plusieurs colonnes de ce journal. Un instant, il y a bien eu une convention ; mais l'essai en a paru si désastreux à la Russie, au point de vue de ses intérêts, qu'elle n'a jamais voulu le renouveler. M. de Kératry est d'abord allé en mission à Saint-Pétersbourg, accrédité par le cercle de la librairie et par nos sociétés littéraires, ne ménageant ni son zèle ni sa grande expérience. Puis, moi-même, lorsque j'étais président de la Société des gens de lettres, j'ai écrit à la presse russe une lettre ouverte qui a paru dans *Le Temps*, m'imaginant que les directeurs de journaux, s'ils faisaient campagne en faveur d'une convention, finiraient par créer une agitation favorable. Puis, M. Halpérine-Kaminsky, le traducteur de Tolstoï, s'est dévoué à la question avec une grande énergie, a fait le voyage plusieurs fois, s'entremettant entre les intéressés des deux nations, obtenant des succès partiels, dont il faut tenir compte. Puis, notre confrère, M. Hector Malot, de passage à Saint-Pétersbourg, dernièrement, a obtenu de M. de Montebello, notre ambassadeur, la promesse de ne pas perdre la question de vue. Et, malgré tout, la question traîne, n'avance guère, semble devoir n'aboutir jamais.

La vérité est un peu brutale, mais je crois bien que la Russie ne veut pas d'une convention, parce qu'elle est convaincue qu'elle y perdrait de l'argent. Et le calcul est tout simple, il entre dix fois plus en Russie de livres français traduits, qu'il n'entre en France de livres russes traduits ; de sorte que, si les auteurs russes touchaient mille francs, les auteurs français en toucheraient dix mille. Au fond, là est l'unique obstacle, sous les arguments évasifs, les raisonnements, les arguties de procédure. Lorsqu'il est si facile de prendre, pourquoi payer, s'il est désastreux de le faire ? Pourtant, je me hâte d'ajouter, à l'honneur de la Russie, que tous les Russes à qui j'ai tâché de faire comprendre combien la justice et leur propre dignité devraient les décider à une solution prompte, m'ont paru n'avoir aucune idée nette de la propriété littéraire. Prendre les objets manufacturés qui leur arrivent de France, ah non ! ce serait le plus abominable des vols ! Mais traduire un livre, le publier en russe à ses risques et périls, est-ce que c'est prendre autre chose que le chant de l'oiseau libre, dont on emporte la musique dans l'oreille, que le parfum de la fleur sauvage, dont l'air qui passe vous a fait le cadeau ? Les semences de l'esprit sont à l'universelle humanité, et, par-dessus les frontières, elles poussent où le vent les apporte.

Dans ma lettre, que *Le Temps* a publiée, je raisonnais, je m'efforçais de donner des arguments. Il est certain, par exemple, que l'importation de la littérature russe en France a beaucoup augmenté depuis quinze ans. Puis, s'il reste vrai que l'exportation française en Russie l'emporte toujours, comment la Russie ne comprend-elle pas l'inconvénient grave qu'il y a pour elle à laisser encombrer ainsi son marché littéraire par des traductions de livres étrangers ? Du moment qu'il n'y a ni autorisation à demander, ni droit à payer, tout journal, tout éditeur est libre, lance sa traduction à lui. Et je citais une œuvre de moi, car on ne connaît bien que ses propres affaires ; je rappelais que quatorze éditions de ma *Débâcle*, publiées par des journaux différents, avaient paru concurremment en Russie. Chaque matin, dès que le feuilleton était mis en vente à Paris, des traducteurs le traduisaient en hâte, l'expédiaient par courrier du soir. Et de là toutes sortes de résultats fâcheux : d'abord des traductions bâclées, atroces, indignes d'une nation littéraire ; ensuite, une telle dispersion de l'intérêt, qu'aucun journal ne bénéficiait réellement de la primeur ; enfin, une sorte d'accaparement très préjudiciable aux œuvres nationales.

Un éditeur russe, au moment des fêtes que Paris donnait à l'escadre russe, m'avait dit qu'il n'osait plus rien publier à Saint-Pétersbourg, devant l'envahissement des vitrines des libraires par les traductions de romans étrangers. Et le choix n'est pas toujours très heureux, on finit par traduire les œuvres les plus médiocres. Comme il n'y a pas de droits d'auteur à payer, l'éditeur espère quand même faire ses frais. Il en résulte un avilissement des prix qui frappe directement les auteurs nationaux ; car ce sont ceux qui souffrent le plus de l'état des choses. Ils ne peuvent lutter contre l'énorme production française, allemande et anglaise. Si, demain, une convention internationale diminuait cette importation déréglée, ou mieux la réglementait, en ne laissant passer que les œuvres remarquables, soigneusement traduites, la Russie verrait sûrement ses auteurs produire des livres d'une moyenne plus haute et qui se vendraient davantage. On m'a affirmé, par exemple, qu'un musicien russe avait toutes les peines du monde à trouver un éditeur à Saint-Pétersbourg, les œuvres de nos musiciens français, et en particulier de Gounod, pouvant s'y vendre à si bas prix que toute concurrence devenait impossible.

Il arrive souvent que la simple honnêteté, qui consiste à payer ce que l'on prend, est en même temps une bonne affaire, la façon unique de mettre de l'ordre et de la prospérité chez soi.

Voilà ce que la conférence internationale, réunie en ce moment à Paris, devrait faire entendre à la Russie ; et voilà, je le crains bien, ce dont elle ne soufflera pas un mot, car son caractère administratif et diplomatique lui interdit les vœux trop nets et trop vifs.

Je répète que nous suivrons ses travaux avec le plus grand intérêt, certains qu'elle va mettre tout son zèle à réviser le mieux du monde la convention de Berne. Mais, si elle se borne à l'améliorer, si elle ne détermine que l'adhésion de certains petits États, sans pouvoir obtenir celle de la Russie et des États-Unis, les résultats, en somme, seront minces. Nous n'aurons victoire gagnée que lorsque nous serons protégés aux États-Unis et en Russie, comme nous le sommes en Allemagne, en Angleterre, en Italie et en Espagne.

Et, personnellement, je veux bien qu'on ne nous protège pas du tout. Mais, alors, je demande qu'à l'actuelle société capitaliste on fasse succéder la société collectiviste de Guesde ou la société anarchiste de Jean Grave. Pendant ma présidence à la Société des gens de lettres, nous avons eu, avec ce dernier, une grosse affaire. Il avait reproduit dans son journal, *La Révolte*, des articles de nos sociétaires, sans être abonné, et je me trouvais mêlé là-dedans, car j'étais un des auteurs pillés, avec cette complication que j'avais donné une autorisation de publier gratuitement, avant de faire partie de la Société. Je me souviens de l'indignation des socialistes. Eh quoi ! poursuivre un pauvre petit journal, qui faisait simplement œuvre de propagande ? Est-ce que les idées ne sont pas à tous ? Est-ce que la reproduction de l'Évangile se paie à tant la ligne ? J'eus beaucoup de peine à étouffer l'affaire.

Ils avaient raison, les socialistes, à leur point de vue. C'est bien dur de faire le gabelou autour de ses phrases, de ne pas vouloir qu'aucune d'elles aille remplir sa mission civilisatrice dans le monde, sans d'abord rapporter son tant pour cent. Et toujours s'impose la comparaison avec l'arbre qui donne ses fruits, avec la plante qui sème sa bonne graine, à la moindre sollicitation du vent. Si vous êtes un génie, fleurissez donc et fructifiez donc pour tout le monde !

Sans doute, mais alors commençons par vivre en frères. La conception d'un mécène, nourrissant l'écrivain pour qu'il produise, étant écartée comme aristocratique, il ne reste que le principe du travail littéraire assimilé à tout autre travail, faisant vivre son homme justement et dignement, créant dès lors une propriété que le Code doit défendre, ainsi que toute propriété. Il y a labeur, il y a œuvre faite, et personne n'en saurait disposer sans le consentement de l'auteur, sous peine de transgresser la loi d'honnêteté universelle qui défend de prendre à autrui ce qu'il refuse de donner.

Notre grande amie la Russie se doute-t-elle qu'elle est en plein rêve anarchique, lorsqu'elle traduit nos romans et qu'elle joue nos pièces sans notre autorisation ? Je veux bien faire ce rêve : l'humanité réunie en une seule nation heureuse et fraternelle, les poètes chantant pour tous, le génie livrant les pages de ses œuvres aux passants, sans avoir de compte ouvert chez un éditeur. Mais il faut d'abord que l'âge d'or revienne, que l'éternel printemps nous dispense de nous vêtir, et que la nature nous nourrisse du miel de ses fleurs et du lait de ses ruisseaux.

(*Le Figaro*, 25 avril 1896.)

Peinture

Chaque année, en sortant des Salons de peinture, j'entends depuis plus d'un quart de siècle, circuler des phrases semblables ! « Eh bien ! et ce Salon ? – Oh ! toujours le même ! – Alors, comme l'année dernière ? – Mon Dieu, oui ! comme l'année dernière, et comme les années d'auparavant ! » Et il semble que les Salons soient immuables dans leur médiocrité, qu'ils se répètent avec une uniformité sans fin, et qu'il devienne même inutile d'aller les voir pour les connaître.

C'est une profonde erreur. La vérité seulement est que l'évolution à laquelle ils obéissent, d'une façon ininterrompue, est si lente dans ses résultats, qu'elle n'est pas facile à constater. D'une année à une autre, les changements échappent, tellement les transitions paraissent naturelles et insensibles. Comme pour les personnes qu'on voit tous les jours, les traits principaux semblent rester les mêmes, on ne s'aperçoit pas des modifications successives et totales. Dans le train quotidien de l'existence, on jurerait qu'on coudoie toujours la même figure.

Mais, grand Dieu ! quelle stupeur, si l'on pouvait évoquer d'un coup de baguette le Salon d'il y a trente ans et le mettre en comparaison avec les deux Salons d'aujourd'hui ! Comme on verrait que les Salons ne sont pas toujours les mêmes, qu'ils se suivent, mais qu'ils ne se ressemblent pas, que rien au contraire n'a évolué plus profondément que la peinture dans cette fin de siècle, sous la légitime fièvre des recherches originales, et aussi, il faut bien le dire, sous la passion de la mode !

Brusquement, ce Salon d'il y a trente ans m'est apparu, ces jours derniers, pendant que je visitais les deux Salons actuels. Et quel coup au cœur ! J'avais vingt-six ans, je venais d'entrer au *Figaro*, qui s'appelait alors *L'Événement*, et que Villemessant m'avait ouvert en m'y laissant toute liberté, avec son hospitalité si large, lorsqu'il se passionnait pour une idée ou pour un homme. J'étais alors ivre de jeunesse, ivre de la vérité et de l'intensité dans l'art, ivre du besoin d'affirmer mes croyances à coups de massue. Et j'écrivis ce Salon de 1866, « mon Salon », comme je le nommai avec un orgueil provocant, ce Salon où j'affirmai hautement la maîtrise d'Édouard Manet, et dont les premiers articles soulevèrent un si violent orage, l'orage qui devait continuer autour de moi, qui, depuis trente années, n'a plus cessé de gronder un seul jour.

Oui, trente années se sont passées, et je me suis un peu désintéressé de la peinture. J'avais grandi presque dans le même berceau, avec mon ami, mon frère, Paul Cézanne, dont on s'avise seulement aujourd'hui de découvrir les parties géniales de grand peintre avorté. J'étais mêlé à tout un groupe d'artistes jeunes, Fantin, Degas, Renoir, Guillemet, d'autres encore, que la vie a dispersés, a semés aux étapes diverses du succès. Et j'ai de même continué ma route, m'écartant des ateliers amis, portant ma passion ailleurs. Depuis trente ans, je crois bien que je n'ai plus rien écrit sur la peinture, si ce n'est dans mes correspondances à une revue russe, dont le texte français n'a même jamais paru. Aussi quelle secousse au cœur, lorsque tout ce passé a ressuscité en moi, à l'idée que je venais de reprendre du service au *Figaro*, et qu'il serait intéressant peut-être d'y reparler peinture une fois encore, après un silence d'un tiers de siècle bientôt !

Mettons, si vous le voulez bien, que j'aie dormi pendant trente années. Hier, je battais encore avec Cézanne le rude pavé de Paris, dans la fièvre de le conquérir. Hier, j'étais allé à ce Salon de 1866, avec Manet, avec Monet et avec Pissarro, dont on avait prudemment refusé les tableaux. Et voilà, après une longue nuit, que je m'éveille et que je me rends aux Salons du Champ-de-Mars et du palais de l'Industrie. Ô stupeur ! ô prodige toujours inattendu et renversant de la vie ! ô moisson dont j'ai vu les semailles et qui me surprend comme la plus imprévue des extravagances !

D'abord, ce qui me saisit, c'est la note claire, dominante. Tous des Manet alors, tous des Monet, tous des Pissarro ! Autrefois, lorsqu'on accrochait une toile de ceux-ci dans une salle, elle faisait un trou de lumière parmi les autres toiles, cuisinées avec les tons recuits de l'École. C'était la fenêtre ouverte sur la nature, le fameux plein air qui entrait. Et voilà qu'aujourd'hui il n'y a plus que du plein air, tous se sont mis à la queue de mes amis, après les avoir injuriés et m'avoir injurié moi-même. Allons, tant mieux ! Les conversions font toujours plaisir.

Même ce qui redouble mon étonnement, c'est la ferveur des convertis, l'abus de la note claire, qui fait de certaines œuvres des linges décolorés par de longues lessives. Les religions nouvelles, quand la mode s'y met, ont ceci de terrible qu'elles dépassent tout bon sens. Et, devant ce Salon délavé, passé à la chaux, d'une fadeur crayeuse désagréable, j'en viens presque à regretter le Salon noir, bitumeux d'autrefois. Il était trop noir, mais celui-ci est trop blanc. La vie est plus variée, plus chaude et plus souple. Et moi qui me suis si violemment battu pour le plein air, les tonalités blondes, voilà que cette file continue de tableaux exsangues, d'une pâleur de rêve, d'une chlorose préméditée, aggravée par la mode, peu à peu m'exaspère, me jette au souhait d'un artiste de rudesse et de ténèbres !

C'est comme pour la tache. Ah ! Seigneur, ai-je rompu des lances pour le triomphe de la tache ! J'ai loué Manet, et je le loue encore, d'avoir simplifié les procédés, en peignant les objets et les êtres dans l'air où ils baignent, tels qu'ils s'y comportent, simples taches souvent que mange la lumière. Mais pouvais-je prévoir l'abus effroyable qu'on se mettrait à faire de la tache, lorsque la théorie si juste de l'artiste aurait triomphé ? Au Salon, il n'y a plus que des taches, un portrait n'est plus qu'une tache, des figures ne sont plus que des taches, rien que des taches, des arbres, des maisons, des continents et des mers. Et ici le noir reparaît, la tache est noire, quand elle n'est pas blanche. On passe sans transition de l'envoi d'un peintre, cinq ou six toiles qui sont simplement une juxtaposition de taches blanches, à l'envoi d'un autre peintre, cinq ou six toiles qui sont une juxtaposition de taches noires. Noir sur noir, blanc sur blanc, et voilà une originalité ! Rien de plus commode. Et ma consternation augmente.

Mais où ma surprise tourne à la colère, c'est lorsque je constate la démence à laquelle a pu conduire, en trente ans, la théorie des reflets. Encore une des victoires gagnées par nous, les précurseurs ! Très justement, nous soutenions que l'éclairage des objets et des figures n'est point simple, que sous des arbres, par exemple, les chairs nues verdissent, qu'il y a ainsi un continuel échange de reflets dont il faut tenir compte, si l'on veut donner à une œuvre la vie réelle de la lumière. Sans cesse, celle-ci se décompose, se brise et s'éparpille. Si l'on ne s'en tient pas aux académies peintes sous le jour factice de l'atelier, si l'on aborde la nature immense et changeante, la lumière devient l'âme de l'œuvre, éternellement diverse. Seulement, rien n'est plus délicat à saisir et à rendre que cette décomposition et ces reflets, ces jeux du soleil où, sans être déformées, baignent les créatures et les choses. Aussi, dès qu'on insiste, dès que le raisonnement s'en mêle, en arrive-t-on vite à la caricature. Et ce sont vraiment des œuvres déconcertantes, ces femmes multicolores, ces paysages violets et ces chevaux orange, qu'on nous donne, en nous expliquant scientifiquement qu'ils sont tels par suite de tels reflets ou de telle décomposition du spectre solaire. Oh ! les dames qui ont une joue bleue, sous la lune, et l'autre joue vermillon, sous un abat-jour de lampe ! Oh ! les horizons où les arbres sont mauves, les eaux rouges et les cieux verts ! C'est affreux, affreux, affreux !

Monet et Pissarro, les premiers, je crois, ont délicieusement étudié ces reflets et cette décomposition de la lumière. Mais que de finesse et que d'art ils y mettaient ! L'engouement est venu, et je frissonne d'épouvante ! Où suis-je ? Dans un de ces anciens Salons des refusés, que l'âme charitable de Napoléon III ouvrait aux révoltés et aux égarés de la peinture ? Il est très certain que pas la moitié de ces toiles ne seraient entrées au Salon officiel.

Puis, c'est un débordement lamentable de mysticisme. Ici, je crois bien que le coupable est le très grand et très pur artiste Puvis de Chavannes. Sa queue est désastreuse, plus désastreuse peut-être encore que celle de Manet, de Monet et de Pissarro.

Lui, sait et fait ce qu'il veut. Rien n'est d'une force ni d'une santé plus nettes que ses hautes figures simplifiées. Elles ne peuvent pas vivre de notre vie de tous les jours, elles n'en ont pas moins une vie à elles, logique et complète, soumise aux lois voulues par l'artiste. Je veux dire qu'elles évoluent dans ce monde des créations immortelles de l'art, qui est fait de raison, de passion et de volonté.

Mais sa suite, grand Dieu ! Quel bégaiement à peine formulé, quel chaos des plus fâcheuses prétentions ! L'esthéticisme anglais est venu et a fini de détraquer notre clair et solide génie français. Toutes sortes d'influences, qu'il serait trop long d'analyser à cette place, se sont réunies et amassées pour jeter notre école dans ce défi à la nature, cette haine de la chair et du soleil, ce retour à l'extase des primitifs ; et encore les primitifs étaient-ils des ingénus, des copistes très sincères, tandis que nous avons affaire à une mode, à toute une bande de truqueurs rusés et de simulateurs avides de tapage. La foi manque, il ne reste que le troupeau des impuissants et des habiles.

Je sais bien tout ce qu'on peut dire, et ce mouvement, que j'appellerai idéaliste, pour simplement l'étiqueter, a eu sa raison d'être, comme une naturelle protestation contre le réalisme triomphant de la période précédente. Il s'est également déclaré dans la littérature, il est un résultat de la loi d'évolution, où toute action trop vive appelle une réaction. On doit admettre aussi la nécessité où les jeunes artistes se trouvent de ne pas s'immobiliser dans les formules existantes, de chercher du nouveau, même extravagant. Et je suis loin de dire qu'il n'y a pas eu des tentatives curieuses, des trouvailles intéressantes, dans ce retour du rêve et de la légende, de toute la flore délicieuse de nos anciens missels et de nos vitraux. Au point de vue de la décoration surtout, je suis ravi du réveil de l'art, pour les étoffes, les meubles, les bijoux, non pas, hélas ! qu'on ait créé encore un style moderne, mais parce qu'en vérité on est en train de retrouver le goût exquis d'autrefois dans les objets usuels de la vie.

Seulement, oh ! de grâce, pas de peinture d'âmes ! Rien n'est fâcheux comme la peinture d'idées. Qu'un artiste mette une pensée dans un crâne, oui ! mais que le crâne y soit, et solidement peint et d'une construction telle, qu'il brave les siècles. La vie seule parle de la vie, il ne se dégage de la beauté et de la vérité que de la nature vivante. Dans un art matériel comme la peinture surtout, je défie bien qu'on laisse une figure immortelle, si elle n'est pas dessinée et peinte humainement, aussi simplifiée qu'on voudra, gardant pourtant la logique de son anatomie et la proportion saine de ses formes. Et à quel effroyable défilé nous assistons depuis quelque temps, ces vierges insexuées qui n'ont ni seins ni hanches, ces filles qui sont presque des garçons, ces garçons qui sont presque des filles, ces larves de créatures sortant des limbes, volant par des espaces blêmes, s'agitant dans de confuses contrées d'aubes grises et de crépuscules couleur de suie ! Ah ! le vilain peuple, cela tourne au dégoût et au vomissement !

Heureusement, je crois bien que cette mascarade commence à écœurer tout le monde, et il m'a semblé que les Salons actuels comptaient beaucoup moins de ces lis fétides, poussés dans les marécages du faux mysticisme contemporain.

Et voilà donc le bilan de ces trente dernières années. Puvis de Chavannes a grandi dans son effort solitaire de pur artiste. À côté de lui, on citerait vingt artistes de grand mérite : Alfred Stevens, qui a également conquis la maîtrise par sa sincérité si fine et si juste ; Détaille, d'une précision et d'une netteté admirables ; Roll aux vastes ambitions, le peintre ensoleillé des foules et des espaces. Je nomme ceux-ci, j'en devrais nommer d'autres, car jamais peut-être on n'a fait de tentatives plus méritoires dans tous les sens. Mais, il faut bien le dire, aucun grand peintre nouveau ne s'est révélé, ni un Ingres, ni un Delacroix, ni un Courbet.

Ces toiles claires, ces fenêtres ouvertes de l'impressionnisme, mais je les connais, ce sont des Manet, pour lesquels, dans ma jeunesse, j'ai failli me faire assommer ! Ces études de reflets, ces chairs où passent des tons verts de feuilles, ces eaux où dansent toutes les couleurs du prisme, mais je les connais, ce sont des Monet, que j'ai défendus et qui m'ont fait traiter de fou ! Ces décompositions de la lumière, ces horizons où les arbres deviennent bleus, tandis que le ciel devient vert, mais je les connais, ce sont des Pissarro, qui m'ont autrefois fermé les journaux, parce que j'osais dire que de tels effets se rencontraient dans la nature !

Et ce sont là les toiles que jadis on refusait violemment à chaque Salon, exagérées aujourd'hui, devenues affreuses et innombrables ! Les germes que j'ai vu jeter en terre ont poussé, ont fructifié d'une façon monstrueuse. Je recule d'effroi. Jamais je n'ai mieux senti le danger des formules, la fin pitoyable des écoles, quand les initiateurs ont fait leur œuvre et que les maîtres sont partis. Tout mouvement s'exagère, tourne au procédé et au mensonge, dès que la mode s'en empare. Il n'est pas de vérité, juste et bonne au début, pour laquelle on donnerait héroïquement son sang, qui ne devienne, par l'imitation, la pire des erreurs, l'ivraie envahissante qu'il faut impitoyablement faucher.

Je m'éveille et je frémis. Eh quoi ! vraiment, c'est pour ça que je me suis battu ? C'est pour cette peinture claire, pour ces taches, pour ces reflets, pour cette décomposition de la lumière ? Seigneur ! étais-je fou ? Mais c'est très laid, cela me fait horreur ! Ah ! vanité des discussions, inutilité des formules et des écoles ! Et j'ai quitté les deux Salons de cette année en me demandant avec angoisse si ma besogne ancienne avait donc été mauvaise.

Non, j'ai fait ma tâche, j'ai combattu le bon combat. J'avais vingt-six ans, j'étais avec les jeunes et avec les braves. Ce que j'ai défendu, je le défendrais encore, car c'était l'audace du moment, le drapeau qu'il s'agissait de planter sur les terres ennemies. Nous avions raison, parce que nous étions l'enthousiasme et la foi. Si peu que nous ayons fait de vérité, elle est aujourd'hui acquise. Et, si la voie ouverte est devenue banale, c'est que nous l'avons élargie, pour que l'art d'un moment puisse y passer.

Et puis, les maîtres restent. D'autres viendront dans des voies nouvelles ; mais tous ceux qui ont déterminé l'évolution d'une époque demeurent, sur les ruines de leurs écoles. Et il n'y a décidément que les créateurs qui triomphent, les faiseurs d'hommes, le génie qui enfante, qui fait de la vie et de la vérité !

(*Le Figaro*, 2 mai 1896.)

L'élite et la politique

J'ai eu, lors de mon début dans les lettres, un mépris extraordinaire pour la politique. Non seulement je m'en désintéressais, d'un air superbe d'écrivain qui dédaignait de descendre à cette basse besogne, mais je jugeais les hommes qui s'en occupaient avec une sévérité outrageante, les regardant en bloc comme des sots et des inutiles. C'était, de ma part, l'opinion simpliste d'un poète exaspéré, et rien ne me semble aujourd'hui plus enfantin plus imbécile.

Ensuite, la vie m'a corrigé, j'ai dû pénétrer un peu dans tous les mondes pour mes études, j'ai renoncé à cette puérile conception sociale qui incarne l'humanité tout entière dans le lettré et l'artiste, traitant le reste en vil troupeau, en cohue inférieure, indigne d'intérêt. Cette politique, elle m'est apparue ce qu'elle est en réalité, le champ passionnant où lutte la vie des nations, où se sème l'histoire des peuples, pour les moissons futures de vérité et de justice. J'ai compris que les plus grands esprits y pouvaient évoluer, y faire la meilleure des besognes, celle du bonheur des autres. Même, si je m'étais découvert le moindre talent de parole, je crois bien que j'aurais cédé au besoin de me mettre, moi aussi, à la tâche.

Et voilà que, sur le tard de ma vie, je sens renaître pour la politique le mépris de ma jeunesse. De nouveau, elle cesse de m'intéresser, elle met en moi un hoquet de dégoût. Mais ce n'est plus le poète ivre de son rêve, orgueilleux de son intelligence, qui ne peut s'accoutumer à la basse cuisine quotidienne des politiciens, c'est l'homme vieilli, l'homme renseigné, qui sait et qui voit, que blesse surtout la médiocrité de notre monde politique, députés, sénateurs, ministres, tout le personnel de la machine gouvernementale en fonction.

Ah ! ce fossé qui se creuse entre l'élite de la nation et ceux qui la gouvernent ! S'il semble plus profond aujourd'hui, c'est que nos républicains soignent moins leurs redingotes, se montrent en négligé ; mais la médiocrité de la dernière monarchie, la médiocrité du second Empire étaient les mêmes, mieux cravatées sans doute. Et ce qui éclate, c'est la mise à l'écart des belles intelligences, c'est l'emploi reconnu impossible de nos grands hommes dans les affaires publiques, ce sont ces affaires confiées à des entrepreneurs de bâtisse sociale, à des sortes de spécialistes, d'une moyenne intellectuelle désastreuse, recrutés parmi les affamés et les dévoyés, faisant le plus souvent leurs affaires avant de faire celles du pays. J'ai connu un ministre fort aimable, intelligent même, qui disait d'habitude aux grands hommes, lettrés, artistes, savants : « Laissez-nous donc gouverner ! Ne vous risquez pas dans cette vilaine besogne. Elle est vraiment indigne de vous, tandis que nous autres, les médiocres, nous sommes faits pour elle. Est-ce que vous balayez, est-ce que vous lavez la vaisselle, chez vous ? Non, n'est-ce pas ? Vous avez des gens à gages pour vous débarrasser de ces soucis matériels. Eh bien ! nous autres, hommes politiques, nous sommes vos gens à gages, et vous pouvez vous livrer en paix à vos hautes spéculations, tandis que nous nous efforçons de rendre la maison tranquille et même agréable. » Mais le pis est que la maison n'est ni agréable ni même tranquille ; et, entre l'élite, ainsi congédiée, et la médiocrité, en possession de tous les postes, la rupture s'aggrave de jour en jour.

Je ne connais pas, à ce point de vue, d'histoire plus typique que celle du passage de M. Berthelot au ministère des Affaires étrangères. On voudra bien m'en laisser parler librement dans ce journal, qui a mené une si rude campagne contre le dernier ministère. Je ne suis qu'une individualité qui passe, je n'engage en rien la responsabilité des collaborateurs voisins.

Voilà donc un très grand savant, dont la France doit être particulièrement orgueilleuse. L'Angleterre, s'il avait daigné s'y occuper de politique, l'aurait mis au premier rang. En Allemagne, l'empereur en aurait fait son conseiller. Or, voilà, chez nous, après avoir été autrefois ministre de l'Instruction publique, qu'il en arrive, par suite d'une combinaison politique, à prendre dans un cabinet le portefeuille des Affaires étrangères. Et j'admets qu'il n'y fût pas tout à fait à sa place, bien que, selon moi, une intelligence supérieure soit à sa place partout. Il s'est succédé, au palais du quai d'Orsay, de telles nullités, qu'un des grands cerveaux de ce temps ne pouvait y être déplacé, en admettant même que son aptitude fût discutable. En tout cas, il représentait la France avec un éclat de gloire autrement vif que tous les médiocres qui l'avaient précédé, et, s'il n'y faisait pas de meilleure besogne, il n'en pouvait certainement faire de pire.

Alors, nous avons assisté à cet affligeant spectacle d'une campagne furieuse menée contre M. Berthelot par la presse presque tout entière. On l'a criblé d'épigrammes, la caricature s'en est mêlée et l'a ridiculisé ; puis, sont venues les attaques plus graves, qui dénaturaient chacun de ses actes. Un homme traîné sur la claie, jeté à la boue. Je sais bien que la passion politique était la grande coupable, qu'on ne s'attaquait pas au savant, mais à l'homme public qui avait commis l'inexpiable crime de faire partie d'un cabinet radical ; sans parler de la passion religieuse, dont la rage grondait aussi contre le libre penseur. Mais, justement, c'est cela qui est abominable, cette politique médiocre, en révolte contre les intelligences, incapable d'un ménagement, si sotte qu'elle ne peut remettre les choses au point, honorer le pays en montrant au moins quelque déférence à une de ses gloires. Et, il faut bien le dire, il m'a semblé qu'on se ruait sur M. Berthelot, avec une joie d'autant plus sauvage, qu'on bousculait en lui un haut représentant de l'élite, qu'on faisait rentrer avec rudesse dans le rang un homme illustre qui se permettait d'en sortir.

Ma surprise est que les journaux conservateurs se soient prêtés si aisément à cette pitoyable campagne. Ils ne sont donc plus pour l'élite ? Ils se mettent donc avec les égalitaires, coupant les têtes qui dépassent ? Comment n'ont-ils pas vu que l'échec douloureux d'un homme tel que M. Berthelot est fait pour écarter du pouvoir tous les cerveaux puissants ? Ses amis eux-mêmes l'abandonnaient, ses pairs ricanaient derrière son dos, en disant que c'était bien fait, qu'il n'avait que faire d'aller compromettre sa haute et belle situation dans cette galère. Et cela, pour des années, rend lâches les intelligences. Elles fuient cette politique où les hommes de la science, de l'art et des lettres n'ont que des crachats à recevoir, elles l'abandonnent aux médiocrités qui s'y installent définitivement et y triomphent.

Hugo n'a guère été, en politique, qu'une lyre retentissante. S'il a convoité le pouvoir, comme certains le prétendent, il n'a jamais pu satisfaire cette ambition. Vainement, Balzac a voulu être député, et Renan, plus tard, y a échoué de même. Je citerais vingt autres exemples. Chateaubriand et Lamartine seuls ont joué un grand rôle, à la vérité plus décoratif que vraiment fécond en œuvres solides. Il semble qu'au-dessus d'une certaine intelligence les dons du savant et du poète soient plutôt un empêchement à la conduite expérimentée des peuples. Peut-être y faut-il un certain terre à terre, une fraternité de facultés moyennes avec la masse, des vues communes, un côté tout le monde qui établisse la sympathie.

Je suis frappé de la pauvre figure que nous faisons dans les Assemblées. Un des nôtres, Henry Fouquier, l'esprit le plus fin, le plus lettré et le plus pénétrant, après avoir siégé pendant quelques années à la Chambre, s'en est allé plein de dégoût, en s'y sentant parfaitement dépaysé et inutile. M. de Vogüé, dont on avait accueilli l'élection par des cris d'espoir, attendant de lui de nobles besognes, s'y trouve comme perdu, étouffé au milieu du glapissement et des bourrades d'une foule. Maurice Barrès, malgré son originale conception de la vie, n'en a rapporté que deux bons articles ; et l'on s'étonne de l'âpreté qu'il met à vouloir rentrer dans un Parlement où son action a été d'une nullité si totale. Je ne trouve pas un seul écrivain, un artiste ou un savant, qui ait réellement joué chez nous un rôle politique de quelque importance depuis cinquante ans.

Alors quoi ? Mon ministre aurait-il raison, celui qui voulait qu'on laissât la politique aux soins d'une classe subalterne ? Les professionnels de l'intelligence ne sont peut-être bons qu'à penser et à créer dans l'absolu. Remarquez pourtant que nos nouveaux ministres, les jeunes, sont d'une culture très grande. L'historien est des plus remarquables chez M. Hanotaux, que ses amis regardent comme un esprit de haute valeur. Aucun homme au pouvoir n'avait encore montré la bravoure, je dirai l'enthousiasme littéraire de M. Poincaré, qui a conquis les lettres et les arts par ses discours fraternels, où nous avons senti battre le cœur des nôtres. M. Leygues s'est également révélé de notre famille, non pas parce qu'il a publié un volume de vers dans sa jeunesse, mais parce qu'il a gardé au pouvoir toute une intelligence vive, passionnée des choses de l'esprit. Et M. Bourgeois, le terrible M. Bourgeois, ce parfait administrateur, ce sage si clair et si pondéré, dont on est en train de faire un ogre révolutionnaire, a certainement en art les goûts les plus intenses, les plus raffinés, car je le sais un des fidèles de Rodin et de Vincent d'Indy. Même, si je remonte d'une génération en arrière, je trouve M. Édouard Lockroy dont l'histoire est si typique, un ancien journaliste d'infiniment d'esprit, auquel les journaux n'ont encore pu pardonner d'avoir travaillé vingt ans à se faire une immense instruction spéciale, un homme de volonté, de netteté et de courage, qui vient, quoi qu'on en puisse dire, de commencer une excellente besogne, avec compétence parfaite, en indiquant tout un ensemble de réformes, au ministère de la Marine. Un ancien journaliste à la Marine ! N'est-ce pas tout ce qu'il y a de plus drôle ? Et les journalistes crachent en l'air.

Seulement, il est bien vrai que, si tous ceux-là ont été plus ou moins des nôtres, ils se sont donnés ensuite corps et âme à la politique. Elle est donc une maîtresse jalouse qui exige l'homme tout entier. Puis, la grande raison des échecs que les meilleurs de nous y subissent, c'est, je le répète, qu'elle demande des dons particuliers, qui vont rarement de pair avec les dons de l'artiste, de l'écrivain et du savant. D'abord, il faut être un orateur suffisant, et je dis un orateur toujours prêt, bravant les interruptions, trouvant le mot victorieux dans la tempête, et non le conférencier, le diseur récitant ou lisant ses discours écrits d'avance. Puis, il faut le goût de l'action, l'amour de la bataille, le cœur solide défiant les nausées, l'ambition de vaincre et de régner, l'insouciance de l'absolu et du définitif qui s'accommode d'une vie précaire au jour le jour, dans l'espoir d'un résultat qu'on n'atteint jamais.

Et, alors, il pourrait bien se faire que notre dédain de la politique, à nous tous qui vivons d'art, de littérature ou de science, vienne simplement de ce que nous n'avons rien de ce qu'il faut pour y réussir.

On sait que la société future rêvée par Renan, la société parfaite, arrivée au bonheur final, était une sorte d'oligarchie, un peuple gouverné par ses philosophes, ses savants et ses poètes. L'élection des intelligences finissait par se faire, et le troupeau se trouvait enfin sous la garde des mieux doués et des plus intelligents.

Certes, ce n'est pas à cela que nous semblons marcher. Le vieux républicain que je suis et le socialiste que je finirai sans doute par être, confesse que la démocratie victorieuse apporte avec elle un furieux besoin d'égalité, qui se trahit par la méfiance et la haine de toute supériorité trop éclatante. Resterait à faire le procès des supériorités, des hommes providentiels, dont la nécessité pour le bonheur humain est discutable. En art même, l'homme de génie n'est pas absolument nécessaire, il y a eu des foules de génie, notre peuple du Moyen Âge, auquel nous devons les cathédrales gothiques. Et, dans un autre ordre d'idées, je ne vois pas que notre conseil municipal, celui qu'on vient de réélire, qu'on plaisante si fort de ne compter que d'illustres inconnus, administre Paris plus mal que ne le ferait un conseil composé de toutes nos gloires parisiennes.

Il semble donc difficile, si l'on veut mettre quelque logique dans le rêve de demain, en tenant compte du mouvement social, de s'en tenir à la pure et belle vision de Renan, cette sélection naturelle des grands esprits, chargés de conduire les autres, les avortés et les faibles. Au lieu d'une exaltation par en haut, j'imagine volontiers une lente montée par en bas, une répartition plus large de l'intelligence commune, le niveau moyen de plus en plus supérieur, grâce à l'instruction et à l'éducation. En un mot, le bonheur naîtrait de l'équilibre, pas d'élite trop géniale, pas de bas peuple trop ignorant, une société qui fonctionnerait d'autant mieux que les rouages en seraient plus étroitement semblables et liés entre eux.

Et ce serait le vœu de Proudhon réalisé : pas de grands hommes ! Ils sont terribles parfois, d'un danger social extrême. Pour le juste, dont le rêve est le plus possible d'équité et de vérité sur la terre, les petits de ce monde ayant chacun droit au morceau de pain quotidien, le grand homme devient un monstre qui terrifie les humbles et mange leur part. L'effort de la nature devrait être de le détruire, de le ramener aux proportions communes, frère parmi ses frères. Et peut-être est-ce à cette unité que travaillent inconsciemment les démocraties, lorsqu'elles se montrent si affamées d'égalité. Ce n'est en somme que la révolte du plus grand nombre contre l'élu qui gêne les autres.

En attendant, il y a certainement divorce entre l'élite et la politique. Si l'élite disparaissait, si les peuples devenaient médiocres et heureux, tout antagonisme cesserait forcément. Mais, hélas ! l'égalité, même dans la médiocrité, n'est pas de ce monde, et je crois bien qu'il faudra se résigner, pendant des siècles encore, à voir les orateurs et les hommes d'action, de cervelle autre, sinon inférieure, conduire les peuples, tandis que les savants, les écrivains et les artistes, de cerveau plus libre et plus absolu, les regarderont faire avec colère et mépris, en haussant les épaules.

(*Le Figaro*, 9 mai 1896.)

Pour les juifs

Depuis quelques années, je suis la campagne qu'on essaie de faire en France contre les juifs, avec une surprise et un dégoût croissants. Cela m'a l'air d'une monstruosité, j'entends la chose en dehors de tout bon sens, de toute vérité et de toute justice, une chose sotte et aveugle qui nous ramènerait à des siècles en arrière, une chose enfin qui aboutirait à la pire des abominations, une persécution religieuse, ensanglantant toutes les patries.

Et je veux le dire.

D'abord, quel procès dresse-t-on contre les juifs, que leur reproche-t-on ? Des gens, même des amis à moi, disent qu'ils ne peuvent les souffrir, qu'ils ne peuvent leur toucher la main, sans avoir à la peau un frémissement de répugnance. C'est l'horreur physique, répulsion de race à race, du blanc pour le jaune, du rouge pour le noir. Je ne cherche pas si, dans cette répugnance, il n'entre pas la lointaine colère du chrétien pour le juif qui a crucifié son Dieu, tout un atavisme séculaire de mépris et de vengeance. En somme, l'horreur physique est une bonne raison, la seule raison même, car il n'y a rien à répondre aux gens qui vous disent : « Je les exècre parce que je les exècre, parce que la vue seule de leur nez me jette hors de moi, parce que toute ma chair se révolte, à les sentir différents et contraires. »

Mais, en vérité, cette raison de l'hostilité de race à race n'est pas suffisante. Retournons alors au fond des bois, recommençons la guerre barbare d'espèce à espèce, dévorons-nous parce que nous n'aurons pas le même cri et que nous aurons le poil planté autrement. L'effort des civilisations est justement d'effacer ce besoin sauvage de se jeter sur son semblable, quand il n'est pas tout à fait semblable. Au cours des siècles, l'histoire des peuples n'est qu'une leçon de mutuelle tolérance, si bien que le rêve final sera de les ramener tous à l'universelle fraternité, de les noyer tous dans une commune tendresse, pour les sauver tous le plus possible de la commune douleur. Et, de notre temps, se haïr et se mordre, parce qu'on n'a pas le crâne absolument construit de même, commence à être la plus monstrueuse des folies.

J'arrive au procès sérieux, qui est surtout d'ordre social. Et je résume le réquisitoire, j'indique les grands traits. Les juifs sont accusés d'être une nation dans la nation, de mener à l'écart une vie de caste religieuse et d'être ainsi, par-dessus les frontières, une sorte de secte internationale, sans patrie réelle, capable un jour, si elle triomphait de mettre la main sur le monde. Les juifs se marient entre eux, gardent un lien de famille très étroit, au milieu du relâchement moderne, se soutiennent et s'encouragent, montrent, dans leur isolement, une force de résistance et de lente conquête extraordinaire. Mais surtout, ils sont de race pratique et avisée, ils apportent avec leur sang un besoin du lucre, un amour de l'argent, un esprit prodigieux des affaires, qui, en moins de cent ans, ont accumulé entre leurs mains des fortunes énormes, et qui semblent leur assurer la royauté, en un temps où l'argent est roi.

Et tout cela est vrai. Seulement, si l'on constate le fait, il faut l'expliquer. Ce qu'on doit ajouter, c'est que les juifs, tels qu'ils sont aujourd'hui, sont notre œuvre, l'œuvre de nos dix-huit cents ans d'imbécile persécution. On les a parqués dans des quartiers infâmes, comme des lépreux, et rien d'étonnant à ce qu'ils aient vécu à part, conservant tout de leurs traditions, resserrant le lien de la famille, demeurant des vaincus chez des vainqueurs. On les a frappés, injuriés, abreuvés d'injustices et de violences, et rien d'étonnant à ce qu'ils gardent au cœur, même inconsciemment, l'espoir d'une lointaine revanche, la volonté de résister, de se maintenir et de vaincre. Surtout on leur a dédaigneusement abandonné le domaine de l'argent, qu'on méprisait, faisant socialement d'eux des trafiquants et des usuriers, et rien d'étonnant à ce que, lorsque le régime de la force brutale a fait place au régime de l'intelligence et du travail, on les ait trouvés maîtres des capitaux, la cervelle assouplie, exercée par des siècles d'hérédité, tout prêts pour l'Empire.

Et voilà qu'aujourd'hui, terrifiés devant cette œuvre d'aveuglement, tremblants de voir ce que la foi sectaire du Moyen Âge a fait des juifs, vous n'imaginez rien de mieux que de retourner à l'an mille, de reprendre les persécutions, de prêcher de nouveau la guerre sainte pour que les juifs soient traqués, dépouillés, remis en tas, avec la rage dans l'âme, traités en peuple vaincu parmi un peuple vainqueur !

En vérité, vous êtes des gaillards intelligents, et vous avez là une jolie conception sociale !

Eh quoi ! vous êtes plus de deux cents millions de catholiques, on compte à peine cinq millions de juifs, et vous tremblez, vous appelez les gendarmes, vous menez un effroyable vacarme de terreur, comme si des nuées de pillards s'étaient abattues sur le pays. Voilà du courage !

Il me semble que les conditions de la lutte sont acceptables. Sur le terrain des affaires, pourquoi ne pas être aussi intelligents et aussi forts qu'eux ? Pendant le mois que je suis allé à la Bourse, pour tâcher d'y comprendre quelque chose, un banquier catholique me disait, en parlant des juifs : « Ah ! monsieur, ils sont plus forts que nous, toujours ils nous battront. » Si cela était vrai, ce serait vraiment humiliant. Mais pourquoi serait-ce vrai ? Le don a beau exister, le travail et l'intelligence, quand même, peuvent tout. Je connais déjà des chrétiens qui sont des juifs très distingués. Le champ est libre, et, s'ils ont eu des siècles pour aimer l'argent et pour apprendre à le gagner, il n'y a qu'à les suivre sur ce terrain, à y acquérir leurs qualités, à les battre avec leurs propres armes. Mon Dieu ! oui, cesser de les injurier inutilement, et les vaincre en leur étant supérieur. Rien n'est plus simple, et c'est la loi même de la vie.

Quelle satisfaction orgueilleuse doit être la leur, devant le cri de détresse que vous poussez ! N'être qu'une minorité infime et nécessiter un tel déploiement de guerre !

Tous les matins, vous les foudroyez, vous battez désespérément le rappel, comme si la cité se trouvait en péril d'être prise d'assaut ! À vous entendre, il faudrait rétablir le ghetto, nous aurions encore la rue des juifs, qu'on barrerait le soir avec des chaînes. Et ce serait chose aimable, cette quarantaine, dans nos libres villes ouvertes. Je comprends qu'ils ne s'émotionnent pas et qu'ils continuent à triompher sur tous nos marchés financiers, car l'injure est la flèche légendaire qui retourne crever l'œil du méchant archer. Continuez donc à les persécuter, si vous voulez vraiment qu'ils continuent à vaincre !

La persécution, vraiment, vous en êtes encore là ? Vous en êtes encore à cette belle imagination qu'on supprime les gens en les persécutant ? Eh ! c'est tout le contraire, pas une cause n'a grandi qu'arrosée du sang de ses martyrs. S'il y a encore des juifs, c'est de votre faute. Ils auraient disparu, se seraient fondus, si on ne les avait pas forcés de se défendre, de se grouper, de s'entêter dans leur race. Et, aujourd'hui encore, leur plus réelle puissance vient de vous, qui la rendez sensible en l'exagérant. On finit par créer un danger, en criant chaque matin qu'il existe. À force de montrer au peuple un épouvantail, on crée le monstre réel. Ne parlez donc plus d'eux, et ils ne seront plus. Le jour où le juif ne sera qu'un homme comme nous, il sera notre frère.

Et la tactique s'indique, absolument opposée. Ouvrir les bras tout grands, réaliser socialement l'égalité reconnue par le Code. Embrasser les juifs, pour les absorber et les confondre en nous. Nous enrichir de leurs qualités, puisqu'ils en ont. Faire cesser la guerre des races en mélangeant les races. Pousser aux mariages, remettre aux enfants le soin de réconcilier les pères. Et là seulement est l'œuvre d'unité, l'œuvre humaine et libératrice.

L'antisémitisme, dans les pays où il a une réelle importance, n'est jamais que l'arme d'un parti politique ou le résultat d'une situation économique grave.

Mais, en France, où il n'est pas vrai que les juifs, comme on veut nous en convaincre, soient les maîtres absolus du pouvoir et de l'argent, l'antisémitisme reste une chose en l'air, sans racines aucunes dans le peuple. Il a fallu, pour créer une apparence de mouvement, qui n'est au fond que du tapage, la passion de quelques cerveaux fumeux, où se débat un louche catholicisme de sectaires, poursuivant jusque dans les Rothschild, par un abus de littérature, les descendants du Judas qui a livré et crucifié son Dieu. Et j'ajoute que le besoin d'un terrain de vacarme, la rage de se lire et de conquérir une notoriété retentissante, n'ont certainement pas été étrangers à cet allumage et à cet entretien public de bûchers dont les flammes sont heureusement de simple décor.

Aussi quel échec lamentable ! Quoi ? depuis de si longs mois, tant d'injures, tant de délations, des juifs dénoncés chaque jour comme des voleurs et des assassins, des chrétiens même dont on fait des juifs quand on les veut atteindre, tout le monde juif, traqué, insulté, condamné ! Et, au demeurant, rien que du bruit, de vilaines paroles, des passions basses étalées, mais pas un acte, pas un coin de foule ameuté, ni un crâne fendu, ni une vitre cassée ! Faut-il que notre petit peuple de France soit un bon peuple, et sage, et honnête, pour ne pas écouter ces appels quotidiens à la guerre civile, pour garder sa raison, au milieu de ces excitations abominables, cette demande journalière du sang d'un juif ! Ce n'est plus d'un prêtre que le journal déjeune chaque matin, mais d'un juif, le plus gras, le plus fleuri qu'on puisse trouver. Déjeuner aussi médiocre que l'autre, et pour le moins aussi sot. Et, de tout cela, il ne reste que la laideur de la besogne, la plus folle et la plus exécrable qui soit à faire, la plus inutile aussi, heureusement, puisque les passants de la rue ne tournent même pas la tête, laissant les énergumènes se débattre, comme des diables dans de louches bénitiers.

L'extraordinaire est qu'ils affectent la prétention de faire une œuvre indispensable et saine. Ah ! les pauvres gens, comme je les plains, s'ils sont sincères ! Quel épouvantable document ils vont laisser sur eux : cet amas d'erreurs, de mensonges, de furieuse envie, de démence exagérée, qu'ils entassent quotidiennement ! Quand un critique voudra descendre dans ce bourbier, il reculera d'horreur, en constatant qu'il n'y a eu là que passion religieuse et qu'intelligence déséquilibrée. Et c'est au pilori de l'histoire qu'on les clouera, ainsi que des malfaiteurs sociaux, dont les crimes n'ont avorté que grâce aux conditions de rare aveuglement dans lesquelles ils les ont commis.

Car là est ma continuelle stupeur, qu'un tel retour de fanatisme, qu'une telle tentative de guerre religieuse, ait pu se produire à notre époque, dans notre grand Paris, au milieu de notre bon peuple. Et cela dans nos temps de démocratie, d'universelle tolérance, lorsqu'un immense mouvement se déclare de partout vers l'égalité, la fraternité et la justice ! Nous en sommes à détruire les frontières, à rêver la communauté des peuples, à réunir des congrès de religions pour que les prêtres de tous les cultes s'embrassent, à nous sentir tous frères par la douleur, à vouloir tous nous sauver de la misère de vivre, en élevant un autel unique à la pitié humaine ! Et il y a là une poignée de fous, d'imbéciles ou habiles, qui nous crient chaque matin : « Tuons les juifs, mangeons les juifs, massacrons, exterminons, retournons aux bûchers et aux dragonnades ! » Voilà qui est bien choisir son moment ! Et rien ne serait plus bête, si rien n'était plus abominable !

Qu'il y ait, entre les mains de quelques juifs, un accaparement douloureux de la richesse, c'est là un fait certain. Mais le même accaparement existe chez des catholiques et chez des protestants. Exploiter les révoltes populaires en les mettant au service d'une passion religieuse, jeter surtout le juif en pâture aux revendications des déshérités, sous le prétexte d'y jeter l'homme d'argent, il y a là un socialisme hypocrite et menteur, qu'il faut dénoncer, qu'il faut flétrir. Si, un jour, la loi du travail se formule pour la vérité et pour le bonheur, elle recréera l'humanité entière ; et peu importera qu'on soit juif ou qu'on soit chrétien, car les comptes à rendre seront les mêmes, et les mêmes aussi les nouveaux droits et les nouveaux devoirs.

Ah ! cette unité humaine, à laquelle nous devons tous nous efforcer de croire, si nous voulons avoir le courage de vivre, et garder dans la lutte quelque espérance au cœur ! C'est le cri, confus encore, mais qui peu à peu va se dégager, s'enfler, monter de tous les peuples, affamés de vérité, de justice et de paix. Désarmons nos haines, aimons-nous dans nos villes, aimons-nous par-dessus les frontières, travaillons à fondre les races en une seule famille enfin heureuse ! Et mettons qu'il faudra des mille ans, mais croyons quand même à la réalisation finale de l'amour, pour commencer du moins à nous aimer aujourd'hui autant que la misère des temps actuels nous le permettra. Et laissons les fous, et laissons les méchants retourner à la barbarie des forêts, ceux qui s'imaginent faire de la justice à coups de couteau.

Que Jésus dise donc à ses fidèles exaspérés qu'il a pardonné aux juifs et qu'ils sont des hommes !

(*Le Figaro*, 16 mai 1895.)

Dépopulation

Voici une dizaine d'années que je suis hanté par l'idée d'un roman, dont je n'écrirai sans doute jamais la première page. Dans mon amour de la vie, du flot incessant et débordant de vie que charrient les veines du monde, dans ma passion du travail, de la puissance et de la fécondité, j'ai souvent pensé à tout ce que la nature insoucieuse, trop riche pour compter, perdait en chemin de semences et de germes. De toutes parts, la vie pullule, s'épand en myriades d'êtres, dont la matière frémit et s'anime. Chacun de nos pas écrase des millions d'organismes vivants, nous ne sommes nous-mêmes qu'un champ de fermentation où la vie enfante, en son labeur continu. Et qu'on réfléchisse pourtant à l'incroyable gaspillage, à toute la vie qui se perd, qui avorte, qui se détruit avant d'être, au milieu de l'éternelle lutte des éléments.

Des graines innombrables que la plante et l'arbre confient au vent, combien seront détruites en chemin, tomberont à la pourriture des fleuves ou à la sécheresse des rochers, iront se dessécher ou se corrompre dans quelque mauvais sol ? Des œufs en quantité prodigieuse que le poisson dépose au fond des eaux, combien seront balayés par la tempête, anéantis par des massacres et des catastrophes ? De toutes les couvées d'un printemps, de toutes les portées des libres bêtes des plaines et des bois, combien seront réduites par l'accident ou la bataille, comme si la mort voulait faire sa part avant la vie, toute une hécatombe prélevée sur les êtres, avant qu'ils naissent à la lumière ? Ce sont les frais d'ébauche, d'essayage, les pertes de toute grande besogne, quitte à refondre les miettes tombées, à les reprendre et à en refaire plus tard d'autres œuvres.

Et, quand on arrive à l'humanité, les mêmes pertes se constatent, un extraordinaire gaspillage de la semence, le meilleur de la graine humaine jeté au vent, noyé dans les eaux, dispersé sur les roches inféconds. Mais, ici, ce n'est plus seulement l'insouciante largesse de la bonne nature qui se sait trop riche pour être ruinée jamais. Il y a raisonnement, volonté, et souvent c'est la débauche, et souvent c'est le crime, et dès lors le plus admirable sujet d'étude s'évoque, toutes les comédies, tous les drames qui sèment ainsi au néant la semence auguste des hommes, de même qu'un semeur assassin tuerait dans son germe le blé qui fait vivre, en le jetant à un champ de cailloux.

Mon roman se serait appelé *Le Déchet*, et j'y voyais une fresque immense, tout ce qu'une ville comme Paris tue de germes, dévore d'êtres à naître, consomme d'avortements, pour être ce qu'elle est, le foyer toujours flambant de la vie de demain. On ne se doute pas des tragédies de la natalité ; il y a là des dessous exécrables, un noir lac souterrain coulant au néant. Et rien ne me semblait plus vaste, plus grand, plus honnête, qu'un tel poème, où j'aurais plaidé les droits à la vie, avec toute la passion que je puis avoir dans le cœur. Mais il y faudrait un effort dont je ne suis plus capable peut-être, et il se trouverait sans doute des imbéciles pour déclarer qu'un tel sujet est bien digne de l'auteur malpropre qui a écrit *La Terre*. Ah ! les pauvres gens !

Il n'en est pas moins vrai que le cri d'alarme poussé en ce moment, au sujet de la dépopulation, vient de réveiller en moi mon ancienne idée. Ce cri, il retentit à chaque recensement nouveau, lorsque la statistique constate que la population en France n'augmente plus que dans des proportions sans cesse déclinantes, qui font prévoir le jour prochain où elle diminuera. Et, pour huit jours, le patriotisme s'inquiète, se lamente, clame que la patrie est en danger, puisqu'elle s'en va d'épuisement et qu'elle est menacée de mourir sur place. On répète avec raison que l'avenir est aux nations fécondes. Puis, tout se calme, et nos femmes ne font pas plus d'enfants qu'auparavant.

Cette fois, pourtant, un fait s'est produit, une ligue s'est formée : l'« Alliance nationale pour le relèvement de la population française ». On en peut sourire, l'intention n'en est pas moins excellente. La centaine de personnes qui se sont dérangées, pour assister à la première séance de la ligue, ont fait preuve d'une bonne volonté dont il faut leur tenir grand compte. Ce n'est pas qu'on ait travaillé très utilement, dans cette séance, car il ne s'y est guère répété que les choses sues de tout le monde sur les causes de la dépopulation : l'alcoolisme, la désertion des campagnes, la vie trop chère, surtout le calcul égoïste des familles limitant le nombre d'enfants, pour leur assurer la vie confortable qu'on s'imagine leur devoir. Mais une agitation peut s'ensuivre, et comme il y a là, avant tout, une question de mœurs, je crois qu'on ne peut transformer les fâcheuses conditions existantes qu'en leur opposant, par la parole, par le journal, par le livre, d'autres conditions, l'idéal de mœurs nouvelles qui favoriseraient l'éclosion de familles nombreuses.

Ainsi, la ligue s'est occupée surtout des réformes fiscales, en paraissant convaincue que, si l'on arrivait à dégrever les pères chargés de beaucoup d'enfants, on aiderait puissamment à la repopulation. Hélas ! un peu moins, un peu plus de justice dans l'impôt, je ne pense pas que cela suffise. Comme on l'a dit, la vie resterait quand même très chère, et c'est le prix de la vie qu'il s'agirait de diminuer de moitié, si l'on voulait qu'un père se donnât le luxe de doubler le nombre de ses enfants. Mais est-ce possible ?

La vie va toujours en renchérissant, il y a là un phénomène économique qui tient à de profondes causes sociales, qu'on ne pourrait détruire sans une révolution violente. Et c'est pourquoi, les législateurs me paraissant être sans force, je voudrais qu'on confiât la tâche aux moralistes, aux écrivains, aux poètes.

Remarquez que, dans cette limitation de la famille, il y a certainement une part de mode et de bon ton. Lorsque, sur un trottoir, on rencontre une mère suivie de deux ou trois garçons et d'autant de filles, on rit. Cela semble comique, presque inconvenant. Il n'y a que les animaux pour se reproduire de la sorte, je verrai toujours la grimace d'une jeune et jolie dame, de ma connaissance, dans un village de Bretagne, où les enfants pullulaient. Elle en rougissait de honte, comme si elle eût traversé un mauvais lieu. Et j'imagine que tout changerait si l'on persuadait à nos jeunes et jolies dames que rien n'est beau, que rien n'est fort comme les nombreuses familles. Sans doute, les conditions de la vie resteraient quand même aussi rigoureuses pour les pères, qui auraient à nourrir le troupeau. Mais est-ce que l'idée de beauté n'est pas toujours victorieuse, et, si la beauté était mise à avoir beaucoup d'enfants, si la fécondité ennoblissait, est-ce que, de toutes parts, nous ne verrions pas se multiplier les naissances ? On souffrirait, on lutterait, on finirait bien par s'accommoder au nouvel idéal social, pour être fort, pour être beau.

Je ne voudrais pas, dans le cas actuel, donner à la philosophie et à la littérature de ces derniers cinquante ans une influence néfaste exagérée. Mais, en vérité, examinez le dossier, jugez le procès.

C'est d'abord, pour ne pas remonter davantage, Schopenhauer avec sa théorie de la douleur de vivre, sa haine de la vie qu'il poursuit dans la femme et dans l'amour. Et toute sa descendance va renchérir, les pessimistes, les désabusés, les amoureux du néant. Donner la vie à un être devient un crime. On n'a pas le droit de mettre au jour une créature fatalement vouée à la souffrance, et le sage est celui qui ne procrée plus, qui rêve la fin de la vie, par la grève de toutes les forces génératrices. La doctrine, d'une grandeur sauvage, est d'ailleurs rapetissée, abêtie, à ce point qu'elle devient le lieu commun de tous les sots et l'excuse de tous les débauchés.

Puis, c'est le génie qui s'en mêle, c'est Wagner qui exalte la virginité, le renoncement, qui met le sublime dans la pureté immaculée et inféconde. Si Tristan et Yseult s'adorent de la passion la plus dévorante dont on ait jamais noté les cris, ils n'en meurent pas moins avant de s'être appartenu et d'avoir enfanté. Et, à part ces deux-là, quelle suite de héros et d'héroïnes chevauchant des cygnes, portant des palmes, buvant à la mort de l'amour dans des calices mystiques ! Ah ! comme Élisabeth me chagrine, et quelle joie si Tannhäuser retournait faire un enfant à Vénus !

Partout, dans cette musique de géant, l'amour est traqué, condamné, présenté ainsi qu'une faute et une douleur, au nom de je ne sais quel idéal louche. Mort à l'enfant !

Et, si l'on descend à nos petits Schopenhauer, à nos petits Wagner, à toute la littérature née chez nous de leur influence, on trouve les essoufflés, les dégénérés, les impuissants qui nous encombrent depuis des années. Je fais la part des talents très vigoureux qui se sont produits ; mais n'est-il pas évident qu'un vent de stérilité souffle, et que, dans notre littérature aussi, on ne fait plus d'enfants ? L'éternel adultère y règne en maître, et le pire est qu'il est infécond ; car, si l'amant, au lieu du mari, fécondait la femme, ça compterait tout de même, pour la bonne nature ; mais l'enfant n'apparaît presque jamais, parce qu'il est encombrant et sans élégance ; l'enfant a cessé d'être littéraire. Et, pourtant, tout amour qui n'a pas l'enfant pour but n'est au fond qu'une débauche fort aimable, j'en conviens, lorsque la jeunesse et la beauté sont de la partie.

Puis, si, plus bas encore, nous descendons de nos romans de psychologie mondaine, où il y a parfois tant de talent, aux étranges et dernières floraisons de notre littérature, à ce qu'on a nommé l'école décadente et l'école symbolique, nous ne trouvons plus alors que la guerre à l'amour, à l'amour sain et loyal, qui procrée, et qui s'en vante. C'est le flot des femmes insexuées, minces comme des perches, sans aucun des organes qui font la femme mère et nourrice. Des vierges informulées flottent dans des limbes crépusculaires. Et ce sont aussi, du côté des hommes, de pâles éphèbes qu'on peut prendre pour des filles, et qu'on prend pour des filles. L'enfant est grossier, malpropre, honteux comme un attentat à l'intellectualité des amants. On ne se féconde plus que cérébralement, on n'enfante plus que par le commerce des âmes. On se permet tout de l'amour, excepté l'acte naturel pour lequel l'amour est fait. Mort à la vie, et que la semence humaine soit jetée au vent, pour que le vent la disperse, inutile et méprisée !

Comment diable voulez-vous qu'avec des couples pareils la patrie française puisse voir s'accroître le nombre de ses petits citoyens ? Il est certain que, si, réellement, la littérature a une influence sur les mœurs, rien ne saurait aider davantage à la dépopulation que toutes ces œuvres littéraires et artistiques qui exaltent la femme inféconde, qui méprisent le mâle solide et puissant. Les grands blés nourrisseurs sont coupés, ce sont des champs de lis qui empoisonnent le monde. Et le pis est que la mode s'en est mêlée, qu'on va à je ne sais quelle faillite de notre belle santé gauloise, de notre bonhomie et de notre fécondité, pour le plaisir d'être des sots intellectuels, coupeurs de cheveux en quatre et analystes des ténèbres de l'invisible.

J'entends bien que les socialistes internationaux se désintéressent de la question. La natalité diminue en France ; qu'importe, si elle augmente autre part ? Pour qui espère voir bientôt les frontières disparaître, l'humanité ne faire plus qu'un peuple, qu'importe que ce soit ici, ou plus loin, que se déclare un arrêt dans les naissances ? Ce n'est là que le flux et le reflux de l'histoire, un résultat prévu des raisons multiples qui, jusqu'à cette heure, ont fait la grandeur, mais le déclin des nations. Si la France devait mourir, elle mourrait comme tout ce qui est mortel meurt de mort naturelle, d'épuisement, lorsque la vieillesse est venue. Et, pour les internationaux, aux vues élargies et séculaires, elle retournerait dans le grand tout, qui est l'humanité.

Alors, si l'on se place à cette hauteur, dans le temps et dans l'espace, par-dessus les patries, la question n'est plus de savoir si la natalité d'un peuple diminue, mais si le chiffre total des créatures humaines sur le globe s'élève ou s'abaisse. On peut aimer la vie jusqu'à s'intéresser à son expansion totale. Et que de problèmes se dressent ensuite : la loi de la lutte pour l'existence qui ravagerait, décimerait quand même ce peuple unique, la loi de fer qui veut que la production soit toujours en raison directe de la consommation, la loi d'amour elle-même, créatrice des inégalités, qui choisit et combat. Ah ! l'espoir qui nous fait vivre, le bonheur qu'on nous promet, dans combien de siècles ?

Nous n'y sommes pas, ce n'est pas demain que les frontières disparaîtront, et le plus sage est donc de vivre chez soi, pour soi, puisque l'idée de patrie est encore le levier nécessaire qui soulève les cœurs, qui enflamme les courages. Ô mères françaises, faites donc des enfants, pour que la France garde son rang, sa force et sa prospérité, car il est nécessaire au salut du monde que la France vive, elle d'où est partie l'émancipation humaine, elle d'où partiront toute vérité et toute justice ! Si elle doit un jour ne faire plus qu'une avec l'humanité, ce sera comme la mer où tous les fleuves viennent se perdre.

Et je voudrais, chez elle, que le déchet de la vie cessât, que la vie fût adorée comme la bonne déesse, l'immortelle, celle qui donne l'éternelle victoire. Et je voudrais qu'elle eût une littérature puissante et naturelle, virile et saine, d'une honnêteté qui brave les choses et les mots, remettant en honneur l'amour qui enfante, créant de vastes monuments de solidité et de paix, pour le flot débordant des générations futures. Et je voudrais que toute une société nouvelle en sortît, de braves hommes, de braves femmes, des ménages ayant chacun douze enfants, pour crier la joie humaine à la face du soleil.

(*Le Figaro*, 23 mai 1895)

Enfin couronné

Personne n'ignore que mon ambition est sans frein et que, sur le tard de ma vie, je me suis mis à désirer follement les grandeurs.

Les profonds psychologues du journalisme ont parfaitement vu cela, car rien ne leur échappe, ils ont la compréhension philosophique et pénétrante. Aussi, depuis quelques années, notent-ils avec un rare bonheur les mille bassesses auxquelles je me livre pour décrocher les honneurs officiels. On me représente la corde au cou, avec un cierge expiatoire à la main, on me montre dans tous les escaliers, dans toutes les antichambres, usant les paillassons et les cordons de sonnette, me courbant si bas que j'en ai contracté un lumbago chronique.

Ah ! les malins, ils m'ont donc vu ? Que voulez-vous, il faut bien avouer, lorsque les gens ont une intelligence qui perce les murailles. Et je sens qu'il est inutile que je nie davantage, car la chose est enfin publique : je viens de représenter un ministre, et l'on m'a décerné un diplôme d'honneur.

C'est à la quarante-quatrième séance tenue par la Société protectrice des animaux, au Cirque d'hiver, pour la distribution de ses récompenses, que la chose a eu lieu.

J'entends bien quel est mon nouveau crime. Comment ! voilà qu'il se met à aimer les bêtes ! Il ne lui manquait plus que ce ridicule. Faut-il qu'il soit tombé bas, pour en arriver à feindre aujourd'hui d'aimer les bêtes, dans l'unique but de déchaîner la réclame sur son nom, au moment où l'on met en vente un roman de lui ! S'il aimait vraiment les bêtes, on le saurait.

Et c'est très vrai, cela, on ne savait pas que j'aimais les bêtes. Ô gloire des lettres, ô livres que nous lançons par milliers d'exemplaires et que nous croyons lus, et bien lus de tous ! Quelle leçon de modestie, lorsqu'un beau matin, après avoir dans plus de vingt volumes parlé des bêtes avec une tendresse fraternelle, mis des bêtes en scène ainsi que des sœurs préférées, donné à la bête la place la plus large à côté de l'homme, on voit les gens s'étonner et se récrier, parce qu'ils apprennent tout d'un coup que vous les aimez !

Un jour que tout sujet d'actualité me manque, je me décide à écrire mon article du *Figaro* sur l'amour des bêtes. Je ne le faisais qu'avec une certaine inquiétude, craignant de ne pas intéresser, d'écrire là un de ces articles neutres, comme il nous arrive d'en écrire trop souvent. Et j'ai été stupéfait du résultat, plus de deux cents lettres me sont arrivées, et non seulement de la France, mais de tous les pays du monde. Depuis bientôt six mois que je collabore à ce journal, c'est de beaucoup celui de mes articles qui a remué le plus les cœurs, qui a soulevé le plus de passion. On ne s'imagine pas l'écho que cet amour des bêtes a dans certaines âmes, et des effusions, et des supplications, et des projets de soulagement, et toute une fraternité militante. C'est en vérité prodigieux et attendrissant.

Mais ce qui m'a stupéfié davantage, ce sont des lettres de belles dames qui, en des termes à peine différents, disaient toutes à peu près ceci : « Comment ! vous aimez les bêtes, monsieur ! mais alors vous êtes un brave homme ! Et moi qui vous accusais de tous les crimes, à la suite de ce qu'on m'avait dit de vos livres et de vous ! Dans celles de vos pages que j'avais lues, je vous trouvais si noir, si terrible ! Mais c'est fini, je ne vous attaquerai plus, je vous défendrai, maintenant que je vous sais bon pour nos chères bêtes. » Et une de ces lettres concluait ainsi : « Votre article a plus fait pour vous gagner les femmes, que vos trente années de littérature. »

Dans vingt volumes, parlez donc en frère des bêtes ! tirez donc à cent mille ! soyez donc lu sur les deux faces du globe ! Et, un beau jour, un simple article de journal révélera au monde que vous aimez les bêtes !

Lundi dernier, à la séance annuelle de la Société protectrice des animaux, les choses se sont donc passées de la façon la plus cordiale et la plus touchante. On y est en famille, il n'y avait là que des sociétaires et des parents amenés par eux, près de quatre mille personnes, m'a-t-on dit.

Le distingué président, M. Uhrich, qui a lutté si vaillamment pour éviter à la France l'abomination des courses de taureaux, a laissé échapper le mot de courage, en me remerciant d'être venu. Il est spirituel en France, surtout dans nos journaux parisiens, et il paraît qu'aimer les animaux, s'occuper d'eux, les défendre, est un sujet de plaisanteries faciles. Quoi de plus drôle que les vieilles filles avec leurs troupeaux de chats, que le monsieur tyrannisé par son chien, le descendant et le veillant dans la rue, pendant qu'il y fait ses petites affaires, que le passant au cœur trop fraternel qui se gourme avec un charretier, parce que celui-ci a battu quelque vieux cheval poussif ? Alors, pour ne pas être plaisanté, si par exemple on aime les serins, le mieux est de les aimer chez soi, en leur donnant du colifichet et du mouron bien frais, sans aller manifester bruyamment cette tendresse au-dehors.

Je ne savais pas faire preuve de vaillance, car la cause des bêtes pour moi est plus haute, intimement liée à la cause des hommes, à ce point que toute amélioration dans nos rapports avec l'animalité doit marquer à coup sûr un progrès dans le bonheur. Si tous les hommes doivent être heureux un jour sur la terre, soyez convaincus que toutes les bêtes seront heureuses avec eux. Notre sort commun devant la douleur ne saurait être séparé, c'est la vie universelle qu'il s'agit de sauver du plus de souffrance possible. Et ce que j'ai vu, au Cirque d'hiver, loin de me faire sourire, m'a profondément touché, car cela m'a paru à la fois très simple, très tendre, et d'un bon exemple admirable.

Douze cent douze lauréats, des diplômes, des médailles d'or, d'argent et de bronze, des mentions honorables, sans doute c'est beaucoup ; et heureusement que tous les lauréats ne viennent pas se faire couronner. Mais ils seraient douze mille que le résultat serait plus louable encore, puisque ce sont uniquement là des récompenses de propagande, une façon d'encourager nos bons sentiments humains en faveur de nos petites sœurs les bêtes. La Société protectrice des animaux est bien forcée d'user du seul moyen dont elle dispose, la médaille qui distingue le juste, qui le donne en modèle. Sans doute, le ferment de la vanité est au fond ; mais on n'a pas encore trouvé la façon d'agir autrement sur les hommes. Et si l'on savait la joie dont on comble un humble, le jour où il est publiquement récompensé, au son de la musique !

Des humbles, je n'ai guère vu que des humbles monter sur l'estrade. Par une aimable politique, la Société veut bien décerner quelques prix aux écrivains qui ont publié un article ou un livre où les bêtes sont aimées, aux journaux surtout dont l'appui lui est si nécessaire dans ses campagnes de protection. Mais ses lauréats tout indiqués sont les humbles, les humbles qui sont en continuel contact avec les bêtes, qui vivent d'elles et avec elles, qui sont les maîtres de les défendre ou de les faire souffrir davantage. Et voici les instituteurs, qui par leurs leçons journalières peuvent agir si heureusement sur le cœur et la raison des enfants des campagnes ; voici les cochers, les charretiers qui règnent, le fouet en main, sur le peuple des chevaux ; voici les valets de ferme, les bergers, les éleveurs, tous ceux qui passent leurs jours avec les troupeaux innombrables du bétail ; voici l'armée à son tour, les maréchaux-ferrants, les cavaliers du train et des autres corps, parmi lesquels le cheval trouve des frères ou des bourreaux ; et voici les sapeurs-pompiers, qui ont sauvé des bêtes dans des incendies ou des catastrophes ; et voici les gardiens de la paix, qui ont dressé des contraventions contre les délinquants, coupables de s'être mis sous le coup de la loi Grammont.

Si vous aviez vu les rudes faces s'éclairer d'un sourire ! On peut en plaisanter. Mais celui-ci a vingt-cinq ans de service, et il n'a jamais battu un animal ; cet autre a soigné son cheval comme son frère, l'a sauvé d'un cas mortel ; cet autre a tiré deux chevaux d'une basse-fosse, où ils se noyaient ; cet autre a été un bon cocher dans notre enfer de Paris, où les bêtes travailleuses tombent sous les coups ; cet autre a veillé à la conservation des nids, contre la méchanceté humaine. Et il faut entendre les applaudissements qui éclatent, cette assemblée de quatre mille spectateurs qui se passionnent et rayonnent de joie ! De très braves gens en somme, qui ne font du mal à personne et qui, au contraire, font du bien. Cela repose.

Mais la reine de la fête a été une jeune bergère de seize ans, Mlle Camille Camelin, de Trion (Yonne), qui, au péril de sa vie, a sauvé son troupeau, en se battant contre un loup. Toute la salle l'a acclamée, et c'est moi qui lui ai remis sa médaille, ce dont je ne suis pas peu fier.

Ah ! chères bêtes, c'est donc vous qui aurez satisfait mon insatiable ambition, en me donnant, pour la première fois de ma vie, l'occasion flatteuse de représenter un ministre dans une solennité publique ! Et c'est vous, et non les hommes, que je veux remercier.

Merci donc, chères bêtes de mon cœur et de mon imagination, vous toutes dont j'ai peuplé mes livres. Vous êtes de ma famille, je vous revois galopant à la suite des mille créatures humaines que j'ai mises au monde, et cela me fait plaisir, et je suis content de vous avoir réservé votre place dans l'arche immense.

Merci à toute la basse-cour pullulante de ma Désirée, qui est de santé si belle et si riante, au milieu de l'enveloppement caresseur de ses bêtes ; merci aux lapins, aux poules, aux pigeons, aux canards, aux trois oies et aux deux dindes ; et merci au coq Alexandre, d'un rouge doré de flammes, jetant son cri triomphal de fécondité ; et merci au petit cochon rose, qui terrifiait tant le jeune abbé Serge.

Merci aux bêtes familiales de mon honnête Pauline, si saine aussi celle-là dans son renoncement héroïque ; merci à la Minouche, la chatte délicate et coureuse, rapportant de l'inconnu ses portées débordantes de petits chats ; et merci à mon Mathieu, mon grand chien, mon grand frère, qui est mort dans mes bras, comme un homme, et que j'ai fait mourir ainsi dans ceux de mon triste Lazare.

Merci à mes deux héros de la mine, à mes chevaux martyrs, Trompette et Bataille, vivant leur vie dans les ténèbres de la terre, loin de la grosse lampe chaude du soleil, l'un mort à la peine, remonté au jour comme un paquet encombrant, l'autre resté seul, fuyant d'un galop fou devant les eaux dévastatrices, qui l'atteignent et le submergent ; et merci au petit lapin blanc, à Pologne, si câlinement couché sur les genoux de Souvarine, qui aime à le caresser, à passer les doigts dans son poil doux, en rêvant le bonheur du monde par le feu et la flamme.

Merci à tous ceux et à toutes celles qui besognent et qui souffrent dans ma *Terre* : au troupeau d'oies de la Trouille, lâché par les chemins comme une tribu errante, ayant son chef, ses coutumes et ses lois ; à mon âne Gédéon que j'ai grisé comme un simple ivrogne, et qui m'a causé tant d'ennuis ; à ma vache la Coliche, dont j'ai voulu que les couches fussent le symbole de la vie immortelle, coulant de l'animalité et de l'humanité, éternellement.

Merci à mes chevaux lamentables et tragiques de *La Débâcle* : mes milliers de chevaux morts, épars sur le champ de bataille, le ventre ballonné, les jambes raidies et en l'air ; mes chevaux agonisants, voulant fuir, se traînant de leurs pieds, cassés, mêlés et pris dans leurs entrailles ; mes chevaux égarés, perdus, errants par la plaine rouge, et chargeant le vide au milieu des cadavres, comme emportés par un vent frénétique, dans la folie du désastre.

Et merci aux autres, à ceux qu'il serait trop long de citer, aux oiseaux et aux insectes, aux plantes elles-mêmes, à mon Paradou, qui n'est qu'une grande éclosion, à toutes les semences, à tous les germes, à la vie que j'ai aimée dans son plus humble frisson, à la vie dont ma seule ambition a été d'écrire l'immense poème, quitte à lui sacrifier les choses admises et sacrées, le goût de notre sage littérature, l'estime des gens prudes, qui ne peuvent admettre qu'on accepte tout et qu'on dise tout, pour la gloire de la vie.

Et non seulement, chères bêtes, je vous dois d'avoir représenté un ministre sur une estrade, mais c'est vous seules encore qui m'avez, sur cette même estrade, fait décerner un diplôme d'honneur.

Ah ! bêtes justes, bêtes consolatrices, qui pansez les blessures faites par les hommes ! bêtes, qui, dans l'innocence de votre instinct, savez distinguer le vrai mérite et vous montrer douces aux faiblesses des ambitieux ! bêtes, qui, sans vous mêler de juger la littérature, recueillez, par simple bonté d'âme, le candidat en détresse ! bêtes, mes sœurs, voilà donc que vous avez comblé mon orgueil ! Enfin couronné !

(*Le Figaro*, 30 mai 1896.)

Les droits du romancier

Donc le monsieur est venu qui devait, pour *Rome*, m'accuser de plagiat. J'attendais le monsieur, il était inévitable. À quoi bon le nommer ? Il est l'envie et l'impuissance, le médiocre gratteur de papier que gênent les forts, le rat de bibliothèque qui tâche d'entamer les féconds. Si ce n'était lui, ce serait un autre. Il a nom mauvaise foi ou bêtise. Laissons-le à son néant.

Ah ! nuire pour le plaisir de nuire, baver sur une œuvre pour la joie de la souiller ! Se dire : « Toi, tu es illustre, tu te vends, tu m'embêtes ! Je vais te salir, et quelle danse de cannibales si tu en crevais ! » Ne pas même avoir dans le cœur quelque belle passion injuste de penseur et d'artiste, mais s'attaquer à un livre, bassement, salement, en cuistre qui s'attarde à la vermine des lions ! Et se faire assassin, saisir l'occasion, choisir l'heure, se poster au coin du bois littéraire, pour attendre son homme et lui planter un couteau dans le dos, le jour où l'on croit que la blessure est bien empoisonnée et mortelle !

Tel est le joli rôle du monsieur. Heureusement, si l'intention assassine y est bien, ce sont là blessures qui font la gloire et la santé des vaillants. Assassinez, assassinez, impuissants et envieux ! cela nous tient en haleine et en joie !

Le monsieur, fort lettré, sortant, je crois, de l'École où l'on sait tout, a donc fait la belle découverte que j'avais lu une compilation sur le Vatican, que j'y avais pris des notes et que je m'étais servi de ces notes en écrivant *Rome*.

Il s'agit d'un très gros et très beau livre, lancé au moment des étrennes par la maison Firmin-Didot. Le titre exact est : *Le Vatican, les Papes et la Civilisation*. C'est une œuvre collective, pour laquelle le cardinal Bourret a écrit une préface et M. Melchior de Vogüé un épilogue. Elle contient d'abord deux excellents travaux de M. Georges Goyau sur l'histoire de la papauté et sur le gouvernement central de l'Église, puis une intéressante étude de M. André Pératé sur les papes et les arts, et enfin quelques pages très nourries de M. Paul Fabre sur la bibliothèque vaticane. Ces messieurs sont des anciens élèves de notre École de Rome, et l'éditeur qui a eu l'idée de ce luxueux livre de vulgarisation pour les gens du monde ne pouvait mieux s'adresser. J'ajoute que le volume est plein de belles gravures, plusieurs même en couleurs, ce qui achève d'en faire un magnifique volume de cadeau, le prix d'excellence que nos lycéens de l'avenir sont certains de recevoir.

Et c'est très vrai, j'ai lu avec grand soin le résumé parfait que Goyau a donné là de l'histoire générale de la papauté. Quand monsieur croit que j'ai aussi utilisé les pages sur le gouvernement et l'Église, du même auteur, et celles de M. Pératé sur les papes et les arts, il se trompe : j'avais beaucoup mieux sur ces matières, et je le dirai tout à l'heure. Mais il est certain que j'aurais difficilement trouvé un résumé meilleur que celui de M. Goyau sur l'histoire des papes, et j'ai été heureux de m'en tenir au sien, après en avoir consulté plusieurs autres, qui n'étaient ni si brefs ni si complets.

Me voilà donc forcé de répéter, une fois de plus, quelle est ma méthode de travail. Et j'élargis la question, il ne s'agit pas de moi, mais du romancier en général, qui, comme moi, a l'ambition de tout voir, de tout dire. Le vaste monde est ouvert, il n'est pas de sujet qu'il ne puisse aborder, et il devra dès lors s'occuper d'histoire, de philosophie, de science, il touchera à tous les métiers, il exercera toutes les professions. C'est dire que, selon l'idée que je me fais du roman moderne, le romancier est tenu d'avoir des connaissances universelles. Certes, s'il s'impose l'énorme tâche de vouloir mettre toute l'humanité dans une série d'œuvres, cela lui crée des devoirs écrasants ; mais il faut bien, par contre, que cela lui donne quelques droits, des droits reconnus par le simple bon sens et qui lui facilitent un peu sa formidable besogne. Ces droits du romancier, je les réclame de nouveau aujourd'hui, et impérieusement.

Pour mon compte, ma méthode n'a jamais varié depuis le premier roman que j'ai écrit. J'admets trois sources d'informations : les livres, qui me donnent le passé ; les témoins, qui me fournissent, soit par des œuvres écrites, soit par la conversation, des documents sur ce qu'ils ont vu ou sur ce qu'ils savent ; et enfin l'observation personnelle, directe, ce qu'on va voir, entendre ou sentir sur place. À chaque nouveau roman, je m'entoure de toute une bibliothèque sur la matière traitée, je fais causer toutes les personnes compétentes que je puis approcher, je voyage, je vais voir les horizons, les gens et les mœurs. S'il existe une quatrième source d'informations, qu'on me la désigne, et vite je courrai m'y abreuver.

Est-il rien de plus indiqué, de plus naturel ? Comment peut-on exiger que je sache tout ? Ce n'est pas ma fonction de tout savoir, à moi romancier ; et je la dirai plus loin, ma fonction véritable. De sorte que, lorsque j'aborde un sujet nouveau, je n'ai qu'un parti à prendre, c'est de l'étudier, d'acquérir les connaissances spéciales dont j'ai besoin pour le traiter. Et, encore une fois, il ne s'agit pas d'être un savant, de faire des découvertes, d'épuiser les vérités connues, mais simplement de savoir sur quel terrain on se trouve, pour y bâtir l'hypothèse nouvelle qu'on apporte.

Songe-t-on à tout ce que j'ai dû remuer, depuis que j'ai écrit le premier épisode de mes *Rougon-Macquart* ? Et comment veut-on que je n'aie vécu que de moi, que je n'aie pas puisé les matériaux d'une telle construction dans tout ce qui m'entourait ?

Pour la partie historique de *La Fortune des Rougon*, je me suis adressé au livre de Ténot sur les événements tragiques qui se passèrent dans le Var, en décembre 1851 ;

et je me souviens que ce fut Jules Ferry qui me fournit les notes dont j'avais besoin pour faire vivre, dans *La Curée*, les transformations du Paris du baron Haussmann. Maxime Du Camp me fut utile pour *Le Ventre de Paris* ; mais il était fort incomplet, je dus moi-même fouiller dans les paperasses des administrations. Et, pour *La Faute de l'abbé Mouret*, quelles recherches parmi les mystiques espagnols, quel emploi quotidien du *Cérémonial des paroisses de campagne*, quelle étude de la messe dans des ouvrages en latin, que j'avais eu toutes les peines du monde à me procurer !

J'abrège, je saute *Son Excellence Eugène Rougon*, dont la partie politique pourtant me cloua pendant de longues heures à la bibliothèque du Palais-Bourbon, et j'arrive à *L'Assommoir*, pour lequel un livre de M. Denis Poulot, *Le Sublime*, me donna quelques notes spéciales. L'auteur, qui avait vécu avec des ouvriers mécaniciens, y racontait des anecdotes vraies, y reproduisait des types, y établissait des statistiques ; et, comme il n'y avait là nulle imagination, nul apport de créateur, j'avais cru pouvoir y prendre quelques faits, comme j'en aurais pris dans une simple relation historique. Le livre contenait même une liste de surnoms usités, où je choisis ceux de Bibi la Grillade et de Mes-Bottes, ainsi que je prends sur un almanach les prénoms de mes personnages. La mort de Coupeau, dans un accès de *delirium tremens*, est la reproduction textuelle d'une observation de chef de clinique, faite à Sainte-Anne.

Sautons encore *Nana* et *Pot-Bouille* – et cependant quels tas de notes de toutes sortes ! – sautons *Au Bonheur des dames*, pour lequel M. Chauchard me documenta, ainsi que les administrateurs du Bon Marché, et arrivons à *La Joie de vivre*, dont toute la partie spéciale sur les algues et sur la fabrication du bromure me fut donnée par le savant M. Edmond Perrier ; sans parler de la goutte du vieux Chanteau, ni de l'accouchement dramatique de Louise, qu'il m'a bien fallu étudier dans des livres. Et puis, c'est *Germinal*, tout un monde nouveau, toute une science technique, qui a entassé les traités spéciaux autour de moi, qui m'a forcé d'interroger une foule d'ingénieurs. Et puis, après *La Terre*, après *Le Rêve*, après *La Bête humaine*, ayant nécessité chacun une enquête différente, c'est *L'Argent*, le livre qui m'a cassé le plus la tête, au milieu de l'amas des documents fournis par des hommes de Bourse, si ahurissants pour moi, que je doute encore d'y avoir compris quelque chose. Et enfin, voici *La Débâcle*, plus de cent ouvrages sur la guerre à dépouiller, tous les rapports des chefs de corps, une véritable bibliothèque qui ne m'a pas quitté, dont j'avais placé les volumes sur une étagère tournante, à côté de ma table de travail, toujours à portée de ma main. Aussi, quel soulagement, lorsque je pus clore la série par *Le Docteur Pascal*, pour lequel mon bon ami le docteur Maurice de Fleury m'a bâti de toutes pièces le rêve de haute conception médicale que je désire y mettre !

Des aides, ah ! oui, j'en ai voulu, j'en ai cherché, j'en ai trouvé ! Un de mes très solides et très anciens amis, Frantz Jourdain, qui est architecte, me conseille, dès que j'ai à écrire une page touchant à l'architecture. Henry Céard m'a fourni des notes sur la musique. Un autre de mes vieux et bons amis, Thyébaut, très versé dans les questions de droit et de chicane, me rédige une petite consultation, lorsqu'une affaire de procédure se présente, contrat, vente, testament. Mais c'est surtout des savants et des médecins que j'ai abusé, je n'ai jamais traité une question de science ou abordé une maladie, sans mettre toute la Faculté en branle.

Et j'ai exercé là un droit strict. Je le répète, je ne suis pas un savant, je ne suis pas un historien, je suis un romancier. Tout ce qu'on doit me demander, c'est de partir du connu, d'établir solidement le terrain où j'entends me placer ; et c'est pourquoi je me documente, puisant aux sources indispensables. Ma fonction ne commence qu'ensuite et ma fonction est de faire de la vie, avec tous les éléments que j'ai dû prendre où ils étaient. La question est uniquement de savoir, alors, si j'ai su rassembler sur un sujet tout ce qui flotte dans l'air du temps, si j'ai su d'une main solide choisir et nouer la gerbe, si j'ai su reprendre, et résumer, et recréer les choses et les êtres, à ce point de formuler l'hypothèse de demain, d'annoncer l'avenir. Ai-je donné mon souffle à mes personnages, ai-je enfanté un monde, ai-je mis sous le soleil des êtres de chair et de sang, aussi éternels que l'homme ? Si oui, tâche est faite, et peu importe où j'ai pris l'argile.

Lorsque Flaubert, après de longs mois d'enragée poursuite, avait enfin réuni tous les documents d'une œuvre, il n'avait plus pour eux qu'un grand mépris. J'ai ce mépris complet, les notes ne sont que des moellons dont un artiste doit disposer à sa guise, le jour où il bâtit son monument. J'use sans remords de l'erreur volontaire, quand elle s'impose, par une nécessité de construction. Et je n'ai pour but que la vie, je ne tiens à la vérité que parce qu'elle enfante la vie. Sans doute, c'est là une conception du roman très élargie, et je comprends que les romans plus intimes, l'adultère, l'aventure romanesque, la simple peinture d'un travers ou d'un vice, ne demandent pas une documentation si avide. On paie son ambition, cela est bien certain. Du reste, si l'indication des sources, dans un roman, était chose usitée, je criblerais volontiers de renvois le bas des pages. Et s'il arrive qu'il reste, dans une page de moi, une ligne d'un confrère, cela prouve simplement que je n'ai pas même l'hypocrisie de noyer l'emprunt, qu'il serait si aisé de faire disparaître.

Quand les maîtres de la Renaissance, les grands producteurs, couvraient de leur enfantement géant des édifices entiers, ils se faisaient aider, ils avaient un peuple d'élèves qui broyaient les couleurs, préparaient les besognes premières – et c'est pour cela qu'ils étaient des maîtres.

Or, le monsieur, comme victime de mes larcins, n'a trouvé que l'unique M. Goyau. Vraiment, c'est peu, j'attendais mieux d'un Éliacin de cette École où l'on sait tout, et où, lorsqu'on affecte de ne pas savoir, c'est qu'on rougit de savoir tout. Il me chagrine, le monsieur, car il vient de faire bien du tort à ses connaissances. Allons, puisqu'il le faut, je vais le mettre sur la voie : voici quelques-uns des livres qui m'ont aidé à bâtir *Rome*.

D'abord, un gros livre, *Le Socialisme catholique*, de M. Nitti, un ouvrage italien, dont la traduction française a paru au moment où je me mettais au travail. C'est une étude très remarquable, très complète, où j'ai pris presque tout entier le livre de mon abbé Pierre ; et il est très possible qu'on trouve, dans ce livre, des bouts de phrase de la traduction française, car je n'ai pas même pris le soin d'en purger mes pages. Je n'ai fait que résumer, coordonner et recréer.

Puis, sur cette question du socialisme catholique, voici une série d'ouvrages, que j'ai consultés avec fruit : *Le Siècle et l'Église*, conférences et discours de Mgr Ireland ; *Le Cardinal Manning*, par l'abbé J. Lemire ; *L'Église catholique et la Liberté aux États-Unis*, par le vicomte de Meaux ; *Le Pape, les Catholiques et la Question sociale*, par Léon Grégoire ; *Le Socialisme contemporain*, par l'abbé Winterer. Je suis obligé de me borner, il y a sur la matière des œuvres sans nombre.

Mais une autre source quotidiennement consultée, où j'ai trouvé de véritables trésors d'informations, est un livre signé Félix Grimaldi, et dont voici le titre :

Les Congrégations romaines, guide historique et pratique. Sans lui, je me serais certainement perdu dans le dédale de la curie romaine. Je crois qu'on chercherait vainement à se le procurer à Paris, bien qu'il soit écrit en français. Il a été imprimé à Sienne, en 1890, à l'imprimerie San Bernardino ; et, quoique l'auteur soit un prélat distingué, la congrégation de l'Index l'a immédiatement poursuivi et condamné, pour cause d'indiscrétion sur les rouages intimes de l'administration papale, qui doivent fonctionner dans le silence et l'ombre. J'ajoute que je soupçonne fort M. Goyau de l'avoir attentivement lu avant moi, lorsqu'il a écrit son étude sur le gouvernement central de l'Église, qui n'en est qu'un résumé plus net et plus élégant.

Ici, il me faudrait une colonne de ce journal pour citer seulement les ouvrages sur la Rome papale : *Le Conclave de Léon XIII*, par Raphaël de Cesare, plein d'intéressants détails ; *Vita del sommo pontefice Leone XIII*, de Carlo Marini, excellent résumé ; *Album illustrato della Vera Roma*, où il y a des portraits et des biographies de cardinaux, qui m'ont beaucoup servi ; le *Diario romano per l'anno del Signore 1894*, simple almanach, mais qui donne, jour par jour, les cérémonies religieuses dans les quatre cents églises de Rome. Et n'oublions pas l'*Index librorum prohibitorum*, l'édition de 1891, sortant de l'imprimerie de la Propagande, et où j'ai pu étudier les règles, décrets et observations, publiés sous les divers papes et condamnant par catégories les livres coupables. Je cite aussi toute une collection de mémoires en latin, présentés à la congrégation du Concile, dans des procès en nullité de mariages, mémoires qu'il m'a été très difficile de trouver et qui m'ont permis d'établir l'annulation du mariage religieux de ma Benedetta, sans inventer presque rien.

Maintenant, il faudrait, pour la Rome antique, énumérer autant d'ouvrages. Mais admettons que j'ai lu surtout les très savantes et très littéraires études de M. Gaston Boissier ; et je sais combien cet aveu est désastreux de ma part, car il indique une basse flagornerie de plus, dans mon désir d'entrer à l'Académie. Puis, viendrait une série de volumes sur la Rome italienne, sur l'Italie de Cavour, de Garibaldi et de Victor-Emmanuel : *L'Italie telle qu'elle est*, par Xavier Merlino ; *Gli avvenimenti di Sicilia*, par Napoleone Colajanni ; *Rome après 1870*, par Félix Grimaldi ; *La Société de Rome*, par le comte Paul Vasili. Et tant d'autres et les livres si nourris et si spirituels de notre confrère Henry des Houx, et des récits de toutes sortes, et de simples articles de revues, sans oublier une petite brochure de M. Robinet de Cléry : *Les Crimes d'empoisonnement*, qui m'a servi pour les figues empoisonnées.

Voilà, je crois, du travail sur la planche pour le monsieur, s'il veut se livrer à des comparaisons. Et il y en a bien d'autres. Et ce n'est encore là que les documents pris dans les livres ; car, si nous abordions les documents fournis par des témoins, ce que j'appellerai les documents oraux, nous n'en finirions pas. Ainsi, lors de ma troisième visite au Palatin, j'ai eu la chance et l'honneur d'être accompagné par notre grand peintre Hébert et par M. Bernabei, le directeur des fouilles, qui a bien voulu me donner les notes les plus utiles. C'est également avec Hébert que j'ai visité la chapelle Sixtine, les chambres de Raphaël et le musée des Antiques. Mais je m'arrête, il serait certainement indiscret de nommer les ministres qui se sont mis si galamment à ma disposition, les chefs de tous ordres qui ont tenu à me renseigner eux-mêmes, les salons de Rome où j'ai été reçu, tout ce bon vouloir qui m'a permis de faire, en cinq semaines d'acharné travail, la plus vaste des enquêtes.

Il m'est revenu, autrefois, qu'un de mes amis m'appelait le « requin ». Je me suis tâté pour savoir si j'étais blessé ou flatté. J'entends bien, le requin qui suit le navire et qui avale tout. Eh ! n'importe ! le requin, en somme, c'est flatteur. Oui, oui, j'en suis fier, je veux bien être le requin. Un requin qui avale son époque. C'est mon droit, et, si vraiment je fais cela, ce sera ma gloire. Un grand producteur, un créateur n'a pas d'autre fonction, manger son siècle pour le recréer et en faire de la vie.

En vérité, quand un monsieur formule contre moi une accusation de plagiat, comment voulez-vous que je ne hausse pas les épaules ? J'ai déjà passé plus de trente années de mon existence à créer, et les enfants sont là, plus de mille, sortis de moi, et des pages, et des pages, tout un monde de personnages et de faits. Est-ce que je n'ai point assez prouvé ma virilité de créateur d'hommes ? Est-ce que ma famille n'est point assez vaste, pour que le rire ne me soulève pas, lorsqu'on m'accuse de voler les enfants des autres ?

Allez, allez, petit monsieur, vous pouvez dire que j'ai besoin de tout et que je m'assimile tout ; mais vous ne ferez jamais croire à personne que ma nuée d'enfants ne sont pas de moi !

(*Le Figaro*, 6 juin 1896.)

Auteurs et éditeurs

Avant de traiter à mon tour la question si intéressante soulevée par le procès que M. Paul Bourget avait intenté à son éditeur, M. Lemerre, j'ai voulu attendre que le tribunal se fût prononcé. Il ne me plaisait pas de pouvoir être, un instant, accusé d'avoir voulu peser sur la décision des juges. Mais, maintenant que M. Lemerre a perdu sa cause, me voici libre, j'en puis parler en toute sérénité.

Et, d'ailleurs, ce n'est pas tant la querelle personnelle, entre M. Bourget et M. Lemerre, qui m'intéresse, que le cas général qu'elle pose des rapports entre les auteurs et les éditeurs. La question s'élargit, elle s'étend de l'individu à la communauté, il devient utile de la résumer et d'en tirer la leçon, qui touche aux intérêts de tous les écrivains.

Peut-être mes quatre années de présidence à la Société des gens de lettres me donnent-elles quelque compétence sur la matière. Et, du reste, je me trouve bien à l'aise pour dire mon entière pensée, car je suis depuis bientôt vingt-cinq ans l'ami tendre et inébranlable de mon éditeur, auquel, pendant ce quart de siècle, je n'ai jamais demandé un compte.

Pour comprendre, il faudrait d'abord remonter au déluge, dire comment les premiers éditeurs ont ouvert boutique, se sont installés marchands de littérature. Je n'ai, ici, ni le temps ni la place de faire une pareille étude. Mais, en gros, on s'explique très bien qu'à une époque où la propriété littéraire n'était pas une propriété, le prix vénal d'un manuscrit se trouvait être d'une appréciation particulièrement difficile. Toutes les lacunes de la loi, toutes les pirateries possibles, rendaient le métier d'éditeur incertain, une guerre souvent de pirate à pirate. Et il faut ajouter que, selon l'esprit du temps, la littérature n'étant pas une profession, un état qui dût faire vivre son homme, mais une récréation intellectuelle, une floraison de hasard et de luxe, l'éditeur ne pouvait être un commerçant comme un autre, spéculant sur une marchandise cotée, pouvant rémunérer le producteur selon des règles fixes. Il cueillait ses fleurs au hasard, quitte à se tromper, et il s'étonnait toujours un peu qu'on voulût lui faire payer les églantines des haies et les coquelicots des blés.

De là, le jeu fatal. Un manuscrit ne vaut pas dix sous ou vaut peut-être cent mille francs. Qui le sait jamais ? Longtemps l'éditeur, se fiant à son flair, a donné d'un manuscrit une somme ferme, pour la vie, de sorte qu'il y avait quand même un volé, lui ou l'auteur. Puis lorsque l'idée est venue de payer à l'auteur un droit fixe par exemplaire, des complications sans nombre sont nées de la difficulté du contrôle. Et toujours est restée à la base cette pensée que le métier d'éditeur n'est pas un métier comme un autre, que l'éditeur court des risques particuliers, qu'il opère sur une marchandise qui, même de nos jours, en est à peine une. Il s'obstine à se croire le bienfaiteur de l'écrivain, tandis que celui-ci l'accuse de vivre de lui, de s'enrichir du meilleur de son cerveau. Et, alors, s'éternise la longue guerre, on échange des coups de canne dans les arrière-boutiques, Balzac entame ses grands procès, les gros mots d'ingrat et de voleur volent par-dessus les comptoirs. C'est la haine séculaire de deux races ennemies.

Certes, les choses ont bien changé, toutes les grandes maisons d'édition de Paris ont maintenant des rapports d'une entière correction commerciale avec leurs auteurs, basés sur une entente de plus en plus nette de la propriété littéraire. Le lointain atavisme de guerre, la continuelle suspicion, née de la difficulté du contrôle, disparaît, devant la parfaite tenue des livres, les opérations au grand jour de ces maisons, qui vendent des volumes comme d'autres vendent des soieries et des dentelles. Et, cependant, l'ancienne façon de comprendre le métier d'éditeur a persisté, puisque voici M. Bourget qui se querelle avec M. Lemerre, puisque voici un procès qui nous révèle les agissements les plus singuliers, tout un cas curieux et typique. Ajoutez que cet éditeur n'est point négligeable, comme tant d'autres qui opèrent dans l'ombre, qu'il a tenu une place importante dans le mouvement des publications contemporaines, qu'il a été en somme une figure et qu'il a joué un rôle.

Ce serait, en vérité, une figure bien intéressante à peindre que celle de M. Lemerre, sincèrement, sans parti pris de dénigrement ni d'éloges. J'ignore s'il avait reçu une instruction et une éducation solides, je ne l'ai rencontré que deux ou trois fois dans ma vie ; mais, à chaque rencontre, il m'a paru plus violent qu'instruit et plus content de lui-même que bien élevé. Il est inutile, d'ailleurs, d'être un esprit très lettré pour être un bon éditeur. Je crois même que l'instinct suffit, j'entends l'instinct du livre qui se vendra, de l'opération qui décidera à la longue de la prospérité d'une maison. Et il est très certain que M. Lemerre a fait preuve d'un flair prodigieux, en réalisant une fortune dans des conditions où il semblait que tout autre se serait ruiné. Il faut le revoir, au début, dans la petite boutique du passage Choiseul, n'éditant que quelques volumes de poètes qui paraissaient invendables. Pourtant, sa puissance est partie de là, de ces poètes qui payaient leurs éditions | et dont il n'arrivait pas à écouler les livres.

C'est que M. Lemerre ne doutait pas de lui, était bruyant, envahissant, débordant à ses heures d'une rude bonhomie pour ceux qui allaient lui apporter la fortune. Il marcha à son étoile ainsi que tous les instinctifs, il ouvrit une sorte de cénacle dans son arrière-boutique, comme on s'imagine qu'il en existait, jadis, chez les libraires du Palais. Et les poètes affluèrent, les jeunes, les combattants et les triomphants du lendemain. Le plus grand nombre payaient pour être édités, mais ils n'en contractaient pas moins une dette de gratitude envers leur éditeur, de sorte que celui-ci se constituait ainsi une famille, une véritable garde du corps qui, plus tard, devait faire rempart autour de lui. En effet, des amitiés illustres lui sont restées fidèles, et cela prouve la solidité du lien qu'il a su nouer. Mais ce que j'en veux surtout retenir, ce sont les rapports commerciaux qui, dès lors, vont s'établir.

On est en famille. M. Lemerre tutoie ses auteurs, les traite en parents, en petits frères, avec lesquels on ne compte pas. De plus, il a de sa situation une idée énorme. C'est lui qui a enfanté tous ces poètes, tous ces romanciers, car sans lui ils ne seraient sûrement pas, puisqu'il ne les aurait pas édités. Il a créé des collections qui donnent l'immortalité certaine. Il dispose de la littérature, comme on dispose d'une terre conquise. Et, alors, apparaît la question argent. Des comptes, à quoi bon ? puisqu'on est famille. Il donne de l'argent quand on en demande : on réglera plus tard. Ou bien, si l'on tient absolument à savoir si l'on se vend, il crayonne le chiffre à peu près sur un bout de papier. Il n'a de livres que les livres exigés par la loi. À quoi bon encore des livres de tirages et de brochage ? puisqu'on est en famille. On vit là en toute bonhomie, en toute honnêteté naturelle. Il exige la confiance de ses auteurs comme un père l'exige de ses enfants, et, le jour où une querelle éclatera, il refusera net tout contrôle sérieux, par dignité.

Son honnêteté d'éditeur, telle qu'il l'a toujours comprise, mais elle est certaine ! Un vol ! oh ! grand Dieu ! quel affreux mot ! Il a raison de s'emporter, de taper du poing sur sa poitrine et sur les tables. Ce ne sont pas même des incorrections, ce sont les façons d'être de l'éditeur à l'ancienne mode, convaincu que les auteurs lui doivent tout, qu'il leur donne toujours trop d'argent pour une propriété discutable, que lui seul a couru des périls, puisque lui seul a risqué de l'argent, et que, dès lors, il est bien libre de partager l'argent gagné d'après l'estimation de sa seule conscience.

Et, ici, éclate l'extraordinaire apostrophe, d'un comique intense, que Me Pouillet, l'avocat de M. Lemerre, a lancée devant le tribunal : « Ô La Fontaine ! ô grands hommes du dix-septième siècle, qui n'aviez point d'argent ! Ô pauvre Corneille, qui n'aviez qu'une paire de souliers et qui attendiez, pieds nus, quelquefois, qu'on l'eût raccommodée ! Combien vous étiez loin des hommes d'aujourd'hui ! » Et c'est bien vrai cela, ô grands hommes qui vous laissiez exploiter ! Qu'il est donc désastreux, aujourd'hui, que vous ne soyez plus là, pour qu'un éditeur vous exploite encore !

Et, maintenant, voici M. Paul Bourget. Je l'ai connu justement à son début lointain déjà, lorsqu'il dut se présenter chez M. Lemerre, timide et frémissant, avec le manuscrit de ses premiers vers à la main. Il venait de rompre bravement avec l'Université, il vivait dans une petite chambre de la rue Guy-Labrosse, passionné de Napoléon, de Stendhal et de Balzac, l'intelligence éveillée et inquiète, les sens ouverts à la vie. Et, depuis, je n'ai pas besoin de dire quel acharné travail, quelles œuvres enfantées, quelle haute loyauté littéraire, quelle existence entière donnée aux lettres, récompensée enfin par une des plus originales et des plus nobles situations dans le roman contemporain !

Et c'est cet écrivain qu'au nom de M. Lemerre, son client, Me Pouillet va plaisanter et va essayer de salir, par la moins acceptable des plaidoiries. D'abord, apparaît la fameuse théorie, M. Bourget devant tout à M. Lemerre, devenu son ami par reconnaissance et payant cette sainte amitié d'une monstrueuse ingratitude. Puis, M. Bourget est accusé d'être un homme de lucre, de n'avoir pas reculé devant le mensonge et la calomnie pour forcer M. Lemerre à résilier, dans l'unique but de traiter ensuite avec un autre éditeur, qui lui aurait fait des propositions plus avantageuses. Et M. Bourget est ironiquement traité de grand psychologue, et, pour l'achever, on livre le secret de ses correspondances intimes, on lit à l'audience des lettres de lui, méchamment, en comptant bien que cette lecture le déconsidérera et le fâchera avec des amis. En somme, c'est lui le vilain, parce qu'il a voulu voir clair dans de vieux comptes datant de douze années.

Je ne puis entrer ici dans l'exposé complet du procès, qui est d'apparence fort compliquée ; et j'aurais la place de le faire, que je reculerais encore, car il me faudrait parler, au moins incidemment, d'un autre procès en cours entre *Le Figaro* et M. Lemerre, ce qui me semblerait incorrect. Mais il est indispensable que je résume l'affaire brièvement, et cela me sera d'autant plus facile, que rien au fond n'était plus clair ni plus juste que la prétention de M. Bourget.

Dans son intimité étroite avec son éditeur, qu'il avait même fini par tutoyer, une série de faits, et particulièrement la publication d'une certaine édition de *Cosmopolis* en Amérique, finirent un beau jour par ébranler son absolue confiance. Les choses traînèrent, car elles étaient particulièrement délicates, et l'on ne passe pas en quelques heures de l'abandon heureux de l'amitié à la certitude d'avoir été trahi. Des explications eurent lieu, et M. Lemerre finit par reconnaître qu'un règlement général des anciens comptes était nécessaire. Donc, dans un nouveau traité, passé en novembre 1895, il fut convenu qu'on arrêterait contradictoirement ce compte, qui portait sur un nombre de quatre cent dix mille exemplaires que M. Lemerre disait avoir tirés des œuvres complètes de M. Bourget, depuis 1883, c'est-à-dire en douze années. L'opération était fort simple, il s'agissait d'établir sur des preuves irréfutables le nombre exact des exemplaires tirés pendant ces douze années, d'en déduire le nombre des exemplaires que l'éditeur avait payés à l'auteur, et d'en arriver ainsi, à l'aide d'une soustraction, au nombre des exemplaires dont il lui devait encore les droits.

Et le procès est né de là, M. Lemerre, au dernier moment, malgré le traité de novembre 1895, ayant empêché d'établir contradictoirement ce nombre des exemplaires tirés, en refusant de communiquer aux mandataires de M. Bourget les pièces dont ceux-ci avaient besoin pour se convaincre, et particulièrement ses livres de tirages et de brochage. Il s'emporta, il déclara que sa dignité ne lui permettait pas de tolérer une pareille enquête, devant l'injurieux soupçon qu'elle précisait. En somme, c'est toujours au fond l'éternelle question du contrôle, la preuve qu'un éditeur devrait faire à l'auteur du nombre exact d'exemplaires qu'il tire et met en vente. Il n'y a pas d'autre querelle. M. Bourget, après tant d'autres, soupçonnant son éditeur de l'avoir trompé sur les chiffres des tirages, a exigé de connaître ces chiffres avec les preuves décisives à l'appui. Et, s'il a traduit M. Lemerre devant le tribunal de commerce, c'est parce que celui-ci a refusé de lui donner ces preuves, et c'est pour que le tribunal le condamne à les lui donner.

On sait que le tribunal a fait droit à la demande de M. Bourget, en nommant un arbitre qui, contradictoirement avec les parties, devra procéder à l'établissement du compte, en se faisant communiquer toutes les pièces qui lui sembleront indispensables pour arriver à la vérité complète. Il est donc certain qu'il réclamera les livres de tirages et de brochage ; et, si ces livres n'existent pas chez M. Lemerre, comme celui-ci l'a déclaré, il devra au moins fournir les pièces qui lui en tiennent lieu, factures, inventaires, ordres d'entrée et de sortie. De toutes façons, la clarté sera faite.

Avant de conclure, je voudrais bien dire un mot de Me Pouillet, car, je l'avoue, c'est Me Pouillet qui me stupéfie, dans cette affaire. Il faut y établir très nettement son rôle, écrivains, mes frères, et nous souvenir.

Que Me Pouillet ait tenté de salir M. Bourget en produisant des lettres intimes, en le présentant comme parjure à l'amitié, dévoré par la passion de l'argent, calomniant un vieil ami, un bienfaiteur, par amour du lucre, ce n'est là encore que l'aimable jeu habituel de l'avocat qui plaide sa cause, couvre de boue la partie adverse, uniquement pour innocenter son client. Pourtant, n'oubliez pas que Me Pouillet est en ce moment bâtonnier de l'ordre, et je m'imaginais qu'un bâtonnier devait avoir certains scrupules, surtout lorsqu'il avait devant lui un maître de la littérature comme M. Bourget, que sa vie de grand labeur et de haute dignité aurait dû mettre à l'abri de si basses injures.

Mais laissons le bâtonnier, chacun honore sa situation comme il l'entend. Ce qui est plus intéressant pour nous, c'est que Me Pouillet est président de la Société littéraire et artistique internationale, c'est qu'il fait profession de s'occuper avec chaleur de la propriété littéraire, c'est qu'il passe pour avoir la spécialité de nous aimer et de défendre nos droits dans le monde entier. Et, dernièrement encore, ne l'a-t-on pas vu faire partie de ce congrès qui s'est réuni à Paris, pour réviser la convention de Berne, un congrès où il nous représentait sans doute en délégué omnipotent, car pas un seul de nous, écrivains, mes frères, n'a été appelé à y formuler nos vœux ?

Et c'est cet homme qui vilipende M. Bourget, qui plaide pour M. Lemerre la plus douteuse des causes, et qui la plaide d'une exécrable manière, en apportant sur le contrat d'édition une théorie inacceptable, qui a soulevé, au Palais, je le sais, une véritable surprise. Il a soutenu que l'auteur n'était pas l'associé de l'éditeur, que le contrat d'édition n'était pas un contrat de participation, mais un contrat de confiance ; de sorte que l'éditeur doit être cru sur parole, qu'il n'a pas de pièces justificatives à fournir, et que l'auteur n'a qu'à prendre le parti de se taire, du moment qu'il ne peut convaincre l'éditeur de vol.

Mais il y a mieux, ces extraordinaires affirmations sont basées sur des raisonnements plus extraordinaires encore. Savez-vous pourquoi l'auteur n'est pas l'associé de l'éditeur ? C'est parce que lui ne risque rien dans l'affaire, tandis que l'éditeur risque son argent. L'auteur ne risque rien ! mais il risque tout, son cerveau, son cœur, son âme, sa vie entière ! C'est lui qui est l'enjeu, et l'éditeur n'est que l'exploiteur qui passe. Toujours au fond se retrouve l'idée de l'éditeur bienfaiteur, de l'éditeur mécène, à qui l'auteur doit tout. M. Bourget, par son talent, par son travail, conquiert une des plus hautes places dans notre littérature, et voilà Me Pouillet qui nous apprend que cette place, c'est à M. Lemerre qu'il la doit. Ah ! non, laissez-moi rire ! M. Bourget ne doit absolument rien qu'à lui-même, et, quant à M. Lemerre, il doit sa fortune à M. Bourget, voilà le vrai ! Sans auteur, pas d'éditeur, tandis qu'on peut très bien concevoir l'auteur sans l'éditeur, l'auteur par exemple qui s'édite lui-même. Et je dis ces choses, parce qu'il faut qu'elles soient dites ; mais je n'en suis pas moins pour les plus affectueux des rapports entre éditeurs et édités, avec la mutuelle gratitude des services rendus et reçus.

Déjà, dans la très louche affaire des éditeurs Letouzey et Ané, dont il avait gagné la cause, l'attitude de Me Pouillet m'avait étonné. Et aujourd'hui ma conviction est faite, il est pour nous le traître, l'avocat passé à la partie adverse. Il nous aime bien, jure qu'il défend toujours nos droits ; mais nous le trouvons toujours l'avocat de l'éditeur, de l'exploiteur, contre nous. Et il explique cela par la force même de son amour, il dit qu'il veut sauver l'auteur de ses propres excès, en plaidant contre lui. Merci bien ! N'est-ce pas du plus prodigieux comique ? Laissez-vous exploiter, mes petits, fermez les yeux, si l'on vous ment un peu sur les tirages, et vous aurez au moins ce point de ressemblance avec La Fontaine et Corneille !

Et c'est Me Pouillet qui a défendu nos droits dans le dernier congrès de la propriété littéraire ! Ah ! écrivains, mes frères, comme ils étaient bien défendus, nos droits, et avec quelle énergie il a dû faire triompher l'étrange amour qu'il nous porte !

La conclusion de tout ceci est que M. Bourget a rendu un grand service aux écrivains, en faisant déclarer par un tribunal que le contrat d'édition est bien un contrat de participation, qui donne à l'auteur un droit de contrôle absolu. Et nous lui devons tous des remerciements, pour avoir fait définitivement fixer ce droit, au milieu des ennuis et des dégoûts d'un pareil procès.

Avec M. Lemerre, c'est la fin d'un monde. Ce qui lui arrive devait arriver, car il était le dernier de ces éditeurs à l'ancienne mode, mâtinés de bienfaiteurs et de joueurs, se vantant de ne pas tenir de livres, tutoyant leurs auteurs et les payant à leur fantaisie, en faisant entrer dans le compte la part d'immortalité dont ils se croyaient les dispensateurs. Tout cela, c'est bien fini, et nous venons d'assister à l'écroulement.

La propriété littéraire est une propriété, et le travail littéraire doit être soumis aux lois qui règlent actuellement l'exploitation de tout travail, quel qu'il soit. La justice et la dignité sont là, et pas ailleurs. Depuis des années déjà, les grandes maisons d'édition de Paris le savent bien, car elles n'ont pas d'autre règle de conduite, tenant leurs livres de commerce avec un soin scrupuleux, et toujours prêtes à les montrer aux auteurs qui désirent connaître leurs comptes.

Sans doute, bien des froissements seront évités, lorsqu'on aura trouvé un moyen de contrôle pratique, pour les tirages. Nous l'avons beaucoup cherché, à la Société des gens de lettres, et je sais qu'on l'y cherche encore. On finira par le trouver, ce n'est pas douteux, et ce qui est certain aussi, c'est que toutes les grandes maisons d'édition sont prêtes à l'accepter, s'il est vraiment applicable. Alors, l'antique querelle sera terminée, et, s'il n'y a pas plus de talent, il y aura tout de même un peu plus d'honnêteté sur la terre.

(*Le Figaro*, 13 juin 1896.)

Les droits du critique

Le monsieur s'obstine. Il veut avoir raison, il allègue les droits du critique. C'est très bien. Examinons cela, et précisons, puisque, cette fois, il s'agit de préciser.

D'ailleurs, j'avais l'intention, après avoir établi dans un premier article les droits du romancier, d'en écrire un second, pour fixer également les droits du critique. Cela devait faire pendant : un triptyque. Et, puisque l'occasion heureuse s'en présente, il est bon, je crois, que je la saisisse, afin d'accrocher tout de suite le second panneau à côté du premier.

Mon désir n'est pas de m'en tenir à mon cas personnel, car, s'il y a une querelle séculaire entre l'auteur et l'éditeur, il y en a une tout aussi séculaire, et plus âpre, entre l'auteur et le critique. De là, l'intérêt général et toujours passionnant. Voyons donc où en est l'éternel massacre entre l'écrivain qui enfante et l'écrivain qui juge les enfants des autres !

Les droits du critique, mais c'est bien simple : ils sont absolus. Je les accepte sans restriction aucune, sans limite. Comme le monsieur le dit excellemment : « Lorsqu'un livre est en vente dans les vitrines, il est exposé par là même aux libres opinions. » Et il ajoute avec plus de raison encore : « En étudiant *Rome* comme je l'ai fait, j'ai usé d'un droit que je partage avec le public tout entier. » Ce n'est pas assez dire, je voudrais trouver des mots plus forts, plus décisifs, pour déclarer la liberté totale, le pouvoir sans frein du critique analysant et jugeant un livre.

Mais où diable le monsieur a-t-il vu que je contestais ces droits ? Où diable va-t-il chercher que je veux transformer la critique en une agence de complicité commerciale avec les libraires, en un courtage au profit d'un syndicat d'exploitation ? Où diable prend-il que j'invente, à mon bénéfice, un crime de lèse-majesté qui n'est point d'accord avec nos mœurs ni avec notre régime de libre examen ? Il me représente comme furieux à la suite de ses attaques, ne pouvant les tolérer, sautant sur ma plume pour venger mon orgueil en sang. Ah ! le pauvre monsieur ! J'en ai vu bien d'autres. Ce serait vraiment un très grand malheur pour moi, si les attaques me bouleversaient à ce point. Il ignore donc que pas un jour ne se passe, je devrais dire pas une heure, sans que je reçoive, sous bande, ou dans une enveloppe, quelque article injurieux, avec l'injure soulignée au crayon rouge. Et, depuis trente ans, cela dure. Je le demande, que serais-je devenu, vivrais-je même encore, si j'étais sensible à la discussion et prompt à la rage, comme il le prétend ? Non, non ! tel que le légendaire Mithridate, je suis fait au poison. On m'en a tant abreuvé, que, je l'ai dit un jour, les plus hideux crapauds du jardin de la critique ne me causent même plus la moindre nausée.

Donc, le monsieur fera difficilement de moi un débutant susceptible, regimbant à la première piqûre. Et il me donnera plus difficilement encore pour un écrivain qui refuse au critique ses droits, le veut réduire aux seuls éloges, ne rêve que de sucre, de couronnes et de palmes. Toute ma vie de libres discussions ardentes proteste. J'ai répété à satiété que le critique a tous les droits, comme il a aussi toutes les responsabilités. Il n'est pour lui qu'un frein, la pensée du terrible compte qu'il aura fatalement à rendre un jour des jugements qu'il porte. Imaginez que ces jugements soient faux et qu'il les ait rendus méchamment, en toute bêtise ou en toute mauvaise foi, et alors quel héritage de honte il laisse là sur sa mémoire, quand, plus tard, devant les générations futures, le livre vilainement bafoué resplendit et triomphe ! Nous avons, sur Balzac, des articles qui restent l'éternel déshonneur des critiques qui les ont écrits.

Mais, si le critique veut courir cette mauvaise chance, en s'acharnant sur une belle œuvre, d'être convaincu plus tard d'avoir été un sot ou un méchant, il en a bien le droit. Encore un coup, je n'entends borner par rien son champ de manœuvre, et qu'il pousse même jusqu'à la licence son droit de se tromper ou montrer une vilaine âme ! Seulement, moi aussi, du moment que j'ai acheté le journal et que j'ai lu son article, j'ai le droit de dire qu'il se trompe ou qu'il a une vilaine âme. J'ai payé le journal trois sous, me voilà critique à mon tour, et mon droit de le juger est aussi absolu que son droit de juger un romancier. La critique du critique, mais c'est de la critique encore, et de la plus intéressante, de la plus utile, car rien n'est plus sujet à révision qu'un jugement littéraire. Et il serait vraiment monstrueux, en ce siècle qui discute Dieu si rudement, que le critique, après s'être arrogé la propriété totale du libre examen, s'opposât à ce qu'on l'examinât librement lui-même !

Sans doute, un romancier qui se permet de juger un critique, à la suite d'une attaque de celui-ci, est dans une assez délicate posture. Tout de suite, on crie à l'orgueil blessé, à un besoin maladif d'éloges, et de là il n'y a pas loin à l'accuser de vouloir fermer les bouches, obscurcir les consciences, éteindre le soleil de la vérité éternelle. Il vaut mieux se taire, et c'est ce que nous faisons toujours ; mais nous n'en pensons pas moins. Et, tout de même, personnellement, cela ne m'a jamais empêché de ne pas me taire, quand il m'a plu de ne pas me taire. C'est contre l'usage, qu'importe ! et si je cours quelques dangers, tant mieux ! cela me tient en haleine. Je laisse même mon roman de côté, je ne le défends pas. Mais le critique m'appartient, et je le juge, et j'exerce carrément mon droit, comme il a exercé le sien. Si, aujourd'hui, le procès reste confus, on verra bien, plus tard, quel était, des deux, l'écrivain honnête.

Ah ! si mes frères, les romanciers, voulaient parler, quels dossiers nous laisserions sur les critiques ! Nous les connaissons tous si à fond, nous avons si longuement pénétré la bonhomie de celui-ci, le dilettantisme de celui-là, l'austérité dogmatique de cet autre ! Moi, si l'on veut, je m'engage, pour mon prochain livre, à écrire à l'avance les articles de mes principaux critiques et à les déposer chez un notaire, sous pli cacheté. On verrait si je les connais jusqu'à l'âme ! Eh bien ! puisque l'occasion m'en livre un, il me plaît cette fois encore de ne pas me taire, et de l'étiqueter, et de dire quel a été son rôle dans un cas que je connais d'autant mieux qu'il m'est personnel.

Nous avons eu la comédie rosse, voici venir la critique rosse. Le monsieur est le critique rosse, oh ! dans sa floraison la plus lettrée et la plus suave.

Surtout ne laissons pas le monsieur donner le change. Les droits du critique, l'amour de la vérité dans les lettres, balivernes ! Mettons même *Rome* à part, il s'agit bien de mon roman, qui n'a été qu'une occasion ! Et racontons l'histoire.

Le 9 février dernier, le monsieur publiait dans un journal du soir un article intitulé : *Le Cas de M. Émile Zola*. D'abord, il m'y présentait, comme dans la basse presse, en candidat ridicule et éhonté, que le désir d'entrer à l'Académie abêtit et démoralise. « Il passe sa vie en fiacre, ne sortant de voiture que pour grimper les étages des Quarante... Il observe des ameublements, il note des vestons, il pige des intérieurs... Il tâche d'attendrir les uns, de terroriser les autres. » Vous voyez la suite, toutes les faciles plaisanteries, que le monsieur sait parfaitement être des mensonges.

Puis, il cherche dans le journal de mon vieil ami Edmond de Goncourt ce qui pourrait bien, en la circonstance, m'être désagréable et nuisible ; et il l'imprime. Puis, il fouille la collection du journal où il écrit, pour en déterrer un vieil article de M. Anatole France sur *Le Rêve*, de façon à me faire dire par le dernier académicien élu que je suis un romancier « à quatre pattes ». Puis, c'est un emprunt à M. Brunetière, ancien de dix ans, déclarant que « je m'enfonce de plus en plus dans l'ignoble ». Puis, c'est ma querelle avec certains jeunes, l'article que j'ai publié ici même, dont il affecte de n'avoir pas compris le sens ironique, j'allais dire symbolique, pour y voir une avance à l'Académie, ce qui est un véritable comble. Puis – et c'est ici que la chose s'aggrave, jusqu'à devenir tout à fait laide – il va chercher dans mes livres de critique ce que j'ai écrit autrefois de l'œuvre de Dumas, de grandes sévérités, pour les exhumer à la pleine lumière actuelle. Et, enfin, il termine, à propos du fameux recueil qu'on avait annoncé, un choix de mes pages les plus hardies, en le blâmant, mais en faisant l'énumération des pages qu'on pourrait y mettre.

J'insiste sur mes anciennes critiques, au sujet des œuvres de Dumas. Il faut savoir que Dumas votait pour moi, faisait campagne pour moi, de sorte qu'il semblait m'avoir indiqué comme un successeur possible. Nous avions causé très amicalement ensemble de nos vieilles polémiques littéraires, sans rien abandonner ni l'un ni l'autre de nos idées, considérant simplement ces polémiques d'autrefois ainsi que des batailles loyales, après lesquelles il était beau et vaillant de se serrer les mains. Et que pensez-vous du monsieur qui se montre plus susceptible que Dumas, qui va exhumer ces querelles oubliées, pour l'unique joie de les jeter en travers de mon élection ?

Voyons, le jour où le monsieur a écrit cet article, était-il un critique, avait-il acheté quelque part le droit de glaner, en chiffonnier, en ramasseur de petits papiers, toutes les petites saletés qui pouvaient m'être déplaisantes et me nuire ? Il ne jugeait pas un roman, ce jour-là, il ne pouvait pas crier qu'il était le défenseur du libre examen menacé. Lisez l'article, c'est une lecture pleine d'enseignement. Toutes les phrases portent, il n'en est pas une qui ne veuille être meurtrière. Le fiel déborde, l'article sue le poison, jusque dans ses virgules, et hypocritement, sans la bravoure littéraire, haute et en face, d'un esprit qui soutient une croyance opposée, la foi de son intelligence et de son cœur. Car le monsieur ajoute toujours quelques fleurs pour cacher les serpents, il n'oublie jamais, par tactique, le petit couplet au talent ; de sorte que, si l'on s'avisait de protester, il s'étonnerait, ferait le naïf : « Comment ! l'auteur n'est pas satisfait ? N'ai-je pas dit qu'il avait du talent ? Que veut-il donc de plus ? » Et l'article roule son flot de perfidies empoisonnées.

Pendant la semaine qui suivit l'article du 9 février, je rencontrai cent personnes qui me dirent le même mot : « Ah ! la jolie rosse ! » On baptisait le monsieur. Et, en vérité, l'article finissait par une perle. Après avoir travaillé de son mieux à noyer mon élection dans la boue, il terminait par cette phrase : « Si M. Émile Zola n'est pas élu, il ne devra s'en prendre qu'à lui-même. » La voilà bien, la rosserie, la voilà bien !

Mais continuons l'histoire. Le drame se corse et va éclater.

Rome paraît, et le monsieur donne à son journal un premier article, le 17 mai. Il était quelconque, une analyse du sujet, un résumé bâclé, accompagné d'extraits pris au hasard, sans qu'on pût savoir pourquoi ceux-ci plutôt que d'autres. Une incompréhension affectée des grandes lignes du livre, des problèmes religieux et sociaux que l'auteur avait voulu y étudier. Un de ces volontaires salmigondis, comme *Le Tintamarre* en publie par farce, et où il est si aisé de ridiculiser une œuvre. Si cela est de la critique, je le veux bien, mais cela ne fait honneur ni au critique qui l'écrit, ni au journal sérieux qui le publie. Seulement, le monsieur annonçait un second article, et il terminait par cette phrase : « Il faut analyser cette gangue, trier le déchet, extraire les morceaux de métal précieux, les effigies durables et les pages belles. »

Ma foi, je l'avoue, j'ai été assez naïf pour attendre avec quelque curiosité le second article, en pensant que le monsieur allait sans doute enfin faire œuvre de critique et que cela pouvait m'intéresser.

Mais, ici, faites bien attention que l'élection académique allait avoir lieu le 28 mai, et que l'article annoncé devait paraître le 24 mai, quatre jours auparavant, juste le temps au poison d'agir, d'une main experte qui savait le verser. Et c'est alors que le monsieur a eu la triomphante idée de lancer son accusation de plagiat, excellent cela, à la veille du vote ! Voilà qui était bien fait pour jeter le trouble parmi les électeurs hésitants ! Moi, naïf, qui attendais une critique raisonnée, ah bien, oui ! Certes, si le monsieur avait discuté une méthode, ma méthode de travail, rien n'aurait été plus juste. On a bien le droit de discuter une méthode de travail et de la trouver mauvaise. Mais tout l'article tendait à dénaturer ma façon de me documenter, à laisser entendre que mon livre n'était fait que d'emprunts, à faire en un mot de moi un éhonté plagiaire, sachant très bien l'idée de crime littéraire infamant qui s'attache de nos jours au plagiat.

Est-ce de la critique ? est-ce de la critique, encore une fois ? N'est-ce pas du meurtre, l'intention assassine ne s'étale-t-elle pas à chaque ligne, comme je l'ai dit ? Et le couplet au talent y est toujours, allez ! Voilà un auteur bien difficile de ne pas se contenter qu'on lui accorde du talent, lorsqu'on essaie de l'égorger en disant qu'il vole les autres ! Sans compter les niaiseries, les grossièretés que le monsieur me prêtait gratuitement, tout cela pris à des commérages, à ces fameuses interviews, où l'on me fait dire régulièrement ce que je n'ai pas dit, et sur mon séjour à Rome, et sur le pape, et sur ma façon de me renseigner à coups de pourboires aux domestiques. Est-il permis qu'un critique, qui est un lettré, qui écrit dans un journal grave, argumente sur de si évidents mensonges ? Et c'est lui qui m'accuse de me servir des premiers documents venus ! Mais le pauvre homme ne s'aperçoit donc pas qu'il ne s'appuie même pas sur des documents et qu'il vit des inavouables déchets du bas journalisme !

De nouveau, toutes les personnes que je rencontrais me répétaient le juste mot : « Ah ! la jolie rosse ! ah ! la jolie rosse ! » Des amis à moi s'indignaient de cette manœuvre de la dernière heure, me poussaient à répondre tout de suite. Je n'ai pas voulu, et, lorsque le monsieur s'étonne que j'aie attendu quinze jours, c'est simplement qu'il ne me plaisait pas de me défendre avant l'élection. Les choses s'y sont d'ailleurs passées telles que je les prévoyais, et je suis absolument convaincu que la rosserie du monsieur n'a eu aucune influence sur les votes des académiciens. Mais rosserie elle est, et rosserie elle restera.

À qui donc, je le répète pour conclure, le monsieur fera-t-il croire que je nie les droits du critique et que j'ai voulu le bâillonner ? Ces droits, je les ai exercés, je les ai subis, si largement, depuis tant d'années, qu'il est vraiment enfantin de me présenter comme un despote nourri de sucre, qui ne veut pas connaître de fiel.

Que mes frères, les romanciers, malmenés par le monsieur, trahis et salis, se taisent, ne disent pas tout haut l'opinion générale qui s'est peu à peu faite sur sa partialité, son besoin de déconsidérer le talent et de souiller le succès, je le comprends, ce sont des sages. Mais moi, je ne suis pas un sage. J'ai revendiqué le droit de juger. Qu'il ait mal à l'estomac, ce serait encore l'explication la plus heureuse pour lui. Dans ce cas, je le plaindrais. Mais, ma foi, qu'il en souffre et qu'il en meure, si c'est le flot de sa bile littéraire qui a empoisonné sa conscience de critique !

Voyez-vous, petit monsieur, je n'ai plus qu'une envie, dans les articles que je donne à ce journal, c'est de faire, si je le puis, un peu de vérité et de justice. Oui, je n'ai repris ma plume de journaliste que pour cette besogne, et je mets là l'unique passion de ma vieillesse commençante : être intellectuellement très brave, écrire ce que beaucoup d'autres pensent et n'écrivent pas. Oh ! je sais ce que cela m'a déjà coûté et me coûtera encore. Mais j'aurai eu la joie de me satisfaire.

PRÉFACES, ARTICLES, DISCOURS ET ENTRETIENS

INTRODUCTION

Le lecteur trouvera ci-dessous un choix de discours prononcés et d'interviews accordées par Zola en 1897. Cet ensemble est limité aux dix premiers mois de l'année. En effet, les interventions de l'écrivain, à partir de novembre 1897, concernent l'affaire Dreyfus, et doivent logiquement figurer dans le tome 18 des *Œuvres complètes*. On a joint à cette anthologie des textes datant des années 1894-1896, qui n'avaient pu trouver place dans le volume précédent.

Les textes regroupés sous la présente rubrique sont de nature très variée. S'ils relèvent d'un type d'expression spécifique que l'on pourrait appeler, d'un terme général, l'« intervention publique », ils appartiennent principalement à trois genres particuliers : le discours, la lettre-préface, l'interview. La vie littéraire, à la fin du XIXe siècle, était soumise à des pratiques bien différentes de celles de notre époque. La République des lettres avait ses institutions (amicales, sociétés diverses) et ses rites : réunions périodiques, banquets, obsèques, inaugurations de monuments. Le discours était alors le mode d'expression privilégié de cette communauté. Zola, qui fut président de la Société des gens de lettres pendant quatre ans (d'avril 1891 à avril 1894, puis d'avril 1895 à avril 1896), fut conduit, par ses fonctions mêmes, à en prononcer beaucoup. Et même en dehors de cette institution, sa notoriété, sa position centrale dans le monde des lettres, son engagement pour la défense du positivisme l'amenèrent souvent à prendre la parole. Ces textes de circonstance ne sont pas en général d'un grand intérêt théorique, mais ils révèlent une facette nouvelle du talent de l'écrivain, et ne sont pas dépourvus, surtout lorsqu'ils concernent des proches (Edmond de Goncourt, Maupassant), de qualités d'expression et d'émotion.

Zola n'a pas écrit autant de préfaces qu'il a prononcé de discours, mais les deux textes recueillis ici ne manquent pas d'intérêt. La lettre-préface au docteur Laupts pour *Le Roman d'un inverti* (25 juin 1895) montre un Zola soucieux de comprendre l'homosexualité, attentif à ce qu'il nomme « les fatalités ignorées du désir », mais ferme sur ses positions universalistes et normalisatrices : « Un inverti est un désorganisateur de la famille, de la nation, de l'humanité. L'homme et la femme ne sont certainement ici-bas que pour faire des enfants, et ils tuent la vie le jour où ils ne font plus ce qu'il faut pour en faire. » La lettre-préface au livre du docteur Toulouse, *Émile Zola, enquête médico-psychologique sur la supériorité intellectuelle* (15 octobre 1896), touche l'écrivain de plus près encore, puisqu'il a servi lui-même de sujet pour les expériences du savant psychiatre. Dans la lettre où il donne au médecin l'autorisation de publier ses conclusions, il rappelle le principe de transparence et de vérité qui a dominé son existence : « je n'ai jamais rien caché, n'ayant rien à cacher. J'ai vécu tout haut, j'ai dit tout haut, sans peur, ce que j'ai cru qu'il était bon et utile de dire. [...] Mon cerveau est comme dans un crâne de verre, je l'ai donné à tous, et je ne crains pas que tous viennent y lire ». L'ouvrage du docteur Toulouse apparaît ainsi comme l'aboutissement de l'enquête naturaliste, le triomphe du « document humain », le médecin poursuivant sur la personne même de l'écrivain le travail d'investigation que celui-ci faisait sur ses personnages. Dans l'article qu'il publie dans *Le Journal* du 24 novembre 1896 pour soutenir la sortie du livre, Zola insiste sur cet aspect documentaire, et souligne l'intérêt qu'une telle « enquête » peut revêtir pour la connaissance des œuvres littéraires : « Notre critique moderne, Sainte-Beuve, puis Taine et les autres, n'ont travaillé que pour suppléer à cette enquête absente. » Si le rôle du critique, comme le pense classiquement Zola, est de « faire revivre l'homme », de « le disséquer ensuite », pour « mieux connaître l'œuvre », alors l'ouvrage du docteur Toulouse apportera aux critiques de l'avenir une aide incomparable.

L'interview, forme de journalisme direct empruntée à la presse anglo-saxonne, s'est répandue dans les journaux français dans les années 1880. Dans la presse de l'époque, les « enquêtes » et les questionnaires étaient à la mode. La littérature gardait alors un prestige social et une autorité intellectuelle intacts, jusque dans le grand public. Les journalistes rendaient visite aux écrivains comme à des oracles, pour solliciter leur avis sur des questions variées, des plus graves aux plus saugrenues. Zola ne se faisait guère d'illusions sur la qualité de ce type de journalisme, et sur la confiance que l'on pouvait accorder à des reporters pressés et peu scrupuleux : « Mes interviews [...] ne sont qu'un énorme monument de bêtises [...] je ne reconnais pour mon opinion que celle que j'ai moi-même exprimée par ma plume », déclarait-il au *Figaro* le 12 janvier 1893. En 1896, dans le dernier article de *Nouvelle Campagne*, il pestait encore contre « ces fameuses interviews, où l'on me fait dire régulièrement ce que je n'ai pas dit ». Il s'est pourtant prêté avec complaisance à ce jeu risqué, au point de devenir très vite, selon le mot d'un journaliste du *Figaro* en 1893, « l'homme le plus interviewé de France ». C'est qu'il voyait là, avec son sens très sûr de la communication publique, un moyen efficace pour présenter une œuvre, combattre un adversaire, diffuser largement les grandes idées auxquelles il tenait. Les interviews rassemblées ici, parues dans les plus grands journaux de l'époque (*Le Temps*, *Le Journal*, *Le Gaulois*, *Le Figaro*), sont essentiellement d'ordre littéraire : déclarations sur la littérature scandinave (15 février 1897), sur la musique (16 février 1897), présentation de *Messidor* (17 février 1897) ou de *Paris* (13 octobre 1897). Certaines traitent de sujets de société plus vastes, comme la déclaration sur le féminisme (juin 1897), qui esquisse des idées que Zola développera dans *Paris* et dans *Fécondité* : « Dans l'ordre de la justice, dans l'ordre du bonheur, certes la femme doit être l'égale de l'homme. Mais si, physiologiquement elle est autre, c'est que sa fonction est autre, et elle ne peut que s'atrophier et disparaître à tenter d'en sortir. » Le féminisme naturaliste de l'écrivain bute contre la certitude que la femme est par nature vouée à l'enfantement, et que toute entorse à cette règle aboutirait à une perversion. L'interview accordée le 1er décembre 1896 à Marcel Hutin, journaliste du *Gaulois*, à propos du livre d'Antoine Laporte, *Zola contre Zola*, ne manque pas non plus d'intérêt. Cette anthologie malveillante des textes « érotiques » de l'écrivain, parue en novembre 1896, était une tentative perfide de plus pour faire échouer la candidature de Zola à l'Académie. Zola réplique en se plaçant sur le terrain du droit et de la propriété littéraire : un livre de ce genre relève du pillage et du plagiat, et comme tel sera passible des tribunaux. Retenons la dernière et vigoureuse déclaration, qui montre que Zola ne se fait plus beaucoup d'illusions sur ses chances de succès à l'Académie. Il se présentera pourtant encore trois fois...

Tels sont donc ces textes mineurs mais vivants, qui montrent en Zola l'homme public, l'amateur de discours et de banquets, respectueux des conventions et des cérémonies de l'institution littéraire, mais aussi l'homme privé, plus libre, ouvert sur son époque, familier du journal et de l'interview, habile à se servir de tous les moyens modernes de communication et de publicité.

PRÉFACES

[POUR *LE ROMAN D'UN INVERTI*]

Au docteur Laupts, à Lyon.

Mon cher docteur,

Je ne trouve aucun mal, au contraire, à ce que vous publiiez *Le Roman d'un inverti*, et je suis très heureux que vous puissiez faire, à titre de savant, ce qu'un simple écrivain comme moi n'a point osé.

Lorsque j'ai reçu, il y a des années déjà, ce document si curieux, j'ai été frappé du grand intérêt physiologique et social qu'il offrait. Il me touche par sa sincérité absolue, car on y sent la flamme, je dirai presque l'éloquence de la vérité. Songez que le jeune homme qui se confesse, écrit ici une langue qui n'est pas la sienne ; et dites-moi s'il n'arrive point, en certains passages, au style ému des sentiments profondément éprouvés et traduits ? C'est là une confession totale, naïve, spontanée, que bien peu d'hommes ont osé faire, qualités qui la rendent fort précieuse à plusieurs points de vue. Aussi était-ce dans la pensée que la publication pouvait en être utile que j'avais eu d'abord le désir d'utiliser le manuscrit, de le donner au public sous une forme que j'ai cherchée en vain, ce qui, finalement, m'en a fait abandonner le projet.

J'étais alors aux heures les plus rudes de ma bataille littéraire, la critique me traitait journellement en criminel, capable de tous les vices et de toutes les débauches ; et me voyez-vous me faire, à cette époque, l'éditeur responsable de ce *Roman d'un inverti ?* D'abord, on m'aurait accusé d'avoir inventé l'histoire de toutes pièces, par corruption personnelle. Ensuite, j'aurais été dûment condamné pour n'avoir vu, dans l'affaire, qu'une spéculation basse sur les plus répugnants instincts. Et quelle clameur, si je m'étais permis de dire qu'aucun sujet n'est plus sérieux ni plus triste, qu'il y a là une plaie beaucoup plus fréquente et profonde qu'on n'affecte de le croire, et que le mieux, pour guérir les plaies, est encore de les étudier, de les montrer et de les soigner !

Mais le hasard a voulu, mon cher docteur, que, causant un soir ensemble, nous en vînmes à parler de ce mal humain et social des perversions sexuelles. Et je vous confiai le document qui dormait dans un de mes tiroirs, et voilà comme quoi il put enfin voir le jour, aux mains d'un médecin, d'un savant, qu'on n'accusera pas de chercher le scandale. J'espère bien que vous allez apporter ainsi une contribution décisive à la question des invertis nés, mal connue et particulièrement grave.

Dans une autre lettre confidentielle, reçue vers le même temps, et que je n'ai malheureusement pas retrouvée, un malheureux m'avait envoyé le cri le plus poignant de douleur humaine que j'aie jamais entendu. Il se défendait de céder à des amours abominables, et il demandait pourquoi le mépris de tous, pourquoi les tribunaux, prêts à le frapper, s'il avait apporté dans sa chair le dégoût de la femme, la passion de l'homme. Jamais possédé du démon, jamais pauvre corps humain livré aux fatalités ignorées du désir, n'a hurlé si affreusement sa misère. Cette lettre, je m'en souviens, m'avait infiniment troublé, et dans *Le Roman d'un inverti* le cas n'est-il pas le même, avec une inconscience plus heureuse ? N'y assiste-t-on pas à un véritable cas physiologique, à une hésitation, à une demi-erreur de la nature ? Rien n'est plus tragique, selon moi, et rien ne réclame davantage l'enquête et le remède, s'il en est un.

Dans le mystère de la conception, si obscur, pense-t-on à cela ? Un enfant naît : pourquoi un garçon, pourquoi une fille ? On l'ignore. Mais quelle complication d'obscurité et de misère, si la nature a un moment d'incertitude, si le garçon naît à moitié fille, si la fille naît à moitié garçon ! Les faits sont là, quotidiens. L'incertitude peut commencer au simple aspect physique, aux grandes lignes du caractère : l'homme efféminé, délicat, lâche ; la femme masculine, violente, sans tendresse. Et elle va jusqu'à la monstruosité constatée, l'hermaphrodisme des organes, les sentiments et les passions contre nature. Certes, la morale et la justice ont raison d'intervenir, puisqu'elles ont la garde de la paix publique. Mais de quel droit pourtant, si la volonté est en partie abolie ? On ne condamne pas un bossu de naissance, parce qu'il est bossu. Pourquoi mépriser un homme d'agir en femme, s'il est né femme à demi ?

Naturellement, mon cher docteur, je n'entends pas même poser le problème. Je me contente d'indiquer les raisons qui m'ont fait souhaiter la publication du *Roman d'un inverti*. Peut-être cela inspirera-t-il un peu de pitié et un peu d'équité pour certains misérables. Et puis, tout ce qui touche au sexe touche à la vie sociale elle-même. Un inverti est un désorganisateur de la famille, de la nation, de l'humanité. L'homme et la femme ne sont certainement ici-bas que pour faire des enfants, et ils tuent la vie le jour où ils ne font plus ce qu'il faut pour en faire.

Cordialement à vous.

Émile Zola
Médan, 25 juin 1895

[Lettre-préface]
[pour *Émile Zola, enquête médico-psychologique*, par le docteur Édouard Toulouse]

Mon cher docteur,

Vous me soumettez le travail que vous avez fait sur mon individualité physique et morale, et vous me demandez l'autorisation de publier ce travail. J'ai lu les bonnes feuilles, elles m'ont beaucoup intéressé, en me rappelant le plaisir que j'ai pris moi-même aux si nombreuses et si longues expériences que nous avons faites ensemble ; et, certes, je vous donne bien volontiers l'autorisation que vous désirez, en contresignant vos pages comme authentiques et vraies.

Cette autorisation, je vous la donne d'abord, parce que je n'ai eu qu'un amour dans la vie, la vérité, et qu'un but, faire le plus de vérité possible. Tout ce qui tend à faire de la vérité, ne peut être qu'excellent. Et quel vif intérêt présente une étude comme la vôtre, établissant sur des données certaines, par des expériences décisives, la vraie nature physique et psychologique d'un écrivain ou d'un artiste. Le fait est une certitude contre laquelle rien ne prévaut. La contribution que vous allez apporter ainsi est définitive. Si vous ne vous mêlez pas de critique littéraire, je défie bien pourtant qu'un critique puisse négliger, après vous, les documents que vous aurez fournis sur les sujets soumis à vos expériences.

Et je vous donne aussi mon autorisation, parce que je n'ai jamais rien caché, n'ayant rien à cacher. J'ai vécu tout haut, j'ai dit tout haut, sans peur, ce que j'ai cru qu'il était bon et utile de dire. Parmi tant de milliers de pages que j'ai écrites, je n'ai à en renier aucune. Tous ceux qui pensent que mon passé me gêne, se trompent singulièrement, car ce que j'ai voulu, je le veux encore, et à peine si les moyens ont changé. Mon cerveau est comme dans un crâne de verre, je l'ai donné à tous, et je ne crains pas que tous viennent y lire. Et quant à ma guenille humaine, puisque vous croyez qu'elle peut être bonne à quelque chose, comme enseignement et comme leçon, prenez-la donc ; elle est à vous, elle est à tous. Si elle a quelques tares, il me semble pourtant qu'elle est assez saine et assez forte, pour que je ne sois pas trop honteux d'elle. D'ailleurs, qu'importe, j'accepte la vérité.

Enfin, cette autorisation, je ne vous la donne pas sans quelque malin plaisir. Savez-vous que votre étude combat victorieusement l'imbécile légende. Vous ne pouvez ignorer que depuis trente ans on fait de moi un malotru, un bœuf de labour, de cuir épais, de sens grossiers, accomplissant sa tâche lourdement, dans l'unique et vilain besoin du lucre. Grand Dieu ! moi qui méprise l'argent, qui n'ai jamais marché dans la vie qu'à l'idéal de ma jeunesse ! Ah ! le pauvre écorché que je suis, frémissant et souffrant au moindre souffle d'air, ne s'asseyant chaque matin à sa tâche quotidienne que dans l'angoisse, ne parvenant à faire son œuvre que dans le continuel combat de sa volonté sur son doute ! Qu'il me fait rire et pleurer des fois, le fameux bœuf de labour ! Et si je ris aujourd'hui, c'est qu'il me semble que vous l'enterrez, ce bœuf-là, et qu'il n'en sera plus question, pour les gens de quelque bonne foi.

Donc, merci, mon cher docteur. Merci d'avoir étudié et étiqueté ma guenille. Je crois bien que j'y ai gagné. Si elle n'est point parfaite, elle est celle d'un homme qui a donné sa vie au travail et qui a mis, pour et dans le travail, toutes ses forces physiques, intellectuelles et morales.

Émile Zola
Paris, 15 octobre 1896

ARTICLES

[CHRONIQUE]
L'ENQUÊTE DU DOCTEUR TOULOUSE

Je viens de passer un bon mois, et je crois bien que, depuis longtemps, je ne m'étais si fort amusé.

On sait que le docteur Édouard Toulouse a entrepris une enquête médico-psychologique sur les rapports de la supériorité intellectuelle avec la névropathie, et que le premier volume de la série qu'il compte écrire est une étude, la plus sévère et la plus consciencieuse du monde, de mon individualité physique et morale.

Or, ce qui vient de me mettre en joie et de me faire passer les plus doux instants, c'est la façon délicieuse et si typique dont la critique, je devrais dire la chronique française, a accueilli ce volume. Certes, cet accueil, je ne le prévoyais pas autre, ni mieux renseigné, ni d'un esprit moins brouillon, moins étroit. Mais il est toujours agréable de constater que les choses qu'on attend se réalisent telles qu'on les attend.

Et, cette fois, elles se sont vraiment réalisées avec une ampleur magistrale, d'une extraordinaire beauté de document et de leçon.

Pendant près d'une année, j'ai vu le docteur Toulouse plusieurs fois par semaine. Il venait causer, ou bien faire sur moi quelques expériences. Dans les premiers temps surtout, il se défiait de ma véracité, il me tendait des pièges ; c'était bien inutile, car je savais ce que je faisais en me prêtant à son examen, je voulais fermement le faire, et j'étais décidé à la plus totale confession. Si l'on veut connaître mes raisons, qu'on les cherche dans toutes mes œuvres et dans toute ma vie.

Je l'admirais beaucoup, il me devenait cher, le docteur Édouard Toulouse. Il a des titres, il est médecin de l'asile Sainte-Anne, il est chef de clinique des maladies mentales de la Faculté de médecine de Paris. D'autre part, il s'est entouré des collaborateurs les plus distingués, les plus autorisés. Mais, si je m'attachais à lui, c'était surtout en le voyant si ardent, si prudent, à la recherche de la vérité. Il opérait avec un soin merveilleux, toujours dans le doute, voulant tout pénétrer, tout contrôler par lui-même, soucieux surtout d'une méthode logique et sûre. Avec cela, un simple savant, n'empiétant sur aucun autre domaine, ne s'inquiétant jamais des conséquences possibles, allant à la certitude, au fait constaté et prouvé, avec une ingénuité de sauvage dans une forêt vierge.

Et c'était ce qui, par avance, soulevait en moi une gaieté secrète et formidable. Lui, dans son examen, ne semblait pas se douter que son travail pouvait être incompris, méconnu, plaisanté. Mais moi ! moi qui savais par expérience, moi qui connaissais nos bons critiques et nos bons chroniqueurs, ah ! je devais me bien tenir, pour ne pas céder à l'irrésistible joie de la bombe qui allait éclater, ravageant le bon sens et l'esprit gaulois de notre presse, petite et grande. Et, naturellement, ainsi que je m'y attendais, elle a éclaté, la bombe.

Ce qui a rendu l'aventure plus drôle et plus caractéristique, c'est que *La Revue de Paris* a publié un extrait du livre du docteur Toulouse. Naturellement, le très intelligent directeur de cette revue, mon confrère et ami Louis Ganderax, a tâché de dépouiller le fragment en question de tout appareil scientifique, il n'a donc pris que les pages de conclusion, l'examen psychologique, et encore en omettant les expériences sur lesquelles il est basé. De là, un extrait intéressant à lire, mais muet sur la méthode appliquée par l'auteur, sur ses véritables intentions et sur l'ensemble des résultats obtenus.

Que croyez-vous que va faire la presse ? Qu'elle va attendre l'apparition du livre pour le lire et pour en parler ? Ah bien ! oui ! Et l'impatience des lecteurs, et la rivalité des tirages qui veut qu'on rende compte d'un drame ou d'un roman avant qu'il soit joué ou mis en vente ! Périsse la vérité, périsse l'honnêteté, pourvu qu'on publie l'article avant les confrères ! *La Revue de Paris* avait exigé que le livre ne fût mis en vente que dix jours plus tard. De sorte que voilà toute la chronique, toute la critique qui part sur le fragment publié par cette revue. Et, encore, cela m'aurait semblé bien beau, si les confrères qui voulaient parler du livre, avaient lu ce fragment avec quelque conscience. Mais la revue, pour sa publicité personnelle, venait de lancer, dans les journaux, une note où le fragment était résumé en quelques lignes. Et j'ai la conviction que la plupart des articles ont été simplement faits sur ce résumé, l'extrait de l'extrait. Et voilà la grande presse d'un grand pays partie en guerre contre les moulins à vent, la voilà parlant d'une façon décisive et tranchante d'un livre qu'elle n'a pas lu, que personne n'a lu, par la bonne raison que pas un exemplaire n'en était encore sorti de chez l'éditeur.

Comment, d'ailleurs, douter une seconde de cela, quand on lit les articles publiés, le flot d'encre extraordinaire qui bat dans les journaux depuis un mois ? J'aime mieux croire mes confrères peu consciencieux et mal renseignés que trop bêtes ; car ils seraient vraiment trop bêtes, si, connaissant le livre, ils en avaient parlé comme ils viennent de le faire.

D'abord, l'erreur la plus grossière. Ils font du docteur Toulouse un disciple de Lombroso, ils l'accusent de vouloir prouver que le génie n'est qu'une névrose. C'est tout juste le contraire qui est la vérité. Si le docteur Toulouse a entrepris son enquête, c'est justement parce que la méthode historique appliquée par Lombroso pour voir un dément dans tout homme de génie, lui a paru détestable, sans aucune certitude scientifique. Recueillir dans l'histoire, sur les grands hommes du passé, des faits, des anecdotes, dont le contrôle est devenu impossible, et tirer de là des lois, rien de plus fantaisiste ni de plus désastreux. Au contraire, s'adresser aux hommes vivants, d'une intelligence réputée supérieure, les étudier, laisser sur leur cas physiologique et psychologique un document complet, appuyé sur des expériences, d'une certitude indéniable : telle est la méthode vraiment scientifique, digne de la science actuelle, en opposition avec la méthode historique, faite d'inventions et de commérages.

Et, sans doute, on ne peut dire, à l'avance, quelle sera la conclusion du docteur Toulouse, s'il se risque un jour à conclure, lorsqu'il aura multiplié les expériences, étudié un certain nombre de sujets. Lui-même, pour rester dans le doute scientifique, le seul honnête et le seul fécond, doit déclarer qu'il n'a pas d'opinion. Il attend les faits. Mais son opinion, je crois bien l'avoir flairée, et elle est que Lombroso grossit les anecdotes, les groupe arbitrairement, gâte sa science par des documents inacceptables. En tout cas, il désire, il espère ne pas conclure en disant avec lui que le génie est une névrose. Et, certainement, dans la première étude de son enquête, il vient de conclure contre Lombroso, puisqu'il y établit que la supériorité du sujet mis en cause est indépendante de certains troubles névropathiques observés.

Là est la conclusion importante et vraiment neuve que la critique aurait dû mettre en lumière. Mais, pour cela, il aurait fallu attendre et lire l'ouvrage. Il aurait fallu aussi ne pas s'arrêter à certains détails, comme les enfants polissons cherchent les gros mots dans les dictionnaires. Le docteur Toulouse, au cours de l'examen physique, a eu beau passer, avec le plus de discrétion possible, sur des indications qu'il a cru nécessaires, dans sa sérénité de savant, l'aimable galerie, qui cherche les mots pour rire, ne s'en est pas moins régalée de ces détails. Il y a surtout une analyse des urines et un certain système pileux qui menacent de devenir légendaires dans les fastes de la gaieté française. Dame ! pensez donc, c'est très drôle, jamais on n'a entendu parler de choses pareilles. Et je ris, moi aussi, mais je ris avec un peu de tristesse, lorsque je songe à l'imbécile blague, où tombent toutes les tentatives sérieuses, faites simplement et bravement.

Mais le comble a été qu'un journaliste s'est mis en peine pour aller demander à M. Max Nordau ce qu'il pensait du travail du docteur Toulouse. M. Nordau est cet étranger qui a publié un gros livre, *Dégénérescence*, où il a entassé un extraordinaire ramassis de toutes les sottises et de tous les mensonges qui circulent sur les hommes connus. Il n'est pas d'imaginations baroques publiées dans les journaux, d'interviews mal comprises et rédigées en patois, d'ineptes calomnies circulant dans les bas-fonds de l'envie et de la haine, qu'il n'ait recueillies, épinglées, classées avec le sérieux imperturbable d'un chiffonnier de lettres, bien résolu à salir son temps par cette exposition menteuse de loques inventées. On dit que M. Nordau vit depuis longtemps parmi nous. Alors, en vérité, que fait-il donc de ses yeux et de ses oreilles, pour parler de nous avec cette extraordinaire naïveté d'un Lapon qui n'aurait jamais quitté sa hutte de neige ? En voilà un qui est avec Lombroso, et naturellement il ne verra dans le docteur Toulouse que ce qui flatte sa manie de n'avoir affaire qu'à des fous et à des dégénérés.

Donc, le livre n'est pas en vente, on n'a que quelques pages sur le mécanisme psychologique du sujet, on ignore surtout la longue introduction où l'auteur pose sa méthode, dit ce qu'il veut faire et comment il veut le faire. Ça ne fait rien, on écrit les articles, on juge, on tranche, on condamne.

Je me souviens que, lorsque *Pot-Bouille* a paru dans *Le Gaulois*, la chronique eut tout juste la bonne foi de lire le premier feuilleton. Il y avait là un escalier, avec une rampe et des portes en acajou. Ce ne fut qu'un cri : il n'y avait, dans *Pot-Bouille*, qu'un escalier, et tout y était en acajou. Des torrents d'encre coulèrent à ce propos, dès le lendemain. Et il n'est pas bien certain qu'aujourd'hui encore, pour beaucoup de gens, il y ait autre chose, dans *Pot-Bouille*, qu'un escalier.

Pour le livre du docteur Toulouse, c'est le fameux système pileux, et c'est aussi l'expression de « dégénéré supérieur » qu'il a employée en passant, comme étiquette provisoire, en l'empruntant à un de ses devanciers. Ce « dégénéré supérieur », auquel certes il ne donnait pas une importance de conclusion, a mangé le reste du livre, est devenu la « tarte à la crème » de l'aventure. Et voilà de quoi alimenter les journaux pendant un mois. Analyse des urines, système pileux, dégénéré supérieur, ah ! mes amis, on n'a jamais vu cela, c'est à se tordre !

D'abord, ce sont les hommes d'esprit, qui égaient un peu notre mélancolique journalisme. Je ne les méprise pas, il en est d'excellents et d'aimables. Mais, en ces circonstances, ils sont vraiment bêtes à pleurer. Ce que je leur reproche, ce n'est pas de nous faire rire, grand Dieu ! c'est, au contraire, de ne pas savoir nous faire rire avec les choses réellement risibles : l'ignorance des uns, la sottise des autres, l'envie de tous.

Puis, ce sont les hommes d'une véritable intelligence, d'une compréhension large, qui se butent et cessent de comprendre, dès qu'un livre va contre leur foi ou leur passion. Je ne parle pas des jaloux, des méchants, mais des esprits francs et droits. Pourquoi, chez certains de ceux-ci, une telle inquiétude, un tel sursaut de protestation ? Dès qu'une vérité veut se faire, ils se cabrent, ils s'effarent, en refusant de la voir, de l'accepter. Il semble que l'homme n'ait qu'une haine, la vérité, à ce point qu'une lamentation s'élève, comme pour un deuil, un désastre public, lorsqu'une vérité monte à l'horizon, éclatante et bienfaisante.

Ah ! ne tuez pas le rêve, ont crié les poètes. Laissez au moins à l'humanité le mensonge sur ses grands hommes ! Personne, pas même le docteur Toulouse, ne parle de tuer le rêve, chose qui serait d'ailleurs niaise et impossible. Et, quant au mensonge sur les grands hommes, je vois bien que si, de leur vivant, on consent à être trompé sur leur compte, on s'acharne, on fouille leurs cadavres, dès qu'ils sont morts, pour arracher les secrets de leur chair et de leur cœur. On écrit des volumes sur les maladies probables de Molière et sur la folie présumée de Jean-Jacques Rousseau ; sans compter les autopsies malpropres qu'on pratique avec tant d'acharnement sur l'adultère non prouvé de Mme Victor Hugo, sur les amours libres de Musset et de George Sand. Imaginez que nous ayons, sur Molière, sur Jean-Jacques Rousseau, une enquête d'un docteur Toulouse de l'époque. Cela nous épargnerait, au moins, des recherches et des discussions médicales posthumes. Quel précieux document ce serait, aujourd'hui, non seulement pour la science, mais encore pour l'histoire et pour la critique littéraire ! Et, quant à moi, j'ai préféré assister à ma dissection, que de livrer mon ombre à l'inconnu du scalpel.

La critique littéraire, je viens d'en parler, et c'est encore le reproche que les bons esprits égarés font au docteur Toulouse, de s'être mêlé de critique littéraire. Il s'en défend comme un beau diable, il n'a pas un instant voulu s'occuper de littérature. Et cela est parfaitement vrai, son livre n'est que d'un savant, ne tirant aucune conclusion littéraire, restant sagement et noblement sur son terrain. Mais qui ne voit l'intérêt énorme qu'un document pareil prend pour la littérature ? Ce que le médecin n'a pas pu, n'a pas voulu faire, le critique viendra, qui le fera. Je parlais des génies morts et je disais de quelle utilité serait pour les mieux comprendre une telle enquête physiologique et psychologique. Notre critique moderne, Sainte-Beuve, puis Taine et les autres, n'ont travaillé que pour suppléer à cette enquête absente. Tout leur effort s'est épuisé à faire revivre l'homme, à le disséquer ensuite, pour mieux connaître l'œuvre. Alors, pourquoi s'emporter contre le docteur Toulouse, dire qu'il tue l'idéal et qu'il salit le génie, lorsque, simplement, il mâche la besogne à la critique future ?

Je défie bien un critique qui m'étudiera maintenant, avec quelque conscience, de ne pas lire le livre du docteur Toulouse.

Enfin, le Ciel soit loué ! le livre a paru, on va pouvoir le lire et le comprendre.

Nous aurons donc bientôt les articles des critiques qui l'auront lu et compris. Des esprits honnêtes et renseignés le jugeront dans la presse scientifique et, je l'espère bien, dans la presse littéraire. Cela nous sortira du « système pileux », du « dégénéré supérieur », pour dire quelle œuvre de haute conscience, de fécond avenir, est l'œuvre du docteur Toulouse.

Et telle est, heureusement, la morale, la justice dernière, dans ces aventures affolées de la publicité. L'œuvre demeure, l'œuvre a la gloire qu'elle mérite.

(*Le Journal*, 24 novembre 1896.)

[DÉCLARATION]
[SUR LE NATURISME]

Vous voulez savoir mon opinion sur le mouvement des jeunes écrivains naturistes ? Eh bien c'est très intéressant. Quoique je m'attendais toujours à voir un jour une génération nouvelle, dégantée de tout symbolisme, décadentisme, mysticisme et autres choses pareilles, résolue à revenir à la vérité, c'est-à-dire à la vie et à la nature, la venue de Saint-Georges de Bouhélier et de ses partisans m'a été extrêmement sympathique. Le mouvement des symbolistes n'était guère qu'un piétinement sur place. Cette école ne s'occupe point du mouvement social et par là n'était susceptible que d'intéresser un groupe restreint. Réaction en effet contre l'action sociale, et une réaction n'existant que contingente à l'action et relativement à elle, il est donc tout naturel que ce mouvement décadent, symboliste, etc., n'était pas destiné à durer beaucoup. D'ailleurs cette école mystique symboliste... – ce mot me fait toujours sourire quand je pense combien peu de ces symbolistes l'ont compris ; comme si leurs œuvres pouvaient être appelées des symboles. Je disais donc que le mouvement de ces gens était très naturel et même nécessaire. Comprenez bien qu'après la production formidable de Hugo, Lamartine, de Musset et d'autres encore, les esprits et tempéraments étaient fatigués et épuisés ; on était surchargé par l'abondance des fruits qu'ils ont donnés.

Ainsi s'est établi cet état maladif dont les décadents et les symbolistes nous ont montré les produits pâles et fades. Il est vrai que cette situation d'esprit nous a empêchés pendant quelques instants de poursuivre le chemin de la vérité et de la science – malgré les imbéciles qui ont déclaré qu'elle a fait faillite –, en un mot du mouvement social. Mais ne perdons pas de vue la lutte du catholicisme. Le catholicisme n'a pas trouvé dès le début, après la mort de Jésus, sa forme précise et profonde. La lutte a commencé seulement à cette époque. Elle a duré quatre siècles. Prenons donc cela comme exemple. La lutte pour la vie et pour la nature enfin ne date que d'un siècle à peine, depuis Jean-Jacques Rousseau, etc. Pour toutes ces causes la tentative de De Bouhélier est digne d'attention et doit réussir parce qu'il suit le chemin du vrai.

De Bouhélier à son tour aura à combattre contre ces réactionnaires qui l'obligeront de reculer, mais peu importe, la vérité triomphe toujours, et pour trois pas en arrière, c'est quatre en avant qu'il faut faire, ainsi on gagne toujours un pas. Ce que de Bouhélier a très bien vu c'est qu'il était forcé de prendre une route différente de celle où s'était engagée la génération précédente. Il *devait* donc devenir l'adversaire de ses devanciers. Le fils ne peut vivre de la même terre dont a vécu le père. Il faut qu'il la travaille pour trouver une autre couche qu'il présentera aux rayons du soleil. Il est alors tout naturel qu'il rencontre beaucoup de ses aînés, mais il y met sa force jeune et à lui.

Certainement, j'ai lu *L'Hiver en méditation*, j'aime infiniment le souffle panthéiste qui y règne, il y a de belles promesses dans cette œuvre et même des fruits, de Bouhélier a beaucoup de qualités, un talent lyrique remarquable, déjà une abondance de style. Vous savez que cet écrivain est très jeune. Je lui reproche une chose, c'est que souvent il semble qu'il ne s'adresse qu'à une certaine élite, négligeant par cela l'esprit démocratique. Mon Dieu, je ne dis pas qu'il faut écrire spécialement pour des concierges et garçons coiffeurs, mais il faut tout de même tenir compte de la foule, car nous-mêmes nous en sommes.

J'ai reçu un livre de Maurice Le Blond, un recueil de critiques, vous savez qu'il partage les mêmes idées que de Bouhélier.

Je constate avec un grand plaisir et intérêt le mouvement des jeunes naturistes, qui reviennent vers nous, naturellement, avec des coins à eux, car il est inutile de refaire ce que l'on a déjà fait. Je ferai tout ce que je pense pour les soutenir et je les trouve très intéressants.

Et maintenant, laissons-les travailler avec toute l'ardeur de leur belle jeunesse.

(*Neuwe Amsterdamer*, 17 décembre 1896.)

[DÉCLARATION]
[SUR LA LITTÉRATURE SCANDINAVE]

Je m'entête à être convaincu, malgré les plaidoyers contraires et malgré les démentis, que les œuvres scandinaves, récemment introduites en France, sont nées sous l'influence des idées françaises, romantiques et naturalistes. Et la question intéressante à se poser serait de se demander quand et comment cette influence indéniable a pu se produire et agir si puissamment.

Maintenant, de même que notre vin de Bordeaux, dit-on, gagne à faire le voyage des Indes, il est certain que quelques-unes de nos idées, en passant par le génie du Nord, ont pris une ampleur et une intensité admirables. Mais comment ces idées pourraient-elles influer sur notre littérature, puisqu'elles y existent toutes déjà, exprimées dans des œuvres, dont l'action, pour quelques-unes, est dans son plein développement, tandis que l'action des autres est même épuisée ? Toutes ces semences ont germé dans notre vieille terre de France, et nous n'avons plus à attendre des moissons, dont nos granges sont pleines.

Et, d'ailleurs, pour savoir qui a raison, il faut attendre. Dix années sont au moins nécessaires, avant d'établir ce qu'a pu apporter une littérature étrangère à notre littérature nationale. Dans dix ans, on verra que, de même que Tolstoï, Ibsen et Björnson ne nous ont rien appris, s'ils nous ont émus et charmés.

(*La Revue blanche*, 15 février 1897.)

MESSIDOR EXPLIQUÉ PAR LES AUTEURS

Ayant à rendre compte de Messidor, *le drame lyrique d'Alfred Bruneau,* Le Figaro *a eu l'idée de demander à son collaborateur, et à Émile Zola, l'auteur du poème, de vouloir bien présenter leur œuvre à ses lecteurs. Comme il ne saurait, dès lors, s'agir d'un jugement critique, éloge ou blâme, ces messieurs ont accepté d'expliquer simplement ce qu'ils ont voulu faire.*

Le poème

« Ce que j'ai voulu faire ?

« Donner le poème du travail, la nécessité et la beauté de l'effort, la foi en la vie, en la fécondité de la terre, l'espoir aux justes moissons de demain. Imaginer, dans notre pays de France, un village, des montagnes où les ruisseaux roulent de l'or et dont les habitants ont vécu jusqu'à ce jour de la récolte de cet or ; et, là, faire qu'un d'eux ait capté tout l'or, en détournant les ruisseaux, ce qui a ruiné le village entier ; et dans une catastrophe, anéantir l'or, rendre l'eau à la terre pierreuse et inculte, d'où monte l'auguste moisson du blé, lorsque, de laveurs d'or qu'ils étaient, les hommes sont devenus des laboureurs.

« Le premier acte, dans le flamboiement de l'été. Chez Véronique, dont le fils Guillaume, réduit à cultiver son champ, se bat vainement contre le sol desséché, privé de l'eau nourricière. Véronique ne peut donner que du pain à son fils, lorsqu'il rentre exténué ; et elle rappelle les jours où ils étaient riches, avant la mort affreuse de son homme, broyé au bas d'une roche, dans une chute ; et elle conte comment leur ancien voisin Gaspard, en créant une usine en amont du torrent, les a ruinés tous. Alors, Mathias arrive, un cousin, disparu depuis cinq ans, rapportant des villes la haine et la révolte. On a refusé de l'embaucher à l'usine, il revient partager le pain de Guillaume, en réclamant son droit à la paresse, à la jouissance des heureux. C'est l'usine qu'il faut détruire. Mais Guillaume ne croit qu'au travail, et Véronique, l'antique foi, qui n'attend rien que du destin, dit la légende de l'or. Là-bas, dans le flanc de la montagne, dans une cathédrale d'or, l'Enfant Jésus, assis sur les genoux de sa mère, prend sans cesse à poignées le sable de la source, qui sans cesse retombe de ses petites mains en pluie d'or ; et, si jamais un vivant découvrait l'entrée secrète, pénétrait dans la cathédrale d'or, tout croulerait, l'or à jamais disparaîtrait. Guillaume et Mathias sourient : ce sont des contes. Des contes ! Est-ce donc aussi un conte, le collier magique, que Véronique a fait elle-même avec le morceau d'or trouvé dans la main crispée du cadavre de son homme, le collier qui donne le bonheur aux êtres purs, qui force les coupables à se livrer ? Et voici Gaspard, obligé d'entrer avec sa fille Hélène, chancelante, à demi foudroyée par la chaleur, demandant pour elle un verre d'eau, que Véronique lui refuse, impitoyable, à lui qui a tari le torrent, et que Guillaume, malgré sa mère, offre à la jeune fille, qu'il aime depuis l'enfance. Il la veut, elle est l'unique, la nécessaire, celle qui fécondera le travail. Quand le père et la fille sont partis, Véronique, farouche, lance la terrible accusation : c'est Gaspard qu'elle a toujours soupçonné d'avoir poussé, d'avoir tué son homme. Que son fils ose donc aimer la fille de l'assassin ! Et elle fait le serment de chercher, de trouver la cathédrale d'or, pour anéantir l'or et ruiner l'usine.

« Le second acte, dans une clairière, aux jours gris et humides de novembre, qui ramènent l'époque des grandes semailles. Guillaume, dans son entêté labeur, apporte la semence qu'il sèmera le lendemain, au lever du soleil. Là, il rencontre le berger, redescendu le matin de la montagne, avec ses bêtes. Lui est le solitaire et le gardien. Il rêve et il guide son troupeau, la plus noble et la plus utile des besognes, pendant que les autres labourent. Mais il vient de trouver la faim et la révolte au village ; et, en attendant la réunion que Mathias a organisée dans cette clairière, il laisse Guillaume avec Hélène qui passe, portant une aumône. Malgré la terrible accusation, leurs doux souvenirs d'enfance chantent en eux, les voici aux bras l'un de l'autre, pour la vie. Brusquement, au mot de mariage, Hélène s'éveille de ce ravissement. Elle est reprise du doute empoisonneur, l'or corrompt jusqu'à son amour. Elle ne sait plus si Guillaume la veut pour elle ou pour sa fortune, elle le quitte, en lui disant de prier Dieu qu'elle soit pauvre. Véronique, qui a voulu la rupture, tâche de consoler, en ses bras tremblants, son fils désespéré, prêt à bouleverser le monde. Puis, dans la nuit tombée, c'est la révolte qui gronde, la foule des misérables qui envahit la clairière, Mathias qui les pousse à tout détruire, le berger qui vainement leur parle de résignation et de paix, Guillaume enfin qui, pour détruire l'or corrupteur, pour avoir Hélène, se met à la tête des révoltés. Vainement Véronique, rappelant la légende, veut qu'on attende et s'en va dans la montagne, parmi les abîmes, pour trouver la cathédrale d'or et tarir l'or dans sa source. On marchera contre l'usine, quand l'occasion sera propice. La foule se disperse, et Guillaume reste seul dans la pure lumière de la pleine lune, qui s'est levée. Il se calme, il est pénétré d'un nouvel espoir. Pourquoi donc attendre le jour, puisque la semence est là ? Et, à grands gestes, sous cette lune délicieuse, d'une clarté d'aurore, il ensemence son champ, il sème l'avenir.

« Troisième acte. – D'abord, le premier tableau, la vision de Véronique, la cathédrale d'or, la prodigieuse salle de rêve, où elle va pénétrer dans une hallucination de sa foi. Tout un ballet, mêlé de pantomime, y dit la légende de l'or, de l'or qui donne la puissance, l'or qui enfièvre l'amour, l'or de charité, l'or de beauté aussi ; et tout croule, tout s'anéantit, dès que Véronique paraît[1]. – Puis, le second tableau, la réalité à côté du rêve. Dans l'hiver glacé, sous une tempête de neige, c'est l'usine, la roue géante qui tourne sous la force du torrent, faisant à chaque tour tomber l'or en pluie. Gaspard fête sa machine neuve, quand le berger vient l'avertir que tout le village accourt avec des bâtons pour la détruire. Guillaume marche à la tête des révoltés, Hélène se désespère, tandis que Gaspard, qui ne craint rien des hommes, ne s'inquiète que de l'avalanche, dont la chute, par cette tempête, tuerait l'usine. Des cris s'élèvent, s'approchent, la foule se rue, envahit les hangars. Mais, lorsqu'elle veut briser tout, Hélène se jette devant son père, empêche Guillaume de passer. Ensuite, c'est Guillaume lui-même qui la défend, dès que Mathias excite la foule jusqu'au massacre. L'ouragan redouble, la neige tombe. Brusquement, l'avalanche craque, broie les rochers, fait rentrer l'eau du torrent en terre. Il n'y a plus d'or, l'usine est morte, Gaspard est ruiné. Et Véronique, à ce moment, comme sortant de son rêve, de l'hallucination de sa foi, apparaît en criant que justice est faite et que c'est elle qui, en pénétrant dans la cathédrale d'or, a pour jamais anéanti l'or.

« Quatrième acte, dans le printemps triomphal. – Le vallon, à l'infini, n'est plus qu'une mer de blé, et Guillaume explique au berger que son dur travail a vaincu, mais que c'est l'eau qui a fait le prodige, l'eau rentrée en terre et donnant au sol cette fécondité formidable. Le berger va rassembler ses troupeaux pour remonter sur la montagne, et Guillaume, seul, se lamente, car, si Hélène est pauvre maintenant, l'abominable accusation les sépare toujours. Ici même, du haut de cette roche, dans ce gouffre, Gaspard aurait poussé son père ! Mais Véronique désolée accourt en criant qu'on lui a volé le collier, le collier magique qui donne le bonheur aux êtres purs, qui force les coupables à se livrer. Tout de suite, dans une rumeur, le

[1] Il a semblé, pour la représentation, que *La Légende de l'Or*, qui placée au milieu attardait l'action dramatique, serait théâtralement mieux placée au début, en prologue.

berger revient, amenant Mathias, que tiennent des paysans. Il l'a vu galoper, il l'a fait arrêter, lui a repris le collier qu'il emportait. Enragé, Mathias avoue, et il dit sa haine, son désir de destruction, et il finit par confesser, dans un emportement dont il n'est plus le maître, que c'est lui qui a poussé, qui a tué l'homme de Véronique, pour lui voler le morceau d'or. Le gouffre est là, Véronique grandie, terrible, l'y pousse à son tour, en marchant à lui, telle que l'inévitable et souveraine justice. Et Mathias, volontairement, grand lui aussi d'une horreur sauvage, s'y jette dans un dernier cri d'extermination. Alors, de la foule, de tous les cœurs, jaillit le cri de joie et d'espérance. Les grands blés verts vont être bénits. Ce sont les adieux du berger qui retourne sur les sommets, comme le poète remonte dans son rêve nécessaire et fécond ; et ce sont Gaspard et Hélène pauvres, quittant le pays, que Véronique et Guillaume arrêtent ; et c'est Guillaume voulant toujours Hélène ravie, lui mettant au cou le collier d'or qui donne le bonheur ; et c'est la procession qui descend parmi les blés, bénissant les récoltes de la terre, tandis que tous chantent la victoire du travail et de l'amour, l'hosanna à la vie, à la moisson future de fraternité et de paix.

« Maintenant, est-il bien nécessaire d'insister davantage pour expliquer ce que j'ai voulu faire ? Le symbole, ici, est d'une telle clarté que les enfants le comprendront. Je crois que le rôle du poète est de donner au musicien un large thème où se développent les idées générales, les grands sentiments humains. J'ai pris un sujet brûlant, tout actuel, je l'ai traité dans un milieu simple et coloré, et, bien qu'en le faisant se passer de nos jours, j'ai cru devoir y faire la part de la légende. Véronique, c'est l'antique foi, si grande encore, et qui attend d'être remplacée par la foi nouvelle. Au dénouement, quand elle chante la vie et sa fécondité, elle indique elle-même où va la croyance. C'est le laboureur Guillaume qui triomphe, c'est Hélène, l'aimée, la nécessaire, qui enfantera demain. Et, après la mort du destructeur Mathias, après la grande poésie noire du néant, c'est le berger qui retourne là-haut, dans la lumière, pour conduire les hommes au grand air pur de la santé et de la joie.

« Je serai simplement heureux, si j'ai donné au musicien l'occasion d'affirmer cette joie, cette santé, l'éternelle fertilité heureuse, le grand soleil clair et puissant de notre vieille terre de France. »

ÉMILE ZOLA
(Le Figaro, 17 février 1897.)

[DÉCLARATION SUR LE FÉMINISME, RÉPONSE À UNE ENQUÊTE D'EUGÈNE DE MONTFORT]

Ce que je pense du féminisme ? Mais c'est tout un livre à écrire, et le roman que je termine me coûte déjà tant d'efforts.

Je m'en remets à la nature, comme en toutes questions. La femme, ainsi que l'homme d'ailleurs, ne sera jamais que ce que la nature veut qu'elle soit. Le reste, tout ce qu'on peut rêver, ne saurait être qu'anormal, dangereux, et d'une parfaite vanité, heureusement.

Dans l'ordre de la justice, dans l'ordre du bonheur, certes la femme doit être l'égale de l'homme. Mais, si, physiologiquement elle est autre, c'est que sa fonction est autre, et elle ne peut que s'atrophier et disparaître à tenter d'en sortir.

L'évolution, qui, je veux le croire, marche à la perfection de l'espèce, ne lui apportera donc que plus de beauté, plus de fécondité, plus d'amour. C'est ce que je lui souhaite pour sa joie, pour la joie de l'homme et celle de l'enfant.

[Juin 1897.]

DISCOURS

[AU BANQUET OFFERT PAR LA PRESSE ITALIENNE EN SON HONNEUR]

Merci d'abord, messieurs et chers confrères, merci à tous du si fraternel accueil que vous voulez bien me faire et dont je suis infiniment touché. Merci au président de ce banquet, à M. Bonghi, le vaste esprit dont vous êtes si justement fiers, dont l'incessante activité, la merveilleuse intelligence encyclopédique s'est prodiguée pour les plus nobles causes. Merci à M. Ferraris, le distingué ministre, un des vôtres, un des bons combattants de la plume, qui, même au pouvoir, reste dans vos rangs, pour l'honneur et la puissance de l'idée. Et merci à mes confrères, aux débutants comme aux maîtres, merci aux journalistes, merci aux écrivains qui me font le grand plaisir de me recevoir aujourd'hui à cette table, dans la seule communion de l'universelle littérature.

Messieurs, dans cette grande Rome, l'antique et la papale, dans cette Rome sacrée d'où est sortie toute la civilisation latine, dans votre Rome dont l'histoire recommence, je ne suis qu'un pèlerin de la pensée et de l'art, le dernier venu, un isolé, je voudrais dire un ignoré qui n'a que l'ambition d'y chercher la vérité d'aujourd'hui et de demain. Je ne veux être d'aucun parti, d'aucune opinion. Je n'ai aucun mandat. Je viens pour mon compte, pour mon art et pour ma foi, dans le seul espoir de m'éclairer sur les grands problèmes de croyance et de paix qui agitent le monde moderne. Mon unique désir est de m'ouvrir des jours de toutes parts, de ne parler de rien sans avoir vu et compris. Et, très modestement, je sens que c'est le bon ouvrier que vous voulez bien honorer en moi, l'écrivain indépendant, venu simplement chez vous pour y travailler.

En passant la frontière, messieurs, je me suis juré de ne pas parler politique. Mais ce n'est point parler politique, c'est parler humanité que de faire entre voisins, entre frères, le souhait de la paix du monde, au nom du génie humain. Si nous, les poètes, les prophètes peut-être, nous sommes des rêveurs dont on sourit, lorsque nous rêvons de bonté universelle, ce rêve, en tout cas, ne peut que consoler les peuples, adoucir leurs souffrances ; et il est beau de le faire.

Il y a un an, à Londres, j'avais l'honneur de faire partie d'un congrès de journalistes. Et j'y exprimai l'idée que la toute-puissante presse devrait s'entendre, de peuple à peuple, pour former la Ligue internationale de la pensée humaine, pour aider à l'apaisement des querelles, au règne de la justice et de la vérité. Puisque je me retrouve aujourd'hui, à l'autre bout de l'Europe, parmi la presse italienne, permettez-moi, messieurs et chers confrères, de boire de nouveau au triomphe de l'intelligence, à la fraternité par les arts et par les lettres.

Rome, 14 novembre 1894
(*Le Journal*, 15 novembre 1894.)

[AU BANQUET PRÉSIDÉ PAR MARCELIN BERTHELOT]

Messieurs,

Je n'ai aucune autorité pour parler au nom de la science. Je ne suis qu'un simple écrivain ; et, comme écrivain, j'entends même ne parler qu'en mon nom. D'ailleurs, si la science avait besoin d'être défendue dans l'étrange et trouble période que nous traversons, le président de ce banquet, l'illustre M. Berthelot, a plaidé sa cause avec une telle autorité, une ampleur de vues si large et une netteté si décisive, que la besogne n'est vraiment plus à faire. C'est parce que M. Berthelot a dit définitivement tout ce qu'il y avait à dire que ce banquet lui a été offert et qu'il est ici assis à la place d'honneur, salué par vos acclamations.

Mais, puisqu'on a eu l'imprudence de soulever ce débat entre la science et la foi, je tiens à dire l'intérêt que peut y prendre un simple écrivain comme moi, au point de vue professionnel. En somme, dès qu'on fait métier de penser et d'écrire, l'unique affaire est d'avoir la certitude de pouvoir penser et écrire en toute liberté. C'est la grande conquête moderne, le libre examen, la raison libérée, en quête du vrai, au travers du vaste monde. Et c'est à l'affranchissement des esprits par la science, c'est au règne de la science, que nous devons cette liberté du livre, cette sécurité qui permet à l'écrivain de publier son œuvre sous la seule règle du droit commun.

On nous dit, messieurs, que la science est en train de faire banqueroute et que la foi va la remplacer dans la conduite des affaires d'ici-bas. J'en ai eu un léger frisson. Savez-vous bien ce que deviendrait la liberté de penser et d'écrire si jamais cette menace se réalisait, si la foi régnait un jour, maîtresse du Code et de la police ? Il est aisé de se l'imaginer en constatant quelle est l'attitude de la foi devant les livres de nos écrivains, aujourd'hui qu'elle n'en est toujours qu'au rêve séculaire de la domination du monde.

La foi, ne disposant pas du pouvoir civil, doit se contenter de frapper les livres d'interdit et d'en défendre la lecture à tous les croyants. Elle ne peut les brûler, elle menace de damnation ceux qui les lisent. On fait remarquer qu'elle a bien le droit de se défendre, qu'elle use légitimement de ses armes contre le rationalisme qui la submerge. Certes, je comprends parfaitement qu'elle lutte. Mais ce qui m'inquiéterait terriblement, ce serait sa victoire, l'heure où, la science étant mise de côté comme une expérience fâcheuse et manquée, on en reviendrait à la foi pour assurer le bonheur sur cette terre.

Il faut lire le catalogue des livres que la foi a condamnés au pilon. À la vérité, aucun catalogue ne serait assez vaste, cent volumes ne suffiraient pas ; la foi interdit en masse, sans avoir à les nommer, tous les ouvrages d'imagination où l'amour palpite, tous les ouvrages de science, d'histoire, de philosophie ou de critique qui contredisent les Saintes Écritures. À mesure que l'imprimerie s'est répandue, le flot des livres défendus s'est élargi ; et, maintenant, ce seraient nos bibliothèques publiques entières qu'il s'agirait de détruire. Quant au catalogue des livres spécialement frappés, il comprend tous les grands noms, tous les chefs-d'œuvre des littératures, il est, par une singulière ironie, comme le livre d'or de tout ce que l'esprit humain a enfanté de nouveau, de hardi et de généreux.

Imaginez-vous donc cela, messieurs, évoquez l'aimable régime sous lequel vivraient les lettres si la foi, victorieuse de la science, gouvernait les peuples. Au lieu des innocentes foudres qu'elle lance aujourd'hui, donnez-lui des tribunaux et des gendarmes, qui, pour la défense des dogmes, condamneront et jetteront au cachot la liberté de penser et d'écrire. Ce sera la fermeture des bibliothèques et des laboratoires, il faudra des dispenses pour lire nos poètes ou pour étudier un gaz. D'ailleurs, l'expérience est faite. Il est une ville où, voici à peine un quart de siècle, la foi régnait en reine temporelle. Toute publication y était soumise à un examen d'orthodoxie. Aussi la vie intellectuelle s'en était-elle comme retirée ; et l'épuisement du sol national y a été si profond, qu'aujourd'hui encore pas un grand écrivain n'y peut pousser, dans la poussière accumulée des siècles.

Messieurs, le simple écrivain que je suis remercie donc la science, la bonne mère qui l'a rendu libre. Elle est l'éternelle, l'immortelle, et le mystère appartient à elle seule, puisqu'elle marche continuellement à sa conquête.

(*Le Figaro*, 5 avril 1895.)

[Devant le comité de la Société des gens de lettres, après la mort d'Alexandre Dumas fils]

Messieurs,

La littérature française vient de faire une perte irréparable dans la personne d'Alexandre Dumas, et nous perdons nous autres un de nos sociétaires les plus illustres et les plus anciens.

Puisque le grand écrivain n'a pas voulu de discours sur sa tombe, je me bornerai à dire ici la profonde et douloureuse émotion qui est dans tous nos cœurs. Il appartenait à notre Société depuis plus de cinquante ans, il était presque de la fondation, et si nous n'avions de lui que le moindre côté, si sa gloire tout entière est au théâtre, nous n'étions pas moins fiers de le compter parmi nous, comme une des manifestations les plus hautes du génie français.

Nous le pleurons et nous déposons sur sa tombe notre suprême hommage.

(2 décembre 1895.)

[Aux obsèques d'Arsène Houssaye]

Au nom de la Société des gens de lettres, je viens rendre un suprême hommage à la mémoire d'Arsène Houssaye. Nous perdons en lui un de nos sociétaires les plus éminents et les plus anciens. Il était des nôtres depuis un demi-siècle, il avait fait partie de notre Comité à de nombreuses reprises, et, après l'avoir présidé, avec toute sa bonne grâce et toute son active science des hommes, il était devenu un de nos présidents honoraires les plus respectés, les plus aimés. Je ne trouve pas de mot plus juste ; on l'aimait, dans notre Société qui n'est qu'une grande famille, on l'aimait comme un aïeul très doux, très accueillant, parfaitement bon pour les petits, toujours prêt à rendre service aux confrères dans la peine. Et c'est cet amour de notre famille que je veux avant tout apporter sur sa tombe, ainsi qu'un pur témoignage de tendresse à un homme qui, dans sa longue vie, au milieu de nos querelles littéraires, a su ne blesser personne et mériter la gratitude de tous.

Je n'ai mission, je crois, que de dire notre deuil et celui de toute la littérature. La seule pensée de juger ici une existence remplie d'un si prodigieux travail, un nombre si considérable d'œuvres infiniment variées, me donnerait la crainte de n'être ni assez juste, ni assez complet. Tout cela se classera, se jugera, lorsque l'heure sera venue. Mais, si l'on écarte les détails, quelle admirable vie d'homme de lettres, quelle profusion continue de choses heureuses, quel éternel succès dans la grâce et dans le charme ! Chez nous, ceux qui vivent longtemps sont aimés des dieux. Il aura été un des derniers grands chênes de la forêt romantique, mais un chêne où les vignes folles avaient grimpé, où les roses d'une jeunesse sans fin montaient en guirlandes. Au milieu des plus hauts, il était resté debout, bien à part dans son originalité séductrice, tenant la place qu'il avait voulue ; et, si deux ou trois générations avaient passé, si tout s'était transformé autour de lui, il n'en demeurait pas moins une des expressions du génie français, la plus vive et la plus aimable sûrement, la joie de l'esprit et l'amour de la femme.

Qu'on ouvre les volumes qu'il a publiés, de quoi emplir une bibliothèque, depuis *Les Galantes Aventures de Mlle Margot*, jusqu'à ses *Grandes Dames*, jusqu'à ses *Comédiennes* : tous célèbrent le bonheur d'aimer, le bonheur d'être beau, de vivre au clair soleil, de chanter la chanson de l'espérance, même en face de la vie mauvaise. Et, s'il s'est passionné pour l'histoire, il ne l'a fait que pour y retrouver la femme, tout ce dix-huitième siècle amoureux, qu'un des premiers il a aimé d'amour. Et, s'il s'est occupé aussi de critique d'art, ce n'a été encore que pour retrouver chez les maîtres la fête des yeux, le régal des belles couleurs, les splendeurs de la lumière parmi les étoffes riches et les chairs opulentes. Cela ne suffirait-il pas ? Qu'il soit aimé et qu'il soit honoré pour son optimisme, pour sa croyance entêtée à la vie joyeuse et bonne, et qu'on lui élève donc un tombeau de clarté et d'allégresse, comme à un des vaillants de la race, qui n'a jamais désespéré de l'amour ni de l'esprit, dans notre France embrumée et désenchantée !

Il a touché à tout avec une égale légèreté, simplement heureux de ses promenades au travers de tous les sujets, cachant le plus possible sa science et son labeur sous l'insouciance voulue de son charme. Poète, il a laissé les plus jolis vers du monde. Romancier, il a écrit tant d'aimables histoires, que je fatiguerais l'attention rien qu'à en énumérer les titres. Historien, il a tout un petit Versailles, des galeries sans fin de portraits, une société entière qu'il a exhumée de sa poudre, dans la plus vivante des résurrections. Auteur dramatique, il a voulu l'être et il l'a été, aussi bien que beaucoup d'autres. Journaliste, il a tellement produit qu'on ne peut ouvrir les anciennes revues sans rencontrer partout sa signature. Et cette infatigable production littéraire lui laissant quand même des années libres, on le retrouve administrateur de la Comédie-Française, aux temps héroïques de Rachel, directeur de *L'Artiste*, où il accueillait si largement les talents nouveaux, sans parler de cet emploi d'inspecteur général des musées de province, qui le promenait au milieu de nos richesses artistiques. Et il trouvait encore le temps de donner des fêtes royales, d'être l'ami de tous les écrivains qui se sont succédé en France, depuis cette mansarde de la rue du Doyenné, où il fraternisait avec Gérard de Nerval, Théophile Gautier et Jules Sandeau, jusqu'à son hôtel de l'avenue Friedland où nous avons tous été ses hôtes enchantés et reconnaissants. Il peut dormir en paix, certain de vivre dans la mémoire des hommes, car, si tant de titres ne suffisaient pas, il est un de ses livres, éternel comme l'ambition humaine, son *Histoire du quarante et unième fauteuil*, qui durera autant que nos vanités d'écrivain et que nos luttes pour l'immortalité.

Me permettra-t-on, en finissant, d'exprimer ma gratitude personnelle ? J'étais un bien petit débutant lorsqu'il régnait depuis longtemps déjà. Il y a de cela près de trente ans. Et je me souviens avec quelle vaillance charmante il vint alors, comme directeur de *L'Artiste*, me visiter dans ma petite chambre, pour me demander une étude sur Édouard Manet, le peintre qui triompha plus tard, mais qu'on traitait alors en réprouvé, indigne d'une attention sérieuse. Je lui en ai toujours gardé un souvenir affectueux, une sorte de tendresse filiale, que je suis heureux de témoigner à cette heure auguste, car rien n'est plus beau pour moi que la bravoure de l'esprit, quand elle se donne le rôle de faciliter la lutte aux combattants de l'art et des lettres. Et c'est pourquoi, devant la tombe de cet écrivain si joliment français, si aisé, si tendre et si vaillant à la fois, je suis très honoré et très touché, dans l'émotion de mon cœur, d'avoir été chargé de dire l'adieu de nous tous ses cadets, qui l'avons aimé pour sa parfaite bonté, pour ses longues années de joyeux et de glorieux travail.

(*Le Temps*, 1er mars 1896.)

[À LA SÉANCE ANNUELLE DE LA SOCIÉTÉ PROTECTRICE DES ANIMAUX]

Mesdames, Messieurs,

Je n'ai rien d'administratif, et M. le Ministre de l'Instruction publique, qui m'a fait l'honneur de me déléguer près de vous, voudra bien que je le représente en simple ami des bêtes. Je n'ai pas d'autre raison pour prendre ici la parole, si ce n'est que je les aime, et j'imagine que cela ne peut qu'honorer tout le monde, même le gouvernement d'un grand pays, que de dire publiquement qu'on les aime.

D'ailleurs, cette tendresse fraternelle que j'ai pour elles ne me donne nulle vanité, car je n'ai jamais fait aucun effort pour l'avoir. Je les ai aimées tout petit et j'ai grandi en les aimant. Il est très certain que cette tendresse est née avec moi, si active, que je n'ai pas même eu le mérite de l'acquérir et de la cultiver. Ma seule surprise est de me trouver parmi vous si tard, à cinquante-six ans, lorsque, depuis trente années, je n'ai pas écrit une œuvre sans y mettre une bête aimée, sans y parler de mes chères bêtes, dans toute l'effusion de mon cœur. La rencontre fatale a été bien longue à se produire, mais enfin me voici donc en famille.

On dit qu'il y a des gens qui n'aiment pas les bêtes. Moi-même j'ai cru parfois rencontrer de ces gens-là. Mais j'ai réfléchi, j'ai fini par me dire que je me trompais. La vérité est que tout le monde aime les bêtes ; seulement, il y a des gens qui ne savent pas qu'ils les aiment. Vous imaginez-vous la nature sans bêtes, une prairie sans insectes, un bois sans oiseaux, les monts et les plaines sans êtres vivants ? Représentez-vous un instant l'homme seul, et tout de suite quel immense désert, quel silence, quelle immobilité, quelle tristesse affreuse ! Ne vous est-il pas arrivé de traverser quelque lande maudite d'où la vie des bêtes s'est retirée, où l'on n'entend ni un chant, ni un cri, ni le frôlement d'un corps, ni le palpitement d'une aile ? Quelle désolation, comme le cœur se serre, comme on hâte le pas, comme on se sent mourir d'être seul, de ne plus avoir autour de soi la chaleur des bêtes, l'enveloppement de la grande famille vivante ! Et qui donc peut dire alors qu'il n'aime pas les bêtes, puisqu'il a besoin d'elles pour ne pas se sentir seul, terrifié et désespéré ?

Puis, ces bêtes, nous les avons faites de notre intimité. Vous qui prétendez ne pas les aimer, voulez-vous donc que le cheval retourne à l'état sauvage, que nos maisons ne soient plus peuplées du chat et du chien, que nous fermions nos basses-cours, nos étables et nos bergeries ? Essayez donc de ne vivre qu'entre hommes, maintenant que vous avez admis les bêtes au foyer, et vous verrez tout de suite que vous coupez dans votre vie en pleine chair, que ce sont des parents que vous retranchez. Elles sont devenues de la famille, on ne pourrait les supprimer sans arracher un peu de votre cœur. Et, je le répète, vous pouvez croire que vous ne les aimez pas, parce qu'elles sont là, parce que vous jouissez d'elles sans vous en rendre compte ; mais, si elles n'y étaient plus, vous les regretteriez bien vite et vous éprouveriez un tel vide, que vous les redemanderiez à mains jointes.

Aimons-les, parce qu'elles sont l'ébauche, le tâtonnement, l'essai d'où nous sommes sortis, avec notre perfection relative ; aimons-les, parce que s'il y a autre chose en nous, elles n'ont en elles rien qui ne soit nôtre ; aimons-les, parce que, comme nous, elles naissent, souffrent et meurent ; aimons-les, parce qu'elles sont nos sœurs cadettes, infirmes et inachevées, sans langage pour dire leurs maux, sans raisonnement pour utiliser leurs dons ; aimons-les, parce que nous sommes les plus intelligents, ce qui nous a rendus les plus forts ; aimons-les, au nom de la fraternité et de la justice, pour honorer en elles la création, pour respecter l'œuvre de vie et faire triompher notre sang, le sang rouge qui est le même dans leurs veines et dans les nôtres.

Et, je l'ai dit un jour, votre besogne est sainte, vous qui vous êtes donné la mission de les protéger, par haine de la souffrance. C'est à la souffrance qu'il faut déclarer la guerre, et vous parlez un langage universel, lorsque vous criez pitié et justice pour les bêtes. D'un bout du monde à l'autre, des sociétés sœurs peuvent se fonder, vous entendre et vous répondre. Que tous les peuples commencent donc par s'unir pour qu'il ne soit plus permis de martyriser un cheval ou un chien, et les pauvres hommes, honteux et las d'aggraver eux-mêmes leur misère, en arriveront peut-être à ne plus se dévorer entre eux !

[Paris, 25 mai 1896.]

[AUX OBSÈQUES D'EDMOND DE GONCOURT]

Au nom des amis littéraires, de la famille qui est née de lui et qui a grandi autour de lui, j'apporte ici à Edmond de Goncourt le suprême adieu. Voici seize ans déjà que Gustave Flaubert s'est endormi en pleine gloire, et, du groupe fraternel que nous formions dans les lettres françaises, il ne reste plus qu'Alphonse Daudet et moi. Ce serait Daudet sûrement qui prendrait la parole à cette place, donnant à notre maître, à notre grand frère, l'éternel adieu, si la souffrance et la douleur ne le retenaient dans la maison d'affection et de deuil où le cher mort est allé s'éteindre. Et, si je parle, c'est au nom de Daudet autant qu'au mien, car nos deux cœurs n'en font qu'un et battent ensemble, dans l'affreux regret de l'ami disparu.

Si je parle, c'est aussi que, de tous les amis littéraires, me voici le plus ancien ; c'est que j'ai derrière moi trente années de tendresse et d'admiration pour les frères de Goncourt et pour leurs œuvres. Il y a plus de trente ans que j'ai écrit mon premier article d'enthousiasme sur *Germinie Lacerteux*, cet absolu chef-d'œuvre de vérité, d'émotion et de justice, tombé dans l'indifférence et dans l'imbécillité publiques. Et, depuis, je n'ai jamais cessé de les aimer et de combattre pour eux. Je puis avoir la joie de rappeler aujourd'hui ma longue fidélité, l'amour et le respect de mes débuts qui n'ont fait que grandir chez l'écrivain mûri, et de les déposer sur cette tombe comme des fleurs belles et rares, en nos temps de polémiques fratricides.

D'autres jeunes écrivains sont venus après nous, qui ont aimé aussi le vieux maître, à demi foudroyé par la mort de son frère, qui ont aussi combattu pour ses œuvres, dont le magnifique sort a été d'être attaquées sans cesse ; et il est juste de dire combien cette jeunesse qui l'entourait, combien ces sympathies nouvelles et incessantes ont adouci ses amertumes d'artiste discuté, en l'aidant à rester ferme et debout au milieu de la lutte, jusqu'au dernier jour. Mais n'est-ce pas à un aîné de reconnaître ce que nous devons tous aux frères de Goncourt ? Ils se sont montrés par excellence des initiateurs en tout ce qu'ils ont touché ; ils ont donné particulièrement au roman un sens nouveau, une langue, un frisson d'art et d'humanité, une âme que personne encore n'y avait mis. Avec Stendhal, avec Balzac, avec Flaubert, ils ont créé le roman moderne, tel que nous l'avons trouvé pour le transmettre nous-mêmes à nos cadets, modifié par ce que nous avons pu, à notre tour, y apporter de personnel.

Ils ont été un des chaînons de l'immortelle chaîne d'or, la chaîne des maîtres, des créateurs et des évocateurs, qui va d'un bout à l'autre d'une littérature.

Et, quel que soit le jugement de l'avenir sur les quarante et quelques volumes qu'ils laissent, ils resteront des maîtres, car leur descendance est partout dans les œuvres de ces trente dernières années.

Énumérer ici les œuvres des deux frères, parler de leurs livres d'histoire, de leurs romans, de leur théâtre, faire la part de Jules et celle d'Edmond, répéter le jugement littéraire qui se trouve dans les pages sans nombre que je leur ai consacrées déjà ? Non, je n'apporte ici que mon cœur, je n'ai mission que de dire notre affreuse peine, celle des jeunes comme celle des vieux, à nous tous qui perdons dans le dernier des Goncourt un chef incontesté, un aïeul qui représentait superbement ce que nous admirons surtout dans les lettres. Et c'est ce que je veux dire encore, car ma fidélité, mon inaltérable tendresse pour lui est venue de ce qu'il est resté un vaillant d'une indépendance farouche. Ah ! la bravoure intellectuelle, dire ce qu'on croit être la vérité, même au prix de la paix de son existence, ne transiger avec aucune convention, aller quand même jusqu'au bout de sa pensée, rien n'est plus rare, rien n'est plus beau, rien n'est plus grand ! Il a aimé la littérature au point de lui donner sa vie entière, il n'a joui et il n'a souffert que par elle ; il laisse l'exemple du plus noble et du plus fier écrivain, dont les fautes, s'il en a commis, ne sont que les fautes de son ardente passion littéraire. Un jour, dans son *Journal*, ce document si mal compris et d'un intérêt si poignant, il a jeté le cri sublime de toute sa vie donnée aux lettres, le cri de détresse que la terre, un jour, croulera et que ses œuvres ne seront plus lues. On a pu sourire, il n'en est pas moins vrai que je ne connais pas de cri plus admirable et que, ce jour-là, je l'ai aimé davantage pour son orgueil, le puissant et divin orgueil qui est notre foi à nous autres, dans l'amer enfantement des œuvres.

Cher et grand ami, « notre » vieux Goncourt, c'est le jeune homme, le débutant de 1865, qui vous dit adieu ; et c'est aussi le romancier que vous avez vu grandir, qui est resté votre élève, tout en devenant votre émule, et c'est encore l'homme, à cette heure vieillissant, qui a mis, ainsi que vous, à votre exemple, toute sa consolation dans le travail.

Aujourd'hui, enfin, vous voilà au repos, vous venez vous endormir à côté de votre frère Jules. Et, comme notre ami Daudet, comme Daudet éperdu et sanglotant vous l'a crié dans votre agonie, je vous le crie aussi : « Va, va, pauvre grand travailleur douloureux, va le retrouver dans la tombe et dans la gloire ! »

(20 juillet 1896.)

[Au banquet organisé en l'honneur d'André Antoine]

Ce n'est point ici, mon cher Antoine, un banquet de victoire et d'apothéose ; c'est simplement un déjeuner d'amitié et de confiance, que les auteurs et les anciens fidèles du Théâtre-Libre vous offrent, le coup de l'étrier oserai-je dire, ou mieux encore le repas de famille qu'on donne à un marin aventureux, qui, battu par les orages, va reprendre la mer. Et, si j'ai accepté l'honneur de le présider c'est, bonnement, que je vous ai toujours aimé, toujours soutenu, et que je vous aime davantage, depuis qu'on vous croit par terre et que les sots tâchent de vous achever à coups de talon.

Un déjeuner d'amitié et de confiance, je ne saurais mieux dire. Comme vous êtes un vaincu, un simple artiste redevenu errant, il n'y a donc ici que des amis, des désintéressés, n'ayant pas de manuscrits dans leur poche, ne songeant même pas à préparer une demande de billets de faveur. Et, d'autre part, bien que vous soyez tombé comme un vulgaire ministre, nous tenons à vous dire, en rompant le pain fraternellement avec vous, que nous vous maintenons quand même notre confiance et que nous comptons toujours sur vous, pour les batailles futures de notre avenir dramatique, dont vous avez été jusqu'ici un des vaillants porte-drapeau.

Je ne veux point juger la crise que vous venez de traverser. Les batailles mal engagées et perdues ne comptent pas. Votre honneur est sauf, et là est l'important. Quant à savoir si vous avez eu tort ou raison dans les détails, ah ! grand Dieu ! c'est cela qui pèse peu ! Pour moi, même si vous avez eu tort, vous avez eu raison, parce que l'audace et l'originalité étaient avec vous, parce que vous luttiez, bien ou mal, pour les idées qui nous sont chères. Je vous aurais voulu plus politique, battant les autres, au lieu de vous laisser battre, ne lâchant à aucun prix le poste de combat que vous occupiez enfin. Mais, puisque les circonstances vous ont forcé à l'abandonner, vous n'aurez donc qu'à le reconquérir, et bravement, la tête haute, comme vous l'avez quitté.

Vous n'êtes point encore à l'honneur, après avoir, longtemps déjà, été à la peine. Personne n'oubliera votre part si large dans notre reconnaissance dramatique, et tous nous vous garderons votre place, pour la victoire décisive de demain. Nous buvons à vous, mon cher Antoine, et nous buvons à l'avenir !

(*Le Gaulois*, 8 décembre 1896.)

[POUR L'INAUGURATION DU MONUMENT DE GUY DE MAUPASSANT AU PARC MONCEAU]

Je ne suis qu'un ami ; je parle simplement au nom des amis de Maupassant, non pas des amis inconnus et innombrables que lui valurent ses œuvres, mais des amis de la première heure, qui l'ont connu, aimé, suivi dans sa marche vers la gloire.

C'est près d'ici que je le rencontrai pour la première fois, il y a déjà plus d'un quart de siècle, chez notre bon et grand Flaubert, dans ce petit appartement de la rue Murillo, dont les fenêtres donnaient sur les verdures de ce parc. Je me revois, penché là-haut, coude à coude avec lui, regardant tous deux les beaux ombrages, apercevant un coin luisant de la nappe d'eau qui est là, causant de ce portique dont les colonnes s'y reflètent. Et quelle étrange chose, après plus de vingt-cinq ans, que ce jeune homme, alors inconnu, revive même dans le marbre, et que ce soit moi qui aie la joie d'y saluer son immortalité !

Lors de notre première rencontre, là-haut, dans le cabinet de travail du bon et grand Flaubert, tout retentissant, tout brûlant de la passion des lettres, Maupassant n'était guère qu'un écolier à peine échappé des bancs du collège. Il y avait là Goncourt, Daudet, Tourgueniev, ses aînés, et il se faisait devant eux si modeste avec son tranquille sourire, qu'aucun de nous ne prévoyait alors son éclatante et rapide fortune. On l'aimait pour sa gaieté sonnante, pour sa belle santé, pour ce charme de la force qui émanait de lui. C'était l'enfant bien portant et rieur de la maison, à qui tous les cœurs s'étaient donnés.

Puis vinrent les années de début. Alors, Maupassant noua d'autres amitiés, partit à la conquête du monde avec Huysmans, Céard, Hennique, Alexis, et Mirbeau, et Bourget, et d'autres encore. Quelle belle fête de jeunesse ! Comme les cerveaux flambaient ! et combien ces liens de sympathies premières restèrent solides ! Car, si la vie fit plus tard son œuvre, si elle emporta chacun à son destin, il faut dire hautement que Maupassant resta toujours un ami fidèle, eut toujours pour ses anciens frères d'armes la main tendue et le cœur chaud.

Le succès vint, la célébrité éclata, en coup de foudre. Maupassant fut un homme heureux, si un tel mot peut se dire après l'effroyable fin où il sombra. Maintenant qu'il a fait son œuvre, maintenant que le voici immortalisé parmi ces ombrages, j'ose même penser que cette fin terrible ajoute à sa figure, l'élève à une hauteur tragique et souveraine dans la mémoire des hommes. Dès ses débuts, il fut acclamé, les quelques amis que je nommais tout à l'heure devinrent légion, il conquit les salons aristocratiques, après avoir conquis les salons bourgeois. Ce fut vers lui une ruée de toutes les admirations, de toutes les tendresses. Et, jusqu'après le tombeau, vous voyez bien que la gloire lui réussit, puisque voici sa mémoire qui s'éternise dans ce gracieux monument, symbole du don que la femme lui avait fait de son âme, et puisque nous fêtons ici son buste, lorsque tant d'autres de ses aînés, et des plus illustres, attendent encore le leur !

C'est que Maupassant est la santé, la force même de la race. Ah ! quelles délices de glorifier enfin un des nôtres, un Latin à la bonne tête limpide et solide, un constructeur de belles phrases, éclatantes comme de l'or, pures comme du diamant ! Si une telle acclamation a constamment retenti sur son passage, c'est que tous reconnaissaient en lui un frère, un petit-fils des grands écrivains de notre France, un rayon du bon soleil qui féconde notre sol, mûrit nos vignes et nos blés. On l'aimait parce qu'il était de la famille, et qu'il n'avait pas honte d'en être, et qu'il montrait l'orgueil d'avoir le bon sens, la logique, l'équilibre, la puissance et la clarté du vieux sang français.

Cher Maupassant, mon cadet que j'ai aimé, que j'ai vu grandir avec une joie de frère, j'apporte à votre entrée dans la gloire l'applaudissement de tous les fidèles amis d'autrefois. Si notre bon et grand Flaubert pouvait de là-haut, de sa table d'acharné travail, assister à votre glorification, de quelle fierté son cœur ne serait-il pas gonflé, en nous voyant rendre cet hommage à celui qu'il nommait son fils en littérature ! Et son ombre y est du moins et, par ma voix, nous sommes tous là, nous vous admirons, nous vous aimons, nous saluons votre immortalité.

(*Le Journal*, 25 octobre 1897.)

ENTRETIENS

Chez M. Émile Zola

Nous avons vu M. Émile Zola, hier, à Médan. Et comme nous lui parlions de la mort de M. de Goncourt :

J'ai reçu la triste nouvelle tout à l'heure, nous dit-il, par une dépêche de la maison Fasquelle. J'ai aussitôt télégraphié à Daudet.

» La nouvelle m'a pris par surprise, car il y a trois semaines à peine je dînais avec Goncourt au banquet offert à Fasquelle à l'occasion de sa nomination récente dans la Légion d'honneur. Goncourt s'était montré plein d'entrain, paraissait jouir d'une santé superbe.

» On ne s'attendait pas, je crois, à ce qu'il assistât à ce dîner, car on m'avait prié d'en prendre la présidence. Aussi quel fut mon étonnement, à mon entrée de le rencontrer au vestiaire ! Il m'avait précédé de quelques minutes.

» Du moment que Goncourt assistait au dîner, c'était à lui de le présider. Je le dis à un des organisateurs, qui prit des mesures pour que la chose s'arrangeât sur l'heure. Goncourt s'y prêta d'ailleurs avec la meilleure grâce.

» Vous comprenez bien que jamais je n'aurais souffert que Goncourt s'assît à ma gauche dans une manifestation de cette nature où la première place lui revenait de droit. Je l'ai toujours considéré comme mon devancier et mon aîné et respecté comme tel.

» Vous parler de lui ? de son talent et de son œuvre ? Je ne saurais le faire, aujourd'hui, comme il convient. Plus tard, je parlerai de lui peut-être dans une étude que je ferai à tête reposée. Pour aujourd'hui, je ne puis rien vous dire sinon que cette mort m'a pris par surprise et que vous m'en voyez tout ému.

Et comme nous insistions en demandant à M. Émile Zola quelques souvenirs personnels, le célèbre écrivain nous indique ces lignes écrites par lui, il y a quinze ans, sur Edmond de Goncourt :

« Mes souvenirs datent de loin déjà. C'était après *Henriette Maréchal.* Pour la première fois, j'allais déjeuner dans cette maison d'Auteuil. Les deux frères alors l'emplissaient de leur gaieté au travail, de leur fièvre à la lutte littéraire. Plus tard, après le coup de foudre qui frappa Jules, j'ai revu la maison bien triste et bien vide.

» Edmond, resté seul, dans cet arrachement de tout son être, l'abandonnait. Il n'avait plus le courage de faire du petit hôtel la retraite d'art que tous deux avaient rêvée, lorsqu'ils s'étaient enfuis à ce bout verdoyant de Paris. La mort était venue, quand les meubles se trouvaient à peine à leur place.

» Puis les années passèrent, la maison lentement le rattacha à l'existence. Il avait la peur et le dégoût de tout travail littéraire. Longtemps, nous l'avons vu planter son jardin en sabots, monter sur des échelles pour accrocher des dessins.

» Le collectionneur avait reparu, il s'entourait des chefs-d'œuvre délicats du dix-huitième siècle, des merveilles exquises de l'Extrême-Orient. Et ce fut ainsi qu'il se retrouva un jour à sa table de travail, dans ce milieu d'un raffinement d'art si plein d'excitation qu'il s'y grisait et y retournait aux idées par les images.

» La maison avait sauvé l'écrivain. »

(*Le Gaulois*, 17 juillet 1896.)

Zola contre Zola
Chez M. Émile Zola

... C'était un simple bruit, il y a un mois : il se chuchotait mystérieusement dans certains milieux littéraires ; on en parlait avec force réticences du côté des quais, aux alentours du pont des Arts et ailleurs. On y croyait, tout en affectant de ne pas y croire...

– Quoi, il serait vrai ?... Vous plaisantez ?

– Oui, oui, tout ce qu'il y a de plus réel. Le volume doit paraître dans quelques jours. Ah ! Zola en fera une...

Aujourd'hui, ce n'est pas un bruit vague. C'est une nouvelle. C'est un fait. Le livre a paru. Aussi n'ai-je plus hésité à sonner hier soir à la porte de M. Émile Zola et à demander à brûle-pourpoint à l'auteur de *Rome* :

– On m'affirme qu'il vient de paraître un volume, composé uniquement, comment dirai-je ? des choses osées, des peintures audacieuses, empreintes d'une forte dose de réalisme, disséminées à travers vos œuvres complètes ?...

Mais M. Zola de me répondre :

– Oui, je sais. Depuis longtemps il est question de la publication d'un ouvrage de M. Laporte, que je ne connais pas. M. Laporte, m'a-t-on dit, pour creuser entre l'Académie et moi un fossé dorénavant impossible à franchir, aurait imaginé – avec une candeur dont je lui fais mon compliment – de préciser dans mes livres tous les passages – comment disiez-vous ? – audacieux, les descriptions dans lesquelles j'ai été amené à copier la réalité de la nature en appelant un chat un chat ; M. Laporte se propose de mettre en vente un volume de pages choisies de mes œuvres, et choisies dans une intention souverainement nuisible.

» Permettez-moi cependant de douter encore de l'apparition de ce prétendu ouvrage. Il y a si longtemps que j'entends parler de livres à sensation qu'on se propose de faire paraître pour m'éreinter ! Aujourd'hui, un jeune homme ne croit plus pouvoir décemment entrer dans la vie littéraire sans rédiger un ouvrage ou un article me plantant carrément au pilori.

» Au commencement de l'année, lorsque je me présentais au fauteuil de... – je crois que c'était d'Alexandre Dumas – on me parlait déjà de la grosse machination qui s'ourdissait contre moi. On allait lancer dans le monde entier des volumes dans lesquels, sans chercher ailleurs que dans mes propres œuvres, on puisait des passages entiers qui devaient me brouiller à mort avec l'Académie. Maintenant, voilà que vous m'affirmez que ce volume tant attendu a paru. Bien.

» Je vous répondrai sans détour qu'une simple question de droit se présente dans ce cas. J'ai traité pour la publication de mes œuvres avec l'éditeur Fasquelle, qui a qualité pour empêcher tout pillage d'un quelconque de mes volumes.

» Il s'agit de rechercher si, en collationnant dans mes livres *La Terre*, *Germinal*, *Nana*, etc., tous les passages scabreux et en les insérant scrupuleusement, l'auteur de ce mémorable travail a voulu faire simplement une grande œuvre moralisatrice, qui lui attirera les lauriers de la patrie reconnaissante, ou si, alléché par l'appât moins avouable d'une bonne vente, il a voulu se contenter modestement de tirer à de fortes proportions une édition complète de ce qui constitue la quintessence naturaliste de mes œuvres.

» Évidemment dans le dernier cas, M. Laporte a tout simplement pillé à bon compte mon éditeur, et comme j'ai prévu ce cas avec mon ami Fasquelle, il peut être sûr que mon éditeur ne négligera rien pour faire respecter ses droits. Tout en restant personnellement en dehors des débats, j'encouragerai fortement Fasquelle à poursuivre devant les tribunaux, conformément aux lois, M. Laporte et son éditeur pour plagiat, et au besoin à introduire un référé pour faire saisir tous les volumes mis en vente.

– Mais croyez-vous que, malgré ce procès, le livre en question ne vous créera pas des ennuis à l'Académie ?

– Vous plaisantez ! Vous imaginez-vous que de pareilles publications puissent porter sur des personnes qui connaissent mes livres et les ont lus en bloc ?

» Vous le dirai-je ? Le succès considérable, la vente formidable de mes ouvrages en librairie est due en forte partie aux bouquins, brochures, articles de ces détracteurs qui se sont naïvement imaginé qu'il suffirait de prévenir contre moi le public en le prévenant, lui, des ordures accumulées, selon eux, dans chacun de mes livres !

– Et l'Académie ?

– L'Académie ? L'Académie, si vous saviez combien, maintenant, je suis arrivé à...

Je pourrais, sans risquer d'être démenti, écrire en entier la dernière phrase de M. Émile Zola, accompagnée d'un monumental haussement d'épaules...

Marcel Hutin
(*Le Gaulois*, 1er décembre 1896.)

Le dossier de l'année. L'enquête du *Gaulois*. l'année littéraire 1886

Au seuil d'une nouvelle année, Le Gaulois *mena une enquête sur l'année qui venait de finir, dans le but de déterminer « que fut cette année ? Quelles promesses a-t-elle tenues ? Quelles espérances a-t-elle trahies ? Quelle étape marque-t-elle dans la marche de l'humanité ? » L'interview qui suit rend compte de l'avis de Zola sur l'année littéraire 1896.*

Juger l'année littéraire ? Mais, en vérité, voilà une chose qui m'inquiète. Décider quels sont les meilleurs livres de l'année, mais, cher monsieur, il faudrait avoir la prétention de les avoir tous lus, et après les avoir tous lus d'en avoir retenu – au moins le titre. Et, bien que je m'intéresse à toutes les nouveautés littéraires, il m'est bien difficile d'avoir parcouru les productions littéraires de l'année. D'autre part comment, pris par vous au dépourvu, et n'ayant pas le temps d'une mûre réflexion, puis-je vous citer des noms et porter des jugements sans commettre des omissions forcées et dont je me désolerais ?

Au point de vue général, qu'est-ce qui l'a frappé dans le mouvement littéraire de l'année dernière ? Y a-t-il seulement eu un mouvement littéraire ?

Quant à cela, certainement oui. Le champ de la littérature ne saurait être mieux comparé qu'à une montagne. Au sommet, sur le plateau, ceux qui, parvenus à la perfection, continuent à avoir beaucoup de talent. Dans cette catégorie, je rangerai quelques académiciens. C'est, avant tout, la génération à laquelle j'appartiens et qui a marché dans la peinture de la vie, dans l'observation immédiate ; c'est nous autres, Flaubert, Goncourt, Daudet, Bourget aussi et moi qui avons, à la suite de Balzac, fait des romans de mœurs. Sur la montée, qu'apercevons-nous ? L'ascension de nouveaux venus – ils s'intitulent symbolistes, décadents – qui pendant les dernières dix années se sont montrés opposés à nous autres, tout en ayant produit des garçons de talent, comme ce pauvre Paul Adam, qui vient de mourir.

Et pendant cette année 1896, que voyons-nous enfin ? Une génération qui revient à la nature, et que nous autres ne gênons déjà plus ; c'est la génération qui est au pied de la montagne, dont je vous parlais tout à l'heure, et qui cherche à tomber les symbolistes et les décadents. Chez les symbolistes nous avons trouvé des adversaires acharnés. Pourquoi ? Parce que, chronologiquement, ils venaient immédiatement après nous, et que les lois de la nature veulent que ceux qui détiennent les places soient délogés par ceux qui viennent immédiatement après eux.

Nous avons été les représentants du naturalisme – et aujourd'hui encore nous tenons la scène – nous avons eu comme adversaires implacables les idéalistes, ceux-ci venant immédiatement après nous ; maintenant, au contraire, nous avons des disciples qui nous acceptent au moins comme ancêtres. Ceux qui les gênent, ce n'est pas nous, assurément, ce sont ceux qui arrivent immédiatement avant eux.

Pour me résumer, je constate pour l'année 1896, dans la littérature, un retour vers la nature, la passion, l'enthousiasme et aussi vers la santé ; nous avons été l'honnêteté, quoi qu'on dise. J'affirme, quant à moi, que nous vivons d'honnêteté et de santé.

Il semble que c'est vers la santé que tend aujourd'hui la littérature après cette névrose maladive et impuissante mêlée d'occultisme, de satanisme.

Et les œuvres en elles-mêmes, qu'en pense-t-il ?

Voyons, réfléchissons : qu'est-ce qu'il y a eu ? Bourget ? Oui, il a donné *Idylle tragique*. Je dirai beaucoup de bien de lui, bien que je sois gêné un peu par sa qualité d'académicien. Son livre est très bien ; la fin, surtout, en est poignante : ce débat entre l'amitié et l'amour est à coup sûr une de ses meilleures pages. Sa tentative est neuve ! Bourget a voulu évidemment élargir sa formule et, tout en gardant ses qualités d'analyste psychologique, il a voulu aborder le roman social et le roman de mœurs.

Voyons, encore parmi les académiciens ? Ah ! nous avons Claretie, dont le dernier roman a fait tant de bruit : *Brichanteau comédien*, mais c'est une œuvre d'excellente vérité dans son comique douloureux et touchant.

Le Coupable, de Coppée, m'a beaucoup impressionné également. Coppée ? Mais c'est un des derniers sentimentaux qui a peint l'enfance coupable et malheureuse avec son cœur et sa pitié. C'est du socialisme sentimental, traité avec une grande franchise et un courage dont il faut savoir gré à l'académicien. Et puis, on dira tout ce qu'on voudra sur Coppée : moi, je répète que pour faire mettre dans des yeux des larmes, pour émouvoir les petits comme il sait les émouvoir dans ses articles du *Journal*, il faut vraiment avoir un altruisme, une émotion communicative. Il l'a, et la met au service de causes touchantes qu'il plaide avec beaucoup de courage, si vous considérez sa situation d'académicien et de commandeur de la Légion d'honneur.

Léon Daudet est un talent des plus curieux de la nouvelle génération. Dans *Suzanne*, il a pris un sujet très délicat : beaucoup de frénésie dans l'analyse. Il y a toute la partie des amours en Espagne qui est une des plus belles pages que je connaisse, une peinture d'une passion intensive. Et moi, je suis pour la passion. Je me hâte d'ajouter que son volume n'est pas du tout construit dans mes idées, et que son dénouement n'est pas dans mes vues. Cela m'inquiète un peu pour la santé de son talent que j'aime beaucoup.

Des jeunes, des jeunes : ah ! il y a eu Pierre Louys. Je trouve son volume délicieux, bien que son originalité ne soit pas très grande. Derrière son héroïne il y a la Salammbô de Flaubert et la Thaïs d'Anatole France ; il y a aussi du Théophile Gautier. Seulement il y a une telle candeur dans l'impureté et une simplicité de lignes tellement délicieuse que je considère cela comme de l'impureté saine. J'avoue avoir été beaucoup séduit à la lecture de son *Aphrodite*. Je n'aime pas beaucoup les sentiments purement modernes que Louys y a introduits : son héros a des subtilités qui m'inquiètent ; mais à côté de cette critique que de choses charmantes ! Qui encore ?

De tout cela il découle qu'en 1896, la génération de ceux qui ont atteint 50 ans continue à avoir beaucoup de talent : elle est sur le plateau.

Les symbolistes – 30 à 35 ans – sont sur la montée, eux n'ont pas été féconds en œuvres qui resteront ; les « naturiens » enfin, comme les appelle G. de Bouhélier dans son *Hiver en méditation*, qui m'est dédié, ils ont 20 à 25 ans ; c'est la génération nouvelle qui entreprend l'ascension : nous les gênons moins et ils marchent davantage dans la voie que nous leur avons ouverte.

Marcel Hutin
(*Le Gaulois*, 2 janvier 1897.)

M. Émile Zola et la musique

Au cours d'une répétition du drame lyrique Messidor, *Adolphe Aderer demanda à Zola, l'auteur du livret, son opinion sur les rapports entre la poésie et la musique. L'interview qui suit rappelle l'article de Zola intitulé « Le drame lyrique », qui avait paru dans* Le Journal *du 22 novembre 1893 (voir tome 15).*

J'ai la conviction que le poème et la musique sont intimement liés ensemble. À ce point qu'à mon avis c'est le compositeur qui devrait écrire lui-même son livret. Il n'en était pas ainsi lorsque le librettiste se contentait de trouver et joindre ensemble un certain nombre de situations dramatiques ou comiques, qui fournissaient au musicien l'occasion de « morceaux à effet », cavatines, duos, chœurs, quatuors, que le public pouvait entendre à heure fixe. Aussi bien, certains librettistes ne furent pas si maladroits. Le nommé Scribe n'a pas été inutile, croyez-le, à Meyerbeer. Quoi qu'il en soit, cette coupe d'ouvrage est aujourd'hui condamnée. Il n'y a pas à y revenir. Nous avons le drame lyrique. Il faut le garder.

Notez que je suis persuadé que la formule actuelle est un progrès sur la formule précédente. La musique prétend décrire aujourd'hui des états d'âme, dissiper des caractères, développer des passions avec détail : j'y consens. Et je conçois aussi que la formule wagnérienne s'applique à cet objet. Le fait est, par exemple, que, si la musique a la noble ambition de me montrer les divers sentiments d'un héros, la déclamation chantée, que souligne et vivifie une savante orchestration, s'impose. Si vous voulez que je m'intéresse aux personnages que vous avez choisis, il faut que je puisse les entendre. Pour ma part, dès que je ne comprends plus exactement ce que « dit » le chanteur, je cesse de le suivre et de m'intéresser à son sort. Que dans des moments particulièrement émouvants, dans des élans de tendresse ou de passion, les paroles se perdent un peu, soit. Mais pas tout le temps, comme il arrive presque toujours.

Mon opinion est moins arrêtée en ce qui concerne la substitution de la prose au vers, pour l'écriture du livret. *Messidor* est en prose. Bruneau estime que le vers a le tort d'introduire un rythme particulier dans un autre rythme. Il s'y connaît mieux que moi. Il doit avoir raison.

D'ailleurs, je crois qu'une question plus importante se pose : celle du sujet du livret. Je crois que si, depuis quinze ans, la jeune école française, si ardente, si sérieuse, si savante, n'a pas récolté plus de succès et de plus éclatants, la faute en est aux deux causes suivantes : elle a eu devant elle des livrets d'un médiocre intérêt et, de plus, peut-être elle s'est trop laissée emprisonner dans la formule victorieuse.

Wagner ayant usé de la légende, nos librettistes en ont abusé, à tort et à travers. Chacun veut découvrir la sienne, et le même en déniche plusieurs successivement. Eh bien, pour que la légende nous captive, il faut qu'elle se fonde sur des sentiments largement humains ; si elle n'est que la mise en œuvre de croyances plus ou moins superstitieuses, ou de traditions plus ou moins compliquées, elle apporte avec elle un inévitable ennui. Lorsque, au Théâtre Français ou à la Renaissance, un artiste me conte, dans des vers ciselés, une légende gracieuse ou terrible, je goûte, à écouter son récit un plaisir de dilettante ; je ne suis pas ému. Je le suis, quand un auteur me dit, dans une langue forte et sobre, les tourments, les craintes, les espoirs, les ambitions, les passions de l'homme et de la femme modernes. Que l'on ne s'y trompe pas. L'art de la musique, lui aussi, a suivi l'évolution du théâtre contemporain, de la pensée contemporaine. Et votre musique ne me passionnera, ne m'intéressera que si elle apporte à mon oreille l'écho des désirs et des souffrances, qui troublent les hommes et les femmes d'aujourd'hui. C'est de ce côté, je crois, que doivent se tourner nos compositeurs, au lieu de s'attarder dans des sujets vieillots et languissants. Qu'ils prennent les sentiments fondamentaux de l'âme humaine, qu'ils nous montrent comment les contemporains, ou tout au moins les « modernes » les subissent et les expriment, ils verront le public s'intéresser à leurs œuvres, s'y échauffer. De là aussi, pour le compositeur, la nécessité d'écrire son livret lui-même, à moins qu'il ne trouve un collaborateur qui soit en complète communion d'idées et de sentiment avec lui, et qui consente à « vivre » avec lui l'œuvre commune.

Le sujet choisi selon le vœu que je forme, je demande que nos compositeurs secouent un peu les chaînes qu'ils se sont volontairement données. La formule wagnérienne est, je le répète, la meilleure qui soit ; elle est, de beaucoup, supérieure à celles qui l'ont précédée. Mais elle correspond à un tempérament particulier. Nous avons notre tempérament, nous aussi, les Latins. Est-ce que le vieux sol gaulois est à ce point épuisé qu'il est obligé d'aller quérir « de l'engrais », si l'on peut ainsi parler, de l'autre côté du Rhin ? Est-ce que nous ne pouvons pas tirer de la formule wagnérienne ce qui en fait l'incontestable supériorité, et la transformer, la modifier, l'améliorer dans le sens de notre génie national ? Les opéras de Wagner ont beaucoup de succès et réalisent de belles recettes. La chose est certaine. Mais les opéras *selon* Wagner n'ont guère de succès et ne réalisent que de maigres recettes. Il faut en convenir aussi. J'admire Wagner plus que quiconque. Mais je crois qu'à l'imiter servilement nos compositeurs perdent leur temps, leur peine et leur talent ! Qu'ils s'inspirent de son faire, mais qu'ils ne le copient pas. En un mot, on peut dire de la formule wagnérienne ce qu'on dit quelquefois du journalisme. Le journalisme, assure-t-on, est le meilleur des métiers, à condition d'en sortir. Eh bien, la formule wagnérienne est la meilleure des formules..., à condition d'en sortir – également.

Adolphe Aderer
(*Le Temps*, 16 février 1897.)

À PROPOS DE *PARIS*

L'interview qui suit, recueillie par un rédacteur du Petit Temps, *fut reproduite dans* Le Journal, *qui devait commencer la publication de* Paris *le 23 novembre.*

Le drame y est plus vivant que dans *Rome* et l'action plus rapide. La partie descriptive tient en quelques pages. Je ne pouvais pas me donner le ridicule de découvrir Paris, ni faire pour Notre-Dame ce que j'ai fait pour Saint-Pierre de Rome. Ce qui augmentait la difficulté, c'est que Paris se trouve sous ses divers aspects dans mon œuvre entière : les Halles dans *Le Ventre de Paris*, les grands magasins dans *Au bonheur des dames*, les quartiers populaires dans *L'Assommoir*.

La description générale de Paris est, d'ailleurs, une entreprise téméraire. À l'occasion de l'Exposition universelle de 1867, un groupe d'écrivains se mit à cette besogne et il sortit de cette collaboration un livre énorme dont Victor Hugo, je crois, fit la préface. Quelques exemplaires seulement se vendirent et ce travail n'a pas laissé de trace. Cette expérience a éclairé ma route. Il ne fallait pas non plus que *Paris* fût un guide. Enfin, m'en tenant à mon rôle de romancier, il ne m'appartenait pas davantage d'écrire l'histoire de cette ville qui est maintenant la ville-reine comme le fut Rome dans les temps disparus. Ni plagiat de moi-même, ni guide, ni histoire. Je crois avoir réussi à éviter ce triple écueil, mais ce n'est pas sans peine.

J'ai réuni de nombreux personnages pris dans tous les milieux dont ils ont les caractères essentiels, des financiers, des hommes de lettres, des savants, des artisans, des gens du monde, des êtres de misère et des politiciens. Je vous prierai, en passant, de rassurer ceux qui déjà m'ont accusé d'avoir dessiné des portraits de contemporains. Ce genre littéraire m'est étranger et répugne à ma droiture. Le roman à clef est, à mon avis, une invention malfaisante et sans intérêt pour le succès durable que tout artiste poursuit. Dans les *Caractères*, de La Bruyère, une demi-douzaine de lettrés s'amusent à rechercher à quel personnage connu de la cour ou de la ville peut s'appliquer telle ou telle peinture ; la foule est indifférente à ce jeu et la gloire de La Bruyère tient heureusement à d'autres titres. Les amoureux de scandale seront ainsi déçus.

Paris charme et conquiert l'étranger de qualité, c'est dire combien il doit être cher au cœur d'un Parisien. J'ai pour lui une admiration et un amour profonds. Mais, comme dans la cuve des sorcières de *Macbeth*, il y a de tout et il y a tout le meilleur et le pire, les vertus les plus exquises et les vices les plus affreux, les dévouements héroïques et les crimes les plus vils, en un mot les diverses manifestations de l'humanité. Nul voile ne cache ses tares dans mon livre, et l'impiété commise, si c'en est une, l'a été pour faire apparaître dans une plus vive lumière ses vertus souveraines. C'est à ce foyer de science et de bonté que vient se réchauffer le cœur de l'abbé Froment. Il y trouve la notion de la religion de l'avenir, d'un état social meilleur qui s'élabore ici dans le travail immense que fournit chaque jour la grande ville. Par exemple, Paris, si charitable, démontre l'impuissance de la charité qui est un sentiment chrétien et antisocial. Il est nécessaire que l'idée de justice qui redresse les faibles tue la charité qui les maintient dans l'avilissement. Une ère de justice, voilà les promesses de l'avenir, et c'est sur Paris que cette aube se lèvera. Chacun y travaille avec sincérité ou malgré lui, – le torrent emporte l'obstacle qui lui barrait la route et s'en sert pour augmenter sa puissance. La conscience bouleversée par tant d'épreuves, mon abbé renaît à la vie, et le cri de détresse qu'il avait poussé en s'enfuyant de Rome s'achève en un doux murmure de reconnaissance après trois années de séjour à Paris.

Ces états d'âme successifs sont le fil conducteur de la trilogie qui ne permet point au lecteur de s'égarer. Et le dénouement que je vous indique est conforme à mes croyances, sur la bonté de la vie, sur la grandeur des destinées de l'homme quand la société aura pour base unique le travail.

Je m'attends avec ce nouveau livre aux mêmes critiques qui accueillirent la venue de leurs aînés. Mais j'espère, quand je serai mort, être traité avec plus d'équité. On reconnaîtra alors que je ne fus ni un pessimiste ni un corrupteur. N'est pas pessimiste celui qui en toute occasion chante des hymnes à la vie ; n'est pas un corrupteur celui qui, sans se lasser, proclame les suprêmes bienfaits du travail. Or, si l'on parcourt la série des *Rougon-Macquart*, l'amour de la vie et la passion du travail y éclatent à chaque page. J'ai secoué les délicatesses morbides, exalté l'œuvre féconde de la chair, tenté l'assaut des tours solitaires, qu'elles fussent d'ivoire ou de pierre, fait surgir des passions qui aboutissaient à la reproduction de l'espèce. Car rien n'est pire que la solitude et la mort. Voilà le sillon que j'ai creusé dans le champ ingrat de la littérature, l'amour du travail et de la vie. Il n'est pas vrai que j'aie voulu corrompre et décourager les esprits, et, si cette opinion me laisse indifférent à cette heure, c'est que je ne crois pas à sa durée.

(*Le Journal*, 13 octobre 1897.)

CORRESPONDANCE

INTRODUCTION

Comme pour les discours et interventions diverses, le choix de lettres présenté ci-dessous s'arrête au 31 octobre 1897. Zola s'engage ensuite dans l'affaire Dreyfus, et les lettres qu'il écrit à partir du mois de novembre 1897 trouveront leur place dans le tome 18 des *Œuvres complètes*.

Les dix lettres retenues ici ne sont qu'un faible échantillon de la production épistolaire de Zola pendant les dix premiers mois de 1897. L'édition du CNRS de la *Correspondance* de l'écrivain (tomes VIII et IX), qui n'est pas exhaustive, en relève pour la même période 83. Beaucoup ne sont que de courts billets, ou des lettres de circonstance. Celles que nous avons recueillies ont été choisies en fonction de leur intérêt, pour montrer la variété des sujets abordés par l'écrivain, et la multiplicité de ses préoccupations. Au musicien Alfred Bruneau (22 janvier 1897), il propose de rajouter « quatre ou cinq mesures » à la fin du dernier acte de *Messidor*, « pour baisser le rideau avec la lenteur qui conviendrait » : c'est la preuve de l'étroitesse de la collaboration de l'écrivain avec le musicien, et de l'intérêt de plus en plus grand que Zola accorde à la musique après 1890. Au médecin Étienne Tardif, qui préparait une étude sur *Les Odeurs et les parfums : leur influence sur le sens génésique*, il répond (22 janvier) que ses observations « n'ont porté que sur l'odeur naturelle, particulière à la femme », et qu'il est convaincu que cette odeur « a, sur le sens génésique, une influence considérable » : petit aperçu indiscret sur les fantasmes privés de l'écrivain. Auprès de Louis de Fourcaud, critique musical du *Gaulois*, qui avait critiqué sévèrement le livret de *Messidor*, il se défend (dans une lettre publiée dans *Le Gaulois* du 23 février) en proclamant son « horreur » du mysticisme wagnérien. En révolte contre les « brumes perverses du Nord », il a voulu montrer « la mort de l'ancienne légende », et faire triompher « la fécondité de la terre et de la femme ». Cette longue lettre constitue le meilleur commentaire du drame lyrique dont la première avait eu lieu à l'Opéra le 19 février. À Raymond Poincaré, député de la Meuse, ancien ministre et futur président de la République, il demande (4 juillet) et obtiendra la rosette d'officier de la Légion d'honneur pour son ami et éditeur Georges Charpentier, comme il l'avait déjà fait, deux ans plus tôt, pour Edmond de Goncourt. À une enquête du journaliste Jules Huret sur le théâtre contemporain, il répond (14 août) qu'il « n'aime guère les pièces à thèse » et qu'il préfère « le théâtre de passion », tout en plaidant « pour le décor exact, pour la mise en scène exacte », comme il l'avait déjà fait dans de nombreux textes recueillis en 1881 dans *Le Naturalisme au théâtre*. Dans une lettre à Fernand de Rodays, le directeur du *Figaro* (22 août), il recommande un de ses amis italiens, le comte Bertolelli, qui avait souhaité devenir l'agent du journal en Italie. La lettre à Ernest Vizetelly (31 août), correspondant de Zola en Angleterre, est un bon exemple de la façon dont l'écrivain négociait directement, sans passer par son éditeur parisien, les droits de traduction de ses romans à l'étranger, d'où il tirait une part appréciable de ses revenus. La lettre à la maison Chatto et Windus, éditeurs de *Paris* en Angleterre (8 septembre), montre l'attention avec laquelle il gérait le paiement de ces droits. La somme de 10 000 francs obtenue par Zola était à l'époque considérable. La lettre à Albert Laborde du 19 septembre fournit un des rares exemples de correspondance familiale pour l'année 1897. Le jeune homme, alors âgé de dix-neuf ans, était le petit-cousin et le filleul d'Alexandrine Zola. Il était sur le point d'entreprendre des études de physique qui le menèrent plus tard dans le laboratoire de Pierre et de Marie Curie. Il représente pour l'écrivain cette jeunesse studieuse éprise de science, indemne des névroses fin de siècle, dont Zola fera l'éloge dans *Paris* en la personne de François Froment. Enfin, la lettre à Paul Alexis du 30 octobre nous ramène à des questions de stratégie littéraire. Alexis, l'ami de toujours, rêvait d'appartenir à l'Académie Goncourt, alors en voie de constitution, mais la concurrence était rude, et les manœuvres nombreuses dans le petit monde de la littérature réaliste. Alexis, d'ailleurs, ne fera jamais partie de l'Académie Goncourt…

Tel est donc le Zola multiple et divers que révèle sa correspondance dans les dix premiers mois de 1897 : un écrivain défenseur de son œuvre, un gestionnaire avisé de ses droits d'auteur, un ami officieux toujours prêt à s'entremettre. Si ces lettres ne sont pas d'un niveau théorique exceptionnel, elles montrent que Zola ne renonce pas aux idées auxquelles il croit, qu'il s'intéresse au théâtre et à la musique, qu'il joue dans le monde des lettres un rôle actif et central. Elles constituent un témoignage vivant sur la vie quotidienne de l'écrivain et sur son métier d'homme de lettres.

Jacques Noiray

À Alfred Bruneau

Paris, 22 janvier 1897

Mon cher ami, il me semble, à la réflexion, qu'il manque quatre ou cinq mesures de musique, au dernier acte, pour baisser le rideau avec la lenteur qui conviendrait. Ne voyez-vous pas là une fanfare retentissante de l'orchestre, un peu plus longue que celle qui existe ? J'ai trouvé hier cette dernière un peu maigre. Bien entendu, il ne s'agirait que de corser les accords finaux.

Parlez-en à Gailhard. Je vous dis cela, pour que tout soit bien réglé, avant que vous donniez le bon à tirer de la partition. – Je suis enchanté d'ailleurs du dénouement nouveau, et je crois à un effet distingué et original.

À dimanche. Nos bien vives affections à vous trois.

À Étienne Tardif

Paris, 22 janvier 1897

Hélas ! Monsieur, vous me posez des questions trop nombreuses et trop complexes pour que je puisse y répondre. Mes quelques observations n'ont porté que sur l'odeur naturelle, particulière à la femme. Elle est très variable selon les sujets, et je suis convaincu que parfois elle a, sur le sens génésique, une influence considérable, qui explique certaines grandes passions. Il est certain que le sens de l'odorat est un des pièges par lesquels la nature prend le mâle, pour assurer la propagation de l'espèce. Voyez chez les animaux, à l'époque du rut ; et j'ajouterai, voyez chez les hommes, bien que des observations précises manquent ici complètement. Rien que sur cette matière, il y aurait un livre à écrire.

Naturellement, si l'instinct entre en jeu, il peut y avoir perversion de l'instinct, et nous voici dans votre sujet. Les parfums artificiels sont certainement, comme la parure, une œuvre de tentation de la femelle sur le mâle. Cela peut aller, de part et d'autre, jusqu'à l'exagération morbide. La perversité, la monstruosité sont au bout.

Je crois, en effet, que la femme se parfume plus que l'homme, de même qu'elle se pare davantage ; et il paraît prouvé aussi qu'à mesure que l'intelligence s'élève, le raffinement augmente et tourne à la perversité. Si l'odorat a ses monstres, je crois pourtant qu'ils peuvent se produire dans toutes les classes.

Cordialement.

À Louis de Fourcaud

[Paris, vers le 21 février 1897]

Mon cher Fourcaud,

Vous n'attendez pas que je défende contre vous mon poème. Il est ce qu'il est, et entre vous qui le trouvez mauvais, et moi qui le trouve naturellement bon, le public jugera. Et je n'entends pas le public seulement d'aujourd'hui, mais surtout le public de plus tard, qui viendra lorsque les passions premières seront apaisées. Votre vénéré dieu Wagner en a vu bien d'autres, n'est-ce pas ? On a trouvé longtemps ses poèmes ineptes, impropres à tout usage musical, antilyriques, comme vous dites du mien, si parfaitement imbéciles que des huées s'élevaient de toute la presse française.

Pourtant, si je ne veux pas défendre mon poème contre les maladresses et les incohérences que vous lui prêtez, me permettez-vous de vous dire que vous l'avez bien mal écouté et lu ? Il n'est pas exact que tous mes personnages parlent ma langue. Je me suis efforcé, au contraire, de donner à chaque personnage sa langue propre. Et vous l'auriez sans doute vu, si vous ne vous étiez forgé je ne sais quelle idée préconçue d'un poème réaliste. Pourquoi réaliste ? Qui vous a parlé de cela ? C'est un poème lyrique, et très lyrique, des personnages d'épopée, que j'ai voulus aussi grands que ceux d'Homère, une action très haute, très générale, exaltée en plein symbole. Vous me jugez donc bien sot, si vous vous imaginez que j'ai fait parler là des paysans.

Quant à savoir si la langue lyrique doit être toujours concise, si l'on ne peut jamais s'y permettre ce que vous appelez des effets d'accumulation, c'est une question que le musicien a seul le droit de résoudre. Si une phrase concise peut donner un beau cri au musicien, je m'imagine qu'une phrase large, à grands plis, peut lui apporter un motif admirable à sonorités infinies, comme la houle même de la mer.

Mais, voyons, mon cher Fourcaud, soyons francs tous les deux, la question n'est pas là, n'est-ce pas ? Vous vous êtes fait des poèmes de Wagner la sublime idée qu'ils méritent, vous vous êtes enfermé dans cette formule avec un noble entêtement, qui a le tort de vous rendre trop exclusif. Et, si mon poème vous déplaît, c'est que vous croyez sentir qu'il est la négation même des poèmes de Wagner. Je mets la littérature à part, je parle des tendances sociales et philosophiques.

Le mysticisme wagnérien, nous y voilà donc ! La légende nécessaire, les dieux d'un olympe quelconque, le salut par l'au-delà, dans la défaite de la bonne nature ! Ce sont toutes les perversions fatales, l'amour aboutissant à la mort, les sexes eux-mêmes inutiles et inféconds, la religion du renoncement poussée jusqu'à ce point louche où la virginité devient le crime humain, l'assassinat même de la vie.

Et vous avez raison alors de ne pas m'admettre dans votre formule, car j'ai horreur de ce mysticisme wagnérien. Dites-le, soyez franc, vous ne voulez pas de moi dans le temple de Parsifal, et vous avez raison. Car je suis pour l'amour qui enfante, pour la mère et non pour la vierge ; car je ne crois qu'à la santé, qu'à la vie et qu'à la joie ; car je n'ai mis mon espérance que dans notre travail humain, dans l'antique effort des peuples qui labourent la bonne terre et qui en tireront les futures moissons du bonheur, car tout mon sang de Latin se révolte contre ces brumes perverses du Nord et ne veut que des héros humains de lumière et de vérité.

Comment n'avez-vous pas vu que, dans le symbole de *Messidor*, la seule croyante, Véronique, est là pour dire la mort de l'ancienne légende ? Elle seule croit à la cathédrale d'or, elle seule croit au pouvoir magique du collier ; et, quand l'or est détruit, c'est que la chute d'une roche a fait rentrer la source en terre ; et, quand le collier livre Mathias, c'est qu'il a eu l'irrésistible besoin de courir, dans l'effarement de son vol. Puis, à la fin, lorsque tous chantent le triomphe des blés, la fécondité de la terre et de la femme, Véronique elle-même annonce la croyance future, en mêlant son cri au cri d'universelle espérance.

Pardonnez-moi, mon cher Fourcaud, de vous écrire ces choses, qui ne changeront sans doute en rien votre opinion. Mais il est peut-être bon qu'elles soient dites.

Cordialement à vous.

À Raymond Poincaré

Médan, 4 juillet 1897

Cher monsieur Poincaré,

Voulez-vous avoir la bienveillance de m'aider dans une œuvre juste et bonne ? Je voudrais que mon vieil ami, Georges Charpentier, fût nommé officier de la Légion d'honneur. Vous savez après quel deuil il a quitté sa maison de librairie ; et, si nous ne le faisons pas nommer officier maintenant, il ne le sera jamais.

J'ai vu monsieur le président de la République, que j'ai attendri et qui m'a promis de faire la moitié de la croix d'officier, en en donnant une de chevalier. J'ai vu le ministre du Commerce, M. Henry Boucher, qui m'a presque promis de faire l'autre moitié, en donnant la croix toute entière ; et lui seul peut la donner, car elle ressort de son département. N'importe, j'ai des craintes.

Que vous seriez aimable de m'aider, surtout auprès de M. Boucher ! Je sais que vous aimez bien Charpentier, et jamais vous n'auriez fait un meilleur usage de votre grande influence. J'aurais voulu vous voir pour vous dire toutes sortes de choses intimes. Mais vous les devinerez, n'est-ce pas ? et vous allez vous battre avec moi, pour la bonne cause des lettres et de l'amitié.

Merci de tout mon cœur, et veuillez me croire votre bien reconnaissant et profondément dévoué.

À Jules Huret

Médan, 14 août 1897

Mon cher Huret,

Je suis bien paresseux, et répondre sérieusement à vos questions, ce serait écrire tout un traité de littérature dramatique.

En principe, je n'aime guère les pièces à thèse. Mais, au théâtre comme partout, l'unique point maintenant est d'avoir du génie. Donc, le théâtre d'une époque est ce que le génie veut, et le théâtre d'idées peut triompher aujourd'hui, puis être battu demain par le théâtre de passion, selon les auteurs et les pièces qui se produiront. On peut souhaiter cela, mais le prévoir est difficile.

Personnellement, je crois que tout moraliste dramatique déforme la vérité pour aider au triomphe de la cause qu'il plaide, et cela me gêne, la vérité vraie seule est honnête. Seulement, je ne suis plus assez sectaire pour condamner en bloc toutes les œuvres qui ne sont pas de mon goût. Je me contente d'admirer quand il y a lieu.

Je suis pour le décor exact, pour la mise en scène exacte. Le théâtre est la représentation de la vie, et cette représentation ne va pas sans la vérité des milieux. Un personnage n'est complet que lorsqu'il apporte avec lui l'air où il baigne, tout ce qui l'enveloppe et le détermine.

Cordialement à vous.

À Fernand de Rodays

Médan, 22 août 1897

Mon cher de Rodays,

Un de mes amis d'Italie, le comte Bertolelli, ancien administrateur de *La Tribuna*, me prie de le recommander près de vous. Et je le fais très chaudement, car j'ai beaucoup apprécié ses excellentes qualités, lors de mon voyage à Rome.

Il paraît que vous cherchez pour représenter *Le Figaro* en Italie un homme intelligent et sûr. Et le comte Bertolelli serait ravi d'être cet homme. Il a toutes sortes de beaux projets qu'il vous expliquera lui-même par lettre ; il travaillerait là-bas à augmenter l'influence et les abonnés du *Figaro*. Je le sais très répandu, très versé dans l'administration des journaux, connaissant mieux que personne les lecteurs italiens, enfin pouvant vous rendre tous les services d'un bon et dévoué représentant. Il va vous écrire, pour poser sa demande, s'il ne l'a fait déjà. Et j'ajoute que je vous serai personnellement reconnaissant du bon accueil que vous lui ferez.

Votre correspondant de Rome, M. Ziegler, ne vous a-t-il pas déjà écrit à son sujet ? Vous pouvez, du reste, prendre des informations : elles seront excellentes.

Merci à l'avance, mon cher de Rodays, et veuillez me croire votre bien dévoué et bien cordial.

À Ernest Vizetelly

Médan, 31 aoÛt 1897

Mon cher confrère, par le même courrier, j'envoie les cinq premiers chapitres de *Paris*, en double exemplaire, à MM. Chatto et Windus. Et je leur demande s'ils préfèrent que je vous adresse la suite directement.

Paris est composé de cinq livres, chacun de cinq chapitres. C'est donc la cinquième partie du tout que vous allez avoir entre les mains. J'ajoute que le cinquième livre est un peu plus long que les autres. En somme, le volume aura une quarantaine de pages de plus que *Lourdes*. Du moins, c'est mon estimation.

Je vous répète que le roman commencera à paraître dans *Le Journal* le 20 octobre. Il y fera environ quatre-vingt-dix feuilletons, de sorte que le volume sera mis en vente chez Charpentier dans les derniers jours de janvier ou dans les premiers jours de février. Je vous dis tout cela pour que, ni en Angleterre, ni en Amérique, on ne devance jamais la publication de l'original français, soit dans les journaux, soit en librairie.

Tenez-moi au courant des nouvelles, et encore une fois soyez convaincu que je désire que vous vous fassiez votre très large et très légitime part, ne tenant qu'à toucher loyalement la mienne, car vous savez bien que je ne suis pas un homme d'argent.

Cordialement à vous.

À la maison Chatto et Windus

Médan, 8 septembre 1897

Chers messieurs,

Je vous accuse réception d'un chèque de deux mille francs, à valoir sur les dix mille francs, prix que vous avez à me payer, selon notre traité pour la propriété de la traduction anglaise, pour l'Angleterre et ses colonies, de mon roman *Paris*.

J'avais reçu déjà deux mille francs, et c'est donc six mille francs que vous me devez encore. Je crois que nous pourrions mettre le solde de ce compte en deux paiements : trois mille francs le 1er décembre, et trois mille francs le 1er février, époque à laquelle vous mettrez en vente votre traduction. Ainsi que je l'ai écrit à M. Vizetelly, le roman commencera à paraître dans *Le Journal* le 20 octobre, et y aura environ cent feuilletons. Donc il paraîtra dans la bibliothèque Charpentier vers le 1er février. D'ailleurs, quinze jours à l'avance, je vous fixerai la date exacte.

Puisque nous sommes d'accord sur toutes les questions, je crois qu'il est préférable que j'envoie la suite du texte directement à M. Vizetelly. Ce sera plus simple.

Cordialement à vous.

À Albert Laborde

Médan, 19 septembre 1897

Mon cher Albert, je ne veux pas trop tarder à te répondre, et je le fais un peu en hâte, au milieu de la bousculade des amis que nous avons ici.

Voici tes vacances qui s'achèvent, et tu as raison d'en profiter, avant de rentrer pour te remettre au travail. Nous avons ici des jours de soleil, mêlés à des jours de pluie. En somme, tu es à l'âge où il fait toujours beau. – Ne lis pas trop mes livres. Le grand air est meilleur encore pour toi que la littérature. Puis, il faudra que tu me relises à trente ans, lorsque tu auras vécu, aimé et souffert. En attendant, ce que tu me dis me fait plaisir, car notre désir à nous, écrivains, est d'avoir pour nous la jeunesse, la génération qui grandit.

Embrasse bien pour nous ta mère et ta sœur. Ta marraine est bien occupée, et elle n'a que le temps de me charger pour vous tous de ses grandes embrassades.

Affectueusement à toi.

À Paul Alexis

Paris, 30 octobre 1897

Mon vieil ami, nos lettres se sont croisées. Vous me demandez un conseil, et je tiens à vous répéter que rien ne me semble nécessiter votre retour immédiat. Mais j'ajoute qu'il serait tout de même imprudent de vous absenter davantage, et à tous les points de vue. Dès qu'Hennique sera ici, il serait possible que Daudet eût la main forcée et qu'on procédât, malgré tout, à l'élection. Puis, pour votre situation littéraire, ces longues disparitions sont bien mauvaises. Donc, à votre place, dès que votre affaire d'argent sera terminée, je reviendrais. Vous avez renoué connaissance avec le soleil de votre Midi, vous n'avez plus qu'à revenir vivre sous le soleil de Paris, qui, depuis quinze jours, est splendide.

Nos vives affections aux vôtres et bien amicalement à vous.

CHRONOLOGIE

1897

Vie et œuvre de Zola

7 janvier : Zola assiste à une répétition de *Messidor*.
19 février : première de *Messidor* à l'Opéra.
29 mars : publication de *Nouvelle Campagne*.
1er avril : il se présente sans succès aux fauteuils académiques de Jules Simon et Paul Challemel-Lacour.
4 avril : il est élu pour trois ans membre du comité de la Société des gens de lettres.
23 avril : il est renversé par un fiacre, rue de la Chaussée d'Antin.

Fin mai-2 octobre : les Zola passent l'été à Médan.

31 août : fin de la rédaction de *Paris*.
23 octobre : début du feuilleton de *Paris* dans *Le Journal*.
25 novembre : publication dans *Le Figaro* de « M. Scheurer-Kestner », l'article qui marque l'engagement de Zola dans l'affaire Dreyfus.

Histoire et société, presse

4 mai : incendie du Bazar de la charité.
13 juin : attentat contre Félix Faure au Bois de Boulogne.

18-31 août : voyage de Félix Faure en Russie. Naissance de l'alliance franco-russe.

Novembre-décembre : début de la contre-offensive dreyfusiste, autour du sénateur Scheurer-Kestner.
30 décembre : acquittement des accusés dans le procès de Panama.

Lettres

Barrès, *Les Déracinés* ; Bloy, *La Femme pauvre* ; Anatole France, *Le Mannequin d'osier* ; *L'Orme du mail* ; Gide, *Les Nourritures terrestres* ; Jean Lorrain, *M. de Bougrelon* ; Loti, *Le Mariage de Loti* ; Mallarmé, *Divagations*.

Arts

Février : le legs Caillebotte entre au Luxembourg.

Théâtre

Courteline, *Monsieur Badin* (13 avril) ; Curel, *Le Repas du lion* (26 novembre) ; Mirbeau, *Les Mauvais Bergers* (15 décembre) ; Rostand, *Cyrano de Bergerac* (28 décembre).

Musique

Wagner, *Le Vaisseau fantôme* (Opéra-Comique, 17 mai) ; Wagner, *Les Maîtres Chanteurs de Nuremberg* (Opéra, 10 novembre).

BIBLIOGRAPHIE

Paris

Dossiers préparatoires

Les dossiers préparatoires manuscrits de *Paris* sont conservés à la Bibliothèque Méjanes d'Aix-en-Provence : Mss. 1471 (*Ébauche*, personnages), 1472 (plans), 1473 (notes documentaires diverses).

Principales éditions

– *Les Trois Villes. Paris*, Bibliothèque Charpentier, G. Charpentier et E. Fasquelle éditeurs, 1898, 608 p. Enregistré par la *Bibliographie de la France* le 26 mars 1898.
– *Œuvres complètes*, t. XXVI, *Les Trois Villes. Paris*, notes et commentaires par Maurice Le Blond, éd. Bernouard, 1929.
– *Œuvres complètes*, t. VII, *Les Trois Villes. Paris*, introduction de René Ternois, notice et notes d'Henri Mitterand, Cercle du Livre précieux, Claude Tchou éditeur, 1968.
– *Œuvres complètes*, t. XXVII, *Les Trois Villes. Paris*, préface d'Henri Guillemin, Genève, Cercle du Bibliophile, 1969.
– *Paris*, édition critique établie par Clive Thomson, Université de Toronto, 1977.
– *Paris*, édition établie et annotée par Henri Mitterand, Stock, 1998.
– *Paris*, édition présentée, établie et annotée par Jacques Noiray, Gallimard, 2002, « Folio classique », n° 3735.

Études portant sur le contexte historique et politique de *Paris*

– Jean Maîtron, *Histoire du mouvement anarchiste en France, 1880-1914*, Sudel, 1951.
– Jean Bouvier, *Les Deux scandales de Panama*, Julliard, « Archives », n° 3, 1964.
– Claude Willard, *Le Mouvement socialiste en France, 1893-1905. Les guesdistes*, Éd. sociales, 1965.
– Louis Chevalier, *Montmartre du plaisir et du crime*, Laffont, « Les hommes et l'histoire », 1980.
– François Loyer, « Le Sacré-Cœur de Montmartre », dans *Les Lieux de mémoire*, publié sous la direction de Pierre Nora, Gallimard, coll. « Quarto », t. 3, 1997, p. 4253-4269.

Études sur *Paris*

– René Ternois, *Zola et son temps, Lourdes, Rome, Paris*, Les Belles Lettres, 1961.
– Nathan Kranowski, *Paris dans les romans d'Émile Zola*, Presses universitaires de France, 1968.
– Henri Mitterand, *Zola III. L'honneur (1893-1902)*, Fayard, 2002, p. 247-273 et 293-307.

Articles

– Pierre Citron, « Quelques aspects romantiques du Paris de Zola », *Les Cahiers naturalistes*, n° 24-25, 1963, p. 47-56.
– Elliott M. Grant, « Zola and the Sacré-Cœur », *French Studies*, juillet 1966, p. 243-252.
– Clive Thomson, « Une typologie du discours idéologique dans *Les Trois Villes* », *Les Cahiers naturalistes*, n° 54, 1980, p. 96-105.
– Clive Thomson, « Zola et la Troisième République : étude idéologique de *Paris* », dans *Zola, thèmes et recherches*, *Cahiers de l'U.E.R. Froissart*, Université de Valenciennes, n° 5, automne 1980, p. 19-26.
– Philippe Goudey, « Paris dans *Paris* », dans *Il Terzo Zola. Émile Zola dopo i « Rougon-Macquart »*, Naples, Istituto Universitario Orientale, 1990, p. 215-238.
– Pierre Solda, « Le Paris des *Trois Villes* d'Émile Zola : de la ville réelle à la ville mythique », *Eidôlon*, n° 45, décembre 1995, p. 149-171.

– Philippe Muray, « Zola, le pape et l'avenir. *Les Trois Villes, Lourdes, Rome, Paris* », *L'Atelier du roman*, n° 10, printemps 1997, p. 7-56.
– Jean-Yves Mollier, « Zola et la politique », *Les Cahiers naturalistes*, n° 71, 1997, p. 339-347.
– Béatrice Laville, « Le dossier préparatoire de *Paris* », *Les Cahiers naturalistes*, n° 72, 1998, p. 237-245.
– Robert H. McCormick, « Fourier, "le vrai Messie" du *Paris* de Zola », *Les Cahiers naturalistes*, n° 72, 1998, p. 247-262.
– Jean-Yves Mollier, « Émile Zola dans le ventre de la ville : de la réalité à la fiction », *Les Cahiers naturalistes*, n° 72, 1998, p. 263-273.
– Priscilla Ferguson, « De *Paris* à l'affaire Dreyfus : le parcours de l'intellectuel », *Les Cahiers naturalistes*, n° 72, 1998, p. 275-288.
– Jacques Noiray, « L'imaginaire de la politique dans *Paris* », *Les Cahiers naturalistes*, nº 74, 2000, p. 203-221.
– Béatrice Laville, « *Paris*, un roman de formation », *Les Cahiers naturalistes*, nº 75, 2001, p. 173-181.
– Jacques Noiray, « Aspects de l'ironie dans *Paris* », dans *Ironies et inventions naturalistes*, *RITM*, Hors série n° 7, Université de Paris X-Nanterre, 2002, p. 63-79.
– Jacques Noiray, « Un personnage disparu de *Paris* : "l'Homme des foules" », dans *Zola à l'œuvre*, Presses universitaires de Strasbourg, 2003, p. 207-219.

Messidor

Principales éditions

– *Messidor*, Fasquelle, 1897.
– *Messidor* in Zola, *Œuvres complètes*, édition établie par Henri Mitterand, Cercle du Livre précieux, 1969, t. XV.

Études critiques

– Anger, Violaine, « *Messidor* d'E. Zola et Alfred Bruneau : un opéra naturaliste ? » in *Interculturalité, intertextualité : Les livrets d'opéra (fin* XIXe*-début* XXe*)*, Université de Nantes, édition Walter Zidaric, CRINI, 2003.
– Destranges, Étienne, *Messidor*, Librairie Fischbacher, 1897.
– Guieu, Jean-Max, *Le Théâtre lyrique d'Émile Zola*, Fischbacher, 1983.
– Macke, Jean-Sébastien, *Émile Zola-Alfred Bruneau. Pour un théâtre lyrique naturaliste*, thèse soutenue à l'Université de Reims-Champagne-Ardennes, 2003.

Nouvelle Campagne

Principales éditions

– *Nouvelle Campagne*, Fasquelle, 1897 [édition originale, enregistrée par la Bibliographie de la France le 20 mars 1897].
– *La Vérité en marche*, suivi de *Nouvelle Campagne*, dans *Œuvres complètes* d'Émile Zola, Bernouard, 1928 [notes et commentaires de Maurice Le Blond].
– *Nouvelle Campagne*, dans *Œuvres complètes*, t. 14, *Chroniques et polémiques II*, Cercle du Livre précieux, 1970 [introduction de René Ternois].

Ouvrages généraux

– Henri Mitterand, *Zola journaliste*, Armand Colin, 1962, coll. « Kiosque ».

Sur *Nouvelle Campagne*

– René Ternois, *Zola et son temps, Lourdes, Rome, Paris*, Les Belles Lettres, 1961.
– Henri Mitterand, *Zola*, tome III, *L'Honneur*, Fayard, 2002, p. 189-218.

Préfaces, articles, discours et entretiens

Éditions
– *Entretiens avec Zola*, édition établie par Dorothy Speirs et Dolorès Signori, Ottawa, Les Presses de l'Université d'Ottawa, 1990.

Ouvrages
– Dorothy Speirs et Dolorès Signori, *Émile Zola dans la presse parisienne, 1882-1902*, Toronto, Programme de recherches sur Zola et le naturalisme, Université de Toronto, 1985.

Articles
– Dorothy Speirs et Owen Morgan, « Les linéaments d'un Évangile : les interviews de Zola à l'époque des *Trois Villes* », *Les Cahiers naturalistes*, n° 67, 1993, p. 35-45.
– Colette Becker, « Zola et l'interview : entre rejet et attirance », *Lieux littéraires/La Revue*, n° 9-10, Montpellier, Université Paul Valéry, 2006, p. 93-106.

TABLE DES MATIÈRES

ISBN 978-2-84736-241-1
Dépôt légal – mars 2008